敬業堂詩集

〔清〕查慎行 著

周劭 標點

上

上海古籍出版社

圖書在版編目（CIP）數據

敬業堂詩集 /（清）查慎行著；周劭標點．—上海：上海古籍出版社，2015.7（2023.11重印）
（中國古典文學叢書）
ISBN 978-7-5325-7534-3

Ⅰ.①敬… Ⅱ.①查… ②周… Ⅲ.①古典詩歌—詩集—中國—清代 Ⅳ.①I222.749

中國版本圖書館CIP數據核字（2015）第029859號

中國古典文學叢書
敬業堂詩集
（全三册）
[清]查慎行 著
周 劭 標點
上海古籍出版社出版發行
(上海市閔行區號景路159弄1-5號A座5F 郵政編碼201101)
(1) 網址：www.guji.com.cn
(2) E-mail：gujil@guji.com.cn
(3) 易文網網址：www.ewen.co
上海展强印刷有限公司印刷
開本 850×1168 1/32 印張 60 插頁 16 字數 970,000
2015 年 7 月第 1 版 2023 年 11 月第 3 次印刷
印數：1,701-2,200
ISBN 978-7-5325-7534-3

I·2896 平裝定價：208.00 元

《清代學者像傳》所收查慎行像

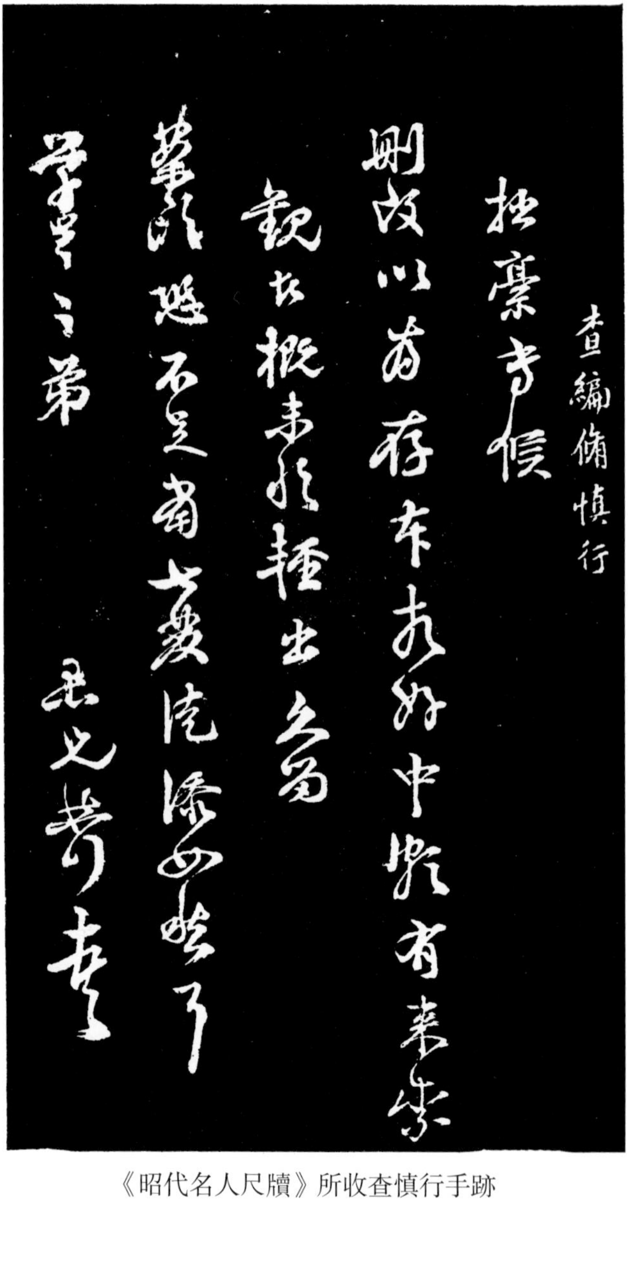

《昭代名人尺牘》所收查慎行手跡

前　言

敬業堂詩集的作者查慎行，原名嗣璉，字夏重，浙江海寧人，生於順治七年（一六五〇），卒於雍正六年（一七二八），年七十八歲。但是爲了某種原因（以後再要談到），他改名慎行，字悔餘，號他山，又號查田，晚築初白庵以居，故又稱初白。並把籍貫也從海寧改爲錢唐（見明清進士題名碑録，海寧查氏原别有錢唐的支派）。他是康熙三十二年舉人，到了五十多歲（康熙四十二年）纔成進士，官翰林院編修。

在明末清初衆多的詩人中，查慎行的生平比較平凡。他既不能如陳子龍、顧炎武那樣厠身於火熱的抗清鬬争；也不像吴偉業、錢謙益等雖出仕清廷而仍有緬懷故國的低徊情緒；甚至連王士禛、朱彝尊的領袖壇坫羣流景從的地位也還够不上。但便是在較爲平凡的一生中，他的詩却能在清初詩壇上佔有一席重要的位置，有人曾以「北王（士禛）南查（慎行）」來稱譽他。張宗橚在初白庵詩評序中説：「芷齋听然而笑曰：獨不聞蒿廬夫子（許印芳）論詩之旨乎？其云『南北兩宗堪並峙，可憐無數野狐禪』，蓋明言漁洋先生與初白先生爲風雅總持也。」這當然未免過譽，因爲和他同時著南籍的還有他的鄉前輩和表兄朱彝尊在。能和漁洋抗衡堪稱「南北兩宗」的，自然只能是竹垞而不應是他，這是當時和後世的公論。但除了王和朱之外，能執康熙年間詩壇牛耳的，則應該是非他莫屬的了。

查慎行成年之時，南明恢復的火種正逐漸被撲滅，民族的抗争，故國的緬懷，已很少留在這位「食毛踐土」的詩人腦中；雖曾因震動一時的湖州莊氏史案給查氏族人留下可怖的印象，但這只會使他更加小心翼翼，不敢隨便放言高論。他家境雖不能算富裕，也不像後來的黄仲則那樣窮困終身。他雖也曾掇巍科（二甲二名進士），但並没有因此爬到高官。只做了七年的文學侍從，小心謹慎地不敢借此廣通聲氣，所以始終只是個窮翰林。根據以上條件，和歷來有名的詩人比較，查慎行是很難能成就爲一個第一流詩人的。但時人和後世對他的評價竟那樣高，這完全是得力於學問上的工夫，即所謂詩人之詩是也。他一生之中，孜孜不倦的便是詩，包括六十多年詩的創作及對詩的評論和注釋，磨礪出深厚的功力，所以纔能獲得較高的成就。

雖説查慎行的一生較爲平凡，但也有幾樁并不平凡的遭遇，年輕時期的一樁幾乎斷送他的功名；晚年的一樁則真正促使他較早地離開人間。嚴格地説，這兩樁禍事實際上並不是他自己招來的，但在封建專制時代，也是一般知識分子常有的遭際。另外一樁則是被人所豔稱爲「玉堂佳話」的宫廷軼事。

年輕時期，當他還是名爲查嗣璉的時候，已經很有詩名，被薦到康熙朝最有權勢的樞臣納蘭明珠家裏教讀。這在當時是一條終南捷徑，循此是可以掇巍科、做高官而平步青雲的；而且他還在國子監納了監，以便可應順天鄉試，要比回浙江去下闈更爲有利。但便在這時候，不幸偶然參與了一次國喪期間演長生殿傳奇的宴集，致被言官參糾，一大批與會的文士都受到了處分。他和長生殿的作者洪昇一樣，遭到革斥監生驅逐回籍的薄懲。此案雖不致使他如洪昇那樣就此一蹶不振而廢棄終身，但當時捷徑路斷，從此蹭蹬多年；少年青雲之想，頓時化爲夢幻。

好在國喪演長生殿一案中，他只是一個極次要的角色，日子一久，當然不會再追究。於是他變易名字改了籍貫，以便再去應試。他所改名字的含義是警惕自己以後行止要謹慎小心。他於被吏議出都的時候，早就安排好了變易名字，在送趙秋谷宮坊罷官歸益都四首之一云：「竿木逢場一笑成，酒徒作計太憨生。荆高市上重相見，摇手休呼舊姓名。」在長生殿事件時期所寫成的竿木集（敬業堂詩集卷第十一），除了集中送趙執信的四首七絶之外，尚有一篇集首短序云：「飲酒得罪，古亦有之。好事生風，旁加指斥，其擊而去之者，雖不在子美，而子美亦不免焉。禪家有云：『竿木隨身，逢場作戲。』聊用自解云爾；非以解客嘲也。」平生如此大的經歷，編集時只删存下這麽一點點的痕迹，也可見得他已的確無愧於「慎行」之名了。

到了晚年，又遭到一樁飛來横禍。雍正初政，文字獄叠興。據説他的胞弟查嗣庭於雍正四年派任江西鄉試主考官，出了一道「維民所止」的試題，被言路參劾「維止」兩字是砍了「雍正」兩字的頭，因而獲罪。另一説則謂查嗣庭典試的命題是「君子不以舉人」二句及「山徑之蹊間」一節。這些傳聞並不重要，實際上則是查嗣庭曾著有維止録一書，書中多記載康熙諸子的情事，他又曾依附雍正先託爲親信而後又視爲奸逆的舅舅隆科多。想來這纔是查氏獲罪的真正原因。

那起雍正初年最大的文字獄，浙江省曾爲此停了一科鄉試以示對全浙士子的懲罰；甚至海寧人民還一時盛傳這個縣要遭到奉旨「屠城」的慘禍。

查氏一門當然是闔族遭逮，被緹解入京審理。慎行以長兄疏於防範管教，責無旁貸，也以年近八旬的老翁牽染北行。但總算他平生得力於慎言慎行，或許他對康熙諸子間的關係處理得還不曾滑到某一邊太遠，居然蒙雍正的寬恕，免於隨族遣戍，得以放歸田里。當時此獄能倖存生還的，闔族便只有這位悽惶的老人和他僅存的兒子，其情懷可想。不久，便因這場飛來大禍，就此鬱鬱而終。

另外一樁則是被人豔稱的千古文人際遇。他在任文學侍從之時，隨從康熙在南海子捕魚賦詩，詩中有「笠簷簑袂平生夢，臣本烟波一釣徒」之句。忽内侍指名傳宣「烟波釣徒查翰林」，因爲那時他的侄子查昇（聲山）也同時隨值，所以用慎行的詩句來加以區別。這和唐代詩人韓翃被皇帝以「春城無處不飛花」詩句來區別另一同姓名的韓翃一樣，爲當時所豔稱，一時傳爲康熙盛世的玉堂佳話。這個一時盛傳的故事，對查慎行的詩名和在詩壇上的地位，當然是影響匪淺的。

關於這樁佳話，清人筆記多有記載，連清史稿和國史列傳都如此。但倘使一查敬業堂詩集卷第三十隨輦集，事實上則並不盡然。查這首詩題爲連日恩賜鮮魚恭紀，全詩云：「銀鬣金鱗照坐隅，烹鮮連日賜行廚。感踰學士蓬池鱠，味壓詩人丙穴腴。素食餘慚留匕箸，加餐遠信慰江湖。笠簷簑袂平生夢，臣本烟波一釣徒。」隔了不久，集中又有題爲十八日駕幸釣臺召臣等隨行賜膳釣魚恭紀七言絶句八首的詩，其第四首云：「芳餌循環下釣筒，絲緡長日侍青宮。烟簑雨笠尋常句，慚愧猶蒙記憶中。」下有自注云：「午後奉旨翰林諸臣赴皇太子行幄釣魚。臣前謝賜魚詩，有『臣本烟波一釣徒』之句，東宮舉以示近侍。并記以志愧。」這是較清史稿和國史列傳爲可靠的記載。可知賞識他這首詩的並不是康熙本人，而是當時的皇太子胤礽。

查慎行雖然身體羸弱，若不勝衣，但一生游蹤之廣，實亦罕覯。歷來知名的詩人没有一個不是足跡遍天下的，而慎行所歷，尤多前人之所未經。

他早年丁憂時，曾跟隨出任巡撫的同鄉楊雍建到貴州去，當時清朝勢力剛剛到達西南，地方上一片混亂景象，一個書生居然能匹馬躬履戎行，的確是需要一些勇氣的，而且收穫也不少，那個時候他恰好是三十歲。從貴州回到浙江，即從黄宗羲受學，使他深受浙東學派的影響。以後的幾年，一直在北京做納蘭明珠家裏的西席，主要是授明珠的兒子揆敍讀，此人和查慎行的一生榮辱很有關係，他是著名滿族詞人納蘭性德的弟弟。奇怪的是慎行在明府處館的時候，性德還未下世，但在敬業堂詩集中，却没有留下一些兩人往來的痕跡。當時的明珠太傅炙手可熱，不過這條終南捷徑，並幫助不了他的文章憎命，北闈和浙闈一樣，總是一再下第。到了康熙二十七年明珠遭劾被黜，他這個傻館也就丢了，只好襆被出都。

翌年，再度入都，就遭到了長生殿國喪演劇一案的牽連。

據説原來被參奏預會的名單中並未列入慎行名字，而是洪昇因同舍生關係口供扳及的，因此同遭革斥，所以在敬業堂詩集中也找不到他和洪昇唱和往來的痕跡。

當時朋黨之風甚熾，有所謂南黨、北黨之争，長生殿一案，即是兩黨傾軋的産物。所謂北黨的領袖，便是明珠和余國柱等人，南黨則是徐乾學和高士奇等人。按理説慎行既在滿族北黨領袖明珠家裏處館，應該説是依附北黨了；但是他和南黨領袖徐乾學、高士奇輩却也有很密切的關係。長生殿案後，徐乾學也被劾出都回籍，但康熙許他以書局自隨，即到太湖的洞庭東山開局爲皇帝修書，所謂橘社書局是也。慎行不但與徐乾學相約一同南歸，而且還就書局之聘，在東山待了一個時期。

看來慎行依違兩黨之間，拿定主意想兩面討好，雙方不得罪；這樣圓滑的手法未必會有什麽好處。他後來不曾落得像唐代李商隱那麽蹭蹬終身，還算是他的幸運。所以他在自題癸未以後詩稿四首的第三首曾説：「橐筆曾經侍兩宫，可憐無過亦無功。未應奢望儒林傳，或脱名於黨部中。」（卷第四十）可見要在政治漩渦中依違和擺脱，實在也並非易事。

後來他的學生揆敍飛黄騰達起來了，成爲康熙寵信的人物，慎行當然不會放過這門關係。敬業堂詩集中能看到的和揆敍連篇累牘的贈答之作，對之譽頌備至，稱之曰「院長」、「副相」，感激涕零之態，溢於言表；倒不像他是授業的老師，而彷彿一變爲受業的門生了。

在康熙諸子爭立各樹黨羽門户的鬬爭中，揆敍是皇八子允禩的主要謀臣策士。幸而他在康熙五十六年便死了，不然的話，這個「塞思黑」、「阿史那」的主要助手恐怕免不了會被新的主子處以極刑。雍正一即位，便連已死的也不放過，迫不及待地宣布揆敍和阿靈阿的罪狀，奪官削謚之外，還在墓碑上鐫刻「不忠不孝陰險柔佞揆敍之墓」幾個大字（清史稿揆敍傳），悻悻之態可見。慎行和揆敍的關係，雍正不會不知道，何況他的胞弟查嗣庭也是允禩的入幕之賓，所以慎行晚年所遭的一場禍事，實際是康熙諸子爭立的政治鬬爭餘波的反映。他不論怎樣謹慎小心，總難逃脱這個命運。

查慎行之能作康熙的文學侍從，雖説是由於陳廷敬、張玉書等的薦舉，實際上恐怕還是明珠（此人被劾出樞後，還擔任康熙宫廷的内大臣達二十年之久）和揆敍的關係。原來像康熙這樣雄才大略的帝王，雖然勤奮好學，但究是沖齡踐祚，文學修養不足，但「稽古右文」，則又是籠絡漢族人心的一項重要的戰略，是以不得不找一些「槍手」，來應付繁多的所謂御製詩文。而這種人選，不但要求詩文出色，而且還要謹慎小心，絶對不能洩漏天機。康熙早年的一位槍手，便是高士奇。高士奇放還之後，這差使便落在查慎行身上。不過做這種工作，當然是一刻也離不開皇帝左右的，所以除了依靠一些榮耀但又菲薄的賞賜之外，連放試差當學政可作爲晚歲求田問舍的資本的機會都没有撈到，只好當了一輩子窮翰林，所以在康熙五十二年他六十四歲時便借病致休。歸田後，還要以古稀之年，遠到福建、廣東、江西等疆吏處去修志，借此打打抽豐，作菟裘的安排，晚境實在也很悽涼。

對查慎行這樣一位各方面比較平凡的詩人，要勉强説他還有一些優點的話，則是他究竟來自民間，能深體農民在種種壓迫剥削下的痛苦。雖然他並不敢高聲疾呼爲民請命，但也能在一些作品中真實地描寫人民在水深火熱中的慘境，如蕪湖關、偏橋田家行、白楊堤晚泊、麻陽運船行、飛蝗行和少司馬楊公、養蠶行、麥無秋行、淮浦冬漁行、秦郵道上、夜宿牽洲鎮等詩，都是具有一定人民性的優秀作品。

在以尊唐爲標榜的清初詩人中，查慎行並不諱言崇宋。在北宋他崇尚蘇軾，南宋則瓣香陸游。對於蘇詩，他爲之付出了大半生的精力。他認爲施元之注蘇詩，頗多疏漏；而和他同時的宋派詩人宋舉對施注的校讎補綴，亦多臆改竄亂，未能差强人意。所以不惜花了數十年的功力，補注蘇詩五十卷，可説是蘇軾的最大功臣。他既在蘇詩上花了這麽大的功夫，當然他的詩會深受其影響。

至於陸游，他受其影響更深。王士禛甚至以爲「以近體論，劍南奇創之才，夏重或遜其雄；夏重綿至之思，劍南亦未之過。當與古人争勝毫釐。若五七言古體，劍南不甚留意，而夏重麗藻絡繹，宫商抗墜，往往有陳後山、元遺山風。後山凌厲峭直，力追絶險；遺山矜麗頓挫，雅極波瀾。吾未敢謂夏重所詣，便駕前賢，然使起放翁、後山、遺山諸公於今日，夏重操蝥弧以陪敦槃，亦未肯自安魯、鄭之賦也」。對此，連乾隆時尊唐貶宋的詩壇盟主紀昀，也在四庫全書總目提要中爲他大唱贊歌：「得宋人之長而不染其弊，數十年來，固當爲慎行屈一指也。」

但是對查慎行作了最高評價的，却還是他的後一輩詩人趙翼。有人説，倘使没有趙翼的評論和推崇，查慎行在清詩的地位，也只不過如唐東江(孫華)輩而已。這是否正確，姑置不論。我們只要一看趙翼所撰的甌北詩話，它一共有九卷論古今詩家個人的專章，除了唐、宋六位大家李、杜、韓、白、蘇、陸之外，明代的高青丘僅能和金代的元遺山合爲一卷，清代則只有吴梅村和查初白，且竟是每人各占一卷；而王漁洋和朱竹垞兩位大家則不預焉。

趙翼所持的理由是：清初詩人，施愚山「以儒雅自命，稍嫌腐氣」；宋荔裳「全學晚唐，無深厚之力」；吴漢槎「有高調，無餘味」；王漁洋「專以神韻爲主」，「醖藉含蓄，實是千古絶調。然專以神韻勝，但可作絶句」；朱竹垞則「不專以詩傳，究非風雅正宗」。然後説：「惟查初白才氣開展，工力純熟，鄙意欲以繼諸賢之後。」可是大家未能表示同意，但趙翼還是辯論説：「不知詩有真本領，未可以榮古虚今之見，輕爲訾議也……角逐名場，奔走衣食，閱歷益久，鍛鍊益深，氣足則調自振，意深則味有餘，得心應手，幾於無一字不穩愜。其他摹寫景物，脱口渾成，猶其餘技也……要其功力之深，則香山、放翁後一人而已。」堅持他推崇查慎行的立場。

趙翼出生之歲，即查慎行在世的最後一年，是以兩人不會有什麽接觸，可見這位乾隆朝的大詩人兼詩論權威雲崧老人，持論完全是客觀的，並非阿私黨附之見。但平心論之，把查慎行的詩放在王士禛、朱彝尊之上，總覺得有些過分。是否有當，自應由方家來論定了。

他的詩論著作有初白庵詩評十二種，其主要觀點可以概括在下面幾句話裏：「詩之厚，在氣不在直；詩之靈，在空不在巧；詩之淡，在脱不在易。須辨毫髮於疑似之間。」（查爲仁蓮坡詩話）「氣」、「空」、「脱」三個字，便是他寫詩和論詩的「詩眼」，完全呈露出他宋派詩人的面目。這和他的前輩詩人王士禛的「神韻」及後輩詩人袁枚的「性靈」，並没有什麽本質上的差異，僅僅是各自標榜崇唐與尊宋之不同而已。

持這種詩論的詩人作品，最致命的缺點，便是「纖弱」，有人批評王士禛的最好詩體，僅僅是五、七言絶句，至於七古和七律，便有力所不能勝；慎行何嘗不然。離開開國時間日遠，民族矛盾日漸緩和，政治日趨穩定，經濟相對繁榮，一定會影響到詩歌的創作，這在歷代都是必然的趨勢。清代第一流詩論家袁枚倣元遺山論詩絶句云：「一代正宗才力薄，望溪文集阮亭詩。」（隨園詩話卷二）倘易「阮亭」爲語盤空而無往不雋，吴偉業之長歌當哭而音節瀏亮，那種大氣磅礴黄鐘大吕的開創之音，在下一代詩人的身上是無跡可尋的。

一代清詩，於查慎行之後，不論是乾、嘉的袁（枚）、蔣（士銓）、趙（翼），道、咸的龔（自珍）、魏（源），以迄盛極一時的同、光詩人，以詩論詩，都無能超軼敬業堂詩的範疇和成就。即使同、光末季，如黄遵憲、丘逢甲輩舉起革命詩派的旗幟，究竟也無補於舊體詩的必然衰亡。二千多年詩學正統，只好禪讓給五四時代的新詩了。所以，説敬業堂詩是舊體詩的殿軍，要亦無不可。

敬業堂詩集是查慎行詩集的總名，其中的集名，林林總總，無慮四五十種，多隨筆立名，並無深意，較之宋代喜立集名的楊萬里，殆又過之。「其中有以二十四首爲一集者，殊傷煩碎」，實難逃四庫館臣之誚；但另一方面也肯定他「然亦徵其無時無地不以詩爲事矣」。

本書係根據四部叢刊初編本（涵芬樓影印原刊本）排印，並附查慎行的外曾孫陳敬璋所撰集的查他山先生年譜（嘉業堂刊本），加以新式標點。間有明顯錯訛，則逕予改正，不另出校文。疏漏不逮之處，幸識者有以正之。

周　劭

一九八三年七月

總　目

敬業堂詩續集總目

敬業堂詩集補遺

附録

敬業堂詩集目録

卷一

卷二

卷三

卷四

遄歸集

卷五

蹁淮集

卷六

假館集上

卷七

假館集下

卷八

卷九

春帆集

卷十

獨吟集

卷十一

竿木集

卷十二

橘社集

卷十三

勸酬集

卷十四

湓城集

卷十五

卷十六

卷十七

冗寄集

卷十八

白蘋集

秋鳴集

卷十九

敝裘集

卷二十

遊梁集

卷二十一

皖上集

卷二十二

中江集

卷二十三

得樹樓集

卷二十四

卷二十五

炎天冰雪集

垂橐集

卷二十六

杖家集

卷二十七

過夏集

卷二十九

赴召集

卷三十

隨輦集

卷三十一

直廬集

卷三十二

考牧集

卷三十三

甘雨集

卷三十四

西阡集

迎鑾集

卷三十五

還朝集

卷三十六

道院集

卷三十七

槐簃集上

卷三十八

卷三十九

棗東集

卷四十

長告集

卷四十一

卷四十二

卷四十三

卷四十四

步陳集

卷四十五

吾過集

卷四十六

夏課集

卷四十七

粤游集上

卷四十八

卷四十九

餘波詞上

卷五十

敬業堂詩續集目録

卷一

漫與集上

卷二

卷三

餘生集上

卷四

卷五

卷六

生還集

敬業堂詩集補遺目録

續集卷二

續集卷三

續集卷四

餘生集下

補録

餘波詞

附録

敬業堂詩集卷一

慎旃集上 盡己未一年。

己未夏，同邑楊以齋先生以副憲出撫黔陽，招余入幕。時西南餘寇未殄，警急烽烟，傳聞不一，而余忽爲萬里之行。其在陟岵之詩曰：「尚慎旃哉！由來無棄。」夫當行役之時，不忘父母兄弟，而終以危苦之辭，讀其詩者傷其志焉。余不幸早失怙恃，終遠兄弟，麻衣被體，瞻望漣洏，因取「慎旃」以命集，自勵也，亦以慰予季也。自己未迄壬戌首尾三年，凡如干首，釐爲三卷。

遊燕不果乃作楚行

北道初停轍，南轅未息戈。一門初約變，歧路獨行多。不是彈箏客，誰爲擊楫歌？也知田舍好，壯志恐蹉跎。

留別仲弟德尹二首

形影何當出處分，君應憐我我憐君。孤雲出岫寧無意，獨雁銜寒奈失羣。門户全生終碌碌，兵戈絶徼尚紛紛。虎頭分少封侯骨，投筆聊從萬里軍。

雞聲驚起對牀眠，纔説江關便黯然。與爾未曾經遠别，得歸難定是何年。渡江風物悲元亮，懷土人情感仲宣。瓦屋三間門兩版，頻煩爲我掃東偏。

酬别盛鶴江徐淮江程禹聲次禹聲原韻

輕橈夾岸柳毿毿，短笛長亭最不堪。江路恰逢鴻雁北，山程遥指鷓鴣南。異時對酒懷重五，同調關心記兩三。此去湖湘烟水闊，鷗波長自夢春潭。

京口和韜荒兄

江樹江雲睥睨斜，戍樓吹角又吹笳。舳艫轉粟三千里，燈火沿流一萬家。北府山川餘霸氣，南徐風土雜鷩沙。傷心蔓草斜陽岸，獨對遥天數落鴉。

曉發梁山

一鈎殘月吐仍銜，薄霧濛濛著布帆。行過天門天未曉，風來東北路西南。

贈胡星卿先生胡之先東川侯海其子觀尚南康公主

棨戟侯門奕葉光，可能無意感滄桑。草廬望重名賢宅，竹苑年深貴主莊。滿地秋瓜仍爛熳，渡江春燕只尋常。白頭一老鍾山下，筋力猶看八十强。

題王璞菴南北遊詩卷

我初未見聞君名，十年懷抱一夕傾。眼中指顧空豪英，乃欲以詩鳴不平。蓬累時作蒼茫行，江南江北無期程。流離滿前皆孩嬰，道傍見之淚縱橫。爾生其間一蒼生，補救敢與乾坤爭。俛今仰古氣孰攖，長篇倚劍頃刻成。東將入海手掣鯨，嘲弄花月非人情。余從涉江來舊京，足所遊歷手勿停。君詩直壓小謝城，如以六國當秦兵。聳肩雒誦作大聲，煌煌高燭燒長檠。須臾街鼓報五更，紅日欲吐東方明。

登金陵報恩寺塔二十四韻

不盡興亡恨，浮圖試一登。孤高真得勢，陡起絶無憑。法轉風輪翅，光摇火樹燈。地維標寶刹，天闕界金繩。碧落開千里，丹梯轉百層。規模他日壯，感慨至今仍。禍自歸藩啓，兵從靖難稱。比戈殘骨肉，問罪假疑丞。衮冕俄行遯，戎衣遂謁陵。朝家同再造，國事異中興。此舉無名極，當時負媿曾。兩京雄嶽峙，一塔鎮觚稜。銖兩材俱稱，纖毫辨欲矜。琉璃紛紺碧，欄楯落鮮澄。事本誇餘力，基猶念丕承。監宫留太子，給俸濫千僧。原廟衣冠冷，豐宫獻卜增。侈心崇梵竺，神道託高曾。世往疑經劫，人來乍得朋。同登者六人。雲烟爭變幻，日月幾升絙。絶頂盤旋上，虚窗偪仄凭。近身棲怖鴿，側背躡飛鵬。勝境才何有，高歌氣或騰。鍾山青入望，相對故崚嶒。

金陵雜咏二十首 并序。

僕年三十，始至舊京。路近一千，還同異域。感生涯之已晚，歎故事之無徵。彼都人士，憶南渡之風流；故國山河，見北邙之陵寢。四百八十寺，煙雨猶新；三萬六千場，笙歌頓歇。袁羊因而狂憤，衛虎所以神傷。况以飄零，再當摇落。芳樹攀條，淚盡臺城之妓；金釵插鬢，魂消綺閣之歌。凡江干覽物之端，皆遊子言愁之什。敢自信其可傳，冀知音之勿罪云爾。

沙漠真人本至尊，青蛇罷祀出梧垣。孝陵松柏猶樵牧，元廟何妨有淚痕。

想像承平樂事留，履綦陳迹也風流。輕烟翠柳今何處，明初妓館名。十六門如十六樓。

灑掃他時屬内官，鐘聲好句逼人寒。御溝儘有流紅事，塵壁傷心是媚蘭。

夜半傳呼聚寶門，金蟾嚙鎖内城昏。武皇大有南遷意，故遺鑾輿宿報恩。

蒙溪石刻表南都，形勢居然屹壯圖。白馬青絲他日事，倉皇曾補一毫無？

妙選三家入後宮，抱來馬上石榴紅。胭脂不到長城外，何必明妃怨畫工。

武定橋欄玉磬如，泠泠七尺響清虚。蜀桐不發岐陽扣，等是崑岡劫火餘。

宗伯奩清世不知，菱花初照月臨池。點粧巾帽俱新樣，不用喧傳鏡背詩。

杏村玉樹接春華，太史詩留典客家。不許繡毬誇獨絶，鳳臺還有紫微花。

薛鴨袁羊匕箸餘，江鮮風味只如初。年年八月隨潮上，柳貫紅腮燕子魚。

粉竹香塵調不齊，和來雁字鬭高低。即從紅豆徵奇麗，便壓元人十四題。

頓老琵琶擅教坊，供筵法曲别歌章。故須小技通文義，垂老知音付漫郎。

雷雨隨絃四座驚，秀之絶調自泠泠。隔簾傳語催停板，頭白扶來制淚聽。

昭文小楷法黄庭，繡佛新詩玉琢成。不及錦雲名句好，斷腸芳草斷腸鶯。

一月花名簇錦筵，舊家手帕亦因緣。曾陪盒子春槃會，冷落飄燈四十年。

鰲足盤龍氣象吞，東華扶出尚驚魂。書生小膽當前破，何取紛紛出大言。

後村傲兀自奇才，覓句曾過此地來。春草不生山路白，樹陰濃罩雨花臺。

卧遊宗炳已傷神，畫社秦淮點染新。怪得江山生色少，少岡老死更無人。

鈔庫街頭第一坊，遊人消渴試新嘗。近來曲巷添茶社，誰記新都是濫觴。

名士年來已可嗔，騎驢腰扇怕逢人。李昭竹骨王郎畫，難掩西風障扇塵。

蕪湖關

昨日出龍江，今晨抵蕪湖。順風滿帆幅，過關快須臾。關吏責報税，截江大聲呼。舟子不敢前，捩柁轉轆轤。余笑謂關吏，奇貨我則無。聯吟三寸管，壓浪百卷書。船頭兩巾箱，船尾一酒壺。此外更何物，隨身長鬚奴。吏前不我信，倒篋傾筐簏。棄捐無一可，相顧仍睢盱。買酒例索錢，廻身若責逋。有貨官盡征，無貨吏横誅。有無兩不免，何以慰長途？

題余鴻客金陵覽古集

神傷叔寶鬢初斑，詩草年年手自删。莫問六朝興廢事，謝家名句有江山。

曉出荻港

鞍馬習人勞，舟杭令人惰。所苦風濤争，孤篷坐掀簸。船師喜出險，拍手笑相賀。輕生涉江湖，緬維神力荷。詰朝風日美，百里悠揚過。雲峯石鬭奇，天勢江浮大。望窮樹攢薺，機静魚趁柁。琉璃千萬頃，一葉點不破。倒影白日深，蛟龍鏡中卧。江豚忽掉尾，散作鱗箇箇。豁然闢詩境，遠景開淡沲。

銅陵太白樓同韜荒兄作二首

不盡長江萬古流，吴天遼廓倚孤舟。疾風捲雨過山去，虹氣晴開百尺樓。

我昔曾從夢見之，精靈長接百篇詩。豈知流落才無用，猶羡宫娥捧硯時。

遊兵營

苕苕指衡湘，屈蟠路如蛇。江天風月夜，往往聞清笳。尋聲向曲岸，燈光出蒹葭。古哨聚遊兵，汛地錯犬牙。上下十數里，塘廻互周遮。警急一舉烽，夜行禁艑艖。茅屋三五間，各自比建衙。門前蔭垂柳，屋後編籬笆。恐爾本良民，賦歛逃科差。居然長兒女，戍久還成家。炎荒屬未寧，羽檄方紛拏。惜哉好身手，宴坐銷精華。何當鉦鼓息，再見户口加。

那刹磯弔黄忠節公

天道本好生，無端殺機伏。惻然遜國際，罹此靖難酷。天下自一家，諸臣義不辱。侍中初出亡，乞援向誰哭。勢窮繼以死，初念固不欲。漸漸那刹磯，洶洶怒濤蹴。嗚呼蒙葬地，乃在江魚腹。賢哉翁夫人，偷生不忍獨。提攜及二女，感激到婢僕。舉家十三口，同日死江曲。真難贖百身，竟用全九族。當時故吏士，過者不敢目。藁葬同一墳，翁夫人及二女合葬金陵塞洪橋北。招魂倘來復。易名雖兩經，弘光南渡改謚文貞。廟貌未嚴肅。我思鑄遺像，鎮此千山麓。貧賤復何言，詩成淚盈掬。

雨後渡攔江磯

片雨南來壓短篷，迴看天北吐長虹。風纔過處雲頭黑，霧忽消時日脚紅。遠岸浮沈沙柳外，危磯出没浪花中。扁舟一葉無根蔕，笑擲吾生付柁工。

小孤山

峨峨百里外，烟鬟望欲矐。峭帆兩日程，始及抵山脚。連山亘兩岸，千仞排垠堮。不知渾沌來，孤嶼孰開鑿？初從山背望，上下勢相若。兩崖忽中分，老牛角紾昔。向陰棲鸕鶿，石齒白磊硌。其陽峯面鋭，鵰喝高卓卓。青葱起美蔭，遠景翳林薄。脊骨不貯土，長根自蟠錯。旁觀倚崔嵬，遥勢借恢擴。大哉造物奇，咫尺形體各。中腰神女祠，紺碧架飛閣。藐焉冰雪姿，玉貌坐端慤。小雨夜歸梁，晴雲曉褰幕。神威不在猛，水怪自驚遻。帖然率羣魄，俛首受條約。移舟試欲登，夷險費斟酌。聳肩郤步立，窘若被束縛。攀躋雖未成，夜枕夢已噩。起來攬帶坐，波軟風力弱。圓月光吐吞，蛟龍恐驚攫。

皖口

八卦依然列女牆，一城斗大劃荆揚。雨濃隔浦吴山盡，風澹空江楚水長。官渡無人還繫艇，客程有樹但垂楊。曾經百戰東南定，鼓角殘兵又夕陽。「殘兵鼓角夕陽中」，明初高季廸題安慶城樓詩語也。

路灌溝阻風

行李先愁過吉陽，萑苻何物尚披猖。孤舟喜出兩關阻，一雨能生三日涼。紈扇雲皴山入畫，蘆花風起客思鄉。柴桑舊事吾猶記，咫尺翻嫌路渺茫。

過鄱陽湖口望大孤山次黃伐檀舊韻

江長如帶湖如襟，廬山挈領高嶔崟。大孤欲東湖口住，石脚下插三千尋。浪頭有時過滅頂，噓吸倒影影亦沈。康郎彭郎兩不妬，微步但覺凌波深。西江賈兒晚泊棹，東南月上明孤斟。渚蘩汀芷近楚俗，水味涓潔神居歆。羣鷗飛盡亂鴉舞，癭藤瘦棘森成陰。天青沙白獻濃翠，恍悦余目怡余心。船頭擊汰船尾卧，未疾不受風霾淫。馬當之險幸已脱，一壺珍重擕千金。

蘄州道中

設險憑全楚，江防此地遷。千家猶帶郭，獨客偶停船。天闊星如墜，江空月最先。時危憂盜賊，慘澹話當年。

漢口

巨鎮水陸衝，彈丸壓楚境。南行控巴蜀，西去連鄢郢。人言紛五方，商賈富兼并。紛紛隸名藩，一一旗號整。駢駢驢尾接，得得馬蹄騁。傳傳人摩肩，蹙蹙豚縮頸。羣雞叫咿喔，巨犬力頑獷。魚蝦腥就岸，藥料香過嶺。黄蒲包官鹽，青箬籠苦茗。東西水關固，上下樓閣迴。市聲朝喧喧，烟色晝暝暝。一氣十萬家，焉能辨廬井。兩江合流處，相峙足成鼎。舟車此輻輳，翻覺城郭冷。黄沙撲面來，却扇不可屏。稍喜漢江清，浣紗見人影。

漢陽晴川閣

已失當年鸚鵡洲，晴川高閣刧灰留。苦嫌過客多題壁，却笑神仙盡好樓。閣傍新創方士書院。粉堵日斜浮鄂渚，蒲帆風急下黄州。山根一線分江漢，不遣清流混濁流。

題王方喬齋壁

半捲湘簾不滿鈎，大江檻外日東流。碧空過盡千帆影，一榻卧看黄鶴樓。

安國寺東荷池上

蓮蓬味美差同藕，荷葉香清似勝花。懊惱休陰無一樹，閉門長日坐僧家。

漢江舟夜

露宿風餐兩月餘，入秋懷抱少應攄。濃陰隔浦初疑霧，晚食投竿果得魚。夏口帆來飛鳥外，洞庭木落早涼初。楚天微雨瀟瀟夜，漁火分光到檢書。

漢川道中紀所見

沙岸百尺高，水落岸容槁。火雲蒸久旱，旭日秋杲杲。田家候雞鳴，趁伴起最早。放閒惜牛力，飽食眠秋草。不念婦子疲，提攜及襁褓。桔槔遠灌田，俯仰困機巧。單衣汗沾背，滿面塵不澡。鑼鼓懸柳陰，兒童事擊考。金燥革亦乾，愁聲振林杪。土音帶蠻瑶，過客不盡曉。勞歌有酬答，各自相媚好。豐荒關天運，轉瞬誰得保。民愚亦可憐，聊用慰翁媪。對之我抱慚，饑軀空擾擾。人言行路心，擇食苦不飽。此意行已堅，毋爲亂懷抱。

渡百里湖

湖面寬千頃，湖流淺半篙。遠帆如不動，原樹競相高。歲已占秋旱，民猶望雨膏。涸鱗如可活，吾敢畏波濤。

洪湖

漢江支流入洪口，水勢舒緩地勢窪。葑田中開畝千頃，緯經去聲一一露渚牙。殘荷尚擎欹仄蓋，紅蓼競吐殷鮮花。鷺鶿聳肩作人立，意思閒暇窺魚蝦。濱湖幾點暮烟起，曬網者漁三五家。海箍半間蘆架屋，黄篾十丈水占涯。春漲生時隨斷梗，秋潦退後依平沙。東西北南隨所向，泛泛何異鷗鳧駕。老漁顧我笑相答，客行要自同棲苴。我聞此言發狂笑，片席飛渡蒼蒼葭。

沔陽道中喜雨

一枕涼侵被，朝來得晏眠。江清收潦後，風勁掛帆前。宿雨纔如露，秋雲不近天。可能涓滴意，蓬勃起枯田。

初入小河

魚米由來富楚鄉，入秋飽噉只尋常。如今米價偏騰貴，賤買河魚不忍嘗。

將至玉沙舟中述懷呈家季叔二首

村荒人少但寒鴉，夾岸蒹葭一道斜。偶到不妨頻問俗，既來何苦又思家。愁經零露秋前草，夢吐疏燈夜半花。抛却田園荒舊業，并攜僮僕走天涯。

勞苦官居已六年，人傳緑鬢改華顛。眼明稍喜流亡復，城小曾蒙盜賊憐。五斗粟容彭澤傲，一廚酒愛步兵賢。定知情話無窮在，幾夜篝燈記不全。

玉沙即事二首

銀絲壓髻學盤頭，少婦粧成不上樓。客久語音通土俗，路長征戍阻炎州。蘆中船去花搖雪，柳外天低月吐鈎。浄洗胭脂湖水闊，荷陰閒淡自清秋。郭外胭脂湖荷花絶盛。

絶少魚蝦入膳庖，豚蹄隨意散塘坳。雞棲茅店鴉争食，燕去蘧廬鼠嚙巢。暗窟草深移蟋蟀，晴絲露重綴蟏蛸。乍來寂莫荒江曲，欲賦蕪城感慨交。

初得家書

九十日來鄉夢斷，三千里外客愁疏。涼軒燈火清砧月，惱亂翻因一紙書。

與韜荒兄竟陵分手兄至荆州余往監利滯留且一月矣作詩以寄

長江多蛟龍，噓吸通潮汐。兩人行結束，惘惘將奚適？維時夏苦旱，千里火雲赤。壓頭一扇篷，炙背等煎迫。而我於其間，狂吟快新獲。兄詩工而遲，顧我速以拙。篇成必傳示，瑕類互指摘。我賞兄不疑，兄頷我蹙額。丹砂百煉金，點鐵隨手擲。文從字怪發，往往到擊節。績學兄貫穿，懸河瀉胸膈。陳言務掃蕩，妙解生創闢。文章竊願學，下語頗不擇。兄爲啓其鑰，奇正示體格。經經而緯史，較若分黑白。溯流止一源，馳騁戒旁隙。有時雜游戲，間亦事博弈。枯棋紙畫局，低手兩笨伯。毫末勢必争，怒容毛髮磔。推枰起相詢，衾枕紛狼藉。幸未投諸淵，俛首旋拾摭。旁觀但移晷，一笑意已釋。我飲僅半升，兄傾可一石。村沽必盡量，醉語有終夕。舟子訝未聞，家奴慣不嚇。漢陽半月住，又復事行役。竟陵暫分袂，謂作浹旬隔。余去向玉沙，兄行指鶴澤。萍蹤忽漂散，踐約苦難責。吾叔方南征，輸將任煩劇。夷陵用兵地，久滯佐籌畫。西風吹客衣，稍欲换絺綌。冷署啼寒蛩，庭柯響摵摵。獨來閲中秋，消息斷咫尺。豈如孤舟夜，卧起同枕席。正當盛壯時，長駕困短策。依回投幕府，此段良可惜。我年雖少兄，本性奈孤僻。輪囷剩肝膽，感憤腕徒搤。妻孥敗人意，兼顧終無術。鹵莽一出門，何從算游跡。歸與須早計，惆悵分飛翮。

從監利至荆州途中作

餘恨空傳割據還，青天了了隔江山。對岸爲華容諸山。人來小雨初晴後，秋在垂楊未老間。望遠易成千里隔，時危敢愛一身間。荆州亦是從軍地，怪得參軍語帶蠻。

初至荆州韜兄出岳家口留别絶句見示和一首

竟陵小别無多日，又向江陵把一樽。此夕憑君談客況，已如三峽聽啼猿。

呈大中丞楊公二首

烏爨要荒路幾千，牙門小駐且江邊。時駐節荆州。他年峴首沈碑會，不羨龍山落帽筵。千古英雄皆史册，一時形勝又山川。從今覽眺猶多暇，只在披圖聚米前。

樓船直下擁旗旌，絶勝貔貅十萬兵。吴漢威名如敵國，魏公倚重抵長城。鐵橋徼外先聲度，銅柱天南赤手擎。若問封侯何事業，征南原是一書生。

重陽後六日奉陪中丞公登龍山落帽臺次原韻

遠上坡陁碧水灣，蒼然平楚夕陽間。可無好事傳新句，恰有佳名似故山。余所居在龍山，故云。霜氣銷來還緑樹，狼烟起處是烏蠻。陪遊不少鄒從事，此日風流媿再攀。

荆州與楊語可别

一身萬里逐南征，八口村居累不輕。入幕稍酬賓主分，勸餐直見弟兄情。雨清江館啼猿夢，天闊砧鄉去雁程。莫怪從軍還作賦，仲宣樓畔尚徵兵。

荆南秋盡野鶴羣飛楊公有詩屬余並作

遠遊望滇黔，萬里方汗漫。中途得小憩，朝爽快清盼。野鶴亦出遊，聲聞自天半。來從纖霓端，倏過蘆花岸。紛紛排雁陣，一一作魚貫。或前如導引，後者敢奔竄。成羣似得朋，獨往寧無伴？感通在聲氣，形影有聚散。應防凡鳥嗤，未怕弋者篡。那將閒人目，送汝入霄漢。豈無好爵縻，乘軒方好戰。當年羊叔子，坐鎮示閒晏。可憐烟霞姿，曾作耳目翫。氋氃驅對客，妙舞恥輕炫。故澤今重來，華表如再見。荆南有鶴澤，相傳羊叔子養鶴處。但令鎩雙翅，警露報昏旦。拾粒仰稻粱，野性恐不慣。聳身託風馭，毛骨庶可換。我欲從之游，招手已難唤。

荆人田芝來年老好事所居城南隅瓦屋三楹小庭曲砌雜蒔花竹性喜蓄錦石貯以瓷盆清泉涵之因狀命名乞余分咏余以其名不雅不欲作詩重違其請賦一章以示意

風日媚冬暄，行行歷郊陸。登高三百步，埤堄轉城曲。牆頭見鵲巢，老樹出修竹。叩門得小憩，寄興抵巖谷。白鬚揖相迎，一笑情已屬。小庭容旋馬，闢徑故蟠伏。插籬竹架格，對面植花木。隔簾霜氣清，老葉冬猶緑。井然見位置，頗未嫌局促。琴書了無塵，几榻净如浴。清泉貯磁斗，浮面不盈匊。纍纍錦石圓，紋理細可矚。紛紛誇示客，手點口品目。寓形窮想像，比喻借金玉。余笑戲謂翁，此事取遠俗。有生經喪亂，奇貨手翻覆。錦繡拆麟鳳，珠璣裂奩軸。君家茅堂清，枅栱無改築。收藏恃無恙，彼好非此蓄。奈何清玩具，反以穢名辱。託名喪其實，石意恐不欲。何如兩相忘，碌碌復碌碌。

初冬登南郡城樓

牢落城南賣餅家，空傳形勝控三巴。天寒落日千羣馬，葉盡疏林萬點鴉。沙市人來穿故壘，渚宮煙暝動悲笳。纍纍新冢荒郊徧，還有遺骸半未遮。

寒夜次潘岷源韻

一片西風作楚聲，臥聞落葉打窗鳴。不知十月江寒重，陡覺三更布被輕。霜壓啼烏驚月上，夜驕饑鼠鬬燈明。還家夢繞江湖闊，薄醉醒來句忽成。

雪後

繚牆茅屋閉孤城，寒壓竈廚火未生。連日窮陰疑有雨，五更微雪徑成晴。坐銷短晷經檐影，閒聽隣家壓酒聲。天意似催梅信早，望鄉孤客最關情。

荆州雜詩六首

要害西南最，乾坤百戰餘。孤城還矢石，陳跡遂丘墟。白日吹笳外，枯風落木初。暫來戎馬地，慚愧得安居。

三户亡秦讖，孤軍覆楚師。難消終古恨，常動後人思。形勝今何用，英雄事必奇。挑燈繙史傳，渾似覆枯棋。

中山存後裔，失路亦依劉。大局分三國，深心借一州。圖王須得勢，割據豈同仇。滿眼俱豚犬，應思孫仲謀。

梁元仍舊鎮，此地屢稱兵。禍福憑方士，干戈盡弟兄。戎衣臨講殿，詩句到巡城。世亂文何用，君王乃好名。

枇杷門外路，降表是前驅。建業無王氣，湘東只霸圖。占星憂客位，給札笑家奴。秋草荒郊徧，元陵問有無。

南郡風流地，雄藩轂久推。梨花前隊擁，紅粉後車來。馬酒分麞飫，狐裘逐兔回。明明軍令在，蜀道幾時開？

洪武銅砲歌

荆州城頭古銅砲，洪武元年戊申造。土花剥蝕鏽微生，首尾撑撐任顛倒。憶時僞漢方縱横，虎視江東勢輕剽。旄鉞鄱陽一戰收，割耳淋漓行告廟。荆湘指顧入圖版，駕幸武昌懾苗僚。遂令守土頒火器，何異分藩鎮險要。邪許聲中走百夫，巨材作架牛皮冒。二百餘年烽燧冷，講武承平背時好。何來寇賊忽披猖，將士倉皇棄牙纛。可憐櫜鞬等無用，下策火攻恃騰趠。底貢初曾致島夷，後來特賜紅夷號。豈知將軍竟負國，俯視焦原縱羣盜。彼非吾産且勿論，爾獨胡爲亦忘報？萇弘碧血釁未足，鴟夷懸目慘無告。嬴顛劉蹶誰惜之，去者自悲來自笑。而今西南又轉戰，形制雖存力難効。我來見汝荆棘中，并與江山作憑弔。金狄摩挲總淚流，有情争忍長登眺。

荆州護國寺古鼎歌

臨淮王氣日盪摩，東吴西漢兩燭蛾。天教禹鼎歸一統，掃蕩不再煩蹭蹬。煌煌開基自建鄴，豐沛大風時作歌。金枝玉葉出九塞，帶礪錫誓如山河。名山藏分藩記：遼王植洪武二十五年自衛改封。成祖靖難後，王自請移荆州。荆州要害古重鎮，水合沱澧山岷嶓。親藩改封頒重器，汾陰寶氣移騰那。遼宫北望四千里，輦致遠自清泥堝。遼東地名，見遼史本紀。吴牛回首喘甫定，辟易罔象潛蛟鼉。中容百石外菌蠢，價重奚啻千鋗鍋。白日蓬蓬霱雲起，清宵馤馤香煙和。百餘年間封未絶，嗣王拱璧垂綵緺。力營梵寺覬祈福，丹碧插漢高嵬峨。棧齴層級疊階砌，罘罳繪藻連重阿。明珠百八綴瓔珞，黄金丈六裝韋馱。憑將此鼎配清供，位置端正平無頗。千林散花傳薝蔔，七葉覆影依椶櫚。居人空巷競頂禮，一日萬手争摩挲。年深餘潤溢精采，斑駁青緑紋成螺。厥初賜額號護國，豈意國步旋跌蹉。西北忽傳盜羣起，轉掠卬僰摇牂牁。叢祠狐鳴妖廟火，雄王雌霸紛么麿。公然出陘入曠衍，楚境旁突其誰何。皃毛東浮蔽大海，轒轀南下驚纖蘿。紅巾方見劇賊走，白帨又報官軍過。紅蓮幕乏庾長史，碧油幢引楊沙哥。廟廷無人經略拙，覆餗折足遑知他。北門吠犬失利苾，南徼跕鳶悲伏波。簡書右方半塗改，泮水左耳全欺訛。中軍但思挺鹿豕，列陣孰肯領鸛鵝。九州聚鐵鑄一字，百金立木招羣魔。腰間大弓肅肅羽，掌上利劍霍霍磨。濕梢積屍填巨壑，洗城漂血生盤渦。烏飛白頭竄帝子，馬挾紅粉啼宫娥。魯藏大盜竊寶玉，武庫烈焰燔琱戈。玉魚晨穿赤蟻穴，金虎夜落毛蟲窠。神焦鬼爛逃后羿，天驚石破愁皇媧。王坤驚聽或滲漏，諸阜載紀從譏訶。是時古鼎乃無恙，疇役丁甲來撝呵。乾坤玄黄蟻旋磨，日月來往龍騰梭。爾來一瞬四十載，渚宫已長油油禾。昆明土灰識燒劫，銅仙淚雨收滂沱。城中故物僅留此，坐閲人代成飛柯。金剛寶杵衛帝釋，彫篆石碣敲頭陀。殘僧近前爲指點，詞客好事空吟哦。吁嗟兮！滄桑變易等閒耳，區區一物奚足多。

渡荆江

虎渡迴船日又曛，旌旗高捲渡頭雲。閒鷗意到忽飛去，斷雁聲多時一羣。南入五溪江路盡，西連三峽楚程分。亂離光景逢人問，或有新詩當紀聞。

白楊堤晚泊

客行公安界，榛莽遥刺天。百里皆戰場，廢竈依頹垣。豈惟人踪滅，鴉鵲俱高騫。但聞水中鳧，拍拍繞我船。朝來望澧陽，稍稍見疏烟。晚泊得墟落，潬沙水洄沿。天風鳴枯楊，衆鳥巢枝顛。居民八九家，其下自名村。野火燒黄茅，瘦牛皮僅存。姻親兒女舍，相對籬無樊。我前揖老父，欵曲使盡言。云自南北争，兵火六七年。初來尚易支，斗米换佰錢。去秋忽苦旱，穀價十倍前。朝市有推移，世業誓不遷。況聞江南北，兵荒遠袤延。逋逃等無地，旅仆誰哀憐。我感此語真，欷歔淚流泉。有生際仳傷，朝夕計孰全。悠悠逐徒御，即事思田園。

公安道中

折戟沈沙極望中，勿論猿鶴與沙蟲。一江路阻城猶在，萬竈灰飛壁已空。便有閒情論戰伐，誰能按壘識英雄。分明世事如償博，細雨殘燈局就終。

過龍陽縣

李衡洲畔水潭潭，生計漂流最不堪。抛却故園三百樹，來嘗霜橘洞庭南。

晚泊安鄉縣六韻

布帆衝雪到，小泊記荒程。沙岸冬收潦，湖光晚放晴。百家成小聚，一縣得虛名。路險行吟客，天驕跋扈兵。廢池猶帶樹，殘壘竟無城。不到干戈地，誰知荆棘生。

渡洞庭湖四十韻

一氣吞全楚，孤舟望不窮。兩儀浮澹滟，萬象入鴻濛。冰雪凝壺浄，烟霞拂鏡融。恍疑天四合，長見日當中。散作魚鱗去，虚憑鳥道通。洪流年莫紀，開坼力何雄。險蓄波濤勢，陰防霧雨霁。落帆分向背，瞻斗辨西東。畠畠趨靈域，泱泱表大風。回車辭崦嵫，仗劍倚崆峒。絶境何由達，狂飈偶一逢。未成騎赤鯉，直欲駕晴虹。空曠曾張樂，軒轅想馭空。鸞雛嬌嶰竹，鳳味引荆桐。去約西王母，行邀東海童。舞幽潛百怪，協律奏羣工。貝闕清於玉，冰簾暖似烘。人間常屬耳，天外或呼嵩。沈璧摛辭壯，燔柴望祀豐。居然憑嶽瀆，渺矣託神叢。河伯憂方大，蚩尤禍忽終。長鯨摧爪甲，封豕殪豝豵。不分驅秦鹿，終成失楚弓。紛紜吹野馬，變化到沙蟲。貪説含珠睡，乖從割耳聾。蛟涎腥蚌窟，魚目閟龍宫。往往狼争肉，紛紛雉離罿。崩沙埋鎖杙，壞板拆艨艟。短景西南陷，浮氛宇宙充。客行愁渺渺，事往惜匆匆。飄泊今無地，吁嗟一倚篷。向來拘眺聽，渾似出樊籠。弔古夫何及，傷時又不同。九疑荒率指，七澤蕩明瞳。易觸蒼茫句，難消塊壘衷。非才慚擊檝，有識笑從戎。不作沾泥絮，翻隨别蔕蓬。文詞新畫虎，爪跡舊飛鴻。壯志銷頹俗，流年撫薄躬。中流發長嘯，誰負濟川功。

臘梅和中丞公韻

一枝開異域，獨秀殿羣芳。梔額黄添暈，檀心蜜作香。折應傷歲暮，力欲挽春陽。待共梅花笑，先期耐雪霜。

武陵除夕

嶺徼溪山指後期，楚天風物莽參差。江船雨鬧羹魚市，岸柳波柔飲馬池。俗陋初逃兵火厄，年荒真覺酒醪糜。春光已作先庚報，試看燈花爛熳時。

敬業堂詩集卷二

慎旃集中 盡庚申一年。

喜季叔自荊州至二首

會合期難定，蒼茫憶舊秋。烽烟隨地滿，書疏隔年收。薄宦供驅策，空囊愴去留。荊南曾久住，回首似并州。

再見干戈地，方知骨肉恩。人情方畏虎，客路漸啼猿。那得窮無恨，惟應醉勿論。如何連夕話，多半是田園。

人日武陵西郊閲武二首

鷹揚盪決勢無前，觭角相持又一年。豈謂陳湯寬吏議，尚煩充國策屯田。桃花色映巴滇馬，杏葉裝成子弟韉。漫説秦人曾避地，而今此地是窮邊。

如荼如火望中分，鼓角鐃鉦一路聞。黑齒舊疆仍結壘，緑旗别隊自將軍。轅門誰上平蠻策，朝議先頒諭蜀文。輸與書生工算弈，疏簾殘局轉斜曛。

再遊德山爲雨雪所阻留宿乾明方丈次石間周益公石刻舊韻二首

但令興到便登山，路轉鼇鷩第幾灣。福地自留蒼翠外，閒身偏在亂離間。殘碑日月看仍在，前輩風流許再攀。五百年來如轉盻，知從何處證無還。

城外清江江上山，依然白浪捲蒼灣。雪飄燈事闌珊後，春到梅花淺淡間。竹樹一丘迷出入，樓臺幾處記躋攀。茶烟芋火前因在，信宿留人未遣還。

春晴登朗州城樓

沅水湘烟入望深，郡樓閒上當登臨。晴邊日作薰檐氣，亂裏歌傷去國心。芳草迎船迷舊岸，緑楊盤馬試新陰。劉申去後空城在，水次猶傳上堵吟。

三閭祠

平遠江山極目迴，古祠漠漠背城開。莫嫌舉世無知己，未有庸人不忌才。放逐肯消忘國恨，歲時猶動楚人哀。湘蘭沅芷年年緑，想見吟魂自去來。

朗州絶句四首

翎雀彈來新調多，竹枝舊法定如何？居人不解邊頭曲，只唱西風菜葉歌。

江干草市竹爲椽，容易移家逐貿遷。昨日官軍又南去，辰溪一路有新煙。

雨餘天氣好清明，薺菜花開去踏青。欒令園荒桃李盡，更無啼鳥入空城。

督師聲勢震蠻荆，父老徒誇晝錦榮。不信但看楊相國，遺恩還在鼎州城。

武陵送春 時初聞官軍恢復辰州

筍屐籃輿幾地逢，春華一夢記南中。草痕吹過青楊瘴，花信飄殘畫角風。燒尾蛇應流枉矢，驚絃鳥亦避虚弓。桃源只隔孤城外，流下辰陽戰血紅。

舟發桃源

武陵溪口朗江灣，花落鵑啼血正殷。楚甸回看惟見水，蠻程從此始登山。分災小劫推移過，避世遺風想像還。但使耕桑能復業，仙家原自在人間。

辰龍關

結陣愁雲傍水濱，望中高勢故嶙峋。古來形勝知何地，天下英雄竟少人。獨戍饑鴉喧落日，連營荒草壓征塵。曾經官渡相持後，栅孔枝枝插柳新。

海螺峯歌

楚南地窮山聚族，逞怪争奇走相逐。桃源以上篁箐多，碧玉簪如春筍束。海螺一峯天下奇，形模髣髴神依稀。雷硾鬼斧劈不得，造物伎倆初奚施。中豐上鋭下微窄，凹處痕青凸邊白。古苔繡錯十六盤，巒髻椎高二千尺。輕身想像窮烟霄，仰天一笑天爲高。不知猿猱爾何恃，騰擲絶頂相矜驕。似聞老螺生海底，鯤化鵬飛忽移此。偶然蝸殼吐饞涎，倒覆江干吸江水。我嗤汝腹彭亨幾許寬，安能吸盡五溪之奔湍？天公渴汝一掬慳，故實汝腹封泥丸。嗚呼！已實汝腹封泥丸，只合棄置當百蠻。胡爲秀聳拔萬山，坐令荒徼人俱頑。

清浪灘

怒勢中流劈浪開，蟄龍潛處起驚雷。衣冠如故神留像，牙角争雄石騁才。鄉户幾看疲輓運，洪瀾何事故奔穨。炎荒有路天難限，百險終須椌梔來。

北溶驛

西隔辰陽纔百里，傷心戰地見何曾。尸陁林下烏争肉，瘦棘花邊鬼傍燈。井與田平柴栅廢，燕隨人散土巢崩。相逢漫説從軍樂，一飯無端百感增。

辰州

連岡猛火夜燒營，槃瓠西來尚有城。百雉憑高經雨黑，五溪流惡入江清。就傾廬舍全無主，畏險舟車半不行。欲訪遺書尋二酉，旁人指點笑書生。

壺頭山伏波廟

功業蠻方萬古尊，當時朝謗竟騰喧。耿舒本意難同事，朱勃猶存解訴冤。馬革裹屍言竟驗，雲臺圖像事休論。中興諸將俱茅土，不解於公獨少恩。

發辰州馬上大雨

百折岡巒去復迴，弓刀小隊轉城隈。馬頭雲勢俄爲雨，谷口泉聲併應雷。磽确連山愁路滑，離披滿眼惜花開。竹雞無賴啼偏切，直送行人度嶺來。

宿五里亭

舟行脱險還遵陸，跋涉誰知險更并。牛跡水添三尺澗，雲頭暮轉一峯晴。頗聞西上攀躋苦，却笑南遊性命輕。細數道旁雙隻堠，辰陽辛苦是初程。

羅舊驛

陽明舊日留詩地，我到偏傷亂後情。淺草平陂荒徼路，殘陽小驛舖司城。西征將帥猶堅壁，時前軍尚駐沅州。南牧牛羊各占營。此日蠻人皆佩犢，不煩布穀苦催耕。

午日沅州道中

一年傳旅食，吴楚隔干戈。蠻果枇杷熟，山花躑躅多。蒲魚鄉國味，風雨客程歌。佳節今朝是，誰知馬上過。

沅州即事二首

萬馬南來牧宿荒，連山淺草不能長。營門日暮聲如沸，論擔分錢買緑秧。

官兵十萬擁巖隈，糧運頻煩羽檄催。米價最高薪最賤，炊烟晴散畫梁灰。

雞冠砦

絲路微從鳥道分，半空雞犬隔江聞。雨聲飛過巖頭砦，多少人家是白雲。

漾頭司

雲山獅口寨，風俗短裙苗。兩郡封疆錯，孤城控制遥。遺民收野芋，狹路入山椒。怕見征南騎，臨江叱馭驕。

自沅州抵麻陽二首

半月天無一日晴，亂山處處走溪聲。廢坪隔岸分秧水，楚南皆山地，稍寬衍者名爲坪。小砦因高占土城。鄉民避兵者，俱踞山築城，名曰土砦。楚樹含情如有待，蠻花問俗總無名。嶔崎路在風波外，不礙行人觸暑行。

欲知黔楚分疆處，只在孤雲兩角邊。自是勞人貪僻路，也如渴馬愛清泉。參天有勢松何健，肖物能工石亦妍。一片銅崖青入望，夕陽跕跕數飛鳶。

初入黔境土人皆居懸崖峭壁間緣梯上下與猿猱無異睹之心惻而作是詩

巢居風俗故依然，石穴高當萬木顛。幾地流移還有伴，舊時井竈斷去聲。無煙。餘生兵革逃難穩，絶塞田疇瘠可憐。好報長官蠲賦斂，獼猿家室久如懸。

大雨泊黄蜡關江水暴漲黎明解纜諸灘盡失矣

頑石堆瘻疣，清江曳羅帶。黔山雖可憎，黔水頗可愛。雨聲怒流濁，曉鏡忽破碎。千年老樹枝，礧石亞完塊。小舠啣尾去，脱葉舞澎湃。榜人顧我笑，壯士行何畏。來當兵革交，夷險視一概。誰能守孤篷，鬱鬱坐久待。輕生犯過涉，既濟稍知悔。

早發齊天坡

山偪嵐氣侵，仲夏曉猶冷。離披馬鬉濕，十里霧未醒。流雲莽迴盪，陸海開萬頃。東日生其間，金丸上修綆。殷鮮一輪血，倒射却無影。蒼茫樹浮藻，參錯峯脱穎。攀躋足力窮，目賞得奇景。方知夜來宿，乃在最高頂。

六月十五夜銅仁郡齋坐雨憶去年此夕同韜荒兄潯陽對月有作

琵琶亭外記停船，昨歲今宵月最圓。短笛迴風溢浦浪，孤燈響雨夜郎天。文章幕府才相左，鱗羽天涯眼並穿。若算歸程余較遠，江樓卤上又三千。兄時在南昌幕府。

枕上偶成

漏盡雞一鳴，遥遥村砦裏。須臾徧城市，歷亂殊未已。晨光澹列宿，虚白上窗紙。夜來江湖心，夢斷不可理。似覺柔櫓聲，咿啞猶在耳。

連下銅鼓魚梁龍門諸灘

上灘力相争，下灘勢相借。連山百餘里，一抹蒼然化。輕舟紙作底，百折穿石罅。雨雹飛兩旁，雷霆奮其下。篙師心手習，快若王良駕。又如彀强弩，東向海門射。胥濤浩蕩來，歛怒却退舍。河神況小婢，指摘或遭咤。因斯悟至理，出險在閒暇。向來覆舟人，正坐浪驚怕。

麻陽田家二首

牛羊爭隘巷，井臼蔭高木。村村聚一姓，雞犬並食宿。兵荒分同死，男女不輕鬻。所以五溪蠻，古來多巨族。

俗貧盜見棄，夜户可不設。翻爲防逃兵，鄉社有團結。隔河聞人聲，睒睒鬼燈滅。我欲從之言，灌莽高八尺。

浦市晤宋梅知兼贈别

與子總角交，賤貧互相得。自從行萬里，始作可憐色。兩萍浮大海，後會那可即。初春得子書，感子遠相憶。令兄久辭家，託我覓消息。武陵快相遇，恍與子面覿。頗怪經亂離，神清髮深黑。報章走急足，與爾慰饑惄。十年一紙書，奚啻萬金直。平生骨肉恩，獨往輕遠涉。沅江石齒齒，白日飛霹靂。投軀試奇險，聚散俱慘戚。汝兄我先見，我弟汝新别。兩家兄弟間，異姓派如嫡。銅崖聞子來，喜劇遽走覓。買舟下浦市，石觸舟中裂。怖餘身幸在，再理渡江檝。沙頭重把袂，迎面淚反滴。開口先暄寒，次第家事及。子言聊慰我，指似聽歷歷。舍弟辭人幕，今年復家食。别中六寄書，此度凡兩接。是日接德尹所寄第六札。子來喜見兄，飄泊手重執。余行别諸弟，渺渺孤飛翼。同落百蠻中，悲歡儼殊域。江天秋平分，晝夜五十刻。月魄哉初生，飛蟲撲燈入。從昏話達旦，對酒脣不濕。别當争戰場，歧路莽南北。子帆已高挂，我馬尚羈靮。去去勿回頭，涼風在蘆荻。

重陽前一日銅仁郡齋得韜荒兄豫章信

豫章書到雁程勞，山館孤燈夜屢挑。怕説重陽又明日，南來何地不登高？

銅仁書懷寄德尹潤木兩弟四首末章專示建兒

客行已度萬峯巔，咫尺西南接漏天。雲棧險應輕蜀道，布帆穩憶上吴船。家書盾鼻題難盡，春草刀環夢未圓。了了故園東下路，洞庭高浪白門烟。

虚名小郡笑猶存，官舍無烟米不屯。鵜鴨池荒餘棄壘，漁樵人少但空村。路窮江口船稀到，山近黔東石盡髡。最是子規啼未歇，插天丹嶂起露猿。

眼見青旗换白旗，幾聞殊俗震餘威。月斜嚵虎巡城去，風定饑烏繞樹歸。超石諸營兒作戲，射生别帳妓成圍。飛書草檄非吾事，悔著征人短後衣。

阿庚失學阿承癡，滿架殘書急護持。不願生兒還似父，尚憐有叔可爲師。殺雞爲黍人誰過，綴鳳黏珠想要奇。便使他時能典謁，草堂花發是歸期。

高愼旃罷官入都索贈行之句

八年遠宦阻迴車，萬里高堂悵倚廬。少司寇先生尚在堂。歸路已遲鴻鴈後，逢人猶説亂離初。蘭成恨滿江南賦，孝穆情真僕射書。此去朝家崇吏事，崔瞻蘊藉比何如！

送雷玉衡赴印江學博任

雙江路盡還雙峽，此去休論跋涉難。秋雨隔城聞戰伐，夕烽傳點望平安。鄉程漸近梹榔樹，宦味初嘗苜蓿盤。昨夜尊前頻送喜，燈花何負鄭虔官。

得家荆州兄都下書久而未答夜窗檢笥中舊札因續報章并作二詩奉寄

朔南踪跡兩浮萍，爾渡滹沱我洞庭。橘柚候依京國雁，茱萸會散故園星。瘴鄉弓力秋來健，沙磧笳音嶺外聽。若向此遊論客況，兵荒一一眼曾經。

陳東倘許持清議，經濟如兄綽有餘。夜雨新豐空作客，秋燈絶徼又開書。絶奇世事傳聞裏，最好交情見面初。如此畏塗須閲歷，興闌吾欲賦歸與。

銅仁秋感和劉丙孫六首

風物移黔境，關城接楚邦。亂山争戴石，細水亦名江。遠燧連苗砦，孤燈冷客窗。崎嶇經戰地，游屐不成雙。

吾亦疑天意，人間事渺茫。陣雲秋易結，驛路晚偏長。雞犬無安土，衣冠剩古粧。少年韡袴好，輕薄笑蠻方。

郭外於菟穴，城中跋扈兵。幾時除猰㺄，終日逐鼯鼪。警急傳雞羽，悠揚聽角聲。草間殘孑在，却立望昇平。

居民竄崖谷，顔狀類麏麚。薄賦獨輸賧，餘生各戀家。銅苗收石緑，金氣辨丹砂。亂裏輕蠻貨，何時到客槎。

隙火飛蟲入，庭隅樹影生。月光經雨淡，嵐氣入秋清。南味疏鮭菜，西風到鱠橙。可憐鄉夢斷，戍柝正三更。

莫謾愁羈旅，南遊計亦良。主嫌蘆酒濁，客愛野蔬香。珠米升舂雪，刀魚寸縷霜。蹉跎叨匕箸，容易送流光。

秋懷詩 并序。

鸞城秋晚，風雨淒其，懷友思鄉，一時并集，次第有作，得詩十六章。江湖浩蕩，分寄無由。異日奉几杖於先生，寫心期於同好，當出以相質，用博和章焉。

四海靈光劫燒餘，名山一席老仍虚。及門漸散天南北，舊事閒隨夢卷舒。黨論甘陵多擬似，交情中散比何如！公朝謾有程文海，又費先生却聘書。姚江黄夫子掛名薦牘，知驅馳無力，不能北上也。

事與心違悵久離，京華一信底差池。望窮難覓衡陽雁，客到遥傳塞上詩。南國霜華蓬著鬢，東籬秋信菊如期。買山歸卧談何易，始覺巢由是盛時。外舅陸射山先生久留都下，短章勸駕，情見乎辭。

黄浦花深護竹扉，隔江城郭鶴初歸。風生故壘餘蘆荻，天遣西山長蕨薇。註易十年留小草，憂時一涕肯輕揮。老裝來往錢唐路，藥裹丹爐計未違。黄晦木先生註易垂成，近復事黄冶之術。

青山無恙罷登臨，收取雄才入苦吟。快馬短裘他夜夢，荒亭野史故交心。謂金正希先生。愁侵衰鬢絲何極，老傍窮途感易深。一片臺城吹角外，秦淮烟柳變秋陰。王汾仲寓居白門。

板輿自草閒居賦，駿骨何心羨築臺。訝許客來論舊雨，能令人妬是奇才。對門瓦屋相望住，謂斯年、分虎。稱意溪花一笑開。還有江山傳好句，青蓮曾到夜郎來。長水李秋錦。

南戒江山破涕新，博梟壺馬鬬長貧。英雄混跡疑亡賴，風雨高歌覺有神。一劍乾坤嗚怪事，六朝裙屐笑文人。采蘩橋畔留詩別，母在尤宜惜政身。白門王璞菴。

管鮑雷陳原有數，臨歧執手語分明。後來此會知何地，同輩如君豈好名。薄俗誰堪論古道，浪遊吾恐負平生。但令出處存初約，應諒天涯共此情。客夏同人餞別於飱和堂，聞故鄉社事紛然，感懷同志，作詩寄主人朱與三。

憶從奉杖別巖隈，遠枉馳箋又一回。軍角風高蟲語合，獵塵秋早雁翎開。石光敲火三年過，銅柱無名萬里來。珍重先生期許意，緘題欲報每遲徊。家伯二南遠書見示。

酒幔河橋柳拂絲，故人欲折並依依。篋中行卷春留別，畫裏孤帆客憶歸。蠻郡秋聲迴鼓角，戰場風力展旌旓。賣文剩買防身劍，不改從軍一布衣。朱人遠、陳撝謙、子棨、黄主一各有文見送，繾綣之意，别後不忘也。

三徑無資謾管絃，清才差勝廣文氈。藍田記入昌黎集，絳帖碑留淳化年。一縣葡萄秋釀酒，千家砧杵月臨邊。豬肝不用供他客，雙鵲東軒信早傳。陳子文舉家赴安邑丞，近聞子厚亦作晉游，同此致意。

存殁相關事忍論，桓山翼折歎賢昆。謂鳳司。久從恭謹傳家法，却幸諸孤聚義門。二頃良田貧減價，兩朝汗簡淚添痕。買隣擬就牆東住，及取遺風教子孫。祝彦方南宫下第，閉門讀史，撫孤姪如己出，言念及此，不無存殁之傷。

望衡對宇雅相親，南阮才高不諱貧。帶雨村春晨隔巷，欵門燈火夜留賓。兩家子弟如行雁，一姓婚姻少比隣。角酒争棋曾此地，荒雞絶徼夢何因。王子穎、右朝兄弟。

石佛橋邊一繫舟，遠來情感寄書郵。關心風雨經聯榻，輕命江山博壯遊。木葉波仍浮楚甸，蘆花雪又滿吴洲。蒓鱸橙蟹家鄉味，容易懷人負好秋。徐孝績有書見存，並簡盛鶴江、徐淮江、程禹聲諸子。

消息烽烟萬里通，憐余踪跡久從戎。羞言處士河陽幕，豈有書生絶域功。浴鐵甲分秋練白，蠟丸書傍燭花紅。知君矯首西南望，懷友思親一概中。得楊嵩木京邸書。

晴川高閣揮杯後，兩度西風閲歲華。鸚鵡夢銷江上草，鷓鴣啼老日南花。舞迴雞枕宵初半，讀罷魚書飯好加。莫道楚材多放廢，居然屈宋起名家。漢陽王孟穀、羅魯峯。

曾作江湖同隊魚，洞庭南上更愁余。舊遊想像重題閣，故國平安有報書。去日兒童皆項領，同時牛馬亦襟裾。捉刀未了生涯事，只是羞乘下澤車。與韜荒兄江陵分手，兄赴豫章，余至沅南，相望各天，音塵夐隔，比得鄉信，因寓感懷。

同沈將雲楊魯山遊銅崖

雙江合處勢瀠洄，地盡中流忽有臺。沙際馬知寒潦縮，城西鴉帶夕陽回。年深兵燹碑難讀，路入榛蕪眼倦開。片石只從開闢在，題詩曾閱幾人來。

天擎洞歌

黔江自與楚水通，楚山不與黔山同。神靈有意幻奇譎，使我豁達開心胸。初披榛莽覓微徑，旋渡略彴踰奔洪。水窮雲起巖洞出，外象軒翥中含空。陰叢轟轟聚蚊蚋，老骨硌硌摧虬龍。懸崖俛瞰勢將墜，一柱突兀撐於中。蜂房倒垂作層級，鍾乳亂滴穿玲瓏。不知瀑布之源在何許？天紳飄下朝陽東。石梁截斷千匹練，明珠迸出鮫人宫。又疑蜥蜴吐沫散冰雹，寒氣颯颯生迴風。長林豐草四時潤，雨露不到誰尸功？

重過齊天坡

十月新寒瘴已輕，萬峯濕翠雨初晴。人來天際斜陽影，馬蹈雲中落葉聲。杼軸誰憐民力盡，郵亭遥數戍煙生。半年遊跡愁重到，何計雲山慰客情。

再至沅州哭劉丙孫二首

幕府論交快得羣，天涯失意手重分。不應小别輕揮淚，豈謂重來果哭君。中秋前在銅仁洒淚而别，遂成永訣。盡賣衣裘供薄斂，誤他僮僕遠從軍。瓦燈相對僧窗夕，忍讀龍場瘞旅文。劉官吏目，故云。

偶然倡和成詩讖，鵩賦長沙最不祥。丙孫秋感詩有「長沙鴞似鵩，腸斷洛陽年」之句。萬里慚余稱好友，一官累爾死殊方。招魂有母傷垂白，舁櫬無兒等國殤。拚却負薪貧也得，九原應自悔辭鄉。劉爲安丘相國次子。

送楊魯山省覲歸里

殷勤巵酒别蠻天，安穩圖書壓客船。經眼雲山窮戰地，稱心詩句遠遊篇。綵衣綫綻三秋後，白髪花穠八座前。不載丹砂供服食，閒居一賦已如仙。

夜觀燒山和中丞公韻

寒空月黑燄初熏，照夜俄生萬嶺雲。赤幟千人争趙壁，火牛百道走燕軍。危時莫以烽爲戲，我意方憂玉亦焚。不信劫灰吹不盡，草間狐兔尚成羣。

麻陽運船行

麻陽縣西催轉粟，人少山空聞鬼哭。一家丁壯盡從軍，老稚扶攜出茅屋。朝行派米暮僱船，吏胥點名還索錢。轆轤轉絙出井底，西望提溪如到天。麻陽至提溪，相去三百里。一里四五灘，灘灘響流水。一灘高五尺，積勢殊未已。南行之衆三萬餘，樵爨軍裝必由此。小船裝載纔數石，船大裝多行不得。百夫并力上一灘，邪許聲中骨應折。前頭又見奔濤瀉，未到先愁淚流血。脂膏已盡正輸租，皮骨僅存猶應役。君不見一軍坐食萬民勞，民氣難甦士氣驕。虎符昨調思南戍，多少揚麾白日逃。

雪後平溪道中 時官軍初復貴陽。

馬足聲堅凍未融，楚南晴雪照黔東。百家廢井懸軍後，一路啼猿灌莽中。斑白逢人愁鋌獸，萑苻何地集哀鴻。書生亦有傷時淚，袖濕征鞭裹朔風。

清浪衛廣福寺

瓦礫城隅萬竈旁，居然古寺比靈光。殘僧一去塵蒙佛，畫角孤吹夜雨霜。劫過昆明灰尚黑，年深龍漢事全荒。斷碑知是何年物，野火燒來柏葉香。

飛雲巖

白雲本在天，變幻隨所到。無端忽墮此，穴地啓洞竅。石髓久漸凝，靈姿特神妙。軒軒勢欲舉，外秀中驚鶩。坐勞佛力鎮，刻畫恣凌暴。山靈怒不受，企脚首頻掉。猶虞從風揚，出山不可叫。呈形寓百怪，意想得奇肖。昂昂舞獅象，狠狠蹲虎豹。蛟龍護鱗甲，鸞鳳披羽翻。或疑人卓立，又似波傾倒。形容口莫悉，覽勝難領要。造物太雕刓，將毋元氣耗。

林泉爲映帶，旁引轉深奥。清陰矗古柏，遠響落幽瀑。遂令過客心，出入殊静躁。惜哉靈勝境，乃落西南徼。好事偶一逢，高情復誰較。獨留陽明碑，千古表蠻僚。王文成月潭寺碑記、聖果亭偈，石刻俱在焉。

度油榨關

平明走馬出城闉，峭壁西風冷偪身。轉粟上天非易事，據關連栅復何人？雪填土窟埋屍淺，冰裂刀痕迸血新。等是三災逃不得，疆埸溝壑兩窮塵。

題鎮遠中河寺後石洞

一片青山展石屏，天光西豁㵒陽城。豈知躍馬横戈地，猶有晨鐘暮鼓聲。

黎峨道中二首

馬滑前岡冷未消，冷音另，黔中冬月霧雨之候，道滑成冰，俗呼爲冷。一鞭絲雨上衣潮。瘴茅黄過三郎舖，寒水清涵葛鏡橋。

青紅顔色裹頭粧，尺布縫裙稱膝長。仡佬打牙初嫁女，花苗跳月便隨郎。

黔陽雜詩四首

蚩尤百丈吐寒芒，時有彗星之變。殺氣西南莽未央。燕雀君臣空殿宇，蜉蝣身世閲滄桑。亂山似作孤城衛，横戟誰堪一面當。錯料夜郎知漢大，井蛙曾此自稱王。

休將卧虎比前禽，諸將功高賊未擒。棩馬隔城邊草瘦，幕烏啼曉陣雲深。盤江路盡黔疆險，鉤棧人從蜀國尋。一片壽陽汚血地，浪傳田叟哭王琳。

玉斧銅標界有無，苴蘭城外亟儲胥。田横客已辭窮島，樂毅功難敵謗書。官濫羊頭争獻鏡，謀新鼠穴可乘車。英雄稚子論誰是，廣武登臨歎有餘。

吹唇沸地勢縱横，約束人稱峽路兵。間道無援防豕突，叢祠有火散狐鳴。殘年租賧催何急，鬼俗流離命已輕。勿倚弓刀能殺賊，向來漁獵本蒼生。

送王兔菴學博赴安順

芭蕉關前打戍鼓，漏天十日九日雨。西征健兒猛于虎，道傍箐深貍伺鼠。朝行縛人暮驅牯，張目睢盱避無所。仲家生苗呰無主，肆虐公然彍强弩。野無烟市絶行旅，飛鳥山山鎩毛羽，爾獨胡爲此焉處。别家十年長兒女，失意勿復論鄉土。文章下筆造奇古，詩法亦可籍湜伍。髮須如絲白縷縷，宛然褒博説鄒魯。及門弟子紛可數，往往功名拾芥取。先生齒豁五十五，猶抱麔經應科舉。廣文片氊寒且苦，顧獨求之榮衰黼。僮留僮僕喪資斧，别我西行何踽踽。我爲爾歌爾起舞，舞意低昂歌激楚。而今輸邊方用武，何處堪容腐儒腐。桑榆有路行可補，曷不去作咸陽賈？

貴陽除夕次德尹去年此夜湘南見懷韻

秦城趙璧價誰償，隻影隨身漫去鄉。劍氣久寒思拂拭，雞聲無伴起徊徨。吟殘蠟燭三更笛，夢結春雲十畝桑。不是無家輕遠别，天南回首一摧腸。

敬業堂詩集卷三

慎旃集下 起辛酉正月，盡壬戌四月。

辛酉元宵月蝕

顧兔乘鸞事總乖，暗塵誰鬭踏燈鞵。但期來歲圓還再，肯照人間缺亦佳。金筑舊聞荒野史，玉川奇句抵齊諧。素娥似有刀環約，漸放清光入客懷。

黔陽蹋燈詞五首

川主廟前喧笑來，花蠻狡獪學裙釵。馬鞭攔入北門去，閙殺新城普定街。

不用彎環竹架棚，長條宛轉曳紅繩。月光人影蒙籠裏，一色花籃廿四燈。

雄蜂雌蝶擁官衙，先後輪番唱采茶。忽轉歌頭翻四季，聲聲齊和牡丹花。

龍尾龍頭五丈餘，茸鱗鏤甲洗兵初。班頭舊出靈官閣，鼓板中間領木魚。

赤脚姎徒鬧掃粧，木梳籠鬢去隨郎。一年一度蘆笙會，又趁春山跳月場。

滇南從軍行八首

漏臥眗町接夜郎，井蛙穴鼠只尋常。開邊使者今頭白，他日嬰兒號竹王。

旨下羊皮督責多，前軍追電出牂牁。城烏三匝重圍外，聽唱先鋒敕勒歌。

捷書夜半刺閨還，再發西山板楯蠻。特賜龍家懸鵲印，土丞新綴總戎班。

金馬關頭毒草春，道傍掩鼓不驚塵。受降老將幽燕種，半是當時獻鏡人。

三道兵威轉戰餘，革囊潛渡計何如。肉屏盡向金沙路，可少姚樞裂帛書。

朝家納粟重輪邊，卜式才高逐貿遷。不是湟中甌脱地，何勞封事策屯田？

天地鴻濛儼再分，别傳科斗出奇文。就中機密無人識，惟見飛書入北軍。

稱帝稱王意自憨，投瓊一笑抵朱三。桔槔烽火同兒戲，兩度燒營到博南。

軍中行樂詞十首

旌旗小隊插竿竿，篳篥聲中路百盤。明日山頭移帳去，牛毛鵝毳滿兵欄。

猩猩貼地坐鋪氊，紅點酥油一樣鮮。普洱團茶煎百沸，偏提分賜馬蹄前。

斑鹿黄羊左右盂，射堂割炙盡羶腴。行廚可口烹鮮味，新瀹羹湯進鷓鴣。

粵西白獺近來多，項鎖金鈴跳碧波。鷹犬技窮渾不用，旌門別唱打魚歌。

果下名駒愛水西，騎來髮鬣剪初齊。戰場多少洮河種，骨立秋風向北嘶。

臂韝小鷂覓窠雛，密箐深榛近却無。駙馬手書馳驛到，羽毛四出比軍符。

仲家苗弩末猶强，機轉銅牙怒蹶張。楛矢舊曾充武庫，特煩中使到炎荒。

衕頭樵牧占官莊，射虎歸來白日藏。夜夜横屍荆棘地，浪傳車騎出南塘。

萬里京華十日通，雲邊優詔下軍中。錦袍貂帽征南將，拜賜從誇第一功。

五千名籍隸西江，乳臭居然擁節幢。太尉一軍長不調，摴蒲蹴踘自雙雙。

邸報二首

曾趨絶域拜毘盧，降將還朝籍未除。博得封侯須好語，太平天子是文殊。

暴露揚灰罪未伸，肯容武庫貯亡新。專車長狄僑如骨，四出猶煩驛騎塵。

即事二首

虁婦粧成細馬馱，梨園立部曼聲多。太常别有平蠻樂，不取金釵玉樹歌。

幾處開疆議敍同，緑旗歸去亦分功。新加細鎧銜都督，寶頂朱纓隊隊紅。

諸葛武侯祠

割據人才出，真從運數争。苦心扶季漢，餘力到南征。廟古寒鴉集，山高薄雪成。渡瀘緣底事？錯莫笑書生。

自正月以後不得德尹消息用少陵遠懷舍弟穎觀等一首六韻

聞汝辭人幕，經時少寄書。兵戈淹別日，梅竹且村居。池草詩爭秀，蠻燈歲逼除。兩年期易爽，十口計全疏。殘雪卿雙岫，春冰破一渠。依依游子夢，長自繞林廬。

白櫻桃花歌

空庭瘴消風日春，櫻桃花頭繁且勻。枝南枝北並時放，初月隔窗浮粉雲。梨花無香李太俗，別具幽豔存天真。山胡飛來好毛羽，字清調熟啼聲頻。金鈴風細驚不起，啄花如姤花含嚬。有時一片近人墜，酒面掠過香煙煴。故園開時記寒食，年年讌賞遲芳辰。依稀爲汝評品格，杏花顏色同鮮新。眼前一樹白堆雪，開及二月當初旬。近南已得天氣早，雅態更自離紅塵。有情相對萬里外，一醉何必非前因。明年花時定誰賞，我是今歲吟詩人。

得家信

吉禮除喪後，悲驩意各真。他時憐弱稚，此舉慰先人。與俗寧從儉，傳家合稱貧。一門婚嫁畢，兩姓恰朱陳。小妹去夏歸朱，季弟今春聘陳。

寒食看海棠

不見鞦韆架，榆煙火又更。轉防花笑客，真覺雨無情。綺句紅紗護，微風翠幄迎。萬山樵採盡，憐汝獨傾城。

偶遊東山寺

草長忽無路，重來跡已陳。寺貧僧乞食，臺古佛蒙塵。兵火殘碑劫，鶯花絕域春。近南多戰壘，愁殺獨游人。

檳榔

不愁侵瘴癘，開闢得奇功。遠客熏顏醉，蠻孃論口紅。香迴金醴液，清漱玉川風。萬里經相識，誰憐庾信同？庾子山檳榔詩：「莫言行萬里，曾經相識來。」

殊方生計拙，一醉費經營。

咂酒

蠻酒釣藤名，乾糟滿甕城。茅柴輸更薄，挏酪較差清。暗露懸壺滴，幽泉借竹行。

送彭南陔赴長沙即次留別原韻二首

畫灰奇計決從戎，入幕何妨許掾聾。鄭俠圖曾傷目擊，陳琳檄可愈頭風。嘉魚有味江東好，老馬無羣冀北空。車壁擊殘壺口缺，白頭白盡雨聲中。

湘中風物近何如？太息羅含未定居。竹閣語清悲擁髻，芝田春秀夢迴車。頻垂旅橐千金散，獨泛歸舟一葉虛。劫火不燒周易壞，乞音氣。君枕秘發奇書。南陔臨行授余河洛易數。

三月十五夜夢遊南湖追憶舊好因寄淮江

夢趁歸心得故園，鴛湖遊跡宛然存。濃烟隔浦浮諸塔，春樹分行緑一村。萬里烽煙遊已倦，三年光景向誰論。往來最憶尚書墅，柔櫓伊啞直到門。

四月十六夜喜雨

夭苗小砦破春耕，異俗差堪慰客情。萬井雲煙扶小閣，四山雷雨動空城。漏侵書榻移難定，卧想園廬去未成。好是緑針浮水候，陂塘徹夜有蛙鳴。

黔陽即事口號三首

帳有炊煙戍有樓，山無林木水無舟。王瓜入市家家病，箐雨經梅日日秋。苗婦短裙多赤脚，僰僮尺布慣蒙頭。兵荒滿眼圖誰繪，卉服先教遞速郵。

土産丹砂及水銀，若論肥瘠自來貧。蠻分烏白皆名鬼，爨合東西略似人。蒟葉分鹽沾鴂舌，檳榔和血點猩唇。水西小馬新來貴，買得偏誇内厩珍。

役夫肩背幾曾停，賴尾歌殘忍再聽。刼過流亡初著籍，碑傳德政已鐫銘。羊腸鳥道千盤瘴，馬背牛皮百鞘釘。正是西南需餉亟，螳螂川路接蜻蜓。

恭謁陽明書院

不遺先生成謫宦，誰將理學闢荒榛？後來事業皆由此，異俗詩書遂有人。複壁只今留絶徼，劫灰終古怨亡秦。講堂亦與兵戈厄，馬踏空堦萬瓦塵。

送秦望兄東歸

萬里相逢有弟兄，羈孤無那送君行。雨腥雙袖弓刀血，風静諸山草木兵。夢裏田園重到眼，蠻中兒女自成聲。極南從古無秋雁，歸去休輕議子卿。

懷葉鄧林副使播州

重巒叠嶂鎖空壕，蜀徼孤城近不毛。佛現催晴秋閃閃，鬼車啼雨暮騷騷。宦途載涉應知味，鄉夢頻歸可憚勞。計日江南秋信好，黄花酒熟待登高。

得都匀汪明府子参書却寄

劍河秋漲轉山鳴，桂象天低瘴壓城。旅況難辭邊邑苦，蠻人能愛長官清。巖光夜放金蠶蠱，兵氣秋荒木箐耕。此際回頭家萬里，可因捧檄慰毛生。

送李子受往武陵並簡山學禪師

不是無家等罷官，客中即次取粗安。江清城郭移帆過，戰定桑麻避地難。落日孤鴻迴健翮，西風老馬卸征鞍。鄰侯自具神仙骨，燒芋差宜對嬾殘。

楊大中丞壽讌詩八十韻

宇宙方多壘，英雄必大儒。兩朝懸碩望，一代應貞符。學貫天人策，才鎔造化爐。清名傳四世，賦價儷三都。暫應郎官宿，旋棲禁掖梧。龍鱗批可畏，虎齒探何虞。鋭氣真無敵，虚名自不沽。在廷推小諫，有識服訏謨。十載官難調，三遷秩稍渝。納言班漢爵，冏命入周書。繼領霜臺豸，重聽柏府烏。花驄行盡避，赤棒或時須。姻婭論權貴，歡傳溢路衢。異時公望合，一德舊臣孚。再秉金銀管，弘開貢舉途。風流歸吐納，文義闢榛蕪。桃李公門盛，茶烟瑣院晡。徽猷真藉甚，經術故非迂。撤帳傳衣鉢，臨軒命僕夫。上情深眷注，廷論協都俞。鎖鑰西南重，恩榮禮數逾。雕鞍紅叱撥，宮宴玉盤盂。朱芾加元老，黄金賜内帑。不應煩侍從，直爲寄彤旒。赫赫千秋業，明明萬里塗。三旌紛照耀，單騎歷崎嶇。憶昨初開幕，殘疆尚負嵎。客塵雙短鬢，時事一長吁。深箐蠻調象，叢祠鬼託狐。蒼茫生膽勇，警策戒衣繻。大義攻鳴鼓，先聲算獲俘。壇場收老將，舟楫付蒸徒。轉粟時方亟，屯田計似紆。量沙俄積聚，編户悉將輸。剖斷才無滯，沈深意每殊。幾時休戰伐，隨處萃逃逋。問道纔通蜀，前軍已渡瀘。焚巢移渥朴，拔穴徙於菟。及見干戈息，從教政化敷。時危須震厲，地瘠賴支吾。樓爲籌邊築，弓因克敵呼。經年煩草創，即事具規模。俗陋雖難化，苗頑亦可忓。羈縻存體統，指摘訝睢盱。發難相如檄，留心鄭俠圖。御囚仍有禮，討罪每矜辜。疾苦逢人問，瘡痍試手扶。心銘關感動，口惠詎驩娛。春雨膏曾徧，秋風病卒瘏。哀憐看賣劍，痛切請蠲租。澤雁勞初集，吴牛喘漸蘇。陰功多被物，憂國細傾壺。世儘榮殊遇，公猶孫碩膚。乞歸辭婉委，優詔答勤劬。法曜輝南極，皇威暢兩隅。印金龜轉紐，袍錦鶴呈珠。側聽中興傳，誰云往事誣。轂城傳指石，鈴閣叶懸弧。俯仰差無負，韶華好自愉。長生花是桂，異域酒名蘆。野獵登麋鹿，山肴進鷓鴣。黑頭光黼黻，明目黯氍毹。仙骨清方貴，豪家習總無。風華矜少壯，顧盼指須臾。瘴癘披襟浄，烟霞滿腹腴。西園催刻燭，東郭濫吹竽。賤子通家舊，頻年幕府趨。孤踪隨泛梗，里耳厭皇荂。自比依枝鵲，誰憐伏櫪駒。襄陽留叔子，夏口滯元瑜。鄉思年年共，陪遊往往俱。禮優慚上客，才短惜微軀。知己能容拙，開懷必盡愚。但令親几舄，何用苦牽拘。古有輕投筆，人今異執殳。詩狂容杜甫，操狹笑淳于。感憤尋常失，蹉跎歲月徂。受知非泛泛，述報祇區區。醉酒杯長潤，啣毫墨未枯。平淮碑好在，未敢憶江湖。

九日同赤松上人登黔靈山最高頂四首

絶磴扳躋望已窮，忽穿鳥道入禪宫。雲端方丈娑羅日，井底孤城篳篥風。草木連天人骨白，關山滿眼夕陽紅。興亡何與閒僧事，一角枯棋萬劫空。

空谷西風晝怒號，山寒九月馬歸槽。路危怪石驚將墜，天縱諸峯勢競高。羅甸一軍深壁壘，滇池千頃沸波濤。勞人何限登臨意，不向糟丘覓二豪。

諸將開邊振鼓鼙，幾聞京觀築鯨鯢。巴賨未脱金牛險，土貢長聞櫪馬嘶。事異汶陽休許魯，謀新曹沫恐輕齊。亂山中有豺狼穴，曲突何人議水西？

渡瀘溝畔闢新阡，瘦棘荒苔半石田。漸有疏烟生郭外，那無一雁到天邊。蠻方對景憐佳節，客路登高感去年。落帽臺孤風雨暗，短裘長路又三千。

十月二十二日接德尹長沙第二信驚聞三叔父訃音旅中爲位而哭悲痛之餘得詩三章

荆南風雨沅南雪，幾處追隨意最親。乍喜遠遊依骨肉，却愁别路沮音塵。人來絶域原拚命，事到傷心每怕真。兩地存亡身萬里，一襟啼血隔江濱。

燈花剥落雨沈沈，昨夜長沙有訃音。薄宦竟虚三徑計，首丘終負九原心。老成頓盡天難問，家運中衰勢不禁。好與精靈扶後起，松楸先兆已成陰。

皐魚路盡獨悽然，此意能生叔父憐。豈謂縗麻辭故國，重將涕淚灑蠻天。孤蹤黯澹成千里，一信蹉跎到半年。也擬招魂歸未得，瘴鄉誰與慰沈緜。

得荆侯姪習安訃信拭淚寫此并寄尊人楷五兄二首

手札頻開破旅愁，訃音此夕黯然收。眼枯倦枕孤燈淚，天偪哀猿萬壑秋。憂患豈知緣識字，男兒真悔覓封侯。一棺難揜平生氣，鬼火高于百尺樓。

黔雨滇風近十年，歸裝臨發尚遷延。浮名誤汝今如許，異域生還洵偶然。賸與孤兒留筆硯，最憐少妾賣花鈿。倚閭别繫高堂望，旅櫬何時到墓田？

老僕東歸寄慰德尹兼示潤木

迢迢萬里途，莽莽三歲隔。離悰兼旅況，雜沓難並釋。欲寬居者情，聊紀獨行跡。前年遠辭家，荆南事挾策。中丞天下賢，謁入容揖客。賓徒車服盛，中有麻衣雪。偪臘踰洞庭，羽毛風瘮痺。武陵一春住，山水愛澄碧。尋僧就閒暇，橫草應煩劇。隨師赴辰沅，跋涉隣殞摵。麻陽三挂帆，銅仁雙著屐。前軍濰陽戰，破竹勢深入。偪臘抵貴陽，孤城如破驛。荒署瓦僅存，窗户悉頹拆。移時開敝篋，稍稍置硯席。主人況巨才，手自樹英烈。蠟丸刺閨至，文案日幾尺。岑范媿幕僚，但坐看壁畫。邇者西征將，繼被中旨責。已合兩粵師，咽喉勢交搤。滇城久未下，攻守力云竭。師久必屯田，其能懸釜鬲。焚僮竄榛莽，廢土曠牟麥。即事常躊躇，察眉愴捐瘠。那無一尊酒，排遣就務隟。蠻花非時開，仡鳥亂格磔。窮愁託吟咏，好語慰行役。束縛得蹉跎，年華坐拋擲。憶昨初來時，針孔冒矢石。髑髏委亂草，霧淞雜凝血。馬驚忽騰躍，人意一悽切。亂離民命輕，鷄犬等狼籍。僕夫掖我前，慘慘度軍柵。回思田園樂，歲晏情逾迫。功名捷徑啓，大府破常格。我無卜式貲，寸進計斗石。移文累好友，初約背疇昔。全生爲門户，識者應見惜。枵然旅槖垂，念爾勤捆摭。家門忝居長，慚愧少擘劃。子言嫂姪貧，何忍分涓滴。不記少小時，推梨恥割宅。開函見子意，至性生感激。族譜教方衰，錙銖起牆鬩。豈知手足恩，具邇異疏逖。即此慰先靈，庶幾免離析。草堂父書在，千卷皆手澤。西園梅竹林，十畝錯塍陌。得錢了公税，餘用佐菽帛。讀書兼治生，生理恒苦窄。吾方逐游惰，勉汝終苦説。長鬚隨我久，嬾惰亦成癖。憐渠筋力衰，遣去情脈脈。臨發寫此詩，萬山猿叫夕。

烏山戰象歌 并序。

歲六月，前軍轉戰于烏木山，陣獲三象，遂以捷告。驅象北行，道出貴陽，觀者如堵。僕爲作歌。

烏山轉戰煩驍騎，鴉鳴牙中風捲幟。南人驅象迎我軍，鼓未成行氣中潰。渠豪力盡投深箐，竄鼠奔猿互顛躓。是時三象屹不動，却立如山鼻垂地。將軍獲象等獲俘，陣上懸金募生致。須臾拔箭膝行入，柱聳圓蹄一十二。槖駝珠玉壓背裝，象也輕身受人制。我聞内廐舊成羣，食俸曾援三品例。牙花雷雨偶一開，何必焚身因挾賄。此行生死隨所置，莫更回思戰場利。君不見功成則騁敗輒降，世上男兒盡如是。

送人赴黔西

羅甸西游影倍孤，亂猿啼入贈行圖。邊城事少餘詩興，幕府花開散酒徒。北鴈久遲鄉信到，南霜偏著客髯枯。封侯不是書生事，投筆無端笑渡瀘。

咏史八首

翻覆興亡閲兩朝，老來劉濞氣逾驕。十年賓客謀何密，四海漁鹽利頗饒。西貢幾曾歸武庫，南琛無復换文貂。徙薪可少長沙策，一擲金甌險得梟。

近説孤鶵死首丘，特煩獻馘入皇州。朝家舊識田横面，飲器難寛智伯頭。視葬敢容雙騎客，争功何與什方侯。天南從此無征戰，上苑昆明罷習流。

轆轤綆斷井應枯，襤主休傷押不蘆。粉麝餘香啣語燕，珮環新鬼泣啼烏。殘粧掩鏡雙蛾短，白骴埋沙尺土無。别有紅粧連騎入，金盤銀燭揀明珠。

析骸食肉一城空，阿父空提五尺童。旅火焚巢何自苦，齊書飛矢竟誰功。大臣未必憐朱瑒，故吏寧須問向雄。滿眼殘黎皆僕妾，向來跧縮倚神叢。

風急降旗舊折竿，播州歸甲極凋殘。一時管統援師盡，同日臧洪赴死難。赤手何顏還抱馬，白頭無望復登壇。大斤山下逢隋將，猶作燉煌戍卒看。

襲美官高並入秦，他時聲望起紅巾。豈應東市陳尸客，妄比南唐下第人。記室有文慚勸進，霸才無識笑輕身。鴻毛一燎全家盡，豫讓橋荒鬼火新。

勾漏龍門接壤間，謾勞回首望刀環。銷沈戰壘金沙闊，畫斷關河玉斧閒。季布敢論亡命去，田疇爭許奉書還。滿堂舊日三千客，幾個聞鷄並出關。

大廷一意注安危，充國金城事不疑。滇海有人聞鬼哭，棘門此外盡兒嬉。古來成敗原關數，天下英雄大可知。莫笑書生無眼力，與君終局試論棋。

黔陽元日喜晴　以下壬戌。

曙色晴光一片明，亂峯銜雪照孤城。未吹北笛梅先落，纔及東風柳便輕。萬里煙霜迴綠鬢，十年兵甲誤蒼生。眼前可少豐年兆，野老多時望太平。

楊南城自鄢陵陞任劍川州牧道出黔陽因病乞休比方養痾黔靈山寺高其勇退之意作詩贈之

如此山深可耐寒，鬢絲禪榻且盤桓。日南郡較中州僻，天下官惟牧守難。世路交情雙鬢換，春風歸信一帆安。君家舊住吴淞岸，三泖烟波底樣寬。

送友人入蜀

揚鞭倚劍出牂牁，鈎棧盤雲幾驛過。盜賊烽銷諸郡僻，英雄祠入亂山多。卜居未穩寧論地，行路雖難莫放歌。便擬題詩纔變後，此邦風物比如何？

水西行

烏蠻遺種稱羅鬼，剽悍斷頭能掉尾。傳從濟火年代深，世土居然屬宣慰。我從里俗詢大概，復取興衰質諸史。中古荒茫不足論，淵源請自先朝始。洪武初年禍亂平，遠略傖荒來越雋。是時奢香一巾幗，躍馬金陵謁天子。承恩歸去立奇功，一諾西南九驛通。却笑五丁開不到，亂山高下隔蠶叢。二百餘年太平業，世世分藩比臣妾。後來生聚啓規模，四十八支互蟠結。別開荆莽起臺殿，碉户碉房高櫛櫛。已分王土作王臣，旋練夷兵護夷穴。剁牛磔犬片言重，聚蟻屯蜂一呼集。布囊籠髮氈覆肩，負弩操刀輕出没。泰和功烈汾陽亞，神廟中年平播賊。當時亦用水西兵，驅使前行借餘力。釀成殃禍啓禎朝，殺吏圍城氣漸驕。深宫南顧鞭難及，諸將西征功屢邀。土司如狼吏如鼠，八捷餘威棄歸路。内莊一夜隕河魁，明日三軍齊縞素。眼中大創真無幾，可惜偷安旋就撫。閣鴉關外曉傳烽，靄翠營南夜鳴鼓。爾來桑海變須臾，此輩根株未盡除。夷性陸梁還似故，朝家謀略故非疏。經營特借强藩力，辛苦開疆一載餘。至今父老猶能説，墨守輸攻真勁敵。老窠地險石作城，要陘不容雙騎入。銅牙毒矢斃濡縷，竹柄長矛利鉤棘。馬蹄過嶺捷于猱，革甲環身輕似葉。連宵斫陣萬炬明，散入深林曉無跡。蛇神蠱鬼助饕虐，飛食人頭吐人血。砦前路斷臨奔壑，失勢一摧千萬尺。四山伐木斲作廂，裹用牛皮冒生鐵。石椒懸絙下槌門，雷斧轟天巨靈劈。攀藤健兒氣力盡，拍手蠻娘笑投石。重圍坐困又經時，轉粟方愁乏良策。豈知存滅總關天，渠首終成戲下懸。萬嶺提封開四郡，一朝腥穢滌千年。自此巖疆少蜂蠆，餘威遠懾諸苗砦。空留徼外廓清功，自踏人間僭亡罪。此日重勞問罪師，烏飛三匝失棲枝。忽傳耐德生還日，趙氏中山尚有兒。烏蒙犄角稱甥舅，曾是安坤舊婚媾。也挈遺孤代乞哀，復歸故土希恩宥。頗聞軍令競邀驩，滿許閒田復見還。土貢紛紛呈鐵晧，庚苴往往賜銀盤。寄語封疆諸大吏，從前開闢談何易。莫貪扯手納金錢，此事孤雛有深意。輸糧禽賊爾何功，王會圖成戎索同。不見天心今厭亂，戰場新鬼盡英雄。

中山尼

中山女尼顏似玉，布襪青鞋行彳亍。白日潛形灌莽中，逢人不敢吞聲哭。自言生長本名家，阿父才名宋玉誇。千里飄飄隨遠宦，一家迢遞入三巴。養成嬌女嬌無偶，掌上明珠唾隨口。花前侍妾盡知書，鏡裏新粧時學母。自從觀察去朝天，官署清涼遂可憐。寇盜西南俄阻隔，彗氛狼纛掃東川。孤兒寡婦皆臣僕，翠袖搴蘿行補屋。賣散平頭計漸貧，嫁分紅粉身何獨。飄零無賴到南遷，夫壻移家遠入滇。幾夜新婚成永訣，旋收戰骨葬江邊。早年淪落多關命，石上三生眼前證。便遣情緣着死灰，行依心月開圓鏡。小鬟何意尚隨身，宛轉青絲手共分。金剪無聲雲委地，寶釵有夢燕依人。扶攜同向中山寺，改口人前喚師弟。別與繙經起法名，慶光舊是閨中婢。皓齒明眸兩比丘，久拚生死等浮漚。香燈繡佛前因在，從此相依擬白頭。晨鐘暮鼓流光易，荏苒今年三十二。骨肉深恩且勿論，滄桑時局關何事。何當六詔又屯師，十月孤城乍解圍。將軍奏凱功無敵，悍卒搜牢勢不支。

移巢拔穴驅人起，但是有身無避理。一朝蓄髮强同行，幾度剸刀猶不死。歸程昨夜次偏橋，哀角吹殘令寂寥。却喜道傍俄見棄，草間趺坐度清宵。同行偶傍江東客，指點雲山曉來跡。雙江暫擬尋同伴，半路又驚逢邏卒。太守呼來淚未乾，含啼一一語悲酸。亂來莫説爲官好，兒女姻親那得完。夢裏生還愁故里，依稀記得萊陽是。已作昆明劫後人，託根何必仍桑梓。君不見列帳西來珠翠圍，悤悤粉鏡去如飛。不知皂帽天涯住，何似紅裙馬上歸？

班師行

滇池平，滇水清，滇南曠蕩餘空城。犬無夜吠鷄不鳴，將軍奉詔初拔營。幾姓分旗偏行賞，同時帳下添廝養。何取邊頭户口繁，十年生聚滋奸黨。白頭翁媼啼且僵，棄擲不得收戎行。翻身一仆委溝壑，骨肉滿眼紛飄揚。紅顔如花扶上馬，坡高驚墮珊瑚把。兒郎新嫁羽林軍，山下人逢執鞭者。近前一隊飛塵起，中有傷心淚偷灑。朝家本意重開邊，劇賊初平近十年。爾等纍纍皆鬼妾，偷生敢復祈哀憐。即如滇城圍，七月未能下。戍卒壘頻高，書生箸誰借？君不見禁旅一出西南通，煌煌中旨褒膚公。參軍誇謀士誇勇，逢時多少稱英雄。緑旗只合就裁汰，那許尺寸貪天功。從此歸成垂白叟，賣刀買犢安農畝。猶及生兒際太平，家家相賀持羊酒。

和答彭南陔長沙除夕見寄原韻

薄遊依地主，歸計幾時成。老被妻孥累，貧銜故舊情。緑尊消夜淺，白髮競春生。亂後飄飄跡，能無感北征？

黔南署中連接與三子穎右朝手書知德尹已入燕歸計遂決先馳詩以寄

出門儔侶稀，蒼莽七千里。豈不念離羣，徒亂人意耳。素心十餘輩，一散如潑水。同源乃殊流，所到隨坎止。行人半萍梗，居者僅桑梓。所恃氣誼敦，尺書屢見慰。開椷試終讀，感歎忽中起。吾弟賦北征，殘冬束行李。嚴程霜雪惡，急往寧得已。雙親尚淺土，舉念每纇泚。幼弱兩三人，田廬詎堪委。我來已天末，欲去難遽爾。烏道阻且長，戈船塞江汜。主人荷垂諒，告别輒諾唯。僮僕亦欣欣，行期屢屈指。到家幸非遠，計日及秋尾。期子賦同歸，開園召知己。

敬業堂詩集卷四

遄歸集 起壬戌五月，盡癸亥九月。

客楊中丞幕下且三年，德尹以壬戌正月北游，余在黔聞之，遂束裝遄返，與季弟潤木局促里居。甫周一歲，不及待仲歸，又將出而丐於親舊矣。合歸途所作及家居詩，共成一卷，名曰遄歸集。

發貴陽留別大中丞楊公三首

風波纔過又烽烟，一路看山漸近滇。浪跡南雲真萬里，濫竽東郭忽三年。孤熊舐掌粗知分，飛鳥依人正自憐。不覺對公成灑涕，也應容我賦歸田。

鄉社枌榆隔後塵，交情翻借布衣親。勒銘事大才難稱，絶代人稀見始真。寶匣異光刀剖玉，銅盤高燄燭輝銀。他時重話西征績，慚愧曾充幕下賓。

紛紛桃李豔公門，駑鈍如余尚服轅。明鏡何私顔欲换，清談無用蝨空捫。人來江左名慚項，詩和春陵格紀元。束縛倘酬知己分，敢隨流俗説啣恩。

高寨

緑蕨荒無際，黄茅直到天。祗因鄉路遠，猶自惱啼鵑。

度雲頂關

目極雲生處，到來雲滿身。時清存畏路，興盡有歸人。馬力疲堪惜，禽言聽似真。往來經戰地，白日起陰燐。

將至清平縣馬上作

石秀山漸佳，城荒日將暮。遥見孤烟生，猶知有人住。

晚宿龍里縣署

官舍周圍帶土牆，盆池新漲接方塘。歸人已夢田廬好，只道蛙聲是水鄉。

母豬洞觀瀑

蠻中六月交，山路苦焚爇。卧聞夜雨來，快起尋乳穴。入洞微有聲，足底響嗚咽。出山忽震怒，閃睒不容掣。巖前匯奔流，人駭馬辟易。來如曳組練，一綫注飛白。跌爲淵潭深，湛湛落澄碧。石牙互參錯，吞吐霹靂舌。直從灣澴底，跳沫騰百尺。慘慘天變容，凛凛風作雪。岡頭杜宇叫，萬竹劃然裂。將歸得奇觀，頓解肺肝渴。

冷溪

溪渾三尺雨，馬渡一汀烟。徑轉長防虎，沙平忽有田。斷雲依岫險，亂草得花妍。滿眼悲涼意，新詩記不全。

平越遇雷玉衡索留别之句口占贈之

依舊青衫把一鞭，紛紛白面看談邊。冷官未了從軍志，歧路猶餘話别緣。急雨淋浪茅店外，亂山高下馬蹄前。得歸吾已無餘恨，只欠游蹤未到滇。雷，滇人也。

黎峨城北福泉山張三丰禮斗亭尚存

清池照影樹扶疏，亭前有浴仙池、長生桂。晝静廊空想步虚。閲世人來棋散後，出山雲澹雨晴初。窮塵滚滚孤亭在，浩劫茫茫百戰餘。華表鶴歸應有淚，舊時城郭半丘墟。

題興隆衛聖母閣

隔斷荒城別一丘，蟬聲寂歷鳥鈎輈。忽來風雨疑無暑，如此林巒合有樓。塵刹留僧還算弈，瘴鄉有路莫回頭。澹忘未必同靈運，直爲清暉作少留。

寓樓晚坐

一聲清磬出柴關，庵主軍持乞米還。暝色羣羣棲樹鳥，夕陽朵朵隔城山。

偏橋田家行

結茅住山顛，種田在山麓。田荒費牛力，僅得播種穀。七年際離亂，饑饉死相屬。稍思歲一稔，生命絲或續。師旅比凱旋，驕嘶百萬足。黔山無水草，何以充苜蓿？成羣走阡陌，泥淖没馬腹。食葉躝其根，螟蟊等荼毒。秣芻一朝盡，婦子終歲哭。天下自昇平，民生有蹐跼。我爲老農語，物理視反覆。來年期好收，重看秧田緑。

晚登偏橋玄都觀後閣

承平推舊鎮，設險控西南。水勢全趨楚，山形尚帶黔。壞城平似掌，古觀廢成庵。即事多興廢，兵戈實厭談。

重宿㵲陽中山寺贈紫橋長老

水色山光浄眼前，下臨無地有蒼烟。長虹自亙西來路，峭壁剛支北面天。開士偶逢堪一笑，舊游重到已經年。亂離風景勞生夢，可少秋堂借榻眠。

舟發沙灣入沅州境

烟村紅日吐初晴，野泊舸艚促早程。秋水澄鮮魚味美，曉山葱蒨鳥言清。城連槃瓠形猶壯，灘過鸕鶿怒未平。我是沅南留滯客，舊游一一總關情。

天星灘

明星的的吐飛湍，石勢參差亂眼看。莫擬乘槎到天外，偶從奇險博奇觀。

神堂灣村家

布裙翩翩短幅，高髻亭亭古粧。坐看人成翁媪，不知世有姬姜。

辰溪縣晚泊

夕陽孤塔表辰溪，江面初寬地漸低。從此一舟平似掌，萬峯回首夜郎西。

瀘溪

傍穴纍纍架樹梢，懸崖百丈俯江坳。小舟恰傍山根過，長恐風狂墮鳥巢。

兩頭纖纖曲二首

兩頭纖纖舢子船，送郎只到洞庭邊。四時雪浪灘前石，白日雷霆枕底天。

兩頭纖纖月上弦，中秋屈指又今年。歸路二三千里近，別家四十一回圓。

晚過界亭

晚景融怡剪渡還，鳧鷖隨我過前灣。半江風色參差浪，卧聽猿啼夾岸山。

桃源訪胡孔志不值

漢陽分袂已多年，聞説遊蹤久入燕。歸路我經秦客峒，故人貧就廣文氈。桑麻舊俗今誰主，苜蓿荒齋醉少緣。秋雨暮帆惆悵在，可堪回首洞庭烟。

沅江縣治濱湖居民皆漁户水盛時舉家乘舟入湖秋冬水縮則結茅沿岸住

官舍無城傍水濱，鵁鶄鵝鴨半居民。疏燈幾點夜呼渡，老屋百家秋結隣。岸曲蘆深長響雨，船頭魚健欲驚人。饒他小縣輸漁課，賦斂湖湘俗久貧。

將之長沙留别沈將雲

武陵溪口手重揮，獨向長沙未得歸。憑寄家書傳客況，爲言弱羽又分飛。

青草湖

淼淼湖光天盡頭，曚曈初日起蘆洲。小船百折行難到，一片蒼雲白露秋。

長沙舟次聞德尹入黔之信二首

去年此地君思我，君到黔中我又歸。世路茫茫誰料得，離人黯黯意多違。兩萍湖海原難遇，獨雁瀟湘正嬾飛。此夜夢回姜被冷，殘燈疏雨倍依依。

歧路匆匆過朗州，弟去常德纔五日而余至。菊花初約誤林丘。音塵京國書遲達，詩草炎荒客善愁。道路半年成萬里，德尹于正月自故鄉入都，今又來黔，故云。江湖一信到孤舟。跕鳶浪泊來何爲，歸去吾方羡少游。

長沙喜遇彭南陔

鷺立蘆花淺水，蟹肥稻壟新霜。夢去故鄉秋好，一尊閒話瀟湘。

長沙雜感四首

水遠山平極望賖，湖南風物一長嗟。屈原已去終亡國，吴芮如存可世家。湘竹舊痕啼夢雨，薜蘿新鬼怨囊沙。孤城自繞殘陽岸，風急秋清急暮笳。

觭角關山百戰過，征南精鋭竟如何？牛羊隊逐移營盡，犀兕人傳棄甲多。蜀虎連年勞悵望，黔驢無技任譏訶。孟明一眚功無敵，別路今聽唱凱歌。

窮年供億奈兵荒，穀賤傷農力莫償。地遠舟車還絡繹，時清圖繪有流亡。勞魚未必忘呴沫，集鴈何當穩稻粱。十萬人家君勿問，如今瘠土是三湘。

卑濕南遷事可哀，鬼神宣室召空回。君臣如此猶嗟命，絳灌何人乃忌才。史漢高文光照耀，江山故宅客徘徊。治安敢擬長沙策，直爲先生痛哭來。

同南陔九畹遊嶽麓中途遇雨興盡而返

緗帙曾披北海碑，南游雅與素心期。好奇歷險人皆笑，冒雨尋山興又癡。雙屐泥痕苔剥落，一江帆影浪參差。衡山咫尺猶難到，敢望雲開似退之。

八月十四夜洞庭舟中風雨再寄德尹黔南

扁舟小泊最蒼涼，那更回頭望夜郎。浪跡久經烟瘴地，懷人今在水雲鄉。燈紅極浦秋何際，月黑寥天夜有光。滿眼江湖飛不到，始憐羽短道途長。

洞庭阻風歌

湘陰去岳陽，湖面一日程。雲從北來風色惡，吾力敢與吾命爭。船頭紙錢撒白雨，舟子酬神致私語。老鴉啄肉掠水飛，廟祝鳴鐘月東吐。大哉神靈本至公，憑私詎可祈感通。不如繫船整篷索，南北東西預難度。明朝風便從爾行，莫使有風帆力弱。

中秋夜洞庭對月歌

長風霾雲莽千里，雲氣蓬蓬天冒水。風收雲散波乍平，倒轉青天作湖底。初看落日沈波紅，素月欲升天斂容。舟人回首盡東望，吞吐故在馮夷宮。須臾忽自波心上，鏡面横開十餘丈。月光浸水水浸天，一派空明互迴盪。此時驪龍潛最深，目炫不得銜珠吟。巨魚無知作騰踔，鱗甲一動千黃金。人間此境知難必，快意翻從偶然得。遥聞漁父唱歌來，始覺中秋是今夕。

湘江舟晚

清湘清徹底，人影净征衫。秋水漸歸汊，遠舟惟見帆。荒洲無雁到，落日被龍銜。一樣天邊月，今宵迥不凡。

岳州

湖腹平吞爾許貪，湖唇一噴勢難拑。力争全楚功誰最，讖應孤城户已三。客夢堠長還堠短，夕陽山北又山南。太平設險非無意，漁獵丸泥敢尚探。湖中盜賊充斥，故云。

赤壁

一戰三分定，英雄洵有神。古今才不偶，天地局長新。故壘秋吹角，荒江晚問津。祭風臺下路，惆悵是歸人。

夜宿篺洲驛

洞庭晨出險，小驛宿兼程。漁火遠村没，雁沙殘月明。萑苻荒大澤，賦歛窘餘生。不敢論時事，乾坤及罷兵。

過湖口作

楚水吴烟一覽收，新移鎖鑰控中流。誰興桑孔緡錢利，盡算江湖大小舟。山脚酒旗孤店晚，縣南風色亂帆秋。詩囊壓擔琴扶膝，關吏何妨笑薄游。

登蕪湖浮圖

落帽家山記幾巡，弟兄南北各傷神。茱萸明日重陽酒，五處登高各一人。時家次谷在粤，荆州在燕，德尹在黔，惟韜荒家居，故云。

木末亭謁方文正景忠烈兩公祠

一姓興亡際，忠臣尚力争。百年公論定，兩字易名成。山雨晴蒸氣，江雷怒作聲。君看南渡後，降表出書生。

發儀真

緑楊城郭碧蘿洲，夾岸紅燈映酒樓。爲愛吴船聽軟語，買帆連夜下真州。

欲登金山不果

也有登山興，中流去不多。眼中江路盡，翻覺畏風波。

梁溪秋晚

繞郭林塘浄晚烟，放閘黄犢水平田。吴霜未剪江南緑，猶有菱歌動畞舷。

初到家得陳六謙書并見寄詩二章期余作北遊馳聲以報

睽違不在久，依依念儔侣。與子惜分陰，矧乃遞寒暑。六年五寄書，故人在肺腑。才華我何有，藻賞終見許。久要期勿負，感子心獨苦。師門一回首，過眼如風雨。初約貧漸渝，旁觀惜毛羽。青衫行謁選，此意吾諒汝。昂藏七尺軀，行與衰老伍。悤悤簿領下，英氣恐少沮。并州地苦寒，臘盡雪片舞。蹇驢數十驛，遠宦等羈旅。此邦經五季，地險全用武。連延二千年，往往警鞞鼓。海内今連兵，閩粵接秦楚。河東耕鑿安，天道合存撫。安邑古帝墟，唐俗仍樸魯。官清資俸薄，折束到鄉土。也擬上羊腸，得君作賢主。

哭王右朝四首

還家約略中秋後，長路風波恨稍遲。六日不詹君尚望，三年重到我成悲。魂來蘋末蛟龍駭，淚殺燈花枕席知。怪得吴江催噩夢，唤迴孤帳雨飄絲。九月十二夜舟泊吴江，夢中忽有人大呼曰：「三日内汝當有奇禍。」一時驚寤。明日到家，遂聞兄重陽訃信。

卅載交親氣誼中，蓋棺事了太匆匆。擬從頽俗存家法，不顧諸甥有舅風。冰雪一枝憐菴鵲，圖書四壁哽秋蟲。東山便是西州路，欲學羊曇計轉窮。

勿論死别與生離，存殁心傷無盡期。鮑叔有情貧敢諱，尚平多累出偏遲。向來語笑猶堪憶，從此肝腸好付誰？海角天南諸弟散，訃音欲寄苦差池。

未改頭銜屬望虚，手題丹旐又躊躇。携來萬里千行淚，檢得三年五度書。余出門以後，兄凡五寄書。好事誰還評月旦，餘生吾久負居諸。文壇詩社飛揚氣，百念俱灰一慟餘。

除夕與潤木分韻二首

曾爲茅堂乞少資，不成覓地向西枝。弟兄蹤跡團圞少，兒女心情指顧移。扣角騎牛聊復爾，設罝守兔定何爲？升沈此際知誰是，欲悔身謀又自疑。

燈花檐雨夜沈沈，慰我淪飄得故林。久别翻驚相對影，急裝誰諒倦游心，時清壯士才難盡，俗薄貧交望苦深。稍喜來年春帶閏，未應相對廢聯吟。

不見外舅陸射山先生屈指六年今春奉謁里門旋有吴行兼以送別二首 以下癸亥作。

鬢霜髯雪走天涯，拂袖歸來記歲華。海内詩文無手敵，座中筋力許誰誇。談深世態多經眼，老喜遊踪漸近家。五柳有情難繫别，勿論鄉思米囊花。

亂餘三徑長蓬蒿，栗里田荒尚屬陶。逸興人扶雙屐健，名山天靳一星高。春濃遠市紅燈月，烟泛輕帆白鷺濤。怪底尊前還戀戀，六年書疏阻江皐。

重過聽鶯齋與徐淮江話舊

風雨高齋别幾春，小池佳樹碧添鱗。兩湖地主憐君在，三月鶯花笑客頻。夢裏何曾忘對榻，畫中只合著閒人。倦游莫訝歸心切，知己無如孺子真。

三月晦日陳元亮家看海棠

一番陰雨花期盡，難得君家尚有春。路隔西川無好句，眼明南郭又芳辰。濃雲薄霧憐香意，翠袖紅紗絶代人。還有掛帆惆悵在，滿湖烟水夢何因。與顯武別有約而未遂，故云。

傳經堂歌卓次厚屬賦

後生學術無授受，往往談天哆衍口。春華秋實古難兼，氣節文章誰不朽。塘西卓氏本望族，遜國名臣侍郎後。天教一姓留典型，幾輩蟬聯起諸叟。西京箴衍探源委，北宋儒林辨誰某。煌煌藜火燃太乙，種種琅函發大酉。雕龍餘技矢穿楊，石鼓舊文魚貫柳。一經三世屬名家，兩字千秋推作手。頗聞名儒後必大，賢嗣文孫洵非偶。百年榱桷尚如新，别築祠堂寬十畝。已看歌頌美輪奂，更蒔花竹貽長久。藏經閣閟曉繙書，族譜亭成夜呼酒。才名後先滿南國，不比虚名指箕斗。余家盈盈隔帶水，累世交情誼稱厚。三十年前枯菀分，家運迍邅遘陽九。鄴籤兵火蕩餘劫，陶逕柴桑慚世守。老成頓盡人所嘆，小子無承良自醜。竭來塵壒逐游惰，筆墨祇用供奔走。祖父遺書讀未成，肯堂肯構夫何有。詩成對君三太息，獨抱殘經莽回首。

同淮江登東湖弄珠樓

但令興到便移船，我得同游亦偶然。疏磬晚潮孤影塔，暖雲濃樹四垂天。稱心圖畫憑欄外，經眼亭臺落照前。却笑詩成無傑句，驪龍依舊抱珠眠。

過吴漢槎禾城寓樓

快事相看一笑真，忽傳絶域有歸人。劫灰已掃文星燦，黨禁初寬士氣伸。佳客偶逢如有約，時陳寄齋、俞大文俱在座。盛名長恐見無因。廿年冰雪思鄉夢，纔向田園過一春。漢槎將攜家入燕。

吴門喜晤梁藥亭

僕家海東君海南，海道相距三千三。有時憶君發遐想，直欲芒屩遊瓊儋。故人謂魏禹平。金閶傳好語，知是久客猶停驂。買帆兩日風色順，百花洲外波潭潭。風塵在顏刺銜袖，笑口一豁心俱甘。披襟更覺有深致，黄鬚緑鬢垂鬖鬖。名言霏微齒牙潔，絶勝香味飄迦楠。小儒窘步不踰閾，訓詁馴繞如衣蟫。讀書已破十萬卷，可使蹤跡無窮探。吴中此來凡兩度，一一紗壁留精藍。山塘四月天氣好，輕衫拂領來晴嵐。家家緑陰囀黄鳥，曷不載酒携雙柑。閉門却掃吟獨苦，郢雪屬和何人堪。平生美好百不入，正坐好古成奇貪。知君力欲追正始，三唐兩宋須互參。皮毛洗盡血性在，願及有志深斸勘。拙詩與君不同調，小言未可誇詹詹。數篇見賞自京洛，君愈降氣余彌慚。匆匆人事促輕别，欲去暫止嗛清談。紅綿花開鷓鴣叫，歸夢定繞桄榔庵。

聲山姪自都下歸相見閶門舟次出荆州兄手札期余北游戲作一詩以答

春冰一騎蹴滹沱，柳色蘇臺握手過。鹵莽不須慚計拙，驅馳真欲悔才多。吟紅日晏誰同調，變徵聲移急和歌。每遇南轅頻問訊，長安米價近如何？

同祝豹臣及家西𡵨叔飲韜荒兄齋

高樹柴門景又遷，小堂南北緑遮天。偶然不速來三客，如此相思閲五年。居近人應疑卜晝，路難吾轉愛歸田。楝花風急村橋暮，欲散閒愁仗酒顛。

養蠶行

去年收絲利倍三，村中家家貪養蠶。蠶多桑少葉騰貴，千錢一筐賣未甘。温風吹蠶蠶易老，滿箔三眠上山早。蠶娘一月不梳頭，孏惰却輸辛苦好。東家採得繭如脂，繰向檐前索索吹。西家繭頭薄於紙，一樣蠶桑兩樣絲。將絲换錢索官串，無者價昂有者賤。貧家衣食天所慳，别許居奇營巧宦。即今閩海尚興師，争利人人學賈兒。聞道樓船皆市舶，貿絲豈必盡蚩蚩。

麥無秋行

三春雨多二麥荒，躪卷盡萎田中央。大麥莖長穗未起，小麥莖短葉早黄。楝花風過繅車傍，憶得年時麥上場。場乾日烈聲拍拍，打麥作糜湯餅香。腰鐮往刈纔盈尺，雉尾襹褷藏不得。驚人角角渡水鳴，别向原頭草間活。可憐鴉鶻不知時，壟下荒疇覓餘粒。我爲老農語鴉鶻，明年好收從爾食。明年好收理則那？只愁無種將奈何！

西園書屋順治丙戌燬於火瓦礫之場長養茨棘垂四十年比方有事於墾闢既惜地力且以習僮僕之勤焉用東坡七首韻與潤木同作

池亭剩曩基，長養藜與蒿。中更四十載，未盡莽刺勞。貧家供賦斂，尺寸無所逃。焉能守石田，鬱鬱希陰膏。益利興由人，棄捐成不毛。旬來拾瓦礫，積比頹垣高。

赤日黧我顏，白汗沾我背。鉏荒如去病，快得三年艾。伊昔締構初，春秋想高會。滄桑變時局，草土少完塊。誰歌蟋蟀詩，蹶蹶職思外。南山方朝隮，厥象占蔚薈。百年雖莫保，三徑幸猶在。給口茶蓼間，其甘等炙膾。

生涯失習勞，貴賤誰比數。優游不堪事，尚記前賢語。主人既率先，僮僕趾齊舉。給餐稱勤惰，功力積毫縷。種豆畦横從，種瓜架支拄。所憂歲將旱，六月竟無雨。澮畝一歉收，何由載筐筥。力惡不出身，貨惡不出土。尚恐機事牽，高人未全許。

陶家有田園，三徑忍就荒。籬落缺粗補，東西互相望。叢牙覆塊生，一片蒼雲蒼。地力久不効，新萌必繁昌。未飽啄粟鳸，先防踏蔬羊。望腹聊忍饑，先疇胡敢忘。

土性既有宜，人情亦有適。養材待椅桐，孰若樹榛栗。移根尋丈内，本向鄰家乞。落實庶可期，拙謀作乃逸。舉贏力不逮，何敢議築室。灌園豈無人，戢影勿輕出。此中足生事，吾計今已必。

惡木次第除，丁丁響斤斲。析薪祈克荷，生子願愚慤。我貧天所憐，田舍免風雹。用北史王蒙傳事。隨爺課晨夕，老圃庶可學。先公垂訓在，遠蹟企商嶽。黽勉奉前編，偏傍敢駁犖。

勿言世業盡，五畝澤已渥。兄弟且同居，相容在蝸角。用庾信小園賦中語。

仲子性好遊，旅食辭南村。叔子嬾甘寢，鼻息鳴西垣。我介兩者間，奇士羞王孫。有時事游惰，挾瑟隨雍門。有時賦歸來，及見松菊存。行者咏陟岡，居者勸加飧。營身各有役，出處且勿論。若較杜樊川，季强慚令見。杜牧望故園賦云：「昆令季强兮鄉黨附。」

題朱子蓉六丈所藏張穆畫馬用黃山谷韻

綠楊風起驕不行，低頭嚼環如有聲，乾坤一線塵縱横。肉中帶骨筆力透，不比東郊詩咏瘦，苦憶尋常棧間豆。青絲漫絡高家驄，龍眠妙手亦老翁，誰能更貌桃花紅。

送唐殿宣之浦江學博任

琴書壓擔曉風清，别路山行復澗行。青鬢功名秦博士，白頭經義魯諸生。月泉詩好篇篇秀，寶掌峯奇面面晴。勿對空柈嗟苜蓿，如今驥足是初程。

同韜荒兄飲鄭春薦齋

雲巖醉别忽經春，重向吴山問主人。陶侃登堂還拜母，茅容爲具也留賓。迴風却扇渾無暑，急雨催詩若有神。鸚鵡莫誇才子賦，鄭家名擅鷓鴣新。坐側有鸚鵡，故戲及之。

七夕同鶴江孝績序仔集淮江聽鶯齋

紅蓼蒼葭水一方，到門松桂已迎涼。燈前歧路天南北，時鶴江初從山右歸，孝績又將遊江右。屋角雙星夜短長。雅集幾回逢好友，離悰多半話他鄉。當筵有客傷存殁，不忍臨風發酒狂。思右朝也。

次谷兄自粵西扶先伯父櫬歸里二首

萬里行何畏，歸來始泫然。亂離成子孝，危苦得天憐。淚盡干戈外，魂驚瘴癘邊。路難經死地，初不計生還。

自古蒼梧道，征人半舁棺。僮瑶啼赤子，父老賵清官。竟返天南魄，翻疑夢裏看。附書吾久望，執手雜悲驩。

彭南陔長沙寄書知其長郎越千已於去冬物故一詩當哭兼以相慰

鵬賦長沙痛未窮，短書緘淚寄西風。隔年别酒征衣爛，幾日歸帆旅櫬同。善病我曾憐久客，未亡人又累衰翁。畏途盡室成何事，頭白君應悔斷蓬。

雨中過董静思山居

十里沿洄暮靄昏，熟衣天氣半清温。菰蒲響雨烟沈浦，蘆荻迴船水到門。躍網忽驚魚尾健，墜簷初見橘頭繁。好山偏阻登高屐，笑指郎家半日村。

題陳允文圯橋授書圖小影

戰鬭功輸運籌亞，英雄勇退神仙舍。誰招四皓出商山，我信留侯本儒者。奇謨秘策乃天授，老父一編事聊假。不然韜略世所知，豈必傳從圯橋下？陳生爾意非好奇，那將此景供圖寫。志大何妨學賢聖，時清未許談王霸。披圖商略意何如，傳習師門計有餘。余與允文俱出姚江先生之門。眼前經術皆經濟，莫問人間未見書。

同人中秋集陳寄齋宅

南游我昨逢佳節，兩度中秋瘴如墨。去年對酒洞庭湖，萬頃平波鋪練雪。電光一瞬等閒過，倏忽還家又今夕。良朋折柬邀共醉，憐我匆匆復行色。晚來微雨過城西，影落人衣月東出。明河一洗秋容浄，海氣天光較然劃。街頭無人市聲歛，相國門前月尤白。門前看月堂上歌，白月紅燈互相射。繡屏屈膝圍嬌面，赴節紅牙夜深拍。沈沈簫管索索絲，微動梁塵墮猶澀。清商一線徐引去，桂樹流飈葉初脱。此時中庭月停午，窈窕穿簾巧相覓。須臾腰鼓忽勾闌，假面西涼羣嘖嘖。歡場冷落年數久，對此翻令感蕭瑟。却憶江湖載酒時，蘆花深岸聞吹笛。故人顔色就歸夢，羽短途長莽飛越。此來會合殆天幸，竿木逢場看跳擲。徵歌自笑膽氣粗，起舞偏驚耳輪熱。東南盤敦君眼見，供帳如雲掃無迹。獨留好景付我曹，莫向瑶臺話塵陌。只愁客散月易斜，人事蒼茫難料得。來年作客知何地，此地來年召何客。南枝棲鵲催五更，東野寒蛩號四壁。殷勤酹月還一杯，珍重清光照離别。

過曹希文齋

怪底移家忽入城，小堂幽事頗關情。琴牀近海潮添潤，茶榻分泉火就烹。摩詰園亭依畫稿，建安人物入詩評。也知習嬾便支户，不廢階除有送迎。

有感戲寄韜荒兄

格新曾被老元偷，此外何堪説唱酬。但到西園應秉燭，不逢東野肯低頭？故交牛耳成孤憤，棄婦蛾眉託四愁。指一邑子。博得美人開口笑，暫時跛足也風流。兄以酒後傷足，故戲及之。

去夏余自黔東下與德尹相左於辰沅道中今德尹嶺外將歸余又有西江之役二詩留寄

薄遊蹤跡久沈吟，準擬歸飛息故林。别去無端隨末俗，窮來何事愜初心。書籤日過塵窺隙，茶竈風迴響和琴。一笑飄然仍作客，竹窗閒殺是清陰。

二頃田知戀洛陽，眼中歧路等亡羊。江風海雨愁頻結，桂樹荆花感又長。草草歸程雙爪跡，勞勞别夢五星霜。怪來出入如相避，鄉國何時鴈作行？

留别朱日觀祝豹臣朱與三陳寄齋王南屏家西㟃叔韜荒兄眉山姪二首

緑鬢西風幾遍吹，許巢貧過少年時。用方干詩中語。好官氣色車裘壯，獨客心情故舊疑。近月江雲偏絢采，未霜淮柳尚摇絲。名場此日誰高步，消得樊川贈别詩。

渭城歌酒最纏綿，存殁關心一黯然。落日故人長笛賦，右朝殁已一年。曉星同調斷鴻天。夢回露白移橙候，路入秋紅剥棗邊。任是登高何地好，青帘那不憶羊川？

西江集　起癸亥十月，止甲子三月。

萬里歸來，繼逢儉歲。家憲副伯方攝西江臬篆，邀余入署。自冬涉春，周旋六閱月，爲治遊學之裝。到家五日北行，不欲浮沈鄉曲，傷長者之惠也。

將有南昌之行示兒建

我年二十九，足不出鄉閭。南舟阻錢塘，北轅限姑胥。循循守矩矱，尺寸敢少逾？汝祖見背日，戊午暮春初。銜恤在終天，有生不如無。實擬奉成訓，終身依墓廬。黽勉同汝叔，食蒿甘薺如。此意難自保，饑寒旋相驅。初心忽中變，末俗誰諒余。麻鞋走從軍，凶服尚未除。自傷越禮教，臨去還躊躇。汝時年十二，戀戀來牽袪。汝母病在牀，强起縫衣襦。爲我擇吉日，勸我姑徐徐。山林忍窮餓，此事古有諸。奈何逐浪遊，浪游計終迂。我雖口不答，含意鬱未攄。恐喪丈夫勇，一笑起跨驢。寇盜滿西南，殺人棄土苴。書生爾何恃，急往不暫須。輕命踏危疆，鹵莽捹羈孤。雖無司馬才，肯戀終軍繻。迤邐關西公，憐才等璠璵。留我置慕府，開誠使懷抒。初來荆州城，漸入西南隅。蹉跎戰争地，四載過隙駒。憶自前年冬，洞庭上雙魚。吾叔又捐館，訃音傳豈虚。鑾燈黯淡花，相對慘不舒。天低嘯哀猿，月黑號訓狐。開書忍再讀，百感併集枯。上念兩先靈，窀穸未歸居。下念汝曹長，失學猶從渠。告歸策始決，寧獨懷樵漁。中丞知我真，贈言借吹嘘。坐覺瘴癘掃，清風拂長途。檢點篋中裝，百金頗有餘。束書戒行李，觸熱我僕痡。故人溮陽守，開館留籃輿。不惜分俸錢，寄歸慰妻孥。命窮氣方傲，却去同揮鋤。行行百餘日，始得還菰蘆。夜半叩柴扉，犬吠雞羣呼。門前五株樹，緑槐間黄榆。亂葉落我前，忽驚秋又徂。入門拜靈几，血淚交模糊。舉頭汝在旁，依稀記形模。汝弟急欲見，喚起髮未梳。見爺不識面，反走牽娘裾。對之重泗涕，存没傷心俱。别離經喪亂，泛若浮海鳧。得歸特天憐，未歸敢自圖。稍欣世業在，斷蓬復依株。繞屋十畝園，桑下可種蔬。即此勤學圃，貧士有故吾。都緣懶惰久，力不任菑畬。室人免交讁，官税多積逋。倦羽又辭巢，飄飄傃洪都。仲氏久去家，南北音塵疏。季子資性矯，青氊誤爲儒。齷齪小兒曹，欵段下澤車。蟲蝦恣跳躍，蝸涎活停瀦。翻笑尺水艱，蛟龍困泥塗。男兒誇富有，豈在堆倉庾。願汝勤孝弟，餘事到讀書。孝弟乃本根，根完花葉敷。章句粗能通，已勝耕田夫。煌煌京兆後，子孫雜賢愚。五世澤未斬，有生夫豈徒。不聞王僧虔，鳳凰綴蠟珠。峥嶸覘頭角，少小志本殊。十五號成童，何況十六與。當時同隊者，轉眼分龍豬。慎毋學汝父，風塵厭微軀。厲人恐似己，取火夜看雛。悔心用自警，作詩焉敢誣。

輓吕晚村徵君

屠龍餘技到雕蟲，賣藝文成事事工。晚就人誰推入室，早衰君自合稱翁。才今漸少衣冠外，名果難逃出處中。身後有書休論價，也應少作愧揚雄。

黄晦木先生從魏青城憲副乞買山資將卜居河渚有詩十章志喜邀余同作欣然次韻亦如先生之數

黄竹先生今夏黄，自離商嶽走踉蹡。青錢易長苔莓路，畫橐頻移薜荔牆。未就丹砂顔屢換，欲尋白社願難償。身經開寶流離後，那問西川舊草堂。

覆巢事過儼他生，回首風波噩夢驚。碩果兩朝誰鬬健，白頭一意自孤行。縱横鈎黨清流禍，峭蒨風期月旦評。幾爲借柯憐病鶴，羽毛如雪照人明。

力圃雖艱勝力耘，多時吟嶠望停雲。未完婚嫁何多累，投老關河正失羣。菜把恩羞叨地主，薦章名幸脱徵君。故人高義傾頽俗，薄俸能爲卜築分。

方丈蓬萊事不經，收心風物到園亭。紅蕖黯後蟬遺蜕，黄菊開時鴈拂翎。感遇詩還工屬對，垂簾卜屢驗奇零。少微越國真高士，移向吴天只一星。

松木場遥路向西，人言罨畫似西溪。雨中緑樹雞豚栅，霜後黄雲秔秫畦。琴筑鏗鏘聲落澗，風花高下踏成蹊。憑君指點神先王，可待游人爲品題。

數折溪橋兩版門，也須插槿植籬樊。閒携翠竹紅藤杖，晴曬牛衣犢鼻褌。耕讀新功兒解課，漁樵故事客能援。名香老研隨身具，目擊誰知道亦存。

樂事從來出苦辛，錯將勞尾比枯鱗。眼空身世殘棋劫，日漏軒窗過隙塵。方外衣冠驚俗客，夢中墳墓抵歸人。碧幢紅堵村村徧，肯笑繁華不稱貧。

釣臺何必盡桐江，牀下人來拜老龐。隱几湖山歸四壁，捲簾風雨到西窗。花源舊隱今何代，白鶴新居即此邦。已約隣翁勤斬竹，與排蟹椵打魚樁。

一痕龜墨食江郊，從此深居遠市朝。椰子冠從方士借，筍皮鞵赴老僧招。定巢屋角晨依鵲，挾彈林端夜逐鴞。馬跡車輪何處覓，遁仙名籍在丹霄。

槃澗時清且寤歌，欠伸光景底消磨。年豐米穀登場賤，水闊魚蝦漏網多。勿藥肯教眠食減，不祥端賴鬼神呵。鷄豚預有登堂約，慰我歸來興若何？

武林哭萬充宗二首

武功十葉變儒風，理學君家創甬東。謂尊甫履安先生。勳爵初除緣國破，饑寒不出勝途窮。傳家同異參三禮，君所著有學禮質疑。絶筆春秋闕兩公。近註春秋，惟定、哀未就耳。四十九年君勿負，蓋棺餘恨未成翁。

忘年交誼許忘形，君自殷殷見古情。看竹欵門纔一宿，去秋余自黔歸，充宗同主一、敬之見過，一宿而別。篝燈襆被每孤城。充宗下榻海昌，每入城未嘗不快對也。無端淚落期難續，前一日，人遠書來，有與充宗揮淚而別之語。如此人亡夢亦驚。回首師門誰領袖，慈湖風月可憐生。

宿梨洲夫子武林寓舍即次先生丙辰九日同遊舊韻二首

湖山憔悴哭新阡，謂萬充宗。何意蕭齋榻許連。燈火夜長楓葉雨，杖藜秋老菊花天。孤踪汗漫三年外，萬事荒唐一笑前。話到昆明殘劫罷，又緣久别却淒然。出處心情三聘後，滄桑人物兩朝前。先生高卧貧何礙，流俗知音恐未然。

徑路先須辨陌阡，眼中榛莽正鈎連。肯携芸蠹隨書局，任放醯鷄覆甕天。

富春道中

烏桕林中霜撒華，千樹萬樹圍村家。門前紅葉掃還落，白子著枝如白花。寒鴉成羣啄不盡，幾處飛出聲啞啞。荒灣敗葦江忽轉，鴈陣欲落整復斜。青山正缺天一面，澹入無迹雲拖沙。十年夢想富春渚，指點圖畫空嗟呀。豈知去家纔百里，足所未到如天涯。人情貴遠每忽近，往往耳目遺烟霞。他年卜居恐未穩，此際覓句差堪誇。江山秀絶客懷俗，毋使擾擾同魚蝦。

雨過桐廬

江勢西來灣復灣，乍驚風物異鄉關。百家小聚還成縣，三面無城却倚山。帆影依依楓葉外，灘聲汩汩碓牀間。雨簑烟笠嚴陵近，慚媿清流照客顔。

睦州

過城灘更急，直下匯分流。樹色銜雙塔，山形豁一州。炭烟濃傍塢，樵逕細通舟。風日晴尤好，初冬似晚秋。

泊茶園

危樓高百尺，水落岸如山。村市尚開店，檣燈别占灣。喜無塵點鬢，那用酒熏顔。漁笛能相就，飄飄壓浪還。

淳安謁海忠介祠

桐鄉遺愛在，民自不忘公。一邑清名著，三朝直節同。衣冠瞻古貌，俎豆感村翁。此日流離意，誰憐在野鴻。

青溪口號八首

裊裊荇帶風，疏疏浪花雨。吴客過淳安，逢人少鄉語。

隔水聞語聲，空中應來肖。行到響山潭，人人發清嘯。

溪女不畫眉，愛聽畫眉鳥。夾岸一聲啼，曉山青未了。

來船桅竿高，去船櫓聲好。上水厭灘多，下水惜灘少。

家住溪東西，共飲門前水。對面不聞聲，長灘響十里。十里長灘，在界口司上。

漁家小兒女，見郎嬌不避。日莫並舟歸，鸕鶿方曬翅。

橋壞笮繫繩，水淺牛可跨。牛背渡溪人，須眉緑如畫。

屯溪船上客，前度去裝茶。娶得東村婦，經年一到家。

威平鎮舊名青溪洞韓蘄王擒方臘處

舊日青溪洞，英雄一戰歸。江關留故壘，草木震餘威。路僻烽烟静，時平盜賊稀。悲笳吹薄莫，峭壁冷斜暉。

入歙州界

青山寒更高，白日冬易暮。篷脚影初斜，濛濛入烟霧。

鮎魚口中流一山俗名小普陀絶頂佛閣頗盡結攬之勝

神山海外絶經過，此地名傳小普陀。兩岸樓臺疑蜃氣，中流日月隘鰲波。桑田有劫終成幻，松頂盤空老作窩。我是游人憐偶到，鐘聲回首夕陽多。

從屯溪坐竹筏至休寧縣

江路西來盡，輕裝稱竹船。人家新屋宇，村落好山川。沙塌魚跳岸，蘆荒鴈下田。怕談兵火事，猶記八年前。

遊休寧城南落石臺

一片蒼雲護，無端墮碧空。離奇存石性，刻畫憎人功。巖間刻石多俚鄙語。只有朝陽到，偏宜曲水通。峭寒難久住，酒醒忽西風。

過齊雲山麓

亂峯尊白嶽，一水接青溪。雲自香爐出，天盤石磴低。勝游憑指顧，倦路失攀躋。游子匆匆意，征途只向西。

晚至漁亭

小步聞名好，到來頗覺煩。鈴聲驢背米，簰户水窮村。旅食豐年便，方言晚市喧。黄茅山百折，此路指祁門。

祁門

二水走江湖，下流極瀾翻。濫觴不盈尺，小縣同發源。一支下錢唐，余家東海壖。直從朝宗處，溯洄到山根。西流入鄱陽，鯨口谺然吞。飄飄孤帆色，帶雨辭烟屯。水流自相背，客意難並論。五丁誰能驅，頑石劃輿坤。鏟除恐不勝，徒費斧鑿痕。浩浩江湖流，一道疾於奔。關梁近增税，亦如石塞津。寧觸石磯怒，莫逢關吏嗔。君看商賈路，辛苦趨祁門。

發猴潭出倒湖

石惡狀争變，波喧勢就低。小舟輕畏路，百折下危溪。雪意鴉先覺，寒光霧易迷。似聞魚米賤，已過浙江西。

浮梁縣

苦霧吞江去，茫茫出遠津。長程催短晷，白骨散青燐。城小初經亂，民愚久疾貧。琵琶臨老妓，容易嫁商人。

景德鎮觀御窰瓷器歌

浮梁縣西開畫棟，御廠燒瓷供輦送。江天漠漠生黑雲，百竈烟浮日光動。初看兩眼炫青紅，夜入孤舟夢龍鳳。文成璀錯羽毛活，勢健開張牙爪弄。畫彩新添寶石釉，異光欲走黄金汞。頗聞中使出三年，十斛缸成選難中。至尊服御崇節儉，珍錯屢却遐方貢。即看嗜好非異物，器象雖精本日用。同時玉瓚注黄流，古玩金魚配清供。君不見宣成嘉萬舊官窯，散落民間價自高。博古圖成曾進御，猶容欵識倣前朝。

登饒州鄱陽樓八韻

東北山根削，西南地軸摧。豫章帆不斷，彭蠡鴈初迴。再見孤城闢，翻憐往日災。江湖銷戰伐，荆棘妬亭臺。旅望天邊豁，雄心亂後灰。殺霜冬旭暖，釀雪曉雲開。欲去猶延竚，無聊奈獨來。未除豪氣盡，飄蕩媿詩才。

曉渡鄱陽湖

三更我夢滕王閣，東北風高響簷鐸。覺來舟子已開篷，澹月微痕天一角。須臾湖面過如飛，霜氣撲船人攬衣。蒼茫烟霧來時路，水底紅輪吐半規。也知此景殊不惡，失意翻令感牢落。少文四壁有江山，何苦年年事飄泊。

送又微姪自豫章東歸兼示德尹

垂老雙親驗鬢絲，薄游仍欠草堂貲。關河最左勞人計，猿鶴能寬閉户期。落拓生涯吾自笑，滯留情事爾應知。從教物論分優劣，點檢初心也旋疑。

錢玉友自嶺南來

萬里歸裝一葉身，何緣相見即相親。世無元九知音少，客到東方自譽頻。南北弟兄愁急雪，關山蹤跡悔勞薪。權輿殂落皆天意，羽獵賦：「萬物權輿於内，殂落於外。」眼底休輕我輩人。

玉友別後寄詩二首次韻奉答

會合洵有緣，此會乃絶奇。數言甫投分，鼓勵兼箝鎚。同調世少人，高論宜卑之。平生喜聞過，指摘真吾師。啓我腹笥草，當君囊中錐。刺骨實中病，苦口俄含飴。自笑狂奴狂，況抱癡叔癡。來詩内一首示聲山者，故及之。全身受針砭，豈獨論文詞。勉强學新粧，未必盛副笄。沈吟攬古鏡，又恐嗤違時。

浪游無近遠，同作風塵面。相顧眼雙青，相期心一片。勿嫌去住乖，各要眠食健。布帆冰雪候，風色五更戰。青燈豫章城，幾夜猶夢見。書來感深愛，金石矢不變。因君激壯志，鎩羽敢辭倦。來書期余同作都門之行。

杜肇余侍郎巡海閩粤故人嚴子愿在其幕中道出南昌詩以贈別

短裘夜犯章江雪，快馬嘶風三十驛。梅花催促使臣鞍，楊柳春旂看一色。平生未識侍郎面，才子翩翩杜陵客。與君昔別年月深，約略歲書更六七。余行絶徼偶生還，舌在逢人那堪説。半生出處禍亂定，萬事蹉跎謀算拙。喜聞田横出海島，旋見盧循免羈紲。昔之滄海今桑田，萬户春耕破甌脱。如君此去真壯遊，幕府從容借籌畫。乾坤昇平我何樂，差勝危疆事行役。敝廬家世東海濱，禁綱佃漁寬水國。遲爾同歸作飽餐，巨魚雪點吴鹽白。時初開海禁。

喜陳允文自故鄉至

十日春風釋硯冰，客邊詩句擬催徵。愛題僧舍紗籠壁，恨事江城雪打燈。壓擔書兼行李重，飄蓬感爲故人增。西山晴色差堪望，高閣何因載酒登。

題聲山姪仗劍擁書圖

君不聞王喬厭世方盛年，飄飄笙鶴緱山巔。神仙尚須致身早，何況富貴如流泉。爾生負奇學書劍，三十頭顱行可見。毛錐禿穎刀善藏，毋乃多才累窮賤。朅來汗漫事遠遊，劍首一吷偏九州。下澤車中羞識面，跕鳶豈必皆封侯。歸來倦游凡幾日，好酒好書兼好色。明朝一笑又出門，惘惘都非可憐別。時清氣壯驕不得，依舊收身弄文墨。有田不耕男已長，無米能炊婦非拙。何緣此日遂支扉，難免他年聊捉鼻。柳條風軟記騎馬，木榻香清夢調瑟。余亦東西南北人，圖中光景增太息。

元宵前一夕家觀察伯署齋小集次允文原韻 以下甲子。

又作春燈宴，他鄉共此筵。盤分柑味美，時有以四會柑相餉者。月傍燭花妍。故態逢人發，新愁被酒捐。南州有懸榻，我醉且同眠。

與劉北海 君與令季太史俱先大父門下士，故篇中及之。

我降庚寅月建午，襁褓含飴及見祖。升沈未定矩矱移，荏苒今年三十五。客塵南北浪奔走，家學淵源迷步武。先子音容漸藐茫，典型何處追王父。小時猶記竊餘論，文集諸劉指堪數。翰林風度杳莫即，伯仲聲華憶明府。布帆夜下十八灘，幾日春風到南浦。頗聞人頌神明宰，章貢循聲比卓魯。劉時宰贛縣。一城烟樹起樓臺，千里關河静鞞鼓。官閒往往飛鳧出，緱嶺軒軒見霞舉。此時我作豫章遊，却怪知名緣獨沮。即論世講屬前輩，小子投謁固其所。懷中一刺署姓名，雙屐逡巡阻春雨。先生忘年復忘分，先枉高軒訪羇旅。下車相揖亦有人，此事今亡乃聞古。修名不立行可媿，半臂重交義奚取。謂余當有祖父風，不料頭顱尚如許。長身三世求形似，毋乃籧戚嗟仰俯。入門一笑想欲狂，注目含情兩無語。

章江舟次送李斯年赴湖南幕府二首

同學紛紛起布衣，文章聲價剩珠璣。怪來五十高常侍，猶自隨人側翅飛。

瀟湘歸櫂我匆匆，重到如君又不同。若對亂前談亂後，不知誰識李元忠？

楚黄陶忠毅公以世胄協守寧前衛癸未城陷公殉節焉事具合肥宗伯行略其冢子上辛出公畫像索題用舊韻

已陷金城破玉門，瓜沙河渭總啼痕。捐軀幾輩曾當局，抵掌何人不大言。五代鐵鎗傳畫像，百年江月酹清尊。李家降表尋常事，話到書生惱夢魂。

黄泥山村看桃同錢道耕倪上韓家兄子敬南城友日姪聲山

春洲雲暖烟濛濛，天勢四垂濃靄中。一望千檣萬檣外，緑楊芳草交青葱。沿洄曲岸行數里，小艇閣沙水忽窮。捨舟聯袂赴村落，勝境引入桃花叢。迷離景光耀平野，爛熳高談燒晴空。穠華似慳微雨著，繁蕊欲拆朝陽烘。居民補綴好圖畫，屋茅籬竹家家同。沙灣汀瀅限南北，徑路曲折迷西東。老人衣冠稱古貌，往往負戴隨兒童。隔花姹婭自呼伴，笑語已斷迎迴風。牛羊未歸隘巷静，雞犬亂走柴門通。武陵光景在人世，但患放棹無漁翁。兩頭絃管百壺酒，醉夢一醒風塵胸。江村草堂我亦有，頗笑此景他鄉逢。韶華經眼況偶到，有意留戀終匆匆。章江夕陽催晚渡，水面回看紅雲紅。

新柳詞和允文二首

輕烟和雨着梢頭，萬縷千條作態柔。落得游人春興懶，遠遮鄉路近遮樓。

桃花輕浪過花朝，溪女提魚渡板橋。一種紅腮多貫柳，阿誰先挽最長條？

次韻酬别聲山姪

讀書恨不搜大酉，結客每慚稱小友。命窮共落磨蝎宫，木偶尋常嘲土偶。身輕倦翼尚江湖，力困常鱗等淵藪。早知去住兩牢落，曷不杜門乃奔走。章江二月春風顛，横管孤吹折楊柳。愁來襆被思決去，貧戀家居恐難久。青燈聽雨且鳴雞，白眼看雲又蒼狗。醉眠夜夜長加股，欲出朝朝還被肘。行裝偶到急雪前，歸棹纔移禁烟後。有生光景爾許過，懷抱逢人詎堪剖。酒尊一澆壘塊空，如封魚鱉去乙丑。山妻不須視儀舌，俗子合訝哆衍口。子今高堂況白髮，好去稱觴酌大斗。天倫樂事古所難，鬱鬱猶能居此否？

叠前韻酬别友日兄

弟生庚寅兄乙酉，五歲肩隨稱棣友。兒時嬉戲失同羣，稍長衣冠就參偶。雞豚近局接南北，烟火深村望林藪。余游故知生理拙，君亦何爲轉蓬走。夜雨燈挑江上花，春風夢繞門前柳。男兒有懷莽未遂，僂指半生時已久。未能扣角事騎牛，抑且埋名作屠狗。不爾合甘原憲分，鶉結從渠見襟肘。誰令志氣自摧頹，漫著征衣隨短後。君平季主世少人，眼底升沈向誰剖。頭盤叫噪抒狂憤，笑聽更籌移子丑。忽然顧影還自憐，氣塞神傷箝在口。豈應美好長貧賤，定有光芒射牛斗。勸君自信當益堅，適野不須謀可否。

三疊前韻留別恭庵兄

黄雞白日移卯酉，失學無端負師友。名微自甘時所棄，命隻敢嗟吾不偶。出李廣傳注。惟兄諒我謂我真，野鳥心終戀郊藪。君家如圃大可憶，甃石開池煩下走。竭來搔首動鄉思，想像春天好花柳。阿翁官高諸子秀，世業平泉必長久。余也先疇漸抛棄，熊虎何當子命狗。從教久瘦帶寬圍，遑問長貧衣露肘。低顔分出古人下，尚冀鞭羊視其後。愛君玉樹臨風前，老蚌明珠一雙剖。杜陵兩男養無益，少長何堪集癸丑。八百桑株十具牛，經營無物貽黄口。願君綵衣侍歸駕，莫謾折腰爲五斗。某丘某水記鈞遊，許我題詩草堂否？

四疊前韻酬別允文

與君訂交從己酉，鄉社無多推益友。文瀾一篇論警策，詩格千言誇對偶。白眉三馬人所畏，北史：「馬子廉兄弟三人皆能文，時有三馬皆白眉之譽。」昆友聯翩出才藪。余時懷槧初出遊，未免籍湜汗且走。蘭苕翡翠争秀句，何異飄風娲垂柳。登場鹵莽拙用長，堅壁逡巡困持久。契舟已往莫求劍，畫虎雖成終類狗。君今落筆更老成，斂手薑芽看運肘。但思上第慰眼前，肯顧虚名計身後。精金百鍊行自惜，璞玉一圭猶待剖。丁年行笈記癸辛，甲族科名豔丁丑。謂允文從祖素菴相國。未能飽飯便汝腹，也學饑驅餬我口。客中告别别倍難，濁酒直須傾一斗。暫留幾日辦歸裝，長説倦遊今果否。

同聲山姪過羅飯牛禮洲草堂别後賦寄用昌黎寄盧仝韻

先生老向塵埃裏，有志竟成高蹈矣。衣冠已與世人同，猶自芒鞋高屐齒。竹溪羅舊居地名。絶跡杜門凡二紀。買山定有賣山人，窮乃辭鄉奚足恥。舊莊唱和傳裴迪，亂國流離傷董祀。巢由逃世事果難，身未出山名滿耳。一聲長嘯落天半，散作雲烟隨處士。都無猿鶴愧林巒，絶少雞豚餽鄰里。獨携筆墨與人際，堅卧有時呼不起。南州懸榻尋常下，小技似可供驅使。彼茶園寬十畝，春雨分膏給妻子。清風七椀生冠石，寧都冠石茶出飯牛手製者，品在顧渚上。皆金夫勢力求，未許感恩況知己。豈惟落筆不輕易，立品潔身從此始。净明菴主石田翁，前輩風期看未已。半生衣食天故吝，稍稍芻薪給騄駬。硯田一片歲有秋，食力聊用代耘耔。

先生猶云吾負疚，嬾惰無端釋良耜。故人往赴河陽幕，本不希心榮膴仕。先生療貧策又奇，獨往孤行竟誰恃。禮洲草堂地清絶，見説賃春連圯址。易堂人物近無多，把臂此來君準擬。萍踪怪底成相左，雨雪殘冬悵無似。朝朝江口望歸帆，百日奚童覓生趾。春深沙溆停烟榜，有客忽傳君至止。廿年馳想結深企，欲致高人我何以。急呼阿咸聲山。徑造門，渴馬奔泉勢難俟。先生應門無五尺，反鎖柴荊入村市。歸來蕭寺忽相逢，一臂初交乃狂喜。招呼雙屐過江閣，草草杯槃有真理。乞君畫稿幸不辭，謂我頗可尋涯涘。斯人不因筆墨重，獨行自足傳野史。即從畫品論高下，清矯寧讓營丘李。我詩不工何足酬，別後空慚寄雙鯉。

芙蓉庵水亭

徑轉春陰午未移，小亭如蓋俯漣漪。柳邊風到鱗鱗活，鏡裏欄開面面宜。欲去興狂呼酒伴，重來緣淺看花時。此間著我真塵俗，何用多留疥壁詩。

清明風雨舟發南昌允文聲山追送於江干更以數言留別

竹鷄啼苦催清明，滕王閣前春水生。西山高入雲霧裏，雨勢下壓洪州城。桃花杏花半狼籍，岸柳自拂孤舟輕。連朝有約同買棹，二子未果余徑行。雲山欣欣赴歸路，烟樹漠漠愁離程。布帆風急不肯住，到家正及聽新鶯。

康郎山功臣廟十四韻

疇昔驅除會，英雄想像間。驛移青雀舫，酒灑白茅灣。鷹隼摶空擊，鯨鯢授首還。波濤經虎尾，矢石避龍顔。一戰西南定，羣公策力閒。死方開國運，生不點朝班。紀信無遺恨，曹成本世官。顯榮褒後裔，茅土愴重頒。奕葉將軍樹，廟前古槐，相傳明太祖破僞漢時封爲將軍。中流砥柱山。炎風焚鐵券，石馬嚼金環。黄屋今無跡，朱旗閃尚殷。太平何事業，要害此江關。廟貌瞻嚴肅，時情易險艱。興亡他日事，清淚獨潺潺。

餘干道中

新烟幾點散晴霞，遠岸殘桃曬網家。莎草一汀長帶鷺，湖田二月已鳴蛙。葱葱曉日銜山秀，裊裊春風赴柳斜。自笑薄遊緣底事，漲痕空記去年沙。

昌江竹枝詞八首

浮梁縣西山漸平，浮梁縣東水更清。濛濛天氣長如雨，卧聽前灣水碓聲。

甆石硍硍轉轆轤，舂砂淘䃃有精粗。年來御廠添窑户，不種山田另起租。

椶櫚葉瘦芭蕉肥，菜花半開桃李稀。背山園圃蜜蜂出，近水人家燕子飛。

穀雨前頭茶事新，提筐少女摘來勻。長成嫁作隣家婦，勝似風波盪槳人。

船頭船尾不多高，盡日争先走怒濤。博得夜來春睡熟，一篷烟雨半枝篙。

小兒灘頭水没磯，幾點雨著行人衣。草烟迎岸翠撲撲，牧笛未歸鵝鴨歸。

一繩飛界兩山頭，積石排樁抵截流。驚起野鸕鶿箇個，五更風浪網初收。

村殺山家唱四時，本鄉歌好少人知。愛他曲水如巴字，别與新詞譜竹枝。

齊雲山六絶句

仄徑丹梯萬仞懸，石楠擁蓋不知年。不因鐵笛吹山裂，那得游人到洞天。

右天門

雨織龍梭香作涎，四時不斷吐飛泉。藕絲簾子玲瓏影，捲起晴雲别有天。

右水簾洞

兩峯獅象對崢嶸，鐘鼓聲中玉座清。夜夜河魁瞻北闕，羽衣天半坐吹笙。

右真武殿

禹鼎神姦散九州，誰教一柱峙丹丘。白雲已鎖塵寰斷，還有香烟在上頭。

右香爐峰

急歸悔不上匡廬，辜負峯南大小孤。怪事此來仍滿願，已看五老又三姑。

右五老、三姑峰

輕身直上挾天風，雨外天都望或封。安得近南長見日，與排三十六芙蓉。

右紫霄崖

武林寓樓與德尹夜話

迎面蛛絲落幾番，每從遠信報平安。各驚顏狀他鄉換，一落江湖戢影難。仡鳥蠻花天萬里，朔雲邊雪路千盤。六年踪跡連牀話，大似羌村夢夜闌。

立夏前三日集汪寓昭願學堂兼留別姚天宸顧九恒沈昭嗣陳廣陵章豈績馮文子嚴定隅及家德尹時余將入燕二首

一櫂江城又隔年，春雲春樹記尊前。故鄉樂事留高會，獨客關心奈別筵。興罷豔歌重按拍，酒闌孤月正當天。年來事事輸人後，齒序慚居六子先。同會十人，余齒在第四。

綠酒紅燈促坐深，無多同調況知音。琢磨頗望成全璧，激烈何須到碎琴。起舞自憐中夜影，急觴難緩此時心。軟塵十丈騎驢去，怕被人傳倚樹吟。出莊子注。

西水讌集留別姚夢虹宋受谷張王士張介山邵翼雲金子由吴震一卓次厚九如

南路風濤北路塵，歸艎纔泊復征輪。三秋斷梗如遊跡，一座清風抵故人。壁壘降旗文戰罷，乾坤攬轡客懷新。天涯珍重臨歧意，只有貧交不諱貧。

敬業堂詩集卷五

踰淮集 起甲子四月，盡一年。

甲子夏遊學京師，始渡淮而北。客有賦涉淮以壯余行色者，敬謝之曰：「君不聞橘踰淮且化爲枳乎？余方虞余之失其橘性而與枳爲類也。」

歸自江右隨有燕山之行示别家人

南北勞勞但可嗤，流光瞥過少年時。衹緣累世留門户，那得此生無别離。斗酒且禁連夕醉，長箋難和送春詞。勿論向後愁深淺，已覺燈前鬢有絲。

錫山舟次遇外舅陸射山先生自淮南歸

落帆當溆浦，曲岸轉孥音。已感骨肉語，兼傷去住心。斷雲晴出岫，老鶴暮歸林。莫作俱飄泊，翁今白髮深。

過二瞻兄維揚寓齋兄有贈行詩次韻酬别

征衫初换且停橈，一日江程兩信潮。欲去郵亭塵滾滾，乍來歧路馬蕭蕭。詩文價定人争購，書畫船輕客待邀。劈紙風流看好在，緑楊回首記紅橋。

雨發宿遷

苦被林鳩唤雨多，北風獵獵渡黄河。不辭滑路衝泥去，且免驚沙刮面過。一騎鰣魚仍入貢，十年瓠子尚聞歌。饑荒接壤人方説，愁見城南豕涉波。

郯城道中

蹇驢三四驛，平野入飛沙。白日孤城閉，清沂一道斜。井疆郯子國，風物魯人家。漸與淮南異，村村枳棘花。

沂州送錢玉友往新城

又作殊方别，春衫客淚收。但須眠食健，莫話短長愁。鄉夢經甕月，人情望麥秋。黄雲天四合，何處辨青州。

伴城旅店次徐子大壁間韻

淺草平陂極望通，客程漸入亂山中。坐消髀肉全無爲，貧檢詩囊幸未空。沙磧凉生蕎麥雨，茅檐香過棗花風。却愁長日行難到，又指斜陽一抹紅。

齊河

關城餘霸氣，雞犬入齊風。山豁平沙外，天低小縣東。魚鹽知俗古，豚酒祝年豐。別有雄繁意，休誇管晏功。

晚抵晏城次壁間韻

目力窮邊酒斾生，熟梅天愛偶然晴。高樓吹角風無賴，壞壁留詩客有情。紅日忽沈烟起處，白楊長遞雨來聲。萬山回首如屏障，一片平蕪接晏城。

渡蘆溝橋

草草漁梁枕水邊，石湖詩裏想當年。誰教甃石通南北，鐵軸銀蹄一例穿。金史：章宗明昌元年，始建蘆溝石橋。

京師中元詞二首

萬柄紅燈裏緑紗，亭亭輕蓋受風斜。滿城荷葉高錢價，不數中原洗手花。

銅盤小拍坐張燈，手指城東滿月升。從此夜遊涼似水，漸無人賣擔頭冰。

憫農詩和朱恒齋比部

豳風本王業，稼穡知艱難。立政務明農，化理自古然。我從田間來，疾苦粗能言。請陳東南事，約略得其端。初冬下菽麥，深溝及春前。根株載培護，益使土力堅。麥黄未及秋，晚蠶又催眠。祈晴三四月，雨水翻連綿。針水分稻秧，襏襫行耨田。時方仰膏雨，杲杲恒當天。炎威一熏灼，泥淖同熬煎。委身沸湯中，辛苦少所便。好風槐柳下，欲往不暫閒。老稚亦靡寧，桔槔遠吸川。或防霧損花，又恐蟲傷根。半年壠畝畔，力竭心亦殫。如此冀西成，食報理或存。但令畝一鍾，歲事幸告竣。私租入富室，公税輸縣官。所餘尚無幾，未足償勤拳。況逢水旱加，往往多顛連。逃亡等無地，芻牧肯見憐。高位有仁人，垂聽宜惻焉。所以古大臣，農事恒惓惓。流移進圖繪，咨儆陳風愆。有時亟施賑，詔旨輒擅專。有時撫瘡痍，逋賦請悉蠲。不上封禪書，不獻羽獵篇。乾坤生生機，君相操微權。一念苟憫卹，惠風自遐宣。矧今天子聖，綏邦必豐年。

將有西山之遊次謝方山員外見貽原韻

勞生莽莽笑塵機，又向燕臺換裌衣。出郭人如秋澹蕩，入山天愛雨霏微。閒拖竹杖尋詩瘦，賤買村醪覓伴稀。贏得謝家新句好，澹忘隨處領清暉。

松林寺

含烟含露一梢梢，花果禪扉鎖合牢。野鳥不知園有禁，隔牆啣出紫蒲桃。

晚抵退谷與大司空朱右君先生露坐啜泉

晚色秋光帶遠坰，眼明初喜見涼螢。洑流噴石渾疑雨，老樹交陰合有亭。照影豈能忘盥漱，出山誰復辨清泠。閒僧尚記曾來客，一縷茶烟話酒醒。公不到西山二十八年矣，老僧猶能説舊遊時事。

宿隆教寺僧房

最愛階墀細雨中，瓦盆高下列芳叢。白花紅子皆秋意，斟酌西窗一夜風。

從水盡頭步上五花寺閣

數折溪橋接水源，亂鴉高樹又村前。路危磵阻千重石，山偪窗開一面天。佛界偶來宜白晝，帝城難辨是蒼烟。留詩莫作匆匆去，勝境吾將借榻眠。

臥佛寺

古寺無僧佛倚牆，卧聽蝙蝠掠空廊。晚來光景尤蕭瑟，葉葉西風戰白楊。

金章宗手植松在壽安山西嶺上

壽安山頭一老松，從下仰視青童童。羽衣仙人擁蓋立，柄短却作傴僂容。我思躡屩苦無伴，范老性華。興到許我從。婆娑初自枝亞入，中乃可置一畝宫。四傍四枝分四面，側理橫出交蓬鬆。東西南北不相顧，意到各自成虬龍。中間大枝裘挈領，高勢一攬收羣雄。其旁峭壁截牙角，直下千尺方藏鋒。蒼髯翠尾掉空際，蜿蜒飲澗天投虹。千山萬山似搖動，鱗甲未斂雲濛濛。須臾夕陽轉西麓，脅下嬰嬰生微風。一聲老鶴忽飛出，竽籟散入隣菴鐘。老僧指似時代古，手植傳自金章宗。是時朔南罷兵革，貢使一一舟車通。明昌泰和號極治，擊毬詐馬習俗同。近郊亭館恣遊宴，逐獸不入深榛叢。遺山野史有深意，國亡事去忍更攻。孤臣飲泣記舊恨，肯畏後世譏不公。洗粧樓空春月白，射柳圃廢秋花紅。一朝故物獨留此，鬱鬱幸自蟠蒼穹。爾來四百四十載，坐閱桑海如飄蓬。輪囷差堪伍社櫟，瀟灑猶足驕秦封。君不見報國門前數株樹，託根悔落塵埃中。

碧雲寺後一山皆内監葬域中有豐碑二統刻魏忠賢里居官爵甚詳守僧云忠賢自爲生壙本朝初年忠賢名下葬其衣冠於此恨無有力者掊其石也

碧雲臺殿倚雲端，香火旛幢屬内官。一代賢奸青史定，兩朝黨籍白碑殘。松杉暮雨鴞音革，羊馬秋風石骨寒。却笑山靈無藉在，猶容厠鬼瘞衣冠。

冒雨至香山晚宿來青軒

曲磴初從鳥道攀，短牆東面抱灣環。九重城闕微茫外，一氣風雲吐納間。暝色浮鐘來別寺，秋聲分雨過前山。紅塵那許高千尺，任放層軒擁翠鬟。

同吴六皆陳叔毅湯西厓宿摩訶菴

禪榻吹燈睡不成，棲烏枝上已三更。紙窗一面朦朧月，只道秋聲是雨聲。

白鸜鵒次魏環極先生原韻

古有雕籠戒，今看負質奇。縞衣窗外月，白雪隴頭枝。太潔從人忌，能言被俗疑。商山留羽翼，皓首託風期。原詩有「秋陰高漠漠，是爾入林期」之句，蓋公歸志已決矣。

重陽前六日同翁元音彭椒嵓錢玉友朱遠度吴六皆陳允大叔毅沈客子湯西厓談未菴家荆州聲山小集分韻

青袍紅燭影相銜，劈紙心情故不凡。柹葉庭空聞朔雁，蘆花水淺夢南帆。探驪有客曾驚座，歸燕無詩亦畏讒。開口勿輕談世事，尊前除飲便須緘。

過顧培園編修新寓

不遣輕塵點鬢華，斯人直比玉無瑕。蜘蛛屋角垂垂露，蟋蟀階除豔豔花。半枕茶烟清畫閣，一窗香篆暖文紗。從今唱和貪多暇，底用題詩苦憶家。

九日讌朱大司空花莊次韻

漠漠秋蕪一望開，驚心節物帝城隈。閒招南國騎驢客，來上西風戲馬臺。人與黄花同白社，鳥隨紅葉下蒼苔。六年此度天南北，己未在荆州，庚申在銅仁，辛酉在貴陽，壬戌在蕪湖，癸亥在西湖。惆悵名園又舉杯。

送六皆歸杭並寄章豈績馮文子嚴定隅二首

風急駝鳴沙外村，轉蓬何意復歸根。多時白髮思遊子，依舊青衫出國門。光範三書原失策，渭城一曲最銷魂。買田只合山莊住，珍重天涯贈别言。

黄葉黄花媚晚晴，酒旗茅店一程程。稍嫌壓鬢邊沙重，不礙衝寒布被輕。夢短謄留他夜話，計偕稀上故人名。得歸我亦抽鞭去，忍向桑乾聽雁聲。

嚴蘧菴侍御招同惠研溪吴天章王咸中王孟穀朱西畯喬無功陳叔毅湯西厓小集即席分賦

相逢塵坱中，交臂面不熟。雅人著懷抱，有如瞳在目。侍御鄉國賢，未見意久屬。司閽戒勿拒，徑造少躑躅。一月三過從，看到秋殘菊。長安多讌會，熱客後先續。長揖容吾曹，情深感君獨。紅豆致蕭淡，河東才屈曲。石鴞光走珠，漢陽璞藏玉。髯陳好儀表，大喬絶谿谷。小朱及瘦湯，秀發秋眉緑。厠我數子間，傭保坐擊筑。淋漓取盡興，豪爽一破俗。逃觴或竟去，下榻或信宿。戲具雜博簺，古音披簡牘。狂言醒不禁，好句互傳讀。坐令布衣交，放誕惟所欲。甘從平原遊，不學步兵哭。吾生莽無涯，疲躪信兩足。玉川洛城居，並少數間屋。未能逃空虚，時復累口腹。所嗟才地劣，徑路故窄促。諸君湖海士，相輳適如輻。倘不鄙迂疏，前期幸交勗。

與研谿别後叠前韻寄之

我從湯子交，耳君名已熟。初來長安城，欲見塵眯目。名園一杯酒，邂逅情未屬。余識研溪於趙恒夫農部席上。别時蓮蕊紅，懷刺久躑躅。忽忽秋向老，花期過黄菊。晚赴嚴公招，名流趾相續。森然授几席，後至惟爾獨。衆中造膝談，稍稍致欵曲。湯言不我欺，伊人果如玉。似從坡陀遊，迤邐入崖谷。松篁幽徑轉，照我鬚鬢緑。石澗斂雲霞，泉清作琴筑。對之浮氣盡，亟取藥吾俗。曲尺移木床，醉留同一宿。男兒屬有才，未了三千牘。買田歸可種，買書行可讀。委身俛仰中，初念固不欲。况當摇落候，有痛忍輕哭。涼燈一穗花，夜半開未足。淅瀝風灑窗，淋浪雨鳴屋。明朝門外路，泥淖驢没腹。連鞍共君出，寸步苦局促。紛紛疾走兒，馬騁車脱輻。即此慎所之，久要互相勗。

汪東川宫贊屬題秋林讀書圖時汪給假將歸

似曾依樣買林臯，只愛攤書不葢茅。榦老從添鴉點葉，影疏初見鵲成巢。好風開卷聲相遞，古墨分香手借抄。怪得先生官況懶，畫中光景十年抛。

送大司寇魏環極先生予告還蔚州二首

曳履星辰二十年，尚書襆被故蕭然。勇能自斷天難奪，清畏人知世已傳。白社竟成娱老地，黄金不貯買山錢。閒雲一片秋寥廓，何限風光倚杖前。

嶽嶽寒松表御書，寒松堂，公臨行時御書賜額也。新堂歸到好懸車。身名似此真無媿，進退何人綽有餘。報國文章傳後起，謂無僞中翰。立朝風骨想當初。不因祖帳東門道，太息方煩比二疏。

送陸蓬叟之井陘

不道西遊爾許難，萬峯高下渡桑乾。亂鴉雪緊荒程暮，叢雁天低斷角寒。燕市莫尋當日伴，并州且作故鄉看。到時尺素煩馳寄，及與梅花報歲闌。

叔毅見示初度述懷詩有感而作

與君世好幼同里，其室則邇其人遐。年踰三十未識面，各被衣食驅天涯。余顏鬒䫈變黑瘦，攬鏡未免頻咨嗟。子髯毵毵長一尺，瀟灑亦復沾塵沙。燕山此來忽交臂，相視莫逆心靡他。衝風冒雨屢相過，朗吟狂笑聲讙譁。行時肩從坐齒序，愛比兄弟豈有加。一朝顧我欻不樂，刺眼怕看重陽花。叔毅生辰在九月九日。新詩一篇把似我，音調慘裂如秋笳。對之思苦難卒讀，冰雪入口冷戰牙。看君炯炯具至性，母喪未闋衣仍麻。淚痕往往在枕席，皐魚歧路憐京華。憶余浪跡走絶徼，未夏四月初辭家。先君下世纔一載，面目赧汗逢人遮。平生粗知奉禮教，豈敢自外傷芸瓜。至今肝腸抱至痛，視息毋乃同豚豭。歸田但祈免溝壑，此願易給原非奢。天於我輩胡獨忍，故令具體蒙疵瑕。子今襟期頗澹漠，西溪片瓦已可賖。塵埃洞澒一回首，便欲策蹇乘柴車。幾時真約結隣去，對門老樹枝槎枒。

研溪索題紅豆齋詩册二首

東田西澗勢相參，此本如今恰有三。一點丹砂非俗物，居然鼎足占江南。吴中紅豆三本，一在拂水山莊，一在王奉常東田，一在青溪堂即研溪近居也。

薄遊久欠買山資，齋笏初安負一枝。但使主人長閉户，樹名何取號相思。

題惠研谿峥嶸集次汪蛟門原韻三首

不成吟上紫薇亭，翡翠琉璃并作屏。一事比渠差較勝，自編佳句付樵青。

紕縵論才本不多，詩家勁敵許誰過。不須綽板尊前度，摇膝聽君喚奈何。

硯齋吟吻暖生春，推爾堯峯步後塵。賴是老元偷格律，知音此外斷無人。「每被老元偷格律」，樂天語也，蛟門舉似研谿，故借作轉語。

燕臺雜興次學正劉雨峯原韻十首

九關王氣鬱千秋，如此風光蕩客愁。東路雲垂遼海闊，北條山勒太行收。天蟠宫闕瞻螭尾，地擁塵沙散馬頭。老柳不禁吹笛意，夕陽疏影傍高樓。

千古荆丹事最奇，誰教秦騎竟横馳。漁陽鼓動天方醉，督亢圖窮悔已遲。他日酒徒猶擊筑，向來博道抵争棋。無聊尚有酣歌會，不似東方但苦饑。

北史流傳樂未央，上都幾處鬪毬場。幕南地空聞傳箭，花外樓高見洗粧。紫色蛙聲雄八族，烏衣馬糞笑諸王。分明裂帛湖邊月，及照三朝舉國狂。

十三陵古隔巖關，往事低摧父老顔。黄鳥哀歌經國恤，紅巾新籍點朝班。金戈運啓驅除會，玉匣書留想像間。斫却冬青人盡識，祾恩羊虎尚斑斑。

直放江湖日夜東，異時黨論比狂風。清流禍起名賢盡，甘露謀疏國運終。一紙興亡看覆鹿，千年灰劫付冥鴻。時平翻幸吾生晚，不見郊原戰血紅。

班馬文從一代編，世家人物數華顛。藏書已獻言何諱，焚藁無期客問年。莫道汗青從蠹蝕，好憑頭白寫蠶眠。諸公袞袞皆才彦，珍重須教信史傳。

帳殿崔嵬令閴寥，凱歌連歲奏鉦鐃。雲深雁路朝盤馬，雪點狐裘夜射雕。都護玉門關不設，將軍銅柱界重標。職方別載魚龍國，笑指烽烟薄海銷。

恩波一夕滿江湖，下詔蠲租例久無。忽見黔黎成感涕，始知草野愛微軀。龍船旗鼓三江戍，馬鐙雲霞五嶽圖。盡道登封儀注古，秦松容易比貞符。

朱門棨戟列東華，金谷筵開辦咄嗟。雪甕分漿嗤榾柮，霜刀剪韭妬萌芽。歌喉欲斷從絃續，舞袖能長聽客誇。贏得狂生無藉在，欲捻書籍問東家。

百分一棹過艤船，何限關河載酒前。投筆生涯經絶域，定巢歸計失驚絃。縱横野馬羣飛路，跋扈風箏一綫天。曾是征南舊賓客，摩挲髀肉也潸然。

冬日張園雅集同姜西溟彭椒喦顧九恒惠研谿錢玉友魏禹平蔣聿修王孟穀張漢瞻汪寓昭陳叔毅湯西厓馮文子談震方家荆州聲山限韻

丈夫置身非廟廊，便合食力勤耕桑。誰教鹵莽走京洛，去住兩策無一長。天公似憐太坎壜，一事獨許平生償。招呼朋好作痛飲，逸足快脱籠頭韁。城南小莊如畫裏，樹頭一扇風旗張，忽從空曠入叢薄，積雪寒峭屏山傍。籬根涸池受落葉，窗面破紙穿斜陽。圍爐坐密氣漸暖，稍覺冬律回春光。大柈蒸菜芼薑辣，滿甕印酒開泥香。蒲萄已充筵上果，但見枯蔓牽隣牆。初拈險韻鬬傑句，旋徵雅令搜枯腸。須臾耳熱更豪劇，角逐兩兩争低昂。傍人却問何所樂，我亦自笑狂夫狂。三年隻身走萬里，絲路裊裊衝蠻鄉。豈無鈎藤蠻中酒名。搾獨酌，意緒冷淡難禁當。翻身勇決作歸計，又被饑餓驅遊裝。別人騎馬我徒步，鎩羽無分追高翔。行藏眼底但如許，有意排遣終悲涼。風流見賞古不乏，跌蕩慎勿矜辭章。明朝定傳好事口，指點此地成驩場。安知酒徒頹放意，不欲與世衡鋒鋩。城頭鴉啼客盡散，獨立四顧神蒼茫。

與張漢瞻次侯大年韻

竹垞今名家，從君賞文格。每逢最佳處，輒爲浮大白。自抱萬卷書，羞隨五侯客。養親冀一第，歲月去已積。變體爲時文，頻遭按劍斥。皇天老眼暗，才地每相厄。何妨掃蛾眉，稍稍傅粉澤。肯違静者性，彼好此不易。

送少詹王阮亭先生祭告南海

祝融南都水環匯，赤龍渴飲九州外。扶桑日枝萬丈高。吞吐晨昏變明晦。颶風磨旋鬢帆片，蜑雨珠沈蛟室琲。幻呈綵縷現蜃樓，淡入蒼烟失鼇背。不知靈封盡何境，禹鼎無從辨疆界。元和一老去作碑，廟貌千秋遂稱最。茫茫元氣收不盡，好手何人復堪代。康熙甲子帝東巡，特遣軺車告時邁。瑯邪先生啣命往，嶺嶠星明指華蓋。祠官奉幣紛趨蹌，天使陳辭虔跪拜。靈旗肅肅雲蓬蓬，一氣流通百神萃。向風海鳥聽鐘鼓，有眼蠻人識冠帶。時清邊徼無烽燧，道遠詞臣多紀載。公之文章在館閣，每借名區發雄槩。曩時蜀道今海邦，盡洩光芒天不愛。後先人物諒無幾，才地彼此恒相待。所傷或從遷謫到，終恐才鋒束機械。如公擁傳真壯遊，直放胸期寫豪快。豈徒榮遇際曠典，已見風流壓前輩。佛桑花發啼鉤輈，幾日歸航下瀧瀨。還朝快示紀行篇，浩浩洪波納千派。旁人若問陸賈裝，徑尺珊瑚手親碎。

題田綸霞少參山薑詩後

得從京國數追隨，真愛山薑一卷詩。佳處不嫌千遍讀，識君翻恨十年遲。古人可作心相許，同調無多論稍卑。便欲借抄煩乞予，手彈紅燭寫烏絲。

小除夜椒嵒招同沈韓錫陳叔毅談未菴家聲山集王巖士樞部齋限韻

蠟燈垂燼夜厭厭，寒薄重裘雪滿簾。得路才華同輩少，椒嵒刻管瑜集初成。畏人心跡擇交嚴，座中放論歸長悔，醉裏題詩醒自嫌。等是關山牢落意，年年馬齒路傍添。

次椒嵒寒夜書感見示原韻

多生積習未全除，烏有何勞問子虛。四壁燈明孤影外，一官霜偪二毛初。也知作客年年慣，若論謀身種種疏。比似無家還較勝，叩門連夜得兒書。

除夕飲許時菴先生寓齋二首

南衡烟瘴北風沙，每到殘宵輒憶家。土銼光陰飛石火，瓦盆消息候梅花。百觚濁酒澆愁緩，一杵疏鐘警夢賒。草草行藏十年事，寒燈影裏又京華。

小閣圍爐薄雪侵，坐移宮漏夜方深。最憐入座聞吴語，轉遣思鄉動越吟。射虎殘年留想像，亡羊歧路判升沈。對牀未易論前事，倚賴鳴雞激壯心。

敬業堂詩集卷六

假館集上 起乙丑正月，盡一年。

甲子秋闈被放，將出都，適黔撫楊公内擢少司馬，相留邸舍。丙寅冬，公以養親告歸，臨别檢點詩笈，得若干首，蓋從公唱者無過數篇，餘皆應酬雜作，分上下兩卷。

乙丑元日立春

忽於此地逢元旦，況復斯晨屬早春。萬里關河雙眼雪，半年衣袖六街塵。閑門客少詩初就，老硯冰堅墨未勻。擬遣家僮擇歸日，曆頭愁换一行新。

人日和朱大司空作

纔到春晴馬意驕，金溝流水玉河橋。東風吹緑鱗鱗活，倒捲餘寒上柳條。

錢幼鯤將遊江右以詩留別和送一首

西江吾舊到，爲爾唱驪駒。山縣稀逢驛，風帆健過湖。別離無善狀，貧賤有長途。草色春衫外，飄零奈酒徒。

鳳城新年詞八首

萬歲山前百戲陳，内城排日作新春。金錢多少纏頭費，半出朝元會裏人。

綺羅珠翠極鮮新，襦袴誰憐雪裏貧。一樣昇平好時節，兩宫春帖進詞臣。

杏黄韁配紫貂鞍，天子親祠祈穀壇。前隊不教傳警蹕，萬人齊傍馬頭看。

纔了歌場便賣燈，三條五劇一層層。東華舊市名空在，靈祐宫前另結棚。

雀翎風細遞傳呼，三日君恩有賜酺。飛放泊前騎馬入，文官班次執金吾。

巧裁幡勝試新羅，畫綵描金作鬧蛾。從此剪刀閒一月，閨中針線歲前多。

添得樓中幾日忙，簇新裙帕紫姑裝。一年休咎憑伊卜，拍手齊歌馬糞薌。

繭紙輕敲作鼓聲，啣環絡索鐵錚錚。踏歌連臂同兒戲，何限年光付送迎。

花朝前四日朱大司空招遊南莊同田荆巖編修作

馬首年光柳色新，郊原一榼去尋春。題詩我是重來客，稱意花如舊識人。青嶂捲簾晴帶雪，好風擡袖座除塵。公如早爲蒼生出，絲竹陪遊得幾巡。

石隖山莊爲王咸中賦即送其南歸

十載才名滿帝都，明朝襆被竟歸吴。重穿曲逕尋蒼隖，獨上高樓望太湖。放艇有人春載酒，打門無吏夜催租。眼前此境殊難得，或恐桃源但畫圖。

疊舊韻送研谿南歸三首

軟塵堆裏出都亭，却指家山入畫屏。算到清明沙路盡，一鞭淮岸柳條青。

陌上重聽緩緩歌，家如傳舍偶經過。一身有母尤應惜，負米終如欲出何。

辛苦京華二十春，枉緣篝火勘窮塵。有才如此吾猶惜，未必天終老是人。

春分前一日再遊南莊

每從遊賞發詩端，草色烟光漸滿欄。興到不辭連日醉，春分猶剩幾朝寒。晴邊苑路差宜馬，低處花枝欲礙冠。二十四番風信在，與公一度一來看。

刑曹關内馬公出知杭州謹呈古體一首

名賢展經綸，動與事權會。何當量才地，屑屑較儕輩。明公藴蓄奇，出手世無對。關中昨寇亂，豕突掩不戒。公時在鄉閭，倉卒發雄槩。一呼集義勇，指畫定向背。登陴氣勢壯，强賊逡巡退。守土非無人，儒生握成敗。上功得州牧，報績果稱最。迴翔歷曹郎，再使聲華沛。蔚州老司寇，許予少置喙。推公賢且能，謂足壓當代。昨來榷北關，吾杭扼要害。流風揖士子，積弊剔駔儈。至今蔽芾棠，勿剪頌遺愛。大廷崇吏治，一例視中外。此郡復煩公，託付意有在。府治統九城，東南江海匯。連山際西北，中畫吴越界。繁華昔或然，疾苦今百倍。婦女力蠶桑，丁男勤耜耒。先時辦公税，絲穀長早賣。供億苦多門，奸胥巧科派。弱同几上肉，色有豐年菜。況今兵燹餘，水旱互痌瘝。千里水陸衝，六年轉輸憊。稍期甦喘息，亟望爬瘡疥。租從巡幸蠲，圖覲流亡繪。公今乘傳出，膏雨行當霈。兒童騎竹迎，父老扶杖拜。賤子本部民，饑驅走邊塞。歸耕自兹決，直欲從公邁。

上巳後二日同楊耑木出彰義門次日抵涿州馬上口占

放慢遊韁信意行，不教馬力困兼程。草低天遠盧龍塞，柳暗烟濃涿鹿城。遷次心情移客夢，蹉跎鄉社負躬耕。杏花開過清明節，猶記橫簫聽賣餳。

奉陪朱大司空松林看杏花同吴楞香許時菴王薛澱吴匪菴諸公分韻二首

偶逐肩輿出郭行，蹇驢斜照一鞭横。平分節物歸僧舍，背指風沙帶帝城。好鳥啼能添野趣，晚花開及向春晴。作詩自取排吟興，何必留題識姓名。

暖烟濃靄互交加，樹裏孤亭四面遮。杏酪已調初改火，松濤忽瀉正烹茶。内官老作茅菴主，遠客閒看禁苑花。果園已屬内廷。多謝東風不相笑，一枝歸壓帽簷斜。

鳳阿山房詩爲侯大年題册

畫稾吟多手自芟，桐花昨夜夢千巖。羽毛大好君應惜，從此歸飛正不凡。

送徐毅庵歸梅里

緑槐陰下一條街，五度東風感計偕。路盡始知村舍好，調孤肯與俗工諧。雲開馬首重經嶽，毅菴歸途將登泰山。絮暖鯗魚恰渡淮。想到溪南好風日，家人已製笋皮鞵。毅菴不喜著韡，故云。

送祝彦方落第南還

來何草草去匆匆，帝里春殘悵别同。歸燕吟成芳草外，跨驢人老落花中。枉緣腰扇遮西日，悔逐烏裘障北風。駱賓王詩：「烏裘十往還。」勸爾一杯須作達，畫眉何取入時工？

次德尹見懷原韻二首

倦飛無力出風塵，每對來書輒損神。失路又成三歲別，賣文何補一家貧。浮生泛梗仍孤影，上苑攀花偶故人。多少五陵裘馬地，等閒狼籍路傍春。

爛醉旗亭得幾場，鄉愁如海詎勝量。花紅村社巢邊燕，草緑春陂雨後羊。每送歸人因得句，漸消奇氣不成狂。便思短策飄然去，檢點征袍已八霜。

送楊耑木歸里兼寄朱日觀錢昭平朱與三王子潁陳補思寄齋諸同學

悵斷河梁又一回，留真無策去徘徊。笑能傾國時方妬，曲到知音調始哀。別語感君如骨肉，故人疑我竟塵埃。相逢爲話狂猶昔，只是生疏酒伴來。

端陽後一日同人集朱竹垞表兄齋分韻

愛君庭户清絶，比似長松夏寒。荷柄香含風幔，櫻珠紅吐冰盤。閒人不妨鬭酒，樂事無如去官。同是江湖倦翼，可憐萍聚長安。

送郭臯旭歸平湖

屢卜行期又屢愆，一官空憶廣文氈。飽經世味貪歸路，老傍時名狎少年。席帽白堆蓬鬢雪，布帆青入柘湖天。倦遊未必非良策，萬頃烟波待釣船。

畢鐵嵐僉事將督學貴州枉問黔中風土短章奉答兼以送行

浪遊我昨趨黔境，一線乾坤歎蹭蹬。辱公就我來問塗，臨别能無片言贈。此邦風物口能説，筆墨形容反難罄。但從記憶得大凡，一一舟車往堪證。荒程沓遝六千里，冷署蒼涼十三郡。荒山無樹茅紛披，亂水分溪石綿亙。金蠶閃閃夜放蠱，苦霧濛濛晝埋穽。經過密箐偶逢人，雙眼睢盱語難聽。裹頭黑㑩氈覆膝，赤脚花苗裙及脛。呼同山鳥似有名，籍隷官司總無姓。其中一二稍秀拔，略解詩書誦賢聖。憑將流寓較土著，有似蓬麻草中勁。卅年況復兩遘亂，孑孑殘黎偶然剩。此時收斂加冠巾，亟賴名賢計安定。先生制藝傳海內，隱括家家奉龜鏡。昨年選曹得兩浙，私爲鄉人喜稱慶。公赴銓選，初除浙江學使，已而改授。朝廷有意變成格，使者移官膺後命。勿輕荒徼愁遠宦，此去依然執文柄。五丁力在山爲開，尚闢蠶叢作蹊徑。苗民雖頑亦人類，向化何嘗絶天性。從來教養視人事，豈謂聲呼無響應。幕中浦郎傳功。況才士，唱和溪山好乘興。公聞此語當輾然，快束行裝倚鞭鐙。

送葛受箕赴建陽丞

南行風土近鄉關，路轉三衢第幾灣。簿領老除新佐貳，幔亭天與好溪山。松間日影哦詩過，花下文書判尾還。葛工楷書。如此襟期原不俗，宦途有味是蕭閒。

喜外舅陸射山先生至都六月望後爲先生初度同學數子置酒容園爲壽敬賦長句四首以侑觴

幾遍芒鞋踏帝畿，星埃頭上片雲飛。漸除豪氣終違俗，纔卸行裝便憶歸。晚節尚餘文筆在，舊遊併覺酒人稀。清時肯擅徵君目，收取聲名待拂衣。

夜夜星明處士天，青山高卧奈無緣。癸辛志每隨行笈，甲子詩多入紀年。未定草堂天寳後，就荒松徑義熙前。身爲甫里先生裔，莫笑貧無一稜田。陸魯望詩：「我本曾無一稜田。」

小别回頭又隔年，重瞻鬢鬢轉蒼然。採芝園綺今無伴，善飯江湖老亦仙。簾閣日長棋算劫，荷陰人去鶴看船。過從最憶須雲閣，老樹濃陰庇亂蟬。

尊酒名園借榻餘，眼中泉石自清腴。同來我亦辭巢燕，暫止人猶愛屋烏。新沐頭輕從鬢秃，穿花步穩倩藜扶。尚平此日差無累，懷袖親攜五嶽圖。

送李蒙山回嘉禾任次外舅韻二首

敂弦歌罷水風凉，碧野秋遲未剪霜。報道今年官酒賤，公畦小稜秫花香。

衣裘容易改寒暄，來往無端閲使軒。歸夢隨君到蘋末，白鷗飛處是田園。

苦雨次少司馬楊以齋先生原韻二首

連旬暑雨不曾休，邸舍焚香兀自愁。猶勝萬重烟瘴裏，五年三伏滯炎州。

剥啄聲稀退食堂，生衣十日透新涼。閒中筆墨能添潤，一桁簾波潑硯光。

柬朱竹垞表兄時移居古藤書屋

整娖牙籤萬卷餘，誰言家具少千車。僦居會向春明宅，好借君家善本書。宋次道居春明坊，家多藏書，皆校三五徧，推爲善本。士大夫喜讀書者多居其側，以便借抄。當時春明宅子，比他處僦直常高一倍。

酬别鄭寒村

闌風伏雨兼旬卧，晴路一鈎新月破。簾前暑退得新涼，門外泥深成埳坷。此時有客過言别，躄躠毛驢壓歸馱。囊空隣酒賒不來，醒眼相看但愁坐。一篇削藁辱佳序，寒村臨行爲余序慎旃二集。七字留詩慚屬和。余才弇陋非爾敵，强以珠璣承咳唾。甬東同學屈指論，往往傳經接師座。余與寒村俱出黄門。故人再與瀛洲選，謂介眉、滄柱兩太史。一鄭滎陽尚摧挫。失羣行李獨淹泊，有價文章久傳播。燕山此度六往來，未免征衫被塵涴。干時少術非爾病，當路無援是誰過。向來人盡棄所長，遠到君能見其大。古人可作乃殊代，同調相求凡幾箇。勿將時命較窮通，只許才名出寒餓。羨君有志成果決，笑我無端逐游惰。偶逢知己私自嘆，每送歸人輒相賀。荆榛滿地羊觸藩，日月周天蟻旋磨。故鄉樂事殊可憶，欲往從之正無那。秋風一騎不可留，八月江田熟香稏。

范性華徵君屬題陳憐小影

小像沉香手自熏，前期如夢却疑真。五湖忍負閒風月，爲少扁舟共載人。

送聲山姪之湖口二首

自憐萍梗尚京華，勸爾江湖飯好加。南北豈堪頻送别，去留等是未還家。遠書到眼秋垂淚，時聞韜荒兄長沙訃信。隻影挑燈夜落花。如許流光真痛惜，校量何計穩生涯。

萬頃波心坐白鷗，一天涼雨到扁舟。三年廬阜虛前約，往在南昌，與聲山相約入匡廬度歲不果。兩度潯陽感舊遊。帆葉依依重入夢，蘆花瑟瑟正交秋。青衫尚灑琵琶泣，那得平銷我輩愁。

墮馬歌爲朱悔人賦用李茶陵集中韻

朱鬍別家久不歸，如鳥羽倦猶孤飛。踵決曾穿雪中履，綫綻未補秋來衣。長安城中多第宅，年少翩翩好裙屐。青絲絡馬裝馬鞍，騎出從誇新買得。鬍乎足不出户庭，塵高十丈看横行。忽然欲詣良友酌，正坐倚壁空瓶罌。蹇驢力小不任重，性命敢謂男兒輕。牽來未識北馬性，借得大感東家情。掀鬍却上跨韉坐，掣電流星一鞭過。此時逸足縱莫收，造父旁觀巧難佐。跅跎駕馭良匪易，馬上人從馬前墮。鏡中欲博齲齒笑，賦裏偏憎插花賀。康莊大道城西阿，失足何必皆坡陀。有生所事非意料，未許輕薄相嘲訶。當年頗怪王處仲，曾爲伏櫪生悲歌。虎頭失計始投筆，猿臂何物誇横戈。不如漢陰歸閉户，安穩生涯信徒步。未成矯矯鶴南飛，那免煢煢兔西顧。夕陽牛背輸牧豎，夜雨蘆中負漁父。故人乘車爾戴笠，此作參軍彼主簿。天生爾以不羈才，困躓風塵是誰誤。眼前只作墮馬看，一跌無端豈終仆。卬須肯赴舟子招，將伯誰爲輔車助。我生鹵莽事奔走，屈指嶔崎經畏路。尚逐他人肥馬塵，浪遊此出凡三度。似聞樊圃限狂夫，便合因君警晨暮。

上少司成徐蘋村先生二首

數仞宫牆入望新，鼓鐘相應在成均。何期當路心猶折，如此憐才意始真。魚鬣欲騰燒後尾，琴材偏賞爨餘薪。百川東下何須問，賴有狂瀾手障人。

韓愈猶居博士員，風流此外孰隨肩。來參講幄三千士，及聽聲華四十年。樂地不踰名教外，人才都定笑談前。讀書射獵論初志，直爲從公願執鞭。

送周雪客赴太原藩幕兼訊安邑丞陳六謙

半年裙屐軟紅塵，旅橐多緣好事貧。手板老方除佐領，幕僚古亦屈才人。巖關夜度荒雞月，絶塞秋高一雁賓。投轄舊遊豪氣在，莫將俗吏視陳遵。

題張漢瞻望雲圖兼送其歸瞟城

風流取相賞，至性關感動。我交天下賢，孝友得張仲。學成家轉貧，母在身愈重。長因負米出，屢缺晨昏奉。天如憐斯人，不忍付寒凍。但令邀一第，薄少分半俸。逋尾戀慈烏，奇毛刷雛鳳。中情稍自慰，白髮免尸饔。如何舉子場，久抑禮部貢。賣文給衣食，頫首逐儕衆。三年長安城，側足塵澒洞。布衣慈母綫，風裂秋來縫。坐遣望雲心，時時結飛夢。誰從筆墨下，寫此肝腸痛。披圖見君意，我乃有餘恫。平生蓼莪詩，廢置忍再誦。菽水不逮親，偷生復奚用。君今及歸養，此樂世罕共。板輿隨春遊，金經侍晨諷。好與劚雲根，靈萱手親種。

送汪寓昭南歸

國家制科設，取士數亦夥。苟非得其人，膴仕真瑣瑣。子來試南宮，命中弦激笴。千言屬廷對，一一明珠顆。謂宜遂騰上，帽壓宮花朵。羣飛或刺天，而子足猶裹。束書欲南下，躑躅每未果。草草薄遊裝，昏昏短檠火。半年仍旅食，今始買歸舸。一涉仕宦途，古人比韁鎖。子方富年力，抱負況磊砢。更讀十年書，識老才亦頗。井然見經濟，歷試靡不可。得第未得官，於遇非轗軻。子如歎失意，何地更處我？

送何雪神宰溧陽

嶺表才名久軼倫，一官江界去逡巡。五千里外飛凫地，三十年來謁選人。可有孟郊爲縣尉，長容閔貢作州民。謂宋梅知。鳴琴以外無公事，花氣能銷簿領塵。

周廣庵編修席上分賦秋蘆十六韻

秋入江湖闊，天連葭菼荒。懷人方渺渺，極目但蒼蒼。摇落空洲畔，參差枉渚傍。拂莖看漸老，抽笋記初長。露壓梢梢重，聲添葉葉涼。戰風迴折戟，溜雨得沈槍。寒水依痕静，殘暉弄影忙。白疑先挾雪，青愛乍經霜。暗浦菰交瞑，沙田稻映黄。就橋迷蟹籪，引路入漁莊。錯莫招窮士，延緣阻一方。寒蟬遺晚蜕，遠雁落斜行。觱篥悲辭漢，琵琶怨嫁商。託根隨地有，薄植過時傷。織箔思蠶事，編簾隔草堂。刺船如有約，吾興在滄浪。

秋夜集古藤書屋時渠藥亭將歸南海聯句送行 此首亦刻曝書亭集。

露葉倦未飄，雲鴻遠相引。朱竹垞。星埃感蓬勃，物候變淒緊。湯西厓。慅慅八達逵，有客發修軫。悔餘。僕夫在郊坰，稌黍被隰畛。梁藥亭。梍車浮淪瀾，舍櫂度嶾嶙。朱。雷殷風息颸，海大魚見鱉。湯。峽猿有時歸，南雪終不霣。查。八九月之交，六千里而近。梁。懷居興雖洽，判袂情詎忍。朱。置酒青藤陰，入門走蛇蚓。湯。颼颼涼颸動，灩灩纖月隱。查。山杯深窪匏，野蔌脆嚼菌。梁。迎寒笳卷葉，戒夜鼓鳴簨。朱。談鋒騁趫雄，詩械破窒窘。湯。毫毛秋穎脱，墨光古香吮。查。臨當黯然别，且復莞爾哂。梁。炎瘴固所便，眠食勗惟謹。朱。行看早梅墪，到及蟄蟲蠢。湯。前期久勿忘，鄉夢今乃準。查。穆如清風篇，持以示均尹。梁。

再送梁藥亭次大冶司農原韻

草低天遠見牛羊，九月燕山早得霜。去國一樽秋惜别，入時雙黛老羞長。飛鴻與作書空字，落葉輕如度嶺裝。一物差堪銷客況，難抛鄉味是賓郎。

王黄湄給諫屬題紅袖烏絲圖二首

十級丹梯百媚城，小欄高下得芳情。美人一笑花齊放，爲報毫端錬句成。

横幅看題幼婦辭，箇中多識背時宜。只除一事曾瞞却，諫草焚來不遣知。

重陽後一日長椿寺讌集聯句 此首已刻曝書亭集，今附録。

九日倏已過，姜西溟。濕雲漫四郊。森森長雨垂，朱竹垞。颯颯虚檐捎。病葉戀冷枝，梁藥亭。驚烏盤空巢。晨興踐夙約，陸射山。攬袂皆貧交。勝引雙樹林，魏禹平。宛若深山坳。藤綰三秋蛇，張漢瞻。槐舞千歲蛟。頳柿迸露實，朱悔人。金英坼霜苞。紅的的吴萸，陳叔毅。碧茸茸秦艽。瓦溝竄鼯鼪，湯西厓。户網牽蠨蛸。蘚深贔屭伏，查悔餘。篆古蒲牢哮。粥魚晝浩浩，俞大文。牆雞午膠膠。光景欻明晦，姜。眺覽窮橧櫟。新酎緑滿斝，朱。晚菘黄充庖。豈意青豆房，梁。俄頃羅嘉肴。鳴薑膹紫蟹，陸。題糕餘彩貓。子鵝新韭配，魏。鮮鯽枯荷包。已見雉膏登，張。况有兔首炰。分曹玉鈎射，朱。角力骰盤拋。急觴易沈頓，陳。緩帶便爬抓。一飲動一石，湯。載號或載呶。同聲唱者和，查。含意漆在膠。五言乍妥貼，俞。十手争傳鈔。雖乏韶濩音，姜。肯使下里殽。合并洵匪易，朱。顧我中心恔。歸帆艤艕舠，梁。别騎籠鞦鞘。邐迤陟荒岡，陸。邪許搴長筊。免泣卞和璞，魏。且誅宋玉茅。屮縛不借屨，張。泉酌呺然匏。檳榔蕉椰荔，朱。都蔗菱菰茭。雞頭祖竹萌，陳。翠羽官梅梢。熟知江鄉樂，湯。莫厭潮田磽。招隱丘中琴，查。勵志賁上爻。豈必馬足塵，俞。逐逐營斗筲。姜。

送侯大年歸暚城

惠子春深跨白驢，惠元龍歸吴。季鷹秋晚憶蓴鱸。張漢瞻歸嘉定。窮歸甌粤吟詩客，高雲客還閩。老奉龍舒養母圖。方田伯返桐城。過闕梁鴻仍感噫，梁藥亭歸嶺外。多才王勃尚江湖。王孟穀自楚入滇。君今又掛南帆去，寂寞黄公舊酒壚。

顧培園宫贊寓齋燈下賞菊探韻限爲字

劈牋重和去秋詩，葉底花前榻未移。却對清尊驚候晚，尚留名種愛開遲。閒情特許攜燈就，畫稾猶煩蘸筆爲。莫話陶家三徑事，年年此景負東籬。

劉雨峯兼隱齋小集

四門稱博士，五載住京華。客醉新支俸，庭開手種花。塵埃何處着，書帙逐年加。不道成兼隱，官清只似家。

禹平南歸詩以志別

辛苦論交地，追歡得幾回。却忘吾久滯，翻望爾重來。才恐隨年退，眉還仗酒開，知音真有數，流俗任相猜。

燕臺歲寒雅集同王后張錢越江顧九恒彭椒嵒吴萬子孫愷似王崑繩錢玉友徐子貞高遠修孫子未王巖士陳叔毅湯西厓談未菴馮文子俞大文家荆州作二首

一天殘雪冷晴暉，高會金臺近已稀。我輩論交終落落，他鄉對酒倍依依。蒼茫敢信前期在，輕薄翻疑古道非。得路何人能折節，向來同學儘輕肥。

檐花檐雨夜沈沈，猶憶年時載酒尋。忽漫回頭成昨夢，每從失路撿初心。殘棋吴越尊前壘，短褐冰霜歲晚吟。同調尚留公等在，敢憑餘子説知音。

偶過史冑司編修齋賦贈

每從朝退得閒情，深巷稀傳剥啄聲。視草才矜編集富，簪花格愛學書成。茁來玉樹枝枝秀，賞到冰壺事事清。怪得官清能下士，五年前是一諸生。

敬業堂詩集卷七

假館集下 起丙寅正月，盡十月。

寄題宋漫堂觀察園亭六絶句

緑波村

村烟雨外青，沙草岸頭碧。欲知春淺深，風到鱗鱗活。

芰梁

菱角初翻刺，雞頭未剥圓。涼風吹酒醒，人上過溪船。

春水緑于頭，春花紅似掌。漸次去人遥，鳧鷗雜三兩。

放鴨亭

團瓢不翳茅，擁蓋松陰下。茶熟正吟詩，風濤入懷瀉。

和松菴

魚篷閣淺灘，閒却絲綸手。長被酒家翁，紅腮偷貫柳。

釣家

白鳥點蒼葭，沿流略彴斜。愛他丞相第，籬落似村家。即文康公舊居也。

緯蕭草堂

送顧九恒南歸

柳汁春回翠滴衣，羽毛雖好奈孤飛。行期屢改今才決，同調無多去轉稀。换眼舊遊隨夢散，掃眉新樣入宮非。杏園已是攀花客，終勝初程下第歸。

俞大文出都同人祖席分韻得郎字

客中送客春茫茫，投牀夜夢得故鄉。前五日九恒别去。旬來怕聽叩門别，君又結束匆匆裝。出都贈行例有句，況我與子情難忘。我時正坐作詩瘦，不耐冷淡搜枯腸。典衣且復就劇飲，醉後亂發如風狂。憶君年當十五六，談笑目已無盧王。曾蒙佳什盛許予，駘駑質下非敢當。辛亥秋大文賦駿馬篇見贈。厚意寧能久不報，積逋耿耿今粗償。識君最早莫如我，只恨歧路趨殊方。萍蹤一散十三載，兩曜轉轂驅星霜。班荆故國再相見，孝廉船繫禾城傍。才人生還話絶域，詞客遠别歌河梁。以上敍癸亥春與大文、撝謙同集吴漢槎鴛湖寓樓事。片帆湖口浪滚滚，匹馬薊北冰硠硠。揭來酒市並僦舍，我極潦倒君飛揚。故人聯翩貢禮部，屈指仇滄柱。顧九恒。徐子貞。陳廣陵。汪。寓昭。君於其間最年少，争看白面俞家郎。風擡袍袖緑陰合，花壓帽影紅綾香。文章自足取高第，仕宦何必皆巖廊。旁觀愛才或太息，達士安命無摧傷。鑾輿昨者東幸魯，曠典百代傳輝煌。君今應聘往纂述，豈異扈蹕來登堂。直從國書採鉅麗，不比家乘搜散亡。誰云小試著作手，會見奎壁垂天章。時大文應衍聖公聘纂修幸魯盛典。偶然便道一返里，山青雲白遥相望。眼前合并那易得，歸興未抵離愁長。鞭鞘已出軟塵外，裊裊絲路穿垂楊。

移居詩爲姜西溟作

自我來都城，三見君移居。前年街東住，夕陽到庭除。殘冬徙巷南，北户風攬裾。今臨大街西，朝日明窗疏。短生寄長世，天地猶蘧廬。矧乃一榻安，綽綽良有餘。君才本絶代，應召來公車。姓名上史館，著作登石渠。太倉五升米，既飽同驢娱。漆光拭修髯，外澤中不枯。有時典裘褐，間架如期輸。卷軸不用籤，錯置圖與書。偶從移居候，整娖驅蟫魚。經旬復成堆，零亂巾箱廚。即此見真率，寧能事奔趨。朱門曠蕩開，無地置爾軀。請看名山業，終古歸繩樞。

王忍亭主事招遊相國宛平公怡園一首

沙路開三徑，名園甲九州。不緣君愛士，那得客同遊。好鳥來宫樹，春冰落御溝。野人雙眼豁，初見賜書樓。

見説門前路，鳴騶日日來。簇燈春宴罷，踏鼓早朝回。華蕚居相望，平泉第對開。從來論相業，原不廢亭臺。

上大司成翁鐵菴先生

虞山龍蜿蜒，昂首挹海若。匯爲人文藪，嬗興代有作。我公實名家，間世出騰躍。却將波瀾勢，捲起向寥廓。國家取士途，隱括制仍昨。後生奉師程，體裁就拘縛。鼇叢嵎負固，斤斧孰開鑿。巨手得韓歐，呀然啓鐍鑰。文昌一星曜，餘若螢火爝。以此結主知，迴翔上館閣。十年執文枋，出入兩不怍。東郡昔掄材，雲羅恣搜索。遂令濟魯風，一變起積弱。至今劍光在，識者辨干莫。文運際中天，四方視太學。頗聞長老語，斯地久寂寞。簴簨器空懸，豆籩禮猶託。春秋刲羊豕，朔望奠斝爵。四門官俸輕，六舘廪餼削。惟留古時柏，枝榦尚盤礴。花磚饑啄鷹，鬬栱暮巢雀。庭荒狐狸竄，人去蝙蝠掠。壁書畫摧殘，獵碣字剥落。偏傍按點鞹，星隕不可攫。自從萬乘臨，廟貌再丹雘。臯比位祭酒，此座不輕著。新城轉官去，士氣孰聯絡。公來一震聳，造就指不各。外貌謙以和，中懷嚴且恪。從公日于邁，人有執經樂。圜橋看濟濟，在泮詠蹻蹻。方當發賁鏞，豈獨警遒鐸。三千萃絃誦，餘地故綽綽。移時具規模，次第布條約。經術植本根，史書覽大略。詞章及文藝，餘事树承蕚。必若計栽培，先須破根格。力圖古制復，事異虚名博。喣者春達萌，釋如秋解蘀。時情重成例，清議動多格。憐才出至性，此意感非薄。賤子望塵來，三年客京洛。門牆雖濫厠，鞭策稍知攫。公于汲引塗，取予必斟酌。何期納百谷，亦復收一勺。傾傃方自兹，惟公鑒葵藿。

清明日同玉友荆州出右安門就旗亭買醉晚至朱大司空花莊復留劇飲即事四首

新烟淡淡柳梳梳，雨洗輕塵出郭初。遠客不知京國好，酒旗風裏話田廬。

三鴉歧路小車歸，一曲花遊簇作圍。春色盡隨紅豔隊，明朝蛺蝶滿城飛。

聯鞍緩鞚去逡巡，覓句沈吟苦鬬新。忽漫詩成狂拍手，墮鞭驚起馬頭塵。

典衣偶出爲尋春，重向名園敘主賓。慚愧公卿傳好事，一時狂號屬三人。

摩訶菴看杏花次司空公原韻

壺盧酒熟鳥催提，路轉松迴别有蹊。豔入繁枝停畫鼓，淡教微雨洗花泥。開遲翻悔來看早，興好方嫌飲量低。却被閒僧嗤好事，一雙蠟屐舊曾攜。

三月三日朱大司空招集南莊限三字

一旬雨雪春淹淹，餘寒尚殢三月三。滿城花信近桃李，客舍冷落思江南。司空園亭傍水際，初已有約來停驂。郊原霽色忽入眼，豁若明鏡初開函。草凝露光翠撲撲，柳挾風勢青毵毵。檐牙燕巢看新補，枝亞雀鷇俛可探。蘭亭勝事俗久廢，京洛良會情尤躭。轆轤轉水百尺底，繞砌曲折歸澄潭。不須絲竹發豪興，自有風雅供清談。銅壺静傳竹箭響，鑾榼遠費桃枝擔。先生名高暫解組，公子官好能抽簪。閒從門生諸公皆先生門下士。奉几杖，猶許野服來相參。古道力持公自厚，羣賢不鄙余懷慚。久留帝鄉亦何爲，土俗節次差能諳。放鐘撇卯等兒戲，歲月過隙真奚堪。大杯一澆壘塊散，得飲且復拚沈酣。前期更有聽鶯約，預辦斗酒攜雙柑。

喬石林侍讀一峯草堂看花同外舅陸先生朱十表兄錢越江周青士孫愷似湯西厓分韻

愛花成癖不待招，春來徧踏東西郊。起聞啼鳩送春去，猶跨短鞚摇吟鞘。斜街草堂地清絶，瘦藤當户拏老蛟。土牆面面紅窣堵，沙徑曲曲青盤坳。礬頭暗皴高下石，亭子乍翦離披茅。巧從陰借桃李杏，惜少水養菰蘆茭。棠梨素粧太淺澹，繁蕊亂拆丁香苞。新開海棠好顏色，兩樹氣壓千花梢。主人爲言初買得，舊根帶土枯蒲包。擔頭親爲解其縛，位置特許依書巢。栽培本關造物意，人事未盡休輕嘲。蚪泉口嘗手自灌，及見紅豔青蔥交。他人買園身不到，君乃僦屋情難拋。花時連日得休沐，剥啄有客門頻敲。行攜几榻隨分設，野蔌蒸薺樽窪匏。偶然興到觸佳句，已被萬手争傳抄。我詩不工强屬和，出語毋乃同號呶。不成甘受金谷罰，忍負新月垂弓弰。

是夕再飲嚴蓀菴侍御鸞枝花下三首

賣花聲裏過斜街，不記招尋月幾回。只有繡衣真愛客，印泥封酒必同開。

僦居喜近慈仁寺，移得鸞枝隔歲栽。報道退朝今日早，東欄昨夜有花開。

矇瞳眼纈隔窗紗，曾入東隣學士家。一醉竟須煩二主，可憐頻對客邊花。

送叔毅南歸即次留别原韻三首

到處誰當刦掃迎，去留此際計非輕。自收詩上還山集，何取人傳入洛名。三世羨君猶共爨，百年爲客總勞生。豈應陳孺長貧賤，如許鬚眉徹骨清。

竭來挾瑟並燕中，廡下猶欣傍伯通。謂矱菴。儘有狂言容數子，每從高會厠諸公。淋漓醉射東方覆，躞蝶羣看北野空。恰恰酒人從此散，一天無賴柳綿風。九恒、大文、未菴、西厓俱先後出都。

湫廬好在龍山下，藤蔓花梢一一垂。春草池塘空入夢，德尹復遊嶺外。瀧岡窀穸杳無期。封書病檢山妻藥，陳荚慵探季子錐。百念因君多撥觸，最愁人是望鄉時。

重過摩訶菴老僧以新茶見餉

細色綱從馬上催，筠籠先爲老僧開。鬢絲禪榻前因在，直愛茶烟又一來。

慈壽寺

摩訶菴西慈壽寺，老樹盤礴争奇雄。當門古塔少梯級，合沓直上烟霄空。迴廊二千五百步，一一畫壁堆青紅。仙山鬼府靡不有，搜神志怪殊未工。雲旗飄飄翳白日，閟殿肅肅來陰風。不知玆寺創何代，負牆古佛塵相蒙。居僧兩三乞食去，好事欲問嗟無從。手揩雙眼看碑碣，歲月却記明神宗。是時海内際清晏，嗣皇冕藻年方沖。雞鳴問寢駐銅輦，瑞蓮獻賦歸新宮。萬曆初年，瑞蓮産慈寧新宮，閣臣申時行、王錫爵俱作賦。一朝家法古無匹，聖母不在垂簾中。偶營紺宇祝萬壽，未可概議物力窮。百餘年來就頽廢，鐘鼓尚與隣菴通。君不見内官葬域抱山麓，異時祠廟還穹窿。

夜宿養素堂東偏

裊裊一枝藤，疏疏幾行柳。籬落吐燈光，鄰家猶賣酒。

秘魔崖古栢長二尺許俗傳隋仁壽中盧師手植

連岡東北轉，鬼物託幽秘。瞰空飛一片，石縫舒右臂。老鴉銜柏子，偶向駢拇墜。飛泉難仰流，長此孿拳翠。相傳閱千載，僅可二尺計。勒龕誇佛力，此語吾所鄙。猥蒙雨露恩，竟負栽培意。兒童斤斧脱，大匠棟梁棄。寧非干霄姿，吁嗟守憔悴。

從磨石口至翠雲菴

亂山中有崎嶇路，時聽征車撼石聲。行過翠雲塵乍少，馬頭麥浪緑初成。

立夏前一夕大雷雨宿西山麓

臥聞風雨聲，惜此花間路。沙路不成泥，披披曉窗霧。猶嫌入山淺，未到雲生處。

驚雷掣電夜窗明，忽轉雲頭又放晴。夢裏似曾聽雨過，曉來不礙看山行。紅衣匝地枝枝瘦，翠幄支天葉葉清。遊興有餘春向盡，暫時經眼倍關情。

日涉園送春

早發杏子口暮至香山

西山灣環勢向東，兩角到地形垂弓。客從山南走山北，耳畔箭激颼颼風。苕遥一程晚始達，喘汗未定馬力窮。入門翻愁磴曲折，落澗已愛泉琤瑽。居僧指點最高頂，十里近與前岡通。冥冥一綫縈萬丈，蜀鳥飛去啼春紅。人間何處無捷徑，失足怕落荆榛叢。吾寧迂遲就坦道，肯試奇險争樵童。殿西一軒得空曠，雲根倒插下積空。夕陽將墜尚未墜，數峯晴意憑欄中。回頭却望來處路，已被遠樹遮溟濛。

再宿來青軒

景物蒼茫感舊秋，甲子曾宿此軒。還將筋力試重遊。行穿下下高高路，題徧山山寺寺樓。捲幔微風香忽到，瞰牀新月雨初收。洗空塵土三年夢，一夜鳴泉傍枕流。山下有泉名甘露。

永安寺頻婆花下

啼鳺聲中日向斜，閉門春盡似村家。黄蜂飛過短牆去，零落頻婆兩樹花。

從洪光寺下十八盤取道而歸

洪光我昨到，石徑盤嶢巋。不知眼界寬，但覺足力費。兹遊及晴爽，勝境天所乞。去聲。泠泠松上風，倒灑泉泌沸。路窮寺門出，氣象非昔謂。關河劃然分，有若列涇渭。平疇棊布罫，萬象經錯緯。舊遊領新得，噉蔗飫餘味。重尋周歷處，畫像儼中貴。寺爲正統朝太監鄭同所建，按碑記約費七十萬。輝輝金碧光，尚壓一山氣。峯高此爲最，興盡我猶未。何當躡其巔，西覽韓趙魏。

酬陳子文安邑見懷之作

新詩讀罷一摧顔，何限心期悵望間。塞柳關榆遮不斷，數峯春雪太行山。

白芍藥和孔心一少參二首

扶頭一笑粉生光，鏡裹匆匆看改粧。金餅賺來初罷浴，瑶階行過但聞香。含嬌似爾情難禁，太潔從人忌不妨。莫向中書誇故事，素心羞對紫薇郎。

便從姑射擬肌膚，那許餘容伴鼠姑。美酒對傾金鑿落，佳名果稱玉盤盂。鶴翎舞拂新時樣，獺髓痕消舊日圖。珍重一襟冰雪意，殘紅掃地近來無？

送湯西厓南歸兼寄嚴定隅

古寺槐交陰，微陽轉冰簟。上聲。與君初握手，片語示肝膽。來當傾蓋新，久覺忘形漸。相過日不隔，懷抱兩無忝。狂言我難緘，嬾病子未減。彌縫補其闕，瑕纇肯互掩。子才隨地湧，百斛走瀲灩。屈首舉子場，十年困習坎。隻身泝瀟湘，盛氣生勇敢。歸來翻一笑，函匣劍光閃。未免爲時名，束身就繩檢。酒徒遇燕市，摇落自多感。兒曹太輕薄，載鬼白日魘。榆搶斥鷃如，冠著沐猴儼。彼頑何足校，我白故無玷。稍恨素心人，晨星散疏點。金溝送別處，屢見風柳颭。子來辭我行，忽若猿出檻。足矜行卷富，何礙歸裝儉。溪堂行補苴，湖舫待剡剡。開籬受竹色，擇石置崖广。青芰鴨脚葵，白剥鵠頭芡。隣沽貰新熟，詩韻鬬奇險。此樂吾久疏，歲月徒荏苒。雨堂倘問訊，應惜緇塵染。

閏夏飲竹垞表兄古藤書屋限藤檉二字各成五律二首

曲巷居相近，迴欄到每憑。爽開尋丈地，陰合兩邊藤。幽事披襟愜，新詩計卷增。時竹垞騰笑集初成。醉探杯底緑，涼影落層層。

碧草柔牽蔓，紅花細着檉。客稀成雅集，屋老稱佳名。淰淰雲催暮，疏疏雨放晴。家園風景似，只是少啼鶯。

雨後龔蘅圃攜酒古藤書屋分韻得能字

結隣君最好，旁舍緑陰增。榻愛同時設，門教一僕應。異書便借看，新句急催徵。許我時相就，衝泥到亦能。

曲阜顔母朱太夫人壽譏詩修來吏部屬賦四首

玉女峯連泰岱青，人傳翁主是前星。朱門昨夢滄桑變，白首餘年患難經。褕翟恩曾邀北闕，扶摇風又徙南溟。勿論陋巷家聲在，母德還堪作典刑。

郝鍾禮法尚嫌疏，比較門風正不如。壽母有詩存魯頌，世家無例闕班書。五雲扇底分儀仗，八座花前侍起居。慚愧潘輿輕作賦，金根還有嫁時車。唐德宗朝，趙國公主下嫁，始用金根車。

霞帔重加舊日冠，慈顔一笑一加餐。從看舞袖迎花誥，猶記傳經傍杏壇。吏部文章今卓卓，翰林風骨久珊珊。謂淡菴太史。同時丹穴雛皆秀，世澤方知擬似難。

水天閒話屬葭莩，異數曾聞拜舅姑。娣姪紛紛齊庶士，門牆一一魯諸儒。王姬老去樓仍鳳，顔氏歸來巷有烏。不爲尋常誇燕喜，八千親寫壽蘐圖。

飛蝗行和少司馬楊公

去冬臘雪不蓋土，今歲天行旱畿輔。門前有客來故鄉，爲言千里皆飛蝗。緑陂青野一時失，但見黄雲蔽白日。我聞此語方長歎，愁坐不知天宇寬。有聲蔌蔌自南至，驟聽乍疑風雨勢。舉頭杲杲燒火輪，中庭過影何紛繽。蜻蜓蚱蜢亦羣舞，倏度宫城齊振羽。宫城十丈高巍巍，誰能禁爾漫天飛。

武陵楊長蒼重來都下感舊有贈

建業相逢記一樽，飛蓬心跡感重論。舊家春燕烏衣巷，故國秋瓜覆盎門。愁倚白頭絲減鬢，閒繙青史淚交痕。可堪潦倒風塵際，還見元和一品孫。

送孫少司空督濬下河

神京建西北，歲走東南漕。去聲。轉粟上青天，黄河扼其要。元時用海運，年久有成效。此議今難行，將毋物力耗。宣房十年築，宵旰煩廊廟。千村收竹楗，十郡供柳埽。百萬縻金錢，一支歸故道。吾君如唐堯，勳德在覆幬。百神胥受職，河伯敢陵暴。猶復念民勞，南巡趾親到。下流得地勢，海口計疏導。紛紛異同論，破例寧意料。學士居禁林，十年不輕調。汝往作朕虞，欽哉奉明詔。歲輸發内帑，恩澤蒙再造。畚鍤興如雲，邪許相慰勞。和衷事斯集，正氣神可召。芃芃黍苗歌，可乏陰雨膏。渠成萬世利，績待期年報。

送楊筠湄通參赴任奉天

國家都燕京，遼左本根倚。東西營鎬洛，周制正如此。城闕遥相望，關隘紛可指。設官重保障，未可猛政理。阡陌屯田開，户口豪右徙。卅年盡土著，烟火變墟里。仁人來撫循，爾輩皆赤子。

呈少宰董默菴先生二首

丹霄地望絶攀躋，尺五城南萬仞梯。日月文章韓吏部，天人經術董膠西。都無半刺通干謁，却媿凡才出品題。此日黄金臺畔路，不聞伏櫪盡長嘶。

注籍紛紛屬貫魚，積薪時論近何如。尚煩啓事從容入，及見銓曹次第疏。閣下銜仍兼學士，殿頭班欲領尚書。文章得路如公少，還恐爲儒計或疏。

吴門徐彦通來都得惠研溪近問叠紅豆册舊韻答之三首

勞勞别夢短長亭，兩度秋風冷畫屏。忽聽故人傳尺素，夜長添對一燈青。

戾㕓愁聽室人歌，拵却長程歲月過。我已鬢毛秋换緑，不知君髮更如何？

名園婪尾醉燒春，豪氣曾陪末座塵。此日青衫尚留滯，蹇驢腰扇怕逢人。

次馮文子南歸留别韻

高視泬寥天，俛瞰廣莫野。斂才就實地，始信得力寡。文章技尚卑，矧乃論騷雅。方期木雞養，不礙伏虎啞。讀書滕口説，正坐氣難下。築臺逃文債，支户辭吟社。静觀得妙理，擾擾何爲者？因君又多言，餘習吾未舍。

當湖王復園索贈次沈繹堂先生原韻即送其歸

寂寞名山業，蹉跎始自憐。長途添白髮，老眼望青天。夜雨新豐市，秋風下潠田。夢中歸路近，帆卸郭東船。

與顧梁汾舍人次閣學韓公韻

不是微之定牧之，紫薇亭擅舍人辭。十年未就歸田賦，衆口猶傳赴洛詩。往事相關棋已散，秋風纔到鬢先知。怪來東閣留賓地，難遣深情是酒巵。時舍人有亡友之痛。

九日飲朱大司空南莊二首

雲物蒼涼感鳳城，良辰難遇是晴明。同時那得人偕集，是日西溟輩集萬柳堂，余不及赴。去日渾如客餞行。大漠寒烟凝朔氣，空林殘葉墮秋聲。籬邊舊是餐英客，省對黄花倍有情。

不是藍田别有莊，三年此地作重陽。先生出郭仍攜酒，獨客登臺又望鄉。天闊一鵰盤遠勢，風高羣雁起斜行。茱萸諸弟遥相憶，應料新來鬢點霜。

少司馬楊公見和前詩有登臺把酒之句追憶落帽臺舊遊已八年矣再次前韻奉酬二首

迢遞關山隔楚城，亂猿啼處記分明。瘴花瘴草重陽候，秋雨秋風絶徼行。匹馬幾回經戰壘，荒臺三面走江聲。再來京洛追陪地，望遠猶含萬里情。

青楓白菊夢漁莊，驚起窗囪正夕陽。賴有新詩酬好節，敢云游子戀他鄉。風聲捲地迴遼海，山色迎寒入太行。一片清砧聽不得，敝裘容易改星霜。

得談未菴沙河書却寄

涼燈四壁光，燦此一雙蕊。終宵不能寐，詰旦占有喜。起接故人書，窗日穿故紙。披襟再三讀，感慨忽中起。憶昨初訂交，秋風燕市裏。余時新落第，邂逅得吾子。子名雖早成，尚索長安米。才高氣激直，罵座酒頻使。我故失意人，謂子不宜爾。子行將筮仕，鸞鳳棲棘枳。縣令古難爲，位在百僚底。上官任喜怒，下吏望風旨。剛者號木强，弱恐隨波靡。不卑亦不抗，斟酌具至理。子才百事能，所少或在此。今年子謁選，畿輔得百里。是時方旱蝗，黽勉到官始。單車行就道，奴僕覔生趾。近聞沙河城，善績紛可紀。賦蛇餘毒去，政虎隣邑徙。保障安流移，枹柝静奸宄。神明詠來暮，父母歌樂只。租稅如期輸，蒲鞭免撻捶。民譽慰攸歸，官聲被褒美。寧非讀書力，出手見根柢。乃知賢豪人，未可私意擬。向來吾錯料，失語徒抱耻。感子諒我真，肝膽終見委。得路念貧交，幾人堪屈指。自傷志力薄，無以赴知己。行當賦歸耕，塵俗庶一洗。願子益自愛，友道在永矢。前期不遐遺，折柬到桑梓。

次大冶司農韻送顧與田還金陵二首

及見開東閣，俄聞把別觴。沙痕雙鬢雪，寒色一裘霜。老覺游情倦，貧銜故意長。獨留青眼在，此外任炎涼。

一片隨陽雁，郵程取次過。馬頭回紫塞，冰面渡黄河。手寫還丹訣，神傷過闕歌。承平風物似，遺老剩元和。

奉送少司馬楊公予告養親四首

聖朝孝治在敦倫，詔許還鄉爲養親。平格已推黄閣老，公今年適周花甲。行期先報白頭人。卷舒在我何關命，進退無慚好乞身。此日魏舒仍襆被，却從去國始知貧。

從開絶域震餘威，悵望多年子舍違。退自急流從古少，老猶孺慕似公稀。東門祖帳傾城出，北闕恩光拜表歸。晝錦堂開春晝永，笑將綵服换朝衣。

萬事長安一局棋，角巾私第未嫌遲。即論世道寧無補，欲報君恩況有期。春服暫寬腰下組，茶烟初驗鬢邊絲。枌榆父老來迎謁，應羨精神似舊時。

油幕追隨萬里過，兩年假館又蹉跎。吟聯樺燭枝枝跋，酒上塵顔夜夜酡。含意每爲知己盡，不才真怕受恩多。公歸我客全無爲，誰聽荆南寡和歌。時余將移館北門。

敬業堂詩集卷八

人海集 起丙寅十一月，盡戊辰正月。

故人吴漢槎殁後，有以不肖姓名達於明相國左右者，遂延置門館，令子若孫受業焉。下榻府西偏，去南城十里而遥，人事罕接，間有吟詠，率出傳題酬應。自丙寅仲冬迄戊辰初春，凡十五月，所得詩不滿百篇，合爲一卷，即用人海記之名以名集。

移館北門寒夜不寐起來霜月滿庭有懷諸弟

寒城宫漏永，孤館耿無寐。起看殘月升，稜稜挾霜氣。徘徊夜將半，惜此姜肱被。獨客不可爲，無端感憔悴。

題喬石林侍讀梅花莊圖兼送其罷官南歸

湖陂種柳不種梅，梅花合向陽陂栽。買園舊在最高處，尚怕水泛春冰開。沙頭一篙刺歸路，清淺今堪跨半渡。父老來看侍直圖，先生笑入花間去。

趙秋谷編修見示并門集輒題其後

趙侯曠世才，硎發新刃初。十八取高第，姓名登石渠。紛紛冠蓋交，僮馬填門閭。抗懷對儕俗，折節讀古書。我友潛江髯，朱悔人。數數來告余。余時懷一刺，欲往還趦趄。從來負盛名，相見長恐虛。何期就館舍，先枉君子輿。示我并門詩，璀璨瓊瑤琚。清光溢兩目，瀏覽無停矑。不忍遽卒讀，掩卷姑徐徐。留之遣夜長，霜月臨窗疏。地爐暖宿酒，繼晷編重舒。十首釂一杯，頃刻百首餘。何堪飲户小，徑醉同蘧蘧。隱几似有人，導我蓬萊居。李杜踞高坐，兩旁列仙儒。依稀潮州韓，髣髴眉山蘇。中有青丘子，拍肩大聲呼。醒來几案傍，絳蠟開芙蕖。悠然接詩境，鼠穴非乘車。我欲數子間，位君復躕躇。君今富才力，著作承明廬。詞章技特卑，未足垂聲譽。即此見根柢，振步捐土苴。神仙才有數，此語古有諸。我賤不足論，願君勉相於！

得聲山姪揚州信

隋隄柳又拂歸艘，安穩傳書報渡江。却寄新詩猶索和，轉憐遊屐不成雙。霜欺獨雁寒衝塞，月帶疏鐘夜到窗。此際相思倍怊悵，燈花何喜燦冬釭。

任坦公以趙松雪留犢圖索題留竹垞齋中聞爲偷兒取去戲作絶句答之

一呷貪泉盡跖徒，壽春遺事近應無。探囊莫怪工相妬，占斷清名是畫圖。

題禹平水村圖二首

蓼洲疏雨荻洲烟，一扇低篷水拍天。不礙主人長作客，披圖還有鶴看船。

春波十字水西東，草淺迴塘有路通。着個歸人應更好，倒騎烏犍柳陰中。

除夕前八日立春

驚心看舊曆，三十八回春。去日成何事，流光惜此辰。好風迴淑氣，殘雪洗窮塵。便擬騎驢出，旗亭覓酒人。

元日出東便門 以下丁卯。

朝出國東門，言循潞河湄。層冰裂厚地，雪光照曜之。草短没燒痕，老楊交枯枝。晨曦暖我顔，我鬢初有絲。自從客京洛，三遍東風吹。藏身人海中，發興乃更奇。誰能當此日，一鞭出尋詩。

少司馬楊公潞河寓齋夜話得村字

去京三十里，城郭只如村。老樹排沙磧，春帆次水門。談深孤館静，酒罷一爐温。已覺連宵夢，依依近故園。

春夜同外舅陸先生陳夔獻吕彤文許時菴朱悔人魏禹平王令貽王赤抒吴震一張損持家荆州兄集朱大司空齋分韻二首

春燈春夕宴，一到一回歡。不赴先生約，寧知禮法寬。酒痕雙短袖，歲事五辛盤。合坐無生客，長安此會難。

畫簾開雪後，新月到花西。雅令投瓊得，清歌按拍齊。鼓催今夜醉，詩記隔年題。預恐鴉啼曙，門前散馬蹄。

龔蘅圃屬題攝山秋望圖

昔我道金陵，西南出江關。船頭東北望，秀色堆烟鬟。長年爲指似，此山名繖山。古寺入棲霞，松老苔斑斑。玲瓏刻千佛，石骨靈不頑。上有天開巖，鏡平圜若環。從兹陟高頂，一覽收人寰。孫吴事業荒，南渡衣冠孱。詞客弔興亡，動云清淚潸。探懷發深趣，此事天寧慳。如何雷同聲，萬口若是班。我友詩力健，清奇寫峥潺。好風颯然來，滿眼除榛菅。

按詩記年月，我在蠻溪灣。重披一幅圖，點染紛斑斕。杖藜者數輩，謂竹垞、青士諸君。風骨俱珊珊。同時失同遊，悵望空往還。憑君添一葉，置我烟波間。

王甥漢皋南歸詩以示別二首

草草嫌輕出，依依戀此辰。也知歸橐儉，應諒客囊貧。家教分諸弟，身謀累所親。臨期雙淚落，併念爾先人。

汝去真長策，吾留轉寂寥。雪燈分袂影，風柳斷腸條。客久人情覺，春寒酒力消。自今長短夢，無夜不河橋。

送吴青壇侍御歸里

來乘驄馬來，去駕柴車去。烟光緑上垂楊梢，春淺東門送行處。東門多少罷官人，太息何煩感直臣。但使朝廷無闕事，不妨歸作太平民。

北城寒食有懷南郊舊遊寄呈朱大司空並索玉友荆州和二首

早桃開後倦游情，春事無端閲鳳城。忽聽賣花聲到耳，始知明日又清明。

名園狂醉已經年，永定門坊記墮鞭。想得出郊重繫馬，一行新柳變新烟。

相國明公新築别業於海淀傍既度地矣邀余同遊詩以紀之

路指沙堤外，園開海淀東。好山西嶺接，曲水御溝通。緑野名相稱，華林興頗同。種花兼種樹，還費十年功。

陳元亮至得令兄撝謙近問

海棠雨墮胭脂紅，一尊醉别禾城東。旗亭哀哀柳綿白，握手驚從薊門北。烏蟾顧影倏忽移，已過五度春風期。看君湖海發豪氣，嘆我頭鬢生微絲。爲言索遊非得已，爾乃胡爲亦來此？一門甲第矜貴盛，王謝堂前燕添壘。藏書萬卷澤尚新，負郭二頃業未徙。少游但思騎欵段，儘可浮沉老鄉里。天生爾以不羈才，伏櫪豈得長徘徊。朝秣吴芻暮燕市，聲價自長黄金臺。君家髯兄才不細，勇決翻成倦游計。粗傳近況喜可知，只怪新篇不相寄。故園漸少杜門人，往往席帽趨黄塵。因君棖觸草堂夢，緑樹正接詩翁隣。

送宋牧仲提刑山東

名封十二接關城，繡斧前頭父老迎。問俗潛移齊右姓，下車先揖魯諸生。天開島日三更白，濟入河流一道清。歷下亭邊名士會，騷壇行見續詩盟。

壽陸菊隱前輩七十二首

熙甫陶菴傳述久，百年君又起疁城。學能忘世名偏重，老愛讎書眼倍明。在璞不妨留玉彩，出山依舊覺泉清。龍門子弟俱英絶，及見淵源有二生。謂孫愷似、侯大年。

採芝欲去每相羊，開閣猶留老仲翔。時下榻大冶相國家。共許康成多著述，誰言安世有遺亡。老人祝杖鳩無恙，處士歸田菊未荒。十丈風埃遮不得，少微争指客星芒。

送時菴先生典試四川

驛路曉發聞秋鈴，千山萬山叠翠屏。秦關百二閲天險，蜀道一雙占使星。同行者爲林户曹。地遠人才指可數，亂餘風物愁初經。同行有約吾竟負，讓爾劍閣題新銘。

椶拂子示兩及門

竟得驅除力，羣蠅不敢貪。清幽吾最羨，束縛爾何堪。自愛依書幌，差宜挂草菴。誤人消底物，江左只清談。

送田綸霞由大鴻臚巡撫江蘇二首

東南地重推吴會，開府新煩典客卿。暫出人皆榮八座，再來公已領三旌。霜清斧鉞稜稜見，風静騂騮尾尾行。桃李一蹊看好在，道傍伏謁半諸生。田曾爲江南學使。

詔恩連歲蠲逋賦，管内民情大可知。棡鼓尚傳迎輦曲，竹枝多上去思碑。兩賢治蹟原難繼，謂大宗伯湯公、少司馬趙公。一代人才更屬誰？此去但須持簡要，不妨小吏日抄詩。

呈玉峯少宗伯徐公四首

書局頻開邸第中，桓廚鄴架許誰同？一朝典策分明在，未有高文不屬公。

宏博今無沈晦倫，御書端爲寵儒臣。講堂及聽宣和論，感激能容下座人。

弟子韓門盛一時，投書却悔少年爲。官高不改憐才意，人道先生似退之。

一御何當重李膺，對公方媿百無能。相逢盡屬龍門客，只是常鱗不敢登。

次張超然見懷原韻

昨夜楸庭雨洗埃，病餘酒戒擬重開。正欣涼自披襟得，忽有風吹好句來。榕浦人才君磊落，蕁江歸夢我沿洄。此情除共詩翁說，謂竹垞先生。預約藤陰掃碧苔。

與時菴別五旬計程當入閬中矣七月十六夜夢其渡桔栢江有詩見寄醒而作此

相送西南去，離心不可降。亂山懸客路，孤夢墮疏窗。暮雨葭萌驛，秋風桔柏江。此時占益部，真有使星雙。

夜宿傳經書屋枕上喜雨

爲少芭蕉樹，初來竟不知。及聞簷滴後，已是酒醒時。静覺書幃爽，涼侵布被宜。殘燈如客況，不厭作花遲。

送周青士南歸

人間不是少知音，愛爾蕭然抱素襟。潮似歸期還有信，雲雖出岫本無心。戰回酒敵黄花老，收取詩名白髮深。此去浮家烟水際，五湖一葉許誰尋？

丁卯秋闈報罷呈諸先輩五首

明明跂脚有青雲，安上門前路忽分。湖海伏龍雷起蟄，關山斷雁雨呼羣。裘茸欲落霜花吐，燭跋初消漏點聞。慚愧上書頻見斥，僅留舌在敢論文。

夜雨鳴雞事不同，也曾投筆學從戎。早知有命應藏拙，不是無家轉諱窮。楓葉飄殘砧杵月，槐花吹過鬢絲風。故人底用慚高第，謂后張、仲夔、令詒、西厓輩。我比劉蕡策未工。

憔悴青衫感弟兄，勿將時論擬縱横。五經何負掄材意，萬口先傳下第名。時家荆州以五經被薦。但使低顔對僮僕，猶容長揖見公卿。祇嫌鏡裏流光速，白髮新抽一兩莖。

兩眉愁思一含顰，情到無憀去住均。短笛聲悽霜後竹，孤桐絃冷爨餘薪。那能造物皆如意，不信憐才竟少人。任是亡羊吾勿悔，燈前故策試重陳。

三年光景易蹉跎，又偪登高節物過。燕子生涯如客樣，菊花天氣奈霜何？狂名幸免聊隨俗，野性無拘一放歌。已買吟瓢租蹇衛，西山遊興近來多。

九日同荆州兄遊趙恒夫給諫寄園

縈成曲磴疊成岡，高着樓臺短着牆。花氣清如初過雨，樹陰濃愛未經霜。熟遊不受園丁拒，放眼從驚客路長。亦有東籬歸不得，四年京洛共重陽。

題宋石門畫松

蒼髯翠鬣摇向空，老榦蟠作青虬龍，雙睛未點飛不得，時有雲氣來相從。開時高陰散林麓，捲起生綃纔尺幅。人間何處着秋風，昨夜城南拔喬木。

秋夜紀事

城頭落星大於斗，羣犬吠怪都狂走。或云此星作狗形，犬不見星惟見狗。初如地震如雷鳴，頃刻闃寂天無聲。但見明河亘天月西没，宫漏杳杳傳三更。明朝屬車行射鹿，旌幟照山馬量谷。不須更載獫猲驕，驅爾向前飛食肉。

送朱千仞之任舒城

龍舒傳舊俗，淳樸羨民風。官税如期納，山田比歲豐。月依琴榻静，花傍印牀紅。却笑眉山老，無緣作寓公。

相國明公壽讌詩四章

海嶽遥瞻壽域開，喬松直上表崔嵬。立鰲一柱承中極，戴斗三星指上台。雨露恩深和鼐地，風雲力展濟時才。穆清垂拱邊烽静，誰挽昇平氣象迴。

千古明良不數逢，天教元老際時雍。和衷事事歸無我，雅量人人服有容。地峻不須銘客座，官清豈在却堂封。但看退食委蛇度，賸得丹心答九重。

未應風月屬平章，緑野仍開舊日堂。玉燭年調光宅里，沙隄柳合善和坊。門無鈴鼓軒車静，架有圖書御墨香。一桁朝衣雙進酒，森森玉樹又成行。

八千歲裏紀春秋，平格端從運會留。寶鼎有光騰玉鉉，皇圖無闕指金甌。朝家望久尊黄髮，事業公今尚黑頭。慚愧受知同國士，嵩高一頌恐難酬。

喜唐實君至

風埃易隔經年面，忽聽車音喜不勝。才氣讓君高百尺，酒腸寬我過三升。薄寒坐轉霜天月，往事談深雪屋燈。記取鳳城西北頰，竹牀相對兩如僧。

得家信

遲滯經三載，平安報一門。開從迴雁磧，寄自擣衣村。身賤歸難料，家貧恨每吞。兩親猶未葬，先計了兒婚。

答衛源冀先生見寄之什

蘇門仙籍在，長嘯出風塵。頗怪高賢意，偏憐失路人。宦情歸後澹，詩境老來真。靈藥如堪斸，吾將就結隣。

西溟竹垞同遊房山余不及踐約口占送之

斜陽聯騎去，影落好山中。古寺尋碑入，幽泉撥葉通。勝遊關俗念，閒趣就詩翁。隔斷桑乾水，黄沙白草風。

哭朱大司空六首

忽得彌留信，驚疑欲問天。更誰承絶學，公爲紫陽裔孫。忍遽奪名賢。存歿真關運，行藏好算年。茫茫國西路，白日迫虞淵。

正色持朝議，從人指異同。不聞廷辨語，真有大臣風。局定閒居後，名高薄譴中。肯留毫髮恨，物論久方公。

罷官賓客盛，不署下邽門。萬卷藏書第，孤雲倚杖村。履聲今寂莫，花氣舊絪緼。從此西州淚，都銷醉後魂。

衣褐初相見，雲泥不啻過。自蒙公賞識，一任俗譏訶。才退江花夢，神傷薤露歌。轉緣期許厚，脈脈負慚多。

悵斷西山路，曾陪兩度游。雲峯奇入夏，泉味冷經秋。酒許王弘送，詩同魏野留。篋中高唱在，讀罷淚交流。

天不留耆舊，人皆惜老成。風流餘畫像，官號定銘旌。年譜門生輯，文編國史評。恬侯恭謹似，重望起家聲。

禹尚基屬題水村圖小照二首

縈青繚白埭西東，門掩檀欒倒影中。千片白鷗波萬頃，釣竿只占一絲風。

朝衫猶絆未歸人，畫裏鬚眉淡有神。已辨青鞵青篛笠，問渠何路出黄塵？

聞周青士淮南訃信

苦口勸君去，筋骸看頗强。祇云當暮齒，不合久他鄉。病忽中途得，神翻永訣傷。餘生還自歎，歸計尚茫茫。

楊耑木來都出示涿州道上見懷八絶句次韻奉答

荒程野店暗戎戎，灰洞連雲小驛通。辛苦琉璃河畔路，一天冰雪兩征鴻。時與家德尹偕行。

短衣篤速又重來，雙眼摩挲試一開。拚得故人驚黑瘦，斷腸誰似賀方回。

舊來書札屢相存，難遣離愁閱曉昏。今夕和歌燕市裏，不知何事尚銷魂？

南園一醉夢難消，新指陂坨丈五高。迸落客中知己淚，剌梅花下長蓬蒿。乙丑初夏，同赴朱司空南園之約，今司空已下世。

蛾眉里族豔同時，錦瑟雖工俗豈知。比似孝標還曠達，上年歸燕併無詩。指耑木乙丑禮闈報罷事。

橫草才情好在無，髑髏猶記血模糊。征南賓客今淪落，怕展藍田射虎圖。

冰泮西沽喚槳師，春初送司馬公南歸。久留生計太無奇。白駒只合逃空谷，一食場苗便縶維。

行期爲爾少遲留，南酒新香出竹蒭。楊柳作鞭花壓帽，此時去住兩無愁。時余方計南歸。

喜德尹至都即用道中見寄韻八首

花南硯北屋西東，先築都荒想像中。此意十年應共惜，一般根蒂兩飄蓬。

別是尋常會却奇，鶺鴒沙外影離離。可憐半世爲兄弟，兩度相逢在路歧。

敝裘寒色國西門，刮面西風太少恩。不是雪花如掌大，豈知姜被果奇温。

匪莪蓼蓼感伊蒿，此際方知父母勞。三尺孤墳何日築，敢將門户委兒曹。

添丁從小絶堪哀，抱向花前得幾回。弟去年始得一子，名騶虞。可但生兒憐絡秀，有人椎髻望歸來。

少賤長貧那得辭，浪遊真愧作男兒。只除中酒聯吟夕，不似長安下第時。

八齡工賦庾肩吾，五十能詩高達夫。勿羨早成輕晚就，天心原不薄窮途。

三畝原爲種稻留，私逋官税苦難酬。翻因細悉家中事，從此思家又起頭。

曉出西華門逢吴震一

九陌紛紛路向歧，毛驢馱客立多時。一冬風力今朝横，吹折街南賣酒旗。

盆梅同唐實君揆愷功賦 以下戊辰初春作。

不借東風力，全憑火候催。夢隨馳驛到，香自渡江來。物性違移植，人情惜早開。草堂留老幹，冰雪戰春回。

探春花再索實君和

本是丁香種，先從臘尾開。一叢疑積雪，繁蕊欲欺梅。南客今初見，新詩悶强裁。君看凡草木，猶帶好春來。

水仙次韻

梔額檀心韻，青裙縞袂姿。洛波迎宓女，越網得西施。用義山詩中語。脈脈含情遠，盈盈欲語遲。月中曾解珮，争許俗人知？

壽大司馬梁玉立先生四首

兩朝元老出名賢，身繫安危四十年。同日蒼生多屬目，向來黄髮少隨肩。金甌社稷銷兵裏，玉斧關河聚米前。如此皇圖資坐鎮，何煩書案更籌邊。

萬騎塵清萬里風，殿廷次第與論功。兒童往往知司馬，貢使年年問相公。排闥山光迎劍戟，傍簾燭燄吐長虹。太平别有經綸業，無用陰符置篋中。

盛事雕橋紀一時，壽槐千歲尚虬枝。贊皇世業平泉記，樞密新堂晝錦詩。無價鼎彝歸賞識，有人書畫乞題辭。官高依舊風流在，不愧人稱海鶴姿。

尺五天低韋杜城，文星長傍禁垣明。每因餘論諳前事，雅有虛懷接後生。閣上麒麟圖早識，座中鸚鵡賦難成。謂丙寅春公召飲事。從今一上生申頌，感激曾蒙記姓名。

送黼皇姪出宰大浦

青溪一條水，發源自白嶽。千里赴海壖，赭龕爲鎖鑰。余家赭山口，子住齊雲脚。阮巷南北分，裴眷東西拓。雖云支派别，夫豈淵源各。先朝際盛隆，中葉顯儒學。煌煌兩開府，先中丞、京兆。事業恍如昨。外吏實起家，致身上臺閣。綿延君子澤，十世不爲薄。汝叔秦望兄。州牧賢，掛冠去笻筰。吾宗老觀察，王望伯。近亦返丘壑。坐惜數年來，衰宗正中落。家聲望子振，有若水救涸。子才洵超羣，氣勢竚騰躍。胸藏五千卷，試手高第博。簇簇刃發硎，團團弩張彍。謂當嵕兩翅，一舉上寥廓。何期赴南宮，六度困東郭。季子金婁罄，東方米徒索。俛首作選人，初心豈所樂。之官嶺海外，道遠塵漠漠。臨分當贈言，古人例有作。與君屬關切，聊爲舉其略。邑宰職親民，顧名思義託。如何千百輩，疾苦視隔膜。寧多才地違，或少寬嚴酌。子今抱經濟，枳棘棲鸞鶴。百弊不足釐，餘情故綽綽。潮州本善地，貢賦雜海錯。大浦居其間，頗自異煩劇。兵餘奈凋瘵，户口十半削。往者征南師，驚駭到鮫鱷。剪除兇暴盡，政虎尚餘虐。仁人行撫綏，所亟在民瘼。大僚恣指揮，小吏承唯諾。省事先省心，自然破根挌。人散訟庭閒，官清條教約。蒲鞭併可去，況乃痛敲扑。譬如百孔瘡，難得萬金藥。徐徐養元氣，稍稍起積弱。民風既已佳，土物矧不惡。榕樹清陰留，佛桑紅談著。文禽好毛羽，中有羅浮雀。漿分荔子甘，茶代檳榔嚼。珊瑚及珠琲，過眼風掃擇。方將寶清名，未肯計裝槖。從來賢達意，定不俗吏若。屈指三年期，還朝報循卓。

送沈譽生之任靖安

江西是我曾遊處，風土從君一一誇。郭外有山皆種竹，春來無路不迷花。商船晚閙臨溪碓，官課先輸曬網家。此去始知魚米賤，十年應悔住京華。

寄壽潛江朱石户先生

半肩華髮倚孤筇，萬卷奇書貯短蓬。日出茶烟吟甫里，雨來巾角墊林宗。魚標隔竹參差見，酒旆穿花次第逢。如許風期誰獨占，白雲高護丈人峯。

桐城錢田間先生相遇都門出詩集見示中有丁酉寓長干寺投贈先君子七律一章距今已三十二年先君下世且十一年矣感而次韻

敝廬風雨十年扃，南北身隨敗葉零。先友漸如星落落，殘宵愁對火熒熒。詩貪記憶關心讀，話到蒼涼制淚聽。莫問生涯流轉跡，賤貧何事不曾經。

附田間先生原作

古寺秋聲夜不扃，客星幾點共飄零。鐘殘隔院禪香換，雨曉長廊塔火熒。市隱定從江左覓，雅歌還在越中聽。道人入道無他術，只講牀頭一卷經。

敬業堂詩集卷九

春帆集 盡戊辰一年。

客京師忽四年，戊辰二月以外舅陸翁抱恙，扶侍南歸。水程濡滯，凡四閱月，舟中多暇，以詩送日。翁雖手顫不能執筆，每口授余書。見余作又未嘗不色喜也。到家後周旋湯藥，余亦無詩矣。

將出都前輩及同學多有贈行之句短章酬別

朝市山林跡總賒，又扶病叟出京華。一卮北酒春傷別，幾度東風客負花。草色青回夾城路，凍痕白退隔年沙。多情通潞亭邊水，穩送歸航直到家。

衛凡夫郎中索題詩册兼志别

雞鳴九衢曉，城角轉星斗。不忍去長安，此中多好友。友亦不在多，同心十八九。醵錢餞歸人，宴會連夕有。下車揖戴笠，古道君尤厚。君家好門庭，清不借箕帚。堂前兩株藤，植自相國手。凡夫所居即文清公舊邸。春花紫蔕簇，秋實明珠剖。我來婁㴴洹，晨對或終酉。有時笑捉鼻，隨意語脱口。纏綿示君真，坦率成我醜。如此兩换年，未覺日月久。君行入郎署，約略歲紀丑。風流白雲司，下視牛馬走。讀書兼讀律，梏拲等枷杻。賦性非所便，時時夢田畝。今春始轉秩，望出曹郎右。好理舊襟懷，依前向詩酒。我行惜薄遽，唱和少于喁。此地最難忘，臨岐幾搔首。

梁藥亭以端溪紫玉硯贈行

吾家老詩翁，家二瞻兄。遠寄數挺墨。行裝無好硯，一試那易得。前年送君歸，許我端溪石。匆匆過三年，此語時在臆。夜聞君到京，壺漏下初刻。入門異彩發，君故不自匿。欣然笑相謂，前諾幸免食。開囊把贈余，理膩不容拭。何來琉璃匣，養此馬肝色。餘潤吐紫烟，燈光忽被蝕。吾弟德尹兩踰嶺，嗜好癡已極。曾拋金珠裝，蓄硯比封殖。窮搜願難滿，妍醜庶能識。亦云此石精，温潤含玉德。忽然落吾手，旁睨三太息。物歸洵有數，在獲詎須弋。奈無十五城，豈易償拱璧。君才本間世，海嶽鍾奇特。仙人五色裙，來跨鳳皇翼。飄飄凌雲賦，一一好句逼。留以供濡毫，揮灑固其職。顧蒙謬許與，降氣自摧抑。我詩苦非豪，邊幅守封洫。近來尤懶惰，故步荒學植。得錢了應酬，例取加粉飾。詆娸人挾喙，描寫腕無力。徒然辱佳惠，胡取三百億。逝將返柴荆，稍稍闢畛域。門前一溪水，潑眼清湜湜。洗硯先洗塵，有如苗去賊。學書兼學字，尚覬名副實。持君贈行具，寫我長相憶。因之謝吾宗，墨點漆光黑。

茨棘

牛李仇初作，張陳望苦深。全憑翻覆手，大負始終心。菀柳傷餘蔭，飛鴞誤好音。誰非門下客，茨棘莽成林。

曉出沙窩門

草緑國東門，舊來送行處。今朝一鞭出，喜赴歸人路。麥隴春未耕，杏園寒尚沍。冰槽沮洳濕，鵝鴨各引嗉。遠氣如湖光，蒸蒸動原樹。長空豁遐矚，變景失回顧。不復夢春明，三年墮雲霧。

張灣舟夜寄德尹都下

漁汀鳧渚夢依稀，長是思歸未得歸。底事得歸猶悵望，可憐倦羽又分飛。

發舟後連遇逆風間或阻淺兩日纔行十里許

遠歸決所從，筮易利涉川。意亦厭馳逐，捨車遂乘船。何期初放溜，斷渡春風顛。詈師邪許聲，蟻附百丈牽。進尺旋退咫，膠淺不得前。廢閘二十四，一一淤泥填。郵籤算南程，約略踰三千。一日行五里，到家須兩年。誰能侶鳧雁，久坐烟波間。

曉起回望西山

好山隔黄沙，隱隱一重霧。霧斂日紅時，螺青出高樹。

鄚縣晚泊

鷗鳥灣洄泊小舠，蘆溝西望樹周遭。殘冰裂石頹兼岸，春水如油滑上篙。老柳耐寒如許瘦，壞垣經久不多高。畫眉塚冷鷹臺塌，一片斜陽雁下壕。

舟夜書所見

月黑見漁燈，孤光一點螢。微微風簇浪，散作滿河星。

打魚莊遇西塞公歸舟述舊有作

長安棋局莫深論，秉燭依然近酒樽。烟火一帆春去國，關河雙鬢雪添痕。嘗黿宜味經調鼎，羅雀交情散署門。記取故人垂老別，病歸猶感向時恩。時余同外舅附楊少司馬歸舟。

口占送陳仲夔舍人還都

別語無多別恨新，短橈明發指天津。殷勤百里猶相送，萬疊西山一故人。

亂鴉

白項非無種，烏頭亦有名。野田留點點，古墓去程程。陣忽遮天暗，貪因得食争。君看稻粱雁，失次敢先行。

自王家浦晚至楊村驛

土屋多依堡，民屯半屬官。樹從王浦密，河過蔡村寬。鷗外新蘆茁，犁頭細麥攢。蒲溝行未到，月黑夜漫漫。

三月朔日 先君子忌辰。

昨夜還家夢，依依白髮親。覺來三月朔，又感一年春。窀穸悲何地，飄流愧此身。那堪寒食近，南望獨沾巾。

桃花寺

已過桃花口，再問桃花寺。獨客扣門來，老僧方坐睡。欲知春淺深，但看花開未。

掛帆行

船頭船尾收鐵猫，三尺五尺堆銀濤。弓張帆腹機激箭，原樹却走如奔逃。西山已没烟霧裏，初日欲吐春雲高。須臾倏達直沽岸，風勢未已猶飋飋。當前有關敢飛渡，又向津頭卸帆住。

天津關用薛文清舊韻

地勢東來一掌平，忽開官閣起峥嶸。風腥曉市知魚賤，客過嚴關喜篋輕。暮雨暗添丁字水，春陰低壓直沽城。雲帆轉海非難事，誰念東南物力傾。

三月三日寒食舟中風雨感懷都下舊游寄朱公子恒齋比部三十六韻

愁中時序兼，百六又重三。客路流光感，京華節物諳。尚書期不遠，別墅興尤耽。憶昔春城外，陪遊小築南。年年修禊事，往往盍朋簪。土甑茶開窖，泥封酒拆罎。羽觴佳客泛，鑾榼小童擔。芭愛丁香破，梢宜豆蔻含。地衣紅匝匝，石髮翠毿毿。箏擘斜行雁，絲清獨繭蠶。隨方呈妙技，即事借深談。雜座門生列，巾車野老參。幾家同上塚，隨意去停驂。一院鞦韆女，千場蹴踘男。花遊聯竹轎，芳信簇筠籃。候暖鶯吭滑，烟濃蝶夢酣。種桃尋紫陌，看杏入茅菴。隔日頻相約，先期或預探。柳花登客饌，帶草拂僧龕。沙徑晴熏轉，澄波曉鏡涵。餳簫吹寂寂，粥鼓報鞳鞳。到必移吟笈，歸仍側帽簷。撲翻愁墮韉，豪健笑驅驔。後輩忘形接，先生好士貪。清狂真辱愛，疏略總無慚。好會原難數，傷神忽不堪。東山殂謝傳，西路避羊曇。故業留桑梓，佳城閉柏楠。詩曾傳魏野，曲忍聽何戡。只益窮途苦，寧知世味甘。無人臨曲水，有淚滴春潭。岸濕烏銜紙，船空鼠匿甔。風鳶行斷續，檣燕語呫諵。野意將舒綠，川光未放藍。離情風挾絮，往事霧沈嵐。此恨郎君識，緘題寄北函。

舟晚

晚色一天霞，空明炫眼花。濁流供飲犢，新月領歸鴉。野曠風長急，塘迴路向斜。兩三人待渡，此去必村家。

白廟

一院槎枒樹，居僧守鵲巢。俗貧稀賽社，瓦缺只編茅。暗處蟲絲接，塵邊鼠迹交。漁人來寄網，時有一船捎。

泊頭鎮見杏花

澹烟消處日初銜，酒旆微風到布帆。我自偶從花底過，不勞蝴蝶上春衫。

交河道中聞人稱河間縣政績之美輒述其語寄彭椒嵓明府

客經新橋驛，泊舟交河湄。偶逢垂白叟，借問邑宰誰？蒞兹凡幾年，當官何設施？叟置不一答，别舉己所知。爲言河間府，畿南極衝疲。兩州十五縣，首縣又難治。黄昏簿書交，白晝羽檄馳。四野雜莊户，土著留孑遺。責之辦賦税，肉盡空腔皮。可憐牧民官，往往猶鞭笞。追呼力不任，竄身并歸旗。方將計囊橐，焉問疾苦爲？前年來好官，忠信神明慈。聞官乃彭姓，門第江南推。祖父盡公卿，家業貧難支。到官但飲水，一意存撫綏。不承上司喜，不顧同列嗤。不假左右手，不煩誥誡辭。赤子視吾民，子忍父母欺。即如春夏交，輸課有常期。麰麰三堂鼓，出早退每遲。文書赴期會，閒暇無停披。木匭設中央，金錢隨所齎。吏前但執算，毋許參一詞。一日投百封，數計若察眉。半月率滿匭，封識宛不移。明朝上大府，手不沾毫釐。自餘了無事，止酒或賦詩。官清民力寬，漸漸歸流離。比來俗大變，迥絶非曩時。朝廷方勤民，下問旁諏咨。大府昨薦達，某官轉高資。分明馴雉歌，載在墨吏碑。坐令惠愛政，平平覺無奇。誰能持此情，流傳向京師。言罷歎息去，春風吹鬢絲。

御莊舖

小縣他時號阜昌，近城曾築讀書堂。不須更唾劉郎面，豕栅牛欄是御莊。僞齊劉豫僭號，更阜城爲阜昌。郡城北有讀書堂，城南有御莊舖。明程篁墩詩，有「居人不唾劉郎面，猶把亭名號御莊」句。

德州留别田雨來編修

帝里經年别，書來少北郵。故人多請假，游子暫稽留。風雨燈前話，江湖夢裏舟。一笻雙不借，行踏半塘秋。

戲惱德平令楊建垣

草接平橋水拍津，好風裙帶跨驢人。清狂幾許治情在，惆悵自嫌官裏身。

四女祠

在恩縣西北四十里。土人云，漢景帝四年，貝州人傅清，字景山，妻羅氏，無子。生四女，守志養親，終身不嫁，各植一槐以明己志。四女通釋氏書，日頌法華，其後拔宅昇天云。按史：周宇文氏始置貝州，漢時未有此名，自是傳聞之訛。考唐人王建詩注云：宋氏五女，貝州宋處士之女也，曰若華、若昭、若倫、若憲、若荀，其父老病，誓不嫁以奉事之云。按貝州乃今恩縣及清平地，疑此即是矣。

何處著鶯花？春深孝女家。門前古槐樹，兩兩聽慈鴉。

夾馬營

櫪馬驚嘶嘶不止，紅光夜半熊熊起。男兒墮地稱英雄，檢校還朝作天子。陳橋草草被冕旒，版籍不登十六州。却將玉斧畫大渡，肯遣金戈踰白溝。隔河便是遼家地，鄉社枌榆委邊鄙。當時已少廓清功，莫怪孱孫主和議。君不見蛇分鹿死鬭西京，豐沛歸來燕代平。至今芒碭連雲氣，不似蕭蕭夾馬營。

月下聞吴歌

客愁今夜較偏多，歸路三千尚隔河。五十六回圓月底，南來初聽本鄉歌。

衛河四絶句

王弇州有衛河八絶，多敍行役之苦，于風俗有所未備，輒隨所見補之。

河流千百曲，來往候風信。東南西北間，那得灣灣順？

微雨曉來霽，孤雲斷不還。黄沙千里道，何處著青山？

佳人跨驢去，隔岸是娘家。渡口風長好，吹開罩面紗。

茅屋罾邊市，蘆場柳外橋。誰知燕趙地，生計儘漁樵。

將至臨清州

小雨吹午晴，菜花黄被阪。方愁白日暮，又惜芳春晚。河流合汶衛，客路投東兗。樹杪見浮圖，去城應不遠。

夜泊南板閘

來從漱玉響潨潨，一枕神清静聽中。只似秀林亭下宿，隔窗今夜雨兼風。北河紀：「漱玉泉在州城內，秀林亭在州城外。」

聞荆州兄聲山姪南宮捷音却寄一首

各有高堂奈老何？此情真足慰蹉跎。到家鵲喜連朝有，照客燈花昨夜多。從此朋遊推二阮，向來場屋説三羅。壯心自倚消難盡，歸去羞爲伏櫪歌。

汶河阻牐少司馬楊公從陸路先歸余與外舅尚滯舟次詩以志别

昨歲春風記出京，再來何意得同行。熟經世路歸貪早，老念貧交别忍輕。水落汶河停去舫，花穠淮岸待行旌。竹萌怒長櫻珠綻，鄉味先輸一月程。

謝孔心一大參餉酒

城南高會已多時，曾和東風芍藥詩。賞到鶯花春爛熳，醉題襟袖夜淋漓。尚書没後園空鎖，謂朱大司空。騎省歸來鬢有絲。多謝故人猶念舊，一樽重對却成悲。

入牐

萬派東南傾，水勢本趨下。何年迴地脈，一股西北瀉。自從燕建都，饋餫吴楚藉。千艘萬艘尾，重載接春夏。黄河故道移，東向海門射。如轂水犀弩，潮汐俱退舍。支流導不得，脈絡乃近借。沂泗濟汶洸，横洿孰分汊。九十七名泉，會通河在濟寧州城南，南抵徐州，達清河入淮北經臨清州，合衛河入海，沂泗洸汶入漕之泉，九十有七。扼吭走一罅。綿綿數百里，寸寸阻成壩。層層板堵束，宛宛巨綆架。通透蟻穴穿，點滴糟牀醡。一牐守一官，役夫供咄咤。么麿成鬼怪，有若腐鼠嚇。毫釐日主進，傲慢禮無迓。糧船排幫來，客棹何從駕。汴堤鄭國渠，事往役隨罷。豈惟滋禾黍，兼可活桑柘。不聞溝洫成，止用通艋舴。奈何并梗塞，行旅見來乍。我生昧時向，永與捷徑謝。所遇總紆途，濡遲復奚訝。

閘口觀罾魚者

牐河一綫才如溝，戢戢魚聚針千頭。其中巨者長二寸，領隊已足稱豪酋。爾生亦覺太局促，漂漚散沫沈還浮。不知世有海江闊，長養何異蒙拘囚。縱教族類繁鰍魭，變化詎得同蛟虬。居民活計乃在此，勞不撒網逸不鉤。竹竿綳罾密作眼，駕以一葉無篷舟。朝來暮去尋丈內，細細黏取銀花稠。庖廚却緣瑣碎棄，曝向風日乾初收。微腥茍適飼貍用，性命肯爲纖毫留。吾聞王政雖無澤梁禁，鯤鮞尚有洿池游。人窮微物必盡取，此事隱繫蒼生憂。一錢亦徵入市稅，末世往往多窮搜。

京城西南豐臺芍藥最盛余未嘗一寓目也今年與唐實君有約同賞復匆匆出都長途春杪省記前言時實君已捷南宮矣作詩以寄兼示梁藥亭鄭禹梅王后張張寄亭吕山瀏徐虞門孫愷似王令貽陸冠周湯西厓吴元朗陳仲夔錢朗行皆同年進士也

四年騎馬客京華，不問豐臺賣酒家。已約同遊向春尾，獨憐回首又天涯。驪場易醒繁華夢，貧女羞簪富貴花。但是成名寧論晚，少年能得幾人誇。

阻牐十日始得渡臨清關

明知前路方多牐，且喜今朝已渡關。薺菜花開春事了，荒城十日鬢催斑。

晚抵梁家鄉牐

十里五里程，三板兩板水。遠寺有鐘聲，朧朧烟樹裏。隨風渡渚去，已斷還復起。獨客此時聽，孤燈壓篷底。

東昌道中

黄沙碧草兩無情，鵾鳩愁聞第一聲。辜負遺山詩句好，杏花開後過聊城。「杏花尊酒記聊城」，元裕之詩語。

聊城舟中再得荆州兄臚唱之信喜疊前韻

才藻稱量去幾何，有誰高占五經科。一名縱使輸人後，頭地終看讓爾多。逸足逢時争築館，高鴻回首笑張羅。青山憔悴無如僕，破涕猶能擊楫歌。

登光嶽樓

聊攝城端萬木風，層樓高勢拓齊東。晴光過雨浮浮白，初日迎帆靄靄紅。汶水曲流荒甸北，泰山遥指亂雲中。緑蕪滿眼春垂盡，獨倚危欄看斷虹。

曉晴即目二首

水潤沙田徧㮓犂，毿毿兩岸麥頭齊。柳綿已被風吹盡，不化浮萍但作泥。

灘平風軟出前津，畫舫南幫自作隣。一練波光如拭鏡，翠烟扶起柁樓人。

晚泊周店雷雨大作

已作迴風半日涼，忽聞雷雨灑淋浪。洪流赴牐增雷勢，一綫穿雲走電光。斑籜定抽苔徑筍，緑針初剪水田秧。喚醒孤客田園夢，剩有蛙聲似故鄉。

入兗州境望徂徠山

青山雅淡如故人，何可經時不相見。我行久與故人別，轉向青山增眷戀。來從燕趙歷齊邦，千里平沙黄一片。眼前俗物厭勃塞，物外心期失葱蒨。朝來雙眼豁然開，已報汶流通魯甸。日高螺髻矗諸峯，天遠修眉浮半面。含姿獻態各自媚，一老峨峨聳冠弁。兹山洵屬魯之望，指點兒童悉能辨。猶傳有道石先生，六一垂銘抵佳傳。聖人已遠道僅存，此事終應賴狂狷。景行併作高山仰，恍惚風流覿前彥。白楊風急不少留，片帆忽過東阿縣。

南旺分水龍王廟

兩龍爭掉尾，萬馬各隨羣。勢自中流劈，聲猶隔岸聞。江河雖日下，南北竟平分。先寄歸心去，吾家傍海濆。

孫村

村繞河流一曲，路分湖面三叉。青蜓雨催麥秀，黃雀風開棗花。蘆邊橋影人影，林外漁家酒家。漸近南中土俗，居人多食蝦蟆。

過濟寧不及遊南池

人笑平生頗好奇，勝遊到處每差池。曩在武昌，不登黃鶴樓；過長沙，不游嶽麓書院，故云。不才自信能藏拙，況有光芒李杜詩。

魚臺道中

一碧開平遠，居人就土泉。斷山連石麓，涸水益湖田。風俗佃漁地，菰蔣雁鶩天。自慚生理拙，飄泊過年年。

沛縣泗亭驛二首

萬乘還鄉父老迎，大風歌罷氣峥嶸。不知何事翻垂淚，方覺英雄别有情。

一劍親提帝業成，枌榆猶動布衣情。沐猴豈是真龍匹，富貴徒誇晝錦行。

出牐

烟波六十宿，淹泊情不洽。前途得通津，客況喜出牐。平流一川穩，叢葦兩岸夾。好風緑陰來，黄鳥啼恰恰。南船各相傍，北客焉得狎。蠻歌楚傖和，香稻吴娘臿。明知漸近家，畏路接眉睫。近聞黄河流，怒氣中尚挾。治河如築舍，國計司農乏。盡輸竹楗沈，更費柳帚壓。坐視淮泗民，爲魚鱉鵝鴨。餘生猶應役，婦女助畚鍤。廟堂宵旰憂，疏瀹豈無法。九年始殛鯀，厥罪浮令甲。書生託空談，快意取一霎。作詩攄憤懑，强韻苦難押。

宿遷

纔過桃花漲，沙痕嚙岸新。孤城依井底，三面轉河身。蛙黽居相雜，蛟龍性不馴。長聞淮泗滿，嗟爾一方民。

雨中渡黄河六韻

直放東南去，無風自作聲。中流帆影没，遠樹浪頭生。雲與平蕪際，灣隨曲勢成。竟同浮世濁，待得幾時清。官柳行行密，閒鷗對對輕。空濛三十里，轉眼失孤城。

桃源縣

廢緑春荒瘠土耕，河壖小縣併無城。武林雞犬應相笑，如此蒼涼浪得名。

清江浦

淮山浮遠翠，淮水漾深淥。倒影入樓臺，滿欄花撲撲。誰知闤闠外，依舊有蘆屋。時見淡妝人，青裙曳長幅。

漂母祠

慚愧恩叨一飯深，當時果否識淮陰。後來不却千金賜，難説初無望報心。

淮上曉發

紞如五鼓催船發，輪囷高城下弦月。已聞兩岸過鈴聲，燭燭曉星光未没。依稀枕上續歸夢，尚隔江湖浩難越。起來照影向清淮，愁見塵顔映華髮。往還跨下橋邊路，萬事回頭總飄忽。只有年光不負人，鯗魚絮暖蓴絲滑。

遊喬石林侍讀縱棹園出圖索題

海棠花紅紫藤紫，日日酣歌向燕市。別中兩度負春風，短棹來尋白蘋沚。弈棋時局經眼見，去國名高今有幾。先生一賦歸來辭，多少陰功被桑梓。朝廷已用當時議，海内方思正人起。那知一意方掉頭，風月無邊任驅使。別開小墢植籬援，汀瀅三鴉板橋水。水窮橋斷去無路，賴有輕船纜沙尾。迤邐初疑村落傍，灣環忽轉高城趾。蔣芽荻筍芰荷葉，浄緑澄鮮雨新洗。釣絲影裏亭榭開，萬瓦鱗鱗動波底。琴牀旋傍曲檻設，門徑從教比隣徙。梅邊補種竹數竿，柳畔移栽花萬蕊。莫言此樂乃易得，抛却金龜纔换此。假公尚直蛾眉班，夜枕終當夢田里。斜街草堂縱峻絶，未免浮塵灑窗几。空看圖畫憶故鄉，何似收身圖畫裏。只今杖履歷真境，愛護猶珍一幀紙。經過不拒野人遊，敢惜留詩嘲鄙俚。水南地空多莎草，鷗鷺成羣占涯涘。許我閒撑放鴨船，與公唱和從兹始。余亦以放鴨圖索公題句。

秦郵道中

高田半没低田淤，小舟賣藕兼賣魚。可憐活計墮水底，盡是失業耕田夫。湖波怒齧孤城口，一派萑萑萃淵藪。但望南風長黍苗，不須東岸栽楊柳。

紅橋即事

對門楊柳慣藏鴉，斑竹籬前姊妹花。十里珠簾消不得，扇紈風起客思家。

敬業堂詩集卷十

獨吟集 起己巳正月，盡九月。

去夏到家，外舅陸先生風攣漸減，猶冀稍延歲月也。乃今二月，竟爾不起。余既視含殮，復狥故人之招，匆匆北上，關山獨往，觸緒悲來，不禁涕淚之横集也。

外舅陸射山先生挽歌二章

公亡先友盡，孤露感吾生。别有無窮淚，非關兒女情。破家緣結客，玩世亦逃名。不比陶元亮，徒高處士聲。

昊天春夜月，偏犯少微星。昨去扶衰病，今來失典刑。屨綦雖寂莫，畫像儼精靈。世乏中郎筆，誰爲有道銘。

重過聽鶯齋留别徐淮江二首

一度相過一愴神，尚書宅畔老松筠。年時地主無多在，狼籍江關況酒人。傷程禹聲、家韜荒也。

雁行啼過雨瀟瀟，往事深燈又此宵。記得小船秋港别，葦花遮斷賀家橋。

虎丘

又作山塘一日留，相逢往往説宸遊。朱欄路轉千人石，黄瓦春開萬歲樓。花柳時清無隙地，管絃興盡有迴舟。繁華何與閒僧事，添炷香燈照白頭。

吴門與惠研谿話舊

燕市歌狂散酒星，勞勞三百五長亭。桃花影裏抽帆路，流落江東剩兩萍。

京口遇朱悔人

丁卯橋荒感再經，勞人雙鬢各星星。一帆北固烟初暝，二月南徐草未青。京洛夢回同斷梗，江湖天闊但浮萍。春愁滿眼分襟路，怕上旗邊舊酒亭。

三月二日揚州作

鈔關門外綵層層，三月烟花見未曾。張得水嬉還望幸，船船絃索上紅燈。時傳大駕已幸淮陽。

上巳過平山堂下

發軫維陽城，苕苕入塵陌。不逢湔裙女，但見騎驢客。平山平似岸，夾路植松柏。堂空感良遊，事往念前哲。當時手種柳，摇落那禁折。暫此駐征鞍，一帘風向夕。

晚宿大儀鎮

萬乘方南巡，孔道車湊輻。我行取紆折，路僻馬不熟。臨歧徘徊鳴。旅況愴孤獨。廣陵繁麗地，咫尺異風俗。沙田廢牛耕，灌莽抽新緑。人稀鳥巢少，鴉鵲争一木。村童弛樵擔，古佛棲草屋。杳杳望炊烟，荒荒晚投宿。

天長縣北郭外垂柳夾隄清渠一道土人云即汴河也

萬葉千梢映碧波，一條虹影曳坡陀。天長縣北聞人説，此是隋家古汴河。

自盱眙北界沿洪澤湖西北行晚至高家堰

淮泗方合流，洪湖際溟漠。水所從來高，其勢建瓴若。長堤亘首尾，力敵萬鎖鑰。近傳泗州城，三板没郛郭。澄波見井竈，了了魚蝦躍。淮陽地尤卑，東岸狂瀾劇。十年費國計，萬杵鳴橐橐。排樁内甃石，陡起堵牆削。禹功紀告成，注海有疏瀹。不聞當横流，扼吭恣噴薄。決口既須塞，減水孰開鑿。自唐埂以上，泱口三十四，減水壩六。減水法始於宋回河之議。蘇潁濱云「回河雖罷，減水猶存」是也。九道湮成河，洪澤以下向有成河九道。沙田梗流惡。放之使行地，汗漫無歸着。天下本一家，揚州忍爲壑。移亡及身事，丘墓傷淹泊。可憐水鄉民，不及蛙黽樂。九重亟軫念，南幸求民瘼。河嶽盡懷柔，淮神敢行虐？天功即帝力，愚賤匑可度。

我來愛漣漪，正值沙水涸。一程滌煩濾，清曠迴蹢昨。夕陽射湖東，欲落尚未落。忽然得新句，放眼向寥廓。

黄河待渡

遠行疲長途，春晝赴急景。梶車柳陰下，稍覺白日永。黄埃渡河來，風氣變淒冷。奔湍怒流濁，拍岸高過頂。千檣萬檣形，倒視無一影。沙崩人跡散，月上波響靜。衆涉卬敢爭，及兹放孤艇。

澗橋

風色轉河壖，春光滿淮甸。阪被菜花黄，籬窺野桃蒨。朝陽出疏樹，蘆屋烟中見。饌無登盤魚，户有啣泥燕。從人問前路，已近清河縣。

大霧新灘道中

陰霾忽交集，一氣吞平沙。如入大海中，瀰漫四無涯。前行泛孤鶩，後旅延修蛇。似密忽已疏，稍開旋復遮。大塊任勃塞，陽烏歛光華。朦朧一鏡懸，注視眼不花。方當晻靄際，正氣難勝邪。無何廣漠風，披豁青天霞。君子視洞達，毋令道里差。

次日發沭陽渡小溝河大霧復作次前韻

昨日如細雨，今晨同噴沙。廣川横我前，截岸作兩涯。砉如壯士劍，當道分長蛇。亂流苦無船，林黑影被遮。僕夫牽馬渡，闇闇迷春華。路旁玉瓏鬆，結作野草花。老農識占候，荷笠歌汙邪。連霧知大風，暮雨看晴霞。人事難預測，物理永不差。

紅花埠至曹村四十里間桃李夾路

遥林春鳥啼，客枕促晨起。有村有園圃，無處無桃李。烟氣薄花光，迷濛四十里。方當鞍馬倦，忽值風日美。欲去轉躊躕，北行恐無此。

大風

新月夜生暈，朝來果作風。初聞響騷騷，停午聲蓬蓬。砂礫本附地，簸蕩忽向空。遥天失其青，皎日爲之紅。憶昨衝霧雨，兀如醉夢中。行當快掃除，何復遮溟濛。勃豀向六鑿，無地置我躬。有目欲使眯，有耳欲使聾。口鼻比山澤，呼吸恐不通。五官心則靈，獨覺非外蒙。涉川畏波浪，遵陸愁霾雺。男兒歎失意，豈必皆途窮。平生塵土緣，鹵莽焉知終。去去洗垢濁，還君憔悴容。

寒食行

老鵶銜紙錢，飛上白楊樹。破廬誰氏子，挈榼上冢去。新鬼土作堆，堆平鬼亦故。百年過鼎鼎，孰者非朝露。安知今樓臺，不是昔墟墓。十年寒食節，九度他鄉路。看到野棠梨，荒山春又暮。

清明日蒙陰道上觀鞦韆戲作

隔牆聞笑聲，人在花枝下。花枝旋搖動，傍有秋千架。何人挾飛仙，天半飄裙衩。瀏瀰俄頓挫，按抑還騰躪。力怯不自持，身輕若無藉。柳絲妬腰細，捲起向空掛。却下整雲鬟，神情自閒暇。魯邦喜遊冶，民俗廢桑柘。已經上巳辰，纔過百六夜。新粧與靚服，往往出茅舍。鄉風隨俗有，客路關心乍。未免憶江南，家家好亭榭。

新泰旅壁見故人周青士題詩愴然繼和

歎息溪南老，生涯詎忍論。有詩題壞壁，無計卧窮村。去作京華客，歸招旅櫬魂。乾坤吾哭汝，塵土上啼痕。

過西嶺數里許土岡微起道傍新立木榜署古新甫山五年前經此未嘗有也

南眺東蒙峯，北瞻泰岱巔。相望三百里，徂徠處其間。新甫特土壤，居然亦名山。石老柏不生，荒榛互綿延。文人好夸大，後世事或然。曼碩告寢成，煌煌郊廟篇。移風繼周頌，孔子經手删。不應閟宫什，失實載簡編。魯邦巖岫多，高峙争孱顔。今聞非昔指，彼此揣度懸。年往事易訛，況加附會牽。我欲正此謬，詩成恐難傳。王伯厚困學紀聞云：魯頌「徂徠之松」，後漢注：兗州博城縣有徂來山。「新甫之栢」，傳注不言所在，惟後魏地形志：魯郡汶陽縣有新甫山。通典：漢汶陽故城在兗州泗水縣東南。

望岱

山形陡然來，其勢乃易量。孤根雖秀拔，羣岫或爭抗。泰岱四嶽宗，宇宙虞隘妨。去聲。大麓起沂州，鱗鱗疊巒嶂。客程窮五日，日日坡陀上。不知去平地，已是幾千丈。漸覺所歷高，縱眼快前嚮。昨經新泰郊，突兀方示象。將開意忽會，在遠神彌王。霞氣舉之升，隔天樹屏障。龜蒙挾鳧繹，連絡走相傍。徂徠亦兒孫，未可儕輩行。其他況培塿，倚伏同一狀。今朝及山趾，耳目嗒焉喪。便思躡芒屩，去倚扶桑杖。天門泬寥開，萬里詄蕩蕩。仰瞻星漢逼，下掃雲海漲。雞鳴日觀峯，倒影出靡盪。惜哉身未到，祇用窮想像。秦松漢代柏，盤攫倘無恙。碑憶磨崖鐫，亭思駐蹕創。賢君七十二，踵事規模壯。如何太史文，隱躍時近謗。誰陳封禪頌，體格要有當。游蹤觸覩記，即事語敢放。覽眺存古懷，終期慰遐暢。

瘿俗戲和次谷兄

晨辭泰安州，午達長清境。石㪉行礙步，土燥俗少井。木瓢酌山窪，歲久必生瘿。醜形婦女甚，户户裁闊領。東坡詩：「闊領先裁覆瘿衣。」牛病垂老胡，豕肥縮短頸。苦開脹河豚，餘怒鼓蛙黽。兒郎打銀釵，亂髮時一整。野花插偏髻，陋質寧自省。

開山廟

磽确苦厭山，出山愛蒼翠。迴看青蓮花，一一吐烟際。綿連魯齊界，豁達燕趙氣。黄塵有時開，白日曬平地。輪蹄倚空闊，所向莽無避。蹭蹬身已經，吾行方按轡。

曉過平原

宿醉兼殘夢，朦朧過幾村。明星天一角，紅日縣東門。四面柳陰合，千家烟氣昏。朝來好風色，躍馬過平原。

重宿德州有懷研谿西厓

德州城邊三月杪，桃李家家傍清沼。繫船人見跨鞍人，一色春衫青鬬草。令君載酒遠見餉，去年春杪，泊舟德平，楊令君攜酒相過。侍史求詩近相惱。風流學士田先生，雨來編修。騎馬來尋苦不早。城端角聲門欲閉，話别匆匆語難了。杯闌却記惠與湯，此地曾誇紅袖好。詞題裙帶付張態，曲記油車嫁蘇小。每攜行卷誇向人，不信裝囊易傾倒。爾來好事復誰繼，只有征埃催我老。春風兩鬢添幾絲，又是去歲看花時。

河間道中

沙路條條似，前行曉易迷。牛鳴新店火，月上阜城雞。古堠烽烟静，遥天樹木低。數錢工姹女，詩橐笑空攜。

與彭椒嵒時宰河間縣。

别裏三年夢，初疑作吏難。衝繁畿輔地，辛苦牧民官。元結詩仍好，安仁鬢未殘。合并無限喜，爲爾一加餐。

椒嵒座上喜晤王赤城兼讀集中見寄詩知與余神交有年矣短章奉酬

故人知我來，堠騎迎郊甸。相逢車笠間，尚作文酒讌。後堂出嘉賓，齒序列筵饌。爲言老兄弟，結契自少賤。我初熟君名，想像得君面。邂逅此會奇，心期慰依戀。酒酣出新句，唱和近成卷。語妙非俗觀，篇終有餘善。長歌謬見及，卒讀訝深眷。僕本田間人，無端去鄉縣。奔馳十年事，迅若釋絃箭。挾瑟與彈箏，隨時技羞變。重來有何趣，翼塌孤飛燕。猥蒙許與加，力薄已難踐。從君生感激，別淚爲一泫。

趙北口

燕南趙北際，地是古易州。兩淀亘一隄，隄南爲白洋淀，北爲黑洋淀。隄長若橋浮。前年驅車過，濘淖没我輈。雨脚颯颯垂，心懷失足憂。至今旅枕夢，瀊縮不敢投。兹來喜春霽，日色和且柔。晨餐具鮮鯽，門有曬網舟。飛沙隔岸來，風削墮浪頭。俯見夾岸柳，枝枝倒清流。人生各有營，偶過難久留。愧此千頃緑，一雙雪毛鷗。

自雄縣至白溝河感遼宋舊事慨然作

已割燕雲十六州，雄關形勢笑空留。兩河地與中原陷，三鎮兵誰一戰收。細草鳴駝非故壘，夕陽飲馬又中流。長江南北天難限，一綫何煩指白溝。

過涿州懷楊耑木

廟社樓桑跡僅留，城南緩轡記同遊。春風又送孤吟客，一背斜陽過涿州。

三月晦日飲朱十表兄槐樹斜街新寓同梁藥亭吴震一作三首

槐街舊與一峯隣，一峯，喬石林侍讀舊寓堂名。酒甕重開爲洗塵。最喜今年春帶閏，遲來猶作看花人。

兩株桃樹手親移，紅影紛紛落酒巵。特與幽庭添曲折，秫稭樓綫縛笆籬。

古藤陰下三間屋，爛醉狂吟又一時。惆悵故人重會飲，小箋傳看洛中詩。是日得家德尹洛中所寄絶句。

豐臺看芍藥同家次谷兄陳元之甥四首

不用穿花坐竹兜，蹇驢馱客穩如舟。垂楊十里緑陰合，中有一雙黄栗留。

意外穠粧鬬眼新，無端一笑爲迷津。妬他誤馬隨車處，出色花枝不避人。

紅豔羣羣綺陌遊，春風繭栗憶揚州。十年一夢依稀似，老眼貪看分外羞。

孟公愛客不尋常，知我錢空買醉囊。特遣白衣迎半路，一壺重發少年狂。時陳實齋遠致酒肴見餉。

次韻送梁藥亭庶常請假歸南海

但使官情澹，何妨老耐貧。忍拋同醉伴，還對獨吟人。草色留書帶，槐陰借比隣。荔枝紅過嶺，一騎是歸塵。

夜聞孫愷似家絃索聲戲柬索和

歌頭酒尾愔愔夜，懊惱燈光却被遮。略似香風吹夢醒，一番芳事屬隣家。

合肥大司馬李公席上聽楊老彈琴

卧遊堂北夜愔愔，及記年時刻燭吟。别後人誰憐廢瑟，爨餘公自賞孤琴。衆山圖畫聲相應，一技工夫老更深。慚愧重來聽雅奏，也應情感爲知音。

朱恒齋招余下榻齋中書此示意

君家春草堂，舊是讎書地。手澤尚如新，忍添遊子淚。

移寓次譚蕿城給諫韻三首

貪得槐街近作隣，舊寓去竹垞最近。再遷吾意亦逡巡。無端併誤將雛燕，一月蘧廬認主人。

雁齒檐齊落井湄，清泉飛出起淪漪。轆轤本爲澆花設，一折流成洗硯池。

病夫嬾惰朝貪睡，最怕車輪撼竹床。此地市聲來較遠，輕雷隱隱過隣牆。

移寓後喜魏禹平早過

莞枯庭幽愛客來，籬邊一徑恰新開。曾經昨日争棋處，拾得花陰墮子回。

題蔡方麓修撰早朝圖二首

水精簾捲月如鈎，侍史粧成盡下樓。比似早朝還較早，不教君起看梳頭。

花冠催曉漏聲微，樺燭光中翠袖圍。未拂御爐香已透，玉纖親捧上朝衣。

暑中坐敬如西齋竟日

蕉心展卷放高葉，藤蔓著花垂嫩梢。笛簟一牀書萬卷，紙窗南北緑陰交。

西厓久患耳病詩以訊之

藥鐺烟氣散清晨，薄病風流又過春。街鼓不傳眠較穩，砌花貪看眼長新。對牀尚憶聞雞伴，一震翻憐失箸人。好與繙書報方法，滿壺社酒乞比隣。

喜雨對榻有懷西厓聯句二十六韻

觸熱來京師，驕陽值乾暵。禹平。僑居隔隘巷，欲出愁喘汗。夏重。濡髮頭濯冰，燎毛背炙炭。禹平。爍爍火帝輪，赫赫炎官繖。夏重。烏焚顛木巢，蠅嘬削瓜案。禹平。居人苦焫灼，行者防糜爛。夏重。側聆清禁中，一月儆宵旰。禹平。魯史陳舞雩，周詩誦雲漢。夏重。不傳避暑銘，每廑當食嘆。禹平。吏無酷可烹，禮有典乃按。夏重。桐魚瘞壇圻，金雞釋狴犴。禹平。天心倏已移，雲氣滃不散。夏重。電雷震虩虩，溝水鳴灌灌。禹平。急來扣扉聲，拉雜屋壁捍。夏重。捲書君劇喜，踏屐我奚憚。禹平。榴蕊紅洗粧，梧蔭翠流榦。夏重。潤拚沾幔濕，密愛拓窗看。禹平。扠饞魚登柈，户小杯舉觛。夏重。鬱襟快哉披，短幘頹然岸。禹平。雖當醉眼纈，未許鼻息鼾。夏重。憶昔斜街西，吾友客僧館。禹平。聯吟秋歷九，聽雨夜過半。夏重。往事忽到心，暗嗟流景換。禹平。虛名三子曾，失意二人但。夏重。預憂燭見跋，冀聽響達旦。禹平。凌晨過東隣，老樹恣所玩。夏重。

古銅筆洗聯句 狀如荷葉，中有銀魚，長半寸許，三足皆作螺形。

土花蝕已徧，禹平。雅製近宣和。夏重。片葉翠遮硯，禹平。一珠圓滴荷。夏重。露鱗沈白小，禹平。烟縠帶青螺。夏重。欲遣詩塵滌，禹平。濡毫墨幾多。夏重。

集槐樹斜街苦熱聯句 此首已刻曝書亭集，今附見。

苦熱今年甚，幽州亦蘊蒸。朱茂晭。久無甘雨降，惟見火雲升。姜宸英。際夜焦烟合，經天杲日恒。徐善。高林枯白帶，淺洴露丹稜。王原。最怕衝灰洞，何須堰戾陵。黃虞稷。河流金口膩，山翠畫眉層。朱彝尊。黑蜧潛難見，商羊舞莫憑。萬斯同。新畬荒黍稷，遺種慮蟊螣。張遠。雩隊分行綴，祠官典故徵。譚瑄。力難驅旱魃，咒乃試番僧。慎行。童女雙丫髻，旂竿五色繒。李澄中。新粧朱箔捲，雜戲緑衣能。魏坤。虹霓羣情望，塵埃萬目瞪。龔翔麟。疾雷無影響，長轂但輷輘。釋浄憲。銷夏愁無策，聯吟喜得朋。湯右曾。盡諳微徑入，不待小僮膺。朱儼。席帽人人脱，亭欄處處凭。鄭覲袞。劇談多野趣，苛禮必深懲。錢光夔。旅跡頻年共，鄉心觸緒增。茂晭。小航思劃槳，精舍憶擔簦。宸英。白剥烏頭芡，青牽紫角菱。原。夕風嘶麥蛩，横港没魚鷹。竹樹濃於畫，笆籬密似罾。彝尊。千家花滿屋，六月稻交塍。右曾。自失江村樂，翻憐毒暑仍。斯同。黄沙隨扇集，白汗比漿凝。遠。易潰牀牀簟，空支院院棚。擔稀珠市果，價倍玉河冰。慎行。槁落含香蕊，攣拳梟格藤。善。暗窺蛛網縮，乾拆燕泥崩。翔麟。户撤垂簾額，瓶添汲井繩。儼。慵尋温水浴，只想冷硎登。瑄。三葛衣猶重，雙絲履不勝。撥書嫌走蠹，懸拂倦驅蠅。坤。祇覺跫拖便，誰甘襬襶稱。覲袞。到門防客刺，無地曲吾肱。彝尊。亟買泉澆圃，同貪草藉艻。茂眮。酒拚河朔飲，茶愛武夷秤。宸英。返照斜初歛，微涼暮可乘。原。分曹争射覆，四座百觚騰。慎行。

醧舫消夏分賦涼蓬

平鋪一面蓆，高出四邊牆。雨似停船聽，風宜露頂涼。片陰停卓午，返景入斜陽。轉憶臨溪宅，松毛透屋香。

次韻奉送大司空翁公請假歸虞山二首

特賜冬卿上冢還，履聲暫許撤朝班。官情自領升沈外，物望同歸進退間。圖畫重開供帳路，雲山新署草堂顏。依稀文靖城南墅，只隔蒼烟水一灣。

布衣重上退賓堂，多愧南豐一瓣香。場屋感公憐被放，橋門回首憶分行。如蓬旅跡仍難定，似海恩門豈易量。不覺臨歧成雪涕，車輪那得比迴腸。公爲國子祭酒，余受知最深。

初秋同胡修予王令貽王文子林碧山程天石家荆州小飲雙林寺

荷亭上次韻

共喜聯鞍去，精藍古堠邊。斷橋花底鷺，高岸柳陰蟬。野意迎涼爽，秋容得雨鮮。昔遊吾自記，塵土夢三年。丁卯春與時菴先生小憩於此。

題許壺山小影

共識丹徒一布衣，曾將健筆動宸扉。如今却伴梳翎鶴，縱有烟霄已倦飛。

牽牛花十二韻同竹垞兄賦

添得新秋意，幽芳豔一庭。開長先七夕，名許拆雙星。宿露凉初洗，朝陽夢乍醒。籬頭從點綴，竹尾借娉婷。徑淺疑妨帽，窗疏愛拂櫺。蜘蛛簷角網，蟋蟀草邊亭。垂處梢梢碧，分來朵朵青。有人簪緑鬢，無分插花瓶。輕較春天蝶，微黏雨夜螢。肖形嫌鼓子，妬鳥啄金鈴。榮落誰相惜，涼暄爾慣經。寫生煩妙手，渲染上圍屏。

贈如皋許嘿公 許工篆刻。

曾摹一卷岐陽碣，只作西周舊本看。好古未妨生末世，成名終不藉微官。許曾宦閩中。眼中識字如君少，老去知音較昔難。料合中原無手敵，莫教旗鼓更登壇。嘿公向受知於合肥龔尚書。其贈詩有「寄語揚州程穆倩，中原旗鼓正相當」之句。

雨中同竹垞兄過恒齋飲次竹垞韻

僦居長喜接京坊，但約相過便對牀。數點忽飄花外雨，十分初透竹間涼。詩貪老境甘如蔗，醉覺香醪味似糖。還有持螯餘興在，隔廚燈火聽鳴薑。

西郊雜咏與竹垞水村分賦五首

三虎橋

狠石怒趁人，風聲挾秋雨。馬驚左右顧，橋滑路難取。誰呼北平守，三發三飲羽。我欲從之游，入山射真虎。

昌運宫

老鸛巢古枝，虚廊交冷翠。淒涼前代塚，傳是張常侍。煌煌元老文，苔蝕仆碑字。賜域滿西山，斯人或無愧。

松林院

珍果充尚方，嚴鐍守花木。今年上供缺，夏旱秋不熟。僧庖拾枯枿，客飯烹野蔌。莫怪鳥來稀，疏林葉俱禿。

摩訶菴

修竹如高人，閒花比静女。移根入廟市，束縛吾憐汝。人生屬有役，物性便得所。及此憩茅菴，秋光媚孤旅。

玄福宫

出屋聞遠籟，入門走長松。黏天百頃濤，下有掉尾龍。長養紀何朝，云自明武宗。迴鞭促斜照，紫翠凝西峯。

次韻送卓履齋

等輩風流滿座傾，不因入洛占時名。半年旅跡萍漂斷，八月邊塵雨洗清。家遠窮交愁易別，路難歸計羨先成。長橋兩岸蘆花雪，畫裏扁舟一纜横。

次韻送周林於歸梅里二首

結客曾經汗漫遊，雁風吹落鬢絲秋。誰憐豪氣除難盡，脱却征衫去叱牛。

燕昭臺側酒壚傍，別後親知半在亡。傷青士、分虎也。重向溪南揮老淚，十年孤客始還鄉。

次韻送高念祖遊晉中

一天霜氣上征袍，獨雁䍦褷愛羽毛。惆悵黃花燕市酒，送君時節近登高。

天寧寺觀塔燈聯句 同後一首亦刻曝書亭集。

秋風鳴枯槐，斜日薄西崦。徐善。並馬入寺門，客衣罥蕣蘞。朱茂晭。于焉展嘉覿，一笑輟鉛槧。高佑釲。巡檐禮紺塔，卓立大且儼。朱彝尊。陳丹和暗粉，古色剩渲染。魏坤。蹟仍開皇舊，函并舍利崦。慎行。一十三重檐，檐檐風鐸颭。善。蟠楹蛟躨跜，負礎鬼瘠貶。茂晭。飛梯絶階級，白石奪琬琰。佑釲。鎔金范爲燈，設砌架成广。彝尊。纍纍仄蜂房，歷歷覆蟹厴。坤。怖鴿棲難安，一夫敢走險。慎行。綆缶挽膏油，豆火發星焱。善。初如螢尾炫，忽若獸目睒。茂晭。或如爐杴炭，或如竈炊栝。佑釲。須臾繞扶欄，散作四百點。彝尊。虛堂鑒纖毫，老樹失掩冉。坤。置身圓鏡中，交光不可掩。慎行。氛烟看直上，樓閣時一閃。善。鼓鐘聲遠聞，來者紛襛襜。茂晭。提攜及童嬰，羅拜雜寺閹。佑釲。營營各有挾，邀福得毋諂。彝尊。禮義苟不愆，寸心又何慊。坤。玩物隨所遭，誰能束崖檢。慎行。宵分梵放歇，漏轉人散漸。善。茗椀坐屢遷，松關啓還居。茂暍。衰年疲倚徙，禪榻擁衾簟。佑釲。弦月墮側輪，濕雲俄浛浛。彝尊。驟驚山雨來，昏夢豁囈魘。坤。晨興矚林端，餘熖尚未歛。慎行。

九日雨阻天寧寺聯句

仁王塔，祇樹林。客九日，期登臨。朱彝尊。木蕭蕭，雨霪霪。泥滑滑，愁人心。慎行。馬毛縮，魚潦深。行躑躅，坐沈吟。魏坤。日月逝，年光侵。去者昔，來者今。徐善。別苦易，思難任。樽有酒，且酌斟。高佑釲。脱我帽，披我襟。折黄花，試共簪。朱茂暍。

送次谷兄南歸次汪東川祭酒韻

暫來那得久淹留，八十高堂已白頭。布被一牀空戀別，人門半剌肯輕投。黄沙草接新霜路，紅葉燈移古渡舟。算得過淮天氣好，初冬風日尚如秋。

送江補齋侍御巡鹺長蘆次禹平韻

析津脈絡聯神京，白河南注駛且清。天開地坼三百里，樓櫓突起高峥嶸。晴烟晝騰氣靄靄，刻漏夜下聲丁丁。雄關屹立當海口，鯨呿鰲擲誰敢攖？雲帆舊轉吴會粟，鎖鑰西北收專城。洪波浩漾百萬頃，坐令魚鮪無淰驚。設官豈徒重筦算，畿輔要借桓驄行。我聞利藪俗争騖，豪猾勢得操重輕。大賢當道積弊去，不貴鷙猛惟廉平。燕雲趙魏達齊魯，管内九月催王程。蘆花雪輕點别酒，柿葉霜染飄前旌。此時送君乘傳出，四境藹若春風生。鹽梅往往調鼎鼐，竚待妙手歸和羹。野人留眼望天際，法曜正傍臺垣明。

王孟穀重至都門

我亦騎驢客，粗知行路難。六年三見汝，辛苦渡桑乾。

敬業堂詩集卷十一

竿木集 起己巳十月，盡庚午二月。

飲酒得罪，古亦有之。好事生風，旁加指斥，其擊而去之者，意雖不在蘇子美，而子美亦不免焉。禪家有云，竿木隨身，逢場作戲。聊用自解云爾，非以解客嘲也。

送趙秋谷宫坊罷官歸益都四首 時秋谷與余同被吏議。

竿木逢場一笑成，酒徒作計太憨生。荆高市上重相見，摇手休呼舊姓名。

劉魯封章指摘生，滄浪大可濯塵纓。肯言預會皆名士，誰似君家老叔平。

君別蓬山作謫星，我從霧谷擬潛形。風波人海知多少，聚散何關兩葉萍。

南北分飛悵各天，輸他先我著歸鞭。欲逃世網無多語，莫遣詩名萬口傳。秋谷贈余詩，有「與君南北馬牛風，一笑同逃世網中」之句。

初冬拜朱大司空墓感賦

城南舊是陪遊地，一片蒼涼野哭中。宿草墓門黄葉雨，亂鴉祠宇白楊風。餘生削跡誰知己，往事傷心我負公。肯信九原還有路，人間何處不途窮。

竹垞招遊白雲觀同錢鷗舫王令貽魏水村嚴寶仍吴震一分韻二首

沙晴冬候暖，古觀晚蒼涼。一徑踏殘葉，半庭餘夕陽。泥封丹竈合，石護醮壇方。華表依稀似，蓬萊是故鄉。得「方」字。

燕丘吾舊到，逐伴記新春。羽帳千年蜕，虚堂四壁塵。名山遊已晚，遺跡訪初真。欲補儒仙傳，欣逢好事人。得「春」字。

重宿傳經書屋與愷功話舊次唐實君留别四首韻

再來欣接席，昨去惜分襟。兩度平安字，三年聚散心。夢中追舊事，愁裏廢孤吟。豈意麻茶眼，重窺翰墨林。

絶域身曾到，名駒小最能。膽教更事壯，詩喜逐年增。畏客門長閉，看山閣偶登。故知關性分，愛近讀書燈。

欵欵留吾住，依依見汝情。硯冰融墨淡，爐火撥灰明。淺夜談難足，流年感易成。雞頭池上月，白髪照初生。

易作匆匆别，華堂費夢思。暗鐘隨杵斷，殘燭得花遲。穎待囊錐脱，斑從管豹窺。出藍真屬望，慚媿我稱師。

恒齋邀嘗桑落酒同竹垞賦二首

哆口長瓶壓手杯，隔簾鏘器爲親開。不愁更欠尋常債，每過朱家醉始回。

石湖詩句也風流，橘露松舫品最優。五斗蒲桃真濁味，肯將石室換涼州。

同竹垞水村步入一莖菴登妙光閣

偶然聯客袂，隨意叩禪關。門徑忽新改，居僧出未還。一尖城上塔，幾點樹頭山。此處宜看雪，危梯約再攀。

善果寺

高林鳴枯風，院浄如潑水。時有杖藜僧，下階拾槐子。

歸義寺 中有遼初石幢

地作隣人業，苔侵破廟堧。兩三碑背字，猶記會同年。

冬菊聯句二十韻

猶剩籬邊朵，幽香伴小齋。魏坤。衹緣開較晚，真與俗難諧。慎行。憶植當松逕，分苗傍秫稭。坤。一行頭並摘，幾稜手親排。慎行。未治蛙兼黽，先防虎似豺。坤。栽培從老圃，束縛向斜街。慎行。擔喜連泥買，僮嗔冒雨差。坤。素心邀我賞，倦眼爲君揩。慎行。白酒重陽過，清吟十月偕。坤。瘦窗圍竹几，涼路別樓䡵。慎行。獵獵風梢幔，紛紛月浸階。坤。稍應愁雪妬，幸不被塵埋。慎行。采可蒻新釀，簪宜綴冷釵。坤。葉經霜後斂，花比節前佳。慎行。小塔燈雙影，低屏水一涯。坤。落隨騷客賦，淡入雅人懷。慎行。寒色方凝榦，新芽已發荄。坤。過時拋瓦缶，留種記牙牌。慎行。按譜名空羨，餐英願尚乖。坤。明年須放早，吾欲返荆柴。慎行。

呂灌園屬題小影二首

不知何處響潨潨，峭削藤蘿側面峯。喚起清風答清嘯，濤聲飛上最高松。

曾向山陰作寓公，一笻歸借白頭翁。跏趺消得幾多地，何必千巖萬壑中。

冬夜朱介垣給諫宅觀倒刺和竹垞兄絶句四首

樺燭枝枝細吐煙，曲屏影裏夜如年。索郎美酒耆婆舞，醉倒蘇家藥玉船。時介垣新得此杯。

雙燕身輕拂地迴，歌頭舞遍一回回。問渠從小誰傳得，似按西涼坐部來。

鐵撥檀槽急作聲，六么輥上一牀箏。忽驚雷雨簾前起，殘雪開窗月正晴。

薄薄粧梳楚楚伶，酒邊孤客對飄零。紅筵大有開元曲，別樣傷心已怕聽。

大司馬合肥李公見示遊盤山十律兼屬繼和敬題二章於後

泉石曾關十載心，勝遊往往礙朝簪。也知去郭無多遠，所喜探幽不在深。紫蓋自開蒼蘚路，紅紗長護碧山吟。滿空何限松篁韻，盡入鸞歌鳳舞音。

不教騶唱駭山僧，竹杖籃輿取次登。老樹傲霜還帶葉，細泉迎暖未成冰。盤來磴道雲千疊，遠處峯巒雪幾層。已失從遊吾自悔，得披高咏興偏增。

陸端轂索贈

五色邵平瓜，一口韓康價。古來高世士，亦在長安下。軟塵堆裏記相逢，歸夢時時寄短篷。筆牀茶竈何年具，準擬尋君笠澤東。

讀張趾肇徐安序冬日感懷唱和詩次原韻一首

窗隙飛塵日易斜，忽披新句感尤加。路難不爲登樓賦，才盡非關入夢花。倚竹何心矜翠袖，聽歌有淚滴紅牙。斷蓬生事無聊極，不獨君悲我亦嗟。

小榻吟成膝自搖，一燈照影共淪飄。雪侵短鬢雙雙换，寒入深杯九九消。得氣盆梅偏早綻，向陽籬菊未全凋。相期並了殘年課，添箇詩筒遣寂寥。

奉送玉峯尚書徐公南歸五十韻

大儒出處途，秉道貴得正。行藏既自斷，進退詎關命。我公如星雲，一出朝野慶。皐夔奮事功，燕許嫺詔令。放之彌六合，鴻業豈易竟。立朝二十年，風節嚴且勁。高文藉討論，大禮資援證。以兹契聖情，題扁字輝映。交孚由一德，心愛非貌敬。國家有元氣，培養在交儆。儲材本報國，夾袋記名姓。必若入收羅，先須覈言行。春秋兩校士，冰鑒中外瑩。大匠洪陶鈞，劍光出磨鋥。别裁務去僞，崇雅自删鄭。豈不歎才難，得人際斯盛。煌煌起衰手，草野議敢横。中流砥狂瀾，公論翕然定。官雖謝執法，講每直崇政。休沐有常期，歲時奉朝請。從容大臣體，恬退君子性。朝來忽拜疏，辭切回天聽。帝曰卿往哉，疇爲執文柄？答云臣力憊，感激淚交迸。告歸遄飭裝，首路春維孟。詔以書局隨，還家就參訂。

牛腰一百車，多與二西競。方輿廣樂史，續鑑改陳桱。高館闢翹材，名流撤徵聘。謂姜西溟、黃俞邰諸君。遇榮一時絶，典曠千古夐。樂天名位似，司馬聲華併。鄴侯未足論，矧可儗張邴。平生釣游處，父老喜相迎。太湖洵幽絶，天水俱緑浄。七十二烟鬟，一一落明鏡。公將開書局於洞庭山。八窗陳鼎彝，四壁開畫幀。清音絲間竹，逸響鐘答磬。鶯花晨赴社，魚稻晚報禜。暑衫便苧葛，臘釀雜賢聖。著書閒有餘，即事樂難罄。小子學無成，風塵困趑趄。影慚舞袖短，顔讓時粧靚。饑朔行自嘲，寒郊語尤硬。迂疏頗知量，鬬捷肯争徑。振翅無雲霄，觸藩有機穽。蹉跎曩悔失，鹵莽行恐更。世自傾波濤，吾方溷泥濘。重來仰翦拂，鬱抱實怲怲。公在士氣伸，公歸士氣病。從公願于邁，百感發孤咏。時相約同出都。

送許朔方之雲中

昔我未識子，先與錢生木菴。友。亟言平生驩，三許不去口。暘谷詩絶倫，南交畫無偶。朔方年最少，蘊蓄靡不有。次第獲論交，前言果匪苟。燕臺昨于役，小許實先後。甲子夏與玉友、朔方同入都。茫茫人海中，相左十八九。移時一把臂，欸曲心互剖。吁嗟輕薄兒，覆雨數某某。勤拳托末契，所得良已厚。方知情親疏，不繫交暫久。風塵有歧路，南北莽分手。

錢生走從軍，余去扶病叟。重來會合地，驚顧各衰醜。慷慨倚和歌，淋漓藉杯酒。子仍青兩鬢，末座獨昂首。也復可憐生，雙顴削而黝。須臾雙耳熱，擊筑間鼓缶。疾風掃河梁，挽斷塞門柳。前歡今偶續，知有後期否？故人諸曹郎，出作雲中守。子行赴贊畫，側翅義奚取。行踪等飛蓬，離緒如剪韭。長亭七十五，山勢西北走。并州非故鄉，却立望南斗。

題許霜巖畫扇

風前撩亂萬梢柳，柳外天斜一扇篷。箇是儂家舊詩景，江湖回首畫圖中。

鳴鶴亭詩爲關中張鳳舉賦四首

不織筠籠但築亭，紅欄日日看梳翎。人間只有張公子，合向天河伴翼星。

隔窗長聽讀書聲，識字多來品倍清。金城衛氏鶴，日飼以粥，教之三年能識字。應笑六郎才思劣，羽衣刻木坐吹笙。

飲啄依人不自持，都緣骨瘦便稱奇。雲霄儘有孤飛處，偏愛亭亭獨立時。

丈八坡陀尺五天，侯門如故客如仙。憐他一片氄毿影，曾上羊公舊舞筵。鳳舉爲靖逆侯少子。

題沈客子寒郊調馬圖二首　以下庚午春初作。

潑墨揮毫事事能，帶腰吟瘦沈吳興，如何却向漁陽道，毡帽茸裘學按鷹。

小益戎裝悔浪遊，不成投筆取封侯。殘年射虎非吾分，白石山南去飯牛。

西城別墅十三咏新城王清遠屬賦

雲氣朝出巖，亭陰滃然接。劃分一片影，側展屏風叠。浦口有漁榔，落帆如斷葉。石帆亭。

戢戢犀角雛，斑斑鹿皮籜。春來頻改路，客過行長錯。欲斬又躊躕，萬竿殊不惡。竹徑。

秦封五大夫，兩生獨不肯。託根此得地，雙榦鬬清逈。老鸛暮歸巢，殘陽在高頂。雙松書塢。

虎目逃斧斤，輪囷誰惜汝。薰蕕自然別，靈蠢性所予。材與不材間，横兮知自處。大椿軒。

九子得其三，五老失其二。一峯復一峯，峯峯不相似。雖非木假山，可少老蘇記？三峯。

蝴蝶滿南園，風輕草初剪。林霏入烟霧，古洞春猶淺。好去向龍巖，築菴名碧蘚。小善卷洞。

迴溪轉灣環，滴翠如滴乳。岸容兼水色，遮斷橋西浦。一卷落牀頭，春深夜來雨。緑蘿書屋。

不離文字禪，半偈亦已多。何異百千萬，烝沙散恒河。蓮華清漏底，晏坐夫云何。半偈閣。

蒼濤翻半空，清響一聲作。頑仙不耐聽，下有側頂鶴。夜深忽飛去，籔籔衆星落。嘯臺。

鵲山出林郭，高處割一拳。坐令諸兒孫，羅列丈人前。對之能下拜，米顛豈非仙。石丈。

草外瑟瑟波，波平兩三頃。紅鱗尺半魚，倒嚼桃花影。西堂夢初覺，佳句時一警。春草池。

仙犬吠靈根，鴉耡往堪劚。曾隨康樂屐，竟入麻源谷。一笑却歸來，披圖作横幅。小華子岡。

耕犂起同晨，牧笛行向晚。小庭閒倚杖，正值唱歌返。杳杳漸無聲，去村知近遠。樵唱軒。

將出都門感懷述事上澤州家宰陳公一百韻

當代中天治，千秋一德期。大賢多間出，鴻業並昭垂。夫子金閨彦，名家玉樹枝。傅天飛鷟鷟，拔水出蛟螭。理學源流泝，文章談笑麾。巍科仍早掇，雅望迥標持。館閣迴翔地，風雲獻納資。居高懸藻鑑，集益藉論思。博物時無亞，多聞議必諮。六曹兼掌故，九列讓委蛇。共指文星焕，寧關好爵縻。綱維張有自，津涘挹無涯。溯厥流風遠，恭惟樹德滋。晉陽丁未季，濩澤徧瘖痍。團結因鄉社，招摇視義旗。千村同保障，一姓獨登陴。布置隨方略，分明受撫綏。險憑雙堠設，烟合萬家炊。寇至呼咸集，歸窮戒勿追。宗人全鐵軸，隣叟穩耕犂。歲事重憂旱，并民又阻飢。九重加軫念，百族尚尪羸。焚券情相卹，嗟來事可嗤。甫田憐士女，世禄散京坻。積貯崇朝盡，陰功里老知。當官嗟覆餗，扣户仰由頤。及見家餘慶，方知善可爲。潤沾千里遠，力賑一方疲。地近瞻恒嶽，川長入晉祠。午園留獨樂，甲第拓前規。好古兼金石，搜奇及鼎彝。異香黎峒結，秘色汝州磁。畫幀多裝軸，書囊或借瓻。筆馳中壘陣，墨洗右軍池。弟子河汾盛，宫牆魯國推。名争歸夾袋，坐愛傍紗帷。手引烟霞上，情均雨露施。賢良承漢策，雅頌叶周詩。至化行如此，斯文儼在兹。升庸朝有道，羅致野靡遺。竊喜逢時泰，翻成歎數奇。異材胥奮發，蹇足獨顛危。詎敢誇華胄，聊因述鄙私。婺源分末派，海表發南支。大理貤封啓，中丞晝戟移。澤流京兆厚，禍發黨人奇。世廟當中葉，分宜位鼎司。彈章辭激烈，伏闕涕漣洏。嚴譴孤蹤逮，流官絶域覊。左垣言幸中，東市魄終褫。門子承堂構，文孫接履綦。謝宗經鼎盛，裴眷有中衰。五葉傳清白，全家際亂離。兵戈屯井閈，榛棘變堂基。春誤尋巢燕，秋荒插菊籬。先人旋遯跡，壯志局茅茨。比杜經天寶，如陶閲義熙。流光傷易邁，風木感先萎。小子真無似，孤懷忝自惟。塤箎偕伯仲，弓冶學裘箕。早被儒冠誤，長遭俗目欺。升沈渾莫定，矩矱恐長隳。蕭瑟囚山計，荒唐捷户貲。不成終泯没，那得避嶔崎。會有從軍役，寧甘伏櫪悲。

黔山峯矗矗，楚水浪差差。鉦鼓淵闐發，簫笳斷續吹。征夫攀塞柳，野客咏江蘺。戎事從人問，行間借馬騎。瘴林棲鸊鷉，箐谷竄狐狸。耳聽鵑啼血，心驚觀築屍。晝紅烽乍舉，月黑路偏欹。短褐星埃入，遐陬露布馳。圖披新聚米，局按着殘棋。橫草名空挂，封侯望本癡。飄然辭幕府，逖矣走京師。古有矜懷刺，時方薄處錐。姓名埋失路，出處謝端蓍。徒步親頑僕，低顔向細兒。幾逢收駿骨，深畏妬蛾眉。久抱違時性，兼無媚俗姿。泥深蹄躄躠，風逆羽襹褷。逐伴聽歌曲，無聊託酒卮。波瀾人海闊，竿木戲場隨。照壁寧防蠍，吹毛竟得疵。任安書未答，朱穆論何疑。夢或驚沙蜮，歸將友澤麋。棄繻知昨失，鑄鐵悔今遲。不謂逢韓愈，猶煩説項斯。感公寬禮數，容我揖階墀。未有阿房賦，徒懷北郭絲。迂疏疑寸管，許與到單詞。峭置千尋壁，弘開八達逵。春陽蒙煦嗅，霽月睹光儀。欸欸憐才意，依依戀別時。爨薪餘樸樕，鍛竈仗鑪錘。霮䨴雲敷土，微茫海測蠡。義高攀莫及，身賤語終卑。此去鞭重把，何年閣再窺。鷗波殊浩蕩，泛泛問何之。

送徐道勇宰順德

萬里驅車路，韓蘇蹟尚留。往時愁謫宦，今日羨吟游。邊海夏無瘴，看山朝有樓。感君懸榻意，謂我是詩流。時相約同行，余迫歸計，不及赴。

酬别許暘谷

男兒有才人見之，如眉在額指在掌。蘭苕翡翠大海鯨，相去中間幾霄壤。天資必從學力到，拱把桐椅視培養。方今儕輩盛稱詩，萬口雷同和浮響。或模漢魏或唐宋，分道揚鑣胡不廣。何曾入室溯流源，未免窺樊借依傍。我持此論嗤者衆，同志吴中乃得兩。惠生元龍。格律最謹嚴，錢子玉友才情殊倜儻。不知此外復誰敵，晉楚居然互雄長。得君忽訝鼎足成，一戰三分定擾攘。君才自是詩中虎，盡遣風雲歸俛仰。蜀江到瀨一萬里，岱嶽登峯八千丈。有時分派蓄烟波，間亦浮嵐滃林莽。初看澹沱與神會，倏轉玲瓏非意想。書評取瘦嘲杜陵，畫品近肥笑周昉。穠纖斟酌雅粧宜，骨肉停匀神駿賞。愛君此境口莫喻，俗手安能事模仿。彼非識者勿浪傳，若有知音必弘獎。余雖好吟久成癖，所業未充終惝恍。邇來屬藳輒欲焚，偪仄無端攖世網。徒將字句供指摘，豈有聲華出標榜。此時披豁喜相從，乍挹西山朝氣爽。論卑引我爲同調，鳥爪時時發背癢。君辭愈降我愈慚，文繡飾犧毋乃枉。皇天老眼不到地，半世驅馳絆塵鞅。三間草屋百索田，願本非奢力難强。我今忍飢亦決去，麋鹿山林合長往。閉門更讀書十年，尚冀成章附吾黨。故人倘記臨別約，鬬鴨欄邊好相訪。數折溪橋蕩槳迎，歌聲正出蘋花港。

夜飲槐樹斜街花下酬別竹垞水村

丁子香邊欄檻，小桃花底杯槃。廚燈隔院人静，社雨添衣夜寒。殊方賦别最苦，失路還家又難。懊惱鶯啼時節，相思多在春殘。時余將南歸。

酬别譚蘐城都諫

知己無如我少，交情得似君難。獨留一榻相待，長把深杯對乾。宣武門南舊宅，虎坊橋畔扶欄。可惜手栽紅藥，花開又讓人看。虎坊橋東舊寓，去秋曾種芍藥八本。余將歸，君又還居，故末云然。

題壁集　起庚午二月，終六月。

玉峯大司寇徐公予告南歸，奉旨仍領書局。出都時邀姜西溟及余偕行，兩人日有唱和，旗亭堠館，汙壁書牆，率多口占之作，本不足存，存之所以記行跡也。

早出彰儀門魏禹平談震方沈客子追送於十里之外馬上留别二首

已着征衫上别韉，道傍何意復停鞭。人生聚散原難定，又算班荆一度緣。

杏蕊開時柳葉新，眼明差喜出紅塵。京華回首無多戀，萬疊西山幾故人？

長新店重别孫愷似王令詒嚴寶仍劉大山家荆州兄三首

尚書書局出隨身，供帳爭看祖道新。轂觫車輕唧尾去，可憐我亦一歸人。

壞壁尋詩又一回，殘尊重洗别時杯。不因此去添惆悵，輕跨征鞍自悔來。

别期長短路連綿，春淺漁陽二月天。却檢曆頭同此日，驚心南北忽三年。前年南還，去年北發，今束裝出都，俱二月二十一日，亦一奇也。

良鄉次西溟韻

乍來灰洞喜無風，馬足殘泥曉漸融。料石岡邊春雨晚，廢田無麥草葱葱。

琉璃河次湯西厓壁間韻

日痕紅曙露初晞，草色迎人欲上衣。頓覺水鄉風景好，一羣野鴨踏波飛。

寒食過涿州和西溟

柳色初濃凹字城，胡良河上偪清明。故園三百長亭外，貪得花時一月晴。

清明新城道中

縣南風颭酒帘多，澮澮新烟瑟瑟波。一路人家齊上塚，紙錢飛過白溝河。

白溝旅店見亡友鄭樊圃舊題愴然有感同西溟作

一鞭重度瓦橋關，落魄星埃鬢各斑。忽見故人題壁在，轉憐爾我是生還。

過趙北口晨餐得魚戲和西溟

淼淼波光漾碧虛，中央一帶是民居。緑楊影裏罾竿起，彈鋏人歸食有魚。

任丘遇禹司賓尚基歸自閩南以蜜漬荔枝分餉

易栗寧桃已厭嘗，愛聽風味説南方。費他陸賈千金槖，與致紅綃十八娘。

商家林早發

村店荒荒殺漏遲，唤回殘夢眼迷離。曉星一箇明如月，及取朝陽未吐時。

冉家橋

楊椿夾岸草抽芽，一綫枯河萬斛沙。記得去年鞭馬渡，滿渠春漲拍桃花。

景州次西溟韻 時畿輔苦旱。

自從騎馬出春明，滿眼流移傖客情。此日畿南行向盡，喜逢田婦餉春耕。

平原口占戲示西溟二首

碌碌因人事竟成，當初原未識先生。處囊脱穎渾閒事，何苦區區自請行。

若將毛遂比夷門，知己何人合感恩？却笑能詩李長吉，信陵不繡繡平原。

夜雨

倦枕更闌睡不成，白楊葉戰雨來聲。油燈欲滅尚未滅，睒電隔窗時一明。

從十里望抵晏城

春塍雨潤少飛沙，別取林坳一道斜。紅袖倚門桃傍井，又緣迷路得看花。

大清橋

風柔自覺輕衫便，山近微嫌濕翠多。日暮大清橋畔望，一叢春樹擁齊河。

崮山

古驛東來路一灣，萬枝翠柏護蒼顔。不知斤斧逃何幸，大似吾鄉近海山。

上巳泰安道中和西溟

平山堂畔忽經年，又是荒程上巳天。慚愧漿家供野味，樹頭小串摘榆錢。

欲登岱不果戲柬周通守燕客

潮白三更開島嶼，烟青九點散齊州。輸他監税周簽判，日日肩輿到上頭。

羊流店

峴首沉碑事渺茫，空傳有淚墮襄陽。居人自重羊公里，未必英雄戀故鄉。

新泰城南望蒙山

翠岱孤抽碧玉簪，羣山餘勢失嶃嶃。晴雲忽斷東南角，又露東蒙一兩尖。

發蒙陰至青駝寺

桑邊棗下嶔崎路，亂石堆堆數驛亭。野草不知春意好，燒痕三月未全青。

渡沂水

白沙没髁水平腰，舟子招人上小船。指似翠華南頓路，舊年此處有浮橋。

三月初九日自郯城看桃李至紅花埠二首

枝枝能白復能紅，光景年時約略同。行過曹村貪小住，雙禽對語百花中。

油菜花開十里黄，一村蜂蝶鬧斜陽。明知尚隔江淮岸，風物看看近故鄉。

官柳

種柳河干比伐檀，黄流今已報安瀾。可憐一路青青色，直到淮南總屬官。

大雨早發宿遷

洶洶波聲響濁流，疾風吹雨渡潮溝。眼前一事差强意，河北人家麥有秋。

晚晴入桃源界和西溟

鳴鳩聲裏發孤城，行到桃源落照明。一色東風占兩候，曉程催雨暮催晴。

渡河

沙雨晴來日氣和，漲痕連岸落帆多。春風吹過桃花信，啼鴂一聲人渡河。

淮安上船

厭聽鈴聲愛入舟，只應洗耳向清流。瓣香夜謁淮神廟，夢穩江南第一州。

過喬石林侍讀縱棹園

一天風雨禁荼蘼，紅藥空欄信尚遲。只道淮東春已盡，鴨桃猶剩兩三枝。

喬侍讀席上贈歌者六郎

欲顧曾無一字訛，子絃徐引曼聲歌。青衫憔悴無如我，酒緑燈紅奈爾何？

高郵舟中

蔣牙荻笋碧於天，泂水瀕湖出葑田。鷗鷺較多人較少，斷橋邊有賣魚船。

揚州遇杜蒼略

龍眠方邵村侍御。又繼黄岡殁，謂令兄饑鳳先生。江左風流跡已陳。今日聽君談往事，如逢天寶舊宫人。

王羲文閣復申招同西溟泛舟紅橋二首

誰家園子得春多，繭栗梢頭花信過。一曲紅欄隨棹轉，緑陰濃處忽笙歌。

十里珠簾廿四橋，百年花月履綦銷。多情愛拂遊人面，尚有垂楊萬萬條。

西溟談及竹西舊事戲調之

緑楊書畫記停船，一夢揚州又十年。見説伎樓渾冷落，鬢絲誰惜杜樊川？

阻風瓜洲望金山

狂飈高駕海疊開，雪浪千堆倒捲迴。霧氣欲吞吞不得，紺宫浮出小蓬萊。

月下渡揚子江次西溟韻

妙高峯下曉鐘撞，隔岸吴船正發幫。風露一天人擁被，櫓枝摇夢過春江。

虎丘後山人家

築岸開池別有津，小橋低映碧鱗鱗。河豚上後魚花賤，多少山根種水人。

閶門即事

穠花剛被樓遮却，又見隣牆出好枝。一種風光誰管領，金閶門外暮春時。

吴江

鱸鄉亭畔麥垂芒，水落潮田已半黄。曲折支流通小港，家家門外有船坊。

禾中田家

到耳初聞鵠鵴啼，平疇小稜趁高低。茅針已老桑芽嫩，時節人家正篰泥。

過梅里訪朱西畯

也知陟岵意仍違，纔得還家换裌衣。爲報而翁吟望久，白頭京國苦思歸。竹垞先生尚留燕。

題家保三兄小影

分無擁髻對伶玄，赤脚歸仍侍玉川。怪得披圖還一笑，破窗爇燭看神仙。

題西畯月波吹笛圖二首

苔樣蓑衣緑蓋篷，輕篙閒插月明中。水禽兩兩背船去，獨倚蘋洲一笛風。

一天雲細作魚鱗，千頃頗黎瀉濕銀。解聽鶴南飛曲好，不知誰是倚樓人？

柘湖感舊和徐淮江

滿湖輕浪緑差差，别樣風光兩度期。楊柳半帆春載酒，薔薇一硯雨催詩。未知此後花誰主，可惜重來鬢已絲。早是驚心八年事，夢闌燈灺不多時。

齊門夜泊

扁舟蕩樣具區東，使盡西南一日風。到岸帆檣烟羃羃，隔河簾閣雨濛濛。忽來人語蛙聲外，亂颭燈光水氣中。也識去家今較近，酒闌依舊感飄蓬。

吴門喜遇田間先生

髮光如葆氣如虹，崛强人間八十翁。最喜塵埃經歲别，還看筋力舊時同。文章有品傳方遠，風雨藏山業未終。藏山集，先生未刻詩文也。指與一星人盡識，少微今日客吴中。

崑山劉改之先生墓和顧伊人

哀壑無人叫杜鵑，馬鞍山麓古墳邊。東齋路没荒榛雨，東齋，先生祠堂也，今廢。北郭人犂斷碣烟。湖海尚疑豪氣在，姓名翻藉布衣傳。冬青種後諸陵廢，南渡君臣更可憐。

題沈石田秋江待渡畫卷

皛皛波明蟹舍，苕苕路轉漁灣。落葉聲中問渡，浮萍影裏看山。

題陸漢標墨菜圖

小圃朝來露未晞，早菘青脆晚菘肥。老饕不要園官送，直擬從君攫畫歸。

武林寓舍少司馬楊公以鮮荔分餉賦謝

絳囊移得洵仙才，珍重瓊漿贈十枚。不向紅塵馳驛到，却從碧海販鮮來。色香尚覺熏肌好，冰雪真隨笑口開。只是野人慚過分，恍疑身自雪峯回。范石湖集：「四明海州，自福唐來，順風三數日至，得荔子色香都未減，大勝戎、涪間所產。曾有詩云：鄞船荔子如新摘，行脚何須更雪峯。」

四殤詩

家貧望多男，如農力菑畬。將期秀而實，焉得辭勤劬。吾家兄弟間，盛事傳鄉閭。仲氏艱舉子，前年獲騶虞。季子善生兒，爛熳引衆雛。我兒稍長成，次亦舞勺踰。豈不顧恩誼，未免督責俱。嬌稚尚無知，愛憐併屬渠。阿巢甫七齡，性慧早讀書。近尤喜作字，狼籍塗墨豬。騶虞頭角好，秀眉清兩矑。學語無不能，舌本驚老儒。阿載方斷乳，氣壓羣兒愚。家僮聽指麾，步步趨亦趨。最小名阿午，哇哇聲已殊。今年暮春杪，我歸自燕都。次第使來前，琳琅玉璠璵。排成一行雁，聚若同隊魚。公然嫌姆抱，見伯同爺呼。漸熟意轉親，競前争挽鬚。無何捨之出，我又東遊吴。五月到崑山，梅雨蒸肌膚。去家五十日，頗怪一信無。濕螢照昏花，雙眼交模糊。羣來入我夢，繞膝形蘧蘧。明朝急買舟，冒暍返敝廬。到門天已黑，哭聲滿庭除。驚問哭何爲，痘殤瘞泉壚。一哀吾欲絶，老淚沾襟裾。自惟世業荒，實此七丈夫。半月奪其四，嗚呼彼奚辜。季子僅留一，芝焚蘭未枯。仲氏一併亡，竟失掌上珠。矧乃客未返，時德尹尚在都下。遠隔天北隅。便擬報杳殤，作書寄江湖。又恐傷汝父，臨緘復躊躇。中腸集百念，沈痛肯暫攄。家門百年來，夭閼代有諸。曾王父早世，我祖實少孤。兩叔及先君，長短歲月徂。短者纔十九，長者五十餘。同祖凡八人，其三已丘墟。早衰我更甚，所歷多崎嶇。浮生知幾年，煎迫非一途。傷哉感存殁，天意終何如？

苦雨聯句

風噫作欠伸，顧圖河。天愁散咳唾。羃羃藹絲微，慎行。捎捎箭鏃大。排擱挂水簾，圖河。震瓦响雲磨。隙景列缺馳，慎行。潛蹤鬱儀過。衣縷黝黴醭，圖河。扉履濺泥污。蝸嚵引長涎，慎行。蛙怒鼓羣和。嘬案聚蠅饕，圖河。瘁肌飽蚊餓。嘔噦減食單，慎行。撲緣廢書課。帖席惡膠黏，圖河。歷階防跌蹉。遥岑罨如遁，慎行。高浪騰誰簸。方當戒舟杭，圖河。矧乃疲鞍馱。溝甽濘齊腰，慎行。田塍淖没髁。落衣妥兩肩，圖河。烟殼背一箇。棲畝占來牟，慎行。分秧滯秔稏。青葱卓針立，圖河。黄萎垂芒卧。造物有暴殄，慎行。農功豈婾媠。乾土盡翻沈，圖河。漏天難補破。餘飛遠乍散，慎行。晚色晴微作。暑濕旋復蒸，圖河。壯陰那肯挫。走章牋碧翁，慎行。苦雨毋受賀。圖河。

敬業堂詩集卷十二

橘社集 起庚午秋，終十二月。

橘社在洞庭東山之麓，劉氏取以名園。秋冬間假館於此，與書局諸同人唱酬不少。嘐城張漢瞻爲鏤刻于吳中者，非足本也。

將赴洞庭書局雨中與徐淮江別二首

一領西風季子裘，亂砧聲裏又殘秋。人間尚有君憐我，每過南湖作少留。

小港平橋宛轉通，船頭一片採菱風。孤燈十載江湖雨，腸斷瀟瀟此夜中。

曉發胥口

半浮半没樹頭樹，乍合乍離山外山。借取日光磨一鏡，吴孃船上看烟鬟。

渡太湖晚至東山

秋水如膏滑上船，峭帆衝破五湖烟。豈知地少雲多處，別有橙黄橘緑天。枕簟欲清他夜夢，杖藜行結好山緣。詩人愛入雞豚社，「横烟裊處雞豚社」，范石湖遊東山詩中句。只欠躬耕十畝田。

山居詩次大司寇徐公原韻三首

得從林屋賦閒居，勝駕還朝四望車。萬頃波濤憑檻外，一天風雨落帆初。龍威寂莫重搜字，笠澤叢殘舊著書。便與伊川同擊壤，何妨問答到樵漁。

公歸海内重儒宗，不數瑯琊邴曼容。霜晚黄分湖岸稻，烟朝翠掃寺門松。晴來片片雲盤鶴，雨過條條磵飲龍。見説莫釐峯絶頂，時陪五老握青笻。

落拓生涯最善愁，暫來我亦欲忘憂。淋漓命酒長連夕，次第看花已過秋。四壁書多仍萬卷，五湖人少但扁舟。西山勝概差能説，興到還期爛熳遊。

張漢瞻有喜余至山中之什次原韻奉答

啣尾船開古渡頭，艣聲導我向中流。似曾有約來同日，不比無聊賦獨遊。坐擁畫屏長對榻，時同寓敞雲樓。行逢精舍必登樓。因君撥觸聯吟興，豈可湖山少唱酬？

同徐敬可吴西齋張漢瞻遊翠峯寺和漢瞻韻

陰雲解駮日光穿，行盡松門始見天。旛影自飄空翠外，樵歌時出斷碑前。經樓晝静孤鐘發，井石痕深萬綆牽。我欲問龍還乞水，與君洗眼對殘編。寺後有龍井，爲雪竇禪師故蹟。

遠翠閣和漢瞻韻

處士留陳迹，閣爲陳眉公所建。軒窗背嶺開。練光鋪几席，烟氣濕亭臺。林僻僧宜少，天晴鶴未迴。共拚吟遣日，無事定重來。

微香閣次敬可韻

蘚徑碧侵遊子屐，楓林紅上羽人衣。一聲清磬落何處，坐看香烟成翠微。

二峯和漢瞻韻

巉與莫釐並，所争惟一拳。未應甘出袴，且喜得隨肩。潮湧東隅日，雲垂北面天。短筇如健僕，扶上最高巔。

登莫釐峯二首和漢瞻

青天七十二芙蓉，個是芙蓉第一峯。吴越有山多作案，東南無水不朝宗。盪空日氣消飛蜃，拔地風聲穩卧龍。曾記岳陽樓畔望，肯教雲夢芥吾胸。

百層風磴盤旋上，大似韝鷹乍解絛。放眼不知何處盡，置身直覺此峯高。沈沈海浦黄雲岸，點點吴帆白鷺濤。未免旁人嗤好事，重陽已過興仍豪。時重九後四日。

敞雲樓次顧丈景范韻

堵牆高下列丹楓，平視茫茫但碧空。地迥最宜千尺上，景奇獨占一山東。湖光夜閃疑飛電，磴道秋垂似偃虹。多媿元龍豪氣在，每聞清嘯發樓中。

姜西溟繼赴北闈今仍下第作詩招之

散是飛蓬聚是萍，可憐南北總飄零。一名於爾何輕重，雙眼從人自醉醒。沙路離離鴉接翅，霜天矯矯雁開翎。此愁除有詩能豁，亟買歸舠下洞庭。

題劉氏東樓

連山正缺西南角，合有高樓面太湖。不許遊人誇目力，淡雲濃日兩模糊。

出雲篇和西齋

山以東得名，羅列非一嶺。兒孫丈人行，屈首殊未肯。今晨天忽雲，晴色變滄泂。蒸蒸氣浮盎，冒冒烟上井。衆峯處囊中，刻露錐出穎。一峯獨埋没，有物踞其頂。陽烏從東升，對射却無影。林寒不受照，萬象淒以冷。大風西北來，作力一何猛。奔逃脱鱗甲，破碎寧復整。正賴湖腹寬，吐吞在俄頃。山人耳目炫，夢囈唤初醒。重看莫釐高，乃若裘挈領。

送田間先生歸桐城兼寄高丹植明府

滿篋詩文手自編，秋風攜上皖江船。氣吞湖海豪猶昔，老閲滄桑骨已仙。愁裏豈堪論往事，先生詩集中，有與先君子長干酬答詩。部中容易著高賢。馳書早報樅陽令，簿少時應致俸錢。

菊

隨分沿溪細作行，開時何必定重陽。畦丁自愛無他種，橘柚連山一例黄。

山樓曉起

枕上秋風疑有雨，覺來已是日高時。拓窗簌簌墮黄葉，蒼鼠驚人竄別枝。

晚窗即目

變態多從咫尺看，只争濃淡淺深間。斜陽已落月未上，烟外數峯如遠山。

木芙蓉索漢瞻和

烏桕微丹鴨脚黄，争將病葉領秋光。後時猶作好顔色，笑爾一枝紅拒霜。

自題放鴨圖小影後四首

偶煩妙手寫吴綾，未必扁舟興便乘。一笑披圖還作讖，此來真箇住松陵。

淺水蘆根唼喋聞，背篷沿尾雪紛紛。湖中别有東西鴨，飛向遥天莫亂羣。東鴨、西鴨，太湖中二山名。

奇絶佳名屬兩山，新詩多著畫圖間。放船不怕人争路，自占儂家第一灣。東洞庭有查灣，西洞庭有查山，見震澤編。

不用低欄照水紅，一竿活計趁樵風。江湖老伴憐渠在，踏浪長隨丱角翁。東坡詩：「我衰寄江湖，老伴雜鵝鴨。」孟郊詩：「何如丱角翁，至死不裹頭。」

食橘二首

樹樹垂垂顆顆勻，山家生計不愁貧。若教朱實仍包貢，那得分甘到野人。洞庭貢橘，唐、宋時有之，至明始罷。瞿佑宗吉詩有「玉食無緣進上方」之句。

小園一百二十樹，摧壞年來成橘薪。每到霜前悲手澤，可堪客裏又嘗新。西園橘栽，先人手植也。己巳冬寒，悉皆凍斃，故及之。

漢瞻自洞庭先歸詩以志别即次見贈舊韻

兼旬索句添窮忙，草根唧唧蟲鳴霜。尚慚皮陸作唱和，敢與李杜争光芒。君詩盡納三萬派，山骨嶁嶁波洋洋。吟從舌端作倔强，寫向紙面生低昂。稍嫌工遲似司馬，容我笑傲林泉旁。憶初弭棹同卧起，明朝聯臂登高岡。穿松踏石困俛仰，攀躋中道多徊徨。奇峯忽拔二千尺，快劍磨出蓮花鋩。聳身側足狂叫絶，生平奇境得未嘗。三湘七澤舊雖到，却溯洲渚搴孤芳。黄金荒臺感燕士，畫棟高閣悲滕王。十年浪走癡已極，游蹤脱略失故鄉。星埃大笑一回首，攝衣纔謁三高堂。所嗟筋力就疲憊，漸遣興趣成頽唐。眼前又當摇落候，蒹葭露白秋蒼蒼。不知此中有何樂，對爾意氣還飛揚。男兒生涯志未豁，善刀合學庖丁藏。百觚醉汲隣叟甕，一枕倦寄高僧房。得道在先成佛後，兹理反覆天應償。逢人但拜孟東野，去我獨惜張文昌。扶笻縹緲有夙約，與漢瞻約游西山，未果。肯計盎底無餘糧。風波衝冒總爲此，子今束書我亦將。行當長謠答黄竹，不爾妙曲賡红桑。鬱鬱誰能耐離索，空樓夜雨思連牀。年來萬事經眼見，窮達竟分姜與湯。「不分窮約姜與湯」，漢瞻舊句也。謂西溟、西厓。舊遊如夢那可説，衹有末路堪評量。名山業豈異人事，慎勿屑屑耽詞章。

夜坐有懷張漢瞻吴西齋二子相繼别去。

山谷天早寒，經檐白日速。夜長耿無寐，愛此一寸燭。展卷乍沈吟，開軒屢躑躅。我唱和者誰，淒其感幽獨。别時秋林下，錦纈黄映緑。幾日不上樓，敗葉忽已秃。悲風颯然起，槭槭響枯木。静覺流光移，暗傷懷抱觸。小僮强解事，隣釀貰新熟。酒罷還夢君，湖心浪如屋。

重登莫釐峯望吴興諸山

吴會諸峯繞作環，荆溪百瀆瀉成灣。西南遠景新收得，一髮螺青是弁山。

從渡水橋步行至武山小憩吴氏園亭十四韻

過橋纔半里，空闊得平原。野艇笭箵渡，斜陽穲稏村。晚來魚論斗，吴志云：「吴俗以斗論魚，二斤半爲一斗。」僻處犬依樊。歲稔松醪賤，秋辭社鼓喧。草根驚雉起，洞庭志：「東山有雉而無兔，西山有兔而無雉。」木末見鶻翻。面面帆移岸，家家水到門。泉清能止渴，山淺易尋源。又接攀躋路，重窺種植園。罥衣橙刺密，耀眼橘頭繁。舊葉荷傾沼，新泥菊上盆。苔滋行每滑，石好坐能温。隔竹傳壺箭，隨花倚畫軒。何須問生理，即此是仙源。遠色蒼然合，歸途月有痕。

欲往豐圻看楓葉爲雨阻

山中築居如築城，往往人家背山住。連街接巷比通闤，雖有林巒無曠趣。敞雲樓東鴨脚木，亂葉成堆稍通路。此中合着杜門人，一月出遊凡幾度。我生夙嗜久撥棄，祇有吟情剩如故。頗聞人説豐圻勝，況有丹楓照秋暮。魚蝦市遠風不腥，橘柚園深香作霧。朝來折柬約溪友，預飭晨炊治遊具。住山復作遊山人，此事寧防天亦妬。初看靉靆雲似墨，忽聽淋浪雨如注。客言萬事難逆料，投足無端動關數。豈知勇怯總由人，老嬾逡巡坐自誤。憶當涉世氣鹵莽，浪走風塵飽霜露。衝泥驢背不自惜，到此翻令限跬步。天工作意不肯晴，明日披蓑杖藜去。

大雨同胡朏明閻百詩登湖樓

大聲拔湖洪，飛上巨鯨背。噴空作猛雨，倒射怒百倍。萬木助一喧，掀騰走羣怪。樓孤若搖動，勢已岌岌殆。雲頭排窗來，山影忽在外。目存思欲絶，境變奇乃最。我詩苦難工，傑句應有待。

順風渡湖瞬息抵胥口

匹練掣柁痕，虛弓彍帆勢。不知小榜迅，但見青山逝。孤塔表靈巖，卓針辨湖澨。須臾忽到岸，矗矗在天際。

虎丘晚泊

山淺橋平水一限，幾株紅樹寺門開。從看小景如盆盎，新向湖天放眼回。

拔白詩 并序。

昔蘇子由有白髮近二十年，虔州道人王正彦教令拔去，以真水火養之。從其言數月而白髮不出，因作詩自言拔白之驗。余今年忽有白髭二莖，攬鏡鑷去，且三月矣，竟不復生。喜事有偶合者，因用其意，作詩一章，然養生家言，僕固不解也。

人生疋庭樹，官骸乃皮膚。樹有花與葉，人有髮與鬚。花葉本暫榮，鬚髮那不枯。我今過四十，貌作山澤臞。憂患煎心神，奔馳瘁形軀。早衰理則爾，何用長嗟吁。雙鬢久星星，見慣習與俱。白髭忽新變，刺眼生躊躕。我欲撚使斷，苦吟徒自愚。我欲媚後生，染之非丈夫。不如竟拔去，誰能忍斯須。初若蠹蝕葉，幾片離根株。又若耘除稂，良苗漸蘇蘇。爾來九十日，萌蘖喜絶無。養生素乏術，寸田任榛蕪。何當劚黄精，白髮併掃除。

朱雪鴻移居詩和梨洲先生

蘧廬天地總羈棲，爪跡何煩苦印泥？招隱莫分山大小，卜居難定瀼東西。一舟最穩裝書重，四壁初安待客題。終勝梁鴻依廡下，年年井臼累山妻。

雪夜發玉峯數日前沈昭嗣呂山瀏顧書宣先往洞庭作詩寄之

落木灣頭雪灑燈，卧聞漁子尚牽罾。寒光潑被夜如月，野水割船冬始冰。風逆不知何日到，山高宜及此時登。湖天霽色詩兼畫，待我舟中酒二升。

從横塘晚至木瀆舟中寒甚

西北風狂野氣昏，船窗擁火取微温。殘陽正墮塔邊寺，薄雪未消湖外村。木盡脱時喧鳥雀，稻成堆處散雞豚。可憐歲晚不歸客，對景躊躇思故園。

雪後曉渡太湖

黄蘆吹斷黑頭風，寒日初生血樣紅。一片湖山新着色，萬螺浮白碧壺中。

次韻答趙蒙泉閩中見懷之作

得喪年來已慣經，忽披佳句又心驚。計疏更事多成悔，身賤依人自覺輕。壺口欲從敲後缺，劍鐔猶發扣時鳴。來詩有「先生豈以不平鳴」句。短檠牆角差難棄，賴是看書眼尚明。

王令詒自閩歸出示途中見寄二章次韻奉答

船頭船尾榕陰緑，城北城南茘子紅。懊惱此中多賦别，勝遊從古幾人同。

右答南浦見寄

自攜驢券出都城，草草裝隨短策横。失路歸添遊子淚，加餐書荷遠人情。愁隨越鳥方南向，懶趁邊鴻又北征。不用苦教詩激楚，漫天風雨正秋聲。

右答晚泊見懷

送山瀏自洞庭歸塘西兼寄張介山陸厚容金子由諸子

無多唱和留君集，來往真如相避然。一葉驚回三載夢，兩萍漂散五湖天。新書著罷從人笑，善病同時得婦憐。山瀏聞嫂夫人抱痾，己亦致疾。好向橋西呼酒伴，放狂作達過殘年。

雲石菴和書宣韻

一徑入雙塢，菴在大塢、小塢兩山間。遥從澗道求。泉枯行汲遠，竹密得窗幽。日氣通停午，濤聲捲上頭。踞高真得勢，矮屋也如樓。

白龍泉和沈昭嗣韻

半嶺通湖眼，閒僧護井湄。自能清徹底，何用砌成池。鳥道尋難到，龍湫怒或移。不知風雨候，可有氣如絲。

來鶴樓和韻 樓址爲某姓葬地

舊日松楸廢，何年笙鶴來。樵人憐葬域，山鬼避香臺。峯勢重重合，湖光灩灩開。步虚人罕到，猜是小蓬萊。

題書宣小影

十萬青鸞尾摇竹，映得詩人鬢毛緑，此中可少三間屋。竹西三月桃花紅，前村後村烟濛濛，此中可少一扇篷。遠勢兼收隔江塔，指圌山也。與君作詩論畫法，借君門前來放鴨。

書宣以藥酒一甖見餉賦謝

北風夜半收鳴鼉，冷光浸日湖不波。對門老樹盡僵立，枝顛斗大鵲作窠。山人畏寒卧復起，排籤十指無人呵。雲間陳翁山農。好事者，乞與方法招詩魔。酒材難致藥料貴，正苦羞澀囊無他。感君餉我分一器，何異良劑投沈痾。甕城新開香繞鼻，瀉以碧椀承紅螺。甘分沆瀣光琥珀，村釀不數黄如鵝。卯時小酌午未醒，挾纊纊乍回陽和。蓬蓬入腦聲自覺，粥粥浮面顔微酡。枯腸一洗枒蘖出，老眼亂瞥昏花過。肩高尚吟薄薄酒，耳熱漫作烏烏歌。井湄效箴笑揚子，春色可賦煩東坡。犀首達生坐無事，袁絲遣日知亡何。有生得此亦過分，況敢嗜好窮搜羅。偶將一醉累良友，亟饋莫必惠己多。預愁瓶罄脣吻燥，挹漿那得翻天河。

書宣次韻見答復倒用前韻作一章邀余繼和時書宣將歸揚州兼以贈別

君才如漢江淮河，駕天輸浪豈患多。坐批百家目炯炯，行貯四庫胸羅羅。詞源獨騁曹植富，餘地不量繼者何。金丸脱手最輕捷，快馬直下胭脂坡。朝來赫蹏急傳示，白雪竟壓巴人歌。我時解鞍息蹇足，卧看縱轡奔騰過。吟情欲探酒力發，小户一盞熏顔酡。平生有作每倔强，音調太急絃難和。醉來反嫌天地窄，局促未免愁籠鵝。團團陳跡走循磨，眩眩眼光旋螺。爾來檢點稍知悔，思以勺水澆前痾。可憐故態時復作，形雖近放心靡他。人生有情會有癖，湛詩麯蘗俱成魔。何如牢守昔賢戒，不吟不醉從嘲呵。逝將嗇養全晚計，野蠶簇繭蜂藏窠。子今勇決乃過我，氣盛不怕江翻波。臨行舉杯懺口業，拔劍倘斫生較鼉。

以藥酒分餉唐實君吴西齋再疊倒韻索和

鴟夷皤腹鼠飲河，就中滿貯得幾多。玻璃萬頃吸不盡，霜風吹淺如碧羅。詩人氣粗言語大，鐫琢造化將誰何。婁東二生我同調，得第厭上金鑾坡。揭來忘分更莫逆，銅斗許和寒郊歌。湖心淺山住隔巷，衝凍踏月頻經過。所慚才分非爾敵，赬面未飲長先酡。愁腸酒肺互撑拄，正賴藥味相調和。長瓶分餉良有以，願奢似挾山陰鵝。鸕鷀聊足注半杓，鸚鵡恰好浮雙螺。便從唐侯促佳句，實君許題放鴨圖詩尚未至。更祝吴子蠲微痾。時西齋屬微疾。號呶當筵誰是主，剥啄扣户人非他。林魈木客盡逃避，氣豪横欲驅羣魔。此間差無俗物擾，尚有亭長能相呵。懷哉歲暮盍歸去，坐看日夕雞棲窠。小槽溜溜聽壓蔗，饞涎亂湧珠跳波。牀頭一壺堪醉倒，不知門外傳更鼍。

題鄒毅仁書劍圖

學書差足記姓名，學劍無過一人敵。英雄竟以成敗論，一語千年供指摘。我持此論君勿疑，潦倒粗言身所歷。方當出遊氣盛壯，逸足誰堪受羈靮。有文曾詡弔戰場，有力能誇控鳴鏑。蹉跎祖逖難着鞭，爛熳陳琳徒草檄。收身十載赴場屋，往往雄風避雌蜺。眼看騏驥盡先登，駑鈍悲嘶仍皂櫪。天涯行旅慣黑瘦，世上男兒多白皙。讀書擊劍兩無成，鄧禹笑人終寂寂。子才去我固十倍，射扎穿楊準懸的。胡爲垂翅亦襬褷，予美誰侜卭有鷊。三年奏牘困方朔，五十吟詩笑高適。馬應換妾刀贈人，龜手如何學絣澼。薄田可耕池可釣，良耜畟畟竿籊籊。還君此畫一展然，寒盡知年不須曆。

梁溪馬碧滄索題桐山草堂

吟徧峯頭又水涯，九龍歸夢隔烟霞。期君早種十年樹，待我來看三月華。藥録欲傳須手著，琴材若中有人誇。不然斗大成何用，萬里丹山客是家。諺云：「梧桐大如斗，主人出外走。」

題鄒舜五采蓴圖卷子次陳眉公舊韻

敂舷聲動吴歌起，沙户生涯雜魚米。此中有蓴誰識之，埋没蒼烟白蘋裏。湖波太淡無鹽豉，葉自青青莖自紫。脆如雪藕滑春冰，異産寧教饜紈綺。紅鱸四腮差可配，二老朝來動食指。弄潮踏浪去何憂，占斷湖心一片秋。百年好事留詩畫，從此流傳到武丘。人間綱利多堪慮，蒓擔年年入城去。未應澤畔少清流，却與貪夫供七箸。太湖中產蓴，前此未之聞也。天啓壬戌秋，武山鄒舜五與陳眉公始採而食之。眉公因繪圖以紀其事。

發東山至石湖舟中大雪與蒙泉雪園分韻

忍別東山去，依依尚有緣。雲沈上方塔，雪重石湖船。密坐可無酒？敝裘終勝緜。范村留故宅，欲訪向誰邊？宋范致能居此地，名范村。

雪夜泊胥門與蒙泉抵足卧

野泊五湖東，迷漫雪滿空。水明千雉白，人静一燈紅。亂㯳雞聲外，輕寒酒力中。殘年歸夢闊，惆悵兩心同。

雪後至閶門换船

北風吹樓臺，白日雪打面。閶門十萬户，咫尺不可辨。歸舟一葉輕，欲與嚴寒戰。所欣吴中稔，酒價冬來賤。我裘雖云敝，一醉暖堪戀。尚有無褐人，忍饑冒霜霰。

吴門橋阻凍

白日淡無色，北風吹作陰。浪增冰力厚，橋插凍痕深。已近故鄉路，偏傷獨客心。是日蒙泉歸嘐城。隣船如比屋，兒女盡吴音。

入胥門訪薛孝穆不值留詩示之兼簡許晹谷錢玉友

風止澤腹堅，篙輕不可鑿。短篷壓頭卧，竟作三日惡。賈客聚連檣，荒灣比村落。人羣自歡笑，而我無處著。遂訪薛逢居，衝風入南郭。初來殊奮迅，欲去轉寂莫。窮途所向昧，妄冀朋友樂。錢許初北歸，合并有成約。十日前玉友、晹谷自燕中返虞山，期於吴門相晤，亦爲冰雪所阻。參辰在咫尺，剡乃道里各。天寒歲偪臘，何以慰離索？興盡返孤舟，獨吟還獨酌。

打冰詞

寒光射川如浴鐵，千艘萬艘陷頑石。鑿山通道古有之，河伯憑堅蟻難穴。官船自倚人力强，冰椎亂擊船兩傍。船頭乍開船尾結，去岸却泊河中央。篙師笑謂官勿爾，世路升沈總如此。若將人力與天争，倒捲天河應瀉水。

阻冰七日始得發舟

筮易玩其占，七日當解涷。朝來覘風色，東面柳初弄。天行既來復，人力漸可用。南船鑿冰來，銀浦作流汞。小僮報奇事，水活鱗甲動。老夫亦欣然，私喜言幸中。披衣促解纜，一笑破愁夢。梢梢啣尾行，綫路争一縫。虎齒截兩涯，倚棹誰敢縱？遲遲計尺寸，去去逐儕衆。到家庶有期，春麥尚及種。茅檐曝初旭，宿火煨老葑。旅食饕風霜，何如抱飯甕。作詩當箴銘，悔往聊自諷。

夜泊平望驛橋下

捩柁開吴江，收帆宿平望。環橋横吾前，天勢墮空曠。或言虹下飲，比擬猶未當。分明半輪月，初吐碧波上。風定川不波，上下巧相況。小舟入圓鏡，光景互摩盪。夜寒人語稀，獨此發孤唱。

敬業堂詩集卷十三

勸酬集 盡辛未一年。

己未以後，衣食奔走，與德尹出入如相避。庚午偪臘，歸自具區，德尹適從洛中旋里。除夕酌酒相勞，蓋十二年無此樂矣。爰相約爲杜門計，盡辛未一年，凡得詩如干首。

元夕同顧伊人張昆詒集徐敬思宅分得燈字

自到君家飲量增，也教小户罄三升。笙歌院隔新翻曲，書畫屏開巧樣燈。知有清光終讓月，可無佳句冷如冰。誇張節物誠多事，誰似詩人范致能？范石湖有上元紀吴下節物三十二韻。

崑山一名玉峯周圍二里許似累石而成者唐張祐孟郊有詩與蓋嶼所畫山圖同留慧聚寺中向有石刻宋皇祐中王半山以舒州倅至縣相水利登山閲二公詩次韻和之時稱四絶淳熙中寺燬於火自唐以來名流題咏及楊惠之所塑毗沙門天王像或云張愛兒所作李後主所書榜額一掃無餘今凖提閣壁間石刻三公詩乃後人補刻非故物也正月十六日同張昆詒盧素公登山感懷往蹟爲詳考本末并系以詩

吳中園圃愛假山，家家畫藁模荆關。此山本真翻似假，怪石叠起孤城間。奇峯尤在西南頰，縹緲玲瓏還戌削。遊人仰視一綫天，信有孤雲生兩角。幾輩留題盛昔賢，曾聞摹勒載名篇。崑岡烈火精藍盡，何物能爲金石堅。人間假合夫何有，差是令名堪不朽。我詩寫意直取真，嗤點還須防衆口。

德尹四十初度二首同潤木作

四十平頭齒未頹，誰教辛苦逐風埃。祝君此日無多語，正要飛騰暮景來。少陵詩：「四十明朝過，飛騰暮景斜。」

蒲柳桑榆各老成，一杯相屬話生平。十年多少回頭事，我是蘇家白髮兄。用東坡壽子由詩中語。

題又微姪投壺圖小照

五經一笥笑老韶，長養侍兒如許嬌。卷衣風裏聽傳箭，近前争賭蓮花驍。

初夏園居十二絶句

人言瘦地差宜竹，隣舍曾分一本栽。尺八梢溝攔不斷，狂鞭攙過菜畦來。

牡丹不稱種村莊，開到春殘盡野芳。榁棘補籬成片段，丁香香過木香香。

亭臺廢後變溝塍，欲置茅齋力未能。大抵爲園多借景，別家高樹挂朱藤。

方池一畝萍初合，四月中旬未有蛙。簇簇銀針齊上水，緑楊影動散魚花。

莎軟鋪茵纔没膝，樹圓擁繖正遮頭。如花流過碧池去，忽聽一聲黄栗留。〈詩疏：黄鳥，黄鸝留也，或謂之黄栗留。

長年因病醫方熟，小草隨時藥料增。趁取連朝好風日，帶花收曬鷺絲藤。

閏年留竹苦防蠹，辰日種瓜須早澆。愛花更作晚秋計，老瓦盆邊分菊苗。

罌粟着子米囊小，蠶豆褪花皂莢成。莫欺老圃不工畫，小碎詩篇如寫生。

去秋梧子收不盡，旋向根邊兩葉生。保得主人長閉户，四三年便看陰成。

自蟠老榦自抽條，長養仙家枸杞苗。不似苕華難獨立，附他喬木號淩霄。

鳴聲上下羽交交，雀鷇初安樹一梢。啼殺斑鳩生計拙，將雛時節定争巢。

頭眠已過二眠新，蠶候參差雜四隣。一月往來渾斷絶，隔籬時見采桑人。

橘薪

生意千頭盡，園租五畝荒。子孫貧敢計，奴婢價誰償。入室鉤衣破，爲薪刺眼傷。更愁秋冷澹，屋角少青黄。

新竹

插槿三年與作樊，又添客土護深根。主人愛竹老成癖，看筍出林如子孫。二月得長孫，名興祖，故及之。

布幔和德尹二首

細竹輕竿稍出檐，空庭得蔭比松杉。賽他畫舫齋中卧，平展江心一面帆。

背日開簾更覺涼，午陰屋角漏微光。呼兒勤掃蜘蛛網，方便花時蝶過牆。

梅雨連旬河流暴漲偶同德尹泛村船入菖蒲港

雨急溝渠漲怒生，再添一尺與橋平。無端驚起江湖夢，聽作船頭放牐聲。

雨後

便從一雨望豐年，大抵人情慰目前。我比老農還計短，只貪今夜夜涼眠。

衰至

中年事事防衰至，不獨侵尋感歲華。誤去黑鬚因鑷白，旋揩昏眼又生花。頹唐老境詩無格，汗漫遊踪累有家。合是歸時歸亦得，趁收麥豆種胡麻。

庭前草花與德尹分韻四首

輕刀匀剪翠葱蘢，别圃移來土最鬆。累爾纏緜附枯竹，屋低庭小不栽松。女蘿。

小兒稱長老稱翁，比似花冠約略同。消得閒人閒處看，可憐小草亦争雄。雞冠。

羣羣紅白隔窗紗，么鳳飛來罥鬢鴉。老眼自看還自笑，種花猶種女兒花。鳳仙。

位置瓷盆手自親，暑風香透色如銀。暫歸我已家如客，還與南花作主人。茉莉，張叔敏呼爲遠客。范石湖詩：「南花宜夏不禁涼。」

夢中得絶句似小遊仙詩醒而録之

東海東頭拾火珠，抱來徑寸豈論銖。兒童莫逐黄金彈，笑向扶桑打赤烏。

舟曉次德尹韻二首

螢尾孤光合復開，灣頭風急却飛回。菰蒲深處一枝櫓，摇入漁人夢裏來。

狂蛙鬧雨羣千百，遠火疑星點兩三。忽聽雞鳴鐘渡水，有人家處有茅菴。

次韻答陸柱瀾見訪

旅塵狂走十年餘，每到還家歎瑟居。髮變一頭俄向老，草荒三徑只如初。傷心短笛經時淚，外舅射山先生已下世。覆手貧交屈指疏。多謝新詩猶念舊，可能懷抱對君抒。

程西村以如圃詩索和次原韻

人境何曾礙結廬，一椽朴茂似園居。耡荒自作披榛賦，得法新傳種樹書。老圃閒談真可聽，比隣初約莫教虛。笑他亭舘多何益，無福能消鼠壤蔬。

七夕同德尹潤木作禁用故實

眼中七度如梳月，又帶桐陰入小樓。懊惱一天星似火，閏年今夕未交秋。

茨菰見唐人詩如白香山云渠荒新葉長慈姑朱放云茨菰葉爛別西灣劉夢得云菰葉風開緑剪刀未有及其花者余盆池偶種一窠立秋後忽發細蕊每節叢生花開純白色如玉蝶梅差小頗有清香因作一首以補詩家之缺

舊葉復新葉，碧莖忽抽芽。誰將緑剪刀，剪出白玉花。水邊有秋意，涼蝶來西家。

惠研谿庶常從京邸寄到吴超士見懷詩四章次韻奉酬並簡研谿

故人隔座呼同舍，花底移樽醉小樓。余初識超士於研谿館舍。散作兩萍漂水面，遠煩尺鯉到沙頭。狂名自悔逃難穩，歸志差堅挽不留。一窖黄塵殘夢外，爲君牽動十年愁。

飄瓦虛舟豈有因，誰當入爨惜勞薪。潛形那避含沙射，沈璧何來按劍嗔。來詩言及己巳秋飲酒得罪事，故云。桂樹叢荒招隱伴，楊花風墮倦遊人。白衣蒼狗須臾事，醉眼看來分外新。

黃羊枰上守枯棋，訝許人間獨亢眉。一戒早開元亮酒，半年遲答暢當詩。迴腸徑路梯空險，徹骨冰霜造物慈。贏對村童開口笑，竿頭新作釣漁師。

臥聽門前剝啄聲，書來猶勸束裝行。貧逢閏歲增薪米，病過新秋減送迎。涼雨半窗初到竹，碧尊千里正宜羹。也應世味多忘却，除是難忘故舊情。

種菊詩示克建克承兩兒時余將往溢城

擾擾十三載，孤蹤混泥沙。及歸翻苦閒，何以銷年華。種菊亦偶爾，惜此徑寸芽。春苗不分栽，秋至焉得花？

惡草既親鋤，清泉亦手灌。却將四體勤，覬博兩目玩。舍之忽將去，笑別東籬伴。根是老人培，花從汝曹看。

夜初涼

人静覺夜涼，書帷傍清樾。不忍陷秋蟲，吹燈還就月。

溢城之遊未果作詩示德尹兼答朱恒齋太守

貧賤胡可居，無端兩憔悴。侵尋歎末路，鹵莽悔初志。豈無骨肉恩，聚少别苦易。分馳十年外，廬舍任榛刺。殘冬偶同歸，草草如旅次。杜門得半載，村巷傳異事。不知相見驩，中有思親淚。兩柩猶在堂，牛眠指何地。堪輿及日相，時俗多拘忌。吾寧葬吾親，忍規子孫計。所嗟蘼物力，動輒故人累。潯陽賢使君，清俸煩遠致。有生迫孤露，久矣衆所棄。誰能念窮交，尚舉麥舟義。當之恐過分，一感再三媿。佳招況踰期，恒齋來札，約余季夏至溢城。欲往未得遂。我貧荷見諒，應并諒此意。鴻雁滿江湖，詩成特先寄。

題馬漁村行路難小影

狂瀾打頭山壓面，跼蹐乾坤縈一綫。我行畏路知路難，談虎還防君色變。君家門前池水清，對門山與樓簷平。此中徑路坦於掌，作底胸次添峥嶸。畫師寫圖如有託，洗耳聽琴差不惡。可憐冰雪七條絃，千萬勿彈螗捕蟬。

送楊次也入都並簡尊甫太史公三首

八座重親未白頭，角巾里第最風流。孫枝本是階庭秀，鞶帨看他又出遊。

石渠天禄近何如？欲讀應無未見書。用黄香傳中語。但約南船多載酒，對蘸官燭看銀魚。

時嵩木嫂夫人亦北上，故及之。

交情到爾凡三世，得路憐余共一心。重向别中留望眼，别愁終淺望終深。

竹溪書屋爲又微聲山兩姪賦三首

竹柏陰交槐柳陰，疏籬一帶棘除針。自從新改橋邊路，大費花時曲折尋。

記得當時丱角遊，書聲愛聽出林丘。兩家前輩多凋謝，又對兒孫感白頭。石丈兄與先君子情好最密，每過裕菴，余兄弟未嘗不隨行也。

夕火晨香共一龕，閒隨清磬出花南。居人盡識藏書處，碧蘚蒼藤白石菴。用李公擇事。

沈稼村太史招飲耿巖草堂

十里秋光雨洗新，稻花香路浄無塵。門依曲沼難通櫂，居近東家愛得隣。却對杯柈寬禮數，每聽談論長精神。回看宦海波濤闊，轉羡收帆到岸人。

壚墟舟中口占同德尹作二首

水面浮漚的的圓，采菱歌出采蓮船。此歌賴是吴兒唱，若是吴孃更可憐。

樹低草没一叢叢，曉日横生白蕩風。拍岸水痕高一尺，布帆抄路稻田中。

瞟城孫愷似編修欲行善於其鄉竟遭吏議今方罷官就訊吴中相遇感憤成詩

蒼狗如雲極可哀，危機翻自詔恩來。家承忠孝身尤重，禍起衣冠勢易摧。善不可爲寧論惡，人皆欲殺我憐才。乾坤直似蝸廬窄，懷抱除非醉始開。

胥門曉發

月落日未升，大星明一箇。舟人貪早起，客子便晨卧。忽聞水氣腥，知有漁榔過。

長水塘夜泊

高埭接長橋，橋形落蝃蝀。市喧夜微息，犬吠船猶動。可憐一川月，細碎如潑汞。忍負好秋光，推篷兀殘夢。

庭桂初開隣人有來乞花者

吴閶十日遊，歸櫂及秋仲。入門視庭桂，破蕾暗香動。常時花最早，七夕露華重。苦怪今年遲，曾經上年涷。西風不吾私，吹散香滿衖。頗有好事翁，叩户乞清供。披衣揖使入，手折寧煩送。譬如此根株，本自隣家種。我生無長物，有者皆可共。配花稱主人，毋乃被嘲弄。

豆棚爲風雨所壞

平生乏鮮肥，肉食非所慕。偶然謍口腹，蓄念計必誤。春種瓜豆苗，愛養隣孩孺。插竹就茅檐，縛繩使之固。初看弱蔓引，漸喜衆葉布。絲瓜夏早結，落蔕甘於瓠。藊豆開獨遲，白花待秋露。及兹緑垂莢，採摘在晨暮。夜來風雨狂，傾倒莫支拄。老饕自安分，物理庶可悟。託名得蛾眉，本草：白藊豆，一名蛾眉豆。吁嗟難免妬。

題高錫純羽士畫像

猛虎入羣牙爪悍，衆蛇齧索懸石斷。平生却笑費長房，學道工夫纔及半。葛陂拄杖辭壺公，隨身霹靂搜蛟龍。道人有道兀不動，心在一輪圓鏡中。後又題云：「圓月當空，光生何處。撥開雲霧，請師全露。」

八月十五夜與德尹桂庭對酌三首

半年門逕草芊眠，除草開場爲月圓。月正當頭花照眼，此花原是月中仙。

昨日方愁雨打扉，夜來不料有清輝。可憐萬事盡如此，居者别家行者歸。時潤木獨留邑中。

看來南北東西月，只與今宵一樣圓。却對團圞感離别，人生能幾十三年。

東田看稻

雲氣散如濤，秋田罷桔槔。漲痕侵岸闊，稗草比禾高。米卜豐年賤，農憐瘠土勞。預期營一醉，歸去滌新槽。

沈孟澤索題小照二首

桐陰寬罩一方苔，流水聲中洗耳來。若是補圖須補竹，琴材已具少簫材。

神理真傳老畫師，毫端躍躍動須眉。人間別有膏肓病，看取先生袖手時。沈精于醫。

聞村家打稻聲

鵲豆籬邊捫腹行，惰游筋力負歸耕。自慚飽喫豐年飯，閒聽隣家打稻聲。

九日寄諸弟湖上

如此秋光悵不同，湖天無雨又無風。白蘋未改空洲緑，烏桕長先萬木紅。好事誰還能送酒，浪遊吾轉悔飄蓬。兩峯緣淺登高會，懶到今年似蟄蟲。

重陽後二日雨霽行園

兩尖家門山，登陟昨乃阻。曉晴已過節，興盡力難努。我衰萬事廢，所樂在蔬圃。早菘種旬日，行列紛可數。蟲來蝕其苗，饕餮猛於虎。一寒爲掃除，正賴夜來雨。宿根發餘潤，新葉換翠羽。池西木芙蓉，紅白相媚嫵。下有二寸魚，花影嚼復吐。何來兩鵁鶄，雙翅勇自鼓。公然啣魚去，飽食不避主。可憐病橘林，凍裂上年土。坐視千絹荒，官稅私莫補。天心有傾覆，肯諒貧家苦。物理苟不齊，吾寧守終窶。

鞭筍

雨後竹走鞭，伶俜瘦相引。小僮撥土裂，劚取如拾菌。烹之媚盤餐，下箸吾未忍。寸鞭何足惜，惜者來年筍。

收芋

芋肥莖葉長，芋瘦莖葉短。率以鹵莽報，吾願良易滿。年豐百物登，磊落光堆盌。其魁蹲如鵰，小亦伏㲉卵。

立冬

節候攙暮秋，初陰猶未壯。南檐白日影，入室已一丈。門簾布差密，窗紙油逾亮。坐看佛前香，無風烟縷上。頻年遠行役，浮氣逐塵坱。裘茸插兩手，故與嚴威抗。如今矮屋中，尚欲設屏障。寧非老將至，嗜好改前尚。興到聊復吟，都忘往來相。

落葉詩五首和趙漁玉范用賓

静中初有聲，策策起林薄。俄聞響簷瓦，急點疑雨作。開門日滿庭，始悟風隕籜。徐行踏殘葉，仰見巢枝鵲。鵲噪一何喜，鵶鳴一何惡。客緒本無端，誰禁對摇落。

好景忽潛移，丹黄换青緑。丹黄亦隨盡，假以絢吾目。失蔭無密林，蔀家有豐屋。嚴霜挾時令，顛頫非一族。何殊百萬師，委甲填坑谷。

摧壞寧自主，出林竟如狂。初來聚堆阜，倏忽還飛揚。不妨穿我籬，慎莫打我窗。籬穿可徐補，窗破風滿牀。

春花得人憐，飄蕩尚苦遽。天公肯汝惜，狼籍等敗絮。從來擇庇𦓖，多在成蹊處。君看西家葉，又過東家去。

荒居環雜木，最怕冬來風。如駕一芥舟，震撼驚濤中。幸賴杜陵老，前月已耳聾。人生有聞見，榮悴方無窮。

欲遊雲岫不果戲示德尹

吾鄉鷹窠頂，陡起東海邊。飛鳥到山止，東南水浮天。常聞十月交，登臨得奇觀。天文直角氏，日月行同躔。憑高視倒景，長在寅卯間。初生兆一魄，摩盪蛟龍淵。須臾一綫紅，迸出白玉盤。砉然劈作兩，對射光相穿。白者忽潛形，孤輪躍紅丸。是名爲合璧，故事山僧傳。山僧老白頭，歲歲居山巔。目擊凡幾箇，流傳徧人寰。嗟我與吾子，好奇結前緣。

足跡半九州，所到窮山川。如何名勝地，近失耳目前。昨聞大阮介菴叔。語，便思陟巑岏。朝來復逡巡，相對亦可憐。勝遊無近遠，人苦不得閒。既閒或少伴，得伴長無錢。乃知意興豪，必及少壯年。一慵百事廢，豈獨登山然。

題曹希文祓蘭圖

噀水澆花曉尚寒，試憑纖手摘來看。神仙舊是瑶臺伴，再到人間合夢蘭。

後落葉詩三首

衆葉四散飛，獰飇亦暫停。枯叢剩數點，有如塊黏萍。又如將曙天，尚帶三五星。鳥雀聚疏影，夕陽到空亭。時還墮一片，夢化蘧蘧形。

向榮既欣欣，黄落亦槭槭。却將傍觀意，爲爾生分别。何如兩相忘，造化本無迹。山僧撥葉至，或嫌門徑窄。吾嬾不出門，門前任堆積。

我吟落葉詩，如與落葉語。年年走關塞，摇蕩愁見汝。馬頭聲蕭蕭，打面風帶雨。吴霜點兩鬢，歸作故林主。故林豈無春，過眼同逆旅。後時感獨立，孰是歲寒侶。

題高江村先生泛槎圖小影次韻

葛陂龍化杖如仙，欲捲銀河瀉作泉。除是先生能鎮定，波濤人海正黏天。

雪中吕山劉見過

去年别君處，吴中正連陰。雪花大如席，開船太湖心。今年君過我，海天又寒凝。去聲。輕冰觸篙破，清脆聲可聽。一年復一年，能禁幾回老。與君迫暮景，爲别常恨早。我有一斗酒，可以禦北風。酒熟挽不留，問胡太匆匆？君言既相見，興盡我當去。疋如上番來，彼此兩不遇。去冬山劉過里中，余留洞庭未返。

曹希文以端硯詩四章索和即叠原韻

溪光如眼緑潭潭，洗髓何辭一再三。碧落數星瞻夜斗，冰綃半尺剪春蠶。柈分琥珀知難並，匣配琉璃定不慚。三十六鱗煩寄取，好磨濃墨寫雲藍。用段柯古詩中事。

紫雲一角割天南，秀色猶看帶嶺嵐。束峽波濤時一湧，濕毫風雨潤長含。來疑甓社光吞月，去恐延津勢躍鐔。神物自來須善保，有求容易遂虞曇。時有欲得宋齋執法硯者，故及之。

巖洞烟霞笑未撢，欲隨翡翠竟巢南。筆因興到詩情淡，嗜與年深石性諳。圭璧方圓形總肖，龍蛇蟠攫力誰堪。兩都賓主如相見，淬瑩才鋒出健談。

雅好雖多不厭貪，眼中似爾亦奇憨。一生自許癡無偶，兩手從誇硯必三。古人以貪多者爲兩手三硯。希文蓄石最富，故云。俗論掃空和氏癖，瓣香爭識米家菴。新宫銘草誰先就，仙掌摩挲與細探。

食薺

朝來食指無端動，走覓隣園又一奇。薄雪乍消青冒土，滿籃香薺未花時。

冬夜宿古衡山先奉政公祠下感賦

路滑冰堅賴短筇，到來支枕榻纔容。透窗燭影寒於月，拏雪松枝健比龍。老屋將傾傷世澤，墓田久廢媿春農。十年塵夢憑呼覺，金粟山頭一杵鐘。

除夕示德尹潤木信菴四首

前夜雷霆了不驚，三日前大雷電。靜中擾擾惜羣生。一村野犬多狂走，多事隣家爆竹聲。

山妻椎髻子頭蓬，布褐隨宜稱老翁。特與孫雛破年例，抱來膝上換青紅。

從前筆墨粗償債，削稿存來得幾何。剛是今年無可汰，應酬詩少唱酬多。

村巷無雞漏板遲，漫漫長夜夜何其。野人預辦朝眠熟，怕作新年日蝕詩。明年元旦日食。

敬業堂詩集卷十四

湓城集 起壬申正月，盡七月。

庚午春，朱恒齋由刑部郎出守九江，枉書見招。踰年始往踐約。既爲輯廬山志，復遂廬山之游，賢地主之貺我良厚矣。

禾中與德尹别

四海皆兄弟，何人似卯君？也知年向老，不合手頻分。夜夢留殘月，春帆感斷雲。得歸吾早決，負土共成墳。時方計先人葬事。

吴江留别張弘蘧庶常

南風激船如釋箭，片帆曉發平湖縣。百六十里半日程，第四橋邊一相見。開懷各話别中事，蒼狗浮雲凡幾變。三年善病君差强，君但憂貧不憂賤。我今落魄仍江湖，明朝又欲西辭吴。酌君之酒與君别，楊花拂頭鬢雙雪。

夾浦橋阻風

夾浦橋南客棹孤，雨聲連夜洗平蕪。東風吹淺吴江水，半作春潮漲太湖。

山塘晚霽

最好停橈近酒家，放晴天氣日初斜。盆梅謝後蘭芽茁，正月蜂聲未鬧花。

曉渡西氿回望宜興縣郭

櫓聲西入蝦籠嘴，波面微微過氿風。濃日吐烟烟吐樹，浮圖一角是城東。蝦籠嘴，西氿港名。

高淳

縣小無城郭，橋長即水門。魚蝦腥作市，鵝鴨鬧如村。曲曲檣隨岸，叢叢柳抱園。漸知江路近，盈縮視潮痕。

渡蕪湖關

兩槳前頭水勢寬，曉風吹得敝裘寒。漸空杼軸憐民困，老閱波濤信路難。此去罟師聊作伴，從來瀧吏必嘲官。時官舫爲津吏所阻。篋中一卷彈箏集，忍對江山制淚看。自此西上皆己未夏秋間與先兄韜荒同遊地也。彈箏集，兄紀游篇名。

荻港人家杏花

輕舠細雨江村路，過眼東風見杏花。略似小車逢綺陌，不知紅豔屬誰家？

雨中過銅陵

沙尾沿流曲作堤，青山一半吐城低。洲空亂雁争歸北，路轉千帆盡向西。正剪渡時風乍漲，最含烟處柳初齊。客程已厭連朝雨，不要春鳩更苦啼。

雨後望九華山

横看不與側看同，九朵芙蓉並插空。去鳥已銜殘雨没，歸雲忽漏夕陽紅。劈開華掌層層翠，使盡湘帆面面風。終是詩人言語大，攜來直欲置壺中。東坡名仇池石爲「壺中九華」。

荷葉洲對雪 在大通對岸。

梅根浦口風尤緊，荷葉洲前雪正濃。兩岸曉雲深似墨，一條春水健如龍。唐羅隱曾卜居九華山下梅根浦。按圖經，江水歷李陽河，經梅根口銅陵縣。今大通有水自九華山麓出江，即此也。

雪晴池陽舟中

曉行池陽路，霽景豁清美。江南江北山，照影同一水。半銜殘雪白，半插斷霞紫。眼前有奇句，只在空濛裏。我嬾吟未成，風吹櫂歌起。

大風至劉婆磯

江豚忽掉頭，微動青玻璃。俄看黑雲起，遥指天南陲。須臾墜我前，橫截江兩涯。拔江噴作雨，白日潛光輝。初疑鰲山傾，又若鼉窟移。舉舟向空擲，綆斷誰能縻。長年束手嘆，有力不得施。而我于中流，高枕故咏詩。明知怖無益，聊復忍少時。男兒可憐蟲，造物終見慈。既濟乃思痛，嗒焉中心脾。投文訴江神，略陳危苦辭。水從西南來，風亦西南吹。誰歟激使怒，若是不可磯。自我涉江湖，十三年于兹。南浮及北渡，履險間有之。此胡太酷烈，性命輕嶮巇。仕宦涉江來，揚帆若揚鬐。船尾點畫鼓，船頭插黃旗。大賈涉江來，滿載居贏奇。放溜如放馬，控縱從人馳。我船何所載，載書載鴟夷。壓浪一葉輕，疾行固其宜。如何强弓彎，寸進恒苦遲。神于我乎薄，厚彼寧獨私。咄哉窮旅人，初受俗眼嗤。揶揄到五鬼，漸漸伺路歧。惟神實正直，倚賴相扶持。今朝大戲劇，漂泊將誰依。禱罷似有感，撫枕魂依稀。神來入我夢，責我大有詞。風水涣成文，變化豈汝知。滔天初濫觴，至險出坦迤。汝以耳目料，何異握管窺。汝又好遠遊，遠遊計終癡。萬里走從軍，還家仍布衣。十年就場屋，逐衆趨京師。人皆取巍科，三黜名獨遺。謂宜自揣量，息影甘荆扉。兹來非宦遊，又非競刀錐。皇皇羲奚取，放浪形骸爲。汝居頗有園，園中頗有池。好風皺池面，浮花舞漣漪。此豈有驚波，來溺汝息機。汝自捨之出，去安而即危。不聞南山隮，下有季女饑。不見東海畔，中有踏浪兒。兩者聽自取，决擇休然疑。叩頭謝江神，痼疾神所治。大夢喚初覺，行當早旋歸。

題樅陽旅壁

噩夢驚回路已賖，舸艚船上櫓伊鴉。青山繞屋無修竹，山皆頑石，不産竹。紅袖當壚有杏花。野渡漸生沿岸火，春流未没去年沙。緑楊影裏初弦月，人隔烟江正望家。

田間先生聞余至自青山命駕來會喜賦

春風弭櫂向樅陽，舊約多年不敢忘。先生在都下送余南歸詩，有「秋到皖江尋舊好，可能一問白頭來」之句。四海平交無行輩，兩朝軼事在文章。從知老境難爲客，誰與先生特置鄉。一片青山高插漢，巋然真似魯靈光。

花朝晴示僧道楷

初日烘雲碎作霞，討春人競出江涯。老來不喜閒桃李，別約山僧看菜花。

自樅陽至楊樹灣道中即目

併日春光鬬物華，馬頭胡蝶太夭斜。誰知駭綠紛紅候，還有春風未放花。義津橋外見碧桃一樹，猶未放花。

三角潭

春禽交交鳴緑楊，征夫辨色早束裝。前行十里霧未醒，驢尾禿速驢耳長。朦朧人語遥喚渡，約略村落開微陽。烟光兩岸溪一曲，樹影四匝潭中央。菜畦麥隴桃李徑，高間紅白低青黄。新鵝野鴨好毛羽，拍拍飛出沿方塘。田家之樂樂何限，頓令過客忘他鄉。只愁霧重天欲雨，横策又上黄茅岡。

桐城謁左忠毅公祠 祠在縣治東數十步。

歷歷三朝事，他時髮指冠。賢人當横決，國勢必摧殘。俎豆新楹肅，乾坤正氣完。如何鄉後輩，偏有孔都官。謂懷寧也。

過田間先生山居相留信宿出示藏山集再賦二詩博和

層巒俯瞰萬松梢，中有高人舊結茅。自入鹿門詩一變，竟馴龍性易初爻。雲盤遠勢鴉飜陣，花作新泥燕補巢。未免累翁雞黍約，往還原不拒貧交。

比似仙源那易尋，避人畢竟要山深。誰教鶴怨猿啼客，來聽鸞歌鳳舞音。語雜談諧皆典故，老傳著述豈初心。好看龍馬精神健，東武時爲抱膝吟。

三江口苦雨

那刹磯頭雨殺風，千檣烟氣濕濛濛。楚天低壓平蕪外，何處青山認皖公。

大雪渡馬當

卧看穿雲日色黄，起聞鯨吼北風狂。新詩也得江神助，雪打春帆渡馬當。

順風揚帆時閉目静聽如空山梵唄殊有會心

破浪風前萬鼓鳴，喧囂原向静中生。無心只作深山聽，一樹松濤起梵聲。

與九江太守朱恒齋

一麾暫出領名邦，九疊屏山九派江。正喜爲郎猶未老，早聞治行已無雙。謳歌滿境鴞音革，軒冕巡城虎氣降。時有虎至郊外，君移文城隍神，一發殪之。依舊官居精典籍，只多鈴卒晝敲梆。

二虎歌 并序。

壬申正月，有兩虎闌入九江西門外龍開河，傷一人，已而逸去。市人惴惴，恐其復至。朱恒齋太守齋戒爲責躬文。翌日大會屬員於城隍廟即漢將軍灌嬰。及宋大夫祠下，漢九江守宋均。既焚牒告神，則命虞人挾弓矢火器窮追之，期于必獲。越五日殪其一，至是盡殲焉。黄質黑章，猙獰可怖，聚而觀者數千人。咸謂使君至誠感神，能力除民害也。適余至九江，目覩其事，作歌以俟采風者。

湓城連山猛獸多，兩虎突入龍開河。腥風倀倀日杲杲，白晝市上無人過。使君視民如赤子，威鳳生儀麟有趾。豪强斂戢盜賊清，爾獨何爲至於此。灌將軍廟宋公祠，能捍大患則祀之。撞鐘伐鼓會僚佐，第一先焚責己辭。與神後先俱守土，政拙慚余不如古。愛其父祖及子孫，忍畀孱人飽虓虎。明朝大獵城南闉，毛風血雨迷荆榛。特開一面縱雉兔，死不當罪傷吾仁。須臾虎自林中出，小者先擒大者逸。雖擒一虎戕一人，其勢公然兩相敵。

此時伐罪更有名，合圍再往大掩羣。潮州鱷魚必盡殺，不信請讀昌黎文。虞人眼疾如鷙鳥，餘勇登崖鬬牙爪。咆哮一聲山忽裂，火箭飛空碎其腦。黑章黄質毛斑斑，旗杠壓肩奏凱還。猶防作力斷急縛，血色併出雙睛間。道傍觀者争太息，自古神功扶正直。百年兇暴一朝除，此事知公有陰德。江邊户户皆椎牛，從此山無樵采憂。詩成大笑冠纓絶，我正欲作匡廬遊。

廬山之遊未果吕灌園有詩索和

峨峨指雲峯，拔地幾千丈。仙靈晦高跡，元氣棲蒼莽。朝來雲抹腰，露頂氣一爽。蓮花本無蔕，蒸出仙人掌。拂鏡眼雙明，抉烟鳥孤往。勿嗟遊未到，遐矚寓心賞。但恐身入山，依然結塵想。

西門之役既連斃二虎矣後五日復獲虎子二吕灌園作後二虎歌

再次其韻

虞人入山官吏賀，擣穴成擒無小大。盡將醜類肆市朝，不許兇雛草間卧。去如烈火歸如風，覆巢破卵五日中。獻肩獻豵來接武，貫蝨精神用强弩。擔頭縛作春筍斑，一一奇毛入官府。餘威假託雖有徒，不聞王政寬無辜。賊吾民者殺無赦，別有淵藪容逃逋。弱食頗分强者肉，倚伏機難論禍福。春行秋令公所憐，陰雨隨車洗餘毒。是日大雨。以寬濟猛在酌宜，潁川有鳳方來儀。殺胎豈惟禁獵户，竭澤兼欲防漁師。庶幾百物稱蕃息，童子仁心使君德。我爲此語非養奸，若是兇豪須斂跡。

楊花同恒齋賦

散作輕埃滾作團，不成花片但漫漫。春如短夢初離影，人在東風正倚欄。微雨乍黏還有態，柔條欲戀已無端。祇應老眼憐輕薄，長自摩挲霧裏看。

初聞黄鸝次灌園韻

一聲流過小窗前，去國關心又一年。圓入客吟同宛轉，熟聞鄉語倍纏緜。畫樓脈脈通春夢，碧樹茸茸羃曉烟。爲是好音須愛惜，自憐終勝受人憐。

同吕灌園鄒仙來諸君遊甘棠湖登烟水亭次壁間舊韻

長烟濛濛春澹澹，草色波光晴颭灩。廬山翠掃兩角雲，倒瀉杯中青一片。舊開小閣壓紋縠，時見飛帆掣流電。背郭人如燕雀稀，點沙舟與鳬鷖亂。地偏絲管曲嘈雜，市遠塵囂風截斷。可憐俗眼競喧湫，誰肯清遊期汗漫。同時數子興不淺，佳句澄鮮分謝練。莫辭勝境日日往，預恐萍跡紛紛散。何當春酒變成湖，醉過鶯花三月半。東坡送劉景文詩云：「春酒一變甘棠湖。」自注云：「景文卜居九江，近甘棠湖。」即此地。

琵琶亭次宋郭明復舊韻

春江帶城沙嘴白，弓勢彎環抱新月。我來縱棹半日遊，眇意眼前無一物。吟詩直入老僧家，小技忽癢難搔爬。分明有句和不得，古調豈叶箏琵琶。先生不作誰與語，白日茫茫變風雨。男兒失路雖可憐，何至紅顏相爾汝。與公相去又千年，依舊荒城無管絃。掃空題壁孤亭在，笑指門前浪拍天。

江州雜咏四首

依舊江關俯麗譙，居人指點説天橋。明太祖破江州事。戰迴左蠡軍容壯，鑿斷殘岡霸氣銷。東門外有天子堂，相傳劉誠意惡陳友諒都此得勝地，故鑿之。鎮將南朝偏跋扈，部兵西楚最輕剽。指左良玉、袁繼咸事。自從血洗孤城後，九派空回寂莫潮。

天文容易掃欃槍，隣郡猶傳戍鼓鳴。戊辰夏，楚盜破武昌、黃州。鵶鵲自朝英布廟，北門外九江王廟，至今血食。魚龍曾擾灌嬰城。紛紛設險寧論地，往往時危獨被兵。按史，自北宋以來，凡四屠城。四十三年休養力，不知何福享承平。

峭削峯巒北面當，雲頭一半割南康。高僧舊入遺民社，世業誰留佚老堂。三劫烽烟埋洞壑，百年文物遞滄桑。名山志在真難續，或有奇蹤墮渺茫。時余方輯廬山志。

別開官署射亭傍，一角頹城壓短牆。螺髻浮青虛劍匣，府署正對雙劍峯。宋乾道中，蜀人唐立方闢地作二城，矗樓其上，謂之劍匣，見桯史。雉媒平綠展毬場。船稀小步初移市，客上高樓必望鄉。樂天詩：「三百年來庾樓上，曾經多少望鄉人。」庾樓直府署北。添得黄蘆侵岸闊，舊遊回首獨神傷。余己未、壬戌兩經此郡。

余作江州雜詩灌園既垂和續爲潯陽行感慨淋漓讀之使我心惻因推本其意再成長律四十韻首言風土次序東晉以後迨明初一一竊據事終於寧南乙酉之禍此州被亂情形始末略備休養生聚其在斯時乎並邀恒齋太守同賦

鼓角悲涼地，山川要害城。一州當孔道，萬里控江程。近楚風猶悍，吞吴氣未平。鳧鷖飛易散，魚鮪竄多驚。户少移恒業，田磽廢力耕。兒童知矢石，婦女識旗旌。不諒流離苦，翻疑性命輕。舊文徵史册，殘局愴棋枰。置郡名長易，秦爲九江郡。漢屬吴國。三國初屬武昌，後置潯陽郡。晉改江州。梁移九江治湓城。唐、宋爲江州。建炎後陞定江軍。元置江州路。明爲九江府。封王面或黥。謂英布。大都當用武，未有不稱兵。建業朝廷小，潯陽肘腋并。中原方轉鬭，南服暫維寧。草草圖王計，寥寥伐叛聲。奸雄雖反覆，使相必忠貞。間倚屏藩重，頻扶鼎鼐傾。晉永昌中，陶侃領江州，平王敦。咸和中，温嶠義兵由潯陽趨建業，斬蘇峻。隆安中，劉毅、何無忌輩敗桓玄于峥嶸洲。梁承聖中，陳霸先以江州刺史定侯景之亂。艱虞經剥運，成敗付閒評。是物關天授，伊誰敢力争？

每聞稱僭竊，旋見就擒烹。宋泰始、元徽中，晉安王子勛，桂陽王休範，梁天監中，刺史陳伯之俱以江州反，未幾就平。南宋建炎中，李成陷江州，爲張峻、岳飛所敗。元至正二十年，陳友諒以江州爲都，國號漢，改元大義，尋戰死。昨者民何罪，今來憒尚盈。以下專指左良玉屠城事。勤王須奉檄，犯闕爾無名。灞上隨兒戲，洄中笑客迎。崇禎甲申良玉避流賊鋒，欲遁九江。遊擊胡以寧鈎致之。住關厢一年，已而返武昌。至乙酉春，監軍御史黄澍，僞藏太子詔，召良玉入攻馬士英。良玉信之，遂於三月二十七日移兵至九江。將軍停鎧仗，辨士絶冠纓。柳敬亭爲良玉幕客，事具吴梅村集。勿戢兵猶火，搜牢地盡阬。初良玉發武昌，挾楚督袁繼咸以往，至是與繼咸標將郝二連營九江城外。四月初四日，遂縱兵焚掠，殺男女二十餘萬。摧殘鋒太酷，屠戮禍交攖。漂血長溝赤，燒空烈焰晴。押綱連萬艦，宋曹翰屠江州，取廬山東林鐵羅漢五百歸潁州。調巨艦滿載金帛，時號「押綱羅漢」。捲甲拔諸營。作俑歸曹翰，江州屠城自翰始，前此未有也。貪狼甚李成。即宋建炎中反賊。天誅旋幸伏，兵發九江，良玉以氣塞死舟中。殺氣驟難清。落籍銷灰劫，招魂異死生。冷署依若非敷大澤，何以起疲氓。牙蘖枝初發，勾尖草乍萌。及時資愛養，太守賴廉明。雙劍，峯名。頹垣寄一楹。涉園除瓦礫，課僕種蕪菁。耗折空瓶粟，支吾折脚鐺。官貧仍逆旅，吏隱亦柴荆。曉雨排衙坐，春田露冕行。設施看次第，氣象卜豐亨。蟋蟀還農俗，琵琶遺宦情。篇成聊紀實，大雅待君賡。

石鐘山

鄱陽吞天來，噴薄南出口。江流不能敵，抵北乃東走。懸崖峙西灣，水勢掃如帚。孤城艮其背，外捍賴兩肘。靈區聚神奸，石狀雜妍醜。平鋪理橫截，旁罅中劈剖。熊羆饑攫人，奇鬼起援手。蜂窠掛篙眼，鳥卵破甕缶。一一皆下垂，中空無一有。有時應鞺鞳，照影見星斗。忽然風喧豗，聲作蒲牢吼。年深追蠡壞，兼恐石斷紐。惜哉坡公記，石刻泐已久。蘇公石鐘山記，舊刻于南鐘石上，明正統己巳石裂，仆於水，今失其處矣。茫茫宇宙間，孰是真不朽？

月夜自湖口泛舟還湓城同恒齋太守賦

空江夜東注，月光似俱流。舉頭看青天，水去月自留。移帆忽西向，月又隨我舟。而月豈有心，適與吾目謀。澄觀得静趣，含景無停休。不辭川路長，獲此清夜遊。遠樹小池口，孤鐘鎖江樓。須臾燈燭光，候騎迎沙頭。誰知太守樂，夢亦同鳧鷗。

春晴曲效温飛卿體

朝陽透簷鵲聲喜，烟外遊絲風綽起。馬拂花鬟驕欲嘶，招招酒旆垂楊裏。蕉衫筍屐稀出城，上樓曉看南山晴。平春遠緑望不到，一幅錦機新織成。江聲剪斷尋芳徑，九派澄光鑄明鏡。柳花散作千點萍，日夜東流知水性。

三月十七夜與恒齋月下論詩

庾公樓外月，飛光上雲崖。此時兩相對，此景良自佳。我挾山野性，尋君到衙齋。不棄貧賤交，酬唱晨夕偕。脱略分雖忘，終不雜恢諧。所商在文字，虛受非擊排。縱論古與今，瀉胸走江淮。力欲追正始，旁喧厭淫哇。向來風騷流，汎濫無津涯。可傳必有故，長松出樊柴。明明正變途，花葉殊根荄。須求作者意，勿使本分乖。新詩壓時賢，高朗洵少儕。當與古争勝，拾級已得階。人言簿書煩，正坐之雅懷。君懷皎如月，塵霧其能埋。

魚苗船

幾片紅旗報販鮮，魚苗百斛楚人船。憐他性命如針細，也與官家辦稅錢。

曉晴咏恒齋庭下芭蕉

放晴天色愛清朝，閒赴風前翠袖招。忽見主人窗下緑，始知夜雨爲芭蕉。杜牧詩：「主人窗外有芭蕉。」

九江向無鰣魚網户忽獲一尾以饋太守晚餐分啖作三絶句

鯝魚子鰟賤如毛，何物能令市價高。從此湓城添水産，白頭春浪出銀刀。

四月家鄉記飽餐，朝來指動豈無端。似防遠客歌彈鋏，破例相隨過鴨欄。鰣魚不過鴨欄驛，以魚隨潮上，潮到小孤輒回也。

三百錢償一尾鰥，擊鮮原不累民間。可知太守清如水，豈在懸魚絶往還。

署庭蓄錦雞且一年朝來忽飛去恒齋有詩屬和

爲爾無端惜剪刀，養成六翮竟如逃。啄餘香稻新抛粒，收得雕籠舊落毛。羣入家雞終不亂，飛隨野鶴便能高。人間是處多羅畢，文繡深林好自韜。

明日吏人以錦雞來視之即昨逸去者再作一首

勿論城市異山林，性在終知去意深。誤啓樊籠驚遠舉，特憐毛羽募生擒。舊曾相識緣文彩，待爾重來伴苦吟。從遣周防是誰過，主人初不起猜心。

初夏坐烟水亭望廬山二首

一奩明鏡插芙蓉，積雨初晴翠靄濃。萬疊好山看未足，又添雲勢作奇峯。

分明寫入畫圖工，倒影看來上下同。忽失水中山一半，浪紋吹皺日高風。

余方輯廬山志擬入山訪舊蹟頻爲雨阻恒齋有作和之

日日開軒對翠氛，勝遊偏阻鹿麋羣。不愁湓浦長多雨，但恐匡山化作雲。紀事欲真須眼見，異書難便信傳聞。一條楖㮞從僧乞，可要籃輿累使君。

芭蕉恒齋再索和

一葉復一葉，自然成緑陰。後先如有序，舒卷豈無心。漸覺空庭窄，能添曲徑深。野人新得句，題罷亦長吟。

夜夢入廬山桃花滿谷一僧指云此杏林也因誦樂天遊大林寺絶句夢中了了醒而以詩紀之即用白韻

指點仙家手自栽，桃花却傍杏林開。眼前一笑真成幻，公是身遊我夢來。

午酒初醒

兀兀醺醺坐日斜，爽神全賴閔林茶。三竿砌竹摇風影，一箭盆蘭得氣花。夢枕易消非實境，丹爐難轉是年華。江城節物關何事，催得遊人獨憶家。

生日書感

落拓差堪比牧之，江湖曾費十年詩。早衰鬚鬢非無故，暗減心情只自知。酒盞每逃狂客座，杖藜將赴老僧期。尚慚習氣除難盡，閒與人争劫後棋。

梅雨二十二韻和灌園

五月潯陽雨，蛟龍正鬱蟠。地浮三楚闊，雲納九江寬。暴漲摇城郭，餘波溢井榦。鄱湖連浩淼，廬阜失巑岏。鳴鶴翻依樹，飛魚不上竿。及時陰已動，退位火疑殘。天氣昏連曉，人情暖易寒。蚊飛偏攪晝，蛙鬧故侵官。舊縷蛛穿網，新泥螘築壇。竹皮流薄粉，桐乳墜輕丸。蕉翠宜沈緑，榴紅信渥丹。濕螢光燄短，稀鵲羽毛乾。柳壞螬蠐匿，牆空蜥蜴鑽。

案蠅沿硯水，穴鼠齧盆蘭。物理尋常見，詩聯貼妥難。爐香縈几席，黴黦上衣冠。不出抛芒屩，無聊却扇紈。老嫌書幌暗，病覺布衾單。冰簟涼貪睡，琴絃緩廢彈。入舟同寂莫，着屐試蹣跚。直欲登樓去，還從倚檻看。空濛雖變態，縹緲必奇觀。寓居近在庾樓下而不得登，故云。

雨中廬山僧書至

社裏何時著少文，書來猶未斷聲聞。千峯濕翠隨行脚，帶雨開緘一屋雲。

階除積水課力疏下流放之射圃隙地

尺寸階前地，無源本易盈。只應兼土濁，那得入江清。曲折隨人意，高低驗物情。下流荒圃在，吾枕厭蛙鳴。

曉吟

江聲入户竹風急，樹影過窗山月斜。誰共此時留此景，殘更煞後未啼鴉。

次灌園潯陽唱和賦感見贈二十四韻

大火方司令，餘威未解嚴。夕陽明杲杲，殘雨過霵霵。書少渾難借，棋低又嬾拈。移時看燕乳，隨意聽魚噞。圃廢閒誰治，江喧近可嫌。談諧須得伴，興會賴相兼。洗甕晨浮蟻，推窗夜候蟾。學禪根器鈍，鬭韻筆鋒銛。鄉信燈空卜，歸期夢代占。山巾俄換葛，野服待分縑。我氣貧旋挫，君懷老益謙。悲歌飜變壯，醉語誤疑譫。鴻爪泥長印，蛛絲羽易黏。勝遊宗炳畫，往事季心鉗。灌園爲吴江大司馬之子，甲申以後因亂破家。止沸吹虀冷，焚枯過刼炎。乾坤全晚節，耕鑿合窮櫩。君有別業在玉屏山中。爤熳三秋菊，峥嶸百歲柟。以閒聊送老，所得詎爲廉。幸舍猶彈鋏，成都想下簾。商聲流石齒，仙氣入霜髯。高浪晴湖闊，奇雲夏岫添。掉頭隨去住，放跡等飛潛。澗壑終難返，塵埃久屬厭。天涯同拙滯，吟罷寸心惔。

江漲八韻

頗怪連宵雨，重雲尚合圍。忽聞溢浦水，已上庾樓磯。急鼓争趨陣，高舂怒發機。九龍多被譴，萬馬孰能鞿。魚健銜人過，鷗輕踏浪飛。淘沙原自濁，流惡想尤肥。幸勿侵三版，還防没半扉。村橋新漲好，吾欲放船歸。余所居名横漲橋。

晚晴

曉愁暴漲與堤平，意外斜陽得晚晴。小閣放教雙燕出，高梧忽帶一蟬鳴。便思對酒難逃暑，若要看山合上城。狼籍殘雲飛不盡，江空留作斷霞明。

連日苦雨江勢轉盛聞小池口一帶已成巨浸感賦

見説黄梅縣，連朝浸渺瀰。雨中隄盡壞，江口地尤卑。農事侵饑溺，天心望轉移。可憐關隴旱，竭澤正斯時。

午後有人自廬山來云昨日白龍潭起蛟故水暴漲

瀑布聲中雨瀉檐，洪流百道走城南。山橋衝斷採樵路，歸報夜來龍洗潭。廬山大雨驟至，人謂龍洗潭。

曉霽望南昌歸信

十日荒城聽雨聲，壞牆前後露株楹。蛇因亂草當階卧，蝸是空坳積水生。喜動眉間看曉色，夢于枕上算離程。故應乾鵲知人意，已報歸期又報晴。

桐陰和灌園

積雨晴來暑倍加，午陰端愛片時遮。展開疏簟三間屋，掃過空庭半月花。清露欲流濃作乳，碧天初洗澹無霞。如何葉底留蟬蜕，長聽高吟在别家。

試弈次灌園韻

澹墨行疏紙畫枰，兩人隱几亦忘情。總饒老手通盤算，只似兒曹鬭草贏。角上紛紛排陣蟻，睫前擾擾過飛蝱。莫嗤當局同游戲，得失心空始不争。

夜熱不成寐聞秋蟲聲

循環造化機，陽壯陰已伏。不知昆蟲智，何以先草木。我亦化中人，投閒如病鹿。日長貪午枕，夜睡焉能熟。賴是心寡營，未妨羣動觸。徘徊風露下，大火西流速。須臾雞三號，細響猶斷續。誰能將此意，寫入玲瓏曲。樂天玲瓏曲云：「黄雞催曉卯時鳴，白日催年酉時没。」

一草亭後補築土牆同灌園越秀賦

缺後方思補，誰防未雨時。大都勞版築，不過當樊籬。儉與茅亭配，低於菜圃宜。牆頭環埤堄，留看一帆移。牆北面環城堞。

月夜得南昌消息知恒齋歸期猶未定

客來依地主，主去客翻留。萬事盡如此，一官難自由。日長愁過夏，夜靜漸知秋。若上滕王閣，休忘庾亮樓。

蟬蛻和灌園韻

不應已蛻尚名蟬，彈指難留過去緣。枯比老僧初入定，輕如羽客乍登仙。誰云解脱非生理，始信飛鳴是後天。從此螗螂無攫意，機心不上七條絃。

除草

病暍貪微涼，空庭方夜坐。蚊雷來茂草，一唱千萬和。誰能忍痒肌，委身飼羣餓。可憐蜘蛛巧，布網僅如磨。暗飛餘地多，觝觸凡幾個。老夫爲暫避，奇計出高卧。除惡務其源，攻先窟穴破。披衣早我起，刈草僕晨課。一聞奏刀聲，快若風雨過。非云迹盡掃，但使勢少挫。滋蔓或養奸，斯言可喻大。

灌園用瓷盆剩水浮以花片畜魚苗其中作案頭清玩索余賦之戲成二絶句

詩翁六十如兒戲，一勺分江几案間。少片壺中九華石，（湖口李正臣蓄異石名「壺中九華」，東坡、山谷皆有詩。配他剩水作殘山。

魚吹花瓣亦生瀾，水擊鵬飛一樣寬。下得南華新注脚，藕絲針孔是奇觀。

露坐待月

城頭待月月未出，一綫飛光曳長白。明朝有客渡湖來，湖面應添落星石。

苦旱

積雨乃祈晴，久晴乃望雨。如何望雨意，止在驅炎暑。難將田野情，一概例官府。江流空浩浩，不救稌與黍。南山昨日雲，竚待商羊舞。狂飈忽捲散，吹井作乾土。朝來禱龍祠，會衆伐大鼓。此邦歲早穫，隣郡給商賈。六月合嘗新，過時恐無補。可憐關中旱，移粟累晉楚。糧船從東來，輓送方接武。時方輓運入楚漕艘。家家募丁壯，日日候江滸。寧知餽運人，自迫忍饑苦。天心莽難測，含痛向誰語。

起最早

竹亭宜早起，獨自繞廊行。漸覺月光淡，不知天色明。草長兼露重，庭曠得風輕。牆缺廬山好，峯峯似染成。

冒風渡湖口

湖欲與江合，江猶吞吐間。浪頭千點白，一點是鞋山。

立秋夜彭澤舟中

斗柄轉城頭，江聲健入秋。若逢明月夜，應作小孤遊。水柵依茅屋，風帆帶荻洲。半年還客夢，星露警扁舟。

雨後登彭澤北山佛閣

眼界江天闊，登臨即大觀。雲根連地拔，山勢讓城寬。路險苔偏滑，風涼汗易乾。夕陽紅欲墮，好是獨凭欄。

彭澤縣雨中望小孤山

龍城望小孤，巖樹近可數。何來雲一片，遮斷蘆花渚。遠勢入微茫，彭郎磯外雨。龍城，彭澤驛名。

七月初三夜

七月初三月，如弓未上弦。涼風彭澤柳，遠火望江船。不作披衣坐，聊爲枕枕眠。傍人多笑我，辜負早秋天。時余微疾早卧。

秋暑

大火初流暑未清，長川落日正西傾。氣蒸遠水浮天動，血染殘霞照夜明。蟋蟀豈知催雨意，蒹葭只慣報風聲。故鄉消息經時斷，白髮無端一夕生。

發彭澤紀事和恒齋

吳楚西來太驛騷，亂帆啣尾上千艘。戍旗不動方傳箭，秋水初平尚滿槽。樂天詩：「江鋪滿槽水。」樹豁忽疑遥岸盡，天長不覺遠山高。民間疾苦原難悉，移粟徒煩睿慮勞。

遊下石鐘題山響樓壁

牛羊滿山似可驅，鞭之不動非石乎？懸崖無根乃有株，老榦亂拔千章榆。嵌空樓閣凌紫虛，列仙遠邀山澤臞。落星如漚漂大孤，五老拱揖朝香爐。沙洲鎖斷九江脈，正面全受鄱陽湖。湖波本清如碧甗，下流盡被江所污。是日大風聲拔木，洪濤倒挾雷霆趨。須臾風止平若鋪，細聽林籟鳴笙竽。石鐘非鐘扣亦愚，孰辨清越分涵胡。作詩一笑解者無，四壁自看江山圖。

江聲閣次家聲山壁間舊韻

勿將架構擬人工，百尺高樓萬里風。彭蠡遠帆斜出口，匡廬晴翠淡黏空。涼生欄檻秋先爽，助得江山句轉雄。好是不題名姓在，免教僧費碧紗籠。

王令詒自吴淞至湓城連牀話舊驚聞錢越江學士京邸訃信悲感交集即事成詩

急雨渡江來，蕭然挾秋氣。清風偕好友，一夕千里至。殘燈照黄昏，梧葉響階砌。荒城忽連榻，此會出不意。可憐窮旅人，一笑天併忌。新歡猶未極，旋隕傷心淚。憶昨客京華，青衫最憔悴。髯公獨好我，不與時並棄。往往合酒徒，開懷使沈醉。江湖莽回首，已若隔生事。那復承訃音，嗚呼别離地。君頭絲欲换，余齒豁已墜。浮生知幾何，聚散逆難計。吟蛩耿敗壁，達旦兩無寐。

宋中丞牧仲自江西移撫江蘇邀余入幕投詩辭之

此遊本意因廬嶽，半載逡巡未謁公。擬束歸裝向湓口，送移旌節赴江東。空煩使命雲霄上，豈有人才道路中。敢謂山林便野性，倦飛無分借秋風。

同王令詒泛甘棠湖至城南謁陶白祠

艇子打兩槳，剪風如燕梢。白鷺導我前，行行入蘆茭。古祠晝常啓，不待遊人敲。門前十畝田，按碑記云：有田十畝，即以給居僧。夏旱土不膠。牛宫柱敧側，旁種苦葉匏。居僧老業農，叱犢犂黄茅。苦云生理拙，歲歲山田墝。入門風氣遒，沙水互裹包。湖光隱林杪，山色遮城坳。天然好位置，結構宜橧橾。緬懷二先生，潛見各一爻。潔身苟有歸，千載應神交。如何斗室中，湫隘隣湢庖。誰能移佛座，勿令名實淆。正室三間，中設大士像，而二公祠反在其左，與僧廚偪處，殊不稱也。

送令詒歸青浦即次留别原韻

遠别無善地，況乃當溢城。送客不思鄉，此語非人情。鄉心我久發，非緣送君生。輸君後我來，竟復先我行。大江秋滾滾，日氣昏離程。斷雁思舊侶，閒鷗狎新盟。茫茫對歧路，歸計何時成。

敬業堂詩集卷十五

雲霧窟集 壬申八月。

二月杪抵九江，即擬作匡廬之遊，因循至秋仲，恒齋爲余聚半月糧，遂策杖往。自化城北登山，南下含鄱口，循麓而歸。凡十餘日，得詩七十首。身在雲霧中，仍恐未識廬山真面目也。

遊廬山道中寄恒齋太守

山行宜寂寞，獨往翻躅躅。一遇同遊人，謂王琴村。決起興有餘。頗累賢地主，聚糧辦籃輿。曉來風色好，初日明烟墟。千巖排空來，勢若掖以趨。但聞空翠裏，竹樹聲疏疏。我今心力衰，事事不迨初。預愁無傑句，何以酬匡廬。

經周濂溪先生廢祠

尼山大聖人，重去父母邦。人情非得已，孰肯違故常。先生少而孤，依舅居丹陽。母歿即葬此，後乃官南康。官貧久不歸，遷柩於九江。仁心重廬墓，卜築匡山傍。託名寓濂溪，中豈忘故鄉。同時往還輩，無若蘇與黄。猶不諒此意，作詩徒誇揚。我來千載後，拜公謁祠堂。荒畦被秋禾，四野烟茫茫。湓城賢太守，爲政持大綱。度地面三峯，種蓮池中央。煌煌謚告石，舉廢今方將。時恒齋捐俸重創書院。願備灑掃人，幸勿扃門牆。

太平宫

北風江上來，吹瓦墮屋角。牛羊入廢觀，古木一鳥啄。問此宅何神，其來已渺邈。肇興自唐代，廟貌遞樸斲。唐開元中，封廬山神爲采訪使者。上古神靈封，每視三公爵。東西南北中，嵩岱恒華霍。廬山雖僻左，不得列五嶽。傲然踞江湖，氣象頗卓犖。無端加秩祀，屈首受正朔。山靈恐未甘，孰與一丘樂。黄冠那解此，意在崇榱桷。昏昏入醉夢，舉世呼不覺。神來風綽旛，神去雲解駮。下視九萬空，紛紛蜩與鷽。

東林寺

連山袞袞來，陡起山門前。頑空被傴塞，失却東南天。石稜瘦筋露，磵道枯綆懸。不知何峯水，流作溪橋泉。入門尋斷碑，古蹟想白蓮。同時十八人，縛律如坐禪。飲酒不入社，淵明豈非仙。

題遠公影堂後冰壺泉

影落空堂不記年，依然冰雪照蒼顏。定嫌人世江湖濁，莫放清流更出山。

宗雷禪師索贈

荔枝塔古名僧少，誰是堂中十九賢。好乞謝公池畔水，爲師重長一枝蓮。

題東林方丈

浮嵐疊翠傴崔嵬，三面周遮一面開。我欲向西添小閣，盡邀九十九峯來。株嶺一帶在寺西，若置一閣，名「九十九峯」，亦絶勝也。

三笑堂書阮亭先生題壁後先生題志云乙丑新正四日同里阮亭王某奉命祭告南海過東林三笑堂觀故友東癡先生題詩爲之憮然詩載南海集中

聽雨軒中昨曾宿，虎溪橋東今又過。謝靈運屐去已久，蘇子瞻詩留不多。兩袖攓雲獨惆悵，一燈照壁猶吟哦。沙彌竊聽傳怪事，大笑此客如風魔。

西林寺贈魯宗上人

夕陽在西林，孤塔支青天。中有六朝寺，鬬古不鬬妍。樹頭一朵雲，渡水俄爲烟。老僧送客罷，倚樹聽涼蟬。

遺愛寺小憩

侍御遺踪已久蕪，盤盤樵路極縈紆。萬竿藏塢初迷寺，一覧分泉直到廚。勝地乍來忘過客，衰年漸欲信浮屠。木樨香裏逢僧話，舊事三生記得無？

香爐峯下尋香山草堂故址

古寺折而南，一峯矗香爐。北有草堂址，荒榛穴鼪鼯。白公真天人，笑傲凌中區。本挾烟霞性，歷遊仕宦塗。當其卜築時，意已忘羈孤。人生營菟裘，寧必皆故廬。等是有興廢，此中別賢愚。

上化城

懸崖多烈風，石縫樹不長。怪此獨雄拔，枝枝蔽穹蒼。路轉倍蕭森，古陰暗虛廊。鳥巢不敢寄，一一皆下翔。我亦難久留，毛孔森開張，翻思風雨會，快受六月涼。

由關門石步行十里登大林峯

此來爲遊遨，忽迫失足慮。中情一恇怯，進退兩失據。隤雲如奔逃，片片掠面去。霞標尚天半，欲到苦難遽。松根絡崩巖，怒石虎蹲踞。隨身賴竹杖，將伯倘予助。移時陟層顛，鸞鶴似可御。眼前少行輩，坐長丈人倨。登頓方自兹，休矜最高處。

講經臺次昌黎遊青龍寺韻

城中望山如握管，寸碧抽簪目光短。罡風掣我絶頂來，地少雲多鋪滿滿。一條江水拖細綫，四面天形罩圓傘。鶴經枯樹或墮翎，龍去空潭不貽卵。何人結茅荒山顛，米罄齋廚爨長斷。豈惟米罄水亦竭，兼值今年連月旱。秋陽炙背汗透衣，客到苦催供茗盌。老禪對客大嘔噱，指説兹遊太荒誕。休誇筋力尚有餘，應慮頹年行莫纂。陸機賦：「傷頹年之莫纂。」偶然饑渴所不免，前路茫茫預難算。資生破寺例乞食，此去深山漸無伴。雨襟風帽好自擔，垢脚黧顔向誰澣。奔馳不定覺客忙，應接無端累我懶。白頭住山年六十，投老安心就閒散。芒鞋不踏户外塵，坐看嵚崎化平坦。遠公殁後經臺廢，世外名僧近尤罕。談天高論久寥寥，一聽清言真欵欵。此來得此吾有幸，大似冬寒變暄暖。好奇歷險亦何爲，語不在多微中竅。浮情一半爲芟除，相别出門行步緩。

推車嶺

奮身出絶險，深入得平地。玩情忘安危，履險識難易。憑高試北望，來路直如棄。枯株盡僵仆，樵採遠莫致。野火歲燒林，虎狼何處避。前山有厲禁，僧律嚴於帥。漸入翠微天，濛濛雜烟氣。自此至天池，皆禁山矣。

大林寺冏上人茅齋

盤烟下層霄，山骨微負土。陰陰日光澹，漠漠風氣古。寶樹壓橋低，一溪環菜圃。香山舊吟地，花徑兼宿莽。白樂天曾於此四月看桃花，其地猶名花徑。廢寺亦荒凉，半間用茅補。孤清耐久坐，客至何必主。林静無匿聲，虚簷應樵斧。

洪武御碑歌

昇仙臺前白玉碑，柱石拏攫龍之而。鴻文載在御製集，初不假手詞臣爲。我來摩挲一再讀，顛者蹤跡大可疑。憶昔元人失其鹿，羣雄角逐争驅馳。濠州布衣人未識，芒碭雲氣常隨之。金陵一朝定九鼎，六合不足煩鞭笞。是時楚兵最剽悍，不自量力來交綏。國家將興有先兆，天遣來告貞元期。明明天眼識王氣，故以險怪驚愚蚩。英君往往謀略秘，計大不許尋常窺。亦如田單破燕騎，神道設教尊軍師。不然茲事乃近誕，小數何足誇權奇。白旄一麾江漢靖，軍前長揖從此辭。留侯自伴赤松去，穀城空立黄石祠。天池之山高巍巍，竹林仙馭杳莫追。鶴歸倘記石華表，世代已逐滄桑移。百年雨露在山澤，惟有松柏參天枝。

循佛手崖觀竹林寺石刻至訪仙亭

何年鑿渾沌，洞户啓虚牝。瞰空飛瓏瓏，萬古凝不隕。泉蒸濕氣成，一一結芝菌。其西勢陡絶，難以尋丈準。天窄忽倒垂，地豁平野盡。寸人不點目，寸樹如束笋。遠視入毫芒，俯身迫窮窘。傍崖嵌樓閣，側背削蒼隼。青鸞十萬隻，掉尾掃欄楯。竹林疑有無，仙者蹟久泯。短生寄長世，局蹐良足憫。如何不自廣，蟠蠖同螾蚓。御風倘可行，吾意欲遠引。

天池寺

西跨馬鞍脊，東拊五老背。廣袤四十里，南北兩交會。地界畫雲霞，岡形走杉檜。架空營紺宇，巨麗一山最。佛皆鑄金爲，殿用鐵瓦蓋。象筵及法供，半出尚方賚。琉璃百盞燈，光燭楚天外。鳴鐘集萬指，部牒領司會。音膾。當時曠蕩恩，池水亦霶霈。神仙事渺茫，崇飾毋已太。爾來漸凋耗，隙影過坱壒。殘僧四五人，被衲嬾結帶。天池旱亦涸，磴道入蔚薈。獨客來登臨，嗒焉發深慨。窮陰蓄邃谷，瑟瑟響秋籟。

聖燈巖

見説文殊谷，神燈照夜明。山僧從未見，高卧過三更。

趙忠定公廢祠在天池塔傍

丞相塔前塔爲韓侂胄所建，故俗呼丞相塔。丞相祠，千秋興廢偏同時。我來弔古一惆悵，青史賢奸僧不知。

椵封寺瞻赤脚塔

自從蛟拔門前樹，水氣猶腥一派泉。萬瓦盡隨飛雨去，孤鐘空向廢堂懸。三年前，寺傍起蛟以百數，殿瓦悉爲所掣，惟存屋柱而已。泥金塔縫風吹裂，映竹窗櫺日射穿。不用琳宫更巍焕，御碑原自配羣仙。赤脚僧，天池四仙之一也。

下擲筆峯渡將軍河抵黄龍寺觀明慈聖太后所賜紫衣經幢及元人十八羅漢畫像

危峯拔奇峭，插漢秋崢嶸。下走數千尺，此身疑被阬。溪流寬且長，潭影黝而清。飛泉濺我領，過山猶水聲。漸入漸無蹊，蒼松與雲平。萬枝皆直上，曲木何由萌。入林見精藍，御扁題有明。勑建自神母，豁達開朱甍。一道護藏碑，蛟龍拱函經。袈裟垂頻婆，錦繡揚旛旌。新如手未觸，機上初織成。元人留畫圖，用意填丹青。年深彩色退，神氣逾發生。劫火焚天池，椴封亦頽傾。黄龍獨無恙，故物猶充盈。得非深山中，呵禁趨百靈。勿輕現光怪，恐使神鬼驚。

金竹坪

水緩山舒一徑分，叢篁戞翠晚氤氲。秋陰非雨亦非霧，嵐氣似烟還似雲。偃蓋松低從蘚蝕，藏經函古費香熏。内官死後茅菴廢，好事僧稀失舊聞。明萬曆中有太監劉姓，結茅於此，今菴廢址存。

太乙峯西麓有蘆林亦静者之居也

誰將半幅江湖景，移置千峯最上頭。撥觸遊人動歸興，蘆花風裏屋如舟。

自含鄱嶺下東行至蚱蜢嶺望大小漢陽諸峯

已近匡南道，紆迴下嶺行。路尋松鼠跡，山占草蟲名。曉露沾衣重，秋風信杖輕。翠屏圍合處，遥指仰天坪。在漢陽峯上，廬山最高處。

入九疊谷循觀山麻姑崖經屏風疊上一綫天會日暮不及觀三疊泉而返

信書不如無，身歷解其故。好奇輕坦道，冒險犯迷路。廬山載圖經，絶勝因瀑布。三疊尤稱雄，此來期勇赴。尋源既已得，一壑經屢渡。波濤所衝撞，石滑不留步。荒榛或刺眼，蛇蝮時挂樹。雲屏横我前，陰瀨風逾怒。偕行率興盡，深入獨無怖。漸上一綫天，團團失四顧。日光所不到，勃窣但烟霧。徘徊問樵夫，道遠日已暮。逡巡半塗廢，老懶坐自誤。誤事豈可常，一悔生百悟。

晚至萬松坪二首

論谷量松不計株，參天一片翠模糊。明朝五老峯頭望，又作蒼雲貼地鋪。

此中舊有高人住，謂聞極上人。遲我來尋五六年。畢竟著書須擇地，人間難得好林泉。

五老峯觀海綿歌

峭帆昔上鄱陽船，我與五老曾周旋。兩塵相隔骨不仙，蹉跎負約十四年。近來稍知厭世纏，筋力大不如從前。扶行須杖坐要篼，絶境敢與人争先？山神手握造化權，走入南極分炎躔。鞭羊欲從後者鞭，假以半日登高緣。風清氣爽秋景妍，芙蓉千丈開娟娟。長江帶沙黄可憐，湖光浄洗顔色鮮。背負碧落蓋地圓，尺吴寸楚飛鳥邊。初看白縷生棲賢，樹杪薄罥兜羅緜。移時騰湧覆八埏，四傍六幕一氣連。滔滔滾滾浩浩然，渾沌何處分坤乾。近身扁石履一拳，性命危寄不測淵。陽烏翅撲光倏穿，饑蛟倒吸無留涎。以山還山川自川，五老依舊排蒼巔。來如幅巾裹華顛，去如解衣袒兩肩。酒星明明飛上天，人間那得留青蓮。此時此景幻莫傳，頃刻變滅隨雲烟。

青蓮谷青蓮寺

饑鷹入山猛如虎，掠過松梢攫飛鼠。林深谷暗人更稀，橋斷溪横道多阻。忽逢大石刻三字，快若同遊獲徒侶。前行依舊路茫茫，太白書堂在何許？三間破屋佛委地，一帶頽垣草没礎。獨來高咏廬山謡，白日軒軒欲輕舉。屏風疊與五老對，想像先生舊遊所。石梁即是三疊泉，此景分明在詩語。後來著書好穿鑿，衆論紛争吾不與。太白廬山謡有「屏風九疊雲錦張，銀河倒掛三石梁」之句。元李洞言三石梁在開先寺西。黎崱言在五老峯上。或云在簡寂觀及上霄、紫霄二峯間。桑喬廬山紀事則竟以爲無，如竹林寺之幻境。衆説紛然，莫知所指。今三疊泉在九疊屏之左，水勢三折而下，如銀河之掛石梁，與太白詩句正相脗合。非此外别有三石梁也。後人必欲求其地以實之，失之鑿矣。古仙不作誰正之，悵望秋雲久延佇。

徧遊鈐岡嶺下諸禪室

山僧住山久，不道深山好。山下每相逢，山中跡如掃。禪居既寂寂，過客亦草草。林荒鳥語斷，葉落寒氣早。物外識閒情，誰能耐枯槁。

早發萬松坪

昨登五老峯，足力鬬輕蹻。夙投茅舍宿，睡美不知曉。豈惟廢鐘魚，林寂少棲鳥。起來見晨旭，殘月猶雲表。山谷催早涼，陰多晴恐少。迨茲好天氣，我興殊未了。

呰口下山

匡南古道誰開闢，懸溜垂絲通一脈。劣容半足百八盤，直注雙眸五千尺。靈區再上苦不易，步步別山多可惜。舉頭却望昨所經，似到蓬萊今被謫。

從萬壽寺經百花園

草烟竹靄午霏霏，行盡懸崖接翠微。過夏客餐嘗筍去，隔林僧擔賣茶歸。穠花繞砌晴添豔，乳水流田土漸肥。自覺向南風候暖，早秋時節尚生衣。

浄成精舍懷天然澹歸二禪師時二公俱下世矣

萬枝修竹一龕燈，山外青山又幾層。有此林巒應著我，無多文物半依僧。香前蠹辟繙經案，鉢底龍眠挂壁藤。紫桂巖前人不見，秋風猶記別南能。往與澹公别於家黄門伯如圃中。

三峽橋

陟山須到顛，尋水須到源。我從泉源來，送汝歸山根。上流九十九，併力同作喧。前行經玉淵，盡爲潭所吞。既吞不勝受，含雪空中噴。急峽跨飛橋，約束遏其奔。一條夭矯龍，中有跌斷痕。挾此萬古怒，轟轟争一門。遊人不敢立，足底防瀾翻。松風吹細雨，到寺將黄昏。

棲賢寺阻雨示角子禪師

七尖峯埋烟一塢，五老神情皆下俯。攜來杖頂昨日雲，灑作燈前夜來雨。石頭路滑不可行，遊人早起祈天晴。禪翁勸我且喫飯，同向空堂坐水聲。

雨後再至玉淵潭觀水勢

着屐重來又一奇，飛流十丈躍龍池。不知雨點添多少，跳沫粗於白鷺鷥。

白鶴觀舊有唐道士劉混成手植杉東坡先生嘗獨遊聞棋聲於古松流水間即其處也

古觀荒荒冷翠交，一渠新漲浸堂坳。雨眠亂草移蟲窟，風折枯枝帶鶴巢。旛影不飄經院静，棋聲久散石牀抛。三山路僻人稀到，頭白黄冠自結茅。

白鹿洞書院紀事四首

古洞盤旋路欲封，到門無樹不喬松。陰森前後三重殿，突兀西南五老峯。兵火縱教仇典籍，蟲魚何敢蝕蛟龍。書院中有御賜十三經、二十一史及御書二額。睢陽岳麓全荒棄，留得宫牆儼辟雍。書院舊名廬山國子監。

九原可作心相許，千古淵源只數公。大事商量何草草，當時位置太匆匆。祠荒勿復論分合，道在終須辨異同。祀典也應煩早定，莫令禮樂笑淹中。

前賢餘澤最分明，立法雖良視奉行。幸爾流風綿歷代，猶從朔望集諸生。學田籍去官支俸，觀德亭荒士好名。此日終南非捷徑，溪山何負讀書聲。

松顛紅鶴早歸來，卓爾山前半草萊。題扁已更新歲月，看碑猶辨舊亭臺。無端講院人人設，何怪儒風日日頹。傳語後來須慎重，此間容易着英才。萬曆己卯，張江陵禁革書院。先是常有紅鶴百十巢於後山松杪，其年忽去。越三年仍來巢，書院隨議復。

鹿眠場

山人陳迹久荒唐，石洞新移近講堂。町畽年年秋草没，兒童偏指鹿眠場。白鹿石洞，明南康守王溱壘石爲之，在彝倫堂後，非故處也。

左翼山武侯祠

舊來忠節祠何處，丞相新堂獨改營。洞中舊有忠節祠合祀武侯、靖節。今祠廢。靖節神位移入朱子門人之列。若是此中多序爵，故應無地置淵明。

循貫道溪南北觀朱文公題志諸石刻

我留鹿洞訪古蹟，夜以繼日勤搜羅。穹碑無數作林立，大半劖刻時人多。蛇蟠蚓結互相雜，頭目眩瞀猶摩挲。先生姓字如日月，照耀宇宙開山河。生平衣履皆可敬，矧乃手澤存巖阿。溪邊巨石見題字，小者徑尺大擘窠。自然運用合古法，小技不算隸與科。水淘土蝕殺節角，元氣尚自盤蛟鼉。誰能模取置殿壁，細辨點畫無差訛。嗚呼所見毋乃小，金石非壽道不磨。

次韻答白鹿洞生周宸臣並簡學博鄭子充副講徐履青

吾生苦失學，悔往思補來。一經未精通，賦命多邅迴。覥顔扣名區，洞户呀然開。登堂挾浮氣，静者恐見猜。此來爲求友，庶幾遇奇才。之子杜門處，階前長蒼苔。昔年充國賓，羣彦多追陪。脱身出京洛，振步凌崔嵬。爲儒務其醇，好勇知所裁。士方處貧賤，有識羞良媒。詞章技尤卑，小草殊根荄。讀書不聞道，枯朽安足摧。古來名師儒，所以重草萊。

出白鹿洞經羅漢嶺下至王楊坂

蒼蒼轉一溪，窅窅凡幾曲。烟中見村落，雞犬傍草屋。阡陌交横從，秔稻雨早熟。謂言岡路盡，豁眼得平陸。涉澗水急流，吾行尚山麓。循流溯此水，來自棲賢谷。想當暴漲時，發石拔老木。兩傍設機碓，日可轉百斛。此法俗不傳，勞勞手舂粟。

萬杉寺贈熙怡長老

慶雲峯麓萬杉寺，拓地舊傳天聖中。大書鑿石剩九字，寺中石刻甚多，悉爲僧所踣瘞。今惟「槐京包帚書龍虎嵐慶」九字在寺後石上。古殿跨山連百弓。夕陽沈沈南去鳥，秋氣颯颯西來風。相逢不談户外事，吾愛老僧雙耳聾。

開先寺

平橋曲磵氣森森，門鎖空堂晝轉深。時居僧以斫伐佛印手植松爲當事所逐，三門晝閉，小吏司鎖鑰。鴨脚葉黄僧罷掃，麝囊花紫客來尋。寺創於南唐，時山中有麝囊花，色正紫。中宗嘗植于移風殿，名曰「紫蓬萊」。諸峯瀉瀑層層見，萬木聞蟬步步陰。可惜不容吾借榻，山南第一好禪林。

李中主讀書臺

鶴鳴峯勢倚巑岏，指點南唐舊石壇。畫像影中松葉换，黄山谷開先禪院記有南唐中主畫像及榻存焉。墨池涸後蘚花乾。累朝題志名空在，衆口傳訛辨最難。俗傳昭明太子書堂者訛。珍重涪翁留片碣，雨淋日炙恐摧殘。石上刻山谷所書七佛偈。

王文成紀功碑

明朝制科號得士，吾鄉前輩尤絶倫。于公王公後先出，往往艱大投其身。朝廷坐收養士報，倉卒定變皆儒臣。正德己卯夏六月，逆濠犯順江湖濱。公然舉兵思向闕，三郡一鬨生袄塵。皖口㬹㬹勢將下，留都岌岌恐震隣。是時海宇正清晏，武備缺略久不振。公方持節撫南贛，似可觀變徐邅迍。同仇大義憤所切，守土敢限越與秦。出師必待九重詔，是謂以賊遺君親。飛書插羽聲罪討，攻所不備真如神。自從擣巢及執醜，通計時日纔兼旬。軍門戎首已面縛，天子靺鞈方南巡。石頭城南獻馘罷，待命行及明年春。周公東征尚跋疐，形跡詎可拘忠純。盈庭宵小古亦有，忌者愈衆節愈伸。初心祇期濟國事，豈必畫像圖麒麟。兹山勒銘蓋有故，深刻歲月題庚辰。紀功非夸乃紀實，書法遒勁辭温醇。首從伐叛敍始末，繼舉神武歸丹宸。天方嘉靖我邦國，誰其紀者臣守仁。隨征官屬例得列，惜哉名姓今俱湮。讀書臺傍一片石，百四十字磨崖新。逸事吾聞長老説，弘治乙榜凡三人。後來立朝適共事，數本前定非無因。胡發其奸孫殉難，公乃一手回千鈞。弘治五年吾浙鄉榜，公與胡公世寧、孫公燧同舉。其年場中見三巨人，傳爲異事。及宸濠之變，胡首發其奸，孫以巡撫死難。三人共此事，亦一奇也。煌煌勳業本德性，出遇世會開經綸。質諸百世可無惑，似此理學寧非真？後來輕薄好詆毀，撼樹不過欺愚民。如公表見猶未免，此外何以加冠巾。手磨碑碣發長嘯，白日皎皎懸秋旻。

題聰明泉傍石上

頑童漱清甘，我見謂可惜。我旋被彼笑，浣手向澄碧。人苦不自量，無端分別多。飲牛與洗耳，相去能幾何。

玉峽亭觀瀑

女媧煉石手，年久漏微罅。銀河忽垂天，峯頂劈二華。陰寒透毛髮，觀者初可怕。從來所踞高，一跌必就下。龍歸争窟宅，思以一戰霸。雷霆震嚴冬，冰雹凛炎夏。衝成井萬丈，避去石三舍。束身峭壁傍，俯視若出跨。相持勢難合，掉尾竟傾瀉。來者競喧闐，逝者已代謝。風林延静聽，漸遠似分汊。繅繅絲車鳴，泱泱糟牀醡。盡平震蕩心，坐以觀物化。

萬竹亭

孤亭避玉峽，一徑幽篁裏。鑿斷籜龍根，石槽方吐水。

五乳峯下望黄巖瀑布

五峯融乳氣流濕，一穴洩雲聲滿空。落日正懸高樹杪，行人却在雨絲中。

歸宗寺次穎濱先生舊韻

遥瞻孤塔近聞鐘，又到金輪第一峯。五老烟霞猶在眼，六朝風景獨留松。寺爲王右軍捨宅。鵝池細合簾泉派，鸞水涼分茗盌供。歷徧名藍兹最古，夕陽簾閣影重重。

登右軍閣

右軍高閣俯碧渠，古木漾影交扶疏。迴廊灣澴得幽趣，高有飛鳥潛有魚。此間臨池頗自可，我腕有鬼不善書。作詩亦欲題壁去，擲筆一笑成墨豬。

鸞溪

二老風流路未迷，青松名與白蓮齊。若將山水平情較，似覺鸞溪勝虎溪。元豐中，周濂溪先生與真淨文禪師於此結青松社，人以之比虎溪云。

寄題簡寂觀十四松

梁時碑記梁沈璇有簡寂觀記。晉時松，十四株如十四龍。約汝重來吾不負，好留鱗甲待吟筇。

從栗里渡柴桑橋至鹿子坂訪醉石觀靖節祠

陶公家柴桑，地本接栗里。高賢棲隱處，土物覺清美。風翻紫芋苗，雨綻紅蓮米。平坡樹簇簇，枉渚波瀰瀰。徘徊山東南，何處訪故址。逢人輒問姓，覬遇陶氏子。但見丱角翁，叱牛入烟裏。先生在當日，逃禄如脱屣。至今山下柳，尚識折腰恥。肯令後世名，人人得輕指。聞風感頑懦，即此可以起。

圓通方丈與杲菴長老夜話

到門山壓樹，冒石水衝橋。古殿防頹塌，閒房取寂寥。齋鐘秋後準，燈盞夜深挑。尋遍峯峯寺，高僧不在遥。

月下步入隣菴同杲公

尋山翻苦忙，忽忽度長日。徘徊撫良夜，清景殊未畢。隣僧閉門早，避月不肯出。客來扣柴門，帶月入爾室。空堂琉璃暗，古佛黑如漆。不有好事人，清光爲誰溢？

尋夜話亭一翁二季亭故址皆不得戲示杲公

十里無端枉道來，歐蘇陳蹟委蒿萊。人間好事誰如我，博得圓通一宿迴。

渡石澗橋欲遊石門精舍不果

客從山中來，嵐氣濕巾帽。北尋黄龍潭，南送白水漕。五老峯下澗名。讀作去聲。石門路非遠，一澗流浩浩。翻以耳目前，行踪未經蹈。吾將賈餘勇，直入窮閫奥。謀及道旁人，競以險惡告。或云林黯黮，或云石鶩驁。或云夔罔兩，遇者恣凌暴。或云採樵叟，壯年曾一到。白頭每追悔，相戒勿再造。或云天池僧，亦曾宅崖隩。荒寒難久住，苫舍隨欹倒。爾來更誰繼，奇險敢輕冒。老夫爲躑躅，獨聽奪羣譟。迴思謝康樂，鑿山每開道。當時築精舍，物力豈空耗。不得從之遊，悵然違夙好。

廬山雜咏四首

食豆兼食苗，豆苗瘦如縷。不聞豆花香，惟帶豆葉苦。豆葉菜。

老鴉銜茶子，墮石久成樹。何必百花園，峯峯有雲霧。閔林茶，亦名雲霧茶。

誰遺冒松名，而長三寸許。山頭有蓬藋，俯視猶傲汝。萬年松。

山花合在山，幽谷尋難見。却笑紫蓬萊，愛入移風殿。麝囊花。

遊山歸錢越秀呂灌園出示見送詩戲答二首

一卷新詩吟不盡，歸來只與未遊同。野人胸次無宿物，好景仍在廬山中。

千古才難洵不疑，敢將輕薄入文辭。眼空除是東坡老，笑得徐凝瀑布詩。

自題廬山紀遊集後

半生讀書不得力，浪走風塵嗟暮色。名山五嶽杳無期，此日匡廬面初識。千秋物象遞顯晦，幾輩閒人肯登陟。謫仙頭白倘歸來，白石清泉聞太息。獨移瘦杖扣石鏡，雙眼快對晴空拭。已知絶境少豺狼，那怕荒蹊犯荆棘。鴉飛不到力有限，龍起無時神莫測。橋邊聽瀑雨淙淙，峯頂看雲松戞戞。三秋忽變候寒暑，半月略盡山南北。偶然興至或留題，聊藉微吟豁胸臆。詩成直述目所覩，老矣焉能事文飾。仙靈幽秘苦雕劖，雲霧蒼茫每深匿。忽逢生客一呈露，可惜無才收不得。歸途鹵莽方自嗤，遊況匆忙誰見逼。人間涉歷多梗滯，祇此一途猶未塞。皇天亦似憫汝窮，恣爾窮探無吝嗇。如何汲汲向城市，若赴嚴程拘漏刻。他年終伴采芝翁，臨別有言吾敢食。

敬業堂詩集卷十六

客船集 起壬申九月，盡十二月。

樂天琵琶行自述遷謫之情，託于送客而不著其姓字，未必果有其人也。今余與恒齋別，正值楓葉蘆花之候，恒齋官況不異左遷，别後倘有詩見及，其毋使人疑此客爲烏有子虛乎？

留别恒齋太守次見送原韻

小住衙齋忽半年，河梁只在一尊前。重攜風雨登山屐，又上江湖載酒船。有此别離成我老，無多才調感君憐。蘆花楓葉殘秋路，不聽琵琶亦黯然。

鎖江樓下再與恒齋别

聚散真無奈，行期已數更。不緣歸路遠，翻遣别愁生。潮到潯陽縮，江過皖口平。戍樓今夜月，相送比君情。

早發湖口縣

山色滿空城，蒼烟帶曉晴。舟人辨風信，關吏候鷄鳴。湖勢三秋減，江流九月清。半年經六度，此度是歸程。

初秋與恒齋住舟彭澤余有七月初三日五律一章重經此地屈指六十日矣聚散之感愴然入懷再作一詩附九江後信

小縣江天豁，西南月吐鈎。轉頭如昨日，撫景忽殘秋。路改攀罾岸，燈明隔浦舟。烟波三宿夢，猶自戀江州。

舟過大雷岸二首

雲收霧散來時路，奇險初欣過馬當。風日晴和秋澹蕩，江山平遠樹微茫。畫圖側畔移帆影，明鏡中間耀眼光。合與詩家添好句，不然辜負薄遊裝。

荒洲夾岸沉漁菴，小市臨流颺酒旗。去舫校多來舫少，遠山不動近山移。鷗憐故侶行音杭。相傍，雁折斜風字亦奇。一事歸人獨惆悵，匡廬西望已迷離。

夜抵黄石磯

過盡魚罾蟹簖邊，依稀村落在山前。半江烟霧半江月，一隻夜深歸客船。

搭魚詩 有序。

沿江捕魚者，碇小船急流中，截竹二尺許，簖而不鈎，繫豕肉作餌，兩人對把一竿，隨放隨收，鰷魚長二三寸者，應手而出，稍緩則吞餌逝矣。日可得數十斤，名曰搭魚。曝乾加紅麯爲鮓，鬻於寧國山中。

昔讀魚具詩，纖悉苦難曉。今來江湖畔，意外駭機巧。竹竿二尺長，芳餌繫其杪。曲鈎渾不用，綌直影隨表。濊濊水聲中，鱗鱗出白小。有如拾蚌蛤，一一向盆沼。十不失二三，得心手馴擾。自從罔罟設，水族久莫保。此法古未傳，吁嗟更誰造。庖廚窮口腹，物命例短夭。有情爲惻然，放筯吾忍飽。

早過大通驛

夙霧纔醒後，朝陽未吐間。翠烟遥辨市，紅樹忽移灣。風軟一江水，雲輕九子山。畫家濃淡意，斟酌在荆關。

重登銅陵太白樓

千古奇才一謫仙，當時寂寞後人傳。誰憐我是題詩客，淪落江湖十四年。己未夏，余曾題詩樓上，今尚存。

天門山

北望采石磯，南望蕪湖關。蒼茫裕溪口，豁達天門山。長江萬里來，近海勢逾寬。到此一約束，帖然成安瀾。秋空掃濃緑，兩道蛾眉彎。亦名蛾眉山。弦月帶衆星，盡歸吞吐間。亂帆不自整，散落鷗鳧灘。浮雲本無程，日暮相與還。我行何處泊，前路方漫漫。

采石舟次喜遇介菴叔即送其游楚

半載家書斷，逢君喜欲狂。細微談近事，安慰當還鄉。别夢吴船隔，征途楚水長。忍辜今夜酒，明日況重陽。

九日三山舟中有懷德尹近得家信聞弟已渡淮

夾岸蘆花作絮飛，鯉魚風急客添衣。從來節物悲遊子，如此江山送落暉。鄉路尚成千里隔，别時原約半年歸。誰能料得貧家事，去住無端與願違。

重泊秦淮二首

袁家鵝鴨薛家羊，不問當壚賣酒孃。懊惱一秋無菊看，楚人船上過重陽。

市樓南北酒帘青，市上游人半醉醒。何暇管他亡國事，更將閒淚灑新亭。

金陵早發

東方大星射芒刺，一片江光白如地。去城未遠尚聞鐘，烟柳濛濛六朝寺。

登燕子磯

迴欄步步轉雲汀，若要登高更有亭。淮岸柳條秋尚緑，孝陵松氣遠尤青。城啣日出排鴉陣，天偪江低響雁翎。添得重來多少恨，西風吹帽鬢星星。憶與韜荒兄泊舟觀劇，屈指十三年矣。

同譚蘐城給諫飲朱十兄竹垞齋席上分賦

檣燈塔火照城闉，僦屋依然近作鄰。九陌並回三載夢，一官難救五湖貧。飽經世故初心在，畢竟交情老輩真。慚媿爲歡煩二主，買魚配酒餉歸人。

題鄭春蔫廬墓圖

舊來宰木已參天，書帶重生丙舍前。多少康成門下士，一時俱廢蓼莪篇。

題朱北山西溪梅花圖卷

一篙寒水平盃緑，松木場西凡幾曲。春頭臘尾萬梢梅，照影横斜散冰玉。花時一一爲我有，别業西溪曾卜築。廿年不到漸疏蕪，借與隣僧挂瓢宿。上番大雪凍連月，聞道摧殘到松竹。可憐老幹剩槎枒，有似佳人在空谷。對君此畫增健羡，蟠蠖龍蛇歸尺幅。欣然意到不留手，偶爾圖成聊寓目。春烟欲動氣葱葱，夜月斜穿光燭燭。略施朱粉紅間白，力挽冰霜骨勝肉。恍如幽夢向溪山，洗盡胸中筆端俗。我今倦遊百事廢，一壑能專良易足。

相將同賦歸去來，花氣浮瓶酒應熟。

再題霜林秋晚圖卷

長風入林瘦蛟舞，萬葉低昂争仰俯。劈開玉峽飲晴虹，倒射霜空撒紅雨。中間幾株尤耐霜，濃者得緑淡得黄。興酣渲染出真意，絹素絢爛凝秋光。瀟湘洞庭多變態，放筆知君與神會。披圖莫作咫尺觀，别有蒼茫在圖外。

王令詒過村居小飲限韻各賦二首

十年出求友，時輩方縱横。與君非苟交，結託重老成。所以我諸弟，事君亦如兄。每聞君造廬，一一皆歡迎。且須惜此意，勿作匆匆行。

湓城得家書，送爾倍惆悵。初秋與令詒别於九江。吾舟未東下，吾弟方北嚮。同時忽同歸，余到家半月，德尹亦歸。事固未易量。喜君復見過，此會出非望。所嗟不盡歡，隣喪舂不相。荆州兄方丁太夫人艱，故云。無計獨留君，燈前北風漲。

題陳言揚抱膝圖二首

使君與僕孰英雄? 寄託如何不約同。此意沈吟應共惜,半生光景畫圖中。

與君識面從兒稺,不覺形容漸失真。同是庚寅吾獨老,始憐衣上十年塵。余與言揚皆庚寅生。

再題言揚看舞圖

舞袖雖長不自持,歌喉縱好有誰知。賞心或在人情外,看取停歌罷舞時。

維揚談褅初亡兄韜荒壻也今來就婚投詩見贈感賦一首

吾嫂持門户,吾兄肉已寒。夢爲雲聚散,愁見月團圞。得婿如君少,爲甥似舅難。十年存殁淚,相對不禁彈。

廉讓寄南燭子詩索和戲作一首

曹家二尺紅珊瑚，霞光照耀開座隅。季倫如意不敢擊，變作顆顆勻圓珠。冰霜太寒雪太白，可少丹砂點顔色。緑毛么鳳愛梳翎，尾重身輕飛不得。

斷硯歌寄和姜西溟

姜侯才高同屈宋，往往彈冠讓王貢。舉場老負十上名，史館貧支廿年俸。硯田一片羞自給，略似良農勤蓺種。爲言此石初得時，愛與端瓊稱伯仲。端瓊亦西溟藏硯。每因拂拭詩朋友，未許收藏付僕從。平生不以文滑稽，滴露研硃事修綜。窮經恥勿草太玄，給札雄堪賦雲夢。不知磨耗幾挺墨，書到成家筆方縱。可憐尤物難久完，識者何希忌何衆。秦城十五不輕易，博浪一椎翻誤中。有情那免號癡絶，足刖荆和抱深痛。唾壺口缺琴尾焦，笑此依然配清供。作詩聊用解客嘲，屬和無端邀我共。我今所見與君異，嗜好心空色不動。膠聯漆附終有痕，來詩有「膠聯漆附太堅緻」之句。豈比天生本無縫。勸君撥棄勿復道，瓦礫寧當較輕重。君苗焚硯古有諸，持此區區欲安用。

並轡集 起癸酉正月，盡三月。

余以新正束裝北上，德尹初未有出門之約。二月杪忽相遇于淮上，遂偕翁康飴、嚴定隅並轡而北。通計一春所作，無過三十餘章，皆行役之詩也，故彙成一編。

春夜飲曾濟蒼宅同徐淮江

春波門外如鈎月，六里長街未上燈。花徑初除三尺雪，雅人相對一壺冰。窮愁老境尤貪酒，樂事新年在得朋。從此兩湖添地主，余向寄徐淮江詩，有「兩湖地主惟君在」之句。每逢高會約徐陵。

貽笏圖爲徐淮江賦次李武曾韻

徐家手版傳忠襄，曾隨封事攙皂囊。牙花欲開天變候，雷雨白日搜谿堂。堂中書籤三萬軸，一一玳瑁琉璃裝。牀頭置笏牀下拜，髣髴排擊含風霜。自從尚書殉社稷，對命無復王廷揚。問君寶此竟安用，謂是祖德貽縹緗。君家祖德非尋常，日星皎皎懸孤光。百年朝典存手澤，世閲兩代源流長。公侯子孫必復舊，瓜瓞綿邈今方將。鳳雛已得韓冬郎，七歲弄筆吟繞廊。丈夫生兒有如此，用少陵徐卿二子歌中句。對客那得能深藏。塗鴻畫虎無不可，但是驥性終馴良。乃翁與世不同調，挾筴莫歎亡羊臧。摩挲老眼待他日，爲汝持笏還端詳。

吴門程汝諧乞詩爲節母孫太君壽

古人乞言重名義，今人乞言重勢位。數篇排比達官名，滿幅雷同錦屏字。程生壽母乞我詩，我名微賤世莫知。感生厚意惜不得，但媿窮老無妍辭。區區持贈一言耳，非此母不生此子。我爲此語豈無徵，試問南湖老居士。汝諧出老友盛鶴江之門，故落句及之。

再題東湖弄珠樓壁

滿湖新漲緑如油，五度凭欄記此樓。粉壁有詩僧代掃，青衫無趣客重遊。花邊舊事閒相觸，醉裏風情老漸休。多謝柳條長短意，尚含烟雨拂孤舟。

鄧尉山看梅與譚蘐城都諫分韻

買帆下吴閶，晨夕風雨對。掀篷喜開霽，決起逐儕輩。明波洗雙眸，遥見峯染黛。橋低榜稍進，竹密步微礙。紆徐入𡖖墓，梅信行已逮。古榦無醜枝，疏花有餘態。寧知山近遠，漸覺路茫昧。濃日散晨光，千林同一槩。蒸蒸氣浮動，靄靄香奔潰。人聲絲竹聲，多在白雲内。居僧揖冠裳，游女曳環佩。青紅小婭姹，紛若魚同隊。見花嬌不憐，手折鬢邊戴。本爲冷澹遊，喧沓性叵耐。翻身暫引避，穿徑出荒穢。前登馬家山，高出萬花背。境荒人罕到，鑿石初破塊。自然愜幽趣，真景非粉繢。僕本住山人，無端走關塞。故園三百樹，先植記好在。有花不得看，既出每深悔。此來復何幸，夙願償意外。神交契新賞，老戀割私愛。俗腸既蠲除，塵面一盥頮。逝將營半畝，斸地把耡耒。君如娱晚計，共買花邊埭。歸田事不難，所要在勇退。惜哉迫行役，各與初心倩。解纜復踟躕，清遊幾時再？

過葉已畦二棄草堂出新刻見示

疊成山勢鑿成窪，位置柴門趁屋斜。小築人皆稱得地，遠來吾不爲看花。舊遊歷歷經心眼，餘論津津溢齒牙。未敢對君談著述，十年衣袖有塵沙。

吴門嵍在兹爲余作畫册

自題佳句寫雲烟，不獨詩仙畫亦仙。筆墨我緣人品重，聲名天許布衣傳。家留林壑藏書屋，君爲洞庭西山人。春在江湖采藥船。老覺塵埃真少味，相逢猶話住山年。

常熟過錢玉友河亭 時玉友亦將入都。

薜荔交陰覆短牆，詩人居近苾蒭房。俄驚小別成三歲，直訝相逢在故鄉。兒摘畦蔬供午饌，婦藏斗酒佐春觴。祇愁旋被饑驅出，未必家餘住夏糧。

大石山房 西城樓閣爲虞山絶勝處。

又作西城半日留，短笻筋力試山遊。愛隨雲氣穿仙掌，笑插花枝上佛頭。三面城根三面水，一層樹杪一層樓。人情那得能知足，好景多貪極目收。

留守瞿相國春暉園

不知頹廢自何年，一片傷心到目前。戰後河山非故國，記中花石尚平泉。烟埋平碧迷芳草，血染春紅化杜鵑。狼藉南雲憑檻外，愁看白日下虞淵。

拂水山莊三首

名園未到已神傷，指點雲山入渺茫。老屋尚支秋水閣，墓田新拆耦耕堂。藤陰漠漠餘花紫，梧徑離離夕照黃。猶有游人來買醉，兩湖烟月屬隣莊。

滄桑殘局等閒分，野史亭邊日易曛。異代文章歸紀述，盛時裙屐屬傳聞。畫圖夢蝶尋紅豆，書劫焚魚感絳雲。留取舊栽花木在，罷官還説李司勳。

松圓爲友河東婦，集裏多編唱和詩。生不並時憐我晚，死無他恨惜公遲。峥嶸怪石苔封洞，曲折虛廊水瀉池。惆悵柳圍今合抱，攀條人去幾何時。

瓜洲大觀樓張見陽郡丞屬題

柳梢城角影毿毿，烟放桃紅水放藍。到此忽驚身是客，捲簾江北望江南。

秦郵舟中紀事

截斷湖光別作隄，一條荒影亘虹蜺。居民飽食黄河鯉，客飯愁添濁水泥。不解天心何日轉，若論地勢向來低。誰憐禹貢揚州域，急挽東流更向西。

魚溝看桃

一村桃間一村柳，日氣射花紅撲鞍。此事今年真過分，江南江北兩回看。

與德尹同坐騾車戲作一絶句索翁康貽嚴定隅和

淮浦相逢事太奇，小船同載蹇同騎。與君便是同功繭，不許人間有路歧。

抵足朝朝作卧遊，欠伸一笑兩擡頭。擊殘車壁殊多事，鼠穴前頭夢八騶。

德尹詩有一龕恢恢之句用其意再作一首

別茅菴出已多年，又結津梁道路緣。添個蒲團相對坐，也如行脚也參禪。

從峒峿騎騾至紅花埠

峒峿小驛勃姑啼，路入徐州漸向西。若要看花須趁早，防他一雨便成泥。

雨阻紅花埠一日

衝風衝雨衝波浪，瞥眼江湖十載餘。肯信壯心銷便盡，一鞭泥滑怕騎驢。

望蒙山同定隅德尹作

疊翠浮嵐不記重，羣山絡繹走蒼龍。若論擧眼人人識，只有知名一兩峯。

道傍見蜣蜋轉丸

不知何意轉成圓，糞壤生涯大可憐。翻似向人誇絶技，一丸突過馬蹄前。

望岱

一朶雲扶一朶蓮，蓮花頂上即青天。可能膚寸爲霖雨，今是乾封第幾年？

至河間聞彭椒嵓量移之信留詩寄之

八載循良吏，初遷本分官。敢云從政易，轉覺致身難。客路雖相左，離愁此暫寬。一春傳旅食，今日爲加餐。

次新城先生壁間韻

餅罏酒店兩三間，塵壁題名記往還。留得和詩人小住，緑楊簷角鳥關關。

曉過趙北口

十里風埃過鄚州，忽開雙眼見清流。綠楊影裏平橋路，數盡漁船數白鷗。

題王赤抒籬豆畫卷二首

豆葉翻飜豆莢肥，檐前蘙蘙草蟲飛。故園秋意忽到眼，一陣野風吹客衣。

沿籬手種兩三塍，引蔓垂梢漸滿棚。生被畫家偷樣去，帶花扨折一枝藤。

送趙子晦之任延津二首

青袍謁選十三年，此去雙鳧便是仙。滿眼簿書非俗物，太行山在印牀前。

車笠相逢兩不猜，湖湘分手又燕臺。參軍一老今頭白，重與郎君贊畫來。謂彭南陔。

次韻酬唐實君喜余入都之作

吹得楊花作雪飛，帝城春事已全非。桐經爨後孤絃絶，鐵化魚來尺素稀。東閣何期今再到，故人長恐見無幾。詩楚茨疏：幾，期也。白頭賸爾如新在，縞帶猶堪博紵衣。

附原作　　唐孫華

客散梁園墜雨飛，尺書驚見是耶非。鄰房燈火鳴雞杳，歧路雲山候雁稀。飲酒人非攻子美，改名君且學劉幾。長須扣户吾遥識，早晚將迎辦倒衣。

初夏同叔毅定隅霜巖德尹坐一莖菴後香林亭

一窖黄塵没馬蹄，喜從塵外得招提。出牆僧梵風吹斷，拂面花枝鳥壓低。溝水欲流亭影去，夕陽忽到柳陰西。浮萍落絮同飄散，閒繞空廊覓舊題。己巳秋，與竹垞、水村兩遊此。

渌水亭與唐實君話舊

鏡裏清光落檻前，水風涼偪鷺鷥肩。菰蒲放鴨空灘雨，楊柳騎牛隔浦烟。雙眼乍開疑入畫，一尊相屬話歸田。江湖詞客今星散，冷落池亭近十年。

偶閲楊次也賣花詩戲次原韻五首

先從槐樹斜街過，旋到慈仁寺裏來。淺緑深紅春四季，跨驢騎馬月三回。

分明已過早春時，駘蕩風光不自持。大抵人情誇爛熳，斷無人賞未開枝。

帶來春色三分土，吹過風頭一鬨塵。莫認園丁作園主，種花人是賣花人。

白白朱朱漫作堆，舊家亭館記曾栽。閲人最有花兒匠，及見園空長緑苔。

草本經年易長成，豐臺美種一時并。當初芍藥原名貴，莫以花多便見輕。

次韻答實君

被褐時方輕，垂緌古有戒。匪材等樗櫟，不熟讓稊稗。感君勿我棄，假館同瀟灑。城隅積水潭，浩汗匯衆派。禾苗緑油油，窗户明噲噲。棄之爲馬厩，放眼靡所届。庶幾東閣中，得士稱一快。吁嗟及時事，忿悁疑近隘。各隨出處緣，並守廉隅界。短檠光煜煜，缺月東南挂。對牀連夜語，里耳竊聽怪。非無蛙聒噪，亦有鼠黠獪。集泮本好音，飛鴞吾豈解。孤生分衰賤，舊業棄土蒯。腰非長揖具，況肯望塵拜。誰能將肺肝，稽忽供裂眦。釣鈎聽曲直，棋局付成敗。似聞逐客議，棖觸動機械。時臺中有條議國學生回本籍鄉試者。世或指鷹鸇，吾其避蜂蠆。國家有大計，草野腕徒搤。言官例毛舉，通病詎能瘥。公卿非不知，相視各噤齘。可憐文廟柏，祇用便馬疥。騷除由廡下，梁木孰支壞。議難決一朝，吞吐苦不嘬。將毋國體傷，識者爲深喟。君詩雖有激，風義實誥誡。布衣何足云，道路未償債。炎埃蔽赤日，六月迫行邁。山田歸及耕，書籍行當賣。勞筋應自息，倦羽非人鎩。得喪心已空，須彌堪納芥。

附原作　　唐孫華

名士今幾人，世方以爲戒。良玉溷武夫，嘉禾雜粃稗。君才固卓爾，盛製富揮灑。崇山俯培塿，溟渤吞衆派。魯邦久卑邾，淮陰豈伍噲。長安踏槐花，賓興期已届。如君得數人，制科誠一快。吏議聞逐客，斯舉亦已隘。如何辟雍中，輒畫鴻溝界。網羅失長鯨，敝笱愁空挂。厲階誠有由，壞事因鬼怪。昔者夸毗子，紛紛逞狡獪。伸喙餘三尺，臨文無半解。惡草等菉葹，微材僅菅蒯。豈有鄉里交，但下傖荒拜。大德忘丘山，小怨結睚眦。射羿弓旋彎，會洹盟屢敗。對譚語設穽，默坐心藏械。螫手類蝮蛇，噆肌甚蜂蠆。奪利腦競盬，争門臂各搤。猥險成世風，積疢何由瘥。所以當塗人，疾視久嚓齘。驅使歸井閭，浄若除癬疥。高墉惡雀穿，長堤緣螘壞。世遂嗤空名，畫餅不足嘬。因噎遂廢餐，此事可一喟。君性本沖和，三緘夙自誡。流落坐詩窮，羈棲負酒債。遇合會有時，慎勿嗟行邁。錦段久織成，何處不可賣。虎氣有時騰，鸞翮無長鎩。一名轉瞬成，行看拾地芥。

題陳履仁登車圖小影

手拂雙花五鬣雲，世家文采孰如君。八騶四望尋常事，只要來空薊北羣。

題顧書宣畫册竹箘水仙二種

南去嘗雞㙡，北來食松繖。指與紅竹菇，畫中添土産。雞㙡産滇南，松繖産勞山。宜興山中有紅竹菇。

老根如蒜頭，大葉如蒜苗。欲抽一寸心，待此冰雪消。

〔清〕查慎行 著

周劭 標點

敬業堂詩集

中

上海古籍出版社

敬業堂詩集卷十七

冗寄集 起癸酉四月，盡十二月。

不到自怡園三年矣，相國明公聞余至都，復下榻見招。時唐實君亦以謁選北來，樂數晨夕。未幾實君因人遠遊，余旋應秋賦，倖舉京兆，遂爾滯留。自夏歷冬，大約園居之日多，城居之日少。東坡詩語似爲余設也。

次韻答愷功二首

移牀來對好溪山，只作漁樵共往還。癖愛文人知業慧，未抛卷帙趁官閒。雲垂高幕藤花紫，雨放新梢笋籜斑。若向此中微領會，詩情原在寂寥間。

樹底泉聲竹外山，清暉娱客竟忘還。魚無羨意鈎宜直，棋少争心局自閒。春去蘋洲風澹澹，雨來花徑土斑斑。畫圖光景分明記，又掃攤書屋半間。時將移寓自怡園。

對雨戲效白樂天體四首

兩岸沙沈樹，千帆浪拍天。長風吹不斷，獨鳥去無邊。白酒標旗濕，紅鱗出網鮮。此時如對雨，最好是江船。

忽聽笙歌起，烟波何處尋。四圍山漸澹，一角日初沈。捲幔通荷氣，停橈隔柳陰。此時如對雨，最好是湖心。

一片秧針緑，村村罷踏車。黄梅多放鴨，鄉人以芒種買新鴨，名黄梅鴨。翠矟盡鳴蛙。種水牽菱蔓，開門落楝花。此時如對雨，最好是農家。

竹色涼窗户，泉聲落珮環。不知青嶂合，長在白雲間。篛籠分茶早，欆衫挂壁閒。此時如對雨，最好是深山。

唐實君作憎蠅詩可補歐陽賦所未備僕不復鬭奇戲廣其意得五十韻

吾觀大化內，鼓物同洪鑪。介羽及昆蟲，種類何各殊。搜羅到瑣碎，終非磊落儒。聊爲更僕數，庶用資揶揄。飛者爲蜻蜓，穴者爲螻蛄。在户爲蠨蛸，在簷爲蜘蛛。微明耿熠燿，背殼潛蝂蝓。薄翅扇蛺蝶，細腰祝蒲盧。螻或鳴於泥，蚓或歌於塗。絡緯織作巧，糞蜣轉丸愚。螳螂怒當輪，蟋蟀勇負嵎。堆積走負板，腥羶集玄駒。與人了無害，聽彼繁有徒。蠼螋險如蜮，玄蜂大如壺。鉤卷音拳。蠍刃利，針聚蚊雷粗。刺蚝有痒肌，蠆尾有噆膚。昏昏蝨在褌，趯趯蚤躍襦。偪人雖咄咄，懷毒終區區。惟蠅獨可憎，其來胡爲乎。汝於耳目前，本不關有無。汝狀極醜惡，傴傀粧頭顱。赤幘同一冠，青蒼別形軀。兩翼六其足，公然學讒夫。汝生本臭穢，行與糞壤俱。只合老厠圊，何當闖氍毹。無端附驥尾，馳騁遊莊衢。無端入絹素，點染損畫圖。有時集於瓜，學士羣睢盱。有時止於棘，詩人互嗟吁。聲非雞則鳴，例與狗苟呼。此特論大概，未足蔽厥辜。客從長途來，翻漿汗流珠。解衣覬少憩，喘息猶未蘇。汝何太相偪，伺隙窺門樞。我眠晨未起，汝偏攪牀敷。我起頭未櫛，汝又環座隅。我饑進盤餐，汝貪善爲狙。我閒弄筆硯，汝飽成墨豬。汝腴我合瘦，汝衆我則孤。我欲廢飲食，汝方混庖廚。汝于我何尤，抵死相迫驅。營營惑人聽，有若操契符。貝錦抱萋斐，不祥等狐烏。懷中三寸璧，點污生瑕瑜。架上一卷書，棄擲消樗蒲。凡此皆汝罪，誅之不勝誅。逝將避汝去，行行復踟蹰。我力故難勝，汝情諒應輸。天下正一家，能毋懷此都。乘炎且快意，吾寧忍須臾。

移榻自怡園雨後納涼

水轉橋迴路幾層，此中真可避炎蒸。陰成繞屋三年樹，光吐疏籬半夜燈。明月忽隨殘雨到，微風已作早涼徵。野人慣領田園趣，歸夢翻從借榻增。

重過相國明公園亭四首

名園多在苑東偏，不數樊川及輞川。綺陌東西雲作障，畫橋南北草含烟。鑿開丘壑藏魚鳥，勾勒風光入管絃。何似贊皇行樂地，手栽花木記平泉。

毬場車埒互相通，門徑寬閒五百弓。但覺樓臺隨處湧，不知風月與人同。紫駝卧草平沙外，白馬穿花細雨中。一片近郊農牧地，可容雞犬識新豐？

莫漫閒居比洛濱，猶從泉石見經綸。栽花覘土知肥瘠，種樹因材識苦辛。白傅龍門無俗客，薛宣東閣有奇人。平生齒冷孫弘輩，車㕑誰論舊主賓。相國曾以唐實君文品上達宸聽。

熱客稀逢抵閉關，陪遊吾亦愛投閒。隙中野馬飛揚去，雨後溪雲斷續還。隱几好風來北牖，鈎簾落日在西山。壯心敢擬蘭成賦，芳樹條新感再攀。

浴罷與實君步入水磨作

長日愁經夏，微涼晚似秋。氣蘇風到面，浴罷月當頭。老樹聽蟬立，閒溪領鶴游。飲牛兼洗馬，何處辨清流？

晚食

且喜蚊蠅少，林深几簟涼。飛蛾輕性命，殘燭有光芒。帶草侵衣潤，藤花落酒香。魚蝦供晚食，風物近江鄉。

雨窗遣興示愷功

小雨密復疏，虛窗深更緑。瀟瀟延静聽，窅窅盡遐矚。抱葉無一蟬，隔林下雙鵠。雞鳴覺村遠，水響知石觸。殘夢有時醒，幽情恍相續。眼前領閒趣，取適聊破俗。華髮脱新梳，輕衫便晚浴。早衰易壯嗜，外垢非内辱。思營五畝園，未遂半生欲。此身本如寄，繆算徒碌碌。菟裘等蘧廬，豈必皆我屬。不如且聽雨，濁酒貰鄰曲。醉鄉有天地，避此六月溽。歸計待秋凉，無裝何用束。

鷹坊歌同實君愷功作

風林蕭蕭夏脱木，坊以鷹名似牛屋。其中最大名海青，戴角森然異凡畜。我初識名自遼史，特産曾傳女真獨。楛矢同來肅慎庭，初時底貢猶臣服。屢求難厭禍旋結，兩國興亡手翻覆。天教此物雄海東，自長窠雛成一族。康熙天子神聖姿，駕馭英雄兵不黷。每因纘武勤校獵，遠致奇毛比臣僕。紫荆關外秋氣高，狐兔寧容草間伏。腥風霍霍滿天地，白日無光散原陸。揚𦡶表貉出從禽，王用三驅力爭戮。是時海青更精悍，臂出緑韝調養熟。𦐇身一去高没雲，注目秋空走馬逐。蹄間十丈莽開闊，驀過林巒躍坑谷。忽看天半挾天鵝，奔電流星下投速。羽林健兒拍手笑，奏凱不煩遺矢鏃。却來歛翮復依人，仍以黄縧掣雙足。三時飼養一朝用，如許恩波等休沐。奉先性在饑附人，定遠功成飛食肉。不知給俸視幾品，肥瘦論斤常量腹。生牛乍割血猶紅，小鳥一吹毛盡秃。見人作勢俄聳肩，獨立有時還側目。無端對此我心惻，相向移時額顰蹙。獅兒噉虎魚食蝦，吞噬成風傷末俗。生意漸微真可嘆，殺機欲動休輕觸。以仁易暴古所云，恃猛争强非汝福。我願皇天仁百物，常産鳳皇生鸑鷟。自然郊藪萃禎祥，盛世多珍四靈畜。

次實君溪邊步月韻

雨過園林暑氣偏，繁星多上晚來天。漸沈遠翠峯峯瀞，初長繁陰樹樹圓。螢火一星沿岸草，蛙聲十里出山泉。新詩未必能諧俗，解事人稀莫浪傳。

大雨行

晚來怕熱喜聽雨，卧看商羊獨足舞。五更驚覺忽砰訇，摇動空城作雷鼓。檐前急溜非一派，併作飛濤湧堂廡。須臾暴漲牀欲浮，電火燒窗時一吐。沈沙盡作十里坑，斫樹齊張萬人弩。排牆墮瓦聲拉雜，助以風威猛於虎。老翁折臂婦裹頭，露立號咷到童豎。城門兩日不敢開，濁浪如河勢難拒。五行厥占屬災異，疾痛況欲加摩撫。老夫昨日得家書，見説吴田槁禾黍。北方苦潦南苦旱，天大要是生民主。可能造化一轉移，坐使兩邦歌樂土。

送唐實君遊江西

猛雨撼城城欲動，粘天黄潦如霾霿。阜城門外一丈泥，馬濺花鬉四蹄壅。問君此時有底急，結束輕裝挾飛鞚。故人奉詔赴西江，才子持衡推小宋。時宋念功編修典試江右，實君與之同行。舊開東閣交最契，攬轡南行邀與共。文章取士意已輕，科目成名俗猶重。如君致身本高第，頭白挽强方命中。可憐進士不得進，李太白詩：「君爲進士不得進。」上積千薪苦沈壅。

競傳枳棘争集猴，縱有梧桐偶棲鳳。紛紜野馬巧乘隙，狼籍醯雞工覆甕。侏儒飽死方朔饑，曷不江湖且陶縱。我留輦下大可笑，妄覬微名上鄉貢。初聞逐客姑逡巡，旋悔爲儒被嘲弄。吹竽鼓瑟兩難强，貫蝨屠龍等無用。布衣有骨天所憐，老大寧能逐儕衆。惟君知我謂我真，往往清吟託閒諷。郊園木牀連曲尺，荷氣藤陰滿香衖。二字出昌谷集。風光不礙冷澹遊，日月正宜瀟灑送。君今別我忽徑去，舍矢難追弦就控。此邦山水要君詩，豈獨飛雲標畫棟。匡廬舊有讀書地，我昨留題滿巖洞。待君再上紫霄峯，他日遊仙記同夢。

姜西溟至都二首

三年一别兩蹉跎，短策重聞酒市過。白髮舊遊諸老散，青雲同學少年多。僦居那得高賢廡，支俸聊隨博學科。幸是一氊留故物，曾包老硯歷關河。姜於滄州被盜，故云。

濩落生涯久自疑，重來笑我亦胡爲。曾從祖父承餘澤，只道科名似盛時。逐客幸蒙寬後議，憐才何敢望新知。不如早築畦風閣，結伴歸耕未算遲。

晚行裂帛湖上觀水勢

西山前夜雨，暴漲聲辟易。昨日與橋平，今朝露水柵。晚來𥉀盈縮，又減三五尺。一條修尾蛇，東向投遠碧。菰蒲盡偃仆，上帶泥土迹。我欲追躡之，前行洑磐石。初疑遇壯士，拔劍斫其脊。徑開中已拆，首尾猶跳擲。却坐石上觀，平心隨所適。有如杯底影，仰面意旋釋。人生駭愕緣，多伺躁妄隙。歸來虚室中，静見鼻端白。

甕山麓尋耶律丞相墓

裂帛湖東下馬行，遥聞樵斧響丁丁。盡髡草木非山罪，難向牛羊問墓名。石椁千年誰不朽，金椎一穴尚如生。我來忽墮無情淚，土蝕殘碑恨未平。明末有人發冢見一頭，加常人數倍，亟閉之。後掘得碣石，知爲公墓。

青龍橋

甕山西北巴溝上，指點平橋接碾莊。自甃清渠成石埸，盡迴流水入宮牆。殘荷落瓣魚鱗活，高柳飄絲鷺頂涼。不礙蹇驢行躄躠，有人緩轡正思鄉。

玉田觀早稻

灌園餘潤及平疇，千畝從無旱潦憂。總秸已供三壤賦，陂池新奉上林遊。神絃報祭秋長早，勾盾徵租歲倍收。別與豳風編月令，築場時節火西流。官田早米，例於七月初十前貢新。

廢功德寺

瓦落空牆土盡崩，雜耕猶剩兩三僧。晨參柏子留禪偈，夜看松花照鬼燈。駐蹕亭邊牛呞草，明宣宗西郊省斂，駐蹕寺中。釣魚臺畔鼠攀藤。寺前舊有元主賞花釣魚臺。木毬斗大今安用，木毬事見帝京景物略，今寺中猶供之。自古琳宫有廢興。

吕公洞輪菴禪師蘭若

只道山窮水亦窮，忽攀石磴與雲通。芙容殿底三重閣，楊柳橋南一面風。老去文人多入道，從來絶境必淩空。知君欲傲長江簿，佛號曾呼禁苑中。絶頂有飛閣，不可上，即金章宗芙容殿故址。

玉泉山

銷夏誰知別有灣，孤雲一角截西山。千家舊業蛙魚國，十里提封虎豹關。欄楯離離金碧上，歌鐘隱隱翠微間。清泉自愛江湖去，流出紅牆便不還。玉泉山舊爲金章宗避暑地，故首句云。

題相國永城李公所藏崔白健翮鏖風圖

墨花一柄風翻荷，一葉展仰正不頗。傍添一葉作欹蓋，上有健翮如天鵝。初飛未高去水咫，已覺遠勢無江河。生綃八尺畫止此，妙手落墨寧詩多。流傳要是北宋物，幸免小印鈐宣和。若教藏弆入秘閣，靖康那得逃干戈。永城相國鄴侯裔，牙籤三萬森駢羅。故家世寶此其一，鑒賞精絶知匪訛。華堂五月開示客，几席瑟瑟生迴波。君不聞濠梁大圖徑三丈，天女織絹鳳擲梭。江天十里尚無恙，賴有好句傳東坡。東坡有題崔白大圖詩，見集中。白濠梁人，故稱濠梁崔。人間真蹟久難恃，閱世容易千年過。我詩淺薄不足道，請公自賦鏖風歌。

愷功將有塞外之行邀余重宿郊園賦此志別

今年夏多雨，所向泥塗妨。君家近水園，一溪綠泱泱。謂宜着冗士，磵户延清光。豈惟洗塵埃，直欲忘炎涼。故人督我嬾，促我赴舉場。明知計大謬，聊逐槐花忙。初秋束書出，臨行意迴遑。僦居宣武門，人海昏茫茫。猶疑清夜夢，流水繞我牀。昨朝急足來，扣門語傍徨。聞子有遠適，結束隨龍驤。腰懸八札弓，行逐楯柭郎。可憐非汝好，所用違其長。憶子從我遊，翩翩富辭章。十三見頭角，已在成人行。今來猛績學，下筆尤老蒼。貫穿及韓蘇，結撰卑齊梁。居然希作者，恥與時頡頏。玉之使有成，遠到詎易量。重來忍言別，戀戀林泉傍。爲我掃庭除，故榻仍在房。小雨灑籬落，雜花間紅黃。苦爲一宿留，故意不可忘。子才百事能，皇路今方將。我衰萬念冷，逝當返耕桑。浮萍寄波濤，聚散原無常。參辰渺河漢，耿耿遥相望。勗哉平生言，卒以初願償。無爲愴離合，萬里如一堂。

早發良鄉至琉璃河騾背偶成

唤迴殘夢得清晨，詩境重開又一新。淡到明河猶見月，洗來灰洞已無塵。灰洞在良鄉之南。

牛蹄應鐸行偏緩，馬意驚鞭策要頻。慚媿琉璃橋下水，鬢絲催换十年人。

涿州道中書所見

折葦沈沙積潦餘，高田成岸岸成渠。胡良河上扶犂叟，網得萍根二寸魚。

祁陽道中

一村榆柳一村鴉，帶井沿籬路向斜。野棗風輕時落實，木棉秋晚尚開花。青旗賣酒竿竿影，紅袖騎驢幅幅紗。迴與近畿風景别，田莊從此屬農家。八旗莊户至清苑而止。

晉州署中與陳六謙話舊

魯柝聞邾境本連，兩邦争説使君賢。晉州與深澤接壤。歌傳馴雉民方樂，舄化飛鳧吏亦仙。却話舊遊如夢裏，誰知歧路判樽前。難抛一寸西窗燭，中有離居十六年。

雨中重渡濱水

路僻泥深出店遲，一鞭照影又清濱。緻裘自領新寒意，歸雁如尋九日期。倚樹風聲尤跋扈，得烟柳色尚迷離。敢因遇雨嗟行役，正是犂荒下麥時。

大冉橋聞雁

殘荷老柳蕭蕭意，秋在平橋水氣中。年去年來一繩雁，殢人歸信是西風。時聞北闈榜發，余名在二十。

重至京師和德尹看菊詩二首

野景貪從廟市收，瓦盆高下蕊新抽。風前最愛香盈袖，醉後還須插滿頭。老圃別傳移種法，故人來作看花遊。遲開自是關天意，斟酌芳期在晚秋。

一籬黄葉擁村莊，嘆惜陶家徑久荒。九日已過初泛酒，兩人相對忽思鄉。古來佳節多風雨，此後清吟耐雪霜。落帽臺邊回白首，心情不似少年狂。

送卓次厚南歸

多才能自愛，失意問誰堪。不作憤時語，轉深吾輩慚。柳條攀欲盡，梅信到應探。鄉思因君觸，心隨候雁南。

陸澹成侍講新葺書齋名懷鷗舫招同人雅集分賦

江湖宛在小窗前，便欲從君借榻眠。夢作白鷗歸未得，鱸鄉亭外水如烟。

題畫贈揚州王漢藻

一路垂楊記泊船，北湖南埭水浮烟。君家舊住茱萸汭，別築灣頭小輞川。揚州有茱萸灣故云。

德尹將南還次韻志別三首

數過初冬又一旬，誰知咫尺有參辰。到家歲月驚新曆，題壁詩篇記暮春。雨雪暗侵摇落候，冰霜偏老别離人。獨留真覺無聊賴，擬學揚雄賦逐貧。

自笑逢時術未精，人間無用是虚名。家門似我慚爲長，才器如君合晚成。别館能無三宿戀，歸途只要一冬晴。最憐今夜霜天月，畫角吹殘布被輕。

小榼三升貰凍醪，也應與爾慰牢騷。不因富貴思彈鋏，或有英雄辨捉刀。風雨慣曾憐弱弟，田廬忍便委兒曹。丁寧一語煩相誡，畫虎休輕學伯高。

大風出西直門至自怡園愷功方擁爐讀史

萬斛沙如萬斛潮，捲空殘葉剩枯條。到門日影龍蛇活，拔地風聲虎兕驕。十里欲迷城北路，一鞭重渡苑西橋。圍爐薄雪年時夢，留取閒人話寂寥。

題王令詒松南柳磯圖三首

自截�竿八尺餘，偶從沙際伴春耡。人間果有絲綸手，未必臨淵便羡魚。

曾是春衣染汁新，一官臨出又逡巡。萬條楊柳風情在，猶戀當年手種人。

三畝菱租割水田，披圖閒惜好山川。歸人預作明年計，欲借橋東放鴨船。

洞庭秋望圖爲同年姜西溟題

我昨扁舟帆去聲。湖水，出没鷗羣鳧隊裏。西風吹偃萬梢蘆，斗柄插空將北指。庚午秋冬間，余寓居洞庭東山。君時正作桑乾客，南北相望渺千里。念君落第招君歸，已是明年三月尾。其秋我復遊廬阜，走上雲頭振衣履。海綿片片盪吾胸，奇絶生平乃有此。洞庭直可盆盎貯，七十二峯同撒米。有如天半立峨眉，下視成都居井底。君爲此圖毋已隘，細寫秋毫入側理。男兒失路真可憐，澤畔行吟聊復爾。今來又赴京兆試，失固其常得差喜。與君同榜獲聯名，王後雖卑吾敢恥。却披横卷索新句，一笑如皐方射雉。才名誤汝四十年，决踵何堪比截趾。至尊久已記名姓，虚向蘭臺署良史。探支官俸月一囊，揮灑傭書日千紙。鬚長及腹誰攬之，髮白滿頭行老矣。向來蹭蹬天有意，特與先生慰暮齒。眼前同進俱少年，感歎無端從此始。翻思舊狎漁樵伴，故展烟波洗窗几。不然此畫且善藏，勿更題詩乞餘子。

座主侍讀徐公將南歸感恩述事六首

公竟飄然賦遂初，輕裝如葉稱懸車。自編永叔歸田録，誰上何蕃伏闕書。臘雪寒消傳盞後，春帆夢穩挂冠餘。白頭别有千秋業，或恐名山勝石渠。

特簡初傳出禁林，文章曾結主知深。敢云得馬非初意，莫誤飛鴞是好音。魚尾經燒憐短鬣，桐材入爨辨孤琴。恩牛怨李翻多事，只要羣公識此心。

貫魚立鵠萬人看，盡掩雲羅事最難。那得高才皆入彀，每聞餘怒必衝冠。向來清議寧隨俗，從此朱絃恐廢彈。不信滔滔將日下，江湖無計障狂瀾。

水底含沙豈有因，何當舉國逐浮塵。險經負羽沈舟會，勇作抽帆到岸人。難挽頹風歸太古，獨迴天意入陽春。漁樵一席誰争得，私第歸來尚角巾。

虚舟飄瓦閱人情，得失心恬氣自平。駿骨孰緣千里重，鴻毛公視一官輕。同朝盡諒憐才意，聖代能全去國名。怪底青衫添别淚，十年門下舊諸生。

絶無聊賴住京華，年去空歌蘇幕遮。枯樹忍攀前度柳，新霜誰護後栽花。愁來客况渾如醉，身在師恩豈有涯。贏得陸公爲舉主，儘容開口向人誇。

毘陵楊青村謁選得普安令王石谷爲作黔遊圖索余題句兼以贈别

萬尖石筍高刺天，日氣挾霧生黄烟。盤江中截兩崖斷，高絙一道虹蜺懸。尋橦裊裊度空際，下有千斛蛟龍涎。普安孤城小於斗，險扼地勢當黔滇。城頭置堠城下驛，官舍坐見行人肩。楊君一官乃落此，幸是熟路無迍邅。憶君年當十八九，白面便已能談邊。趨庭萬里不辭遠，直過瘴嶺隨飛鳶。辛酉夏秋，青村省其尊公秋屏憲副於貴西官署，余時遊黔，始與相識。是時西南屬兵革，郡邑疾苦方顛連。爾來休養踰十載，瘠土已變桑麻田。朝廷況下寬大詔，積賦逋税新除蠲。君今乘傳又重到，何異舄化雙鳧仙。耕烟散人好事者，遠境寫入秋毫顛。山川歷歷都在眼，我愛此景非從前。小詩或可當別操，待爾譜入琴堂絃。

寒夜同王令詒魏水村顧書宣家可亭姪集楊晚研庶常齋分韻得寫字

官閒門徑僻，歲晏人事寡。厭俗謝交游，往還惟舊雅。僦居適相近，踏凍免騎馬。巷北召王猷，巷南邀魏野。顧生住西弄，寓舍喜新假。我至每劇歡，招呼臂同把。北風吹天晴，城上烏啞啞。寒光潑初月，殘雪猶在瓦。此時不作達，可惜白玉斝。地菘翠成菹，水族鮮製鮓。盤餐媚鄉味，口似蟆頤哆。隣沽雖稍甜，轟飲亦聊且。晚研以不得佳釀，故其詩有「濁酒甘同昵惡人」之句。我生頪知分，即事有取舍。疋如熊掌魚，那得兼二者。十觴竟連釂，塵面爲一赭。主人負詩才，劈紙給揮灑。敢辭押强韻，數子賴陶冶。吟從夜枕續，卧聽街鼓打。所恨不善書，當令阿買寫。

僕舊有青田凍石一枚歸晚研六年矣頃遇范子方仲於京師范精於篆刻許爲我摹小印而此間覓佳石不易得意欲晚研反我故物作詩先之

鑿石雕蟲魚，此舉誰作俑。後來琢山骨，價隣大小珙。匹夫懷奇珍，惴惴初抱恐。連城既入趙，負曲敢虚擁。和璧竟歸秦，陋邦手徒拱。自兹嗜好捐，萬事成闒茸。殘編任飽蠹，退筆詎銘冢。空憑咄咄書，硯乏纖纖捧。何當餘結習，往往吟肩聳。好事偶分牋，塗鴉每慚悚。丹砂綴小印，紙尾毋已冗。范子故見嗤，刓敝寶非種。擲地作石聲，從旁乃慫恿。當時巾笥蓄，有若蛾化蛹。去我今六年，居然戀新寵。刻舟勞記劍，觸物心猶竦。昨日聊叩君，機鋒鬭針孔。秘藏戒輕出，防我或好勇。攫之寧非顛，健者豈惟董。輸攻力易竭，墨守計仍鞏。不如且姑緩，静俟天倪動。奇巧出窮人，詩端忽噴涌。明朝走尺蹏，待命不旋踵。盟渝息壤舊，歸視汶田重。在我猶在君，報章行及奉。

晚研見和前篇謂余有新蓄壽山小石援東坡海石之例欲以此易彼重違其意割愛分贈二枚再次韻速其踐諾舊石之歸有日矣來翰有邀令詒水村書宣三子屬和之語兼以示之

假道蓋有由，兵端實始俑。君如早識此，堅壁却吾珙。逡巡不入境，下邑方惶恐。奈何昧厥初，納賂覬私擁。青田吾重寶，掌握失把拱。豈無他山攻，頑礦棄紛茸。壽山快新得，餘子欲奪冢。炯然珠玉光，入掬似可捧。圓者廉角殺，方者風骨聳。昨偶出示人，旁觀盡驚悚。老夫喜省事，羅列稍嫌冗。因憶巨璞完，吾家有遺種。作詩乞故物，致語極慫恿。兩日縈我懷，有若絲纏蛹。君初非豪奪，繼乃絶矜寵。故以文滑稽，發端特高竦。錙銖責施報，計算到桑孔。平生怯小敵，今見大敵勇。肯爲城下盟，執筆恥南董。相持兩不決，京索成臯鞏。飛書奏奇功，小利戒輕動。叩關索敝賦，彼勢猶洶涌。割愛忍須臾，禮成門欲踵。中原有好會，信義隣邦重。後約勿更渝，槃敦吾將奉。

門神詩戲同實君愷功作四首

賺得兒童仰面看，彯纓袨服最無端。國門他日曾懸價，駔儈何人敢賣官。丞相魚魚工擁笏，將軍躍躍儼登壇。星奴結柳翻多事，五鬼爭彈貢禹冠。

揚眉氣色任充閭，比較門風孰不如。幾見華楹留故帖，偶緣新曆當除書。閽能拒客非關汝，錢可名神儘讓渠。久閱人情吾勿怪，過時光景合交疏。

虎豹森森列幾行，誰教骯髒倚門旁。通侯湯沐虛傳漢，陳平封户牖侯。進士科名尚冒唐。用鍾馗事。魚鑰同時司啓閉，雀羅終歲有炎涼。相逢白日多魑魅，乞與先生却掃方。

扊扅歌裏撥寒灰，歲酒逡巡酹一杯。凡鳥有人題字去，冥鴻幾個挂冠回。好官第宅多相望，野老柴荆肯浪開。直與歸人占吉夢，也煩呵護不祥來。

敬業堂詩集卷十八

白蘋集 起甲戌三月，終六月。

甲戌二月將出都，作詩留别諸同年。座主清谿公見而垂和，有「下第情懷刀劍傷」之句，蓋用東野詩語也。時公亦將南旋，買舟通潞，命余隨行。東野不又云乎：「棄置勿復道，楚情吟白蘋。」他日舉以似公，公曰：「子庶能自廣矣。」

下第南歸留别同年姜西溟廖越千劉大山王崑繩李若華諸子二首

一顧人間事不輕，敢將汲引望公卿。張羅天遠鴻雙去，彈鋏心粗劍一鳴。誤喜青燈回昔夢，枉煩芳草勸初程。歸人别有看花約，明日騎驢便出城。

明知歸計尚茫茫，且作無聊別帝鄉。下第兒還添客累，當歌酒或替人狂。膏肓痼疾貧難療，鬚鬢流年老易傷。聚鐵豈堪頻鑄錯，早收心力事耕桑。

虞山錢劬谷屬題采藥圖二首

小年長日正遲遲，算是樵柯欲爛時。大抵人情多好勝，偶逢仙敵亦争棋。

玉柱金庭境久閒，頗聞巖谷異人間。長鑱誰斸雲根斷，片片飛來盡出山。

奉陪座主徐公遊一畝園次吴京兆韻

履綦陳迹已多時，乙丑秋，先生召同人於此地雅集。十載重游醉不辭。初綻柳如時態軟，未開花爲閏年遲。罷官樂事笞邊杖，去國閒情局外棋。又是一番寒食過，餳簫聲裏雨如絲。

張灣舟次留别姚君山别峯兄弟

久作京華客，今知去住難。老方隨計吏，名不上春官。别酒青燈戀，離程白髮拚。眼明楊柳岸，稍喜見桅竿。

馬坊口大風送劉大山還京次座主韻

明波如鏡瀉天津，忽捲狂飈萬斛塵。酒色難寬臨別恨，楊花只似未歸人。家貧不信貪爲客，母在尤應重此身。重過杏園休悵望，等閒狼藉道旁春。

天津別姜西溟次韻

同是春風失意時，送君真覺拙言辭。杜陵旅食經年久，熙甫才名一第遲。青鏡從渠增算髮，白身輸客賭殘棋。老來別緒兼師友，那得并刀剪亂絲。

晚泊獨流

關城春向盡，小艇下津門。風止橋形直，潮來水氣渾。蒲魚喧晚市，櫻笋憶鄉園。歸路三千外，從人屈指論。

滄州阻風謝別峯同年餉酒二首

風程半日滯滄州，客恨除非醉即休。安得春江變春酒，薩摩陂外水如油。

青旗夾岸酒家樓，正坐囊空價莫酬。慚媿貧交分一斗，爲余親典黑貂裘。

大龍灣阻風奉次座主原韻

有聲南來猛如吼，白日無光移卯酉。荒灣曲岸萬木僵，摧折萌芽比腐朽。蛟螭勢奪虎豹窟，塵堁居前砂礫後。舟行逆水兼逆風，或跋其尾或掣肘。天公如醉意未豁，人事徒施力何有。先生晏坐百怪恬，萬籟無心發于喁。已憑忠信涉波濤，更列圖書環左右。詩成一笑自投筆，臥拓篷窗見星斗。江河日下是知津，高浪攤錢輸水手。青春忽忽乍經眼，平野茫茫一回首。此時看客挂征帆，何異癡狂中風走。乘流習坎吾有命，底用旁觀別妍醜。熟諳世路忌爭先，飽閱人情能耐久。蹉跎不負遂初計，神貺先生亦良厚。檣烏斂翅旗脚迴，頃刻雲衣變蒼狗。鄉程有期行漸近，柈飣嘉魚樽貯酒。朝南暮北待公歸，肯讓山陰採樵叟。千點桃花一葉萍，鷗波正漲苕溪口。

德州同年李文衆招集見可園二首

東風有約出京華，弭櫂相尋到水涯。得地百年因種樹，留春一日爲看花。明日立夏。亭臺縱好須賢主，子弟多才必世家。直得此間成茗艼，甕頭墨露不須賒。墨露，德州名醞也，品在盧酒之上。

槐陰小徑轉閒坊，猶記田家舊草堂。田紫綸司寇鬲津草堂去文衆居半里，余去春同康飴過之。歸路重經疑昨夢，名園欲別惜韶光。濃熏酒氣荼蘼架，翠滴苔痕薜荔牆。最愛一軒幽絶處，紫藤花罩讀書牀。

四月十五夜鄭家口對月以江清月近人分韻五首

孤舟淹旅程，初過平原郡。樹色燕帶齊，河流衛交汶。可憐一輪月，偏與愁人近。已經連日風，更怕宵來暈。一笑起推篷，清光吾有分。

余得近字

明月窺我船，我影在船窗。我起却望月，影落玻瓈江。人影與月影，無端各成雙。泡幻豈有情，妄見生紛龐。不如抱影坐，閉目心自降。

右和江字

風止波亦息，濁流同一清。小杓夜分江，龍頭注茶鐺。須臾波心月，却向杯底生。我醉竟吸之，謂是方諸精。孤光入懷抱，耿耿留空明。

右和清字

隣舟悄無聲，高卧如避月。此時敂舷歌，撫景更清越。密疑穿荇藻，細可數毛髮。微風蕩酒襟，涼氣入詩骨。絖如打五鼓，篷罅猶未没。

右和月字

京城豈無月，眯目多飛塵。從公作上元，忽然涉殘春。扁舟落吾手，日與魚鳥親。始知天壤間，清輝屬閒人。行行莫回顧，永結江湖隣。

右和人字

重過臨清感舊 傷外舅陸射山先生也。

重經淹泊地，往事獨心驚。客路貧相倚，歸舟病不輕。百年隨夢斷，孤月傍愁生。流盡州門淚，潺湲是水聲。

初入牐

河縈千里曲，岸束一門高。不有乘流便，誰知上牐勞。木痕深記筊，石眼密容篙。笑指長年説，吾舟聽汝操。

次日連上戴灣土橋二牐晚抵梁鄉和座主韻

一月郵籤算水筒，快從入閘奏奇功。柳綿渡港船船雪，麥浪翻田岸岸風。尚有貽封尋晏子，梁鄉屬堂邑，晏子食邑也。不教瀧吏惱韓公。河神伎倆全無用，鼻息如雷耳正聾。

阻牐

健水分支總入漕，客程守牐似填壕。忽飛瀑布簾垂地，旋滴珍珠酒壓槽。鵝鴨淘沙還善没，魚蝦出網竟如逃。人間行止原難料，小住差償昨日勞。

聊城和座主作

談笑封侯事不難，西歸仍作布衣看。紛紛眼底皆商賈，只是人情戀此官。

南旺分水處

一綫分鼇背，千帆掠馬鬉。江河方日下，南北此居中。水氣空灘雨，槐陰古廟風。兩朝溝洫志，但策轉漕功。

即目二首

關吏逢迎堠吏譁，飛流一道走京華。綱船果熟盆池樹，驛路香馳御苑花。長見名材充土貢，幾聞中使出天家。荔枝龍眼隨年例，笑指炎荒萬里賒。

子弟梨園舊賜緋，樓船南下疾如飛。衣冠氣盡魚龍雜，帷蓋恩深犬馬歸。桃葉何心隨短楫，楊花多事打春旗。就中別有青衫客，聽到琵琶淚暗揮。

韓莊牐口望嶧山湖

嶧山鑿石東作隄，天勢半落陂湖西。湖波吞天入豐沛，日脚插地生虹霓。湖西爲沛縣。芒碭雲氣忽斑駁，倒影摩盪青玻瓈。須臾水光變深黑，涅盡萬古蛟龍泥。洪濤怒挾風雨至，列岫出没頭皆低。呂梁直下二百里，但見漁舠散亂隨鳧鷖。琴高可跨吾徑去，誰能卧壓篷底同鷄棲？

新河

别穿地脈轉龍腰，新插荒堤柳萬條。故道視同甌脱地，小兒争唱復陂謡。陽侯受職工粗就，幽鬼啼墳骨已銷。莫道治河無善策，主恩存歿冠羣僚。

出牐後順流揚帆

牛頭灣接猫兒窩，小船出牐如擲梭。客程已過十六七，歸夢尚隔江淮河。鳴鳩催雨麥秋近，貰酒配魚蒲節過。黄流正報落槽信，更喜枕上無驚波。

天妃牐

淮勢今年盛，洪河不敢侵。濁流三舍避，清漲一篙深。瞥眼移蘆汊，回頭失柳林。生來供作帚，容易待成陰。

王楚士惠鰣魚二首

南歸一飽願無餘，正及江淮五月初。值得老饕開笑口，河豚嘗過又鰣魚。

辛苦漁榔逐販鮮，江城一尾賣千錢。朝來下箸還三歎，半月前頭遇貢船。四月杪在濟寧，鰣魚已入貢矣。

雨後過馬寒中山居

君家葫蘆山，我家菖蒲港。山淺游可屐，港狹行礙榜。塘南十里餘，野色平於掌。田塍針水足，夾路新苗長。兩夫肩一輿，四足比雙槳。前行忽坐睡，縹眇入無想。漸聞竹樹聲，出谷遞清響。到門山亦住，斗室寬且廣。尊卣間圖書，目存不暇賞。主人爲指似，一一開疑網。我老嗜好蠲，因君覺背癢。興來乍飛動，偶發難自强。昏昏燈吐籠，瀲瀲酒浮盎。不辭日過從，所願歲豐穰。明朝雨決渠，濕氣潤流磉。奄觀早稻熟，後約赴秋爽。

原蠶行

村東村西桑葉緑，頭蠶不熟二蠶熟。薄於片紙白於脂，五月南風齊上蔟。繅車聲中湯百沸，出釜持將易斗粟。去年苦旱秋不登，民命全憑寸絲續。我聞周禮有成法，一歲不容種再浴。蠶多害馬理或然，物類區區别田畜。國家官馬百萬强，惜薪監督煩曹郎。口外官馬設内務府郎中，歲收馬矢，變價歸惜薪廠。原蠶微利幸無禁，勸汝努力須栽桑。田夫暑雨多咨怨，不如且喫蠶娘飯。

秋鳴集　起甲戌七月，盡十月。

蟲之鳴秋，候至適然爾。而昌黎以爲物不得其平則鳴。余非善鳴者也，特假蟲之鳴以自文其詩，若云其志弛以肆，則吾豈敢？

送王子穎赴龍游教諭任

子弟芙容幕，先生苜蓿柈。儒風吾土近，師道此時難。屈首居貧地，安心送老官。所欣賢尹在，臭味定如蘭。時繆虞良以名進士爲是邑令，故云。

朱竹垞表兄屬題小長蘆圖用阮亭先生體賦五六七言絶句各一首

君住鴛鴦湖，儂占鸕鷀浦。一統志云：「鸕鷀湖在海鹽西南四十里。」今其名無可考，當即黄道湖，去余居十里。同爲簑笠翁，貫聽菰蒲雨。

種魚三畝五畝，隁水前溪後溪。認得隣莊老樹，草堂在鸛巢西。

白首初辭供奉班，一身那不愛投閒。江湖老伴多星散，知己無如父子間。

德尹閩歸戲調之

盧橘楊梅已過期，別來鄉味剩空枝。八千嶺路到家日，算是荔枝初熟時。

補和大司寇徐公遂園修禊詩限蘭亭二字二首

別起林園十畝寬，築亭何必更名蘭。杯流細浪魚鱗活，花補新巢燕羽乾。春事無如三月好，人情特去一官難。吴中父老矜稀見，每到佳期約伴看。

獨擅千秋著作庭，文躔光透老人星。官同白傅歸仍早，樂天以刑部尚書致仕。史到温公局未停。妙手成圖初見畫，高僧入社亦忘形。分明洛下風流在，不數詩家曲水亭。

清流山瞻支公塔

石路秋花豔，沙田早稻香。壞牆連廢寺，古塔表平岡。境寂蟬聲合，松高鶴骨涼。永和年號在，苔蝕不成行。

天池山寂監禪院

荒榛下接瓜芋區，微徑漸上多縈紆。山果甘垂紫桑椹，僧廚脆瀹紅竹菇。山中所産味最佳。三間古殿石將泐，一眼碧泉秋不枯。我來登眺試脚力，且喜未用青藤扶。

過文與也竹塢草廬

坐閱滄桑五十年，不知顏狀已蒼然。世家文物傳詩畫，相國衣冠傍墓田。文肅公未第時，讀書丙舍。喪亂後即附葬贈公墓旁。亂竹巧遮行藥徑，濁流閒送出山泉。丈人有福能高卧，一榻秋陰萬樹蟬。

夜至當湖訪李辰山不值

風色晚尤惡，扁舟逆浪翻。渠添浸稻水，雨熟種薑村。遠火欲投岸，孤城將掩門。到來還躑躅，疏磬報黄昏。

沈客子舊寓都門所居名獨樹簃自撰七言古詩曹實菴錢玉友湯西厓皆有和章今來索余補作仍次原韻

沈子清才在塵坱，有如菡萏生淤泥。又如服鹽駕鼓馬，下有逐電追風蹄。青衿蚤爲命所制，百甕未了酸寒虀。三年四門作都講，啄粒亦到官倉稊。人中嵇紹本易識，孤鶴氣壓千羣雞。家家朱門當大道，爾獨隘巷尋卑棲。歸來欠伸眉礙户，一笑入户頭仍低。空庭得樹翻自喜，有滰仰視雲萋萋。忽驚霜禿九秋幹，旋見雨長三春荑。墮巢晨拾赤脚婢，落葉夜掃長鬚奚。問君此間亦何樂，乃挈稚子攜山妻。狂來對客發高論，塵柄手捉談天犀。北郭槁枝聊隱寓，東方窶藪真滑稽。孤松秖宜伴彭澤，五楸大可娱昌黎。翻身買櫂竟南下，野性終近深山麛。故園喬木正合抱，町疃旁接澆花畦。昨非今是恍夢覺，涉脚尚淺幸未迷。伐檀河干等無用，美哉河水清漣兮。

塘西訪張介山病

十年小别隔江淮，重叩溪南煮藥齋。醫可活人偏善病，閽非拒客況吾儕。名場交作吹虀冷，老境詩同噉蔗佳。一髮弁山青到眼，吴興游屐與誰偕？初意欲約介山同遊湖州，故云。

哭同年王載安

判袂京華半載餘，扁舟歸造故人廬。不圖别後遊難續，只道秋來病已除。五畝未曾營世業，一名無復上公車。讀書已悔生涯誤，還望孤兒讀父書。

張權六招同許舜功王載南兩學博及兒建泛碧浪湖徧遊近山諸寺觀次東坡汎舟城南會者五人韻四首

葑田秋漲碧鱗鱗，依舊清風起白蘋。且喜此遊容我輩，不知當日定何人。五人者自蘇而外，皆不著姓名。

鱸魚入饌羹尤美，鷗鳥迎船意亦馴。載取烏巾名釀去，黄甘寧數洞庭春。

木樨香透老僧齋，爽氣宜人樹樹皆。詩興賴君多撥觸，秋光爲我洗塵霾。岕山客到茶如雪，箬水船移酒似淮。已辦芒鞵斑竹杖，丹梯隨意轉雲階。

道峯負石還兼土，遠岫當窗晴可數。花到秋林不喜紅，竹生幽磵何妨苦。平鋪稻壟翠千頃，高引炭烟青一縷。斜陽緩緩送遊人，出谷猶聞上方鼓。

佳處溪山意未厭，塔鈴一角響風簷。烟波野渡初迴棹，燈火河房半捲簾。愛客不嫌官獨冷，過時誰道日長炎。敢誇豪氣除難盡，痼疾聊從好友砭。

雨中奉陪座主徐公及韓丈子蘧放舟夾山漾欲遊棲賢不果歸登

峴山作四首

過盡迴谿十里長，孤城回首漸微茫。風腥曉氣魚蝦斷，水減秋痕鴈鶩鄉。菱蔓欲牽絲已脆，荷花雖敗葉猶香。船頭忽指前遊處，白塔紅亭認道場。夾山漾在道場山之陰。

野色天光入望奇，融成一片緑琉璃。展開手卷王濛畫，收拾才情杜牧詩。畢竟清遊宜寂莫，尤難好景是迷離。桃花莫被漁翁誤，秋在斜風細雨時。

選勝初期汗漫遊，棲賢不到恨空留。橋低忽礙尋山路，興盡非關冒雨舟。瓦竈分泉烹紫筍，印泥開甕試清篘。買田合向吳興住，蟹舍魚莊一網收。

亂石多成劈斧皴，窪樽亭外勢嶙峋。一州文物傳孤碣，逸老堂明世廟朝鄉先生劉南坦、顧箬溪創，碑尚存。前輩風流剩兩人。屏擁弁山高簇簇，簟鋪霅水細鱗鱗。名園長泊鷗波畔，座主新買一舟名秋水園。細數陪遊第幾巡。

中秋鳳晨堂讌集

吴興我初到，風景值清美。縱爲冷澹遊，亦戀佳山水。矧乃多良朋，盍簪履錯趾。十日九放舟，波光嵐影裏。夜歸漏必下，旦輒扣門起。如此以爲常，行期難準擬。中秋節漸近，未到先屈指。朝登鳳晨堂，少長各就齒。森然敬愛客，未覺肴核侈。是夕雨忽晴，天容出新洗。華燈挾朗月，瀲灩落杯底。倒影射空堂，濛濛烟霧紫。談諧雜絲竹，觴政不暇理。我醉問主人，雅集歲凡幾。答言良會難，雲散波旋委。自從庚申後，十四五年矣。庚申春吾邑陳寄齋來作社集。同學近無多，含情俟知己。此邦富人文，槃敦執牛耳。耆英洛下社，子弟高陽里。往往前輩交，久要或在此。平生好求友，出門失桑梓。落魄肯見收，同心庶堪倚。溪山勿吾笑，來往自今始。

鄭春薦唐殿宣諸子招集湖舫二首

萬株老柳陰猶緑，四面青山影欲沈。此段秋光真冷落，孤山不泊泊湖心。

誰遣秋娘來唤渡，忽攜風雨到尊前。老夫借得纏頭費，無數跳珠盡入船。

明日再飲春薦宅座有濮姬吴人也姿性明惠臨别口占四首

故人道我風情在，别選紅粧勸酒卮。不料窮歸無好句，累他羅帕乞題詞。

絳蠟花開照鉚頭，眼波入鬢却横流。問渠肯顧含何意，一笑千金異日酬。

落拓生涯大可憐，江湖人老杜樊川。倦游雙鬢無多白，白盡紅燈緑酒前。

風雨催人向婺州，輕裝半月算歸舟。富春江外無潮信，鴉舅霜紅在晚秋。時余將往金華。

雨發江干

皛皛江光去，昏昏海氣連。雲沈離岸樹，風漲落潮天。熟路便孤客，輕裝稱小船。十年遊跡在，重檢舊詩篇。

富春舟中先寄桐廬學博吴鹿砦

朝發定山村，暮投富春渚。清江帶小郭，檣影稀可數。已飽挂帆風，猶聞滴篷雨。山環水疑盡，水轉山復吐。本爲寂寞遊，未覺應接苦。桐谿喜漸近，中路有賢主。

劉南村署齋同鹿砦夜飲二首

浙西山水縣，最好是桐廬。地僻本無事，君才長有餘。秋林聞割漆，晚岸見罾魚。許我來相就，嚴陵好卜居。

故人多薄宦，解后見交情。燭院三更話，風江半日程。山肴蒸栗熟，法醖帶泉清。醉裏騎官馬，星光照出城。

舟次桐廬聞唐實君補授儀曹喜而有寄

謁選初聞欲赴秦，唐已選朝邑令，奉旨特留。改官特荷主恩新。起家科第原難料，得路文章洵有神。東閣游揚因客重，南宫期望感君真。欲知喜動江湖色，忘却身爲失意人。

嚴灘早發

紞如鼓打巖頭戍，催起棲鴉天未曙。飛星過水如有聲，苦霧迷津忽無路。長年眼昏心手熟，已報前灘暗中渡。遠氣朧朧日射穿，秋光紅上嚴陵樹。

由蘭溪縣坐茭白船晚至金華

疏林野岸開平遠，漠漠江天秋向晚。陸龜蒙鴨戴嵩牛，一帶村家供畫本。赤松門外問長年，指似金華小洞天。偶然走入羊羣裏，去作人間狡獪仙。我與初平稱莫逆，重來已是千年别。可惜巖頭乏主人，亂山依舊堆頑石。

登寶婺樓

斗杓倒插勢淩虚，高出城端五丈餘。一雁下投天盡處，萬山浮動雨來初。别開户牖通呼吸，旁引風雲入卷舒。八咏門荒詩境改，讓他仙子占樓居。

金華趙鹿友明府招同家春谷兄賞菊

四先生里古金華，循吏如君自一家。早稻喜嘗豐歲酒，秋庭閒放午時衙。官同彭澤宜栽菊，客到河陽許看花。猶勝寒氊貧博士，朝朝巖洞訪烟霞。春谷兄時爲府學教授，故戲云然。

歸舟雜咏六首

湯溪蘭蕊及秋香，覓本猶煩遠寄將。多謝故人先損惠，兩頭載酒作重陽。教授兄許覓秋蘭見寄，舟過蘭溪，陳進士紫馭以名酒相餉，故並及之。

南遊何事太匆匆，及取歸帆半月中。轉盡清溪三百曲，萬株烏柏一霜紅。
恨不清江處處灘，一聲鳴櫓下奔湍。來船莫妬歸程速，我亦曾經上水難。
昨到金華洞口還，明朝又看浙西山。風前自覺衣衫重，穿過千重濕翠間。
青山漸遠漸模糊，散入雲烟澹欲無。畫手稀逢王子久，詩家别寫富春圖。
滚滚秋濤浩浩風，烟茫茫處雨濛濛。不知誰割東西界，半幅江山展越中。

初換烏篷船

濤江日夜攪秋天，聽雨聽風那得眠。莫怪朝來貪晏起，烏篷夢穩越人船。

山陰道上

道德經翻晉永和，書家好事例傳訛。至今似帶羲之癖，風俗村村愛養鵝。

重陽前一日至越州自太守以下地主無一人在郡者即日返棹作此解嘲

夢寐平生慕越州，偶然訪舊作東遊。半醒半醉他鄉酒，黄葉黄花古郡秋。九日溪山無地主，一天風雨在歸舟。此身到處初乘興，興盡誰能更强留？

晚至西興

魚菱論斗米論斤，蟹膏擘臍鱉割裙。豐年亦覺旅食好，一飽媿與居民分。詩人好游無定處，乘流則行得坎住。吴山滿眼待登高，暮雨西興挂帆去。

贈紹興太守王憲尹

千巖萬壑浙江東，典郡聲華迥不同。七十葉傳王内史，二千石視漢三公。詩人詩句蓬萊上，寓意文章山水中。誰似先生觴咏地，蘭亭原是舊家風。

閲邸報知揆愷功改官翰林侍講喜寄二首

邸報傳來遇絶奇，才名一日動丹墀。不矜官爵由門廕，獨愛文章結主知。跛鱉敢争騏驥路，拙鳩休奪鳳皇池。未妨小變平生格，從此須工應制詩。

知子無如我最真，性情長與一編親。有才畢竟難埋没，此事曾經共苦辛。草閣孤燈回白首，荷塘昨夢隔紅塵。記去年銷夏事。沈吟爲感傳書意，可少當時唱和人。時愷功屢馳札促余北行，東江已補官禮部，故並及之。

敬業堂詩集卷十九

敝裘集 起甲戌十一月，終十二月。

入都凡三度，多在春夏之交。未嘗從風雪中跨驢也。甲戌重陽後，自金華歸里，兩接愷功札，促余北行，遂於長至前五日束裝。一羊裘已十五年，裘則敝矣，而行役尚不知止，可嘆也。

敝裘二首

中道誰能便棄捐，蒙茸雖敝省裝綿。曾隨南北東西路，獨結冰霜雨雪緣。布褐不妨爲替代，綈袍何取受哀憐。敢援齊相狐裘例，尚可隨身十五年。

冷暖相關老倍知，黑貂何必勝羊皮。留同敝袴非無用，好比緇衣或改爲。取醉難償村店值，有人還當釣簑披。家貧舊物無多在，不忍吹毛更索疵。

山塘與德尹別

歸何草草出匆匆，聚散全非意料中。長路一痕添日綫，是日冬至。征衣幾縫裂霜風。未論去國經年別，且喜停舟五夜同。記取欲眠頻坐起，半塘橋北虎丘東。

家二瞻兄八十壽

我觀造化初無權，仁者自壽其天全。老翁小兒兩遊戲，直以渾沌還吾天。不爲物用而用物，噴洩元氣成雲烟。古來絶藝兼者罕，鍾王顧陸名各專。輞川摩詰書未稱，三絶獨數滎陽虔。眉山海嶽不復作，松雪兩派猶相沿。先朝倪沈及文董，筆力亦足追前賢。吾兄妙手靡不備，書法入聖詩能仙。偶然點染作圖畫，別有天授非人傳。興來百紙一掃盡，散去半落雞林船。貴游踏破鐵門限，欲乞尺幅終無緣。有時自銘退筆冢，經歲或乏看囊錢。乃知此事因品重，兄豈自負人云然。維揚地薄耆舊少，流寓欲占文星躔。今年九月屆大耋，初度恰在重陽前。一門諸弟頭盡白，謂楷五、秋山兩兄。茱萸醉插隨兄肩。羡兄晚節比彭澤，祝兄添丁如玉川。兒年二十翁百歲，及看舞袖黄花邊。

題從孫汝誠倚劍圖小影二首

櫑具横腰首袜巾，天然秀骨出風塵。乃翁已被從軍誤，傷尊公荆侯。勸爾休爲佩犢人。

羲獻門風世共推，汝誠爲二瞻兄嫡姪孫。階庭蘭玉總多才。自言劍術通書法，曾看公孫妙舞來。

發揚州留别汪庚齊

旅況殘年最不堪，何期解后作深談。向風嘶馬程程北，背雪飛鴻片片南。殘燭乍移寒減半，征帆欲挂酒行三。隋堤柳態禁揺落，也傍汪倫百尺潭。

夜宿邵埭

水栅千家市，烟村十里橋。蘆灘聲霅霅，燈舫影揺揺。風止鷗機息，寒深酒力消。獨眠無好夢，愁度最長宵。

淮浦冬漁行

長淮冬涸成溝渠，風雪夜折荒洲蘆。小船沖沖鑿冰去，冰面躍出黃河魚。衝寒捕魚作漁户，手足皸瘃無完膚。三時轉徙一冬復，淵藪偶寄蝸牛廬。無田不得事農業，有水尚欲輸官租。自從十年淮泗滿，平地下受滔天湖。誰驅鱗介食人肉，漏網幸脱鸞刀誅。得時黿鼉聚窟宅，失勢魴鯉充庖廚。眼前竭澤有餘憾，取快報復聊須臾。但看明年春水上，魚鱉又占居民居。

輓喬石林侍讀

本朝治水關全局，東下狂瀾勢難復。先生獨以手障之，言卒施行身早逐。徽車北去全家懼，舁櫬南歸萬人哭。百年陰德被淮陽，公在九原應瞑目。

從孫恒侯自淮安送我渡河口占志別

吹斷西風雁一繩，離情鄉思兩瞢騰。醉衝白日孤城霧，曉渡黃河十里冰。去意隨蛇遮不住，識塗如馬老偏能。未應輕別淮南路，隻影從挑夜夜燈。

逆旅行 用王半山轉韻體。

行人爲客居人主，聊以稱呼代爾汝。入門不揖出不辭，主今知客却爲誰。等閒無事休爲客，幾個相逢尚相識。相逢相識非不多，賢於逆旅能幾何。

宿遷遇巡河使者

使者冬行水，居人歲避河。暫時停畚鍤，何計脱風波。賦歛殘年急，隄防下策多。皇華期盡職，報稱意如何？

邳州道中雪

野闊黄河岸，天低下相城。幾家沙際没，單騎雪中行。漸壓輕裝重，俄添老眼明。路難兼歲晚，那免嘆孤征。

雪後風日晴暖

陰霾一夕解重圍，頓覺朝來朔氣微。得暖渾如杜康力，殺霜終是趙衰威。細流飲馬知冰釋，殘雪隨風作絮飛。至竟村翁勝行客，茅檐晴曬木棉衣。

夜至馬陵

苦霧噴沙氣若蒸，荒程月黑夜無燈。前岡十里黄茅路，野火光中見馬陵。

滕縣

客從宿遷來，日日灌莽裏。今晨到滕縣，孔道平始砥。民居稍稠密，田野亦耡理。疏樹排棗梨，短樊插棘枳。雞豚飯商賈，葱薤飽婦子。居然似樂國，以彼乃形此。滕當戰國時，褊小五十里。自從置郡邑，其大實倍蓰。縣令視諸侯，提封非昔比。西南際蕭沛，豁達開顧指。回頭淮泗郊，窪若陷井底。可憐百萬户，頻爲蛟鱷徙。山東地勢高，厥患不在水。所期一尺雪，二麥青可起。山左自四月至今苦旱。

嶧山二首

泰岱分餘脈，差堪比附庸。祇因生下邑，讓爾作奇峯。

作俑何人始，吾將罪李斯。如今山上石，多刻去思碑。鄒、滕之間，丞尉以下俱勒石頌德政。

過兗州城外有感

泗水橋西路，垂鞭去意遲。老爲東郡客，才減少陵詩。白日黄塵暗，孤城萬木悲。遺民應已盡，莫問亂離時。

冒風過東平州暮投張秋鎮

沙旋頭疑眩，聲喧耳欲聾。不愁衝凍雨，直怕遇狂風。土銼煤烟黑，爐灰豆火紅。老妻加被絮，今夜奏奇功。

館陶早飯題壁

楊椿迷野岸，棗刺拒城壕。小縣門常閉，紆途僕告勞。半窗東日暖，一飯北風饕。聊記吾曾到，留詩過館陶。

大風至鄭家口

黑雲奔騰西北來，平地忽陷山疑頹。簸揚砂礫作糠粃，雜以萬斛葭蘆灰。陽烏退飛翅摧折，天狗下墮聲喧豗。千年樹拔虎豹竄，四海水立蛟螭堆。我行到此迷失道，馬立歧路鳴徘徊。意中了了識村落，目所未見終疑猜。夕陽乍吐鄭家口，豁若明鏡函初開。半年遊跡入醉夢，下馬更盡當風杯。四月十五夜，奉陪徐座師於此地看月，故結處及之。

戲題旅壁畫龍

誰言尤物性難馴，長養方成爪角鱗。畫手不然争貌得，可憐曾傍豢龍人。

野氣詩

朝陽射北陸，野氣何迷濛。忽生無根雲，幻作有影風。沄沄水波去，冪冪村烟封。千林皆動摇，四顧爲虚空。我聞氣升降，閉塞方成冬。而此從何來，吹萬將毋同。大哉古今宙，都攝一氣中。鉅者運鯤鵬，細或吹蠛蠓。試從一身論，可以究始終。恢恢賢聖途，剛大秉降衷。養之塞兩間，浩然靡不充。若者爲正氣，仁義澤厥躬。反是則爲邪，百感交外攻。五事協五行，輕清秀所鍾。不鑿渾沌竅，自然得玲瓏。若者爲清氣，視明旺亦聰。反是則爲濁，人心有盲聾。生氣眎初發，萌芽葆芚蒙。不敢輕散抒，所以厚藴崇。若乃礪笑刃，旁開騁談鋒。是名曰殺氣，取快誰見容。朝氣爽且朗，古鑑磨青銅。不事察察明，謙謙與人恭。其或長傲慢，鴟張徒予雄。是名曰暮氣，衰至驕必叢。凡此機相關，動與呼吸通。不知野氣者，其類當奚從。或如葭蘆灰，候至應管筒。或如古井水，冬暖冰常融。然而無附著，所向皆游蹤。於人似客氣，往來日憧憧。熏面使黧黑，醉顔發狂紅。移之入釜鬵，饋餾侈然豐。移之襲官骸，咳嚏噴霾雺。又疑天壤内，物理難終窮。蒸沙詎成摶，煑石豈得鎔。受性不受氣，造化誰尸功。不如且坐睡，萬象歸朦朧。

趙北口坐冰牀

古堤老柳一時僵，水腹初堅黑白洋。稍與長途休馬力，冒寒半日坐冰牀。

白溝旅宿感舊

南北勞勞已十霜，瓦橋關外又嚴裝。今宵新月入窗早，去日小鬟如我長。斑鬢重來無伴侶，甲子入都，同錢玉友、翁樹服，己巳則家次谷、陳元之。庚午春同姜西溟南歸，甲戌復偕翁康飴輩北上，皆宿此店。舊題幾字失偏旁。燕南酒美魚羹賤，不解愁人獨憶鄉。

立春日同愷功侍講作即用敝裘二首韻

土牛寒氣漸應捐，猶戀征袍未拆綿。東閣探梅還有信，西堂夢草獨無緣。憶德尹。春生帝里如相就，老傍侯門越可憐。南去北來成底事，暗消髀肉是今年。

逝水流光黯自知，依然一室對烏皮。冰將釋硯真吾幸，雪可摶獅任客爲。老柳受風終綽約，孤松經凍太離披。詩從鍊後鋒芒出，正要旁人摘小疵。

再叠前韻示愷功

半生習氣老來捐，熨貼終輸裹鐵綿。待兔衹疑株可守，求魚方悔木難緣。偶然鴻爪留還去，果否蛾眉妬是憐。一種東風消不得，鬢邊霜雪又增年。

海内人才略可知，也曾高會與南皮。三年刻楮將安用，一技雕蟲壯不爲。酒市天寒愁客散，書帷晝静喜人披。與君相對春風裏，只有冰壺不掩疵。

讀白耷山人詩和愷功三首

亭長臺邊一酒徒，仰天故作大聲呼。氣驕星宿生芒角，手擘山川入陣圖。急縛何人攖怒虎，叢祠有鬼託妖狐。眼空江表衣冠族，搖筆猶堪殺腐儒。

人謂狂生本不狂，漆身吞炭事何常。亂餘賓客搜亡命，赦後英雄恥故鄉。寶劍塵封三尺水，麻鞵寒踏九州霜。隨身一掬瀾翻淚，不哭窮途哭戰場。

一卷頻浮大白開，即論詩句亦雄才。到天峭壁千尋立，破浪長風萬里來。石火光中亡國恨，鐵函井底後人猜。可憐芒碭無雲氣，山色於今死若灰。

酒人集 起乙亥正月，盡六月。

甲戌僑臘抵都，偕家聲山僦居宣武門外，與姜西溟、惠研谿寓舍相望。自新年始，約爲詩酒之會。吴中則唐實君、趙蒙泉，海陵則宫友鹿七人而已。湯西厓、錢木菴、亮功兄弟時或一至，後益以翁康飴、陳六謙、狄向濤、楊耑木，稍爲好事所傳。他有宴會，牽率入座，大約月必有集，集必有詩。聲非擊筑，名託酒人，各有取爾也。

西厓四十初度援筆爲壽兩人交誼略見於此非祝嘏之詞也

甲子夏五月，我初客燕山。逢君槐樹街，披豁示肺肝。君時二十九，譽滿公卿間。我長慚七年，姓名尚泥蟠。居然荷兄事，齒序非所安。因緣求友生，稍使徑路寬。寧知遇秋賦，刖足同蹣跚。古寺郭西門，頳虬柿垂丹。霜天夜蕭槭，落葉堆空欄。男兒屬有才，九萬終鵬摶。向來輕薄子，洗眼争相看。我時仍失意，寸進弓難彎。不敢怨窮途，借君激頹頑。

長恐命運薄，終身比劉瓛。音桓。皇天困斯人，日月雙跳丸。丘壑閉霁霧，江湖駭驚湍。側聞夙昔遊，一一趨金鑾。如君尤聳拔，刷羽超鵷鸞。落筆中書堂，集賢羣聚觀。大官饌常賜，内府金頻頒。至尊賞文辭，步接螭坳班。猶能念微賤，枉札來榛菅。感君期我深，暴棄難自拚。勸我舉京兆，送我赴春官。憐我下第歸，臨歧話悲酸。誰當既得路，枯菀仍相關。長途冰雪交，鶺語今年寒。還家席不暖，又鞴銜風鞍。人皆嗤此來，此來豈無端。君年適四十，正及叨杯柈。君壯騰青雲，我衰改朱顔。詩成非善頌，聊記平生驩。

元夕前三日飲惠研谿寓齋與錢玉友亮功分韻

春寒半月透重緜，曲巷層冰凍尚堅。策蹇人尋行樂地，快晴天趁挂燈前。侵陵白髮違歌酒，惱亂朱門沸管絃。誰似閒官能愛客，朝衣典去作新年。

與陳六謙户部話舊

二十年前兩酒人，京華相見意尤親。田園暫返如孤客，邸舍翻來作近隣。難就微名成我懶，未除宿習取君真。狂言自駭家僮聽，誰識忘形舊主賓。

上元夜同唐實君趙蒙泉宫友鹿家聲山飲姜西溟同年寓分韻得雨字

北風未解嚴，刮面射强弩。富兒馬足塵，游子衣上土。我有同年生，一椽望衡宇。每因赴讌會，暫得命儔侣。時節近上元，滿城競簫鼓。公卿例召客，僂指略可數。燭幌白生虹，燈屏紅窣堵。空明大圓鏡，爛熳散歌舞。可憐玉川居，破屋用茅補。荒庭一堆雪，月色帶清苦。也復呼其羣，經營同地主。不辭口腹累，爲愛風義古。酒行爵踰三，殽列簋倍五。先生鄙肉食，下箸輒欲吐。如何點食單，亦溷烹魚釜。西溟性不嗜肉，或誤食必以清水灌盥，而盤餐乃具此味。即此毋已奢，誰能諒貧窶。我窮興蕭索，藉爾作豪舉。雅令既匝巡，拇陣捲風雨。主人但旁觀，堅坐恣狎侮。肯爲瓶告罄，相勸力須努。新詩信手成，險韻鬭虓虎。費君三月俸，醉我一夕許。忽聞耳熱歌，寒律變温煦。

王赤抒新葺一齋名曰野航邀余對酌出詩索和即次原韻

忘機到處總虛舟，别起齋名借橛頭。已是除塵得瀟灑，若教臨水更清幽。兩三人可同君坐，五六年應爲此留。閒殺鷗邊好風景，荷塘宜夏蓼宜秋。

白田喬侍讀有家伶六郎以姿技稱己巳春車駕南巡召至行在曾蒙天賜自此益矜寵庚午四月余從京師南還訪侍讀於縱棹園酒間識之有青衫憔悴無如我酒緑燈紅奈爾何之句時東海徐尚書射陵宋舍人慈谿姜西溟俱在座相與流連彌夕而散去冬北上重經寶應則侍讀下世旅櫬甫歸余入而哭之盡哀何暇問六郎蹤跡矣及至都下聞有管郎者名擅梨園一時貴公子争求識面花朝前八日翁康飴户部相招爲歌酒之會忽於諸伶中見之私語西厓曰此子何其酷似白田家伶蓋余向未知六郎之姓也西厓既爲余道其詳竟酒爲之不樂口占四絶句以示同席諸君

鬢影衣香四座傾，風流争賞米嘉榮。就中獨有劉賓客，曾聽涼州意外聲。

鴨桃花外小池臺，瀲灩觥船一棹開。春色滿園人盡妬，君王前歲賜金來。

一羣穠豔領花曹，頭白尚書興最豪。記得送春筵畔立，酒痕紅到鄭櫻桃。

茶烟禪榻隔前塵，存殁相關一愴神。自琢新詞自裁扇，教成歌舞爲何人？

題楊次也所藏朱北山墨繡毬花

春風壓簾吹不動，簇蒂攢莖密無縫。美人纖手搓欲圓，嬌鳥一梢低更重。駢枝倒挂玉蕊仙，暖氣散作藍田烟。粉痕洗盡墨光出，自有此花無此妍。

花朝實君招同西溟蒙泉研谿西厓友鹿聲山寓齋雅集分韻得過字青字

二月無花看，今年雨雪多。不辭官獨冷，翻喜客頻過。灑掃門庭潔，芟除禮法苛。愛君新句好，諷諭擬元和。

客久頭垂白，交深眼倍青。坐銷愁裏日，來聚酒邊星。假借通隣曲，盤餐及使令。春郊花事近，後約更旗亭。

題項霜田讀書秋樹根圖

讀書未必皆識字，涉獵耳目爲窮探。此生枉伴蠹魚老，飽蝕卷帙寧非貪。文成有韻或吞剥，事出無據徒撦撏。熟從牙後拾王李，纖入毛孔求鍾譚。槖駝馬背所見少，自享敝帚矜蓍簪。雷同不滿識者笑，人盡能此燕無函。蘭苕翡翠稍秀異，什伯略可數二三。時情秖取供近玩，崇雅删鄭誰能諳。我持此論衆大怪，相戒勿聽無稽談。廿年硯田困衣食，撥置夙好隨嬰娢。排辭偶句受人役，渴飲墨汁同潘泔。有時間作崛强語，蓼辛荼苦終非甘。項生乃有嗜痂癖，謬辱推許張頤頷。謂余頗可附同調，與别白黑分青藍。君才於世故無匹，氣象外拓神中含。屢遊京洛結文社，獨向魯國稱奇男。空拳亦足搏犀兕，大鼎詎止容罌甔。一鞭入海走巨石，千丈倒壑回枯柟。逍遥鸞鶴控紫極，活潑魴鯉游澄潭。才高氣盛心轉細，獨繭一一絲抽蠶。問君此境豈易到，確有階級難旁參。向來正得讀書力，閉户萬卷曾沈酣。源流正變瞭指掌，北斗在北南箕南。光開飛電十行下，機發伏弩千鈞擔。搜奇抉險富詩料，然後所向無矛錟。庭空樹老得秋早，霜色染葉黄於柑。一編信手愛露坐，何用白石藏書菴。命工作圖索題句，劃壘相對吾奚堪。遇君尚應三舍避，君愈降氣余彌慚。詩成乞與摘紕繆，蹇鈍猶冀隨驂驔。此間風景有何樂，曷不歸去同書龕。

料絲燈史耕巖學士屬和即次原韻四首

勿論萬縷與千絲，似密還疏製絶奇。玳瑁筵前凝作片，珊瑚網底爛生枝。華堂金屋年年換，錯綵粧花種種宜。表裏孤光原洞達，瞢騰醉眼任斜窺。

宛宛長廊小院東，藕絲不斷望疑空。巧穿針孔玲瓏影，吹透冰肌綽約風。簾幕花深長帶霧，畫圖山淺忽生虹。琉璃太脆紗紋薄，獨愛韜光黯淡中。

更從何處着纖塵，亞字文迴古錦茵。斜拂楊條藏語鳥，密牽苔綫過游鱗。顔筋柳骨書家格，吴帶曹衣鏡裏身。併作清輝開四照，不勞明月吐芳津。

駢枝儷葉技同稱，點墨何愁誤不興。射角星芒殊睒睒，照人風骨自稜稜。金波蕩月成方折，玉氣生烟隔幾層。還與石湖添紀事，詩家新賦料絲燈。范致能有上元吴中紀事長律，所載燈名甚多，獨不及此品。

友鹿寓居孫公園與實君蒙泉耑木同巷僕及西溟聲山相距稍遠友鹿作比隣詩二章亦來索和因次實君韻奉答

馬蹄纔過又車輪，廣術相逢亦太頻。不惜往來隨步屧，預防倡和損精神。過牆濁酒能供客，鑿壁餘光倘借人。便與中央成鼎足，姜居西舍我東隣。時余移寓琉璃廠東。

造門不見等離居，俗例持牢急破除。余兩詣友鹿俱阻于閽。僮約一條申典謁，客談幾處省傳書。巷連畢曜宜相就，雨過蘇端肯見疏。添取新篇爲日課，與君直似共鄉閭。

友鹿復次韻見寄恐其有過督司閽之意再疊韻解之二首

過門何止十朱輪，只有窮交不厭頻。語帶滑稽吾是戲，弊清摘發爾如神。犬應勿拒重來客，花亦争窺舊識人。從此得閒須徑造，巷南巷北總芳隣。

老屋西頭勝僦居，門前無草不須除。未妨排闥來驚卧，且喜還瓻肯借書。踪跡漸同詩境熟，形骸終要禮文疏。他時野老曾争席，記得漁樵狎里閭。

盧樗菴七十壽詩

我愛盧仝居，翛然數間屋。先朝孝廉宅，過者猶屬目。再傳世其家，門徑不改築。一經稟庭誥，自教兒郎讀。早年赴舉場，高步笑馳逐。同儕重先輩，子弟尊耆宿。正坐業太精，翻令身久伏。科名人拾芥，官爵鶯遷谷。白髮迫衰年，青衫自初服。神恬遯無悶，學殖富有蓄。紅扶壓架花，翠擁遮隣竹。刻鳩拄杖頂，放鶴前山足。世自鬧如蛙，吾方静如鵠。回看軒冕客，萬事徒碌碌。分定兩不争，生涯籌已熟。

送勞書升通政養親歸里

吾鄉前輩楊司馬，曾脱朝衫换彩衣。祖道回思十年事，都亭又見一人歸。白雲去國情相似，黄髮娱親古亦稀。不是明時輕解組，五湖烟水屬春暉。

豆腐詩和楊芝田宮坊四首

服食神仙事不難，磑牀幾轉便還丹。世傳淮南以丹藥點成。凝來石髓風猶嫩，點出春酥露未乾。倒篋易償隣叟值，顧名原合腐儒餐。人間賣菜多求益，休與先生溷一柈。

蛙瘦熊肥兩不知，太常終歲是齋期。半杴土竈然萁火，一頃山田種豆詩。饔子貧家先染指，廚娘纖手並凝脂。來其鄉味君休笑，三德虞家有贊辭。事見虞伯生集。

滑可流匙勝冷淘，不争舌在齒牙牢。渾忘肉食聊名儉，偶佐村沽亦足豪。烹雪也宜施翠釜，割雲初不費銀刀。胡麻別試山僧法，口腹窮奢笑老饕。

茅店門前映緑楊，一標多插酒旗旁。行廚亦可咄嗟辦，下箸唯聞鹽豉香。華屋金盤真俗物，臘糟紅麯有新方。須知澹泊生涯在，水乳交融味最長。

問西厓病

小閣藤牀倦獨憑，門前仍遣小僮膺。一家多累愁何益，四海無醫感又增。春酒呼兒看滌器，夜棋留客對挑燈。可知七發真良藥，莫謂先生病未能。

戲題曹希文寫生蒲萄册

東郭鹽，咸陽冶。朝入羊，暮騎馬。生不願封萬户侯，亦不願領西涼州。但願蒲萄垂乳比桑葚，日日飽啖只學林間鳩。若使一官值五斗，家家争釀蒲萄酒。枝頭無，紙上有，誰能截取老僧手？圖爲鑒上人所畫。

再題朱北山所畫松鼠蒲萄

兒童把竹竿，飛鼠未可逐。暮四復朝三，蒲萄秋正熟。縱使身輕化蝙蝠，可憐兩翅仍兼肉。枝頭漸空莫緣木，明朝去竊官倉粟。

爲次也題秋花小鳥畫卷

一株鴨脚葵，色映紅黄紫。雞冠似經鬭，碎葉垂披靡。無端青螳蜋，失勢忽落此。當其奮臂時，寧料草間委。飢禽不汝貰，集啄紛爪觜。似爲蟬復仇，反覆乃物理。二蟲何厚薄，是亦可以已。我欲解其圍，毫端呼不起。

研谿傳札訂望後出郊看杏花夜來微雨恐阻兹遊晨起風日晴明喜而有作

卧聞檐雨滴階鳴，意外東風曉放晴。爲作報書貪早起，門前吹過賣花聲。

送畢雨稼

古藤花底逢朱十，爲我長吟畢四詩。滿眼酒徒星散盡，送君還憶識君時。余初識雨稼於竹垞先生寓。

三月十六日同西溟實君蒙泉研谿六謙耑木石城友鹿永年向濤霜田亮功次也南陔至興勝寺看杏花三首

弄袖風微不起沙，野田分路走三鴉。十年失計仍爲客，一醉無名特借花。白塔似招遊子騎，青旗錯認美人家。金丸落處休輕逐，小立逡巡避鈿車。先經摩訶菴，不得入。

幸是韶光處處同，勝遊隨意轉芳叢。别開香界松林外，遥指烟村杏社東。黛色濃添三面緑，日痕微減一分紅。只須十步淩丹閣，多少花頭在下風。

及記當時載酒遊，舊題幾壁拂塵留。重隨客到僧猶識，不待人言我欲愁。牧笛聲中芳草路，鞭絲影裏夕陽樓。花開花謝年年事，豈料傷春易白頭。

看花之會已成七律三章朝來耑木分牋屬賦七言歌行再作一首

朝陽簷前報乾鵲，起赴城西看花約。東家借得蹇驢騎，快比揚州身跨鶴。豁然雙眼對明鏡，草樹無塵光躍躍。倚牆初見一梢紅，掩映垂楊作村落。漸行漸遠入佳境，花海茫茫浸樓閣。雲晴霧散天微霞，日色烟光互迴礴。自然得氣少人妬，縱使餘寒何處着。卯酒消來玉頰鮮，牙香熏透春衣薄。蝶沾蕊粉或雙去，燕拂花鬚時一掠。乍看半吐或全開，百面疑聞腰鼓作。因思前夜沾沙雨，特爲催花龍起蟄。不然萬本及千株，那得同時齊破萼。此花舊是仙家種，肯向人間傍簾箔。自從禁苑植樊籬，已勅居僧司鎖鑰。寺後爲進御菓園。兒郎避路欹巾帽，嬌女窺隣少媒妁。可憐寂寂寄空園，也似飄飄客京洛。憶昨初來年尚壯，歡場往往貪酬酢。松林古寺摩訶菴，幾度陪遊屨相錯。乙丑丙寅間，屢隨大司空朱公、少司馬楊公遊此。侍郎歸老尚書歿，前輩風流久寥廓。我留紫陌十經春，白髮隨梳旋隕籜。去年三月曲江宴，横路紛紛争出郭。此時氍毹更思鄉，未免當春懷抱惡。豈如今年風日佳，得喪心空别開鑿。青袍莫漫感憔悴，紅袖羞堪慰淪泊。楊家公子好心事，兩世交情宛如昨。已逢勝侶盡名流，况是閒官能脱略。雖云雅集忘賓主，治具終煩佐脾臄。是日尚木治具。花前醉倒十五人，坐有車公寧不樂？歸來忽忽記前夢，後會悠悠付成諾。禪房借榻眠海棠，野圃穿畦行芍藥。勿嫌生活太冷澹，竿木逢場聊戲劇。只愁火急促新詩，顔謝方將被陵轢。尋花本意取陶寫，覓句翻教困悉索。直須境過兩相忘，滿紙陳言總糟粕。

狄向濤庶常訂同人會飲海棠院是日僕適有他招別請卜期研谿以詩相惱戲答之

一春命侶原多暇，半日看花奈少緣。我爲頹唐姑避席，讓君獨作海棠顛。出劍南集。

三月晦日向濤治具招同西溟實君文饒研谿六謙耑木霜田亮功次也南陔岱瞻宗岱社飲寄園向未與會而今至者則胡芝山周漁璜張天門陳堯愷姚君山玉階兄弟

客居感節物，鄉味想櫻笋。及此問名園，忽驚春向盡。欹鞍垂柳外，曲徑紆徐引。側帽入豐茸，迴身轉欄楯。羣賢次第到，虛坐前後盡。出曲禮，讀上聲，俗作儘。衆芳如媚客，四顧少畦畛。丁香垂紛披，藤蔓縮菌蠢。海棠不少待，吹作胭脂粉。那無水一池，鼓吹出蛙黽。似嫌太寂寂，作意破寒窘。鯨波捲百川，目眩空花隕。亭臺亂金碧，有若浮海蜃。日飲正無何，老狂良足憫。唐侯但坐視，出語顧見哂。余與天門、亮功鬭酒盡酣，實君有「老馬入駒羣」之戲。幸無性命憂，何用須臾忍。春衣行且換，紅藥期將近。三百青銅錢，敝裘尚可準。

陸澹成侍讀招飲丁香花下同西溟崑繩寄亭作

花繁葉密暗迴廊，爲放庭空特撤牆。翠幕雲遮天四角，紅燈人醉樹中央。春辭小院離離影，夜受輕衫漠漠香。曾是往年連榻地，重來容易感流光。丁卯己巳間，與家荆州兄盤桓此地最久，故及之。

何倬雲户部招諸同人飲藤花下

前日飲寄園，自辰徑終酉。連朝發酒病，解醉仍思酒。一笑赴佳招，相逢復開口。入門庭宇曠，槐蔭寬半畝。高格架藤花，有若魚貫柳。其梢多倒垂，其蔓必上走。蛟螭起拏攫，纓絡飄絲綹。翻愛急雨來，不嫌濡我首。殷勤得賢主，諧謔因良友。衣上指唾痕，花前傷老醜。人間好亭館，豈必皆己有。但願興到時，深杯長在手。

四月八日飲劉雨峯新寓分韻得佳字

十年論舊雨，一日破清齋。俗傳浴佛日。去覺流光速，來貪小住佳。時出乙丑讌集詩卷見示。槐陰深小巷，花氣近斜街。早晚南船到，重看酒似淮。

題張浦畫太白像

芒角生酒星，仙才謫人世。清平三絶調，醉裏一噴嚏。可憐高將軍，不中作僕隸。脱却夜來韡，飄然從此逝。

題張儀山中丞温陵紀事後

見説温陵事，安危繫一時。潮頭開郡縣，虎口奪嬰兒。報國原臣分，封侯豈數奇。置身如事外，不勒紀功碑。

贈范方仲

秋兔千頭瘞禿毫，鋒藏鍔歛似無刀。費他京國三年住，頑石如山價盡高。

爲翁景文題畫

緑蕉葉折風無賴，紅蓼花垂雨不情。一個草蟲鳴似訴，故來紙上作秋聲。

宣德素鼎歌爲山左李繩其作

西方金苗變黄白，躍冶辰砂歙成赤。神工笵出形製奇，不用雷紋鑿饕餮。腹圓口直中央歛，一綫縈腰起凹凸。其高四寸下半之，其厚三分旁稍溢。以衡測重斤踰二，宣德小爐重者不過二斤四兩。以指量圍弓滿的。寶光蒸出耳雙環，濃乳垂爲足三隻。膏流似覺層波涌，肌潤何愁熾炭炙。瓊瑰碾紫柔作團，靺鞨凝紅嫩將滴。照來妖魃敢逃影，吹過雲烟不留跡。神光離合乍陰陽，氣候盈虚異晨夕。世人好古搜彝敦，耳目遺亡闕金石。此鼎傳從宣德年，居然上與商周匹。國家元氣在宇宙，百錬千鎔聚精液。後宫侍女罷添香，講殿中宵尚前席。曾從天上拂袍袖，一落人間似淪謫。忽經吾眼真可憐，尤物無多增戀惜。君不見城南片雨朝來急，電掣金蛇飛霹靂。玉川破屋那許留，萬丈光芒穿四壁。

翁康飴寓齋看芍藥分韻得面字

都城洵繁華，物色互矜衒。豐臺紅芍藥，千畝開芳甸。嗟爾本名花，因多乃致賤。半開遭夭闕，不許遊人看。却被賣菜傭，頃筐雜藜莧。根株兩相失，本性須臾變。相逢阛陌中，識者爲一泫。翁生官户部，邸舍如郵傳。近移槐樹街，意取買花便。連車載兼土，愛護同婉孌。小雨爲扶頭，清泉與頮面。瓦盆三十六，手自摩挲徧。亞窗斑竹欄，步障青油絹。花如感知遇，爛熳答深眷。其大比盤盂，或欹學團扇。高低隨所主，向背視所戀。負恃各争妍，誰能分最殿。豈無一尊酒，就汝諧終宴。未免爲紅筵，經營好肴饌。書生例貪嗇，耳目有歆羨。學道吾未能，紛華易交戰。有情且相對，即事驚稀見。絶勝洛陽園，花時閉深院。

送趙二聞郎中分巡兗東二首

望郎才地早知名，棨戟新臨古任城。負弩三州迎刺史，降階一揖禮諸生。山連翠岱雲常潤，濟入黄流派獨清。我是南池舊遊客，送君不覺動吟情。

君家邸第好園林，槐柳周遭十畝陰。子舍縱牽他夜夢，宦遊何負老人心。共傳清節胡威絹，自有家風趙抃琴。此去國門看擁傳，拾遺親授大官箴。

送鄭禹梅郎中出守高州三首末章兼示茂名宰王令詒

高涼名宦自來無，君到方能重此區。不信試徵唐宋事，潮州韓與惠州蘇。

八十高堂兩白頭，扶攜齊赴上瀧舟。荔枝龍眼均珍膳，不要同官易播州。時范國雯得延平，故及之。

曾依日影候花磚，此去人情似左邊。猶勝茂名王大尹，脚靴手版謁同年。王與鄭皆戊辰進士，而茂名爲高州屬邑。

送陳梅溪之任階州二首

一家鼎盛十朱輪，仕籍君偏比積薪。早歲科名曾入洛，半生官況兩遊秦。陳前任綏德州牧。

時平不設當關戍，路僻稀逢入蜀人。鄧艾城邊閒草木，也教窮谷識陽春。

一官聊與俗沈浮，不改頭銜計亦優。稍喜分符同領郡，敢論無蟹有監州。重關夜度羣雞月，絕塞書來斷雁秋。多少郎潛愁索米，羨君已似跨青牛。

古詩五章呈吉水大司空李公

盛治際中天，六卿盡文獻。發揮爲事業，器量隨所建。公雖長冬官，其氣實涵萬。放之彌宇宙，舒卷視膚寸。道在本非夸，逢時獲初願。

百川日東注，赴海同一門。豁達意何廣，函容道彌尊。乃知延攬塗，中有仁義存。清濁具本性，澄觀得其源。君看下成蹊，桃李初不言。

西江一瓣香，自昔人文區。歐公門下客，磊落皆名儒。千秋復代興，隻輪賴公扶。官高能下士，此義今人無。

空谷有幽蘭，披披自含芳。一朝采而佩，顧盼滋容光。顧盼何足多，貴登君子堂。識者或見賞，當門忌孤芳。向非特達知，標榜慚互相。男兒感恩地，兹事豈可常。不敢泣窮途，恐爲知己傷。拙守無詭遇，巽營戒歧旁。百年屬有身，利鈍誰能量。於公負期許，脈脈終難忘。

次也讀書王園夏日偶過之索詩題壁

地僻人聲覺，林深曉氣通。棗花開帶刺，藤角墮兼蟲。擊柝過佳客，傳餐累小僮。避炎知有處，來就北窗風。

虞山嚴杏修爲尊人仲甫先生乞六十壽詩并以錢湘靈玉友亮功所賦五七言長篇見示故詩中並及之

吳中數交遊，屈指首常熟。錢生十年舊，直以心置腹。因之笠同人，京洛異徵逐。初逢嚴伯子，氣静神沖穆。涯涘未易尋，徐徐視含稸。名駒果有自，濡染出家塾。子有兩老親，算句並踰六。昨歸爲上壽，再出何太速。所傷名未成，負米營斗斛。此來復相見，執手語反覆。爲言屏幛詞，排偶難破俗。人間好官爵，衹用填滿幅。不敢濫乞言，所以省干瀆。君詩有真味，是則我所欲。出示三長篇，得隴且兼蜀。孝廉筆奇矯，榦老枝葉禿。交情敍三世，中有滄桑録。大錢善形容，繪畫列眉目。小錢騁才氣，汎濫到朝局。已無餘地留，故乃相迫促。吾詩何處著，譬若蛇添足。然而難固辭，即事生感觸。江南氏族盛，甲第紛相屬。寧知一再傳，竟爲他人卜。君家好門閥，牆宇本先築。豈非文靖公，清蔭及喬木。仲甫爲相國文靖公曾孫。當時歸逮養，歲給大官禄。人生惟此難，餘者徒鹿鹿。即今時代換，往事如轉轂。正賴後人賢，流風承式穀。先生實高隱，祭酒推鄉曲。雖荒下潠田，尚保檀橋屋。時情有豪奪，世守無輕鬻。冬缸蕱可爇，秋圃棗堪剥。窺池荷夏紅，掃徑莎春緑。平生十萬卷，又課諸孫讀。同牢四十年，尚享齊眉福。子行及歸奉，此樂天倫獨。古人重名義，飲水兼啜菽。斯言倘足徵，庶當嘏辭祝。

酬同年張聲百秦中見懷之作

舉子稱同年，厥名自唐始。其初本鄉貢，往往維桑梓。地近情易親，論年序以齒。師門就行列，有若一父子。名雖託友朋，骨肉差相儗。至於試京兆，半屬九州士。或者狥虚聲，紅箋報名紙。泛交乍隨俗，相背旋棄屣。刺盾動以矛，憑身孰如几。余生久落魄，場屋困刖趾。初度降惟寅，微名歲在癸。秋蛾眉换緑，看鏡抱深恥。得附當代賢，不才聊自喜。君家好兄弟，令兄逸峯亦同榜。健翮沖天起。竇桂有雙枝，田荆必連理。京華獲交臂，伐木酒親釃。古道朗照顔，相期各劘壘。嚴霜妬竹柏，猛雨欺桃李。散作湖海萍，流行隨坎止。省親君就道，落第我歸里。關城杳何窮，秦樹吴雲裏。何期再入洛，冰面躍雙鯉。寄示長歌行，光芒開顧指。聳身登二華，長劍插天倚。黄河如修蛇，起伏見首尾。自然得奇句，萬象聽驅使。我欲從之遊，塵埃誰料理。矧慚詩力弱，難與諧宫徵。遲答故人書，半年坐嬾耳。

以詩乞王麓臺給諫畫山水

婁東富文獻，世守鄴侯架。太原老奉常，腕底斡造化。當年書畫蹟，貴豈文董亞。至今賢子孫，餘韻足瀟灑。黄門早登第，羣從俱方駕。朱紫接烏衣，丹青陋曹霸。朝廷無闕失，邸舍多清暇。坐令拾遺官，風流資醖藉。時時出餘技，落筆妙天下。屏幛滿京華，林泉不吾借。篋中一幅紙，欲乞防見詫。生平山水緣，無厚入有罅。搜奇得餘快，歷險慣不怕。所媿言少文，烟雲經眼乍。如何不自量，見彈求鴞炙。意從良友申，閒請掖垣假。朝來傳好語，命以詩易畫。余以宣德紙從吴元朗轉乞君畫，君語元朗，是不可無夏重詩，詩來則畫往矣。我詩頗拙速，敢託不敏謝。古人重踐言，相值寧論價。君其勿堅壁，致我長避舍。

附次韻　王原祁

龍山查先生，峭壁青松架。讀書百鍾鍊，等身與古化。清健更瑰奇，韓蘇之流亞。興來爛熳題，珠玉繽紛灑。余聞心折久，畏友敢並駕。霧豹窺半斑，騷壇戰而霸。欲爲訪戴遊，一官苦無暇。坐令鄙吝生，他山何所藉。小技試盤礴，每恥居人下。粉本追宋元，筆墨四家借。腕弱媿癡肥，定爲識者詫。譬彼窺月魄，餘光逗壁罅。慘澹心神疲，甘苦方知怕。開闔變化間，微茫得失乍。始覺吾祖高，至今人膾炙。拙筆非許田，奚爲拱璧假？真宰雖難搜，勉力爲君畫。木瓜配瓊瑶，何以云報謝。荒率懼覆瓿，賴公以長價。紈扇懷袖中，秋風棄上舍。

次日麓臺爲余作巨然山水并次昨韻見酬再疊韻奉謝

玳瑁裝書籤，珊瑚供筆架。我無一者樂，宿習故難化。新詩出寒窘，郊島或流亞。一窺著作堂，顔汗豈勝灑。千金享敝帚，蹇足追高駕。何異貧家兒，蓬頭媿王霸。方當苦酬應，供給日不暇。先生地望懸，乞者無憑藉。十年率未應，惜墨肯輕下。始知高人胸，與俗少假借。於余獨不斬，脱手洵奇詫。用意取巨然，危峯拆天罅。趁人何突兀，旁睨心膽怕。細觀入秋毫，恍若置身乍。漁灣舟可檥，樵徑轂可炙。勢成風雨晨，不待休沐假。猶嫌尺幅短，更以詩補畫。人間有真境，躡屐當追謝。但恨多牛翁，青山索高價。菟裘營已晚，惆悵道旁舍。

王服尹見和乞畫詩三叠前韻奉答

米家書畫船，秋蔭傍藤架。爲君下一榻，四壁烟雲化。服尹時下榻麓臺齋中。京洛少名園，精廬乃其亞。可無一斗墨，興到供揮灑。君才況如江，袞袞高浪駕。偏師壓小敵，勢欲戰而霸。篇終味深穩，語妙神閒暇。平生績學功，授受有承藉。淵源大可溯，派自震川下。幸生君子鄉，師友不外借。何當謬引重，恐被識者詫。昨日乞畫詩，細聲風出罅。蒲牢懸我前，欲扣吁可怕。强顔託夙契，結襪交非乍。憶昔隔牆居，淋漓濡酒炙。己巳寓居上斜街，與孫愷似編修近隔一垣，長從服尹飲。六年一醉夢，歲月不我假。青山憔悴容，此景豈堪畫。君歸約髯孫，吾亦偕小謝。來詩及家德尹。披圖賦招隱，尚可長詩價。忍負好溪山，挑燈向客舍。

計闇昭索題看菊圖

勸君莫種菊，種菊須澆灌。本自隔年培，根從立夏判。苗新虞蠹蝕，葉密防雨爛。三時倘失勤，那博一秋玩。不如走廟市，取辨在一旦。捧土上瓦盆，妍媸誰復辨。十年客都邑，萬事皆眼見。披君看菊圖，使我發長嘆。

題曹渭符舍人畫扇

移得城南魚藻池，便從紙上寫淪漪。畫師正恐妨魚樂，不着飛來雙鷺鷥。

費子葛陂屬題小影

費生客京華，氣帶秋山爽。學詩兼學畫，離俗寄幽賞。識君塵坱中，十載一俛仰。羨君烟霞姿，瀟灑不殊曩。虎頭爲寫照，見者皆拊掌。秋根走雜樹，中有落葉響。可無松亭亭，配汝玉朗朗。勞生輪下坂，歲月成鹵莽。誰知静坐人，一日可當兩。

題趙天羽給諫小照

長身七尺紅兩顴，成佛要在靈運先。兩塵相隔一毫末，中被官事相糾纏。豈知生來具慧業，即現宰官爲説法。一林紫竹是禪機，只在眼前誰見睫。

送同門朱介垣掌科請假還吴

燈簾夜看秋菊花，酒徒爛醉東西家。竹坨去官君請急，近社花開少顔色。明朝我亦作歸人，二老猶堪結比隣。扁舟同訪籬邊屋，及取霜前香稻熟。

希文將南歸次淵明田居詩韻來索和章四首

故鄉去我遠，縹緲三神山。風塵一涉足，忽忽傷徂年。曹生静者流，心若珠在淵。不使閒草木，萌牙荒寸田。如何瀟灑姿，亦復趨人間。一官比薪積，後至争居前。坐看車馬衢，羣情動如烟。秋風夜入户，曉鏡增華顛。身先候雁翔，心與浮雲閒。歸期服勇決，臨别翻欣然。

老馬悔識塗，亞身受羈鞅。時因送人處，一發田園想。田園近荒蕪，計拙迷孤往。家書昨日到，久雨蓬藋長。八口恒告飢，憂來難自廣。生涯事游惰，獲報宜鹵莽。

萬人浩如海，酒伴日以稀。曹生後我來，今復先我歸。家人占喜鵲，不寄秋來衣。因之報歸信，歲晚寧相違。

讀書三十年，如農守阡陌。出門視蒼莽，蹙蹙靡所適。君看入貲郎，朝發不待夕。時來誇際會，抵間快投隙。得官如驅羊，舊給厮養役。課奴力耘耔，課婢勤紡績。識時乃豪俊，章句工何益。

敬業堂詩集卷二十

遊梁集 起乙亥七月，盡十二月。

中州名勝之區也，同學許霜巖謁選得陳留宰，邀余偕行。涉滹沱，循太行東麓歷趙、衛、梁、宋之郊，按程計之，古蹟不少。資其車騎，供我吟眺，亦足以豪矣。

將有中州之行七月七日姜西溟唐實君趙文饒惠研谿楊耑木宫友鹿項霜田錢亮功湯西厓馮文子楊次也陳元之家聲山餞飲於陳六謙邸舍席間酬别

屋簷秋綱拂蟰蛸，弦月如弓挂一弰。剪燭談深宜夕館，看花人散憶春郊。窮無好句供傳寫，老不中書代解嘲。實君見送詩，有「舍人官職是虚名」之句。來本無名歸亦得，只愁飲餞累貧交。

出都晚宿竇店戲示許大令霜巖

又是南程發軔初，我今戴笠爾乘車。衝泥早歇林間馬，積潦秋生户外魚。十度棘闈憐報罷，一官花縣喜新除。屠龍妙手牛刀割，餘技猶堪理簿書。

涿州過渡

胡良河蔭青葱柳，督亢陂連宛轉城。但覺林中無暑氣，不知風外有蟬聲。喚迴塵夢秋初到，誤墮吟鞭馬一驚。自笑年來詩境熟，每從熟處欲求生。

上谷城南旅宿見可亭姪題壁

客路逢連雨，秋原洗鬱蒸。人投曾宿店，鼠瞰未吹燈。一榻夜涼入，二更殘月升。忽看題壁在，爲爾掃秋蠅。

早過慶都

棗林槐埂翠模糊，十里烟光接慶都。堯母陵荒秋草徧，戴嵩新畫牧牛圖。

定州口號

劃花小盌愛初燒，秘色傳來閱四朝。莫打磁鉒輕試玉，人間方貴定州窰。

新樂有感

客路匆匆過定州，鮮虞臺下小遲留。輿圖西漢中山國，恩澤先朝外戚侯。攴棗詩成歌樂土，種瓜人去感新疇。眼前風物全非昔，細草鳴駝一段秋。

晚渡滹沱

涼風蕭蕭響白荻，老鸛啣魚作人立。小船争渡晚尤喧，濁浪兼泥秋更急。中流仰看團團天，太行突兀當我前。未知馬首向何處，千里夕陽横紫烟。

麥飯亭

蒼皇那免嘆途窮，大業幾隳小岏中。名號未尊誰是賊，英雄有識獨從公。兩河子弟收星散，一飯君臣見始終。值得將軍依大樹，不勞上殿更争功。

鉅鹿道中

要害畿南在必争，時危往往屢稱兵。居人不重侯芭里，過客猶尋石勒城。雲挾常山蛇尾動，地連汾晉犬牙成。如今不用論形勝，稌黍秋郊一望平。

豫讓橋

首四句姜西溟舊作也，辭意未盡，爲足成之。

趙入宫，臣厠中。趙乘馬，臣橋下。區區欲報國士知，可憐一死何能爲？君不見博浪一椎雖不中，置身事外非無用。

邯鄲縣吕翁祠

幻妄浮生豈有涯，何妨鼠穴駕牛車。貧兒好作音做。遊仙夢，怪事偏傳小説家。事出虞初志。古道蹇驢多北向，空庭秋日又西斜。人間官賤黄金貴，乞與燒成九轉砂。

邯鄲懷古三首

口舌相如位上卿，從教趙括喜談兵。璧歸間道雖難奪，師出長平已被坑。唇齒連衡如有約，虎狼縱暴本無名。凄涼蔓草荒烟地，民命無如戰國輕。

美人一笑元無罪，不殺難邀好士名。趙勝何曾識毛遂，信陵差解重侯嬴。符來袖裏圍方解，錐脱囊中事竟成。碌碌因人嗤若輩，也如跛客强隨行。

北道何期得鄧晨，信都南望尚迷津。羣情正是思劉日，假號先歸賣卜人。計定一軍終拔趙，怨深三户必亡秦。不妨暫作逡巡避，龍凖諸孫自有真。

自杜店至磁州與霜巖並馬行

一天風露野田秋，曉路熹微辨馬頭。槐柳陰中辭杜店，芰荷香裏到磁州。鷄鳴巷陌烟初起，鷺立陂塘水慢流。過此頓忘身是客，與君題壁紀清遊。

渡漳河

夜聽邯鄲趙女歌，起乘殘醉渡漳河。天垂曠野名都壯，路入中原戰壘多。細雨一蟬高岸柳，西風匹馬故宫禾。灰飛瓦解尋常事，誰管繁華委逝波。

曹操疑塚

分香賣履獨傷神，歌吹聲中繐帳陳。到底不知埋骨地，却教臺上望何人？

鄴中咏古四首

洹水清流見麗譙，鄴中氣象太蕭條。詞華不過誇三國，人物誰能算北朝。冰井臺荒秋瑟瑟，香姜閣廢雨飄飄。齊磚魏瓦人争託，想見當年土木妖。魏銅雀瓦色青，内平，印工人姓名，皆八分書。以爲硯，貯水數日不滲。齊起鄴南城，磚瓦皆以胡桃油油之。當油處有細紋曰琴紋。有白花曰錫花。古磚大者方四尺，上有盤花鳥獸紋，千秋萬歲字。其紀年非天保則興和。又有磚筒承簷溜者，花紋年號皆同。内圓外方，亦可爲硯。按王荆公詩云：「陶甄往往成今手，尚託虚名動後人」。則真品在宋時已不可得。

自從僭竊起當塗，虎視中原氣總粗。大抵奸雄皆好亂，居然割據亦稱都。車中不少彈箏客，案上頻繙聚米圖。十二渠成流澤遠，至今土壤號膏腴。

林慮平聲。山色尚蒼蒼，太尉登朝事可傷。豈有公孤能翊漢，早知廢立總由梁。勢成剡兔驕三輔，禍始金蛇恨永昌。慚媿上書收葬吏，猶傳郭亮配楊匡。

錦衣别築相州堂，使節移來自武康。公獨勤勞兼將相，誰能事業更文章。威名要取雄殊域，宦跡何嫌避故鄉。碑版兩朝尊顧命，豈徒一記重歐陽。

湯陰縣北村家

烟際露茅茨，田家正午炊。韭花秋遆味，棗實晚垂枝。放犢青蕪岸，漚麻緑水池。地偏稀客過，籬落有人窺。

入大名界紀冰雹之異

朝行渡黎陽，四望如絶徼。又如入霜野，慘澹初經燒。古墓多白楊，連根拔當道。棗梨盡僵仆，墮實滿泥淖。村中禾黍空，天半烏鳶叫。客心慘不樂，經眼非意料。道逢白髮人，下馬亟慰勞。爲言前七日，陰氣變晴昊。疾風西北來，電雷乃前導。須臾大雨雹，奮擊恣淩暴。爲拳爲芋魁，所向等飛礮。居民屋瓦裂，填塞及井竈。行者不及防，人傷馬傾倒。濬南滑之北，廿里陷冰窖。草木生其中，焦原同一燎。含悽問隣舍，旁有豐年稻。邑長豈不知，逡巡莫以告。我爲田父語，天變非人造。不聞平陽城，一震跡如掃。殭尸十萬户，蔽野復誰弔。朝廷憫災傷，大下乞言詔。公卿滿臺閣，相視無寸效。被禍爾猶輕，區區胡足較。

滑縣

停鞭小立聽潺湲，魏滑分河在此間。自洛以東，百水皆會於此。唐沈亞之有魏滑分河録。樹杪帆檣瓠子渡，城西風雨大伾山。野無秋草年仍歉，地近朝歌俗尚頑。誰與牛羊典芻牧，未應蒿目委時艱。

長垣道上戲示霜巖

前行忽引朱衣吏，夾道争看擁似蜂。却笑相如緣底事，也隨車騎走臨邛。

從蘭陽渡黄河入大梁境

馬頭半月看烟鬟，行過燕關漸軹關。今日中流回首望，黄河截斷太行山。

閱陳留縣志雜題十絶句補其所不載

皤然臺外野雲黄，甽畒餘風重此鄉。不解後人偏好誕，每從田叟問空桑。伊尹生空桑，語出呂氏春秋。

漢祖初來厭豎儒，監門長揖互揶揄。入關全賴敖倉粟，計出高陽一酒徒。酈食其，陳留高陽人，今縣有高陽堡，即其故里。

割肉恢諧父老旁，千秋銘記有中郎。羨他社宰封侯地，不改當初户牖鄉。蔡邕索昏庫上里社銘云：「惟斯庫里，古陽武户牖鄉。陳平由此社宰，佐高帝定天下。」按史平初封户牖侯，故云。

殺雞自作高堂饌，草具何妨對客供。一飯成名真有幸，天教季偉遇林宗。

伯喈本意欲東奔，失計何人與訟冤。畢竟殺身緣一嘆，九原應悔出私門。

分茅幾姓列王侯，古郡相傳屬此州。若以報施論漢魏，後先亡國兩陳留。漢獻帝從陳留王入承大統，曹奂爲司馬所廢，封陳留王。

假道穿渠到小黄，五代通録：「李珽曰：河南有外黄、下黄。」漢書地里志：「陳留有外黄、小黄縣。」五代史改小黄爲下黄，訛矣。赤松祠下月茫茫。鎬池遺璧今還璧，氣盡人間十二郎。事見大業開河記。

北狩蒼黄宋兩君，徵兵諸路笑紛紛。平時誰畫元豐策，輕汰畿東捧日軍。宋都汴，陳留爲畿輔要地，舊設天武、捧日等軍。元豐中有詔裁減。故靖康之禍，近無聲援。

養士恩深三百年，倒戈迎賊怪争先。殘黎及記滄桑録，死事人稀一尉傳。崇禎辛巳十二月，賊由襄、鄧北來，汴南州縣望風迎降。陳留署令某，庸才也，不知所措。典史邵大濟，秦中人，竭力拒守，城陷不屈，全家投井死。

濁浪高於師曠城，見陳留風俗傳。人隨廬舍盡東傾。至今雨濕天陰候，過客猶聞鬼哭聲。崇禎壬午，決朱家寨水入大梁，浸淫及於陳留，城内外水深丈餘，屋宇盡没，邑無居人。

桐城王方日爲亡友蔣度臣刻詩集於汴中後列同學姓名余兄弟與焉度臣之殁宜有哀辭宿草之哭亦情所不能已也二首

不是無家奈别離，蓋棺事了始歸期。半生好客皆情累，一第成名亦數奇。篋底有金貧肯惜，人間無路老方知。最憐湖海元龍氣，收拾光芒入小詩。

迴思腹痛平生語，謬託知音撫絶絃。長恐雲烟隨散滅，忽驚珠玉已流傳。九原可作應相慰，同調無多又自憐。不覺餘哀生感激，爲君展卷一潸然。

和霜巖縣齋秋雨八首

陳留井邑荒，風俗尚淳古。官舍雜民居，蕭蕭一環堵。移牀避屋漏，正值秋來雨。秋雨有時晴，茅茨亦易補。乘時無鉅細，百廢在一舉。

許子天下才，卑棲屈兹土。到官已十日，坐看魚生釜。雖稀傳事梆，尚打排衙鼓。我來況無事，小住因賢主。只合向空齋，攤書聽涼雨。
昨日牒文來，歡聲滿城郭。黄河一丈減，秋水漸歸壑。回頭梁宋郊，禾黍正可穫。豈有溝澮盈，決防助流惡。野人殊過計，倚杖候乾鵲。
荒庭無竹樹，草上牆頭生。誰知一穴穿，已帶秋蟲聲。老夫方隱几，鼻息如雷鳴。雨點忽到窗，颯然歸夢驚。此中有佳句，夢斷詩未成。
我友趙十郎，索居廪延城。趙子晦時宰延津，去此二百餘里。河壖一小邑，長吏管送迎。我思往相就，所畏泥中行。乃知行路難，中有躑躅情。
殘暑去逡巡，蠅聲猶未歇。蒼蠅何足云，壁有鈎尾蠍。孤燈明復暗，被螫或倉卒。土產多毒人，吁嗟慎膚髮。陳留産全蠍，故云。
河流去城遠，掘井不破塊。常時瓢飲難，汲自十里外。官庖惜民力，水厄亦有戒。天漿忽傾盆，餘澤走滂沛。瓶罍既滿貯，茶味即沉瀣。絶勝調水符，勞心防狡獪。木榻乘秋陰，黴蒸入布被。解衣背粘席，轉輾出奇計。爇葦著瓦盆，濛濛透霧氣。苦遭烟炙眼，聊免體被漬。身居燥濕間，那得兩遂意。

中秋喜晴

連晨苦雨悵淹留，地近梁園客倦游。夢裏無花誰勸酒，天邊得月且登樓。城圍老柳吹笳夕，露灑寒螿擊檪秋。却記去年今夜會，滿堂絲竹醉湖州。憶去年鳳晨堂之集。

夷門行

秦師圍困邯鄲城，趙人乞援如乞盟。信陵重以姻婭故，坐視不救非人情。三千私客赴急難，致死一戰猶堪争。今者無端傾國出，不以君命俄專征。宮中符竊嬖倖手，閫外力奪將軍兵。鐵椎碎首彼何罪，汝自徼幸貪功成。誰爲此策大紕繆，公子幾陷無君名。生平下士頗折節，慚媿虛左親相迎。私恩不負負大義，二者較量孰重輕。先王正道日陵替，術士詭計方縱横。不聞死事憫晉鄙，但見好客誇侯嬴。史遷本意喜任俠，公論久掩吾不平。千秋事往一感歎，弔古聊作夷門行。

汴梁雜詩八首

土岡起伏向平蕪，蕎麥花開似雪鋪。舊日樓臺埋井底，秋來風雨暗城隅。鄒枚作客虛詞筆，高李論交剩酒壚。少陵與李供奉、高常侍同時客遊梁、宋間，故其昔遊詩，有「往與高李輩，論交入酒壚」之句。今城東南有三賢祠。莫怪遊梁無一事，已將名姓混屠沽。

鞏洛東來地勢窪，一條清汴走長蛇。霸圖難畫鴻溝界，恨事空椎博浪沙。博浪城在府北。衰草平原秋放牧，西風古堞暮棲鴉。靈光一寺巍然在，大相國寺踞地最高，壬午之禍獨不爲沙土所埋，汴中樓閣存者，惟此而已。留取伽藍記夢華。

削除七國獨存梁，愛弟終因母后妨。禁網初寬到賓客，人才一變起詞章。平臺築後門常闢，東苑成來志稍荒。但取虛懷能下士，豪華原不累賢王。

梁朱。宋趙。遺墟指汴京，紛紛代禪事何輕。也知光義難爲弟，不及朱三尚有兄。將帥權傾皆易姓，英雄時至適成名。千秋疑案陳橋驛，一着黄袍遂罷兵。

歲幣輸來不計緡，無端齒冷爲亡唇。偷生虎穴甘南渡，忍死牛車痛北巡。翻覆兩家天假手，興衰一刼局更新。幽蘭堂畔誰相惜，只有從亡十九人。

勝國分藩本屬周，承平樂事數樊樓。星連北極雄繁會，地是中原沃衍州。樂府新聲翻百闋，書堂名蹟勒雙鈎。最憐禍較江陵烈，河伯摧殘甚鬱攸。

螘穴將穿積勢成，洪流直灌大梁城。運移天險翻資盜，禍起庸夫好論兵。明季流賊圍汴，推官黄澍倡議決朱家寨水以灌賊營。賊覺而遠避，開封翻成巨浸矣。不信龍蛇皆沴氣，可憐魚鱉盡蒼生。滄桑變後秦灰黑，誰見黄河十里清。

新標禹廟鎮河濱，師曠臺邊迹已陳。吹臺，今更名禹王臺。獨向蒼茫時極目，誰當摇落不傷神。空倉雀鼠千村賦，故壘牛羊四戰塵。老傍人間多閲歷，漸無閒淚可沾巾。

宋門別陳叔毅二首

同作大梁客，情因去住殊。時叔毅舉家客汴城。累君爲地主，餞我赴歸途。對酒狂猶昔，謀身老漸迂。未妨吟思苦，頷下賴多鬚。

全家猶旅食，别路阻清遊。相約同登吹臺，爲雨阻。近約尚難必，歸期可自由？貯愁聽舊事，挈涕灑神州。令伯元倩先生崇禎末爲開封司理。莫作長流落，風塵易白頭。

陳留後圃習射示孫周人許繭爲

縣齋秋日長，兀坐愁面壁。異書如荆州，欲借那易得。後園有棄地，糞壤經馬櫪。泓然見清池，老眼喜一滌。初看剪蓬艾，次第拾瓦礫。朝來箭道成，百步盡所歷。兩生頗好事，飯罷走相覓。邀我日同來，分朋控鳴鏑。雖無皮畫鵠，縛草聊代的。引滿試射之，於中寓考績。浮情或倖中，詭遇本無適。古人一技精，往往互砥激。勿徒視游戲，儼若對强敵。我昔方盛年，從軍曾草檄。風前餓鴟叫，頭上飛霹靂。蹉跎萬念乖，漸怕矛頭淅。力衰安可强，衆醜供指摘。自笑諒無成，習勞猶運甓。子今心膽壯，作此太寂寂。斯言可類推，凡百慎剖析。

朱仙鎮岳忠武祠

平生感憤興亡際，往往無端供裂眦。晉之懷愍宋徽欽，失國偷生本同類。兩家子弟又庸下，南渡誰論復仇義。千秋乃有岳將軍，欲雪斯慚出奮臂。曾經讀史浮大白，況到提戈用武地。一條衣帶指黃河，倒捲狂瀾作餘勢。當時大業已垂成，談笑收京俄頃事。乞和語出金人口，二帝歸如反掌易。南內何妨奉上皇，中原未必虛神器。可憐計算不出此，奸相逢君有深意。朝廷不要兩宮還，那許疆埸壞和議。乾坤震蕩功百戰，性命風波獄三字。湯陰故里虎林墳，幾處經過頻灑淚。豈如此地更悲涼，血裹征袍等閒棄。二百年來崇廟貌，祠創于成化戊戌。兩行檜柏千霄翠。北風怒吼白日昏，猶有英雄不平氣。

與王方日

姚生寓舍晨排闥，一笑驚君起著衣。余初識君於同年姚別峯寓中。半面相逢雖草草，兩心經別自依依。倦游客況秋風冷，末路交情酒伴稀。不料尚邀公子顧，累他紅粉避燈輝。方日夜過余寓，適有女郎在座，聞公子至，避匿不出，故戲及之。

汴中遇蔡遠士次韻留別三首

與君少小生同里，嬾蔡知名二十年。今日汴中初識面，鬢絲秋老菊花天。

買蟹宵來倒客囊，汴城無水味，蟹尤難致，一枚例索錢五十文。一燈相對話蒼涼。舊京風物吾猶記，宋嫂魚羹薛嫂羊。

馬嘶門巷客將還，殘醉扶頭改別顔。多感故人相送意，略煩秦女唱陽關。時有秦姬在座。

韓岡送同年張逸峯之安慶

去年下第傷坎坷，君館髯姜西溟。兼客我。順風三日不張帆，緑水名園停畫舸。一攀楊柳辭春陌，兩見榆槐更歲火。那知此地忽相逢，客裏班荊當道左。大梁城東秋野闊，片片飛鴻向空墮。夜騎羸馬到韓岡，我倚身强君亦頗。人間裙屐胡足道，絲吐春蠶自纏裹。天津公子氣雄豪，長劍短衣無不可。近聞西陲方有事，廟算行將啓邊鎖。時閱邸抄，聞出師之報。吾曹猥以不羈身，五寸垂緌等遊惰。君依官舍獲侍奉，時逸峯隨尊甫觀察公赴任安徽。我赴歸期尚難果。殘樽相屬且勿辭，黄花正綻霜前朵。

重陽日接胡茨村觀察書及見寄一律次韻奉答

含語相逢兩未申，匆匆悔作渡河人。敢期交臂心相許，及捧來書意果真。白雪愛吟千遍熟，黄花催换一番新。眼前事事俱難料，不爲傷秋歎亦頻。

一序何當重左思，重煩傳語到臨歧。來書屬余作詩文序，故云。可知投劾休官地，未是移牀遠客時。九日歸心憐我急，十年恨事識君遲。不嫌寂莫遊梁跡，點綴行裝賴好詩。

將歸故里留别霜巖三首

百里衝煩邑，河流接小黄。鄉程貪漸近，官味看初嘗。家本傳儒術，名猶在舉場。此情吾諒汝，捧檄爲高堂。

別後寬相憶，君才百事能。神明真不忝，藴藉若無憑。世苦需經濟，官廉慎愛憎。似聞田父語，蓄眼見何曾。

四海皆兄弟，相關得幾人。不愁官俸薄，翻計客囊貧。却饋非吾矯，論交到爾真。平生知己意，感動豈無神。

答趙蒙泉别後見寄之作

趙壹豈窮人，文章天下冠。成名陷羅網，識字召憂患。平生師友間，慷慨赴急難。一機駭初發，二事將并案。隻手探沸羹，孱軀分糜爛。欲知氣難奪，正賴神不亂。戴盆却望天，畫地詎宜犴。洎乎冤得白，重以讒被間。幸免輸鬼薪，誰堪贖城旦。先生鮮稽怒，一笑春冰泮。脱身梏拲中，去國等流竄。疲驢入京洛，旅食年頻换。囊中綠綺琴，焦尾實經爨。知音世不乏，聽者每三歎。捷徑有争先，陳人尚魚貫。空持魯褒論，孰下干木判。遇我夙懷傾，招呼詩酒伴。貧交無强合，失意多聚散。老淚落河橋，離愁渺雲漢。殘秋滯梁宋，仰視南飛鴈。寄我别來詩，開函一腸斷。君心人盡諒，蹤跡聊羈絆。出語忌孤高，時情伺譏訕。

留别吴梅梁表兄

幾日重陽雨，雨晴天忽寒。北風醒別酒，落葉打征鞍。不計授衣晚，欲爲分袂難。他鄉老兄弟，情到勸加餐。

大風晚至杞縣訪李明府不值

沙土晚濛濛，孤城萬木中。氣吞平野日，聲壯渡河風。結伴隨陽鳥，離程極轉蓬。不須煩地主，旅食報年豐。

歸德道中二首

海鴈橋邊路向東，霜消日氣午怡融。木棉吐子如脂白，野柿垂條似火紅。驢背人簪雙鬢菊，牛蹄塵漲四輪風。旗亭一醉誰同伴，獨把吟鞭過宋中。

寒烟衰草入疏蕪，睢水流同戰血枯。他日江淮論保障，至今祠廟具規模。城連耗土秋多鼠，樹倚神叢社少狐。惆悵繁臺歌管歇，角聲吹落孝王都。

商丘周宜菴明府貽牡丹名種戲成四絶句

戚里名園結搆新，千株遠致洛中春。燕中苑圃争購此花，今秋北去者以商丘一縣計之，已至一千本。多情誰似河陽宰，留取名花贈野人。

珍重新寒九月初，歸程作伴太憐渠。渡江船上人争看，桃葉桃根恐不如。

瓦礫堆牆老圃家，燒餘一片變桑麻。問余臺榭今何處，也要移栽富貴花。

包裹泥封護本根，隔年分種自梁園。得歸且作看花想，未必花時穩閉門。

永城縣陳太丘祠

賢人處末流，德器務廣大。先生得此意，名不黨籍挂。庸夫取同塵，君子重遠害。偶然出從政，初不計殿最。曾爲茲邑長，治道去其太。豈必赫赫名，當前互驚怪。到今有餘慕，俎豆禮無殺。我來謁公祠，下馬肅瞻拜。題詩警俗吏，似爲求名戒。不見道旁碑，去官碑輒壞。

望碭山

萬乘東南巡，本厭天子氣。匹夫乃心動，走向此中避。雲氣隨真龍，人誰跡劉季。可憐秦皇愚，不及吕后智。英雄論成敗，孰者意料事。秋色中原來，蒼然入淮泗。蜿蜒忽横亘，一束千里勢。豐沛袒右肩，濠梁舒左臂。古來雜王霸，要豈山所致。吾將訴真宰，鏟爾作平地。山色如死灰，嗚呼識天意。

南宿州即事

符離城外騎驢女，愛着紅裙愛插花。十里迴車無避處，不辭相送到村家。

汴中無魚今日至固鎮盤餐得此余方以爲喜座有晉人乃至廢食云吾土有客水鄉者所親必相戒勿食魚恐傷骨鯁也南北嗜好之不同如此

各有鄉風兩不知，區區口腹莫相疑。看他葱薤堆盤處，是我攢眉廢箸時。

臨淮曉渡飯於逆旅述老人所言

人影動浮橋，清流繞淮甸。月光水面澹，初日烟中見。中都地脈連，風物南方變。城灣鵝鴨鬧，客飯魚蟹便。逆旅八十翁，自云本武弁。前朝守陵户，賦役除本縣。自從喪亂來，瓦落奉先殿。天家王氣盡，凍餓甘衰賤。誓死不去鄉，依依豈他戀。曾供灑掃職，麥飯每私薦。孟冬時享近，又欲往營奠。言罷竟出門，回頭淚如霰。

過鳳陽城外二首

帳下居然識帝王，千秋間墓表滁陽。時來將相皆同里，淚落英雄有故鄉。芒碭天青雲氣散，江淮月白水聲涼。龍蛇變滅須臾事，猶指山名號鳳皇。

元老還朝起廢臣，宜興再相，起馬士英爲鳳陽總督。二陵收氣避黄巾。忽聞淮泗聲援地，已奉邯鄲假號人。南渡半年輸弱晉，西來羣盜甚苻秦。青絲白馬他年恨，草木餘威在壽春。

池河驛

古驛通橋水一灣，數家烟火出榛菅。人過濠上初逢雁，地近滁州飽看山。小店青帘疏雨後，遥村紅樹夕陽間。跨鞍便作匆匆去，誰信孤蹤是倦還。

度磨盤山滁濠分界處

只在羊腸鳥道間，不知行過兩州山。千家大柳烟中驛，一綫清流井底關。樵斧樹稀行客倦，茅亭茶熟老僧閒。路難馬力尤須惜，莫遣鞭多比石頑。

清流關

低迷野氣中，路斷遇崖嶮。陡然拔千丈，直上匪由漸。行子中州來，巖關此爲險。其西道尤惡，石滑破馬膽。步行到關門，一往生勇敢。長風捲林薄，敗葉撒雨點。豁達眼界開，晶熒日光閃。少休得古寺，徐使神氣歛。想當割據初，外户晝長揜。寧知暉鳳擒，猿鳥就籠檻。邇來幾易代，地僻設防減。僧房同啓閉，鎖鑰誰復檢。經過亦偶然，形勝窮一覽。

滁州

岡迴樹轉到城遥，甃石纔通路一條。細水流應落西磵，韋左司有滁州西磵詩。好山青不盡南譙。名賢出守曾相繼，異姓封王又一朝。争説此邦風土好，至今生計穩漁樵。

舟發六合

馬煩車殆歷問關，轉愛江程一日閒。吴女布帆十二幅，畫船頭尾載花還。

大霧自儀真曉至京口

斗柄插秋江，夜行指西東。五更乍迷道，水氣昏霾霿。小舟一葦如，漂蕩雲海中。焉能辨咫尺，所向疑皆窮。何物導我前，羣飛賴南鴻。稍知京口近，忽報金山鐘。旭日出未高，半天已先紅。須臾掃無跡，一望東南空。但見旗脚舒，平流起微風。畏途付噩夢，回首猶忡忡。

關吏行

大農按籍加關税，小吏機乘搜瑣細。吴中支港夜不行，水柵村橋晨尚閉。歸人癡絶良可歎，枯蒲帶土包牡丹。壓馱馱增騾價貴，入船船重關津難。有情對爾應惆悵，近日花綱多北上。獨攜此本到江南，莫怪揶揄兩相向。

舟中紀事

十月之交冬令行，雷宜收聲乃發聲。嬰兒晝啼天女笑，羣蟄啓户魚龍驚。初聞吴中夏大水，萬頃平疇長蒲葦。又聞蔚州七月霜，盡殺稷菽秋無糧。雖云地氣異南北，何至天道違陰陽。野人未敢窺天意，目擊口傳非一事。他年誰考五行書，五行志災不志瑞。

雨中發常熟回望虞山

錢生玉友。約看吾谷楓，輕裝短櫂來匆匆。夕陽城西嵐氣紫，正值萬樹交青紅。天工似嫌秋太濃，變態一洗歸空濛。湖波蒸雲作朝雨，用意不在丹黄中。大癡殁後無傳派，此段溪山復誰畫。老夫新句亦平平，要與詩家除粉繪。

吴江田家行

高田去水一尺許，低田下濕流沮洳。半扉潦退尚留痕，兩足泥深難覓路。土牆頹塌茅屋倒，時見牽船岸上住。家家網得太湖魚，米少魚多無換處。朝廷聞下寬大詔，今歲江南免田賦。野老猶供計畝租，官倉自貸輸糧户。田家田家爾最苦，有鐵何煩鑄農具。半生衣食在江湖，賣犢揚帆從此去。

敬業堂詩集卷二十一

皖上集 起丙子正月，盡四月。

去冬歸自汴梁，今年擬息勞筋，稍理舊業，適承座主清溪公之命，與令孫任可偕往皖城。避春江風浪之險，由四安鎮取山路經宣城、池陽，抵黄盆口始渡江，皆向來遊蹟所未到也。

題三娘子圖四首 并叙。

按諸葛元聲兩朝平攘録：三娘子，俺答長女也。生而清麗，資性穎異。善書番文，尊中國，尚瞿曇，每於佛前懺悔，求再生當居中華。已受襖兒都司聘，俺答通焉，遂奪之。隆慶五年，俺答歸順，封順義王。三娘子封忠順夫人。萬曆壬子，俺答死，其舅黄台吉烝而配之。黄台吉納婦一百八人，以象數珠。三娘子佐之，貢市惟謹。

台吉死，長子扯力艮襲封，復烝而配之。丁亥六月扯力艮同妻入邊，巡撫鄭洛傳語三娘子，無忘香火舊情，卒聽平，受賞于弘賜堡。去大同六十里。十七年間，三封貴爵，貢市之不渝，多有力焉。獨石中軍素善繪，因密圖三娘子及受封三王像，以獻於朝。故得其詳如此。馬子衎齋屬周兼畫此圖，索余題句，略撮始末，使覽者有考焉。

香燈小炷懺前因，一念三生誤隔塵。莫聽琵琶思入塞，明妃曾是漢宮人。

别移部帳事休屠，衆裏方知顧盼殊。百八摩尼齊合掌，讓他一顆佛頭珠。

詔恩三换等兒嬉，報貢頻頒五色絲。見説兩朝曾欵塞，不知通好是閼氏。

埋香青冢亦堪悲，粉黛流傳又一時。想像承平光景好，風流邊將畫蛾眉。

雨後行園梅花已落力輩方編籬

宿雨潤苔痕，幽人杖藜至。池邊一株雪，狼籍香滿地。不忍踏成泥，猶存惜花意。平生無長物，外遇中鮮滯。一出動經年，窺園偶然事。敢爲花作主，吾老身如寄。乃復補樊籬，遮防亦情累。小童如我嬾，長養薔薇刺。欲剪又躕躕，何當絶非類。

食薹心菜

用心霜雪餘，尺寸取易長。土膏發春雨，其葉沃以光。漸見碧玉簪，枝枝葉中央。初來但小摘，爛熳抽四旁。花時籬落間，色比黄金黄。而我乃爲口，斸歸滿筠筐。芼之供盤餐，指動齒頰香。貧家寡私奉，婢僕皆品嘗。可無勤惰分，於此示激揚。園丁給宜厚，特以匕箸償。山田歲不登，老圃聊救荒。所慚勞汝力，充我藜莧腸。

南湖舟次遇魏禹平時禹平歸自濟南余將往皖上二首

低田幾稜菜花雨，野水一灣蘋葉風。却向家鄉話京國，小桃猶是别時紅。

烟雨迷濛港脈斜，葑湖水落吐圓沙。春波門外春帆影，君是還家我别家。

順風無帆戲作短歌

風頭滚滚浪花白，喞尾隣船開絡繹。千檣多作挂帆行，弦彍虚弓箭初釋。開翎一一雁投渚，騁足犟犟駒過隙。同時離岸我獨遲，我坐無帆聊挂席。偶然利鈍各有數，相去寧須論什伯。來船未必盡無帆，笑爾有帆風又逆。

董文敏臨米天馬賦卷子真蹟余弟德尹以十二金購自賣骨董某家鑒微上人貽書張岭老謂爲遠客攫去足值五十金岭老作長歌紀其語至呼弟爲惡客且云此公詩歌妙絶特削其名氏正欲寄元激之使戰語託滑稽其實乃深忌之也時德尹已北去戲次原韻即傚岭老體并示鑒公

古來善書者，稱聖亦稱顛。張芝米芾相繼出，遂覺格勢大變非從前。華亭老宗伯，落筆何翩翩。衆中自集一家法，學本人力姿由天。偶然放手模寫天馬賦，一斑窺豹知其全。人間流落有此本，幾逐市販同推遷。昨來忽入好事眼，三百十字顆顆明珠圓。傾囊倒篋可笑不自量，巧取或怵他人先。腰纏十金一揮隨手盡，世上乃有此種揚州仙。還家但徒步，不辨書畫船。老僧旁觀歎且妬，謂此可值五十千。大爲得者長聲價，賻卷十倍增鮮妍。得無羨魚語聞張子悅然失，固是癡癖寧非賢。君家向來收藏亦已夥，細入針孔思貫穿。頗聞典賣及古玩，何異開閣散遺諸人，往往猶臨淵。去年卧病九十日，料理藥物供高眠。性之所近終不化，如噉石蜜甘中邊。又如雅嬋娟。故人傳與衛生訣，撥棄嗜好年方延。量暫止酒，麯車相遇口角仍流涎。作詩相惱覬一擲，寸鐵不用張空拳。豈知懷寶出問道，捲旗卧鼓有似刀藏鉛。無端索和乃到我，野戰突上荒山巔。謂我曾經閱此卷，劘壘相向師非偏。我能爲汝咸其輔頰舌，使汝鉥腎刻肺飲食夢寐中難捐。書評髣髴舉大概，虎跳鳳翥龍蜿蜒。若將墨寶比良劍，也應光怪直射文星躔。然而達人宜自廣，美玉豈必收于闐。貪多務得物斯聚，富而可求吾亦爲執鞭。近來書畫大半入秘府，居奇幾輩包裹充貪緣。三間茅屋配汝作清供，書生習氣如此真可憐。猶復嘵嘵引喙較得失，物情什伯千萬胡相懸。我於妙墨豈不好，只坐欲買羞澀囊無錢。金奩玉軸所見不爲儉，過眼瞥爾心恬然。必教一一皆己有，天地何以生雲烟。況聞佛法無我相，試拈此句詰老禪。滑稽代作解嘲語，滿紙倔强定有瀾翻篇。輸攻倘許破堅壁，正恐筆削爲無權。嚴詩他日編杜集，能禁此客姓氏泯泯終無傳？

去秋自河南歸攜植牡丹數種春來適有安慶之役不及待其開以詩紀別

客遊出梁宋，地主頗不俗。貽我六娉婷，相隨到空谷。我貧寄茅茨，貯爾無金屋。繁華有借境，直以名姬蓄。殷勤手親栽，不忍委僮僕。冬暖少雪霜，春陰滋霢霂。栽培本天意，私願苦難足。可惜姚家黄，一株萎偏獨。五家尚成隊，紈綺可合族。別之豈無情，行期爲改卜。未償道路債，妄冀看花福。開時果出門，詩讖已早伏。余去年詩，有「未必花時穩閉門」之句。明年豈不好，吾老狀可掬。應笑歸來遲，尋春同杜牧。

塘西舟中喜晴得六言律詩一首

雨絲渺渺將斷，日氣葱葱半銜。客路漸逢寒食，遊人未换春衫。桃花古渡茅店，柳色輕烟布帆。此去清溪不遠，數尖已露晴巖。

過岎老與之論詩

昨日鳩喚雨，今朝鵲報晴。村村桃李花，處處隨浮萍。中流幾千點，著此孤舟輕。故人知我來，一笑門前迎。别來四十日，頗覺太瘦生。苦吟誠乃疲，中有金石聲。子詩人所怪，任意方孤行。自喜正在兹，焉能博時名。引我附同調，背汗顔亦赬。失學事惰游，東西無期程。古人傳著述，多在名山成。涉獵得其粗，不如閉户精。子今雖善病，幽居領餘清。物理與天機，静觀皆性情。願子堅自信，後來有公評。

飲周柯雲家玉蘭花下

小船撑入菰蔣牙，主人如客偶在家。入門一揖仰面笑，玉樹正吐牆頭花。此花畏雨兼畏日，難得春來好天色。今朝恰是養花天，又被狂風恣狼籍。興來相就席乍移，無酒酤我我不辭。杯中自吸冰雪影，紙上誰賞瓊瑶詞。白雲茫茫屋上下，醉眼迷離兩相射。鈎簾何用更燒燈，自有花光能照夜。

寒食湖上作二首

紅粧催上木蘭舟，女伴家家愛出遊。多事六橋新柳色，自含烟雨自遮樓。

葑田青合去年沙，遠岸殘桃賣酒家。錯怪東風欺老眼，我來原不爲尋花。

題蔡藜輝舫齋次岕老韻

風過溪來灑面涼，一支健水出餘杭。平分半幅疑看畫，難得三間恰向陽。漁網愛牽簾影動，釣絲閒拂水花香。浮家倘許來相就，剪取橋南疋練光。

從湖州至四安舟中大雨

山迴兩崖高，路盡一川狹。春流不盈尺，野艇容恰恰。正賴急雨來，須臾同放牐。孤篷支兩膝，兀坐如被壓。問路屢見紿，方言亂鵝鴨。紆遲終到岸，我有安心法。首路又登山，回頭憶清霅。

雨中過九里岡

平生狎濤江，老怯風波惡。茲游特改路，意取山行樂。一笑我命窮，天公大戲劇。朝來發古鎮，苦雨若赴約。肩輿煩兩夫，蹉跌防失脚。山山勃姑叫，泥滑石齟齶。漸上九里岡，險如出劍閣。我本村野姿，浪遊因落魄。無端役人力，揣分非所託。稍待天放晴，前林候乾鵲。勞生就徒步，庶免中心怍。

廣德州

山勢豁一州，中央據衍土。地當江浙會，開拓自洪武。長興環其東，外捍等干櫓。西南界宣歙，兀突重巖俯。長江乃北門，集慶倚堂廡。當年耿鄧功，拱翼事真主。張吳勢雖偪，力絀不得取。時危有鬬爭，事往失險阻。如今城下路，日夜走商賈。獨有好事人，登城尚懷古。

連日風雨山行頗有寒色

盤旋八九里，下上千百尋。身在雲氣中，不知山淺深。雨聲挂奔瀑，風響交長林。空谷早晚寒，颯然作秋陰。初疑春不到，忽有喈喈禽。

飲十字坡茶菴

連岡踏成泥，山骨似無石。汙池之所瀦，土赤水亦赤。瓢漿乃時需，解渴聊飲血。一飲不自持，吁嗟遠行客。

紅林橋

山花不知名，山鳥多聚族。深村窅然入，樹影散晴旭。人家石橋邊，共吸一溪渌。年豐旅食賤，市遠無魚肉。但覺松毛香，茅簷燒筍熟。

宣城道中喜晴

宣城古郡風土嘉，就中最樂惟村家。我來正值積雨後，雲氣解駮生晴霞。岡巒過盡徑路坦，溝洫流去田塍斜。新茶未焙穀雨葉，早稻已茁清明芽。長鬚摇風飄宿麥，新翠著地鋪胡麻。柴門相接緑陰裏，籬落綴以朱藤花。迴思連日走旋濘，若涉大海無津涯。人間乃復有此景，始覺大地猶春華。

曉望敬亭山懷梅耦長孝廉

千峯含霧争出没，惟有敬亭先得日。相看不厭吾亦云，可惜游踪難自必。都官詩派誰復論，家法傳與長身孫。孝廉詩好畫亦好，不愛城市居山村。昔在京華曾倒篋，看畫求詩情頗狎。入山不訪住山人，古者論交無此法。山川興到尚可乘，他日重來能不能？作詩爲報句溪叟，聊記吾曾過宛陵。

高嶺菴小憩

再上已無路，中休宜有菴。花陰移客座，松氣接僧談。俯視風斯下，端居戶正南。一泉香積味，慚媿荷分甘。

渡清弋江

一曲清江抱白沙，牧之佳句舊曾誇。乍離古渡船如葉，初換春衫客憶家。遠處人烟連竹色，晴來村店忽楊花。亂山青過陵陽路，遥指雲頭辨九華。

飲劉蘧菴光禄慕園二首

恬澹知君性，中年早罷官。自耽泉石趣，轉覺世途難。爲我開花徑，攜樽就藥欄。肯辜楊柳月，深坐到更闌。

此來吾有幸，别圃得春光。地主留花待，詩情被酒狂。欵門煩兩使，愛客到諸郎。千里能相就，何須置鄭莊。

南陵早發

林深葉密曉冥冥，旭日初啣霧未醒。小店門開惟土竈，一菴僧閉但茅亭。秧從布穀聲中緑，山向畫眉啼處青。獨與野樵争路入，偶逢釣叟覺魚腥。

山家柴栅編竹而不築牆云以拒虎虎能踰牆而不敢窺籬蓋疑其爲陷穽也作虎落歌

危巖下瞰千仞壑，猛虎騰身只一躍。東村黄犢西村羊，入室踰垣恣饕虐。山人不以牆禦虎，插竹成籬用藤縛。目睛如炬不敢窺，疑是中間伏機獲。天生人智爾則愚，咆哮作力胡爲乎？不知此法自誰創，陰絶覬覦真良圖。周防莫遣樊籬破，與虎爲隣可高卧。

蕎麥灣大雨

蹇驢躄躠牛蹄重，雨脚斜飛密無縫。雲蒸霧氣取境迷，泉挾雷聲撼山動。詩人好遊復好奇，衣沾屐濕去不辭。人生行路難如此，偏在溪山最好時。

山店阻雨次徐任可韻

長程愁冒雨，小市喜臨橋。旅飯留人住，征衣借火燎。溪喧窗逾静，吟苦膝頻摇。莫作衝泥去，尋山不在遥。

行經九華山麓欲登不果任可有詩戲次其韻

玉池瓣瓣蓮，石角株株筍。去天纔一握，豈可尋丈準。一百六青峯，峯峯入吾眕。終焉就埋没，雲霧諒不忍。天如憐詩人，久被陰雨窘。雖非鸞鶴姿，稍異蟄蟲蠢。撥雲使就道，迴馭控鞅靷。我僕忽告勞，從旁乃微哂。平生汗漫遊，衰暮興易盡。向來徒碌碌，臨去猶惷惷。寄語雲中人，塵寰終遠引。他年香案吏，名籍倘未泯。

碎石嶺詞

黃泥岡頭白日黑，竹雞一聲石盡扐。杜鵑勸客不如歸，鷓鴣阻人行不得。居人慣聽不覺愁，一蓑背雨唱歌去，我與爾同風馬牛。

初至皖城喜遇同年姚別峯兼招程松皐舍人

宜城渡頭三月尾，荻洲新漲河豚起。片帆帶雨剪江來，意外班荆得姚子。人情得隴每望蜀，便想同時兼兩美。作詩更欲招之罘，東向樅楊寄雙鯉。大龍山頂龍眠麓，起伏尻脽百餘里。晴光欲動草翻烟，春事將闌花潑水。君能命駕姚亦留，猶及同看紅藥蕊。

程松皐得余所寄詩即夕自桐城命駕過皖次東坡喜劉景文至韻

偶然折柬相招呼，起聽雙鵲鳴庭隅。知君與我不遐棄，古義鄭重今人無。肩輿西來二百里，疾足遠致兩僕夫。欸門大笑發狂喜，屐齒忽折行須扶。余頭漸添種種髮，君頷競長鬑鬑鬚。別來三歲遽如許，尚不作達寧非迂？勿嫌江城春已晚，百物生意咸昭蘇。梢頭紅藥若有待，含語未吐真名姝。烟花滿前太狼籍，風雨賴汝能支吾。有情相對且盡醉，只恐酒醒仍江湖。

懷寧劉東皐明府招飲薔薇花下

江城十日九日風，遊絲落絮飄晴空。春光却在令君宅，别館布席依芳叢。竹籬半庭添曲折，葉幌一架穿玲瓏。不知花頭幾萬朶，但覺香靄浮簾櫳。晚霞烘天鶴頂赤，杯面倒影魚鱗紅。小胥抄詩浣清露，狂客噓氣攄烟虹。人言簿書妨作達，正坐才短心憧憧。如君治劇本閒暇，豈有塵霧能相蒙。神清政簡若無事，佳興自與遊人同。不辭小户徑霑醉，髣髴置我葡萄宫。酒闌更話十年舊，獨惜座上無車公。朱悔人與劉同邑交好，故云。

三月二十九日賦瓶花

客中春忽盡，僧舍少嘉樹。野草着幽花，荒庭邀一顧。膽瓶貯遠汲，紅紫插交互。雖深攀折憐，且免風雨妬。新枝若矜寵，昨者便成故。也復有遊蜂，窺尋入窗户。沾泥落衽席，等是閱朝暮。微物感吾心，流光去如騖。

晚晴登安慶城樓

浩浩風聲聶聶沙，大江東去日西斜。雄關地脈來千里，古郡山頭有萬家。一鳥帶烟投皖口，亂帆如葉點楊槎。最憐落拓重遊客，獨倚高樓看落霞。

同年左子畏家上臣各有魚米之餉詩以報謝

裹飯初來似趁虛，可能彈鋏賦歸與。故人館俸慚供米，久客江城愛食魚。垂餌欲分鈎上粒，勸餐恐有腹中書。頻年自識勞薪味，指動無端忽累渠。

與子畏上臣飲楊令詒孝廉宅

映門新漲碧鱗鱗，步屧相過近有隣。江上萍踪三月社，意中雲樹十年人。傾來竹葉休辭醉，飛到楊花不惜春。曾是東風同下第，每逢高會易傷神。

寓窗書所見

孤城低壓青山麓，人在山樓正倚窗。忽有一帆移樹杪，始知花外即長江。

僧房多鼠戲次青丘集中乞猫詩韻

物以黠著名，其性故狡獪。詩有穿墉譏，史徵渡江怪。兩端持首尾，同穴争勝敗。宵行競睢睢，晝伏避噲噲。飲河恣取滿，食角忽入隘。寧拚五技窮，肯守一貪戒。客來寓閒院，古佛同破廨。下榻地無多，羣來擾我界。迎貓古有訓，攫噬冀大快。香積乏魚餐，餘蔬雜饐餲。公然掉尾去，竄瓦等歷塊。坐長鼠輩驕，法門幾大壞。聲疑蝙蝠叫，惡甚蠅蚋嘬。鑿綫衲旋穿，污几經屢曬。嬾禪倒頭睡，并少沙彌誡。龕燈乍明滅，慣伺神力憊。客主滿堂中，欺人盡聾聵。老夫非不聞，恥與鬭機械。逝將歌去汝，鞍馬早可韝。聊復忍斯須，欹眠發長噫。人間老吏多，斷獄豈盡賣。磔之肆階下，微命直草蒯。害有大於斯，么麿法猶懈。豺狼問當道，此語堪下拜。

皖城遇張損持庶常

别君四年前，養痾卧鄉井。繼聞君遠出，訪舊歷鄢郢。藥裹頗關心，川長徒引領。何期皖城下，邂逅歸帆整。春江展明鏡，照見兩人影。一訊眠食佳，再看詩句警。所欣神氣旺，餘力出鋒穎。男兒鬭身强，即事有循省。我貧甘瓠落，踪跡雜蛙黽。君本青雲姿，霜蹄早已騁。姓名上館閣，著作富彪炳。間亦事清遊，官情冰雪冷。却將燕許筆，收斂耳目景。自笑捲波瀾，人誰測千頃。猶然荷降氣，采取到頑礦。故交豈不多，幾個念萍梗。迂疏踵後悔，窮老戀真境。且盡十日歡，歸期敢遽請。

答婁東曾蘭坡次唐實君考功扇頭舊韻

唐庚謂東江。吴質謂元朗。並詞壇，珂里流風尚未殘。白髪江湖稀老伴，青韶朋舊半高官。千金買賦愁何益，二頃求田計果難。慚媿新篇謬推轂，故應仍作布衣看。

任可將歸有詩留別次韻奉送三首

來何草促去何輕，話到臨歧百感生。並轡山程驢没淖，對眠禪榻鼠窺檠。豪除湖海陳登氣，老傍江關庾信名。行李累君吾轉媿，不曾彈鋏爲魚羹。

欲解孤舟又暫維，留行無計且遲遲。夢回風雨春將老，興盡江山句益奇。萬事到頭難逆料，獨行何地不相思。人生只有情難割，容易并刀剪亂絲。

胡麻好種盍言歸，悵望郊園白板扉。隨水孤萍無定所，時余又將往溢城。出巢雙燕又分飛。鄉音伴我人餘幾，家慶如君世絶稀。也道此番非遠别，不知何事倍依依。

損持見和前篇再叠韻奉酬

君才如轆轤，倒捲百丈井。運斤乃成風，巧斵無匠郢。和章出神速，佳處心獨領。鬭險初以奇，好暇仍用整。余姿實駑鈍，何敢望鞭影。未免竭蹶趨，因君聊一警。終焉免冠謝，老禿管城穎。有顏知自慚，在痛無不省。稍窺作者意，此事力難黽。一生坐好遊，四牡蹙靡騁。忽悟旋已迷，不文焉用炳。北風吹短褐，暖律中微冷。逝收汗漫蹤，少補桑榆景。烏犍叱兩角，碧沼開半頃。欲回焦穀芽，如鑿石田礦。賦才亦分定，造化豈可梗。君苗硯欲焚，邊幅窘詩境。詞華公等事，稼圃吾所請。

同損持任可步入一指巖

借居古寺如雞塒，破窗無紙户礙眉。庭荒草蕪一無見，臥聽別院鳴黃鸝。故人敲門不暇嬾，邀我近出同尋詩。平岡路轉百餘步，忽有曲徑穿疏籬。春光已殘夏方淺，景物正及清和時。新篁飄籜雨蔌蔌，老樹吹絮風披披。石榴初綻的皪蕊，勺藥未吐婀娜枝。三間精舍好位置，高下恰與林巒宜。寓居纔隔一垣耳，向所未到今追隨。自慚百事坐頹廢，覽勝亦荷同儕貽。

酬詩僧愷月

十日吟窗悵獨凭，不知同舍有詩僧。感深逆旅皆爲客，快比西南乍得朋。芳草一簾花外磬，綠陰半榻雨中燈。從今便結尋山伴，我着芒鞵爾擔簦。

詩筒爲損持賦

誰將圍寸竹，截作徑尺筒。粉筠削盡肌理出，玉質外瑩其中空。爲君滿貯詩千首，投以琅玕報瓊玖。寄去寧煩六六鱗，捧來須得纖纖手。

周通守劉明府惠鰣魚感賦

江橋市氣腥，細瑣雜鰍鰻。鱘鰓及子鱭，邂逅適我願。鰣魚乃海味，族類去人遠。無端四月初，來就捕魚堰。成羣吹柳絮，力小波濤困。高價買銀刀，充庖復奚恨。千錢易一尾，奇貨居負販。何當地主情，絡繹餉懦鈍。於余誠過分，爲爾勉加飯。憶昨京口城，南包充北獻。至尊珍匕筯，官長申重巽。千艘網夜集，卅驛沙晨噴。争致五侯鯖，誰焚百金券。自兹遂成例，難以什伯論。乘時規盡取，挂一肯漏萬。遺落偶人間，搜羅又焉遯。生平持竿手，意釣本無悶。朅來江湖遊，飽食慚頓頓。仁人砧几憐，豈獨泯恩怨。竭澤慎須防，擊鮮毋久慁。

登迎江寺塔同程佐衡作

江山本無窮，遠景域近見。凌空得古塔，覽勝斯獨擅。方當賈勇登，寧計足力倦。一層一喘息，屢上屢迴旋。漸覺所歷高，團團目雙眩。大龍鱗甲動，掉尾曳匹練。東沈九子烟，西掣五老電。日光盪浮氣，顯晦呈千變。何來萬斛船，初若葉墮片。須臾到城下，鳧鴨依稀辨。應有舟中人，回頭望雲巘。江心指倒影，了了識我面。多生幻妄緣，顛倒徒自炫。不如且暫憩，萬象付虛盼。直作御風行，泠然有餘善。

次韻答劉東皐

展翼須大風，負舟視積水。我無二者力，於義昧知止。魚鳥兩忘機，波流任縈委。蹉跎不自覺，憔悴今老矣。華髮映青衫，無由脱塵滓。近攜詩卷出，聊復向江汜。邂逅劉文房，清吟壓錢起。君家五字城，藝苑久擅美。千鈞靳鬉角，八扎洞犂耳。也似奏牛刀，砉然入腠理。專家尚難到，碌碌況餘子。不謂簿領中，兼長乃有此。訟庭懸一鞭，客座設四簋。文書日堆案，遮眼愛經史。咳唾隨口成，珠璣誰得似。猥蒙獎許及，欲報慚何以。君本大夏材，干霄養桐梓。文章岳牧薦，名姓上九齒。猶復滯河陽，年年種桃李。譬諸閒草木，臭味在蘭芷。廊廟亟需才，遠琛棄西珥。築臺收駿骨，應自郭隗始。班超筆未投，卜式爵争徙。輸邊半文吏，磨盾雜象弭。曷不走從軍，尚堪作嚆矢。用班超傳中語。

三疊前韻答程佐衡

吾黨得程生，紛綸五經井。變風欲删鄭，高調乃和郢。跌蕩到文壇，鸖鶂可獨領。談辭聽奮發，儀度看修整。實至名斯隨，有如燈取影。昔年入太學，都講拔清警。衆中頗不凡，揚藻謂見穎。淒然經報罷，徒步告歸省。余時亦客燕，氍毹語交黽。鴻飛豈顧弋，馬繫終思騁。内熱聊飲冰，寧堪膏自炳。至今清夜夢，一笑齒爲冷。小别曾幾何，雙丸劇馳景。回思十年事，倏忽若未頃。君猶錐處囊，我已鐵錮礦。向來期許意，土偶遇桃梗。正賴好江山，鬱紆豁奇境。明朝有高會，徑造不待請。來日約遊大觀亭。

弔元左丞余忠宣公墓二首

王氣江東五彩雲，上流假手綏游氛。若教京觀同時築，誰表孤忠異代墳。僭號無成終是賊，殺身得地孰如君。到頭此事關天幸，不死吴軍死漢軍。

殘局何須論上都，一軍援絶勢真孤。江山故壘殘骸在，社稷中原尺土無。計定全家争赴難，時危幾個肯捐軀。他時謫守含山廟，媿殺生降一老儒。用危太樸事。

佐衡置酒大觀亭招同損持蘭坡志鄴分韻得嵐字

故人置酒城西南，攜我晚登百尺嵐。大觀亭在喬木杪，鵲巢近檻俯可撢。短牆截斷萬家井，惟見遠景浮青藍。海門一關三百里，白馬南下無停驂。南江勢與中江合，一折匯作蛟龍潭。孤亭如山撼不動，影入明鏡光泓涵。舟人水鳥互出没，去者兩兩來三三。夕陽欲沈沙岸樹，疏磬忽報隣僧庵。主呼痛飲客徑散，要令耳目留清酣。

宿松朱字緑博學嗜古所葺南嶽考三卷援據往籍至數萬言而斷以己意大要謂古之南嶽乃灊之天柱峯非楚南衡山也頃於皖城官舍出此見示索余題辭作歌贈之

皖中奇士推朱生，文采奕奕千夫英。手持一卷南嶽考，筆力獨舉千鈞輕。首援六經證據確，旁及百氏搜羅并。尚書兩篇列四嶽，惟有泰岱名孤撑。北恒西華南則霍，疆域錯見因圖經。厥初相距道非遠，天子一歲周巡行。後來漢武禮天柱，荒邈不及衡州衡。可知灊嶽即南嶽，語雖似創辨頗精。君家近住此山下，高論直比山峥嶸。火維一神欲易位，此事乃可口舌争。我思鴻濛肇開闢，羣山綿亘誰指名。自從肆覲加望祀，錫以封秩同公卿。神靈豈邀軒冕貴，世俗自炫壇墠榮。界連郡邑互引重，事出讖緯多紛更。陋儒聞見溺沿習，幸免流輩相譏評。如君特識那易得，我不爾怪旁人驚。昌黎南遷偶失考，詩句聊紀衡陽程。他年重續輿地志，待爾著述名山成。

敬業堂詩集卷二十二

中江集 起丙子五月，盡十二月。

留皖城兩閲月，九江郡守朱恒齋枉札見招，復買帆泝江而上，又踰月乃賦歸。按禹貢有北江、中江之名，皆在彭蠡東。孔氏傳以入震澤者爲北江，則古之中江，當在皖口以上，湓口以下。今湖口一縣，當江湖之匯，與經文所云東池北會爲匯，東爲中江者正合，而正義引地里志，乃指爲震澤之中江，竊恐不然，輒據所歷攷正焉。

久客皖上將之江州劉東臯以詩見送次韻留別

大小孤山色，西南兩點烟。獨攜孤枕夢，又上九江船。岸闊沙沈樹，風狂浪拍天。感君投贈意，臨別倍依然。

酬別高雪亭

五年經遠別，一月又將離。捷徑人皆騖，頭銜爾未移。雪亭爲桐城令九年矣。上官須善事，衆口莫相疑。但去沽名意，後來終見思。

皖城早發卻寄姚君山別峯兄弟

又背孤城去，驪歌不忍聽。薄遊逢地主，久住爲山亭。月黑江光動，魚跳霧氣腥。檣烏啼最早，愁鬢轉星星。

黄石磯

水淺舟膠細作鱗，半篙撑過石粼粼。風傳茅店楝花信，山作畫家荷葉皴。王濛畫法也。鼓角自鳴孤戍壘，江湖暗老獨遊人。郵籤不用長年報，熟路重來免問津。

重泊路灌溝憶十八年前曾阻風於此

沙嘴沿迴又一灣，人家初在淼茫間。帆生浦口霏微雨，岸走雲根斷續山。芳草迎船依舊綠，白鷗如我幾曾閒。可憐路灌溝邊柳，暗閱勞生六往還。

蘆洲行

江干積薪如列屋，巨艦裝來聯萬斛。天生此物充正供，歲歲陳根發新綠。舊崩沙岸册未除，新漲荒洲報方續。三年一丈久成例，增減何曾量盈縮。不知此課起何年，坐待摧枯濕同束。我聞王政有遺利，藪澤閒田聽樵牧。如今尺寸籍農丞，作俑必由桑與卜。踏地輸租爾勿慳，逃空那得出人間。但看歸雁知人意，不敢啣蘆徑度關。

花洋鎮阻風望小孤山借東坡慈湖峽五首韻

積水西南一眺空，海門遥在有無中。行人已達大雷岸，好借半帆潮信風。

遠色蒼然近㠇然，鷺鷥銜破夕陽天。烟江叠嶂無人畫，一硯題詩落眼前。

魚網漸收沙際市，酒旗猶綽水邊扉。青裙縞袂誰家女，日暮一砧來浣衣。

萬竅争號怒未融，輕篙弱纜總無功。老夫只作參禪坐，定裏松濤起半空。

小孤知我重來意，先向江心矗片帆。爲報白頭猶健在，擬尋初約上巉巖。

避馬當之險從磨盤洲經沙灣至喻家洑

清江吐白沙，去岸二三里。小艇泛舸艚，團團磨旋螘。江豚鼓鬐鬛，簸蕩南風起。篙工㪔作力，進尺退或咫。馬當突兀來，石狀怪且詭。半爲鬼斧劈，倒插截其趾。白鷺導我前，依依投別沚。紆途雖較遠，脱險差可喜。輕生涉波濤，鹵莽迫暮齒。前非踵知悔，恐懼及兹始。

阻風小孤山北晝夢家園牡丹盛開醒而聞鷓鴣聲戲成一絶

羣仙一味嘲輕脱，故引名花入卧遊。却被鷓鴣呼客起，黄蘆苦竹近江州。

遊小孤山二首　并序。

大江經湖口縣，合彭蠡之水達於皖口。禹貢所謂中江也。小孤山屹立於其中，當盤渦激湍之匯，雖好事者亦罕游。余過此數數矣，至輒風濤間作。丙子四月杪，從安慶溯江而上，連遇西南風，舟行濡滯。五月戊午黎明發喻家洑，刑牲默禱，須臾風止，余竊喜曰：「登山，夙願也，神其許我乎？」亟令榜人剪渡。山形三面懸峭，惟西南一角，横石坡陀，首受分派，其下洄流，可以弭棹。攀磴北上，劣僅容趾。凡百餘級，入洞門，折而東，鐵柱在焉。稍西爲神女祠，再上爲大士閣。從神女祠西北上，兩旁峭壁，中穿石罅如入螺殼中，背東面西，已復折而北。路盡一亭翼然，行者必少憩，以蘇喘息，然後躋絶頂焉。山之顛遠而望之，初若半圭，已而如拳、如髻。至此乃知其中分爲二也。環而計之，東西北皆方，南獨圓。南北長二里許，東西得三之一，東麓距岸約四里，西麓僅三之一，山之大概盡矣。既序茲遊之始末，又綴以二詩，夫有所感也。

一綫長江直向東，可無拳石兀當中？僧窗坐湧千帆日，客袖來當五月風。筋力將衰酬夙願，波濤不拒賴神功。山雲海市尋常事，敢擬韓蘇説感通。

鳥道羊腸盡坦途，身先僮僕作前驅。能爲砥柱何妨小，不傍羣山轉愛孤。江海一關留鎖鑰，金焦兩點闢門樞。從他萬口流傳誤，肯許彭郎作配無？小孤山神之爲女郎，不知始于何時。歐陽公歸田録稱小孤在水中，巋然獨立，深譏轉孤爲姑爲俚俗之訛。然東坡詩「小姑前年嫁彭郎」，則宋以前久承此謬矣。

午日重登庾樓和朱恒齋太守

已上孤城又上樓，使君高宴最風流。重來溢浦逢佳節，閒對廬山話昔遊。畫鼓綵纏争渡檝，曉粧紅插半開榴。賞心事事多非昔，不獨思鄉易白頭。

湓城喜雨

塝田長苦旱，九江民俗呼遠水田爲塝田，近水田爲龍田。塝讀作胖，上聲。炎夏方藴隆。坐看匡廬雲，出沒千萬峯。不肯作霖雨，厥占歲當凶。天心有轉移，夜枕聞豐隆。火光出飛電，起蟄鞭潛龍。朝雨忽滂沱，雲來相附從。偶然得際會，似欲貪天工。野人本無心，詩語出至公。旱吾不汝罪，雨亦非汝功。

次韻酬南昌葉素我

寥寥海内幾同心，此事終緣臭味深。乍喜芝蘭留獨賞，每談風月輒相尋。數篇爲我開詩戒，一語從君進酒箴。惆悵琵琶亭畔柳，中年聚散最難禁。

題恒齋太守春江載鶴圖小影次韻四首

麯塵濃緑染初匀，紅杏村邊雨洗新。不向春江看畫稿，誰知太守是詩人？

也如泛宅也浮家，畫舫移陰柳半遮。好與茶山留故事，閒封遠信裹青紗。黄山谷以青紗蠟紙裹茶寄人，不過二兩。廬山産閬林茶，故借用之。

自飲廉泉不願餘，更留何物伴琴書。仙禽最得貧官意，未肯臨淵便羨魚。

一羣紅掌漾清波，官閣詩成記放鵝。恒齋有放鵝詩。斗粟累人添鶴料，二千石俸近無多。今年官俸俱充兵餉。

發潯陽酬恒齋贈别二首

遊踪宦跡並沈淪，管鮑交深在一貧。小别星霜經五稔，遠來風雨又三旬。弟兄託契情原厚，兒女相關意倍親。料得他時了婚嫁，兩翁俱是白頭人。時與恒齋初結兩姓之好。

攀轅截鐙去何之，廉吏誰云不可爲。風月招邀蓮社酒，江山開拓庾樓詩。官情向冷憂還喜，苦語臨分頌亦規。莫聽琵琶空灑淚，清名難得九重知。恒齋已挂吏議，奉旨特留。

重過湖口望五老峯

又挂輕帆過石鐘，有情難忘是遊蹤。風痕忽散一湖浪，雲氣愛迷五老峯。此日舟中回白首，當年天半倚孤筇。衰遲定被山靈笑，歷險探奇漸漸慵。

赭磯雨泊

午汗翻漿晚未融，雨聲夜入荻蘆叢。孤舟野岸少嘉樹，六月大江多暴江湖舟人呼作報。風。蚊響似爲雷助勢，螢光敢與電争紅。等閒何用生分别，多付微涼一枕中。

彭澤阻風追憶壬申舊遊寄朱恒齋九江魏昭士寧都

緑楊陰裏幾家烟，小縣重來記往年。劈紙風流看駐節，隔江雲樹識歸船。故人久别稀書札，太守新聲在管絃。欲上旗亭無酒伴，鬢絲愁絶杜樊川。

曉晴過馬當

風止波猶鳴，空江蕩餘勢。千帆散萍點，飄轉豈有蔕。夏雲少媚姿，突兀拔空際。小孤曉粧就，回首露寶髻。但覺兩岸移，寧知一川逝。詩成枕席上，出語如噴嚏。境過旋已忘，中流方鼓枻。

大雨泊東流城下食頃放晴二首

沙頭初繫纜，船尾忽聞雷。高浪吞天去，長風帶雨來。近城嵐氣合，對岸夕陽開。六月川程惡，陰晴日幾回。

只有青山色，差宜雨後看。天心今若此，行役倍知難。翠柳騎牛岸，清流浴鷺灘。不逢陶靖節，誰肯說休官。東流，古彭澤也。

夜泊吉陽湖

酒旆當門柳拂船，雨餘一帶好山川。漁村吐火江初練，葦岸沈鉤月未弦。風進微涼知夜永，客欹孤枕覺秋先。亂蛙最是無情物，苦向荒灣聒醉眠。

曉發望江岸晚至樅陽

中流沄沄浪作花，輕帆南下整復斜。家書曉報大雷岸，客夢夜落長風沙。船頭一轉二百里，水面忽浮三兩家。烟收霧散目力短，白鳥飛去移蒼葭。

樅陽僧舍消暑七首

樅陽古重鎮，六代推繁華。軍府建旌麾，居民十萬家。自從郡邑改，夾岸惟蒹葭。誰知近水市，客饌無魚蝦。

古刹聚劫灰，入門尚茅茨。曾經上番住，徑造不見辭。短牆日就頹，故榻猶未移。闍黎頗好事，指我壁上詩。重來亦偶然，翻觸徂年悲。壬申客樅陽，曾寓此。

昔與錢少陽，兹焉互酬唱。頻爲文字飲，屢荷雞黍餉。别中兩寄書，松竹問無恙。答言吾老矣，後會恐難望。世薄風氣衰，老成果殂喪。田間一茅屋，過者今悽愴。傷錢飲光先生。

道楷本名僧，文士相往還。築居傍闤闠，長苦不得閒。遠客寡交游，避暑來掩關。汝出我居守，嗒焉似空山。

庭空白日長，竹樹森成林。彼當炎歊氣，我受清涼陰。北窗多好風，時時中衣襟。長恐俗子覺，叩門來足音。

客贈贛州蘭，幽賞自矜貴。遠遊無長物，爲爾添一累。月明看露光，人静覺花氣。提攜成老伴，一笑吾臭味。

老夫方晝眠，風雨來縱橫。欠伸得餘味，蠢動了不驚。電影搜破壁，謂是吾眼明。雷聲殷空牀，謂是吾耳鳴。須臾萬竅寂，殘夢續復成。

過青山弔田間先生示懷永懷玉兄弟及令姪廷益三首

田塍高下路欹斜，小雨濛濛早稻花。到此不愁迷失道，讀書聲裏是君家。

絮酒何辭觸熱過，依然廢瑟在巖阿。較他短笛山陽淚，三世論交感更多。

存亡出處總相關，惆悵燕臺客未還。滿架遺書付君輩，天教風雨護名山。時越秀客遊京師。

順風過池口

舸艚船上南風急，好片池陽雨後天。九十九峯青不斷，白雲蒸出九枝蓮。

大通舟中看雨

南岸雲埋山，北岸雲出岫。乘時各行雨，天本無私覆。豈知倉猝間，中有龍蛇鬭。當其鬭鉅鹿救。須臾賀戰勝，雨點隨其後。的皪走明珠，淋浪撒金豆。魚蝦半空落，虎豹或驚仆。我窮客江湖，境險迫邂逅。閒中閱造化，觸目詩日富。吟成看雨詩，篷隙日光漏。

未合，中流猶白晝。南勢漸北侵，渡江躡窮寇。馬牛殊順逆，蠻觸爭左右。北風忽不競，退縮示免冑。坐聽南風狂，蛟涎捲奔溜。雷公與電母，飛檄亟相就。盡助昆陽圍，誰爲

六月十五夜紫沙洲對月

艤船古柳岸，江闊風吹裳。快哉雷雨餘，復此終夕涼。清波洗眉目，白露入肺腸。炯然孤月明，漏此一掬光。願從魚鳥住，永與江湖忘。

當塗道中

六月江路惡，驚濤戒舟杭。挂帆入支河，如馬馳康莊。雨過禾苗齊，風來蒲稗香。平灘立鷗鷺，淺草眠牛羊。宛宛柳拂渠，修修竹遮牆。時見荷耡叟，休陰坐微涼。游子久離家，歸心日夜忙。寧知此間樂，風土近故鄉。

晚登高淳縣南水月閣

偶爾經過偶泊船，偶登佛閣亦隨緣。一茶不負居僧意，留我西窗看稻田。

渡高淳湖

曉程貪穩睡，天色尚濛濛。人語蓼花外，鳥鳴茭葉中。舟稀知路僻，水淺賴潮通。脱盡江湖險，朝來不怕風。

從洴練出西氿二首

到此無風也自涼，繞身四面是湖光。舟人遥指宜興縣，孤塔對船如筍長。

蘆灘淺處作人立，白鷺一羣如白衣。何事近船還引避，故應慚我未忘機。

九龍山下人家

小屋疏籬透晚涼，亂蟬啼處正斜陽。緑槐樹庢通頭女，風過微聞抹麗香。

初登惠山酌泉

九龍蜿蜒來，垂首倒吸川。噴雲洩乳竇，至味淡乃全。我攜陽羡茶，來試第二泉。山僧導我至，古木枝參天。不知閲幾朝，仰視皆蒼烟。蔭此一眼碧，自然得澄鮮。出山豈不清，真贋恒相懸。瓶罌列市肆，例索三十錢。挹注苦被欺，向來殊可憐。會當置符調，此法休輕傳。

六月廿三歸舟過荷花蕩口戲作

緑水紅蕖連夜開，明朝多少畫船來。歸人合被遊人笑，揀取花前一日回。吴中風俗，六月廿四日士女遊荷花蕩。

常州道中紀事二首

一丈黄泥浪，郊扉尚有痕。孤城經雨塌，百瀆被湖吞。鵝鴨回頭失，蛟龍掉尾渾。亂帆如白鷺，點點稻花村。

暴漲衝橋斷，騎牛當渡船。築塘連絶岸，戽水出低田。沈竈蛙魚入，疏籬荇藻懸。天心人不測，容易説豐年。

春間從吴興買藕寄歸種園池中今歸自皖城白蓮已試花徘徊池上有作

廢圃遺利多，污池荒一畝。養魚飽獱獺，棄作葭藋藪。計窮乃得變，水淺規種藕。種藕利稍遲，事在三年後。先爲看花計，於義微有取。呼兒移竹榻，謀婦出斗酒。舊來小池亭，頽圮惜已久。池南向有石亭，亂後燬於火。艱難生理窄，一醉還家偶。結茅何時成，惆悵回白首。

顔學山學憲招同劉坡千林碧山沈昭嗣湖舫燕集

京國頻年散素心，湖山一夕盍朋簪。笙歌隔座通荷氣，臺榭移舟過柳陰。解后不愁佳客少，往還誰似故交深。只慚當路憐才意，猶許方干作醉吟。

九日同趙蒙泉項霜田楊次也泛舟西湖登孤山和蒙泉作二首

清醥盈樽蟹劈黃，故人有約作重陽。啼殘楓樹鴉翻陣，影拂蘆花雁起行。此日烟波還命侶，去年風雨正遊梁。回思南北勞勞路，翻怪登高得故鄉。

涵碧橋東畫舫停，遊人多上御碑亭。樓臺頓改才人畫，丘壑潛移處士星。紅葉晚燒諸寺赤，碧天秋縱兩峯青。詩翁老去狂猶昔，肯向湖山更乞靈。

唐考功東江爲仇滄柱編修禮闈所得士今來典試吾浙出闈後爲湖舫雅集邀余奉陪即席和蒙泉韻二首

前輩風猶在，斯文寄不輕。歐陽爲座主，蘇軾得門生。一月了公事，三秋多勝情。旁觀爭太息，誰不重科名。

錦纜牽官舫，餐錢費客庖。酒開清箬甕，橘拆洞庭包。霜嶺將楓葉，烟堤尚柳梢。湖山君作主，何地置貧交。

題吳紫苺所藏吳白畫設色金銀花

天公省事厭紛華，澹白微黄本一家。却被毫端勾染出，無端分作兩般花。

秦郵道中即目 以下十月北行作。

不知淫潦齧城根，但看泥沙記水痕。去郭幾家猶傍柳，邊淮一帶已無村。長堤凍裂功難就，濁浪侵南勢易奔。賤買河魚還廢箸，此中多少未招魂。

舟經寶應居民被水者多結茅於堤上故廬漂没不可問矣

蛟涎魚沫奪殘黎，收復流亡賴此隄。寒比蟄蟲宜墐户，忙如巢燕正争泥。雲沈雪意千帆合，天壓湖光四面低。好與官家勤畚鍤，免教歲歲逐鳧鷖。

季冬朔日渡黄河 是日河冰合而復開，土人名曰瀃凌。

崑崙萬里來，盛氣日盪決。嚴寒一擎歛，流汞變積鐵。下容蛇龍卧，上少螻蟻穴。風雨過輪蹄，雷霆駭魚鱉。河神不敢偵，縮頸比蟲蟄。東風昨夜至，氣候改栗烈。忽開無底竇，砉與厚地裂。將毋銀山崩，散作萬堆雪。小船晨喚渡，投間伺其缺。虎齒齧兩旁，羊腸迴九折。中流倘失勢，過涉慮頂滅。篙師皸瘃痕，手足互流血。非無白日照，煦汝乍暖熱。造化故無私，寧爲一夫悦。客子衣裘單，長途計尤拙。歲窮迫行役，既濟轉愁絶。

王家營旅店遲楊次也家東亭不至

已過江淮半月期，一行雁羽尚參差。勞人相傍貪同伴，熟路頻經漸少詩。急景欲回西日笑，輕裝那免北風欺。鯉魚信斷河冰合，悶極寒燈照影時。

紅花埠遇雪

記得芳時幾度經，自此至郯城五十里間，桃花最盛。余甲子、己巳、庚午皆于三月過此。衝寒明發又郯城。橋邊雪意詩催就，鬢上冰花氣結成。堠館迎來風北向，鄉程讓與雁南征。敝裘或有天憐分，只費殘冬半月晴。

雪後蒙陰道中

日出天忽高，山寒雲不附。峯峯帶晴雪，遠近畢呈露。馬蹄碎瓊田，蛇尾曳絲路。草枯燒不盡，白者疑伏兔。饑鷹下攫之，注自始知誤，糾然嶁身上，却立槎枒樹。樹更僵於人，咆哮風正怒。何處問旗亭，衝寒背城去。

張夏旅壁見德尹墮車傷指絶句戲次原韻三首

役車歲晚幾曾休，斗酒何時與婦謀。此意自憐還念汝，一燈今夜白人頭。

一笑驅馳老未休，墮鞍如與少陵謀。回思下澤車中客，不爲封侯合轉頭。

安穩生涯一醉休，天全畢竟勝人謀。人間險語何須鬬，不説矛頭即劍頭。

趙北口夾堤柳陰最密不知何故忽被斫伐存者惟枯椿而已感歎成詩命兒建同作

五度征鞍柳拂絲，重來禿榦已無枝。摩挲老眼還三歎，看汝成陰又幾時。

白溝旅店見甲戌冬杪題壁詩談是山繼和一首再次前韻兼寄未庵

帽裏驚沙鬢點霜，三年前記卸行裝。天寒倍覺暮程遠，酒薄不禁冬夜長。吴語同來還有伴，燕歌相和若無旁。詩成爲報君兄弟，飛夢三更已帝鄉。

敬業堂詩集卷二十三

得樹樓集 起丁丑正月，盡十二月。

吾家自喪亂後，僅存横溪老屋，與兩弟同居。余所棲在西北隅，年深瓦落，不足以庇風雨。丁丑春大兒倖舉南宫，挈之還家，爰即舊址改築小樓，樓成而老木數十章，皆在几榻間。因取少陵詩意，顔曰得樹。

人日同孫松坪張漢瞻楊晚研宫友鹿錢亮功方拱樞吴元朗蔣楊孫家德尹集王赤抒邸舍分賦上元燈八首

四垂羅帶影飄飄，一綫中懸愛細腰。莫傍市門輕衒影，有人依様要偷描。

瓶口紅光忽吐蜺，醉人相對舌如箕。却因酒具名相似，記起花時鳥勸提。

右葫蘆燈

傴僂聊爲秉燭遊，似曾閱世笑蜉蝣。朱門光景番番换，幾輩相看到白頭。

故紙形容大可憐，敢同南極指星躔。誇人只有香山老，張丈前頭炫少年。

右老人燈

鱗鬣粧成畫不如，竿頭擎出晚晴初。九衢塵淨月如水，一隊人隨一隊魚。

星橋鎖動沸波濤，人海中間湧巨鰲。多少書蟫曾飽死，讓他枵腹事焚膏。

右魚燈

一幅輕紗隔座深，芸窗小立夜沈沈。不争六曲屏山好，虚費人間屈戍金。

三尺孤光一片冰，當筵珠翠照何曾。眼昏已少看花分，更隔看花霧一層。

右屏風燈

二月杪南歸涿州道中遇雪十八韻

頗訝今年雪，方知此地寒。春深猶漠漠，野闊更漫漫。咳吐紛珠玉，飛揚富羽翰。近從烟際辨，遠入霧中看。鴻爪輕留跡，楊花滾作團。風輪旋蟻磨，車轍轉蜣丸。銀海光相耀，瓊田暖未殘。密防蟲户啓，細補鵲巢完。淺草勾尖没，枯株萬木攢。千家如畫裏，雙塔指城端。石滑經橋怯，沙平取徑難。幾曾填窨井，特爲顯峯巒。席帽融冰濕，征衣燎火單。茅茨雖易壓，穴隙莫相鑽。對爾吟慚郢，催余鬢比潘。勿愁燈焰短，直愛酒升寬。朔候何當變，泥塗不肯乾。明朝有奇計，酩酊上歸鞍。

連日車行泥淖中朝來僱短驢自固城至安肅縣凡兩墮鞍即事有感

雪消春水發，古道窪然低。客行忽落此，局促如雞棲。兩車同隻輪，六馬併一蹄。力盡甫脱險，阬深復無蹊。長恐雪繼作，有滃雲萋萋。晨興天色佳，日脚垂虹蜺。跨驢横短策，快比駿駃騠。西南見郎山，刻露出角圭。寧知一往氣，世路偏多迷。蹶跌豈及防，康莊有排擠。前行苟無失，遲速理亦齊。還來車上坐，且免衣沾泥。

保定旅次閱邸抄得從弟東亭及兒建南宮捷音口占志喜兼寄嘲老友姜西溟

邸報傳來樂事重，一尊相屬慰浮蹤。青春三月客懷好，白髮半頭歸興濃。子弟聯翩同榜羨，家門成就老夫慵。探花却入少年隊，試問鬌姜可勝儂。時姜亦成進士。

渡三汊河聞前路泥乾喜而有作

三汊河畔水濺濺，洗盡春泥上渡船。從此騎驢似騎鶴，折條垂柳當歸鞭。

晚抵安平縣

野曠天高落日紅，近城烟氣忽如籠。楊椿緑上鴉棲處，草意青回馬跡中。昔夢尚驚泥活活，歸心還怕雨濛濛。衰遲自分邀天幸，坎陷迴車路未窮。

大風過深州城外

驚沙袞袞日黄黄，不料東風爾許狂。茅屋捲空留破柱，酒旗吹折剩荑楊。幾家賣餅枯壕畔，一老扶犂大道旁。爲話連年秋潦苦，出車畿甸正輸糧。

曉渡衡水橋風色甚寒小飲市樓

石古橋滑臨奔湍，衡漳流濁同桑乾。高樓下瞰岸千尺，美酒大書旗一竿。帽絮蒙頭欲敗意，魚羹入饌聊加餐。杏花全未有開信，知是北來風色寒。

棗强道中喜晴

斷雲開四望，初日解重陰。野氣浮天動，烟光薄樹深。疲牛尋故跡，老馬得歸心。題徧旗亭壁，何人識苦吟。

客有稱高唐州爲緜駒里者戲成絶句

野語齊東最易訛，緜駒遺俗近如何？自從一變崑山調，不是吴兒不善歌。

大道曲

荒鷄聲遲月落早，行人出門看參昴。一條大道飛古塵，歲歲何曾長春草。我欲叠作山，羊腸九折争躋攀。我思鑿成水，泗人出没波濤裏。直教馬無四足車輪方，此路始應春草長。

穀城山

東阿城東穀城趾，傳是仙家舊鄉里。圯橋老叟果何人，能致留侯跪進履。兵書一卷既不傳，事往無徵正在此。秦皇凶暴蔑賢聖，偶語詩書皆棄市。布衣起自泗上亭，溲溺儒冠固其理。此非可以正道説，詭託陰符自兹始。竟參帷幄佐奇謀，躡足時時還附耳。大蛇中斷羣雄滅，走狗旋烹舊臣死。舞陽活自女嬃偷，蕭相生遭獄吏恥。子房遠禍蓋有道，直視侯封同敝屣。神仙之説誠渺茫，有託而逃斯隱矣。陋儒讀書寡深識，異事人人徵太史。

後來競指黄石公，當日原無赤松子。我爲此語豈好奇，石若有知呼可起。

清明後一日同戴田有弟東亭兒克建重游濟寧南池

露氣霞光水洗鮮，孤城深入鏡中天。杏花風暖高樓笛，柳色烟濃隔浦船。蠟屐半生凡幾兩，青袍一夢忽三年。壯心敢擬桓宣武，直爲攀條也自憐。

黄河打魚詞

桃花春漲衝新渠，船船滿載黄河魚。大魚恃强猶掉尾，小魚力薄唯噞水。魚多價賤不論斤，率以千頭换㪷米。河壖大潦秋不登，今年兩税姑停徵。但願田荒免逋賦，與官改籍充漁户。

大風渡黄河舟中與長源姪對局

柳絮春狂剪渡風，片帆飛下急流中。船頭已達長淮岸，一局殘棋劫未終。

過揚州示崔性甫楊曉先兩同年

不到紅橋已八年，有人柳下記停船。楊郎落第崔郎病，縱使同遊越可憐。

閏三月朔日蝕舟中遇雨紀事

丁丑閏三月，日食法當既。明星晝當見，從卯當至未。白晝如昏黄，果然伊可畏。舟行旆偃卧，閉目聊自慰。何來打篷聲，雨點驟如沸。皇天闕垂象，下土雲蓊蘙。似欲弭此災，而爲不祥諱。我聞日當食，不食乃足貴。豈有晦昧晨，又蒙霾霧氣。將毋陰太盛，推驗得髣髴。六師方犂庭，欃槍掃敵愾。佇清沙漠塵，聲教朔南暨。公卿滿臺閣，賀表辭不費。五事占休徵，竊疑非此謂。天變雖偶然，民勞亦宜塈。野人語無擇，託興在薈蔚。不敢學盧仝，險艱殊少味。

初到家戲謝戚黨之見賀者

趁伴攜兒出帝畿，到家猶及换春衣。遠煩親友來相賀，不道余仍下第歸。

兒建赴殿試北上詩以示之

今年夏苦旱，六月未徂暑。兒子將北行，衝炎逐徒旅。留之又不可，遣去無多語。汝名已倖成，汝力正須努。天子方右文，策名在當宁。萬言應廷對，有抱期畢吐。煌煌鐘虡懸，叩擊諧律吕。自從制科設，得士凡幾許。置汝于其間，太倉特一黍。然而勿自薄，儕輩盡翹楚。同年百五十，若者指可數。父事中有人，姜西溟吾癸酉同榜，嚴寶仍，吾同學老友也。雁行敢兄序。功名亦時至，非可有意取。造物吝虚名，齒角肯兼予。吾宗兩太史，荆州兄，聲山姪。並簉摶風羽。盛事傳一時，借居隣韋杜。雖云官禁近，未免索米苦。汝今往暫依，慎勿希華膴。秋深決歸計，且復返鄉土。久甘南巷貧，差勝北門窶。千薪尚蘊積，銓注十纔五。從政雖多途，不如科目舉。讀書想先輩，既進或慚沮。豈必一第邀，便思行綰組。閉門更力學，合轍驗今古。却出作選人，於世冀小補。而翁百念灰，自審莫若處。諄諄向臨發，庭誥述父祖。吾但當弄孫，門户全付汝。

得樹樓初成以詩落之九首

百年計樹人，十年計樹木。辛勤荷先澤，以有此老屋。兵火乃幸存，曩基方改築。勞生竟何得，去此空馳逐。誓收湖海蹤，歸掃一庭緑。樓成名得樹，外是非吾欲。

五架初度材，謂在百金内。銖銖累木石，所費奚啻倍。貧家舉事難，輕發每追悔。連朝責逋負，工藝集羣喙。將爲逃債臺，一笑付聾聵。

列垣周四隅，與樓勢迴環。憑高無遠矚，胡以開心顔。竅壁延緑陰，少見天疑慳。别添一小閣，忽湧海外山。豁然百里目，乃在圭竇間。

貞白居三層，元龍卧百尺。神仙彼可致，豪氣我非昔。方當狎斯人，未許校什伯。敢云去地遠，稍與雞豚隔。尚恐鳥雀羣，移巢避生客。

一榻雖已安，終慚自爲計。心長髪苦短，力不及諸弟。前人締造艱，親歷始知勩。撫兹念堂構，補葺當次第。身在吾敢辭，茫茫配根蒂。用少陵四松詩中語。

設梯盡十級，傴僂連脽尻。日上能千回，兒孫捷飛猱。阿翁貪静坐，嗔嚇時一遭。形神既未忘，那免陟降勞。習勞亦不憚，所戒舉趾高。

卑濕苦舊棲，老根連草蔓。新來稍軒敞，恰直樹之半。雖除螻蟻緣，却被蜩螗亂。朝眠與晝坐，鳴聒傍几案。推窗驚不去，疏響或一斷。喧寂兩聽之，老夫化成見。

夕陽轉庭西，樹影來牆東。龍蛇動户牖，始知天有風。開襟亟當之，快若逃虚空。人間正炎熱，置我微凉中。

竹垞工八分，大字作擘窠。爲余題歲月，惜墨不費磨。懸之樓中央，筆勢翻江河。疑挾風雨至，颯然散高柯。時時卧其下，所得良已多。

樓上看雨

卧聞牀下殷輕雷，起拓南窗八扇開。牆缺雲流山影去，樹頭風截雨聲來。一鳩逐婦移陰立，雙燕將雛取勢回。我本無田還望歲，略分餘潤到蒼苔。

題周兼畫南唐小周后真六首

人間姊妹工相妬，遺恨茫茫豈有涯。怊悵瑶光梅信晚，一枝潛進未開花。

湘裙如水不擡風，鳳味攜來倒挂紅。色色丹青無著處，泥金一縷在雙弓。

月暗花明霧氣多，盈盈羅襪步凌波。外間誰管深宫事，偷唱新聲子夜歌。

不須更減一分肌，周昉繇來善貌肥。如此丰姿如此畫，當初猶道未勝衣。

開寶初元議禮遲，待年承寵已多時。在廷只有韓熙載，曾託元和諷諭詩。

垂鬟分綹髮初長，想是南朝時世粧。指與俗工從未識，可憐絶筆付周郎。時兼惜已下世。

晚景

晚景蟲聲入，空庭易夕陽。鵲巢風更穩，鶴骨露初涼。病葉非關蠹，秋花不取香。物情閒處得，吾轉惜流光。

次韻答顧搢玉

失學負壯年，東西逐烏兔。蹉跎髮漸絲，落拓衣仍布。希心躡前踵，回首却故步。歌筑混屠沽，唱酬雜緇素。歸來稍稍悔，事去種種悟。庶望針砭加，奚啻雪霜雨。去聲。雖蒙同人憐，或恐異己妬。之子負高才，於余枉佳句。紛然蓬麻中，直拔千尺樹。温恭具真性，磊砢得奇趣。何期天畔鴻，狎此沙頭鷺。知音世不遭，敢惜肝膽露。鷄鳴風雨晦，旅館燈燭暮。明朝走相尋，户外有二屨。由來意氣合，詎若邂逅遇。君家門地高，舊是雲間顧。

昂藏自殊衆，標榜不在互。問途慚已經，吾老乃迷路。

雨夜過徐淮江二首

萍浮梗泛久西東，每過南湖憶此翁。斷港船通新漲水，空庭樹拔去年風。五經自課佳兒讀，半刺曾嫌俗客通。好是扣門能不拒，一燈重對雨聲中。

草堂南畔小池幽，一片蘆聲蓼穗秋。滿壁詩牋存歿淚，積年書疏往來郵。閒追昨夢驚彈指，老剩貧交幸到頭。未免對君還自媿，桑榆晚景亟宜收。

八月十六日同鄭春薦嚴定隅吴紫莓家潤木湖頭小飲風雨大作泊舟湧金門外是早襆被而出晚來興盡入城戲作一律邀諸子並和

及到繁華地，翻成寂寞游。烟波三百頃，風雨一孤舟。山好偏宜澹，湖空易作音佐。秋。却防漁父笑，襆被不曾留。

種菜四章

晚豆尚沿籬，秋瓜已除架。畦丁惜地利，菜子及時下。功力積纖毫，滋培仰造化。勾萌達新雨，布緑密無罅。一旬可分蒔，半畝不待借。用東坡事。既足散其餘，猶能乞音氣。隣舍。

灌溉既已勤，其長亦奮迅。窠窠盡發洩，生意不少吝。連朝風日晴，秋蟥忽成陣。灑灰得方法，經驗始深信。幸是力能施，何難手除疢。黍苗被蟲食，四野年不順。老圃奪天工，忍饑聊免饉。

晚菘雖弱植，不怕霜雪加。秋種春可茹，盤餐佐貧家。根株諒無幾，口腹豈有涯。人間賣菜傭，求益方紛拏。禦冬吾有計，旨蓄良足誇。

杜陵客西川，種藝頗有園。清晨送菜把，乃感地主恩。兹事吾不取，恐爲貪夫援。於世苟無求，食力稍自尊。英雄亦如此，無事且閉門。

九日獨行園池上看木芙蓉

雨後罷登高，杖藜惜腰脚。園荒少秋菊，無以慰寂莫。兩株木芙蓉，紅白正聯萼。忽然失明鏡，萍漲水將涸。坐使雙嬋娟，影妍無處著。空持好顔色，脈脈自開落。應得主人憐，新晴走赴約。吾衰減情累，於物何厚薄。不忍廢重陽，逢花還命酌。

友人齋中看菊

幽人如晚卉，愛傍籬邊游。瓦盆薦茅齋，高下凡千頭。紅紫豈不好，黄花乃吾秋。森然羣豔中，正色與目謀。競賞違衆嗜，獨吟發孤愁。泉明不可作，孰與偕唱酬。

喜又微姪自南昌歸

共客洪州幕，回頭十五年。未成宗炳卧，各有尚平牽。身健貧何礙，吟深句必傳。故鄉稀酒伴，日日望歸船。

傷庭前牡丹四首

別樣風光散綺羅，豪家亭榭占春多。天公直似相欺得，不爲茅齋剩一窠。

兩行枯卉列東西，緑上苔痕路不迷。夜月魂歸吾望汝，半年猶護種花泥。

自知未到忘情處，幾度徘徊惜好枝。不獨我憐人亦爾，空欄客過立移時。

依稀一夢閲繁華，草没庭荒野老家。省却暮年多少事，灰心從此不栽花。

觀刈早稻有感

襏襫相逢半壓肩，刈禾争趁老晴天。蒹葭對岸遮隣屋，蚱蜢如風過别田。地瘠不知豐歲樂，民勞尤望長官賢。誰知疾苦無人問，秋税新增户口錢。吾邑户籍十萬，每丁歲輸力役之征，今年忽從田賦加派，數百年舊制壞矣。

偕介菴叔訪菊步入鄰僧融然房

偶聽村家打稻聲，夕陽影裏向西行。一叢深樹擁精舍，兩板壞橋支斷浜。静對老僧通菊氣，怕逢俗客問花名。只將我算東籬伴，不要溪頭費送迎。

家釀新成獨酌至醉

種秫始微收，釀法遵舊譜。逡巡竢其熟，計日屈指數。朝來香滿城，甘滑如潑乳。開嘗親洗盞，一飲一升許。好客期不來，頹然自稱主。黄農忽已遠，薄俗難久處。寧知醉鄉中，風氣仍太古。尊前可徑造，有路胡勿取？

秋感六首

蟋蟀鳴近牀，蜩蟬闃無聲。二蟲相代禪，中已寒暑更。大哉造化理，乃以微物呈。人從此中老，擾擾何多營。天機昧羣動，静者觀我生。

末俗愛盆山，花草妃紅白。看看耳目玩，屈辱到松柏。可憐千丈材，窘束不盈尺。寓形難自主，抱性終莫易。亦復耐歲寒，蒼然傍几席。對之還失笑，未覺生意窄。向非冰雪姿，雨露有夭折。

菊蕊日以黄，楓葉日以紅。物情判老稚，變態隨霜風。霜風故無私，榮悴兩不同。一般賞顏色，矇叟隨盲童。

西隣一老樹，有藤縈繞之。歲久腹漸空，槎枒但枯枝。借藤以爲葉，下蔭仍紛披。藤如有矜色，張王去聲。方乘時。爨薪伐不材，斤斧旦夕施。樹摧藤亦斷，附麗終奚爲？

世衰分誼薄，適用取目前。紈扇遇秋風，一度一棄捐。不念昔當暑，與人久周旋。我有敝羊裘，隨身二十年。皮存毛半附，無補冬號寒。明年與汝期，五月拂釣竿。

渡淮橘成枳，一變性終失。不聞返故土，枳又化爲橘。人生百年中，孰是保初質？就衰水赴壑，駐景戈挽日。幾見白頭翁，鬢霜復如漆。

送學菴弟入都

黄葉打茅簷，北風如矢棘。此時來叩户，問子有底急？爲言將別家，結束赴京國。可無酒一杯，爲子暖行色。匆匆乃徑去，有語惜不得。子誠吾家駒，頭角早岐嶷。賦質負高明，秉心就沈默。讀書十行下，洞照窮梱閾。經史及百家，貫穿歸組織。時文雖小試，落筆輒英特。皇天不憐才，盛壯遭屈抑。十年躓場屋，知者爲太息。昨遇曲阜公，青雲加賞識。拔之冠多士，庶用示矜式。虚名萬口傳，子故深自匿。窮鄉尠生趣，巷遇歌偪仄。堂上有老親，鬢絲白變黑。鑿壞豈得已，彼屺傷遠陟。幸託賢主人，時與陳實齋黄門同行。解推濟其嗇。男兒志未遂，放轍無南北。不聞横海鱣，蟠尾肯溝洫。余方踏歸路，投老尚迷惑。子真賢友生，東坡詩：「豈徒爲我弟，要是賢友生。」朝夕宜在側。奈何不能留，又復奪有力。江河歲月晚，追逐乏羽翼。道逢南來鴻，寄書慰相憶。

送陳實齋給諫服闋還朝兼呈大司農澤州陳公時吾邑賦役不均頗望當事者留意也

三年簪筆作名臣，四紀還家爲老親。實齋前以終養乞歸。仕路卷舒雖在我，田間屬望更何人？朝無遺闕書應少，邑有更張見頗真。爲語司徒仍舊制，也教游惰識公旬。

介菴叔惠菊花

宗老移花到，家童掃地迎。澆深經夏旱，開晚及秋晴。酒復何人送，詩從即事成。濁醪留一醉，珍重見君情。

次兒武原歸舟又得菊數種

道遠宜兼土，船輕不費擔。好花來一一，荒徑闢三三。萬事同兒戲，餘香借客談。瓦盆非俗物，多取未爲貪。

有攜折足几來售者以百錢買之

折足用不適，傾囊計亦疏。聊將安破硯，或可配殘書。棄置終憐汝，枝梧頗累余。難憑非一几，舊友比何如？宋人詩：「舊友誰如几可憑。」

園中西府海棠秋盡忽發花

萬木正摇落，一枝春忽回。縱饒花意好，不稱此時開。草本名相託，霜風豔恐摧。天寒憐袖薄，爲爾一低徊。

客來

與世了無競，并教棋局閒。客來無一事，籬下看南山。

再偕介菴叔過村西僧舍看菊

憶昨披榛入，經旬踏葉來。秋花偏耐久，名種或遲開。天意晴連月，自重九後不雨。人生夢幾回。屢游貪佛日，原不爲啣杯。

冬曉語溪舟中

江鄉已牢落，冬候更蕭條。風葉鳴孤樹，霜溪影一橋。沿塘收蟹簖，遠市插魚標。雀鼠何多耗，年荒爾獨驕。

陳傅巖給諫以種園圖索題二首

身在元龍百尺樓，菴居那便署休休。慣聽絲竹知魚樂，別築陂塘領鶴游。僮約屢中松菊徑，水租新報芰荷洲。黄橙緑橘皆垂實，歲計如農亦有秋。

鴨舍鵝欄閶門内橋名，見吴郡志。地接聯，鄰翁指點舊平泉。園爲申文定公别業。橋通别業仍三徑，樹到成陰已百年。棋局且從閒處布，畫圖留與後來傳。看君用意真幽絶，要使詩家賦輞川。

虞山張文貽乞節母于太君七十壽詩

妻無夫，兒無父，襁褓伶仃半生苦。兒無父，母有兒，白頭綽楔光門楣。人言張子孝，我謂子孝由母慈。人言張母賢，我謂母賢非子世不知。不見吾家節母苦節與張比，旌典不加坐無子，今年生亦七十矣。家叔母葛太君十九稱未亡人，去年六十九，苦節而歿。

歲寒雜感十首

斗室寬然著老夫，欠伸纔罷又跏趺。書能引睡聊遮眼，吟不求工似惜鬚。古佛可燒同榾柮，濁醪得暖勝醍醐。自從悟徹安心法，儒墨同歸識一塗。

萬里從戎記黑頭，不成一事老林丘。稍收芋栗宜充腹，不犯冰霜可廢裘。橘柚洲前非楚澤，鸛鴒沙外是涼州。最憐跋扈飛揚氣，歲晚因人尚遠游。聞德尹於十一月赴蘭州幕府。

文章鐘鼓付盲聾，都入閒吟靜嘯中。敗竹行疏猶響雪，枯桑葉盡自鳴風。物情豹隱龍蛇蟄，歲事星回日月窮。不信鄒生居黍谷，能吹暖律挽天工。

小閣簾開取向東，寒天强半是西風。瓷瓶減水朝防凍，布被加緜夜代烘。袖手輸贏迷黑白，轉頭兒女换青紅。自知於世全無用，新署頭銜號長翁。宋陳造云：「物之無用者爲長，故自號江湖長翁。」

力田制策已殊科，忽枉瑶箋到薜蘿。得路君言猶若此，窮愁我況更如何。同年顧書宣見寄詩，有「病中趨死易，貧裏養生難」之句。行藏委運談何易，人鬼論交意太苛。虞山錢玉友寄詩，有「窮通判人鬼，隔絶如陰陽」之句。傳語兩家多憤激，向來結習費消磨。

鑿開渾沌本無情，萬竅從教怒不平。巧算誰能推雪片，頑空何自起風聲。陰陽槖籥機相引，水火丹爐勢必争。真宰茫茫竟誰是，難憑齊物詰莊生。

偷存子敬舊寒氈，與汝相依已有年。向老情懷偏戀舊，過時顔色敢争妍。嬾魚冰底頭頭伏，凍雀枝間箇箇拳。便學蟄蟲吾亦得，屈伸何事乃關天。

無聊且作杜門人，肯逐鄉風鬬比隣。俗儉稱家刪饋歲，年衰無伴看迎春。生涯豈可謀妻子，鄙事何煩瀆鬼神。但使黄金同土價，齊奴巴婦一時貧。

誰將正變溯源流，今古何殊貉一丘。稊米太倉雖見録，遺珠滄海詎勝收。斑窺半豹難爲管，腋萃千狐始是裘。好與風騷搜累代，他時文選續名樓。竹垞先生書來相約同選宋、元、明詩。

剥啄聲中歲偪除，督催詩債甚追呼。不狥俗好頭今白，自去名心膽更粗。耐冷且來尋筆研，消閒差覺勝摴蒱。此中甘苦何人識，豈獨雕蟲悔壯夫。

聞李辰山藏書多歸竹垞

嘆息詩人失李頎，柘湖回首舊遊非。自憐老友今無幾，且喜藏書得所歸。萬卷又增三篋富，千金直化兩蚨飛。平生謬託知交在，悔不從渠借一瓻。

近遊集 起戊寅正月，至三月。

東廣微志狹九州，爰作近遊之賦，跡不越井里田園，事不離衣裳男女，近則近矣，於遊之義奚取乎？余自己未至今，南北往還，約計七萬里，將收遊蹤，自遠而近，兹集所以志也。

戊寅元旦

屋頭初日靄春暉，梅蕊看成豆粒肥。扣齒焚香吾起早，敲門投刺客來稀。舊梳白髮新逾短，貧煉初心老肯違。苦覺鶴山聞道晚，方知四十八年非。魏了翁詩：「四十八年成一非。」

盛宜山新築瓣香菴於南湖之上雪中過之索詩賦贈二首

三十年前舊酒徒，天教晚節占南湖。不辭太守分清俸，便有游人指畫圖。水鳥雲帆争出沒，風簾雨檻對虚無。繞籬尚少成陰樹，先種芭蕉一兩株。

半間小閣一枝藤，餘事行看次第增。野色憑闌窗面面，遠烟浮樹塔層層。不知雪裏參禪坐，何似花時挾妓登。畢竟前言吾是戲，近來詩派併傳僧。

雨中同朱十表兄過宿徐淮江聽鶯齋

去城日已夕，曲折尋枉渚。水涸舟屢膠，用篙乃舍櫓。兩人苦兀坐，拄杖入村塢。稍稍深竹間，疏燈翳復吐。此來占不速，況復往遇雨。犬吠僮僕嗔，開門揖賢主。爇薪燎我衣，敲冰轢汝釜。明朝迫人日，節物良有取。剪韭佐春盤，嘉肴竟踰五。新年困酒食，愛逐清談侶。一醉不得辭，重君風義古。

穀日至當湖沈南疑招同孫嘯夫過陸瞻成耕廬探梅分韻得豐字

殘冰消盡水光中，短棹移灣港汊通。小圃花經人日雨，先一夕微雨。故人酒敵石尤風。溪山興發長先到，肴核年荒勿太豐。醉墨欹斜吾自笑，草書未暇爲匆匆。是夕瞻成索書楹帖，凡三易紙乃成，故云。

大風渡前山漾

川光蕩我前，一碧開玻璃。岸闊山斷續，船輕浪參差。但聞捍索鳴，心與閒雲馳。萬木盡却走，孤帆正窮追。道場屹不動，白塔如卓錐。平生汗漫游，老嬾意漸隳。結念在苕霅，泛宅方自茲。

重至湖州戲簡許舜功張桐軒兩學博

偶然乘興到西吴，社日還尋舊飲徒。不用恢諧歸割肉，上丁纔過定膰吾。

座主清溪徐公招同楊玉符編修談未菴文選泛舟碧浪湖

蒲柳城南水一方，三年重此泊吴航。閒陪白社青門客，愛入銀鷗雪鷺鄉。帳下諸生看漸老，甕頭吏部最能狂。烏巾美酒東風汎，并作澄湖匹練光。

雨中游飛英寺次東坡稀字韻

春陰覆城堞，花淺游人稀。愛此北郭幽，晨征夕忘歸。盤旋上窣堵，恣眼窮清暉。東風拂面寒，細雨濕我衣。客來僧啓鑰，客去僧掩扉。跡在有迎送，心空無是非。

春分前一日余征吉學博招集杏花下

落盡苔枝春欲分，杏花庭院又斜曛。得錢沽酒即相覓，誰似能詩鄭廣文。

登道場山次東坡先生舊韻

船迴浦溆淺，徑轉村隖小。不覺坡陀高，騰身萬松杪。菰城陷井底，白塔聳雲表。浮氣盪一州，湖波白渺渺。天長接遥翠，目極青未了。漸上伏虎關，羣峯忽環繞。清飀蓄户牖，古殿深且窈。脈絡引檻泉，渟泓匯池沼。長廊百餘步，旁入逾幽悄。蒼鼠竄別枝，投空攫啼鳥。巋然翠微閣，中敞外見少。野火不到山，薈蔚復誰燎。坐令杉桂材，蒙茸委蓬蓼。飛蟲晝轟聚，高蔓晴夭矯。老僧守空庖，恐作山中殍。軍持乞米出，厭寂喜膠擾。我來久徘徊，愛此吟風篠。春深花淡淡，日暮雲嬝嬝。餘暉帶疏鐘，詩境墮空杳。古今一大夢，回首隔昏曉。

二月十六夜自長水塘乘月放舟二鼓抵嘉興城下

兩岸朧朧桃李花，一天風露屬漁家。小船卧聽櫂歌去，行到鴛湖月未斜。

同竹垞表兄飲譚蘐城給諫南樓看海棠

我愛城南給事宅，海棠兩樹紅交加。牆頭過酒便留客，樓上點燈兼照花。濯枝偏宜的皪雨，倦眼似隔朦朧紗。徑須時赴二老約，爛醉不問東西家。

寒食鍾復周秀才家看海棠和鍾飛濤

一樹萬花稠，花光盡入樓。偶逢寒食賞，偏憶少年游。照座驚紅豔，傷春到白頭。苦憐風雨惡，燒燭爲君留。

清明日南湖泛舟

積雨初霽交清明，桃花杏花飄滿城。城南水色緑於酒，鵝鴨一灘春草生。

曾道扶學憲惠蜀中藥材

吾比多幽憂，早衰坐善病。豈無三年艾，真贋苦難證。炮炙投成方，庸醫執其柄。邇來讀本草，稍稍諳藥性。蜀山美産多，州邑若畫境。靈苗倘易地，厥品變邪正。時俗但狥名，采真復誰更。先生校蜀士，甲乙手親評。開籠貯參苓，拔茅羣有慶。餘材搜草木，良楛别明鏡。萬里宦游裝，錐刀肯相競。大江五六月，風壯波濤盛。百束壓歸艖，蛟龍不敢横。分張荷見及，行篋忽輝映。從來苦口利，義比良友諍。若待倉猝求，誰爲緩急應。於公感深意，臭味殊可敬。

上巳雨中同竹垞及兒建再赴淮江招

三月三日東風寒，徐尚書家春未殘。半篙新水淥忍唾，兩樹碧桃紅耐看。蛙黽幸未聒人耳，蛤蜊大可充君盤。一番相過一冒雨，笑口欲開爾許難。

題沈南疑林屋山居圖卷子二首

莫釐峯下是查灣，及記扁舟壓雪還。一事至今留缺陷，不曾西到石公山。

浮家泛宅事良難，綰綬行將赴一官。縱使買山争得住，故應寫作畫圖看。

自入春來往返嘉興湖州兩郡凡六十餘日穀雨後還家花事盡矣

累月扁舟碧水潯，歸來三徑已春深。樓頭一帶槎牙樹，多爲黄鸝换緑陰。

題又微姪載花圖小影

落魄江湖不計年，風流別是一生緣。桃根桃葉無顔色，迴避儂家載酒船。

再題種菜圖二首

還君一首遂初賦，和我三章學圃詩。彈鋏思魚原失策，封侯食肉更何時？

黄虀百甕亦前因，腰腹如渠那稱貧。也與萬羊同一飽，算來原自可驕人。

題族孫恒弘看舞圖

可是相逢游冶場，由來壯士愛紅粧。試他舞袖長多少，虹暈輕巾是電光。

敬業堂詩集卷二十四

賓雲集 戊寅四月。

春來既以近游名集，是夏復偕竹垞先生作閩南之行，淵明所謂「饑來驅我」也。往反五閱月，共得詩若干首。唱酬者居其半，釐爲三集，曰賓雲者，紀游武彝也。曰炎天冰雪者，取諸噉荔也。而以垂槖終焉。中間聯句數章，竹垞已刻入曝書亭集。兹不復删，義取各見，存題目也。

初發江干

江路羊腸迴，江風羊角合。丘長春西遊記：「風初起如羊角者千百，須臾合爲一風。」可證莊子「羊角而上」語。漸近漁浦潭，忽失六和塔。

自漁浦挂席至富陽聯句

艑郎唱櫓雨初消，悔餘。突起東風送客船。百里晴山低似屋，竹垞。一江新水健於潮。舟人謂江暴漲時，海潮不得上。得攜老伴無拘束，悔。縱是貧游未寂寥。竹。況有月波春甕在，竹。隔船不乏酒人招。悔。

又聯句一首

江山小船急浪衝，竹。疾若鷙鳥凌霜冬。悔。灣環忽轉赤亭岸，竹。俄頃不見南高峯。悔。鰣魚出網白尾尾，竹。烏桕夾路青茸茸。悔。井西道人畫不得，竹。暖翠浮嵐如此濃。悔。

和竹垞雨泊桐廬限腹字

灘聲遠初喧，山色晚逾緑。窅窅城上鐘，濛濛雨中屋。平生湖海夢，又近嚴陵宿。濯足有烟波，胡爲加帝腹。

和竹垞七里瀨限脚韻

老黿没水風旋作，合江亭西石勢惡，兩蛇對走赴一壑。雲端百丈挽山腰，井底孤篷轉山脚。

瀧中吟 俗作龍，亦作籠。葉夢得避暑録辨其譌，云，當作瀧，閭江反。今從之。

瀧中亂峯高插天，瀧中急水折復旋，瀧中竹樹青如烟。白龍倒垂尾蜿蜒，洩雲噴霧爲飛泉。晴光一綫忽射穿，雨點白晝打客船。船行無風七十里，一日看山柁樓底。「有風七里，無風七十里」，瀧中口號。

晚次汝步乘月抵蘭谿城下

飛盡漁灣白鷺鷥，罛師逆浪上灘遲。蘭溪城外數錢女，月出未收青酒旗。

雨發東峯亭

昨日不料風，今朝不料雨。生涯昧所向，智不如商賈。聊爲山水游，旅興時一鼓。東峯吾舊識，嘉樹紛可數。中流乍回頭，悵若辭地主。三衢渺何處，去去信柔櫓。自此西行余遊蹤向所未歷。

水碓聯句四十韻

百灘趨漸江，昏旦鳴不息。竹。大波恣奔放，小波迴汨⿰氵卸。悔。居人擅水利，審曲引使直。竹。其長走蛟蛇，其廣納溝減。悔。遏防激之怒，徑隘流轉亟。竹。夫豈水性然，適來遭勢偪。悔。于焉扼其吭，壘石添橜杙。竹。椽茅架小屋，度地隨偃仄。悔。斵木爲巨輪，當衝立樞極。竹。旁安三十輻，輻輻輳斤墨。悔。龜谿交兩兆，鼇甲支九肋。竹。括張等虞機，璇運就圜則。悔。江心鏡欲躍，海底月半蝕。竹。滅頂泅人騰，升陑壯士踣。悔。尻高首或下，後湧前忽匿。竹。團團牛旋磨，匝匝鴉翻翼。悔。東軸貫中央，有如箸在扐。竹。循環觸牙動，揚者必先抑。悔。石臼質本頑，甘爲杵所賊。竹。昂然馬騰槽，俛若鶴啄食。悔。砅砰應關棙，次第符漏刻。竹。擣紙十萬牋，取禾三百億。悔。穲稏除未盡，藤竹需孔棘。竹。一爲機事牽，焉得休汝力。悔。先王昔制器，取象配卦德。竹。舟楫涉大川，耒耜徂畛域。悔。養生務佃漁，分壤別動植。竹。隣歌答舂相，作苦爰稼穡。悔。俾習四體勤，羣黎無懈忒。竹。後世技巧繁，淫奇難忖測。悔。桔槔轆轤作，便利成典式。竹。紛紛鑿渾沌，一一騁胸臆。悔。能令蠢者靈，通者忽以塞。竹。即此水碓論，用意略可識。悔。居然役造化，安坐無作色。竹。乃知天生民，若苗之有塍。悔。夜來山雨驟，趙漲漫澤國。竹。沙崩岸漂沈，有械施不得。悔。物成久則毀，茲理復何惑。竹。逸豫安可貪，民勞宜率職。悔。

和竹翁衢州城下作

開府專征地，孤城盜賊邊。身常當矢石，險豈恃山川。劉濞何知反，睢陽竟得全。白頭遺老在，對客話當年。甲寅、乙卯之亂，武定李文襄公鎮此，浙東西數郡獲全。

篁步 去衢州二十里，地產柑橘。

百折金川水，東流下石門。碓床聲不斷，炭塢氣長昏。小屋椶櫚岸，疏籬橘柚村。荔支方入貢，剩爾未移根。

常山山行

常山小城如破驛，細路多嵌彈丸石。一乘竹轎役兩夫，雜遝前行隨估客。憐渠雇直止百錢，爲我赤脚頳兩肩。我今亦復被物役，何暇悲人還自憐。

和竹垞沙谿舖

山田早插緑秧齊，小犢新生未架犂。閒背村童浮水去，牛欄只在岸東西。

龔家渡夏文愍公墓道作

東市朝衣血，西江野哭魂。已無鄉社祭，猶有墓門存。亂水荒阡斷，悲風宰木昏。鈴山籍官後，得謚即君恩。

自焦石塘抵鉛山河口兩岸石山獰劣上無寸土草木不生作詩嘲之並邀竹垞先生同賦以傳好事者

爾雅釋山名，類族紛可數。土山或戴石，石山或戴土。草木別有無，無者名曰岵。挾筴事出游，舊聞證新覩。一山一巨石，突兀向江滸。若被烈火焚，禿髗了無取。于獸焊其毛，于鳥翦其羽。于人爲寡髮，渾沌出太古。無心腹腎腸，無耳目肱股。大疕甕盎懸，醜疾籧篨俯。陳根何處託，氿泉不得吐。正坐山無情，遂令旁少輔。樵人弛負擔，匠氏輟斤釜。塊然天地間，於世爾奚補。

從河口陸行至鉛山縣三十里間山水清佳老樟古桂不記其數皆千年以外樹也所至輒流連其下自悔舟中誚頑石之作復賦此詩邀竹垞再和

溪迴峯巒奇，雲日互虧蔽。兩邊盡古木，曲徑入蒼翠。行人雜負戴，偃憩隨所至。如開步障陰，下可萬間庇。想當生材初，造物本無意。榮枯非分定，蒙養在託地。我昨嘲頑山，無端坐好事。目前不見睫，幾欲一概視。向來身未經，鹵莽悔輕議。譬諸覘他邦，不仁在高位。輒云彼無人，賢者豈終棄。作詩還自哂，一解前言戲。

鉛山城中有古樟三每歲四月白鷺來巢其間伏雛乃去亦一異也

怪底空城老樹梢，鷺鷥引隊似蘆茭。魚蝦飽噉無人問，生子看看占鵲巢。

和竹垞雨晴

入門雨脚垂，出門雲氣遯。皇天本無私，邂逅適我願。

紫溪道中二首

去城漸遠漸青葱，畫裏谿橋曲折通。無有一村無好樹，歇涼人在小亭中。

壘土層層勢就低，石田如罫岸如梯。清泉盡是秧針水，直到山根始作谿。

度紫谿嶺

渡橋正亭午，白日無匿景。微茫紫翠間，崷崒西南頂。躋攀力已殫，仰視猶半嶺。迴風轉轆轤，汲我出深井。茅菴冠木末，快若衣振領。緑樹忽交陰，蒼然失人影。坐來殊氣候，濁暑驚清泠。匆匆行役心，佳處惜俄頃。

觀造竹紙聯句五十韻

信州入建州，篁竹冗於篠。竹。居人取作紙，用稚不用老。悔。遑恤簫笛材，緣坡一例倒。竹。束縛沈清淵，殺青特存縞。悔。五行遞相賊，伐性力揉矯。竹。出諸鼎鑊中，復受杵臼擣。悔。不辭身糜爛，素質終自保。竹。汲井加汰淘，盈箱費旋攪。悔。層層細簾揭，燄燄活火熇。竹。舍粗乃得精，去濕忽就燥。悔。擘來風舒舒，暴以日杲杲。竹。箬籠走南北，適用各言好。悔。緬維邃古初，書契始倉皡。竹。自從史記煩，方策布豐鎬。悔。中經祖龍燔，孰敢撲原燎。竹。漆簡及韋編，殘灰跡同掃。悔。當時禍得脱，賴爾生不早。竹。漢代崇師儒，家各一經抱。悔。截緝蒲柳姿，刀削詎云巧。竹。如何剏物智，乃出寺人造。悔。

麻頭魚網布，棄物收豈少。竹。後來逾争奇，新製越意表。悔。山苗割藤芨，水澁采苔藻。竹。桑根斧以斯，蠶繭機不絞。悔。澄心光緻緻，鏡面波皛皛。竹。研宜金粉膏，繪作龍鸞爪。悔。桃花注輕紅，松花染深縹。竹。鴉青蜜香色，一一隨浣澡。悔。十様益部箋，萬番傳癖稟。竹。紛然輸館閣，遜矣來海島。悔。要爲日用需，若黍稷粱稻。竹。惜哉俗暴殄，塗抹太草草。悔。俗詩蛙蟈鳴，俗書蛇蚓繞。竹。俗學調必俳，俗文説多勦。悔。流傳人有集，刷印方未了。竹。積穢堆土苴，餘殃毒梨棗。悔。或污蝸角涎，或供蠹魚飽。竹。或爲肉馬踏，或被饑鼠齩。悔。糊窗信兒童，覆瓿付翁媪。竹。遭逢幸不幸，所繫豈纖杪。悔。平生嗜奇古，卷帙事研討。竹。秘笈藉爾抄，籯金匪吾寶。悔。響榻溯籀斯，斷碑拓洪趙。竹。提攜白刺史，著録庶可考。悔。由拳法失傳，將樂槽苦小。竹。楚産肌理疏，晉産膚澤槁。悔。物情相倍蓰，美惡心洞曉。竹。非無雲霞膩，愛此霜雪皎。悔。小叠熨帖平，捆載赴遠道。竹。預恐壓歸裝，又滋征榷擾。悔。

烏石村

修竹連山萬萬栽，斬新換葉碧如苔。特留老節非無用，歲歲生孫作紙材。村家造紙，多取新竹，故云。

分水關

萬斛松風捲戍樓，泉源同在此山頭。忽教一堘巖牆劃，不許東西更合流。

崇安孔彝仲明府招飲縣齋池上分賦二首

南遊吾偶到，北海席頻虛。未敢輕修刺，何當先下車。客來童掃徑，衙罷吏抄書。欲識閒官味，君看清獻渠。

樹陰齋舫合，荷氣板橋灣。水檻晴初倚，溪門夜不關。座中無俗客，管内有名山。未到聞君說，如遊九曲還。彝仲于座上極稱武夷之勝。

和竹坨幔亭

幔設曾孫宴，歌傳鼓笛聲。神仙如可學，大抵屬多情。

沖祐宫

一溪隨櫂轉，天半削兩峯。萬年宫在兩峯趾，古殿入門三五重。長廊白日氣幽邃，蔭以楓桂樟柟松。不知中有路，但見列岫四面排高墉。不知下有谿，但聞嘈吰鞺鞳相應如鼓鐘。神仙高居道士俗，三月四月忙於農。苦言茶味薄，不足充上供。客來正炎熱，亟思澆此枯渴胸。頭綱封裹度嶺去，上品一呷需無從。明朝試扣白雲洞，洞口老僧逢不逢。武夷茶出僧製者，其價倍於道院。

宿虞道士山房

晚涼新浴罷，古觀有餘清。一院松篁氣，滿窗風雨聲。擣虀因藥臼，暖酒就茶鐺。預飭齋廚飯，山遊望曉晴。

和竹垞仙蜕巖

生前不煉紫金丹，身後何須白玉棺。已向虛巖委枯骨，癡兒尚掃漢家壇。

虹橋板歌 板爲崇安潘秀才在東所贈。

潘生贈我虹橋板，云此購得從仙山。幔亭宴罷橋忽斷，此木庋在萬仞之孱顔。蒼鷹健鶻對對巢不得，但見成羣接臂叫跳猿猴猵。黄冠白足力難致，間出贋者相欺謾。有時晦冥晝風雨，神物欲降天爲慳。前者偶經此巖下，巖前白浪吞船豥。忽驚片板半空落，有若胎禽墮毿飛輕翾。主人大笑童僕喜，謂獲至寶非空還。已令巧匠刻爲佩，何異袖鞭使物驅妖姦。知君好奇特分贈，徑尺未許酬千鍰。我時聞斯語，未敢相譏訕。今晨入武夷，好事搜險艱。生爲指其處，乃在一曲二曲三曲灣。初疑棧道上，露出船尾彎。復如鳥鼠穴，竹箭亂插同榛菅。神輪鬼運義奚取，徑路斷絶誰躋攀。忽憶少年日，南走五溪窮百蠻。蠻人寄命巖洞裏，多搆柴栅臨峥潺。今之所見正此類，亦如秦客避亂來其間。不然颷輪雲馭本飛渡，豈有刳木留塵寰。摩挲重是千歲物，肌理駁蝕生香斑。攜歸壓書儘有用，何必新奇瓌詭驚愚頑。

和竹垞小九曲石壁是唐許碏題詩處故名題詩巖 附録碏詩：「閬苑花前是醉鄉，踏翻王母紫霞觴。羣仙拍手嫌輕薄，謫向人間作酒狂。」

石上三生事渺茫，題詩重過苾蒭房。此中大好安茶竈，何苦人間作酒狂。

和竹垞御茶園歌

宋茶貴建產，上者北苑次壑源。研膏京挺南唐貢茶名。製一變，争新鬭異凡幾番。白龍之團青鳳髓，輦載入洛重馬奔。武夷粟粒芽，其初植未繁。何人著録始經進，前有丁謂後熊蕃。君謨士人亦爲此，餘子碌碌安足論。宣和以來雖遞驛，場未官設民不煩。元人專利及瑣細，高興父子希寵恩。大德三年歲己亥，突於此地開茶園。中連房廊三十舍，繚垣南北拓兩門。先春次春徧采摘，一火二火長温麐。緘題歲額五千餅，雞狗竄盡山邊村。攜來詐馬筵，和入潼酪供鯨吞。豈知靈苗有真味，石銚合煮青松根。爾來歷年已四百，御園久廢名猶存。筠籃四月走商販，茶户幾姓傳兒孫。我思蠙魚橘柚任土貢，微物亦可充天閽。朝廷玉食自不乏，何用置局災黎元。追思興也實禍首，幸保要領歸九原。山靈曷不請於帝，按女青律笞其魂。傳語後來者，毋以口腹媚至尊。

仙掌峯瀑布

接笋仙掌峯，入望初聯綿。兩崖谺然豁，一瀑垂蜿蜒。不從仙翁指間出，却穿左脅下赴六曲爲奔川。行人衣沾芒屩滑，拄杖直上孤雲巔。崎嶇丘前石徑轉，胡麻小澗當橋邊。尋源初自稻田發，三里五里斷復連。淺處生菖蒲，深處得種菱與蓮。千年老蟾蜍，爬沙亦頑仙。仰天噏其舌，噴水一竅清而圓。始知山前雷轟礮激千丈瀑布水，即是山背涓涓泉。匏樽便向道人借，我嬾欲住清涼天。

天遊觀萬峯亭

占地既已高，尤難在扼要。前臨殊陡絶，旁睨轉孤峭。羣雄奉一尊，奔赴不待召。來時記目擊，歷歷本形肖。羊羣呼可起，仙羊石。馬首回若掉。馬頭巖。象鼻垂彎環，象鼻巖。獅頭仰軒趒。師子巖。鼓鐘應考戛，鼓子峯、鐘模石。龍虎答吟嘯。卧龍潭、虎嘯巖。兜鍪勇士冠，兜鍪峯。粧鏡神女照。粧鏡臺、玉女峯。石笋瘦而長，接笋峯。蓮花娟且妙。蓮花峯。到亭悉殊狀，變幻非意料。初高後反匿，曩隱今忽跳。投空翻白鴉，削背掠蒼鷂。烟生松外村，竹亞崦中廟。清溪截羅帶，已斷復縈繞。澄泓鷗鷺池，中有一翁釣。流觀飽創獲，俯仰恣吟剽。翻嗟神靈區，僻左落遠徼。奇峯三十六，名可配嵩少。奈何杜韓輩，足未涉閩嶠。山靈秘莫宣，自古閉窴窔。我來及新晴，朗日相照耀。終疑雲霧窟，滃渤尚埋竅。幸賴此孤亭，于焉蹋翫戲。重遊果何時，臨去屢回眺。

坐竹簰入九曲聯句

連峯六六收蒼靄，悔。雨餘滑澾碎石街。竹。挈我栗杖㰈毛鞵，悔。蘭湯渡口上竹簰。竹。
篙工初指一曲涯，悔。姓名幾輩争磨崖。竹。娉婷玉女峯最佳，悔。野花簇髻松搖釵。竹。
當年武夷集神媧，悔。歌絃鼓板金管龤。竹。高張雅奏無淫哇，悔。子禽小蛾定爾儕。竹。
羣仙一散後會乖，悔。黄心老木委蛻蘿。竹。爾獨對鏡留形骸，悔。千尋鐵障鎔頑鍇。竹。
大藏小藏肩背揆，悔。山魈獨脚帝所差。竹。洞門石扇呀然闖，悔。鼇舟力負何劻勷。竹。
其中瑰木類積稭，悔。又類羽鏃抽鞞靫。竹。水光汎汎聲湝湝，悔。冥冥微徑不可階。竹。
欲往金井迷鬼艾，悔。深潭龍卧波㶁瀤。竹。誰歟釣者貪鰤鮭，悔。茶園新芽出舊荄。竹。
僧籃道笈采摘皆，悔。可惜不逢紅粉娃。竹。題詩古巖平不攲，悔。精廬小於負殼蝸。悔。

豈若大隱屏之厓，竹。祠宇百世人模楷。竹。大書照耀銀泥牌，悔。學達性天聖德諧。竹。
屹然天柱高崴嵔，悔。勢如拱揖趨庭階。竹。須臾路迴仙掌排，悔。神皋下上車輫輂。悔。
竹窠桃磵雜樹槐，悔。鼂浮獺控形膠朧。竹。白雲蕣前雙眼揩，悔。俯視九曲瀠青緺。竹。
新村村落尤可懷，悔。新苗活水通荊柴。竹。觳犬跳聒雞膠喈，悔。況無蛇虎猿猱豺。竹。
何時買地營茅齋，悔。耕耰漁弋與子偕。竹。

和竹垞建陽

考亭本是黄家墓，侍御橋邊宅久空。陳跡已消名姓外，好詩猶展畫圖中。後來結搆原因此，佳處溪山遂屬公。欲買麻沙村畔屋，餘年拚作蠹書蟲。唐末侍御史黄子稜自洛陽寓居建陽東觀山，築亭以望其父之墓，曰望考亭，因以名里。朱文公之父韋齋先生，愛建陽山水，未及卜居，公築考亭以承先志，正取黄侍御之意。後人專以考亭屬文公，侍御之名湮矣。「人過小橋頻指點，全家都在畫圖間」，侍御詩中句。

樟灘

小縣晨發船，建溪展平緑。前行三四里，跳沫粗如鵠。厥名曰樟灘，畜害自古酷。假令勢下趨，直瀉無迴躅。石梁伏水底，未免防坎毒。奈何三折形，故作巴字曲。湍奔方有激，石起陡被束。一芥一針投，中間不容粟。兩旁劇刀劍，獰惡伺失足。篙工善駕馭，肯與怒機觸。馴彼豶豕牙，服我童牛牿。終焉脱於險，初若順所欲。方悟不擾心，可以遠蹶促。側聞前灘多，怪石難悉録。吾生不有命，恐懼隨羸僕。

雨中下黯淡灘

未到先愁出險難，忽驚片葉落奔湍。星流電轉目未瞬，一道白光飛過灘。

延平晚泊

小雨冥濛劍浦西，浮槎壓水女垣低。人家多傍翠巖住，榕葉滿城山鷓啼。

水口

雨餘忽飄雨數點，山外更添山幾層。六百里灘多過盡，也如出峽到夷陵。

小箬驛榕樹

古驛千年樹，蟠根積水涯。細筋堅作骨，新葉嫩如花。緑處陰三畝，枯邊畫一椏。散材真自幸，剪伐幾曾加。

竹崎關

佛桑花根犬吠，龍眼枝頭鳥鳴。漸覺山平水遠，郵籤報近榕城。

贈汪悔齋方伯

國家有異數，畸人出當之。巍巍宏博科，鵷鳳集一池。公來承主眷，初亦由文詞。繼乃悉公才，拔萃超常資。我朝拓遐陬，南不盡島夷。勿輕發介使，大體存羈縻。曠典偶一修，擇賢誠足毗。公時膺特簡，啣命東南馳。黏天駕波濤，帖首馴蛟螭。平生抱忠信，涉足無嶮巇。肅將明明威，愼重瞻丰儀。必若誕文教，要令崇先師。鰲背屹宮牆，作記刊諸碑。餘事當潤色，問俗陳風詩。手持王會圖，歸獻白玉墀。至尊動顏色，前席爲頻移。迄今奉使録，燦若星日垂。自兹益嚮用，歷試無不宜。試公以吏治，出領嵩洛伊。政成多異蹟，獨創非前規。試公以擊斷，明決仁且慈。八閩百萬户，立起殘瘡痍。試公以大藩，旬宣來保釐。民勞既已塈，國計終無虧。凡此十年中，官塗自逶迤。旁無汲引力，皆受特達知。煌煌名書屏，屢被褒美辭。行省尚見屈，看人换旌麾。賤子田間來，於公少恩私。側聞道路口，籍籍皆如斯。當今梁棟材，大器非公誰。公昔守洛陽，舍弟久追隨。猥蒙齒頰及，佳句時或披。階前尺寸地，投謁獨恠遲。男兒屬有願，會合寧無期。攜我作遠遊，竹垞真好奇。武夷昔未到，昨始慰所思。此來復識公，又得啖荔支。何期寂寞遊，三樂併一時。篇終述己意，公幸勿見嗤。

敬業堂詩集卷二十五

炎天冰雪集 起戊寅五月，盡六月。

端陽前二日初食荔支戲寄德尹時弟在蘭州二首

荔子初紅到福州，絳囊欲擘已涎流。阿頻來往如相避，笑擲閩南一度遊。弟於甲戌二月遊此，四月還家，未嘗啖荔也。阿頻，弟小名。

方紅陳紫價爭高，次第行將飫老饕。直作衡炎吾得計，西遊終不羨蒲桃。魏文帝以蒲桃比荔支，世譏其謬。

西施舌 一名沙蛤。

尤物佳名託，依然住水鄉。死難逃越網，生只戀吴航。沙蛤産吴航者佳。

香螺

螺女江邊産，形龐味特奇。客廚貪一飽，空殼付僧吹。梅聖俞詩：「佛寺吹螺空唱嚎。」

蟳 閩大記：「一名蝤蛑。」

味美尤在螯，一枚十錢買。自從擘蝤蛑，不憶分湖蟹。

鱟魚 腹下有十二足，雌雄常相負，取之輒作雙。

介屬魚其名，雌雄同一束。爬沙苦無力，安用十二足。

花蛤

入水化幾時，登盤復充鱠。刳腸誰見憐，文采却在外。

黄螺

藏尾露兩角，肉黄漫多腥。時於蝸殻中，自負楞然形。

珠蚶

珠蚶細已甚，魚鱗鵝眼許。海錯幸自多，烹鮮乃及汝。

食江瑶柱

河豚豈不佳，中毒時有之。須臾聊爲性命忍，當筵輟箸甘被旁人嗤。半生夢想江瑶柱，客或誇示長朵頤。南遊無一事，直爲口腹寧非癡。土人向我言，惜來非其時。客欲嘗此味，請以冬爲期。清晨無端食指動，腥風怪雨入座紛離披。天教尤物落吾手，海市忽逐神鞭移。常鱗凡介盡辟易，獨許上品當釜錡。其形初如羊角合，倏若蝙蝠兩翅張襹褷。格高味厚少爲貴，中間甲柱孤撑搘。瀹以百沸湯，逡巡發華滋。鮮於金盤露，潔比白玉脂。《食經》百六十五卷，鳴薑點醬無不宜。良庖俗庖兩兩割烹好，方法不用傳嚴龜。隋大業中刻淮南王食經一百六十五卷。唐人嚴龜有食法十卷。退之引類及章舉，坡老比擬到荔支。二公評隲竟誰是，吾方飽啖不暇措一辭。

林草臣攜酒見過

草堂無定所，亂後屬他人。愛客老尤篤，論交晚自親。割鮮兼衆味，載酒過比隣。一醉叨深眷，翻憐地主貧。

養蜂歌

逆旅主人貪養蜂，木櫃中結房千重。别開孔竅聽出入，高置簷宇虞奔衝。頗同君臣儼有禮，稍别種族如知宗。兩衙薨薨勤鼓翅，四序擾擾無停蹤。婦姑勃蹊或同室，子弟盛壯旋分封。秦宫每向花底活，韓憑大抵枝頭逢。苦兼黄連充藥使，甘比稼穡成花農。乾坤大哉類斯聚，形體眇爾性則兇。天生是物本巖谷，於世無競宜相容。自求辛螫誰作俑，乃至役物爲人傭。僦居一椽在隘巷，偪側欲避愁無從。明知倉卒非大害，未免有意防針鋒。吾將縱女任所適，解衣盤礴便疏慵。主人一笑不見許，留待割蜜當嚴冬。

汪學使棣園寄餉興化荔支

南越百株移遠植，西川一騎走炎埃。如何兩日楓亭路，也爲先生置驛來。

林竹筠封翁招飲榕菴

山根沮洳濕蒼苔，别業重新鑿石開。但使周遭留竹樹，不妨次第補亭臺。五經又課諸孫讀，次公碧山以五經擢第，故云。一榼頻攜遠客來。指點舊時門逕改，雙榕前歲拔風雷。門前榕樹二株，丙子七月爲大風所拔。

汪悔齋方伯署庭有荔支小暑後摘以見餉率成十六韻

陰合重樓外，枝垂曲檻東。珊瑚推舊譜，玳瑁占新叢。畫省初凝露，薇垣迴得風。繁星紛乍摘，白雪沃俱融。步障絲褰紫，宫衣袖卷紅。品方瑶柱美，東坡、梅溪以江瑶柱比荔支。肌愛玉環豐。只許輝銀印，白樂天寄楊使君荔支詩：「對君銀印色相鮮。」何期餉竹籠。從來臭味合，大抵餽貽通。不是分甘好，將毋嚼蠟同。炎官方赫赫，熱魔又蟲蟲。解駮涼無汗，醫蠲渴有功。稍宜親夏簟，惟欠剥春葱。長樂全勝畫，郵亭尚憶楓。長樂所産名勝畫者，可與興化之楓亭相四，皆名種晚熟者。近應來郡縣，遠不比瀘戎。少陵詩：「憶過瀘戎摘荔支。」旅橐終難致，頃筐倘更蒙。此遊專爲口，貪得笑何窮。

甘泉漢瓦歌爲候官林同人賦

林生老立專門學，金石遺文卷盈握。曾經從宦走長安，斷碣殘碑蘚親剥。昭陵蹟廢補亡闕，磨石山高穿硌确。冰霜裂面虎豹嘷，沙礫堆中拾完璞。摩挲銅狄自何年，萬棟灰飛片瓦全。爲按黄圖考宫殿，始知地是漢甘泉。底平面正規而圜，肖形似鏡還如錢。其高半寸徑三寸，旁具輪郭中不穿。土花蝕後文留識，音志。上有長生未央字。龍拏鳳攫結撰奇，肉厚肌疏形體異。與人作硯不中用，抱質如初無變置。吁嗟乎楊南仲。劉敞。不作識者希，時俗誰能辨真僞。巧多滋僞樸者真，此瓦人間蓋無二。豈同冰井香姜閣，埏埴紛紛託疑似。勸生勿更加礱磨，本色須教存古意。生領此語索我詩，我詩質直無媸辭。請煩拓致數十本，徧乞羊何共和之。或恐流傳落人口，陶甄又復成今手。

張民瞻舍人趙二今孝廉同日餉荔支

側生倒挂頳虬珠，後先磊落致座隅。空齋長夏失炎熱，中有仙姝冰雪膚。太真飛燕兩媚嫵，那辨徐家蔡家譜。新譜，蔡君謨著。莆田譜，徐師閔著。野人揣分已不廉，一飽今朝煩二主。此生大嚼知幾回，一日可少三百枚。從兹便結荔支社，用東坡嶺南事。日日西禪寺裏來。

六月初六日同竹垞青壇過長慶寺噉荔支二首

碧蘚埋唐碣，紅雲擁寺門。客嘗初揀樹，僧引爲開園。甘露充香飯，清泉注瓦盆。分沾徧僮僕，猶自壓枝繁。

蚶殼梢梢重，星毬箇箇圓。生偏當遠嶠，吾及遇豐年。寺僧云，今年荔子最熟，似爲遠客設供。邂逅三人話，衰遲一飽緣。勿嫌來較晚，禽鳥讓爭先。

與陳漳浦莘學話舊

誰憐香案吏，遠謫到天南。索米洵非易，折腰良不甘。山租輸海貝，市舶賤迦楠。喜拜貧官惠，輕風白葛含。時以廣葛見贈。

數日前作詩報悔齋方伯未有無厭之請蓋在楓亭茘支也朝來果蒙分餉再成一律

四樹楓亭種，曾經入貢餘。人間應漸少，名下果無虚。絶品慚供客，兼程苦累渠。色香全未減，地主誼何如？「驛庭只四樹，樹老半枯枝」，閩人宋比玉茘支詩也。

龔運使榕溪招飲園亭

擲印歸家鬢未蒼，手栽梧竹闢池塘。到來但覺緑陰好，坐久始知清晝長。客子解衣思避暑，主人投轄怕逃觴。不辭户小拚沈醉，三伏世間無此涼。

飲陳集斯烏石山莊

炎天塵滿街，禰襶何太苦。野人寡酬酢，一飯必擇主。陳生静者流，邀我遊椒塢。小樓城北面，豁達寄簷宇。漸入轉幽深，忽高迷步武。清泉閟巖竇，涓滴時復吐。碧眼貯渟泓，瀉爲荷芰渚。隔籬微辨徑，叠石不帶土。瘦竹走長鞭，淡花垂細乳。木桃正垂實，木桃似木瓜而有紋，上結一臍如小桃。錯落指可數。中無一蟬嘶，上有獨鶴舞。孤亭出林表，七塔皆下俯。客來導攀躋，赤日方卓午。清涼徹山骨，快若新過雨。善病君得閒，息交吾獨取。何當把鑱柄，共治黄精圃。

六月十四夜喜雨

撲扇蚊蠅苦不支，乍涼聊與睡相宜。一窗歸夢芭蕉雨，六月驚心蟋蟀詩。遠客交遊長寂寞，殊方節物極參差。明朝紅屐城西路，已是潮田穫稻時。

題讓竹亭修禊圖卷

何必山陰亦有亭，一時盛事又丹青。舊因洗竹開三徑，新爲栽花讓半庭。詩好儘容僧入社，客來總與鶴忘形。年年上巳風光在，長指天南聚酒星。

送龔仲圭歸合肥

嗟余生苦晚，前輩目未識。側聞長老言，蘊稽推厚德。煌煌端毅公，古道手扶植。南宮昔校士，良窳就陶埴。至性實憐才，搜羅如不克。謂宜餘澤在，十世報猶食。公子負英才，承家奉軌則。干人非本意，負米貧自力。堂有白髮親，傷哉彼屺陟。通門謁開府，願望良易塞。舊時桃李花，當路化荆棘。交幾厄陳蔡，歸及課耕織。不污橐囊金，正復壯行色。螺江水新漲，帆影輕比翼。一事足誇人，來從荔支國。薩天錫詩：「紅塵香暖荔支國。」

仙遊茅筆歌

羣山海上來，絡繹趨九仙。仙翁此山住，示夢於幾先。九仙祠祈夢最靈。山中老樵枕石眠，斧柯斷爛不記年。夢中髣髴遇神授，筆花晝吐黄茅天。覺來信手縛不律，巧被筆工偷妙術。遂令九仙祠下三脊茅，用與雞毛鼠須匹。中書免冠頭不禿，菅蒯居然效微質。幸渠一束價未高，殿頭簪珥非汝曹。若教朱墨官盡取，便恐仙山成不毛。君不見連山伐竹免拔毫，鐵梳膠綴何其勞。穢史自執奸吏操，直與此輩供錐刀。老夫抄書指生繭，怕搦人間管城管。塗鴉結蚓隨爾爲，不要殘年護吾短。

壽山石歌

周禮重璽節，後來印章毋及同。自從秦人刻玉稱國寶，此外雜用金銀銅。鑄成往往上戴紐，肩贔作力碑趺雄。橐駝羔鹿虎豹龍，細者龜兔巨者貔與熊。肖形寓像隨所好，繆篆法與蟲魚通。漢時斗檢封，下沿唐宋仍相蒙。神龍貞觀宣和中，六印旁及金章宗。當時御府收藏及書畫，首尾鈐識丹砂紅。民間私記不知幾千萬，楊克一。有集古印格。王厚之。有復齋印譜。姜夔。有集古印譜。趙子昂。有印史。集古誰能窮。車磲瑪瑙犀角及象齒，苟適於用俱牢籠。後來摹刻忽以石，其法創自王山農。元末諸暨人王冕自稱煮石山農，始用花乳石刻私印。自元歷明三百載，巧匠到處搜碚礱。吾鄉青田舊坑凍，價重蒼璧兼黄琮。福州壽山晚始著，强藩力取如輪攻。初聞城北門，日役萬指傭千工。掘田田盡廢，壽山石産田中者最佳。鑿山山爲空。崑岡火連三月烽，玉石俱碎汙其宫。況加官長日檢括，土産率以包苴充。今之存者大洞蓋已少，大洞所産亞於田石。别穿巖穴開芙容。今所用者皆出芙容巖。居人業此成石户，斑白老叟攜兒童。采來製紐尚倣古，一一彫琢加磨礱。我聞金石古稱壽，兹山取義奚所從。如何出寶還自賊，地脈將斷天無功。山靈有知便合變頑礦，庶與鴻濛混沌相始終。

以蜜漬生荔支戲成一律

蠟黄封蔕上方奩，未入蜜時先融蠟封蔕。兩月南中已屬厭。筐篚人情憐白曬，瓶罍方法愛紅鹽。白曬、紅鹽俱見君謨荔譜。離枝便減三分色，入蜜懸知一味甜。珍重老翁親手摘，歸教兒女得分沾。

飲張民瞻齋

出牆藤蔓走龍蛇，指點相過路不賒。却喜隣居連北巷，每拈書籍問東家。寓舍去張最近，頻得借書，故云。涼生翠蓋亭邊雨，風落紅薇屋角花。借取深杯還接燭，不愁官鼓夜催撾。是夕微雨，竹垞先歸，余及龔容溪兩人復留縱飲。

高斯億爲余畫竹以詩報之

畫竹原從草書出，眼中孰是張芝筆。高生善書久絶倫，餘技兼爲竹寫真。自言亦用狂草法，頗覺游戲能通神。無諸城中少修竹，客舍連旬苦炎毒。賴君妙手補化工，爲我一揮終十幅。幅終擲筆風雨來，野人疏爽心顔開。須臾雨止墨光濕，潤入紙背生蒼苔。老龍蜕骨瘦崛强，翠鳳掉尾紛毰毸。魄雄氣大腕力壯，盡掃篠簜皆凡材。忽然幻作鐵鈎鎖，江南李主作竹，自根及梢，極小者，一一鈎勒成，謂之鐵鈎鎖。自云惟柳公權有此筆法。世有誠懸應識我。渭川千畝胸鬱蟠，放縱精微無不可。文湖州派繼者難，後來獨推王孟端。人間多畫風中柳，東坡題文與可墨竹詩：「那將春蚓筆，畫作風中柳。」珍重蕭郎十五竿。斯億墨竹甚自秘重，故用蕭悦事爲比。

福州太守毁淫祠歌

愚甿致貧蓋有術，祈福淫祠亦其一。八閩風俗尤信巫，社鼠城狐就私暱。巫言今年神降殃，癘疫將作勢莫當。家家殺牛磔羊豕，舉國奔走如風狂。迎神送神解神怒，會掠金錢十萬户。旗旄夾道鹵簿馳，官長行來不避路。忽聞下令燔妖廬，居民聚族初睢盱。青天白日鬼怪遁，向來衹奉寧非愚。嗟嗟千年陋習牢相紐，劈正須煩巨靈手。江南狄公永州柳，此事今亡古亦偶，獨不見福州遲太守。

題悔齋方伯小照二首

鯨呿鰲擲氣何如，目送雲濤蕩碧虛。記得大羅天上事，灘山難著白尚書。

獨立蒼茫又一奇，長松怪石兩參差。披圖聊識高人意，未是科頭曳履時。

楊浴菴餞別於謀野莊

黄門門下無多士，楊爲先黄門伯禮闈所取士。三十年來盡罷官。白首荷君存古道，清樽留我話更闌。科名得路人餘幾，子弟能文事最難。别後倘逢潮信便，好從魚素報平安。

垂橐集 起戊寅七月，盡十二月。

舟發螺江林草臣張民瞻追送於洪山橋

小雨作秋涼，扁舟客將返。殷勤良友意，送我不辭遠。洪塘十五里，短亭復長亭。可憐橋下水，臨别難爲聽。來時梅子黄，去時龍眼熟。新歡旋已散，後會恐未卜。勿謂嶺海遥，合并諒有由。所嗟迫衰賤，去住兩白頭。

朝發竹崎順風晚抵水口驛

茘海南來得飽餐，此遊那更笑無端。歸帆偶得東風便，明日方知上水難。自此以上，皆險灘矣。涼月一梳微帶暈，暗潮三尺忽平灘。炎方未必無清景，貪向船頭坐夜闌。

初上灘

建溪之惡惡無比，狠石高低勢隨水。竹篙如鐵船似紙，曲折蜂窠犬牙裏。南浦迢迢六百里，大灘小灘從此始。黄河亦可濫觴耳，不到水窮行不止。

逆水逆風歌戲呈竹垞

逆水彍强弩，逆風簸蠻旗。澀灘怪石張頷頤，使我有簽不敢拽，有篙不能施。但見北來船，乘流挂席東南馳。我欲問天天不可問，丈夫處世各有利鈍。塞者自塞通自通，造化小兒游戲中。解后兩相值，我適遭其窮。却笑竹垞老，與我同舟還遇風，乃以我故兼累翁。翁今涉世頗知退，坐狎雷霆如一噫。我拍手，翁和歌。人生大都逆境多，順流豈遂無風波。

七月十五夜泊埂程

一村樹合烟初暝，四面山高月未升。隔岸聞鐘知有寺，滿川風浪放河燈。

折紙灘 去尤溪縣二十里。

可憐尤溪灘，險於太行山。羊腸九折有路猶可攀，折紙一折乃在疾雷掣電中央間。高下既懸絶，東西故彎澴，上灘不易下更艱。有生寄命脆如此，摇手休輕過折紙。

箭孔灘

銅牙發利矢，未足喻其急，小舟欲穿針孔入。石梯倒行三十級，强弓寸寸彎不得。羿彀不中嗟何及，束手號天天雨泣。

茶陽灘 舟人口號云：「大水大湘，小水茶陽。」謂水落時茶陽最險也。

大水大湘，小水茶陽。亘川塞路，如牛如羊。叱之不動乃是石，波臣横踞千步岡。當時大禹疏鑿不到此，漸長牙角勢莫當。棄置九州外，放流比投荒。如今郡縣闢海外，尚於中道梗咽爲民殃。何人爲剷除，毋令與水争强梁。石言吾何辜，水性本易怒。請君看取淮揚交，正坐中流無砥柱。

盆灘

灘險寓盆名，波瀾頗不小。寄語踏浪兒，如何狎池沼？

雨後過南鵶口

暴漲添三丈，朝來冒兩涯。山深惟古戍，岸轉忽人家。苦竹秋來筍，紅薑雨後牙。似聞靈鵲語，報我過南鵶。朝來聞鵲聲，延平以南所無也。

建寧遇德州田子益以蜜漬荔支分餉

兩月三山客，歸裝但荔支。製來經我手，開處朶君頤。野饋憐同好，人情感過時。平生甘苦分，一味不曾私。

飲甌寧陳明府陛來縣齋

京國三年別，溪山半日留。眼中逢地主，意外繫歸舟。對酒寬相憶，當歌感昔遊。應憐舊同學，臨老獨漂流。

萬石灘 俗名阿彌陀佛灘，中流有三石幢。

物各以類從，號石數有萬。波流石自止，於義特取艮。憶昨經茲灘，嶄巖争自獻。今看三石柱，尋丈纔露寸。一條换骨龍，掉尾秋更健。逡巡溯流上，淹滯得无悶。揚帆過須臾，正賴長女巽。舟人歸佛力，剪紙酬夙愿。老夫亦欣然，滿酌不待勸。

大小米灘

掀波成山石作底，風平石出波瀰瀰。秋天一碧雨新洗，大灘小灘如撒米。

牛頭牛尾灘

牛頭彎稜稜，牛尾直挺挺。牛腰没水五里長，牛角雙雙亞桅頂。我聞灩澦如馬戒舟杭，爾牛曷不服爾箱？又聞刻石作犀鎮水怪，爾牛胡敢恣爲害？夜從甯戚飯，朝就巢父飲。或簑或笠或訛寢，客過灘頭亦安枕。

重過雙溪口懷武夷舊遊二首

雲封霧冒失烟鬟，縱棹曾從九曲還。自覺秋來遊興嬾，竟貪歸路不登山。

飄飄笙鶴萬峯頭，只許南來一度游。不分此生難再到，蓬萊風近且迴舟。

迴龍渡

已窮三日程，未盡西甌境。晚烟投古渡，歷歷見人影。北際仙霞關，東走括蒼嶺。中間小聚落，百舍同一并。結屋深箐中，開田萬松頂。年豐米價賤，市散村聲靜。野戍依其旁，孤燈光耿耿。雖無荷殳役，尚有擊𣟄警。殘月猶未生，寥寥秋夜永。勞生竟何事，俯仰媿清景。

龍牙灘

乖龍竊天符，噀霧南入海。無端蜕鱗甲，墮地幾千載。帝將馴擾之，不忍甚厥罪。已令化爲石，本性終未改。欲遣水逆流，障川作嵔嵓。河神勿聽命，蓄怒更百倍。森然磨其牙，昂首若有待。舟行一不戒，適㧗魚鱉餒。幸以險著名，設防亦每每。篙師出全力，遇此愈精采。滅頂世豈無，毋貽過時悔。

蓮花灘

潭潭積水中，沈石知多少。偶然一呈露，妍醜難自保。兹灘乃以蓮花稱，秀出溪面開層層。惜哉非所據，徒取見者憎。不見關中岳蓮撑兩峯，江上九子名芙蓉，千年老鶴巢雲松。仙居縹緲築臺殿，復有詩老來扶筇。爾今胡爲不自拔，縱使娟好誰爲容。漁翁溪女詎知賞，惟見蚌沫相喁喁。石兮如有知，得地未必非遭逢。

鼠灘

五行紀異古垂戒，銜尾渡江占鼠怪。從來一穴可沈舟，爲禍於人豈在大。張湯雖酷未盡除，我今方嫌漢網疏。致令此輩繁有徒，詭託黠狀生江湖。安得秦時鞭石法，驅使浮沈逐鵝鴨。太倉溷厠從渠偷，切莫飲水污清流。

同學王令詒於庚午冬過嶺有南浦見寄絶句今日至浦城追憶前詩和此遥答時令詒宰黔之銅仁

平生怕讀江淹賦，南浦今來别恨同。此地故人曾憶我，一官今落瘴烟中。

緑波亭

愛山愛水成吾癖，一笑艱辛亦飽經。虎舌龍牙初脱險，二灘名。又題詩上緑波亭。

行經夢筆山下

詞賦成名只等閒，寸心得失略相關。詩人老去防才盡，不敢輕嘲夢筆山。

發浦城晚宿漁梁嶺下

城北城南叫鵬鴣，似言前路極崎嶇。回思習坎真輕命，頓覺升高是坦途。戍壘防秋仍鼓角，人家經亂久榛蕪。殘燈影裏蕭蕭夕，萬疊荒山客夢孤。

梨嶺廟前古松爲火所焚作歌弔之

吾聞梨嶺廟前老松樹，舊與嶺勢争岧嶤。此廟有興廢，此松閲世不知凡幾朝？亦不知其高幾萬丈，直從山根拔起上蔽山之椒。今來何闃寥，竽籟不復聞簫韶。可憐去年秋，已作霹靂焦。雷公斬斷青虬腰，白鶴飛去誰能招。豈無梗柟與竹柏，坐覺滿山氣象入望成蕭條。獨留古根深磵底，神呵鬼護如靈苗。茯苓歲久化琥珀，居人德薄何敢以倖邀。翻思十年前，東南寇盜蜂擁潮，山童石赭供爨樵。汝於此時幸得脱，賊兵不斫乃被野火燒。天既賦良材，使得干雲霄，胡爲灰劫隨僧寮。長成艱難摧拉易，自古在昔非今朝。嗚呼自古在昔非今朝！

度仙霞關題天雨菴壁

虎嘯猿啼萬壑哀，北風吹雨過山來。人從井底盤旋上，嶺下有龍井。天向關門豁達開。地險昔曾資劇賊，時平誰敢説雄才。一茶好領閒僧意，知是芒鞵到幾回。

峽口 初入衢州界。

矮屋荒村岸，浮橋亂水灣。船初通峽口，路已入鄉關。紅斂初沈日，青餘未了山。沙田秋熟早，牛更比人閒。

雨中過江郎街二首

奇峯登五老，秀嶺度雙姑。昨度大小楊姑嶺。好笑三郎石，朝來却避吾。

雨滴松杉徑，烟迷䆉稏鄉。秋山行處好，何必識江郎。

曉晴發清湖鎮舟中望江郎山

碓牀石瀨響泠泠，愛入歸人舊耳聽。岸草緑痕移蟋蟀，水花紅影帶蜻蜓。樵争曉市秋初霽，風轉荒灣櫂一停。雲霧不遮南望眼，三峯回首偪天青。

雲尖渡即目

水鳥插頭眠，近船忽羣去。只有一條谿，前飛落何處。

雨夜宿王子穎龍游學署

先生六十鬢將華，老去方憐始願奢。百里好山長繞郭，一官閒地便移家。空堂對酒涼生幔，細雨移燈夜落花。分爾歸裝無俗物，芙蓉巖石竹窠茶。

嚴陵二絶句

巢由等是未稱臣，自占箕山潁水濱。誰遣州名屬流寓，却疑此地竟無人。

信公門下實多才，柴市餘生大可哀。不是英雄誰有淚，更無一個哭西臺。

夜發富陽曉至泥汉避潮小泊

浦口沙積岸，潭頭雨壞橋。客程兼昨夜，鄉夢破今朝。小堰孤舟渡，荒山八月樵。風波歸更怕，不賦廣陵潮。

吼山

天開地坼石崢嶸，一棹穿雲入甕城。喚起清風答長嘯，滿山松柏盡雷鳴。

偶遊蘭亭

黄茅十里騎驢路，中有南朝内史祠。墨本尚傳修禊帖，紅牆新護御書碑。浮橋過雨銜泥渡，曲水平階叠石爲。一笑山陰付陳迹，人間何事不兒嬉。

語溪舟中與竹垞別

一條楖櫟一扁舟，每過佳山約少留。榕葉蕉陰消客夏，芡盤菱角到家秋。粗償行脚平生債，不爽歸期汗漫游。我有新詩同七發，起翁微病待翁酬。時竹翁方抱痾。

閩中垂橐而歸家人適告米盡口占二律

病，占年空説衆維魚。荔枝飽噉吾知分，此福從來有折除。

烏有歸來問子虚，鄉園米價近何如？雞爭野老場邊粟，鼠嚙先生案上書。閲世始憐貧是

半生顔狀忝風塵，檢點身謀悔亦頻。辟穀有方宜拔宅，毁車無用是勞薪。簋空笑貯加餐

字，吾老羞爲乞米人。賓客不來僮僕散，免教鵝雁惱比隣。昌黎詩：「隔牆極鵝雁。」

戊寅除夕

手中箸擲流光過，東坡詩：「流年已似手中箸。」余今年四十九矣。老境猶彎寸寸弓。鄉曲無醫憐病

婦，米鹽何物累衰翁。一家懸磬豐年後，萬事挑燈此夕中。那不癡騃逐兒女，試看禿鬢已

還童。

敬業堂詩集卷二十六

杖家集 起己卯正月，盡十二月。

歲己卯，婦病沉緜，爲之料理醫藥。入冬悼亡治喪，又踰月始計偕北上，時余年五十矣。豈意杖家之日，乃爲妻杖期之日乎。

四日立春

風從東來雲四散，獻節重開月上澣。田家占歲在新春，已過三朝不暇懶。起除雞柵掃庭宇，旋拆牛宫治町疃。去冬無雪土不膏，蠶豆根拳麥苗短。直憑今日占今年，喜動桑榆一村暖。野夫杖藜亦早出，走向橋西閒趁伴。偶逢鄰叟看春還，云見城門懸詔板。鑾輿是月南巡狩，爲念頻年淮泗滿。宣房未築茭楗空，畚鍤須臾庸可緩。洪流渙渙冰開後，肯信吾鄉猶旱暵。勿愁燠沐入春無，漢明帝永平四年詔：「冬無宿雪，春不燠沐。」注云：「無暄潤之氣。」雨露行隨拂雲罕。

山陰道中喜雨

謝家雙屐舊曾攜，轉覺清游愛會稽。白塔紅亭山向背，赤欄烏榜岸東西。波光拂鏡羣鵝浴，竹氣通烟一鳥啼。野老豈知身入畫，滿田春雨自扶犂。

曹娥廟

掠面飛蝙蝠，當門印虎蹄。我來尋古廟，人爲指新泥。前一夕有虎入廟。小市風掀瓦，高江浪壓堤。連宵巫覡喜，殺盡一村雞。上元前後里人賽社，羣集廟中，燈火最盛。

上元前一日飲陶潁儒上虞縣齋

溪山漸入漸無窮，短棹飄然又浙東。載酒也應懷賀老，折腰毋乃累陶公。論交世路風塵外，得句春帆雨雪中。是日大雪。記取山城作元夕，一燈曾爲兩人紅。

雪後從西興晚渡錢塘江

牛車没轂水沙渾，暗長春潮一尺痕。萬竈鋪烟沉海戍，兩山銜雪束江罿。船開渡口愁將晚，月到圓時過上元。莫負承平好風景，河塘燈火鬧黄昏。宋時沙河塘燈火最盛。東坡詩：「繁星鬧河塘。」

十七夜會城觀燈

委巷争除道，殘燈未拆棚。所難惟物力，最動是民情。白屋寒堆雪，紅樓夜放晴。俗貧官不諒，簫鼓徧春城。時萬乘將南巡，州縣承上官意，比户皆令張燈，起自十三至十七夜，照耀如白晝，數十年僅見也。

偶題

夭閼竹藤緣底事，偶因展卷一欷歔。武成或取二三策，戰國漫誇短長書。史記索隱云：戰國策亦名短長書。未到流傳成帝虎，不應磊落鄙蟲魚。曾從顔氏看家訓，何用和凝百卷餘。王應麟困學紀聞云：和凝爲文以多爲富，有集百餘卷，自鏤板行於世，識者多非之。此顔之推所謂「詅癡符」也。

題王松年流觴曲水圖二首

内史家風世不如，流觴長記暮春初。如今勝事傳來别，禊帖鐫碑换御書。

紅牆新割老僧田，鑿石穿渠又五年。畢竟讓君圖畫好，茂林修竹近天然。

題鳴野叔趺坐圖

華髮蒼顔映白須，列仙真個是臞儒。一丘一壑誰能畫，留待長康自補圖。叔工畫山水。

春分前三日南湖舟中口占

節物今年異，春分尚有梅。畫船依音挨。岸泊，高閣傴雲開。水郭連旬雨，湖天昨夜雷。莫催桃李放，留待翠華來。時聞大駕已發京師。

連雨不止獨居小樓和陶雜詩十一首但借其韻不擬其體也

檐空有餘滴，窗暗無隙塵。几榻隨所設，頹然置我身。幸無俗客喧，聊與書卷親。溼薪爇破竈，烟氣迷四鄰。明明際陽和，奈此晦昧晨。寧無好桃杏，寂莫傷遊人。

晚色時一晴，殘陽帶諸嶺。参差入我牖，出没墮空景。夜雨旋復鳴，三更布衾冷。漫漫失清旦，未覺春晝永。起望海岸山，依然化雲影。狂風卷平地，水勢怒欲騁。誰知倚樓人，注目心逾静。

杖藜雖鮮適，幽事亦易量。盆蘭如佳人，含笑新出房。瓦盆列左右，獨坐於中央。泠泠風露晨，宛在南山陽。勿將明媚眼，换此冰雪腸。

種樹待春風，花開人向老。媚人以華色，花亦難自保。泫然霑潦中，倉卒難就燥。天工詎汝惜，得氣翻悔早。蜂蝶兩不知，芳心爲誰抱。既開會有落，兹理何足道。

雙燕將來巢，經營尚猶豫。窺簷時下上，入室互翔翥。初如擇所依，終乃訖不去。烏衣亦可託，寧免漂摇慮。舊年堂上賓，風雨今焉如。浮塵寓天地，孰者爲去住。始知鵬鷃遊，未到逍遥處。區區挍大小，叛道吾竊懼。

雨來鳩喚愁，雨止鵲聲喜。咄哉一鳥微，鳴噪强多事。陰晴及旱潦，造物茫茫意。偏勝豈必無，時行偶相值。但看雲靉靆，忽散飈如駛。馳思亦何爲，燥濕隨宜置。

我窮不有命，生理乃見迫。遂令多牛翁，傲人以阡陌。盎無五斗陳，甕有十月白。薰然壹醉富，未覺真鄉窄。連宵風雨聲，夢破江湖客。浮家猶見累，何計成拔宅。

老夫不任耕，病婦兼廢桑。本務既兩失，衣單食粃糠。莽蒼無所之，況需三月粻。連陰欲何詣，却立希朝陽。低頭爾室中，跼蹐敢自傷。寸田富梨棗，辟穀何奇方。仙人去我遥，再拜酹一觴。

人情動如潮，洶洶非一端。三農赴力役，百賈逐貿遷。因之惰游民，狂走成癡顛。至尊軫疾苦，玉食方風餐。肯以供億繁，而爲奸吏緣。柔能暨遠邇，義在大雅篇。

異端好大言，談天率無稽。欺人盡聾聵，自位高巖崖。使讀聖賢書，未必副所懷。背馳去千里，詎易相縫彌。合之則兩傷，不如聽其離。吾道譬暉曜，潛見示角羈。積陰等薄蝕，暫蔽焉能虧。

海角已窮僻，村中更蒼涼。春流渾渾來，欲濟川無梁。舊來豆麥隴，半作蛙黽鄉。甘澤苟非時，殺菽同殞霜。詩成感蔚薈，惡草日夜長。

春分後大雪和陶連雨獨飲韻

物情向暄潤，天道殊不然。却收花柳姿，都付冰雪間。老梅閲世久，崛强如頑仙。瘦竹亦舊栽，影障池南天。朝來悉被壓，夭閼無後先。初疑冬太暖，倚伏理必還。豈獨一黄楊，百厄同閏年。聞者或不察，吾詩若譫言。

西湖櫂歌詞十首

栽松堿石號花園，亭剪欆毛竹織樊。貪看御舟新樣子，遊人多出湧金門。御舟以欆毛爲亭，中植松竹，名花園船。

湖面平添積雨餘，放生池外葑初除。誰司水族加恩簿，開過桃花未打魚。

曼衍魚龍百戲張，蜃樓幻出水中央。船頭風引三山近，方丈蓬萊望渺茫。時禁游人不得登湖心亭。

滇茶紅染鶴頭殷，畫檻朱欄點綴閒。何限兩堤花柳色，却收小景上盆山。亭臺到處羅列盆景，寶珠山茶尤多。

草色纔青柳未齊，石函橋北斷橋西。琉璃一片樓臺影，過盡笙歌十里隄。

鑿開混沌著丹青，落石猶疑處士星。白鶴不歸梅樹老，鷺鷥飛上御書亭。

萬葉千花綴彩棚，火蓮龜背吐層層。不知白日長多少，又點湖心照夜燈。

漁家小女髮如油，新向湖干學盪舟。也道城中粧束好，碧波回眼看梳頭。

蜂喧蝶鬧奈春何，拂面風香過綺羅。此意少年應未會，第三橋畔落花多。

弄潮天氣中秋後，競渡風光午日前。併與西湖作寒食，人生行樂趁今年。

愷功侍讀扈從至杭喜成二律

夢想清遊十載餘，此來兼得侍鑾輿。一廚自展將軍畫，三篋行隨秘監書。不少吟聯傳館閣，愷功與陳乾齋南來唱和成卷。可無長策佐河渠。自從南涉江淮後，司馬文章世不如。

扈從風流别一家，得官畢竟要清華。曾銜漠北多番雪，及看江南兩月花。春服幾人還戲彩，時隨相國偕行。寺門無壁不籠紗。留君暫作湖山住，計日頭綱待賜茶。

南巡歌八章

吾君盛德邁唐堯，河伯波臣詎敢驕。一道長虹東跨海，不煩鞭石更成橋。

沉玉搴茭事已賒，十年泛泛使臣查。此行直爲河渠出，望祀虚傳萬里沙。

六龍南下宿遷城，三月桃花浪已平。多少詞臣争獻頌，黄河應爲聖人清。

淮泗東南盡海邦，家家羊酒壓豊杠。緑牌曉奏知名姓，特慰輿情一渡江。

盡除鹵簿撤朝班，耆老來迎御舫還。爲話道旁經眼見，天顔有喜侍慈顔。

德音一日徧江湖，百萬重聞貸宿逋。灑道清塵皆雨露，不因水旱始蠲租。

行過山鄉又水鄉，豆花褪後麥苗長。翠華小駐非無意，要使宫人識采桑。

岳牧頻煩事屢詢，屬車偶動爲勤民。從今便引虞書例，直望君王歲一巡。

眼鏡

巧製海西傳，能争造化權。隙光分日月，宿障掃雲烟。頓覺生虚白，猶堪續草玄。一編聊炳燭，兀兀慰衰年。

查浦書屋圖爲德尹題四首

兩磚斜日過牆遲，課罷頻看桂影移。此樹年來生意盡，可堪頭白話兒時。聽事東偏小齋，余與弟幼時讀書處也。庭有老桂一本，每視樹影上牆爲放學之候，今桂已爲薪矣。

生子還同邵伯温，弟年四十五生子，故借邵堯夫事。見爺時節恰能言。挽鬚問事休輕嚇，直爲憐渠合杜門。

五十年來老弟兄，暫歸也復可憐生。一燈不作音做。江湖夢，好片對牀風雨聲。

藏書不過五千卷，築屋只消八九楹。先被耕烟偷畫稾，圖爲王石谷所寫，石谷自署耕烟散人。問君書屋幾時成？

留筍

好筍如人意，新梢補舊林。汝長應計日，吾老望成陰。不礙疏籬破，能令曲徑深。咸韶如到耳，風雨助清音。「竹兼風雨似咸韶」，黄伐檀句。

五十生日德尹次二蘇兄弟生日唱和詩爲壽次答二首

百年突過半，千慮鮮得一。無聞世或疑，衰賤天所隲。安心雖漸退，始願竟莫必。鐘鼓委盲聾，主賓炫名實。窮爲東野鳴，拙被南宫黜。那將桑榆晚，坐待婚嫁畢。人言庚寅降，賦命例不吉。吉祥在止止，虚白生爾室。結習顧未忘，時猶弄詩筆。可傳或有在，老境知幾日。蹉跎向遲暮，孤露追本始。自我稱鮮民，瓶罍久抱恥。有親養不逮，具體痛瘡痏。忍復把一觴，靦顔對兒子。稍欣老兄弟，兩杖交頭倚。分飛二十年，意料不及此。驕榮落霜葉，浮慮浄棐几。庶幾共殘年，服食勝菊杞。

池上看雨

五月蓮未華，團團葉如扇。亭亭不自匿，一一出池面。細雨聽無聲，初於葉上見。緑盤擎不定，的皪珠光旋。流汞忽一傾，倒垂三尺練。萍開魚影聚，萍合魚影散。即事偶成詩，悠然觀物變。

建蘭已萎盆中稗草叢生

誰云造物好栽培，膏澤多教長不才。此理年來看爛熟，建蘭盆上稗花開。

梅雨初晴

沮洳下溼生蒼苔，三旬苦雨經黄梅。水田萬蛤夜羣吠，林巷一蟬晴忽來。曬書亭前日淡淡，打麥場上風颻颻。鄰家作苦一相勞，耘鼓正報槐花開。

海塘行

邑城去海十步遥，塘爲外捍非一朝。去年八月塘忽壞，洲潬崩裂隨秋潮。邇來沙漲三十里，魚鱉殘生差可喜。縣官欲爲先事防，倡議重修從此始。人輸一石名樂輸，石兮無脛何可驅。編排既須照户籍，運致仍復煩丁夫。里符夜下朝必赴，田卒污萊敢申訴。築塘捍海亦爲民，此事不勞官長怒。公旬三日古有之，向蠲力役誰所爲。吾邑户口十萬，丁丑冬縣令王某忽盡除丁糧，每田十畝代納一丁。人情已自逐游惰，亦與三農同怨咨。火雲燒空日光赤，盡遣山田龜兆拆。陽侯勸爾莫漫驕，緩我塘工待農隙。

暑夜

滿庭荇藻疑浮空，樓陰乃在樹影中。繁星沸天月將落，銀漢中亘垂天虹。夜深人静氣一歛，坐覺襟袖來微風。波紋摇窗簟脈脈，烟氣隔幬紗濛濛。暑徂涼近誰最警，露草已報吟秋蟲。

瓶中紅白蓮花

紅蓮頳如霞，白蓮淡如雪。兩皆以色故，幻相紛羅列。或云色即空，紅白本無别。或云空即色，是紅要非白。入我止觀中，萬象隨起滅。一瓶井華水，眼界琉璃徹。空花久已除，此色爲誰設。

秋旱四十韻

槁壤黄塵外，明霞杲日西。直防金被鑠，頗怪火猶稽。箕畢占曾驗，陰陽數不齊。雄雷張旱氣，師曠占云：「雷始起其霹靂者，所謂雄雷，旱氣也。」雌霓散朝隮。一物關災眚，羣情固慘悽。潤希蛛網露，乾裂燕梁泥。蚯蚓潛深穴，蛟龍困老隄。蝸涎粘壁死，鷺脚插巢棲。舌燥呼羣鴨，沙噴振羽雞。魚噞貪涸轍，牛喘失涔蹄。萍塊膠連蚌，苔痕兆拆蠵。涉波無白鷸，聒耳厭青⿰虫弟。古柏俄成杌，衰楊那復稊。瘦針撑棘枳，柔木偃槺榹。蕉碎離披卷，桐攣小弱圭。宮槐當晝聶，爾雅：守宮槐葉，晝聶夜炕。岸葵舉叢低。乾暵悲茺蔚，争先任蒺藜。埤雅：蒺藜，旱草也，歲欲旱，旱草先生。竹身焚忽爆，花面炙多黧。是水湯同沸，無岡石不礱。爲時宜長養，有力故排擠。壞葉頻辭樹，良苗半萎畦。村村抛襏襫，户户挂樓犂。瓶卧空依井，橋長尚跨谿。蝗來疑布陣，螢照儼然犀。東海行枯矣，南山望蔚兮。更誰施補救，不過禁屠刲。巫覡終難信，童謡豈有倪。吁嗟聽貌貌，爾雅注：雩之祭，舞者吁嗟而請雨。瞻卬目睽睽。客或歌雲漢，吾方賦病梨。相煎何太迫，欲避奈無蹊。烈燄融爐炭，焦烟著竈烓。袗絺同挾纊，懲熱到吹虀。不擬開三徑，因思接九梯。後漢東夷傳：「挹婁國土俗極寒，穴居以深爲貴，大家至接九梯。」窮於入角鼠，窘甚觸藩羝。晨課書渾廢，宵眠枕罷攜。蠅聲俄已集，蚊翼詎勝批。瘠土天難問，勞生計總迷。但聞風發發，幾見滰萋萋。作苦隨鄰父，沉緜奈老妻。更愁兒索飯，早晚傍門啼。

即事

老夫畏暑如酷吏，逃入鄰園樹影中。貪趁槐陰成久坐，歸來衣上帶青蟲。

大雨二十韻

時雨何妨驟，秋陰不在多。民情方觖望，天意一滂沱。卷幔聲初到，傾盆勢已俄。隙光飛礮礴，萬籟入礱磨。地闊雷全動，風驍電突過。冰綃龍挂練，甕繭鳳投梭。急點齊穿屋，橫流倒瀉河。搜林驅虎兕，劈岸徙蛟鼉。旱魃駢頭溺，天吳拔尾拖。崑崙囚甫創，蝃蝀指非訛。轉眼陰晴判，宜人燥溼和。不關居塏塽，乍喜去煩苛。野氣通籬落，斜陽在薜蘿。板橋閒倚杖，茅舍亂堆蓑。曖曖連村樹，油油被隴禾。遠烟微映竹，新瀰半欹荷。菱角紅將采，雞頭白可搓。蟬涼猶抱葉，魚樂自跳波。大有豐年象，初聞野老歌。詩成無好語，改罷亦長哦。

打魚歌

秋池瀰瀰瀏且平，罟師撒網初無聲。綠玻璃碎鏡光裂，一尾撥刺千頭驚。蛙跳蝦擲鰌䱜亂，似欲去此舉族行。豈知縱舍固有道，竭澤之利吾忍爭。老魚勢屈適就烹，死非其罪如韓彭。弱魚力小如孩嬰，分無倖理乃放生。本來於汝何厚薄，恩怨不入須忘情。可憐韓子不知足，一飽欲鱠東溟鯨。終當不殺賦浄業，梁武帝浄業賦：見浄業之可愛，與不殺而爲因。毋以口腹戕生成。

曉過南湖

卧看西南落月圓，起來晴色滿湖烟。孤城傍水開門早，一鷺如人導我前。菰葉曉沉風外岸，菱花秋淡影中天。何當穩與漁翁約，長守蘆根舊釣船。時計偕北上。

峒峿題壁

小驛三家市，西京百里侯。漢書地理志有司吾侯國，即此。河聲下淮甸，山路入沂州。瘠地人多儉，殘年客善愁。南飛有孤雁，急急復奚求？

喜遇同年汪東山與聯轡北上

京洛三年别，升沉分已殊。如何傴殘臘，復此共長途。東山丁丑成進士，今赴明年殿試。故態狂猶在，名心老漸無。夜寒君不飲，吾醉好相扶。

除夜平原旅舍夢亡妻

分明入夢又瞢騰，昨歲今朝病正增。倦枕爲余猶强起，殘樽到手已難勝。圍爐枚火兒烹藥，薄雪鈎簾婢上燈。誰遣荒雞忽驚覺，北風茅店冷於冰。

敬業堂詩集卷二十七

過夏集 盡庚辰一年。

三上南宫，今復報罷。家編修兄留余下榻，暫緩歸期。唐時舉子落第者，六月後不出謂之過夏。故以名集。而秋冬道路之作，并附録焉。

三月三日同園修褉分韻得養字 主人爲胡循齋觀察。

東風如故人，隨我杖藜往。紛紜閲花市，過眼多塵坱。小憩得同園，初欣天氣朗。主人天下士，愛客致羅網。及閽謁未入，命僕駕先枉。爛熳呼朋儕，殷勤話疇曩。一官棄唾涕，萬事付豪爽。大阮亦勝流，投閒擕几杖。謂令叔翔菴。藥欄桃李徑，拱把手培養。先開委空枝，密布無隙壤。可憐芙蓉杏，作態媚幽賞。那知白髮翁，分絶探花想。八年三見黜，得失同反掌。當筵猶氍毹，所見胡不廣。此生竿木場，著屐知幾兩？作詩記陳迹，即景成俯仰。元方輿勝覽：「大興府海雲寺有千葉杏二株，名芙蓉杏。張叔夏見之，爲填三姝媚詞。」園中有此花，故云。

題宋山言學詩圖二首

宗武學能傳杜老，小坡才可繼眉山。添他一卷中州集，知己無如父子間。

從今不信廬陵語，窮乃工詩豈定評。看取風流宋公子，才名已占又科名。

白丁香次韻三首

絕代人宜空谷幽，幽香愛傍玉搔頭。憑誰爲解梢梢結，減我東欄向夕愁。昌谷詩：「亂結丁香梢，滿欄花向夕。」義山詩：「芭蕉不展丁香結，同向春風各自愁。」

滿城風雨滿天風，滿地狂花只取紅。獨向枝頭賞冰雪，莫欺老眼太朦朧。

粉墨何當點作圖，畫家真色自應殊。依稀寒食梨花榭，月底看來澹欲無。

愷功侍讀惠宣德紙走筆謝之二首

小印分明宣德年，南唐西蜀價爭傳。儂家自愛陳清款，不取金花五色牋。宣德貢牋有「宣德五年造」素馨紙印。又有五色粉牋、金花五色牋、五色大簾紙、磁青紙，以陳清款爲第一。

九萬山陰何敢望，澄心百幅亦應難。從今稍變歐梅例，一首詩須博一番。歐陽以澄心紙百幅遺梅聖俞。聖俞有詩。故東坡有「詩老囊空不一留，百番曾作百金收」之句。

戲題陳叔毅桃葉渡江圖小照二首

三生一夢坐多情，謫向江湖是酒星。桃葉桃根雙姊妹，可堪隨汝作浮萍。

詞賦江關漸白頭，倩人扶上木蘭舟。殷勤聽唱公無渡，不爲風波也合休。

再次家荆州兄咏白丁香韻二首

誰教巧手作瓊英，四出真從六出争。一夜花光如積雪，誤他啼鳥報天明。

買得初從廟市回，朱朱白白費疑猜。只憑狡獪花兒匠，偷取唐昌玉蕊來。

上巳後五日再過同園看花賦贈胡翔菴四首

結鄰真喜近斜街，步屧尋春又一回。五日重來光景换，早花零落晚花開。

山桃含笑海棠妍，素奈香清亦可憐。小雨乍晴晴又雨，今年天是養花天。

不用枝頭挂小鈴，一羣嬌鳥避楸枰。緑陰滿地花光合，晝静時聞落子聲。

閱盡穠華到晚春，客中吾是最閒身。却愁有酒無錢買，長累貧官作主人。

湯西厓編修寓庭丁香花下作三首

空庭三株樹，手植知何人？自我見此花，已閱十五春。居停幾易主，索醉不記巡。今來枝逾繁，出屋垂繽紛。花豈知我老，我衰暗傷神。稍欣舊交在，白頭尚如新。

自昔有土牆，界庭分背向。何年始撤去，樹勢乃張王。花氣下迴廊，葉陰通步障。旁添一堆石，小作攀躋狀。遂令賞花人，高出萬花上。

主人舊善病，客子新下第。邂逅好花前，流連詎失計。天公亦解事，雲日薄虧蔽。移牀坐清陰，落蕊時墜髻。無酒不我酤，拔釵向誰泥。前言戲之耳，一笑聊破涕。是日不設飲，而余與西厓俱喪偶，故及之。

題同年汪東山南浦送行圖時余下第將歸

踏歌相送感汪倫，潭水桃花記此春。指點舊年風雪路，轉憐我是獨歸人。去冬與東山相遇司吾道中，聯騎北上。

偕荆州兄過一莖庵飲香林亭下次韻四首

淺草曲徑通，林深小亭伏。春游太雜沓，摧折到花竹。居僧典守疏，鳥雀不勝逐。人間逆旅客，憔悴無如僕。約伴來何遲，悵焉空寓目。庶將酒一斗，散此愁千斛，借問賞殘紅，何如對新緑？

亭臺雖無多，託致取澹漠。尚書别業改，舊爲合肥宗伯公所葺。香火付蘭若。想當經營初，手自種花藥。不知幾賓客，來此共酬酢。前塵墮空虚，餘景就頹落。向人如有訴，俯仰憐病鶴。

昔與竹垞翁，來游杖頻策。花時不暇懶，爛醉屢脱幘。夕陽到牆西，樹影相枕籍。我時齒尚壯，詩酒越繩尺。飲罷興尤狂，篇終疵互摘。而今坐頹廢，好友孰稱益。賴有白髮兄，依依尚相惜。追陪恐無幾，出處途已畫。

詩社幸見收，名場應見斥。魚熊古難兼，較若辨黑白。細思百年内，倏忽駒過隙。蟻封看擾擾，蟲語聽嘖嘖。不如兩相忘，舉琖酹花魄。退之言可廢，此日胡足惜。

再過西厓同元朗無功文子作

宿雨曉初霽，不知春淺深。落盡枝上花，爲君留緑陰。竹廊静脈脈，葉幌虚沉沉。此中有幽致，何處來鳴禽。

無功索題蒹葭書屋圖用東坡寄傲軒韻

長髯作蝟磔，短鬢未鶖秃。如何葭葦場，結此數間屋。看君用意殊，瀟灑取遠俗。浮名一雞肋，小挫詎云辱。夜枕夢江湖，晨餐辭輦轂。升沉卜諸内，奚待再三瀆。本非山澤臞，肥遯在上六。平生讀書意，貪得肯知足。傳家十萬籤，直以腹笥蓄。歸時展圖畫，秋水堪釀緑。荒灣一色蘆，老圃百年木。相尋知有處，把卷吾已熟。

題錢朝采設色花

眼見春歸可奈何，一枝花葉自婀娜。問他没骨圖成後，破費胭脂得幾多？

廉讓寓齋送春分韻得有字

小時逢春愛花柳，逐伴年年開笑口。年來年去春復春，不料侵尋成老醜。來如東門遇游女，去若河橋別良友。明知邂逅兩無端，未免依違悵分手。鏡中鬖鬖白髮長，上聲。門外袞袞紅塵走。曹生也是不羈徒，爲餞春歸召儕偶。朱櫻紫筍憶鄉味，欲致僧廚無一有。失路隨余學放顛，得錢賴爾能沽酒。有情相對且沈醉，萬事蒼茫一回首。

與朱悔人京口一别十二年矣今春相見京師讀其遊匡廬武當兩集喜而有作

丁卯橋西蒜山畔，江聲怒走風帆戰。兩萍一散十二秋，流落燕中復相見。不怪年光逐飛電，不怪青袍尚貧賤。怪君頷下鬑鬑鬚，點漆黥烏經百煉。開箱示我兩卷詩，元氣入筆何淋漓。始知巢父有仙骨，豈比岑參空好奇。吾今老矣百事錯，局促人間何處著。髯兮肯賦歸去來，隨汝名山辦芒屩。

同朱悔人劉大山魏禹平錢亮功馮文子方靈皋吴山崙汪武曹諸子飲徐尚書碧山堂花下分韻得曹字

謝公别墅近城濠，載酒曾陪飲興豪。不料故人還客此，猶能折柬致吾曹。商量未定將歸燕，時南宫報罷，諸子將次第南歸。摇落何堪舊種桃。併墮平生知己淚，廿年塵土一青袍。

同悔人禹平雪坪崑繩文子武曹亮功集黄岡王副相書齋雪坪有詩余繼和

三十年來培護深，階除手植盡成陰。可知今日憐才意，即是當時種樹心。天近城南多雨露，人從畫裏指山林。一春兩度陪公飲，自愛婆娑入醉吟。

三月晦日李寅谷招同人怡園雅集分韻得登字

帝城逐人事，節物有廢興。晦日尋李封，吾追杜少陵。衰賤衆所棄，誰如几可憑。惟有貧時交，不作炭與冰。與君生同歲，稍長以兄稱。君弟令弟若華，余同年友也。即余弟，鄉書昨同徵。麗正聊僦居，暮景失飛騰。君故得名早，顔謝何足輘。七齡書擘窠，前輩久服膺。舉場三十載，謂宜鯤化鵬。到今困韁鎖，屈首似我能。相國宛平公，憐才異孫弘。六館致一士，翕然聲價增。由來天下賢，難以徽墨繩。名園卧榻側，興到便許乘。花時速朋曹，欄檻俯對凭。葱葱萬井烟，高標見觚稜。水光與樹色，到眼皆鮮澄。遂令塵土胸，振步疑飛昇。欲去屢回顧，恍然夢游曾。西鄰張司業，謂寄亭。豪氣如陳登。夜來致吾徒，酒器雜斗升。我飲僅小户，當筵醉瞢瞢。依稀人影外，籬落移疏燈。明知病酲餘，前悔後莫懲。且復盡今日，此歡恐難仍。

方拱樞徐學人招集竹林僧房用昌黎短燈檠歌韻各賦一首

青天不如歸路長，白日不如燈燭光。清談爲洗煩惱毒，快比灌頂醍醐涼。城西古寺竹林側，濃陰正落鄰僧牀。我今已是無家客，芒鞋一雙輕策策。故人也復念窮途，招向此間浮大白。不辭醉倒花滿前，我醉欲借精藍眠。醉中得詩尤縱恣，夢入仙山吸空翠。長安齪齪胡可居，直戀知交未能棄。

吳西齋農部次前韻見貽結語云有才如此長淪棄再疊韻答之

一年暮景晷綫長，一日暮景桑榆光。曷不收身及未死，打鐘掃地居清涼。李義山云：「平居忽忽不樂，剋意事佛，方願打鐘掃地，爲清涼山行者。」人生去住各有志，異夢何必非同牀。兒童候門望歸客，已報騎驢橫短策。那堪寄食猶淹留，看過銅街柳花白。新詩忽來慰眼前，平沙草色荒千眠。我坐無才翻自恣，貧女何當飾珠翠。感君置我盧楊間，世與君平方互棄。

三疊前韻酬劉若千侍御

邃父戇父兼三長，十年視草同明光。次公淮海特簡出，不比請郡來西涼。令弟海觀去冬由編修簡任揚州太守。先生冰銜又繼改，行且眊筆登南牀。寄言鳳皇池上客，萬事何曾由預策。股肱耳目皆帝臣，亦欲乘時少建白。丈夫不退須當前，誰能蠢蠢如蠶眠。渥洼之産本奇恣，孔雀回頭失金翠。眼中袞袞見諸公，不礙江湖有淪棄。

四疊前韻答錢亮功

野鳧頸短鶴頸長，鵂鶹晝暗螢夜光。尺蠖自伸龍自蟄，火鼠自熱涼蟬涼。狐狸跳梁蝨緣袴，觸蠻争國蟻鬭牀。紛紛等是逆旅客，瑣瑣都無善全策。一枰袖手姑置之，何暇爲渠分黑白。君方高詠明燈前，我亦醉吟冰雪眠。兩篇一意取自恣，不拾零星路傍翠。鐵槍半段試相當，我用何妨時所棄。

題梅雪坪小照

才名應不讓都官，心在青松白石間。直是相看兩不厭，對君兼對敬亭山。梅宣城人，故云。

西厓自編修改授刑垣三首

君本澹蕩人，通籍久華密。蓬山坐無事，十日九移疾。吾嘗從之游，仡仡勤著述。門無閒造請，庭有好風日。本分分莫踰，讀書初願畢。俄聞改言路，諫草煩史筆。官雖號拾遺，衰職少缺失。功名況時至，建白非預必。珍重千鈞機，寧爲鼷鼠發。

臺省初授官，半由庶吉士。朝廷破成例，簡畀出久次。同館復同年，六人遂居四。和鳴自鸞鳳，肯作鷹鸇鷙。司空城旦書，儒者通大意。方當覘經術，夙抱豈初試。

事外易持議，引喙多激昂。設身處局中，唯阿無一長。其或好生風，沽名事矜張。快心挾盛氣，一往不自量。斟酌二者間，得失恒相當。語默固有道，因時蹈其常。先生熟古今，兹理固細詳。芻蕘述所見，幸恕狂言狂。

陳六謙出示漢唐以來諸石刻同張超然林吉人朱北山項霜田家潤木分韻得氣字

吾黨陳髯老可畏，書法縱横今米芾。平生致此蓋有由，嗜古津津飫餘味。南遊北宦三十載，所至窮探自娱慰。尊彝款識拓商周，篆隸銘詞藏漢魏。源流了了溯河漢，清濁離離判涇渭。神專志篤物斯聚，瓶罄囊空窮肯諱。問君貪得毋已奢，借客旁觀似無謂。髯雖不答亦自笑，補綴叢殘寧有既。老夫昨獲薛稷書，宋搨唐碑傳果毅。余近得果毅都尉李汪墓銘，六謙極歎賞。手模指畫弗忍釋，累爾垂涎發深喟。君家墨妙堆古香，片紙何堪追髣髴。人間散軼知何限，架上搜羅嘆猶未。不如各守不貪寶，但遇金銀粗識氣。明窗小几零丁帖，斜日空庭紅紫卉。童子烹茶客未歸，松風正瀉濤聲沸。

淮南宋射陵先生及陸太君八十雙壽詩

海上蓬山山外天，老人高並婺星懸。鹿車對挽原偕隱，鳩杖同扶又十年。綵袖兒曹雙白鬢，謂穉恭孝廉。紫薇家世一青氊。滄桑眼見尋常事，我識淮南地是仙。

爲楊次也題周兼畫

秋光瀋於水，秋水瀋於人。臙脂何處著，一點在朱唇。誰識淺深意，畫時良苦辛。

題高巽亭怡怡園

我愛高家好兄弟，才名標格兩争奇。他年離别知不免，記取對牀聽雨時。

題江陰周氏女郎設色草花

野花最好是無名，纖手親煩點染成。吹得蜂腰比人瘦，東風輕薄可憐生。

荆州兄移寓懶眠衚衕籬落林亭頗饒幽致留余過夏歸計未成三章遣興并索西厓西齋共和之

且喜全家住帝都，未應回首憶江湖。燕辭舊社三年主，鴉乳新巢四月雛。旁舍幾楹通曲折，輕紗一障隔模糊。君看膝上王文度，也愛將車入畫圖。

位置槎枒犖确間，庭除小步得躋攀。心如井底無波水，雲肖城頭没骨山。三徑未成聊寄跡，一枝暫息好乘閒。難拋載酒聯吟伴，或恐花時費往還。

兩株嘉樹賦婆娑，老愛流光静裏過。淡入茶烟新月上，濃交棊局緑陰多。葉聲欹枕瀟瀟雨，簾影摇窗瑟瑟波。莫遣詩成傳好事，和章祇許共羊何。

戲題禹鴻臚八瞽圖次韓慕廬先生原韻

萬竈燒松傾漆斛，輕薄紛紛畫不足。一翁高坐稱瞽師，七子團團列無目。然雖無目耳未聾，十事傳聞九捧腹。牛頭馬脯鬧屠肆，雌霓入聲。雄虹爭捲握。鼎彝真贋兩詆娸，奩軸成虧互翻覆。得之隋掌快呈珠，失者周閑嗟喪騄。用樊南集中語。何如混沌初不鑿，大璞全真方是玉。可憐多少不盲人，白日光中銜螢燭。出晉書劉頌傳。

題西齋圖二首圖爲王石谷作

何計能寬索米愁，一官倉庾也風流。畫圖酷愛王摩詰，詩味澹如蘇密州。東坡集中西齋詩，密州所作。西溟以爲黄州，非也。世事飽諳殊少味，人生閒處直須偷。某丘某水依稀似，留向歸時指釣游。

買書分俸論千卷，種樹成陰待十年。借問膠西富桑棗，何如潁尾長風烟。天生才士定多癖，君與此圖皆可傳。獨有吾詩真被壓，更無一句敵坡仙。

苦雨六章

暑雨不當怨，旱潦各有時。我無螻蟻營，趨避將何之。屋漏苦見迫，一牀亦頻移。昏昏醉夢間，起坐渾如癡。亂蛙强多事，叫跳無停機。

蛙黽日以親，人跡日以疏。他鄉惟兩弟，彼此仍索居。德尹寓米市，潤木在椿樹衚衕。乾鵲不報晴，扣門得家書。苦言蠶麥損，正值積潦餘。寧知京洛間，我亦幾爲魚。誰能裹飯往，好友或念余。得家書。

我友鄰巷居，隔絶異鄉縣。六街發暴漲，南北天塹限。心知騎驢危，不及挂帆便。衝泥欲過之，邂逅不得間。却歸閉門坐，猛雨聲連旦。殘燈如溼螢，耿耿棲几案。燈明諒何益，吾老眼已暗。答西厓。

眼昏晝如夜，拓窗候晴暉。重雲有時開，晨光乍熹微。陽烏方洗翅，黯黮潛炎威。矧乃燕雀曹，羽短焉能飛。江河如可越，與爾將同歸。

黄水欲逆行，清淮助流惡。司空非一禹，出使半臺閣。似聞水鄉民，汎汎鷗鳧若。野人好奇計，稍稍試疏瀹。中庭地勢窪，猥以鄰爲壑。下流靡所放，鹵莽費開鑿。天心吾錯料，静待溝澮涸。

皇天乃好雨，一月月離畢。太白方經天，浮雲爲深匿。星躔暗中度，休咎徵兩失。井塌槐殞花，牆傾棗垂實。待兹晴景换，秋序向蕭瑟。莫怪野夫詩，候蟲同一律。

立秋日喜霽同九恒早過西厓是夕再同九恒西厓飲康飴寓用立秋二字各賦二首

呼羣起我早，赴約如請急。逢君下直歸，竟坐不暇揖。檐飛報晴鵲，袖出苦雨什。日薄風進涼，林深氣流溼。竹尾亦翛然，清如小童立。浮生知幾見，佳節豈頻集。宦況尚宜閒，旅懷何汲汲。蒓鱸殊有味，歸去吾猶及。後二日余將出都。

去歲秋大雨，湖洪發龍湫。尋君湖上莊，風燈颭漁舟。得官豈不好，坐失家山遊。居鄰湯給事，邸舍相綢繆。落魄兩酒徒，無端並淹留。汲井濯我足，呼酒澆我喉。舉頭見秋河，大火方西流。流光遽如許，不醉當何求。

自中元前出都舟行無詩八月初三夜渡黄河偶爾得句索同年徐貢瑶和

岸塌河身闊，茫茫失舊灘。遥天挂新月，一棹下奔湍。老去才疑盡，窮歸興易闌。詩成聊撥觸，堅壁莫旁觀。

送女詞二首 九月十三日再入都作。

嫁女事瑣屑，老翁非所知。母在當汝憐，母没行告誰。遥遥三千里，閨閤從此離。兄嫂送及門，慰情多好辭。勸之勿令哭，我淚反交頤。

老來百念空，久識身如寄。胡爲未能割，身外憐幼稚。失母父向慈，家貧滿餘媿。長途挈之往，既嫁直如棄。皇天勞吾生，遣累當以次。笑指五嶽期，猶需十年事。時无忌尚未聘。

秋杪重至王家營次楊次也壁間韻

十日征程滯故鄉，大河西北又嚴裝。千家轉徙留三户，萬柳榮枯在一霜。斷岸無橋頻待渡，涸沙有犢尚犂荒。驚心八月歸舟路，夜下萑苻百里黄。

治河謡

六壩塞，春水溢。六壩開，秋水來。水深河大，官方高卧。其一。淮之土，蒲茭蘆。淮之民，獱獺魚。刈蘆作帚魚作飯，努力與官高築堰。其二。一石水，五斗泥，濁流下灌清江低。不望黄河清，但願倒流直向崑崙西。其三。泗亦刷黄，淮亦刷黄，清流一綫河中央。其四。天生吾民，水忍戕之。以水治水，惟天子命之。其五。

即目

水落漁翁結網初，只貪竭澤肯留餘。鸕鷀鸂鶒且羣避，勿與此翁争此魚。

霜殺草

嚴霜能殺草，冬日旋殺霜。相殺無已時，生理終不傷。衰氣赴積陰，先機兆微陽。君看勾萌意，松柏同一岡。

旅舍落一齒自嘲二首

毁理生時具，太剛焉得完。平生無大嚼，到此亦凋殘。舌在柔何益，唇亡想更寒。長途憐弱女，苦口勸加餐。沈石田齒痛詩：「勸餐兒女不知難。」

不爲窺鄰婦，何曾玷薦賢。春冰消最易，病葉墮長先。已落誰復顧，餘存寧久堅。自慚輸老馬，數齒減衰年。

白楊

白楊生古墓，墓古鴉亦老。當風叫空巢，敗葉棲衆草。方當託高蔭，豈意守枯槁。嗟彼種樹人，悟機乃不早。

德州道上咏霧淞花

霧隱孤城去轉遥，曉程十里愛瓊瑶。冰聲策策初疑葉，雪片離離盡綴條。纖指亂垂絃下柱，折釵争墮舞時腰。最憐頃刻同開謝，只費三竿日便消。

景州董子祠

西風殘照廣川城，董相祠邊感慨生。官秩稍增秦博士，文章獨闢漢西京。醇儒豈以科名重，濁世無如經術輕。却笑武皇親制策，牧羊牧豕盡公卿。

大風商家林待渡

波濤動我前，朔野何汪洋。行行忽迷路，欲渡川無梁。老馬徘徊鳴，北風寒且僵。輕冰拆沮洳，澹日沉輝光。平生湖海遊，汗漫殊未央。禦窮不有命，試以一葦杭。隔河見人家，烟火靄漁莊。苦辛脱彼岸，樂踰還故鄉。問途倉卒間，夷險豈有常。明朝難逆料，聊復索酒嘗。

奉題阮亭先生倚杖圖

誰與先生貌一丘，柴門以外即滄洲。殘霞紅上鯉魚尾，遠水碧於雄鴨頭。風定垂垂緑楊影，雨餘咽咽涼蟬秋。幾時真裏幅巾去，容我來隨杖履遊。

除夕過西厓齋西厓與悔人赤抒方分韻賦詩余以事先行續和一首

老來驚節序，除夕倍相關。官舍静無事，旅人猶未閒。鏡中無黑髮，枕上有青山。頗怪京華道，一年三往還。予今年正月入都，七月南歸，十月再至。

敬業堂詩集卷二十八

偷存集 起辛巳正月，至四月。

辛巳四月，舟過吴門遇盗，出都以後詩約五十餘首，胠篋以去，無一存者。閒中記憶，偶得十數章。題曰偷存集。

題費而奇畫水仙月季花

水邊林下各幽姿，春在梅花未吐時。誰替天公管正月，一梢初點淡胭脂。

題家聲山所藏趙子車修竹吾廬圖次卷中陳眉公舊韻

猶記年時載酒尋，故廬烟雨别來深。誰云阮巷分南北，宛是吾家舊竹林。

正月四日集朱悔人寓齋用郎左司鶯歸漢宫柳花隱杜陵烟爲韻

分得歸字時余將出都

遊子不得意，春風減容輝。家家朱門開，孤雲欲誰依。以上四句，俱集前人詩。無酒肯沽我，累君典春衣。我行興已闌，君住願亦違。千薪壓白首，刺天看羣飛。苦竹歲不實，鳳兮宜忍饑。素絲雖云長，莫借鄰人機。獨持耿耿意，遲暮將安歸。昔别踰十年，後會那可幾。交情重末路，毋使音書稀。

上元夜白溝旅店遇王文子編修

獨客歸裝薄，新年酒價增。平沙千里月，冷市幾家燈。邂逅歡何極，粗狂老尚能。被君嗤好事，題壁記吾曾。「今宵明月入窗早，去日小鬟如我長」，余五年前過此題壁詩也。

趙北口喜晴

涣涣冰初釋，葱葱樹向榮。水浮雄縣動，沙過鄭州輕。客飯魚蝦氣，村塲鼓笛聲。鄉心兼節物，屈指急歸程。

景州城外

遥遥廣川城，望望十里塔。連日北風多，春冰開復合。

有以小車載鸕鷀者戲作

鸕鷀本在舟，忽作乘軒鶴。大似水鄉人，騎驢客京洛。

出山

穆陵春意動，農事正相催。屈曲山程盡，微茫野色來。牛羊乘麥短，鵝鴨喜池開。消息逢人問，淮南正早梅。

河濱墳

河濱卿相墳，窀穸今幾世。雨中兩翁仲，對我若流涕。前年水没腰，去年水浮髻。淪胥眼中見，已作騒騒勢。我笑謂石人，汝憂亦良細。淮揚百萬家，十室九沉瘞。可憐桓司馬，欲以堅保脆。石槨三年成，寧非速朽計。

二月六日舟泊白田喬無功介夫兄弟招同王方若飲縱棹園梅花下用東坡雨中看牡丹韻各賦三首

我來大河北，青草四野無。淮岸初逢春，滿園蓓蕾珠。雨氣入冰骨，烟光潤苔膚。池南有疏影，竹杖行更扶。

繞屋幾平聲。百本，出牆忽一枝。一枝未全開，餘寒尚相持。人情向花葉，幽討及此時。何當爛熳辰，共賞桃杏姿。

不到踰十年，竹樹森然起。主人漸頭白，況乃吾與子。謂方若。對酒苦告歸，斯言誠可鄙。臨行還被肘，勸我嗅花蕊。

買笑談何易，傾囊直爲花。憐渠兼客土，伴我似浮家。種向吳兒乞，歸從野老誇。瓦盆茅屋底，毋乃太奢華。

虎丘買草花

出都時屬禹司賓之鼎作初白庵圖取東坡身行萬里半天下僧卧一庵初白頭詩意也余自己未出遊計道里所經視先生奚啻十倍今白髮且滿頭矣所居園池之東有閒地數畝擬結茅其上而資斧適乏不潰於成輒題數語以堅初志覽者勿笑道旁之築也

平生好遊不知止，二十三年十萬里。鴉飛不到滇中山名。雁飛迴，中有勞人雙屐齒。而今老矣合歸田，又指茫茫兜率天。妄想難酬成佛願，把茅聊縛定僧禪。

蔣樹存招集繡谷交翠堂分得江咸二韻

初來客欲迷桃隖，久住君堪比石淙。繡谷好風鶯歷歷，緑陰微雨燕雙雙。一軍騷雅尊前壘，四壁溪山畫裏窗。芝草坊名吾久識，不緣入座始心降。

山堂昨日枉華緘，前一日，令叔楊孫書來留行。且緩歸程半日帆。開徑自來原屬蔣，入林從此又交咸。來如獨雁貪隨侶，飲似長鯨笑立監。記取逃觴多謬誤，淋漓酒汁在青衫。

張日容匠門書屋落成索題句

五架三間八九楹，重來已聽讀書聲。開池叠石經營始，鬼運神輸指顧成。杜甫堂新非背郭，陸雲屋老只依兄。一庵未遂誅茅計，大笑吾才不及卿。余欲結初白庵，至今未成。

繙經集 起辛巳五月，終壬午九月。

妄念稍萌，遂成障礙。自我致寇，於彼何尤？從此洗心皈釋典，未必非天之全我晚境也，戒之哉！

陳補思聞余歸自吳中以詩見嘲次答二首

忽傳尺素到鰥魚，對客開緘一笑餘。道力未全宜有此，天花已散試何如。緑林豈易求知己，來詩云：「故知豪客今適俗，豈是詩名涉弗如。」白髮原應早結廬。若問窮歸何事業，尚逃小劫剩殘書。

老去真同半面魚，見會稽志。從教比目笑王餘。左思云：「雙則比目，片則王餘。」長鬚赤脚差相稱，法喜維摩總一如。子敬偷存無故物，伯淮歸去有精廬。繞籬添種平安竹，又費東園問訊書。

讀楞嚴經二首

水土定浮沉，大輪轉風火。胚胎互融結，大患緣有我。螘行欲右旋，奈此磨盤左。執持去成見，所寓胡不可。

塵根遞纏繞，畢竟同生異。如結既綰成，是一要非二。一成仰方便，六解當以次。觀性證三空，解脱亦如是。

六月二十夜

幽室忽已夕，有聲作雷鳴。胡爲乎來哉？熠耀方宵行。衰年耿無寐，夜氣延虛明。林静風不交，天空月徐生。聲光同一寂，夢覺胥忘情。

德尹止一子初生時余名之曰阿願六歲而殤三詩哭之

初生與發無窮願，到此翻成有漏因。汝伯爲誰開望眼，乃翁渾似哭成人。誤投珠掌償前債，妄冀金環認後身。四十九年羈旅恨，東坡哭幹兒詩云：「吾年四十九，羈旅失幼子。」德尹今年五十矣。喚回殘夢倍傷神。

爺歸端爲汝求師，德尹今春請假，將挈家北上。已是秋來上學期。每爲杜家詩驥子，忽驚白老失龜兒。愛河縱涸須千劫，苦海難量爲一慈。得似旁人强相勸，不禁老淚亦交垂。

吾生早受多男累，得子中年未算遲。一慟竟成千古痛，十年重續四殤詩。十年前連喪諸姪，余曾有四殤詩。孩提長養原非易，老大生存祇自悲。借取劉郎詩作讖，一枝吹折又生枝。

六月廿三夜大雨

風如車輪東北馳，雨如車軸西南垂。蛟龍尾焦海水立，虎豹股栗山林移。二更小劫須臾過，不礙先生高枕卧。一林竹影過牆東，殘月如新剛半破。

立秋日馬寒中素村見過

好友兼秋到，新涼似病餘。數莖添白髮，一夢過紅蕖。自笑貧逾甚，翻憐迹未疏。盤餐論後約，手自種園蔬。

雨後獨行池上

誅茅斬竹杳無期，廢圃頻來爲此池。我與鷺鷥同照影，白頭相對立多時。

陳允文見過用余與補思唱和韻作詩相投次答二首

剥啄聲中住木魚，清風來值午茶餘。客嘲賓戲聊相答，失馬亡弓只自如。「亡弓豈須求，失馬不必涕」，秦少游東城被盜詩中句也。梧葉打醒庵主夢，槐花踏過野人廬。留君小作須臾住，省得敲門再寄書。

去意難回縱壑魚，獨留詩味付吟餘。舟痕契劍癡何益，麈尾拈花笑弗如。尚恐波瀾生古井，肯容荆棘長神廬。口頭截斷君休問，看取新抄貝葉書。

窗前荼蘼秋後復發花

自從三月春歸後，引蔓抽條漸出牆。但愛秋來有花看，不知中已閲炎涼。

促織

草樹荒庭合，何來絡緯啼。夜長時斷續，風引忽東西。故傍殘燈急，俄催片月低。空機委牆角，感物悼亡妻。

德尹自妙果山避暑歸五疊魚字韻

十日齋廚聽粥魚，歸來又續黑甜餘。誰無痼疾難相笑，各有風流兩不如。禮斗便應朝絳闕，尋僧何必到匡廬。從今分辨晨昏課，我讀楞嚴爾道書。余方留心内典，而弟舉家持斗齋，故云云。

病枕口占

小雨已過風颼颾，老人卧病亦在樓。長天又推月東出，大火欲掣河西流。秋聲蕭蕭遽如許，元氣浩浩當誰收？大千起滅了無際，静視此身同一漚。

即事二首

俗吏讎詩客，文書惱病夫。吾方入蓬藋，爾自養萑苻。憎主非羣盜，藏奸豈具區。世情多叵測，即事一長吁。

萬古一棋局，言平最不平。獺窺魚穴静，鳩伺鵲巢成。物性論强弱，天機近鬭争。但教風作質，有觸自忘情。出楞嚴經。

病後過竹垞先生齋

偶因風雨宿君家，倦枕無眠到曉鴉。起向曝書亭上坐，一池荷葉兩三花。

東湖舟夜

夜好偏無月，天空頓覺秋。風兼雙鷺起，水帶一螢流。樹氣船船露，燈光寺寺樓。十年曾載酒，落魄笑重遊。

喜竹垞先生至

荒村積雨餘，秋水方没埭。蛩然足音至，啓户蓬蒿礙。三徑懶未除，一牀涼可對。先生本師事，折節到儕輩。我貧家少書，倒篋肯見貸。蒙求不嫌瀆，過我仍捆載。茅齋月露清，氣壓酒盞内。高談如赴敵，薄病逡巡退。

同竹垞德尹過馬寒中山居

馬氏好兄弟，卜居傍層崖。青山滿牆頭，羅列如髻釵。杖藜約朱老，興到相與偕。不辭步屧遠，及此秋光佳。款我非俗情，赴君有奇懷。筮易得酒食，遂以衎名齋。寒中書屋名衎齋。既飽還讀書，桐陰落空階。人生貴稱意，作計殊未乖。

同遊菩提寺

路轉稻花村，山田間䏝确。肩輿入古寺，牆宇半圮剥。林高樵斧稀，時有一鳥啄。居僧不耐静，辛苦事詩學。世界無寂喧，心源異清濁。叩余笑不答，待彼迷自覺。何處一聲鐘，殘陽在樓角。

補思再疊魚字韻見寄經秋乃到再次答二首

真成一往侣禽魚，結習都消洗硯餘。雅謔從人嘲孝本，繆恭無令重相如。雪霜頭鬢秋欹帽，桃李心花夜照廬。好是兩鰥同嬾病，半年初答暢當書。

投我三章比梵魚，初機未契且留餘。法門猛叩無方便，疑網重開有譬如。萬刦黑風迴客夢，一輪白月到吾廬。此中何句堪酬對，翻怕匆匆索報書。

立冬日小飲

枕囊秋夜長，檐齒冬日短。人生如病瘧，寒暑遞流轉。黄葉墜空庭，疾於丸下阪。鏡中好顔色，去我不少緩。百念委昨非，一閒就今嬾。牀頭酒新熟，吾量殊易滿。小飲即頽然，西窗有餘暖。

吴船花燭詞爲談未庵賦十首

蘇臺人説是瑶臺，銀燭光中寶扇開。便把重陽當七夕，分明昨夜渡河來。佳期在重九前一日。

小住吴門又幾旬，蓬萊清淺話前塵。多憑一念回仙意，憐取當前背癢人。

自從踏鼓罷朝天，辜負香衾四五年。萬頃烟波誰管領，只消一隻五湖船。

紅槎碧落記程程，博望歸來别有情。時未菴初自河工歸。畢竟有星難替月，鏡奩秋讓一輪明。

兩槳如輪夾畫艭，水沉風細不開窗。鴛鴦湖外鴛鴦鳥，排到前溪盡作雙。

灑墨含毫色色工，玉臺唱和有人同。風流白石真堪笑，但解吹簫伴小紅。

取次園林放櫂宜，兩頭絃管不教隨。費他幾管生花筆，曉畫蛾眉夜和詩。

不用攜家傍斗邊，頻伽好語自能傳。齊眉新注長生籍，知是蓬萊最小仙。

曾趨粉署殿東廂，雞舌猶餘舊賜香。好唱新翻新樂府，賀新涼是賀新郎。

消磨綺語已多年，色界重生兜率天。借取薰衣香一瓣，懺余成佛爾成仙。

題永福寺詩僧得川詩卷

蜜殊不作參寥没，湖上詩僧久寂寥。頗訝名山虚法器，忽傳逸韻繼江潮。招呼猿鶴隨孤磬，收拾烟霞貯一瓢。倘許往來成二老，借余閒地結團焦。

得川叠前韻從余問詩法戲答之

唐音宋派何須問，大抵詩情在寂寥。細比老蠶初引緒，健如强弩突迴潮。閒來謹候爐中火，衆裏心防水面瓢。不遇知音彈不得，吾琴經爨尾全焦。

次韻題施翼聖東荒田舍圖

宛轉溪橋有徑通，竹梧新長屋邊叢。市聲只在牛羊外，吹散蘆洲一笛風。

壬戌秋自黔中歸張遠子游爲作槐陰抱膝圖辛巳冬至夜偶一展閲感歎之餘自作二絶句附諸君題詠後

夢中倘恍豈無夢，身外依稀别有身。道是故吾吾不識，那將顔狀問他人。

二十年來共唱酬，詩名曾向卷中收。故交大半已黄土，剩爾人間作白頭。

題朱楫師所藏顧咸三畫羅浮五色蝶二首

山中木葉尋常化，野老籬邊作伴遊。驚見畫圖新樣好，夜來高枕夢羅浮。

問渠多有幾銖輕，栩栩能傳紙上聲。好笑虎頭癡獨絶，欲將蛺蝶占時名。

德尹久留杭州有卜居西溪之意歸來以詩索和次韻二首

野外橋邊水竹村，不曾移徑改籬門。一冬雪少疏梅綻，百里人歸喜鵲喧。耕織終當課奴婢，田園豈易委兒孫。卜居河渚原先志，重與殘年對榻論。

三間老屋住東頭，怪底仍如不繫舟。但使年豐還俗儉，何妨弟勸且兄酬。窮奢志願求偕隱，勇退風期望急流。待得手栽梨棗熟，他時相對且忘憂。

寒中次前韻見寄再答二首

烟火依依十里村，也如對宇望衡門。桑榆候暖差宜晚，鷄犬聲凡亦覺喧。萬事爲農長没世，一經失計又傳孫。空花眼界原無定，此境須從静者論。

門開甘露此峯頭，夜半誰能負壑舟。忍鎧力持俄破戒，箭鋒機鈍已難酬。鴻濛世界憐摶土，香象江湖要絶流。肯與維摩同丈室，本來無疾更何憂。寒中久不作詩，忽爲余兄弟觸發，次章訊余從事内典，故仍用禪語爲答。

馬素村叠魚字韻見寄八叠前韻

拙於鳩更懶於魚，百念俱灰白髮餘。已覺浮名原假設，未知禪味究何如。隙窺野馬紛無主，粉蝕瓜牛累有廬。炳燭光陰君錯料，只圖遮眼不看書。

再疊卜居韻答素村二首

我愛郎家半日村，碧池一眼正當門。魚龍得氣時方蟄，鵝鴨如雲凍不喧。三徑居鄰惟二仲，兩家婚媾到諸孫。棧羊篩酒何年事，五嶽遊須次第論。

造化茫茫命壓頭，諸星何處證般舟。一身有母尤應惜，四大無恩可要酬。叔寶神情非俗士，孝章才氣本名流。村場酒賤須勤置，相勸休爲織室憂。來詩有不自釋者，故以此廣之。

十二月十六日雪同德尹作

野闊朝烟未起廚，一行老樹帶鵶枯。海天勢合山加峭，水墨痕消畫亦無。醉指松筠誇我健，戲摶獅象駭兒愚。何當便作堅牢玉，長與先生映白須。

歲杪有感三疊卜居韻示德尹二首

西枝覓地豈無村，栗里歸來尚有門。巢鵲占風聊自穩，山蜂割蜜爲誰喧。賣薪分老朱翁子，負土深慚祭弟孫。此意旁人應不諒，家貧何事敢輕論。

一回相對一回頭，往事真難記刻舟。勘破官情成汝懶，放低詩格待余酬。暖憑爐火迴陽氣，静送冰溪過洑流。白髮蒼顔還自笑，年來方欲治幽憂。

十疊前韻答寒中二首

勿將磊落笑蟲魚，冰雪峥嶸又歲餘。彈罷孤絃聲寂若，鑷殘衰鬢影皤如。小槽酒滴鄰姬甕，古篆香消佛子廬。漸覺心平無怪事，不勞咄咄向空書。

曾思大海掣鯨魚，牙後誰甘拾唾餘。蕭索輪囷吾若此，飛揚跋扈爾何如。孤燈吐燄虹搜壁，萬木無聲雪壓廬。最後兩篇尤奪氣，免冠應謝不中書。

早春謁座主清溪徐公席上賦呈　以下壬午

開遍梅花薄雪餘，春來重擬舁籃輿。十年風月吟難盡，師自甲戌春歸林下，將十年矣。百里溪山畫不如。慧業種將成佛後，精神强似挂冠初。一莊荒後無他宅，天護先生萬卷書。南陔草堂去冬被火，故云。

不到西湖四年矣壬午春分前三日與鄭春薦同遊感賦

多年不赴故人期，湖上風光異往時。紅杏橋欄遊冶騎，緑楊亭檻御書碑。劉郎前度花誰主，杜牧三生髩已絲。口業粗償殘債盡，尚煩君記櫂歌詞。己卯二月，曾作西湖棹歌詞十一首，已失其稾。春薦頗猶記憶也。

贈楊遠卿年伯二首

麈尾犀株借美談，直從公府指潭潭。將軍大樹移關右，太守名花載日南。長見恩光留卓午，最宜風景是春三。多緣難穩東山卧，五馬行看益兩驂。

茱萸灣口蜀岡南，勝事年來一倍添。九曲晴波春縱棹，二分明月夜鈎簾。門前棨戟連昆友，膝下才名起孝廉。謂同年曉先。漫説黄金曾鑄印，世家原自重牙籤。

立夏日同年顧書宣招陪座主徐公泛舟紅橋歸憩天寧精舍看牡丹座主有詩恭次原韻

濛濛柳絮風，淡淡櫻桃雨。孤城迤邐盡，一水沿洄渡。此都洵繁華，里俗鄙淳素。橋迴彩鷁轉，石亞朱欄互。何期寂莫遊，復此陪杖屨。時來感節物，境往餘詩句。不到今九年，甲戌初夏，隨公南歸，曾過此。依稀記前路。家家好亭館，恨不留春住。有如別故人，臨去屢回顧。勿嗟春向晚，千載猶晨暮。獨喜松柏姿，恍然仙者遇。先生近於仙術有得。耆英舊同社，雲散星布濩。興發偶重來，神清獨如故。濤江不能限，塵土詎能污。佳景際清和，名花賞修嫮。將車弟子職，繞膝孫曾趣。時任可父子俱隨侍。叩道發羣蒙，會心歸一悟。哂劉藉糟粕，卑庾工詞賦。白日爲公長，蒼顏爲公駐。願從千日醉，媿託十年樹。

兒建新任束鹿縣令將挈諸孫赴署先寄詩二首

得邑滹沱上，孤城深晉間。初聞猶恐誤，相慰始開顏。汝性差宜僻，吾來亦愛閒。畿南風土好，不礙少溪山。

隱德凡三世，微名爾倖成。家聲關不細，民社寄非輕。廉豈沽名具，卑宜近物情。譬如行萬里，安穩視初程。

中元後三日渡河題王家營旅壁

潦退河壖與岸平，舊題詩壁半欹傾。北裝莫笑今年早，頭白羞偕計吏行。

舟過寶應喬無功以家釀見餉今日旅舍悶坐聞楊次也在清江浦欲邀與共飲而爲風雨所阻

故人貽我喬家白，欲唤楊郎共醉眠。生被大河横截斷，雨昏風惡渡無船。

客舍喜晴

茅舍欣初霽，征途悶久淹。河聲秋易壯，日氣午仍炎。異俗全家駭，空囊十口嫌。兒孫頻問事，繞膝挽吟髯。

觀无忌與祖騎驢戲作短歌

兒童生長便舟居，眼中不辨騾與驢。牽來信口以馬呼，上下左右須人扶。一日駛騾防不虞，兩日妥帖稍自如。三日脱轡膽氣粗，趫捷意將誇老夫。老夫年當二十餘，從軍遠走西南隅。露青竹鞭生馬駒，徑渡鳥道如莊衢。豈知今來衰病俱，髀肉消盡臀無膚。前瞻後顧悔識塗，曷不歸去勤耕鉏，看牛舐犢雞哺雛。平生不識馬新息，據鞍矍鑠何其愚！

重興集題壁

昨去因逃水，今來未算家。巢林無定燕，啄地有饑鴉。風折青蒲葉，籬高紫莧花。涔蹄如可活，猶聚兩三蛙。

峒峿田家

雷鳴田種占城稻，田無水利者爲雷鳴田，見欒城集。占城旱稻不資水而生，見宋史。不信人間有水荒。見説今年猶苦潦，可憐井底是淮揚。

秋山曉行

忽從山麓上山椒，忽轉山腰路一條。露草燈明雞喔喔，風林月黑馬蕭蕭。行人曉起偏多伴，古渡秋來未有橋。正是新涼好天氣，喜逢霽色又連朝。

汶河大石橋六月爲大水所壞亂流鞭馬而渡

怒水衝橋斷，崩沙壅石平。亂流風勢急，到岸馬蹄輕。直怕秋多雨，偏宜晚放晴。路難頻却顧，盡室歎長征。

晚至堵莊

淺草依頑石，纍纍似伏豲。羣兒嗤𤸃俗，久客解方言。犢放斜陽岸，鵶盤早穫村。趁虛人散盡，冷落近黄昏。

磨驢行

山家養驢供磨麥，石縫隨身落輕雪。前遮兩目後被鞭，步步團團踏陳迹。用東坡詩中語。君不見雕鞍玉勒紫金羈，暮越朝燕掣電馳。八百里牛千里駿，等爲人役莫相疑。

旅壁見錢亮功徐學人唱和詩戲次其韻

年來漸喜識生涯，讀罷楞嚴讀法華。共道子綦初喪偶，豈知靈運久忘家。行依古佛賢千劫，笑閱人情鬼一車。寄謝杏林雙燕子，維摩别自有天花。

蒙陰縣南十五里早飯豆花棚下

荒溪曲折凡三渡，草屋欹斜只半間。不負一餐留客坐，豆花棚下看蒙山。

黄河厓大水斷路由董樹口晚投苦水舖

黄河故道久揚塵，驚見狂瀾限鬲津。已是泥塗又陰雨，載濡馬首況車輪。野航待渡如須友，村落初經屢問人。可但平原成畏路，此來何處不逡巡。

初入東鹿境

衡水橋邊路，西來小邑偏。人家多瓦屋，沙陸少閒田。露白收棉後，秋紅支棗天。鄰封紛水旱，容易得豐年？

八月十五日鹿城對月偶閲欒城集有中秋次韻子瞻夜字韻二詩即次其韻一示兒建一寄德尹潤木信庵諸弟

陸川城中連日雨，草橋霽色宜今夜。滹沱南徙故道存，疑有蛟龍伏潭下。城南草橋之下，瀦水成潭，相傳爲滹沱故道。水面團團月東吐，城頭灩灩河西瀉。空庭置酒荇藻間，古柏高槐互相亞。廿年塵坌今已觖，此夕清涼天所借。吏曹初散不聞呼，好客能來何用謝。人言僻縣少公事，我愛閒居似村舍。不教僮僕課雞豚，聊與兒孫給梨蔗。一杯對飲要無愧，九折驅車終可怕。平生慣被醉尉嗔，但恨未逢劉四駡。

曾聞海賈海上言，萬里陰晴同此夜。可憐南北各相望，片月東升日西下。少年狂飲不論命，欲卷黄河向身瀉。今來滿盞輒不勝，甘讓人豪退居亞。感時紀物行自歎，裘敝囊空復誰借。忽見關榆葉互凋，懸知庭桂花應謝。清光過眼如流汞，故國回頭真傳舍。豈無白酒配黄雞，苦憶紅菱兼紫蔗。壯年離别初不覺，此日羈遲老尤怕。何當歸作玩世翁，肯以文章供怒駡。

習射吟

朔野秋早寒，枯楊北風横。朝來見獵喜，欲試角弓硬。分棚無舊侣，努力行復更。稍辨良窳材，粗諳燥濕性。兒童視游戲，君子覘德行。嚆矢壯先聲，雕翎鼓後勁。持盈詎非力，入彀終有命。一勝何足矜，相形乃知病。從禽遇多詭，反己鵠必正。技小道亦存，年衰心少競。聊爲習射吟，庶比良友諍。

重陽日一畝園登高同德尹作

一笑相從亦偶然，勞生誰料再遊燕。黄花濁酒憐佳節，老樹空庭感昔年。對榻翻牽連夜夢，登高獨欠故山緣。只應鴻雁如兄弟，不忍分飛便各天。

敬業堂詩集卷二十九

赴召集 起壬午十月，終癸未五月。

赴召紀恩詩 并序。

欽惟我皇上聖德神功，遠邁千古。薄海内外，含生戴性之倫，無一民不被仁恩，無一物不沾麗澤。巍巍蕩蕩，謳頌難名。屬者黄河底績，鑾輅南巡，警蹕無聞，輕裝減從。貿載不還夫市肆，耕犂不輟乎農郊。回陽春於青霜白雪之辰，駐宿衛於蔀屋茅簷之下。無非勤求郅理，念切民依。臣東海鯫生，偶客畿輔，竊聞鴐涖德州，方與田夫野老抃舞歡欣，共効昇平之頌。乃今十月十七日直隸巡撫臣李光地傳旨召臣趨赴行在。臣即於臣子克建東鹿縣署中，星馳就道，匐伏宫門。伏念臣齠齡失學，壯歲居貧，年逾四十，始舉於鄉，三上禮闈，未成一第。自惟賦命蹇鈍，寸進無階，幸逢堯舜之君，自甘畎畝之樂，不知微賤姓名，何由上達。聞命之下，慚恧徊徨，罔知所措。

敬賦紀恩詩二章，恭呈御覽，可勝惶悚之至。

聖謨平土奏安瀾，詔舉時巡萬國歡。榈鼓無聲傳過輦，埸功初畢候鳴鑾。恩波先沛三春雨，瑞雪都忘十月寒。微賤不知天上事，謳歌遥向彩雲端。

睿藻紛繽布九垓，麗天雲漢並昭回。是日頒賜山東大小臣僚御書數十幅。觀光豈獨臣鄰喜，就日争隨父老來。作息自安歌帝力，旁求何幸及凡材。祇應聖主同元化，雨露沾濡到草萊。

二十日召赴行宫欽賜御書程子視箴一幅恭紀十六韻

警蹕除黄道，周廬列紫垣。勤民同舜禹，邁德媲羲軒。户户安淳俗，人人覲至尊。萬幾多暇豫，八法自騰騫。龍鳳争跳蕩，虹霓互吐吞。祥光昭法象，健體協乾元。揮霍風雲勢，涵濡雨露痕。堯文紛焕采，宓畫久窮源。偏渥奎章賜，仍傳詔旨温。頒來皆琬琰，捧出盡瑶琨。下逮慚孤梗，殊榮荷九閽。瞻天初見日，學古莫窺藩。箴守儒家説，書驚御筆援。祇承雖往訓，敬凜即王言。拜舞隨寮寀，珍藏示子孫。傳家何以報，世世頌君恩。

二十八日召試南書房 自此奉旨每日入直

屢下南宫第，俄聞秘閣開。一經雖舊習，六論本非材。宋時秘閣試六論。不敢他途進，終慚特召來。平生無夢想，今日到蓬萊。

與揆愷功學士同試南書房感舊成句

天上青雲客，人間白雪翁。交新雙闕下，話舊十年中。詩讓揮毫速，文慚起草工。宋時秘閣試論，至蘇子瞻始起草。薦賢名偶玷，慚愧躡追風。是日召試十二人，欽定愷功第一，余第二。

南書房敬觀宸翰恭紀 有序。

康熙四十一年十一月初八日，上御乾清宫，發御書一千四百二十七幅，命大學士臣張玉書、吏部尚書臣陳廷敬、工部尚書臣王鴻緒、副都御史臣勵杜訥、右諭德臣查昇展閲分類，以備頒賜。臣慎行亦得隨諸臣後，仰瞻天日之光，洵有生之奇遇，人世所罕覯者也。欽惟我皇上天亶聖姿，日新盛德。法乾行之健，殫聖學之勤。業懋功純，光華炳耀。深宮無逸，游藝入神。自真書以及行草，由小楷以至擘窠，或臨倣諸家，或親書聖製，有美畢萃，無體不兼。此雖古來專工八法，終身矻矻，自名一家，未有如是之多而且精者。而臣於拜觀宸翰之下，仰見我皇上神功聖德，冠絶千古者，更有蠡測焉。伏讀御製北征、凱旋諸詩，廟謨獨斷，勝算萬全，首惡伏辜，餘寬祝網，闢版圖未闢之地，臣史策未臣之邦。我皇上宏猷偉略，冠絶千古者，其一也。伏讀御製巡視河工、省方、問俗諸詩，莫九有以敉寧，恐匹夫之不獲，萬姓已共安於耕鑿，一人恒自處於先勞，遂致湖海安流，黄、淮底績。我皇上仁民阜物，冠絶千古者，又其一也。伏覩御書大學聖經一章，旁至往喆先賢，格言銘序，抉其精微，摘其奥義，采諸儒之懿訓，成昭代之典謨，獨於程、朱二子則不書其名，我皇上崇儒重道，冠絶千古者，又其一也。伏覩御書，於晉、魏、六朝以逮唐、宋、元、明諸臣名蹟，無不手模心賞，要皆棄所短而取所長，集古今之大成，爲帝書之第一。而紙尾必署云臨某某書，我皇上聖不自聖，冠絶千古者，又其一也。臣一介微賤，遭逢盛事，千載一時，舞蹈謳吟，自不能已。譬諸秋蟲春鳥，生覆載之内，亦知鳴天地之恩。恭賦七言絶句十二章，以紀榮遇。謹拜手稽首以獻。

玉檢初開五色烟，淋漓元氣滿中天。宵衣旰食無多暇，更灑雲藍十萬牋。

咫尺丹霞映玉清，觚稜日射八窗明。忽聞風雨來天半，知是君王落筆聲。

一畫真成萬世師，捧來千幅更神奇。銀河直與宸居接，無數蛟龍起墨池。

金薤銀鉤結搆新，争看入聖又超神。即論藻采輝煌色，萬古羣推第一人。

璧合珠連琰琬垂，蠡應難測管難窺。欲知伐叛安民畧，看取親書御製詩。

遠自鍾王溯褚虞，百家一一手臨模。兼長迴出專家上，要令諸臣奉楷模。

霞蔚雲蒸露未乾，盡收造化入毫端。萬鈞腕力皆天授，欲補虞戈一筆難。

良工巧匠日礲磨，淵鑒新鐫勝永和。不似當年淳化閣，帝王法帖本無多。

朝退香烟護紫宸，御牀緗帙展佳辰。绿雲新斲松花硯，特撤文房賜老臣。
書訣原從主敬來，數行御札日星開。可知筆正由心正，入直多聆聖訓回。
鳳翥鸞翔勢莫攀，皇恩次第及千官。九重日月無私照，有目皆容仰面看。
禁庭纔到便沾榮，深愧無才答聖明。强作蕪詞比謡諺，堯文巍焕本難名。

冬雪十二韻

朔候連三白，同雲匝萬家。縱横迷地軸，灝汗極天涯。樓閣高逾見，簾櫳薄易遮。漸從疏處密，忽向整時斜。老柳飛揚絮，枯梅頃刻花。氣沉千里雁，寒噤幾村鴉。暗掃遺蝗種，潛滋宿麥芽。逢年先應瑞，是玉必無瑕。積厚光摇海，平鋪勢展沙。歲功資醖釀，春事踵繁華。灞上吟情遠，山陰客棹賒。意中餘好景，留作畫圖誇。

爲泗州李蒼存題秋穫圖二首

築屋不羡蕭貫之，種松莫學杜子師。西風吹熟半黄稻，又是牛健鴉嬌時。

淮南第一山邊住，泗州南山，米芾以爲淮山第一山。渦口十年長苦饑。家書昨日報秋穫，勸爾有田胡不歸。

奉題大司寇新城公荷耡圖

君臣際會唐與虞，文章政事誰不如。東家司寇魯大儒，品望獨與經術俱。晝日三接寵賚殊，城南甲第輝御書。帶經堂顔公手摹，復以繪畫煩鴻臚。禹之鼎。眼前浩蕩生江湖，歸夢曉落扶桑隅。齊州九點青模糊，萬木陰陰猿鳥呼。春山欲雨雲作膚，風帆亂走隨鷗鳧。村深岸轉帶渚蒲，緑楊如烟際平蕪。中有一翁行荷耡，我公豈是山澤臞。神仙標格蒼眉須，朝衫野服兩弗拘。良田二頃宅一區，人生此境何可無。虞廷當時少此圖，盛事缺載皋陶謨。

鼉尾山圖再爲新城先生賦三首

依然小泊洞庭旁，公自扁舟興不忘。試向東山看月出，繞身三十里湖光。

勿論石室與金庭，畫裏迴源别有亭。七十二峯遮不斷，别添鼉尾一痕青。曾見趙松雪鵲華秋色圖，鼉尾一峯青出羣山之外。

千秋譙籍記東平，天寶詩人舊有名。從此人間長見畫，故鄉山水屬先生。

送楊既明倅廬州兼寄張建陽太守

薊北冰霜動早梅，淮南驛騎已先催。春帆路轉藏舟浦，堠館花迎教弩臺。名郡風流輸半刺，世家子弟羨多才。桑枝麥穗君游政，何術能資佐理來。

擬玉泉山大閲二十韻

地闢丹稜沜，天開裂帛湖。連岡環北極，列曜拱中區。鞮譯銷氛氣，風雲蓄睿謨。不忘神武略，獨握帝王符。吉日將差馬，先期已祭貙。桓桓齊步伐，肅肅選車徒。野曠金鉦轉，沙平玉帳鋪。一人躬韎韐，九校勇馳驅。鵝鸛知兵法，龍蛇入陣圖。雪光明組練，寒律勁雕弧。憶昨三犂候，親征萬里逾。行間走英衛，麾下拔孫吳。撻伐聲靈在，韜鈐將相俱。詩人賡虎拜，士氣動山呼。振旅時方暇，回鑾日未晡。殊威宣逖土，同軌坦經涂。典禮因時舉，欃槍掃跡無。武功雖再纘，文德久覃敷。用遏昭無外，周防戒不虞。煌煌太平業，磐石鞏皇都。

盆中二咏吴元朗齋分賦

一尺篣簹種，低抽碧玉簪。近人差免俗，待汝幾成林。不少交加翠，終輸瑣碎金。若爲鞭橫逸，移向小庭陰。細竹。

不隨千樹暗，東坡梅花詩：「江頭千樹春欲暗。」只似一枝斜。愛入詩人閣，難忘處士家。帶苔移客土，傍火發唐花。就我生春色，依依感歲華。早梅。

賦得歲寒堅後凋 十二月十五日御試入直詞臣。奉旨同作。不用應制體。

物性終難改，天行歲有常。平時滋雨露，晚節煉冰霜。鶴骨清添勁，龍鱗老變剛。鬱葱生意在，寒律總春陽。

集汪東川祭酒齋賦得風潮泊島濱即次祭酒原韻

淼淼停征櫂，茫茫失遠汀。雲隨風脚黑，天偪浪頭青。礐石驚難定，彯沙駭未經。直疑蜃氣化，孤島似浮萍。

奉和聖製咏雁恭次原韻 立春後一日

不戀江湖闊，仍爲北嚮鴻。羽毛知自愛，一一待春風。

恭和御製爲考試歎原韻 十二月二十三日考試各省學臣，奉旨同作。

聖主嚴科詔，御製詩爲科場作。深期積習更。憐才程玉律，警俗發鐘聲。既往應知悔，將來勿任情。欽哉奉明命，勉矣立修名。

早春喜雪 二十六日應皇太子令

同雲迴合曙光中，恰喜占年兆歲豐。三白連緜餞殘臘，六花翔舞向東風。映空有色高逾見，到地無痕暖漸融。好借渡江梅柳意，亟裁詩句報春工。

彤庭雪霽 二十七日應皇太子令

曈曈霽色啓黄扉，瑞靄遥生旭日暉。白玉階墀增皎潔，丹霄臺殿倍光輝。融成雨露滋仙境，化作陽和滿帝畿。共喜太平真有象，宫梅苑柳漸芳菲。

雪後與楊耑木編修步入後左門

净洗東華十丈塵，曉來聯袂向楓宸。誰憐舊日聞鷄伴，又作殘年踏鼓人。

除夕前一日晚出東華門口占示錢亮功

未許騎官馬，誰能借蹇驢。人憐三黜後，自歎二毛初。曉入蛩兼駏，昏歸步當車。峥嶸冰雪裏，草草歲將除。

京師與德尹守歲用少陵飛騰暮景斜句爲韻各賦古詩五首

勞薪無停輪，弱羽宜退飛。與子各衰晚，初心尚依依。川流日夜東，造化一逝機。去者既不返，來者終安歸。百年幾寒暑，一夕毋相違。

庭除帶積雪，門巷餘殘冰。雪後冰尚堅，寒光互稜層。照我頭上髮，射我窗上燈。我醉兩不知，流光兀騰騰。桑榆有餘暖，忍凍非汝能。

寥寥夜向晨，冉冉歲云暮。豈無一樽酒，惜此佳節度。雕盤飣肥烹，彼嗜非余慕。瓶罍貯旨蓄，義取咄嗟具。天明有朝參，飽啖黄虀去。

壯歲輕别離，東西浪驅騁。迴思疇昔事，過眼須臾景。明詔欻見徵，浮蹤合萍梗。半生參與商，此夕形隨影。再拜感君恩，官似居鄉井。

兒孫在畿縣，兄弟居京華。計里五百餘，相望如褒斜。一門盡旅食，老境終思家。此時山中梅，苔枝應已花。吾方作歸夢，街鼓幸緩撾。

癸未元日乾清宫早朝

三陽景運翊佳辰，紫極傳來詔旨新。雙闕倚天晴帶雪，千門銜日曉除塵。金爐香引朝元路，銀燭光分待漏人。親見堯蓂初吐葉，龍飛四十二年春。

朝會樂器歌 康熙四十二年正月初二日入直南書房，蒙恩賜觀樂器，編簫一，鼓二，鐘一，黃麾一，塤一，篪一，柷敔一，退朝恭紀以詩。

雲門咸池及大章，制作肇自炎與黃。後來韶夏繼濩武，聲容綴兆遥相望。或云象功或象德，宫懸一一傳太常。洎乎秦漢寖失古，器雖尚在意渺茫。儒生好事强傅會，蒼龍朱鷺妄揣量。流傳往往入樂府，遂薦郊廟登明堂。豈知元音關運數，出與盛世鳴光昌。國家功崇德深厚，上有堯舜垂衣裳。八風從律星應紀，亭毒四序昭三光。一人穆穆慶交泰，多士濟濟歌元良。朝乾夕惕日不足，庭燎繼問夜未央。肅雝臨保本家法，儼覿列聖於羹牆。化成久道治累洽，民返太朴仁風翔。懷柔河嶽指帶礪，撫馭畿甸巡遐荒。北清狼望罷斥堠，南拓鰲背開封疆。圓顱方趾悉受吏，丹砮白雉争來王。麒麟在郊鳳巢閣，不貴異物夸禎祥。太和之氣彌宇宙，正賴雅樂爲宣揚。吾君神智况天縱，聖學孰測淵源長。精通緯數窮亥步，博極典墳追羲皇。黃鐘累黍辨清濁，太蔟截竹調陰陽。文成雲璈扣金石，詩就月窟諧宫商。伶官却立衆工伏，御製親授協律郎。豈惟神人胥悦豫，兼采法曲收遺忘。每逢朝賀必合樂，左右羅列東西廂。臣昨承恩預元會，摳衣肅拜丹墀旁。柘黃帕瞻黼座近，咫尺頫首心徬徨。廣庭雪花開蓂莢，朵殿日氣暾榑桑。乍聞鈞天動九奏，縹緲散入爐烟香。始終條理何暇晰，但覺盈耳聲洋洋。歸來惝怳疑夢寐，魯壁一夜聆鏗鏘。明朝詔許觀古器，始信大樂非絲篁。編鐘編磬列簨簴，楹鼓田鼓齊輝煌。旌麾奇綵繪螭虎，簫管逸韻含鸞凰。塤篪柷敔狀各異，據圖考證殊難詳。天生耳目不虛畀，帝錫聞見開聾盲。虞廷當日傳搏拊，鳥獸應節猶低昂。幸逢昌期邀異數，及與百爾偕趨蹌。歡心不覺同率舞，拜手敢謂希賡颺。矢詩遂歌記盛事，萬年願奉南山觴。

恩賜砥石山緑硯恭紀十韻

扁石登廊廟，良工費網羅。出應逢盛際，名始著岩阿。養璞埋雲霧，呈材仰琢磨。潤流花上露，青刷雨中荷。眉子殊難匹，陶泓詎足多。祗宜供玉案，敢望賜鑾坡。染翰恩長被，含毫分已過。拜嘉誠異數，榮捧並詞科。彩筆濡雙管，隃糜試一螺。便應焚舊硯，涓滴浥餘波。

初四日雪中隨駕赴西苑夜宿自怡園賦呈揆愷功院長二首

出城三十里，飛鞚不曾停。萬樹忽凝素，一峯猶翠屏。渡橋欄宛轉，漱石水清泠。共識皇情豫，新畬二麥青。

獵獵風欹帽，飄飄雪點衣。林塘迷野徑，燈火候郊扉。東閣新詩好，梁園舊客非。謂西溟、東江。白頭憐我在，至性似君稀。

雪後與聲山紫滄同直暢春園二首

西山帶雪高，寒光際青天。晨曦照積素，萬木中含烟。手把右丞詩，羣峯當我前。幸無塵事擾，兼以忘新年。

宛宛紫界牆，苑門開向東。直廬在小東門内。窅然深山意，近在十步中。林鳥已春聲，細泉生遠風。澄懷適有會，咏嘯何必同。

上元前三日自怡園觀燈上相國兼呈院長二首

碧香新試上元篘，詔許名園續舊遊。下直一行同繫馬，入門幾步便移舟。宫中詩句元才子，天下神仙李鄴侯。兩世恩光皆眼見，得陪賓從也風流。

二分明月一分燈，引入仙山第幾層。洞口烟霞濃似染，雪邊亭榭暖如蒸。林疏竹密參差見，逕轉廊迴取次登。却向江湖回白首，十年重到夢何曾。自癸酉以後，不到十年矣。

連日賜御饌恭紀

不識天廚味，頻驚出大官。調和從翠釜，珍重對金盤。腹儉捫應愧，恩深報漸難。翻防饑朔笑，待詔得加餐。

十四十五夜召入西苑賜觀烟火恭紀七言絶句八首

閣道中分十里牆，西山西繞御園長。夕陽消盡千峯雪，別吐紅雲捧玉皇。

不夜城邊宛轉通，廣場千步望玲瓏。欲知九曲黃河勢，只在仙人一掌中。

宫鴉飛盡暮天青，百萬燈如百萬星。併作晶瑩光一片，忽從銀海湧松亭。

火齊珊瑚並陸離，山光林影互參差。静無人語來天上，微覺風摇五綵旗。

布置高低儼列墉，朦朧初被白雲封。流星一綫飛空去，匝地漫天盡燭龍。孟浩然薊門觀燈詩：「薊門看火樹，疑是燭龍然。」

百道金蛇閃苑城，須臾萬鼓助砰輷。誤疑雷電前山起，勤政樓頭月正明。

綵棚高架起鰲山，銀燭光騰霄漢間。寧壽宫中扶輦出，太平天子奉慈顔。

虬箭聲遲玉漏中，年年行樂與民同。詞臣好紀昇平事，簫鼓連宵報歲豐。

恭祝萬壽詩十二章 有序。

竊聞純禧永錫，篤生有道。聖人景命長新，弘啓無疆曆服。詩歌嘉樂，先推之保佑天申；書衍疇圖，必極諸康寧壽考。既誕膺夫繁祉，自久享夫歷年。欽惟皇上體天行健，如日之升。質文持五運之中，道法冠百王之上。嘉祥咸萃，統元會而保合太和；尊號弗居，屏顯榮而敦崇實政。推虞帝協中之化，欽恤何啻再三；師夏王補助之仁，蠲賑動盈千萬。澤流漳滏，則畿輔安瀾；功奠淮黄，則東南底績。舉曠典於時巡時邁，播鴻慈於養老養賢。凡兹德意之覃敷，悉本精神之强固。歲惟協洽，日在降婁，欣逢聖壽之期，適符大衍之數。於時和風翔洽，化日舒長。騎竹兒童，識天顔於過輦；扶鳩白叟，瞻佳氣於回鑾。由勳舊以逮懿親，自文臣以及武衛，獻三多之祝，稱萬歲之觴，莫不慶溢山呼，歡騰虎拜。臣慎行草莽陋質，僻左孤踪，遭遇聖明，召依禁近。臣之蒙恩拔擢，視多士爲獨優。臣之感德頌颺，較羣工爲倍切。用敢不辭娸鄙，敬託謳吟。葵知向日，冀俯鑒夫寸心；蓂幸生階，思仰酬夫大造云爾。

瑞靄凝丹陛，祥烟擁紫宸。萬年三月節，四海一家春。禮樂調元化，謳歌屬聖人。敷天多望幸，特爲舉時巡。其一。

睿慮周遐邇，皇猷冠古今。堯階三尺土，舜樂五絃琴。德自重熙洽，恩沾壽考深。萬方均樂育，帝謂本無心。其二。

見説山東叟，欣觀德化成。蠲租憐歲儉，賜粟惠春耕。不息天行健，無私帝好生。活人餘百萬，軫卹荷皇情。其三。

翠岫三千丈，崔巍上岱宗。金泥除漢策，玉檢陋秦封。旗拂天門樹，雲開日觀峯。仙山留五老，擁蓋候飛龍。其四。

鑾輿親閱視，河水正平隄。西受清淮弱，東趨滄海低。一條鋪練帶，千里亘虹霓。永紀隨刊績，朝宗萬國齊。其五。

川嶽懷柔日，乾坤奠麗中。安流歸聖算，平土奏神功。桑柘連村遠，來牟入望同。不教傳警蹕，到處聽呼嵩。其六。

一覽江天闊，長流聖澤深。晴霞開海面，塔火照波心。御墨蛟龍勢，仙韶鸞鶴音。扶桑占喜氣，來往快登臨。其七。

春水江南路，巡遊紀昔年。觀風來海嶠，問俗上吴船。淳朴安耕鑿，繁華輟管絃。天顔知有喜，康阜勝從前。其八。

千頃頗黎色，重爲明聖開。宸章懸日月，睿藻焕亭臺。桃李乘時放，烟波拂櫂來。湖山真有幸，直作小蓬萊。其九。

秦淮民望切，歸路又重經。二水春流碧，三山爽氣青。香烟迎不斷，翠輦過還停。愛戴心如一，争看萬壽屏。其十。

宵旰勤三事，清廉勉六曹。與民同後樂，爲政必先勞。優詔辭尊號，回鑾沛雨膏。先一日大赦。巍巍功德在，峻極孰争高？其十一。

地久天長運，河清海晏期。九如争獻頌，三祝並摛詞。謭陋叨殊遇，顓愚仰聖慈。自慚同小草，依託上林枝。其十二。

新荷 西苑作。

幾處葉田田，池塘未吐蓮。託根來上苑，濯質自清泉。扇拂烟波動，珠承雨露圓。魚知游泳樂，争聚畫橋邊。

三月二十六日分賜南書房入直諸臣瓶中牡丹臣慎行得鞓紅一朵恭紀

扶桑初旭映曈曨，聯步晨趨入直同。紫闥恩光連上苑，彤廷芳氣襲東風。人來漢殿鶯花候，春在堯天雨露中。五色雲端親捧出，仙葩争看一枝紅。

四月初四日殿廷對策恭紀

朱衣前引向彤庭，黄紙封頒出御屏。仗外烟霞成化雨，是日午後微雨。螭坳燈燭聚春星。天人理要窮三策，章句儒多守一經。不是皇仁均造物，摶扶容易徙南溟。

初七日太和殿傳臚恭紀

九霄臺閣九重城，臚唱親聽第四聲。余名在二甲第二。自比蓬麻資灌植，羣欣燕雀荷生成。雲開閶闔趨冠珮，風過江湖識姓名。宋劉季孫詩：「日出唱君名姓，春風吹過江湖。」從此酬知須努力，勉承鞭策赴王程。

初九日恩榮宴恭紀

竊禄官廚已半年，余自去年十月奉召入内廷。紅綾重對曲江筵。生逢聖代誠何幸，老傍科名又自憐。杏葉鞍名。杏園同駐馬，雁行雁塔總隨肩。緑槐樹底參差影，猶記花黄六月天。禮部廳事前槐陰特茂，諸進士宴席分列其下。

恭和御製初夏新晴較射

淑氣迎新夏，華騶出曉晴。隔花初樹鵠，穿葉不驚鶯。月滿開弓勢，風高應羽聲。誰知聖人意，耀德本無争。

十五日保和殿引見欽授翰林院庶吉士恭紀

蛾眉班押候臨軒，未有涓埃報至尊。特許奏名來玉陛，不教待詔老金門。文科報國慚臣分，宦牒同朝戴主恩。臣胞弟嗣瑮，翰林院編修。族姪昇，左春坊左諭德。葵藿有心知向日，願從瑶島結孤根。

十九日午門賜鈔恭紀

頻垂旅橐走關山，一第俄登蓬閬間。遂有朱提分少府，頓令寒士動歡顔。宸章舊沐華縑重，去冬在德州，蒙賜御書程子視箴。寶硯曾叨緑玉頒。今年正月，蒙賜砥石山緑硯。今日衆中還拜賜，殊榮稠疊冠清班。

二十日文廟釋褐恭紀

數仞宫牆霄漢連，兩楹俎豆故依然。曾陪鼓篋三千士，重到橋門二十年。余自甲子五月入國學肄業。末學豈增科目重，非才特荷聖人憐。較他儕輩蒙恩早，獨在青衫未换前。

二十一日赴暢春苑謝恩恭紀

初著宮袍拜禁林，碧梧翠柳望成陰。可知聖主栽培意，即是天工長養心。千頃池邊看鼓鬣，萬年枝畔聽鳴禽。從來日月無私照，一物含光感自深。

送高江村先生南歸即次紀恩六章原韻

物望羣瞻進退間，先生風度杳難攀。神仙骨勝留侯健，帷幄功高李泌還。却眺白雲懷子舍，長憑金鏡駐恩顏。鮑照詩：「孤景留恩顏。」君臣名分家人誼，禮絶平時供奉班。

承明出入兩周星，紫禁遥瞻傍九靈。一代龍門示模楷，同時虎觀奉儀型。賞留瓊島看花宴，道在青箱授几銘。連日宣傳尤絡繹，天潢舊學重傳經。

家書天上喜開函，無恙春風報布帆。人以新陰豔桃李，天教晚節護松杉。一門四世皆餘慶，時遇覃恩，正一品官在任者，例得貤封四代。公方養母乞歸，得邀恩例，實異數也。八座三年特改銜。去住到公真綽綽，主恩前後總非凡。

西苑門東並歇鞍，自聞高唱和皆難。疏簾捲雨吟紅藥，畫閣傳香賦牡丹。以上皆記同直西苑事。一字褒增華衮重，萬問廣被布衣寒。江湖不放滔滔下，有力能迴既倒瀾。

丹梯百級上丹墀，獨藉文章結主知。去國光陰移緑鬢，向陽花木發華滋。奎章再錫歸裝富，優詔頻頒飲餞遲。此意旁觀猶感涕，那教身受不生悲。

曾聽邸舍話金鑾，敢望天衢振羽翰。門外忝隨新立鵠，巢痕猶認舊棲鸞。恩濃晝日看三接，夢繞鄉園感百端。直擬臨歧論後約，好收朝跡共追歡。

四月二十三日分賜西苑入直諸臣御書扇臣慎行得聖製泊舟惠山詩恭紀八韻

珍重傳宫扇，輝煌徧直廬。賜當清景下，頒及午風餘。應候知開闔，無塵待掃除。未秋涼已襲，纔夏暑先驅。駐蹕留佳咏，分行灑御書。恍疑泉到耳，真覺翠浮裾。墨氣生濃淡，烟光動卷舒。終身懷袖裏，長似拜恩初。

謝賜玻瓈眼鏡二首 五月初一日。

玉比晶瑩鏡比圓，一時披豁覩青天。明珠吐暈泥沙外，爝火分光日月邊。名紙尚堪題細字，秘書仍許對新篇。此生視息真何幸，雙眼摩挲敵少年。

霽月光風在紫垣，海西佳製賜頻煩。漢書注：「鄭重，猶言頻煩也。」潭空秋水清無底，壺貯春冰薄有痕。絶勝金鎞除脃膜，不須藜杖照黄昏。曾經隔霧看花後，老戀餘光盡主恩。

端午日西苑賜饌恭紀

天上天中節，初晴景物鮮。榴含將放蕊，葉擁未開蓮。菰黍縈宮綫，先一日賜粽。蒲觴撤御筵。恩波真不淺，長傍鳳池邊。

賦得夢破蓬窗雨　奉睿旨不用應制體。

明燈初炧酒微消，倦枕扁舟夜泬寥。楓葉橋邊看漠漠，蘆花風外聽瀟瀟。一天雲氣沉孤雁，兩岸灘聲長暗潮。唤醒江湖十年夢，起尋歸路尚迢遥。

題少宗伯孫樹峯前輩扇頭榴花

丹砂染出鶴頭紅，畫稿移來禁苑中。似與天工諧暖律，年年開候應薰風。

王麓臺前輩爲余畫扇自題其後索同直諸君和

萬樹鳴蟬水一隈，西山驟雨過輕雷。看君老筆如并剪，割取浮嵐暖翠來。

潞水歸帆圖爲諭德姪賦

日長如年暑未徂，丁丁晝漏傳宮壺。直廬直伴一事無，開卷示我歸帆圖。三竿秋水六幅蒲，小船放溜如飛鳧。浪花遠吞丁字沽，緑楊拂岸交紅芙。舟中之人疑可呼，掉頭徑欲歸來乎。君恩未許賦遂初，田園有路去尚紆。作詩聊取償宿逋，勸爾且勿思蓴鱸。

瀚海石歌奉旨作

瀚海出國門，亭堠萬有餘。君王神武勤遠馭，伐叛特欲安邊隅。歸來玉斧畫大渡，屬國東西一都護。羈縻不設甌脱閒，何者能邀至尊顧。異哉有神物，産自此海濱。遠從開闢混礓礫，直到海底今揚塵。女媧補天煉五色，散落人間人不識。年深道遠莫致之，瓌寶仍爲天上得。禁林過雨山蒼然，緑窗窈窕生紫烟。越羅蜀錦開什襲，詔許重陳玉案前。內官捧下通明殿，耀眼平生驚未見。碧砮奇氣蓄風雲，銅鍥飛芒繞雷電。七星挂斗何煌煌，六十四象隨圓方。綺霞縠霧錯采章，白璧自白黄琮黄。或如荔垂枝，又如榴拆囊。或如鏡留影，又如芝植房。或如犧牛角繭栗，或如蝦蟆入月頷頤張。或如青螺或紋蛤，或如馬肝止血瘳膏肓。或如珊瑚出網丹出鼎，松脂出地琥珀凝堅光。賦形寓色靡不肖，化工之巧盡洩無留藏。臣聞積水類生石，瑟瑟波摇紅靺鞨。潮淘汐戰廉角平，蜃吸鰲呿光怪發。黔中白鷺洲，（貴州思南府有白鷺洲，文石絶佳。）文登彈子窩。（在登州蓬萊閣下海中，見蘇軾集。）偶披千萬遇什一，毓秀孕靈能幾何？孰如此石來自遐荒外，磊砢英多殊可愛。攜來共指前席珍，采處曾蒙後車載。石兮石兮汝豈無知空抱質，顧盼恩深同剪拂。回思萬古委泥沙，方信聖朝無棄物。

寄祝汪韋齋年伯七十壽時官鞏昌郡丞

宦跡中經四郡移，姓名曾達九重知。神仙路指青牛道，風月吟寬皓首期。愛酒每傾鸚鵡盞，生兒多集鳳皇池。謂武曹、文升昆季。頭銜特爲貤封換，歷守還朝算未遲。

奉旨免赴教習廳賦呈院長揆公

第二廳前逐隊過，北扉咫尺接鑾坡。詔恩已免春秋課，館職猶充弟子科。顏魯公詩：「魯國今從弟子科。」變白果能生黑否，少陵詩：「余髮喜却變，白間生黑絲。」出藍其奈謝青何。北史李謐傳：「初師博士孔璠，後璠還就謐請業。同門生語云：青出藍，藍謝青。師何常，在明經。」回思東閣傳經地，老厠門牆媿自多。

敬業堂詩集卷三十

隨輦集 起癸未五月杪，盡十二月。

元時避暑灤京，百官皆有公署，今惟詞臣數人耳。癸未五月，大駕將幸山莊，先十日傳旨南書房翰林六人，俱著隨行。六人者：諭德臣昇，編修臣廷儀、臣名世，庶吉士臣灝、臣慎行、臣廷錫也。臣壯履自請隨班，亦預焉。始而行宫檢書，既而圍場觀獵，往返計百二十日，每有所作，輒呈御覽；附以入冬後詩，共爲一卷。

將隨駕往口外避暑蒙恩賜紗葛衣二襲恭紀

垂柳陰中晝卷幃，微軀宜稱襲恩輝。行穿碧水丹山路，先賜含風疊雪衣。杜甫端午賜衣詩：「細葛含風軟，香羅疊雪輕。」涼逐冰絲分繭館，香隨葛越出星機。序更不用愁刀尺，預算秋深扈蹕歸。

五月二十五日隨駕發暢春苑晚至湯山馬上口占四首

雨餘沙磧浄無泥，瓜蔓秧針緑滿畦。共識君王愛民意，村村駐輦看扶犂。

閒按輿圖考地名，承平畿甸古長城。昌平山水記：「長城齊天保二年所築。」詞臣頻日承宣喚，特許班隨豹尾行。

軍裝小隊走弓刀，年少曾親鞍馬勞。老去承恩還自媿，重蒙天上賜征袍。

炎景當空日正長，潺潺湯峪水如湯。泉源萬斛皆天澤，化作人間六月涼。

是日赴東宫召觀灑睿筆口授書法兼蒙賜扇恭紀十六韻

天縱儲君聖，英資曠古奇。毓成龍鳳德，學本帝王師。几硯無他玩，宫庭備幼儀。就將猶勉勉，敦敏倍孜孜。鶴禁時多暇，鑾輿出每隨。幾曾疏筆墨，直是好文辭。羲畫傳家法，堯章煥丕基。書多呈御覽，恩許侍臨池。訣發千秋秘，工兼八法宜。銀鈎光絢爛，金薤象紛披。腕力由神運，心源絶仰窺。難窮惟贊嘆，過望是榮施。寶箑承華重，仁風被物慈。述書徒續賦，應教愧成詩。朝爽襟先挹，秋涼袖早知。驪珠長在握，宸翰並昭垂。一月前蒙皇上頒賜御書扇。

賦得緑樹陰濃夏日長 二十六日，御試講官題，臣亦擬作。

高倚層霄俯映池，緑陰陰處日遲遲。晴穿密葉蟬初翳，暑薄交柯鳥未知。曲徑烟分蒼蘚潤，重樓人静晝簾垂。炎曦只隔深林外，似戀清幽不肯移。

二十七日隨駕發湯山

涼殿東來御路平，金輿八襲正徐行。雲從萬疊峯頭出，風逐千羣馬尾生。甘澤祇應歌盛世，醴泉何用草新銘。抽毫進牘慚臣職，納鉢親隨第一程。

懷柔道中遇雨是日駐蹕密雲

七渡河邊過綵斿，坡坨高下入檀州。午陰側帽消朱夏，細雨垂鞭似早秋。地險一軍資障塞，開元要略云：「密雲，燕之邊陲，管障塞軍五千。」時清三輔奉宸遊。厗音提。奚父老争扶杖，隔歲重攀翠輦留。方輿紀要後漢曰：「傂奚，魏皇始二年置。密雲，縣治提携城。」臣按：續通典：「檀州密雲縣即漢厗奚縣，舊治傂奚，與厗夷音本相同。」魏書遂譌爲提携，當以漢書爲證。

賜觀御書大學經傳恭紀二十韻

昭代文明啓，吾皇政化隆。熟精洙泗理，大闡聖賢功。胞與周民物，幾康謐始終。一經神默契，十傳語全融。堯典推明德，湯盤視祓躬。孝慈爲世則，好惡與人同。異説歸淵鑒，羣儒仰折衷。欲令聲振鐸，端賴筆抒虹。心法由誠正，書源本貫通。學難窮秘笈，勤不輟行宫。滌硯龍窺沼，揮毫鳳舞空。淋漓雲氣外，披拂柳陰中。星斗天垂象，山泉帝發蒙。教傳先胄子，前一日書成，先賜東宫展閲。寵示逮臣工。偏黨消皇極，維持長士風。須應偏黌序，澤自被西東。睿藻光何煥，王言義必充。卷終有御製跋語。道弘該創守，力厚闢鴻濛。羲畫傳同遠，箕疇演並崇。煌煌治平業，萬古照蒼穹。

登密雲城樓

第一封畿此要衝，兩城宛轉合長墉。風生温谷油油黍，黍谷在懷柔、密雲二縣界。漲走潮河矯矯龍。井底炊烟沉石匣，天西積雪射居庸。志稱居庸爲「冷關」，積雪盛夏不消。八荒户闥今同視，笑説秦關百二重。

石匣營

已廢金溝館，猶存石匣營。濛濛空翠裏，細雨濕霓旌。

恩許扈蹕諸臣戴草笠

臺笠都人制，黄冠野服姿。直疑雲覆頂，不怕雨催詩。涼燠俄能换，陰晴兩自宜。從臣齊戴德，美蔭荷皇慈。

過南天門初見邊牆明徐武寧所創戚少保重修者也

勝國留遺築，危梯極望收。萬峯乘障起，一水入關流。形勢當全盛，邊牆免歲修。太平輪鎮將，裘帶取封侯。

柳林喜雨呈同僚

高柳垂陰漸近關，地在古北口南三里。炎蒸疑在有無間。解衣脱帽君恩重，下馬分題客況閒。枕底雷生南澗雨，城頭雲起別州山。朝來擬草甘霖頌，才短羞隨供奉班。

六月初四日扈駕出古北口

太行蜿蜒二千里，七十二坳連首尾。東趨遼碣西冷陘，留斡一門屹中壘。古北口一名留斡嶺，見金史。巨靈擘石如擘雲，雲根俯插黄花軍。烟氛突過掃無迹，風雨欲來天半聞。出關彌望神州壤，六飛清暑頻來往。高墉已斷山不斷，無數芙蓉列仙掌。川迴岡轉輦路長，涼亭舊驛今村莊。元時避暑沿路多涼亭，賜東、西涼亭軍士糧鈔，見文宗本紀。帝獵北涼亭，見趙世延傳。明洪武二十七年，置古北口十四驛，猶存東凉亭驛之名。禽魚共識天顔喜，草木中含御氣香。小臣多年客燕代，夢想何曾踰紫塞。自詡遭逢老更奇，停鞭飲馬長城外。

塞外山

已被雲遮百萬層，又從雲外見崚嶒。翻緣山好添惆悵，未得峯峯策杖登。

兩間房直廬作

隨班番直又晨興，金鑰銜魚轉數層。延閣日長無箇事，坐消清簟一壺冰。

初六日奉旨編輯歷代咏物詩恭紀四首

宣文小閣秘圖書，「延閣圖書取次陳」，元周伯琦咏宣文閣詩句。雲霧窗中點勘初。聖主不曾遺小物，莫輕爾雅注蟲魚。

儷白騈青句已陳，篇章何處發清新。盡攜中秘隨行笈，三篋何煩默記人。

日日珍羞出大官，雉羹魚糝水精盤。丹鉛未是酬知地，聊與風人解伐檀。

曾披圖籍考山川，聖訓真同象緯懸。文選樓高重拜命，敢同輕薄議前賢。

初伏日睿賜時果木瓜酒恭紀

帳殿爐烟合，周廬霽景長。人間正初伏，塞外已新涼。珍果當筵賜，芳醪洗盞嘗。恩波承少海，一勺詎能量。

行過青石梁

天豁新開嶺，鸞旗曉向東。古藤攀石度，絶壁過雲通。鳥啄槐花雨，蟬嘶槲葉風。林巒行不盡，長在畫圖中。

駐蹕鞍子嶺連雨驟涼

複磴中涵金碧姿，小青山外蹕初移。愛迎嵐翠晨趨直，貪傍燈明夜咏詩。泉脈曲通行帳外，雨聲渾似滴篷時。水晶宫殿清涼國，傳語人間總未知。

賦夜光木

積水生神木，俄登几案旁。四時無改火，五夜必騰光。近映藜輝淡，遥分桂魄涼。頓教虚室白，臨卷勝螢囊。

御賜武彝芽茶恭紀

幔亭峯下御園旁，武彝山下有御茶園，元時貢茶地名。貢入春山採焙鄉。曾向溪邊尋粟粒，蘇軾句：「武夷溪邊粟粒芽。」却從行在賜頭綱。雲蒸雨潤成仙品，器潔泉清發異香。珍重封題報京洛，可知消渴賴瓊漿。

連日恩賜鮮魚恭紀

銀鬣金鱗照坐隅，烹鮮連日賜行廚。感踰學士蓬池鱠，唐時學士賜食蓬池鮮鱠。味壓詩人丙穴腴。元虞集詩：「魚藏丙穴腴。」素食餘慚留匕箸，加餐遠信慰江湖。笠簷蓑袂平生夢，臣本烟波一釣徒。陸龜蒙詩：「笠簷蓑袂有殘聲。」

送勵南湖前輩奉旨歸省尊甫少司寇公病

槖筆經時共直廬，何堪絶塞唱驪駒。乍看請急情辭苦，特許還家恩遇殊。客夢不離丹嶂遠，鄉心已與白雲俱。最憐一掬酬恩淚，并爲思親灑路隅。

塞外蝴蝶 應東宫令。

羅浮仙種幾時來，金粉天生不染埃。忽見一雙同照影，始知隔水有花開。

十六日五更隨駕發鞍子嶺行至三道梁天始明

金壺虬箭響登登，霽月流天景漸澄。谷罨一重環翠幕，雲移雙仗識紅燈。風輪暗激飛梁轉，松頂遲看旭日升。滿篋纖絺長什襲，此來何處有煩蒸。

十八日駕幸釣臺召臣等隨行賜膳釣魚恭紀七言絶句八首

插天碧嶂起芙蓉，路轉潺潺又幾重。百頃風潭雷雨過，萬魚啣尾候真龍。

高臺俯瞰樺榆溝，指示灤河最上流。記得銀絲鱠鮮鯽，欣從塞外識源頭。巳刻上御樓，召臣等五人至臺下，指臺下流水諭曰：「此灤河上流也。」

魚藻池邊輦路平，直隨仙仗到蓬瀛。官廚初飫紅蓮飯，御饌仍分碧澗羹。午刻賜御饌紅蓮米飯、柳根魚羹。

芳餌循環下釣筒，絲緡長日侍青宮。烟蓑雨笠尋常句，慚愧猶蒙記憶中。午後奉旨：翰林諸臣赴皇太子行幄釣魚。臣前謝賜魚詩有「臣本烟波一釣徒」之句，東宮舉以示近侍，并記以志愧。

山莊一帶並河壖，人衆如魚盡力田。要與周詩占吉夢，早開場圃待豐年。

一條羅帶水拖藍，只少漁舟着兩三。滿眼丹青輸畫手，鶯聲柳色似江南。

文鱗躍處起漣漪，水族沾恩感聖時。不是網罛施不得，爲留餘澤及鯤鮞。

佳名原自柳根來，魚名柳根赤，蓋柳根之色赤，此魚好噉柳根，故名。釣得仍將柳貫鰓。分賜詞臣三百尾，插竿騎馬雨中回。

賦得遠色有諸嶺限二蕭　應東宫令

誰寫丹青向碧霄，參差入望勢偏遥。烟光澹處疑無樹，日氣生時似湧潮。飛鳥不能踰嶂外，横雲只許抹山腰。分明有路行難到，知隔天台第幾橋。

二十日行殿召對出至直廬内侍復傳諭臣慎行云汝子在東鹿縣居官甚清朕已稔知感恩述事恭紀二首

已注金閨籍，仍叨顧問榮。睿容瞻肅穆，天語聽分明。轉益臣心懼，難窺聖學精。行宫清秘地，不異侍延英。

稚子慚民社，能忘秪犢私。未成期月治，驚荷九重知。清白原家法，生成仰聖慈。家書連夜發，矢報勉捐糜。

恭和御製立秋喜霽

聖主如天惠澤周，與民同樂每先憂。歸雲夜散簷頭雨，沃土人耕化外州。野鶴報晴初戛戛，良苗入望已油油。詩成共識皇情豫，白藏新占歲有秋。

恩賜佛手柑恭紀

筠籠珍重貢炎方，羅帕玲瓏照玉堂。縹蔕經時猶帶緑，芳苞映日已全黃。長隨錦荔迎涼到，遠勝新橙透甲香。别與傳柑增掌故，立秋時節賜山莊。

磁瓶草花

澗草巖花摘小叢，秘磁斟水愛青紅。不教開落塵沙畔，只似栽培雨露中。映壁數枝開曉日，入簾雙蝶帶西風。誰將蟋蟀籬邊景，移向灤河避暑宫。

秋海棠

小紅低映緑窗紗，昨歲開時正別家。白髮滿頭還自笑，塞山六月看秋花。

奉和御製穹覽寺七言絶句敬次上韻二首

清磬和泉隔岸聞，蒼松翠藁散氤氲。不知四面山重數，遥指爐烟是碧雲。

寶翰留題昔未聞，麝煤龍餅氣氤氲。祝釐老監今頭白，特起香臺貯彩雲。

陳灊齋前輩分餉柿子酒

小榼遥看走馬單，微風先爲送奇芬。行廚洗盞湯初老，隔幔呼燈日漸曛。尚想青黄垂野徑，忽驚紅緑眩微醺。東坡詩：「醉眼眩紅緑。」從今細雨殘更後，每到醒時定憶君。

七月初五日賜食蜜漬荔枝二首

嶺外未曾嘗小緑，閩南猶記擘輕紅。石屏詩：「新來嘗小緑。」少陵詩：「輕紅擘荔枝。」而今拜賜來天上，他日嘗新歎轉蓬。

蠟封蜜漬味全融，秋暑初迴却扇風。領取一襟冰雪意，白銀盤映荔枝紅。

蒙古貢馬

蒲梢不拒諸蕃貢，印烙新加毛骨殊。斂却霜蹄行駕鼓，爛如雲錦看成圖。騊駼厩應房星上，苜蓿園開瀚海隅。不比無羊歌考牧，聖朝馬政在攻駒。

七夕喀喇火屯雨後作

雕霧鷹風漲沉寥，一天秋意頓蕭蕭。彩虹截斷遼西雨，飛入銀河當鵲橋。

賦野杏根

古根埋不爛，搜剔豈能辭。斑剥舊苔蘚，槎牙新菌芝。乾坤無棄物，研席得奇姿。自有天然質，何煩斧鑿爲？

裕親王挽詩二首 奉旨作。

禮絶三公上，親爲萬乘兄。分忘敦棣萼，卹賜備哀榮。傍邸愁雲結，回鑾淚雨傾。時上駐蹕塞外，聞王訃，即日回都哭臨。桐陰留畫像，存殁感皇情。上嘗命畫工寫御容與王並坐桐陰下，蓋取同老之義，平居友愛如此。

尚覺春秋富，俄驚泉路長。友于歸聖主，文獻失賢王。海闊星沉象，天空雁斷行。舉朝哀挽切，感動爲宸章。

雙塔峯歌

灤河之水鳴淙淙，晨光欲透草木蓊。千巖浮動萬壑充，十里霧濕三花鬘。陽烏展翅烟摅虹，倒射石壁紛青紅。中有兩峯迥不同，向人騰躍比祝融。厥初生時誰所礱，分而爲二疑霻霳。自從巨斧開鴻濛，勢欲復合難彌縫。小者爲霍大者宫，前高後亞兒隨翁。其顛石笋各卓空，如窣堵波劖圓穹。其旁老松垂蘢葱，雨露已費千年功。初從南麓瞻崇隆，恍然御氣乘罡風。青天一碧懸雙篷，仙舟出没波濤洪。形隨徑轉日在東，併作高柱孤巃嵸。首末稍斂中微豐，異哉三竅何玲瓏。下空一門拆崆峒，中央一綫星光通。最上一穴磨青銅，團團皎月非朦朧。洞貫腹背豈羿弓，誰與人力爭天工。須臾位置移忽忽，左右互易驚愚矇。漸行漸遠漸不窮，回頭依舊藏霾雺。我思佛力大且雄，舍利所在塔廟崇。十方照耀開盲聾，僧伽興廢會有終。豈如兹山媲華嵩，巍峩俯闞荆榛叢。綿亘古塞接蠮螉，劫火不壞況兵戎。地雖僻左秀獨衷，昔名未彰今始蒙。吾皇盛德邁帝鴻，盡攝六合歸牢籠。年年雅詩賦車攻，山莊近在封域中。已獲顧盼邀重瞳，何須秩祀偕三公。小臣作歌達聖聰，特與此石慶遭逢。

塞田雙穗嘉穀恭紀

屬車到處瑞徵奇，嘉穀俗呼小米子。欣看燕尾垂。異畝比禾皆九穗，連畦如麥總雙歧。澤流膏雨珠兼玉，譜入豳風畫亦詩。從此康年豈勝紀，太平天子是農師。

蔣酉君爲汪紫滄畫菜索題

君昔養親惟小園，白菘紫芥供晨昏。君今已食大官饌，夢寐何曾忘此味。秋來見菜應思鄉，蔣家三徑吾求羊。玉堂雲霧看落筆，中有故畦風露香。

二十七日發熱河

耿耿疏星曉，泠泠白露秋。是日白露節。老松經燒斷，頑石隘溪流。草苦沿籬屋，人騎渡水牛。塞田霜氣晚，七月已全收。曩時塞外六月已寒，黍稷少熟，今年七月杪尚未作霜，故莊田倍收。

八月初六日發唐山營初入蒙古界

興桓左界接遼陽，千里中開雉兔場。邊戶生涯資射獵，天家甌脱變耕桑。風馳屬國東西尉，化被諸蕃部落王。豐草長林皆禁籞，遥看直北是龍荒。

度汗鐵木兒嶺

一林槲葉一林楓，半染青黄半染紅。只道平沙隨地闊，忽開絶境與天通。冰霜氣候陽和裏，金碧山川指顧中。緩轡不知林壑險，殊榮孰與六人同。嶺路險仄，特命侍衛導臣等前行。

初十日發擺波喀口

寒色馬殘殑，重裘怯不勝。嚴霜如薄雪，細水作輕冰。蕃部三千帳，圍場百萬層。遥看射生處，旭日正東升。

十一日駐蹕巴林桑斯臺上於附近山中行圍賜臣等全鹿一隻恭紀

雉尾雞翹曉望分，旌旗高捲萬山雲。威加草木秋行令，禮重貔貗晝掩羣。從獸總歸司馬法，回鑣如策凱旋勳。只慚未効三驅力，拜賜長先七校軍。

額勒蘇臺聞雁有懷德尹時聞弟乞假將出都

一聲哀響落秋旻，列幕燈明夜向分。倦枕何人還不寐，望鄉有客最先聞。路長遼海霜前月，天偪陰方雪後雲。附爾封書須早達，人間兄弟有離羣。

十二日駕幸額勒蘇臺大獵召臣等觀圍恭紀七言長歌一首

聖朝雄略彌宇宙，四海爲家同在宥。行宮直過大青山，纘武年年寓巡守。川原蕃廡少甌脱，邊障清寧罷烽堠。盡收種落當郊樊，大展岡巒作靈囿。涼秋八月商飈發，霜氣凝嚴冰未溜。朝來下詔大合圍，草淺林疏宜往狩。三千虎旅移前帳，十萬龍驤出華厩。奇毛箘箇五花文，表貉揚旜偏巖岫。層層葉幄絢紅紫，面面山屏圍錦繡。前行十里雪初晴，千步場如築新就。遥看數騎林西麓，畫裏依微人比豆。雁行齒序列後先，魚貫班聯隨長幼。綿綿翼翼遠不斷，整整斜斜近相湊。須臾旋繞山之東，觀者同時盡迴首。舉鞭初可一二數，錯落星文排列宿。長松冠嶺嶺插空，人馬從空俄下走。呼聲幾處震虚谷，驚起雕翎落飛狖。此時已有鹿斯奔，闌入圍場孤引脰。東跳西顧迷所向，首鼠張皇等鼯鼬。魚麗鸛翼頃刻成，變幻圓方詎能究。陣圖本是丘井法，旌立和門嚴介胄。合圍漸緊壤漸平，匝布叢攢勢相繆。不知鹿羣何處來，俟俟儦儦紛邂逅。麏麚麐麛麋麇麂，麀麎麖麠麋麔麘。希問偵伺前復却，防内怔惶駭而驟。渴舌長如飲澗垂，野心思突重圍透。天威奮武臨咫尺，頓轡齊鑣不容竇。神機獨握舉大綏，衆志成城鹿爲鍭。虹流電掣忽飛鞚，月滿弓開胥入彀。逸足公然帶箭馳，先聲所至隨弦仆。一人獲雋萬人歡，羣祝君王千萬壽。大弨旋韔不盡發，餘勇猶浮袞龍袖。網開一面頌皇慈，節應騶虞叶仁獸。雲收霧捲圍乍撤，萬騎如風散晴晝。小試真同埽塞氛，盈庖豈獨充飣餖。觀兵耀德典彌崇，行賞班餘功孰懋。竊聞上古有大甸，秋獮相傳本由舊。青丘自欲吞雲夢，吉日先須卜庚戊。漆沮甫草偶于旼，悉率從王惟左右。今之健兒千三百，來自諸蕃踰尉候。大圍共一千三百人，皆出蒙古喀爾沁奥諸部落。期門將士但旁觀，山立何曾技輕奏。此皆至尊善撫馭，同軌歸誠車輻輳。國家恩澤浩如天，蕃部寧非天所覆。自然忭舞羣用命，王用三驅此其又。車攻寧數小雅材，羽獵應嗤西漢陋。矢詩橐筆本臣職，況著征衣隨短後。雖慚無力効殳鋋，盛事千秋幸親覯。

中秋節恩賜月餅時果恭紀

列幕周廬白似銀，中天夜氣肅鉤陳。皇衷尚感團圞節，（時因裕親王未卜葬，停止筵宴。）禮賜偏優侍從臣。宮餅堆盤隨月彩，御園分果得時珍。回思瓜豆田園味，老去驚看節物新。

是夜角火羅對月呈掌院揆公時奉使朝鮮初還

年年別裏逢佳節，今夕班荆又一奇。玉兔銀蟾新賜餅，（是夕御賜大小月餅，皆飾金彩宮殿，爲蟾兔之形。）錦囊珠笈舊題詩。烏桓露警三更夢，碧海槎回八月期。記取勒蘇山下路，霜花壓帳話高麗。

十六夜撤勒巴爾吉對月

十分月到今宵滿，一半秋從昨日過。（前一日秋分。）路轉溪山鳴鼓角，天垂障塞繞星河。不愁織女機絲濕，自笑姮娥白髮多。殘醉易醒宫漏永，青綾無寐欲如何？

十九日度生吉兔嶺

翠屏丹嶂四成圍，見説前岡雉兔肥。山下忽逢沮洳水，蘆花如雪馬頭飛。

二十五日曉發舒庫里口

曈曈初日上天東，一片秋光照耀同。好是萬株紅葉滿，已經霜後未經風。

二十六日扈蹕至興安嶺有旨命臣等登絶頂遠眺恭紀七律四首

崇岡斗起杳難攀，翠罕華旌歲往還。六合一家寧恃險，九邊三面總無關。龍沙展勢提封外，鳥道盤空霄漢間。詔許重登峯頂望，始知高出萬層山。

忽開眼界向層巔，指掌圖成立馬前。東走陪京山委浪，北踰瀚海地黏天。牛羊白散千屯雪，草木青回萬竈烟。四十九藩齊望幸，呼嵩聲徹半空傳。

甲帳辰旗紫邏長，極天晴色辨微茫。黃榆不斷庭方路，白日能消冰雪光。獵騎嘶風争北向，野鷹隨雁亦南翔。西山蒼靄遥相接，直似登臨在帝鄉。

輿圖遠闢古興安，鳳舞龍迴氣鬱蟠。半嶺出雲鋪大漠，喬松落葉倚高寒。嶺以北松皆落葉。丹青不數東南秀，俯仰方知覆載寬。萬里乾坤千里目，欣從奇險得奇觀。

大風下興安嶺

崇岡無樹朔風寒，直下真從井底看。知是向南歸路近，亂飛黃葉打征鞍。

二十八日駐蹕伊遜河源上親射石熊以熊掌頒賜臣等恭紀長歌

千峯萬峯争落木，秋聲蕭蕭氣肅肅。連朝纘武大掩羣，殪盡山中雪斑鹿。西風卷地餘怒號，虎豹股栗豺狼逃。老熊何物敢自匿，出林獨叫求其曹。天威赫業揚雲罕，搗穴直窮熊所館。公然人立向人啼，正值琱弓彀初滿。皮毛與石孰比堅，不聞射石石亦穿。須臾三發三命中，摇尾大似求哀憐。忽看蹻捷如猿鳥，騰上千年松樹杪。神機别以火器攻，霹靂斜飛貫腌腦。半空拗折青珊瑚，松耶熊耶墮地俱。皇心因材有生殺，倔强那得逃天誅。雉飛兔走清林莽，重馬馱來徧行賞。鷙性寧非恃爪牙，焚身至竟因蹯掌。駝蹏鹿尾猩猩脣，舊傳此味配八珍。大庖祇合供御饌，榮施何幸加詞臣。臣聞南山之下渭水濱，從禽搏獸空鋪陳。賦家漫誇三十六，終日射侯原非真。豈如吾皇勇且仁，除兇服猛胥躬親。已靖六合無纖塵，山林兼使異獸馴。他年珥管紀上瑞，郊藪行見遊麒麟。

賜觀紫騮御馬恭紀十韻

御馬紫騮名，牽來左右驚。無疆全地道，至健配天行。出應房星瑞，時逢朔漠清。風雲開萬里，日月夾雙睛。闊步無谿塹，深觀識性情。馴良由駕馭，神駿本生成。往往從蒐獮，悠悠逐旆旌。勢隨龍象蹴，氣攝虎狼平。按轡千林肅，回鑾六幕晴。啣恩何以報，戀主每長鳴。

九月初三日東宫行圍召觀殺虎恭紀

連岡若環斷若玦，猛虎一聲蒼石裂。千狐百貉走且僵，獨踞巑岏爲窟穴。儲君英武如吾君，六鈞親挽古未聞。年年侍輦出狩獵，手搏奚止什伯羣。餘威所臨氣先壓，弓未離囊箭猶插。星流一點緑沈槍，刺虎真同捉鵝鴨。黑文白額光斑斕，毛血映徹朱旗殷。豐杠重馬挾以至，衝飈霍霍來陰山。羽林奏刀技神速，理解肌分同破竹。憐渠故是獸中雄，特命留皮瘞其肉。大哉利溥仁人言，麟趾原從聖澤論。一片文茵常在御，半丘白骨更啣恩。臣工侍觀咸動色，殺物之中昭震德。不知看射向山南，何似隨圍來塞北。

初六日隨東宫射獵蒙賜全鹿野雉恭紀十首

琱戈豹韈導中央，特許詞臣列兩旁。昨日山中親射虎，近前指與舊圍場。

林深谷邃轉坡坨，黄葉聲中掣電過。一箭攔回飛走路，隨身數騎尚嫌多。

蒼鹿年深雪作斑，洞胸飲羽突希間。别教羽衛追風逐，天馬如龍又過山。

射雉仍開八札弓，離披彩羽墮晴空。欲知官笴長多少，五寸雕翎帶血紅。

英姿雄略似吾皇，連日分圍獵淵岡。赤豹黄羆皆進御，充庖一味不私嘗。

一色明駝倒載來，獵塵收處夕陽開。翠屏萬仞紅雲外，别領旌旗小隊回。

重輪長傍紫薇垣，侍輦歸仍侍寢門。每聽雞鳴親視膳，豫遊原不廢晨昏。

德備才全左右宜，家傳真得帝王師。萬鈞腕力强於弩，朝射貔貅夜賦詩。

割鮮分肉快何如，馬後捎來拜賜餘。今日塞垣親扈蹕，去年京洛正騎驢。

平生未習穿楊技，老去空存見獵心。慚愧書生叨異數，酬恩無地感恩深。

重九雪後汗鐵木嶺觀獵二首

銀麞縞鹿挺巑岏，重展圍場勢更寬。十萬羽林齊挾矢，只教六騎作旁觀。

毳爐蠆蟹愛新霜，每到登高必望鄉。誰料烏桓山外路，萬峯踏雪過重陽。前二日大雪。

十二日上親射金錢豹恭紀十八韻

朔漠回鑾候，君王罷獵時。忽聞山下豹，正逐草間麋。詎縱顔行抗，還將餘勇施。三驅争効命，七校復揚旗。金鏃霜花淬，飛龍電影追。應弦疑樹鵠，拔箭已連骴。直作摧窮寇，真如殪伏雌。右髃充上殺，全質少微疵。貍首斑斑血，猫睛睊睊眵。鬚雄粗縮蝟，爪利善藏錐。自匿荆榛窟，初含霧雨姿。氣曾吞虎兕，力肯讓熊羆。緩死俄無路，偷生詎有期。但令供獮狩，猶得壯威儀。鎗桿風摇尾，鞍橋錦冒皮。呈文留炳蔚，取用及捐糜。師武當關險，兵韜示象奇。小臣慚獻頌，何異管中窺。

十四日駕發藍旂營乘舟網魚命臣等沿河騎隨賜鮮鯉人各一尾恭紀

雪光皛皛山稜稜，千山映雪朝日升，灤河之水暖不冰。刳舟剡楫凌空去，三丈黄龍帝親御，川后前驅風伯助。峽形漸束波愈清，潛鱗帖帖何敢驚，人聲不聞聞水聲。須臾船重皇情樂，啣尾騈頭來繹絡，八紘一張魚載躍。鰷鱨鰋鯉旨且多，義不盡取收網羅，滿渠新漲餘天波。詞臣拜恩已無算，復賜紅鱗長尺半，馬上擕歸萬人看。

是日中途命侍衛射虎復召臣等同觀恭紀

後殺豹，先殺熊，陰方凜凜生寒風。先殺熊，後殺虎，積雪皠皠映强弩。君王威德彌寰宇，坐致遐方歌樂土。闢田築室藝稷黍，猛獸寧容此偪處。爾牙如鋸我鏃銛，焚林盪谷期盡殲。溪東距溪西，相望十餘里。忽聞響應徹山顛，天語遥傳順風耳。西洋人所製。六飛所幸成坦途，冥頑何物乃負嵎。期門壯士能手搏，奉令何異天行誅。天生聖人能格物，檮杌窮奇情狀悉。耳端一缺戕一人，厥罪昭然何待詰。自從殺此虎，邊牧蕃雞豚。自從殺此虎，莊户長子孫。黄熊赤豹同噬吞，腥風掃盡無一存。小臣稽眼嗟未見，談虎尋常色爲變。此來快覩三害除，直似陪遊向畿甸。

十七日度小青山

去日蕉衫暑雨收，歸時急雪灑重裘。重經司馬臺南路，紅樹連山正晚秋。

入古北口

金支影轉翠微間，萬馬驕嘶並入關。雉堞連雲䡴角壯，虎牙憑險戍旗閒。西風漸老河邊柳，積雪回看塞外山。正是秋清好時節，六龍行狩扈南還。

過牛欄山下二首

青山缺處吐孤城，行到牛欄路更平。一片黄榆緑槐影，白狼河畔作秋聲。

白酒黄花興未違，一鞭新自塞垣歸。短裘衝過重陽雪，又向京華换裌衣。

十月初十早入直蒙恩賜帶數珠恭紀

星聯珠貫入承明，是日同直共七人。章服驚叨四品榮。一串牟尼呈五色，同時裘飾粲三英。循環豈易充臣數，祝聖惟當轉佛名。長恐維鵜譏不稱，也如老馬錫繁纓。

房師汪東山先生請假奉太夫人南還留秋帆圖卷子命題敬賦四絶句

秋興賦罷賦閒居，首路争看侍板輿。此樂季鷹渾未識，區區歸計爲鱸魚。

一聲天上聽臚傳，小住蓬山已四年。來與鄉人重换眼，五湖别自有神仙。

宦海茫茫詎有涯，急流幾箇赴歸期。霜前吾谷秋如錦，算是扁舟到岸時。

一條清況冷冰銜，十幅西風穩布帆。公去我留緣底事，擬因苦笋脱朝衫。用黄山谷語。

題劉禹峯水邊行樂圖小照二首

風酣緑浪紅蕖，雨洗蒼苔碧梧。萬口詩傳京洛，半生夢落江湖。

菱租舊輸甓社，魚計新收白田。隔浦三間書屋，過橋一隻畫船。

雪後下直口占

徐踢禁中雪，遠看城上山。宮鵶巧相背，晨出暮飛還。

題許有介先生册子

事出先賢傳，名從獨行敦。眼看耆舊盡，心慕典刑尊。逸品傳書畫，餘風付子孫。淋漓浮墨汁，中有不亡存。

賀張志尹前輩生子

鄧藝馮經孰擅場，乃翁才藻世無雙。祝兒他日無多語，七歲能文似曲江。

賦得深屋喜爐温 應八皇子教。

幾重簾幕幾重茵，深掩紗窗浄少塵。鴿炭餤紅寒漸減，鵲爐灰白暖初匀。三冬不納冰霜氣，一室能回天地春。應念五更騎馬出，銅街已有趁朝人。

題元人風雨歸舟圖 應四皇子教。

遥山澹抹近山遮，一棹飄然水一涯。似有風聲隨雨到，忽疑雨勢受風斜。白蘋洲畔年年客，黄葉村邊處處家。身在畫中渾不覺，却教人指畫圖誇。

十二月初九大雪獨直南書房有懷陝西隨駕諸君

雲海平鋪釦砌寬，六花如絮點裘乾。金猊坐擁玲瓏石，玉蝶争飛宛轉欄。雲護蓬萊長覺曉，樹當温室不知寒。此時最憶隨鑾客，少室中條並轡看。前一日聞駕已涖中州。

送楊遠卿之任武昌

去年訪君過維揚，今年送君向武昌。江湖不到塵土眼，遠夢夜落梟魚鄉。洲邊芳草城邊柳，騎鶴仙人重出守。洞庭春水際瀟湘，大別青山横沔口。烟花三月畫船開，王程不用鹹鼓催。到官好尋陶庾蹟，歷郡正賴龔黄才。才多政簡無不可，列戟凝香但安坐。閒攜賓從上南樓，倘有新詩應憶我。

除夕前一日蒙恩賜羊鹿雉兔鮮魚鹿尾上尊諸品恭紀二首

山海奇珍鼎味充，上尊羅列歲時同。斑龍肥羜光相耀，彩羽文鱗澤並豐。頒賜例隨台輔後，自大學士張玉書、陳廷敬以下，被賜者凡十三人，臣與焉。謝恩多在直廬中。一年濫竊官廚饌，素食能無愧國風。

豐杠錦帕壓重重，節假歸沾湛露濃。雕俎味新調翠釜，玉泉香暖拆黄封。鄉風未敢分僚友。蘇軾饋歲詩：「亦欲舉鄉風。」家祭先應薦祖宗。却爲思親成感涕，君羹歸遺去聲。已無從。

敬業堂詩集卷三十一

直廬集 起甲申正月，盡乙酉五月。

直廬之名，出漢書嚴助傳注，所以處賢良文學之臣。余不才，初蒙特召，出入禁林，已踰年矣。今乃取以名集者，斷自受職之歲始。用彰恩遇，且以志愧云。

元旦太和殿早朝

火城宛轉度星橋，香殿氛氳接慶霄。黃繖綵斿龍影動，玉笙金管鳳音調。五雲淑氣開蓂葉，一日春風曳柳條。前一日立春。鷺綴鴛分真忝竊，正衙初預德陽朝。

上元節西苑賜宴觀燈恭紀

瓊島東瞻璧月圓，簫韶吹徹九重天。壺傾瀲灧金尊溢，盤貯芳馨玉饌鮮。絳蠟班隨中使導，黄柑例許侍臣傳。太平時節觀燈宴，既醉惟當祝萬年。

是夕復侍宴東宫蒙賜玉盃恭紀

曾從繁露記書名，鶴禁傳看分外榮。照座欲分燈影燦，入懷長並月胎盈。舉同彝鼎恩加重，刻作雲雷製倍精。珍重捧歸須什襲，濁醪難向此中盛。

春分禁中雨

小雨流鶯外，濛濛紫界牆。不知春過半，但覺日添長。白髮趨中禁，芳時感異鄉。多煩玉階草，爲我報年光。

次韻答吴西齋四首

青韶同調半衰遲，久缺題襟唱和詩。自詡狂呼袁彦道，難忘好客鄭當時。長檠列幕慚分照，小蹇銜泥倘借騎。巷北巷南曾咫尺，余借寓與西齋僅隔巷。却從離索想追隨。

二老居隣共往還，謂楊玉符、孫松坪兩前輩。舊遊歷歷笑談間。牆頭過酒傳鄉語，花底移牀夢故山。萬事無如長耐冷，一官何計便投閒。舉朝才筆輸吴質，借職猶堪押右班。

不須作賦擬文通，好步詞場繼國風。後輩揣摩工日下，故人傳寫到吴中。時蔣酉君乞假將歸。碧香開甕春浮白，翠袖分燈夜剔紅。怪得近來貧轉甚，俸錢多半給新豐。

江湖一别悔難追，誰遣閒鷗拂鳳池。玩世何妨資客難，低頭聊喜得吾師。同時領袖推東省，時考選臺垣，吴名在第一。異代文章替左司。吴官户曹，時有左司筆記一書。若向此中論臭味，莫言莀楚竟無知。

送同年蔣西君假歸常熟迎養太夫人二首

泥金纔報隔年春，畫繡還迎白髮親。同榜科名傳盛事，世家書畫起文人。桃花漲後移舟穩，魚藻池西賜宅新。行前一日，奉旨賜宅於西華門内。好片尚湖烟雨色，詔恩猶許住三旬。

齒序肩隨别有情，多君事我竟如兄。直廬並候花磚影，奏帖常聯紙尾名。小立官槐曾繫馬，重來禁樹已藏鶯。卜鄰預擬同王翰，家聲山賜宅與西君比隣。不爲登仙羨此行。

暢春園早桃四首

記曾元夕醉香醪，冰雪千林吐白毫。今日重來雲錦换，十分春色屬山桃。

萬樹垂楊未放青，餘寒猶勒水邊亭。天然掩映成圖畫，横展西山作翠屏。

浴日扶桑躍海東，滿天晴色曉曈曨。仙山樓閣無重數，只在紅霞一朵中。

烟輕霧薄景遲遲，金碧圍中四望宜。忽憶江村寒食路，竹梢低拂兩三枝。

二月二十五日駕幸西苑直廬恭紀

翰墨林依紫苑東，親承步輦出芳叢。萬間廣夏移天上，時直廬新經改築，上顧臣等云：「此屋比從前更覺開敞了。」三接深恩沛禁中。身作紅雲長傍日，心隨碧草又迎風。直廬便是披香殿，月賜虛慚赤管功。

三月二日上御經筵恭紀

雲日瞻堯表，疇咨啓舜編。誰能窺聖學，猶不廢經筵。芳宴調羹撤，花瓷瀹茗圓。是日停止筵宴，諸臣皆賜茶而退。講官仍入直，縈袖有爐烟。講官工部尚書臣鴻緒、掌詹臣元龍講罷仍入南書房。

西苑上巳呈同直諸君

上巳接清明，韶光滿苑城。曉烟和柳重，夜雨爲花晴。節物春長好，年芳老自驚。兩三修禊伴，閒話水邊行。

三月四日賜食榆錢糁恭紀

天上星榆歴歴看，春風吹綻小團圞。柔條摘處青成串，新火烹來翠滿盤。槐葉冷淘難比色，藜羹舊糁記同餐。他時誇向田翁説，此味曾經賜大官。

送陳陟齋都諫請假歸里即次留别原韻

袍笏同朝萃一家，歸心偏愛故園花。清時袞職無遺闕，祖帳都門有嘆嗟。隔岸黄塵車歴鹿，渡江新月櫓伊鴉。到時親友如相問，爲道題詩字半斜。

寓園紫藤花同紫滄賦

不計千枝與萬枝，玲瓏巧透竹笆籬。圍屏倚翠成宫錦，步障留陰護紫絲。蔓引龍蛇皆上走，花披瓔珞總交垂。家園手種應如臂，忍負東風爛熳吹。

偕同年何屺瞻過古藤書屋時藤花方盛開賦呈楊玉符孫松坪兩前輩

高出檐牙又幾層，濃陰特比昔年增。重揩霧裏麻茶眼，來對階前老大藤。一片黏須猶待拂，千梢壓架恐難勝。祇應火急催新句，莫謂先生病未能。時兩先生皆抱微痾，故云。

題學士姪柳邊歸院圖二首

一條虹影亘長隄，玉蝀橋邊嚮月題。緩轡不愁歸路遠，移家新傍禁垣西。

入直常先下直遲，風條雨葉裊鞭絲。自從賜出飛龍廐，宋時翰林學士例賜飛龍廐馬。不向東家借馬騎。

送劉雨峯出守真定

我初遊學來帝京，漁洋夫子官司成。君時實助四門教，相臨以分稱師生。衆中期許良獨厚，灑脱不用常格程。過從往往得一醉，叩發談議交縱横。感君磊落有真意，憐我遲莫方成名。五言投贈竟長幅，氣韻遒逸聲鏑鏗。迴環首尾二十載，我鬢漸白君顏頳。郎潛索米豈不久，一麾出守今專城。風前五馬五騏驥，叱馭快作西南征。橐駝載書車載酒，緑楊夾路聞鸝鶊。常山古郡接畿輔，沙泉瀏瀏欣相迎。紅蕖繞郭雲錦爛，白鷺下浴滹沱清。行人六月汗如濯，過此盡愛徐徐行。誰歟妙手爲補繪，鈴閣何必非蓬瀛。我今一官苦羈鞅，欲往相就心摇旌。中山釀熟幸郵致，毋令肺渴枯腸鳴。

送掌詹陳乾齋前輩予假省親四首

夜聞優詔下承明，特許朝來拜表行。親老詎應虚子職，天高原自近人情。道存養志歸非晚，風動旁觀感亦生。欲識掉頭瀟灑意，浮雲直似從官輕。

賓僚地望冠班行，直上頻依講幄旁。星漢文章唐許國，臚雲名第宋安陽。兩宮召對無虚夕，三殿摛毫有報章。誰似先生饒至性，最承恩日乞還鄉。

曾踰旱海紀開邊，出入聲華孰比肩。館閣清才傳子弟，蓬壺歸路著神仙。望雲地較瞻雲近，捧日心隨愛日懸。更喜一門多盛事，春帆相望五湖船。一月前，令兄陟齋乞假先行。

枌榆鄉社舊居隣，華髮趨朝接後塵。新樹忍攀東岸柳，殘鶯猶戀上林春。半綸投老知何日，八座還家羨有親。總道名園成獨樂，十年書局尚隨身。時奉旨攜帶歷朝賦彙三百餘卷，還家校刊。

池上雙鶴

長鳴相和兩仙禽，多在陽坡少在陰。偶向清池閒照影，被人猜有羡魚心。

恩賜哆囉雨衣恭紀

短褐頻趨道路塵，青氈猶是向來貧。爲憐褦襶隨朝士，特賜哆囉出闕賓。燥濕推恩慚厚庇，短長稱意荷終身。從今聽雨聽風候，儤直堪誇楯梐人。

五月朔賜高麗米𥻗恭紀

清暑初交殿角風，又傳節物近天中。靈符舊繫千絲縷，玉粒新頒五采筒。青蒻香分菖葉緑，銀盤光射石榴紅。雲帆不却三韓貢，拜賜還教紀祖功。上諭云：「此米本出高麗，自太宗朝歲貢百石，爲端午上供。」

送許不器赴任陳留

風俗陳留好，猶傳一縣名。人耕莘野徧，水入汴渠清。百里才非小，三年政必成。舊遊高李盡，相送倍含情。乙亥秋余曾遊梁、宋間，故云。

送張裕齋郎中出守杭州

海宇久昇平，朝家重民事。吾州繁劇郡，牧守詎輕寄。相國門多賢，先生乃其季。起家科第中，敭歷非初試。銓除例引見，人地有易置。天子稔公才，臨軒親簡畀。羣情翕然服，公望兹果遂。賤子本州民，田廬依廣庇。抒懷述所見，幸勿芻蕘棄。餘杭一都會，舊習沿浮侈。賓筵糜酒醪，徵逐共遊戲。東南際江海，隱現魚鹽市。黠者半爲商，羣羣騖聲利。梟綵雖土貢，耕紡業間墜。往時櫛比場，十室減一二。士風最柔弱，氓俗鮮倉積。去聲。好訟其性然，因緣飽胥吏。舞文骫吾法，嚬笑巧窺伺。所以古相傳，陋邦號難治。我公朱轓出，福曜光燭地。才大實恢恢，心虛恒惴惴。平生開濟量，夙昔澹泊志。道路方欣瞻，風聲已先駛。星羅九屬邑，催科兼撫字。公行示以廉，表帥勵下位。百族豐确殊，噢咻同體視。公行示以儉，變化需漸漬。必若釐蠹豪，先須扶善類。弊當去太甚，利或興以次。洵知鸞鳳仁，遠勝鷹隼鷙。公餘愜雅尚，山水領幽致。開閤挹清虛，褰帷納空翠。澄泓千萬頃，高下三百寺。日爲湖上遊，原不廢填委。吟賡白蘇什，手續歐梅記。寧待報最期，竚看璽書賜。

苑中聞鶯

晝與人聲静，牆兼晷影移。四圍千碧樹，百囀兩黄鸝。椹熟蠶應老，芒踈麥正垂。未聾雙耳在，爲爾立多時。

五月二十六日喜雨

前夕齋壇撤醮回，西郊今日忽聞雷。一軒傍水看雲起，萬木無風待雨來。聖與天通終應禱，人言旱久未成災。願敷甘澤沾濡意，膚寸崇朝徧九垓。

雨後暢春園池上作

林亭片雨過，萬綠濃於染。葉杪滴殘聲，波紋蕩餘點。暑景猶未徂，涼風遽相感。平生微尚在，老去孤蹤忝。復此坐幽清，自然塵慮澹。

題陳允升塞外牧羊圖後四首

誰護儲胥峙糗糧，開邊端合用陳湯。即看士馬歡騰後，宴犒猶餘萬角羊。

鞭策曾趨萬騎先，鐃鉦親扈六飛旋。當初應笑栘中監，雪北蒙氊十九年。

横草功名一例看，牧羊何似牧民難。郎潛此日憐頭白，辛苦邊州兩政官。

春草如秧際緑蕪，驅羣何日首歸途。一蓑烟雨村南北，添寫巾箱考牧圖。

大雨下直至自怡園

急雨催歸騎，虚檐警夕聽。勢沉三徑竹，漚散一池萍。穴蟻緣林木，跳蛙入户庭。最宜新浴罷，坐看鶴梳翎。

題蕉士上人扇頭墨竹

老僧指上微涼起，攜入先生懷袖中。好是緑筠亭上坐，墨光含雨筆摇風。

移寓城南道院納涼

不信人間有鬱蒸，好風來處晚涼增。滿城鐘磬初生月，隔水簾櫳漸吐燈。書少只宜高閣庋，牆低聊當曲欄憑。白鬚道士休相避，我已身如退院僧。

玉蝀橋觀荷花和張研齋前輩

水風涼透鷺鷥肩，一鏡争窺萬柄蓮。不是玉樓金殿影，直疑身在過湖船。

雨中獨直南書房

窅窅九重闕，沈沈萬壽山。雨來聲更静，天上坐能閒。寓意同休沐，浮踪信往還。御溝新漲急，歸及聽潺潺。

大雨出前門口占

猛勢如潮欲撼城，九衢暴漲一門争。去年六月灤河北，雷轉空山是此聲。

送陳子文出守石阡八首

橐筆务番到直廬，墨淋漓灑玉蟾蜍。一麾自擁君恩出，礱石先應刻御書。君爲部郎時，屢召赴南書房作行楷書，前後再賜宸翰。

瘦嶺荒江路七千，一家迢遞向蠻天。不知賧布巴賨外，可有公畦太守田？用南史伏暅傳事。

鳥道中開斗大城，嫿歌處處合蘆笙。風流郡伯褰帷入，赤脚花鬘次第迎。

清香晝静雙枝戟，碧樹春垂小桁簾。預算鈴齋無俗事，一泓冰鏡照吟髯。

碑版光傳照裔文，臨池妙手繼鵝羣。翻防訟牒紛難却，判尾争先乞使君。

四十年來好弟兄，夢中曾共躡蓬瀛。子文初赴選。夢與余兄弟同入朝，已而果驗。白頭歧路天南北，忍便悤悤賦渭城。

短衣猶記走邊頭，熢火遥連古智州。今日故人乘傳去，太平時節話前游。庚申、辛酉余在貴陽幕府，故及之。

宦蹟知從歷政深，單裝寧肯負初心。歸舟不載葵花石，要使清名過鬱林。石阡府志：「城南龍洞有兩石，如盤形，類葵花，洞中產紋石，俗名醮果，任人賞玩，不得攜歸。」

恭和御製山左豐年歌原韻

周官荒政皆仁政，散利恒先重民命。平時蓄衆道維慈，臨事承天心以敬。五行疇範推皇建，九扈農祥視晨正。堯湯水旱其數然，補救由人乃前定。吾君御宇軫卹頻，流膏沛潤沾幽淪。厚培亭毒煦春律，峻極穹蓋函秋旻。偶逢小眚占俗儉，特涣大號賙甿貧。開倉立發千萬億，遣吏徧荷咨諏詢。飛鴻在野集在澤，六府九紀咸平均。東人誰能忘帝力，艱食俄聞奏鮮食。禾苗長畝二麥登，鼓腹依然安作息。向來睿慮每宵衣，至是天顔同霽色。明朝尺一傳山莊，帝庸作歌庶事康。太平有象省惟歲，飢溺已拯猶如傷。豳風十月獻朋酒，羣祝萬壽期無疆。可知先憂後樂意，覆載莫媲恩難量。小臣矢詩紀上瑞，更願岳牧勤官方。

伏讀御製山莊書懷賜大學士詩恭次扇頭原韻

雨暘時若驗陰晴，無逸心周稼穡甿。夏壠已聞牧翠浪，秋場旋見擣紅粳。仁風被賜先元老，喜色騰懽徧列卿。共識宸章難仰答，太和元氣在咸英。

疊納涼韻戲答俞扶九侍御 時同寓道院。

晨烟夕靄氣蒸蒸，秋水門前幾尺增。止酒免償隣負債，施油催點佛龕燈。嫩莎院落晴聯步，獨樹軒窗雨對憑。寓庭有白楊一株。除却入朝須起早，兩鰥何事不如僧。

古詩四章上座主孝感相國壽

火維靈奥區，灝氣恣磅礴。洞庭匯溟涬，石廩聳寥廓。五百應昌期，元精鼓橐籥。大儒乃篤生，作鎮配川嶽。恭惟我夫子，異采輝井絡。曳履上星辰，訏謨重帷幄。迴翔密勿地，獨力斡樞略。立極奠六鰲，清剛礪鏮鍔。道原幸有賴，不數平津閣。

正學日淪替，百家紛語言。我公實聞知，洙泗窮淵源。妙窺千聖秘，月窟兼天根。理障快掃除，焕如朝吐暾。發揮爲事業，突兀撑乾坤。峨峨千丈松，迥立無攀援。經邦實致治，吾道中行存。

勝國史未成，簡編就殘脱。門户互排根，文獻恐澌没。聖朝樹立遠，損益鑒前轍。大筆待鉅公，是非辨毫髮。六館既弘啓，四部亦燦設。貫穿三百年，搜抉十萬帙。迢遥溯開創，細瑣逮季末。非公習掌固，何由發囊括。獨成一代書，凛凛陽秋筆。

贊化非一塗，調元歷三紀。朝端立樞極，夔下收杞梓。五度入南宫，至尊深倚毗。請看百僚上，盡屬門牆士。一歸出懇誠，進退鮮愠喜。重來資啓沃，未許久田里。公之視浮榮，奚啻若敝屣。角巾就邸第，寢食善名理。上日攬揆辰，川流同嶽峙。采芝猶有待，傳菊煩中使。平格天所豐，稱觴今以始。

王學菴給諫移寓保安街有詩見寄次答二首

笑檢空囊付畫乂，不妨家具少于車。篋中諫紙傳新草，唐制：拾遺官月給紙二百張，名諫紙。牆角吟蛩報晚花。置酒可能邀北郭，賣書端合問東家。十年瘴嶺烟江路，容易星回博望查。學菴兩任黔、粤縣令。

轆轤綆轉石欄邊，僦屋曾棲蒲褐禪。余壬午、癸未間曾僦居此街。古井再經愁雨塌，舊交重聚得天憐。明燈照壁何愁皺，緑樹當門定有蟬。稍待泥乾走相覓，看君新竈起茶烟。

得朱悔人石泉書却寄

蛛絲繳繞鵲聯翩，信使來從古石泉。蠒足憐渠行萬里，尺書報我閲三年。天垂馬閣真奇險，官到龍州類左遷。相勸白頭須作達，好詩題徧好山川。

奉祝崑山徐太夫人七十壽

早相中朝黼黻臣，晚攜麟鳳拜恩綸。五千歲裏三秋節，二十年來八座人。星漢高源占寶婺，門牆餘廕在儒紳。黄花酒暖金桃熟，遥指西池是海濱。

史蕉飲前輩招集一畝園分賦

踏屐衝泥取次行，重來忽漫聽秋聲。空園樹比昔年老，積雨天逢今日晴。世上宦情閒最好，詩中澹味煉難成。韓家潭外如鈎月，愛領新凉到鳳城。

月夜城南水閣偶集分韻得白字即題陳濂村峨眉詩草後

高閣倚秋清，天空露華白。水風吹月上，去我若咫尺。此時一尊酒，遠致三峨客。稍稍召朋儔，羅羅飣肴核。盍簪非意料，邂逅心莫逆。君生公相家，名上金閨籍。七年行蜀道，尚爾好顏色。懷袖有峨眉，雲烟落几席。茲山洵僻左，迥與中原隔。鬬險出五丁，蠶叢始開闢。君才雖小試，實佐籌邊畫。談笑無滯機，登臨挾仙翮。徑危蛇倒退，石惡劍中劈。日月光攝身，雷霆伺投隙。雪山帶西竺，萬里赴絡繹。豈非所歷高，參井手可摘。不然域外觀，詎肯供汝役。人生百年内，知著幾兩屐。奈何塵鞅羈，蹞步恒跼蹐。哦詩撫清景，不醉良可惜。努力罄一歡，流連盡今夕。

題史耕巖前輩收綸轉棹圖四首

銜尾船裝壓浪書，鱸鄉風物比何如。羨君别具經綸手，釣綫隨身自卷舒。

賞花曾記把魚竿，南史家傳學士冠。四十年中三掌誥，鳳池何似五湖寬？

拍殘銅斗酒初醒，射鴨堂連避暑亭。想得卸帆秋正好，水花風葉滿鷗汀。

千里波光一曲移，西風吹老碧蒓絲。畫圖愛寫湖山意，未是先生乞賜時。

熊質均年伯五十壽

半百韶華九九辰，重陽前一日。紅萸黃菊一番新。堂前接武尚書履，膝下承顔進士巾。次君與余同年。風月無邊邀客賞，虀鹽有味愛官貧。時官國子學正。盈觴酒美須勤置，共識清醇似主人。

陳濂村新闢書屋名曰萍廬中秋後二日招同人宴集分韻得明字

名園十年别，乙亥夏，與濂村共醉高楊相國園亭。蜀道萬里行。自爾好會稀，轉頭歲崢嶸。聞君昨報最，還裝及秋晴。相公顧之喜，東閣客已盈。吾老不曉事，頹然厠羣英。開筵亦見招，謂是門下生。坐我三間廬，酌以一角觥。爲言聚散地，遠近豈有程。點池忽西東，浮海或合并。所以顔此室，而取萍爲名。吾意殊不爾，勸君還細傾。君才本謫仙，偶然去瑶京。玉堂手種樹，再到陰已成。況復芝蘭階，連枝合田荆。謂潛齋學士。胡爲不自廣，猥作詩人嗚。如余乃萍耳，一葉漂大瀛。舉頭望秋空，雲月遞微明。後期難預必，得句且再賡。

送靖安叔歸硤石三首

畫鼓朱旗曉日開，廣場千步浄無埃。紫光閣下通名姓，曾與天潢較射來。紫光閣在玉蝀橋西南，武殿試日皇上率東宫諸王先升御幄，步射畢，諸進士乃排班。

文武家聲荷主知，右班特許綴峨眉。一門盛事傳希有，親見穿楊入彀時。叔赴殿試日，余與聲山姪俱奉特旨賜坐西班觀射，時以爲榮。

最喜高堂有老親，還家初换綵衣新。兩山霜葉紅於錦，馬上争看第一人。余家以武科登第者，自叔始。

總憲蔣裕菴先生輓詞二首

副相聲華重，恢然德宇宏。青雲多故吏，黄閣是門生。相國桐城公出先生禮闈分校門下。氣壓松阡肅，霜留柏府清。憲臺傳故事，存没備哀榮。

帝里移家久，堂開緑野宜。庭惟栽玉樹，坊亦號靈芝。卿月流丹旐，商飈卷素帷。薤歌聲咽處，慘動是南司。

大宗伯長洲韓公輓詞四首

昭代文章伯，精靈造化鍾。同朝瞻進退，上殿畫儀容。獨具回天力，羣歸秉禮宗。逍遥歌曳杖，泰岱忽摧峯。

五雲臚唱後，八代起衰時。制藝東朝讀，皇太子手選先生制藝文一册，曾出示慎等。才名四裔知。直惟憑帝鑒，清并畏人知。物望關存歿，非公更屬誰？

昔去絲綸地，還朝又十年。高風仍館閣，雅尚自林泉。一病歸難料，先生以病乞歸，奉旨留京調理。初心老倍堅。尚餘毫髮恨，悵望五湖船。

折柬曾蒙召，扶牀得幾回。泥塗遲下直，函丈失追陪。七月二十日公病間手札見招，是日慎行下直稍晚，不及趨赴，遂成永訣。遺墨真堪寶，藏緘忍再開。寢門纔隔月，今爲哭公來。

題吴震一中翰詩藁後

張介山。吕山濁。論交付刹那，吴均風義老妍磨。芸香俸校三年淺，藥樹吟成五夜多。白樂天禁中夜直詩：「藥樹陰中惟兩人。」妙手不妨偷格律，長才倘肯乞餘波。一樓準約山邊住，山邊一樓，震一舊以名集。拍手猶能作和歌。

東宫召赴西園賜觀皇上御書匾額大小二十有九恭紀七律八章

元氣淋漓萬象融，欣瞻宸翰闢鴻濛。瑶源珠海來仙島，鳳翥鸞翔下震宫。光射臨池知浴日，筆隨運肘想生風。一時喜色闗飛動，嵩祝齊傳抃舞中。

爐烟直上護氤氳，松棟虹梁燦欲分。殿閣香風浮墨氣，河山秀色映天文。畫傳羲易籌圖秘，念切周詩稼穡勤。御書知稼軒、無逸齋。共紀本朝家法古，書屏銘座付儲君。

真覺謙尊道益光，謙尊堂，亦御書匾。不名宫殿但名堂。擘窠寧羡書飛白，響榻難模紙硬黄。賜出形模隨大小，琢成體製合圜方。吾皇慈愛青宫孝，欽仰時親黼座旁。

到處黄金榜御書，太平堂構慶端居。晨曦燭地光相並，列宿周天數有餘。大業時時遊藝圃，嘉名一一取經畬。日知舊額重鈎勒，開卷猶思出閤初。日知堂，皇太子初出閣時上所賜額也。今移入苑中。

翠籞東連紫界牆，林泉交映藹秋方。龍樓問寢宵常早，鶴禁娱暉景正長。藻井非烟呈五采，璇題如鏡啓重光。凌雲百級丹梯上，頭白應嗤老仲將。

萬丈光芒出檻前，煌煌禁扁稱高懸。堯階茅土原同儉，文囿風光共一天。玉案浮花開漆硯，銀鈎寫月向澄川。凡魚欲作鯤鵬化，御墨吞來骨盡仙。

筆陣縱横氣總降，帝書亘古擅無雙。九苞翽羽連翩起，萬斛龍文獨力扛。迸散繁星懸兩曜，盡收千派納長江。人間欲見曾多得，轉幸身依青瑣窗。

茫茫學海望無涯，上殿恭承異數加。目炫管中窺日月，夢回衣上帶雲霞。歐蘇小記榮天藻，羲獻真傳屬帝家。愧作玉皇香案吏，難濡柔翰繪光華。

恩賜新刻御製詩集恭紀二首

宵旰孜孜四十年，元音和暢在詩篇。天章久與絲綸播，御集新成琬琰鐫。逸韻鏗金還戛玉，祥風户誦復家絃。關雎麟趾胥王化，詩教原推雅頌先。

武功文德並宣揚，間采風謡到省方。耕鑿萬方民擊壤，簫韶九奏帝垂裳。典謨媲美尊虞夏，花月成篇陋漢唐。拜捧瑶編還惕息，難憑諷咏答恩光。

恩賜御園十種蒲桃恭紀 十種者：一伏地公領孫。二伏地黑蒲桃。三伏地瑪瑙蒲桃。四哈密公領孫。五瑣瑣蒲桃。六哈密緑蒲桃。七哈密紅蒲桃。八哈密黑蒲桃。九哈密白蒲桃。十馬乳蒲桃。

上林名果味芳鮮，采摘均從雨露邊。色借紫青相照曜，顆分大小各匀圓。流來馬乳香先噀，釀出龍池品盡仙。便與櫻桃同飽食，紀恩難罄益州箋。成都有十樣箋。

十二月十九早奉東宫令南苑冬夜寒甚偶見硯池結冰以硯池冰爲題汪灝錢名世查慎行蔣廷錫四人可各賦七律一首又自製七律以示改正雪明書幌易生寒水静圓池墨未乾乍結琉璃漆硯裏自成珠玉彩毫端微涓倍有清瑩色一滴還深碧錦湍凍釋烟雲浮几上須知下有黑蛟蟠臣慎行恭和云

研朱滴露一泓寛，喜見冰花結作團。粉色映箋雲母白，墨光鋪几水精寒。入懷珠玉生奩底，呵氣蛟龍上筆端。計日東風先解凍，詞源如海富波瀾。

十二月二十日奉旨特授編修感恩恭紀四首

綸書璀璨下金鑾，同直三人並授官。同日被旨者：汪灝、蔣廷錫及臣慎行，共三人。湛露九重頻渥澤，條冰一署不知寒。登瀛路許迴翔入，翰林舊制：庶吉士俱於二門外下馬，授職後乃騎馬入登瀛門。藏閣書容次第看。總是鰲峯清切地，渾忘弱羽篷鵷鸞。

玉堂故事久相傳，常吉多充弟子員。支俸例教同七品，隨班特荷免三年。庶吉士例須教習三年，再經御試，然後授職。先是臣等以供奉内廷，特免教習，皆異數也。身依香案初稱吏，詔賜頭銜不待銓。自沐榮光心竊媿，愧居四十六人先。癸未科進士。除一甲三人外，與舘選者四十九人，余名在第二。

螭頭龍尾上陂坨，拾級重經拜命過。步接彤扉仍注籍，名聯黄紙儼登科。較量前輩榮真冒，比並同年幸最多。章服不殊恩遇異，一行歸騎擁鳴珂。

共道遷鶯傍上林，姓名從此列朝簪。身微彌覺栽培厚，地近尤蒙教養深。應臘蘭芽初茁玉，先春柳綫已拖金。傾心一寸同葵藿，長託堯階仰照臨。

除夕前二日恩賜御書大福字恭紀

景福欣逢介福辰，自天題處自天申。萬年鳳藻輝宸極，一顆驪珠賜侍臣。捧出深宫榮並受，懸同御扁墨長新。箕疇更衍無疆祝，敷錫從知徧庶民。

恭和御製除日晚宴原韻

景運循環紀始終，年年嘉慶與民同。鈞天律轉冰霜候，大地春回雨露功。詔許勳庸承曲宴，時無水旱廑宸衷。小臣與凛豐侯戒，既醉恩深聖訓中。恭讀御製有「平生惡酒難堪飲」之句。

王學菴生子走筆賀之六首 以下乙酉稿。

六十生兒似較遲，却緣難得轉稱奇。芝田蕙畝從人説，瓊樹天生只一枝。

拾得陳後山詩：「黄家生子名拾得。」添丁未足論，烏衣餘慶自清門。直同膝上看文度，抱子心情當抱孫。

諫草焚來盡去聲。有書，芸香何用辟蟫魚。先教識透之無字，徐讀巾箱萬卷餘。

雙眼摩挲喜可知，緑槐陰發去年枝。待君添種三株樹，要看凌雲合抱時。

湯餅筵前客坐深，掌中擎出是璆琳。隔簾不用催絲竹，兒笑兒啼盡好音。

天上麒麟見未曾，他時摩頂記徐陵。老夫自詡言多驗，身是人間現在僧。

奉題少詹彭先生捫腹圖

大彭遠祖商老籛，世家柱下爲神仙。旁人見公腹便便，矢口但稱邊孝先。我公稽古如力田，白晝那肯成高眠。承明出入三十年，朝回日日手一編。撑腸卷軸富五千，大筆無過許與燕。兩宫顧問召屢前，官非不達學愈專。緑衣有語然不然，先生笑指池上蓮。誰其畫者調丹鉛，此意或向知音傳。

應皇太子令咏白杜鵑花

鶴林花本神仙種，名字雖同色不同。一自根株歸閬苑，獨留冰雪向春風。披香欲奪氍毹豔，「披香殿上紅氍毹」，蘇軾咏杭州南漪堂杜鵑花句。勑賜休誇躑躅紅。白居易詩：「一名山躑躅，一名杜鵑花。」王建詩：「勑賜一窠紅躑躅，謝恩未了奏花開。」從此三更枝上月，定無啼血染芳叢。

見可亭姪新柳詩偶作一首

偶爲長條作短行，此聲不是笛中聲。時清關塞無攀折，路近章臺有送迎。濯濯應憐前度態，依依長帶故園情。春來縱得東風力，莫倚纖腰便鬭輕。

祈穀壇西北積水十餘頃四時不竭每日有羣鳧游泳其間因名之曰野鳧潭口占一絶

潭潭積潦浸城隈，不長菰蒲長水萿。我夢江湖歸未得，野鳧何事却飛來。

和周邁菴都諫閒居雜咏兼簡學菴西齋四首

三間道院例支錢，薄俸分紹月二千。日日日長閒鎖却，一燈歸照夜棲禪。

芹泥融棟燕巢新，小社回頭已過春。我本無家一房客，可憐飛鳥更依人。

又作三年住帝鄉，蕭齋有味是蒼涼。牆頭山色門前水，不忍移居過别坊。

官曹西省連東省，門巷青楊接白楊。道是閒居閒不得，得閒翻爲和詩忙。

下直偶過學菴齋明日學菴以詩索和次原韻

緑樹陰中着兩臛，夕陽移影過東隅。唱酬互入新詩卷，時學菴與元朗編刊掖垣唱和詩。還往猶餘舊酒徒。謂西厓。有子祝君苗在手，「十苗方在手，想像秋禾熟。」戴石屏生子詩也。未歸約我杖同扶。眼前事事關遲莫，不夢横溪即泖湖。横溪余所居地名。

南海子

千頃平如指掌收，草蟲趯趯鹿呦呦。騶虞囿小樵無禁，鈎盾田寬麥有秋。萬柳槎枒沿徑轉，一渠曲折入牆流。心同魚鳥便飛放，愛作城南十里遊。元時名飛放泊。

南紅門接駕歸途喜雨 時皇上南巡回京。

萬乘回鑾候，三農望雨辰。自天能潤物，到地喜清塵。處處溝渠急，行行榆柳新。銜泥歸更好，馬意亦踆踆。

五月初九日上御淵鑒齋召大學士臣玉書臣廷敬工部尚書臣鴻緒學士臣升元臣昇臣壯履臣原祁編修臣瑄臣廷儀臣廷玉臣名世臣慎行臣廷錫等入至雲步石賜坐賜饌畢人賜荷花一瓶隨命由蕊珠院延賞樓泛舟回直廬感恩紀事恭賦七言律詩四首

身依禁闥已三年，天上方知更有天。楊柳橋通星漢畔，芙蓉檻繞御牀前。游同靈沼魚真樂，聽到伽陵鳥亦仙。雲步石邊聯步入，臨流高下列芳筵。

咫尺夔龍接武隨，從容宣勸坐移時。坐間屢遣内侍傳温旨，令臣等勿拘常禮。烟霄畫入丹青動，殿閣涼生草木知。有數遭逢關氣數，無私造化荷恩私。苑門隔日先傳喚，應是今朝下直遲。詔恩半日許迴翔，崑閬遲遲晝倍長。貝闕珠宮環四際，十洲三島儼中央。翠屏開處雲流影，綵鷁飛來水拂香。共識天顔多霽色，雨餘風物借輝光。玉井移根迥不同，秘瓷人賜一枝紅。莖從新折流晨露，蕊爲含開帶好風。擎出榮隨丞相後，攜歸香滿禁垣東。此生直願依蒲藻，長在烟波浩淼中。

題費曉城同年牧牛圖

嫩草如秧水似油，犍疏閒放白蘋洲。畫師最得華陽趣，不取黄金寫絡頭。

送陳秋田宰荔浦

一官萬里赴昭州，人替君愁自不愁。匣硯囊琴非俗物，丹梯碧落是清游。九疑路轉收帆驛，八桂風高捲幔樓。真羨楊蘧挈家去，王程如砥接詩郵。唐楊蘧曾到嶺外，見陽朔、荔浦山水，談不容口，俄而求選彼邑，挈家南去。

敬業堂詩集卷三十二

考牧集 起乙酉五月杪，盡丙戌四月。

余自癸未扈蹕清暑，甲申以纂輯韻府留京師。乙酉五月，復奉旨隨駕。是秋撤圍後，萬乘巡邊，别由雍安嶺渡庫勒齊河，自此抵張家口，乃元時上都孔道，今屬上駟院慶豐司。數百里間岡勢坦迤，駝馬牛羊約三百餘萬。上按程閲視，指諭臣等云：昔太宗皇帝謂此地宜畜牧，今果蕃息若此。遂頒賜侍從大小臣工人各馬一匹、羊二頭，臣亦與焉。又四百里，始入居庸關。臣惟小雅之美周宣曰：「誰謂爾無羊，三百維羣。誰謂爾無牛，九十其犉。」我國家考牧之盛，不啻千伯倍之。詩書史册所載，得未曾有，特取此義，以紀盛事云。

扈從山莊避暑出都口占

又是山莊扈蹕時，賜衣重著馬重騎。邊人望幸經初伏，閏歲君王避暑遲。

雨後過懷柔城外

火雲突兀壓城頭，地近黄花古戍樓。好是緑陂新過雨，路平如掌接檀州。

重出古北口

烟火千家散舊屯，饋漿野老候關門。自言世得耕耘力，黄犢年來又有孫。

曉過青石梁新開路

高入雲端俯作梁，中間鑿石得康莊。松聲落澗風泉合，藥氣浮山露草香。馬爲重經成熟路，人貪早度取微涼。詞臣例飽天廚饍，已有中官候道旁。

鞍子嶺直廬庭西新設松棚

十丈移叢壑，三間蔭苑牆。有時松子落，隨意乳毛香。不礙流晨露，尤宜障夕陽。天教人夏健，何減北窗涼。

發黃甲營喜晴

青浮翠積氣氤氲，曉色俄從霽色分。馬首已迎初上日，雕翎猶帶未歸雲。峯皆似染供屏幛，樹不論年絶斧斤。曾記上番隨蹕候，灤河新漲隔山聞。癸未六月過此，連值大雨。

咏金絲桃應皇太子令

裝束渾疑出道家，川原何用覓紅霞。偶分高士籬邊色，仍是仙人洞裏花。金粉露涼朝蝶夢，檀心香颭午蜂銜。尋來莫怪漁舟誤，比似桃源路更賒。

駐蹕樺榆溝特給官房止宿感恩恭紀

千帳連雲並出關，受廛何幸預清班。炎埃氣隔無三伏，覆載恩深抵萬間。新瓦鱗鱗宜聽雨，短牆面面好看山。風餐露宿原臣分，每被殊榮輒汗顔。

發樺榆溝從新開石梁至哈喇火屯

鑿開峭壁轉龍腰，高棧中縈綫一條。石吻仰噴泉作霧，雲根倒拔樹干霄。向來紆徑千盤轉，此去前村十里遥。真覺太平民樂業，山南山北盡漁樵。

塞外草花暑月特盛同年蔣酉君用横幅寫七十餘種呈院長揆公以絶句屬和四首

頻年隨輦到邊庭，自補山經及水經。更借玉堂揮翰手，兼收花草入丹青。

折枝一派取阿那，木本無多草本多。六月塞山猶似錦，不知春色更如何。

莫嗔嵇鄭難爲狀，莫笑徐黄欠寫生。到此始知天地大，野芳無數總無名。

風翻雨洗枝枝別，儷白駢紅色色新。誰似先生工體物，好詩能發畫精神。

恩賜御書扇恭紀

聖藻光騰寶篋中，五明開處潤濛濛。招攜滿苑松杉氣，披拂微涼殿閣風。鵲羽午摇炎熾散，麝煤香迸汗珠融。捧歸當暑先珍襲，篋笥緘恩託始終。古今注：「舜廣開視聽，求賢人以自輔。作五明扇，漢公卿皆用之。」拾遺記：「周時外國獻丹鵲，拾其脱羽以爲扇，名爲鵲扇。」

烏城立秋和同年佟淵若韻

萬壑含朝雨，千巖斂夏雲。炎涼雖迥判，晝夜漸平分。爽自披襟得，聲先隔樹聞。候蟲吟較晚，高唱獨輸君。

立秋後一日召遊行宫後苑賜宴恭紀十二首

銀河西繞翠微岡，紫界東連宛轉牆。一片樓臺先入望，蓬瀛遥在水中央。

天然圖畫引躋攀，盡出宸衷指點間。巖壑不須多架搆，下因流水上因山。

神川過雨氣溟濛，沙土無痕井脈通。欲識泉源深幾許，轆轤聲轉白雲中。

坡陀幾曲接礬頭，漸入仙源徑漸幽。忽漫孤雲生兩角，小欄低檻盡如樓。

煌煌禁扁麗中天，楹帖分題兩兩懸。萬丈光芒争耀眼，不知旁有好山川。

松鶴陰從積翠生，泉蘿烟月一時清。以上皆御扁名。每經御墨留題處，記得旃檀别殿名。

帶峯傍石布芳筵，夾岸鏗鏘奏管絃。山水清音消不得，況從天上聽鈞天。

一道清流合兩河，釃渠中有半開荷。分明太液池邊種，重沐天家萬里波。

插架排籤滿禁林，御床左右列森森。行宫仍是圖書府，清暑時時惜寸陰。

水精簾幕緑莎茵，行過星橋别有津。除却澆花無汎掃，就中何處著纖塵。

疊砌平階茁露芽，近看如錦遠如霞。塞垣小草生何幸，開作長春苑裏花。

華貂環座盡公侯，特許詞臣與宴遊。滿引金樽歌既醉，謝恩齊上木蘭舟。

敬題御書東坡詩扇爲法鴻臚作

七輪松扇早涼天，舊句新題御墨鮮。不獨侍臣沾渥澤，榮光兼被作詩仙。

賦得雲抱兩三峯應皇太子令

萬峯齊露頂，雲氣欲何之。偶遇參差石，還縈縹緲姿。三山遥望處，二華未開時。髣髴應難畫，形容况入詩。

佛手柑 奉旨題畫扇上。

名並黄柑種不同，巧從佛號示玲瓏。菩提證果雙林下，優鉢拈花一指中。色映金繩長帶露，香開寶掌自生風。聞思大士應微笑，披拂先教鼻觀通。

恩賜御書敬業堂扁額恭紀十六韻

清暑時多暇，行宫日正長。君王親翰墨，侍從沐恩光。是璧皆盈尺，如椽總倍常。因心成變化，運肘示端方。山海峯濤壯，龍鸞爪翅張。堯文開盛世，羲畫掩前王。帝賚優無比，臣衷懼莫當。身雖依廣夏，家本住窮鄉。憶在兒童日，親隨子弟行。長貧惟立壁，短晷或然糠。風雨留先築，柴荆指舊莊。業傳慚肯構，敬止念維桑。幸獲支門户，終難荷棟梁。

數椽天一角，萬歲字中央。隣叟來扶杖，姻親賀滿堂。承家期世守，祝國永無疆。

七月二十四日五更發波羅火屯始有寒色

卧聽雞鳴已過三，起來攬帶上征驂。五更寒色風初北，七月邊聲雁已南。汩汩乳泉縈暗谷，濛濛霧雨染濃嵐。前行漸與圍場近，飛騎如雲隔宿探。

烏喇帶秋分日作前夕大雷雨昨日微雪故詩中紀之

朔野秋光少，俄驚草木衰。大都殘暑退，便是早寒來。天霽今朝雪，山收昨夜雷。匆匆裘換葛，節序暗相催。

度達陰嶺看紅葉

蛇蹯猿攀路僅通，溪聲忽轉一山紅。行來不道秋纔半，已在寒林薄雪中。

中秋夜薩勒巴里對月

一片中秋月，重經古塞看。宫壺傾法醖，是夕御賜酒果。客夢警新寒。似雪侵髯白，疑霜拂帳乾。故園諸弟在，悵望隔團圞。

八月十七日伊蘇河源雪中聞雷食頃開霽

雲黑初防挾雨來，俄看黍谷散寒灰。千峯雪作漫天霧，萬帳風兼動地雷。紅樹一番殘葉盡，碧空依舊夕陽開。眼前變幻真奇絶，天果難將管見推。

隨駕行興安嶺上

横亘東西路幾千，直從遼海控居延。盡消伏莽山無樹，不斷靈源地涌泉。羣牧牛羊量論谷，諸藩廬帳列如廛。聖朝不畫長城界，一道平岡是九邊。

連日扈從由雍安嶺烏蘭哈爾哈至上都必拉觀圍恭紀八首

連天積素耀威弧，鵲血牛𩨂力盡輸。梁簡文詩：「控弦因鵲血，挽強用牛𩨂。」看取羣情齊踴躍，一人獲儁萬人呼。

初分左右儼星奔，旋列方圓陣法存。千仞岡頭黄纛下，藍旗兩扇合旌門。

西僧迎輦列香旛，擊盋吹螺動法門。番界從來知佛大，而今更識帝王尊。多論那拉之西，有喇麻寺。西僧一百五人。蒙古每一部落供養一僧，俱來迎謁，賜銀緞有差。

嵯峨高勢拂雲開，天語親聆指示來。踏遍峯峯沙似雪，始知身到白龍堆。二十五日隨駕至上都海拉斯臺。上諭云：「此地山形首皆西南向，尾皆東北向，即古白龍堆也。」

朴遲如飛掠草中，御前突過疾於風。萬鈞神藝無輕發，命中仍開射虎弓。

獸自成羣鳥自稀，網開四面總天機。白雲一片平如席，趁取鶻鶉帖地飛。

尾同麐麃首成羵，千百黄羊合一羣。攔入圍中何所擬，滿灘鵝鴨鬧如雲。

豹尾雞翹滿後塵，近前傳旨召儒臣。分頒五色離披羽，榮被雕鞍是八人。二十六日於固勒班庫特力隨圍，特賜翰林官山雉，人各一尾。

雪中戴青氊大帽上顧見大笑口占紀之

大于暖耳覆雙肩，冰雪騎驢二十年。今日重蒙天一笑，白頭還戀舊青氊。

隨駕閱視羣牧恭紀八首

右接雲中左界遼，放來羣牧十分膘。自從聖祖開基遠，水草新來分外饒。

齊色分花望不窮，一羣拔萃一羣空。天生驥騄初無種，只在君王顧盼中。

大漠塵消罷戍屯，曾收汗血入關門。於今青海無傳箭，孛息均蒙豢養恩。

肉鞍高出草頭低，千百封牛褐色齊。漢書注：「駝駝背上肉鞍隆高若封土，俗呼封牛。」知有泉源在山外，但從沙上覓駝蹄。

烏犉黄犉種各殊，駢蹏迭角雜牧駒。太平畜産閒無用，好入豐年考牧圖。

四時邊草閱榮枯，坰谷填谿作雪鋪。一色萬羣三百萬，不曾輕費大官芻。詩疏：羊以三百爲羣。合三十萬計之則千羣也。今合三百萬計之，則萬羣矣。

邊户羣歌樂歲穰，素封何必業耕桑。家家賜種滋蕃息，銀餅渾如秬𪎊香。唐摭言：「宣宗賜韋澳孫宏銀餅，啗皆乳酪膏之所爲，即今乳酥餅也。」

蒺藜苑小傳唐監，苜蓿園荒笑漢家。自是累朝無馬政，天留沃壤在龍沙。

恩賜上駟院馬一匹恭紀七言排律十六韻

萬里平沙屬慶豐，更申冏命牧騊駼。如荼如火千峯上，爲錦爲雲一望中。有駜幸隨觀坰野，上襄敢冀賜行宮。房星燭地光先見，電影流天澤下通。玉勒金羈新改控，琱鞍黄帕舊曾蒙。丹青妙合將軍畫，聲價高踰都護驄。緩轡追陪雙仗近，着鞭先後八人同。南書房侍直八人，同日拜賜。細看六印猶鈐髆，唐六典：「在牧之馬有飛字印、龍形印、三花印、風字印、賜字印、出字印，其形容端正，擬送尚乘者，以飛字印其髀髆。」乍拂三花待翦鬉。不分牽來遊果下，且教行處避芳叢。疾徐本具馴良性，安穩寧資調習功。筋力將衰蒙聖鑒，嘶鳴欲效託微衷。院中例借知應免，衆裏齊驅學漸工。躞蹀身輕辭社燕，飛揚隊逐入關鴻。食貧慚媿薪芻儉，種貴夸張皁櫪空。照夜俄看歸路白，經春旋試軟塵紅。翔麟苑與飛龍厩，蕃錫恩深念匪躬。

上御帳殿南門命侍衛試調生馬召臣等同觀恭紀

步闊蹄高齒尚童，尚書大傳：「童馬不馳。」忽驚一顧出重瞳。賞加牝牡驪黄外，恩在驅馳駕馭中。杏葉裁韉初被錦，桃花作汗欲噴紅。龍涓騤校皆天厩，冀野從看萬馬空。

雪後賜酥酒恭紀

馬足瓊瑶十里衝，到來稠叠賜黄封。土酥點雪脂凝白，官醸消冰乳滴濃。寒飲衾裯禁永夜，温同狐貂禦嚴冬。銀罌翠杓均天澤，醉飽春回草木容。

行經獨石口外

獨石西南路最紆，時平關隘失崎嶇。灤河源在千山外，流過元朝避暑都。

下西巴里臺

直下初從萬仞顛，忽於井底見炊烟。松風夜轉潺湲水，知是山腰一眼泉。

即事

童子提壺斟馬酒，老翁曲項奏胡琴。近前争博君王笑，真見諸番愛戴心。

張家口

北風獵獵上旌旃，古堠連山峭偪天。鎮將時平多扈蹕，六龍五載一巡邊。

宣府早發

星羅城堡屹相望，地是雄邊舊教場。漸近關南秋尚暖，雁飛先過鷂兒梁。

重陽下堡道中

垂楊全緑菊微黄，九月關城未降霜。踏盡烏桓千嶂雪，却來平地作重陽。

入居庸關

截斷雲頭作翠屏，官溝南瀉水泠泠。黄花催熟旗亭酒，笑脱重裘度泠陘。居庸關名泠陘，太行八陘之一也。

彈琴峽

沙紋練練溜涓涓，似有鳴琴出響泉。松磴曉含三尺雪，石牀秋語七條烟。聲希不信人間有，悟徹原非指上傳。莫聽鼓鼙思將帥，清音今屬好山川。

恩賜羔皮袍料恭紀

授衣時節恰歸期，裘敝重叨聖主慈。飽食始知肥羜美，臣素不食羊，近奉旨賜嘗，洵美味也。敵寒尤覺乳羔宜。製成刀尺憐柔毳，謝莊賜裘表：「靡毫柔毳。」省對冰霜凛素絲。行與都人還示儉，三英五緎在風詩。

山莊雜詠 有序。

山莊者，我皇上避暑行宫之統名也。臣以草茅新進，再塵扈從，自夏徂秋，往返各閲百餘日。其間山川風土之美，草木禽魚之狀，一一俱蒙恩指示。凡耳之所聞，目之所覩，口不勝述，則紀以小詩，合成三十首，用備遺忘。不揣蕪詞，並呈御覽。

朝涼夕爽絶氛霾，晝裏山莊處處佳。聖德如堯惟尚儉，采椽不斲土爲階。古北口外行宮凡八所，皆無丹雘之飾。

章奏多從驛騎馳，行宮勤政日孜孜。三更樺燭明如晝，又是宵衣乙覽時。唐太宗每以甲夜視事，乙夜觀書。

溪蔌山殽味有餘，慈幃時達問安書。往來中使頻相望，何異宫庭侍起居。每得新蔬，輒遣中使馳送皇太后宫。

阡陌横從蒔藝區，豳風七月繪成圖。瓜瓠豆莢田家味，帶露朝朝進御廚。

烟光濃澹寫晴空，多少旌旗掩映中。大抵無峯無好樹，一峯不與一峯同。

幾暇濡毫有萬行，臨池無體不飛翔。蛟龍噴作巖頭雨，千澗流來墨瀋香。

畫鹿宫門樹射棚，冬膠秋幹試初呈。静中人籟皆天籟，朱鷺單傳中的聲。

嶺複岡重不記名，石矼隨處瀉琮琤。濛濛薄霧沾衣潤，雲縷多從水面生。

小雨初過月未升，浮浮空翠暖如蒸。不知濕氣消何處，萬竈炊烟萬帳燈。

林幽谷邃暗霏微，過午人人换袷衣。預卜明朝天色好，相風微動柘黄旗。

松蓋年深雨露滋，茯苓琥珀化應遲。太平是物争呈瑞，枯枿先看出紫芝。赤芝産落葉松根。

灤水清流比漆沮，蠶潭潑潑漾菰蒲。細鱗柘緑皆堪鱠，不數紅鰓巨口鱸。細鱗魚重唇，身有黑斑。柘緑魚色微緑，皆灤河所産。

泡子河淤舄鹵開，霜華彌望白皠皠。邊民聽食天然利，只禁鹽車入口來。泡子河生天然鹽，不待煎熬而成。蒙古用小車載以貿易。

熤熤蒼龍尾角蟠，小星如沸鬧林端。乍驚三尺飛光度，螢火大於金彈丸。塞外流螢極大，光可燭三尺許。

泥金細縷簇龍鱗，首尾中分翡翠紋。頗訝賦形同蠍虎，試看嘘氣却成雲。山中蜥蜴長四寸許，頭以下色如翡翠，有紋如魚鱗，尾作金色，吐氣爲雲，土人呼爲雲虎。

多年沙土養奇材，照夜渾疑吐蚌胎。可是水中真藴火，但生涼燄不然灰。山杏根入水千年，光如水精，夜置暗室中，毫髮畢見。

鋭頭長尾口如甗，肉翅旁連四足俱。猜是千年老蝙蝠，問名方始識飛狐。飛狐鋭頭缺口，耳小尾長，毛深褐色，翅如鼈裙，四足生翅，中前二爪，後五爪，能飛，不踰尋丈。

叢間樸樕葉先枯，歐李駢睛似火珠。長路微甘供解渴，馬鞭争挂紫珊瑚。歐李一名烏喇奈，子如櫻桃而大，味微甘而醉。

青楓烏桕自喬柯，映日多成錦繡窩。片片丹砂開障扇，就中椴葉得霜多。椴樹葉大如團扇，初生時可裹粉餅蒸食，秋月經霜，鮮紅可愛。

山梨微澀杞漿酸，崖蜜煎從翠釜頒。珍重蓬萊金醴味，不傳方法向人間。山梨、枸杞汁經煉成膏，味皆鮮美。上嘗以賜近臣。

榛實初生如栗蓬，秋來采掇出低叢。雞頭剥玉差相並，餖飣曾無一顆空。俗云十榛九空，塞外所產不爾也。

難憑本草考豨苓，異卉奇葩眼未經。滿地根株移不得，金蓮垂實菌收釘。地產金蓮花及猴頭蘑菇。

官馬如雲盡上膘，便經霜雪也肥饒。地黄牧宿人人識，何似連山盡藥苗。

千盤百折上興安，寒燠平分咫尺間。忽見萬松齊落葉，人言山後是陰山。落葉松生興安嶺北，秋冬凋落，與凡木同。

道是山鄉又水鄉，四時多半領秋光。西風欲起駝爭圉，早雪將飛麝退香。

雲端千仞跨晴空，真有飛梁亘彩虹。番語漫傳生吉兔，佳名新賜玉玲瓏。達陰嶺東北四十餘里山顛，巨石百餘丈中通一門，望若飛橋，蒙古謂之生吉兔。皇上改名玲瓏山。

晨隨羽衛愛山行，夜宿周廬傍幔城。自入秋來常起早，挈壺攢點最分明。詞臣帳房在行宫南門外五十餘步，欽天監司漏處也。

畫屏環繞直廬傍，草色常先柳色黄。八月初頭風力緊，夜來傳旨禁燒荒。塞外草枯，禁野火，謂之燒荒。犯者法綦重。

蝗不成災歲有秋，直從畿甸到邊頭。更教州縣除蝻子，預計來年睿慮周。秋來蝗不爲災，皇上爲明年慮，命畿輔所在徧掘蝻子。

溪流經雨雜清渾，茗椀頻霑雨露恩。日給大官泉一斛，衹應飲水亦思源。自發哈喇火屯，恐河流渾濁，致傷脾氣，賜臣等官廚水日一石。

丙戌上元夜召入西苑觀千葉蓮花燈恭紀四首

太華晴光絢晚霞，良宵移入玉皇家。月華滿苑清如水，湧出峯頭十丈花。

天香飄下蕊珠宮，映水俄驚太液紅。不夜城中光四照，南薰先應五絃風。

不羨金蓮晝詔回，恍疑風引近蓬萊。分明千佛光中現，併作紅雲一朵開。

彩棚高傍御樓懸，千萼多從一蒂聯。不是大羅天上見，人間誰識火中蓮。

潤木弟授庶吉士二首

初聞唱第向丹墀，再見班行雁序隨。桂發五枝曾有讖，余家廳事前有老桂，癸酉八月開花，忽作深紅色，異於常時，甲戌、乙亥、丙子、丁丑皆然。自是余兄弟及兒子相繼登第。楊穿三葉可無詩？白樂天與弟行簡、敏中先後及第，故其詩云：「楊穿三葉盡驚人。」家門我已推爲長，仕路君猶算未遲。何事相看兩相泣，雙親見背已多時。

早緣貧賤多離别，老去依依勝得朋。小閣重添聽雨榻，短檠分點入朝燈。浮踪到海翻相聚，歸路如天豈易登。寄語阿頻存晚計，且來共飲一條冰。時德尹在揚州書局。

哭樊桐姪二首 丙戌五月初一

二十年前哭乃翁，遺孤抱出尚孩童。可堪留取昏花眼，看汝成人又送終。

單丁門户剩嬰孩，收拾殘書與寄回。永訣有言吾不食，三千里外爲誰來。

敬業堂詩集卷三十三

甘雨集 起丙戌五月，盡九月。

入夏以來，畿輔稍旱。自五月二十一日駕發西苑，大雨五晝夜，田疇霑足。萬口歡呼，咸謂聖天子軫念民生，甘霖應期，不禱而自至。視靈雨、甫田諸什不既多乎哉？臣以珥筆隨豹車之後，沐膏澤而咏豐年，固其職也。

五月二十四日駐蹕密雲連夕大雨

輦路涼生暑乍融，到來連夜雨兼風。四山雷轉車聲外，萬帳燈浮水氣中。入夢似聞泥滑滑，占晴行見黍芃芃。頻年秏筆慚無補，枕上吟成願歲豐。

謝賜普洱茶

洗盡炎州草木烟，製成貢茗味芳鮮。筠籠蠟紙封初啓，鳳餅龍團樣並圓。賜出儷分甌面月，瀹時先試道旁泉。侍臣豈有相如渴，長是身依瀣露邊。

喀喇火屯口占

水無蚊蚋地無螨，寺有旛幢石有龕。山是膏腴溪是乳，草如桑葉馬如蠶。

蔣酉君同年爲余寫芙蓉折葦扇頭小景戲題二絶

偶拈秃筆寫霜容，點綴誰知不取濃。會得江湖清氣味，蒹葭只合倚芙蓉。

塞垣歸思入秋多，欲涉江湖奈晚何？一葦可杭吾亦去，詩翁莫嘆葉沉波。

七月朔烏城立秋

行宫六月全無暑，早覺涼生大火中。客裏心情原草草，老來光景又匆匆。千山朔氣初迎雁，一雨秋聲盡入蟲。笑指伊蘇河畔柳，三年與爾共西風。

七月十五日四更發熱河度嶺至喀喇火屯天未明

塞天暑亦涼，矧此秋候變。披衣起我早，熟路馬重踐。羣峯競高低，孤月遞隱現。參差樹交影，斷續雲流片。長風從西來，過耳劚嶹箭。行行得平地，星火遥可辨。嵐霧滃然蒸，横前鋪白練。道旁有雙塔，隔手不復見。磵絶賴橋通，泉鳴知徑轉。忽聽一聲鐘，微茫識行殿。口外無佛、老之宫，惟烏城行宫旁新創穹覽寺、琳霄觀。

七月十六日烏城直廬驚聞房師虞山公訃音哀情痛切託於短章四首

公去京華日，余方扈從時。癸未秋先生奉太夫人乞假南還，余時方隨駕口外。三年歸失約，一别見無期。昨寄書猶達，前月接家弟德尹揚州信，云端陽前與先生同渡江。初傳病尚疑。何當聞訃後，驚發早秋悲。

涑水攜書局，蓬山入選樓。去春奉旨於揚州校刊全唐詩。奉親恩最渥，給俸禮仍優。在籍官恩準開俸，從來無此例也。風格詩篇著，儀容畫像留。先生出都時，留秋帆畫卷命題。後復奉手書，命慎行校閱歷年詩集。到頭天莫問，公自有千秋。

壯歲宦情澹，懷歸至性真。科名無媿色，庚辰殿試，公第一人及第。巖壑早收身。稚子將周晬，高堂正六旬。懸知方易簀，俯仰劇傷神。

歷憶追隨地，多慚屬望情。早曾同座主，癸酉鄉試，慎行與先生同出清溪徐公、廬陵彭公之門。老及作門生。寢哭知何日，心喪痛失聲。灤河兼淚雨，滴滴向南傾。

題酉君爲家少詹姪畫四時花卉卷二首

乍驚五色江郎筆，幻出黄筌四季花。知是餘波多綺麗，未妨游戲亦名家。

吹開吹謝自年年，人世風災絶可憐。一片丹青非色界，四禪天是養花天。佛書有初禪、二禪、三禪、四禪天，至四禪天始無風災。

座主總憲吳公請假旋里恭賦四律寄送

乞歸偏在眷深時，臺望非公更屬誰？嶽峙淵渟瞻氣象，蒼松白石表襟期。久持綱紀羣僚肅，獨抱冰霜聖主知。真喜太平多盛事，大臣進退總逶迤。

法曜文星並一垣，高從河漢溯淵源。回瀾力比鈞衡重，下士心忘副相尊。秘閣有書皆博覽，巖廊何事不深論。即看拜疏辭朝後，尚引肩輿到苑門。公前赴西苑辭歸，上特命肩輿至小東門，慰問賜茶，真異數也。

詔恩暫許憇林閒，不比尋常賦遂初。别路人皆期健飯，引年公未及懸車。一門老去仍同爨，八座歸來只舊廬。何物眼前當七發，蓴鄉亭外有鱸魚。

一時祖帳盡名流，才子同朝挽不留。三殿文章行接武，五湖風月待歸舟。蒹葭隔岸雞催曙，橘柚開園雁報秋。我是歐陽門下士，柴車何日獲從游。

題少詹姪寫經圖時在塞外直廬

我觀人世間，知巧競一途。乃至事所生，虛名亦求沽。不見古孝子，用心常近愚。愚則本乎樸，樸爲誠所孚。苟有裨於親，寧論事有無。唪經祈冥福，此語傳浮圖。庶幾抱微誠，上答父母劬。通乎立教意，可以輔吾儒。宫詹吾宗賢，至性具髮膚。少稟二人訓，學優過庭趨。出爲鸞鳳鳴，歸作膝下雛。中承贈君訃，痛絶天難呼。北堂垂白母，爲爾增歔吁。黽勉進水漿，傷哉反哺烏。母氏繼下世，兩喪一時俱。平生風木悲，血淚交模糊。君時年盛壯，頓覺形神臞。霜寒宵寢磚，味苦晝茹荼。旁人競相勸，勸保七尺軀。似聞西方經，報恩古有諸。親恩等山嶽，子報真錙銖。遂發寫經願，寸心懷區區。幃前一瓣香，几上墨一盂。竭我兩眼力，拚我十指瘏。眼昏指如椎，口誦足雙趺。誦已還慟哭，哭罷復細書。如此踰兩年，白抽頭鬢須。當其迫沈痛，信筆非臨模。果然妙蓮華，一一紙上敷。一卷萬餘字，七卷七萬餘。人天合掌敬，燦若琳琅珠。俞子亦好手，爲君寫成圖。今來十五霜，故山拱楸梧。偶然展卷看，清淚猶承矑。我生乃鮮民，踪跡歎早孤。先人尚淺土，齒髮日夜枯。作詩志吾媿，汗出成沾濡。

八月十三日駕幸翁牛特恭紀時八公主下嫁於都倫郡王

一統車書域，三朝雨露天。名藩星拱極，法駕日臨邊。遐裔元家貴，崇姻聖代聯。肅雝輿衛盛，錫賚禮文全。事與和親異，恩加屬國專。不煩湯沐邑，特給水衡錢。甸服居相近，華風被獨先。丹青開殿宇，錦繡裹山川。封爵原仍舊，王庭遂不遷。副車常侍輦，駙馬每從田。負弩鸞鑣下，呼嵩豹仗前。從看外孫國，望幸自年年。

木克帶西行十八里山下有湯泉

北行漸入苦寒鄉，喜見湯泉湧道旁。自覺温能回黍谷，或云下必有砂牀。波痕消盡冰霜氣，石髓流爲草木香。便作解衣盤礴地，暫時休澣也清涼。

中秋夜柳林口玩月與玉符先生及亮功紫滄西君三同年小飲偶成十六韻

露白霜清候，千巖萬樹頭。銀河斜繞塞，金鏡迥懸秋。輪自東隅上，光從西極流。天長雄鼓角，野静散貔貅。星火移蹕避，關山倒景收。賞應同北闕，興不減南樓。蕭爽披襟得，高空與目謀。幾年叨扈從，一夕扺旬休。已免攜衾直，還爲秉燭遊。王程千里共，恩賜兩宫稠。佳果充柈桉，鮮禽入膳羞。班荆傳酒令，隔幔數更籌。餅似團圞樣，詩須酩酊酬。老狂尤爛熳，小坐獨遲留。明日追成夢，吾生笑若浮。起來林影下，嵐翠濕衣裘。

八月十九日皇太子睿賜初白菴扁額恭紀十六韻

地近瞻儲聖，天高鑒積誠。三光開睿筆，四海識菴名。夙昔棲禪志，今來戀闕情。青雲垂欲上，白髮正初生。有作皆邀賞，非才竊自驚。蓬茅沾雨潤，葵藿向陽傾。感激桑榆晚，驅馳歲月更。去家無累遣，下直有僧迎。往往誇儕輩，時時話寵榮。一瓢蟠木癭，松癭瓢。三秀紫芝莖。匣許香楠貯，賜帶數珠。盂教浄水盛。頗黎水盂。白卮傳漢玉，緑硯琢洮瓊。是物皆堪供，以上六種皆兩宫前後賜物。何年築始成。雖蒙頒扁額，未敢計柴荆。蟣蝨微生賤，龍蛇尺幅盈。萬鈞餘腕力，恩重倍難擎。

塞外大風二十四韻索同直諸公和

天上箕星動，山中月暈生。土囊俄出口，沙磧欲填平。猛拔羣峯立，喧招萬籟迎。奔衝來若鶩，颯沓去如傾。牛馬渾難辨，蛟龍怒欲争。蓄威雷隱轔，助氣鼓砰鍧。劍戟齊攻壘，波濤迴撼城。餓鴟當晝叫，饑虎傍人行。鼠黠藏深穴，蟲僵踢斷莖。草埋蛇鼻淺，寒噤蝟毛撐。昨夜還防雪，今朝竟得晴。驅雲成片段，轉石落峥嶸。鴉起斜行亂，雕盤遠勢成。向南惟雁路，直上是鵬程。曀本難終日，狂猶逞一更。將收偏作力，忽散寂無聲。谷以虚能受，心緣静不驚。勿愁開橐籥，秖是聽竽笙。衮衮除塵坱，悠悠指旆旌。回頭千樹秃，稱體一裘輕。酒近移牀暖，爐添宿火明。却看天宇曠，翻覺塞垣清。落帽知何處，飄蓬且自征。蘭臺多賦手，小律倘同賡。

行經玲瓏山下

鑿開渾沌得玲瓏，片石居然絶塞雄。地肺想從巖竇入，天台信有石梁通。風雲嘘吸千尋表，日月迴環一竅中。莫怪經過屢回望，佳名却與故山同。余鄉餘杭縣亦有玲瓏山。

八月二十三日上入山行圍射獲白鹿一頭恭紀十韻

白鹿非凡種，仙山歲月長。出當時有道，瑞叶壽無疆。洞口眠時月，原頭望處霜。明明開射的，皎皎入圍場。碧砮千鈞鏃，瑶星一道芒。最宜豜並獻，肯與豹深藏。至潔斑同雪，如膏色勝蒼。皮能留素質，草不療金創。雕俎充庖味，銀毫耀眼光。謬慚陪羽獵，作頌比麟祥。

酉君分餉梨藕賦謝十六韻

行廚滋味重，肥膩饜牛羊。正爾宜佳果，俄看致滿筐。遠分慈母惠，特並故人嘗。藕抱玲瓏質，梨含沆瀣漿。嫩疑新出水，紅似乍經霜。洗剔親教浄，摩挲愛倍常。大瓢劙雪汁，小片截瓊肪。鬆脆鳴牙頰，芳鮮潤肺腸。真堪解消渴，況乃佐清涼。我本柴桑士，居連荇藻塘。踏泥風葉底，摘顆露籬旁。賣菜多求益，堆盤輒賤償。幾曾虚野饋，長是及隣莊。物理因希貴，人情感舊長。鑿池從憶白，入谷每思張。二者今兼得，何須問故鄉。

道旁冢 其一在土城南岡上，石獅二，白碑一統。其一在土城東十里，石几一，石亭二，上刊「孝敬之墓」四字，姓名皆無可考。

衰草茫茫近土城，白碑相望兩荒塋。當時馬革尸同裹，今日牛眠地總平。野火漫容荆棘長，塞田并乏子孫耕。有知合笑曹瞞拙，欲刻征西占墓名。

重過玲瓏嶺看霜林作十二韻

犖确重來路，秋容最好時。往年經雪早，今歲得霜遲。二月花相似，千林景特奇。問名難辨種，設色故多姿。濃淡丹黄葉，交加爛熳枝。簇來成綺繡，疏處度旌旗。換眼層層別，迴鞭步步隨。已憐侵暮色，還與發華滋。粧點江南畫，鋪張塞外詩。衰顏熏欲醉，白髮巧相欺。好事何人賞，登高此地宜。丁寧朔風候，旦晚莫狂吹。

聞同年顧書宣前輩湖廣訃音愴懷今昔成五十韻

絶塞來兇問，初疑後果真。恨難埋厚地，狂欲問蒼旻。憶昔充鄉貢，時同忝國賓。紅箋通姓氏，麗正約比隣。名稍居姜後，癸酉同舉京兆，書宣名在十八，西溟十九，余二十。心常與顧親。雁行聯弱羽，魚隊狎凡鱗。雨雪連牀數，篇章擊節頻。嗜痂良有癖，遭砭各無嗔。搜剔疵瑕出，銷鎔鑛鐵純。偷來輸格律，讀罷爽精神。自爾投膠漆，何曾計屈伸。禮闈看再舉，臚唱聽移句。獨脱囊中穎，先呈席上珍。列科登一甲，同榜得三人。金馬聲華盛，芝蘭臭味均。甲戌殿試，書宣第一甲第二，丁丑西溟一甲第三。庚辰余房師汪公一甲第一，皆癸酉同榜也。自忘頻下第，翻羨早抽身。君于甲戌冬乞假回籍。病喜鷗情適，閒教鶴性馴。落帆揚子夜，踏月廣陵春。出處都如夢，參商那記巡。分攜從甲戌，會合又庚辰。却話青雲舊，俱添白髮新。木樨參佛法，黃葉證前因。「黃葉打醒游子夢，木樨參透老僧禪」，余與書宣同宿天寧僧舍句也。景已當搖落，衰拚向隱淪。未成棲倦翼，寧免作勞薪。元老開黃閣，微名達紫宸。壬午冬，余因京江相國之薦，召直南書房。寸長嗟莫效，六論笑空陳。釋褐推先輩，含毫託後塵。我仍留輦下，君亦起漳濱。癸未冬，書宣方還朝。花底隨朝謁，燈前惠討論。詞源寬萬頃，筆陣敵千鈞。妙斲斤能運，奇方手不龜。輿圖歸指掌，道路識迷津。乙酉冬，書宣奉旨入直南薰殿，纂輯方輿路程。乙覽皆稱善，公才久合掄。使車方簡命，省試且陶甄。場屋收羅鄴，門牆進郄詵。爲爐分玉石，握管稱金銀。毷氉徒喧謗，從容視笑顰。紀進士榜發後事。不慚膺特眷，彌覺重詞臣。遂啓扶風帳，重持大雅輪。楚材傳自古，儒術近尤振。辭闕還瞻戀，之官亦苦辛。行期何苒苒，別語太諄諄。君于初春奉督學湖廣之命，四月中乃出都，臨行時頗以善病爲慮。北轅俄經夏，時余扈從避暑口外。南轅似隔晨。鯉書猶待寄，鵬賦忽遄臻。江漢文星墜，瀟湘士氣泯。雖云蒙寵異，實未展經綸。澤國秋多慘，騷人例豈循。歸旐千里遠，宦況一生貧。憔悴孤踪在，凄涼往跡湮。老年殊少淚，痛極爲沾巾。

院長惠裘一襲賦謝十韻

推解情何厚，炎涼序忽遷。初過摇扇景，已迫授衣天。蒼腋茸交密，銀貂色最鮮。製成微霰候，拜賜朔風前。輕暖渾踰帛，奇温又勝綿。禿襟便跨馬，短後稱垂鞭。裼襲隨時尚，冰霜是夙緣。曉披迴醉頞，夜脱聳吟肩。袖裏攜新卷，箱中感舊氊。敝裘從唱和，回首十三年。癸酉冬余作敝裘詩，先生與西溟、實君、元龍皆有和章。

謝院長贈馬十二韻

廿載曾徒步，三年會上雍。借驢長自笑，騎馬忽相從。華廄蒙分賜，貧家慮乏供。品應超脱兔，種本出飛龍。宋時學士例賜飛龍廄馬。突過風前影，難尋月下踪。蹴冰蹄似鐵，批竹耳成鋒。一色全凝雪，三花待刷鬃。密看毛細膩，垂愛尾鬔鬆。王濟雖多癖，孫陽詎易逢。驅馳憐盛壯，剪拂愧衰慵。捷徑休爭取，歸途幸見容。最宜隨下澤，安穩代扶筇。

半截塔次院長韻

龍沙茫茫荒怪集，佛界劃天絶梯級。誰興此塔此山中，高湧蓮華嵌空立。大千起滅微塵過，小劫須臾轉輪急。頑礓亂礫泐作堆，風雨猶疑鬼神入。當時委蛻兩夫婦，華表歸來改城邑。相傳元時有某萬户與其妻棄官學佛，歿後合葬于此。冰天下壓巔頂平，雪谷深埋半腰及。我來訪古興桓地，欲寫山川入行笈。每逢陳跡輒徘徊，口業未停餘宿習。草間定有碑銘在，野火燒殘沮洳濕。國書難考奇渥温，筆授惜少鳩摩什。公詩紀實良足徵，歸去皇輿付編輯。

院長惠家製金銀花露一瓶賦謝二十韻

佳名傳本草，舊識鷺鷥藤。黄白移時變，金銀任俗稱。但聞兼葉曬，寧解帶花蒸。方法誰邊得，園林手種曾。栽培無棄物，筐筥亦時登。籬密開從徧，枝繁采勿勝。製乘香未散，候視氣先騰。倒挽河車水，徐收井甃繩。夜窗珠滴瀝，晨旭露鮮澄。澹比初融雪，清於乍釋冰。恍疑仙掌露，直向玉盤凝。出火經三日，浮瓶貯半升。諒非供熱客，間或餉良朋。邊地尤難致，塵襟豈易膺。流匙宜少許，瀉盞感多承。點酒奇芬溢，和茶別味增。唇沾良已足，肺潤更相應。沆瀣咨仙侶，醍醐問老僧。薔薇紅莫擬，玫瑰紫休矜。白戰聊成咏，慚無故事徵。

重陽日度木倫喀喇沁

亂山高下入圍場，掠面西風似弩强。馬足聲乾千澗葉，雁羣寒警一衾霜。登臨豈必皆吾土，今古閒消幾夕陽。記取題糕重九節，燎毛燔肉共分麞。是日撤圍，賜麞一頭。

雪後隨駕度汗鐵木兒嶺

校獵秋初罷，回鑾雪乍零。雲峯晴皛皛，風磴曉泠泠。換景供吟筆，收圖入畫屏。萬株枯樹頂，獨愛一松青。

重過唐山營

去日村村翠剡堆，歸時碌碡廣場開。天教朔野西成早，又待君王射兔來。

發波羅火屯至藍旗營

劍分一嶺隔西東，自駱駝嶺東北爲校獵之區，其西南則山莊也。半月風光迴不同。沙磧人歸黄落後，山家烟起翠微中。年豐障塞秋先穫，水落浮橋路盡通。誰信古來甌脱地，築場樊圃入豳風。

自星龕巖歸至烏城道中重見霜林西君有詩再次前韻

過眼當搖落，繁華又一時。地非千里遠，候較兩旬遲。曣日晨猶麗，烘霞暖更奇。黄留將雪景，紅發未霜姿。秀拔多喬木，輪囷乏醜枝。似燒原上火，愛映酒邊旗。猶憶銜炎去，曾經緩轡隨。緑陰晴借爽，潤色雨添滋。忽换登高屐，來題看葉詩。含情如見待，有信不吾欺。榮悴天難主，妍媸分各宜。本非松與柏，那免受風吹。

九月十四日烏城旅舍連接諸弟諸兒兩孫八信口占一律

燈花如穗吐烟煤，果有家書出塞來。三處豈應同日發，八函却喜一時開。勸餐兄弟憐年長，到眼兒孫抵夢回。爲報老懷殊不惡，地爐氊帳撥寒灰。

重陽後十日入古北口

踏偏雲中雪外山，敝裘重脱柳重攀。寒花過節如迎客，朔雁先期已度關。官馬散隨黄犢卧，戍兵秋較老農閒。勞生屬有驅馳分，默數三年六往還。

石匣城南村民有駕牛墾田者上駐蹕親履田間扶犂行百餘步一時觀者萬人咸謂聖主重農勸穡至意真千古所未有臣身叨侍從目覩盛事恭紀二十韻

雲捲三秋稻，霜清百頃陂。君王除警蹕，郊甸正鎡基。近接鸞輿過，羣瞻玉趾移。羽林分仗立，耕叟執鞭隨。龍見天垂象，牛馴帝解縻。沾犂皆雨露，被隴即京坻。久悉艱難意，重蒙疾苦咨。事傳千載盛，恩豈一夫私。自昔豐穰慶，嘗聞史册垂。紺轅曾屢駕，黛耜亦頻施。千畝周官籍，三推月令儀。大都修典禮，已謂致恬熙。幾見勤民主，行當省斂時。西疇躬自蹈，田器手親持。積厚培尤力，居高履愈卑。九州胥樂土，萬乘是農師。擊壤歌相勸，吹豳繪總宜。人歡聲動地，風遠播爲詩。作所陳無逸，釐成付有司。小臣慚頌述，振古孰如兹。

俞扶九寓齋賞菊分韻得時字

關榆塞柳别經時，一夕從君那得辭。衝雪人過重九節，傲霜花剩半開枝。寒香泛夜差宜酒，病眼經秋漸怯詩。記取燈前論聚散，明年相憶在東籬。時余將請假南歸。

題張研齋前輩桃花流水圖小照 時在西苑直廬。

北風夜狂轉冬律，墜葉階墀寒瑟瑟。生綃忽展横幅圖，暖氣春回映簾日。垂楊夾岸水没篙，碧色染透胭脂毫。晴霞燒空半天赤，點出萬株深淺桃。玉堂學士神仙客，每到花時懷舊陌。鷺鷥翹足鷗刷翎，下有鱖魚長一尺。船頭舉網船尾炊，何如斫鱠留蓬池。披圖空看畫中景，對鏡微添頷下髭。我昨南帆經古皖，棹入樅江春過半。至今清夢繞龍眠，三十六峯紅不斷。可憐此地不相逢，却在雲窗霧閣中。青篛緑簑何日辦，且教閒處付漁翁。

敬業堂詩集卷三十四

西阡集 起丙戌十月，盡十二月。

凡詞臣請假葬親者，例移吏部，須六年俸滿，方與彙題。余自癸未入館，甲申授職，通計前後歷俸未滿四年。丙戌秋杪，隨駕歸自口外，於直廬冒昧陳情，叨蒙聖恩俯允所請，誠異數也。回思先母見背，已三十五年；先君棄養，已二十九年矣。長恐溘先朝露，負土無期，今乃得買地西阡，歸營大事。吾子若孫，履斯阡也，當念貧家葬親之不易，益感聖朝卹下之深仁，則兹集所留，特涕泗之痕而已。

恩賜白金二百兩恭紀十韻

竊禄清華地，霑恩湛露天。朱提頒少府，白鏹逮微員。優倍三年俸，榮踰萬選錢。旣非金穴比，旨自玉堂宣。重馬歸時載，空囊補處穿。春衣還質庫，客座設青氊。暴富隣翁問，長貧爨婢憐。每持清白誡，長望子孫賢。不敢辜君惠，行將置墓田。孤生餘頂踵，感涕爲光先。時先人尚未營葬，將以賜金買地。

乞假葬親南歸睿賜騾馬二匹恭紀二十韻

連騎東朝出，輝煌照路歧。來從蒺藜苑，産自渥洼池。騾馬名雖別，龍麟種並孳。漆光明似鑑，騾色純黑。紫𦢊潤無疵。馬色純紫。抖擻塵沙淨，開張骨骼奇。八蹄行互舉，雙尾立交垂。共飲無踶齕，同槽免縶維。曹韓師畫理，湛岳比妍姿。東坡詩：「馬中湛岳有妍姿。」天廄方登用，房星忽下移。聯翩驚異數，蕃錫荷恩私。臣本駑駘質，生逢特達知。昨來衣白袷，今去鞚青絲。屬有驅馳分，真當愛惜騎。芻茭慚厚給，鞭策敢輕施。每憶重經處，寧忘徒步時。雪深東郭履，寒勒灞橋詩。歸徑逡巡識，旁人指點疑。力衰輸盛壯，心在冀追隨。數齒殊多感，齊衡轉自嗤。長鳴同戀主，臨發又遲遲。

將出都留別院長及同直諸公四首

有生長恐負君親，白首清班忝後塵。蘭畹草生聊自託，鳳池鷗入亦相馴。閶門柳色三經夏，苑路花光四及春。總是恩波最寬處，就中容得濫竽人。

窀穸先人久未營，隨身挈涕每縱横。微官敢作歸田計，聖主能憐負土情。篋有賜書裝不薄，囊惟襆被累差輕。只慚駑鈍宜長放，尚與騑騮逐隊行。去年九月，皇上賜馬一疋。今年十月，皇太子賜騾馬二疋。院長亦曾惠馬，故及之。

匆論解組與彈冠，直爲天高仰報難。情重繞朝新贈策，夢深星瀨舊投竿。九重禁闥深嚴地，七品年勞本分官。倘許衡茅專一壑，猶能曝背話金鑾。

得歸未掃舊巢痕，用東坡詩中意。去住心孤但自捫。列宿回瞻天北極，單車獨赴國西門。檀溪屋老將誰主，栗里田蕪尚有村。長羡冥鴻在寥廓，不曾輕受稻粱恩。

與潤木別於彰儀門外

自我住京師，五年裘换紵。名成時已晚，恩重歸敢遽？子臣虞兩負，方寸亂徐庶。請急太匆匆，痛深創實鉅。親亡未克葬，貧到傷心處。追憶初喪時，悲端非一緒。汝時尚角丱，至性本天具。今來强仕踰，將伯實堪助。同歸苦未得，時弟亦欲乞假而未遂。萬事料難預。送我出修門，殷殷戒徒御。我行營大事，家督難自恕。饑凍固其常，兒孫何足慮。來騎蹇驢來，去駕柴車去。風吹日杲杲，飄散蘆花絮。灑淚各無言，哀歌聊自敘。

晚抵良鄉

近畿積雨後，大道成塗泥。舊時攔馬牆，今作蓄水堤。眼中有歧徑，涉足恒恐迷。正賴孤塔高，前行辨東西。南來者誰子，賓從相排擠。光輝溢路旁，簇簇千輪蹄。倉卒爲引避，我車若雞棲。

早過涿州

曙色朦朧十里橋，城端雙塔聳岧嶢。層冰欲裂風何横，濃日如熏霧忽消。新闢河淤半蕪没，舊攀沙柳尚蕭條。出畿便是田園路，南望三千未覺遥。

五更發高碑店

久作京華客，鄉程夢易迷。分明茅店月，猶誤早朝雞。

食安肅菜

老夫居貧曾種菜，露韭霜菘成替代。朅來竊食大官廚，百甕黄虀剩餘債。歸程晚經安肅縣，一碧環城雪初蓋。流涎大似逢麯車，頤朶腸鳴難久待。頃筐雖乏園官送，求益何妨擔夫賣。銀刀削葉土銼烹，柔滑清甘美無對。花猪肥羜真堪唾，野飯村沽差足配。家童相顧旁愕眙，不信主人心篤愛。我願當官知此味，朘剥毋爲里閭害。又願民間無此色，春社祈年秋報賽。菜畦不蟦田不蝗，過客盤餐聊一快。

渡三义河沙滋唐三水合流於此

百里平陂際白沙，滋唐兩派匯三义。樹頭小扇風旗影，舊識中羊村名。賣酒家。

重入東鹿境宿清官店先寄兒建十二韻

上谷南來少戍墩，自張墩以南道旁無堠。天寒日薄易黄昏。重穿野水平沙路，又宿柴門老樹村。地遠郊圻殊僻左，人隨歲月劇驚奔。遠迎何敢煩丞尉，黄丞、趙尉至此相迎。再到惟欣長子孫。顧我便能偕隱否，問渠可有去思存。時兒建循例量移，將離任矣。一家飽暖踰初望，百里絃歌盡國恩。捧檄當時聊自慰，折腰今日且休論。仰邀天幸年頻稔，下賴民淳訟少寃。成就汝爲無過吏，保全家是舊清門。雖無餘力營三徑，已忝廉名達九閽。酒盞久抛思共把，燈花何喜遽能繁。明朝飲馬滹沱側，好對清流驗鬢痕。

乙亥秋與許霜巖同過深州忽忽十二年矣重經此地題壁依然時許遠宦滇南口占寄之

飛鴻一散天南北，指爪痕從壞壁留。惆悵城南獨吟客，夕陽隨影過深州。

饒陽道中作

我前冬日暖，我後北風狂。向背苟異宜，一身判陰陽。矧乃別形體，疾痛焉能詳。造物豈不仁？饑寒盈道傍。目存力匪逮，惻惻中自傷。

曉發河間黃昏抵大城縣

瀛海東來路，漫漫百里長。田荒薪比桂，潦退鹻如霜。牛跡迷朝霧，鴉聲散夕陽。誰憐畿內地，經眼有蒼涼。

奉謁座主少宗伯許公於大城官署敬呈二律

一城斗大控河壖，析木遥從天漢連。永賴渠成傳萬世，暫勞公出已三年。時子牙河堤告成，報績不遠矣。棠陰樹樹堤邊柳，膏澤村村葑上田。漳滏滹沱皆底績，不曾輕費水衡錢。

秩宗兼職領司空，畿輔行看奏禹功。憶送氊車衝朔雪，重來冰署坐春風。何人愛士同迂叟，從此歸田望醉翁。準備籃輿候三徑，先傳鄉信到江東。

曲路店遇吴元朗

去國非初約，相逢淚一揮。余因營葬出，君亦帶星歸。時元朗丁内艱。衰柳催蓬鬢，枯風裂布衣。半生知己分，到此倍依依。

大風抵張夏戲題旅壁

四幅帷裳巧障風，到來村巷聚兒童。此中閉置疑新婦，一笑那知是老翁。

崮山柏

戢戢排行欲及千，黄楊小厄故依然。廿年野火荒山道，看爾幾成劫後仙。

長清山行

曉露趁殘更，荒雞失次鳴。嚴霜升井氣，落木走風聲。磵道衝沙聚，山牆叠石成。大都生瘻俗，磊塊總難平。

泰安州題壁

少負狂名老好奇，逢山興發尚淋漓。如何十度城南宿，不敢輕題望岱詩。

長至日山左道中即目書懷二十四韻

一線添歸日，初陽放曉晴。細泉冰底咽，枯草燒餘萌。土瘠逢人問，年衰換節驚。滿前憐凍餒，即事歎凄清。此地初荒旱，相傳半死生。至尊憂獨切，當事責差輕。足陌千緡給，留漕萬數盈。不教移積粟，專欲活殘甿。碩鼠成羣聚，哀鴻四散鳴。民貧寧樂禍，官賑特空名。受爵能無愧，增階竟冒榮。牛羊難問種，雞犬乍聞聲。正使流亡復，懸知疾苦併。如何經儉歲，尚爾廢深耕。亟飾郵亭麗，修治平聲。道路平。戍旗雙隻堠，墟落短長程。僅免追呼擾，幾同力役征。辛勤偕婦女，卒作及兒嬰。望幸心雖結，安巢計未成。皇仁終見憫，吏治亟宜更。自笑犂鋤叟，來隨商旅行。何曾受芻牧，直是惜饔悜。暖律回鄉夢，寒灰付宦情。所祈年穀熟，終老卧柴荆。

羊太傅故里

班書源可考，系出泰山羊。世已經千載，魂應戀故鄉。功名論際會，氏族閲興亡。峴首沈碑後，何須感歎長。

新泰城南望敖山

孤峯截斷連山脈，大似人間獨立人。地湧雲根浮縹緲，一名青雲山。天生石骨瘦嶙峋。仰瞻泰岱旁無附，平揖徂徠近作隣。不用多生閒草木，免教榮落改冬春。

旅店食雉兔作

頻歲叨陪獵，秋田雉兔肥。中官馳馬賜，侍從掛鞍歸。北上何年再，南烹此味稀。經過慚野饋，寂寞慰朝饑。

蒙陰城東十餘里地名城子莊壬午初秋曾一飯於此水旱之餘居民百餘家轉徙殆盡惟舊時逆旅主人在耳感歎不已紀之以詩

敗茅頹壁兩三間，百室漂流偶一還。記得往年題句在，豆花棚下看蒙山。

抱犢詞 桃墟道中見一老叟抱黄犢騎驢而行，戲作。

東村牛既秋不熟，別向村西買黄犢。買成抱上蹇驢騎，驢尾稀如翁鬢秃。驢今馱翁復馱畜，步步施鞭毋乃酷？人情厚薄從古然，或加諸膝或墜淵。

古明鏡詞 見道旁醜婦而作。

人間有真色，嬌者顔如蓮。東家欲效之，紅白調朱鉛。衆方賞塗抹，羣謂醜者妍。好女不自明，詎藉旁人憐。妍媸果若從人定，何用團圞鑄明鏡。

沂州出山

沙淺沙深突復坳，一行疏樹帶烟郊。山經濟魯青纔了，馬渡洸沂碧未膠。小圃重樊因枳椇，浮橋粗就賴蘆茭。經旬尚滯黄河北，漸喜魚羹入客庖。

淮北聞雁

風急霜清欲渡淮，數聲客夢驀驚回。與誰好作江湖伴，東坡詩：「我衰寄江湖，老伴雜鵝鴨。」憐汝亦從邊塞來。殘月曉催千片落，長天寒曳一繩開。蓮房菰米沈波後，集澤羣多亦可哀。夏秋之交，淮南北皆被水。

從宿遷登舟連夜渡河

勞筋貪暫息，買棹聽漁歌。漸與江淮近，自然鴻雁多。涸沙無斷岸，急浪有盤渦。忽報晨冰合，吾舟已渡河。

黄河中流見月出口占一絶

誰謂河流濁，吾疑徹底清。一眉殘月影，鏡裏看初生。

發清江浦二首

南來步步遠風霾，川路晨征一倍佳。竹篾蒲帆渾不用，櫓聲如雁下長淮。

編蘆縛荻聚成堆，大舸多從江外來。試問老堤堤畔柳，年年辛苦爲誰栽。

重晤大司農徐浩軒先生於淮上二首

邊風朔雪灑重裘，猶記鋒車一夕留。却到淮陽冬候暖，滿窗紅日話中秋。中秋前先生復命至塞外，于柳林口行帳中盤桓半日。

河堤本是司空職，計相重乘使者軺。館閣人情久延竚，江湖粗了合還朝。先生以大司農兼翰林掌院，教習庶常，似不應久于外，故云。

張運青先生見餉食物遣人遠致于四十里外以詩奉謝

見説官廚儉，淮流孰與清。於公無媿色，餉我見真情。追送煩郵使，分嘗徧老兵。道旁傳異事，此客勿相輕。

寶應雨泊

冒雨衝泥取次行，多年不聽滴篷聲。此聲好是治聾藥，老耳孤燈分外清。

曉晴發寶應喜得順風先寄德尹揚州

安宜城外雨餘天，晨旭初生血樣鮮。湖似貫珠行不盡，秦少游詩：「高郵西北多巨湖，纍纍相連如貫珠。」雲隨飛鳥勢争先。離心各抱三年外，短夢難禁兩日前。一事報渠差快意，好風添送順流船。

掛帆行六十里將抵界首風勢轉狂小舟不敢下閘戲成二絶

閘口狂風撼柁樓，隄邊驚浪聚浮漚。何妨暫作須臾住，只算荒灣遇石尤。

石尤風緊人知避，我獨逡巡避順風。不謂有風行不得，掛帆何必急流中。

高郵道中

北風吹折荒灘蘆，四無頃畝純浸湖。周遭三十六陂水，中置一城形覆盂。蔣之奇詩：「中間可以置戍城，隱然高阜如覆盂。」城頭角聲曉如訴，城外人家半漁户。我來正及積潦收，但見飛鳧導前路。買魚射鴨值幾錢，所愁米貴廚無烟。水鄉作客大不易，嗟爾居民誠可憐。

大雪夜泊瓜洲二首

茱萸灣北晨沽酒，瓜字洲南夜泊船。我自只如常日醉，人言風雪滿江天。

歸途未免防冰雪，一月晴和竟似春。今日漁簑堪入畫，天公原不薄歸人。

雪後渡揚子江

廿里風程一霎間，海門晴色帶潮還。白頭浪裹參差影，看盡江南雪後山。

舟過丹陽有感於范堯夫事漫成一律

郵籤朝過曲阿城，又是江東第二程。一刺投名羞俗態，十年爲客見人情。當時已少郭元振，故友誰如石曼卿？預遣家書刻歸日，兒童不用遠相迎。是日遣老僕先歸。

三十年來舟過無錫未嘗再游惠山口占解嘲

來往如梭三十年，不曾重酌德池泉。他時終作法雲老，償取平生未了緣。

膠山在無錫縣東四十里九域志云山南有梁蕭侍郎故宅今無可考矣

蕭蕭雁鶩鳴枯蒲，南朝侍郎宅有無。膠山漸近惠山遠，中隔芙蓉一片湖。

渡尚父湖晚抵虞山二首

烟村雨浦遞灣澴，忽入澄湖杳藹間。常愛大癡横幅好，不知粉本在虞山。

長松高下蔭坡陀，老柳參差蘸碧波。咫尺吴門風景别，山塘十里稻堆多。

過錢玉友河亭話舊二首時已收身奉佛但未廢飲耳

團蒲旁着一龕燈，韁鎖中無杜伯升。事見東坡詩。長恐入門遭痛棒，對君吾是啞羊僧。

不愛天花作道場，萬緣消盡酒難忘。白樂天有「何處難忘酒」詩。從今方丈維摩室，添瓣清香祀杜康。

與許暘谷時許初自山右歸

一笑還家未覺貧，奉承堂上白頭親。可憐我亦稱人子，負米歸來晚爲身。少陵詩：「負米晚爲身，每食臉必泫。」

西阡雜感五首

銜恤三十年，今方卜城域。有身彌自痛，負土假人力。

其二

兩山如抉抱，一水縈紆注。落葉滿西阡，別家墳上樹。

其三

坡陀非丈五，馬鬣是新封。小著樊籬護，須防鹿觸松。

其四

墓田故無多，又占數間屋。庶望子孫賢，既耕且還讀。

其五

一門四兄弟，去住難自主。丙舍幸已成，神傷對牀雨。時潤木乞假未得。

除夕與德尹信菴守歲二首

𪄳雞篘酒餞殘年，餽歲鄉風自昔傳。不爲盤餐營口腹，老來情味合歸田。

家貧未免思游宦，及至成名累有官。畢竟商量何計穩，白頭兄弟一堂難。

迎鑾集 起丁亥正月，盡一年。

丙戌偪臘抵家，营先人葬事畢，將於西阡築舍爲休息計。會天子閱河南巡，在籍臣僚，例應遠迎。明年正月，買舟渡河，隨鑾自淮陽抵江寧，至蘇、杭。五月初，於高郵送駕，再展六月之假，乃復歸里。通計一年中息肩不過二百日，懶不作詩，僅得如干首。

園梅垂放而主人將出門口占一絶

冰雪禁繁蕊，莓苔裹老枝。吾門猶未得，不謂爾開遲。

錢玉友有見寄長篇極論作詩之旨終以傳世相期許兼承不朽之託連日阻風虎丘舟中無事賦此奉酬

吾觀工畫人，胸本藴丘壑。雲烟資變幻，山水赴脈絡。又聞國手棋，惜子不輕落。翻新布奇勢，全局如一著。良醫去成見，因病施方藥。巧匠先量材，運斤乃盤礴。羿射無詭遇，騶琴有醳擭。高僧厭苦空，八棒解拘縛。老仙出狡獪，九鎖啓槖籥。惟詩亦云然，衆美視斟酌。神功須力到，佳境豈意度。人皆信手成，孰肯苦心作。同心得錢子，洞見非隔膜。惜哉方逃禪，此道付糟粕。偶然一吐露，萬象互醻酢。足知精進幢，隨事無退却。投篇過推許，不量余所作。平生知己分，夙昔慎唯諾。寧待遲暮年，重爲不朽託。君其益自愛，藏稾手親削。玉友近編所作詩九卷，名撫雲集。

夜泊京口

誰信勞生有路難，山川猶作故鄉看。風翻石壁連城動，潮滿江船出口寬。細火一星疑遠市，重裘二月尚春寒。東君不管梅花信，任向高樓笛裏殘。

奉和座主相國澤州公吴橋道中見寄之作敬次原韻 時扈蹕南巡

浮浮薊北烟，暧暧江南樹。聞公陪輦出，延竚凡幾度。早梅已飄香，繁杏亦修嫮。惟占燕雀喜，詎觸蛟蜃怒。挂席下清淮，馳情快前遇。詩高有孤唱，興愜無長路。絮暖茱萸灣，風輕桃葉渡。舊遊吟未足，更向湖山去。

院長揆公出都時亦有詩見寄清江舟中出以索和奉次原韻並簡

唐東江考功

清音天半落松杉，吟傍仙舟響亦凡。夜雨一篙平岸水，春蒲十幅渡河帆。不辭醉咏花欹帽，預擬題襟墨漬衫。爲報東江老居士，速馳詩遞答來函。

揚州城外觀燈船和友人韻二首

琉璃一片映珊瑚，上有青天下有湖。岸岸樓臺開晝錦，船船絃索曳歌珠。二分明月收光避，千隊驪龍逐仗趨。不爲水嬉誇盛事，萬人連夕樂堯衢。

錦纜朱欄綵鷁羣，滿川春暖氣如熏。倒窺銀海千枝燄，迸散金波五色雲。雁齒初裝虹有暈，魚鱗不動水無紋。君王到處皆勤政，猶自宵衣坐夜分。

題湘雨禪師宙亭詩集後師乞余作序故落句及之

九僧歿後名僧少，今見詩中第十人。傾倒盋囊千斛水，洗空衣裓七條塵。秋田領鶴精神爽，春谷聞蘭臭味親。不敢與師多作序，欲離文字證前因。

初登金山

齋鐘浴鼓平生夢，垂老方成扈蹕遊。忽聽潮聲分兩派，信知樹影在中流。千檣雲霧浮孤塔，三島樓臺聚一漚。終脱朝衫穿野衲，卓菴閒地幸相留。

清明喜霽再登金山同院長作

片帆重過潤州城，曙色東來海氣晴。千點桃花一江水，妙高峯下作清明。

雨後隨駕發龍潭抵江寧

晨隨羽衛發龍潭，雨氣初收日色遲。驛路馬嘶泥滑滑，野田雉雊麥漸漸。六朝烟柳攀罾岸，三月風花賣酒帘。擊壤吹豳聲一概，尚煩停蹕問茅檐。

隨駕謁明太祖孝陵恭紀十二韻

明祖山林在，天家祀典昭。千官隨虎旅，萬乘駐鑾鑣。風雨東來近，江關北睇遥。石城蟠脈厚，靈谷蓄泉饒。狐兔何曾窟，松楸竟不凋。運雖經鼎革，詔特禁芻蕘。下馬坊猶聳，祾恩殿忍燒。遺民安率土，聖主念前朝。本以仁除暴，還同舜紹堯。統傳心有契，社廢廟無祧。陵户煩增置，神宫儼舊寮。霸圖卑六代，園寢任蕭條。

院長見贈大篇過蒙推奬次韻奉酬

騷雅本正聲，沿流乃盡變。前賢不苟作，寸錦勝匹練。自從篇什繁，觀者目易眩。公才擬日星，有作萬人見。圭璋既特達，氣類必引薦。賞奇神有交，嗜善誨不倦。手持大圓鏡，盡攝諸方彦。高談折深源，小智窮曼倩。伊余好吟咏，宿昔弄柔翰。駑駘百舍趨，追驥不及半。人言桃李春，自顧桑榆晏。雄辭荷奬借，照眼驚璀璨。穆穆被清風，嘐嘐發將旦。和章如草木，披拂聊供玩。

自葑門至崑山舟中作

鯉魚橋外綵旗斜，乙未亭邊鼓笛譁。六十四涇烟水色，半隨鳳艒泛桃花。鯉魚橋、乙未亭皆在葑門外，見丘與權築塘記，六十四涇，詳吴郡志中。

立夏日吴山寓樓偕竹垞朱先生及鄭息廬馬衎齋素村家德尹爲櫻筍之會竹垞有詩和答一首

夏木陰中夏日長，小樓西面吸湖光。簾櫳昨夜猶春雨，花事今年偶故鄉。佳節重逢知幾度，白頭一笑抵千場。朱櫻紫筍家園味，容易山廚得飽嘗。

雨中隨駕泛舟西湖次院長韻五首

看山曾向雨絲中，青苧竿頭弱柳風。今日船從天上坐，亭臺不與昔年同。

沿隄畫槳愛徐行，但換橋坊不改名。水墨圖中天一色，鷺鷥幾點去分明。

澄波何處著纖埃，寺面多從鏡裏開。放鶴亭邊聊一憇，居僧猶記探梅來。

摇曳垂楊淺水灣，心隨魚鳥欲忘還。裹湖行盡外湖出，又露西南兩角山。

老去論詩敢自豪，從公遊興尚陶陶。袖中攜得西湖去，十幅吟箋勝薛濤。

昭慶僧樓同年佟淵若學士步月見訪

滿川烟火氣熏蒸，誰解敲門問老僧。多謝同年能見訪，上樓初點佛前燈。是夕湖舫烟火最盛。

和淵若學士西湖雜咏四首

短牆高閣俯層瀾，中有幽人洗眼看。漫道放船隨處好，烟波終讓外湖寬。時淵若寓段橋外。

雙鳩啼雨又連朝，濕翠濛濛隔岸遥。好片蘇公隄畔柳，映人騎馬渡虹橋。

賀監狂名老在無，酒船一櫂未應孤。心知不及閒鷗鷺，拂雨翹烟占此湖。

四圍圖畫本天成，三面雲山一面城。多少才人吟不盡，尚留佳句待先生。

雨中過南湖訪老友盛鶴江二首

幾稍新竹透籬根，一片蒼苔印屐痕。六七年來閒不出，感君爲我特開門。

烟雨迷離又一春，舊遊如夢亦如塵。萬緣消盡詩名在，猶替南湖作主人。

隨駕重至虎丘寓直仰蘇樓下

好片生公石，重來似十洲。爲逢僧話舊，猶認仰蘇樓。

聞兒建到家之信

爲貧而仕全家出，末路何堪久別離。書卷抛來飽魚蠹，田園荒後長榛茨。急流自信差能退，廉吏誰云不可爲。比似遷官還校喜，燈花爲汝報歸期。

吴門舟次喜遇潤木假歸

誰傳遠信自京華，聞汝歸程漸有涯。驟見尚疑俱作客，昨歸翻怪不同車。半年冰雪愁爲減，一飯江湖勸互加。錯料老夫詩是讖，白頭兄弟盡還家。予去年除夕詩，有「白頭兄弟一堂難」之句，故云。

重酌惠山泉

千章老樹蔭渟泓，不忝茶經第二名。急借匏尊蠲久渴，旋敲石火試新烹。僧無吝色從多汲，客有餘甘爲一清。挈得瓶罌須穩載，免教地主累張衡。

奉謁侍讀秦公於寄暢園敬呈五章

石龍噴沫轉階除，平碧中涵萬緑俱。信是有源能不竭，旁分一派給僧廚。

合抱凌雲勢不孤，名材得並豫章無？平安上報天顔喜，此樹江南只一株。園中樟樹一本，乃數百年物，上嘗傳問此樹無恙，故云。

山光水色盡沾恩，風月兼留雨露痕。堂中有「山光水色」、「松風水月」諸額，皆十餘年來御筆屢次題賜者。頭白村翁傳盛事，鑾輿六度幸名園。

德門子弟媲荀陳，再見瓊枝玉樹新。謂洛生喬梓。却笑平泉空作記，世家難得是文人。

韓公文體杜詩名，謝傅家聲白宦情。四海只今無執友，從遊應許老門生。辛酉先生典試江西，廬陵彭公是科所得士。慎行癸酉舉京兆，又出彭公門下，例得稱門生。

麥秋

桑疇宜暖麥宜寒，宵旰憂勤亦少寬。親見江淮民樂業，清和天氣好回鑾。

邵伯埭送駕後歸舟即事二首

埭南埭北鮝魚肥，斗野亭邊興不違。説與故人應惜别，千帆送盡一帆歸。

高寶中央地最低，秧針浮水水浮畦。霑沙雨足牛蹄健，萬頃湖田盡架犂。

與德尹自揚州連舫渡江

梅花開後草堂前，準擬春來共醉眠。此福兩人消不得，半年五上渡江船。

入夏苦旱六月十五早偕鄉人禱雨烏龍井步至菩提山真如寺二首

淡月朦朧般若臺，沈沈海岸蔽黄埃。可憐我本無田者，足趼荒山乞雨來。

臯蘇遺廟在巖阿，潛説友臨安志云：「鹽官縣東七十里有烏龍井，廣四尺，深七尺，冬夏不竭。相傳臯、蘇二將軍逐黄巢死於此，因祠焉。紹興十年歲旱，禱雨即應，勅賜濟福廟額，在寺南六里。」古井年深不起波。好笑兩三垂白叟，便思泥首致滂沱。

耳聾

五官初廢一，萬竅爲收聲。絲竹吾何與，雷霆衆自驚。少聞差省事，多笑豈無情。社酒如堪治，明年試聽鶯。

十月十七日病起過鄰僧融然房看菊

閒僧仍種菊，病叟偶還鄉。物色憐寒蝶，人情愛晚香。開遲經夏旱，節爽似秋涼。對此增悁悵，吾家徑久荒。

周濂溪先生家塾銅章一枚形製奇古其裔孫歷世寶藏來索題句敬賦一章

道州崛起千年下，聖學昭如揭日星。遂使大儒承統系，猶留小器覩儀刑。摩挲繆篆蟲魚古，洗剔銅花翡翠青。不比還珠空寶櫝，子孫長得護精靈。

天寧詩僧文緯見過

夕陽影裏鴉投樹，落葉聲中犬吠船。久矣蓬門無剥啄，偶然葦岸有緣沿。孤吟喜接金襴友，一味能參玉版禪。時以冬笋見餉。絶勝地爐煨芋在，爲師飽喫送殘年。

敬業堂詩集卷三十五

還朝集 起戊子正月，盡五月。

家居一年，展限已滿。州縣敦迫就道，勢難逡巡。一術士語余曰：「君欲賦遂初，其在壬、癸之交乎。」余笑而頷之。既至都，仍內直。昔楊誠齋自江西召還，陸務觀有相賀歸館之作，今集中所載朝天續集，此其時也。後五年從江東賦歸。果若術士言，則余之退休亦不遠矣。

立春後五日清溪舟中大雪留別談未菴徐任可十二韻

四野雲俄合，孤舟凍始消。東風鳴昨夜，大雪灑今朝。邂逅成奇特，斯須破寂寥。連峯胥挺玉，衆水畢趨苕。委浪疑鋪練，投村誤斷橋。微嫌經臘少，偏愛入春饒。亞白回梅眼，誇輕鬬柳腰。近人何脈脈，隨我太飄飄。吟對知才減，寒禁待酒澆。畫圖愁去國，蹤跡笑還朝。時余將北上。莫便欺蘭蕙，終須别艾蕭。溪山有迷路，長恐失漁樵。

聞少詹姪京邸訃音時余方東北裝先馳詩四章哭之

忽馳家信入新春，凶問初傳或未真。共訝緘封纔偪臘，不知屬纊已經旬。兩宫遣問無虚日，一姓哀榮得幾人。屈指輀車定南下，空將老淚灑征塵。

早年同學晚同官，永訣俄從小别拚。去年四月杪與聲山别於揚州。哭有餘哀何日盡，死無留憾古來難。層霄路近瞻雙闕，淺土年深痛兩棺。臯復有靈知不瞑，側身天地荷恩寬。

家門先後忝科名，臚唱同聽第四聲。遲汝八年稱後輩，丁丑春聲山從庶常授編修，余授職在甲申冬月，相距八年。長余一月禮先兄。余兩人皆庚寅生，而聲山長余一月，上前奏帖及班次，余皆在後，故云。籍咸入社名相亞，廣受還鄉夢隔生。從此孤踪兼善病，菟裘知復幾時營。

推挽無端到不才，王程何處不追陪。每當宣唤慚臣老，嘗蒙東宫召對，以姪故，呼慎行曰老査。特被恩頒恤爾哀。丙戌十月姪病不入直，上出人參一斤，命慎行賫賜。七發同朝皆屬望，三年一病竟摧頩。可憐烹鯉沈綿候，猶寄音書促我來。

過梅里爲竹垞先生留一日

鄭重還山約，餘年準擬同。如何向歧路，又復轉孤蓬。過酒衝筵雪，維舟拍岸風。我衰公早白，告别敢怱怱。

虎丘花信樓與馬素村别

樓頭樹色已葱葱，樓外烟光薄未融。客況前遊前度夢，去年二月泊舟樓下，五日乃渡江。春程一雨一番風。緑蕪望極空濛際，白髮痕深聚散中。多感故人臨别意，揮絃遥送倦飛鴻。

丹陽即目

連檣旁有小車行，不斷伊鴉轣轆聲。夾岸坡陀帶殘雪，麥苗青上曲阿城。

重過高旻寺留别湘雨長老

茱萸灣口記停船，再叩禪扉已隔年。四海僧皈康寶月，三生人説杜樊川。閒投拄杖殘雲外，倦倚征帆落照前。等是有山歸未得，憐師還復望師憐。

雪後晚抵儀真

白沙一道走平川，野有耕犂步有船。萬頃瓊田鋪宿麥，幾村茅屋起蒼烟。新泥滑路逢初霽，枯樹攀條感昔年。曾是阻風中酒地，老來情緒倍依然。乙亥秋，從六合發舟阻風于此。

江浦農家

江邑連年旱，爲農詎免饑。牛羊誰是牧，雀鼠自能肥。野廢林廬在，城蕪户口稀。眼看春社近，倘與燕同歸。

滁州看山

霧薄疏林晴曖曖，雪消幽澗響潺潺。曉來衝霧踏殘雪，愛看環滁面面山。

欲遊瑯邪山尋醉翁亭不果

征輪兀兀鬢催斑，誰遣勞薪不暫閒。咫尺西亭行不到，又隨春雁度關山。土人呼清流關爲關山。

清流關

一綫飛流百丈清，洩雲噴雨落崢嶸。時平久罷中原戍，地險猶沿五代名。琴筑低昂因石勢，風濤起滅付松聲。瓦銚茶熟行人渴，只有閒僧管送迎。

磨盤山

勿論九折與千盤，涉足誰如此路寬。羊角旋風隨曲曲，磨牛陳跡轉團團。連雲取棧紆終到，峻坂迴車下最難。不是人間無捷徑，漸鴻原自喜盤桓。

池河驛

古驛千家聚，鍾離北望孤。河流近淮泗，山脈盡荆塗。客飯論珠貴，村醪計盞沽。明朝貪早發，前路入平蕪。

臨淮縣渡河

暴漲衝橋斷，孤城比石堅。中流聲沸地，別浦氣沈烟。渴虎憎關吏，饑烏仰客船。渡淮魚米賤，隣壤接豐年。

淮北道中

隔岸草纖纖，人家緑映檐。泥中逢驛騎，樹杪展風帆。暮色遥天落，春寒細雨攙。故鄉行漸遠，猶未换春衫。

冒雨發皇莊入靈壁境泥淖甚深兢兢有失足之慮車中口占

泥濘忽如許，行行險且紆。平生無闊步，老去復長途。不少前車鑒，誰爲將伯呼。短筇吾賴汝，緩急幸攜扶。

宿州村家有種柏作籬者戲嘲之

數椽曲木架茅茨，雨打風翻大半欹。多少荆榛寬束縛，屈將翠柏作樊籬。

春寒

杏蕊稀疏菖葉短，田家占候幾回過。春光只似宦情冷，自渡江來風雨多。

旅店食紅蓮米飯

見説太丘産，紅蓮稻最良。色疑新出水，粒愛乍除芒。少陵詩：「除芒子粒紅。」淅罷鮮于染，炊來軟更薌。曾蒙天上賜，往年隨駕口外，官廚曾賜食。一飯愧私嘗。

永城縣署與唐殿宣飲別

共作風塵吏，聊追夙昔歡。分擕頻改歲，相勸一加餐。酒緑禁愁淺，燈紅欲別難。老深兒女戀，直似故鄉看。君之長子余姪婿也。余姪又爲君婿，時皆在座。

道旁官柳一樹獨枯

同根連理枝，一樣被風吹。莫問榮枯意，春工兩不知。

商丘道上戲作兼寄同年宋山言二首

少治春秋老漸疑，宋都舊事記依稀。近來六鷁多争進，幾見因風稍退飛。

梁園春半好風光，紅杏開隣宋玉牆。苦被時名牽率去，一官頭白校書忙。

寧陵喜雨

客過中州愛物華，沙隨城外氣清嘉。轆轤轉井晨澆菜，犏犊開田午種花。地産木棉，土人但呼爲花，今其下種時也。色映酒壚三尺紵，聲和牛鐸四輪車。空傳杞宋遺風在，喬木何曾屬世家。

贈正華長老 并序。

去睢州城北十里，道旁梵宇俗呼鐵佛寺，住持長老，吴人也。自言蘇州嚴墓李氏子，少依巨德禪師記莂，法名正華。康熙庚申渡江北遊，將赴五臺禮文殊瑞像。一夕經此坐道旁，卧鐘下諦視，則李正華姓名在焉。恍然悟前生之爲行脚僧也。兹地舊有佛廬，明季燬於兵火，遂發願募化，銖積寸累，經二十餘年乃薙草開林，凡爲殿四重，莊嚴像設，廊廡周遭僧寮及庖湢之所，共六十餘間。仍以餘金買常住田二頃，飯南北往來緇衆，今寺成而年老矣。余覩而異之，爲詳記始末，并贈以詩。

曾爲行脚此經行，聚鐵依稀鑄姓名。重向荒村投一宿，忽從古佛證前生。斧斯荆棘還初地，海湧樓臺現化城。用盡萬金殘債了，結跏依舊聽鐘聲。

伯牛岡在杞縣城東上有冉子廟地非孔道行人罕有過而問者

垂鞭來問伯牛岡，田叟扶犂過我旁。指點人烟最深處，一村新柳似鵝黄。

重至陳留縣齋與許不器話舊二首

小許移官去，回頭十四年。乙亥秋許霜巖出宰兹邑，邀余同來，留此兩月。故人今宦此，古義兩殷然。種樹添新蔭，開池得美泉。重來娱老眼，光景勝從前。

不料衝煩邑，衙齋乃爾閒。簿書神不滯，交友性相關。却餽安余素，居貧諒汝艱。一杯渾暖熱，相顧慰衰顔。是日大風寒甚。

大雪暮抵開封湯西厓前輩留飲學署二首

二月梁園雪，春風特地寒。行防街路滑，到及酒升寬。物色符清望，交情稱冷官。庭花經手植，何惜借人看。

一代文章伯，中原桃李陰。青春聊作伴，白髮莫相侵。與國培元氣，於公識苦心。人知讀書貴，士價比黄金。

徐大來太守送黄河水

汴俗多鹽井，黄流遠不侵。兩牛煩重載，斛水抵兼金。澹泊知官味，清涼鑒客心。飲河還自哂，滿腹恐難禁。

雪後發汴城

三日大梁住，北風吹不休。朝來開霽景，擬上渡河舟。此地多賢主，吾生感舊遊。吹臺桃柳色，臨老重回頭。

渡黄河

地勢豁中州，黄河掌上流。岸低沙易涸，天遠樹全浮。梁宋回頭失，徐淮極目收。身輕往來便，自歎不如鷗。

延津城北望太行山

河壖一小縣，傳是廩延城。野燒痕猶在，沙田廢不耕。民謡思樂土，客飯記荒程。指點鹽車路，千峯馬首晴。

早過淇縣

高登橋下水湯湯，朝涉河邊露氣涼。高登橋、朝涉河皆在城南。行過淇園天未曉，一痕殘月杏花香。

渡淇水

昨日渡衛源，今朝涉淇水。出山雖異派，相望不百里。遊子中原來，黄流混混耳。忽然鑒毛髮，顧影落清泚。風塵有黧顔，夫豈水污爾。從衰旋得白，正坐不知止。逝者方如斯，於何觀止理。寓形忌太潔，外垢庶可洗。

鄴下雜咏四首

湯陰城外千楊柳，密罩征鞍過相州。中有一株柔可愛，勸人繫馬拂人頭。

一賦何當敵兩京，也知土木費經營。濁漳確是無情物，流盡繁華只此聲。

頑礫粗礓少硯材，詞人陳跡散如灰。兩家摶土殊多事，曾範三臺舊瓦來。

一月寒禁幾信風，初從河北聽豐隆。老夫準備看花眼，半日停鞭住鄴中。是夕雷雨。

雨後發豐樂鎮渡漳河

雷雨已過朝復暾，早桃欲花烟滿村。夢中似聞簷滴響，渡口微覺河流渾。青山濛濛作雲氣，白浪滚滚留沙痕。滏陽北望三十里，舊事過眼從誰論。曩與許霜巖過此，有「芰荷香裏到磁州」之句。

釃渠詩 并序。

磁州在漳、滏二水間，大興蔣侯來知州事，始至相度地勢，慨然思復西門豹、史起之舊，謀於州之士民，咸慮勞且費，侯獨違羣議，毅然爲之。釃滏陽河爲渠，以灌城南北，渠之廣不過一丈，深半之，曲折通流，建閘以驗盈縮，旱潦有備，蓄洩以時行之。十年開稻田數萬頃，歲收數十萬斛，初以爲不便者後皆帖帖，謂侯之惠愛斯人，惟斷乃成也。侯名擢，字試可，余未識其人，過其境聞父老之言，有古循吏之風焉。作詩以竢采風者。

一州頓復西門績，南北釃流引滏河。緑樹成陰茅屋少，清渠夾鏡稻田多。年深漸欲孳魚蟹，利美兼宜植芰荷。他日誰裁溝洫志，吾詩或可當絃歌。

題邯鄲吕仙祠壁

百念全消一老夫，神仙不信信浮屠。直饒贈枕成何用，鼻息如雷夢已無。

臨洺關

臨洺關前春水緑，草色平鋪接沙麓。戍人閒雜老農耕，拾得前朝戰場鏃。

自褡褳店騎驢至沙河

遥遥沙河城，皛皛堆坳白。驢耳露雙尖，驢蹄深一尺。

鴉拾粒行

牛前仰而犂，鴉後俛以拾。牛豈爲鴉耕，鴉因牛得粒。農夫呵牛長苦饑，不如鴉羣飽食東西飛。

渡泜水有感於張陳事

泜河直下常山郡，誰遣當年竟不流。此事終留交道恨，萬屍填塹兩人仇。

上巳趙州道中二首

幾日冰開合，餘寒勒柳條。十日前中州已見杏花，而邯鄲以北柳未全緑，氣候之不同如此。水濱遊女少，閒殺趙州橋。

平原留故里，牢落幾人家。客過誰澆酒，僧來且喫茶。

與張昆詒 時宰新樂。

惠好自兒童，相看忽老翁。以君三歲長，與我兩心同。書畫性成癖，絃歌聲可風。桑榆須早計，歸路免西東。

定武道中

積雪春猶潦，連朝釋凍痕。鶯花何太晚，榆柳不勝繁。貰酒中山市，騎驢代北村。祇愁風色惡，回首太行昏。

堯母泉在慶都城南源發于平地四時不涸環城數十里間居民頗獲其利

禹貢遺風冀壤先，帝鄉耕鑿故依然。繞城半食蒲荷利，源在南鄉一眼泉。道旁石碑稱堯母鄉第一泉。

保陽城西望落翮山

不斷羊腸麓，東來萬馬趨。數峯銜落日，此路出飛狐。

狂風行

碧天杲杲日正中，萬竅突發顛狂風。塵沙滃勃晝冥晦，瓦礫旋轉隨枯蓬。使人口吻不得張，耳目成盲聾。馬牛來往紛憧憧，問之不辨西與東。是時三月初，柳條舒緑桃將紅。胡爲噫此不平氣，春行秋令毋乃違天公。我行邂逅偶相值，墨守未易當輸攻。心如混沌一不鑿，外感欲入何由通。適來日無影，適去塵無踪。盡收衆籟入橐籥，仍以一寂還虚空。

清明前三日重直暢春園觀桃花二首

暖烟晴靄互交加，散作高低遠近霞。行盡人間冰雪路，又來天上看穠華。

已逢蛺蝶未聞鶯，閏歲春遲倍有情。畢竟鳳城花信準，早桃開候近清明。

同年王樓村招飲白丁香花下

我從鄉園來，不看鄉園花。輸君京洛住，久客還成家。一株丁子香，高卑趁檐牙。曾經上番種，旋發春來葩。獨抱冰雪姿，亭亭遠塵沙。良辰醉其下，酒美殽核嘉。夕陽轉庭西，人影花交加。我鬢已半白，君鬢亦漸華。自然法眼淨，維摩經：「遠離塵埃，得法眼淨。」不被紅紫遮。爲歡出邂逅，所戒非窮賒。後漢仲長統傳論：「楚楚衣服，戒在窮賒。」

閏三月朔與德尹同直内廷次東坡五月一日轉對韻

冠壓華顛帶繞腰，重來心跡負耕樵。僦居未穩連宵夢，接武還同隻日朝。上苑花開如見笑，故人酒熟例相要。殘年果踐歸休約，擊壤猶能頌帝堯。

苑東移居與同年汪紫滄同寓紫滄有詩和答三首

近傍名園遠去郊，無多屋宇半編茅。春蠶慣作同功繭，癸未以後，偕紫滄下榻自怡園。社燕來尋舊識巢。景與征衫隨日換，官隨手板幾時抛。卜隣絶勝清漳宅，蛩駏相依剩素交。

茫茫人海此居停，萬斛風埃兩葉萍。草色階除晴不掃，槐陰門扇晝長扃。同槽厩馬無蹄囓，典謁家僮互使令。怪底羣情皆帖妥，多緣君與我忘形。

西苑鶯花幾閲春，憶初伴直只三人。暢春園向未有直廬，癸未正月三日，余與聲山、紫滄始奉召入直，後遂爲例。何堪夢覺傷存殁，或恐詩成泣鬼神。時家聲山甫下世，所居即其舊寓也。炳燭餘光銷晚境，青雲歧路失前因。摶沙放手終同散，東坡詩：「親友如摶沙，放手旋復散。」敢向蘧廬認主賓。

同年佟淵若學士遊西山歸出示見寄二絶句次韻奉答

浮嵐暖翠望難分，忽枉新篇贈白雲。賴是愛山同有癖，夢爲麋鹿也隨君。

西山何似西湖好，欲問知章借馬騎。今日烟波重到眼，去年曾和卷中詩。去年春杪與淵若西湖唱和。

題顧桓吴江送别圖爲紀可亭學博賦

舟移碧草緑波岸，人别曉風殘月時。此景此圖誰會得，江郎賦筆柳郎詞。

閏月十四日西苑送春二首

九十春光百五賒，緑陰陰處雨斜斜。多情裂帛湖頭水，長替東風掃落花。

老去春遲願竟酬，多添半月踏青遊。人間何處無歸路，也被宫鶯唤少留。

閏三月二十一日蒙恩召入淵鑒齋乘舟至瑞景軒蕊珠院露華樓徧觀各種牡丹恭紀四首

宣唤欣承異數加，高從銀漢泛紅槎。行陪閬苑神仙侶，看徧春風穩重花。穠淡何心隨造化，丹青難貌是韶華。先一日傳示牡丹圖譜。栴檀别殿分明到，只作華胥好夢誇。

豔極真宜過雨看，枝頭肅肅尚朝寒。盤盂向背開瓊扇，瓔珞高低現寶鬘。白日光中雲五色，明波濯處錦千端。天工頃刻呈新瑞，點出靈砂九轉丹。

萬卉千葩未覺稠，掃宮老監記牙籌。薌林不斷通三島，花海無邊際十洲。佳氣氤氳蒸作霧，餘霞縹緲結成樓。蕊珠一本尤奇絶，徑尺重臺兩並頭。

瑶階釦砌望迴環，映徹層層着色山。御譜新標題品外，花名凡九十餘種，皆皇上新定。佳名微别淺深間。心如草木春知閏，天並君王霽在顔。一片爐烟成百和，袖中攜得國香還。

寓庭槐

庭隅雙槐樹，手植知何人。自我來此居，婆娑忽經春。初看兔目綻，漸布緑葉匀。高處稍出牆，密將遮比隣。以兹尋丈地，無窮寓清新。千章豈不多，取蔭及一身。閲人如傳舍，脈脈還傷神。

四月二日恩賜櫻桃恭紀十韻

燦燦華林種，離離朱實香。熟常先夏果，貢不待炎方。磊砢初垂樹，匀圓正滿筐。珊瑚駢火齊，沆瀣和瓊漿。露帶枝頭潤，盤登葉底涼。鳥鷉珠愛赤，蜂釀蜜羞黄。櫻桃一名櫻珠，一名崖蜜。昨憶西湖獻，去歲初夏上駐蹕西湖，居民日進此果。今來上苑嘗。賜珍蒙見及，飽食感非常。配笋厨空勅，探花宴屢張。唐時宰相有櫻筍厨，進士有櫻桃宴。分甘誰得似，長侍聖人旁。

題孫書年松下清齋圖 孫善山水，近亦供奉畫苑。

自從月給官倉粟，辜負園中鴨脚葵。思作散仙猶未得，更思成佛問何時。

西苑賜觀秧田恭紀十二韻

帝籍非千畝，農祥視一畦。初聞朱果熟，旋見緑針齊。料節栽花地，開畦灌稻溪。自天知稼穡，率土動耰犂。檻外雲生岫，簾前雨作泥。膏腴隨廣狹，脈絡就高低。熌熌浮金溆，葱葱夾玉隄。好風垂柳下，斜日畫橋西。多稌占豐稔，維魚兆畢圭。甸師行不到，勾盾典曾稽。入侶金鸂鶒，歸尋木駃騠。自慚輸布穀，猶解勸耕啼。

四月二十七日召入無逸齋看新竹恭紀十二韻

地闢琅玕隝，天通箭栝門。烟霄連别苑，雷雨過前軒。蔌蔌風開籜，泂泂水注根。移栽初尚淺，培護久能繁。惜筍寧充饌，抽梢盡出藩。幾年成翠幕，一徑轉蒼垠。潤滴莓苔砌，高扶薜荔垣。涼陰清有氣，新粉浄無痕。直節人皆見，虛心道亦存。律堪調鳳吹，名豈愧龍孫。好報平安信，休辜長養恩。親從天上看，不羨白沙村。

題王麟昭桐陰撫琴畫扇

暑殘涼早雨餘天，人坐桐窗晝寂然。百尺清陰三尺水，秋聲先上七條絃。

午日西苑直廬賦雨中榴花

小院盆榴樹，花時帶雨鮮。施朱何太赤，似火獨能然。白髮違佳節，丹心感盛年。蒲葵方滿眼，此本定誰憐。

敬業堂詩集卷三十六

道院集 起戊子五月，終十二月。

余自甲申以後，僦居城南道院者三年。今春寓直西郊，五月駕幸山莊避暑，余仍回舊寓。時同年賀集洲、沈岱瞻及家弟東亭俱需次入都，樂數晨夕，遂定居焉。安知後人不指此爲浙西道院乎？

重寓城南道院

壞壁留題在，重來直似歸。野鷗終自遠，舊來積水潭，鷗鷺成羣，今水涸無復至者。巢燕復相依。獨樹風吹急，叢葵雨打稀。避炎宜塏爽，作計未全非。

疊前韻與同年賀集洲沈岱瞻家東亭時三子皆同寓

曲尺移牀卧，分曹賭墅歸。浮踪雖泛泛，鄉語自依依。到眼青山近，梳頭白髮稀。杜門深自念，五十九年非。東坡云：「定居之後，杜門燒香，深念五十九年之非。」余今年恰五十九，故云。

小憩一莖菴與静章上人

槐影落空庭，晝長鳥聲樂。我來叩門入，濃緑浄如濯。禪牀聊閉目，非夢亦非覺。微涼何處生，風動袈裟角。

寄祝竹垞先生八十壽二首

當代龍門望不輕，得官何必盡公卿。風清李泌神仙骨，帝錫張華博物名。「研經博物」，御書賜先生匾額也。茗椀登堂無俗客，籃輿扶路有門生。蟫魚不蝕長生字，老閲巾箱眼倍明。

自返初衣不記春，十年鳩杖又隨身。百分盞滿休辭醉，萬卷書多轉益貧。荻火烹鮮鱸氣味，松風吹長鶴精神。翛然出處行藏外，要是江東第一人。

趙价人乞東籬詩戲贈

君不識陶公，而乃號東籬。君又未識我，來乞東籬詩。我雖未識君，尚幸生同時。陶生千載上，知我與君誰？譬如夢中人，此夢非彼知。形開神或合，閉目若見之。孰謂淵明心，與君不相期。我詩豈妄作，成此一段奇。

題同年詹允繩小照二首

射策成名已有餘，百城高擁意何如？石田佳句堪移贈，更讀人間未見書。

萬卷傳家手澤新，五經腹笥自紛綸。也應留取餘光在，分乞去聲。然糠鑿壁人。

秀野草堂圖歌次顧十一俠君原韻 王麓臺仿董文敏盧鴻草堂筆意，朱竹垞有記。

某樹某水與某丘，曠懷往往消百憂。無端弓旌被繮鎖，坐對塵埃生牢愁。盧鴻草堂圖，閱世已千載。十志並流傳，其人儼如在。問誰好事供瀟灑，毋乃真迹留王宰。華亭最晚出，模本發精采。今之妙手繼者誰？摩詰前身應畫師。丹青一變粉墨骨，寫向尺幅尤雄奇。云是吴中小秀野，何斯佳境移於斯。堂中主人顧十一，結客論文兩豪逸。百家汎濫流溯源，萬口喧傳名副實。我是當年入座人，淋漓衫袖梨花春。愛其披豁氣誼真，丰格彷彿餘先民。宴衎之樂非絲竹，水色烟光入窗緑。半酣颯沓風雨來，噴玉跳珠三百斛。辛巳初夏，大雨中過秀野草堂，坐客皆盡醉。鐵崖老矣阿瑛貧，空巷閒抛薜蘿屋。可憐相見鳳城西，僦舍還同燕子棲。猶能折柬致朋舊，局促肯放詩名低。我詩胡足道，依樣葫蘆畫中藁。惟君癖嗜之，擘紙含毫共研討。留題慣惱麓臺翁，作記深慚竹垞老。吁嗟乎！神仙富貴孰有無，默存豈必皆清都。夢中五嶽巾箱圖，君歸來兮挾我俱。以神爲馬蘧爲廬，一息十反良可娱。賃舂齷齪難久居，乃獨憐君屋上烏。

椿樹草堂月下分韻得侵字 銷夏第一集。

草堂無樹月無陰，但覺風生露氣侵。跌宕久嗟良會少，疏狂終託故交深。閒消長夏宜甘酒，老傍清光耐苦吟。從此京華比河朔，壚邊知費幾招尋。

初伏日集張天門前輩寓齋暑甚晚雨微涼

流金已是報初庚，誰耐銅街襏襫行。伏日人歸東閣早，絛冰銜署一堂清。風能却扇炎何有，雨解催詩晚竟成。買得荷花兼買葉，碧筒留待夜深傾。

曉仙謡效温飛卿體

赬霞照夕騰香氛，丹樓絳闕五采文。蟾蜍流銀兔噴玉，澹作淺碧魚鱗雲。西池宴罷瑠璃淨，杯面團團墮圓鏡。露警花宫酒乍醒，紫文早奏馳名姓。天雞振翰來剛風，俛聽萬户膠膠同。九州大夢呼未覺，海底忽躍踆烏紅。龕鬖絳節淩虚去，隱隱笙璈動初曙。一鶴高飛何處尋，羣仙只在朝真路。

天門席上分賦宣窑盤中果物余得文官果限官字

甲拆終難透，勾尖幸自完。直同蘆笋淡，不比柘漿寒。細剖分甘瘦，同登秘色盤。文名差底用，一笑顧園官。

長林豐草吾廬圖爲林鹿原賦 銷夏第二集。

鹿原名字天下聞，鹿原非鹿乃龍文。雄姿壯不受覊靮，蹴踏往往空其羣。世家嗜好通八分，楷法偶模王右軍。一目之羅魏舒射，此事胡足以盡君。然而受知徑以此，遂釋塵褐干青雲。日星煌煌懸御製，目眩旁觀敢偷睨。居然給札給隃麋，染翰朝朝得瞻睇。天生本性終難奪，疏越么絃發孤詣。爲言吾自愛吾廬，豐草長林海南澨。問君結廬曾否成，向人指圖先署名。譬如驥騄負轅軛，心縱欲往歸無程。老夫曩客三山麓，正值山頭荔支熟。汝兄謂同人。導我入西禪，冰瀉銀盆香剖玉。而今道遠歎莫致，畫餅寧堪飽饞腹。不如棄置兩忘情，且免騎驢度三伏。珊瑚作鞭金絡頭，幾時穩放華陽牛。林深可投草可卧，此畫便是逍遥遊。

李簣齋招集聖安寺納涼得火字　銷夏第三集。

百蟲之長人爲贏，熱屬欲逃無計可。況當九陌鬱蒸天，萬甑烟騰塵堀堁。連晨喜赴遠坊招，似翼辭筊鏃隨笴。聖安寺古洵幽寂，湖柳村荒尤僻左。主人未到但居僧，衆客後來先揖我。是早余最先到。初除鼠跡布禪榻，旋掃蛛窠開殿鎖。槐榆蒼翠滴苔磚，鬼佛青紅填粉堁。黄金鑄橘南曦斂，空穴來聲土囊哆。須臾雜沓履綦集，餖飣駢羅肴核夥。臨淄揮汗河朔豪，物外無炎安用躲。平生曾授楞嚴偈，欲賦蘭臺愁炙輠。一官涉世馬加銜，千緒縈身蠶自裹。動摇暖觸互起滅，煩惱清涼遞吹簸。稍知冰釋還成水，不道風生却從火。悟來性火本真空，透過風輪乃初果。以上六句，皆本首楞嚴經語。何人可語清浄退，宋劉凝之有清浄退菴，朱子爲作記。此地差堪盤礴裸。偶因趁伴作良遊，依舊觀心同宴坐。自然熱毒無罅入，更怕虚空有堆埵。好音到耳微雨來，清景回頭夕陽墮。明朝俛仰便陳迹，閒處知經幾喧吙。野人好涼兼好静，夙畏浮名今亦頗。打鐘掃地結願存，樊南甲藁序云：「惟願打鐘掃地，爲清涼山行者。」莫遣新詩浪傳播。

陳月瀧太常蘭竹草蟲畫二首

離披九畹雨垂葉，夭矯半庭風戛竿。知是誰家舊籬落，却煩秃筆寫荒寒。

蛺蝶蜻蜓盡作團，幽人措意非無端。春蘭作花危石底，瘦棘高於秋竹竿。

白沙翠竹石江圖爲吉水宗伯李公賦　即用題中六字爲韻

展卷復長吟，雙清到心跡。秋風何處來，滿眼江湖白。

我公似康樂，在家久忘家。盤陀一片石，坐閱恒河沙。

巖廊四十年，夙昔青霞志。興到一回頭，鄉山渺空翠。

一寸二寸魚，三竿五竿竹。何必記平泉，寓庭幽事足。

靄靄林表雲，鑿鑿波底石。獨抱萬里心，卷舒不盈尺。過客尚留句，愛兹山水邦。天生好圖畫，應屬李文江。

分咏京師古蹟得貫休畫應夢羅漢像 銷夏第四集

五千五百阿羅漢，出世生天登彼岸。其中尊者十八賢，龍象騰空來震旦。白描晚入龍眠畫，魔燒紛拏雜真贋。豈知遠出百年前，巨幅流傳磨不爛。翔麟供奉貫休入蜀賜紫，爲翔麟殿内供奉。浮屠人，詩才繪事兩絶倫。自言夢與應真遇，覺來肖貌兼傳神。心追手模一揮就，少緩則逝將失真。豐頤槁項多變相，喜者含笑怒者瞋。蓮藏已登禪月集，貫休詩二十卷，名禪月集，刻入大藏。此圖淪落偏風塵。老僧古寺深埋照，異物將歸有先兆。當時畫本夢中成，此夕蘧然神復告。明朝有力負而趨，卷軸儼隨飛錫到。或疑十八缺其二，恐與李圖均被盗。相傳明因寺中舊有李伯時畫渡海尊者圖，不知何年爲人賺去，存者贋本，而僧不知也。巧偷豪奪孰有無，古往今來夢一覺。去聲。嗟嗟神物難久貯，莫逐青蚨便飛去。君不見虎溪橋畔廬山路，羅漢曾爲押綱具。用曹翰下江州事。

雨中蔣青棠孝廉邀集城南張園用南字

竹梧花藥勢相參，門徑依稀到尚諳。重與尋幽同野外，早曾聯句向城南。亭臺易主名猶昔，風雨留人晚更酣。二十五年真一夢，白頭搖落感江潭。甲子秋與姜西溟、魏水村、惠研溪輩十七人飲酒賦詩於此，爾來園亭凡三易主矣。

夏日咏物分得青奴

織作交加翠，留筠發冷光。卷舒隨笛簟，瑩滑稱藤牀。比扇三秋棄，如童五尺長。玲瓏須會取，即事有炎涼。

次韻答周漁璜前輩見寄

結習多生未易捐，得公投句喜蹔然。遠山擁髻潭如鏡，秋水平階屋似船。已外形骸猶有夢，不離文字豈能禪。來詩云：「詩人垂老例參禪。」祇應借佛論詩境，何法真超色界天。時以拙稿就正于先生。

以蜜漬鮮荔枝二枚分餉漁璜前輩蒙示絶句二章次韻戲答

從知物以少爲貴，兩首詩酬兩荔枝。焉得嶺南三百顆，博君一顆一篇詩。

重馬馳來幾騎塵，開奩分餉孰如新。老饕舌在終能辨，風味依稀似故人。

立秋日陳南麓都諫招集挂雲書屋

老樹蒼藤捲幔秋，旁添籬落綴牽牛。鄰沽滿眼分清濁，諫紙開箱給唱酬。小榻迎涼仍北嚮，斜陽如火又西流。誰能不領園林趣，每到君家愛少留。

匡山讀書圖歌爲南麓都諫賦 九言古體。

我昔嘗吟太白廬山謡，亦嘗身到九疊屏風坳。谷簾瀑布倒挂幾萬丈，五老峯勢競出爭嵺峭。一筇兩屐十步八九顧，東西南北上下同猿猱。太白書堂不知在何許，樵翁指點此地雲松巢。披榛取徑晚入青蓮谷，道旁石刻大字深而顱。三尊銅佛塵昏儼泥塑，半截苔碣對坼如坤爻。多年老鼠化作白蝙蝠，飛攫鶴卵占斷長林梢。爾時曾作世出世間想，曷不於此翦棘編蓬茅？故人相招頭白早歸去，誤落塵網乃被移文嘲。黄門先生今之嗜古者，展卷彷彿以漆來投膠。風埃骯髒衮衮胡足道，直引謫仙居士爲神交。當時手持玉尺往校士，剖析白黑銖纍疇能淆。眼中了了忽現雲霧窟，匡廬面目踴躍隨鞭鞘。還朝改官載離七寒暑，百四十寺鐘鼓猶鏗敲。命工寫圖聊寓瀟灑意，遭逢聖主牙笏那得抛。羽皇新銘都付夢遊境，興雖勇往跡繫烟中匏。棲賢拾遺讀書舊曾隱，公擇山房萬卷亦手抄。茲山圖記流傳代不乏，但恐再往之計成浮泡。清泉白石有約倘勿負，君其少緩容我爲鳴髇。陳會典江西鄉試，故有玉尺校士之句。

分咏詩人居址得東坡 迎涼第五集。

東坡本屬宜賓郡，桃李陰從郡圃收。前輩風流傳白老，後來名勝擅黄州。白樂天為忠州刺史，於郡圃東坡手種桃李，往往見於詩句。蘇公自謂出處老少粗似樂天。東坡之號，實本於白，非偶合也。平生得力在憂患，此地何心繫去留。大似高鴻向寥廓，雪泥指爪記曾否？

牛鳴雙村棹歌爲郭于宮賦四首

水淺沙平閣短篷，西陂東埭往來通。綠簑影裏跨牛渡，閒殺兩樵南北風。

烟光霧氣不曾乾，人與眠鷗共一灘。湖似貫珠船似蚌，酒如碧玉蟹如盤。

見説江南水拍天，而今江北占豐年。自來葑塞湖邊住，黄犢生兒愛種田。

小墢新開未起租，四圍一色萬梢蘆。紅薑紫芋村村熟，不怕人間有寇烏。

七月十四夜寓樓對月

此地殊空闊，高樓更上層。天孤一輪月，星散萬家燈。稍覺浮塵斂，俄看濁水澂。夜涼人不寐，好景惜憑陵。

題恬菴上人匡廬訪道圖二首

惠遠與少文，前生定同社。可惜愛山人，今非住山者。

五老雲松頂，初登不道難。近來無脚力，只愛畫中看。壬申秋，余遊廬山，曾上五老峯觀海綿，故云。

七月十五夜陳六謙過寓庭月下小飲 時六謙將出守南安。

十頃空潭半貯泥，秋蓮晴湧緑頗黎。是夕積水潭放河燈。城空鼓角聲初動，月出樓臺勢盡低。

佳夕一歡成邂逅，故交垂老惜分攜。燕堂酒熟梅花發，莫忘清遊補舊題。六謙黔中往返詩無見及者，故戲督之。

題史耕巖前輩溧陽溪山圖即次原韻四首

良常東下路斜斜，小堨平橋接兩涯。夢聽雷平池畔雨，覺來滿崦是桃花。桃花崦見顧況詩，句曲勝地也。

栽桑種稻互回連，柳色騎牛浦浦烟。碧水繞田田繞郭，村翁不識縣門前。

官情澹與昔賢同，聊寫歸心寄雨濛。此段風期難擬似，王家輞口謝東中。

洮湖如鏡照人明，雲霧翻從展卷生。欲借公詩論米畫，筆端風雨勢縱横。米元章舊有溧陽溪山圖，故云爾。

題邵甘來匯水村居圖

修篁出屋柳沿隄，牛放前灘鴨後溪。吹得讀書聲過耳，釣絲風色板橋西。

初遊城南陶然亭

望遠村東緩轡遊，余寓居道院在望遠村東，去亭纔二里。忽從飲馬得清流。黄塵烏帽抽身晚，白露蒼葭洗眼秋。風偃萬梢鋪井底，日斜雙鷺起城頭。誰憐一派蕭蕭意，我是江湖未泊舟。

種藤歌爲周桐野前輩賦 迎涼第六集。

吾聞管子云，十年計樹木。稍欲望成陰，寧須校遲速。君言美蔭貴目前，疇能鬱鬱待十年。兩株柔木手交植，意取引架遮炎天。插竹扶持工乍畢，竛竮未騁龍蛇質。緑痕羃作薜荔牆，不與先生障西日。盆池斢水置廣庭，細鱗戢戢多于萍。碧天倒影落萬丈，夜久却涵三五星。此間露坐差不惡，翻怕團團葉垂幕。放梢何日過隣家，留待春風看瓔珞。家德尹、潤木兩弟，先後僦居皆與先生比隣。

德尹請假出都志别八首

去年夏旱今年水，八口窮鄉那免饑。我坐欲歸歸未得，得歸何忍阻君歸。

植檜移松已兩年，家書頻寄問西阡。洛陽二頃談何易，稍喜躬耕有墓田。

纔報歸期想候門，夢中燈火荻花村。天教此老桑榆暖，六十攜兒似抱孫。

舊巢架構鳩雖拙，老樹婆娑蠹已除。樊圃早垂黃橘柚，開池先養白芙渠。

涉脚迷途幸未遥，六年官簿笑同寮。輸他勇退能過我，多賦山居少在朝。弟自癸未秋假歸，丁亥冬還朝，今又以病告。

乞官無復步兵廚，米價新來貴比珠。慚愧臨行留薄俸，折支能博酒囊無？宋時檢校官折支例得退酒袋，東坡詩有「猶費官家壓酒囊」之句，時俸米方議改折，故及之。

消夏迎涼紀歲華，自五月以來同人爲消夏迎涼之會，會必分題。離筵忽漫對黃花。一尊勸汝重陽酒，若箇登高不憶家？

一菴猶欠結茅資，竹本花栽要及時。煩寄兒曹無別語，爲余勤補舊柴籬。

孫觀河無隱室乞題詩

丈室初從月地分，木樨開後又逢君。香風自滿三千界，鼻孔撩天幾箇聞。

座主相國澤州公有別墅在西苑旁政事之暇間一憩焉因取唐人郎士元詩意名曰半日村高咏成篇命余繼和恭賦一章時長至前二日

頻傳騶唱出閒坊，沙路西連紫界牆。一室凝香回暖律，萬峯銜雪冷斜陽。圖開別墅原同謝，詩取佳名亦愛唐。會得先生蕭灑意，寸陰還較小年長。

紫滄同年出示百聲詩凡天壤間有聲之物無不入其牢籠和之不勝和也冬至日獨直西苑心有所會偶拈四題兼寄靈隱諦輝高旻湘雨兩禪師亦屬並和

梵天一晌泬寥開，誰激華鯨怒吼雷。日落空林無客到，烟藏遠刹有風來。三生同聽人何在，半夜孤眠夢忽回。一百八聲敲不斷，苦教積劫墮輪迴。鐘聲。

範金琢玉記同編，古製難從磬氏傳。小雨泠泠晨灑竹，孤燈裊裊夜浮烟。軍持老衲腰同折，香積空廚室並懸。最憶山堂秋講罷，一聲清徹似巴蟬。磬聲。白樂天詩：「巴蟬聲似磬。」

緣木求魚又一奇，巧將法器付雕師。空虛自與敲鏗應，緩急都於梵唄宜。響入松濤疑掉尾，枯逃世網賴犍椎。憑誰悟徹前塵事，身是他山啄木枝。木魚聲。

三災驀過晝沈沈，窣堵波高蘭若深。已向池中懸倒影，又從天半落清音。石如解聽無生話，風豈能搖久定心。若問此聲何起滅，本來無縫杳難尋。塔鈴聲。

冬夜集潛齋分韻

我愛陳學士，古歡金石諧。在躍不忘潛，而以顏其齋。寓直少閒暇，暫歸召朋儕。設鱠當嚴冬，迨茲風日佳。素心五六輩，步屧相與偕。君家門庭高，俗子無由階。相公聞且喜，初筵示模楷。獸炭紅麒麟，地爐宿餤埋。分題命觴詠，是日相國命題，衆各拈韻。合座忘形骸。盆梅初著花，行列如人排。疏影落杯底，清香入奇懷。五言率未成，壹醉衆已皆。頭盤雜拇陣，録事主所差。錢絅菴。劉若千。興頗豪，顧俠君。繆湘芷。量靡涯。陳子世南。氣稍怯，罰籌密於蚑。卧甕玉頽山，浮蛆碧傾淮。余惟兀然坐，幸免出而哇。客散一屢留，是夕余與絅菴留宿齋中。連牀聽膠喈。明朝寒栗烈，雪花點銅街。詩成從馬上，醉眼還重揩。

冬夜讀亡友錢木菴詩中有咏塵咏影二首嘆其學道有得追和原韻

果否蓬萊海底生，本來無質自然輕。狂能眯目虛空暗，細解窺窗穴隙明。羊角團團多借勢，馬頭滾滾似趨名。泥融雨浥終難盡，那得乾坤一掃清。右咏塵。

寓形宇内豈惟人，幻出無端現在因。我覺官骸多是假，汝依水月詎爲真。隨身只怪趨難避，面壁誰知坐轉親。吹却油燈何處覓，佛光中現舜多神。右咏影。

十二月初五夜夢一僧叩門乞詩夢中了了作四言八句覺而録之

有目斯翳，有耳則鳴。人方擾擾，竅聰穴明。空即是色，寂于何聲。混沌不鑿，以全其生。

謝院長餉白魚牛尾貍

樵山擘水致珍羞，陋巷敲門荷見投。細剁銀絲防骨鯁，爛蒸玉面惜膏油。酒嘗雙榼鮮同擊，周紫芝詩：「買魚配酒爲君嘗。」蘇詩：「酒淺欣嘗牛尾貍。」糟壓三冬膩欲流。東坡詩：「長羨淮魚壓楚糟。」子由玉面貍詩：「壓入糟盎膩欲流。」自分生平藜莧腹，得兼二者更何求。

院長疊前韻見貽追憶十六年前唐東江與余晨夕唱酬事再疊韻奉答

憶昨狂吟不自羞，瓊瑶屢報木瓜投。名園擘紙移朱舫，綺陌迴鞭避碧油。花下清尊殊跌宕，雪中白戰也風流。唐衢去後交遊冷，忍聽嚶鳴出谷求。

次日復惠黃柑冰鮮兼來索詩再賦二首

登柈磊落皆三寸，照眼輝煌得八枚。羅帕分甘先令節，碧香留賦待新醅。漸回冰齒瓊漿暖，試奏霜刀緑霧開。便與魏橙同給客，拜嘉真自永嘉來。橘譜：「出永嘉者爲真柑。」

風味依稀似鱠殘，侯鯖一月貴長安。豐肌弱骨和虀美，雪片冰花入座寒。欲報已無青玉案，盛來兼乏水晶盤。連朝小試烹鮮手，只累先生減食單。

鑿冰詞

朔風兮夜號，百川兮晨凍。射白日兮冷光，柔變剛兮石無縫。千夫杵兮聲沖沖，砉然解兮塊斯融。天倒窺兮尋丈下，歸無極兮馮夷之宮。吁嗟乎！冰堅可藏兮從爾鑿，亦既臨深兮其毋履薄。

次韻答李秦川

衰年注蟲魚，如蠹蝕書史。迂疏衆所易，末契得之子。扣門晨有投，藻句霞散綺。師承得前輩，出語究終始。子生本名家，抗志矯波靡。昨來應秋賦，名溢人口耳。展足抱未攄，挽頹力堪仔。詩才尤秀拔，氣壓侯叔迟。當今大雅宗，四海歸繡水。一老謂竹垞先生。導其源，揚瀾賴多士。新倪擢苕潁，舊調削軟美。味道庶在兹，詞章寧小技？君看鳴陰鶴，豈有寡和理。餘風被東南，矧乃桑與梓。老人慎許可，僂指故無幾。往往爲余言，後來惟一李。余雖分拙劣，夙好附羣紀。來篇等括張，機觸難自止。殘冬互酬答，塵芥何足洗。

題劉若千前輩夜雨對牀圖小照

我恨不如遵渚雁，行列羣羣飛不斷。又恨不如同隊魚，朝朝在藻還依蒲。可憐兄弟如相避，萍梗沈浮劇兒戲。壯年作客晚筮仕，投老茫無歸宿地。偶然風雨一連牀，僮僕旁觀詫奇事。平生怕讀潁濱詩，中有傷心幾行淚。關中二劉今二蘇，才名宦跡兩不孤。有生聚散誰免得，看取對牀聽雨圖。長公秀骨仙之臞，次公白晳豐而腴。題詩尚爾感顩頷，令我展卷增嗟吁。關河南距四千里，正坐一官爲累耳。不見伯淮季江屢詔徵不起，肯以元纁易布被？

送勞介巖副憲歸里 十二月十五日

老伏青蒲振直聲，冰霜凜冽歲峥嶸。風波孰與批鱗險，華衮何如拜杖榮。九死人皆危此舉，一歸天特厚餘生。猶憐不及商山老，鴻鵠飛時羽翼成。

敬業堂詩集卷三十七

槐簃集上 起己丑正月，盡十二月。

去宣武門西半里許，有陋室十餘間，扃鎖頹廢有年矣。己丑二月自西苑下直歸，從馬上望見老槐二樹，亭亭出屋，顧而樂之，遂僦居焉。爾雅連謂之簃，疏樓閣邊相連，小屋名也。因借樹以名吾集。

春冰次院長韻

怪底堅成脆，行逢凍釋時。寒無蟲可語，暖被鴨先知。裂縫防頹岸，留痕驗故池。何當供夕飲，春氣漸如炊。

人日出郊

老夫新年年六十，酬應昏昏忘盥櫛。朝來準擬出郊行，走馬看山作人日。西風撲面飛黄埃，忽憶故園新種梅。詩成寄問草堂弟，臘尾春頭開未開？去年正月於西阡種梅數十本。

院長餉新年食物兼示四絶句次答

類篇止有鮠魚字，梵語蘇詩恐誤人。説文、玉篇俱無鮰字，司馬公類篇有鮠魚。釋氏稽古略謂「寶公吐鮠成活魚」，今江中洄魚是也。東坡詩中作鮰，洄與鮰當是鮠字之訛。本草失于考證，故及之。我是江湖釣竿手，爲公箋釋到纖鱗。

次韻鮠魚

半殼含胎剖蠣房，鮮宜糟壓嫩宜湯。黄封拜賜連朝醉，特試先生醒酒方。蠣黄瀹湯，可以解酲。

次韻蠣黄

次韻對蝦

吾鄉海錯雜魚蝦，細瑣登盤品亦嘉。忽見銀鈎如椀大，閩人好對浙人誇。

次韻黄雀

嘉禾舊志説陶莊，黄雀肥時早稻香。徐碩至元嘉禾志：「黄雀出陶莊，秋後最肥。」自别家來無嗜好，滿瓶鄉味荷分嘗。

春風次院長韻

又隨步屧散今朝，紫陌微微去轉遥。頗訝渡河冰易泮，不知吹鬢雪難消。南枝暗放參差蕊，東面偷迎宛轉條。二十四番誰管領，等閒聽過賣餳簫。

次韻春雪

春寒不與臘寒同，微霰來沾弄袖風。翠浪舞當三白後，香泥巧借六花融。飄殘柳外濛濛絮，送盡江南片片鴻。莫倚侵陵萱草色，繞階須護蕙蘭叢。

長孫興祖就婚雲夢寄詩示之十韻

聞説求婚媾，爲期在此春。抱孫吾計日，配婦汝成人。雪棹吴江岸，風帆楚水濱。間關憐道遠，出贅笑家貧。締好因同譜，親家沈翰逸，爲癸酉鄉同年。居鄉本比隣。禮從荆布舊，義取帨縭新。莫倚嬌爲壻，須存敬似賓。葭莩方有託，骨肉自相親。去迨冰開候，歸當燕乳辰。阿翁南望切，書報勿辭頻。

院長餉柿霜餅兼示長律十二韻次謝

駢實交柯重，金烏下啄同。小園秋晚挂，古寺日高烘。爛爛燒空赤，蒸蒸耀眼紅。蔕留紅袖織，用白香山詩中事。葉受墨光融。用鄭虔事。耿餅佳名著，梁棹上品充。滑疑流石蜜，寒欲殺尸蟲。玉井千珠落，丹田一氣通。齒疏宜軟美，喉潤覺清空。止嗽方殊驗，時余方苦痰嗽。迴腸味不窮。殷勤開尺幅，檢點閉輕籠。食罷仍蠲渴，詩來況愈風。多煩霜雪意，寵貺白頭翁。來詩結句云：「還堪持獻壽，好配紫芝翁。」

院長以乳酥餅見餉仍有詩索和謂余深於禪理戲作偈語次韻奉酬

昔聞佛者言，醍醐蓋有自。初從牛乳出，香美非思議。於中得酥酪，先後當以次。我意殊不然，强生分别事。先生味禪悦，故以機相試。聚爲一團酥，是一要非二。散爲百千餅，又豈百千味。當其爲乳時，涓滴白牛致。云何清浄腸，猥用忍草飼。我無廣長舌，報以真實義。請看牧牛者，苦苦掣其鼻。不若聽所之，放牛著露地。人牛兩自在，彼味非此嗜，莫管乳酪酥，醍醐孰同異。

以紫檀鏤管筆一雙餽院長兼呈拙句

客從吴興來，遺我雙不律。森然秋兔穎，毫末羞自匿。削管用紫檀，可手製新出。免冠頭不秃，肯入中書室。我老腕力微，何心計贏絀。學書疑有鬼，覓句懶無匹。留之注蟲鰕，如膠柱鼓瑟。故用移贈公，庶幾副其實。吴俞世不作，吴政、俞俊皆北宋時筆工也。諸葛法久失。錢沈亦名流，後來費評隲。雖非金與銀，鏤刻分纂述。猶勝斑與赤，輕脆抱空質。上將點絲綸，次亦標甲乙。含毫特餘興，揮灑膏繼日。新年富新咏，傳示盈卷帙。浩汗或掣鯨，精微乃貫蝨。儲材等武庫，應敵在倉卒。不以老見輕，有作例牽率。余雖勉屬和，十駕爭及一。從公乞餘波，仍以詩侑筆。

湯西厓前輩自洛中寄示重修香山寺記石刻拓本

龍門十寺已全荒，金刹誰尋古道場。劫外豐碑開闕塞，天中軼事在文章。雲泉舊境緣曾結，白樂天香山寺詩：「且共雲泉結緣境，他生應作此山僧。」山水初心後果償。「幸爲山水主，是償初心復始願之候也」，語出樂天重修寺記中。公是樂天還記否？前題多在暢師房。

斗室

斗室無風入，香嚴正寂然。一株婆律火，半榻祖師禪。白雪將灰候，青烟未吐前。此時參鼻觀，消息向誰傳？

題吳寶崖雪龕煨芋圖小照

神仙只累十年官，枵腹聊爲一飽歡。何似雪龕風味好，平生不喫懶殘殘。「山人更喫懶殘殘」，東坡逸詩句也。

去年過塔灣湘雨禪師出所纂金剛經順意見示攜之行笈欲爲刊刻流傳有志而未逮近以呈院長蒙叠筆字韻詩盛相稱詡輒次韻奉酬敢請院長爲功德主此篇聊當募緣偈一首也呵呵

五十墮醉夢，不知經論律。一從讀金剛，稍開雲霧匿。深沈百尺低，垂綆汲使出。遊子久離鄉，于焉返家室。既歸翻自痛，精進力已絀。欲除人我相，兩敵勁無匹。又爲義疏誤，孰與更張瑟。晚遇馬蹟師，貝多示真實。微詮警後悟，妙解證前失。俗昧知者希，我衰天所隲。誓將廣流布，期不虛纂述。先生一見之，析義豈待質。孰疑兩破碎，決若魚去乙。開雕指詩來盛稱揚，方便皎慧日。黑蟻二萬言，卷之僅盈帙。護持付龍象，普度及蟻蝨。庶將擬楞嚴，顧成，功德亦易卒。檀那視積纍，幸以銖兩率。恒河計沙數，百億生于一。

勝授房融筆。

座主大宗伯許公七十壽辰敬呈長律四章

巖廊重望冠清都，黄髪年尊與道俱。燕許文章唐巨手，程朱理學宋醇儒。龍門拔地孤逾峻，鳩杖隨身健不扶。指似天文人盡識，壽昌方叶泰階符。

司徒崇秩晉春卿，端右迴翔寄不輕。公自起家敦孝友，世因瞻斗重科名。衣冠盛事耆英社，鄉國餘風月旦評。歷政不緣中外異，依然冰貯玉壺清。

集賢曾寫樂天真，九老中今第幾人。三月韶光連上巳，三月二日公誕辰也。七旬觴咏屬初辰。芝蘭得氣殊庭秀，桃李成陰薄海春。共仰官高能下士，虛懷仍以讀書親。

朝回晝静愛長閒，笑説生平杯酒間。却向烟霄頻矯首，每從風月一披顔。蒓鱸遠夢馳千里，松鶴高情在兩山。欲御籃輿知有處，谷湖柳色待公還。

余自甲申春寓城南道院丙戌十一月請假暫歸戊子三月抵都重館于此己丑上巳前一日將移居宣武門外臨行題壁

三間古觀稱羇棲，五見空梁補燕泥。欲去每教僮灑掃，再來猶認客留題。壁間有同年王方若題句。飛鴻印雪原無跡，倦馬辭槽又一嘶。怪底老懷殊戀戀，西山多在短牆西。

西苑新直廬 在澹寧居後。

雪林風沼候參差，休假俄經百日期。去年十一月奉旨暫停入直，至今年二月，恰百日矣。魚鑰曉嚴新契勘，鄭谷詩：「門嚴新契勘。」鳳巢春換舊棲枝。路迴稍覺穿花遠，窗靜從看過影遲。笑逐班行重入直，龍鍾已是杖鄉時。

移寓示潤木二十韻

久客身何着，今來願始諧。買鄰無百笏，僦舍爲雙槐。中庭有老槐二株。迢遞連城角，沿洄阻水涯。閒坊聲較静，濕地勢微洼。東野攜家具，西枝寄病骸。未能行躡屐，那免出傳牌。

槖俸先期給，鍘童冒雨差。無妻中饋缺，與弟入門偕。白木牀分設，烏皮几對揩。布衾寬稱席，石炭賤踰柴。茶竈商量置，書籤整娖排。窗緣絲網掃，池用瓦盆埋。卷幔通巢燕，登柈待食鮭。廚空浮白琖，壁挂踏青鞵。車騎經過閴，風光漸次佳。但教塵隔巷，翻愛草侵階。擊鉢旋相和，吹箎分不乖。近宜論洽比，遠或召朋儕。汲井昊天寺，買花南市街。經旬許休澣，亦未廢清懷。

三月三日雪後赴西苑馬上作

鳳城西北苑東偏，白髮尋春又一年。殘雪泥融芳草岸，昨夜微雪。薄寒風勒柳花天。非無好景來林外，尚少遊人到水邊。獨把吟鞭欹醉帽，時逢修禊想歸田。

暢春園杏花次李義山舊韻

杏苑即仙源，含情似欲言。問名憐及第，鄭谷曲江紅杏詩：「爲是春風及第花。」得氣儼承恩。流水悠溶態，初陽淺澹痕。綠新宜柳映，紅遠覺桃繁。蝶翅輕三月，鶯聲戀一園。盈盈窺紫闥，脈脈待黃昏。小睡披香暖，微酣殢雨温。臙融難作蔕，温飛卿詩：「融蠟作杏蔕。」脂染定連根。何處堪凝望，逢人自悦魂。青旗風綽影，猶記酒邊村。

落花和陳潛齋學士韻

桃是深粧杏淺粧，開時有態落猶香。東風自借孤蓬力，流水何曾出苑牆。

同年蔣西君卜築西郊詩以落之仍次移居二十韻

薄宦居難定，同時興偶諧。我方銘陋室，君亦賦高齋。趙閲道有高齋詩。作計寧非達，爲生洵有涯。背城山漸近，就水地宜洼。昨搆才容膝，今營儼樹骸。舊材留梓澤，新棟拆松牌。斤斧俄收響，僮奴免借差。落成三月速，扶挈一門偕。棗軸疲牛汗，楊椿疥馬揩。烟光通禁籞，野氣入荆柴。但取藩籬便，何須闠戟排。書奇傾橐買，樹好帶花埋。北釀缸浮蟻，南烹案致鮭。僧來攜蜀絹，信去覓吴鞵。壽母藤輿健，嬌兒繡褓佳。碧枝風卷幔，紅藥雨翻階。即事歡皆具，生平願豈乖。宵歸辭俗客，晨直約吾儕。故國三千里，黄塵十二街。算來除蔣徑，無此好情懷。

暢春園芍藥

萬卉爭春放，開遲賸此花。雅禁初日照，濃被綠陰遮。隔岸浮香霧，臨池蕩綺霞。年年三月尾，病眼閱繁華。

西君同年餉甘蔗

小東青如削，來從櫻筍鄉。特煩良友餉，何異大官漿。促節過頭杖，清泉漱齒霜。多君甘旨外，有味必分嘗。前一日先惠櫻桃，故云。

下直經澹寧居後見新竹出牆

輕雷夜解斑籠籜，地近宮垣勢便高。應笑松栽成早偃，多年猶未出蓬蒿。

四月二十四日奉旨偕錢亮功汪紫滄兩同年赴武英書局編纂佩文韻府口占示同事諸君二首

六年供奉毫無補，天語蒙褒下禁中。聯步久趨丹陛北，直廬今寓浴堂東。名連進士慚同進，管禿中書笑不中。那免退之譏磊落，依然爾雅註魚蟲。

上窺典誥薄風騷，不數區區篆刻勞。才盡更誰哀老子，課嚴渾似限兒曹。舊巢未掃痕猶在，奉旨編纂事竣，仍回南書房供奉。賜馬相隨骨漸高。差勝漢廷飢曼倩，官廚豐饌日仍叨。

武英殿後老桑

出牆如蓋勢童童，初日移陰小殿東。辜負江鄉蠶老候，烏鵲餘椹滴階紅。

六十生日竹垞先生遠寄名錫唾盂茶瓶

張銅沈錫皆禾產，一技成名不偶然。今日瓶盂成古器，後生誰識百年前？

槐陰露坐

我愛雙槐好，婆娑滿院遮。蟠根容穴螘，出屋帶棲鴉。未落三秋葉，將舒六月花。近身安片席，餘蔭給隣家。

鵲雛爲隣猫所攫

庭南老槐樹，當暑花葉敷。有鵲棲其間，雌雄將六雛。毛羽日夜長，飼哺同慈烏。家書故鄉來，好客與之俱。查查每預報，喜氣充我閭。自謂得所主，永無意外虞。鄰家黑白猫，眈視生覬覦。陰藏爪牙毒，上樹捷飛鼯。六雛一被攫，鵲起逐以趨。似將奪虎口，性命還須臾。又似望人援，繞簷羣噪呼。倉皇不及救，坐視爲嗟歔。我墉被鼠穿，唧唧繁有徒。孔箱盜夜粟，穴紙潛朝嚅。汝雖磔百千，飽噉臥氍毹。誰當刻責汝，加以非分誅。鼠黠鵲性良，飛走族亦殊。云胡於此暴，顧獨於彼懦。叶平。於彼爲養奸，於此戕無辜。汝腹縱暫滿，汝腸義當刳。吾欲致張湯，詰之定爰書。公然掉尾去，借鄰以逃逋。

自書局回寓作

書局限孔嚴，晨趨事搜討。歸來日云夕，返景在林杪。槐花滿中庭，鋪積亦復好。小童懶無匹，安坐終日飽。故欲習其勤，時時令汛掃。清風颯然至，葉有先秋槁。頗聞蒙莊言，勞生佚以老。信書乃大繆，自計胡不早？

喜雨

京師夏苦旱，熏灼如炎方。霢霂偶微霑，暍者盈道旁。滂沱忽大沛，熛怒不得張。簷溜粗于繩，翻瓢挹天漿。栽花得新活，卧柳回舊僵。既雨萬彙蘇，我亦中微涼。風霆一夢破，境過旋已忘。

大雨過玉蝀橋

雨聲衝破影中天，百尺長虹萬頃烟。鷗鷺不爭車馬道，自遮荷蓋領雛眠。

新晴赴書局

積雨暑未退，快晴天爲高。肩輿出衝泥，俯仰同桔槔。豈不恤人力，用代鞍馬勞。竊禄多懷慚，何如返蓬蒿？

庭樹聞蟬

委蜕知何處，吾廬忽有蟬。不嫌晴晝永，轉愛緑陰圓。薄比彈冠況，清同舉室懸。柴門虚倚杖，悵望晚涼天。

種竹

潦退庭宇涼，奇懷赴幽獨。規將尋丈地，遠景收淇澳。佳人來何方，笑齒瑳冰玉。欣然肯相就，陋室空於谷。上承槐高清，下蔭苔嫩緑。未應供客看，或取藥我俗。我俗庶可醫，齋廚久無肉。

瓶中白蓮朝開暮萎

街頭買白蓮，帶露來座隅。養之清净水，謂是西方姝。朝爲木槿榮，夕與桑葉枯。既開必有謝，元化周斯須。老人閱浮生，過眼同一如。那將熏染習，累此冰雪膚。寄語散花天，我非狡獪徒。從今方丈室，永拔污泥株。

對鏡覽髮

我髮日夜短，餘存諒無多。既白會當秃，不煩行羯磨。人呼在家僧，自署老頭陀。黄精無掃法，奈此秋蓬何？

夜枕喜雨

偶栽窗外竹，初不爲秋聲。忽灑三更雨，瀟瀟亦有情。

新涼

素角城端鳴，初涼動砧杵。西風一以發，清絶遽如許。大化日循環，吾生幾寒暑。心空有遐託，跡寓無久處。社燕如知歸，飄然辭逆旅。微蛩漫多思，唧唧乃私語。

秋日江亭雅集有懷舊遊寄晚研滄洲西谷篔齋鹿原天農及家德尹得遲字

酒徒半散天南北，嬾到今年不作詩。老去故應朋舊少，重遊兼感歲時移。孤亭窄似維摩室，秋水寬於阿耨池。却被居僧嗤冷落，主人來早客何遲。是日郭雙村治具，諸君午後始集。

一日假

偶得一日假，心安良有餘。簟涼便晏起，髮短罷晨梳。露角連城動，風蟬帶樹疏。故鄉頻水旱，翻怕得家書。

旦入宣武門

棡鼓傳三千，門開九衢曙。老夫肩輿出，日與輀車遇。粉書揚銘旌，束縛同此路。死有千載暝，生無一朝寤。嗟爾行哭人，啾啾百蚊聚。語出楞嚴經。

題嫻堂奉母圖爲郭于宫尊堂吕太君壽二首

天半鸞凰膝下雛，承恩先爲老親娱。愛他五綵斑斕袖，曾捧驪龍四顆珠。皇上南巡時，御書「禮教克嫻」四字以賜母。

畫棟浮光縹緲間，新摹宸翰作堂顔。天生才子如椽筆，欲賦閒居可得閒？于宫供奉南熏殿。

張副戎有愛姬二人去年重陽日各生一子命工繪圖同年劉大山有詩屬和一首

臨觀恰是重陽卦，不比徐卿二子歌。菡萏秋房原並蒂，珊瑚越網又交柯。明知照乘光相敵，試問連城價孰多？博得兩鬟開口笑，一持侯印一提戈。

少宗伯王琄湖先生別墅名甲秀園皇上南巡雲間凡兩幸焉先生作詩紀恩復屬余繼和次韻六章

甲秀園開碧泖潯，每從廊廟憶山林。花如韋曲傳佳句，風自卷阿繼雅音。兼託丹青摹盛事，獨將清曠契宸襟。九峯高倚層霄上，俯入軒窗是寸岑。

喬木千章竹萬根，翠華臨處彩支繁。帆檣隱隱頻移岸，桑柘依依別有村。緑野天開裴令墅，治城人識謝公墩。陪遊何必身親到，魚鳥能邀再顧恩。

列仙圖籍本雲霄，物外心期故自超。雅有新裁矜異數，喜聞屬和偏同朝。兩回步輦花間入，一色春旗柳外飄。透出斗中光萬丈，御書樓閣冠巖椒。

靈壽無煩借孔光，朝回展卷好相徉。書臨勑賜松花硯，笏聚家傳鍮石牀。蘭畹芝庭方競秀，石田茅屋豈全荒。承明又召枚皋入，始信烏衣世澤長。時長公麟昭被旨供奉内廷。

一花一木記平泉，手植何人不解憐。此日韶華娱舜目，幾家雨露長堯年。波摇曲沼黄金縷，欄亞新叢碧玉椽。總在雲蒸霞蔚裏，畫圖欲繪恐難全。

陸機茸外野人家，萬頃畦風養麥花。曉徑烟巒成掩冉，晚春雲物貯清嘉。山莊細雨初回輦，官焙頭綱正試茶。扈從班中曾毦筆，爲公濡翰語非誇。丁亥三月余隨駕獲游園中。

九月二十日偕紫滄亮功兩同年赴密雲接駕往返三日馬上即事六首

黄收朔野横從畝，紅散霜林遠近郊。不是三人同寓目，一年此景等閒拋。

同官同直還同譜，六七年來不暫分。比似天邊一行雁，飛鳴食宿總成羣。

塞柳風高遞急砧，回鑾時節正秋深。身如舊賜天閑馬，暮齒猶餘見獵心。

翠旄朱旂歲往來，歡聲奮地又如雷。關南黎老爭扶杖，重見蒼龍侍輦回。

蝗不成災慮種遺，撲蝻有詔責官司。直從場圃初成候，算到明年稻熟時。

載路頻聞樂土歌，聖恩寬大緩催科。太平是物皆蕃庶，斑鹿黃羊獲校多。

送孟静齋之任錢塘二首

水旱頻傳接井疆，畫船簫鼓半荒涼。欣逢悃愊無華吏，往拯租庸積困鄉。郡守賢如龔渤海，謂張裕齋。州民窮有鄭滎陽。謂老友鄭息廬。此行直比陽春脚，膏雨隨車到一方。

不改書生舊羽儀，翛然一見識心期。曾從譜牒知名久，與德尹庚辰同年。未覺風塵筮宦遲。劇邑簿書迎刃辨，冷官門户少人持。煩君蔭及先賢澤，京兆岡阡忠惠祠。先京兆公賜域在江干范村，外曾王父鍾忠惠公祠堂在西湖第一橋，皆屬管内。

齒痛借用昌黎韻

我年五十時，落一牙一齒。故人傳良方，盥用井花水。餘存幸牢固，自爾將及紀。午餐漱方撤，曉枕扣而起。清比啄木聲，硠硠徹人耳。寧知衰老候，疾苦不由己。積火壞陳齦，浮陽發頹骫。冬來忽擁腫，罅縫生碨硊。難憑藥醫治，平聲。最怕物觸抵。苦開酸兩頰，亂動憎食指。平呑有哽咽，礙嚼無軟美。旁觀不知難，相勸進匕匙。黄耇半甌粥，舌在僅可舓。連綿五晝夜，腫赤乃漸止。痛定得動揺，老夫翻自喜。韓云吾亦云，次第將落矣。平生滋味薄，藜莧徒累爾。時至適摧殘，在堅宜有毁。百骸推一例，此蜕已久委。試看葉經霜，終無戀枝理。

初冬集春暉草堂賦得菊殘猶有傲霜枝十二韻

黄菊將殘候，嚴霜戒令時。亭亭當晚節，冉冉閲秋期。正使孤花秀，何妨衆葉萎。倚衰猶崛强，競賞故參差。澹入高人目，幽惟冷蝶窺。似曾霑雨露，終不傍樊籬。揺落芳心見，低回客土移。楓丹非本色，竹翠是相知。繞徑香雖淺，登堂影亦奇。白衣誰送酒，青女解催詩。性在休嫌傲，寒多莫漫欺。重陽高會少，剩取一枝枝。

擬樂天一字至七字體以題爲韻分得簾字

簾。傍檻。依檐。防客見，避花嫌。平鋪湘簟，斜搭吴襜。額飄風細細，鈎映月纖纖。更無人處垂地，但有香時透奩。試問陰陰芳樹底，後堂玉笛是誰拈？

十月望後前輩周桐野同年王樓村雨中過槐簃看菊留小飲明日桐翁以詩見投次原韻二首

老瓦盆中花十本，上槐街裏屋三間。眼前此景殊不俗，輦下幾人能愛閒。我已掀泥除薜徑，客方冒雨扣柴關。寒林瘦竹蕭蕭意，着片疏籬即故山。

土銼無烟硯欲冰，一歡邂逅得何曾。詩如老將渾無敵，花到殘年亦少朋。紙閣留香清四壁，畫屏肖影澹孤燈。直饒酒醆難抛在，未敢多邀入社僧。

題湯西厓前輩出關圖即送赴奉天府丞任六首

中原桃李盡門生，官比冰壺徹骨清。此意九重非不達，又持文枋赴陪京。奉天丞兼督學政，故云。

燕雲東北是重關，笑指飛鴻滅没間。天與先生開眼界，自吟詩過十三山。

里社枌榆接帝鄉，同時卿相半南陽。居民老不知兵革，耕徧松桓舊戰場。

沙蟲猿鶴總秋埃，考證真須著作才。别着畫圖車幾兩，東都少尹載書來。

荒寒杞菊笑齋廚，山海中間物産殊。不獨秋原饒雉兔，八梢魚賽四鰓鱸。

西風獵獵捲雙旌，别路秋光雨正晴。前隊朱衣非俗物，爲君聊壯出關行。

題紫滄醉吟圖小照三首

落花風裹鬢交垂，山谷前身定牧之。綺語多生留一句，醉圍紅袖寫烏絲。

朝賜黄封夕奏詩，玉堂人物數同時。如何袖染天香後，偏愛科頭曳履姿。

醉裏清吟眼界花，樂天猶作少年誇。證因亭上新翻偈，枯木寒灰别一家。

古詩

花開昨夜雨，花謝今朝風。造化故無私，循環一氣中。舉舉少年子，彈指成衰翁。翁衰從少得，乃復憂兒童。

題翁樹服别茶圖小照三首

小團龍鳳碾初勻，面首膏油苦鬭新。修貢亭荒官焙少，輸他一片火前春。

湯老懸知客亦佳，清風兩腋是仙才。花瓷不少纖纖捧，辛苦磚爐自煮來。

君顔白皙我華顛，猶記騎驢並入燕。重向茶邊論臭味，出山泉愧在山泉。

盧六以庶常自藩邸入直武英每乘小車以詩索和

轣轆勞薪五稔餘，八騶雖乏勝騎驢。伐輪自信餐非素，代步何妨進稍徐。旁挂鴟夷應貯酒，中安狨坐好攤書。多君博物張寬比，定有人占第七車。

送宋蘭暉庶常養親歸商丘兼呈漫堂先生四絶句

歸途幾見着先鞭，祖道回頭僅隔年。去秋送太宰公予告旋里。嬴得旁觀增太息，此行真箇是神仙。

長假緣知爲老親，隨身匹馬兩車輪。較量白傅香山社，膝下今多奉杖人。

出專方岳入蓬瀛，小宋文章又擅名。獨脱朝衫歸養志，官情付與二難兄。

薄雪初消柳未絲，行期預遣報西陂。羡渠到日逢元日，歲酒先拈第一巵。

得東亭弟滇南書知補授太和令作詩志喜

送爾銜炎出國門，弟于五月抄出都。半年迢遞憶征軒。星埃路脱千重險，冰雪書來一笑温。官舍向來多北户，王程從此少南轅。家聲定有蠻人識，身是前朝小諫孫。明嘉靖朝先高祖在諫垣，疏參分宜相，杖謫定邊尉。

從廟市買梅花水仙二盆口占二絶

取意原從冰雪間，水邊林下總怡顔。黄花過後無聊賴，又破先生一掬慳。

根株高下手親栽，嫩蕊多憑火力催。好與冷官添暖熱，一房紅日看花開。

答硤川程予和

有才如此我應求，慚愧篇章屢見投。愛説項斯長在口，自逢東野欲低頭。苦心豈少知音識，佳句殊難率筆酬。期子修途須努力，莫憑嗤點逐時流。

除夕前四日宫恕堂寓齋消寒雅集次東坡答段屯田韻

平生區中緣，足迹天下半。自隨厩乘秣，坐致籠禽歎。去日行已多，後期把難玩。職雖典文墨，官肯羡黄散。冷澹作詩人，謹譁劇酒伴。鼕鼕街鼓夕，喔喔隣雞旦。匐瓠點羹湯，鮮腴飣柈案。狂吟詞跌宕，衆舞影零亂。憑誰扶雅輪，於我奉沃盥。營身有底急，見事何妨緩。壯懷付消沈，老學資講貫。賈生蠲細故，韓子就新懦。欲回天地爐，重扇陰陽炭。貧因思拔宅，愛有歌適館。幾時解嚴寒，此會得餘暖。甘從百罰醉，聊博一笑粲。

次潤木除夕感懷韻四首

窮年趨走不辭頻，休澣聊除半日塵。武英節假後復入直内廷，今日午間始回寓。七秩將開吾向老，半生習嬾爾無倫。屋如參廨東西住，樹接斜街上下鄰。笑把屠蘇甘最後，白頭何事肯先人。

病鶴摧頹戀赤墀，尚憑瘦骨强知時。早梅破臘心相許，殘菊迎春事亦奇。瓶中菊花自十月杪至今尚未萎，亦一奇也。賓戲客嘲從嗜嗜，人趨我步儘遲遲。枯枰三百多平路，莫鬭新翻巧手棋。

疏疏微霰墜無聲，隨分招呼得合并。陋室然薪爲蠟炬，荒厨暖酒用茶鐺。語便應對宜鄉友，夢失悲歡長道情。錯料官中有生計，依然共爾舉家清。

風流幾輩記遊燕，往事依稀劍契船。細數流年殊瞥爾，每逢遠訃一悽然。半年來吾鄉陳少司寇、汪少司農、竹垞朱先生、陳太守六謙皆物故。龍蛇屢厄天何意，蛩駏相依老倍憐。正自欲歸猶未得，妄思駐景作巢仙。

敬業堂詩集卷三十八

槐簃集下 起庚寅正月，盡閏七月。

庚寅元日試筆戲效樂天體

朝回剥啄門無客，家會團圞巷有鄰。潤木寓相去一里許。簷竹半經霜壓捺，盆梅全得雪精神。顛毛白後無多許，花甲周來第一春。除却過頭年六十，另編詩藁起庚寅。

湯西厓前輩見和元日試筆詩再疊奉酬

不愁遼海阻音塵，西厓初自奉天少尹陞任回京。劇喜還朝作並隣。客疾過年當勿藥，新詩拈筆果如神。溪山偕往知何日，步屧相隨要及春。只恐官高歸未易，釣磯端合付徐寅。西厓將以疾告，故云。唐徐寅歸老延壽溪，作釣磯、探龍二編，僕意以此自況也。

立春前一夕小飲西厓寓齋三疊前韻

歸休終傍漳南宅，西厓近買宅海鹽，余亦將移居於此。偪仄今充巷北隣。無事不嫌頻扣户，坐談常恐太勞神。燈前對影流連夕，花底開懷準擬春。探借盤筵報佳節，先庚三日午辰寅。蘇氏易傳：「先庚三日，午辰寅也。後庚三日，子戌申也。」

湯納時表弟次前韻見寄四疊韻

衰遲會合且風塵，下榻閒坊近接隣。每憶兒時纔轉瞬，不談舊事怕傷神。雪封村路梅花夢，酒汎行廚柏葉春。壽骨不知相似否，與君初度再庚寅。范石湖六十一歲自貺詩：「四人同丙午，初度再庚寅。」弟與余同年生，故引之。

劉若千前輩枉和新篇五疊前韻奉答

多年文酒追陪地，君有餘波每照隣。曾向桓驄展風力，愛從稽鶴領姿神。校書館閣閒中老，夢草池塘句裏春。敢擬唱酬稱執友，後先官簿託同寅。

瓶中菊花入春未萎西厓前輩樓村同年聞之各以詩相賀賦謝一首

兩枝黄白膽瓶中，猶記秋深折淺叢。能伴幽人過殘臘，始知大地有春風。延齡疑致神仙訣，勺水終資造化功。苦被早梅催替代，虚慚矜賞兩詩翁。

六疊前韻答樓村同年

不分君貧我更貧，何曾祭竈請比隣。筆花入夢能爲祟，銅臭如錢豈有神。陋巷幾家還賀歲，東郊昨日又班春。典衣纔了尋常債，踏麴重思趁上寅。造麴用七月上寅，見長慶集。

七疊前韻答劉大山同年

詩酒劉家代有人，不煩事事乞諸隣。篇章分得隨州派，釀法爭傳白墮神。來詩用賈島、杜康，故以此答。樂歲人情初見雪，他鄉時序怯逢春。憑君對我誇張少，莫把生申比降寅。大山丙申生，偶借用嵩高語。

西厓生日再次瓶菊韻奉柬

昏參旦尾報方中，又見蘭芽茁雪叢。初度年年作人日，官居處處舉鄉風。閒吟喜帶松篁氣，却病何關藥餌功。要識翛然出塵意，散花方丈淨名翁。

試燈前二夕再飲西厓齋即席分賦得鈎字

簾閣春寒未上鈎，重來竟夕爲淹留。印泥開酒波紋泛，雪窨移花蘊火柔。出漢書召信臣傳。才小媿參諸葛坐，格高可怕老元偷。樂天詩：「每被老元偷格律。」回思三十年交舊，幾個如新到白頭。

八疊前韻答同年吴南村

與君日日爲同直，千萬何須更買隣。筆退管城堪作家，針傳繡譜豈無神。青袍似草風驚曉，蒼鬢如松雪鬭春。好乞上元連夕假，重呼儕輩會三寅。明日十二方逢寅，同年又有公會。

盆梅

姑射有仙人，冰肌故綽約。歲寒守巖谷，風雪從饕虐。無端被巧匠，栽接移根脚。本是桃寄生，而含梅跗蕚。經冬傍花窖，漸亦喜熏灼。昨登廟市來，帶土入城郭。千錢買一本，手爲解其縛。我室清如冰，依然愁冷落。瓦盆一小器，局促焉足託。本性倘可回，相期返丘壑。

若千前輩見和瓶菊詩再次韻奉答

結爲三友歲寒中，松竹行邊菊有叢。併與梅同禁朔雪，不教蘭獨占東風。衰遲光景參差信，冷澹生涯長養功。此段閒情應入畫，畫將林叟配陶翁。時方屬蔣酉君補圖，以折枝梅花作配。

試燈夕吴篁村同年招集陶然亭

春來日日喜春晴，邀我同遊不夜城。燈火參差亭北面，管絃清脆月初更。探花不減年時會，對酒偏傷老大情。五十二人官太冷，癸未同年在詞館者五十二人。多君獨着繡衣行。吴時由户部郎改授侍御。

雪後獨赴書局

銀鑰初開右掖門，最先衝雪到朱軒。鴉穿鬖凇翻林影，鵲下罘罳印爪痕。釦砌凝冰防履滑，茸裘呵凍就爐温。此時忽動撚鬚興，憶着橋邊竹外村。

戲爲四絶句呈西厓桐野兩前輩

碧海鯨鯢杜陵老，虚空騄駬玉川翁。後生不自量才力，却道同遊羿彀中。

顛倒波濤拆海圖，補將百衲綴諸于。天機雲錦非鴛繡，縱有金針度得無？

百年神物在泥蟠，俗筆多從委蜕看。誰遣通身鱗甲活，畫龍容易點睛難。

不知此曲唱誰家，第一燈傳梵釋迦。妙處可容添語句，故應微笑對拈華。

折早梅一枝插菊花瓶中蔣西君同年繪二隱圖見贈并系以詩次韻奉酬

秋英春蕊忽交枝，耐久翻成邂逅期。高士累朝多合傳，佳人絶代少同時。不爭犯雪開能早，頗訝經霜萎獨遲。何物報君圖贈意，亟來花畔對傾巵。

燕九日郭于宫范密居招諸子社集演洪稗畦長生殿傳奇余不及赴口占二絶句答之

曾從崔九堂前見，法曲依稀啖段傳。不獨聽歌人散盡，教坊可有李龜年？憶己巳秋事。

上客紅箋興自酣，風光重説後三三。老夫别有燒香曲，憑向聲聞斷處參。

題西君同年花果册四首

淡墨染花頭，花心點焦墨。不似戲猫圖，寫生煩設色。徐崇嗣有芍藥戲猫圖。

畫竹葉欲密，畫蘭葉欲稀。破空三五筆，筆筆勢如飛。

南村有諸楊，不數陳家紫。目瞤朵吾頤，朝來吐饞水。

蒲鴿青連蔓，移根入塞難。曾從天上副，賸許畫中看。禮記：「爲天子削瓜者副之。」

花朝集忍冬齋月下飲汜光春用東坡定惠院月夜韻

始雷送雨作花朝，午後微雨，初聞雷聲。片月流空轉清夜。故人招我動春酌，繫馬門前古槐下。初聞鏘器隔窗鳴，忽卷湖光入懷瀉。碧壺貯液清瀲灩，黃糯流膏香穲稏。淡交滋味均有無，久客杯槃通假借。自然真趣出酬勸，豈比恒情論報謝。篤嗜誰分南北芻，羣讙會惱東西舍。已拚豪舉任投轄，待析狂酲須挫蔗。張協都蔗賦：「挫斯蔗以療渴。」從君泥飲痛不辭，與世周旋老尤怕。何當口業並消除，庶免人傳供笑罵。

分賦肅寧八月桃二首

玉帶河邊花似錦，南陽疃畔實如拳。不嫌雪黍年光晚，長記豳風剥棗天。

六月閩南進荔枝，西風北産熟偏遲。行宫瓜果中秋宴，珍重金盤拜賜時。五年前扈從口外，曾蒙賜食此品。

題王海文修撰秋林讀易圖二首

夢裏吞來記得不，韋編重對纈林秋。三爻已足科名用，一半還須向上求。

君家易學吾能説，前有通元後發微。晉王長文撰易通元經，唐王子安著易發微。世俗但傳王輔嗣，不知理數本同歸。

幽蘭

蘭兮蕙之族，幽者特早芳。見别疑似間，獲升君子堂。初來羞自獻，既吐還深藏。氣味則相親，無風亦悠颺。老禪適静坐，鼻觀通微香。

淘渠

京師飲汲井，城減但流惡。家家門前溝，歲歲費淘摸。九衢豈不寬，所向防失脚。東風連日霽，桃李嬌陽春。看取溝中泥，還爲衣上塵。衣沾胡足道，奈此塵污人。

寒食詞

鈿車隱隱走輕雷，兒女相將上冢回。不管小桃攀折苦，競攜春色入城來。

題吳寶厓西溪梅雪圖二首

苔枝殊冷澹，況乃壓枝雪。此時西窗琴，孤絃凍應折。知音眼看少，古調誰見別。聊爾動微吟，含毫寫清絶。硯水涣涣散，洒耳烏烏熱。多謝造門人，毋來污吾潔。

我愛新城詩，一緘寄冰雪。溪山如在眼，欲往屐齒折。畫圖與真境，莫作强分別。興到神亦俱，雙清兩奇絶。相逢山中侶，一笑回暖熱。洗我筆端塵，從渠嗔太潔。

殿庭草

東風吹緑花磚縫，下有陳根幾百年。惆悵履綦遺跡盡，雍和門外浴堂前。

菊苗

去秋所種菊，牆角委土梗。老眼無留花，過時寧復省。旬來春雨足，百卉擢條穎。嗟爾一寸根，勾萌亦自逞。回青識故處，閲白感俄頃。九陌交輪蹄，千林競桃杏。吾苗尚毫末，即事笑幽屏。

三月十八日曉出西便門至暢春園天始明

夜枕過雷雨，薄雲開朝晴。起乘殘月影，快作西郊行。好風從東來，初日烟中生。村村花柳氣，寺寺鐘魚聲。草色既芊眠，溪流亦洄瀠。于焉愜野趣，瞥爾遺宦情。長恐芳訊闌，坐聞鶗鴂鳴。白頭誰料理，撫景中怦怦。

院長揆公於園池小洲上新構亭榭落成自賦四詩其末章專以見屬次酬原韻

面面軒窗盡枕流，轉於空闊得深幽。負山有力輸鼇背，畫壁何年倩虎頭。皓月澂波宵似晝，踈簾清簟夏先秋。尤宜落日平臺上，遠景蒼茫咫尺收。

四首新詩自落成，尚留齋笏待余名。雲烟物態論今昔，風雨心期閲晦明。潑剌紅鱗當檻躍，褷褷白鷺導舟行。人間擾攘知何限，不博先生笑絶纓。

只擬松高對阮論，朝回一意避塵喧。瓣香自覺心源浄，明鏡端除眼界昏。菱葉牽絲縈瓦影，桃花拍浪没橋痕。此中何處容殘客，應許扶藜獨扣門。

神問身心影答形，籬杉徑竹對亭亭。開編一盞供浮白，排闥千峯與送青。鶴跡愛穿花底覓，漁歌長憶雨中聽。年來自嘆才將盡，擬向詩仙更乞靈。

從院長乞園中新笋次昌黎和侯協律咏筍二十六韻

及見初移植，清陰漸滿軒。萬竿殊不惡，五畝遽爲煩。篠簜年將老，篔簹定有孫。遠旬雷啓蟄，前夜雨翻盆。驗長纔分寸，爭高自曉昏。密侵苔錦厚，尖透麥風温。鳳咮形粗具，龍雛勢欲騫。攢攢犀角利，隱隱豹斑存。行列雖無次，縱横亦有垠。合充嘉客饌，何待老饕言。趁取猶含籜，兼當未易根。斫教開鶴徑，養祇護羝藩。幾費輕籠貯，曾勞重馬奔。千錢空市肆，束帛吝丘園。昔享山僧供，今希地主恩。須防行礙屐，那計避踰垣。芼豈資薑桂，香應敵菭蓀。釜烹憐久缺，臺餽望頭番。賤嗜終成癖，奇珍且勿論。人情知貴少，物類要删繁。蠹簡餘殘債，東坡詩：「多生味蠹簡，食筍乃餘債。」饑腸待飽飧。堪嗤惟食肉，所忌亦當門。正使因風折，何如帶土掀。解饞勝嚼竹，勸醉抵留髡。頤朵頻搔首，詩成乍悦魂。馬軍煩走送，炊玉迨朝暾。

鶴雛和院長作

太息胎仙種，無端墮卵生。羽毛存逸性，風露學長鳴。已作離羣立，還看傍毋行。鵝王爲擇乳，雞粒莫相爭。

院長餉水鳥卵數十枚兼侑以詩次答

菰蔣深處有飛翰，百族成羣影不單。遥想母歸雛已散，誰知巢覆卵猶完。君緣野味分相餉，我愛溪毛聚作團。擬倩家禽爲啄菢，匀圓未忍瀹登盤。

劉若千前輩招集聽雨樓用少陵重過何氏園林五首韻

白髮春垂暮，昏昏日校書。忽聞傳尺牘，招我過園廬。簾引新巢燕，牀抛舊佩魚。此中饒勝賞，大可賦閒居。

締搆尤加密，規模故不移。種花多結子，看鶴又生兒。樹影摇朱舫，苔痕上緑陂。自然饒野趣，高下有疏籬。

高閣披襟處，斜陽脱帽時。流連今夕酒，惆悵去年詩。藤亞交頭杖，蛛垂拂面絲。獨來吾不厭，況與故人期。

頗憶家鄉趣，閒談味更長。露梢開粉澤，雨葉展旗槍。久客徒漂梗，浮生劇夢粱。蹉跎十年計，種樹恐倉皇。

主賓原略分，師友亦忘年。愛讀先生句，如聽古磵泉。狂猶能奮袂，老只想歸田。正爾良非易，回頭各惘然。

予昨作詩從院長乞筍有馬軍煩走送之句院長謂余兼欲致酒也今日大風遣人餉筍及菊釀二罌以詩索和次答

乞筍何當更致醪？笑余毋乃太貪饕。頓教野老寒蔬賤，不怕隣姬酒價高。一飯解苞登玉饌，黄山谷謝人送筍詩：「都城一飯炊白玉。」又云：「豹文解籜饌寒玉。」三升出甕湧詩濤。孟郊詩云：「詩骨聳東野，詩濤湧退之。」只慚指動真踰分，仙爪能從背癢搔。

院長以詩餉櫻桃次來韻

小摘枝頭鳥未殘，遠從筐筥照吾盤。珊瑚碾出千絲網，鉛汞燒成萬粒丹。憶舊如霑門下賜，嘗新合讓野人餐。條冰況味公能識，熱不須躖要辟寒。

院長折園中雜花見貽以詩索和次答

霧裏看花未屬厭，煩分春色到窮簷。儘教語燕來窺硯，便有遊蜂伺捲簾。俄影自摇殘燭短，餘香欲度晚風尖。多生結習除難盡，容易波羅一笑拈。

松花和院長

謖謖風吹墜粉乾，似花仍不作花看。滲成竺國瞿曇面，染得華陽道士冠。鶴翅勤來因掃拂，蜂須難覓爲高寒。神方果有輕身訣，斸取陰脂試共餐。

或云紫藤花蕊可瀹以點茶下酒從自怡園采一斗許試之香味果清絶戲作一詩柬陳南麓都諫周桐野侍讀兩家富有此花故以方法報之

牛酥煎牡丹，方法傳自昔。藤花故見遺，開謝任狼籍。客從山中來，云此堪齟齬。貧家乏餖飣，一味忍輕擲。飾庭雖無緣，謀野乃有獲。郊園腓百卉，高蔓走千尺。瓔珞垂紫英，晴光燭晨夕。畦丁幸許致，爛熳助采摘。一一柳貫魚，頃筐手親劈。天生物無棄，祇在人愛惜。于湘昧食經，試以己意逆。水瀹既良方，火攻非下策。屏除蜀椒辣，點綴吴鹽白。果然發芳鮮，出釜登几席。豈惟悦我口，亦用酬吾客。人誰知正味，事喜出創闢。明朝馳短箋，鄭重告詩伯。兩家富旨蓄，迨此花滿格。俯笑王濬沖，營私鑽李核。仰慚陸魯望，未免杞菊癖。

題酉君畫荔支圖二首

四月則太早，七月則太遲。上品貴適中，熟當小暑時。其株皆合抱，禎實高纍纍。色香與味三，妙取帶葉枝。金盤薦華屋，不以遠見遺。向非玉堂仙，誰寫冰雪肌。冰雪故難剖，略傾點胭脂。如披蔡家譜，而讀蘇公詩。

粤人既夸粤，閩人亦夸閩。君少飫粤賁，吾衰飽閩珍。兩舌雖不同，知味諒乃均。别來各踰紀，夢想猶隔晨。多君繪成圖，見畫如見真。又復索題句，與傳畫精神。一枝風露鮮，齒頰回津津。何必三百顆，長作嶺南人。

聽琴工吴觀心彈欸乃作歌贈之

九疑之麓，瀟湘之潯，碧羅帶繞青瑶簪。元音一散萬萬古，墮入泱漭氣鬱沈。漁翁鼓棹如鼓琴，晚遇元次山柳子厚爲知音。却將欸乃曲，寫出烟波心。雨濛濛兮木栲栲，鷓鴣低飛猿叫霧。一聲兩聲斑竹裂，十里五里江天陰。秋風掠岸涼吹襟，思婦夜敲斷續碪。忽然日出花滿林，黄鸝紫燕春愔愔。遊絲飄空幾千尺，山長水闊無古今。乍高乍墜勢莫禁，愈近愈遠端難尋。不知覿面者誰子，恍若獨坐成連海外之孤岑。吴生絶技乃至此，正氣所感感更深。我思欲學奈衰老，心粗指硬恐不任。膏肓稍以砭石鍼，有耳肯聽桑濮淫。吁嗟乎！吾之知吴蓋已淺，聊託寂莫滄浪吟。

院長餉竹萌蕨芽

春山笋蕨本來甜，蘇詩：「慚愧春山笋蕨甜。」難得城中二者兼。一笑開籠何所擬，小兒拳配玉纖纖。

題同年張蒿陸落葉詩卷後

詩境全從寄託深，開編静對見君心。行收珠玉揮毫手，往和風霜落葉吟。竹老爲椽仍中笛，桐焦入爨始成琴。五千言領知希意，不要人人盡賞音。

文安王孝子詩奉和安溪相國作

青青松柏樹，蟠根上垂枝。人生斯世間，孰是無父兒。父子有常性，曰惟孝與慈。本與生俱來，平平理無奇。奈何千百載，孝行傳者希。將毋世教衰，天性有淳漓。其或得天厚，一念不自欺。精誠未徹間，天故靳報施。艱辛方歷試，陰隲姑遲遲。及乎感遂通，較若稱銖錙。適與人事會，彼蒼本非私。試看農家子，任真初何師。志壹氣乃充，人定天爲移。

文安一小邑，中有孝子祠。王姓原其名，厥族蓋已微。生小但依母，不知父爲誰。母旋告之故，朝夕恒涕洟。稍長甫娶婦，長跪與母辭。兒今欲覓父，有婦侍寢幃。苦語挽不留，隻身望天涯。眼前盡歧路，倀倀將安之？路窮乃涉海，夢兆如蓍龜。掉頭别母去，躉足隨爺歸。未歸敢自必，歸到翻成悲。里鄰賀羊酒，官長旌門楣。團圞逮眉壽，仍世開曩基。到今二百年，代易族姓滋。比事載邑乘，四方或未知。安溪賢相公，畿輔舊保釐。訓俗務根柢，仁親以爲期。表彰先朝事，欲令來者思。手立孝子傳，復爲孝子詩。詩中何所云，代述孝子詞。讀之盡流涕，恍然目擊時。康叔生奉母，曹娥死負屍。敢請追配古，大書勒諸碑。

新竹次院長韻

青瑶流影照明玕，陶詩：「亭亭明玕照。」盡放梢梢出屋寬。粉澤未乾宜露濯，錦襉初脱奈風寒。輕陰拂地應加密，秀色迎人尚可餐。附入戴家新譜内，釋名稱草恐難安。爾雅釋草篇：「筍竹萌山海經，其草多族，厥族多篃，皆以竹爲草類故。」戴凱之竹譜云：「事經聖賢，未有改易，然稱草，良有難安。」

盆中繡毬不作花者九年矣今夏復放院長有詩索和次原韻

久留生意未爲薪，近報唐昌蕊又新。碎剪有痕千瓣雪，密攢無縫一團春。壓梢自重非關鳥，帶葉全低欲礙人。記得月燈毬樣似，白頭重見意猶親。南部新書：「每歲寒食，新進士于月燈閣置打毬之宴。」東坡詩所謂「曲江船舫月燈毬」也。

謝院長惠西洋蒲桃酒

妙釀真傳海外方，龍珠滴滴出天漿。醍醐灌頂知同味，琥珀浮瓶得異香。直可三杯通大道，誰教五斗博西涼。平生悔讀無功記，誤被村醪引醉鄉。

題盧六以庶常抱經圖二首

三傳何妨有異同，抱經莫學玉川翁。賈家訓詁韓家論，可少盧家與折中？漢賈逵有三家經訓詁。魏韓益有春秋三傳論十卷。

章句人人守一經，可憐祇用博科名。多君獨有膏肓癖，不傍長檠棄短檠。檠字本屬上聲，宋人多叶平，聊復借用。

送李敬齋庶常請假歸里

與君書局同晨夕，不道陳情爾許難。李去秋便欲乞假，因成書限嚴，今方爲啓奏。愛日光陰雖未晚，望雲懷抱幾曾寬。無言可慰三年客，此去全勝十政官。用章孝標詩語。爲報眉間見黃色，高堂一笑定加餐。

送梅雪坪出宰泰順二首

行作折腰翁，吟邊憶謝公。攜家千里近，得邑萬山中。椒荈通閩賈，魚鹽走去聲。海童。流傳永嘉學，亟望起儒風。泰順溫州之屬縣。明正統朝始置。地連甌越，民俗樸魯，未有以文章科第起家者，故云。

竹垞門下士，君爲竹垞先生辛酉江南所得士。爾雅倍堪親。前輩詩無敵，多才畫入神。一官貧寄禄，萬卷老隨身。去去君何恨，徒傷久滯人。

張蒿陸有賢子三十而夭屬作挽詞

短生寄長世，如浮亦如沈。高人付達觀，旦暮猶古今。下士重其寶，服食延分陰。相去九牛毛，奚翅尺與尋。造物本無物，榮枯隨所任。奈何才不才，分量費酌斟。才者或夭折，不才乃森森。此枋竟誰持，報施昧善淫。嗟嗟張氏子，質秉玉與金。十五工文詞，長老咸歎欽。二十舉鄉貢，恒苦疾疢侵。夙慧天所隲，道根種何深。自知不永年，瀟灑託清吟。三十遽謝世，一笑遺冠簪。歛以僧伽黎，反乎尸陀林。其生類知道，没豈無知音。我作哀挽詞，以慰乃父心。

送同門孫斗文赴任武緣

百户瑶僮賦，孤城瘴癘天。茫茫赴長路，草草别同年。尅日有嚴限，之官如左遷。桂林嗟已遠，南去又三千。

送同年喬松華赴任永福

碧水丹山路，迢迢六七千。桂林聞少瘴，荔浦喜通船。吏隱安荒外，人情薄眼前。孫郎行更遠，作計幸周旋。謂斗文。

送楊次也赴平涼太守任二首

辛苦河隄使，初停杵槖聲。三年方上計，五馬遂西征。齋釀葡萄味，沙陀苜蓿程。勿辭乘障遠，領郡際昇平。

開府吾鄉彦，勳名策府存。典刑傳太史，科第繼文孫。世以儒林重，官仍露冕尊。平生期望意，垂老屬恩門。令祖司馬公開府黔陽，僕在幕下，受知最深。

塞外二色芍藥五月始花院長揆公采得並頭一枝屬蔣酉君繪圖兼以唱和詩寄示次來韻

草没烟埋定幾時，忽驚紅白出連枝。虢韓合隊方稱貴，姚魏分標未足奇。若使入宫應薄妬，却緣出塞更多姿。畫圖與釋從前恨，兩首詩傳萬口知。

送周桐野前輩督學順天

先生人中龍，天與君子性。平時頗跌宕，臨事乃剛正。憶昨典浙闈，量涵江海浄。無私消謗歘，冰雪久彌瀞。至今桃李門，得士稱最盛。數椽居帝里，貧過滎陽鄭。俸錢付書估，斗酒謀主孟。時復召朋儕，琅琅發高詠。彈丸躍奇句，傳寫寧待竟。李杜韓白蘇，篇篇資考證。他文率稱是，手筆誰能倩。以此徹主知，蓬山夐無倂。趨營幾新輩，時世梳粧靚。恬澹其素然，卓哉覘品行。國家設遺補，拔擢半長令。庶常間改授，歷職例不更。敢云著作庭，遷轉薄諫諍。於公實久次，事異初徵聘。比者適乏人，銓曹列名請。去聲。終焉寢前議，上賴天子聖。宫坊俄晉秩，侍讀繼申命。小試惜宏才，留爲作人慶。使星不湔蜀，畿輔觀爲政。古來豪右區，當代儒風競。文通山後族，武達代來姓。一一操管從，妍媸歸皎鏡。將空冀野羣，往矣執衡柄。絃琴視拂拭，匣劍待磨鋥。苞苴自不入，籬棘何妨摒。必若振先聲，務須釐積病。朱衣羣吏導，絳帳諸生迎。詎非稽古力，榮寵一時併。公貌謙愈沖，公懷直且勁。和光得人愛，嚴氣生我敬。良辰乍招攜，同人於端午日，餞別城南江亭。臨別心怲怲。城南好亭榭，快若披畫幀。每來必遲留，天水互澂映。飲徒散將盡，自此稀游泳。計公還朝日，吾已理歸榜。贈言抒所懷，甘被俗嘲評。

內閣北垣下有老楮一株歲久成陰相國澤州公機務之暇時一憩焉泰州禹之鼎繪成楮窗圖公自題七律二章命門下士繼和敬次原韻二首

洵知黃閣異人間，獨樹能高便不頑。蕭灑坐看移日影，婆娑行愛繞苔斑。堂餐撤後仍開卷，賜杖攜來正押班。爲報官居如邸第，太平機務有餘閒。

自蒙一顧覺恩深，地傍絲綸氣象森。樗散不教成棄物，栽培聊許效清陰。偶然此樹同溫室，豈少餘材聚鄧林。數仞宮牆窺不見，媿從下里和高吟。

贈別郭于宮

我初耳君名，識面悵猶未。吳中忽近邂，衰懦增慨愾。纏綿一臂交，傾倒兩心旣。顧歡同年舊，莫逆笑相謂。辛巳四月，君偕書宣至姑蘇，始訂交焉。謂是我輩人，拔茅當以彙。出其囊中什，字字抉肝胃。豁達淮海風，鬱蟠河嶽氣。儕觀狎唐宋，方駕希晉魏。獨立千丈姿，昂然表凡卉。私心驚且喜，固是吾所畏。朅來京洛間，領略彌有味。顧今不可作，語及必長喟。孰使顧不亡，得君深自慰。時時小扣擊，枯槁需一溉。亦復不靳予，情同采葑菲。生逢右文代，多士雲靉靆。瀟湘賦何涓，古鏡吟潘緯。公車召方朔，書學徵米芾。君亦預承恩，南薰食官餼。明堂儲杞梓，丹雘視塗塈。大海終掣鯨，蘭苕聊集翡。舉場昨俯就，抱璞仍刖跐。多君失意來，辭色少怨誹。平生學問力，胸自判涇渭。頗怪窮孟郊，甘稱溧陽尉。驥雖仰芻秣，鴻肯離羅罻。計決勇告歸，會機適天乞。叶去。會機出唐書劉文静傳。金源舊文獻，蕪没幾蒿蔚。上賴野史翁，流傳得髣髴。補亡千載下，自任一何毅。零落四千篇，緝紉成繪繢。君於中州集之外，復搜輯金人詩二千餘篇進呈御覽。圖經佛道藏，搜採靡不暨。經進卷倍前，乙覽爲增欷。隨身給書局，紙價往應貴。汗漫鏤板期，艱難治裝費。若人富才藻，所乏乃資扉。崔硯幸勿焚，萊服行且衣。歸與洵可樂，貧也何足諱。綠楊暗河橋，萬樹蜩螗沸。南風吹祖帳，好雨洗林熅。掉頭君其仙，炙背我如熨。倘念酒人遊，尺書及塵坌。

同年錢絅菴舉幼子年月日皆與余同因命名同初六月八日爲湯餅之會席上戲贈

老籛年踰五十矣，二月抱孫五月子。今年二月錢先得孫。子生距我六十年，月日皆同時異耳。人生墮地如轉環，風雨小劫須臾間。釀錢去作湯餅會，爲爾聊破囊中慳。我今早衰似蒲柳，玉雪蘭芽羨渠有。生兒若要與渠同，一笑還須十年後。絅菴小余十歲，故戲語云：「十年以後，安知余不生一子與君稱同年乎？」老鰥造此口業，罪過，罪過。

送同年唐益功出宰德清十八韻

荊川嫡派承家學，經濟文章孰比優。忝附同年成進士，欣看鄰境得賢侯。是邦約略吾能說，此去艱難爾勿愁。小吏兩三迎水遞，長亭五十接鄉郵。菰蒲影裏攜琴譜，菡萏香中發櫂謳。到邑不離黃篾舫，浮家且傍白蘋洲。俗經旱潦需仁政，天與谿山賦近游。千丈奇峯當案立，一支健水入城流。帆檣絡繹疑官路，烟火微茫辨市樓。籬落鳩鳴茶足雨，野田雉雊麥先秋。風醒曉岸魚蝦賤，葉暗農郊桑柘稠。碧甃村村工釀酒，紅裙箇箇善操舟。向來風物原如此，比日流亡稍復不？開廩屢蒙恩賑卹，催科聊緩歲徵求。瑟當急調絃須改，藥遇名醫病必瘳。預想居民多喜色，愧無贈策佐前籌。蟻封豈合長馳駿，雞割何妨暫解牛。別有虛懷人未識，下車先爲訪南州。敝座師少宗伯徐公方致政里居，故云然。

送同年宮書升赴任臨汾

班聯銓序五人俱，捧檄娛親爾獨殊。登第三年先老鳳，得官千里試名駒。蓮花舊洞真仙宅，蟋蟀餘風古帝都。矯首共看汾水上，一雙飛舄是王鳧。同年謁選者五人，惟書升得善地。

送同年歸既垣之任西華

侯封兩襲漢東京，後漢鄧晨、鄧閶皆封西華侯，事載本傳。水經注專屬鄧晨者，失考也。百里今傳小縣名。却羨鳴琴來宓子，真堪捧檄慰毛生。太行北望渾連塞，洧水西流不到城。見説中牟壤相接，莫教卓茂擅循聲。

藥苗初茁

一片苔封蝃蝀橋，汲從甘井手親澆。金波處士如相過，莫畫狸奴損藥苗。圖繪寶鑑：「宋李藹之號金波處士，喜畫猫于藥苗間。」

暴雨

的瀝初聞傍枕幃，忽抛響瓦萬珠璣。虹霓故壯崇朝勢，草木羣蘇一震威。漏屋移牀非故處，破窗穿紙入餘飛。雲開日出須臾事，賸得新涼暫透衣。

院長從口外寄餉灤鯽十二尾雨窗憶舊吟成七言長律十六韻

無端枕上豐年夢，果有嘉魚致碧潯。荷葉解包腴未減，鹽花初臘味尤深。入關雨後蹄雙躞，粥市朝來尾一金。射鮒故知同井谷，吴都賦：「雖復臨河而釣鯉，無異射鮒于井谷。」揚鰭豈必盡青林。水經注：「蘄州廣齊青林湖，鯽魚大者二尺，可止寒熱。」每思長夏同垂釣，不比嚴冬試落碪。塞柳柔條三尺踠，灤河新漲半篙侵。賞花作賦榮曾預，貫笠披簑力頗任。躍藻莘莘看得雋，騈頭戢戢快生擒。憶癸未六月扈從熱河釣魚事。烹鮮屢飫天廚饌，配酒兼叨内侍斟。憶乙酉丙戌夏秋之間行宫侍宴事。白首重回成往事，素書頻剖荷佳音。鮓封倍覺分甘厚，鐵化寧愁遠信沈。長鋏人嗤緱是蒯，直鈎吾敢曲爲針。尚餘截竹爲竿手，可有臨淵結網心。口業不停如宿債，詩題纔到便微吟。行當召客充柈案，底用呼童溉釜鬵。饋食例應煩十五，加餐還望使重臨。儀禮：「少牢饋食禮魚用鮒，十有五而俎。」今尚欠其三，故結語戲及之。

送沈岱瞻赴任寶坻

與君忝同年，生長同里閈。知君孰如我，骨肉情豈但。先公昔登朝，名第南宫冠。鳳毛看再刷，省吏識珂傘。謂宜上金鑾，繼世典詞翰。却將著作手，移畫紙尾判。得官向京東，舄鹵傍海岸。古來畿赤地，風俗率鷙駻。太剛慮爭勝，過弱恐示玩。自從羅畢繁，俯仰魚鳥亂。須令静以族，毋致淴而涣。雖殊南陽鄉，圖牒行可按。業田湯沐賜，錯壤居大半。莊户接膏腴，農疇雜耕爨。并兼聽豪右，鰥寡詎宜犴。人疑作令難，簿領苦堆案。子雖軀短小，其氣乃精悍。才長百事能，所少非此段。望君期月最，許我一辭贊。疑網破一二，貞固事足幹。初如迎刃解，既過春冰泮。夏書納秸服，周禮掌灰炭。瑣碎攬大綱，豈其銖纍算。情深不自禁，語出背沾汗。芻蕘倘可收，幸勿怖河漢。

送大司寇張景峯前輩罷官歸韓城二首

朝典推糾職，皇仁體好生。事關同列忌，公視一官輕。已抱回天意，休高去國名。應同白司寇，家世説韓城。白樂天以刑部尚書致仕，按唐書本傳，其先本家韓城。

槐棘論三又，雷霆竟獨當。不聞廷辯語，自拜乞休章。祖道千人帳，秋風一葉裝。大臣傳軌範，投劾便還鄉。

九十翁王德園輓詞上元人。其孫元蘅，己丑進士。

門風本是烏衣巷，九十傳經比伏生。壯日看花朋舊盡，老年種竹子孫成。有子五人，孫七人。社中天與耆英壽，身後人傳著述名。存殁於翁兩無憾，同時銘誄半公卿。

送同年朱明原宰永城二首

淮徐封壤接，芒野舊稱饒。風俗酇侯國，人家薛曈橋。近聞成巨浸，行見布新條。膏雨隨車去，謳歌偏黍苗。

亳社來陳寔，桐鄉得仲卿。苦辛憐舊尹，謂唐殿宣。慈愛播先聲。世羨成名早，官因奉母榮。古來循吏傳，所重是書生。

送馮文子南歸時改就教職

計偕憐七上，屈就廣文氊。舊事青燈外，歸程白雁前。救貧無善策，攬鏡得衰年。杯酒平生分，臨歧意缺然。

六月杪于庭前後種竹兩叢入秋積雨忽生筍五株旬來森然成竹矣時方移寓作詩志之

兩叢竹種庭南北，土淺泥融尚露根。暫借清陰障炎氣，遽看稚節破苔痕。人情舊雨來賓客，家信秋風報子孫。時大兒婦挈諸孫將至。珍重老夫臨別意，歲寒冰雪不勝繁。

別雙槐四十韻

位置雙槐好，空庭洽恰宜。校三雖欠一，得偶不成奇。拂户交垂處，當窗並立時。遠疑孤榦合，高被四隣知。匝匝重簷蓋，舒舒五丈旗。葉心還吐葉，枝亞復抽枝。次第徐敷蔭，縱横各逞奇。問年忘甲子，稱老曰期頤。屈伏蹲踞獸，深蟠偃蹇螭。藤輪銜宿瘤，琴蚹斷匏皮。晝聶輕烟蓄，宵炕暗露披。希間星或漏，密布管難窺。蟬翳俄留蜕，蟲來遽引絲。啄枯巢有鵲，撼大穴無蚍。日月東西照，陰晴旦晚移。向來便嬾惰，端賴拒炎曦。張王貧官氣，遮藏陋室基。寓形粗當瓦，取義合名簃。步幛奢從設，涼棚儉省支。展鋪新笛簟，抖擻敝書帷。四角行攤飯，中央坐賭棋。受風堪屏箑，經雨爲添絺。濃翠濡茶盞，嬌黄墮酒卮。愛花勤汛掃，弄影故參差。忙閱名場速，閒叨造化私。桑榆收暮景，蒲柳警秋姿。物理循環具，天心屈指推。稍聞聲槭槭，旋見莢垂垂。彼美真無度，吾貪已不貲。描摹虛畫手，贊嘆少妍辭。但使居能久，休論種自誰。棟梁寧缺用，節目亦奚施。匠石慚頻睨，樵斤幸勿斯。僦居初爲此，覓地更何之。跡在終漂梗，神傷未解縻。依回經宿戀，摇蕩隔年期。晤對曾賓主，吁嗟奈别離。筏應難遂捨，樹即是相思。鴻爪留齋笏，蝸涎認履綦。後來須護惜，看取壁間詩。

敬業堂詩集

下

〔清〕查慎行 著
周劭 標點

上海古籍出版社

敬業堂詩集卷三十九

棗東集 起庚寅八月，盡辛卯十二月。

庚寅秋閏，大兒婦攜諸孫將至，槐簃湫隘不能容，乃遷居魏染衚衕。西鄰棗樹一本，已纍纍垂實矣。余下榻於東偏，故名棗東書屋。

移寓棗東書屋

一卷新編百首詩，老夫昨日别槐簃。兒童上樹烏烏樂，正是鄰牆棗熟時。

同劉若千前輩汪紫滄錢亮功兩同年登密雲縣鐘鼓樓

三面巍峨一面平，亂峯如玦吐孤城。望中禾黍開畿甸，掌上風雲接帝京。出塞雙鵰盤遠勢，入關萬馬壯秋聲。夕陽樓下枯荄裏，半截殘碑紀用兵。

重陽密雲道中

過盡車聲十里岡，牛欄山外作重陽。黄花小店豐年酒，紅樹遥村昨夜霜。短鬢愁侵新節序，浮生知閲幾炎涼。西風吹落參軍帽，不是年時入塞裝。是日上自口外回鑾。

樓敬思送菊

老去逢秋愛晚香，故人與致滿車黄。憐渠亦在風塵際，置我居然籬落旁。折免小鬟偷插鬢，來如佳客快登堂。曾分一斗泉邊釀，準備花時洗盞嘗。菊花昜酒，北釀之佳者。夏初蒙院長見餉，尚未開壜也。

戲題吴寶崖杖頭貰酒圖小照

新豐酒價逐年增，笑爾粗豪老尚能。一醉徑須傾五斗，百錢纔可博三升。

自題淳熙修内司官帖後

淳化祖帖絶難得，南渡摹勒傳淳熙。其詳載在輟耕録，官本舊推修内司。臨江太媚絳潭瘦，字體特取豐而肥。宋汪逵閣帖辨記云：「其字精明而豐腴，比諸刻爲肥。」曾經翻刻凡幾手，亥豕帝虎辨者誰？形模粗具木偶爾，神理了不關須眉。近來此本亦不易，世代漸遠宋拓稀。大觀之後此其亞，僅與閣帖爭毫釐。有如虞夏祖顓頊，要是嫡派非横枝。昨從廟中見且駭，尤物乃落駔儈兒。裝褫仍用毬路錦，十卷首尾完無虧。叩之高索錢五萬，而我囊乏三錢錐。少需便恐被豪奪，一計猛出居巢奇。烏驢充貨價相直，快挾墨寶徒行歸。入門爨婦告米罄，一笑那顧朝來饑。明窗小几風日亮，塵垢不敢侵吾帷。古香透紙辟蟫蠹，元氣入骨騰蛟螭。熊熊異光黑點漆，滑滑膩理膚凝脂。試臨只愁鬼掣腕，旁睨幸免食朶頤。嗟嗟世俗慣傳誤，目所未覩公謾欺。曹家譜系格古論，歲月舛繆餘可知。曹士冕法帖譜系云：「淳熙十二年乙巳二月十五日，模勒上石。」曹昭格古要論云：「淳熙二年乙巳歲二月十五日修内司模刻上石。」按今拓本乃十二年乙巳九月十一日，當以拓本爲正。偶憑一端爲駁證，食古以耳皆如斯。

題蔣樹存繡谷圖爲王石谷所畫

憶初訪君尋繡谷，沿緣棹轉閶門曲。桃花深隖數千家，三徑依然蔣生獨。到門先看八分字，爪甲如龍陷蒼玉。恰當首夏候清和，一色園林雨新沐。滿堂狂客歡譁集，詩酒銜筵事徵逐。曾蒙分韻强留題，不怪歸舟避糟麴。别來塵土换顔狀，霜雪盈頭沾寸禄。我方寓直鄰浴堂，君亦辭家赴書局。寒窗瑣細註蟲魚，十指排籤管鋒秃。此時忽漫披横卷，快若重遊爽心目。奉常筆法付宫端，分派同時一常熟。精研往往到毫末，縱逸寧容拘尺幅。雲頭解駁天光開，地脈盤旋風氣蓄。奇峯翠蹙黿山石，高幄濃張洞庭木。莎痕苔蹟斷復連，寬處編籬還補屋。漸深漸入窅無際，中有千竿萬竿竹。野老時拖拄杖來，幽人自展遺書讀。城端殘照紅將斂，遠勢投林鴉伴宿。惜哉此景落東南，欲往從之輿説輹。畫圖非畫乃真境，試問歸期何日卜。樓鞋桐帽吾豈無，準擬相隨友麋鹿。

題顧天山南原讀書圖

吴中多世家，君豈瑛後人。抱奇乃日富，所得在一貧。冰叟昔愛士，門牆分彌親。我自識君來，今幾三十春。姓名達館閣，蹤蹟仍風塵。磊落見高才，激昂露天真。深惟讀書力，頤此遠俗神。精理入毫鋩，古言闢菑榛。兀然三尺几，上與萬古鄰。糟醨殊少味，願君飲其醇。

再爲樹存題王麓臺宫詹所畫蘇齋圖

元四家法傳渺茫，華亭一老誰頡頏。我昨題詩諛石谷，派裔近遡婁東王。朝來復見宫相筆，令我展卷喜欲狂。君家繡谷中，舊有交翠堂，蘇齋想在交翠旁。不知結搆幾時改，但覺城西竹樹轉盼生輝光。一丘與一壑，一重復一掩。似淺而愈深，爲奇豈關險。興酣揮灑如化工，巖巒出没初無窮。能將萬里勢，移入園亭中。主人好事客不同，三徑非復求羊蹤。招邀笠屐作晤對，尚友直到眉山翁。樹存得東坡笠屐小像，因築此齋，屬麓臺圖之。翁之來兮萬木風，嶺海一氣遥相通。當時買田陽羨歸未遂，六百年後畫像乃落江之東。麓臺麓臺真老手，筆落神來洵非偶。紀聞異日傳中吴，繡谷名與蘇齋俱，此圖此像他家無。

送張志尹前輩視學江南

雙江西南來，銅崖起何陡。中流作砥柱，萬馬盡回首。先生生其間，名望燦星斗。决科上甲乙，掇第聯子丑。詞館服虛衷，同官半師友。讀書事默識，吶吶不出口。洪鐘扣則鳴，傾倒靡不有。高明本乎質，器局隨所受。公實狷者流，貌和中有守。平生取與分，纖芥真不苟。天子稔公賢，臨軒簡端右。量材今始用，注意蓋已久。江南往持衡，緬維人文藪。銀臺門下士，君鄉試出西厓先生之門。根柢視出手。時會適使然，前車鑒諸後。自從風教薄，士習競趨走。腦鹽爭一門，日中有豐蔀。情先絶請託，物自呈姸醜。或虞節制尊，文柄操賢否。因之敵以下，鬱鬱徒抱負。坦懷吾無蹊，納約彼自牖。方當前造膝，胡慮旁掣肘。率非公所難，時論何足剖。古來不朽業，要以精力取。旌旂行出郊，祖道缺巵酒。片言聊贈別，敬起爲公壽。道在履初爻，素往義无咎。

杜大宗名維翰與余同舉順天鄉試三上春官不第而歿家素貧乏寡妻稚子煢煢相倚十餘年矣今秋周桐野視學畿輔拔其遺孤若馨入泮馨貧未能娶因以族兄之女妻之作詩以紀兼示杜郎

牧之京兆曾同舉，稍長慚渠兄事余。回首神傷三黜後，過車腹痛十年餘。獨留病婦持家教，能使孤兒讀父書。今日兩家羊酒賀，老槐猶認舊門閭。

陳乾齋前輩以院長兼領教習作述懷詩四章示館中諸君諷詠循環贊歎不足輒次原韻奉簡

重然藜杖照傳經，光透文星是歲星。鈴索自諳清氣味，畫圖人識舊儀型。用白樂天畫像集賢故事。波涵鯨海千層碧，地拔鼇峯一朵青。此日門牆稱最盛，春風桃李屬頭廳。唐時翰林承旨所居名頭廳。

北扉清切接延英，一片臯比寄不輕。半載巖廊虛左席，六年林壑仰高情。谷中吹律春長暖，句裏探珠夜自明。豈獨殊才歸領院，雅輪當代荷扶檠。

鸞凰多出上林枝，劉井柯亭有去思。公望久推師表地，人才況值聖明時。來聽長樂鐘聲度，起視花磚日影移。法醞錦袍冬拜賜，太平故事在蓬池。

經名千佛籍羣仙，總藉文章與作緣。冰署頭銜差耐冷，玉成國器賴攻堅。鑾坡地重官宜攝，驥路風清駕獨先。四首新詩代條教，玉堂氣象一時還。

郊祀喜晴恭紀

齋宮肅穆五雲端，大祀躬親不遺官。閣道風清千步輦，慶宵日麗九層壇。陽和偏宇冬回律，爟火升中曉辟寒。天並君王同霽色，萬年歌頌溢鵷鸞。

周策銘前輩雪後入直武英叠院長四首韻見投感舊抒懷情詞斐亹再次韻奉酬四首

酒邊劘壘記曾經，白戰詩成擬聚星。甲戌冬新城先生座上徵雪事分題。自入道山稱後輩，每從延閣想前型。重來客鬢痕添白，相對朝衫色總青。劇喜歲寒同寓直，不煩巡到第三廳。李濤乞酒詩：「惱亂玉堂將欲徧，依稀巡到第三廳。」

人物他時數武英，轉頭存殁感非輕。傷松坪、安公、山堂三前輩及同年朱子綠也。中歸寅入餘書課，火冷香消付宦情。粉蝕瓜牛粘壁燥，氣吹野馬瞰窗明。天公未放勞筋息，幹合弓膠且受檠。

鳳條安穩舊棲枝，出入頻深望闕思。地異終南非捷徑，羣空冀北已多時。宣毫在握才逾富，江硯隨身榻未移。十四年來翔步地，後先鱗羽太差池。此首敍先生重赴教習廳事。

縞衣昨夜舞羣仙，冷淡閒坊醉少緣。至日我偏愁晷短，履霜誰與警冰堅。寒寧易就桑榆暖，駑豈能爭躞蹀先。何法商量了官事，便隨二老賦言還。時座主相國陳公、宗伯許公相繼引年，予告命下。

嘉定譚生名在欽取之列而外來無咨送之文不獲赴書局辦事留余寓兩年將歸口占送之

知爾不能薦，世情良可歎。往年曾獻賦，同輩盡彈冠。近奉上諭，各館纂書人員俱加恩議敍。歲晚獨行急，家貧久客難。向南冰雪少，莫慮布衣寒。

奉送座主大宗伯許公予告歸里五十韻

六卿予告吾鄉少，此舉公今冠海寧。秩領春官大宗伯，光分南極老人星。傳家忠孝遥承緒，得路烟霄早發硎。瞻斗地崇依象魏，搏扶力厚起鵬溟。東流赴壑隨川後，西掌開山比巨靈。質抱圭璋爭就琢，文融金錫儼流型。淮南子：「金錫不消釋，則不流型。」紫淵欲涉迷津筏，翠嶽難攀歎絶陘。鶴禁向曾推舊學，龍門誰不企高扃。容臺洊歷非通職，宰相他時待掃廳。吐納心虚惟愛士，交遊道廣總忘形。絳紗夜捲談經帳，雲母朝排隔坐屏。獨以潔身嚴漏室，每持清議答明廷。苞苴不入門如水，進退何慚户亦銘。正使含沙潛鬼蜮，未妨擲瓦試清泠。色寧可改緇加素，濁豈能侵渭别涇。氣盛或滋曹耦忌，言高偏徹九重聽。引年自據尚書禮，唐孔戣以禮部尚書據禮引年，韓愈上疏留之。事見唐書本傳。歷宦還符退傅齡。白樂天詩：「宦歷二十政，宦遊三十秋。」公自壬戌登朝，至辛卯恰三十年矣。鶚立雲端原矯矯，鴻飛天外又冥冥。頻聞入市蠅傳赦，爲報歸期鵲喜聆。率土三辰光禹服，泰階五紀慶堯蓂。行拋手板牙雙笏，笑解腰圍帶萬釘。海外投竿連巨犗，人間巢睫任焦螟。宫聲緩應車前鐸，塔語欣聞岸上鈴。無蹟可求羚挂角，忘機相對鶴梳翎。行時楊柳風迎袖，到日桃花浪泊汀。羅雀門情甘寂莫，烹鱸餘味取鮮腥。主張泉石精神爽，拂拭雰埃眼界青。泮水西來開第宅，六峯幽處置林亭。硤石、梅會之交，大小山凡六，竹垞曾以名閣。舊栽松菊重移徑，新茁芝蘭漸滿庭。兒是象賢齊謝鳳，孫皆夙慧辨終鼮。昂藏駒目人千里，珍重巾箱世一經。鄰有古風連檐梠，巷無俗客駐箳篂。許評字字榮華衮，顔誥家家奉典刑。物外衣冠全灑落，社中耆宿半凋零。平生誼最敦花蕚，老去情尤感鶺鴒。偏逮九宗多卹睦，近賙三眷少伶仃。官貧并乏元紘馬，業富猶餘武子螢。何處追遊攜几杖，偶然乘興出郊坰。靜敲深院棋枰響，醉問名園櫓窶停。笛簟微颸涼過竹，吟窗晴旭暖穿櫺。爐香馤馤分茶竈，樹影離離上碓桯。童戴笠簦清入畫，僕克耘耔健添丁。先生樂事行如櫛，小子浮蹤寄若萍。局蹐伏轅踰弱歲，衰遲起蟄及春霆。久知世路殊難騁，屢夢田廬奈未醒。心賞隨時勤造請，耳提即事發聾瞑。飲醇特許沾觴瀝，饋食無由進土鉶。祖道逡巡思效駕，守官怊悵類拘囹。昌黎詩：「守官類拘囹。」白家池上尋芳屐，戴氏溪邊泛雪舲。華髮門生歸有約，相期壽考頌椒馨。

十二月十七日出阜成門重過苑西舊寓是日立春夜飲蔣西酉君同年筱喻齋

多時不踏郊西路，寓舍重來尚有鄰。霜葉滿庭槐失蔭，雪芽穿土薺先春。孤踪易著棲遲客，一宿猶煩灑掃人。博得樽前開口笑，白頭旛勝兩回新。

謁座主相國澤州公於邸第見示予告後新詩恭上二章

上章今始遂初衣，五十餘年願不違。老鶴林端排霧出，高雲天上作霖歸。別開仙境爲詩境，便息塵機入道機。若論龍門原峻絶，不因罷相客方稀。

八載追隨在禁林，奉公清誨識公心。重編潁上歸田集，不比伊川擊壤吟。流水一彈真絶調，朱絃三歎有遺音。管窺蠡測終難盡，領味從人自淺深。

沈岱瞻同年餉寶坻銀魚

濕薪爆竹歲將殘，宦況聊同苜蓿盤。三寸玉分良友餉，一條冰合腐儒餐。別中加飯開魚素，飽後投牀夢釣竿。無物報君還自笑，近來詩語帶梅酸。東坡詩：「往往亦帶梅公酸。」謂聖俞也。

除夕與吴少融程蒿亭湯納時陸宫翎朱以静湯公望家韜史小飲分韻得懷字

藥爐新減兒曹病，時兒建病初起。酒盞重開老子懷。萬事過頭成舊曆，一官嘗我似清齋。好吟畢竟爲情累，懶性殊難與俗諧。倚賴諸君相暖熱，隔鄰分火爇麻藍。除夕焚麻稭，京師風俗也。

辛卯人日赴座主澤州相國之召席間公首倡七言律詩恭次原韻

重開東閣撰良辰，喜入新年倍爽神。句挾烟霞非俗韻，坐談風月許門人。黄封例賜承恩舊，白社閒居致政新。自此清遊好排日，從公賞徧洛陽春。東坡詩：「華顛賞徧洛陽春。」

送同年徐師魯出宰安陽二首

掉臂飛騰籍，甘心本分官。八年需次及，千里計程寬。邑以名都劇，人言簿領難。誰知游刃意，只作小鮮看。

門風卿相後，棣蕚盡龍媒。東海承儒術，中原展吏才。清流泉百汲，古蹟鄴三臺，片瓦今難致，煩君訪硯材。

得石軒歌爲汪千波兄弟賦

行人學士兩詩伯，兼抱元章好奇癖。近因得石起軒名，復以長篇詩示客。軒西舊是金張第，臺榭居停凡幾易。丈人閲世如老仙，土蝕塵埋久遭厄。時乎顯晦豈天意，不遇閒官誰愛惜。偶憑鄰叟指牆隅，試斸青苔開地脈。雲根下插三十年，虹氣高騰一千尺。聞雷隱隱動牙角，出坎掀掀呈尾脊。直疑井底養成龍，不信飛來化爲石。君家院宇頗清曠，添設闌干補籬柵。長藤接葉樹交陰，特欠懸崖剖蒼璧。移山之力十夫耳，四片湖黿一朝獲。清泉淨洗見真形，衆竅玲瓏受搜鬄。東西南北隨所置，未覺中庭異寬窄。花能含笑鳥能歌，總向吟窗助搖襞。醉眠大可當高枕，雜座尤宜羅廣席。吁嗟兮人情賣菜爭求益，疊巘層巒事堆積。周旋孰與一拳多，乃至以身爲物役。石然吾言應點首，好共先生數晨夕。試問閒歸京兆亭，劉原父事，見長安志。何如品入奇章宅。見白樂天太湖石記中。

南海子四首

萬株楊柳密藏鴉，苑户如農不種花。四百餘年飛放泊，至今樵牧屬官家。

纔過春分未禁烟，畫橋冰釋溜涓涓。清流愛照垂鞭影，不賺人間飲馬泉。

文囿如山百物馴，黄羊趯趯鹿甡甡。生來便入雞豚隊，卧草眠沙不避人。

紅門草長少飛埃，萬頃平疇掌上開。一道修眉濃似畫，近南遥識晾鷹臺。

重經朱大司空花莊有感二首

載酒看花不計巡，履綦陳蹟愴城闉。舊遊屈指誰還在，我是當時末座人。

蕭蕭宰木拱梧丘，二十餘年奠醊休。見説郎君頭雪白，一官渾似謫江州。公子敬如出守九江，已二十二年矣。

廖若村同年屬題椿萱圖

莊子紀大椿，八千爲春秋。風人樹諼草，北堂取忘憂。物類致不齊，寄託各有在。誰將女兒花，孟東野詩：「萱草女兒花。」猥與丈人對。後來遞相承，用代父母稱。雷同傳萬口，故事於何徵。陟岵亦望父，陟屺亦望母。拘文恐害辭，義可斷章取。廖生我同年，天性實過人。四十而孺慕，有懷雙老親。雙親從宦歸，志未遂迎養。所以仕於朝，時時深悵望。晨昏難自慰，作底承歡娛。重將望雲意，添寫椿萱圖。誰非人子歟，此樂洵關命。試問儕輩中，幾家猶具慶。

清明雨

九陌廉纖雨，朝來阻鈿車。擔頭春事好，添種幾盆花。

舊日兒童戲，風鳶跋扈鳴。近來雌蛺蝶，栩栩鬭身輕。

即事

午亭山村座主相國澤州公里第也十五年前公官大司農時屬虞山王翬繪成横卷今從政府予告將歸上賜御書扁額公既作詩紀恩復出此圖命慎行繼和恭賦七言絶句十二章

天井西來第幾陘，浮嵐千里拱翠屏。井西道人畫不得，自有此山無此亭。

萬丈光芒臨一州，宸章奕奕垂銀鉤。烟霞指點最深處，中有御書縹緲樓。

嵩少之旁多名園，家山近繞申甫門。丈人石踞天下脊，三十六峯皆子孫。

午壁午橋名偶同，佳名豈襲裴令公。屋頭山色屋下水，多載桑經酈注中。

他時物産按圖經，見説長松似茯苓。曾活萬人餘世澤，天教仙草生槐庭。

南陌東阡不斷雲，瀧岡佳氣何氤氳。行人過者日無數，下馬來讀歐陽文。

展卷尋常思釣遊，太行天半阻歸輈。誰知老鶴出羣意，早在千花塔上頭。

崦裏人疑小洞天，如今真個著神仙。蒼髯白甲問無恙，已是歸遲十五年。

幅巾藜杖去尋春，盛事一時讙四鄰。不獨公顔如雪柏，亭旁竹樹多精神。

濩澤灣環走白沙，一渠新漲給千家。野翁邂逅勿相避，丞相小車來看花。

到眼風光涉筆成，天然何必煩經營。野桃官柳村村遍，五畝不居獨樂名。

一德君臣進退間，恩深容易乞身還。袖中攜得片雲去，肯羨爲霖重出山。

次韻答雲間黄若木三首

雅音日以遠，里耳方好新。凡卉擢穠華，過眼同一春。不有味古士，誰歟範師民？任昉云：「師民之選，允歸人範。」朝家宏網羅，棫樸皆槱薪。人人珠在握，一一鳳集身。君豈躍冶耶，顧獨遺陶鈞。不欲輕比擬，擬之恐非倫。

我初未識君，聞君窺奥府。平生不苟出，厥德自藻斧。揭來京洛遊，黥刖覬息補。居停得所託，養此好毛羽。昨者荷見存，温温夙心吐。深知君子性，不逐時翔武。即以詩學論，自可立門户。

老年業不進，少作悔子雲。遷地胡能良，鄭刀宋之斤。軨才不自給，何以揚英芬。官書日有課，兀兀膏繼焚。結習猥未除，多生墜聲聞。我惑歎滋甚，君懷感彌殷。世豈無士安，與序瑶華文。

題陳緎菴前輩西溪探春圖二首

寶所塔邊松木場，小溪冰泮緑泱泱。竹篙撑到水窮處，臘雪不香春雪香。

不怕京塵漲帽裙，參横月落正思君。何人唤醒羅浮夢，萬壑千巖皆白雲。

奉題座主宗伯公松下讀書圖四首

七旬過後便懸車，八座歸來尚讀書。不礙須髯銀様白，精神猶似入朝初。

昨夢曾占十八公，今於林下復相逢。鄰翁笑指童童蓋，此是先生手植松。

叟叟濤生細細鱗，喜從畫裏著閒身。腰金手板全抛却，别换輕紗一幅巾。

階庭蘭玉看初成，萬卷傳家抵百城。他日松風吹几杖，執經猶有老門生。

題李後圃鶴怨猿驚圖小照二首

晨凫夜鯉烹殊僭，春韭秋菘味最全。此段風流君不乏，故應慚愧督郵前。

文人自古相輕薄，不獨山陰孔稚圭。我爲解嘲還一笑，絆將驥足展牛蹄。時李赴唐縣任，畫一牛車，坐其中。

老懶吟

筋駑肉緩嵇叔夜，齒豁頭童韓退之。自分我今兼二者，那將老嬾逐兒嬉。

張研齋前輩餉梅花片茶

摘得梅邊小瓣香，雨餘出焙勝旗槍。茶人預入前宵夢，茗使旋分細色綱。水態花情論臭味，鬢絲禪榻借風光。開籠未敢輕煎點，待瀹清泉自在嘗。

盆池魚

埋盆當小池，中貯斗斛水。紅鮮二三寸，厥族殊鯽鯉。擘粒晨飼之，駢頭而接尾。居然樂同隊，似識爭競恥。江湖豈不寬，吾力止於此。含珠或望報，一笑可以已。

送同年張耦韓宰靈寶

地當分陝舊稱雄，劇邑依然函谷東。百里桑麻通虢略，一塍花柳界臨潼。神明世合推賢宰，悃愊君能復古風。別有高人占紫氣，仙才寧滯簿書中。

題同年徐師魯小照二首

琴調古於松，琴心淡於水。君勿改君絃，吾方洗吾耳。

林風吹月上，下有涓涓瀨。何處覓知音，知音不在外。

師魯索題小照適飲藥酒微酣誤以爲撫琴圖率題五言絶句二首明日視之乃烏皮几也再作二絶解嘲

認將鬃几作焦桐，笑口重開展卷中。道是醉人多謬誤，終慚老眼太朦朧。

松風水月與傳神，何物能消簿領塵。不待客嘲先自解，畫中賴有抱琴人。

牆西棗樹一枝下無居人似爲余設也花時口占二絶

童心預想三秋實，吾眼聊看四月花。見説西鄰曾去婦，故來與爾作東家。

獨樹移陰落檻前，清香端爲病夫傳。斜街一榻槐花雨，已是浮生過去緣。憶槐簃舊寓也。

四月廿二日早赴西苑送駕避暑幸山莊

麥壠瓜疇曉氣温，朦朦淡月漸無痕。殘星帶火沈千點，新緑如山擁一村。老馬熟諳城北路，雛鶯又報苑東門。征衣長短曾蒙賜，篋笥三年倍感恩。自入武英書局，三年免扈從矣。

科詔

科詔重聞下大廷，怱怱幾輩出郊坰。冬烘一老粗知分，閒卧天街閱使星。余自乙酉以來，鄉會試應列銜名，俱引分辭免。

即事

盆池緑淨午晴初，尺水中涵萬象虚。一片玻璃天上下，白頭影裏過遊魚。

病枕聞蟬

閒門無剥啄，倦枕閲晨暮。風外一聲蟬，誰家庭下樹？

喜德尹至二首

近接元宵信，添丁報玉川。弟於元夕得子。重來堪一笑，小别費三年。貰酒逢花醉，移牀聽雨眠。城南數間屋，相遲亦前緣。弟所居即三年前舊寓也。

六十吾過二，君年正匝巡。所傷非齒暮，無愧是官貧。骨肉性相近，田園話倍真。舉家同旅食，渾似帝鄉人。

喜雨

六月黄塵裏，炎蒸何處逃。乍涼蟬嘒爽，將雨燕飛高。天意回枯槁，人情散鬱陶。久醒思一醉，連夜致香醪。

大雨中將入直柬紅椒上人

泥深路滑强肩輿，童僕何由借蹇驢。輸與城南詩老衲，一爐香坐雨安居。印度僧徒於五月十六後坐夏，謂之「坐雨安居」，以此時多雨也。

種決明

眼昏欲試醫治平聲。法，庭下朝來種決明。八廓五輪全是障，龍木論眼，有「五輪八廓，内外之障」。却思草木養餘生。

六月十三日大雨獨坐武英殿書局

宛轉西城路，衝泥入禁垣。稍欣人語少，故覺雨聲喧。螭吻劖雲黑，龍頭吐水渾。微涼生殿閣，沾灑亦君恩。

題汪千波清溪放艇圖二首

三百八梯白嶽，四十七瀨清溪。船頭已安茶具，船尾可少偏提？

載書我昨曾到，老去重遊大難。五百灘頭回首，羨君摇艇新安。太白詩：「聞説金華渡，東連五百灘。他年一攜手，摇艇入新安。」

偶詠庭前花木五章

茉莉本鬘華，佛書，鬘華卽茉莉也。南人不之重。結籬雜枳棘，爛熳寧煩種。西江糧艘來，此物充土貢。民間近亦夥，廟市排缶甕。一本值數千，探支一月俸。貧官俸有幾，減口爲目用。

秋葵特小草，榦直葉頗剛。鴨脚不中蔬，移根自銅梁。韓偓黃蜀葵賦：「移根遠自於銅梁。」經時得土性，伏雨回微涼。一日閲一花，半月如人長。檀心暈深紫，金琖含嬌黃。詩翁亦何知，輕比道家粧。薛能黃葵詩：「記得玉人春病後，道家粧束厭禳時。」

棗實初如荚，垂垂挂屋角。秋陽一以曬，脆美漸可攴。或慮壓枝低，隔垣探掌握。家童方竊食，遑問野鳥啄。朝來風太狂，響瓦若冰雹。天公有暴殄，静者庶先覺。

決明乃叢卉，細莖挺蓬麻。兔目葉如槐，秋前吐黃花。入秋況多雨，亂發正復佳。勿矜顔色鮮，行矣霜霰加。吾方感獨立，何暇爲汝嗟。少陵決明詩：「涼風蕭蕭吹汝急，恐汝後時難獨立。」

石榴八尺長，灼灼花頭密。火雲催落瓣，秋蒂齊結實。初看顆顆同，罅拆謂可必。根孤力苦弱，黄殞無虛日。滋培吾豈殊，成朽視其質。何當慰老眼，存者十之一。

續咏庭前花草四章

木槿日及花，難開易憔悴。人情無久暫，枯菀適時至。敷條自仲夏，月令：「仲夏之月木槿榮。」荏苒雜秋卉。老人齒髮衰，閲世殊少味。炎涼等晨暮，草草寓生意。

江南第一花，山谷詩：「玉簪墜地無人拾，化作江南第一花。」得名獨因蘂。金方秉正色，厥白孰與比。愛其玉無瑕，持以配君子。終焉忌太潔，采摘從此始。莫上美人頭，膏油能污爾。

海棠以秋名，應候開最早。媚人取顔色，娟秀亦自好。大葉承緑盤，幽芳出紅褓。亭亭矜獨豔，脈脈視羣槁。春爲耀眼花，秋作斷腸草。寄語賞花人，千金須善寶。

高梧葉旋殞，苦竹歲不實。九苞鳳德衰，墜地尚仙質。翩翾宜具體，五綵爛初日。俗眼視如蓬，紛紛難致詰。稱呼隨世變，愛惜從緣結。誰知好女花，可入毘耶室。

吴文藪員外餉鮮荔枝憶戊寅六月與竹垞先生同遊西禪寺飽噉此味慨然有作

不踏三山路，於今十四年。每談甘露味，輒想荔支鮮。好友能分餉，浮生感宿緣。曾同朱老叟，惆悵望西禪。少陵詩：「果熟且同朱老喫。」

翁蘿軒爲西厓畫柳舍漁莊圖有詩索和次韻三首

縹緲虛無外，空明蕩漾前。何從分筆墨，直是散雲烟。詩好原通畫，神清果得仙。漁村楊柳岸，放眼即湖天。

宛轉橋臨渚，參差樹隱莊。棹應迷客入，車或遣兒將。命意何瀟灑，爲期但渺茫。兩三垂白叟，篝火話溪堂。

歸宿知何地，披圖大可尋。冷官疏熱客，老境炯初心。重碧千層浪，遥青一寸岑。篋中無長物，終不羨籯金。

西厓視學中州重修龍門香山寺後一年汪退谷以事入秦過洛中命主僧種松數百株因繪成横卷兩公往復之作在焉索余繼和四首

俸薄官清舉廢難，種松初返舊時觀。風流二老知誰繼，畫裏亭臺補復完。

甲子俄驚十五周，刹那減劫已千秋。自開成六年至今踰十五甲子矣。多情八節灘頭水，重挾松聲上石樓。

曾否經堂認寫真，却將綺語懺前塵。他時編入支提藏，莫忘題詩第四人。兩公倡和而外，惟索西谷及余詩，故云。

夢裏曾遊亦勝緣，鼎門南去是伊川。打鐘掃地初心在，終著袈裟喚渡船。

食鷄頭

芡盤每憶家鄉味，忽有珠璣入我喉。絶勝嘗新會靈觀，鷄頭池上剥鷄頭。汴史芡實出會靈觀。歐蘇皆有詩。京師德勝門内有鷄頭池，當因此得名也。

以庭前新棗餉德尹二首

已經半月申童約，又剩高枝與鳥鵮。比似洞天無核棗，一枚聊解此生饞。東坡云：「朱明洞是蓬萊第七洞天，有無核棗。唐永樂道士侯大華以食棗仙去。予在岐下亦得食一枚云。」

人間千樹等封君，此語曾聞貨殖云。好笑貧官貧徹骨，一株還就比鄰分。

曬藥示紅椒上人

故人憐吾衰，往往致藥料。王幼芬自蜀中貽黄連、貝母、附子、鬱金。湯西厓自遼東歸，貽鹿膠、五味子。東西朔南産，地道悉精妙。賤棄靳菅麻，貴儲同美鐐。居然聚成肆，巾笥蓄海嶠。炮炙所未加，蠹叢劇牛噍。幸辭梅雨漬，喜及秋陽照。連朝風色佳，拓牖啓奧窔。清泉滌宿垢，緩火焙瓦銚。鼻觀通衆香，薰然徹腦竅。調柔在心性，外物徒詭弔。還復觀我身，癡愛於何召。維摩經：「從癡有愛則我病生。」然而我有病，此病非藥療。自從客京塵，四大苦纏繞。去聲。攀援乃根本，客疾從此勦。齒落憐舌柔，聲讙憎耳剽。狂華瞥眼翳，殘焰灰心燒。依回翦翮籠，潑刺貪餌釣。窮非學子諱，痛甚舍人謷。近讀維摩經，衰年忽如少。虛空一牀座，環顧不得徼。芥子納須彌，諸天初不覺。大海入毛孔，黿鼉性無嬈。向來煩惱因，摒擋付烟燎。而今方丈室，誓絕慈悲叫。欲將藥施人，恐被醫王笑。

中秋赴座主澤州公之召公首唱七律一章仰次原韻

乘鸞顧兔望盈盈，恍坐璜臺第十成。桂樹有香秋倍爽，丹丘無月晝同明。滿堂賓客沾餘斝，前席生徒奉橋衡。公視浮雲如富貴，何煩問夜卜陰晴。

席間遇雨相國復有留諸子待月之作再次原韻

子魚通印雀披綿，不數侯鯖侈食前。東閣再開延客地，南樓重上晚涼天。林泉興在何時遂，風雨情深此夜偏。兩串驪珠光照座，賽看蟾魄十分圓。

題王文選浣花溪垂釣圖小照二首

小舟閣淺沙，巨石壓深洞。忽動綠玻瓈，遊魚嚼花影。

溪頭幾株桃，多被柳拂開。幽人此中坐，蒻笠青於苔。

題表弟湯納時授經圖

與君中表序弟昆，往還猶記隨家尊。來時奉杖出候門，長者前導幼踵跟。聖童十歲名早喧，六經背誦河傾源。我慚却立心自捫，同年詎可同隊論。爾來幾何閱晨昏，年踰六十手一反。女長已嫁男已婚，不獨抱子兼抱孫。我雖竊禄鶴在軒，君猶需次羊觸藩。夢歸往往得故園，披圖相對兩悦魂。君家紫雲山下村，護田之水清不渾。有孫可教經可翻，只坐八口艱饔飧。絃歌三徑思所存，桑榆力挽扶桑暾。黄精掃盡霜蓬根，一笑重續兒童言。

王樓村同年忍冬齋賞菊分韻得頭字十韻

晚菊多佳色，書齋位置幽。乍來寬束縛，相對解綢繆。冷傴精神透，清宜臭味投。近盃浮藥氣，照影出花頭。肅肅霜如剪，團團露欲流。蟹胥黄剖殼，鶴氅白披裘。籬下非無伴，盆邊剩有秋。酒徒讙復合，詩主病初瘳。莫以蹉跎歎，終能爛熳酬。年年高興在，亦足慰淹留。

次韻答東亭弟滇南見寄之作

西風萬葉催黄落，鷙鳥盤空恣拏攫。南中誰遣雁飛迴，滿紙言愁嗟落魄。我從前夏與子別，行坐時時感離索。荒山亂水夜郎城，憶走從軍恍如昨。一身輕出曾投筆，萬里初歸但垂橐。兵戈回首二十年，鳥道羊腸夢猶愕。子今宦遊乃落此，恍惚披圖見滇略。邪龍東徙窟宅清，狂象南奔夷爨削。浪穹水曳青羅帶，點蒼山滓芙蓉萼。武侯故壘屹關城，阿育遺封割巖壑。鳴琴理訟三時暇，傳鼓排衙百吏諾。才優官事非難了，俗儉民情遥可度。愁懷得酒且暫開，詩體如騷亦間作。此間索米大不易，應笑枯匏繫京洛。性癖難陪冠蓋游，興闌只想田園樂。馳書爲報天南弟，待作癯仙同跨鶴。

武英殿書局告竣除夕口占

窮年書課恰如期，喜甚兒童放學時。剩曆一行還餞臘，涉冬三月可無詩。舊巢天上重來夢，殘局燈前未了棋。斑鹿黄牛仍拜賜，白頭慚愧被恩私。前二日復入南書房，蒙賜歲酒羊鹿魚雉等物，仍年例也。

敬業堂詩集卷四十

長告集 起壬辰正月，盡十二月。

辛卯臘月，左手病風。今春漸及右臂，蒙恩停免内直，始得因病乞假。前後滿百日，患猶未除，適兩院長俱遠出，遂因循度歲。昔白香山守蘇州時，年甫五十八，而退居之計已決。其詩有「長告雖當百日滿，故鄉元約一年回」之句。未幾果歸，又十年而風疾作。余今年六十有三，患病在前，請假在後，出處之際，有媿昔賢多矣。

元旦朝回御賜酒肴果品二席中使賫至臣家感恩恭紀

玉筍班初散，瓊筵賜北扉。忽傳中使到，正值早朝歸。仙液瓜梨脆，哈蜜瓜、凍梨，皆異品也。春羹雉兔肥。一家同醉飽，元日拜恩稀。

周桐野前輩貽雲棋一副開奩皆白子也戲占二絶句

朝來晝得紙爲枰，一笑開奩賭不成。遮莫先生寓微諷，不教黑白太分明。

周天三百六十一，奇偶中從太極分。細玩君家舊圖説，有陽可得獨無陰？

病風

香山臨老愁風痺，昭諫多時患臂攣。自分早衰宜速退，敢云同病比前賢。三災有劫誰能免，五苦無塵可怕纏。不學維摩佯示疾，道場還作散花天。

瀆山酒海歌 并序

内西華門外西南一里許，明朝御用監在焉。又南數十步爲真武殿，庭前老檜一株，下有元時玉酒海，承以石牀。玉色青碧，間以黑章白暈，旁刻魚龍海馬，出没波濤之狀。口面約廣三尺餘，隨其質爲凹凸，若荷葉然。形製朴古，膚理温潤，中容四五石許。壬辰正月十九日，偕雲間高不騫槎客往觀，摩挲久之。按元史世祖紀：「至元二年十二月，瀆山大玉海成，勅置廣寒殿。」輟耕録云：「廣寒殿在萬歲山頂，中有小玉殿，内設御榻，左右列侍臣坐，牀前架黑玉酒甕一。車駕歲巡上都，先宴于此。」燕都遊覽志云：「今御用監中有小亭，亭内一玉缸，體質頗潤，中積水，外以朱欄護之，即廣寒殿中物也。」槎客屬予紀其實，因參考舊聞而系以詩。

雲間高生精賞鑒，嗜古搜奇確且瞻。朝來導我出西華，指點前朝御用監。監南新創玄都壇，當門老檜青蛟蟠。舊聞酒海今落此，共嘆體質猶堅完。瀆山巨璞初無價，誰遣不脛來輦下。至元巧匠雕琢成，萬歲山頭設高架。天然位置平不頗，瑣窗八面開重阿。石龍吸水上霄漢，倒瀉溢爲太液波。波光翻動廣寒殿，滿甕蒲桃映華瑱。侍臣多著質孫衣，質孫燕服，見元史世祖紀。天子親臨詐馬宴。電轉星流四百年，故都何物不推遷。曾承沆瀣依天上，流落人間亦可憐。亭虛無復朱欄護，頹砌旁連鬃器庫。天吴跋浪鬐鬣張，只與空庭飽風露。君不見周彝商斝近來無，形製争傳博古圖。爲池爲海將安用，笑爾幾同五石壺。

恭和御製咏鳥槍原韻

鋟金浴鐵製新傳，萬丈光生掌握前。命中巧踰弓入彀，發機突並鳥争先。毛風血雨來千里，雹瞫雷硠徹九天。一震餘威收有截，坐令寰宇靖烽烟。

正月二十五日奉旨停免内直仍赴翰林院供職恭紀

九年旄筆厠清班，忝竊虚名衹汗顔。瑣闥乍辭疑削籍，玉堂重到許投閒。勞生分定升沈外，聖主恩深進退間。留取羽毛憐病鶴，孤飛何日放教還。

二月朔日碧桃盛開

無數緋桃蕊，齊開仲月初。人情方最賞，花意已無餘。

初假十四韻

涉海疑無岸，收帆喜有涯。初諳閒氣味，已攬病情懷。長假知難遽，微名料易埋。密藏虛白室，高挂踏青鞋。一榻春將半，孤踪世孰偕。自延醫入座，便少客升階。似鵠肩雙塌，如籤指互排。屈伸寧自主，運用漸多乖。藥餌聊投水，針鋩等刺柴。簡編從庋閣，典校免科差。卧久兼抛杖，僧來或勸齋。老蠶甘蠹葉，瘦馬嗜枯⿱艹黠。即事安愚分，餘生戀廢骸。幾時真大笑，撒手向懸崖。

盆中新種幽蘭忽吐一花病枕喜作十二韻

本草繙因藥，旬來偶種蘭。近根微取潤，培土最宜乾。愛護新芽茁，爬梳舊葉完。連朝風習習，昨夜露漙漙。笑口欣將拆，花頭側未安。一尖長計寸，五出瓣成單。靜女晨粧淡，幽人翠袖寒。香來殊不意，夢好却無端。客有逢知賦，（周弘讓山蘭賦：「竊逢知于綺季。」）吾方擬操彈。當門誰免忌，入室雅相驩。養鼻芬何與，（椒蘭芬茝，所以養鼻也。出史記禮書。）同心契漸難。祇應賢子弟，佳氣滿門闌。（時德尹、潤木、信安諸弟俱在都下。）

元立上人淮陰張氏子幼隨父客京師父歿權厝天津且死屬其子曰必反吾骨故鄉時元立甫九歲貧不能自存去而爲僧得法于平陽晝公今五十年矣辛卯秋徒跣北來求父葬處天津瀕海沙水衝激殆不可辨有里老張姓者依稀指其處發視墓磚在焉桐棺無恙將奉以歸葬相見京師乞一言紀其事爰贈以詩

僧臘五十八，當時九歲孤。淒涼銜治命，辛苦望泉壚。鬼守他鄉魄，兒存出世軀。兩消生死憾，含笑赴歸途。

獨坐聞孤雁

風急天高片影孤，水圍初脱尚驚呼。是日行在初撤水圍。菰蔣幸有單棲處，莫入羣中更作奴。

清明日偕馮卯君馬素村沈駟襄家言思諸孝廉及兒建出右安門小飲祖園水亭有懷城西舊遊

卧聞風日好，暫起出郊坰。歲有清明節，人如聚散星。烟光初上柳，水氣欲生萍。却憶名園路，橋邊共踏青。

三月十五日恩賜翰林院講讀編檢諸臣松花江緑石硯中使宣旨查慎行吴廷楨廖賡謨宋至吴士玉五人向在武英殿纂修着揀式樣佳者給與臣慎行得夔龍大硯一方恭紀二十韻

砥石青山麓，松花碧水濱。天文聯析木，地産富琳珉。藴作巖間璞，來爲席上珍。自蒙官采擇，頓發玉精神。有用逢時出，無瑕抱質純。性剛偏潄潤，膚膩不留塵。露氣鮮流葉，波光緑漾蘋。銘辭周雅古，背有御書銘，其辭曰：「以静爲用，是以永年。」形製帝鴻新。規矩方圓合，廉隅節角匀。雕龍由哲匠，篋鳳賁儒臣。賜硯有泥金漆匣。憶昨隨班久，曾經拜賜頻。前在内廷，兩蒙頒賜。隃麋兼月給，棐几亦時陳。延閣披香夕，山莊珥筆晨。詩多呈乙覽，賦每達楓宸。自罷文昌直，仍叨竊禄因。微勞蒙記憶，末路慰沈淪。優旨宣中使，殊榮逮五人。枯魚咸仰澤，病樹稍知春。臣分增慚恧，君恩視笑嚬。捧歸憐手顫，增重爲絲綸。

曉出西郊

小童晨出郭，歸報杏花開。病試經春屐，隣賒過臘醅。斜風吹巷陌，細雨隔樓臺。未遂田園計，僧寮又一來。

偕德尹潤木信安兒建孫祈過摩訶菴看杏花主僧乞詩留題一絶

酒場詩壘付前塵，不到精藍二十春。今日眼昏花似霧，僧雛誰識未歸人。

再叠韻一首

弟勸兄酬不隔旬，花前渾作一家春。可能消得兒孫福，奉杖將車侍老人。

廣濟寺看海棠同涂燮菴徐壇長次杜牧之街西詩韻

滿城烟柳正藏鵶，好事偕尋老衲家。旛影乍飄新掃地，露痕初綻半開花。略宜步障遮濃日，惜少鴟夷載後車。肯似旁人苦攀折，一枝歸插帽簷斜。

是日再過燮菴同年寓園看海棠兼招王樓村

笑口重開又一奇，小堂南北萬花枝。同時被賞寧論晚，明日來看定悔遲。無雨劇憐如許豔，有風生怕不禁吹。惟應火急邀詩老，趁取嫣紅撲酒巵。

荷陰清暑圖撰院長屬賦四首

緑水亭南萬緑楊，一奩明鏡貯烟光。自移玉井如船藕，高放花頭盡出牆。

碧雲擎蓋午陰涼，不獨花香葉亦香。想見公門清似水，春耡飛近讀書牀。

六月遊人汗汁融，透肌一陣好涼風。欲知魚樂看魚戲，長在田田翠影中。

比似濂溪愛有加，年年貪看畫中花。直從葉點青錢後，剩過蓮蓬始到家。先生每歲扈從避暑，故云。

送陳緘菴前輩視學山東二首

頻年慎簡出宫坊，公道能令士氣昌。稽古榮歸儒者分，掄才難得聖人鄉。機絲合與金針度，分刌知從玉尺量。館閣同時皆屬目，又看魁柄指東方。

冰壺貯質雪飛丸，清望今猶重此官。絳幄風開三月後，紫驙光動五雲端。蓬瀛盛事推枌社，桃李新陰到杏壇。此去畿南纔七驛，道旁迎謁盡儒冠。

展假戲簡吴山掄薄聿修陳世南三同年

俸滿開坊及，慵多請假頻。雨中三月暮，花外五湖春。已遠鵷鸞隊，猶羈麇鹿身。好官如歲酒，推讓少年人。

德尹招同人飲寓庭紫藤花下

此藤此地初種時，詩翁酌我索我詩。藤爲桐野手植者，今日周亦在座。藤今成陰花滿架，吾弟重來宅其下。夜來急雨雷闐闐，拓窗起看東南天。雲頭解駮日穿漏，紫氣散作濛濛烟。兩龍上走尾倒懸，之而鱗爪紛盤旋。佛光中現寶瓔珞，絳節珠幢朝曉仙。笑渠主人負花癖，治具典衣誇示客。酒徒一半招不來，來者留連窮日夕。高燒紅燭臨前庭，燭燄浮動千娉婷。忽然落蘂墮杯面，香入醉魂愁欲醒。十年萬事經眼見，況此旅寓如郵亭。藤兮得氣漸張王，而我與汝俱頹齡。閒坊大可養衰疾，官守幸已逃拘囹。飲雖小户且滿引，莫待鳥啄花飄零。

陳子萬七十壽令子履中孝廉來乞詩

曾於郎署挹清風，解組歸成鶴髮翁。才子聲名喧輦下，故交書札到山中。荆溪花蕚排家集，子萬與令兄其年、緯雲合刻家集。商洛烟霞屬寓公。時子萬移家中州。知是林泉能養壽，自慚宦跡尚如蓬。

題汪籲三騎驢圖即送其赴醴泉縣任二首

結束翩翩西入秦，也如懷縣著安仁。杏園別有騎驢者，羨爾幾同鶴背人。今科進士俱留京教習，不聽還鄉。唐時進士皆騎驢，故云。

逸足曾登郭隗臺，屈他作吏亦仙才。三峯圖上逍遥意，又看昭陵石馬來。昭陵在醴泉管内。

同年王樓村嘗夢至一處梅花滿庭有一老人杖而入以杖數樹云此十三本以付汝汝若饑時但喫梅花便是神仙地位也覺而屬禹司賓慎齋畫十三本梅花書屋圖壬辰四月樓村官罷將出都以圖索句作歌贈之

鴻臚禹子特好奇，聞人説夢乃畫之。寒梅繞屋十三本，一一著花無醜枝。問渠此屋在何許，異境云自華胥移。龐眉丈人野鶴姿，指樹付汝汝不辭。嚼花可使食無肉，仙者得之能療飢。覺來官舍冰雪冷，滿牀蔌蔌香風吹。君家氾光湖水湄，柳繁梅少地苦卑。買栽開徑良不易，梅性故與高寒宜。然而畫藁出神授，何必遠問孤山爲？但愁書多無屋貯，莫嘆樹小看花遲。浮生所遇率假合，剎那劫比阿僧祇。幻中生幻想非想，身外有身知不知。君今罷官歸有期，蘧蘧形開夢者誰。詩成擲筆吾自哂，區區紀夢何其癡。

因病展假院長揆公遣車邀至郊園用義山詩作起句

漳濱卧疾正無憀，忽枉車音荷見招。藥草去扶藜杖覓，楊花來傍酒旗飄。不緣別夢三春隔，已憚勞薪半日遥。重到名園知有分，爲憐詩癖未全消。

院長和前韻謂余將乞長假特寓留行之意再疊韻奉答

出處心孤不自憀，當歸何待故人招。花隨流水雖難住，絮到黏泥已倦飄。塞馬楚弓紛得失，遊鵾斥鷃各逍遥。獨餘門館酬恩地，香山詩：「高家門館未酬恩。」結作癥瘕未易消。

自怡園藤花

朱藤春季花，入夏已狼籍。名園開較晚，間作一旬隔。我來若相待，耀眼動魂魄。舉頭千萬梢，梢梢上高格。迴欄三百步，步步轉幽賾。中休得小亭，未覺方丈窄。花穠四垂鬘，葉厚平展席。輕如榆穿錢，小串低可摘。重如鰓貫柳，繁縷紛難擘。尾長或計尋，莖短亦盈尺。高褰俄作勢，密綴欲無隙。南北交絲幃，東西挂簾額。采香蜂經營，唼影魚跳擲。方當豁紫雲烘暖靄，不受日光炙。旦晚顔色殊，陰晴氣候易。主人有深意，召此閒吟客。方當豁襟抱，兼用佐肴核。擷之復湘之，謂有噉花癖。從公亦何幸，醉飽且永夕。明歲花發時，回頭莽陳迹。

曉起聞鶯聲次院長原韻

烟條雨葉密難分，睍睆聲從隔岸聞。自出喬林爲求友，苦教獨客感離羣。暗穿花徑如流水，暖炙笙簧好遏雲。斗酒雙柑真不厭，爲渠晨坐到斜曛。

雨後觀芍藥再呈院長

夜來微雨曉來風，多爲階前芍藥叢。豔色可將何物比，賞心聊與故人同。遲開分落羣芳後，獨秀慚居萬緑中。莫以將離煩折贈，兩年以來，園中每有花開，公必遣人折送。此花不稱白髭翁。

鶴卵次院長原韻

四生一墮想緣深，陽鳥雙棲只在陰。遺種也憐同羽族，託胎誰信有仙禽。雲霄已具初生質，渾沌猶全未鑿心。他日長鳴聽子和，勿將雀鷇比淳音。蘇明允詩：「雀鷇含淳音。」

聞汪紫滄同年出獄

忽傳恩赦下蕭晨，病枕初疑聽果真。但是旁觀多感涕，誰當身被不沾巾。累朝豈少文章禍，聖主終全侍從臣。莫怪兩家憂喜共，十年同事分相親。

送孫洪九之任瓊山兼簡瓊州守林碧山

異才資格外，仕路有先機。洪九在武英書局校録，去冬告竣，特恩敍用。得邑莫辭遠，着鞭如爾稀。嶺雲雙舄度，海島一帆飛。府主今賢者，兹行得所依。

平陽太守孔彝仲六十壽詩

十五年前識孔愉，座中曾示武夷圖。戊寅初夏，余遊武夷，時彝仲宰崇安。家承曲阜先師學，郡領陶唐古帝都。宦況祇聞琴配鶴，仙山猶憶舄爲鳧。懸知北海開樽處，酒釀蒲桃不用沽。

賦得忍冬花送樓村同年南歸分韻得羣字

鴛鴦亦有偶，鷺絲亦有羣。本草：「忍冬一名鴛鴦藤，一名鷺絲藤。」豈謂閱晨莫，遽看黄白分。亭亭羞獨豔，兩兩含清芬。願保忍冬意，嗒焉吟送君。

以釋門五經約註送院長有詩見謝即次來韻奉酬

禪宗空諸無，梵夾實諸有。光同日月照，瑞叶龜龍負。新舊譯兩伊，一豈殊三九。翻譯名義云：「西方有新舊兩伊，猶此土之篆隸。」又云：「開雖具九，九只是三，三九雖殊，其理常一。」五經大綱具，五藏條目剖。三十八萬言，言言垂不朽。大論云：「毘勒藏有三百二十萬言，佛在世時所造。後人憶誦力少，不能廣誦，撰爲三十八萬四千言。」聲明先釋詁，大論言「五明者，一曰聲明，釋詁訓字，詮目流別。」精理發智母。起教阿含先，修行木义首。明通徹牆壁，解脱除枷杻。散華與貫華，慧悟非愚守。多羅雖布葉，漚鉢必尋藕。我無廣誦力，心地未離垢。自從獲此書，煩惱變蜆斗。久知繆緘石，猥欲珍享帚。狂緣稍稍歇，幸免怖頭走。方丈寄一軀，由旬視四肘。有時或展閲，默坐牢閉口。先生愛我深，采善每搦醜。作詩相扣擊，現此霹靂手。秘笈敢自藏，琅函往無咎。願公調五味，灌頂孰與偶。眼界示空澄，微塵悉抖擻。琉璃無障礙，當見山河否？

送史儆弦前輩視學粵東二首

去作蓬瀛海上仙，文昌八座本同躔。一朝掌制推三世，萬里持衡在兩年。史典雲南鄉試初回，故云。蜃氣晴標瞻斗地，虹光夜發種珠淵。蒼榕錦荔成陰徧，桃李春風分外妍。

鳳池重望屬宫端，親見丹山振羽翰。昨捧紫綸千騎出，尊甫儲相公於三年前奉命祭告南海。新開絳帳萬人看。班香宋豔才相嬗，蘇海韓潮量校寬。但是同朝誰不羨，文章早達似君難。

晚香齋畫卷紅椒上人屬題二首

清流九派滙東湖，湖上精藍傍弄珠。三十年前遊似夢，黄花應笑白髭須。癸亥客遊當湖，始識上人于化城菴。

晚香齋畫已流傳，初白菴成未有緣。世出世間留二老，把茅至竟讓誰先？

羅浮五色蝶院長屬賦

我愛羅浮雙鳳子，碧紗籠出看分明。别從花底留仙種，不向林間鬬化生。莊叟夢中渾未識，滕王圖上總難名。祇疑園客蠶爲繭，五色抽絲繡得成。

送院長揆公隨駕避暑山莊

上卿侍從有仙才，詔許攜家避暑來。閒裏未妨披卷過，别前先約寄詩回。灤魚味入三秋美，塞草花多六月開。曾是往年同直地，萬峯回首隔蓬萊。

把犂圖爲汪荇洲前輩題二首

宛轉橋通曲折溪，緑陰南北岸東西。玉堂不少栽花地，爲愛山村雨一犂。

身占蓬池第一流，却從跨鳳想騎牛。山中宰相他年事，不要黄金畫絡頭。用南史陶弘景傳中事。

題從孫恒侯雲岫觀日出圖

雲岫家門山，去家咫尺耳。平生趾未到，浪走千萬里。客中看畫興飛騰，老矣梯空力尚能。桑榆欲挽扶桑景，歸作鷹窠頂上僧。

送陳鍾庭前輩由學士督學畿輔二首

旁無汲引上丹墀，獨以文章結主知。奉使銜仍兼學士，持衡公不愧宗師。朱衣院吏傳呼出，白髮儒官載筆隨。好是年時車馬道，兩行桃柳夾旌旗。

春風入座藹然披，形跡無嫌自絶私。花月有時成邂逅，壺觴幾處記追隨。戢鱗魚厠騰蛟地，塌翼鷗眠浴鳳池。未敢出郊同祖餞，聊憑折柳託新詩。

送唐次衣庶常省覲歸揚州次安溪相國原韻

紛紛冠蓋場，勇者乃先去。河橋萬株柳，攀折凡幾樹。九重亟儲材，館選盛冷署。新進半登瀛，芸窗拓雲霧。舊來冰雪文，詮次列州部。羣推著作手，領袖佇知顧。云胡遽俶裝，矯首赴歸路。足知學問力，禄養猶孺慕。白華古義存，至潔如飲露。天際望南帆，花間指西墅。人生屬有願，肯作蓬萍聚。與君昨論交，託契在未遇。知我無若君，侵尋感未暮。重來祇自悔，余丁亥告假南歸，次衣有送行敍。久滯真再誤。厚意久豈忘，聊抒贈行句。

湯西厓前輩自通政改授翰林掌院學士時奉使嶺南未歸馳詩寄賀兼述鄙懷八首

眷注恩深出入偏，重看名籍冠羣仙。文章舊價新增重，不礙來遲十二年。先生于庚辰春，由編修改諫垣。

久推公望稔公才，合到蓬山頂上來。品秩不殊銜特换，北扉班壓大銀臺。

同時領教得名臣，程李欣傳拜命新。到此始知師席貴，錦袍分占兩家春。明弘治中，程篁墩與李西涯同時領教。西涯有詩云：「詞林盛事久相仍，師席逢君喜不勝。」今先生與少司空揆公奉旨亦同教習庶吉士，故云。

望中一髮海天青，暫借文星作使星。莫被江山久留滯，無邊風月在頭廳。唐翰林承旨所居第一閣，亦名頭廳，在學士上。今之掌院，即承旨職也。

詞林故事聞前輩，誥勑元須巨手裁。便合還朝稱閣老，文淵内署待公開。舊傳文淵閣爲翰林内署，詔册制誥皆屬焉。凡宣召文移止稱翰林院，初不以内閣名。每日與閣臣會食，輪學士一人專掌誥勑，多挨次入閣者。故例稱閣老。今蘇州有閣老坊，乃吴匏庵爲學士時建。

石渠天禄校書頻，仍歲員多比積薪。我是史官頭雪白，末班猶領百餘人。編、檢俸深無過余者。

敢擬微之並樂天，才名官職兩殊懸。只除一事差相似，恰比先生老七年。白香山詩自注云：「予老微之七年。」今余與先生年齒相去亦爾，故得借用此事。

病中未奉休官檄，枕上先成寄遠詩。計日乞歸應有分，向來心事荷深知。

送同年宋山言視學兩浙

與君隣牆居，晤言實疏曠。隔牆見高樹，雙鵲巢其上。連朝傳好音，奉使開絳帳。余方移疾卧，君過問無恙。握手起踟躕，慰懷釋惆悵。吾鄉十一郡，山海饒氣象。自昔不乏才，名賢出輩行。讀書想前喆，指授不流浪。長老尊所聞，後生知所嚮。家家承桀矱，一一資蘊釀。自從婺學衰，科舉變時尚。姚江矯斯弊，絶學揭孤倡。傳習到南雷，淵源大流暢。

經經緯以史，文筆兩浩蕩。秀水朱竹垞。及慈谿，姜西溟。頡頏庶相伉。爾來復誰繼，耆老日凋喪。菑畬任榛蕪，多士將安仰。君生公相家，儒雅世宗匠。商聲振河嶽，金石比清亮。人稱詩滿囊，自喜書壓捆。此行執文枋，獨力狂瀾障。楩柟豫章材，厥初視乎養。植根在績學，條蔓芟冗長。風先絶奔趨，名亦戒標榜。轉移良易事，勢捷登高唱。徒從制藝論，於衆非所望。吾今老且廢，記誦月就忘。尚思炳燭光，未肯頹然放。平生婞直性，語出常近謗。歸去作州民，菰蘆倘相訪。

院長自口外寄餉灤魚山蕨

山澤珍難二者兼，灤魚肥美蕨芽甜。銀絲斫鱠冰調水，錦帶宜羹雪點鹽。私爲飽餐慚過分，頻叨遠餉恐傷廉。年來口腹真相累，此疾從今也要砭。

兒建舊任束鹿令自補部郎每生日邑之士民不憚六百里走京師製屏幛爲壽遇余誕辰亦然無以酬之作詩以示不敢當之意

古有歌來莫，人今屬去思。不聞循吏傳，兼補白華詩。宦蹟清殊愧，民風厚可知。年年四五月，重覃到京師。

百日假滿歸心未遂排悶成篇

乞歸無路且遲遲，長告俄踰百日期。已是膏肓成痼疾，非關藥石少良醫。飛烏將子於誰止，兒建先以病告假，行有日矣。老馬爲駒只自嗤。轉覺君恩難報稱，俸錢三萬又虚糜。

偶閲雪關酬和詩輒效其體作十偈寄晚香上人

耶舍在孕七日，和修處胎六年。那論後先遲速，各人自有生緣。

造物爲爐爲炭，衆生自灼自煎。本來無垢無浄，跳出湯泉冷泉。

馬鳴廣造論議，阿難修集多羅。一字不圖遮眼，試教燒却如何。

五百龍宫鶴衆，他生盡是門徒。切忌當頭着棒，且須開手還珠。

業惑即迷即悟，慧根何淺何深。倚杖雖傷佛面，投鍼便契師心。

塔上鈴鳴何語，牆頭旛動誰家。禁得毘藍風力，除非一角袈裟。

一家眷屬何有，木魅水怪山魈。雖則門風高峻，就中容得波旬。

法要不關衣鉢，禪宗易雜龍蛇。東方入世避世，康樂在家出家。

童子燒香掃地，廚人篩米搬柴。此段作何消受，老夫念佛持齋。

八萬四千偈子，猛逢毒手多删。截斷口頭語句，請師另逗機關。

久旱得雨

聽説今年旱，南連兖豫愁。遺蝻仍出地，宿麥已無秋。得雨寧嫌晚，如膏幸徧流。黍苗多望澤，莫但灑皇州。

雨中院長送塞山赤藤杖至兼以詩索和次原韻

孔光靈壽儗非倫，冒雨猶煩送杖人。倚賴扶持防滑路，料量筋力好抽身。鳩知祝咽先濡味，龍欲騰梭早濯鱗。不向街頭輕曳出，撥開雲霧即狂塵。

題徐壇長庶常竹趣圖

泉聲絶磵秋咽，霜信空山早寒。何物不當搖落，此君獨占檀欒。畫中千个萬个，賦裏三竿兩竿。留取數間茅屋，從教日報平安。

題陳希聖然藜圖

閒抛萬卷在巾箱，多爲官書校勘忙。眼大如箕君莫怪，已將藜火比螢光。

題達履中東郊尋梅圖

黄埃高壓城頭山，老夫畏暑方掩關。何來一幅好圖畫，彷彿置我羅浮間。圖中之人貌冰雪，格與苔枝兩清絶。從知託興在高寒，不怕侵肌有炎熱。因君棖觸動歸心，欲和孤山處士吟。明年君放西湖棹，但向梅花多處尋。

夏冰

一派方諸水，來從石上流。物無堅不化，性有重還浮。耐冷誰能踏，乘炎勢易酬。夏蟲渾可語，吾欲詰莊周。

余歸志已決而行在信至院長固欲相留再呈一律以申前請

世味酸鹹別，歸心老病交。寧忘魚在藻，其奈鶴思巢。古有成人美，吾非解客嘲。願公全末路，道在邇三爻。

自怡園荷花四首

一片頗黎上下空，芙蓉城現水精宫。已離大地炎埃外，尚在諸天色相中。未免情多絲宛轉，爲誰心苦竅玲瓏。雲烘日炙如相試，賴是清涼不待風。

雕闌北面小亭旁，久坐真成透骨香。翠羽拂奩開皎鏡，緑衣扶扇侍紅粧。繁華肯鬭春三月，澹蕩偏宜水一方。馬跡車輪尋不到，别依浄域作花王。

菰蒲響雨午瀟瀟，盡洗胭脂取寂寥。一鷺偶依疏影立，雙魚忽破静機跳。輕橈劃浪紅翻岸，高柳移陰碧過橋。宛在中央情脈脈，微波咫尺去人遥。

菱角雞頭漸滿池，亭亭獨攫出塵姿。難留雨露珠頻瀉，自拔泥汙性不緇。老衲山中移漏處，佳人世外改粧時。白頭相對歸心切，欲捲江湖入小詩。

長律一章寄祝座主清溪徐公九十壽

吳興自昔多耆舊，人瑞今歸九十翁。古殿靈光尊海内，歲星朗耀在江東。龍門傳衷張丞相，淇澳詩中衛武公。落落乾坤誰行輩，明明朝野屬宗工。韓歐著作奇而正，顔謝篇章麗且雄。細入管城抽虎僕，健踰弩矢射牛蝓。文壇地望高于位，談吐光芒亘若虹。白雪調孤卑郢曲，朱絲絃直叶厢桐。主張聲氣能延攬，領袖儒紳待發蒙。李泌藏書借諸葛，蔡邕秘本得王充。頌琴拂拭知黄鵠，老研摩挲辨帝鴻。却對友朋心轉小，愛聽絲竹耳逾聰。人稱恭謹成家法，客許周旋合禮衷。什襲有囊多錦製，留題無壁不紗籠。徧栽桃杏開芳徑，新茁芝蘭壓舊叢。雅量風清兼月白，閒情澗碧與山紅。陸龜蒙里移茶竈，張志和家續釣筒。峯倚百寮如畫幛，泉疏半月是清潨。居鄰崑閬差相亞，道在神仙必可逢。憶昨歲當京兆試，吾師力具大臣風。如綱獨挈收羅廣，比鏡虚懸藻鑑融。拔茹心傾非黨援，掄才典鉅本公忠。肯教謗讟淆清濁，特荷君恩見始終。存問屢承中旨渥，晉階還校在朝隆。壺漿出境迎千里，几杖同時授兩宫。已勑天廚供飲膳，復頒宸翰示褒崇。衣冠盛事推華皓，扶掖餘榮逮僕僮。八洞雲霞雙蠟屐，五湖烟月片青篷。種魚蘋末看羣戲，養鶴松梢待上翀。自信結胎從混沌，寧煩訪道到崆峒。千莖雪變丹爐火，百煉鋼銷赤堇銅。下士口傳非要訣，至人踵息有深功。蕊珠乍轉時三扣，瓊液閒拋偶一中。黄髮高堂老宗伯，黑頭子舍大司空。抱來膝上皆文度，呼出尊前悉任童。成器固知由哲匠，學箕旋喜作良弓。虞庠又見孫曾入，洛社稀聞橋梓同。兩寺高僧招遠永，五君新咏削濤戎。阮宗大小分南北，裴眷東西合耄穉。雨過籬根采黄菊，霜餘渡口賞丹楓。小春晴暖梅先報，十月温和水未凍。叶平。屏展彩蟾金的皪，杯浮緑蟻玉玲瓏。遠從翠島尋琅菜，近向玄都覓綺葱。賤子受知非一日，微官託跡類孤蓬。執經曾附三千士，算曆俄周十二蟲。常願籃輿隨靖節，敢云藥物備行沖。升沉分已安歧路，進退心惟撫薄躬。寸簡迢遥馳北闕，瓣香親切奉南豐。秋來準擬求長假，歸去猶思效祝嵩。屈指稱觴期可剋，門牆雖峻往來通。

寄祝梅定九徵君八十壽安溪相國屬和

數參河洛在先天，絶學今猶見一賢。訪道早承君相問，著書老望子孫傳。管中窺豹知千古，杖頂安鳩又十年。翁本西京仙尉後，世家仍合號梅仙。

題王石谷杏花春雨圖

溪光汎汎山濛濛，杏花十里五里紅。此時江南新雨足，農事未起春方中。我愧不如把釣翁，小舟閒泊菖蒲叢。又愧不如丱角童，騎牛踏徧村西東。無端乃被一官縛，坐令畫圖之景到眼成虛空。還渠自向高堂挂，報我歸期行已届。但吟初白老翁詩，何必耕烟散人畫。

安溪相國見示紀家難述舊德詩敬題長律五十二韻

相國勳猷盛，旂常日月邊。廟堂調鼎鼐，寰宇靖氛烟。却自承平際，追思開創年。安溪城僻左，瘴海地連綿。劇盜營三窟，官軍敗兩甄。縣疆騷永德，郡界躪漳泉。挺險猿猱捷，潛蹤蜂蠆懸。最難防出没，多是困迍邅。村落胥波蕩，深山亦蔓延。公家時避匿，叔姪被拘攣。弱肉疇能保，强宗孰與聯。間關歸仲父，急難見英賢。虎口危將探，鴒原痛莫湔。試憑三寸舌，行挾一空拳。本擬辭相奪，終知怙不悛。脱身思變計，除惡要兵權。豈有田横客，俄揚祖逖鞭。一呼童僕應，兩志弟昆堅。買劍招莊户，椎牛出牧田。誓詞情款款，義憤涕漣漣。首以身衝賊，誠堪十當千。拔弧惟恐後，集矢共争先。是夜昏迷路，其時霧塞天。彼愚驕恃衆，我怒勇躋顛。巖谷聲摇動，風雲氣接連。夢魂兇膽裂，頭尾亂屍填。鼠穴還深鬪，烏巢又繼燃。曳柴妻子棄，委壑糗粻捐。牙蘖俱殲矣，根株務拔焉。向來投死地，何敢冀生還。失喜經年陷，仍看十口全。親朋篩酒會，官長插花筵。赴敵雖倉卒，成功詎偶然。衣冠森介胄，臂指儼戈鋋。遂使鴟張勢，翻爲撲滅緣。節奇因險著，事往賴人傳。屬者當藩逆，先生適錦旋。料其情必岬，聊復分相牽。懇切迎師表，辛勤伐叛箋。蠟丸宵入奏，露布曉遐宣。自爾蒙恩重，因之嚮用專。晝韔開八座，黄閣入三遷。忠孝培逾厚，流風久慮湮。伏陳家世事，仰荷聖衷憐。賜額旌閭里，分榮賁豆籩。鄉評公可采，國史實宜編。表表推名杰，煌煌紀大篇。時無門比峻，家有筆如椽。閲歷干戈畔，分明指顧前。境真由目擊，痛定尚心悁。示後言何苦，光前道不愆。會須鐫琬琰，餘澤永梧棬。

雨中過林鹿原梁園寓齋三首

西家井底窺天小，東家樓前瞰地寬。一雙病眼無處豁，且冒雨出尋蘇端。

人言進士不得進，用太白語。自詭書家嬾侍書。呼朋日飲坐無事，豈謂有愁煩破除。

梁園水通虎坊橋，及見老柳垂千條。三十年來太摇落，憑欄雨急風蕭蕭。

客有笑余乘驢車者賦此答之

遇酒逢花便出遊，蹄閒一尺駕輕輈。泥塗安穩偕僮僕，灰洞馳驅讓馬牛。得免徒行猶有愧，更爭先路欲何求。冗官只算騎驢客，老向天衢閲八騶。

顧俠君庶常招飲晚翠閣次東坡白鶴峯新居將成夜過翟秀才二首韻

怪底東吴顧文學，才名今始透春關。偶移種竹栽花地，如在廉泉讓水間。更上一層宜有閣，特開西面爲看山。滄州酒釅南烹潔，每到君家醉飽還。

萬卷書多插架仍，肯教輕棄短檠燈。簾前凉以三更雨，屋裏清于六月冰。朝爽不名名晚翠，閒官何似似高僧。依稀宣北坊西角，鴻爪留泥我亦曾。癸酉夏秋間，余寓居此巷。

院長寄馬尾蠅拂子

千條宛轉綰初成，便有風從繞指生。柄短不勞犀作骨，尾長仍借麈爲名。禪門付法今尤濫，人世清談久見輕。欲效驅除苦無力，青蠅當暑正營營。

寄祝胡東樵八十壽清溪大司寇屬賦二首

吴羌山色鬱然青，中有元家野史亭。人指所居爲福地，天留此老應文星。河汾業盛傳三世，夾漈功高在六經。千尺喬松多美蔭，重看蘭玉繞階庭。

尚書北面舊稱師，司寇公少受業于先生。碩果西吴更有誰？著述久歸三館貯，才名曾受九重知。烟波放艇懷清霅，風雨連牀記莫釐。庚午秋冬，先生在洞庭東山書局，余獲追隨。見説精神猶健在，杖朝不異杖鄉時。

立秋前一日馮卯君同年招遊樵沙道院

抱痾儵半載，閒居治幽憂。故人憐我衰，招赴城南遊。樵沙古道觀，風氣清瀏瀏。東南烟靄交，野色翠若浮。短牆俯而瞰，下有瓜芋疇。入門樹干霄，檜柏榆槐楸。涼蟬一聲嘒，天地颯以秋。微颸自北來，大火方西流。談諧雜坐卧，几席兼衾裯。豆籩既靜嘉，旨酒亦思柔。二馮乃舊好，卯君、留士。施渟如。唐斯萬。洵良儔。兒孫胥在眼，弟姪互勸酬。置我于其間，頽然一白頭。主人誼良厚，欲起每被留。試問勢利交，有此摯性不？浮雲翳空虛，聚散豈自由。且爲六時樂，用豁窮年愁。

題四明萬開遠冰雪集後故友貞一之子也

孟郊殁後千餘載，苦語何人更别裁。風雅道衰無至性，海山地大得奇才。翻瀾涕淚隨聲出，徹骨冰霜煉句來。竊喜故人還有子，一編浮白爲渠開。

題亡友吴商志遺像

每過南湖畔，傷心是勺園。吾猶識前輩，君克肖家尊。余少時侍先大人於禾郡，及見尊甫培園先生。彷彿生前影，淒涼葬後魂。風塵莽回首，耆舊更誰存？

立秋後七日偕周桐野宫恕堂錢絅菴張日容繆湘芷林鹿原顧俠君郭雙村家查浦潤木兩弟再集樵沙道院用白香山遊開元觀韻

未忍别朋友，乃如戀京師。循環互主賓，荏苒淹歲時。自我爲此會，四三年於兹。中間小聚散，比復相追隨。心閒耳目清，地曠花卉滋。手攜白藤杖，笑倚青松枝。林風有餘涼，襟袂快一披。蓐收鞭白日，西走不稍遲。顧惟衰病身，乞歸行有期。但恐出處跡，從今遂參差。兄弟幸無遠，是日潤木治具。羣公莫告疲。聊希達士達，仰託知音知。

題明興安州牧金公與游擊唐通手書後公諱之純字健之黄州廣濟人

公守興安日，明當甲戌年。廟堂全局壞，山谷一城堅。餉匱雖難給，民貧實可憐。飛書留片紙，辛苦想籌邊。

德尹舉第二子同學數人醵錢爲湯餅之會席上口占四首

湯餅筵前賀客俱，争誇老蚌出雙珠。大兒已識之無字，箇是徐卿第二雛。長名佛抱，今年已上學。

又見添丁喜可知，銜筵不怕衆賓嗤。一錢舊是看囊物，半月前頭助洗兒。

兒生亦是壬辰歲，恰後而翁六十年。便作小同呼也得，可憐花甲一周天。

吾年十九初生子，子又生孫已就婚。余長孫興祖，三年前已就婚雲夢。慚愧比渠多兩世，滿頭白髮望曾孫。

種竹詩四首次晚香長老韻

竹本淇渭材，移根到燕土。有如傳衣人，微命絲一縷。「傳衣之人，命如懸絲。」五祖囑付六祖語。買栽當六月，正值濯枝雨。生意盎然回，定僧爲起舞。

瘦鞭走空庭，無筍可汝口。齋廚貧少味，待得明年否？未訂歲寒交，聊充消夏友。青冥長在望，苦節須自守。少陵苦竹詩：「青冥亦自守。」

袖銜種竹詩，戴笠晨過我。秋涼約往看，我意大肯可。詩好書復佳，展開風滿坐。因之悟畫理，如對鐵鉤鎖。

痴人戴凱之，作譜搜方志。欲收山谷産，盡作樊籬寄。寓目何用多，三竿兩竿翠。竹如領此語，爲我發清吹。

院長寄惠鮮鹿脯及柘緑魚腊僕以轉餉周桐野明日枉詩見謝奉答四絶句亦如來詩之數

柳貫紅腮火燎毛，賜腥曾記潤脂膏。而今老病如枯腊，地主恩同菜把叨。

即鹿何須更入林，得魚原不費敲針。殷勤爲謝南來使，已少臨淵見獺心。以上二首寄院長。

水陸郇廚厭飫頻，腹腴尾血取鮮新。勿嫌薄饋分乾噬，也當貧家作主人。

不負漁師與獵師，從旁指動爲觀頤。朝來齒頰回餘味，博得先生四首詩。以上二首，奉答桐野先生。

桐野又示七律一章謂前詩不必寄院長再次來韻

懷珠戴玉互成文，本草：「鹿戴玉而角斑，魚懷珠而鱗紫。」直作詩題遠見分。網出千絲辭密藻，射來五色想堋雲。雪斑味美秋方足，柘緑名佳古未聞。義合及賓吾敢靳。要傳新句滌辛葦。

題杜子綸庶常填詞圖二首

點拍吹簫色色工，梨雲一研雨聲中。風流爾許真堪妬，自琢新詞教小紅。

早是人歌緩緩歸，誰搓柳汁染郎衣。杏花藭汗桃花雨，懊惱樊川杜紫微。

送楊冠三同年赴任餘杭兼訂徑山之遊二首

秋野雞豚社，春山茶笋鄉。居人力農圃，賢宰好文章。衙鼓聲前卧，爐烟爇後香。城偏迎送少，幽事滿琴堂。

暫作修門别，旋期故里逢。君方行綰綬，我欲去攜筇。西上通雙徑，南來控獨松。洞天兼福地，一一屬花封。道書：「大滌山爲洞天之一，天柱山爲福地之一。」皆在縣治内。

爲人題舉網圖

翠柳陰中水不波，長魚如劍亦如梭。算來大有幸不幸，入網無多出網多。

題王石谷瀟湘雨意圖卷

平生愛看王老畫，筆蹤幻化無端倪。畫石畫水兼畫竹，世罕其匹古與齊。不師文與可，不學吴仲圭。墨君粉本何處得？乃在洞庭南北湘東西。似聞瀟湘間，陰多晴少雲淒淒。湘君去後湘竹怨，留取萬古斑斑啼。鷓鴣昏昏唤作雨，山菌竹雞一名山菌子。滑滑呼成泥。九疑劖天不可梯，居人寥落行人迷。我昔南遊身未到，側聞人説往往猶含悽。今觀所畫殊不爾，灑落别自開町畦。山舒水緩橋平堤，步有舟航林有蹊。籬門茅屋幾家住，翠色不受纖塵翳。叶平。嵐光深淺葉濃淡，地勢起伏叢高低。展之尋丈卷盈握，疑有烟雨隨提攜。乃知善畫取大意，信手故自忘筌蹄。適逢好事者，持卷乞我題。我詩不入竹枝調，恍然如坐篔簹谷口蒼筤谿。

同年劉大山生子名曰阿雷索詩爲贈

種樹期開花，花開實斯榮。實以況男子，花以比女嬰。憐君五十餘，形影猶單惸。前歲甫生女，去冬兒復生。兒當未生時，厥兆先通靈。筮易卦遇震，生以雷爲名。吾觀易示象，震來遠邇驚。一索而得男，衆口傳轟轟。配天爲大壯，剛健含利貞。配坤則爲豫，喤喤奮陽聲。配坎則爲解，甲拆敷莩英。配巽則爲恒，人道以久成。配艮爲小過，應時與偕行。配離則爲豐，日中照乃明。配兑爲歸妹，長少義交并。于益取日進，于隨取元亨。于頤節飲食，于屯驗滿盈。无妄貴无災，噬嗑貴慎刑。大哉復之義，剥極陽始萌。凡兹諸吉祥，皆於易理呈。皇天不汝薄，釋抱來寧馨。特從憂患中，用此慰汝情。汝可不知足，一官何重輕。嫁女雖乏財，教兒頗有經。祝兒日千里，躧步陵公卿。他年聽雛鳳，或比老鳳清。

商丘宋冢宰八十壽讌詩

世澤扶陽厚，重傳嶽降神。中原留碩果，四海一完人。開府專旄節，還朝領搢紳。遺榮辭魏闕，予告就商賓。風月香山社，鶯花洛水濱。懸車時未晚，賜馬齒長新。坐握高談塵，行扶大雅輪。耆英來汝許，子姪列荀陳。詩好人難和，心虚士樂親。位兼名並重，時與物皆春。養鶴千年頂，瞻松百丈身。飛觴同賀歲，遥祝釣璜辰。

同年盛東田餉青笋徑茶賦謝

楊侯謂冠三。出宰餘杭縣，與訂歸期又涉秋。好友忽攜鄉味到，老夫如作徑山遊。青尖色嫩初開箬，緑片香清欲泛甌。一首新詩消得否？齋廚無物可相酬。

題東田志行詩草後即次見投原韻

同年來詩人，莫逆笑相視。唱酬日不隔，冒雨煩傔使。虚懷荷見推，倒篋啓行笥。百篇快披閲，口諷手弗置。爽氣颯然生，高冥偕抗志。君才洵敏妙，早合清殿侍。五十甫成名，一官迨需次。蹉跎感顔狀，磊落示標致。往往激壯心，時時吐沈思。古音非近賞，至味有同嗜。六義世誰陳，於君識風刺。簿書何足擾，野馬過浮吹。顧惟醖釀深，根柢皆有自。試以易理推，十年貞乃字。東田於癸未成進士，今十年矣。

題天山坐鎮圖送胡洛思僉事備兵肅州

按圖舊識西陲遠，入畫今看使節閒。雪點旌旗秋出塞，風傳鼓角夜臨關。地連張掖燉煌界，人在輕裘緩帶間。一片孤城歸坐鎮，不煩三箭定天山。

題陳季方詩册

詩風日以盛，詩義日以乖。忽於波靡中，豁達耳目開。之子非絶俗，而難與俗諧。所關學不學，豈繫材不材。春華人亦賞，秋實人亦采。華實所以然，根株故有在。遥遥古今宙，相望恒相待。方謂老眼空，快心今獲乃。五十有九章，章章非苟作。犂然見比興，諷諭于焉託。此中有餘味，深淺視斟酌。子既啜其醇，吾言特糟粕。

兒建乞假挈累先歸老人行期未定悵然有作

委蜕兒孫去，惟留病伴吾。未能辭逆旅，翻與念長途。短夢江湖闊，餘生出處孤。殷勤木上座，歲晚好相扶。

題朱漢源佩劍圖

平生早識朱公子，要腹便便貯經史。無端結束佩吴鈎，繪作戎裝稱壯士。高步名場三十秋，看人談笑取封侯。知君與世無恩怨，賣劍何妨去買牛。

東田同年忽戒作詩昨日過我賞菊醉後復破戒以詩來索和章戲次原韻

聞君戒作詩，枯寂徒自窘。我思破其戒，堅壁恐未允。試以酒誘之，徐徐俟激軫。半酣不自禁，大白果連引。妙語發天機，瀾翻吐難忍。明朝傳急足，一笑啓吾朐。黄花開正繁，虚坐前後盡。落英尚可賦，有味出咀吮。

藥酒初成

老人冬來如蟄蟲，坯户況值蜚廉風。藥爐新煮藥酒熟，氣觸鼻觀香先通。披衣起坐暖寒冽，卯飲一呷回春融。氣衰形耗百病作，豈有草木能相攻。此身略似受霜葉，藉爾暫發衰顔紅。

謝院長惠人葠三首

一兩黄參直五千，囊空欲致坐無錢。朝來忽荷盈觔賜，補貼貧官俸兩年。

祖陵地脈禁私刨，都市居奇價日高。翻惜聖朝多棄物，三椏五葉委蓬蒿。

四大相纏豈獨風，難憑神草證神功。七年病要三年艾，還在醫王藥籠中。

老人夜卧患足冷以錫爲壺貯熱湯二三升許納被窩中資其餘温可以達旦俗名湯婆子宋王晦叔有咏脚婆詩黄山谷詩中所云暖足瓶即此也冬來用之甚適戲贈以詩

貧家奉身薄，外物罕所需。獨宿踰十年，布衾温有餘。匡牀劣容足，伸縮頗自如。冬來忽畏寒，始嘆氣血枯。雖無重膇疾，未免愁攣拘。何法能療之，范錫成圜模。形如大口盎，又若平底盂。口大有受理，底平無覆虞。沸湯貯三升，脱襪加雙趺。居然似踵息，陽氣回徐徐。豈徒活筋骸，漸爾柔肌膚。宵卧可達曉，晨眠容及晡。我欲老是鄉，是鄉勝華胥。既非燕玉比，杜詩：「暖老須燕玉。」且與渥朴殊。東坡詩：「晴窗暖足來渥朴。」醉醒惟獨覺，冷暖寧關渠。婆兮古所名，聊作爾汝呼。無情亦無想，義出楞嚴經。老婦得老夫。

送盛東田出宰興化四首

名士誰如盛孝章，可人風味是清狂。故應天與佳山水，生長山鄉宦水鄉。盛爲杭之臨安人。

范老留題剩古苔，官情多委簿書堆。濯纓亭外馴鷗地，又得詩人管領來。濯纓亭，范文正公宰興化時所建，公又有南溪馴鷗詩。

千里攜家喜可知，免教鈎棧走嶔崎。他時檢點還朝集，惜少騎驢入蜀詩。東田初掣授四川富順縣，後改調興化。

二三千頃菰蒲緑，六十四陂菡萏紅。縣有八湖六十四蕩，五六月間荷花最盛。花裏尋君知不遠，過淮只使半帆風。

桐鄉友人至傳長孫興祖舉子及接家信乃生女也口占解嘲二首

誰把維虺比夢熊，傳訛幾與弄麞同。笑將鏡鑷投諸地，等被人呼作太翁。

弱女非男却勝無，苦催吾景赴桑榆。可憐孫又爲人父，二十年前膝上雛。

送德尹典試廣東二首

平生三度嶺南遊，此去星軺速置郵。榮路人皆豔科目，官資爾已壓時流。詞垣升轉，近皆論俸，惟試差開列，尚依舊制論資，德尹名在第一。不愁寶劍光華掩，須信芳蘭氣味幽。還恐高鴻在寥廓，張羅藪澤詎勝收。

七千里外動征輪，寒薄重裘雪洗塵。疏柳愛飄江上笛，早梅催發驛前春。名場後進雖多士，詩社前遊頓少人。時藥亭、元孝、翁山俱下世。珍重老兄留眼望，蘇家門下要張陳。文潛、無己，皆子由門下士也。

殘冬展假病榻消寒聊當呻吟語無倫次録存十六首

臥看星回晷景移，流光冉冉與衰期。人言宦海藏身易，自笑生涯見事遲。夜似小年寒漸信，病非一日老方知。惟餘蓴菜思歸興，早在秋風未起時。

憶昨公車待詔來，微名忽忝厠鄒枚。主恩不以優俳畜，士氣原於教養培。身作紅雲長傍日，心如白雪漸成灰。依稀一覺遊仙夢，初自蓬山絶頂回。

茫茫大地託根孤，只道烟霄是坦塗。短袖曾陪如意舞，長眉難畫入時圖。移燈見蠍寧防毒，誤筆成蠅肯被汙。竊喜退飛猶有路，的應決計莫躊躕。

雨露榮枯共一天，塵沙聚散幾同年。車摧却怪蓬猶轉，玉碎何圖瓦幸全。螘穴冰封殘雪後，雁程風緊夕陽前。故人珍重留行意，謂揆、湯兩院長。回首觚稜自惘然。

盡遣兒孫歸故里，尚留弟姪伴他鄉。囊空預借三年俸，禄入粗供四口粮。隨身止三僕，近領俸米六石，足支半年矣。舊積詩逋呵凍了，近添酒債典衣償。蕭然此外無餘欠，領取南窗枕味長。

一榻中安四面虚，放朝渾似放參餘。篋中棄扇蟲緣網，案上停燈鼠避書。過隙光陰隨夢去，就衰筋骨向陽舒。重簾可有纖埃到，敝帚殘箕罷掃除。

膈膊聲中好送寒，偶然爲客設棋盤。後來或者居人上，先處無如占地寬。黑白當前饒勝算，高低隨分有争端。老夫兀兀支頤坐，看似分明下手難。

科詔加恩典不常，征軺就道輩相望。抱經佚老頭多白，拾芥羣兒口半黄。慘澹風雲憐入彀，冬烘頭腦怕當場。退身引疾猶多愧，我昔曾荒陸氏莊。予自丙戌後試差俱辭免。

海内連年喪老成，南傷秀水竹垞先生殁于己丑秋。北新城。阮亭先生于去年下世。讀書自要師前輩，知己誰能託後生。此段人情看爛熟，向來士習例相輕。笑他江左衣冠族，誓墓區區爲角聲。

地降天升氣不交，羽禽何物尚膠膠。霜濃四野鴉争粒，葉禿千林鵲露巢。各有經營寧得已，未知辛苦定誰教。息黥補劓勞生事，蓋頂終須一把茅。

經旬坐穩一蒲團，纔閱朝寒又晚寒。蘊火梅欣先臘放，避霜菊耐涉冬看。散花菴裏新居士，視草臺中舊史官。勿着兩般分别相，大千世界本來寬。

不畏羣嗤不受憐，孤行一意久彌堅。敢誇願大難成佛，肯舐丹餘早得仙。方朔文章多詭俗，放翁家世少高年。劍南詩：「家世無高年，我今六十翁。」色經指訣全拋却，人壽終非草木延。

宜忌拘牽十二三，靈苗毒草比粗諳。性存薑桂何妨辣，味到苓連不取甘。好友勸嘗真苦口，庸醫隔膜漫多談。古方難適今時用，此理如禪在細參。

却病奇方乃避囂，遠坊兩板閉蕭條。室無歌妓何煩遣，鄰有鄉僧不待招。謂借山。石鼎濤生茶正熟，銅爐灰陷火潛消。雞鳴漏盡人誰覺，又聽門前過早朝。

叢書三館校讎忙，訝許閒情付墨莊。樗本不材良匠棄，屠非絶技善刀藏。冬葅剩飽園官菜，歲賜刪除博士羊。轉益從前素餐愧，大庖珍膳日分嘗。

童時了了記觀河，六十三年忽已過。眼暗耳聾知老否，葛涼裘暖奈身何。一帆去國談何易，萬卷無家累亦多。愛惜精神圖省事，明年兼擬謝詩魔。

自題癸未以後詩藁四首

七年供奉入乾清，三載編摩在武英。兩臂病風雙眼暗，枉將實事換虚名。

論卷排成手自刪，多慚小草落人間。迷藏賴有南山霧，莫便輕窺豹一斑。

橐筆曾經侍兩宮，可憐無過亦無功。未應奢望儒林傳，或脱名於黨部中。

拙速工遲任客誇，等閒吟徧上林花。平生怕拾楊劉唾，甘讓西崑號作家。

題鄒古愚望日圖小影二首

鄒生真與古爲徒，人謂生狂自號愚。不戀桑榆收晚景，却回巖電向東隅。

君如要看榑桑日，試上鷹窠萬仞巔。只合俯身臨碧海，何須仰面望青天。吾鄉鷹窠頂，東臨大海，寅卯之交，於水底見日。

歲杪自嘆二首

短景侵尋白髮前，歸心歸夢日相牽。人間雀鼠工啀點，伴食官倉又一年。

天生物性故難齊，健水東流弱水西。不信羚羊能挂角，如今只有觸藩羝。

周桐野前輩以隋龍藏寺碑拓本見貽二首

一千二百僧祇劫，龍藏今無片瓦遺。不有歐陽能集古，空勞佛力護殘碑。

翠墨椎來體尚全，書家名姓惜無傳。唐賢風骨依稀似，得法歐虞褚薛前。

敬業堂詩集卷四十一

待放集 起癸巳正月，盡六月。

移疾經年，遲遲去國，恭遇聖天子萬壽之期，既隨班朝賀，復申前請。又三閱月，始蒙恩允歸。古人以道去國者，待放于郊，得玦乃去。春秋公羊傳則謂「大夫已去，三年待放」。噫！毋乃太濡滯乎？得玦而去，斯可矣。

韓幹放馬圖次東坡題李伯時所藏韓幹馬七言古詩韻 圖爲同年薄勺庭所藏，絹本無欵。孫少宰北海題其後，謂是韓幹筆。

一如鶴啄長鬣垂，一如狼顧尾撒絲。其一昻頭立而嘶，欲前不前耳卓錐。眼中空闊視八極，踾步尺咫胡由馳。薄言坰者在坰野，絡腦且脱黄金羈。人間皂櫪或老病，天上閑廄誰權奇。攻駒考牧兩無預，造物一聽相雄雌。圉官大得閒放意，觳觫遑問牛何之。吁嗟乎！隙中過景越千載，畫肉畫骨空毛皮。東川清絲況寸裂，縱復神駿疇能知。斯圖即謂曹霸可，弟子未必賢于師。

今年擬不作詩復爲友人牽率破戒口占自解

年來百事多頹廢，何必於詩苦用心。正爾苦心誰復識，堯夫自有打乖吟。

院長湯西厓前輩出示與副相揆公贈答詩索余次和六首

皇華候騎走駪駪，萬里還朝倡和新。何物堪持比詩境，冰壺玉鑑兩無塵。

好士重聞六館開，中間一館是翹材。春風入座人人愛，只待先生下直回。

第七車中博物餘，承明顧問在星廬。不知三篋三倉外，可有平生未見書？

白楊巷與青楊巷，多少車前騶唱聲。何似神仙雙學士，對騎官馬出郊行。時揆公以副相兼掌院，故得並稱學士。

文壇宿望與資深，吟徧西垣又苑林。三十年來同調盡，却從少和識孤音。後漢書孔融傳贊：「越俗易驚，孤音少和。」

翽翽和鳴屬兩公，卷阿風入雅音中。枯桐入爨還邀賞，草木終憐臭味同。

題徐去矜侍御日南種菜圖

不費園官送，渾疑老圃家。苗民分匕箸，童子劚烟霞。飽喫三年菜，閒看四季花。還朝無俗物，堪作畫圖誇。

癸巳仲春上丁文廟分獻紀事四首

森森老檜上參天，路入橋門氣肅然。齋宿忝隨丞相後，先一日隨太倉相國省牲閱祭品。趨蹌獲在聖人前。元音唱歎餘琴瑟，古器駢羅識几筵。兩度春秋遞分獻，一門兄弟儼差肩。去秋丁祭，家弟嗣瑮與分獻之列。

鷺緌翟羽互飛翔，樂舞同時綴兩行。道在羹牆榮北面，禮成盥薦屬東厢。千秋世裔綿吴國，言子舊封吴侯，其裔孫德堅去冬始襲經博。十哲新躋列紫陽。朱子去春躋十哲，配享廟堂。以上兩賢，余分獻之位在焉。到此始知儒者貴，遥遥今古幾升堂。

自堂徂廡又趨階，升降循環往復迴。想像軒懸非一代，摩挲石鼓已三回。二十年前爲博士弟子，十年前釋褐。頭銜分去聲。出資郎下，班次猶煩博士陪。宋祥符中，孫奭上言，釋奠舊禮以祭酒、司業、博士三獻，新禮以三公，近歲止命獻官三員兼攝，請備差太尉、太常、光禄卿三獻。詔可。今至聖前，則大學士行禮，十哲分獻，用翰林資深者二員，本監監丞博士二員，猶隨分獻官後，蓋參用宋時新舊禮也。絶勝恢諧飢曼倩，殿庭割肉早歸來。

題名釋褐幾何時，衰至人嫌拜起遲。奠斝時余拜起稍遲，以致敬也。導引官遽相催迫，故云。位定瞽宗寧敢讓，致齋所序坐，分獻官在太常卿之上。事關籩豆豈無司。明朝尚舉分膰禮，他日誰陳齒胄儀。白首詞臣稽掌故，盛朝文物古爲師。

二月二十日雷雨之後忽復嚴寒枕上口占

老子慵貪卧，家童起報晴。朝來冰復合，昨夜蟄初驚。寒暖渾難定，陰陽動必争。庭花經手種，榮悴也關情。

後二日雪

欣欣逢歲閏，靄靄及春陽。早是經雷雨，如何更雪霜。天心寧好殺，物性自多傷。草木如知候，勾尖幸宛藏。出史記律書。

恭祝皇上萬壽詩四章

鳳紀龍飛五十年，周天景運正中天。衆星拱極雲霄上，萬國瞻光日月前。難老祥徵仁者壽，誕生聖在佛之先。欲知帝力占甿俗，擊壤吹豳偏八埏。

爐香韣韣護楓宸，花甲循環曆象新。玉燭萬年三月節，鴻鈞一氣四時春。闢門典曠收羣士，錫福疇多及庶民。黎老祝釐還自賀，兒孫同作太平人。

厚澤深仁物物霑，算從動植到飛潛。日晅風動恩威並，秉鉞垂衣創守兼。久運乾行神倍王，屢辭尊號德彌謙。太和宇宙無疆慶，長願春隨閏歲添。

極盛皇猷冠古今，無涯聖學仰高深。已隆咸五登三業，猶廑堯咨舜儆心。天大固知難繪畫，人歡争欲效謳吟。小臣拜手情尤切，十載蒙恩在禁林。

題石門勞鈞天日邊鼓篋圖二首

文賦行當擬陸機，鈞天年甫二十，故引用少陵詩中事。暫從鼓篋别庭闈。同朝幾輩來相問，五十年前父執稀。尊甫中丞公，甲辰進士，至是恰五十年。

過庭家學本傳詩，都講風流又一時。三百諸生多避席，愛聽匡説解人頤。

山野老人遠來祝萬壽者以千計目覩盛事紀之以詩

長世人多壽，親承異數加。使年踰甲子，問俗及桑麻。跪進觴停輦，歸簪帽有花。賜酺還賜杖，好向後生誇。

雨後過自怡園看海棠同院長作時余復請假

不記名園裏，搴芳醉幾回。偶逢新雨過，又報海棠開。此地嗟春晚，當時見手栽。勿辭燒燭看，爲是别花來。香山詩：「七十三翁難再到，今春來是别花來。」

四月朔大雪

大雪灑庭柯，春光九十過。急催花落盡，亂雜絮飛多。燕壘融還凍，鶯吭噤不歌。紛紛蜂與蝶，争奈苦寒何。

送同年海天植前輩視學雲南

八千餘里皇華使，二十多年侍從臣。館閣文章天上草，門牆桃李日南春。先聲到處苗風變，公道傳來士氣伸。儘讓同官開府去，好持冰鑑答楓宸。

重過封氏園飲矮松下偕絅菴湘芷俠君潤木作

刺蘩花外矮松前，指點遊踪廿四年。枝亞平行妨翠鬣，杖端摩頂透青天。與誰作伴人先老，閲世如流我獨憐。賣却朝衫充一醉，免教歸欠酒家錢。

再賦古松叠前韻

時聞松子落吾前，小住方知日似年。草色展開三丈地，濤聲捲起四垂天。最宜物外閒相賞，久在人間絶可憐。莫道如龍難畫得，真龍又值幾多錢。時潤木畫墨松，旁觀有譽樹爲龍者，故戲及之。

從刺蘗園步至陶然亭

未覺年衰腰脚頑，意行隨步有躋攀。雨餘天氣清和候，城角人家墟墓間。柏子庭空移白日，荻苗水涸轉蒼灣。此來直與孤亭别，貪得憑欄一晌閒。

壽山田石硯屏歌副相揆公屬和

吾聞陽精之純韞爲璞，白者曰璧黄者琮。兼斯二美乃在石，天遣瓌寶生閩中。壽山山前石户農，力田世世兼養蜂。採花釀蜜自何代？金漿玉髓相交融。深埋土肉久成骨，亦如虎魄結自千年松。想當欲出未出時，其氣貫斗如烟虹。地祇愛寶惜不得，飛上君家几硯爲屏風。質良材富肌理豐，廣袤徑尺加磨礱。銀河中傾灩瀲水，灌頂倒擢崔嵬峯。寒光通透月兩面，高勢噴涌雲千重。長檠夜燒燭焰紅，表裏映徹疑中空。風林片石非爾比，況許下巖劣品矜芙蓉。朝來得句傳詩筒，語雖紀實工形容。平生嗜好一無癖，而此特爲情愛鍾。吁嗟乎！人間尤物蓋不乏，目所未覩誰能窮。公今獲石石遇公，無心之合欣遭逢。深山邃谷只作几硯視，要使天下稱良工。

循例請封典有作

貤封有例徧簪裾，院吏傳宣到敝廬。一榻春生衰病後，九重恩逮罷官初。絶無功狀虚縻禄，自寫年勞削勘書。慚愧初階叨進級，枉將章服混樵漁。

自怡園曉起即事呈副相

朝來雲出岫，咋日雨鳴溪。杏子落如豆，楊花膠作泥。新巢看燕乳，舊耳聽鶯啼。去年四月，公有曉起聞鶯詩屬和。詩境從閒得，何須苦覓題。

獨坐紫藤花下

俗客何由到，但聞蜂蝶喧。低枝如見就，長穗不勝繁。稍重雨欹架，忽飛風滿園。冗員無處著，東坡詩：「冗士無處著，寄身范公園。」來借紫花墩。

食新笋

朔野無修竹，名園擅辟疆。舊皮留虎豹，昌黎笋詩：「看皮虎豹存。」新角茁牛羊。淪取庖廚潔，饞生匕箸香。一餐真過分，梅聖俞謝韓持國貽筍詩：「今年得此謂過分。」不似在他鄉。

放船至因曠洲

露氣烟光潑眼青，蒹葭影裏見孤亭。藕梢過港又生葉，柳絮逐波多化萍。鶯語忽流何處去，漁歌合向此間聽。老夫大有江湖興，肯讓閒鷗占一汀。

乞長假留别院長揆公二首

北道嚴裝日，院長將扈蹕赴口外。西窗剪燭時。兩心多戀戀，分手故遲遲。款曲行藏計，纏綿倡和詩。桑榆收已晚，後會恐難期。

示疾非無疾，藏名亦有名。難窮惟佛理，易足是官情。聚散人誰免，蹉跎我此行。半生知己分，投老荷相成。

雨中發自怡園再呈院長

迴思風雨追隨地，多在園居少在城。草木因公皆可敬，東坡詩：「醉翁行樂處，草木皆可敬。」禽魚與我豈無情。編年集換新題目，署尾牋留舊姓名。從此高吟應寡和，更無人繼老門生。

附院長作　　揆敍

一醉筵前各異程，迢遥沙塞與江城。欲攀征蓋終無計，苦挽歸航似不情。風雨每思償宿願，亭臺還請署新名。從今裂帛湖邊月，長照離人白髮生。

車中遇佟陶菴同年

三年不見故人詩，一笑多成世外期。君自愛閒求退早，我方移疾得歸遲。萍踪浮海相逢地，柳絮隨風欲散時。莫怪下車還久立，老來光景怕臨歧。

吴寶崖以西苑龍棚詞百首新刻見貽兼索題句四首

朝爲百賦暮千詩，敏捷曾聞崔立之。何似吴郎新樂府，一時紙價貴京師。

好譜新聲付樂工，半參商調半參宮。二千八百驪龍顆，併入歌珠一串中。

員嶠方壺咫尺移，太平景物萬年期。丹青繪出殊難肖，輸與文人絶妙詞。時少司馬宋堅齋奉旨繪圖。

他人才少爾才多，珥筆差堪上駊娑。可惜得官偏落第，不曾名占百篇科。

端陽前二日薄匀庭招諸同年集王園芍藥花下

緑陰十里豐臺路，來趁名園芍藥期。良會轉憐經歲少，自去年以來，久不舉同年之會。好花偏愛閏年遲。江郎一夢才輸錦，小杜三生鬢有絲。珍重故人尊酒意，將歸時節咏將離。

酬別陶菴同年六首

出門衮衮怕風塵，見面暌違動隔春。形跡校疏情校密，可知俱是嬾朝人。

入同珥筆出隨鑾，幾載辛勤共跨鞍。今日車中思馬上，皇恩直似五湖寬。

歸期已是一年淹，辭禄能無缺乏嫌。慚愧故人親致贐，拜嘉祗恐或傷廉。

河梁録別意如何，真有長歌續短歌。不待吾言君自信，傳人一代本無多。

段家橋外木蘭舟，唱和曾同扈蹕遊。却與歸人添別恨，獨吟怕上望湖樓。

君才畢竟爲時用，我老長甘與世辭。王右軍有辭世帖。聚散升沈渾細事，人生難得兩相知。

題宋蘭暉潯陽送客圖

聊借琵琶寓苦吟，多緣淪落望知音。後來信有商人婦，直被香山賺到今。

題程蒿亭持竿圖小照

已遮西日向長安，尚想臨流把一竿。寄語能詩侯叔迟，求魚沮洳古來難。

晚香長老六十乞詩

紅椒上人年六十，世壽從頭數甲乙。朝來隱几夢青山，過我殷勤約歸日。我今面皺眼昏花，師亦瘦如枯木查。童時觀性依然在，同閲恒河無算沙。

陰雨連綿頗似江南黄梅天氣

乍陰乍晴鳩奪巢，半濕半乾蚓出土。南中五月熟梅天，北地應呼杏子雨。

送蔣樹存出宰餘慶

憶昨領書局，羣英集金鑾。蔣生預校讎，臭味吾芝蘭。趨階或聯步，會食恒同餐。六時數晨夕，三歲離暑寒。書成上御覽，名姓列簡端。聚散夫何常，如沙孰能摶。同儕三十輩，一一争彈冠。我已病乞身，子行方得官。不以出處易，儼然平生歡。叩我蓬蓽門，送迎諒蹣跚。谷風有遺棄，責善人情難。古義胡足論，世途良可歎。子今又遠别，迢遞赴花蠻。黔俗我所諳，雁户雜猴猸。陰多晴日少，霧氣昏漫漫。長吏雖難爲，苗民豈真頑。賓輪況無幾，期會務使寬。訟簡案牘稀，地遐心跡閒。時時弄筆墨，哦咏于其間。亦足以自娱，因之報平安。好音望頻惠，綿邈非關山。

乞歸候旨未得成行寓庭雜蒔草花用以遣日吟成四首

歸心一以動，如馬渴思騁。乃復縶維之，動中反吾静。于焉寓草木，幽事閒稍領。既栽須有溉，生理視俄頃。未免擾隣家，朝朝汲甘井。

瓦盆列羣卉，紅白非一種。經旬排比開，含意似矜寵。閱人成旦暮，偷負力何勇。取笑桐柏材，十年方把拱。

開亦勿德雨，謝亦勿怨風。榮枯兩適然，了不關化工。化工倘狗物，毋乃與物同。所以老子懷，癡頑若孩童。

京師看花人，汲汲需代匱。主少十日情，市多三倍利。方從擔頭買，旋向牆角棄。不念花有根，初爲悦目地。賞新宜置舊，何用發深喟。

次日社集張匠門齋同人皆和余種花詩再疊前韻四首

平生數交遊，湖海浪馳騁。邇來嗜好別，取友亦取静。與君隣巷居，跬步煩引領。闊疏輒累月，會合或食頃。一笑兩心同，無波如古井。

君鬚尚鬑鬑，我髮已種種。引諸同調末，推許荷光寵。栽花坐無憀，決去愧不勇。焉能久鬱鬱，而待宰木拱。

草木茁若穎，好詩來清風。中有元氣存，豈謂屬和工。羣公富揮灑，下筆無雷同。挹彼山下泉，爲余發蒙童。

造物閱古今，生生本無匱。何論材不材，固有利不利。晚容桑榆補，早恐牙蘖棄。願將種花心，移作樹人地。毋使後來者，仍滋慨然喟。

題王石谷爲張超然畫旌節圖 王畫此圖九年始成。

張母早喪夫，張子幼無父。却將歿後榮，報答生前苦。有鹿不觸墳上松，有鼠不穿壙中土。天生異類猶多感，孰謂人情不如古。王君作畫踰九年，此事此圖皆足傳。我詩豈獨稱子孝，亦使後來知母賢。

去夏手植盆榴二本今年一枯一榮有感而作

庭下兩盆榴，經春謂已萎。其一雨忽生，病夫眼雙洗。枝端抽緑葉，葉底粲紅蕊。蕊綻復吐花，花殘旋結子。依然還舊觀，去聲。慰我岑寂裏。生存日向榮，死者爲薪矣。有情兼弔賀。感歎爲賦此。

院長貽嶺南椰子

椰子産番禺，瓠垂大如斗。其皮堅以韌，既剥且難剖。誰致越王頭，齊民要術云：「椰子其俗謂之越王頭。」不脛而北走。微凹陷兩目，鑿竅通一口。轉側初有聲，俄傾半升酒。東坡椰子冠詩：「半升僅漉淵明酒。」閒吟出既醉，義愧餉師友。梅聖俞謝李獻甫餉椰子詩：「我獨愧先生，饌致崇師友。」

林鹿原餉武夷茶

頭綱拜賜吾何有，細色徒聞馬上誇。何法商量好消渴，都籃分得大窠茶。梅聖俞新茶詩：「大窠有壯液，所發必奇穎。」

木本金銀花十四韻

本是沿籬蔓，今成傍砌栽。瘦根形促縮，短梗狀堆㕓。鳥爪拳筋立，蛇皮換骨來。忍冬經凜烈，入夏應恢台。長乳層層發，幽花對對開。雛鶯飛閃爍，小鶴舞毰毸。蝶粉悠揚墜，蜂鬚颭灩迴。金銀分老稚，黄白變胚胎。最好清含露，尤宜薄戰雷。痛須芟冗葉，惜勿剪條枚。就影移書案，留香泛酒杯。資生無秘術，入藥即良材。病檢醫方熟，閒從物性推。不貪能識氣，衆眼漫相猜。

庭西牽牛子新苗競發喜成十韻

手種牽牛子，根株粒粒成。勾尖看乍破，兩葉喜先萌。驗長論分寸，爲時閱晦明。立苗防細弱，插竹與扶檠。遂有纏綿意，偏多附麗情。疾風從偃仰，猛雨賴支撐。地力隨肥瘠，天機示發生。幾時花逞豔，連日蔓交縈。寓目聊充玩，消閒亦强名。料他秋爛熳，我已赴歸程。

和張日容嘲薜荔二十韻

薜荔爾何物，纖微孰比方。胡然纏宇下，只合繚崖旁。跂跂工緣壁，離離巧冪牆。性因柔善附，地以瘠爲良。松柏寧勞施，絲蘿故自張。龍鱗移不易，宋史：「李彥發物供奉，大類朱勔。如龍鱗薜荔一本，輦致之費，踰數萬。」蛇蚹斷無傷。及見縈根密，俄驚引蔓狂。嫩莖繩絞繳，大葉羽披猖。山鬼依棲暗，佛典呼餓鬼爲薜荔。湘君結託荒。罔帷憐屈宋，九歌：「罔薜荔而爲帷。」靡席笑班揚。甘泉賦：「靡薜荔而爲席。」雜蕙紉爲佩，輸荷緝作裳。搴枝頻颭影，貫蘂罕聞香。離騷：「貫薜荔之落蘂。」好補青藤椶，休侵白玉堂。移文累芳杜，北山移文：「豈可使芳杜厚顔，薜荔蒙耻。」作賦混蓀葨。張衡南都賦：「草則薜荔蕙，若薇蕪蓀葨。」誰遣臨書幌，兼能罩筆牀。有時經雨潤，逐日領風涼。梢自隣家放，陰留夏景長。卷簾交竹翠，曳杖點苔蒼。大抵詩騷意，多從諷諭將。勿嗤吟小草，中有好篇章。

晚香長老贈桃枝竹杖

六尺桃枝杖，將歸荷見投。健添居士足，高出老僧頭。與鶴誰先到，爲龍寧久留。撥開塵土窟，遲爾入山遊。

同人集棗東書屋分賦二首

春偷桃杏妍，夏竊芙蕖豔。秋榮雜桂菊，冬至亦時斂。樂子之無知，多將四時占。月季花。

小小黃金花，媚人如自獻。聊陪今日賞，適我他方願。衆醉敢獨醒，不勞持盞勸。金盞花。

汪陛交郡丞屬題負米讀書圖時將赴任潮州即以贈別

汪子客京華，氣豪心悒怏。高堂有母在，恒結白雲想。皇天憐斯人，得舉甫一上。南宮輒唱第，盛事快探掌。早知給舍官，不及州邑長。題輿行佐郡，得禄猶逮養。潮海萬里程，翩然捧檄往。過家拜白髮，喜氣春盎盎。却憶負米時，悲喜異今曩。平生讀書力，篝火依績紡。食報理必然，問言受如響。丹青非苟設，風義行可廣。題作贈行篇，披圖愜神賞。

題故汶州太守潘君畫像

士當未遇時，往往慕好爵。及乎嬰世網，又想田園樂。田園豈不好，世網多被牽。興罷乃徑歸，斯人得非仙。廿年客京洛，未識斯人面。山光竹影中，髣髴如相見。

送同年劉大山應召赴行在三首

且喜南冠不到頭，復趨幄殿侍宸旒。恩威天大殊難測，去住身孤可自由。沙潤草香知麝過，林蹊月黑見螢流。識途老馬今閒放，歷歷從君話舊遊。

行行莫慮出關遥，司馬臺東景色饒。禾黍連塍無棄地，松杉夾岸有浮橋。霜收野果丹砂實，雨剪山蔬翡翠苗。一段閒情知不乏，也應問答到漁樵。

弱羽迴翔又一時，鎩禽來拂鳳皇池。重回蓬島游仙夢，别擬山莊應制詩。眼望青冥行得路，心憂白髮見無期。臨岐直是難爲别，二十年來兩故知。

畫叉

我有古玉器，裹諸片青氈。烱如一鈎月，映出初三天。纖纖鋭兩頭，弓勢未扣弦。下連徑寸靶，中竅外規圜。愛惜徒手摩，致用無由緣。昨得桃竹杖，肌理細且堅。命工稍斵削，冠玉于其顛。呼之曰畫叉，古製想當然。東坡昔居黄，剩有掛壁錢。持叉日取百，月費猶三千。我今已鐫俸，仰屋方高眠。夫豈有餘資，貫穿梁上懸。叉成等無用，一笑仍棄捐。何如刻作鳩，扶我歸農田。

題王石谷山水四首

浮嵐暖翠望重重，幾道清泉出古松。知有僧樓尋不到，似聞一杵隔雲鐘。

水匯山環去復回，林端無徑不梯苔。石梁果與天台接，可許人間驄馬來。

想當潑墨目無前，董巨源流却井然。天下溪山皆粉本，空中結搆是雲烟。

朱瑶晚輩今多少，真蹟尤須愛惜看。見説山人年八十，白頭重畫此圖難。

留别潤木即次弟送行原韻四首

誰能問舍更求田，車自今懸室早懸。久病我忘官爵好，同朝人羨弟兄賢。魚隨水退先歸壑，雁逐雲飛尚各天。時德尹嶺南未歸。若是登真須拔宅，良常何敢獨爲仙。

幾夜連牀聽雨聲，却教離恨此中生。貧思飽暖原奇福，老戀桑榆亦至情。出處多歧非意料，去留無累稍身輕。只愁五十平頭客，婚宦何時了尚平。弟今年五十矣。

指點林廬眺望賒，曉隨門鵲暮棲鴉。桐爲先世成陰樹，池上梧桐，先君子手植，二十年前已合抱。宋人稱韓子華兄弟爲「桐樹韓家」。桂是吾家及第花。吾家廳事前銀桂五株。自癸酉以來，每逢科詔，兄弟子姪輩有獲雋者，必發金花一枝爲先兆，歷歷不爽。屋後籬疏須補竹，牆西地瘠想宜茶。得歸已乏躬耕力，種植書中課有加。

事兄慚愧竟如師，至性怡怡實在斯。何日始酬偕隱願，向人羞乞買山資。夢餘得句憐靈運，膝下成名愛阿宜。杜牧與姪阿宜詩：「連年掇科第，若摘頷下髭。」時五姪克紹新舉京兆，故云然。此外升沈皆分定，吾言雖淺要尋思。

留别詩社諸同人次張匠門見送原韻

去住何關此一官，衰年只别友朋難。烟霄過眼看如霧，草木論心臭比蘭。身在夢中誰獨覺，事當局外每長歎。是間著我初無謂，獅子林中一野干。禪宗語録有「野干隨逐獅子，終不成獅」之語。

白頭白盡想巢南，早署菴名未有菴。朝跡已收雙屐在，歸裝猶累一僮擔。高僧瓶鉢原初約，老圃桑麻豈腐談。多謝故交頻戀别，尚容諧謔互相參。

匠門以瓶蓮十二韻索和次答

脈脈凌波質，朝來帶露攜。出瓶看蕊綻，照眼得花齊。長養仍資水，清幽更洗泥。署教分向背，初不競高低。欲語殊多態，何愁自少啼。豔將同洛浦，愛豈獨濂溪。有客尋池上，無魚戲葉西。依稀能忍笑，綽約好防迷。顧影移秋蝶，分香夢夕鷖。暑飈迎澹澹，涼雨避淒淒。立傍屏風鷺，談親麈尾犀。涉江吾擬采，先與報箋題。

題吳寶崖荘山讀書圖即送其出宰荘平

無事飲犀首，亡何飲袁絲。飲之爲功固不細，阮能罷哭陶忘飢。張芝李白大暢此中趣，可以狂草可以詩。逃名混跡靡不取，獨於從宦非其宜。何況邑宰寄民社，設遇煩劇尤難爲。吾黨吳生性躭酒，其人磊砢而英奇。今將行作吏，得縣古名荘。有山袞袞東南陲，有水霅霅西北馳。中間曠衍百餘里，廚傳四走當衝逵。似聞齊俗夙健訟，邦治邦法難兼施。書生習氣要一變，嗜好勿使旁人窺。仕而優則學，二者恒相資。公餘讀書良有味，絶勝千鍾百榼痛飲誇淋漓。勸君可止則徑止，未能遽止請損之。贈行實關朋友義，吾言雖戲庶可以箴規。

諸君爲余作桃枝竹杖歌余亦自賦一首

勞不得及奔馬，逸不得乘安車。飛不能羣衆鳥，游不能隊潛魚。無端人趨我亦趨，倉卒一蹶誰當扶。七尺之杖六尺軀，聖恩寬大容田廬。歸與歸與，吾與爾俱。杖國雖不足，杖鄉已有餘。

苦熱

不辭河朔飲，酷暑竟難逃。高屋同炊甑，輕裕劇緼袍。石欄乾迸火，松柱液流膏。嗟爾巢棲者，多應厭羽毛。

題莊書田笠屐探梅圖

杜家亦有笠，謝家亦有屐。何必眉山翁，區區擬其跡。身挾冰雪骨，胸貯冰雪文。但遇梅花開，入山尋白雲。白雲舊在題詩處，畫裏溪山能久住。君今笠屐且閒抛，借與歸人作遊具。

仇山村詩翰一卷乙丑秋於竹垞寓齋見之偕故友魏禹平題名其後未幾此卷歸吾鄉高文恪公又二十九年癸巳公之孫礪山攜至京師屬余題句存殁之感愴然于中聊附數言以志歲月

四百餘年翰墨新，流傳重是宋遺民。論詩正爾空當代，展卷渾如遇故人。世閱古今雙轉燭，事關存歿一傷神。先公手澤依然在，肯使桓廚贗亂真。

題鄭寒村爲魏仿韓畫棲鶴圖二首

鳧雛鴈子影參差，篕羽羣窺浴鳳池。爭及寥天秋一鶴，巢松獨占舊高枝。

攜將鄭老一幅畫，來索查田七字題。我是人間退飛鷁，相逢只愛説巖棲。

題泰州宫氏春雨草堂圖

于野去山遥，環城爲水匯。草堂築其上，春雨名猶在。老木皆十圍，湖黿兀磈磊。問君今幾世，物色舊無改。正賴後多賢，畫圖益精采。鯉魴富罩汕，蝦蜆蕃菹醢。樵去唱烏鹽，漁來歌欸乃。路迷葭菼岸，舟出蒲蓮海。我欲溯回從，蒼蒼隔烟靄。

觀蜘蛛布網

小童持竹竿，簷角除蛛絲。既除旋復吐，日事經營爲。爾網密以張，爾腹恒苦飢。羽蟲投一目，所獲良已微。並生天壤間，動者羅禍機。兩皆置得失，且復吟吾詩。

洗象詞五首和顧俠君

畫鼓聲中緩步來，紅旗影裏撇波開。都人六月汗如濯，慣是一年看一回。

俸料新加例有無，尋常已飽大官芻。被他三品閒鷗笑，出没成羣聽象奴。

兩齒觫然臂聳然，老于槽櫪浴于川。就中云有前朝者，曾見天家破賊年。相傳李自成僭號登極時，象有流涕者；入本朝，馴服如故。

角壯浮深去復迴，舊鞍重與拂炎埃。也應三日同休沐，辛苦終年立仗來。

衆裏觀場老比丘，粗從三喻識沈浮。兔近馬跡紛紛渡，徹底輸他是截流。

題俠君噉荔第二圖

醴泉甘露吾不知，人間絶品惟荔支。惜哉遠落閩粵徼，爲侯又與煩蒸期。四月則太早，七月則太遲。佳者熟當小暑時，蘭風伏雨交紛披。炎官火傘赫赫曦，養成姑射仙山肌。冰丸雪片不受嚼，化作涼液沁入人心脾。我昔遊閩遇歲稔，日噉四百五十顆有奇。爾來喉吻久枯澀，北果厭摘頻婆梨。故人蜜漬或遠致，四三五枚蒙見貽。色香味三了無取，但覺一甘入頰膠如飴。十年夢寐西禪枝，仙蹤縹緲胡可追？顧侯好事乃過我，閩産粵産兼嘗之。初嘗得火山，名雖曰荔格實卑。繼而得挂緑，漸入佳境方稱奇。生綃半幅寫不足，擬再乞畫還徵詩。今君已爲一組縻，畫餅説食徒爾爲。我歸大作口腹想，嶺嶠雖遠不過天南垂。鶥鴣孔翠成羣飛，老夫興發神與馳。齒牙缺落舌尚在，清泉涌穴蔌蔌先流頤。

藏經匣歌 并序。

匣漆皮爲之，無縫不可開。相傳古羅漢寫藏經錮其中。長三寸許，闊二寸許，厚不盈寸，正面畫佛像一尊，背及四旁俱有梵書，西域喇嘛僅識其半，云「此大西天字也，彼中奉爲法寶。流入中國者七部。四部藏匣内，三部藏佛腹中。好事者啓視，壞其一，今在人間者，尚有六部，此其一也。佩之水火盜賊不能傷，魍魎魑魅不能害」云。中州李庶常牟山出以見示，成長短句一章。

毘勒最初藏，三百餘萬言。後人憶誦少，從簡删其繁。餘存三十八萬四千字，梵夾秘在菴羅園。大論云：「毘勒藏有三百二十萬言，佛在世時所造。後人憶誦力少，不能廣誦，撰爲三十八萬四千言。」四十二章經，流入震旦同河源。六朝南北洎唐代，高僧輩出如雲屯。兩伊合新舊，西方有新舊兩伊，猶此土之篆隸。悉本經義爲譯翻。後來廣增律論部，與經爲輔傳仍昆。白馬詎勝馱，劫火安能燔。云誰收入方寸篋，三藏奚啻千千番。相傳阿羅漢，恐是須陀洹。手摹梵天書，流布于九垠。中國凡七部，一部已壞其六存。六部之中此其一，佩此可以安神魂。洵若彼所云，西江一口何難吞。吾聞釋迦教，率以譬喻論。有如須彌山納一芥子，大海水吸玻黎盆。細入無縫大則包乾坤，撮摶寶掌成胚渾。世人自昧真實諦，暗鎖白日長昏昏。疑者以爲無，空諸所有胡得焉。信者以爲有，實諸所無非本元。語言文字互膠擾，證入不二于何門。安得霹靂手，稽首兩足尊。鑿開真函破妄見，是則名爲報佛恩。

咏周尊彝十六韻

形方而墮兩耳四足，中有古篆「魯公作文王尊彝」七字，無銘詞歲月可考。

三代多銘識，圖從博古援。世惟金石壽，今覺鼎鐘繁。庚子山文：「公侯復始，鼎鐘逾繁。」此物傳周器，何時入國門。問名充象著，索價重瑤琨。魯國年無紀，姬公典幸存。啓封從聖子，近裔屬文孫。大祀新宮煥，東藩古制敦。少陵詩：「宗卿古制敦。」百籩偕簠簋，五獻設彝樽。螭虎形差肖，夔跜勢若蹲。比鉶安足穩，似鬲取唇反。叶平。上聳環堪貫，中虛腹可捫。規模因樸著，容受以升論。黯黮苔封色，依稀土蝕痕。俯將輕漢爵，前欲媲商尊。俗已無精鑒，評難定一言。會逢歐趙輩，重與考淵源。

諸同年釀分餞行于陳秉之寓樓即席留別四首

來迎華蓋出朱輪，九陌炎歊萬斛塵。慚愧曲江諸舊好，緑槐陰下餞歸人。

有約難隨座主行，許座師于一月前南歸，余乞假之旨未下。秋風漸老碧芹羹。濟時心力輸公等，只好江東作步兵。

鵁鶄隊裏一沙鷗，飲啄曾同十載遊。今日分飛憐隻影，烟波滿眼又回頭。

户小先拚入醉鄉，解衣盤礴自生涼。定知此後同年會，故態猶能記老狂。

自怡園二十一詠偕西厓前輩賦呈副相揆公

篔簹塢

游人裾上塵，馬跡門前路。一徑轉琅玕，蒼然三里霧。

雙竹廊

七松少傅宅，五柳徵君屋。輸此十步廊，天生兩竿竹。

桐華書屋

亭亭百尺枝，下蔭一欄翠。童子正開門，桐花風滿地。

蒼雪齋

碧玉方開籜，量成六寸圍。濯枝多雨露，新粉欲沾衣。

巢山亭

遠移三叠屏，突兀凌空起。勢壓小亭低，前臨一潭水。

荷塘

記得初移藕，田田貼水荷。香風隨櫂遠，花校去年多。

北湖

放眼際遥碧，近身葉似舟。鴛鴦最相戀，驚起却回頭。

隙光亭

一片平頗黎，穿林光瑣碎。閣欄如鳥巢，隱隱柴其内。

因曠洲

洲勢極空曠，旁分幾派江。因添方丈室，面面與開窗。

邀月樹

月出東皎皎，月落西茫茫。有時夜無月，倒影摇湖光。

蘆港

春漲今年足，蘆根上岸生。人間正炎熱，物外已秋聲。

柳汭

千株萬株柳，夾浦濃于黛。忽度一聲鶯，濛濛烟雨外。

芡汊

芡是吾鄉實，充盤憶水羞。羡君池汊上，兩處種雞頭。院長城居在雞頭池上。

含漪堂

涼從何處來？適與披襟遇。風過水微波，于中得佳句。

釣魚臺

璜溪坐姜叟，濠上遊莊周。果若知魚樂，不妨施直鈎。

雙遂堂

心跡既雙清，宦遊亦雙遂。一事勝香山，公頭白猶未。

南橋

兩厓石齒齒，一壑流濊濊。橋北與橋南，仙凡此分界。

紅藥欄

手自栽紅藥，旋開穩重花。禁中吟未足，歸到日西斜。

静鏡居

先生静多妙，跡顯心逾静。借問祖師禪，無塵安有鏡？

朱藤逕

十萬寶瓔珞，舉頭迷下上。好笑王君夫，紫絲開步障。

野航

野趣隨所寓，陸居同水宿。偶以舫名齋，已忘舟是屋。

次答廖若村同年贈别原韻二首

六人三載同書局，出入羣聯雁一行。武英殿編輯韻府，余與若村、吴山掄、宋山言、汪紫滄、錢亮功六人，皆癸未同年也。自比蟲魚辭蠹簡，忽投珠玉滿奚囊。感深紈扇秋風篋，夢散宫衣舊日香。敢對離筵論後會，直緣情重不辭觴。

此身無用且分飛，却望晨霞阻夕霏。竹簟暑風攜枕去，蘆塘秋雨待船歸。長留異日心期在，莫謂同門出處非。李頎詩：「在昔同門友，如今出處非。」好片泖湖烟水色，願隨老鶴息塵機。尊公先生余癸酉同年，聞尚有彈冠之興，故云。

送陳秋田赴敘州長寧宰

鈎棧連雲幾百盤，漏天南去尚漫漫。一身多累無長策，萬里嚴程似左官。小邑攜家須約俸，故人臨别勸加餐。輿圖盡處江山麗，只作當時荔浦看。君前任荔浦，自言山水極佳。

槖東書屋大雨聯句

炎歊釀昏夢，猛雨發疲曳。郭雙村。補天潛女媧，射日恣后羿。宮恕堂。銀界指河傾，畢躔知月離。潤木。三光乍弛職，九野悉蒙翳。顧秀野。陰陽兩相賊，水火時爲帝。得非崑崙囚，倏受顓頊制。悔餘。暑路舞商羊，朱波騰黑蜧。繆湘芷。酣鏖鉅鹿戰，奮助昆陽勢。汪退谷。電母掣礮礡，雷公拔精鋭。張匠門。蛟螭牙爪活，虎豹股栗斃。急點繩脚粗，密飛絲縷細。郭。簷垂匹練下，庭漲立談際。宮。奔渾赴溝渠，淼莽連埤堄。森森竹箭直，滚滚浮漚繼。潤木。大麓易以迷，繁星恐不繫。顧。巢飢有烏啄，葉啞無蜩嘒。是處長蓬蒿，何人理蓀蕙。悔餘。羣淹窘跂息，烝涉愁厲揭。繆。入市冪籧舟，行泥禹乘橇。汪。車輕難就熟，馬怯失奔踶。張。滑澾喜兒童，沾濡憐僕隸。郭。盆荷卸浮瓣，林果脱危蒂。宮。青沈兔目槐，翠刷龍鱗薜。潤木。柳腰任自誇，葵足寧煩衛。顧。醜石苔髮披，枯槎菌釘贅。悔餘。鸛鳴蟻封徙，蚓弔蛙坎瘞。繆。陰穴咽暗啼，高翾惜華毳。汪。鷹鸇尚屈猛，燕雀盍少憩。張。萬里覘郊畿，八埏首幽薊。郭。遥傳地欲浮，仰視天方懠。宮。涔涔衝塞去，岌岌排牆逮。富粟慳賣珠，貧薪劇剉桂。潤木。西北正愁霖，東南想連暵。顧。金隄儆楗帚，薄産關種藝。或者太浸淫，將毋成滲沴。可無魚鱉患，且免蝻蝗蔽。農占覬有秋，王省實惟歲。悔餘。丞相調玉燭，至尊執寶契。繆。旱潦互乘除，豐兇恒酌劑。汪。吾曹復何事，良會況有例。張。雖非酒爲池，幸以瓦爲袂。郭。居人宅如泛，過客駕頻稅。宫。何勞禁足方，自頌安心偈。潤木。詩社得陶潛，飲徒偕蔣濟。顧。遠坊輪蹄散，深坐吟箋遞。借驢罷朝謁，跕屐寡參詣。潤木。宴樂需雲宜，括囊坤象閉。悔餘。防虞沈竈事，倉卒移牀計。悔餘。零瀝似啁哳，傾倒敵懍悷。繆。閒齋一喧寂，浮俗等塵壒。汪。盤餐省癡蠅，牆垔剥牡蠣。張。嗟我孤影形，愛君好兄弟。束帶已發狂，解衣復成嚏。筵攜吹月琯，袖挾掃雲篲。索醉來已遲，忘機止或泥。郭。流連永今夕，唾涕棄一切。從教清漏移，莫問明星嘒。刻殘三寸燭，哦出五言製。手寫類蠶眠，口占非獺祭。潤木。摧頹興易盡，爛熳詞多綴。瞥眼過氛烟，倒頭成夢寱。去將荷簑笠，歸及鼓舟枻。老翁何所求，却立望秋霽。悔餘。

題潤木閉門采詩圖

子初僦居槐樹街，尋常兩板何曾開。開門偶爲買花出，一月上市凡三回。長椿寺前紅紫衒，木本價昂草本賤。買其賤者兼取多，意在閉門觀物變。煌煌自昔帝王都，眼中變幻何所無。無情草木有榮悴，況此假合成形軀。色塵未透初禪界，昨者采詩今采畫。坐消光景向閒曹，何日粗償焚券債。故園松菊荒荆榛，花間夢斷如隔晨。當時看爾年最少，已是半百平頭人。我今念念成枯槁，輸爾圖中顔色好。遲留且耐十年官，六十歸來未爲老。

牽牛作花十二韻索匠門諸子和

過雨簾櫳潤，微涼院落幽。老翁開笑口，小草拆花頭。名自雙星得，時將大火流。若非經閏月，已是報初秋。綽有含風態，其如見日愁。霞朝房早斂，露夕蕊重抽。續續如相替，匆匆可自由。及時催絡緯，連類況蜉蝣。豔極那能久，嬌多孰比柔。且依行藥徑，勿傍曝衣樓。急景何顔駐，餘光瞥眼休。似憐歸日近，作計與勾留。

旬來多雨聞廣寧門外泥深數尺歸期蹭蹬書遣悶懷

天行當溽暑，水勢汩郊原。歸計尚難料，世途安可論。投牀聽暗雨，倚杖望初暾。賴有同心友，衝泥一扣門。匠門單騎見過。

寄祝劉蘧菴光禄七十壽

我昔皖上遊，過君之里第。南陵好山水，風俗古不替。君時已挂冠，鄭重敦夙契。開園設几席，話舊接襟袂。次第見諸郎，森森盡蘭桂。一別十八年，回頭如隔世。聞君今七十，精采溢顔際。室有參語賢，齊眉正同歲。全家多道氣，此福天所畀。養壽得奇方，烟霞閲清閟。假如在高位，已合懸車例。何似白樂天，林泉早爲計。

有詔於金州衛立水師營即以海賊之新就撫者充其弁伍草野迂儒無從獻末議漫紀十六韻

詔設金州戍，今爲要害城。水軍嚴約束，海寇戢縱横。控險非榆塞，分屯異柳營。渠魁推作帥，丁壯籍爲兵。甫脱檻車困，還加鞶帶榮。戰船齊魯給，餽餉薊遼并。貰罪恩良厚，優降事不輕。波濤通外國，帶礪近陪京。欲以招餘黨，因之息遠征。睿謀虚聽受，廷議集公卿。實藉綢繆計，俄聞贊畫成。聚蛇爲窟穴，圈虎傍茨荆。鷹眼終難化，狼心故自獰。徙戎宜有論，賞賊似無名。世孰防牙蘖，人方恃太平。區區誠過慮，笑爾一鯫生。

次和匠門雨中白蓮十二韻

玉井如船藕，移來是白蓮。花開元澹澹，雨洗更娟娟。出浴全身潔，離塵一鏡妍。細珠留的皪，活汞走勻圓。太素知無匹，孤標儼得仙。靈根超十地，色界浄諸天。影濯銀河畔，香清羽扇邊。質迷深自隱，絲引誤相牽。帶笑聊悠爾，李羣玉詩：「處世心悠爾。」含悽莫泫然。凌波愁浪惡，傾蓋望雲穿。江浦舟遲泛，湘皋佩合捐。輸他冰雪咏，孰與鬭便嬛？

次韻匠門陰雨不止

兼旬雷失威，入夜雨尤猛。欠伸局腰脊，靡騁瞻項領。流惡溝瀆盈，居汙箕箒屏。千門烟勃窣，九陌路壅梗。童出怕淤泥，婢炊愁濁井。桁衣變黴黝，襆被感單冷。庭作沼聚漚，簷爲瀑垂綆。誰歟請祈禱，古者有修省。澤馬兆何祥，坎輿戒多眚。清吟召蜩蚻，怒叫禁蟈黽。庶令沴氣消，徐俟曦光昞。人胥出淪溺，吾亦散憂耿。世事疾轉圜，天心易翻餅。勉旃毋多談，行矣需少頃。歸途指蝃蝀，去意隨舴艋。此時咏君詩，有味彌雋永。

六月十四夜久雨忽霽小庭涼月如秋五更起坐即事成咏

夜静窗微明，雞鳴曙猶未。攬衣步庭下，簷溜初止沸。斜月在西南，殘雲風掃既。銀河洗我目，玉露清我胃。一涼襲虛襟，餘潤及羣卉。流光閱醉夢，好景失聾聵。獨有無寐人，先知秋氣味。

喜晴次匠門韻二首

正爾巡檐嘆伏陰，忽開霽色見天心。月將東出氣尤爽，火已西流炎不侵。後三日立秋。赤脚一雙休踏屐，白絲半頂喜抽簪。呼童急掃階前地，準備高人策蹇尋。

勿論熱熟與生疏，禪家有熱熟處求生疏語。閉户多時出少車。隔宿傳詩邀客和，歸期檢曆遣兒書。徑鋪嫩蘚氊相似，盆豔秋花錦不如。更貰迎涼一瓶酒，此間何事可愁予。

院長近以赤藤杖見贈合之前詩意蓋欲易我畫叉也作詩報之

昨以病乞假，先鐫半年俸。拄杖坐無錢，棄杖辭寓諷。實則心愛之，時時手摩弄。貧家乏冗物，一竹當兩用。拄畫乃名叉，隨身即爲從。先生欲巧取，猥以赤藤送。此藤産塞山，年深蟠石縫。細筋漸成骨，直理透條綜。堅如鐵鑄成，亦可扶蹤蹱。璧來田不往，曲直何足訟。平生車馬裘，義取朋友共。於兹獨有恡，貪得比藝種。挾兩詎爲多，失一肯輕縱？

公廉忍見奪，我竇彌增重。幸賜雙杖銘，俾得終身誦。

立秋前一夕匠門席上作

此會循環忽五年，老於交誼倍依然。何曾清景辜風月，又聽商聲入管絃。齒序慚余居客右，詩成君肯讓誰先？眼前看是尋常事，或有人從異日傳。

立秋疊前韻用唐竇常詩作起句

算老重經癸巳年，況逢秋至轉淒然。露瀼梧徑蕭蕭葉，雨上琴牀緩緩絃。是日復雨。萬事蹉跎羊視後，一帆迢遞雁爭先。候門知有兒孫在，烏鵲連朝喜浪傳。

是日繆湘芷攜酒肴就余寓餞別偕匠門秀野潤木三疊前韻

風雨相留欲判年，足音蓬藋喜跫然。情知老馬難回策，目送歸鴻又拊絃。擘紙聯吟豪鬬健，圍棋賭酒怯饒先。時與匠門對局賭酒，互有勝負。良辰一醉誰拋得，生怕狂名被俗傳。

次汪紫滄同年見送原韻四首

鱗思反壑羽投林，知我誰能諒此心。引疾敢云臣計早，得歸尤荷主恩深。裝輕似葉行添杖，筆秃如椎懶廢吟。只有故交忘不得，每從别賦感登臨。

新詩字字比驪珠，懷袖分光照座隅。畫裏烟波鷗境界，燈前風雨雁程途。金蘭義重言多苦，藥石功深病或蘇。却笑迂疏真不揣，欲將農圃傲蓬壺。

月華南畔浴堂邊，形影相隨近十年。雲步改遷尋丈地，霓裳吹散大羅天。曾叨香案稱清吏，誤籍蓬池作謫仙。努力文章留報國，尚餘殘局在芸編。

不貪支俸給官薪，分定榮枯付往因。自信我爲當去客，劇憐君是未歸人。一身只要貧長健，萬事休憑夢當真。别後有書煩屢寄，免教北望苦馳神。

立秋後三日匠門家集梨園爲勝會再邀余入座四疊前韻

夜似長年日小年，逢場何忍獨醒然。野王岸上停三弄，司馬江頭輟四絃。月裏霓裳聽乍徹，座中白髮感尤先。梨園法曲皆供奉，或恐人間是別傳。

道山亭在福州城内宋程公闢爲守時所建曾南豐爲作記者也歲久傾圮林子鹿原得其故址將築堂名以瓣香蓋取陳後山向來一瓣香敬爲曾南豐之句屬友人繪圖來索詩

宋時道山亭，創自程太守。南豐與作記，膾炙人在口。從此此亭名，遂爲曾氏有。歷年經八百，頹廢來已久。鹿原嗜古人，尋碑攘榛藪。擘窠三大字，云出林希手。其字今倖存，其人無足取。大哉復古義，義取別賢否。築堂名瓣香，欲以妍蔽醜。在昔陳與曾，同時實師友。子今生末世，獨立嘆無偶。私淑夫豈徒，行將奉箕箒。庸非學問力，即事期不朽。我昨遊三山，探奇意多負。銀袍者誰子，曾解讀碑否？劉後村福州道山亭詩：「城中楚楚銀袍子，來讀曾碑有幾人？」

警露軒鶴雛爲鹿原賦

吾聞鶴之性，與露最相警。軒以警露名，借鶴用自省。今年果得鶴，先後名實併。出觳曾幾時，風標已閒静。仰窺俯有拾，咫尺回素頸。主人院落寬，老樹蔭苔井。雞羣知獨立，瘦骨挾仙影。未得戛然鳴，奈兹秋夜永。翀天會有日，羽翮在修整。

題樓敬思夢洗三硯圖二首

曾於夢裏得三硯，三館今來校秘書。不信校書真應夢，但抛心力注蟲魚。

夢筆如江夢鳥羅，微凹聚墨不争多。文章豈必關神授，知有工夫在洗磨。

次韻奉酬院長西厓前輩贈行之句

直從毛羽假翩翩，用南史蕭引傳中語。送我歸耕潁上田。比校鵷鸞宜落後，簸揚糠粃愧居先。

東門古有迴車路，西夕天留養拙年。且喜歐陽爲學士，蓬山領袖得詩仙。

附原作　湯右曾

鵷鸞臺閣正聯翩，忽賦歸與種秫田。爲樂恐教兒輩覺，生天一任丈人先。元和體有三千首，謝朓才論二百年。我欲舉君還自代，似君真合領羣仙。

敬業堂詩集卷四十二

計日集　起癸巳七月，盡十二月。

暑雨連旬，初秋就道，自去年二月引疾乞休，及是六百日矣。淵明云：「行行循歸路，計日望舊居。」而今而後，歲月庶爲我有乎。

七月朔長假出都諸同年同學祖餞于廣寧門外即席留別

襆被蕭條去，離筵鄭重開。大生歸子色，榮捧故人杯。紫陌回頭隔，青山就眼來。謂城歌最好，朝雨浥輕埃。是日微雨。

蘆溝道中遇德尹自嶺南典試回京

出入如相避，翻驚邂逅緣。遠來君報命，獨往我歸田。别緒三秋雁，吟情一路蟬。對牀風雨約，迢遞待明年。弟臨别有明年乞歸之約。

涿州待渡

督亢陂邊柳，秋條尚蔭人。浮橋經漲斷，驛路出泥新。兀兀欲成夢，皇皇多問津。讓他車馬客，争渡入紅塵。

暮投三家店

不敢怨泥塗，來當積潦餘。羣羣逐鵝鴨，處處阻溝渠。酒肆蟻争垤，瓜棚蠅趁虚。也知皆逆旅，到此復趦趄。

過新城留別虞武通同年 舊宰兹邑，因大計降調。

赤縣當煩劇，期年極苦辛。心勞書下考，官罷得長貧。世議近逾隘，交情老自真。西湖有鷗鷺，遲爾作閒人。

白溝道中即事

水利遺塘濼，燕南怕雨多。原田平少岸，沮洳溢爲河。改路尋牛跡，分裝累馬馱。艱難愁一老，蒿目意如何？

未至雄縣二十里老僧寧初新創一菴避暑小憩遇汪荇洲前輩自吾鄉典試回茶話移時而别

精舍何年築，前臨古堠旁。征途尚炎熱，佛地果清涼。却扇邀僧話，分茶與客嘗。班荆留數語，後會兩茫茫。

雄縣早發

秋暑如三伏，僕夫貪早涼。孤城浮水氣，匹馬望星光。露下田塗白，風來荇藻香。行行天漸曉，柳外見帆檣。

庚午二月與姜西溟同飯於趙北口姜食魚被鯁以酒下之徑至大醉一時傳爲嘻笑今復經此悽然感懷

二十年前路，髯姜並轡行。食魚憐骨鯁，下酒怪顔酡。老友他鄉盡，吾生去日多。向來談笑事，淚雨變滂沱。

解渴吟

勞人兼病暍，一勺望甘霖。直覺烹茶緩，還嫌汲井深。蟬清惟蜕殼，柳老或空心。我是忘炎者，聊爲解渴吟。

賣瓜者

辛苦瓜田叟，瓜成計息微。物因多致賤，人以渴充饑。肯守傷根戒，行將抱蔓歸。食瓤多棄子，遺種漸防稀。

商家林買草笠

頭輕宜戴笠，野服換商林。雨庇全身濕，晴邀片席陰。下車寧望揖，上馬憶曾吟。往年隨駕清暑，奉旨從官俱戴草帽，余曾有詩紀之。青篛平生夢，蹉跎直至今。余又有謝賜魚詩云：「綠蓑青篛平生夢，臣本烟波一釣徒。」

肩輿

禮有扶衰病，吾今釋負擔。徒行何不可，安坐得毋慚。未免役人力，將何解謔談。香山援舊例，陋巷得乘籃。樂天詩：「陋巷乘籃入，朱門挂印回。」

曉過德州感舊

閲徧畿南驛，禾麻喜歲豐。平蕪千里碧，初日半天紅。世故論今昔，皇情荷始終。壬午冬召見德州行宫，隨命入内廷。十年牛馬走，力盡往來中。

旅店七夕懷德尹潤木兩弟都下

燕齊風一變，連日苦熱，今朝頓涼。邾魯柝相聞。弦月涼於水，繩河澹入雲。雞鳴無失次，鶴警不離羣。誰念獨吟客，油燈坐夜分。

曉入高唐州境始免泥淖之苦

遥遥三十里，一塔表州城。海市奇觀失，夢溪筆談：「歐陽公至高唐館，見沙中車馬人物，歷歷可辨，時謂之高唐海市。」沙程病骨輕。車行出糜淖，人意就寬平。方朔祠邊路，城北舊有東方朔祠。南來第八程。

扶犂叟

傴僂出茅茨，扶犂長恐遲。辛勤憐一叟，遊惰聽羣兒。巢燕將雛候，耕牛舐犢時。人情略相似，老者近乎慈。

過茌平新令吴寶崖尚未到官戲題旅壁

茌平新邑長，赴任底遲遲。毗俗三秋望，王程九日期。多傾浮蟻酒，省作捕蝗詩。一宿吾隨便，何煩地主爲？昨在都門問寶崖，何以不赴任，知其欲避捕蝗之役也。

東阿道中

今日東阿縣，重瞻少岱山。河流連巨野，地脈隱磝關。宋檀道濟置關于碻磝山下，地當在縣南，今不可攷。剥棗棘籬外，漚麻溝澮間。土風占月令，一破旅人顔。

出都時買得于文定公穀城集心慕其人七月初九夜宿舊縣乃公故里也夢公投刺見訪自敍出處本末甚悉覺而異之敬紀一律

館閣論前輩，先朝一穀城。如何犯公諱，直欲改余名。事往儀型在，神交夢寐清。篋中有佳集，去國仰高情。

自汶上至濟寧田間多種藍及烟草

本業抛農務，羣情逐貿遷。刈藍多用染，屑草半爲烟。樹藝非嘉種，膏腴等廢田。家家坐艱食，那得屢豐年？

濟寧寓樓坐雨

南池將買櫂，北騎此休鞍。得免載濡窘，復叨即次安。羣喧因雨静，一榻占樓寬。我獨邀天幸，人間路正難。

寓樓讀陶詩畢敬題其後

顔謝非同調，千秋第一人。精深涵道味，爛熳發天真。有恥難諧俗，無官肯計貧。平生頑懦意，感動賴先民。

雨中獨遊南池

外吏無交舊，歸人簡應酬。烟波宜獨往，風雨感重遊。遠影千帆暮，孤亭萬樹秋。多情天井派，日夜向南流。東泉志：「自滋陽至寧陽界，共六十三泉，俱入濟寧，是爲天井派。」

舟發濟寧

波紋平熨帛，岸影曲隨弓。坐覺一船穩，行聞八牐通。城根匯洸汶，雲外指龜蒙。多少乘軺使，誰憐大小東。

過仲家淺望魚臺諸山

解纜雞三唱，前征曙色催。蒼葭迷藪澤，白鳥起灣洄。日挾川光動，帆衝霧氣開。好山青似染，的的近魚臺。

南陽鎮二首

五丈溝東望，陂湖極淼茫。寰宇記：「泗水自任城界經魚臺東與菏水合，一名五丈溝，西自金鄉流入。」楊椿支兩畔，綫溜走中央。古市秋來廢，平田潦後荒。船船載漁具，聊復免流亡。

一帶山形墮，周遭地勢坳。老隄崩泐石，欹屋落苫茅。是處添新戍，何年詠樂郊。最憐農失業，牛犢飽芻茭。

食魚

泲水今年大，河魚逆上流。垂竿來接尾，舉網出駢頭。童僕餐皆饜，庖廚棄不留。多年京洛住，此味當珍饈。

泗上亭

亭長臺邊路，茫茫閲世多。自墟秦社稷，誰保漢山河？芒碭雲銷氣，枌榆社改柯。空傳沛中叟，曾聽大風歌。

食蓮藕有感

蓮藕同時賣，湖鮮賤勿論。劈蓬香爪甲，嚼雪脆牙齦。過客連檣販，居民種水繁。好爲來歲計，采實合留根。

晚泊韓莊閘

百丈轉坡陀，孤舟泊旋渦。遠山浮沛縣，急水灌泇河。雁鶩連天去，萑苻棄地多。坐看殘月上，徹夜有漁歌。

枕上喜聞櫓聲

櫓聲清似雁，摇夢下前汀。轉益歸心急，能教醉耳醒。風生南北埭，月過短長亭。不解眉山老，欣聞泗岸鈴。

臺兒莊阻風

行止原難必，天涯信短篷。明知滿槽水，不敵石尤風。高枕沈舟外，微吟折葦中。向來多逆境，閱歷已成翁。

泇溝順風掛帆

侵曉長年起，開頭報順風。遄歸天意許，利涉客心同。後至無奔馬，前飛及片鴻。布帆安穩在，計日報兒童。

入新河見糧艘覆敗者

黄水奔騰入，新渠變濁流。誰云無大患，凡漕運漂流米二百石以内爲小患，二百石以外爲大患。見何喬遠記。依舊有沈舟。已鑿終難塞，將淤在急籌。治河兼治漕，何策兩綢繆？

五更渡黄河食頃抵天妃閘

淮强黄勢弱，擘箭出盤渦。水碧見檣影，月明來棹歌。蛟龍三舍避，鷗鷺兩涯多。不用占風色，聞雞已渡河。

雨泊淮關

鎖鑰嚴關閉，裝囊獨客輕。市樓傳𣚺暗，鄰舫吐燈明。酒罷人初静，風高浪不驚。淮南今夜雨，好片滴篷聲。

淮上留别族弟信斯

怡荆好兄弟，五世義門如。每下南州榻，長停中道車。貧來初析箸，老去各移居。尚爾敦宗誼，殷勤一慰予。

淮陰侯廟下作

滅楚還封楚，破齊曾王齊。英雄歸駕馭，股掌若孩提。失國嗟烹狗，糜身付牝雞。土人憐至骨，廟像儼公主。

泊寶應喬介夫杻過舟中兼餉家釀

翼折桓山鳥，喬家季獨存。再過城外路，及踐别時言。春初介夫在京師，聞余有長告意，初未之信，故云。風雨藏書屋，鶯花縱櫂園。向爲尊甫侍讀公作縱棹圖歌，又爲令兄庶常君題蒹葭書屋。舊題如夢寐，負此酒盈尊。

高寶漕渠夏秋凡兩決半月前隄工始就舟行過此有感而作

民力東南竭，官程西北勞。隄防隨處潰，畚鍤不時操。秔稻連塍没，菰蔣比岸高。古來論水利，豈獨爲通漕。

過露筋祠下

舊是鹿筋梁，何年祀女郎。至今留廟貌，考古實荒唐。曉氣蛙魚國，秋聲蚊蚋鄉。人家葦花裏，放鴨滿陂塘。

邗關小泊同年王樓村攜酒就舟中小飲

半日揚州住，爲歡累主人。同年官自達，謂李鱧司。二老分相親。我袖羞懷刺，君囊轉諱貧。攜觴還挈榼，感激爲情真。

過高旻寺輓湘雨長老

宿昔還山約，蹉跎久未忘。高僧先下世，法子繼開堂。物外交遊少，人間感嘆長。餘生知幾日，來炷影前香。

丁亥春隨駕遊金山寺爾時便作休官之想初心幸遂重經山下風便不及泊作詩以結後緣

蓬萊重入望，風引去如飛。指水言猶在，登山力已微。憑誰留玉帶，幸自脱朝衣。余遊金山詩，有「終脱朝衫披野衲」句。爲報江神道，無田我亦歸。「爲謝江神豈得已，有田不歸如江水。」蘇東坡登金山句也。

夜宿常州城外

渡江纔兩宿，今夕到毘陵。酒熟橋邊肆，魚跳柳外罾。烟波千里舶，簾幕幾重燈。漸與鄉園近，惟愁米價增。

梁溪道中

山水多平遠，秋來悉美田。紅薑肥似掌，紫芋大於拳。玉剥菱腰闊，珠收芡粒圓。老饕歸爲口，一味説豐年。

村童籠致黄雀二十尾用六十錢買之放生口占一首

八月野田雀，成羣入市闤。充庖憐爾命，倒篋破吾慳。孰出樊籠外，並生天地間。放飛因戒殺，不是望銜環。

過吴門擬一晤何屺瞻吴漪堂陸冰賢諸同年竟爲風雨所阻戲以詩代柬

屈指算良晤，到來風雨狂。往還期不偶，跬步病相妨。酒要乘閒置，游須計日償。防他三子笑，歸去有何忙？

初到家二首

生涯與時背，所事率滯阻。六月擇歸期，既雨且當暑。涉秋甫就道，涼意動砧杵。絺綌乃征衣，到家换時序。淒風不堪著，初服已吾許。

久客返敝廬，曩基無改築。南榮望阡陌，西舍通隣曲。舊時杖白頭，零落多鬼録。後生類好事，開口問朝局。吾衰苦善忘，聾瞶廢耳目。報以一不知，惟應話農牧。

中秋桂庭對月與徐韓奕馬衎齋及兒孫輩小飲

桂樹影婆娑，飄香散月波。中秋晴日少，樂事故園多。邂逅成良會，團圞好放歌。兒孫齊在眼，不醉更何如。

省先父母墓

墓祭仍隨俗，君羹不逮親。轉傷通籍晚，無補在家貧。去卜青烏吉，歸瞻翠鬣新。松栽欣免觸，山鹿爾何仁。

行園

畦丁老且死，五畝廢不治。朝來杖藜往，露草紛披披。桑柘析爲薪，藤蘿蔓成籬。池荒鷺鳧散，地瘦螘族移。早知蕪穢場，中有茅菴基。畫圖良已具，結搆伊何時。禹慎齋曾爲余作初白菴圖。

腹痞

本意歸田樂，翻將病到家。胸中無壘塊，腹内有癥瘕。銖兩醫方誤，毫釐砭石差。去夏在京師針治不效。所憂非性命，衰態自堪嗟。

藥師周晬

去年傳遠信，錫汝藥師名。我老歸初見，兒今齒已生。但求無疾疢，不敢望聰明。撥棄人間事，猶餘膝上情。

九月晦日馬衎齋見過同爲雲岫之遊

近遊老尚能，獨往難決驟。自從竹垞喪，結伴少耆舊。馬仲晨叩門，邀余赴雲岫。放船非意料，勝踐出邂逅。我有一枝藤，筋强節堅瘦。何曾蹞步失，所向傍顛仆。扶衰幸有賴，懶病庶可救。連山際東南，崖窾露晴晝。九十有九峯，一峯爲領袖。前蹤悵未到，初願晚始就。迨此風日佳，後期恐難又。

泊舟用里堰肩輿行經南北兩湖

水盡乃見山，捨舟遂遵陸。村遥雞犬散，路狹田禾熟。漸入漸幽深，近身空翠撲。濛濛午曦澹，黯黯秋氣蓄。忽於杳靄中，豁達開心目。三百頃湖光，長隄亙其腹。霜林環四照，倒影漾紅緑。惜哉好畫圖，冷落付樵牧。平生汗漫遊，臨老思歸宿。終當結茅茨，來此占一曲。

晚抵高陽山麓上九曲磴夜投雲岫菴

到山路疑窮，壁立青巑岏。松陰十二轉，一上改一觀。忽聞鷹叫風，側背來高寒。夕陽墮西陸，返景飛彈丸。闃寂禪者居，地偪天形寬。鐘聲落海外，列宿棲簷端。老僧笑迎門，藹若平生歡。謂言登陟險，知我步履艱。汲井爲烹茶，拂牀與安單。蕭然一行脚，只作道侶看。

十月朔五更鷹窠頂觀日出

吾聞堯時十日曾並出，域内大水凡九年。自從羿射九日落，大禹注海納百川，獨留一曜隨天旋。爾來四千一百七十載，朝朝沐浴蛟龍淵。登州蓬萊閣，太山日觀羅浮巔。文人遊跡往往到，鷹窠之頂僻在東南偏。海隅荒陋題詠少，好事或聽旁人傳。率云九月晦後十月朔，是時日月行同躔。初生類合璧，吞吐寅卯前。居民生長此山頂，目所睹記云偶然。況乃遊人一生或間至，何怪欲覯無由緣。我來此處看日出，要是乾坤曠蕩之奇觀。山高地窮天水連，尾閭東洩茫無邊。明星有爛黑氣作，霧非霧兮烟非烟。移時一痕破，滿空血色紅殷鮮。乍浮復乍沈，水底疑被長繩牽。須臾涌出水面圓，紫金光現榑桑顛。自東而西不知幾萬里，一綫倒射洪波穿。亦不知自高而下幾千萬萬丈，一躍直上團團天，觀者目眩心神遷。却尋雞聲到宿處，松窗黑暗僧猶眠。

糴米

官罷無祠禄，家貧斗石艱。致炊誰巧手，欲乞我慚顔。懸釜三秋後，傾囊一飽間。瓶罌防鼠竊，莫笑老夫慳。

祝尚于潘竹村偕過不值各以新詩見投奉答一首

卅載風塵兩鬢絲，得歸翻悔挂冠遲。門無俗客閒何礙，里有耆年晚始知。銜袖方將修半刺，投名先已枉新詩。從今步屧毋辭數，各趁腰輕脚健時。

連日雪不止忽憶塞外舊遊

臯蘇祠下拜龍公，預祝明年二麥豐。稍密儘教封蟄户，漸高休遣没牛宫。久無書寄孤鴻外，曾記身穿萬馬中。誰信茅簷蒙敗絮，出門一步怕頭風。

藩司頒新曆至

天上軒轅紀，山中草木年。授時存國典，頒賜及村田。舊曆行當棄，陳人祇自憐。千官孟冬朔，猶記午門前。

聞王丹思及第之報喜而有寄

有命難終屈，多才豈易量。武英書局議敘，同事諸子先後得官。丹思爲奏事者所抑，迄不得選，復爲畫供奉。蹉跎留畫苑，瀟灑赴文場。一賦辭成讖，三年願果償。喜聞王芍藥，秋後領羣芳。庚寅春丹思作芍藥賦，其結語云：「開時不用嫌君晚，君在青春最上頭。」余戲呼爲王芍藥，竟成大魁之讖。

冬至後一日復雪

經旬重遇雪，半月未開冰。積素林光合，微陽井氣升。蕊疏梅尚禁，梢重竹難勝。傳語敲門客，奇寒幸見矜。時有以俗事相擾者。

自題卧室

生踰七九年，考室忝堂構。敝廬足風雨，自我先人舊。塗塈旁免穿，茅茨上除漏。于中劣容榻，圬墁功易奏。蠶繭密包纏，蜂房疏户牖。陰陽有向背，時日無避就。何以占吉祥，甘眠宵續晝。

曉窗展卷有味乎昌黎吾老著讀書之句輒成一律

捨此身何著，蠹書時復翻。味應同菽粟，老豈廢饔飧。請益虚師友，流風覬子孫。却慚更事久，多負古人言。

後十日復大雪

天工如刻期，一月連三白。同雲聚其族，巧作十日隔。初聞檐溜融，旋見瓦溝積。幽人閉關卧，護此一庭潔。里老有好懷，衝寒走相索。叶。豈無新釀黍，與汝回暖熱。肺病適余侵，臨觴主慚客。居鄰幸匪遠，歲晚況休役。有約待晴和，傾壺看新麥。

小齋前移植梅樹

擬徙池東樹，規除砌下苔。最先論位置，次第及栽培。疏影移燈就，生機戰雪回。歲寒吾與汝，滿眼盼花開。

次副相揆公塞外遇雪用舊韻見懷二首

遠枉三秋訊，開當雪霽時。斷雲歸岫晚，朔雁渡江遲。舊事炊粱夢，新篇疊韻詩。別前初約在，宛宛見心期。

班行同引籍，掌次近除名。馬上銜寒色，山中曝背情。君才方大用，吾意適孤行。若問菟裘計，鳩巢拙未成。來詩云：「勉酬初白願，爲報一菴成。」

座主宗伯許公枉駕敝廬感今追昔敬賦長律致謝

童稚相親到白頭，公今予告我歸休。二三子外無同輩，五十年前是舊遊。僻地烟霞迎几杖，敝廬風雨傍松楸。多承古道關存歿，在處追隨淚欲流。

閒詠

延曦開竹閣，向晦掩柴關。世自如烟動，謝靈運詩：「民動如烟，我静而鏡。」吾猶比鶴閒。靈苗須善護，雜念最難删。此境於何驗，無如寤寐間。

臘月雨

五行遞休旺，歲晏陰亢陽。曾是冰霰晨，際兹滛潦妨。一旬恒雨若，物性遂失常。南山慰朝隮，四野烟霾併。百草萋以緑，苔枝競芬芳。階前蚯蚓出，檐角春鳩鳴。虹見亦非時，乘機潛發生。頊冥溺厥職，氣洩冬不藏。田間一禿翁，所願歌時康。側身屋漏底，仰視天茫茫。

半月以來坊局史館前後輩削籍者凡二十一人偶閱邸抄慨然而賦

占籍幾三百，同朝半盍簪。故知員太冗，不謂譴方深。枯菀寧關命，行藏各拊心。幸收麋鹿跡，終莫負山林。

癸巳除夕家讌有懷諸弟二首

室暖紅爐炭，窗浮畫燭烟。歲華如夢裏，家慶且尊前。明日晴難料，殘宵醉可憐。龍鍾還自幸，扶病過蛇年。

稍稍初心遂，匆匆節物違。寒庖供野饋，質庫寄朝衣。有弟分南北，時德尹、潤木留京邸，信菴客粵西未歸。無官減是非。一門推我長，齒序也應歸。

敬業堂詩集卷四十三

齒會集 盡甲午一年。

甲午春杪，座主大宗伯許公邀楊晚研宫贊、陳梅溪侍御爲娱老會。僕以門下士忝充四人之數。周而復始，迭爲主賓。其秋同宗兄弟年六十以上者凡五人，復有合醵之飲。大抵季必有會，會必有詩。一年中唱酬者十居二三，因以齒會名吾集，亦歸田一樂事也。

元旦大雪

跡遠疏賓客，心空穩睡眠。正宜晴閉户，況乃雪漫天。與世喜無事，爲農占有年。庭梅生意動，報我一花先。

過詩友錢木菴虞山故居

城角三間屋，傾欹少比鄰。半生餘酒債，四海失詩人。兒女早無累，木菴三子，長爲農，次依僧，季業儒，一女歸吾家孝廉姪。身名果孰親。翻憐吾未達，感舊尚沾巾。

上元雨中獨登虎丘二首

上元無月亦無燈，十里山塘冷欲冰。夜泊扁舟寺門外，梅花樓下弔詩僧。時根紹上人已去世。

劍池側畔侍宸遊，寓直曾爲三日留。一夢八年還記得，舊題詩在仰蘇樓。丁亥四月隨駕駐此。

晦日招潘竹村祝良仲叶雝兄弟小飲

舊讀唐賢集，多爲晦日遊。閒中追節物，病起念朋儔。折柬幸能致，開樽聊共酬。貧家稀宴會，何惜小遲留。

臺心菜

未綻黄金粟，先抽緑玉簪。大烹充瓦釜，小摘滿筠籃。不賣何求益，多嘗詎覺貪。齋廚無異饌，童僕也分甘。

雪中玉蘭花盛開

閬苑移根巧耐寒，此花端合雪中看。羽衣仙女紛紛下，齊戴華陽玉道冠。

春分前連日雪

九十春將半，鶯花世界非。向榮違物性，餘慘露天機。幸不多時積，從教到處飛。舊巢雙燕子，社日倘來歸。

春社

今年社是春分節，半月寒深閉户中。花少有時還朔雪，雨多無日不東風。村巫環玟傳神語，里老豚蹄望歲豐。除却農談吾嬾聽，何煩分酒更治平。聾。

種芭蕉二絶句

東鄰帶雨移花本，西舍連泥掘藥苗。庭小不曾留隙地，又添牆角一芭蕉。

卷心乍展影挼莎，葉葉攢成緑一窠。不爲無花偏愛葉，花時長少葉時多。

清明日西阡焚黄感賦二律

憶昨營窀穸，旋馳赴闕裝。夢常驚冷節，歸及荷榮光。桑梓陰功在，先贈公行善於鄉，至今鄰叟猶能道之。栝棬舊澤傷。踏青諸父老，歎息看焚黄。

近展松楸路，遥瞻雨露天。有生逢聖代，無禄盡親年。淚落休官後，恩踰卜葬先。誓收清白跡，畢景守岡阡。

亡室柩前焚黄再作一首

一道黄麻制，存亡乃異辭。祇緣吾有愧，不謂爾無知。地下應含笑，生前未展眉。元微之悼亡詩：「報答生平未展眉。」謝恩憐孑影，收涕爲羣兒。

喜晴

春光霽後佳，節氣田間正。晨興啓蓬蓽，豁若奩開鏡。岸草既柔穠，渚牙亦鮮盛。村南杏粧卸，村北桃鬟靚。鋤麥農祈秋，浴蠶婦修政。俗醇游惰少，候至赴功競。新火稍出林，舊鄰無改姓。吾家世居此，少長識愛敬。雞犬聲互聞，牛羊行讓徑。晚尋畎畝樂，益遂桑麻性。寄謝市朝人，誰能逐造請。

燕來巢

燕燕來何許，飛飛羽不齊。我方歸舊社，爾又换新泥。借問依人住，何如擇木棲。雨狂風正惡，勿厭草堂低。

客自會城來傳老友翁蘿軒龔蘅圃之意垂訊近狀口占報之

徑荒居又陋，過懶户常關。時事罕聞見，舊交疏往還。嗜從滋味薄，詩到應酬删。二老知予者，因風一慰顔。

去秋手栽海棠一本春不作花而德尹潤木兩家此花最盛戲作一絶寄之

階前手種海棠樹，樹小條疏著蕊難。翻被兩家園主妬，有花偏讓老夫看。

三月二日偶遊硤石精舍

三月風光連上巳。人如蛺蝶鬬裙衫。兩山鐘磬東西寺，十里烟波遠近帆。拄杖我來尋履跡，題詩僧乞署頭銜。篋中亦有新排集，倘許經房貯一函。白香山年六十四，編集寄香山寺。

上巳與子姪輩飲西園海棠花下

寂寞逢嘉樹，流連及令辰。若非攜酒賞，幾負滿園春。絶豔驚雙目，浮光動四鄰。好花如子弟，笑擁白鬚人。

西林庵浴

我本無垢人，多生依浄土。無端墮五濁，特以有身故。自從歸田來，迷昧晚稍悟。雖逃塵土汩，尚被詩酒汙。蟣蝨緣見侵，浣除急先務。山僧開浴室，午告湯沐具。愛此松下風，解衣入雲霧。微温徹毛髮，積患瘳沉錮。滌腸即未能，搔背不猶愈。老蟬初脱殼，呼吸通清露。嗒焉忘其身，垢膩於何附。

曉過鴛湖

曉風催我挂帆行，緑漲春蕪岸欲平。長水塘南三日雨，菜花香過秀州城。

葆光居賞牡丹兼示祝良仲賓季爾田兄弟五首

幨幕高張白石臺，花情亦似感栽培。已過穀雨三朝後，直待主人歸始開。時賓季、爾田初自粵東歸。

閲盡紛紛桃杏姿，遲開獨占豔陽時。只消一夜東風力，扶起花頭五百枝。

道是吾鄉第一花，芳時無客不矜誇。兩朝二百年門第，得似君家有幾家？

尺三花面大於盤，一丈花梢半出欄。頭白老翁來未晚，霧中看勝雨中看。

曲宴曾陪賞内廷，蕊珠樓閣隔青冥。一枝歸折非無意，猶有當時舊賜瓶。

三月晦日偕楊晚研陳梅溪赴座主大宗伯許公之招流連三日敬賦五言古體詩一章用志盛事兼訂後期

世會賴人持，進難退仍易。公歸天下仰，鄉曲風先被。逖矣黄髮期，曠哉赤松志。遠收伊吕迹，近託張邴契。洛社與睢陽，高情千載嗣。九人不追半，猥許門生厠。良辰春夏交，勝踐東西寺。年尊耄將及，興逸衰猶未。籃輿出匪遥，杖藤行可寘。堂無絲竹鬧，庭有烟霞膩。外静絶市讙，中虚得池位。雖然營圃墅，亭榭隨布置。不窮土木妖，所以矯豪侈。何嘗廢宴衎，芻豢薄滋味。不列水陸珍，所以警貪鄙。初焉立家法，久乃變風氣。道大等行藏，心空冥同異。乘流坎斯止，衆取我則棄。欲知鵬鷃遊，豈外逍遥義。欲知名教樂，即此真率意。一會日經三，一年會須四。非疏亦非數，天賜皆君賜。幸生山水鄉，各有登臨地。創舉良獨難，後期當以次。

從東山大悲閣步上南山道院

山北山南一逕通，又從紺宇扣琳宫。千年樹老根穿石，百尺梯危勢轉空。上界神仙風肅肅，下方樓閣雨濛濛。羽人何福能消受，長在晨霏夕靄中。

過惠力僧房訪葛友峯

穿過林巒第幾層，到門雙屐響登登。祇應趙郡蘇和仲，猶識成都杜伯升。蜚遯難求偕隱伴，張平子賦：「欲蜚遯以保名。」僑居直似此山僧。白頭相對吾滋愧，撒手懸厓尚未能。

題西山快哉樓

東山標一塔，樓與塔尖齊。日月光先到，松篁勢盡低。爽宜延眺聽，老漸怯攀躋。緣境隨時結，詩成信手題。

碧雲寺 以上四首，皆硤川遊歷之作。

徑曲耐幽尋，杉籬步步陰。烟光遮市斷，殿影赴潭深。昔受栴檀供，今傷樵牧侵。欲知增減劫，成壞視禪林。

信庵貽我湘竹筆几

往與陳六謙、楊晚研輩，結交始臨池。我腕不能懸，落筆恒苦肥。至今衫袖上，墨汁烏淋漓。十年課官書，猥充抄寫爲。一從抛筆墨，有指如駢枝。愛弟粤中來，美竹貽湘妃。斑筒圍五寸，文采光陸離。銛刀剖其半，承臂良所宜。惜哉硯田荒，此几將安施？毋忘持贈意，三復幼槃詩。謝幼槃筆几詩：「當君持贈恐不堪，大似無功饗鹽虎。」

座主許公別後寄示七律二章敍連日山游之樂再次來韻

溪山佳處榻長懸，暇日追陪樂境偏。靈運賦中行采藥，康衢歌裏看耕田。厭逢俗客談時事，閒與鄉人結善緣。雨笠風襟無恙在，畫圖容易着神仙。

茫茫宦海闊無邊，幾見虛舟濟巨川。白香山詩：「巨川濟了作虛舟。」退步始知原有地，掉頭誰信不關天。高人入社同招隱，大老還鄉例好禪。得御籃輿吾竊幸，乞身多及太平年。

自西阡步登龍山小憩妙果寺成鏡軒

杖藜無百步，欄楯有千家。未覺平簷淺，全虧老樹遮。童挑西澗水，西阡之北有泉，去此纔半里。僧製本山茶。佛日長如此，何愁莫景斜。

村家四月詞十首

茅苫枳落趁高低，草色平鋪樹影齊。一片綠陰行不到，家家門外有黃鸝。

生長蘆村與葦鄉，單丁門户怕逃荒。春來娶得紅裙婦，添壓橋南百本桑。

去年桑葉賤如毛，今歲蠶多葉價高。大抵乘除常得半，半償安分半償勞。

小滿初過上簇遲，落山肥繭白於脂。費他三幼占風色，二月前頭早賣絲。三幼即三眠也，見放翁詩自注。

野老籬邊獨一家，臥聞隔竹響繅車。開窗自起看風雨，日在牆東苦楝花。
活東幾日變蝦蟆，細瑣謀生亦有涯。租得山田還帶漊，種菱時節種魚花。
蠶忙粗了接農忙，早晚官符不下鄉。見説城中多大户，帶征猶欠隔年糧。
大麥離披小麥黄，連朝次第欲登場。開籠莫放新鵝鴨，怕損鄰田二寸秧。
一尺良田種一科，語出齊民要術。旱年宜黍水宜禾。老農信口言皆驗，比似兒孫閲歷多。
山妻赤脚子蓬頭，從此勞勞直過秋。海角爲農知更苦，合家筋力替耕牛。

寄徐觀卿庶常四首

人間路狹田間闊，天上官多地上稀。難得玉峯徐吉士，簉朝廿日便思歸。來書云：「平生官況，以廿日了之。」

乞歸初不爲鱸蓴，肯作江東第二人？霧豹一斑窺寸管，雲龍半爪現全身。

跨鳳驂鸞幾隊行，列仙名籍滿瑶京。不須更説鷄棲樹，阿閣巢多自見輕。

石公山下約耕雲，十畝桑麻許見分。觀卿有别業在洞庭西山，與余曾爲卜築之計。我爲退難歸已老，可憐事事不如君。

副相揆公惠寄人參一斤賦謝

官非致富具，官罷適得貧。獨不奈病何，父吟兒復呻。時兒建亦患病。貧家抱富病，動與參苓親。東産禁入關，南方價彌珍。十金易一兩，又苦贋雜真。投之湯劑中，日飲僅數分。持此望瘵疾，越人視秦人。荷公千里懷，拜貺俄盈斤。瑶光散藥笈，紫炁交斑璘。春秋緯：「瑶光星散而爲人參。」禮緯：「下有人參，上有紫炁。」沃以碧琉璃，爇以紅麒麟。庸醫亦色喜，奏效如轉輪。果然黍谷寒，變作陽崖春。公惠洵已厚，我慚鬱難伸。雖延草木年，等是幻泡身。

所期調元手，旦晚秉國鈞。時聞枚卜列名。溝中多待澤，一老何足云。

德聞姪以先京兆公加贈嘉議大夫誥命一軸見示敬題於後

吾宗京兆之子孫，當時濟濟推清門。大賢餘澤久漸替，先代龍章今僅存。族譜亭前一回首，欲斥斯人言可醜。若教此軸落渠家，賣珠毀櫝夫何有。本支家孫弟兄搆禍，蕩盡先人餘業，故有此歎，不忍斥其名也。珍藏似爾豈非賢，中有詒謀二百年。科名仕宦尋常事，世業終須孝友傳。

余舊蓄古鏡一枚形正方背有飛魚二鱗鬣生動周遭一百八十乳水銀徧裹上著血皴朱砂斑不知何代物也偶閱元裕之集馬雲漢家方鏡背有飛魚與此形模正合元有七律一首載集中疑即馬氏故物而今爲我有喜續一篇紀之

馬家古鏡形模異，人世皆圓爾獨方。細乳流丹周四角，爛銀磨鼻貫中央。出波鱗甲飛如活，透骨頗黎冷放光。知有廉隅難入俗，合歸老子爲收藏。

蟻鬬

飯罷徐徐捫腹行，階前蟻陣太縱横。巧排睢水常山勢，鏖戰昆陽鉅鹿兵。國手圍棋分黑白，村兒鬬草計輸贏。轉頭一笑全無爲，不解當場抵死争。

兒建補官北上兼寄德尹潤木

爾往因門户，吾衰且杖藜。行期今始決，藥裹病仍攜。時兒病尚未全愈。老閲晨昏易，貧難出處齊。京華見諸叔，有信共緘題。

梅雨將至曝衣庭下睹舊賜紗葛袍感賦

一桁高懸犢鼻褌，篋中剩有賜衣存。爲防梅黴重開看，閒與兒曹説主恩。

禾郡試院古柏曾濟蒼繪圖索詩即次原韻

龍筋纏左紐，鶴骨鍊孤形。閲士幾頭白，遇君方眼青。愛頻攜畫卷，惜未入圖經。變化誰能料，風雷或晝冥。

德尹陞侍講却寄

雁行官序記隨肩，余兄弟三人，同官編修。每入朝班，仍以齒序先後。久次今來合轉遷。用漢書孔光傳中語。聊與家門增氣色，也勝陪點六年前。己丑初夏，春坊日講員缺。奉旨選擇，掌院曾以余名擬上，既而用陳鍾庭。

生日示兒孫

家世少高年，傷哉傳父祖。吾生良過分，六十已踰五。自爲鮮民來，奔走備艱苦。每逢先忌日，雙淚落槃俎。忍復受稱觴，成行拜兒女。殊非老人意，轉觸傷心緒。世教日以漓，五鼎儉三釜。厚己薄所生，逢辰競華詡。其或侈宴會，開筵召歌舞。此風非自今，此事尤不古。矧余衰且廢，徇俗一無取。仕宦閱十年，依然北門窶。先廬僅無恙，聊足蔽風雨。常恐病見侵，去來難自主。未知從兹往，尚復幾寒暑。但願汝曹賢，甘貧守前矩。貽清義有在，何用幹吾蠱。

夜枕喜雨

挂壁閒龍具，黄梅十日晴。忽聞中夜雨，殊慰老農情。枕簟通霉氣，溝塍走去。水聲。跳蛙如送喜，不厭繞除鳴。

庭前蜀葵十二韻

蜀葵吾手種，五月儼成林。葉葉青蒲扇，株株碧玉簪。卑叢猶計尺，高榦突踰尋。耐久誰如爾，敷榮方自今。此花自五月至初秋，相續不斷。有花偏犯暑，得地肯移陰。抱素矜孤潔，中有白花一株。施朱競淺深。露晞疑濯錦，風暖快披襟。爛熳知時及，欹斜怕雨侵。寧無衛足智，尚有向陽心。石竹羞相亞，山榴妬不禁。畫工難設色，詩老獨搜吟。莫漫嫌貧寠，芳醪又一斟。韓魏公詩：「芳醪對一斟。」許魯齋詩：「但恨主人貧且寠，不教相對舞衣紅。」皆詠蜀葵句也。

日本繡毬花

南風來海外，吹綻小團圞。吐蕚初含緑，染根俄變丹。垂垂懸蹴踘，袞袞壓欄杆。雨打戎葵折，留渠愛惜看。

盆池荷葉

藕梢種盆池，初葉青錢似。一葉復一莖，漸看翠蓋起。豈無十丈花，奈此三斗水。託根適有制，小器吾局爾。

家童以梅水滌硯既申諭之復詮次成篇當僮約一則

梅雨降天泉，其甘甚仙醴。瀹茶需此味，久貯益清泚。甕盎謹蓋藏，非時小輕啓。客嘉乃一薦，視若大烹禮。研垢利亟除，無端用泉洗。殷勤示僮約，誤事胡可底。開池用養魚，汲井用淘米。貧家用水法，一一須酌劑。推類以及餘，吾言當善體。

雨乍晴

鬖髿落草與階平，屋漏痕餘滴瀝聲。老去一身隨燥濕，漫勞鳩鵲報陰晴。

觀插秧二十四韻

百汊通舟檝，千畦罷桔槔。人情須解澤，天道豈屯膏。夜足分龍雨，晨添浴鷺濤。渾渾泥破塊，汩汩溜鳴槽。及見苞初拆，先期種浄淘。齊民要術：「浄淘種子，經三日漉出。」露苗齊若剪，風葉弱於繅。維耦羣衣襏，于田畢赴鼛。事因當務急，義取立根牢。寬解青腰束，勻鋪緑罽氂。横從分緯經，去。行列準茅綯。滑澾聊防蹶，瘡痂那暇搔。胼胝兼踵趾，仰俯混頭尻。正爾如針細，何時比岸高。栽培從幼稚，功力積纖毫。小鴨浮烏觜，新鵝没乳毛。篝車思預祝，稂莠待徐薅。餉婦烹蠶豆，皤翁壓麥糕。放翁詩：「旋壓麥糕邀父老。」衢歌隣巷答，豳樂土風操。身雜耕耰侶，心知稼穡勞。問誰司命庽，笑我代烝髦。偶倚孤藤杖，閒攜半榼醪。勸農勤本分，撫己愧嬉敖。有蟈除灰鞠，周禮秋官：「蟈氏掌去鼃黽焚牡蘜，以灰灑之則死。以其烟被之，則凡水蟲無聲。」無蟲慮食桃。蟲食桃栗貴，亦見齊民要術。豐年斯在眼，秭鳺已先滜。史記：「百草奮興，秭鳺先滜。」

梅雨初霽

隴畝有惰農，無端負春稿。十年京洛住，風氣習高燥。左臂雖病風，土脾幸未槁。還鄉豈不樂，顧已迫衰老。翻畏梅雨多，侵膚劇蚧蚤。兒童報新霽，起視天宇好。蟬嘒林葉初，雞鳴曙光早。微颸自南來，掩冉被庶草。夏課晨有程，方當事研討。曝書良先務，趁此日杲杲。

舶趠風歌

吾聞千里以外風不同，人間乃有萬里之長風。來從海上梅雨後，紀自西郊野叟眉山翁。古稱博物家，無若周元公。爾雅釋天篇，八方風色以類從，北涼西泰凱南谷自東。頹猋飄庉暴昌曀，一一命義無相蒙。周禮保章十有二，妖祥乖別占荒豐。下而莊生齊物論，以至應劭風俗通。颼瀏飉颲䬋颶䬝，叫嚎吒吸咬于喁。名雖巧排比，語實工形容。舶趠之名特未悉，土俗傳説惟吴中。吴中五六月，水盛溽暑方蘊隆。此風東南來，一掃雲翳還虚空，商羊黑蝀潛厥蹤。炎官亦退三舍避，大啓橐籥伊誰功。三日濕氣消，五日暑氣融。連綿七日九日尚未止，快哉何暇分雌雄。羊角初從何處起，合而爲一浩蕩來無窮。丘真人西游記：「風初起如羊角，須臾合爲一風。」國家象胥譯九重，白雉入貢兼青熊。良商豪賈狎海童，高帆幅亞榑桑紅。中男長女各效職，飛渡溟渤如輕鴻。此時田間一老翁，置身恍在蘭臺宮。不知人生更復有何樂，但向北窗高枕卧聽聲蓬蓬。

鷹毛扇

稜稜疑戴角，六翮舊稱雄。誰翦摩雲勢，而爲弄袖風。近身無棄物，當暑奏奇功。莫逐斑妃扇，秋來怨篋中。

庭前新設日棚

奇峯突兀升，晨莫多幻狀。羣來燭我室，火令方用壯。誰能待涼秋，坐受驕陽亢。貧家愛惜費，奇計役心匠。架木於中庭，從乾取巽向。宅經云：「從乾向巽，名入陰。」東西牆所限，南北稍通望。剖竹以爲椽，縛繩乃施帳。卷舒一夫力，自我創新樣。天亦無如何，居然聽人抗。片雲風不散，赤日走其上。但覺晝景長，焉知炎勢王。解衣盤礴卧，客至蒙見諒。憶昨扈從年，孱軀昧自量。跨鞍五六月，萬竈逐焚煬。渴飲道旁泉，形神聊一暢。勞筋誓永息，疲馬就閒放。跡遠倦驅馳，情孤愜宜當。青藍十幅布，氣壓錦步障。即事不願餘，休陰獲微尚。

雨後納涼

夢過雷霆了不驚，起來涼月在南榮。静中機候誰先覺，已有一蟲階下鳴。

六月廿二夜熱不能寐五更起步庭下徘徊到曉

夜熱不成眠，展轉達五更。開門上殘月，適與微風迎。大火將西流，銀河去無聲。林亭散疏影，露葉涵虚明。薨薨羽蟲飛，喔喔村雞鳴。身如閒草木，受此旦氣清。

沈松年觸暑見過爲余寫行藥圖小照贈之以詩

昔年三十四，張叟爲寫照。是時氣方豪，抱膝坐長嘯。癸亥夏，張子由爲余作槐陰抱膝圖。侵尋落塵網，行止非意料。一夢迫桑榆，回頭失吾少。自觀疑隔世，那免旁人笑。沈生技入神，下筆天下妙。曩者京洛遊，不輕貌權要。朱門致厚幣，却去臂頻掉。獨愛山澤臞，足音赴蓬藋。老夫正避客，畏熱如畏燒。瀟灑實藉兹，掀髯引同調。吴縑六尺雪，静對屏聽眺。三日畫始成，投牀忽狂叫。張圖示左右，童稚皆曰肖。乃知神理憑，在骨不在貌。一杖兩樓輚，清涼徹毛竅。高楊蔭風渚，密竹移烟嶠。外勢拓微茫，中深藏窅窱。過橋茅宇遠，轉徑柴籬繞。力圃方自今，幽情老彌劭。允宜置丘壑，何用談廊廟。稍待條甲成，重煩添藥銚。

偶得鸛雛畜之階下旬日馴擾如家禽

老鸛巢古木，孤雛失遥汀。養之羣雞中，旬來食宿并。草際飛拍拍，花根立亭亭。有時照盆池，長喙梳短翎。適逢螻螘飽，暫脱魚蝦腥。方當竭澤時，時亢旱河流枯涸。何處潛汝形。不如儕野鶴，飲啄且一庭。

苦旱

火雲燒海壖，禾黍供炰燔。是田拆龜兆，下隰高平原。山根曲曲谿，近溯十里源。其流本易涸，三尺淤泥渾。何當千桔槔，渴若接臂猿。下飲罄呼吸，涓涓寧復存。一井給百家，乞漿稍出村。人情靳所少，昏夜拒叩門。我有小池水，舊耒資灌園。經旬漸將枯，遑救鰤與鯤。畦丁仰沐浴，爨婢充瓶盆。緩急吾豈無，義從易地論。開園聽使汲，兩不受怨恩。

喝者盈路旁，其能以手援。喟然望雲漢，安得天瓢翻。

立秋後四日得雨喜疊前韻

雷鞭起龍蟄，電火林欲燔。急雨隨秋來，沛然滌焦原。出高而施下，天澤殊泉源。頓令赤埴墳，化作塗泥渾。物情俄頃變，判若王孫猿。柳子厚云：「猿之德，静以常；王孫之德，躁以囂。」向來沸蜩螗，闃寂無一存。雞犬聲逾静，羊牛亦歸村。但見簑笠翁，倚杖臨柴門。濁酒貰鄰曲，農談慰田園。檐低劇投蜺，海近疑徙鯤。汲婦免抱甕，浴童喜傾盆。西成即未知，姑以目睫論。良苗與秕稗，各被霑濡恩。我亦領新涼，詩筆聊復援。閒庭有花木，枝葉爲翩翻。

雨後遣興

秋田一雨洗萌芽，餘潤還沾學圃家。苦竹鞭抽行地筍，戎葵梢放出籬花。身憂天下原非分，老覺浮生亦有涯。野色閒門無客扣，夕陽影裏數歸鴉。

重至西湖雜感六首

行宫昨巡幸，侍從偕東枚。詔許孤山遊，緣坡陟崔嵬。高亭揭佳要，御書佳要亭，在孤山最高處。正面湖光開。再到踰八年，重扉鎖蒼苔。夕陽錯金碧，竹樹浮樓臺。聖主軫民艱，翠華無復來。湖流亦漸縮，清淺如蓬萊。

三百六十頃，葑田半平蕪。泊舟湖心亭，坐失西南隅。兩隄遞隱現，彌望菰茭蘆。吴中連歲荒，竭澤準此湖。誰興百年利，開濬繼白蘇？

菩提古律院，中有禪者堂。兒時侍我翁，曾宿道公房。奄忽五十載，沙彌成老蒼。爲言禪堂災，室被池魚殃。師徒二三輩，借歇鄰僧牀。世苦善緣稀，十方如一方。我貧正髣髴，何以副汝望。昭慶舊寓被火，住持僧乞余重作募緣疏，故云。

故人喜我來，謂鄭春薦、高詵仲。有約晨往踐。中流泛彩鷁，酒果諧終宴。殘暑颯以收，荷風偃秋扇。各陳别中事，過去同掣電。齒脱頭亦童，是形無不變。惟留真面目，重與吴山見。

昔我同朝友，蘿軒翁康飴。與田居。龔蘅圃。竹深章豈績。乃同年，通籍甫歲餘。後先解組去，各守先人廬。錢子我持。我彌甥，比亦賦歸與。世途日湫隘，親舊旋凋疏。合并復何幸，皓首仍相於。湖山近可樵，湖水淺可漁。此生知幾見，莫負秋風初。

潯陽賢郡守，朱恒齋時客吾郡。歷政廿四年。罷官世業盡，無計營歸田。揭來泥馬城，卧痾僦市廛。良醫天下少，買藥慳囊錢。我欲招使出，一覽江湖天。足孿兼畏風，躑躅行不前。當路非無交，車音聽跫然。惟餘老賓客，同病心相憐。

龔蘅圃屬題田居圖圖爲王石谷所畫三首

我愛西泠龔侍御，候樵開徑擬村莊。前身似是黃清遠，好補田居辭九章，元浦江黃景昌，自號田居子，作田居古調辭九章，事載吴淵穎集，惜其辭不傳。候樵、開徑，九章中篇名也。

更愛虞山王石谷，爲君破墨寫桑麻。晚年變盡大癡法，瀟灑自當名一家。

上洞烟波下濮田，朱陂楊柳陸池蓮。爲農果若畫中樂，吾亦嬾尋辟穀仙。

到湖上不及訪諦輝禪師而歸寄詩代柬

諦公世壽八十八，見說形神倍清拔。有時挈鉢身入城，健若雲端出巢鶻。隨行不用木上座，一日往還能步戞。一拂何曾肯付人，問着三交兩頭瞎。葛藤斬盡松性孤，那怕霜根被纏殺。開堂說法踰四紀，坐斷高峯梵王刹。似憐我是無家客，遠枉山中八行札。我來便合去尋師，却向石頭防路滑。雲林咫尺徑未到，回首湖西山巀嶭。明年擬坐雨安居，眼膜終須寶篦刮。

題章豈績觀棋圖

宇宙一棋局，白黑兩戰場。細極蟲蟻微，大而至侯王。胥爲競心役，得失争毫芒。遂令坦坦塗，巉巇劇羊腸。可憐橘中叟，機事亦未忘。國工吾不知，童稚勝老蒼。圖中一童子與老叟對局。所以達觀者，袖手於其旁。

從姊丁節母八十壽令子修遠來乞詩

吾家賢姊丁節母，年二十七稱未亡。是時殉夫勢不可，有兒在抱姑在堂。夫之兩弟尚小弱，形影相傍何倀倀。婦供子職母兼父，兄道亦以丘嫂當。皇天欲貞苦節苦，一一艱瘁教親嘗。粧貧固已少簪珥，時絀又復罹凶荒。淚流繼血食有指，骨盡吸髓炊無糧。秋看烏哺感魚菽，春睹燕乳憐粃糠。晨舂寧資相杵力，夜績肯借鄰檠光。全家仰俯賴操作，母不自白旁人傷。阿婆下世兩叔娶，寡鵠矢志孤雛償。父遺一經課使讀，世業克紹孫成行。乾坤豈終靳雨露，松柏要必經冰霜。蓼荼茹盡蔗味出，佳境漸入今方將。母年八十兒六十，白須綵袖前稱觴。中秋節近風物爽，桂樹蕤蕤飄天香。月中之兔爲擣藥，長生會得仙娥方。

西園早桂八月始花偶拈二絶句

兩株桂自先人植，歲歲開當七夕前。校是今番花信晚，秋香還占別家先。

消息西風任客傳，花時長結一村緣。而今勘破黄山谷，鼻孔猶爲晦老牽。

季方兄招同聲延兄曾三芝田兩弟於西林菴爲同宗五老會席間喜賦時甲午中秋前三日

古人重睦族，籩豆禮無廢。奈何世教衰，此義久云晦。家宗遠有緒，望實鄉國最。伐木歌卒章，吾猶及前輩。宦遊鹵莽出，晚景侵尋逮。歸到忽一年，余去秋八月十三日抵家，今恰一年矣。病多逃酒債。喜聞折柬召，唤起初心在。八月撰良辰，五人合嘉會。兩兄吾所敬，兩弟亦吾愛。居近三里中，年皆六旬外。茅菴傍先壟，徑轉蒼山背。風日假清光，松篁發幽籟。僧來具茶荈，童去擕鮭菜。飛動愜平生，老狂餘故態。流光弦釋箭，盛壯已難再。但願五白頭，偷閒輒相對。

中秋雨集拙宜園賦呈宗伯座主晚研前輩二首

節到今年正，秋分此夜中。是日秋分節。重尋三宿約，惟欠一人同。陳梅溪以疾不至。巷氣通荷葉，林香入桂叢。滿城傳勝事，來看雪髯翁。

可惜團圞月，雲封得樹堂。檐虚燈動影，池闊水生光。聽雨篷籠外，吟風几杖旁。平生師友在，到此分真忘。

十七日陪遊秦駐山得詩六首

夜雨晨乍晴，兹遊天所許。攜笻出烟郭，振步凌雲嶼。公本海鶴姿，飄然命儔侣。身輕無險徑，心曠得豪舉。誰云溟涬寬，直欲巾笥貯。出郭。

社稷已丘墟，冕旒尚祠廟。當時伐山處，馳道餘蓬藋。可憐愚氓愚，不記暴秦暴。家家棧羊豕，坐享血食報。今年旱太甚，水乏蘋蘩芼。毋乃爲神羞，徒憑山鬼嘯。始皇廟。

平生汗漫遊，不識蒼浮子。今來尋别業，愴若經萬里。好事賴閒僧，詩名猶在耳。山林耆舊盡，太息烟霞委。詩老徐滄浮别業。

山後石狀狠，山前林靄濃。名藍繚而深，風氣于焉鍾。下有千頭橘，上有百丈松。潮聲卷地起，響答出谷鐘。禪扉日日開，未缺茗椀供。留題紀歲月，孰繼三人蹤。半潮菴老僧出素册乞詩。

家住錢塘西，未觀曲江濤。及兹陟海嶠，遑惜攀躋勞。長風東南來，吹我上㟃嶆。忽然空四顧，快覺身歷高。井底俯孤城，三面被浪淘。築堤效精衛，木石焉得牢。誰能驅此山，外捍兀巨鼇。絶頂觀潮。

秦鞭不可施，頑礓倚天外。一山坐少肉，佛力將安賴。榛莽長於人，菴廬小如蓋。忘機任去住，涉境有成壞。置身萬仞岡，達者觀其大。少陵固云爾，臨老斯遊最。茅菴。

食新米

秋水通港脈，吴船來海濱。稍聞米價賤，歡喜動四隣。荒廚乏宿舂，八月亦食新。雖然營一飽，力惡不出身。薄宦比曼容，退耕輸子真。餘慚到僮僕，并作浮惰民。官鼠竊太倉，家雞仰空囷。物生各分定，吾自棲吾貧。

由葑門至牧瀆舟中喜晴

積雨川初漲，秋晴候尚暄。帆移背城路，竹密近山園。野市漁樵散，人家鴈鶩喧。太湖知漸近，水色半清渾。

重過鄧尉大司寇徐公墓與公子觀卿話舊二首

昔會尚書葬，重來二十秋。好山增氣色，高蔭鬱梧楸。賤日蒙青眼，流年感白頭。及門多著録，撿點幾人留。

藉甚賢公子，歸來一壑專。論文空老輩，誓墓及中年。跡忝同朝舊，姻從世講聯。觀卿與家德尹爲兒女親家。相看多道氣，應許數周旋。

五雲洞

鄧尉山形斷，柴莊嶺脈延。言尋五雲洞，試酌鉢盂泉。草偃秋迷徑，林深午見天。老僧年七十，揖客烏巢邊。

午飯東山庵

村落樊籬外，人烟墟墓間。稍穿蒙密路，又轉一重山。樵擔行相引，禪扉晝亦關。薄遊煩地主，裹飯慰衰顏。

晚入聖恩寺瞻漢月禪師塔與古菴老衲茶話

鐘聲天半落，麗刹占岑隅。地拔千章木，門開萬頃湖。來因瞻影塔，老喜接浮屠。倚賴青藤杖，隨行勝給扶。

重陽日由鄧尉坐罛船沿太湖濱抵漁洋灣登法華嶺與觀卿拈韻各賦五章

九日乃溯流，古來無此法。適兹泳游趣，遂與魚鳥狎。望望銅坑橋，前行出蘆夾。湖光三萬頃，際眼窮一霎。地盡日脚垂，天低浪頭壓。近山浮蛟鼉，遠艇點鳧鴨。奇懷洵曠蕩，良會殊欣洽。滿載洞庭春，十分傾蘸甲。黄柑釀酒名「洞庭春色」，見東坡賦。

鏡面三十里，淼瀰似無涯。片帆截湖來，小泊當峪岈。居民雜耕釣，竹樹環坳窪。中有佛者宫，法華及曇華。頭陀不好事，籬落無黄花。手拾墮巢薪，爲余烹土茶。屋山見微徑，林隙縈修蛇。直上千仞顛，迴身俯烟霞。

新城老詩翁，于焉戀清景。漁洋曾自號，四海傳歌咏。阮亭王先生，絶愛此中山水，因自署漁洋山人。僂指今幾何，勝遊閴如屏。履綦已陳跡，我到踵前猛。濤聲拔湖洪，飛上萬松頂。西風迫吹帽，新鴈時一警。俯仰有古今，徘徊惜俄頃。誰爲後來者，繼躡最高嶺。

折柬不可致，陪遊欠詩僧。謂湘隣禪師。兩人亦不孤，勇往快得朋。平生偕隱願，躧步氣益增。西指小九天，西山林屋洞爲十小天中第九天，覲卿有别墅在其下。下有田一塍。買隣隣苦少，約我我未能。具區舊志荒，文獻於何徵。君家富圖籍，考證庶足憑。我雖腰脚頑，肯辜手中藤。焉得七十二，峯峯與同登。

是節古所重，吾生隨所遭。向來閱星霜，南北毋已勞。有時泥飲伴，座上争題糕。間亦吐狂詞，氣粗陵二豪。塞垣九月雪，氊帽蒙戎袍。陪獵入圍場，分麞行燎毛。乞歸復何事，雙鬢餘蕭騷。左臂雖病風，尚堪持蟹螯。地鄰甫里陸，心契柴桑陶。君壯我就衰，逝波日滔滔。明年身縱健，何處重登高？

重陽後十日曾三弟招集西林菴是日微雨杲山法師不期而至

再舉重陽會，何妨十日遲。林巒真得趣，晴雨總相宜。踏屐堪尋菊，登高例有詩。間僧來不速，社飲倍淋漓。

立冬後二日座主宗伯公偕晚研梅溪枉過村居次日移榻妙果山房再遊菩提寺得詩四首

乾鵲聲中客款門，畫船喞尾泊籬根。掃除黄菊荒蕪徑，映帶丹楓穲稏村。半月先期傳父老，一家喜氣到兒孫。海山不盡東南望，登陟應須次第論。

桑榆餘暖在田廬，初約重尋幸不虚。行處聚觀傾里巷，有時問答及樵漁。能文客到先投句，時徐觀卿至自玉峯，詩先成。好事僧來盡乞書。晚研工書，所至楮墨堆案。寄語同朝諸大老，莫將八座傲懸車。

招提游更招提宿，四五人添八九人。時許伯勤、馬衎齋、杲山法師俱入座，承、楨兩兒亦侍行。自有此山無此會，勿論誰主復誰賓。靈泉怪石供幽賞，煦日和風應小春。知是它生緣境在，每逢佳處輒逡巡。

流光已付陶甄外，世味多消杯斝中。省對枓筳慚地主，免教冠蓋炫鄰翁。熊羆起渭嗤何晚，蟋蟀歌唐儉可風。報答朝恩還有處，白頭相見祝年豐。

仲冬二日招諸兄弟續舉真率會明日芝田弟詩來次答一首

弟勸兄酬又一堂，依然同産似君良。唐書孝友傳：「劉君良四世同居，雖族兄弟猶同産也。」小春已過冬猶暖，短晷雖移夜甚長。老去喜爲無事飲，興酣聊門此身强。明朝夢覺三竿日，始信齊州接醉鄉。用東坡睡鄉記中語。

再次曾三弟見投原韻二首

橋欹路滑限東西，一櫂來尋曲折溪。每愛招邀聯近局，又從唱和得新題。陋邦笑我詩同鄶，雅量輸君酒到齊。木盎瓦盆隨分設，何須几上復加綈。鄴中記：「冬月几上加綈。」

人中聲叟飲中仙，挹袂何妨更拍肩。地僻魚蝦貪入市，天晴箕畢快移躔。是日早雨晚晴。松筠歲晏留賓賞，莞秸庭空待雪填。却笑竹林惟二阮，同時應少弟兄賢。

抄書三首

人言冬是歲之餘，自分生涯伴蠹魚。比似王筠猶有媿，白頭方解手抄書。南史：「王筠愛左氏春秋，凡三過五抄，餘經子史皆一過，未嘗倩人假手。」

無數空花亂眼生，摩挲細字欠分明。西洋鏡比傳神手，入廓重開爲點睛。

烏雞已療病風手，秋兔猶存見獵心。炳燭餘光吾若此，兒曹那不惜分陰。

臘月雷

天公號令何其乖，夏慳膏澤冬發雷。先期三日礎流潤，雪候變雨成黃梅。螻蛄夜啼蚯蚓出，有聲來自南山隈。豐隆倒行坤軸裂，霹靂上劈天關開。吾聞胥雅哀十月，矧乃歲莫陰陽催。至尊端拱穆清上，宮府庶事歌康哉。震來虩虩百里爾，特向山谷鳴邅回。淮南子：「邅回山谷之間。」陋儒鰓鰓誠過計，誤信耳目生疑猜。庶徵休咎豈關汝，一飲且釂消寒杯。

池上梧桐一本先君所手植秋來忽枯家人析以爲薪用作此歎

苦竹不實鳳苦飢，霜風拗折枯桐枝。知音者希巧匠死，琴瑟之材同庡㢊。我來撥灰三太息，重是先人手親植。紛紛桃李總輿臺，從此荒園少秋色。起結二句，用太白詩語。

十二月十六日赴青芝山會座主尚書徐公葬感賦二首

清德宜鐫石，佳城仰賜金。公以少宗伯贈尚書，恩給全祭全葬，異數也。哀榮朝典備，存歿主恩深。

十郡千人會，三年獨子心，謂大司空。反虞猶孺慕，未忍進祥琴。

視我真猶子，從公始得師。乙丑春公爲國子司業，余時備弟子員，親授作文法度。有經傳舊業，無路報深知。夢奠嗟何及，歸休悔稍遲。余於癸巳秋長假還鄉，公薨一年矣。寢門餘痛在，淚雨滴青芝。

祀竈一首

一年俄逼臘，爆竹接比鄰。不用儺驅鬼，自將詩送神。晨餐甘脱粟，夕爨付勞薪。此意天應諒，吾非媚竈人。

敬業堂詩集卷四十四

步陳集 起乙未正月，盡五月。

謝病歸來，杜門七百日矣。不得已而作閩游。憶戊寅春夏間，偕朱丈竹垞南行，今往還仍取此路。東坡詩云：「團團如磨牛，步步踏陳跡。」用以名集，聊當解嘲。

元日立春大雪

家居閱兩年，連遇歲朝雪。東風不解凍，就我作冷節。鄰比莫往來，應門乃虚設。野人喜無事，復此庭宇潔。薺麥正青青，蘭芽爲誰茁。

二日喜晴

昨日既喜雪，朝來復快晴。開軒納東曦，檐滴微有聲。天豈去我遠，始和得人情。呼兒具紙筆，枕上詩已成。

四日西園散步得三絶句

算是今年第一回，草根殘雪尚堆堆。春風氣力强於杖，扶起衰翁踏凍來。

三日爲期已過期，晴光先動碧琉璃。苔枝照影魚兒躍，及取冰開鷺未知。

疏籬外繞翠檀欒，梅橘中栽五畝寬。抵得實封三百户，頭銜自署老園官。

人日赴榆村兄真率會二首

七十三翁齒最先，人言兄乃地行仙。白頭兄弟肩相並，不敢誇張説少年。

容易開尊得故鄉，況逢雪後好風光。梅花消息巡檐近，絕勝題詩寄草堂。

上元前二日芝田弟招集深寧齋席上次韻

杖履從遊地，難忘直至今。余少日詩文極蒙伯父霍丘公賞識。風流前輩盡，結託晚年深。照座紅燈入，當杯白髮侵。懷新兼感舊，愁和郢中吟。

西阡老梅一本不知何人所植花時偶與諸兄弟婆娑其下芝田有詩再次韻

千林一樹特標奇，冰雪初消雨未滋。問著不知誰手種，却來與我伴衰遲。

送湯納時表弟赴吉水任三首

兩派江流百折灣，全家攜入畫圖間。桃花夾岸春旗影，直到廬陵不斷山。

牧羊圈豕盡彈冠，一第終輸本分官。不負種花心力在，吉州抹麗贛州蘭。

文江舊是人文藪，歷宋經元迄有明。此段挽回須老手，莫言邑宰事權輕。

次韻答又微姪

平生持論笑孤高，老去羞稱供奉曹。幸有田園收影跡，敢從壇坫薄風騷。披吟滿卷輸君富，置酒當筵看客豪。莫道懸車年未及，吾薪入爨已勞勞。來詩有「未老投閒聲價高」之句，故云。

庭前紅梅花時恰值春寒

側側餘寒薄薄粧，疏花嫩蕊太郎當。能禁臘底三番雪，翻怕春來十日霜。

次韻答東亭弟滇南見懷二首

自笑原非炙輠髡，一歸聊爾慰慚魂。退飛事異冥鴻弋，俯啄心空澤雉樊。伏臘鄉風隨戚黨，耕桑活計委兒孫。只愁兄弟天南北，却聽清吟似峽猿。

字如黑蟻筆頭髡，天末書寬久病魂。喜爾力能禁瘴癘，知余情頗戀丘樊。一門最盛推同祖，萬里相望各有孫。若論桑榆收未晚，莫因擇木感騰猿。用晉書李充傳中事。

江行六言雜詩十八首

魯公傳乞米帖，元亮有饑驅詩。不妨舉家食粥，笑問此去何之？

人家泥浦漁浦，驛路樟亭赤亭。黄犢鳴邊草緑，畫眉啼處峯青。

船頭載餘杭酒，枕上看富春圖。老伴不離鵝鴨，浮踪又落江湖。

江流東射如箭，帆勢西張若弓。此去特邀天倖，平生逆水逆風。

一兩竿颺酒斾，四三點散漁燈。朝來露蓑長溼，月下風檣不停。

水色緑頭雄鴨，舟形縮項鯿魚。千點桃花拍岸，春潮不過桐廬。

挂劍謝臯羽墓，插竿嚴子陵壇。身後哭餘兩友，此句屬謝。生前笑擲一官。此句屬嚴。

乍合乍開烟靄，一重一掩霏微。紫鱗出網能躍，翠鳥踏波亂飛。

柳暗春旗古戍，梅殘横笛孤城。留取三分花事，老夫待要山行。

村鷄喚曙非一，野鶩眠沙必雙。時有飛星過水，忽看苦霧吞江。

蘭溪九廻腸曲，瀫水一指掌平。鵝卵石多瀨淺，魚鱗雲起天晴。

三百餘年婺學，建文以後失傳。重過四先生里，白頭撫卷愴然。余近抄宋、元、明初文集，得金華前輩數家。

門前二月楊柳，屋後千年豫章。村步稀栽杏樹，鄰船時遞蘭香。

碓牀多沉新漲，牛馬不辨兩涯。遥見一灘白鷺，近前知是浪花。

春分過後微雪，上巳前頭嫩寒。灘響吾愁減睡，日長兒勸加餐。時稚子隨行。

太末城南最好，橘林密帶柑林。歲歲經秋充賦，直從禹貢到今。

長亭七十有四，川路縈紆倍艱。安穩烟波六宿，卸帆已到常山。

一篋曾陪朱老，浙西吟過江西。誰憐磨牛陳跡，自笑飛鴻雪泥。

發常山早雨午晴二首

七日江程上水難，肩輿差比布帆安。朝來更覺山行好，小雨纔過路便乾。

麥畦菜壠黄兼緑，李徑桃蹊白間紅。著色春光誰畫得，常山西畔玉山東。

西江櫂歌詞四首

西下鄱陽總順流，波聲汩汩櫓聲柔。玉山城外唱歌去，三十三灘是信州。

千尺長橋亘水隈，商船到此盡眠桅。索錢幸自無關吏，滿載漳烟建紙來。

黄牛引犢眠茅屋，烏鬼隨人上竹簰。共説此鄉魚米賤，就中最賤莫如柴。

兩頭舠子月纖纖，愁雨愁風日日兼。過客飽餐江右飯，居人貴買浙西鹽。江西十三郡，惟廣信食浙鹽。

樟樹鷺巢歌爲施渟如明府作

鉛山縣署南城坳，緑陰冬夏常相交。豫章之材凡五樹，上有鷺鷥來結巢。東風二月高禖祀，燕子來時歲相遇。哺雛引子直經秋，此是風標遺種處。前者代嬗如高曾，後者相繼如雲仍。雪衣飄然閱五世，螽斯蟄蟄還繩繩。我讀東京循吏傳，鴞變好音虎革面。雀雛不探童子仁，疇昔傳聞今眼見。施侯到官踰兩年，政成三異羣稱賢。仁民及物物斯樂，飛鳥依人人自憐。此地昨曾經寇賊，安集哀鴻繄誰力。老夫重過十八年，煙火居然萬家邑。佳辰召客開華筵，葉凫繽鶴同翩翾。酒酣爲爾賦長句，侯乎侯乎豈非仙。

渟如招遊蓮華洞四首

夾路泉聲響珮環，去城三里即名山。清遊我正坐無事，難得君侯如我閒。

一綫天光落眼前，洞門深入忽中穿。欲知覺路隨方樂，憑仗西來一指禪。洞壁有石如佛指。

興欲登高力已疲，隨身可少杖扶持。自憐濟勝全無具，蹞步寧忘一蹶時。時余渡澗失足，故云。

兩家弟子生同異，朱陸紛如聚訟來。指點鵝湖榛莽路，講堂片席待重開。鵝湖山在縣北二十里，君方議重修書院，故及之。

雨中度分水關

獨立千年石，回看百丈溪。浮雲自南北，健水各東西。俗吏憎書笈，勞人信杖藜。經過成熟路，不怕鷓鴣啼。

重遊武夷沖佑宫

十八年前夢，披圖勝跡留。萬峯雲忽散，九曲水仍流。物外戀清境，生涯回白頭。短笻何負汝，重作幔亭遊。

陳道士房見甌寧蔡鉉升明府留題作詩寄之

洞天三十六，此洞自秦開。羽士今寥落，琳宫幾劫灰。追游成昨夢，得句憶仙才。百里溪山近，雙凫早晚來。

建溪櫂歌詞十二章 并序。

朱子作武夷九曲櫂歌，亦偶然寄興云爾。其實九曲水淺，曾不容舟，余廣其意，作建溪櫂歌詞，可使艑郎唱艭而行，俚語所不擇也。

清流船名。尾大腹仍皤，杉板船輕一擲梭。順水無風行更穩，槳聲如雁櫓如鵝。

石根一道水瀠洄，真有腸如九曲迴。問渡亭前齊閣櫂，竹篺撑入武溪來。

不團小鳳不團龍，細色如今免上供。見説田家愁水旱，好充茶户莫爲農。

西江估客建陽來，不載蘭花與藥材。點綴溪山真不俗，麻沙村裏販書回。

年年三月杜鵑啼，紅白花開似錦溪。只作漫山桃李看，不知中有海棠梨。

松柏難逃野火災，忽教山色變成灰。樵人比似猿猴捷，絶壁無梯負擔回。

不争白狗黄牛峽，不數西江廿四灘。天下無如建溪惡，水中刀劍是峯巒。

北客南來飯好加，川程三百少魚蝦。建安腐乳甌寧酒，更有南鄉澤瀉花。

連山苦竹賤如毛，十節量成二丈高。小泊南鴉南口子，船船多换幾張篙。

青天白日走雷霆，黯澹危灘最有名。掣電光中行十里，船頭一轉即延平。

自從舟發崇安縣，直到洪塘與海通。若使一灘高一丈，幔亭合在半天中。

生小離家慣水行，濤波雖惡片篷輕。不須阿囝呼郎罷，但是同舟便有情。

訪同年滿鳧山開府於三山官舍撫今懷昔賦贈二章

宗臣久掌絲綸簿，開府兼優政事科。地是巖疆曾伏莽，公來鯨海不揚波。刑清訟簡神何暇，望重官高氣轉和。坐使八閩風一變，挽回誰識苦心多。

曾陪京兆鹿鳴筵，共賦長楊羽獵篇。聯轡三回經出塞，下車一揖重同年。當時霄漢依光近，此日雲泥入望懸。不是先生能念舊，肯扶衰病到階前？

與劉海觀前輩話舊有感

三館當時數二劉，後來誰不仰風流。芝蘭臭味終相近，縞紵交情幸見收。自别道山虚接武，每從宦海閲沉舟。對君忍話京華事，宿草鴒原痛未休。傷令兄若千先生也。

尋道山亭故址

芒鞋布襪記曾經，誰識蓬池舊謫星。雙眼參差收七塔，百年興廢閲孤亭。雲烟繞閣山形秀，浦溆通潮海氣腥。好在南豐碑一統，苔紋因雨洗猶青。

九仙山平遠臺

跨鯉人遥片碣留，居僧指點説丹丘。平生不信神仙術，垂老宜爲寂寞遊。千里帆檣來域外，九霄風雨過城頭。劇憐野色亭西路，好景多歸萬歲樓。

皛山先生邀遊城東湯泉

萬壑千峯赴海疆，却從海眼發温湯。名同繡嶺寧愁污，派别曹溪自有香。身外塵埃供洗滌，人間炎熱變清涼。依然沂水風雩意，童冠中間着老狂。時幕友沈、林二生、三公子俱在座，兒楨亦侍行。

老友林同人贈椶竹杖

海山産異竹，厥萌不常有。移君軒墀前，適用非適口。一年長一寸，寸寸累已久。碧玉内堅剛，椶皮外粗醜。尋丈經百年，居然竹中叟。金鴉斸作杖，鉅細纔可手。下有根生鬚，上有葉垂箒。故人憐我老，分贈意良厚。衰遲形影孤，配爾如得偶。嘉惠胡敢忘，命之曰執友。

留別前輩鄭老先生

此遊真到鄭公鄉，許我重登佚老堂。南極一星留碩果，兩朝羣望屬靈光。登山不用頻攜杖，好客猶能遠置莊。小吏相輕君勿怪，浮雲閲盡是炎涼。先生時爲邑令所窘，故云。

留別林同人

結交逢老輩，再見倍相親。開口問前事，聞聲知故人。林年將八十，目已喪明。衣冠非宿昔，眠食尚精神。洪浦通潮海，毋辭惠訊頻。唐書地理志：「侯官西南有洪塘浦，自石岊江東經甓瀆至柳橋，以通舟楫，即今之洪山橋也。」

住福州半月不及噉荔支而歸聞西禪寺老僧癡賣尚無恙臨行口占寄之

果熟西禪寺，朱竹垞。吴青壇。記並嘗。分甘紅計顆，漬蜜白盈筐。一飽事難料，獨遊神易傷。居僧應笑我，空到荔支鄉。

建寧遇同年張蒿陸張由詞舘改知松溪縣今將移疾乞休詩以慰之

出宰松溪縣，行踰報政期。神清知善病，藥賤苦無醫。難得音書便，翻成邂逅奇。引年猶未及，莫負聖明時。

武夷精舍

早時蒙養地，晚節宦游途。風雨一精舍，溪山雙畫圖。居常鄰道院，交不廢緇徒。識者觀其達，何曾累大儒。

武夷采茶詞四首

荔支花落别南鄉，龍眼花開過建陽。行近瀾滄東渡口，滿山晴日焙茶香。

時節初過穀雨天，家家小竈起新烟。山中一月閒人少，不種沙田種石田。

絶品從來不在多，陰崖畢竟勝陽陂。黄冠問我重來意，拄杖尋僧到竹窠。山茶産竹窠者爲上，僧家所製遠勝道家。

手摘都籃漫自誇，曾蒙八餅賜天家。酒狂去後詩名在，用許峼題詩巖事。留與山人唱采茶。

崇安梅容山明府貽武夷山志

芒鞋三度入名山，衰白重遊分已慳。今日圖經落吾手，巾箱攜得武夷還。

朝發小漿村暮抵紫溪途中口號四首

引得層層樹杪泉，高田瀉水及低田。占城旱稻移秧早，四月村翁掠社錢。

籃輿承蓋午風涼，戲折山花插兩旁。行處兒童齊拍手，白頭老子擁紅粧。

丹崖碧樹迴干霄，行盡巖關百里遥。日暮紫溪橋畔望，鷺鷥如雪點青苗。

編茅樊竹作村莊，樟樹花傳處處香。漫説兩邦封壤接，狹鄉終不及寬鄉。寬鄉、狹鄉出唐書食貨志。

鉛山道中

龜趺埋没泥沙底，翁仲欹斜草棘間。漸覺先朝餘澤遠，耕牛犂到費家山。

重至南昌感舊

官步門前柳拂頭，早年曾作豫章遊。兩朝文物多經眼，千里江山復入舟。宿草淚深懸榻地，孤蹤分絶寄書郵。篋中一卷西征集，更與何人共唱酬。

登滕王閣

高淩碧落俯層瀾，老眼重開一大觀。笑閲星霜如隔世，癸亥甲子間曾遊此閣，今三十餘年矣。閒思今古幾憑欄。帆移雲影千山動，湖納江流萬頃寬。時江水暴漲丈餘，沙洲皆没。校是詩翁無筆力，不留名姓避王韓。

飲胡都閫德菴署中荷亭上二首

三十餘年話舊遊，也曾投筆覓封侯。邯鄲枕上夢初覺，一笑看成兩白頭。庚申辛酉，余客黔陽幕府，胡時以武科從軍。

柳外風來灑面涼，雨餘三畝好池光。借君酒盞勸君醉，莫負滿亭荷葉香。主人善飲，故戲云。

端陽前二日遊北蘭寺四首時李暘谷挈榼小飲列岫亭葉素我尊聞姪楨兒俱在座

北蘭寺在沙城北，旁置孤亭縹緲間。碧樹陰交三面暗，獨留一面對西山。

彩旗畫鼓沸中流，想像蛟龍晝出遊。今日無人觀競渡，去年此地有沉舟。時當事嚴禁競渡。

若將世法苦相繩，何地能容世外僧。來往風流今已矣，居人猶説宋中丞。傷老僧淡雪也。

元氣茫茫散不收，尊前聊記五人遊。衰年未必能重到，更爲斜陽作少留。

李堉暘谷追送於滕王閣下臨發歸舟二章留别

去便經年隔，來爲半月留。那無兒女戀，偏動别離愁。落日當高閣，清江帶小舟。臨行一杯酒，衰暮重回頭。

清德尚書後，尤宜愛此身。一村無兩姓，宗伯公世居吉水之谷村，聚族至二千人。八座有重親。堉雙親俱早世，而祖母劉太夫人尚在養。子出須斟酌，吾歸合隱淪。相思還命駕，後會豈無因。

晚渡鄱陽湖夜泊瑞洪

黄梅連日雨，濁浪入湖平。沙柳罾邊没，霞天鳥外晴。岸容移晚景，風色緊歸程。忽報帆飛渡，前村戍火明。

行經貴溪縣赴同年王辰幟之招即席分韻

花草瓊林語，於今十二年。君方行綰綬，我已賦歸田。邑有延賓館，門停載酒船。慚非徐孺子，此榻爲誰懸？

廣信舟中望靈山

頑石四百里，自安仁至鉛山，河口臨江，石山狀如覆盎，草木不生。兹焉秀獨鍾。翠屏三十六，不數九芙蓉。

五月二十六日到家驚聞兒建京師訃信傷慘而作七首

去歲夏四月，兒來告行期。我時卧在牀，汝去故遲遲。我欲速汝出，慰汝以好辭。爲言吾雖衰，歲月尚可支。銓除汝已及，行且把一麾。勿論地遠近，三年望旋歸。詎料凶問來，哀哉甫及期。兒亡於四月九日。此語恍如昨，此情痛難追。

一家仕同朝，出處分相謀。父既罷官去，子當偕歸休。奈何復遺行，夙疾況未瘳。致汝道路死，非汝命不猶。爲父實不仁，自傷還自尤。嗟嗟悔已晚，餘憾徹九幽。

延陵喪長子，其殮服以時。反服有苴麻，童僕或未知。倚賴者季父，視汝猶視兒。稍用慰老懷，附身審所宜。一棺隔江河，魂氣無不之。庶幾先入夢，報我歸來期。

祖宗二百年，庭誥閑有家。自汝爲吾子，勞少愛頗多。粹質本性生，不煩追琢加。豈惟弛扑教，抑且忘叱呵。自從處庭幃，迨試政事科。所至靡失德，後生可觀摩。天若假以年，成就當如何。嗚呼今已矣，家運薄則那。

兒初宰東鹿，律己慎以清。天子實嘉乃，綸褒爲我榮。癸未七月，余隨駕避暑口外。一日，上遣内侍傳諭云：「汝兒子在東鹿，居官清慎，朕已知道。」時同直諸君皆爲余稱慶。安溪賢相公，謂汝性朴誠。不讓古循吏，行當大家聲。今相國安溪李公時巡撫北直，兒備員屬下，極荷知愛，嘗入南書房語余云：「郎君天性朴誠，居官廉潔，大有循吏之風，所到未可量也。」生邀君相知，既没保令名。恩深一未報，改秩俄殞生。兒由刑曹郎陞授鳳翔知府，命下一月而没。頭銜亦何用，聊可書銘旌。

兒生乃冢孫，及見祖考妣。祖没五十三，兒齒十一矣。兒亡四十八，少祖五年耳。家世孰高年，吾今踰六紀。人間愧爲父，地下愧爲子。孰與遊九京，頹齡諒無幾。向涉釋氏書，死生委達觀。乃復爲兒輩，白頭作悲酸。有情則有生，生理斷故難。親知苦相勸，至痛非旁寬。有時强自排，觸緒仍萬端。神傷不在外，老淚無多彈。

敬業堂詩集卷四十五

吾過集 起乙未八月，盡丙申四月。

自聞建兒之訃，三月無詩。中秋後三日，楊致軒太守偕令叔東崖、施子自勗過慰，流連信宿，聊資觴咏，排遣哀情。夫喪明之戚，賢者以爲規，吾何人斯，敢不知過乎！

楊致軒偕諸子枉過敝廬

老抱延陵痛，經秋只自悲。感君攜伴至，慰我斂眉時。久别可無酒，有情聊賦詩。勿嫌芳草月，今夜過牆遲。

蠣奴歌 并序。

海中有小蟹，寄居螺殼中，兩螯四跪，外向能行。按本草：「蟹大如錢，居蚌腹者，蠣奴也。」昌黎云：「入者主之，出者奴之。」今乃以入者爲奴耶？戲作歌索諸子和。

介蟲三百有六十，蟹族爬沙乃其一。旁加八跪撑雙螯，帶甲橫行風雨疾。無端幻作腹居蟲，竊食蠣肉專其宫。吾聞出者爲奴入者主，主今安在奴稱雄。吁嗟乎！大魚啖多鰕鉏泣，觸蠻蝸角争方急。鵲巢古亦有鳩居，燕室終須防雀入。

答施自㬎

才子生同邑，陳人喜得朋。每蒙詩見及，衹覺愧難勝。薄俗餘孤賞，虚懷去一矜。好傳橫浦集，彦質有雲仍。宋施德操，字彦執，吾邑人也，與張子韶友善。横浦集中，與彦執尺牘及唱酬詩甚多，自㬎豈其苗裔乎？

八月晦日榆村季方曾三芝田諸兄弟偕過桂堂小飲次芝田韻

夢裏悲歡覺者誰，流光去我杳難追。重尋老圃看花約，已失中秋坐月期。委蜕子孫聊自解，時榆村兄有殤孫之戚。在原兄弟詎勝思。余時適聞德尹病風辭免之信。達觀至竟談何易，除却銜杯百不宜。

第六孫生

東吳方喪子，次息又添孫。歌哭於斯室，興衰視此門。家貧寧計口，客至且浮尊。敢料成童日，吾猶月告存。

聞德尹患風疾將上章乞休寄懷二首

道遠傳書少，年侵感事多。忽聞君末疾，轉益我沉疴。家運衰如此，朝恩重若何？勿將身試藥，時世少醫和。

食新吾自幸，屈指又三年。偕隱原初約，當歸那問天。婢牽蘿補屋，奴縛草爲船。慚愧分甘意，寬心及目前。大兒身後多官逋，弟許分結茅之資，以慰余懷。

重陽後一日季方兄招同諸兄弟龍尾登高

罛船昨夢隔漁洋，棁杖相攜又故鄉。海蜃浮空呈寶刹，石龍渡水得殘岡。嘉禾野潤初收雨，緑樹村濃未剪霜。愛惜眼光留足力，年年來此作重陽。

題龍尾山僧舍

龍形蜿蜒三四里，起伏脽尻露顛趾。秦鞭怒爾屹不移，鑿斷其腰曳其尾。龍腰俗傳秦始皇所鑿。何年一掉鱗甲摧，蜕骨化石凝堅胚。山僧負土補石縫，長養松竹從嬰孩。駢青聳翠皈佛力，鎮以精藍高岌岌。鼉鳴鯨吼海外聞，樵唱漁謳月中入。回首茫茫禹九州，兹山奚啻一浮漚。蘭單合是疲牛路，老矣猶能賦近遊。束廣微近遊賦：「駕蘭單之疲牛。」

朱乾若輓詩二章

名高無顯晦，業富有淵源。家自傳閩學，身嘗到孔門。兄系出紫陽，曾設教於衍聖公家。荒榛誰與闢，碩果幸猶存。豈意龍蛇厄，頻傷好弟昆。與三、子懷兩兄，十年來先後俱下世，故云。

白頭歸已晚，索莫感離羣。昨歲猶過我，今朝又哭君。恍疑神理接，不謂死生分。孰是辭無愧，來題有道墳。

衎齋惠香橼戲答二絶句

磊落筠籠五十枚，清香分供佛前來。敢同賣菜還求益，待覓根株自接栽。

也擬階前種一枝，老人作計太迂遲。心知證果非難事，眼見開花是幾時。

偶過雨梧齋看菊別後得二十韻寄主人楊致軒

貧家無菊看，一棹訪城隈。且喜經霜在，非關冒雨來。秋光如我待，病眼爲渠開。百本紛成列，千頭疊作堆。枝枝疑並蒂，朵朵儼重臺。倚賴扶身竹，因依帶土苔。淺深微別色，高下悉呈材。涼蝶窺簾度，慵蜂拂檻回。差堪登瓦缶，直可勸金罍。花及兼旬賞，根須隔歲培。相逢雖解后，臨別尚徘徊。預作東籬計，分苗手自栽。

訪陳侍御梅溪郊外新居二首

見説新居好，幽尋不待招。年豐禾被坂，潦退水平橋。改路侵桑柘，爲鄰傍緯蕭。涼風吹白帢，來問郭西樵。

海氣孤村外，秋聲萬木間。名方高洛社，夢不點朝班。閲世隨流水，安身比太山。傲他軒冕貴，投老遂長閒。

座主宗伯許公再邀楊晚研陳宋齋梅溪及余爲五老之會席上分賦二章時立冬後四日

又作名園三日留，款門人各有扁舟。宵能縱酒晨還醉，晴便登山雨即休。且喜大家添一歲，未應高興減前遊。黄花已老丹楓嫩，斟酌初冬勝晚秋。

勿論雪北與香南，谷水東西亦有庵。行處人言星聚五，序來吾忝齒居三。緇黄世外關存没，是遠上人仍入坐，南山張道士已下世。風月尊前助笑談。錯料詩成如噉蔗，後來居上得無慚。晚研、梅溪兩家令子俱從遊，詩又先成，故戲云。

牆根冬菊

直自陳荄發，何煩客土移。近根除蠹葉，薅草出卑枝。點綴荒蕪徑，支撐缺壞籬。栽培初少力，敢怨作花遲。

禾稼初收野眺作

窮鄉十年九旱潦，嘉種歉歉蕃庶草。秋來雨幸不成災，安慰人情眼前好。溪南秠秠百頃田，縱横蚱蜢飛連天。黄雲捲盡霜野闊，放眼直到南山邊。新春家家催相杵，倚杖閒聽鄰叟語。偶然村社飽雞豚，久矣官倉肥雀鼠。

題杜集後二首

此老原非諫争姿，許身稷契復奚疑。可憐官馬還官後，徒步歸猶號拾遺。

漂泊西南且未還，幾曾蒿目委時艱。三重茅底牀牀漏，突兀胸中屋萬間。

讀莊子内篇八首

世人耳目隘，直與蜩鳩鄰。焉知天地間，乃有鵬與鯤。小窺大不盡，大視小不倫。吾遊非彼適，彼笑非吾聞。

彼此一是非，有一斯有萬。於中强分别，間不能以寸。齊之以不齊，兩俱置勿問。方將與物化，何有乎物論。
其意在詆儒，其説乃近仙。其源發乎老，其漸流爲禪。養生徒養形，木寇膏自煎。是形無不盡，薪盡而火傳。
死生非二理，出入同一機。人皆有故鄉，弱喪昏不知。千載旦暮遇，淵明悟其微。南山舊宅在，逆旅終當歸。
生本玩世人，初未忘用世。觀其審出處，亦重君臣義。用世必以言，忠言或取戾。所以遁天刑，寧甘爲世棄。
人人兩其足，恥與兀者徒。向非德内充，有足不啻無。外形而形全，内神而神腴。形神兩皆寓，是謂内外符。

讀書自得師，深淺隨所到。當其快領會，何異朝聞道。勞生佚以老，反覆覺語妙。妙處老方知，毋輕示年少。

耆欲必有開，聰明出乎鑿。自從渾沌死，天下無純樸。帝王遞相嬗，泰氏不可作。世運日趨澆，滔滔繄誰覺。

十一月初七夜紀事

未年建子月，村舍宵喧豗。老夫衣服冠，起坐中心摧。女媧石破碎，猛雨噴空來。風勢助䬝䬝，電光走焞焞。孤陽五陰下，匕鬯吁可哀。復其見天心，奮地乃出雷。我欲祝雷公，馳聲遍九垓。毋徒震百里，虩虩驚童孩。又欲禱風伯，非時掃氛霾。明兩日重光，天門詄蕩開。五行有常變，數以反覆推。孰者主張是，瑞或生於災。世運視斡旋，人情仰昭回。露生亦何事，蟄户行復培。

庭卉具萎手除枯莖

條蔓天生弱，況兼冰霰加。過時多悴物，經眼即空華。芒刺除三逕，蒸薪共一車。但看枯穢盡，何種不萌芽。

兒建歸櫬權厝西阡

自得淮南信，輀歸報有期。遠慚嬴博葬，近慰首丘思。魂魄孫隨祖，冰霜父哭兒。一號皐某復，望絶倚門時。

閱邸報北直學使交替有人知德尹歸期不遠矣作詩志喜四首

冬來日日望迴輪，邸報遥傳信漸真。客病也應資藥餌，長途未可恃精神。官隨年限纔經臘，弟於去冬赴任，及是僅滿一年。農告歸期正及春。勞動里中羊酒賀，一家遂有兩閒人。王介甫詩有「豈容家有兩閒人」之句，故云。

舊莊喬木蔭茅茨，六十餘年忝一炊。丱角光陰雙鬢改，釣遊踪跡兩心知。交頭對倚花前杖，斂手閒看劫外棋。見説漢廷偏愛老，申公免病故遲遲。

盛事依稀記玉堂，後先出入總恩光。魚潛樂莫如同隊，雁序歸仍不亂行。忍便析居違丙舍，尚煩刻碣表瀧岡。經耡績火原家法，相戒兒孫勿去鄉。

長虞晚節相從少，豈料歸期不約同。弟今年六十四，與余引疾之歲恰同。架有圖書延客座，堂無絲竹變鄉風。桑榆賸飽温噉味，梨棗粗收長養功。校勝蘇家好兄弟，對牀來作白頭翁。

蠟梅宋以前未有賦者東坡山谷後山少游始見於吟詠率皆古體而不入律王平甫陸務觀尤延之楊誠齋各有五七言律詩方虛谷瀛奎律髓選附梅花類中雪窗披覽頗不愜意適友人折贈此花信手拈筆非敢與前賢較工拙也

閱盡嘉平臘，來爲最晚芳。冰心含淺紫，雪瓣吐嬌黄。後菊偏同色，先梅別有香。百花多釀蜜，容爾占蜂房。

過德尹城中新居十二韻

再得歸田一紙書，喜於身自挂冠初。城隅别僦三間屋，户外高懸四望車。飽閲官情知進退，好還天道任盈虚。豈惟太息傳供帳，頗覺讙聲動里閭。應接稍防生客擾，往來寧慮舊交疏。囊衣事偶同王吉，襆被人應諒魏舒。世上名皆身以外，曆頭冬是歲之餘。巢成古樹寒依鵲，檻俯清池夕數魚。膝下諸雛看漸長，燈前二老笑相於。小時至性君猶在，病起精神我不如。良夜且爲無事飲，明年仍擬故林居。園廬早晚梅花發，已遣家童預掃除。

雪後次東坡韻二首

繞屋聞聲已散鴉，到門無逕可停車。雲端海日峯峯玉，畫裏山村樹樹花。酒上衰顔聊遣興，詩經白戰自成家。梁園賦客爭工拙，未抵先生手一叉。

亦知天色朝來好，不奈風威分外嚴。笑指房廖供爨蠟，戲摶師虎作形鹽。晴綿未拆猶鋪逕，冰筍俄長欲墮檐。最是瓷盆先得氣，蘭芽已放兩三尖。

丙申二月雨雪連緜援筆排悶

巡檐倚杖步蹣跚，村巷泥深欲出難。二月風光三日雪，閏年天氣半春寒。蟻浮竹葉杯常凍，雀啅苔枝蕊未殘。好笑纖兒羣擲瓦，不聞古井復生瀾。

積翠樓古柏恭次座主宗伯公原韻二章

不知移植是何峯，拔地今成夭矯龍。左紐紋應儕老檜，後凋名許配高松。霜柯蔭合烏呈瑞，長公立巖，時官侍御。香葉年深鹿絶蹤。獨貫四時無改易，自天雨露正濃濃。

蒼髯翠甲映于思，不染人間半點埃。自倚孤根堅鐵石，對抽雙幹出樓臺。陶家門外新栽柳，王氏庭前手植槐。何似先生扶正直，少陵古柏行：「扶持自是神明力，正直原因造化功。」階庭成就柏梁材。

盆中鴛鴦梅戲次許東埪韻

兩般顔色接栽餘，香山詩：「樹接兩般花。」磁斗交花密復疏。秦虢一門承寵日，尹邢雙美入宫初。淡粧濃抹休相妬，傅粉施丹恐不如。未免孤山高士笑，笑他倚市又充廬。

蚍蜉

大盜盜魯藏，小盜盜墓木。蚍蜉肯自量，蜂蠆反余毒。本根葛藟庇，保己分良足。此外何不容，坦而示之腹。

二月杪偕諸兄弟西阡看梅集句

安得健步移遠梅，健如黄犢走復來。春花不愁不爛熳，只恐花盡老相催。集杜。

又一首

兩岸山花似雪開，劉夢得。一杯一杯復一杯。李太白。勸君更盡一杯酒，王摩詰。二月已破三月來。杜子美。

三月三日塘西卓氏園看梅

兩月春苦寒，閉門雨雪中。名園一昔到，天氣初和融。徐步盡深榛，窅然苔逕通。中有古梅樹，閱人自兒童。余年十三四時，讀書西水，曾遊此園，今五十餘年矣。花開子孫枝，樹亦成老翁。不知幾易主，孤榦如焦銅。良辰與我期，噴雪當晴空。清香襲襟袂，瀞若松下風。夕陽墮林西，纖月張虛弓。慚將塵土足，移入笙歌叢。是夕，沈氏叔姪置酒演劇，故云。

雨後玉蘭未殘適德尹自武原歸再飲其下此樹弟手植者

不負春來約，新晴果到家。手栽當檻樹，眼見出牆花。比雪偏能豔，韋蘇州詩：「清詩舞豔雪。」如瑜不掩瑕。兩翁心竊喜，何啻茁蘭芽。雨點着花瓣俱成黑斑，故有第六句。

馬衎齋筮易得漸二爻既以名其居復繪小影坐磐石旁竹垞老人舊書于磐二字今以圖來索題附綴數語義盡於卦無取旁求也

離于干，即于磐，起居無時，惟石之安。止以爲巽兮，木因乎山。于陵于陸兮，抑豈鴻之所難。

三年前手植牡丹閏月始花吟成八韻

爛熳三年約，參差五尺叢。稍遲因閏月，最後領春工。密葉深流翠，狂苞怒發紅。扶頭香與力，登頰酒無功。日出光相射，烟含態轉融。憐渠風雨後，慰我寂寥中。臺榭移難定，笙歌賞易終。不如離色界，長伴白頭翁。

大雨枕上作

雷雨軒窗動，孤燈耿夜深。老人渾不寐，大有惜花心。

閏三月十一日拙宜園牡丹之期時晚研將赴密雲城工兼以送別四首

臨事從容意，於君見一斑。開園仍郭内，置酒且花間。世已難希古，天應未許閒。寧聞白賓客，垂老出香山。

不道桑麻社，中間有路歧。幾時重會合，此別各衰遲。官罷貧誰諒，身存病敢辭。隨翁心似鐵，難得好男兒。東坡送子由北使詩：「隨翁萬里心如鐵。」自注：猶子遲也。今令子次也侍行，故及之。

草野聞朝議，籌邊事不同。鑿山甌脱外，設險塞垣中。路指屯雲戍，城連避暑宫。河湟方用武，勝策轉漕功。

林下拋雙屐，風前换短衣。重爲遠行役，只望早旋歸。王事程期迫，京華故舊稀。莫令招隱地，歲晚寸心違。

腰痛自嘲

平生恥折腰，殭直詭自訟。謂從解組後，帶眼稍寬縱。寧知患苦纏，百衲鬭一縫。向來所受病，及是方覺痛。養生論以覺痛之日爲受病之始也。欠伸兩不遂，轉側需僕從。抓搔性復慵，摩拊亦安用。可憐血肉軀，猥與蟣蝨共。人間十萬貫，騎鶴嫌腰重。痛定吾有時，身輕行試鳳。東坡詩：「身輕可試雲間鳳。」

苦雨歎

十日五日雨脚稠，皇天害物肯待秋。左傳：「秋無苦雨。」服虔注云：「害物之雨民所苦。」野花委地不如草，林鵲罝巢全爲鳩。雌蛺蝶飛何處去，官蝦蟆叫無時休。南山朝隮東海溢，一老書空方坐愁。

海塘歎

沙崩岸塌風駕潮，潮頭勢與城争高。愚公移山或可障，精衛填石誠徒勞。海若東來神鬼泣，尾閭南泄魚龍逃。邑興大役官乏費，行矣板築須時操。力役之征，紳士無得免者。少陵云：「板築不時操。」今日之謂歟！

蠶麥歎

舄鹵之地成梢溝，水漱囓者爲梢溝，出周禮注。傾都委貨爛不收。村姑尚以蠶命月，野老曾於麥望秋。恤緯孰是織室者，雜耕吾亦農家流。縣符早晚急夏税，何暇更爲百草憂。黄涪翁云：「男女墮地，衣食各有分齊，安能蹙額爲百草憂春雨耶？」

復愁四章

今年陰太盛，四月雨尤狂。渡口浮橋斷，門前暴漲黄。坐看千頃没，立致一村荒。歎息昂頭麥，抽芽比穗長。二麥垂熟而未登，芒穗中發芽長寸許，目所未睹也。

頓遣蒸薪貴，難教米價低。溼炊烟冒瓦，罷汲井封泥。俗累生誰免，身謀老自迷。藜牀經月卧，拄杖不輕攜。

古井長防塌，先廬且幸存。沉沉移白日，耿耿向黄昏。螘穴乘磚縫，蝸涎上漏痕。此中無客到，何用掩蓬門。

箕畢占頻驗，庚壬候總非。鄰雞鳴不已，梁燕乳相依。賦肯憐蛙瘦，人方羨鼠肥。樂郊何處所，舍此我安歸。

敬業堂詩集卷四十六

夏課集 起丙申五月，盡十二月。

長夏家居，與德尹約爲書課，弟方纂輯北史，余點勘毛詩。注疏中有疑義，互相剖析，此情不異曩時，所增者白髮耳。

喜東亭弟滇歸見過 時德尹亦歸故居。

艱辛憐遠別，歡喜報初歸。萬事付彈指，一門多拂衣。侵農移爾艇，觸熱扣吾扉。相對成三老，人間此會稀。

自五月不雨至於六月二首

一月愁霖歎，三旬亢旱憂。雲從火山出，溪挾沸湯流。魚鼈潛無所，蜩螗聒不休。氣衰尤怕熱，計日望新秋。

有客京華至，爲言赤地同。不成驅鬼魃，兼恐致蝻螽。奠瘞神何定，精誠感或通。仍聞漢廷議，策免到三公。

得雨

海色昏昏合，雷聲隱隱粗。羣情希汜濩，天意卹焦枯。一溉功雖細，千林氣稍蘇。篝車吾且祝，不敢笑田夫。

橘蠹化蜨

馬縞中華古今注謂：「蛺蜨一名野蛾，生江南甘橘園中。」不知乃橘蠹所化也。

橘蠹凡兩種，食心與食葉。食葉者速化，勢如靈鬼攝。語出關尹子。朝爲蠕蠕蟲，暮作栩栩蝶。公然委其蜕，雙翅巧開合。却向故枝頭，飛飛繞三匝。漆園方大夢，與汝形相接。試問前後身，依稀在目睫。

立秋夜雨晨起納涼

飛雨灑然過，小窗殘月明。微風動秋意，草木爲先聲。故人何方來，樊川詩：「清風來故人。」一笑披衣迎。端能起我懶，天地非無情。取用及須臾，寸懷良已盈。兹晨不兩日，莫負鷄三鳴。

秋暑三絶句

秋暑不減三伏天，杖藜隨我來谿邊。跳蛙自得坎井樂，上有夕陽高柳蟬。

學書遠遜王右軍，學弈無過王積薪。日長如年大好睡，小技何足勞吾神。

布幔十幅當檐牙，東南好風渾被遮。牀頭非無蚊遶鬢，案上幸少蠅集瓜。

題毘陵徐思肖詩卷後四首

郵筒寄我一編詩，天然神骨清而奇。騷壇家將生有種，看取陣前姑蔑旗。

宮體徐摛一變新，傳家又得石麒麟。年來咄咄欲跨竈，莫怪阿翁誇向人。戲用東坡尺牘中語。

錢四才華世所稱，乃郎筆力亦騫騰。謂同年錢絅庵父子。同鄉遂有兩勁敵，詩派今屬南蘭陵。

狎主齊盟事不難，並驅應許八蹄攢。老夫合退三舍避，憑軾試從壁上觀。

七夕前二日同德尹濬安飲東亭齋二首

水淺菖蒲港，船通皂莢橋。爲歡須永日，相過復今朝。草徑荒初闢，桐陰薄漸凋。歸休真上策，何待早招要。

同祖如同父，爲兄忝伯兄。家貧餘世業，官滿得鄉評。甕醬調藜糝，廚虀芼鼈羹。向來疏酒盞，一飽累經營。

秋庭

秋來無一事，物態頗相撩。是葉須防蝕，無根不耐澆。欹花危露蒂，修蔓妥風條。滿目皆生意，吾庭未寂寥。

賦得雨中荷葉終不溼六韻

爾本池中物，翻從溼得乾。出泥莖濯濯，帶雨葉團團。散作千聲去，欹留一滴難。高低承翠蓋，大小走珠盤。灑脱渾無跡，陰晴詎改觀。肯同凡草木，漏澤妄思干。

雨後行田

水氣一村蛙，晨光幾點鴉。畦風涼病骨，衣露涉秋花。正爾關農事，兼之遠俗譁。桔槔閒挂壁，勞苦及東家。

寄吴少融二十六韻 時吴宰壽光。

忽忽三年别，遥遥異地情。索居雖潦倒，結念每迴縈。憶昨同晨夕，惟君獨老成。吉人辭樸訥，端士意肫誠。蹞步寧愁失，沖懷敢自盈。授經依北郭，請業到西清。榻愧陳蕃設，詩容顧況評。出攜青鏤管，歸傍短燈檠。績學承名父，高才敵令兄。少融爲梅村先生幼子，西齋給諫愛弟。向來留著作，兩度費咨呈。自我辭書局，憑誰問客旌。九衢千轍軌，萬事一棋枰。他日乘軒鶴，當時出谷鶯。先鞭輸祖逖，上第失楊英。夜雨新豐市，秋風古灌城。得官隨本分，爲政且神明。側聽衣冠誦，如傳襦袴聲。科條煩是累，民社寄非輕。示俗因奢儉，調絃戒改更。免教同列忌，休矯一時名。此外佳眠食，其他簡送迎。陳編閒肯廢，古道力能撑。便欲觀風去，殊難抱病行。撫躬憂浩蕩，回首歲峥嵘。爲報鳴琴宰，應憐撤瑟生。西河餘痛在，雙眼不曾盲。

八月初四日放舟至硤石

習嬾常支户，乘涼偶放船。渠清瓜蔓水，露白稻花天。夜氣鳴雞後，晴光蕩槳前。地平先見塔，高出萬家烟。

西阡桂六韻

手種西阡桂，三年漸看長。玉蘭輸舊翠，金粟試新黄。露重朝流潤，牆低遠遞香。婆娑佳月色，報答好秋光。敢擬栽爲柱，差堪署作堂。丁寧松檜伴，稍待共成行。

南堂桂八韻

五桂階庭樹，迎秋候早催。著花多四出，得氣必齊開。自我先人植，仍資造化培。好風香世界，涼影月樓臺。天上逃斤斧，山中混草萊。在家僧偶聚，不速客頻來。時衎齋、東亭不期而會。豆莢瓜瓤味，兄酬弟勸盃。最宜星露下，永夕與徘徊。

偕季方東亭德尹曾三諸兄弟過東林庵

北郭吟筇罷，東林講席收。憶四十年前陪范文白先生來遊事。能無三宿戀，復作五人遊。攤掃庭常潔，牋題壁尚留。影前香一瓣，來往記風流。時坐旋法師影堂。

題周少谷杏林雙鹿圖爲老友徐韓奕壽

杏爲仙人林，鹿是仙人友。少谷寫此圖，卷舒落吾手。愛其粉墨久若新，晝叉挂壁濃香熏。朝來詩成晝亦往，持以贈君兼壽君。與君論交從壯盛，通介看成徐邈聖。我如麋鹿爾爲羣，豐草長林同此性。

臨平舟中

作雙白鷺起前汀，西望山光的的青。暗數永和隄畔路，宋趙諠父過臨平詩：「居人猶號永和隄。」一橋十里似長亭。

虎林與同年許莘野話舊時初自蜀歸四首

烹鮮滋味定何如，叱馭行經萬里餘。今日秋風吹櫂轉，江鄉原不少鱸魚。

冷曹需次問何司，剩許閒編僰道詩。五角六張成底事，人間吉日是歸期。

旗鼓相當膽氣粗，生平事事不曾輸。輸他對我誇年少，漆點烏絲一尺鬚。

同年難得況同鄉，久别重逢感歎長。百五十人餘幾在，勸君狂得且須狂。時連聞劉大山、陳巨高、李時夏三同年凶問，「狂得且須狂」，借用香山成句。

題安平泉上二首

自從兩乳垂天目，中有神龍不測淵。直到臨平山脈斷，尚渟一眼在山泉。

我讀咸淳潛守志，曾收元祐罪人詩。摩挲一片竹間石，好事僧稀問向誰？南宋潛説友咸淳臨安志云：「仁和縣安隱院，地産曲竹。竹間有池，名安平泉。東坡題詩云云。」按東坡題安平泉七律一首，集中失載，余曾采入補遺卷中。今至泉旁尋碑碣不得，故云。

曾濟蒼遠致秋蘭一本重陽前試花寄詩報之

廣文能好事，貽我婺州蘭。不共三春賞，翻從九日看。同心如爾少，獨立後時難。待作幽人佩，清香可耐寒。

世棄

世棄身何與，身閒分已過。讀書新得少，見夢故人多。黍熟來初釀，池荒足敗荷。東籬佳節近，不醉擬如何。

吴起君重陽送菊至

今歲寒氣早，應節微有霜。是日霜降節。開門得君書，遠致籬下黄。瓦盆三十本，羅列成重行。端如衆君子，正色登我堂。吾衰萬事慵，酌酒不盡觴。何以答佳貺，託詩紀重陽。

後三日邀諸兄弟賞菊席上放歌

吾鄙吴生字起君，知余雅好忘余貧。扁舟送菊乃無酒，正及九九清霜辰。招呼近從南北巷。假借半出東西隣。後庚三日稍稍集，義取兄弟不及賓。有如田家大作社，杖白頭者凡七人。合年四百七十二，雁雁排翅魚排鱗。天公貺我美風日，歲云莫矣行食新。海蝦挾鬚白出縮，椵蟹負殼紅輪囷。木瓢木杓傳父祖，中貯兼味清而醇。興來大壯客顔色，詩好全得花精神。人間所歷皆夢境，至樂孰與田園真。勿辭醉插滿頭去，一笑正落陶家巾。

少睡

秋去寒猶薄，冬來夜總長。階前黄葉滿，門外朔風狂。舊得休心法，新傳養目方。癡兒憐少睡，撿曆勸移牀。

禿筆吟二首

久被宣城束縛加，鐵梳膠綴老年華。耗磨毛遂囊中穎，零落江淹夢裏花。縱不封侯追定遠，誰能銘冢向長沙。畫工掃壁休嫌禿，會見騏驎出咄嗟。

書不中書觚不觚，也曾東抹與西塗。姜牙斂手輸雞距，虎僕藏鋒讓鼠鬚。墨沼涸逃蓬館債，硯田荒貸管城租。免冠一博秦皇笑，差勝中山穴處徒。

問東亭病

天末清貧吏，身還病亦隨。用巫真下策，勿藥得中醫。語出漢書藝文志。瘴霧侵肌重，冰霜造物慈。入冬思合醵，爲爾尚遲遲。毛詩箋：「入必共族中而居。」又：「有祭脯合醵之歡。」

隙光

隙光野馬去如馳，正是先生静坐時。病不求醫吾有命，老方學易世無師。回思少作雕蟲比，轉悔餘波綺麗爲。唤起景陽來入夢，擲將殘錦乞去聲。丘遲。

芝田長子字西山賢而有文游學京師一病不起旅櫬還家詩以當哭兼慰芝田

天心洵茫昧，家運關彼此。可憐兩長男，相繼俱客死。亡兒歸柩，去冬亦於十一月到家。倚閭冰霰後，歸櫬風霜裏。割愛難以慈，奪情莫若理。明明聖賢教，五十不致毁。父母恩且然，矧乃施於子。吾本同痛者，勸君兼自慰。知其無奈何，安命而已矣。

冬課吟效擊壤體二首

炳燭餘光已可知，假饒聞道敢云遲。故人問我三冬課，六十年前上學時。順治丙申，余七歲，方就傅。

晝前有易易如何，删後無詩詩倍多。更向誰邊討消息，水從冰後不生波。

棄裘

禦冬年已久，毛禿僅皮存。等是犬羊鞟，永辭狐貉温。留之竟安用，棄爾似無恩。改作吾何望，茅檐去負暄。

長至

天地有肅殺，微霜爲驅除。泊乎冰雪交，慘者旋以舒。來復子之半，始凝履之初。何須當既剥，然後觀盈虚。

望歲集 起丁酉正月，盡九月。

三年來元日連遇風雪，歲事不登，生理日窘，朝來天色晴霽，農占其有秋乎？老圃望歲，殆同老農也。

元旦喜晴

一從朝請廢，冰雪博高眠。却展山中曆，重瞻霽後天。兒孫粗識字，兄弟繼歸田。此外非吾分，隨人望有年。

邑侯陳衡山壽十二韻

海角桑麻邑，沙灣舄鹵田。極知吾土瘠，端賴令君賢。侯到纔期月，民勞已有年。上官頻按部，下户忍施鞭？利器無盤錯，長才展事權。緩征舒積困，雇役免齊編。酌劑心良苦，撟虔弊悉捐。政成單父速，名媲太丘傳。麗澤三春渥，仁風百里宣。初辰花照座，佳氣柳含烟。里老霞觴後，村童篠馬前。也應容野史，來奏雅琴篇。

正月十八日偕德尹西阡看梅兼邀曾三芝田東洲諸弟同飲花下三首

西麓寒梅樹，年年二月開。今年開獨早，應爲兩人來。

已是四回看，憐渠閱歲寒。同時手栽者，松柏長偏難。

隨意致芳鄰，壺餐勝麨飯。尊前一校點，且喜人皆健。

及門樓敬思自粤西遠寄潯桂

隔年一信到何遲，寄我潯州菌桂皮。已向籠中儲上藥，只愁天下少良醫。情深遠荷門生致，性在終於野毛宜。别與蘇家傳釀法，擣香篩辣味尤奇。

贈杖

倚賴支離叟，扶持拙病翁。長虞故步失，不爲暮途窮。世乏三年艾，家無五尺童。用行吾與爾，形影略相同。

補屋海棠萎而復甦偕德尹芝田作用黄山谷體

前年爛若雲錦堆，去年憔悴無花開，今年芳意莽復回。人情貪多似嫌少，却是花稀看愈好，閲汝盛衰成我老。白頭自白紅顔紅，花如有語解勸翁，夜闌莫放清尊空。

再次芝田韻一首

隔霧看花三老翁，未甘白髮負春工。一梢欲墮胭脂雪，幾朵猶含蓓蕾風。爛熳人情沉醉後，寂寥詩味卷帷中。相逢莫漫嗟遲暮，悟徹從知色是空。原詩有「相逢可惜已遲暮」之句，故結句云。

聞副相揆公正月初六訃音小詩寄哀四首

宮内稱才子，臺端倚重臣。得君時最早，歷試品尤真。嗜苦餘千卷，門閒少雜賓。不知經幾劫，還復有斯人。

卿月三臺墮，文星八座懸。望高虚相業，才大損天年。謝客終成佛，生平留心内典。王喬竟得仙。所傷江鮑體，無子孰流傳？

憶昨歸田後，情親分不移。爲憐吾已老，長恐見無期。急遞書頻達，因風報輒隨。半年遲作答，魂夢至今疑。

何當承遠訃，豈是誤傳聞。四海誰知己，餘生又哭君。有文披舊稿，無酒酹新墳。不朽將安託，從今硯擬焚。

牆角郁李花盛放

碎霞剪綺綴繁枝，陸魯望郁李花賦：「碎緗綺，剪明霞。」偏反阿儺自一時。春到軒庭無悴物，又收常棣入吾詩。

連朝風雨園庭海棠零落都盡而瓶中折枝娟然獨秀老夫欲不誇爲佛力其可得乎

兩株芳樹全摇落，泥汙臙脂亦可憐。值得拈華成一笑，風災不到四禪天。

芥舟二首次祝尚于原韻

蜃樓鮫屋總非真，愛爾虚舟遠俗塵。芥納須彌中有地，杯浮滄海四無鄰。琉璃貯篋團團鏡，綫毯鋪筵寸寸茵。容得兩三人坐否，故應魚鳥自相親。

水滿坳堂柳拂梢，不須結宇用香茅。觸蠻有國争蝸角，燕雀何心占鷺巢。茶竈筆牀人共遠，蔣牙菰葉影相交。未能便作浮家去，倘許門從月下敲。

三月三日雨中潘竹村祝尚于周楚和三老人偕赴德尹之招翁源姪不至席上口占寄嘲

又是重三袚禊期，招尋也復逐羣嬉。地偏俗儉人多壽，歲美風和雨應時。木芍藥花開正好，野酴醿酒醉何辭。竹林一阮真疏放，不豫吾流太好奇。

重宿寒中書齋

桐又將花柳又綿，山齋一榻故依然。曾偕老友成三宿，却話前遊過十年。白髮昏昏中酒味，青燈黯黯讀書緣。只憂海近沙頹岸，夜半潮聲撼客眠。丙戌秋，與竹垞連榻齋中，能無存歿之感。

制府滿凫山同年奉詔巡海道經吾里詩以迎之四首

十年翠蓋不南巡，千里巖疆寄重臣。看取隨身三五騎，肯教供億累州民。

水溢山陬被澤深，兩邦旌節喜重臨。每逢田叟停車語，徧示君王愛養心。

畚鍤千家傍海壖，崩沙日費水衡錢。福星昨夜臨吴分，斥鹵重開負郭田。

雲帆星島駛經過，海外風恬可有波。一事尚煩公入告，兩關歲課本無多。

春盡日雨中招諸兄弟爲櫻筍會

老去邀歡要及時，肯緣泥濘阻前期。舊年風雨正如此，今日陰晴昨豈知。入饌朱櫻貪摘早，翻階紅藥笑開遲。兄酬弟勸更番事，但到尊前醉勿疑。

德尹於得樹樓後築屋三楹既成以詩落之

五架三間屋，千竿萬个園。竹深堪障日，樹老莫傷根。北牖斜穿沼，南榮短界垣。景難兼奥曠，意在適涼温。粗遣規模具，翻嫌布置繁。移書驅壁蠹，品石斥湖黿。雞栅寬螻螘，牛宫祝子孫。誰爲張老頌，聊託仲長言。謝康樂山居賦：「仲長願言，流水高山。」幸爾留閒地，容余補壞樊。一菴何日就，笑指畫圖存。

偶過鴛湖

村北村南緑滿陂，溪山百里放船宜。鳩鳴甚熟蠶三起，燕掠風梢麥兩歧。乍暖故知非雨候，薄遊何必定花時。兩湖地主今誰在，每到徒增感舊詩。

與靈上人餉龍井雨前茶二首

風篁十里郎當嶺，官焙争收粟粒芽。慚愧老僧親手摘，青紗蠟紙餉山家。

今年穀雨雨廉纖，茶味全勝筍蕨甜。正自不嫌山少肉，肉山無此好毛尖。

老友鄭寒村殁後五年其子義門攜愛蓮畫像過余屬題得二絶句

自脱朝衫换幅巾，祇應營道想前身。翛然出處行藏外，誰識完人是半人？寒村晚年病風，能以左手作書畫，自號半人。

更有何人識雅懷，一琴横膝對花開。多慚後死黄山谷，曾見光風霽月來。

梅雨

半月濛濛雨，千畦釋釋耕。麥租雖未入，米價漸將平。屋老礎長潤，庭虚苔任生。吾脾方畏溼，却立候新晴。

德尹第四子滿月詩當祝辭

多男孰云累，晚境人尤羨。薛鳳乃踰三，荀龍剛得半。家門增喜氣，當暑清風扇。膩髮搓成團，貫之五色線。耽耽垂大耳，皎皎開方面。出左傳。騰上所未知，豐下已可見。我來拊汝頂，爲汝祝初旦。一祝兒長成，再祝翁强健。三祝好弟兄，他年相友善。

秋災行

西流之火方蟲蟲，兼旬不雨亦不風。先庚後庚凡五伏，秋暑酷於六月中。河流旱乾田拆罅，誰遣天吴來潤下。淡塘灌注味作鹹，仍恐良苗變枯稼。天乎降割此一方，相怨勿謂民無良。神疷鬼瘧何處避，且死那復論流亡。老夫本病在腰腹，不受淫邪外來觸。只餘雙耳未全聾，忍聽村鄰百家哭。

盆中草花二種已含蕊矣朝來忽萎

霜後冬收子，春來雨發芽。關心經夏旱，滿眼望秋花。忍負栽培力，徒勞灌溉加。童烏苗不秀，能免子雲嗟。

中秋夜與德尹對酌

今夕是何夕，弟兄俱在家。狂吞杯底月，笑指霧中花。老子興不淺，達人生有涯。底須愁後夜，圓影蝕蝦蟆。

十六夜復與德尹小飲弟有詩次其韻

既望猶未望，今年異往年。連宵雖博醉，老景劇相憐。但有兒搖膝，何須客滿筵。好詩能賽月，脱口自清圓。

秋花

雨後秋花到眼明，閒中扶杖繞階行。畫工那識天然趣，傅粉調朱事寫生。

五雜組九首

五雜組，玄黃帛。往復還，牛馬跡。不得已，主避客。

五雜組，新嫁孃。往復還，遊冶郎。不得已，時世粧。

五雜組，雙鸂鶒。往復還，兩蛺蝶。不得已，君棄妾。

五雜組，刺繡手。往復還，貝錦口。不得已，掩耳走。

五雜組，氍毹氈。往復還，井轆轤。不得已，歸來乎。

五雜組，羅浮雀。往復還，華表鶴。不得已，生處樂。

五雜組，青紫楦。往復還，新舊券。不得已，錢神論。

五雜組，蝶戀花。往復還，蜂趁衙。不得已，東西家。

五雜組，采染綃。往復還，燕覓巢。不得已，思故交。

古詩四章

天荒地亦老，變化蕃草木。自從開闢來，悦人以紅緑。有榮斯有瘁，坐覺流轉速。傳語好風光，寧能衒無目。

彙蚍國大槐，擾擾成侯王。莊周化蝴蝶，與物亦未忘。至人豈無夢，夢則超形相。蟲螘所不争，是曰華胥鄉。

域内有名山，攀躋力可至。人皆造其麓，抑或半嶺廢。歸來述所見，彼此不相似。等是未登峯，毋爲笑平地。

徒歌易成謡，獨唱難爲喁。我琴誰我瑟，我鼓誰我鐘。知音苟弗存，奚取覿面逢。遥遥千載下，或有牙與鍾。

敬業堂詩集卷四十七

粤游集上 起丁酉十月，盡十二月。

丁酉夏，同年有自都下來者，傳佟陶菴中丞意，遲余作粤東之遊。背秋涉冬，畏寒擬不出矣。余弟查浦曾三至其地，間語余曰：「嶺南無霜雪，且兄生平游蹤所未到，盍一往焉。」遂於十月初俶裝，明年四月由粤西旋里，往反幾二百日。檢點道中詩，約如其數，分上下兩卷録存之。

將有嶺南之行雨中過龔蘅圃侍御田居話别

小别倏三載，相望渺参辰。舊交半在亡，邂逅得兩人。喜汝罷官後，田居傍城闉。我來叩門入，迨此風雨晨。問我將奚之？有懷難具陳。白頭萬里役，正坐不耐貧。頽年知幾何，復爾聚散頻。篋中有佳句，在遠情彌親。時侍御以田居詩藁屬余作序。

早發富陽喜晴

午辭樟亭驛，夕抵富陽宿。霜日曉初晴，烟江寒更緑。雞鳴茅宇近，鴈下潮田熟。萬株楓柏林，散作錦繡谷。平生山水興，臨老猶未足。聊復紀初程，清吟待兹續。

桐廬

山偪不可城，千家聚成邑。民居半商賈，仰取俯有拾。斬櫟起炭烟，割林收漆汁。託身覆載内，生理隨分給。壯年不早計，暮齒行已及。莫怪杜陵翁，茫茫百憂集。

楨兒作釣臺詩未識嚴先生不受官之故徒以高隱目之作一首以廣其意

武宣馭下如束溼，課職東京亦孔棘。語見後漢書二十八將傳論。一官直欲臣故人，此意先生應早識。逃名事偶同高尚，避辱心孤轉深匿。羊裘一領却累渠，苦被旁求相物色。伏波謗生薏苡珠，侯霸得罪由司徒。客星非將亦非相，吏議可得加狂奴？君不見璜谿老叟不自重，出應于畋後車夢。萬古江湖兩釣竿，潛龍勿用鷹揚用。

三衢道中口號四首

水落灘尤窄，輕舟一葦容。機心與機事，那免怨機舂。

沙際集飢鷺，修翎冷自梳。孟嘗門下客，大半食無魚。

兩岸丹黄色，千家橘柚林。匆嗤奴價賤，顆顆鑄成金。

明日川程盡，聊爲半日停。多煩賢太守，爲我致輿丁。謂靳培之太守。

早發常山大霧

苦霧忽吞天，去城不數武。如行襄城野，七聖迷處所。初旭漸漸高，寒光翳復吐。窅然墜醉夢，既覺乃停午。前瞻懷玉峯，峯峯垂白縷。西江行在望，未濟恐多沮。

舟發玉山

高灘稠竹節，尺水浮瓜皮。前經彈子渦，膠淺時有之。路長景苦短，坐送西南馳。却憶前年歸，正當暴漲時。一程破三日，上水宜遲遲。不謂下水船，艱難亦如斯。人生順逆境，閱世老更悲。

重過貴溪與同年王辰幟明府

我昨停舟爾下車，三年重到勝當初。冬來天氣晴尤美，畫裏江山錦弗如。官況不離文字外，時分校鄉闈，頗稱得士。風謡閒續笑談餘。象山亦是先賢蹟，好並鵝湖入志書。鉛山施明府重修鵝湖書院，屬余編輯志書。貴溪管内舊有象山書院，故及之。

龍津阻雪

地少雲多處，風饕雪虐時。客程當歲晏，天意警年衰。輕出自成悔，遄歸更勿疑。平生多類此，既往可勝追。

雪後渡彭蠡

雪山四望開，彭蠡瀦其中。天光落東北，寒氣青濛濛。獨往矯孤鶩，羣飛駕高鴻。沙明洲漵出，葉潰枝顛空。此行向南州，聊慰離别悰。三年女憶父，千里兒隨翁。生涯豈無涯，作計誠匆匆。寄謝宫亭神，歸帆幸分風。遠遊興欲盡，一笑非途窮。

南昌遇袁州太守葛賓廬二首

懷抱因君又一開，人間洵有出羣才。匆輕僻左宜春郡，曾屈昌黎作守來。
南浦維舟不記巡，眼前冠蓋一時新。也知諸葛真名士，來與貧交作主人。

南昌旅次答吉水令湯納時表弟見懷之作四首

與君稱中表，同是庚寅生。以我半年長，白頭忝爲兄。朅來寂寞遊，奈此離索情。相望四百里，一水空盈盈。

隨身乏長物，投贈殊戔戔。子貧乃過我，報以雲藍牋。吟成十四章，字字珠琲圓。稍增行笈重，笑擲看囊錢。

世降士不情，矯廉競稱高。萬鍾避蓋禄，半李分蹐螬。達者殊不然，寓形隨所遭。時無謝仁祖，菜把恩亦叨。

同里兩湯生，一登青雲梯。謂西厓少宰。一滯百僚底，長恐簿領迷。烹魚漑釜鬵，好音良可懷。逝將掃吾軌，歲晚期汝偕。

雨中早發南昌留別李壻暘谷

把酒對西山，開船溯南浦。數聲城上榛，幾點沙頭雨。依回骨肉恩，戚若去吾土。老人情懷惡，含語不得吐。官罷有孤蹤，路難無定主。勿愁魚化鐵，且作鴻遵渚。朗咏白絲行，行行忍羇旅。

豐城縣北十里磯頭山上有曲江祠朱文公往還湖南時與李後湖姚雪山遊此後人因奉栗主以祀三賢詳見李崆峒祠記中今以韋武陽易後湖者訛也

贛江西南來，夭矯北走龍。到此乃東折，磯頭扼其衝。是名曰曲江，形勢險且雄。扁舟清夜詠，倡自紫陽翁。同時李與姚，杖履偕遊從。三賢列祀典，蔚爲名教宗。世俗不好古，變置靡所衷。作詩糾繆誤，兼以警盲聾。

樟樹鎮 舊名清江鎮。

瀟灘流下櫂歌聲，一曲清江見底清。老樹不知生意盡，尚憑古社占村名。

泥溪口枕上聞雁

陽鳥踰彭蠡，飄飄尚南飛。晨光若前導，羣起泥江湄。數聲枕上過，傾耳漸入微。彼非我同羣，安得相追隨。我帆十二幅，取用常半之。何以不用全，波濤怕欹危。下有無底竇，旁有不測磯。身乏雙羽翰，爭先復奚爲？汝往太急急，吾行故遲遲。茲遊到嶺南，諒亦難久羈。歸時倘見待，入春以爲期。

峽江縣

舊日周瑜埭，今爲小縣城。踞高因峽勢，隨地改江名。潦縮漁添户，時清戍減兵。大都從此去，彷彿蜀中行。

雨中望玉笥山

水遠山平四百里，兩崖斗拔滄江起。舟人遥指三三峯，名山記：「玉笥有三十三峯。」亂插芙蓉雨新洗。仙家縹緲住仙壇，不道人間路大難。請看玉笥山南路，漸近西江十八灘。

過桐江口不及訪同年李培園侍御以詩代柬

念昨別京華，君方入臺端。操持紀綱地，正色不可干。如何神武門，亦挂惠文冠。早知世路隘，不及山中寬。自聞返谷村，松竹爲改觀。築亭名補過，於義恐未安。古來賢達流，要視進退間。我欲賦碩人，爲君歌考槃。勗哉承世澤，名節初終完。

螺山文丞相祠

千古興亡恨，忠臣末運多。死難扶少帝，生不愧巍科。慷慨憂時策，峥嶸正氣歌。黄冠故鄉意，廟貌在山阿。

青原浄居寺七祖道場

錫泉一派接雷泉，味是曹溪六祖禪。欲識廬陵米貴賤，憑師問取下江船。

白沙渡

兩岸沙痕疑雪，一村竹氣如烟。風竿獵獵酒旆，雨笠遥遥渡船。

泰和城外望快閣

西昌漢古邑，地勢實開拓。鏡光十里平，倒影見城郭。浮圖南北峙，雙秀拱一閣。緬彼白下宰，流風宛如昨。官清無俗情，景勝擅傑作。冰絃絶已久，人境兩寂莫。除却謝玄暉，澄江何處著。「澄江一道月分明」，山谷登快閣詩中句也。世以比玄暉「澄江浄如練」云。

十八灘絶句 並序。

按志自贛縣至萬安，中有三百灘，孟襄陽所謂「贛石三百里」是也。然陳書云：「贛水本二十四灘，武帝發虔州，水暴漲，高數丈，三百里巨石皆没，止存十八灘耳。」世稱十八灘者，當本此。明嘉靖朝，湛甘泉自南司馬告歸，過此，作十八歎，今得詩亦如之。各取灘名中一字爲韻，非云相襲，亦勞者自言其情而已。

習坎險在前，何人不惶恐。到此退已難，應思急流勇。

右惶恐灘

巨石浮牛背，亭亭鷺足翹。入鷗羣不亂，愛汝好風標。

右標神灘

連日遇石郵，溯洄良苦辛。滔滔天下是，不問久知津。

右綿津灘

舟人買紙錢，例拜灘頭廟。來朝風順逆，今夕誰能料？

右大料灘

後灘接前灘，川脈互縈繞。人間爪牙毒，爲害長在小。

右小料灘

問言洵有神，受命若酬酢。借取方便風，泥行免郭索。

右武索灘

侵曉上曉灘，我睡不覺曉。向來坐有心，憂患亦不少。

右曉灘

萬里黄河水，崑崙乃發源。贛江源漸近，應號小崑崙。

右崑崙灘

虔吉此分疆，灘聲一倍長。人家盡柴步，墟落半漁梁。

右梁灘

雪少偏多雨，朝昏水氣腥。青洲洲畔草，臘月已青青。

右青洲灘

礧礫相摩盪，驚濤盡日喧。直同雷奮地，不獨雨翻盆。

右銅盆灘

大波深爲淵，小波淺成瀨。安得并州刀，剪此青羅帶。

右落瀨灘

長年生狎水，豈有不龜藥。幸自少層冰，可憐多赤脚。

右狗脚灘

莊生工寓言，卒以小況大。必若魏王壺，人間能幾箇？

右大壺灘

失勢落江湖，中流賴一壺。千金奚啻直，人有不貲軀。

右小壺灘

劍戟礪鋒鋩，森森兩旁吐。狂瀾障不得，爲欠中流柱。

右天柱灘

石欲截江斷，江流奮怒前。來如弓挽强，去若箭釋弦。

右横弦灘

用盡灘師力，今朝過鼈灘。我無牛酒犒，愧爾報平安。

右鼈灘

自贛州换船至南安

八境圖中路，西來五换船。鄉心同北望，客况異南遷。東坡南遷時，作虔州八境圖詩。秀嶺標雙塔，清流穩一川。好風三百里，計日指蠻天。

過南安傷陳六謙太守

太息南安守，居官僅二年。如何千丈氣，竟掩九重泉。宦業孤孫盡，書名一郡傳。經過少交舊，回首極淒然。

與大庾令李阜如同年

同年四開府，百里獨棲鸞。邑是衝煩邑，官仍本分官。李舊宰新城。別來顏各换，此去歲將闌。珍重留行意，猶餘舊眼看。

度梅嶺題雲封寺壁

閲盡波濤險阻途，頓教磽确失崎嶇。梅花笛裏三關戍，錫杖泉邊六祖盂。過客儘貪風日好，居僧曾遇雪霜無。他生行脚緣猶在，又入騎驢度嶺圖。

衣鉢亭

夜半傳來消息真，本無明鏡自無塵。問渠衣鉢留何用，猶有焚衣毁鉢人。明魏莊渠事。

發南雄淩江方涸舟行一日纔十許里排悶成歌

淩江歸壑當深冬，城隅纔可溝洫通。粗砂細石單槽中，直與船背相磨礱。船頭纖纖船尾大，舵師束手輸篙工。篙工作力如羆熊，腰身寸寸彎彄弓。蝨行褌縫蟻旋封，跛羊登山鷁遇風。人間癡鈍有若此，歲聿云暮愁衰翁。愁衰翁，翁行作歌歌未終。羊城尚隔千里外，一夜夢逐南征蓬。

偶閲楊誠齋南海集途中多賦桃花且有梅花應恨我來遲之句余度嶺正值梅放時戲效其體作一絶

我來時候異誠齋，不見桃花只見梅。博得口占詩一句，千枝齊向臘前開。

晚過始興江口再效誠齋體二首

始興江口水平川，從此通流到海邊。我是漁船釣竿手，又攜簑笠上樓船。昨喚吉安漁船至贛，今所坐乃廣州樓船。按樓船之名見漢書，今仍此名，不必皆官舫也。

一重山轉一重灣，不出孤帆向背間。行過前灣試東望，夕陽多在隔溪山。

冬暖

榕葉交陰筍出稟，南中冬律似春和。敝裘韝在猶嫌厚，老研冰消可待呵？蚊到宵來飛不少，蠅於秋後集還多。所嗟無補桑榆暖，奈此霜髯雪鬢何？

望韶石二首

西瞻蒼梧雲，北望洞庭野。浮光表夏闕，古樂傳奏雅。聖主不南巡，羣峯赤如赬。魚龍久寂莫，孰是聞韶者。

好風自南來，吹彼松竹林。鏗然中音會，中有太古心。典樂者誰歟？簫韶此遺音。虞廷去我遠，俯仰成古今。

韶州風度樓

公進千秋録，開元極盛時。知幾同列少，去國一身遲。終始全臣節，安危動主思。高樓瞻畫像，風度儼鬚眉。

雨發韶州

蒲帆十幅去不停，波光瑟瑟烟冥冥。芙蓉驛南一回首，三十六峯雲外青。

虎頭磯歌 在太平關南十五里。

亂山少肉谿乏泉，渴虎下飲清泠川。飢蛟掉尾不得取，化而爲石形模全。白章黄質毛斑斑，四蹏陷沙行不前。尻脽起伏脊蜿蜒，當頭一眼射的圓。北平將軍身未到，没石飲羽誰所穿。眈眈下視流饞涎，坐踞要津凡幾年。國家封域拓海壖，山珍水錯來無邊。賈胡萬里逐貿遷，到此蹢躅羸豕然。畏虎欲避無由緣，我思走章牋碧天，霹靂暫借雷公鞭。仍驅爾輩入山去，毋令爲害于商船。

十二月廿一日雪

我作冬暖詩，蚊蠅憎瑣屑。天公似解嘲，半夜風挾雪。舟人報奇事，起掃一篷白。客子亦欣然，千岑無寸碧。梅花落已盡，春事早狼籍。長恐百卉腓，陽機畢漏洩。却將栗烈氣，揫斂使凝結。乃知朝來寒，特爲桃李設。豈無雷雨候，候至方甲拆。留取道旁春，明年作佳節。

彈子磯阻風

曲江入海流，一縷縈驚蛇。中逢彈子梗，格鬭逞角牙。狂飇鼓狂瀾，噴石作雪花。艑郎好身手，過此不敢誇。筮易遇涉川，利用需于沙。南遊本無事，汲汲奚爲耶？但使躁心平，何憂前路賒。止時吾泊宅，行處吾浮家。

觀音巖

石縫何年裂，中央架小龕。老僧如燕子，乞食語呢喃。

英德道中雪霽

輕冰結沮洳，飛霰集阜岡。榑桑東南枝，烱烱呈初陽。地暖劇流濕，天空淡浮光。英山碧差差，英江緑泱泱。不知夜來雪，疑是朝來霜。

英山二首

曾從畫法見礬頭，董巨餘蹤此地留。漸入西南如噉蔗，英州山又勝韶州。

一拳一角總峯巒，可惜天教落百蠻。好事吴兒渾未識，買園只鑿石公山。

舟中即目

屋角菜花黄映籬，橋邊柳色緑揺絲。分明寒食江南路，賸欠桃花三兩枝。

順風挂帆連下湞陽香爐清遠三峽

巴東三月昔聽愁，嶠南三峽今則不。北風晨發洭浦縣，英德舊名洭浦。吹我桂檝沙棠舟。峽中之山阻且修，峽中之水平不流。湞陽畫屏地底拔，大廟紫烟天際浮。就中清遠更秀出，造化有意窮雕鎪。青菡萏花萼競吐，緑玻璃鏡奩初收。華陽道冠簪碧玉，竺國寶髻垂珠旒。仙人笙鶴雲渺渺，帝子環珮風飂飂。漸行漸遠似相送，一重一掩如相留。片帆飛渡二百里，又見孤塔迎船頭。天憐此老太岑寂，貺以奇景須詩酬。人間夷險非境造，自我發興成清幽。君不見東坡先生海南句，平生奇絶誇兹遊。

清遠峽飛來寺

兩崖勢欲合，中被江流穿。上有佛者廬，飛來自龍眠。梁普通中事，詳載寺記中。神人所施設，是物無頑堅。相當創闢初，風雨驅神鞭。鑿開渾沌竅，巧貯聰明泉。僧房若蜂房，一一皆倒懸。爾來幾閲世，不計草木年。磐石具生機，長根外包纏。波濤潤其趾，日月行其顛。散爲松柏香，聚作梅檀烟。蔽虧東西景，軒豁子午天。呼猿洞名。在半空，日暮躋無緣。

清寒難久住，仍放出峽船。

胥口村

玉鏡臺何處，江形就海低。地有玉鏡臺，相傳安期故蹟。地平山斷續，潮滿岸東西。生理漁樵足，人家竹樹齊。天涯各風俗，孤客自淒迷。

白塔岡浮石

萬古江心石，回江使倒流。潮頭爭出没，山骨判沉浮。按志：白塔岡在三水縣東南，臨水，水中有石浮沉各一。鶄鴨寒來集，黿鼉夜出游。漁翁牽小網，故故傍沙頭。

沙口待潮

艇子膠沙觜，坳堂等置杯。何須愁日暮，會有夜潮來。

初至廣州與大中丞佟陶菴同年話舊六首

五年一別隔蓬萊，芳訊遥傳庾嶺梅。天上故人開府出，田間野老輟耕來。山高海闊梯航路，武達文通將相才。竊喜小詩言果驗，濟時餘力正恢恢。余出都時留别詩云：「君才畢竟爲時用。」故落句及之。

雙闕浮光氣象新，「雙闕浮光照短亭」，東坡題盡善亭句也。天教八座代南巡。誰能地望兼門望，君本親臣又世臣。行處風霜成化雨，坐看冰雪變陽春。眼前袞袞皆時彦，可有同心共事人。

端倪軒豁得奇觀，浴日亭邊眼界寬。兩袖有風驅瘴癘，百蠻無警静波瀾。封疆自昔雄茲土，科目人今重此官。見説密章時入奏，葵心何處不輸丹。

恩深自覺心逾小，才大何妨氣獨豪。節鉞威名行地遠，文章壇坫比官高。中郎題字推黄絹，太白分光屬彩毫。莫笑將貽無俗物，一條冰是舊同曹。時以耿絹、湖筆奉贈。

詞人例作嶺南遊，自嘆蹉跎到白頭。浪跡又看成萬里，著書何敢望千秋。誰爲善相肥嫌瘦，世有知音唱或酬。輸爾滕王高閣句，一時吟徧十三州。中丞過南昌，有「試上滕王高閣望，章江門外有清流」之句，爲西江傳誦。

敢將孤鶴齒羣鴻，性癖終難與俗同。天下迂儒猶膹我，平生知己孰逾公。曾陪供奉雲霄上，每憶交親氣概中。今日相逢重戴笠，下車還見古人風。

寓居仙湖街庭桂盛放

客居澹無事，庭下獨徘徊。忽有微風度，香從何處來。家童走相報，檐角桂花開。想到窳軒外，此時方試梅。

除夕

去國八十日，計程逾六千。長虞行不到，到此及殘年。無復聞銅臭，此間不用錢，故戲反山谷語。惟應烹海鮮。蛤蜊與竘醬，隨分佐柈筵。

謝中丞餉節物

節物煩分餉，殷殷地主情。雖云施不報，肯使受無名。匕筯沾皆足，庖廚愧已盈。似憐藜莧腹，曾飽大官羹。向在內廷，歲除例賜羊鹿雉兔魚酒。

敬業堂詩集卷四十八

粵游集下　起戊戌正月，盡四月。

羊城元日試筆戲呈中丞公

風光六十九回新，老客殊方愧此身。殘臘雪消正月暖，閏年曆報兩頭春。滄溟出日長先旦，斗極移杓又指寅。聽説官清民樂業，便思長作嶺南人。

二日中丞招遊署後園池分賦六首

昨枉巖公駕，今逢袁紹杯。到來凡五日，相見已三回。禮豈爲吾設，花應待客開。小桃何太早，紅雨點蒼苔。

北闞逶迤徑，東連宛轉城。越臺當户秀，天井入池清。倚檻堪垂釣，聞歌想濯纓。向來瀟灑意，只視此官輕。

老樹何人種，名園此地無。自多新氣色，無改舊規模。曳杖馴麛子，看松長鶴雛。恍疑蓬島近，不似在城隅。

勝踐烟霞外，春風步屧初。餘恩沾草木，得性狎禽魚。巖壑真同趣，亭臺畫不如。板輿迎養便，未許賦閒居。

竹密晴疑雨，林深暖亦寒。不知官閣好，但覺旅懷寬。鑾果充柈飣，江鮮佐食單。平生滋味薄，相對勉加餐。

此外無賓客，應憐老病翁。交原因臭味，賞亦到兒童。時兒楨侍行。憂樂論先後，行藏感異同。却將詩送日，良晤詎匆匆。

過前輩梁藥亭故居

風流雲散兩茫然，轉瞬前遊十五年。癸未春余入館，先生散館。獨客遠來朋舊少，貧官没後于孫賢。買鄰古有千金語，遺稿今爲萬口傳。話到五交宜廣絶，西華葛帔復誰憐？

立春日張梅麓前輩招飲雲麓堂

仙蓂五葉撰良辰，晝繡還鄉恰及春。海内久推黄髮老，堂中猶侍白頭親。金花彩勝隨年换，銀燭華燈照座新。今夕從君論出處，始知天地有完人。時張以養親告歸。

喜晤藍公漪

藉甚榕城叟，才名洵不虚。氣吞三斗墨，筆吐五車書。客況浮萍合，交情碩果餘。臨邛有賢令，謂姚番禺齊州。猶足重相如。

人日雨中遲公漪不至

夜夢羅浮春，碧桃千樹霞。醒来枕上雨，落盡城中花。東風冷笑人，謂若坎井蛙。當門列雉堞，雲霧重周遮。我懶不能出，招呼及鄰家。速客客不來，舉杯還自嗟。一歡難强致，由命匪由他。用昌黎語。

謁南海神廟

姚侯送我遊黄灣，澄江一道晴無瀾。黄昏到岸天色變，徹夜震撼號驚湍。平明謁海神，雲氣解駮光斑斕。殿中擊銅鼓，聲落海外迎潮還。巡簷繞廊看古碣，手剔碧蘚青苔斑。或欹或仆或屹立，節角劖殺形模殘。煌煌御書碑，迥出唐宋元明間。浴日孤亭表其右，七十二級直上窮躋攀。不知榑桑出地幾千丈，頓覺東西南北四望無遮攔。驪龍吐珠蛟噴涎，陽烏擊水鼇移山。祝融分位當炎躔，萬象呈露秋毫端。紫霞紅浪上下兩摩盪，中有萬點風檣竿。星流電掣到廟下，一一椎髻垂花鬘。吾皇膏澤被百蠻，遠人畢至邇者安。自從計臣握算變新法，鹽筴纖悉多歸官。廣川大澤禁漁獵，網漏魚鼈羣生慳。問神受封今幾代，蒿目豈不知時艱。國家大事必祭告，謂是正直靡欺謾。幽明肸蠁一氣旋，憂樂當與民相關。曷不草緑章，爲民請命恩宜頒。但使方隅獲沾山海利，神亦坐享血食無慚顔。

附 擬南海神答查悔餘先生謁廟詩　　佟法海

先生蒼顔鶴髮七十强，磊磊落落詩名天下揚。笠篛鞵芒邛竹杖，水浮陸走萬里來炎方。羅浮神仙窟，羊城富貴場。掉頭兩不顧，輕舟獨泊颭旗岡。徑上七十二級浴日亭，愁看暘谷金暈浮扶桑。直入廟中撾銅鼓，鼓聲遥撼零丁洋。蒿目時艱不可説，惟神若可默贊襄。高歌如慕復如怨，怨到海神神亦傷。自從祝融宅南海，風非古昔俗譸張。田荒莠長蟊蟲活，常平十郡封空倉。一水虎門扼衝要，雕蹄鑿齒通來王。珠璣翡翠珊瑚樹，玳瑁靈犀琥珀光。罔象見利亦忘義，揶揄壟斷雜官商。鹽法榷法不可問，山盜洋盜争强梁。職守一方司民命，安敢坐視蒼生殃。獨憑正氣觸百怪，幾夜辛勤草緑章。豈知山鬼足伎倆，陰晴播弄蔽太陽。茫茫萬里九天遠，狂風吹倒百鍊鋼。古來天定能勝人，人定亦能勝彼蒼。吁嗟乎！人定勝天可奈何，尸位不去慚顔多。詩家若有斡旋手，請君更作回天歌。

海雲寺同藍采飲王符躬作

波羅廟下凌晨發，直到雷峯弭畫橈。一綫春流通斷港，華鯨南應虎門潮。

水窮雲起得禪關，突兀樓臺數十間。曲曲迴廊隨步轉，不離平地却登山。

木棉兩樹最稱奇，拔地參天萬萬枝。自笑杖藜來較早，不關渠事作花遲。

一龕容得十方僧，個是天然第一燈。更約羅浮觀日出，尋師還上最高層。住持塵異，時往華首臺。

與番禺姚明府齊州二首

僂指修門別，俄踰二十年。君顔猶白皙，我髮已華顛。毛檄差堪喜，王鳧自得仙。春風花滿眼，及此話前緣。

簿書原不俗，插架有牙籤。詩好人人説，才優事事兼。肯教同列忌，難得上官廉。驥足行將展，毋須嘆久淹。

花田咏古

鴈翅城南寂寞濱，芳華小苑已成塵。珠襦夢斷鵶啼曙，粉麝香消雨洗春。翠輦幾經偏霸主，素馨曾識故宫人。賣花擔上東風信，流轉人間又一巡。

珠江櫂歌詞四首

一生活計水邊多，不唱樵歌唱櫂歌。蜑子裹頭長泛宅，珠孃赤脚自凌波。

剪得青蒲織作篷，平鋪如席卷如筒。往來慣是乘潮便，不使朝南暮北風。

生男不娶城中婦，生女不招田舍郎。兩兩鴛鴦同水宿，聘錢幾口是檳榔。

米價高于珠價無？就船剖蚌换青蚨。近來官長清如水，不是珠池亦産珠。

大行仁憲恪順誠惠純淑端禧皇太后輓歌二章

彤史媯皇紀，徽音壽母賢。手裏開創業，坐閱太平年。典禮三朝備，哀榮五福全。北山松頂月，移照賁重泉。

鳳輦承顏地，龍樓問寢晨。一人隆孝養，萬國仰尊親。海角宣遺詔，宫中閟早春。朝班瞻望遠，淪落泣孤臣。

呈前輩鄭珠江先生

鄭公青瑣彦，雅尚寄林泉。在野長憂國，觀空晚入禪。與時疏應接，顧我數入。周旋。此意能無感，依依杖屨前。

偕梁孝稚遊法性寺有懷心月上人兼示希聲學子四首

有約尋僧去，攜笻出郭賒。東風吹白髮，春事到梨花。石畔三生路，林間一味茶。横枝不傳法，消息問誰家。

一片青苔色，當門屐齒留。近身無俗物，望遠得高樓。轉覺城中隘，真宜象外遊。折腰吾不慣，到此小低頭。薝蔔樓下，心公影堂在焉。

欄楯遥相望，中開一畝池。波明堂欲動，魚樂我先知。惠遠流風在，柴桑入社遲。勿嗟耆舊盡，弟子總能詩。藥亭舊與心公結詩社于此。

蓮漏晨猶滴，齋鐘午罷敲。沙彌通佛性，居士慰神交。座間喜晤周乳峯。庭長桄榔節，窗臨翡翠巢。重來應未厭，幽事滿西郊。

長壽菴坐湛菴禪師方丈聽談石公舊事

津梁誰得限，傳法到交南。涉海如航葦，還山遂築庵。劫難逃宿業，風不動毘嵐。賢嗣真龍象，千鈞獨力擔。

齊州於縣治之左新闢園池名梅花村暇日與客同遊索賦

蒼苔一曲轉東垣，廢地俄成十畝園。行處軒窗多入畫，望中花柳却疑村。南通海眼安池位，北引山光落酒樽。直作吾廬吾亦愛，萍蹤隨水欲生根。

上官竹莊爲余寫青山歸櫂圖公漪有詩戲次其韻

舊聞五嶺皆炎熱，到此能無憶泠泉。不謂留行無地主，老夫興盡却迴船。

爲友人題暮雲春樹圖二絶句

渭北與江東，斯人兩不作。借取一幅圖，爲君論詩學。

暮雲與春樹，此景世不乏。借取一聯詩，爲君論畫法。

佟醒園以騎驢出嶺圖小照索題戲作六言律詩一首

我愛竹莊妙手，爲君寫此横圖。天南豈無鴻雁，醒園與中丞爲兄弟行，故云。嶺北猶聞鷓鴣。莊言非馬喻馬，佛説騎驢覓驢。一笑不離行脚，阿誰先取歸途。時余亦將歸。

題翁蘿軒爲藍公漪所畫枯樹小幅

故人垂老交情，爲寫枯枝贈行。唤起羅浮春夢，來聽紙上秋聲。

有以白菜餉中丞者中丞有詩屬和韻

閉門風味宛然存，菜把猶多餽送痕。傳語園官須手種，亟乘春雨斸籬根。

王符躬舍人席上贈許蒼嵐

許侯天下才，曾宰欒昌縣。官如已墮甑，棄去胡足戀。邂逅結襪生，呼朋開廣宴。君乘斑騅來，遇我心相善。昨日誦君詩，今朝識君面。冰壺貯秋月，表裏皆可見。平生千丈氣，對酒尚豪健。一吸盡一升，卷波看白戰。商聲帶河嶽，風日爲之變。我欲和此歌，朱絃忽中斷。

清涼山莊圖符躬屬題

舍人示我山莊圖，生綃横展五丈餘。良工三年寫始就，金谷輞川何足摹。君家舊住清涼麓，萬里江天入遐矚。故應胸次豁然寬，占斷此山猶未足。石頭城門平旦開，千巖暖翠排空來。珊瑚碧樹好顔色，照耀初日生樓臺。樓臺高下無重數，徑轉溪迴總迷路。標題一一都有名，毫末微茫指其處。問君結念毋已奢，洞天福地歸一家。潰成奚啻萬金産，還恐山林跡尚賖。君言好事皆虚事，架搆良難畫差易。未能依樣買園亭，乍可隨身蓄巾笥。海山兜率吾不知，此圖要亦人間稀。神仙只被瑶京誤，野鶴何天不可飛。

正月晦日喜雨用中丞見示原韻即以志别

風花半落經春暖，雷雨初來送曉寒。農事相關公最喜，物情不隔我同歡。雞鳴如晦方懷友，蛙鬧何知豈爲官。借取一篙清漲水，野人歸欲濯纓冠。

題上官竹莊羅浮山圖

大瀛海外有十洲，巨鼇不上龍伯鈎。何年背負蓬島至，兩山合一成羅浮。奇峯三百三十二，一一豈易窮冥搜。眼中孰是好奇者，上官山人今虎頭。山人欲爲山寫照，直上崔嵬走巀嶭。朱明古洞華首臺，佳處真能領其要。歸來繪作指掌圖，萬象攝入摩尼珠。緑毛鳳挂佛子髻，五色蝶化仙人襦。我方神遊力不足，爲爾題詩展横幅。正緣身不在山中，識得羅浮真面目。

光孝寺與笑成上人

訶林冠嶺外，重是古道場。摩挲菩提樹，躑躅風旛堂。不見祖師面，徒拈一瓣香。上人方坐雨，笑客疲津梁。

次韻中丞公夢羅浮作

有意遊仙事竟違，羅浮未到我空歸。輸他準敕狂開府，夢裏乘鸞獨自飛。

將發珠江遇李約山觀察自粤西來訂同歸之約

世途歧出處，長恐見無從。只隔東西粤，相望千萬峯。君其李元禮，我豈郭林宗？江上同舟約，何期邂逅逢。

海幢寺十二韻 阿字禪師道場。

洞宗衰復振，派衍自天公。半是逃名客，羣稱出世雄。雲幢標郭外，香界湧南中。填海爲平地，參天起梵宫。欻成疑鬼運，幻出儼神工。穗石浮佳氣，朝臺拜下風。五仙皆法護，十力盡神通。蹴踏諸方徧，跏趺片席崇。我來塵世隔，師去影堂空。法供瓶爐潔，齋厨菜豉豐。映階筀竹翠，耀眼木棉紅。緣境他生結，留詩記此翁。

二月八日初離廣州

來時麥苗緑，歸路麥穗黄。南方冬春交，物候總不常。可憐百萬户，户户資春粻。曩苦食無鹽，今愁米價昂。温風送微雨，中有餅餌香。忍飢待食麨，差勝犂還荒。嶺南廢田有「還荒」、「老荒」等名。

舟過三水邑宰徐君來晤口占贈之 徐由庶常改官，新莅兹土。

三水合流處，孤城近海壖。誰知花縣宰，舊是玉堂仙。甿俗觀新政，官情耐左遷。天涯相識少，爲爾一停船。

羚羊峽

兩崖挂羣龍，下飲一江水。水窮山忽住，水轉山復起。草木所不生，石頑盡横理。惟聞露猿叫，杳杳雲霧裏。

朱觀察紫垣席上賦贈二首

我識朱公子，佳名在棗香。承家新節鉞，開府舊封疆。才大移風速，官閒化日長。三州行按部，處處有甘棠。

昨入中丞座，吟君唱和詩。法從前輩得，清受大僚知。細雨凝香室，春風畫戟枝。掣鈴容野老，雲樹慰相思。

戲柬高要令王寅采同年

崧臺君暫憩，雲嶠我間關。白髮重攜手，青春好駐顏。硯開鸜鵒眼，香點鷓鴣斑。割愛煩斟酌，無踰二者間。

登端州城東閲江樓

好事何人送酒來，自扶雙屐躡崔嵬。山從迴雁峯頭落，潮過羚羊峽口回。浩浩風聲隨几杖，濛濛蜃氣出樓臺。天公不薄將歸客，霽色今朝爲一開。時久雨乍晴。

望七星巖

維北有七星，天樞永不移。寓形忽隕地，幻作巖壑姿。我登閲江樓，高咏慈恩詩。七星在北户，一一俯視之。此生名山遊，待了婚嫁期。洎乎婚嫁了，筋力恒苦衰。輸他有力人，濟勝忘嶮崎。猶賢無目者，興到目尚隨。

題寅采同年小照

身爲端溪主，不蓄端溪硯。賓戲主不知，低頭方展卷。

題李峻瞻移情圖

江峯不比海山深，鼓瑟何如聽鼓琴。不是琵琶箏笛手，莫從人境覓知音。

覆石 有序。

南中英石硯山，多出工匠補綴而成。惟産自沙土中天然無刻畫痕者，斯爲上品。余歸笈得二枚焉：一爲佟中丞所贈，峯勢迴環，中穿六孔。一爲姚番禺所贈，勢若飛雲，孔大小倍之。以尺度之，長皆三寸許，世所稱皺瘦透者，殆無美不備。此遊獲此，亦足以豪矣。今日行過德慶，舟中無事，羅列几案，賞玩不足，紀之以詩。

韶州山石奇，英州山石秀。人言奇者雄，不若秀者瘦。蒼龍骨離立，歲久色微黝。脱落之而鱗，深埋無底竇。結成巖洞勢，潤被沙水漱。玲瓏具本性，蹙縮聚衆皺。斧鑿絶纖痕，中虚互通透。偶然遇好事，不吝高價購。置之几硯旁，命曰小雲岫。一拳殊不易，況敢望多又。而我獨何幸，歸舟誇日富。熊魚兩得兼，彼美適邂逅。款款儼欲飛，翩翩若相就。

人間陸賈裝，金玉難單究。千金真俗物，至寶肯輕售。何如落吾手，出入在懷袖。再拜謝故人，兹情亦良厚。

望夫山歌

杜鵑花，紅映白；杜鵑鳥，啼吐血。阿夫去作海上客，阿婦山頭化爲石。望夫不歸兮可奈何？蠻風蜑雨春來多。

封川

十咏傳嘉祐，宋嘉祐中，田開知封州，有臨封十咏，盛誇風土之美。征途喜乍逢。時平山少盜，俗儉户勤農。趁雨收新麥，連村急暮春。江船多賈客，一稔給鄰封。

梧州

東粤行初盡，三江此要衝。商通藤縣米，簰出象州松。北望雲千叠，南來瘴幾重。小舟如箬籠，雙膝劣能容。

雨中飲梧州郡守范拙存署齋

清絶蒼梧郡，山城並水涯。使君非俗吏，官閣似村家。雨戰樓櫚葉，籬編豆蔻花。春寒連日甚，勸我酌流霞。

與郡丞趙默菴話舊有感

憶昔赴黔幕，買帆泝漢陽。趙家好弟兄，一見傾肺腸。吾兄謂韜荒。亦豪士，齒序同雁行。君時甫弱冠，意氣争頡頏。往往副虛懷，高譚陋詞章。風塵一揮袂，自爾成參商。奄忽四十年，舊遊半存亡。兩萍浮大海，乃在天一方。東坡詩：「蒼梧獨在天一方。」我鬢既摧頽，君顔俄老蒼。大才屈佐郡，何以展爾長。蠻城二月中，天氣如梅黄。入門巾屨溼，急雨鳴淋浪。呼童啓書齋，延我卧竹牀。此情不殊曩，此景安可常。别易會苦難，况迫桑榆光。臨分留數語，俛仰多感傷。

逆風上灘歌

船頭喜鋭不喜方，竹篙用短不用長。上灘取逆不取順，出險在閒不在忙。老夫昏昏篷底坐，静聽兩旁風雨過。深慚作力役多人，成就垂綏一游惰。

雨中過昭平縣與馬莘叟

風磴層層上，衙齋踞地高。到門雲氣合，入座雨聲豪。已覺簿書簡，猶多迎送勞。酒香奴飯白，青眼愧吾曹。

龍門峽

龍尾千層雪，龍頭萬斛濤。硤形當絶險，崖勢故争高。木馬船名。騰槽立，藤蛇絡石牢。雲端牽百丈，絲路辨秋毫。

佟中丞貽我羅浮蝶繭數十枚三日前雙蝶先出置之籠中朝來風日晴暖栩栩欲飛因開籠放之

五色仙山繭，分貽不計枚。似貪歸路近，雙翅獨先開。此豈籠中物，無端入夢來。人間何足戀，好去莫徘徊。相傳此蝶雖在千百里外，必返故山。

楊誠齋詩有韶州山又勝雄州之句余過英德爲進一解曰英州山又勝韶州今日行至平樂城南羣峯競秀争奇目不暇給英山又不足言矣問之土人無能舉其名者然不可無詩紀之也

突兀離奇縱復横，峯稠嶂疊總無名。千尋自拔雲霄上，萬古何曾草木生。佛指佛螺青未了，石蓮石筍畫難成。天教增損詩人眼，直覺昭州又勝英。

晚泊劉公渡望對岸諸峯

澄江一道鏡初鎔，寫出東南隔岸峯。指掌圖中看倒影，夕陽一百二芙蓉。

陽朔縣

雲從巫衡來，勢落桂嶺外。散爲椎結族，陽朔乃都會。森森競駢植，嵯嵯或孤介。滿眼盡兒孫，丈人竟安在？孤城如廢井，百雉陷其内。亦復設官司，于兹領巖砦。兩衙排籤立，日與刀劍對。匪曰牧人民，而云禦魑魅。昔賢遷謫到，所以多感噫。俾山蒙惡名，夫豈山之罪。不作一錢直，斯言毋已太。聖朝懷遠人，吏職視殿最。此邦瘴癘區，遷轉異流輩。于今號捷徑，上考率三載。寄語親民官，後來須自愛。

春燒

粵俗不好生，連山發春燒。新荑與枯枿，往往同一燎。昆蟲方啓蟄，被虐慘無告。造化豈不仁，吁嗟落蠻徼。客行天南陬，半月抵都嶠。侵肌苦毒霧，白日罕朗照。五行或偏勝，風痺恐難瘳。焉可無繼離，易疏以離上三爻繼明者爲火。來爲萬物燥。人情懷所便，即事具慶弔。此樂非彼欣，相哀莫相誚。

桂江舟行口號十首

龍江驛前水倒流，竹棚移上别山頭。趁虚人去愁唤渡，失却閤沙刳木舟。

灘江江色緑於油，百折千回到海休。多事天公三日雨，一條羅帶變黄流。

水自東流客自西，經過大抵是凄迷。木棉枝上鈎輈鳥，夜夜夜深不住啼。

下灘不信上灘勞，比似登山步步高。好語梢公牢把柁，上前只費兩三篙。

行近昭潭灘倍多，艑郎勸力唱牙何。此聲莫作尋常聽，便是湘南欸乃歌。

南望蒼梧北桂林，中間七驛瘴尤深。不知雲氣藏多少，能使蠻天日日陰。
霧雨濛濛霽景稀，人編蕉葉作蓑衣。櫓摇漁父唱歌去，牛背牧兒浮水歸。
戍旗相傍有人家，水退依然就淺沙。二月芳菲看已盡，滿灘蘆葭自開花。
過盡頑礓亂石堆，繡山一穴忽天開。明知不是秦人洞，容得漁舟日往來。
一月春寒甚臘寒，北風颯颯上檣竿。南人不辨冬衣服，也道朝來裌勝單。

飲同年叢汝霖桂林學署兼志别

不以他途雜，時猶贍此官。名傳人口易，實獲士心難。行色春將晚，離筵花正殘。蠻城一杯酒，懷抱若爲寬。

上巳前一日發桂林

連日輕寒連夜風，滿城桃李一時空。伏波門外梨花雨，春在鵑啼猿嘯中。

靈川縣齋清明

已過上巳即清明，一月天纔兩日晴。記取靈川好風味，新茶新豆到山城。

平蠻歌爲靈川令樓敬思作

槃瓠遺種成野豻，充拓百粵西南閒。桂林所屬半瑶僮，瑶性稍馴僮性頑。僮中廖三乃最狡，結砦背子義寧縣山名。藏神姦。義寧邑宰畏如虎，長惡不復加防閑。康熙五十有六載，遂逞蠻毒爲民患。叶平。公然越境大劫殺，乘勢摇動西江灣。東西二江在興安、靈川兩縣界中。靈川樓侯奮髯怒，一念軫卹周痌瘝。請于中丞願勦賊，朝發夕下無留艱。官軍壓境屹不動，旁睨翻笑書生孱。豈知仁者必有勇，勇氣遠過齊成覸。出孟子註疏。力捐百鎰鑄戎器，更募丁壯踰千鍰。仲冬誓師謁神廟，聲並淚下垂潸潸。與神幽明共守土，捍禦災患宜相關。

狼貪豕突忍坐視，一任滿耳啼孤鰥。陣圖兵法貯腹笥，臨事布置神安閒。先營壁隖後粻糒，下極坑谷高躋攀。天寒雪少但瘴霧，地盡石出皆榛菅。孤軍深阻三百里，間道别取千尋山。賊巢漸近徑彌惡，出賊不料攻而環。焚林燎穴何處遁，照耀巖壑朱旗殷。渠魁就殲脅從赦，散以畎畝閭闠闤。自從出疆迨飲至，三十五日師旋般。明朝獻馘上幕府，隊仗整肅排班班。受成例應給大賚，爲國惜費情非慳。有酒盈缸其色碧，有羊在牽其首朌。侯不居功以歸衆，單醪挾纊胥均頒。人傳封事上北闕，我適問道將西還。過侯治下暫弭檝，爲我掃榻開門環。杯闌抵几聽陳説，竊嘆膽氣何其豩。如聞鼓鼙作餘力，如覩介胄當躬擐。朝廷設官鎮羣僚，文武分職毋相奸。至令儒臣建偉績，壯士毋乃多赬顏。是庸作歌勒諸石，義在小雅誰能删。他年采入桂海志，碑額不愧書平蠻。

樓敬思朱襲遠追送于大瀜江賦三言古詩爲别

胡桐花，萬堆雪。躑躅花，千層血。大波淪，小波沏。百斛舟，十夫力。居者主，行者客。湘江南，瀧水北。雲淰淰，風淅淅。難莫難，此時别。

靈渠行

驚瀧下走三百灘，上流何至一掬慳。灘源濫觴乃在此，七十二重灣復灣。此渠鑿自秦史禄，初僅能通不能蓄。迨唐觀察李濬之，添設陡門三十六。石槽石斛升斗儲，一門典守用兩夫。鏵隄前啓後下板，修綆汲船如轆轤。雷轟電掣飛一綫，盈縮直從呼噏變。官船銜尾客船停，那得人人與方便。勸君小泊底須愁，不過多爲半日留。平生恥共人争路，况有林巒慰勝游。陡中巖岫絶佳。

夜泊鏵觜伏波祠下湘灕二水分流處

伏波祠廟枕江濆，湘北灕南兩派分。新月滿船天在水，蒼梧回首萬重雲。

興安田家

澀勒連村緑樹濃，家家臨水設機舂。刀耕火種風初變，問是山農是澤農？

夕抵全州城外

晨發鏵觜潭，暮抵洮陽境。急流二百里，一宿兩程併。去聲。通塞世多途，疾遲吾有命。適來非意計，及此聊乘興。峨峨湘春樓，鬱鬱蒼松逕。城南松徑亘百餘里，相傳陳堯叟所植。咫尺不可尋，黄昏風雨横。

零陵道中

旗脚東北擲，朝來乘便風。清湘送帆影，翩若南歸鴻。卧看兩岸山，白雲起蓬蓬。前飛不作雨，掠過青玲瓏。導我向零陵，爲我驅霾霿。在遠睇欸接，緣沿路靡窮。昔讀子厚記，神遊乎其中。溪山豈不佳，好事嚋繼公。便欲訪古蹟，征途去匆匆。無人爲指似，草木徒蘢蔥。

題浯溪寺中興頌磨崖碑後 在祁陽縣東南五里。

靈武功成賴朔方，中興名號遂歸唐。少陵善頌無多語，勳業汾陽異姓王。

千古磨崖一統碑，後來山谷有題辭。獨教宦蹟留餘憾，不刻春陵數首詩。

三月十五夜湘中見月

于役忽半年，孤懷寄歸艎。北來四十宿，今乃辭瘴鄉。地當衡永交，水派瀟合湘。明波蕩圓魄，春月如秋光。乾坤清氣中，草木流真香。翏翏風乍發，漫漫夜何長。遥聞漁父歌，鼓枻下滄浪。白鷗飛不到，江永烟蒼茫。

過郴江口有感于杜工部事

十載遊巴峽，三年客楚疆。青袍常避亂，白髮儼投荒。許國才難盡，憂時命不長。靴洲疑冢在，過者亦神傷。

望衡嶽

昔遊曾到長沙郡，三十七年今又來。夜向湘江聽雨過，曉從衡嶽見雲開。帆移九面鏡中轉，雁斷一行天際迴。欲著青鞵還自嘆，已無脚力上靈臺。徐靈期南嶽記：「衡山者，朱陵之靈臺。」

渌口沽酒

沙灣小市柳毵毵，酃渌篘成味最甘。滿引一杯歌一曲，無邊春色洞庭南。

醴陵縣

長沙封壤盡，僻路極崎嶔。一水趨湘急，孤城入楚深。怪禽啼少伴，斑竹泣成林。苦語騷人得，幾同木客吟。

前過常山玉山今過醴陵萍鄉四縣令同以一事去官偶紀之

朝廷惜民力，大事給郵符。朱邸徵求急，皇華道里紆。上官曾有檄，小吏似無辜。獲罪由腰笏，冤哉何易于。

自湘東驛遵陸至蘆溪

黄花古渡接蘆溪，行過萍鄉路漸低。吠犬鳴雞村遠近，乳鵝新鴨岸東西。絲繅細雨沾衣潤，刀剪良苗出水齊。猶與湖南風土近，春深無處不耕犂。

復入舟

天公假我一日晴，籃輿軋軋山中行。山行既盡復買棹，欹枕夜聞雷雨聲。諸灘暴漲波雪雪，人與鷗鳧互相雜。秀江橋外櫓枝柔，穩過袁州小三峽。牛欄、鍾山、昌山三峽，在宜春、分宜兩縣界中。

盧肇宅在宜春城外今爲學宫石筍一株猶存相傳唐時故物也

舊聞盧氏宅，中有讀書臺。地以名流著，人探古蹟來。便應呼石丈，幸不中碑材。顔魯公事，見歐陽四門集。秀色如堪挹，摩挲一片苔。

分宜感事

曾從史館見長編，太息明朝嘉靖年。牛李恩仇初植黨，京攸父子互争權。東門牽犬情相似，西市骈梟世不憐。賸檢鈐山籍官簿，兩橋猶盜水衡錢。嚴氏父子敗後，有司籍其家，事見鈐山籍官簿中。當時于州縣城外造兩石橋，費各鉅萬，世蕃皆盜官錢爲之，鄉人不知，至今猶有稱道其事者。

清江道中

柑林百里夾清江，岸岸風來白雪香。何減浣花溪上路，人家多在果園坊。

重泊鉛山河口却寄施渟如

弱纜牽船與岸平，一支春漲轉山鳴。坐看片月流雲影，卧聽長風挾雨聲。此地故人曾有約，重來小吏最相輕。講堂不到吾滋愧，爲報新編志已成。去春曾枉書幣邀余修鵝湖書院志，今屬稾粗就，施已内擢離任矣。

朱甥德璵出家爲僧法名某號渭宗今住沙溪静室舟經其處留詩一首

汝甥吾是舅，夙世世間緣。見面尚相識，出家今幾年。但能修苦行，不在學參禪。早晚黄梅雨，隨農且種田。

自題粤遊草後

老夫不怕寒怕熱，冬月出門夏到家。輕負嶺南三百顆，此行剛看荔枝花。

一日例吟詩一章，中間未覺應酬忙。無端來往萬餘里，題徧前賢謫宦鄉。

敬業堂詩集卷四十九

餘波詞上

余少不喜填詞，丁巳秋，朱竹垞表兄寄示江湖載酒集，偶效矉焉。已而偕從兄韜荒楚遊，舟中多暇，偏閲唐宋諸家集，始知詞出於詩，要歸於雅，遂稍稍究心。自己未迄癸亥，五年中得長短句凡百四十餘闋。甲子夏攜至京師，就正於竹垞，留案頭許加評定。旋失原稿，已四十年矣。曩刻拙集時，頗以爲闕事。雍正癸卯正月，忽從沈子房仲、楚望、椒園兄弟獲此抄本，故物復歸，殊出望外。昔人有悲墜履、哭亡簪者，兹集之失而復得，視敝履、著簪不又多乎哉！因取前後所作，編次爲二通，用少陵詩語題曰餘波集。仁和趙子意田爲補刊于詩後。初白翁手識，時年七十有四。

沁園春　寄徐初隣金陵。

鐵鎖消沉，江勢東來，直下金焦。想笛賽婆官，淒清舊步；鼓迎龍户，寂莫迴潮。啼殺棲鴉，滴殘晝漏，昨夢回頭覆鹿蕉。無多恨，最傷心兩字，怕説南朝。　水亭閒望勞勞，但春去春來急景銷。嘆廢寢壖垣，棠花漠漠；故家門第，燕翅飄飄。欲别誰留，欲歌誰和？細馬馱過皂莢橋。無人管，拚酒邊歸路，風墮鞭鞘。

金縷曲　送盛鶴江入都。

酒罷昏星没。正春江、揚舲捩柁，曉程催即。十載誇張才人事，香傳茶經俱輯。詩草又新來成集。湖海名流徵欲起，賸吟窗、席冷無人奪。眉子研，且勤滌。　京華不少閒遊客。料紛紛、彈冠結韈，乘車戴笠。同學行藏都在眼，幾箇文章得力。悵生事、逡巡五十。誰信蘆溝橋上路，有布衣、障扇騎驢入。定那處，相逢揖。

滿庭芳 爲叔母葛夫人五十壽。

耳厭笙歌，庭無鶴鹿，等閒甲子空徂。象牙齒冷，白髮早隨梳。三十年來舊事，傷心絶、人世全無。多付與，前塵小劫，彈指過須臾。　如今剛半百，長明燈下，勤禮文殊。幸添香掃榻，未要人扶。猶有高堂健在，依棲處、仍作兒呼。春風過，緑楊門巷，兩兩聽慈烏。

金縷曲 過家黄門伯如圃。

明月湖誰賜？羡歸來、平分五畝，就隣買地。洛社池亭平泉石，也要乘閒先置。問某水某丘曾記。里巷不教車騎入，便近城、大得山林意。都寫向，畫圖裏。　小船撑過花邊市，甚當年、清絲豪竹，近來多廢。野鶴汀鷗閒門外，抵得署書幾字？關行馬、郎君官貴。故客尚尋東閣去，愴霜天、白菊階墀閉。争得似，陪公醉。

風流子 喜韜荒兄楚歸。

村莊如畫裏，維舟了，微雨豆花秋。看楚俗攜來，人情粔籹；吴霜未老，雁膳蘧蔬。音求搜。茅齋下，瓦盆隨分設，烟火隔廚幽。有兔褐茶香，侍兒纖手；鵝黄酒熟，奴子平頭。我歌兄按拍，行樂處，何似竹脆絲柔。才隔巷南巷北，別樣風流。問瑞草橋邊，誰貽紅帶；富春江上，自有羊裘。一任酒徒星散，去覓封侯。

雙雙燕 寄聲山姪。

過荷風了，向羽扇蕉衫，小年偏永。青帘換苧，轉首涼秋鬢影。舊事有誰尋省，酒分與、詩緣俱冷。可因幸舍供魚，忘却鱸邊歸興。引領，山田一頃。有被阪文瓜，交塍香穎。平生期許，不是不堪馳騁。且學蓬茅卧穩，算此處、原非捷徑。甚時撥櫂重過，話向竹窗烟暝。

金菊對芙蓉　西水吴氏故居。

鳥啄風箏，蛇盤鬬栱，高下一帶樓臺。自綺羅叢散，瓊扇常開。晴攀翠竹題名滑，有幾個、過客多才。大都憐取，狂春柳絮，倦晝桃腮。　北園南埭東齋。看花磚經雨，塌盡莓苔。時有隣娃貰酒，换得遺釵。眼前便是西泠路，春波外、行意徘徊。去年崔護，此門此日，生怕重來。

沁園春　淮郡主故苑。

戚里繁華，貴主山莊，駙馬山亭。有記曲紅紅，歌珠串串；隔帷黑黑，絃索泠泠。曉宴催粧，夜遊傳蠟，長使行人駐足聽。滄桑後，問楊家田氏，幾主曾更？　銅環不鎖嚴扃，漸拆盡、春山屈戍屏。但斷浦蜻蜓，飛來衣桁；空庭蝙蝠，掠過窗櫺。樹色濃枯，花陰疏密，幾處蒼蒼夕照青。休回首，料華林平樂，一概凋零。

前調　薔薇。

濃暖送寒，小雨捎晴，紅雲一欄。漸竹架欹來，柔陰嫋嫋；枳籬缺處，狂蔓看看。高似窺隣，低還拂地，幾度牽人宛轉間。斜陽外，映淺深向背，巧逞朱顏。不禁刺弱枝繁，算欲折、還休好是難。便撲蝶花前，微揎羅袖；踏青階下，先護雲鬟。戀醉多情，與春無分，長是開時芳信闌。餘香好，把膽瓶貯露，黄額輕彈。

前調　送友人遊洞庭山。

藥裹一囊，釣綸一竿，清遊在兹。嘆越國浮家，今無高士；吴歌倚棹，誰譜新詞？壓擔書輕，扶頭酒重，過盡松陵知不知？垂虹畔，問楊郎鐵笛，可有人吹？黏天萬頃玻璃，只芥羽、中流點破之。正石尤風定，烟棲花隝；熟梅雨足，水到茶陂。朱橘論錢，黄柑佐釀，好在秋光指後期。歸帆便，乞玲瓏片石，與致茅茨。

滿庭芳　陳簡齋先生新葺閒園，隨黎洲黄夫子過訪留贈。

結構初完，規模漸拓，春田又看成蹊。夜來好雨，洗盡種花泥。宛似元家上洞，鳴鳩外、麥浪吹畦。橋南北，傍籬壘石，緩步得攀躋。　渾迷。回櫂路，烟添柳濇，雲暖茶溪。正客來問字，主愛留題。任是游人小住，憑闌候風信難齊。重過好，東園步屧，書籍記曾攜。

瑞鶴仙　秋柳。

風情牽暫住。乍鷺老秋絲，一年好處。依稀想前度。爲憐伊腰瘦，不成遥妬。河橋古渡，冷蕭蕭、馬嘶人去。傍離亭、挽盡長條，夢繞江南舊路。　無數。涼蟬抱葉，雨燕辭梢，昏鴉匝樹。時光流轉，但暗裏，驚衰暮。被西風吹得，江潭摇落，不道樹猶如許。記濃陰、隔浦移舟，濛濛暖絮。

臺城路　秋聲。

商飈瑟瑟涼生候，孤燈影摇窗户。堤柳行疏，井梧葉盡，添灑芭蕉片雨。纔聽又住。正澹月朦朧，微雲來去。蔌蔌空廊，有人還傍繡簾語。多因枕上無寐，攙二十五更，殘點頻誤。響玉池邊，穿鋮樓畔，一派難分竹樹。零碪斷杵。更空外飛來，攪成淒楚。別樣關心，天涯驚倦旅。

金縷曲　送陳六謙謁選北上。

身世看如此。笑忽忽、纔停歸檝，旋催行李。一領青衫氈樣重，塵土不堪重洗。況此去、復三千里。舊社雞豚期且近，數同遊、何可無吾子。想別後，當然爾。　故人誰續藍田記？便時時、哦詩松下，何妨公事。雙耳未聾丞不負，正好聽歌博醉。若行止、余皆無地。兩角耕牛容易辨，怕家人、催捉東山鼻。終擬索，長安米。

沁園春　友人邀余賦閨中雜事，分得三題。　枕。

刀尺親裁，裹束初成，吴綾蜀羅。想芙蓉新樣，粉嫌輕污；酴醿餘馥，氣愛輕呵。壓袖曾經，墮釵知否，未許輕移到錦窠。勾留處，較佳人雪腕，方便誰多。　合歡光景些那，更不奈、春來獨自何。看碧流難浣，並頭留影；餘温猶印，半面成窩。熊取宜男，豹堪辟魅，不比銷魂寂寂過。相思恨，是爲君留下，長託微波。孟襄陽詩：「酴醾爲枕睡爲鄉。」李義山詩：「冰紋簟上琥珀枕，旁有墜釵金鳳翹。」唐書五行志：「韋后妹爲豹頭枕以辟邪，伏熊枕以宜男。」李太白詩：「爲君留下相思枕。」託微波，借用宓妃留枕事。

前調 被。

計幅裁量，平。寬窄隨宜，温柔幾重。自金針縫罷，絲連錦段；瓊烟爇透，香護篝籠。泥我朝朝，伴他昔昔，軟愛裝綿暖愛烘。玲瓏裏，問凝脂團雪，可怕消融？ 覆來青翰舟中，便慚繡、羞珠兩不同。有侍兒帖妥，曾鋪曾叠；添衣斟酌，經雨經風。欲起還遲，背人覓得，一角偷藏鳳咮紅。尋思久，奈略回身處，好夢無蹤。劉孝威謝賚錦被啓：「鄂君慚繡，楚侍羞珠。」李義山詩：「青翰舟中有鄂君。」

前調 席。

脈脈盈盈，軟勝桃枝，密于白藤。甚燕山飛下，詩才比雪；楚江攜到，夏簟分冰。薄取輕安，滑防新浴，傍枕依衾夜夜曾。憑繅藉，喜稱身熨貼，擁背親承。 小憐玉體横陳，料此外、嬌憨着意憎。問角展蘇薰，爲誰鋪襯；汗沾椰葉，幾度消凝。飛燕能輕，玉環能重，肥瘦虧他一一勝。抛人處，只蕉心半卷，不在多層。尚書疏：「蔑席，桃竹枝席也。」白樂天詩：「六尺白藤牀。」李太白詩：「燕山雪花大于席。」杜少陵詩：「恩分夏簟冰。」蘇薰席見唐書地理志。椰葉席見西京雜記。

惜紅衣 金魚。

瑶甕盛苗，銀牀轉水，十分愛養。日日來看，問甚時纔長。紅鱗欲透，漸小隊、尾株分樣。兩兩，浄緑涵空，足庭階清賞。美人閒想，竹葉爲船，吹風戲來往。鏡光忽皺牽動，簷蛛網。恰是一羣驚避，没處幾痕圓浪。待縠紋旋細，又噞絲萍葉上。

海天闊處 螢。

滿庭草色猶青，不知熠燿從何至。幽光明滅，隨風難定，乍飛還止。兩兩三三，離離合合，池邊林際。自隋宫散後，便成廢苑，再不見，繁華地。巧向輕羅扇底，逐佳人、映將綃綺。夜窗歸晚，紗燈滿貯，帳紋如水。月落香沉，流輝耿耿，一牀秋思。好伴他簾外，疏星幾點，照儂無寐。

翠樓吟 蟬。

密柳河橋，疏桐院落，陰陰幾處同起。身輕容易託，也還戀、故園清庇。蕭然高寄。奈未穩吟情，何來螗臂。驚飛候，乍移別樹，殘聲猶曳。　多事。慣攪閒眠，聽雨晴昏曉，更番到耳。日斜樓角外，草草又、催將秋意。風襟露思。訴不了清空，涼暄略記。且休把，冠緌鬢翼，依稀儗似。

眉嫵 新月。

乍殘陽西斂，一鈎心字，早已挂林杪。影薄銀河澹，沉波處，水門未收晚釣。窺窗正好，被牆陰、强半遮了。素娥寡、不待及時鐘，斟酌畫眉早。　一任淺顰相效。比五更東畔，別弄纖巧。肯落佳期後，團圓意、向前屈指應到。黄昏悄悄，可有人、下階私禱。問裙帶吹風，消受拜兒多少。

多麗 詠水面木芙蓉花。

算秋容，佳處偏宜映帶。恍移在、滕家圖上，涉江正好采采。憶宿粧、水殿醒時，是徐孃、老去姿態。粉鏡初收，銀蟾欲瀉，池光冷暗銷螺黛。誰憐取、浮紅漂白，長逐鴛鴦隊。湘君遠，未應遺却，雲裳霜珮。渾不管、搴芳舊侶，經營一笑難再。倚西風、自傷遲暮，木末含情更何待。脈脈遥望，依依莫戀，憑渠流向烟波外。便從此、東西飄泊，打併團圞在。差勝似、落瓣船頭，花花相背。

綺羅香 橙。

翠淺疑流，黄嬌欲滴，屢報新霜番次。顆顆低垂，葉底微窺密刺。記小庭、細雨初移，是籬落、年時秋尾。似蓬萊金醴嫌酸，清泉簌簌已流齒。憑闌幾遍細數，自攀條摘後，枝頭剩幾。佳客重來，取給猶煩一二。擣金虀、風味攢眉，散緑霧、清香繞指。乞人前、橘樣偷藏，團圞懷袖裏。杜少陵詩：「細雨欲移橙。」陸魯望詩自注：「蓬萊公以金醴四升待主簿，主簿嫌其味酸。」魏王花木志有給客橙。文與可金橙徑詩：「小船燒薤擣香虀。」蘇東坡詩：「使君風味好攢眉。」

白苧 不見陳撝謙一年有餘，填此寄之。

小春前，重九後，風光如此。渾無聊賴，獨客坐傷往事。恁匆匆、緑醪銀榼歡呼地。只隔一重城，似隔了、千山千水。向來酒伴，零落而今餘幾。問眼中、有誰跌宕如吾子？猶記。紅牙按曲，素手搓箏，醮船波蕩，同過娉婷小市。便許我重來，怕添顛頦。歌筵側畔，好先安筆研，待題詩尾。却早暗風，催轉庭梅，一梢偷試。屈指前期，漸及燒燈矣。娉婷市，五代時鍾傳侍兒所居。

臺城路 寄題初隣水亭。

兩湖千頃菱花白，卷簾漲痕微退。蓼岸烟輕，蘆村霧重，相望渾如天外。雲山一帶。算城北城南，故人都在。釣具詩筒，鷗邊穩棹並誰載。　三間料合閒閉。向東西南北，生事頻悔。歸橐長楬，遊蹤漸近，此段妻兒應怪。前期不礙。有蒓擔挑鱸，緯蕭攔蟹。秋雨濛濛，重來聽欸乃。

惜餘春慢 王桐村新葺小軒，索題句。

堂笏猶存，檐牙未落，佳處略煩結搆。移將雞柵，掃却蟲窠，頓覺規模非舊。花外清陰又添，竹補三竿，弓開一肘。喜南榮北檻，絶無塵到，坐消閒晝。真不礙，野老牆低，書聲出屋，兒比王商能秀。水門繫艇，兩兩歡迎，開徑頻來社友。我欲從君卜隣，初念逡巡，甚時始就。但等閒荒了先廬，不顧諸甥似舅。

百字令 壽張魯白。

年年相見，認黄山一叟，雨襟風帽。梳掌摩挲雙鬢改，髮短不勝簪導，病未抛詩，貧偏愛客，此品今來少。莎廳竹徑，自攜楸帚勤掃。不是不想田廬，夢歸路斷，恨終身難了。況乃迎門無稚子，執研星星又小。溪友留魚，園官送菜，只合他鄉老。舉觴相屬，期君同拾瑶草。

臺城路 九日同人小飲，和朱日觀。

莧烟藥市門開處，秋潮乍通村舍。竹葉灣東，菖蒲港北，好友特煩枉駕。微霜昨夜。正紅啓榴房，翠除瓜架。一笑相看，風前烏帽並時卸。　年年索郎高會，多情懷酒伴，長在籬下。桂板催詩，柳圈祓禊，總付漁樵閒話。重尋舊社，笑如此江山，登臨多暇。後約蒼茫，菊枝聊滿把。

邁陂塘　送韜荒兄往白下，時余方計楚游，兼訂偕行之約。

計郵籤、苕苕幾驛，長亭七十有五。杉青牐外揮杯別，一片繁笳疊鼓。投贈句，恨不滿、緑波碧草江郎賦。杳無重數。向紅板橋頭，青楊巷口，都是黯然處。　應悵望，舊日杏花春雨。重來雙燕曾誤。莫愁艇子空城畔，潮落潮生如故。邀笛步，好借取、半帆風色先期赴。逡巡且住。待結束遊裝，明年相趁，共聽鷓鴣去。

八歸　送燕。

曾棲幕上，暫依宇下，弱羽處處堪寄。翩然便欲辭巢去，似怕尋常巷陌，再到難記。還細踏簾鈎認取，又相對、呢喃未已。徘徊意、應惜茅堂，此後整長閉。　抵得江南一度，雪程風驛，草草詩人下第。春來且住，秋來且別，身世誰非旅邸。笑行藏未穩，與爾飄飄定何異。知明歲、花濃柳澹，社日前頭，主人歸也未？詩人下第，用章孝標賦歸燕事。少陵詩：「請看處處巢君屋，何異飄飄託此身。」

玉蝴蝶　雪。

聽到五更風息，幢幢燈影，愁度長宵。曙色飛來，銀海翻動銀濤。鏡光融、拂花還起，研冰薄、呵氣旋消。任兒曹，團獅作戲，愛竹頻搖。蕭騷。荒村南北，數家烟火，迷了漁樵。野闊天低，絕無人跡過溪橋。草堂清、梅魂欲斷，江市遠、酒價應高。待招邀，晴邊蠟屐，踏破瓊瑶。

望湘人　寄季叔楚署。

便鄉音無改，簿領垂衰，星霜兩地頻換。遠信難真，孤飛易倦，惱殺衡陽少雁。僕射洲空，夫人城老，落帆幾片。自峨眉、冰雪峥嶸，眄到蜀江春暖。旅食舉家未免。只龍陽難辨，木奴千絹。問湖北湖南，米價新來貴賤。楚船青雀，吴船赤馬，一水籤程好算。得歸來、尚有田園，不愧詩家素滙。

鳳池吟　上元村居。

陰過新年，寒餘舊臘，時序取次侵淩。漸人家門巷，紫姑神降，閒卜豐登。柳又誇腰，東風拂檻弱難勝。水村烟市，一番晴意，融盡殘冰。　城中父老歸晚，説曉來微雨，不礙張燈。笑亂餘景物，昇平故事，小縣還仍。可惜溪橋，梅花無主月空凝。黄昏淺，料玉龍、哀怨難憑。

臨江仙　北山寓樓與宋梅知夜話。

霜雪長途君倦矣，遠遊吾計怱怱。兩萍浮海偶相逢。茶烟禪榻，行復幾時同。　漏轉城頭春夜永，小樓缺月疏桐。燈花何喜也能紅。亂鴉棲後，數盡北征鴻。

瑞鶴仙影　客舍咏燈花。

一枝鮮潤，蘭膏裏、蠅頭紅蕊初著。戀他短檠，愔愔不動，爲誰的爍。蘆簾紙閣，聽不了、風鈴風鐸。問何如、高燒銀燭，箏柱輥絃索。　方便煩憐取，欲剔還停，任教開落。不如儂意，只尋常、照人淹泊。遠信無憑，浪傳與、屋頭雙鵲。趁沈沈、細雨春夜動春酌。

八歸　寒食塘西道中與張介山別。

梨粧欲試，杏泥未和，芳訊饒半落後。踏青共指長橋路，且喜討春舊伴，近隣都有。籬落青旗書字大，笑村店、家家誇酒。好趁取、水泛苕西，天氣弄晴候。　遥想會城此夕，花游一曲，多少行人回首。湖船猶冷，風前雨外，燕子未知歸否？漸南程催赴，勝賞幽期惜分手。知甚日、粥香餳白，散了新烟，重來看插柳。

減蘭　己未四月別家作。

父書盈簏，手澤猶新何忍讀。也要頻開，卷帙須防飽蠹來。　阿奴碌碌，門户全生難免俗。莫便如儂，氣沮妻孥八口中。仲弟。

依依弱弟，歷齒垂髫憐叔季。孟去天涯，仲氏殷勤即汝師。　小時了了，滿望長成頭角好。玉樹庭階，添取新陰待我回。三四兩弟。

再三憐汝，早歲無娘今喪父。慚媿稱兄，忍聽閨中夜哭聲。練裳竹笥，量力行看他日事。此別經年，慰藉飄零仗嫂賢。小妹。

臼邊相杵，我爲長貧還累汝。催上鳴機，又替征夫製夾衣。蹉跎生計，浪走風塵非本意。不爲封侯，怕被人呼馬少游。內子。

明年十二，典謁可能陪客位。嬾惰無端，失學從渠正可憐。文章何用，却望家風留句誦。勿更嬌癡，夜枕晨餐侍母慈。庚兒。

多年隨我，戀主青猿情亦頗。卧犬籬根，也似癡頑免應門。閒中日課，掃地澆花無不可。留片蒼苔，莫被羊牛踐踏來。老僕。

臺城路　初有江漢之役，朱日觀、王子穎、桐村、祝豹臣、家西嶅叔、德尹弟、眉山姪追送於朱與三表兄村莊，席上賦別。

無端遥指西南路，驪歌棹歌難理。萬里瀟湘，何涓一夕，説甚才情綺麗。萍蹤如寄。望楚尾吴頭，浪花無際。屢改行期，多應依戀爲知己。 銅盤燭黄初膩。乍杯闌氣熱，合座成醉。殘月流空，曉星當户，一片離愁頓起。天涯情味，算只有清風，故人相似。遠信毋忘，時時煩附鯉。

木蘭花慢 端陽前二日，程禹聲、徐淮江餞飲南湖舟次，兼酬别俞右吉先生。

迤迤生浪態，明鏡裏，寫樓臺。正競渡中流，綵旗颭灩，畫鼓喧豗。離筵恰逢此節，愛登柈、鄉味近黄梅。白白王餘入饌，青青昌歜浮杯。 碧苔，𧾷戔楮親裁，句好勝金釵。時欲邀妓不果。道擊楫舟中，彈箏車上，猶有人才。旁觀定應見哂，感先生、勸我盡餘醅。京口且乘潮去，武昌曾爲魚來。

臨江仙 平望驛。

兩岸菰蒲聞笑語，人家只隔輕烟。銀魚曉市上來鮮。一湖鶯脰水，雙槳燕梢船。 屈指郵亭剛第一，眼中長路三千。南風吹夢到江天。故鄉桑苧外，無此好山川。

朝中措　夜遊虎丘。

笙歌十里過山塘，到寺已昏黄。客散當壚酒冷，僧歸别院茶香。　一奩止水，一堆講石，幾轉迴廊。及取無多清景，獨吟獨步何妨。

百字令　楓橋夜泊。

帆檣隱隱，背孤城、家指青山一髮。樓櫓亭臺都過盡，離了烟窩霧窟。漁笛蘋洲，樵歌葦岸，雲吐初弦月。橋邊弭棹，愛他風氣清越。　猶是夜半鐘聲，今來古往，過耳成飄忽。可惜閒吟佳句少，辜負青鞵布襪。獨壘吹笳，斜塘擊㯭，草草催明發。照人無寐，螢光幾點出没。

宴清都　過無錫，風便不及泊。遥望九龍在蒼翠間，向隣舟分得山泉半瓶，烹茶破睡。

陸羽經猶記。數水品，江南曾占第二。濃翠堆鬟，空青抹黛，濛濛雲氣。好風吹送吴船，甚失却、登臨勝地。聽杳杳、幾杵疏鐘，烟林正擁山寺。百弓割片茶園，生涯飄泊，談何容易。銀瓶金井，夢中空想，轆轤聲起。五湖者番遊興，賴吹火、烹泉有此。把宜壺、淨洗供春，絶勝吴家買婢。供春，吴頤山婢名，始製宜興茶壺。俗以爲龔春者，訛。

玉漏遲　夜過毘陵。

微涼乘小雨。朦朧殘照，尚含輕霧。楊柳風多，新月又生南浦。正是落潮時候，有人在、沙頭摇艣。相傍去，鄉音互答，愛聞吴語。已過七里郊坰，聽茅店呼燈，漁梁争渡。去江漸近，警急猶傳列戍。欲問隋家故苑，知十六離宫何處？城外路，黄昏角聲如訴。

殢人嬌　丹陽道上。

鴨嘴咿嘔，羊頭轣轆，人道是、朱方古陸。黄泥幾坂，清流幾曲。烟起處、更添幾椽茅屋。地少江南，雲寬江北，眄不到、長天遐目。官田放馬，民田放犢。願微雨、村村稻鍼抽緑。

水龍吟 登北固山。

岷峨雪水消來，洪濤萬里從東注。蒜山擁髻，瓜洲曳帶，遥遥江步。滿眼興亡，季奴草長，人來古渡。看南帆出口，城頭蘆管，盡飄向，揚州去。泥馬當年半壁，更誰暇、倉皇北顧。錦袍繡甲，英雄事業，却輸兒女。夾岸黄塵，滿瓶名酒，中流畫鼓。到而今贏得，登臨悵望，渺平沙樹。

滿江紅 京口曉發，夜泊觀音門外。

空闊江天，到此地、覺吾身小。寄身外、蕭然一笠，飄然一櫂。鐵甕城高鐃吹動，金山寺近鐘鳴早。把滿壺細酒，京口酒名。酹波臣，開懷抱。日上處，東方曉。帆挂候，西風飽。儘迢迢極望，白門斜照。兩岸山移倒退馬，千層浪逐前飛鳥。比下灘、出峽順流船，兼程到。

永遇樂　燕子磯同韜荒兄觀劇。

陡起千尋，嶙峋突兀，濤舂萬古。晚景融怡，艑郎却指，日落波平處。蘆洲一帶，柳堤數折，人與凫鷗並住。還怕向、絶頂憑淩，沈沈愁滿烟霧。　隔船遥聽，哀絲豪竹，月影朧朧輕護。村落難尋，微風吹遞，近轉磯頭路。開元弟子，郭郎賀老，剩想衣冠南渡。也抵得、商女歌殘，淒涼玉樹。

解連環　訪周雪客於汝南灣不值。

大功坊下，唤涼篷艇子，撑入圖畫。過水亭、面面扶欄，想人隔荷風，坐消長夏。楊柳灣洄，問徧了、三兩鄰亞。道水西門外，載酒載花，别築亭榭。　當時櫟園官罷。便手掃棠陰，自闢精舍。愛儒雅、又到諸郎，算裙屐風流，肯輸王謝。舊熟才名，何必更、十年同社。還只恐、吟成白雪，調高和寡。

滿江紅 輓胡二寄先生。

蕭瑟峥嶸，先君子、舊曾遊地。腸斷是、麻衣入拜，繐帷仍几。出周禮疏。九土難埋漂泊恨，一棺竟蓋飛揚氣。問茫茫、七十五年來，天何意。　亡國夢，秦淮水。懷舊賦，山陽里。甚後生前輩，無情有淚？對此江山堪一慟，如先生者今餘幾！但陶家、門外白楊風，蕭蕭起。

前調 胡震生索贈。

白鷺洲前，芳草展、滿灘新緑。舊來是、南康幾葉，一枝片玉。手種東陵瓜五色，眼看度索桃三熟。嘆過江人物柳吹綿，飛相逐。　兒女怨，清溪曲。男子恨，新亭哭。剩輪囷劍膽，酒邊棖觸。八十高堂行尚健，六千君子今誰屬？指長江如練去吞天，鍾山麓。

渡江雲 蔡璣先、鉉升兄弟招同王璞菴、胡震生泛舟秦淮，席上分調。

人家垂柳亞，水荇花放，簾卷落潮天。岸容隨棹轉，碧檻紅闌，佳處互洄沿。時光縱好，奈撩人、滿目山川。把一幅、烏絲欄展，同寫入新篇。　尊前。故鄉在望，七十長亭，問離觴幾遍。還又傍、荷陰擘藕，葉外聞蟬。　斜陽帽影微風袖，知後期、更落誰邊？　欲別也，河梁錦纜重牽。

邁陂塘　飲胡星卿先生白鷺洲荷亭上。

繞名園、渟泓渌浄，白蓮鏡裏開合。檀橋西岸清無暑，迎面香來恰恰。烟景豁，望不盡、城端山色林梢塔。移來小榼。喜蘿薜侵衣，葫蘆貯酒，觴政罷秦法。　渾忘却，舊日朱門邸閤，沙田十畝環匝。柴籬近與隣翁接，鷗鷺馴如鵝鴨。泥滑滑。任急雨、催詩飛去無多霎。芒鞵醉踏。正蓼外潮平，花西月到，歸路聽鞺鞳。

安公子　題余鴻客杏花村居，是日品茶而不鬭酒，填詞紀之。

幽絶城南墅，女牆一曲當環堵。門外緑陰，陰乍合、啼鶯還樹。　障扇驅塵，剥啄尋常去。爲新茶、偶爾留人住。正小年平半，日影婆娑停午。　少日誇豪舉，近來好事猶如故。無酒須酤，也不費、茅容雞黍。直愛君貧，雜坐忘賓主。　借玉川、七椀爲談麈。看清風出屋，灑作竹梢涼雨。

應天長　蔡龍文招同方邵村侍御、吴待觀孝廉、胡震生、王璞菴、家韜荒集懶園，席上分調兼示令季五玉。

舊時歌管地，想丘壑閒情，謝傅曾寄。江左風流，曷末封胡又起。百年花木秀，數不到，平泉小記。算只有、桐梓樊家，芝蘭袁氏。　羨爾好兄弟，問第五名高，何如驃騎？永日棋聲，翻盡楸枰餘勢。便長安似此，但對酒、厭談時事。既醉也、畫舫斜陽，柳邊還艤。

八聲甘州　送王璞菴入山左戎幕。

怪相逢何晚，又蒼茫千里動離愁。聽一聲畫角，滿城落日，客散江頭。杳杳天低鶻没，西北是青州。淮水新來淺，馬渡中流。　見説舊年山左，正塵荒古驛，草占平疇。喜傳來好語，五月麥先秋。若天心肯憐赤子，且從他賣劍買耕牛。官居暇，劉郎雄概，好卧高樓。

樓中天　發金陵，王汾仲、胡震生追送于江干，留此志别。

揚舲欲渡，正昊天六月，江流怒漲。昨夜酒醒今日别，起唤炎風五兩。潮嚙空洲，雨來高岸，一片蒹葭響。山川如畫，殘樽重此相向。　可奈芳草東西，浮雲南北，去住都無狀。珍重臨歧留欵語，只要毋忘疇曩。知有前期，難分此夕，遮莫勞長想。有書好附，紅鱗白雁還往。

滿江紅　野泊即目。

牛渚西來，三十里、平蕪極目。趁幾箇、舸艚相約，剪江同宿。沙際罾閒窺白鷺，槐陰笛晚歸黄犢。喜無名、小聚自成村，清流曲。　籬缺處，門栽竹。烟起處，蘆編屋。早映檐一帶，野田新緑。微雨去添峯頂翠，好風來皺波紋縠。更依依、飛鳥帶斜陽，投姑熟。

驀山溪　天門山又名蛾眉山。

曉江寫鏡，兩道蛾眉展。别浦翠生烟，與染就、黛螺深淺。三竿日上，宿霧欲消時，風力軟。遠帆移，百里看猶見。　當年太白，傑句曾傳徧。　氣象吐長虹，最好是、天門中斷。
眼前光景，同此一經過，問作者，更誰與，俯仰才何限？

浪淘沙　繁昌舊縣。

略彴傍蒼葭，酒斾夭斜。　縣南風色野人家。　黄石堆牆茅當瓦，還占平沙。　烟外曉程
賒，去去天涯。　嚴城何處不吹笳。　恰似廢池喬木畔，一一啼鴉。

碧芙蓉　望九華山。

參參伍伍，倚翠屏千仞，芙蓉碧聚。　微陽初逗，幾峯見日，幾峯還雨。　浮嵐擁靄，青不斷，池陽路。　乍前頭、秀偪人來，被長風、猛送帆去。　擬向遥空攬取。　把玲瓏，一壺貯。
怕仙人掌上，九女鬟輕，幻成烟霧。　讀罷青蓮句，問東道、今誰爲主？　拚盡日、閒倚船窗，舉頭數了重數。「九華今在一壺中」、「白雲穿透碧玲瓏」，皆蘇東坡句。王介甫望九華詩：「峨然九女鬟，争出一鏡奩。」李太白望九華贈韋仲堪詩：「君爲東道主，于此卧雲松。」

南浦　皖口舟中。

吴楚此分疆，瀉中江、直到長風沙觜。潮滿浸青山，澄如練、隱隱魚龍欲起。南城飲馬，北城吹角蒼烟裏。萬井樓臺連埤堄，俯瞰渾疑無地。霞標古塔層層，控巖關閱盡，舳艫千尾。美滿挂帆風，朝來便、又送遊人過此。湘天尚遠，亂雲生處浮濃翠。喜近大雷西岸望，一點小孤如髻。

點絳唇　雨後泊李陽湖。

晶晶空江，釣絲風起漁灣暮。春耡飛去，幾點沙頭雨。過盡輕雲，忽見晴霞吐。垂楊渡。亂峯缺處，回首來時路。

燕山亭　月下聽隣舟彈琵琶。

水闊山長，二十五絃，清怨不勝疊奏。何處飛來，一派秋聲，颯颯驚沙灑袖。唤起愁心，向曲浦、移船相就。還又，問截取曹綱，是誰妙手？忽然裂帛聲終，正雨止風收，碧天如晝。月緪漸滿，漏箭頻催，人間幾人回首。楓葉蘆花，便比似、潯陽江口。邂逅，傍若箇、迴燈添酒。

長亭怨慢 過湖口，追答俞大文兄弟。

論要害、西南鎖鑰，萬馬奔騰，雙鐘噴薄。湖波横截，孤城勒住、亂山脚。烟消日落，倒影動、千家郭。下有一雙魚，曾傳與、故人夙約。寂莫。嘆我經此地，恰值機雲入洛。閒尋遊跡，空悵望、幾重雲幕。把兩年、别裏新詞，半題在、江聲小閣。待掃壁來看，應憶南飛烏鵲。

渡江雲 六月十五夜，同韜兄琵琶亭對月，沽酒不可得，填此解嘲。

烟波三十宿，一輪鄉月，兩度向人圓。洞庭西上路，弱柳江頭，旋换白門船。天涯淪落，泣青衫、司馬誰邊？漫留得、琵琶亭古，冷落四條絃。依然。流分九派，劍指雙峯，嘆荒凉滿眼。便擬博、兄酬弟勸，醉也無緣。前生定入東林社，知後期、重結何年？征夢闊，白雲回首江天。

長亭怨慢

武昌縣西道士洑，亦名西塞山，絶壁臨江，上有張志和祠。按西塞山在吴興。唐書：張志和，金華人。顔真卿守湖州時，志和來謁，願浮家泛宅，往來苕、霅間，踪跡未嘗入楚也。陸放翁入蜀記云即玄真子漁父詞云云者，第未詳考耳。

浮空欲翥，翠色移來，正扁舟剪渡。一峯忽轉，黄冠形狀，迎人似俯。殘霞紅斂，送幾點、神鴉飛去。指前頭、隱隱孤城，已辨黄州烟樹。　磯邊小作遲留，向香火荒祠，笑問漁父。鱖魚肥美，算只在苕霅，溪山深處。生前好事，多著了、清吟幾句。又分得、西塞山前，別派斜風細雨。

臨江仙

漢陽立秋。

楸葉剪花桐落子，半年節物旋更。湘裙紅映漢江清。擣衣人去，浦口暗潮生。　斗柄西回天在水，家家暑退凉輕。數聲促織近窗鳴。二更月落，燈火已多情。

河瀆神　桃花夫人廟。

霸國好山川，夕陽平楚蒼然。洞門王象閉嬋娟，露桃開謝年年。至竟息亡緣底事，花並樓中人墜。千古消魂都似此，細腰宮又何地？

驀山溪　玉沙署庭有菊數本，課僕除草，編籬以護之，亦知花時未必留賞，聊以習奴輩之勤爾。

階除荒菊，刈草還成圃。天意却如人，便添灑、夜來疏雨。竹闌干外，翠色曉葱蘢，秋未老，露初濃，誰識栽培苦。　年年九日，籬下曾期汝。拋却故園叢，又坐閲、歲時荆楚。西風有信，獨客去無程，霜降後，雁來時，自有黄花主。

虞美人

乍涼天氣清于水，漸近中秋矣。玉鈎素手兩纖纖，指與畫樓西角月初三。　王昌只在牆東住，消息憑何處？半年清夢落天涯，今夜一燈明滅忽思家。

臺城路 自到江陵，三得王桐村書，感其勤惓之意，填此奉答。

來鴻去燕綿綿路，驚心二三千里。骨肉無多，平安却賴，六六紅鱗頻寄。吴霜初試。想橘瓣分苞，蟹螯斷跪。穲稏村邊，柴門相望老兄弟。謂子穎。登高却當此際。長江遥極目，何限雲水。沙市留詩，旗亭畫壁，誰管渚宫故事。蘆花風起，正鼓瑟人來，數峯銜翠。渺渺知音，滿懷空憶子。

前調 妓席作。

犀帷乍卷佳人出，夜堂静愔愔地。兩板紅牙，一枝清笛，傍有盧郎偷倚。歌頭酒尾。漫博得當場，厭厭微醉。爾許風流，烟花南部興聊寄。座中年少凡幾。是誰先感嘆，家隔千里。珠箔飄燈，紅筵奪目，惱亂江東蕩子。天涯失意，倩半幅羅巾，揾將清淚。檐雨瀟瀟，曲終更漏起。

賀新涼 秋晚獨上荆州城樓。

飛過蠻天雨。背孤城、夕陽西下，大江東去。虎渡龍洲依然在，長是馬嘶日暮。有獨客、登樓懷古。豚犬英雄都不問，問成名孺子今何處？秋太晚，散砧杵。山川洵美非吾土。向江陵、裌衣催换，一番寒暑。翠冷紅酣微霜後，變了荆門烟樹。且目送、邊鴻南度。隔岸殘雲流欲盡，指空濛下是衡陽路。愁浩浩，共誰語？

氐州第一 與韜兄江陵分手，久不得武陵消息。近傳已赴南昌幕府，因便寄懷。

木末霜催，風信乍緊，龍山别酒曾勸。路指桃源，小船壓浪，安穩過湖眠飯。峒户烽烟滿，底處覓、秦人雞犬。譜首新詞，竹枝聲裏，蠻歌倘變。客況蹉跎秋畹晚，盼消息、魚沈素斷。聞説東游，滕王閣下，趁一帆風便。念孤飛、何日到，參差翼、江湖定倦。應記蘆花，舊時羣、有襯字。爐峯小雁。「小雁過爐峯」，李長吉寄小季詩中句。

木蘭花慢 雪後再登龍山落帽臺。

暴晴冬候變，晨旭暖，凍痕開。趁雪洗荒郊，馬蹄躞蹀，不起纖埃。前遊菊枝初綻，又蜀江寒碧接天迴。遠客豈期再到，閒僧及記曾來。生涯落拓情懷。餘悵望，費徘徊。諒戎服參軍，旁人應笑，知己猶猜。風前偶然落帽，也何妨借酒寓恢諧。便作此鄉故事，一堆土阜名臺。

夢横塘 題城南田老齋壁。

鵲巢門巷，老樹低牆，映簷一帶城雉。三逕頻開，俗士駕、尋常不至。雕斛栽花，瓷盆養石，滿欄蒼翠。愛微霜初度，濃日猶温，都未有、殘冬意。楚南風物無多，剩何參老去，能談往事。清景依然，只難得、閒人如爾。擬約箇、酒徒再到，想見梅邊雪翻蕊。洗研求題，嘗茶看畫，與重揩棐几。

拜星月慢　夜渡荆江，時官軍初下湖南。

霜壓疏篷，水銜柔艣，虎渡晚來催唤。刀尺寒衣，急砧聲不斷。孤帆色，漸入西南天地，背指江橋酒幔。第一籤程，報公安小縣。　記今宵、旅宿辭津館。清無寐、倦枕惟長歎。幾番起視晏氏，泛中流纔半。漸微茫、月墮楊潭岸。湖天闊、燐火如星燦。又依依、移過前灘，起一行驚雁。楊潭岸在荆江，見岳陽風土記。

驀山溪　冬杪辰市道中。

冰開平澧，輕浪參差起。樹杪一峯晴，映極浦、蒼烟小市。長竿曬網，畫裏著漁舠，風澹處，雪消時，好景江南似。　亂餘雲物，不料還留此。過眼惜匆匆，指前路、又侵亭燧。時聞禁旅尚駐辰州。白雲回首，家在五湖東，湘渚雁，洞庭魚，會我南遊意。

齊天樂　庚申武陵立春。

緑蘋兩岸晴光轉，闗心乍聞綿羽。樹掩鑾旗，草迎塞馬，冷落滿城簫鼓。寒梅未吐。被横管聲聲，催開最苦。南陌東郊，有誰結伴討春去。當時賓客遊處。蒼苔閒尋徧，猶記題句。野竹遮隣，山茶出屋，此景眼前非故。蕭條如許，賸鷗鳥灣洄，幾家還住。及泛扁舟，水生挑菜渚。

前調 元夕。

春來天氣不長好，已經幾番風雨。柳態將絲，燒痕猶黑，未辦青鞋遊具。良宵三五。對燭影摇紅，缸花細吐。遥憶家園，隔年燈下小兒女。當時舊踏歌路。聽十番大小，拍徧南部。村酒柔情，隣姬索笑，都是夢曾遊處。楚南風土，但月黑軍城，棲烏匝樹。還有樓頭，鼕鼕傳漏鼓。

徵招 得外舅陸先生都下書。

陂湖萬古浮烟地，光風這回流轉。碧水上頳魚，迨春冰初泮。殷勤傳信到，喜白髮、加餐猶健。勝友題襟，舊交結襪，歸期荏冉。應念楚天遥，開緘處、人在洞庭西岸。鄉思與離愁，縱急觴難緩。我來幕下，翁留輦下，總非始願。幾時共，情話田園，對窗燈一盞。

邁陂塘　得盛鶴江書，兼寄文可上人。

憶離筵、緑醪紅燭，黄頭入饌新鬙。滿湖烟月歸人醉，催解荷陰弱纜。波瀲灩。算食宿、程遥多傍沙頭店。長魚似劍。每對了南烹，便思鄉味，此意肯忘暫。誰更念，青草瘴生寒歛，蠻禽啼近山檻。傳來懷袖加餐字，慰我萍漂梗泛。差不憾。想還往、風流二老年來占。紗幮竹簟。問醉裏逃禪，吟邊聯社，别後興增減。

珍珠簾　早春寄弟。

何心遂作周南客。煞等閒、暗把年光拋擲。路已苕苕，況阻湘帆楚驛。笛裏梅花飄欲盡，最難禁、冷猿濕雪。脈脈。正黄昏愁坐，一番憶别。咫尺，家山不隔。喜池塘佳夢，來依今夕。南畝共巾車，向草烟牛跡。到此始知田舍好，悔鞍馬、江關跋涉。役役。笑逡巡歸計，幾時纔決。

朗州慢　余來武陵，當兵燹之際，觸目荒涼。遡劉賓客之舊遊，悽愴憑弔，與姜白石追思小杜寄慨略同。因和其自度揚州慢一闋以見意。用其韻而易其名，亦猶春霽秋霽之不改調云爾。

屈子亭荒，隱侯臺廢，沅江苦霧難晴。聽鷓鴣叫處，又春水初生。問仙路、紅霞遠近，匆匆花事，愁滿刀兵。但烟扶殘柳，馬鞭青入空城。　風流司馬，向詩篇、都寄閒情。有曲度南音。采菱歸晚，白馬湖平。併入竹枝歌裏，遊人去，流盡灘聲。念劉郎前度，也如杜牧三生。招屈亭、隱侯臺見劉集中。采菱曲、竹枝詞，皆其在朗州時所作。

武陵春　泛小舟渡沅江尋梅。

城外清江江外草，草色已迎船。人在烟波擙靄間，渡口夕陽山。　隔岸酒帘招我去，春意在漁灣。醉插江梅帽影偏，攜得一枝還。

木蘭花慢 季叔將往辰州，以佩刀奉別。

書生緣底事，都草草，學戎裝。望盤瓠城南，馬頭塵起，邊日無光。舊來橫磨一劍，知爲誰拂拭爲誰藏？縱使長騰紫炁，肯教輕露寒芒。　臨歧把贈意偏長，對此兩茫茫。悵鋏底歌殘，環邊約負，人老蠻鄉。家園五千里外，好換牛買犢返耕桑。留向雞豚春社，恢諧割肉何妨。

昭君怨 江樓偶題。

風去波紋簇簇，嫩柳嬌鴉新浴。樓外晚晴天，好山川。　一派空濛影裏，漁唱乍沈還起。歸興滿江湖，得歸無？

鬬百草 上巳武陵西郊閒游，有懷東亭、又微、聲山諸弟姪。

甲子冥冥，半春飄雨，無人管。及取新晴，裌衣䙫疊，一領輕衫催換。小城西、有柳罥漁罾，水平花堰。正馬渡中流，鳧汀嫩緑，鷗波清軟。　猶記杯浮曲渚，草踏斜川，幾處追遊約吟伴。去每攜衾,來多聯袂,向斜陽、參差影亂。如今但、薺合沙田人不見。湖南岸,對桃開,俄驚春晚。

掃花游 清明後一日再游杼山,與山學禪師茶話。

去城不遠,被野趣招人,路迴峯起。幾家桃李,並隔花娅姹,高鬟相倚。弄袖風來,好片踏青天氣。算多是,夢後韶光,眼前詩意。　遥指方外地。有白髮閒僧,蕭然孤寄。前遊省記,正殘燈急雪,梅粧初試。轉眼春深,又和葉摘將青子。茶烟裏,聽鐘聲、再尋山寺。

邁陂塘 送楊粲英往湘潭。

乍雲開、琵琶峯頂,撲人嵐氣濃暖。桃花水汎清明後,翠轉湘帆一面。風色便。指六六、蒼灣突過川程半。新烟兩岸。喜鮭菜旋通,舟車不隔,行子望江縣。　封侯事,三載未酬初願。却從鬧處閒看。山川洵美非吾土,贏得將軍善飯。君莫嘆。漸髀肉生來,雙掌摩挲徧。長沙米賤。好壓取歸航,擣香炊玉,爾汝互相勸。

南浦 次張玉田春水韻。

風澹日濃時，寫渟泓、映徹鏡奩春曉。含意待流紅，揉藍浄、一抹沙痕輕掃。浮萍開處，依依傍母鳧雛小。遠浦柳陰魚欲上，已接船頭芳草。殷勤流下三湘，倩并刀、與把半江剪了。汀瀅小灣洄，苔猶濕、想有湔裙人到。閒情深淺，舊聲舊耳聽來悄。試問西陵橋畔路，知遊舫新裝多少？

氐州第一 立夏。

風雨蠻天，節候無準，熟衣重御初夏。燕未將雛，鶯初喚侶，何處故王臺榭。好景難拋也，第一是、橋邊柳下。幾顆朱櫻，半甌紫筍，客中瀟灑。見説耕犂行已駕，乍添種、離離桑柘。近水人家，舍南舍北，正早蠶浴罷。想一聲、啼鳩到，茅檐外、薔薇應謝。計日晴邊，緑陰成、重來繫馬。

安公子　寓庭芍藥一窠，花垂放矣。余將理沅南之棹，不及待其開，留詞別之。

初見叢添蕊。小欄一日千回倚。風信參差屈指到，今番第幾。冉冉韶華，漸入青春尾。人欲別、試問花知未？聽栗留啼處，也喚將離兩字。明日吾行矣。等閒負了揚州紫。蠒栗梢頭，風物料、依稀相似。可惜開時，少個狂書記。笑眼前、緣淺猶如此。更休論此外，載酒尋詩何地？

滿江紅　内子三十帨辰，寄此爲壽。是日在桃源舟中。

咫尺仙源，何處問、雲中雞犬。剛一笑、舊年三十，流光轉眼。萬事無如儂失計，一家只要君長健。把江湖、好語報平安，加餐飯。天四月，江南畔。初夏景，村居滿。正鳩鳴椹熟，野蠶成繭。繞膝憐深兒女拜，傷心憶侍翁姑宴。料愁邊、窺鏡旋添絲，歸來見。

滿庭芳　從往灘步行渡朱洪溪。

雨送微涼，客貪緩步，意行稍轉灣環。到天古木，藤老葉緜蠻。野果枇杷初熟，繁枝重、猿鳥争攀。窺人過，一羣驚竄，石上墜啣殘。　前山。尋不到，泉聲落磵，響珮鳴環。便褰裳欲涉，冰去。足生寒。忽展黄雲一片，秧田外、雉尾堪删。重循省，霎時光景，偷入畫圖看。

醉太平　船溪驛。

山行澗行，風程雨程。紅榴小驛初晴，報前岡路平。　溪田碓聲，畬田火聲。煩他布穀催耕，指烟綿草青。

浪淘沙　楠村梅花橋佛閣小憩。

欄檻落鮮澄，倒影分明。今來古往一郵亭。閣下長橋橋下澗，馬渴泉清。　拉沓是蠻程，難得佳名。戍人行盡野人行。如此溪山留不住，弦月旋生。

好事近　麻陽同天寺僧房。

暝色起孤城，烟外千峯俱淡。竹几藤牀紙帳，有新蟾來瞰。　山椒一夢已如仙，歸路去時暫。約略蘋花小港，棹微波瀲瀲。

南柯子　初入麻陽溪。

漱玉風生頰，跳珠雪濺肌。艑船截浪去如飛，絶勝馬蹄泥滑汗頻揮。　山鳥飄紅帶，溪禽浣翠衣。只除夾岸酒樓稀，宛似西谿留下橛頭歸。

摸魚兒　遣家信紙有餘幅，書此足之。

自依人、青油幕底，征衫再换涼燠。吴雲郢樹微茫外，萬點黔山高矗。憑短目，眄不到、西陂荷柳東橋竹。濃陰凈緑。想香澹風漪，塵清苔砌，暑意減新浴。　凝情處，應諒歸期難卜。炎荒馬首人獨。匆匆堠館斜行字，手擘藤牋小幅。書未足，補一闋、新詞架筆挑燈讀。客懷不俗。料遠信來時，鵲靈最早，爲我報茅屋。

臨江仙　銅仁郡閣雨望。

暮暮朝朝多變態，偶然一露晴輝。孤城四面萬峯圍。卷簾何處，雲重雨飄絲。　梔子坪邊新漲急，鷺鷥立盡空磯。麻陽艑子緑蓑衣。白魚三寸，江口販鮮歸。

花犯 石榴。

是何人，移從西域，幾時到南土。依山傍路。映絳萼丹華，高下無數。眼明我是紅樓主，幽遐同恨阻。最苦是、繞枝啼血，對花聽杜宇。元微之感石榴詩：「非專愛顏色，同恨阻幽遐。」關心節物記吳孃，匆匆曾過了、那年端午。窗近水，人正在，綠陰陰處。傍偏髻、一痕微逗，映小朵、珊瑚籠繭虎。而今向、鬟中重見，紅裙誰妬汝。唐萬楚詩：「紅裙妬殺石榴花。」

瑞鶴仙 鳳仙花。

參差開也得。看孃孃娉娉，垂垂滴滴。多般鬬顏色。任張家呼婢，韋家稱客。小庭南北，細飛來、丹禽一一。向天涯、似慰羈愁，與媚烟朝露夕。幽絶。苔茵稠疊，落瓣無多，寸心易結。好風披拂。草蟲蘞蘞飛出。愛佳名、合作女兒憐取，旁人未許偷摘。微嫌他、指染紅尖，和花擣葉。張文潛詩：「金鳳乃婢妾，紅紫徒相鮮。」本草韋君呼，鳳仙爲羽客。」劉貢父詩：「輝輝丹穴禽，矯矯翅翎展。」宋光宗李后名鳳，宮人避諱稱爲「好女兒花」。楊鐵崖詩：「夜擣守宮金鳳蕊，十尖盡换紅鴉觜。」

蘭陵王 安丘劉丙孫，故相國少子也。風塵天末，來宦沅州，與楊中丞有通家之誼。銅仁郡齋，共數晨夕，知薄官非所樂也。因用其扇頭舊韻，填詞贈之。

楚天杳，奈此山頑石老。泥活活，苦竹岡頭，愁度霧猿萬松杪。雁飛真不到，馬足羊腸空繞。更誰念，釋屩從軍，中有劉郎正年少。滑稽何可少。嘆相國流風，于今頓邈。衣冠只博摇頭笑。便東華夢隔，西華交在，一官爭抵歸去好。君聽子雋鳥。懊惱，亂懷抱。指平野青徐，浮雲海嶠。扶桑日上雞鳴早。甚登臨回首，每當西照。鄉關一髮，目已斷，青未了。

前調 贈吴雁山次前韻。

絲路杳，人向此中易老。望銅崖，衮衮山尖，一握孤雲起天杪。歸飛何日到，烏鵲南枝頻繞。角聲慘，戰地相逢，自嘆臣今不如少。君才時所少。喜通介如常，舊來徐邈。人情爭滿淳于笑。問眼中桑海，胸中壘塊，半生知己赴誰好。依依失羣鳥。煩惱，休縈抱。有短櫂長鑱，釣江吟嶠。勿嫌白髮盈頭早。只無多鬢影，鏡邊羞照。西垣斜日，夢裏事，猶了了。

木蘭花慢 七夕江口舟中作。

晚程西晃路，深崦裏，著扁舟。看薄霧成雲，片雲成雨，一雨成秋。推篷坐聽餘滴，漸輝輝、紅日下蘆洲。似磬涼蟬到耳，如梳新月當頭。白香山詩：「巴蟬聲如磬。」灘聲東瀉火西流，佳節客難酬。憶貰酒湖亭，曝衣村巷，吹笛江樓。孤萍近來蹤跡，擬乘查、碧落問牽牛。獨夜飛飛烏鵲，五溪渺渺鳧鷗。

百字令 八月十五夜銅仁坐雨，有懷德尹、潤木。

良宵清景，莽回頭、鄉社年年三五。碧海纖雲，都歛盡、空外涼蟾飛度。蟋蟀柴門，豆花籬落，黯黯疏燈吐。兄酬弟勸，中庭好片風露。一自隻影南遊，十分圓月，不照蠻方路。萬事干戈揮手外，咏罷微飈桂樹。半嶺猿休，極天雁斷，坐聽瀟瀟雨。此時離恨，燭花對客能語。

前調 十六夜見月疊前韻。

狂雲妒月，甚無情、掩却盈盈十五。賴是今年，秋帶閏、還有中秋一度。二八清光，隔宵晴意，不料團圞吐。移來牆角，疏桐猶滴圓露。　誰似太白詩豪，相邀對影，同此天涯路。我欲舉杯瓶已卧，拚得不眠倚樹。椒館蟲吟，竹門風過，静聽翻疑雨。沈沈永夕，素娥相傍無語。李長吉詩：「吴質不眠倚桂樹。」

鵲橋仙 庚申閏中秋。

天高露冷，一輪山月，又是十分圓候。平分節序屬中秋，問今夕、可平分否？　桂叢香過，菊叢香淺，省對新花殘酒。若教餘閏帶重陽，算此會、已登高後。

臺城路 浦市别宋梅知，並簡故園諸子。

黄花黄葉沅南岸，相逢便經揮手。浦口羈帆，尊前新月，此會他鄉難又。踟蹰搔首。羨獨木船輕，歸程易就。我亦思歸，客中送客拗楊柳。　舊交屈指某某。感因風寄訊，書疏都有。離緒紛紛，報章草草，此外儘煩君口。多能記否？好爲我殷勤，徧傳良友。預想挑燈，故園他夜酒。

點絳唇 冬杪發銅仁，晚宿松樹坪。

醉别江城，荒荒野宿投村樣。鵑啼月落，茅店孤燈著。老馬迎風，衣上霜花薄。天垂幕，孤雲一握，吹散咿咿角。

清平樂 平溪道中微雪。

深江薄雪，人去清浪驛。佳句巧從驢背覓，此地何來此客？臘梅香遞前山，戍旗插過烏蠻。天末鴻飛不到，傳烽與報平安。時官軍初恢復貴陽。

洞仙歌 渡重安江。

丹危翠險，乍懸繩度索。井底人從半空落。有清江、拖帶抹斷雲根，天一綫，兩面奇峯峭削。英雄何事業，飛鳶墮處，拍岸波聲怒時作。便策馬中流，馬亦徘徊，行人去、夕陽哀角。料無分食肉覓封侯，笑占夢無端，誰如宋桷？「食肉占夢」，出晉書索紞傳。

金縷曲 清平縣。

雪洗黄茅瘴。掃寒空、纖雲斂跡，層巒獻狀。縣小人稀餘三户，亂後偏留想像。也不負、詩家吟賞。錦市花場尋不到，賸清平兩字仍無恙。些個事，動惆悵。　行行相見坡西望。指前頭、羊腸武勝，塞笳悲壯。屈曲嶮崎高低路，三十六梯難上。煩傳語、百蠻君長。但使官廉民復業，便紅苗白嬰吾亭障。圖可按，示諸掌。羊腸、武勝，二關名。

消息 宿楊老驛。

百里中途，孤城小駐，岡重巒複。皁帽蒙頭，青氊裹手，暮寒猶觸。微陽西墮，趁虚人散，客與昏鴉並宿。正山頭、野火燒殘，聽風過，蕭蕭竹。　舊家名酒，憑誰買醉，零落低帘剩幅。想雪水初添，年時此際，比舍新篘熟。可堪回首，六亭南北，一片荒烟廢麓。更何時、翠袖牽蘿，重來補屋？「清平豆腐楊老酒」，此鄉口號，自此至平越府凡有六亭。

玲瓏四犯

韜荒兄昔過黄絲驛，賦二詞，組織極工。今來不無蔓草零露之感，填詞寄之。

風凹回鳶，冰槽溜馬，去來此路相左。神傷離亂後，事往逡巡箇。征鞍欲停無那。問佳名、最憐婀娜。城北城南，堠長堠短，回首轉愁我。　　鑾孃憶，當壚坐。有蛛絲迎面，伴客燈火。曹家碑背上，好字思量過。酒人一别紅顔散，更誰把、平原繡作做。擬寄和。歸幨却、匆匆未果。白香山詩：「别後曹家碑背上，思量好字斷人腸。」

敬業堂詩集卷五十

餘波詞下

齊天樂 辛酉貴陽立春。

東風兩度年頭尾，新春舊春如替。雪點湘蘋，烟開湖柳，又看山梅到此。鑾粧綰髻。待踏月塲開，蘆笙旋起。銅鼓聲中，青紅兒女且驩喜。鄉風處處都別。歲華頻改换，只添憔悴。魚上冰鮮，酒迎臘白，略似溪肴村味。貴陽魚似吾鄉鮮鯽，酒似吾鄉臘釀。東君有意。感就我他鄉，依依萬里。也擬郊遊，鞭絲誰共理？

瀟湘静 楊耑木都下書來，知外舅陸先生已南還，喜而有作。

瘴南雪北千千里。感公子、萬金一紙。開緘欲讀，燈花剔了，又紅添雙蕊。骨肉兩飄蓬，秋風便、歸裝先治。多應傴腦，到家期近，猶及看、早梅未？　悵望橋東學圃。草堂寒、塵封杖几。先君老友，惟翁健在，忍重來揮淚。次第慰家人，定憐取、天涯遊子。嬌癡剩有，外孫繞膝，挽須問事。

西河　春晴偕彭南陔、吴雁山登照壁山佛閣。

春乍霽，漏天景色清美。巖巒無樹可棲烟，翠屏凝紫。出郊未惜馬蹄遥，舉鞭直上嶌硊。　懷古意，登眺耳。程番今又何地？風雲滿眼幾人歌？幾人雪涕？桑滄陵谷兩無情，危欄詎忍長倚。　戰場草、淺塵不起。變青紅、血痕初洗。下瞰孤城井底。笑井蛙、曾此跳平。梁，只在夕陽邊，鵑聲裏。

疏影　賦瓶梅影，次張玉田韻。

便娟秀月，寫横斜牆角，已是清絶。傍我移來，幾度端相，欲拆翻嫌難折。膽瓶位置看如畫，特許伴、燒燈冷節。被燭光、遥妬無端，故向小窗明滅。　宛似佳人空谷，亭亭還自顧，芳意幽潔。爲爾傳神，禿筆疏枝，試與和花點出。依稀林下相逢處，傍紙帳、東風欲活。憶孤山、浮動黄昏，曾掃影邊香雪。

沁園春 寄祝朱止谿先生及吴太君八十雙壽。

碧沼丹崖，路繞蓬萊，芙蓉小城。自樊園種漆，琴材並老，帶湖栽柳，鷗侣齊盟。八十年過，八千年近，猶記東山捉鼻情。喧傳遍，是文翁宦蹟，杜叟詩名。　簾前曲奏瓶笙，正春酒浮觴花外迎。羡先生林下，竹身瀟灑；夫人林下，梅韻幽清。白首相莊，板輿閒處，愛傍籃輿次第行。時光好，願長筵長侍，兒子門生。

曲遊春 清明黔陽城外作。

故壘新烟起，數蠻城春事，初過百六。一片郊坰，但幾羣鴉噪，幾聲野哭。何處餘喬木。全未有、遷鶯出谷。只誤他，雙燕歸來，舊巢還覓茅屋。　細草離離遠緑。正馬牧荒疇，健閒黄犢。豈少相逢，奈踏白軍多，踏青人獨。誰唱巴南曲。向天涯，自成風俗。記取鼻飲三升，鈎藤酒熟。踏白軍，游徼騎也，見宋史。蠻人以鼻飲鈎藤酒，見老學菴筆記。

金縷曲 又何軒前芍藥一叢，花時被風雨摧殘，而余所插瓶中雙蕊，經旬始落，一似有情相慰者，戲填此調。

姹女粧成坐。漸依依、與人分去。熟，朱唇輕破。斟酌穠纖相傍好，同此連宵篝火。愛紺碧、餘香惹唾。十日吟窗留伴客，聽藥欄、猛雨花期過。枝稍弱，肯微嚲。　尹邢薄妬知無那。還防他、銅瓶力盡，不風自墮。天若有情應護惜，把贈將離差可。笑寂莫、何人似我。曾向武陵筵畔看，隔年詩、滿紙無心和。重對汝，鎮愁卧。

點絳唇 雷雨初過，小軒睡覺，歸思忽生。

雨過空城，輕雷薄靄千山暝。飛蚊遶鬢，睡美軒窗靜。　江上黃魚，忽引東歸興。紅榴褪，八番花信，報道端陽近。

二郎神 午日風雨，殘酒薰人，竟成薄醉，友人索余題扇，填詞應之。

聽雨聽風，驀忽地、流光偷換。誰能料者般，客況南食，今年又半。　蠻果枇杷偏遲熟，有撥刺、銀刀入饌。都勻府產鰣魚。記馬渡清沅，買魚配酒，去年江館。相勸。中丞脱略，容參午宴。也不用當門，懸符結艾，幸是把杯人健。醉裏詞成，拈須微笑，且爲旁人題扇。剛夢隔、一縷茶烟輕颺，醒來靠晚。

綺羅香 署庭七夕桂花盛放。

風色迴條，露華流葉，花候炎方特早。小院飄香，及取火流星曉。憑玉兔、半面催開，喜金粟、一枝預報。是吳剛、妙手移栽，流黄恰映錦機巧。高榆天上歷歷，比人間叢樹，涼意多少。顧影婆娑，待月圓時也好。想姮娥、不耐清寒，步羅襪、盈盈先到。便從今、暗數三開，孤芳猶未老。宋人詩：「四出花中異，三開格外芳。」

瑤華慢 賦雞塅。

傍松似繖，比肉非芝，喜筠籠初稛。肌分理細，脆于瑶柱，嫩于玉筍。廚孃好淪，觸纖指、微防輕損。任清涎齒頰先流，欲嚼芳鮮未忍。憐伊產自炎荒，數陳家九種，圖譜猶臏。人間雋味，但風乾日炙，封題遠信。秋林雨過，記竹下、呼兒采菌。便吳鹽雪點羹湯，那有者邊風韻。松繖出勞山。肉芝見抱朴子。九種菌見陳仁玉菌譜。

拜星月慢　中元夜對月。

素角烏烏，女垣東畔，圓月初生雲表。斗柄旋回，射西方參昴。曲欄外，滿地玲瓏影動，壓樹棲鴉纔到。漸過黄昏，又窺窗斜照。　算愁邊、何限淒清調，人無寐、涼意蟲先報。此際誰不驚心，只閒房較早。念鑾中、天氣晴時少，團圞處、忍負秋期好。喚棘僮、卷起疏簾，伴金波到曉。

瑣窗寒　中元後苦雨連旬，薄寒中人，已似吾鄉十月天氣，南方節候無準如此。

蟋蟀空廊，梧桐别院，逡巡暑退。雨聲連夜，不許新涼替代。直隨他、萬馬南來，瘴鄉氣候同沙塞。把秋期變作，做。授衣時節，早寒先戒。　一帶，犢垣外。有鵩鳴似鬼，雞鳴如晦。空齋愁坐，搦管讐書都礙。況中庭、橘未垂條，孤鴻消息渺難待。但朝朝、目送荒烟去，作巖頭黛。

夢横塘　得家信。

繩橋夢杳，絲路人稀，書來歲聿云暮。寄到春衫，嘆節序、中更寒暑。驥子聰明，别時猶小，今能憶父。只家貧世亂，大要憐渠，慈母杖、休輕與。我行不爲封侯，甚歸期屈指，誤了還數。續火蓬窗，暗想到、昨封題處。誰知向、雞聲絶徼，孤館愁聞夜深雨。待不消魂，一回對影，也悲辛狂顧。

水龍吟　賦霧淞。

攢柯密篝層層，朝來幻出公超市。餘寒未減，阿誰裁剪，雪翎粉翅。非葉非花，疑花疑葉，珠裝玉綴。笑隋家新樣，都將綺繡，强占了，瑠璃地。城角垂垂幾樹，壓鼉廚、鑾烟斂紫。天公妬汝，微陽院落，瓏鬆驚墜。人静空階，一聲清響，鏗然到耳。倩東風着力，唤回舞態，與扶頭起。曾子固霧淞花詩：「舞人齊插玉瓏鬆。」

臺城路 壬戌新年黔中見燕。

燕窩山在城東，見黔記。外春來也，差池恰逢雙羽。舊巷亭臺，新年花草，總付零笳斷鼓。安巢何處？奈地老城荒，並無佳樹。小立茅檐，飛飛驀過短牆去。尋常不記前度。甚來從海上，歸路偏阻。蜀霧吞江，楚雲迷峽，却伴烏蠻久住。乾坤逆旅。嘆我亦依人，未須憐汝。遮眼鄉關，濛濛人日雨。

鷓鴣天 花朝晴，出郭閒眺。

屐齒殘泥冷乍消，冷音另，土語以霧雨後路滑成冰爲冷。快晴難得是花朝。六千里路連芳草，廿四番風剩柳條。紅仡佬，紫姜苗，亂山何處酒旗招。鷓鴣聲裏遊人少，啼過頭橋又二橋。

曲游春 白櫻桃下偶題。

瘴雨長飄瓦，改東風幾信，偏滯寒色。二月初頭，見櫻桃一樹，花頭漸白。剛被晴烘拆。

已便有，遊蜂窺得。勿嫌相對無情，猶是上年吟客。彷彿，梨雲杏月。覺香泛南枝，春陰較密。占斷花朝，勝寒食江南，燕簾吹雪。可有人憐惜。是當時，下階曾折。争奈亂後風光，斷無消息。李長吉詩：「下階自折櫻桃花。」

唐多令 後園紅杏、林檎二本，今春忽枯，惟李花獨盛。

一種舊春風，年時經眼同。好花枝、能白能紅。曾被上番吟賞後，蝴蝶夢，忒匆匆。顔色等頭空，孤芳賸此叢。伴詩懷、清許盧仝。應有縞衣來叩户，人尚在，百蠻中。韓退之李花詩：「夜領張徹投盧仝，乘雲共至玉皇家。」

驀山溪 又何軒前芍藥，今年忽發並頭一枝，楊中丞屬賦。

頳顔怒拆，變作嫣然笑。淇澳有佳人，一箇箇、傾燕豔趙。含情顧影，相傍各低徊，曾妬否？解憐無？鏡展新粧肖。金壺勝賞，絶代矜難老。卍字小欄前，問誰步、春風獨早。佳名好换，莫道是將離；一覺夢，兩娉婷，此譜揚州少。徐文長賦：「狂葩怒拆。」蕭子顯詩：「佳人淇澳出，豔趙復傾燕。」

臺城路 二月廿九日黔陽送春。

年年絶域春華改，驚心這回較早。唐帽山前，襄陽橋外，一片明波碧草。尋芳事了。正翠駰人歸，閒吹竹𥯨。路指西南，關城宛轉楚天杳。　當時嬥歌花館。亂餘留想像，别夢繚繞。紅袖當壚，緑楊蔭馬，底處曾經買笑。時光縱好。但爲雨憐花，因風送鳥。去已忽忽，任他三月小。

緑頭鴨 聽任小史唱提水調，其聲婉轉幽咽，相傳明沐國公鎮滇時宫人所歌者。

面如花，畫圖樓閣神仙。入侯門、琵琶偷學，未登狎客紅筵。轆轤長、胭脂井淺，别翻新調鷓鴣天。三百年來，故宫幽怨，此聲今被僰僮傳。似花底，雛鶯調舌，嬌小又清圓。歌頭轉，一絲風細，裊斷還聯。　問人間、幾回曾聽，哀彈不用么絃。便司空、向來見慣，也同司馬淚潸然。我亦無端，爲伊腸斷，淒涼何況館娃年。杯闌後、曲終夜半，風雨到燈前。疑有箇，人兒擁髻，愁對伶玄。

滿江紅 送楊劍川罷官歸雲間。

鳥道羊腸，算最險、無如作吏。又何況、烏蠻南角，浪穹左臂。鬢底霜華官興嬾，眉間黄色歸心遂。便抽帆、到岸有何難，能知止。九峯畔，雲霞膩。三泖外，烟波細。是前張後陸，高賢故里。秋兔弦開樵擔月，春蠶絲引漁竿餌。問先生、此樂幾人同，人無幾。

金縷曲 客窗初夏觸景思鄉。

地盡天連蜀。聽啼鵑、幾聲催放，四山躑躅。看到此花人情倦，翻愛陰陰夏木。來掩映、隔窗棋局。翠葉枝頭紅相亞，儘殷鮮、不受蜂須觸。一顆顆，荆桃熟。露梢添引光如沐。只從他、出階成筍，出牆成竹。遊子新來田園夢，長繞采桑隣曲。鎮邂逅、村粧不俗。插鬢野芳風吹墮，乍歸來、微雨鳩鳴屋。裙共草，一般緑。

清平樂 初發貴陽。

莎衫藤屐，陰雨霉天積。晴路一鉤初得月，門外馬嘶人別。來時車羣間關，去時烽火平安。笑問遠遊何事，也如絶域生還。

如夢令 平越道中遇雨。

苦竹岡頭滑路，郎馬來從何處？行不得哥哥，相勸解鞍且住。杜宇，杜宇，又道不如歸去。

無悶 黎峨阻兵，漫題旅壁。

旌旆連郊，鼓角連營，井底孤城如陷。笑萬里歸裝，一囊一劍。欲踏芒鞵徑去，奈霧雨、冥濛雲濃澹。路難如此，客愁正劇，猿吟又慘。誰念，梗猶泛。對亂石荒屯，亂山孤店。爲旅食年深，易成秋感。壞壁題詩好在，記醉眼、昏花燈明暗。喜夜來、布被涼生，已夢清湘裊纜。

生查子 六月十五夜黎城坐月。

青山淡欲無，月到中天小。却扇一襟風，暑氣清多少。蘆壁吐燈光，中有隣娃笑。明日二郎祠，去約乘涼早。

臨江仙 立秋後七日，自溆溪乘舟東下。

撲面風埃行倦矣，急來照影清江。濃波激石勢相撞。小船篙槳便，穩穩下驚瀧。　預遣兒書報歸日，到時黄葉秋窗。滿沽菊釀待開缸。家山無限好，蠟屐更添雙。

洞仙歌 過楠木洞，舟人指點石上有沉香船，云是吕仙留蹟。

蒼灣一轉，愛瀲波如鏡。倒插雲鬟翠眉影。乍洞移楠木，船指沉香，仙路遠，縹緲似非人境。　晚來微雨過，竹樹蕭森，做弄秋聲入清聽。猛喚起塵機，草草經過，負多少、松梯苔磴。賴沙鳥有情伴人歸，與並坐江心，烟濤百頃。

臺城路 武陵换船自龍陽至長沙。

山窮水遠蒼茫外，楚天頓開心目。紫草灣洄，白沙洲溆，都入郭熙横幅。家家農牧，已閒却人牛，蒔田早熟。漁户風烟，插竿曬網出茅屋。　程程鷺眠鷗宿。長年能一一，指似遺俗。岸闊三秋，湖平八月，又轉清湘幾曲。浮青剪緑。趁細雨黄香，沽將醽醁。好卸輕帆，古碑尋嶽麓。

瀟湘夜雨　長沙水檻亭，爲趙雲岑副使作。

甃石爲池，移橋就砌，多年結構纔成。長沙風物，官閣有園亭。分取三湘别派，波光動、簾額盈盈。中秋對，月應更好，盃底吸空明。　笑先生愛客，門庭如市，宦況彌清。一片冰壺裏，寫出閒情。直把西湖比似，也宜風雨也宜晴。只少得，篷舟一箇，同聽煮茶聲。

百字令　曉發湘潭，由青草湖出洞庭看月。

江潭一棹，趁宵來、三十六灣秋漲。二百里程高枕過，席底平如掌上。菰葉翻翻，蘆花漠漠，日落魚吹浪。天開地坼，人間此境何曠。　屈指況近中秋，攲舷歌罷，晚景尤清亮。我本南遊無一事，愛答榜歌漁唱。湘渚移帆，洞庭賒月，俯仰應同賞。玻瓈忽動，冰輪湧起千丈。

臺城路　登岳陽樓。

三年行盡西南路，重來岳陽樓下。宿霧占風，晴霞辨雨，變態空濛難寫。乾坤作冶，看萬象俱融，鏡光東瀉。一笛飄蕭，秋心吹滿洞庭野。舊來戰壘初洗。憑軒休涕泗，目斷戎馬。遠浦沈烟，輕舠點葉，既濟風波翻怕。琴高待跨，奈地少雲多，魚龍未化。剩有閒情，坐觀垂釣者。

長亭怨慢 壬戌九月十三日到家作。

甚當日、去家容易。秉燭羌村，夢猶恍惚。不記飄零，却憑兒女、算年月。爲渠覓食，一笑蛩蛩負蹷。傾倒薄游裝，聊付與、烟生煬突。咄咄。山陽聞笛罷，獨自心傷存殁。時聞右朝之變。生還偶遂，别中事、逢人怕揭。料柴門、更有誰敲，便菊徑、從他蕪没。好勤課童奴，重理釣磯耕垡。

摸魚子 涉園酬别魏禹平。

放扁舟、清風涇上，此生快事爲最。城隅一徑蒼然轉，滿架朱藤高挂。鶯語外，正人坐、春風花被遊絲礙。名園入畫。記杯賭循環，牀移曲尺，佳夕鎮相對。留連處，却指離程如黛。眼前光景難再。更爲後會知何地，浪態檣形相背。無可奈，算去住、行藏總被浮名絓。還應自愛。待挾妓春山，尋僧秋社，重與了吟債。

念奴嬌 贈別碧紋録事。

尋春較晚，人都笑、小杜舊時光景。曲港橋通，門啓處、翠柳紅薇交映。喚起梳頭，慵慵猶帶，中酒催花病。有心絳蠟，夜闌留照雙影。　却是我未成名。匆匆輕別了，翻嫌薄倖。此意沉吟行復住，不爲石尤風緊。明日回頭，離烟恨水，多少愁人境。問重來約，叮嚀莫似瓶井。李嶠詩：「消息似瓶井。」

一萼紅 重過飛翠軒。

枇入。杷園，有翠禽飛出，消息遞前軒。柳外飄燈，花陰籠月，歸後略帶微醺。剛博得、橫波回盼，喜嫩約、不負去時言。來便重來，抛人容易，休似初番。　爲我迴身幾遍，道護他窮絝，終自憐君。高燭融銀，沉烟續篆，且與並坐黄昏。也莫管、漏聲長短，拚一度、相對一消魂。明日倩誰相伴，水上湔裙。戲用王建宮詞中語。

渡江雲 禾城答華羲逸見貽原韻，兼送其北行。

歸裝何晼晚，落帆天際，雲樹及冬晴。故人欣握手，寄我新詞，屬和到春城。兩湖烟雨，鴛鴦外、流水無聲。又早是、南檣北柁，滿眼促征程。　空舲。哀猿斷峽，宿昔曾遊，向閒中循省。爭得似、花街擪笛，燭院聞箏。歡場事往渾如夢，夢醒時、説與誰聽？空自咏，白頭洛下書生。

百字令 徐淮江別後寄調，有「書記狂遊」之語，次韻答之。

經營買笑，甚娉婷、十斛明珠論價。月下星前花底醉，偶逐春風良夜。采了蘼蕪，種將紅豆，雲散清歌罷。三生一夢，未應輕算遊冶。　多少劍客呈鶚，琴姬擁鳳，豪舉誰能借。自檢空囊償酒債，差勝博梟壺馬。知己書來，佳人別後，孰是忘情者？報章草草，却愁洗研重寫。

解連環 紀夢。

蕉陰隔院，有到窗殘月，移來一片。更添他、幾點疏螢，正角枕紗廚，夜涼人倦。薄被香消，留縷縷、手縫針線。感殷勤就夢，直似憐儂，寄宿孤館。邂逅難償初願。只燈花猶似，那回爛熳。盼舊約、曾指紅榴，又點綴蒼苔，下階踏徧。曉路侵星，欲去也、晴梢露泫。悔當初、輕别西灣，茨姑葉爛。

解蹀躞　接德尹武昌信，知春杪已作嶺表之遊。

依依漢南柳色，舊是懷人處。柁樓水拍長隄又春暮。流下黄鵠磯頭，好憑䞓尾紅鱗，與傳尺素。眼中路。一笑賓鴻社燕，勞勞各如許。嶺南此去一事却輸與。計日荔子初紅，從渠飽噉千枚，可能分取？

芭蕉雨　本意。

夢覺微涼生處。曉來傳點到、分明語。起凭去。闌杆細數。驀地捲作秋聲，梧桐别樹。淋漓不怕絲雨，只恨風掀翥。乍翠羽飄飄、細分縷。渾忘了、舊題詩，直待重展蕉心，再來覓句。

祝英臺近 賦蝶，和韜荒兄韻。

去翩翩，來劫劫，秦宮一生狎。花落花開，好景過如霎。料得庭院深深，重遊較晚，也惆悵、成陰緑葉。　恁輕怯，憑仗滕閣丹青，長依畫眉妾。爲汝叮嚀，雙飛避羅箑。防他撲向春衫，買絲繡樣，把金粉、損將一捻。

離别難 寄書。

一櫂别忽西風，映門秋水芙蓉。畫梁雙燕少，錦字孤鴻杳。樓頭他夜夢、忒惺忪。疏雨外，啼螿碎。殘燈何喜著花紅。花可愛，情無賴。獨眠遲，短箋滿貯相思。封題鈐小印，牢記秋螢信。莫便道、負心期。人好在，來應再。那回端不似當時。

河傳 秋雨。

薄暮，微雨。做秋聲，紙瓦山窗獨明。蘆花夾岸舟乍停。曾經，瀟瀟和雁聽。　疏點漸稀檐外竹，還蔌蔌，静覺涼生屋。記明朝，約登高。隔宵，殘燈挑復挑。

綺羅香　紅葉，用玉田舊韻。

叢菊籬荒，茱萸洴冷，漸老紅顔誰主。派别丹黄，不上青楓圖譜。任賽過、二月花時，渾難戀、霜條霞縷。向枝頭、添陣寒鴉，自隨流水杳然去。　去也去也何處，曾博幾人憐惜，幾回題句。醉面微酡，有客暗嗟遲暮。指隔岸、賣酒旗邊，是昨歲、登高舊路。聽穿林、風已蕭蕭，可堪還夾雨。

新雁過粧樓　賦菊，用玉田舊韻。

留取瓦盆。兼客土、雅稱茅舍疏籬。山人衣白，老伴愛結黄衣。舊徑三三分好種，新頭一一摘繁枝。喜開時。花如人澹，蟹比魚肥。　莫怨芳期摇蕩，有南山到眼，不負陶詩。結塔開屏，晚景争戀斜暉。隣翁舊來好事，記帽底、滿頭曾插歸。歸來好，問餐英幽味，醉醒誰知？　范景仁有菊塔、菊屏二詩。

江南好　虎丘送朱子容六丈入都，癸亥二月。

騎鶴吹笙，六郎風格，梅村句子猶新。詞壇酒壘，五十八回春。好在江山四壁，茶烟畔、鬢縷飄銀。驚初見，壯心千里，擬向何人？　把吴都舊夢，付與前因。亂後渡江光景，算誰似、衛玠傷神。垂綸手，却遮西日，還指洛陽塵。

霜葉飛　再得淮江書，知弄珠别落人手。余時將有南昌之役，旅懷殊耿耿也。

不來何意差池恨，魚牋横幅曾寄。多緣銀漢澀微波，誤秋期容易。還憶得、别時情事，烟條妨路船猶檥。費多時佇立，纔小語、回身行行，莫忘飛翠。　儂意正爾相憐，半年游跡，直是沉吟爲此。柳綿依舊化浮萍，與飄零何異。倩一股、菱花秋水，殷勤好寄離人淚。拚溢浦西風，聽到琵琶，别添顦顇。

望江南　朝發景德鎮，夜抵饒州，舟中即事三首。

江行好，裊裊挂帆時。一練澄波烟鎖住，三竿紅日霧消遲，此景曉來宜。

又

江行好，歷歷亂帆時。牛背日斜鴉獨立，漁灣人去鷺雙窺，此景晚來宜。

又

江行好，寂寂卸帆時。羣雁驚人霜外起，小船吹笛月中移，此景夜來宜。

四字令　阻風鄱陽湖。

彭郎小姑，康郎大姑。更愁五老香爐，限狂瀾一湖。　雲汀樹枯，沙汀草枯。北風吹折黄蘆，奈蕭蕭雁呼。

綺羅香　南州官舍，風雨連朝，履安叔索題詞藁。

零雨西山，斷雲南浦，縹緲愁城誰築。一卷新詞，手寫烏絲十幅。喜穠婉、漸近梅溪，論清麗、寧輪竹屋。最苦是、花落江天，此時相對却慵讀。　幢幢孤館殘燭。正賴鱗蒼翼，望極遥目。小立東風，只唱舊時歌曲。藁砧恨、委浪萍輕，翠袖怨、出山泉濁。而今恁、一句都無，斷腸難再續。

金縷曲 彭蠡舟中，讀外舅陸先生與聲山姪雁字唱和詩卷，戲填此調。

海外羣鴻戲。寫遥天、前行未斷，後行還起。排比八分人字樣，倒捲霞光作紙。忽一折、斜飛取勢。變化隨宜成草聖，覺陣圖、大有縱横氣。象外法，畫中意。　畫沙印雪依稀似。也强如、紛紛鵝鴨，挂名帖尾。漸遠漸高看漸没，澹入雲藍無際。望不盡、揚瀾左蠡，有所思兮湘浦外。悵魚沈、尺素遲難寄。好爲我，傳牋地。法帖評鍾太傅書如飛鴻戲海。宣和書譜：「王濛論章草，作人字法。」白香山詩：「却要斜飛取勢回。」王右軍有筆陣圖。蘇東坡詩：「有似飛鴻印雪泥。」右軍又有鵝羣、鴨頭丸二帖。雲藍箋見松陵集。

邁陂塘 吴民則屬題秋浦歸帆圖，用李分虎韻，時由吴興學博去任。

問先生、采芹采茅，何如歸采蒓去？駱駝橋外樵風便，好著一枝柔艣。挽不住。看無恙、歸帆穩挂西南路。鏡匳初鑄，趁鷺頂飄絲，鳧翁刷翠，行到水窮處。船頭轉，一片空濛烟雨。吟續蘋洲笛譜。風流六客今何在，又作西湖社主。君記取。算道士磯邊，未必無漁父。爲儂留語。道放鴨人歸，桃花春漲，來歲或尋汝。

點絳脣　紅花埠道中。

河北人家，踏青也有紅裙女。野花誰主，多謝風擡舉。　叵耐啼鵑，苦勸人歸去。歸何處，濃烟疏雨，遮斷江淮路。

臺城路　京師送李分虎南歸，兼懷令兄斯年、武曾。

秋聲獵獵修門外，清笳亂砧齊起。古堠參差，離亭長短，獨客竟成歸計。桑乾一騎，漸淮菊催黄，江楓變紫。上了吴船，霜風吹淺太湖水。　登高恰當故里。弟兄應悵望，别夢難理。時斯年在長沙，武曾在鳳陽。西日東塵，瘴南雪北，此度倦遊凡幾。寄聲二李。料隻影單棲，未償初志。莫忘去。重來，酒人燕市裏。

木蘭花慢 送曹升六舍人佐郡新安。

插天青未了，三十六，翠芙蓉。愛官閣鈴梆，人家雞犬，多在雲中。畫圖又呈變幻，便横看不與側看同。烟氣潤添修竹，濤聲晴卷長松。　匆匆，我昨遊蹤。算此去，却輸公。正千里烽銷，一州事簡，諸縣年豐。風流未妨佐郡，問宦情詩況那般濃？擬踐黄山舊約，籃輿筍屐相逢。

齊天樂 寄祝魏青城憲副七十壽。

傍城烟火環城水，依然舊家喬木。眷列東西，巷分南北，中有涉園幽築。花邊補屋。正結搆初成，幅巾歸沐。七十平頭，官情到此合知足。　傳來雙鬢猶緑。市朝回首處，都是棋局。近社僧來，署門客去，誰奏鶴南飛曲。翠娥持燭。待自琢新詞，譜將絲竹。散入春風，早梅香撲撲。

酹江月 京城中元。

如弓沙月，正秋輪乍滿，映來粉堞。冰琖拍殘人影亂，散作六街涼蝶。賣過荷花，一番夜市，又賣青荷葉。碧雲萬柄，星星點點的的。　回憶昨歲今宵，故人相喚，並放西湖檝。水面樓臺天上下，鏡裏倒窺紅頰。經眼風光，轉頭情事，鷗夢無多霎。秋絲添鬢，孤燈照影愁鑷。

一萼紅 積雨有懷竹垞，時移寓古藤書屋。

翠模糊。想藤梢垂格，老緑早涼初。葉葉分風，牀牀避漏，近日吟興何如？問添了、幾莖白髮，又還問、撚斷幾莖鬚？蠅拂甘瓜，蟻浮苦酒，作底歡娛？　著得等身書就，甚眼中未見，還有奇書？夢隔前塵，客來今雨，好是深巷閒居。且莫賦、田園歸去，算斯人、何可此間無。一笑回頭，白鷗浩蕩江湖。

解珮令 聯句送趙秋谷歸益都。

城頭畫鼓，馬頭紅樹，最無憀、酒邊人去。朱彝尊。聽徧陽關，也未抵、者番別苦。魏坤。一程風一程寒雨。斷橋橫浦，淺沙深塢，翠灣澴、鄉山無數。慎行。卸了朝衫，換獨速、莎衣醉舞。坤。勝東華、滿韉塵土。彝尊。

浣溪沙　聯句題張遠墨梅。

淡墨螺勻尺幅綃，坤。五三六點冷香苞。彝尊。玉龍拖尾燕分梢。慎行。紙帳影浮斜月底，彝尊。畫屏春貼小山坳。慎行。一番花事又江郊。坤。

春風嫋娜　游絲。同竹垞賦，限蛇字。

笑東君何意，斷送芳華。吹墮粉，走噴沙。向蜘蛛、窠裏巧黏密網，縈成金縷，展出繅車。細欲無痕，長能比髮，牽惹遊人眼界花。安得天機織素手，織將霧縠與冰紗。千丈晴空不礙，日光斜映，見閃閃、輕罥檐牙。無風綽，被雲遮。瞥然搖曳，又過隣家。一筆難描，來蹤去影；寸絲難綰，春蚓秋蛇。無情有恨，任花南水北，定誰憐取，飄蕩生涯。太白詩：「白髮三千丈。」陸探微能一筆畫，師宜官有游絲書。

百字令　爲真定梁相國壽。

風流謝傅，想當時、原爲蒼生而出。人以爲通公自介，四十年如一日。闕補山龍，姿同海鶴，帝賚尊良弼。太平有象，中書仍領樞密。　猶記莊號雕橋，壽槐重蔭了，錦堂琴瑟。袞袞公卿皆後輩，秩算松齡纔七。一桁朝衣，滿牀牙笏，慶繞芝蘭室。梅邊開閣，奉觴長近佳節。

前調　竹垞屬題歸耕圖，次卷中原韻。

良田二頃，只躬耕、少箇南陽名士。悵望杏花烟雨候，鄉夢牽人何已。纔着朝衫，便思初服，前輩多如此。先生歸也，買山計正難耳。　趁好碌碡村邊，桔槔園外，長一丈春水。還我綠蓑青箬笠，重向溪南小市。十角吴牛，千頭楚橘，早辦收身地。笑陶元亮，昨非始覺今是。

太平時　奉和聖製立春。

淑氣初回景色嘉，一天霞。人間何物報春華，有梅花。　已覺冰池鱗甲動，浪淘沙。滿城柳意待風斜，萬人家。

醉太平 甲申元夕，西苑觀燈賜宴，歸同揆愷功院長賦。

西山雪融，西湖鏡融。一天明月清風，慶時和歲豐。尊中酒紅，懷中橘紅。醉歸街鼓鼕鼕，報三霄露濃。

邁陂塘 高江村宮詹屬題蔬香圖。

展生綃、天開圖畫，怳然身在璚圃。宫羹禁臠多嘗徧，偏愛蔬香繞筯。江畔路，擬挂却衣冠，暫領田園趣。斑鳩啼午。正土輭春酥，疏畦小稜，去。一陣菜花雨。筠籠淺，把送不勞地主。自擕鴉觜鉏去。十年宰相非難事，且與撥灰煨芋。煩致語。料五畝、池邊未是歸休處。聊追白傅。向紫莧青菘，黄芽緑甲，博取醉吟句。

百字令 樓敬思送盆菊賦謝。

重陽纔過，被霜風、剪盡一庭秋緑。門外白衣招不到，卧聽隣槽酒熟。落葉聲乾，殘陽影淡，夢繞東籬菊。此時貽贈，感君知我幽獨。直爲下瀷田荒，斜川路隔，歸計貧難卜。華髮滿頭何處插，辜負佳人空谷。客土培根，紙條沁水，聊洗塵埃目。肯來同賞，餐英正喜無肉。敬思前寄余詩，有「何妨食無肉」之句。

菩薩蠻 錢蔗山給諫贈女兒香一奩，賦謝。

西塘才子東宫令，異香幾片遥攜贈。喚着女兒名，十分憐惜生。鷓鴣斑血結，蘭氣熏奩出。端合浣清泉，忍教凝紫烟。以水洗之，清香自發，不待火爇也。

疏影 同魏水村賦寓庭芭蕉。

新桐牆角，愛碧茸茸下，孤莖秀擢。一片纔開，一片旋抽，次第展將旬朔。天生百竅玲瓏樹，慣只做、小庭葉幄。儘放教、障日捎雲，經多少雨淋露濯。漸入淒涼時候，緊西風攪得，愁人夢覺。幾度裁牋，幾遍題詩，饒半憐他脃薄。自從没骨圖成後，可還怕、霜花剪却。時禹尚基作寫生小幅。好護持、宛轉柔心，莫被玉纖偷剥。

金縷曲　寓庭雜蒔草花，有一種名秋牡丹者，戲嘲之。

小草當秋季。向軒墀、孤莖獨上，晚花初試。解道鼠姑顏色好，一種偷他名字。倩翠葉、層層扶起。碎翦繚綾攢縹蒂，與籬根、霜菊差相似。白菊經霜多變紫色。那許並，魏家紫。傾城傾國談何易。便同時、翻階紅藥，纔中作婢。此外花曹三百六，誰譜入名園記？幸落後、少爭春意。自揣弗如應自遠，尹和邢、孰若相迴避。入宮妬，庶免爾。

前調　盆池種藕，有葉無花。

爲愛荷香早。傍春分、就隣乞藕，埋盆作沼。乍見田田浮鏡面，數點青錢圓小。漸翠聳、亭亭羽葆。道是看花吾有分，去。轉轆轤、引水添清曉。費心力，計多少。等閒長夏多過了。到秋來、雲沉露冷，向誰索笑。老子胸無惆悵事，聽雨聽風也好。只些子、替伊煩惱。直恐天寒羅袖薄，與芭蕉、一例經霜倒。剩清氣，耐枯槀。

醉太平 丙戌元宵，召赴暢春園西廠觀烟火。

牆東玉虹，橋東燭龍。丹樓一朶雲紅，是宵中旦中。　烟濃霧濃，凌空架空。西山一帶朦朧，隔千重萬重。

長亭怨 咏揆院長家紅鸚鵡，同孫松坪學士作。

記故國、隴雲深處。千里依人，華堂且住。借取猩唇，殷鮮染出、好毛羽。雕籠太苦，把三尺、珊瑚架汝。芍藥階前，早誦得、主人佳句。　芳樹。恁朝朝暮暮，送盡桃花如雨。枝頭杜宇，將血色、啼痕相訴。更休誇、紅嘴多知，還應念、緑衣舊侶。憑誰解銀絛，重認丹山歸路。

行香子 月下過佟陶菴學士湖上寓樓，時隨駕至杭。

烟水鮮澄，烟樹曹騰，上樓梯、一二三層。曲欄小檻，是處堪凭。看日初沉，雲初斂，月初升。　有約頻仍，許我重登，捲疏簾、相對壺冰。風流學士，見也何曾。是飲中仙，詩中將，社中僧。

減蘭　題湖舫，丁亥秋作。

十三樓壞，十二橋邊朱舫在。秋已蕭蕭，老柳還誇十五腰。　坐中年少，昨日不來今乍到。看我題詞，漫道風流似昔時。

臨江仙　西湖秋泛。

記得樓亭御舟名。春侍讌，滿湖燈燭熏天。一番光景换尊前。殘荷猶瀉雨，疏柳已無蟬。　望望西泠橋外去，吟過第六橋邊。商聲輥上十三絃。晚風吹不斷，涼透鷺鷥肩。

浪淘沙　錢塘觀潮。

龕赭露脽尻，對東江臯。雲垂海立湧金鼇。隔岸越山渾不見，水比山高。　萬馬走單槽，鱷徙龍逃。當初誰賦廣陵濤？强弩三千輸筆力，直是人豪。

洞仙歌 戊子正月望後，竹垞表兄送余北行，至南湖而别。

一天冰雪，過收燈時候。長水橋南惜分手。感登艫相送，直到杉青，歌驪客，檢點當前都有。　兄言吾老矣，後會難期，酌我重斟十分酒。此意最殷勤，臨發踟躕，可敵得、石尤風否？好借取、深盃勸還酬，也預算中秋，爲先生壽。今年八月望後，先生八秩大慶。

釵頭鳳 重渡揚子江。

沙邊瀨，花邊埭，泊船剛與高樓對。門開處，垂楊樹。多無聊賴，亂飄烟絮。去，去，去。　紅闌外，青簾内，依稀有箇箏人在。憑絃柱，分明語。風波如此，勸公毋渡。住，住，住。

探春慢 上巳偕楊晚研、湯西厓、周桐野、沈磵房萬柳堂禊飲。

宰相橋坊，橋榜爲益都馮相國所題。太平風景，那回祓禊曾到。能幾多時，再逢此會，柳亦隨人漸老。繞隄千萬樹，恁春晚、偏如春早。只添對酒新鵝，未有囀枝黄鳥。　閒數城南吟伴，剩楊湯周沈，舊是同調。水長蘆根，烟開萍塊，此段年光最好。從遣殘陽墮，有初月、舒眉遮照。醉尉相逢，何妨過申犯卯。馮異暮春醉中詩：「不須愁犯卯，且乞醉過申。」

減蘭　賣花詞。

吹花風起，二十四番多到耳。紫陌紅塵，樓上新粧擔上春。　朱門誰主，舊日園丁今賣汝。入市人看，西子纔堪博一錢。孟子注疏：「西施每入市，人願見者，先輸錢一文。」

步蟾宮　碧雲寺僧房見盆桂而作。

誰移天上長生樹，是八萬四千月户。一枝來自廣寒宫，猶似帶、九秋風露。　開時也有微香度，奈冷蕊、羅羅可數。小山招隱近來稀，且讓與、閒僧作主。

桂枝香　辛卯十二月，武英殿書局告竣，停免内直，填此自嘲。

老郎顔䮃，問霜雪盈顛，久留何事？寅入申歸，刊韻聊充外史。村夫子輩能相笑，笑日日、亂書堆裏。多年積算，不知耗却，幾囊官米。　漫赢得、燈花送喜。似蠹魚蝕了，神仙兩字。從此投閒，免作蠅鑽故紙。柯亭劉井迴翔入，更休論省官省吏。還應自幸，身慵職散，稱優閒地。皎然詩：「外史刊新韻，蠅鑽故紙出。」傳燈録：「南宋謂館職爲省官。」周子充云：「省官不如省吏，蓋嫌俸薄也。」見老學菴筆記。白香山詩：「職散優閒地，身慵老大時。」

水龍吟 次章質夫楊花舊韻。

是誰細剪兜羅，不期而至無端墜。天生輕薄，眯人望眼，惹人閒思。繞徑鋪氈，當階滾雪，重門難閉。向酒旗影裏，茶烟榻畔，一陣陣，因風起。　却逐舞衫歌扇，亂紛紛、不成行綴。欲飛旋止，將離又合，乍團還碎。最怕沾泥，微嫌罥網，差宜點水。任無情化作，浮萍若箇，灑楊家淚。

桂殿秋 題桂菊圖爲友人壽。

高士宅，列仙家，秋光儘入畫圖誇。移將月裏長生樹，來配霜前不落花。

柳梢青 從廟市買菊花二本，白者先開，黄者較遲半月，戲嘲之。

零露溥溥，重陽過也，菊蕊初團。本來同譜，根曾同種，花擬同看。問伊開則誰先？似兩姓、詩人一般。白在黄前，樂天樂地，居易居難。唐末有舉子能爲詩，每通名刺云：「鄉貢進士黄居難，字樂地。」欲比白居易字樂天也。

賀新涼 壬辰重陽前二日，張日容招集城南陶然亭。

驀過中秋後。響西風、萬梢蘆荻，萬條楊柳。惆悵東籬歸未得，帝里又將重九。且趁伴、來開笑口。檢點尊前人如故，只病夫、廢了持螯手。時余左臂病風。用其一，且持酒。敝裘縫裂新寒透。記年時、隨鷹逐兔，射飛烹走。貧到今番無菊看，一醉徑煩良友。算樂事、人生難又。此會明年知誰健，問登高、還在城南否？吾老矣，莽回首。

前調 後二日蔣蠖厂席上聽歌，次前韻。

風雨重陽後。乍宵來、微雲澹月，高梧疏柳。病與樂天相伴住，消遣十常八九。更何必、櫻桃樊口。南魏北張餘音在，勝挨箏、擪笛推琵手。當此際，可無酒？就聾雙耳聲聲透。喜主人、閉關投轄，肯教賓走。門外泥深行不得，老子狂呼小友。聽换羽移商還又。白日催年雞催曉，問玲瓏、解唱吾歌否？拚醉倒，且濡首。

好事近 自怡園聞鶯，呈揆院長。余長假將南歸。癸巳四月。

杜宇勸人歸，苦被鶯聲留住。行到紫藤花外，有垂楊千樹。無心且與盡情啼，切莫管春去。知道雙柑斗酒，是明年何處？

河傳 甲午春社作。

雙燕，相見。又今朝，來覓蓬茅舊巢。酒邊一旗烟外招。飄飄，緑楊紅板橋。昨夜社公新雨足，盃珓卜，蠶麥家家熟。約比鄰，去酬神。老人，再逢得幾巡。

漁家傲 題秋漁圖。

蟹舍魚莊問有無，全家活計指菰蒲。一曲烟波三四里，如畫裏。殘荷折葦蕭蕭意。

村北村南酒可沽，秋來不欠水田租。昨夜夜涼貪熟睡，呼未起，霜花濃壓船頭尾。

西地錦 咏苔。

三徑久荒松菊，漸平鋪蒼玉。筍鞵新縛，蓑衣新買，映上階新緑。髮短何愁曲局，愛雨來如沐。不教禽啄，不教竹掃，又忍教手觸。陸放翁詩：「新買蓑衣苔樣緑。」劉夢得銘：「苔痕上階緑。」石髮見爾雅。毛詩采緑章：「予髮曲局，薄言歸沐。」唐人詩：「飢禽啄嫩苔。」又：「陰階竹掃苔。」

洞仙歌 秦駐山頂，石上苔長三寸許，土人呼爲卷柏。采歸養以清泉，經宿莖葉展舒，蒼翠欲滴。因種之瓷盆，冬來彌茂。本草所云長松，當即此種也。

海山絶頂，有羣真來往。斑駁落留石壇上。任孿拳稱柏，偃蹇稱松，經幾劫，三寸靈苗無恙。

小童殊解事，隔宿攜歸，試汲清泉貯盆盎。生意突然回，扶起蒼顏，勝九節、菖蒲拄杖。果若是、雲霞洞中仙，幸勿與芝草，琅玕争長。

點絳唇　乙未寒食，鉛山道中遇雨。

行過川程，籃輿軋軋穿林去。亂鴉啼處，衣濕梨花雨。　兒女青紅，不踏城西路。山無數，丁丁樵斧，知是誰家墓。

瑞鶴仙　武夷山下看道院製茶。

淺瀨紋如縠。把輕篙撐入，瀾滄渡名。九曲。花宮繞林麓。也不耕瑶草，不栽黄竹。一聲桔槔，催隔塢、人家布穀。又誰知、茶竈開時，三月石田早熟。　雨足。旗槍初展，院院提筐，摘將嫩緑。濃蒸緩焙，看火候，纔經宿。引微颸吹出，白雲深處，香徧山南山北。儘清流、船名。滿載筠籠，何妨無宍。即肉字，見吴越春秋。

沁園春　虎丘買水仙，戲填一闋。

根似鵰頭，葉似蒜苗，花名水仙。問仙翁仙姆，幾時留種，不移天上，乃落人間？　洛浦淩波，漢皐捐珮，想像冰肌映玉顔。娉婷意，勝眼中多少，沅芷湘蘭。　山塘賣汝堪憐，只一本、纔教值一錢。向牆角堆堆，籬根顆顆，漸違物性，欲攬花權。老我婆娑，爲渠愛惜，貯以青磁沃以泉。歸來好，賽渡江桃葉，同上吳船。

前調 詠老少年，德尹以詩索賦。

鴨脚輸黃，鴉臼輸紅，將何比妍。便粧成暮景，未霜先豔；洗來朝氣，得露尤鮮。姹女司爐，嬰兒躍冶，幻出蓬頭灌頂僊。西風裏，把丹砂一擲，倒換衰年。　笑他雙蝶翩翩，還認作、花穠二月天。看疏疏斜倚，乍明人眼；亭亭小立，恰並人肩。涼雨簾櫳，斷霞籬落，好趁蛩聲雁影前。秋非晚，似者般顏色，我見猶憐。

前調 蠟梅。

不是陶家，不是林家，將金鑄顏。恰避了青霜，甘隨菊後；欺他豔雪，愛占梅先。融蠟爲珠，染梔成蒂，萬蕊千頭顆顆圓。瞿曇面，抱赤心一點，誰鬬嬋娟？　味無味處天然，肯便與、蜂脾蜜作緣。看野竹如烟，聊同倚翠；山茶似火，恥並争妍。酒泛新鵝，塵消舊麴，時有寒香到鼻邊。銅瓶古，把一枝斜插，共餞殘年。

東風第一枝 盆梅重放，喜而有作。

細剪樱毛，浄揩瓷斗，蓓蕾重添繁蕊。好風微漏春前，暗香偷攙臘尾。畫中取意，又豈在、依山傍水。逗紗窗、一點疏燈，大有横斜標致。　便開也、不捎燕觜，便落也、不黏蝶翅。苔痕緑上閒階，是伊天然位置。陳根客土，幾曾占、種花隙地。伴老夫、炙硯呵冰，寫入歲寒吟裏。

一剪梅 瓶梅。

短短寒梅剪剪茨。記手栽時，到手攀時。花開先報白頭知。不取繁枝，只揀疏枝。　竹几蘆簾相對宜。可有霜欺，還怕冰欺。膽瓶就火與頻移。非定州瓷，即汝州瓷。

滿庭芳 半山舟中看桃花作。

酒憶添頳，辭成靧面，風流時世梳粧。多虧掩映，傍竹倚垂楊。不費淺深斟酌，紅無賴、一意成狂。村西路，嫌他蜂蝶，抵死鬧斜陽。　舊家羅綺伴，曹衣吴帶，色色相當。問舊年崔護，前度劉郎。縱使遊蹤重到，空悵望、巷口門傍。煩説與，道永和隄畔，別有仙鄉。

金縷曲 聞潤木弟墮車傷臂，填此寄訊。

卧穩東窗旭。忽有人、橋邊竹外，叩門剥啄。傳到城南墮車信，使我身如受觸。嘆門户、阿奴碌碌。黄髮爲期須善寶，奈下堂、蹞步能傷足。何况是，脱輿輻。

料紛紛、三公僕射，非吾所欲。鄉里兒童成項領，慎勿争馳競逐。且三折、把醫肱曲。新豐老叟全身福。從此歸休真上策，便白駒、瘦也宜空谷。溪畔路，想應熟。新豐折臂翁，見白香山詩。折臂三公，羊祜事，見晉書本傳。墮車僕射，王儉事，見南史蔡廓傳。

梅花引 壬寅小除夜與德尹分賦。

一方苔，一梢梅，殘雪初消花未開。好風來，好風來，臘底春前，韶光方暗催。明朝便是明年節，明日立春。勿論今夕爲何夕。且啣盃，且啣盃，兄弟勸酬，白頭知幾回。

紅娘子 咏雙頭桃實，戲次沈房仲原韻。

移自仙源口，可愛親栽否？楊誠齋嘗桃詩：「香味比嘗無兩樣，人情畢竟愛親栽。」皾面兒郎，同根姊妹，結成嘉耦。最憐渠從小便相隨，到齊眉眉壽。　未必家家有，且喜年年又。肯被鶯含，怕教鸚啄，忍同瓜剖。好留將心裏兩人人，試誰堪耐久？ 黄山谷詞：「似合歡桃核，真堪人恨，心兒裏有兩箇人人。」

鵲橋仙 庭前香櫞一本，秋杪有脊令來巢，踰旬而雛成。適有所感，漫填此闋。

燕辭秋社，鴻歸秋渚，爾獨來巢簷際。一枝穩穩又將雛，頌不了、前兄後弟。唐明皇有脊令頌。前兄後弟，出梁書夏侯夔傳。　田家荆合，韓家桐老，笑問同居幾世？明年此樹若開花，便比並、詩人常棣。凡卉木新栽者，有鳥來巢，明年花實必茂。此語聞之老圃。

蝶戀花 入冬風雨，盆菊離披，折供案頭，經旬色猶鮮好，戲贈以詞。

葉亞梢頭看競吐。已是經霜，又怕經風雨。手揀數枝親折取，殷勤誰似東籬主？　半月寒窗相媚嫵，冶冶融融，出水鮮於土。不爲無花偏愛汝，有花多在人擡舉。杜牧之詩：「融融冶冶黃。」白樂天詩：「不是花中偏愛菊，此花開後更無花。」元微之詩：「大都只在人擡舉。」

敬業堂詩續集卷一

漫興集上　起戊戌五月，盡庚子十二月。

少陵云：「老去詩篇渾漫興。」俗本多誤興爲興。東坡先生用之，云「清篇真漫與」，叶入語韻，可證興字之繆。余年衰才盡，從前媿乏驚人之句，已鏤板問世，悔莫能追，自兹以往，當日就頹唐，不知餘生尚閲幾寒暑，更得幾首詩也。

介庵上人新住古衡丙舍贈以六言二絶

插竹編籬作苦，灌園抱甕忘機。叒叒松風吹帶，溥溥草露沾衣。

老去師宜住静，佳時我定來遊。一段因緣不淺，兩條拄杖交頭。

聞許立巖侍御内陞列卿將假歸省覲喜而有寄兼呈座主宗伯公

宦途原自達，家慶復誰同。堂上尚書履，門前御史驄。望雲占喜氣，計日及秋風。預蠟陪游屐，詩成報謝公。

盆池荷花六韻 七月二日。

庭窄無池位，埋盆種藕芽。四年空布葉，今日忽開花。照影亭亭上，迴風故故斜。涼生三尺幔，香透一重紗。物性清難奪，人情少見誇。跏趺如可結，莫便委泥沙。用辟支佛事。

題沈鱗洲覓句圖

君家遠有承，詩是東陽格。苦覓人不知，却道無心獲。

閱二日德尹芝田兩弟皆有和章詩來而花已謝次韻

陳根抽五蕊，一朵粲新芽。野老衰遲目，仙人頃刻花。有莖仍挺拔，是葉總夭斜。畫乏施丹手，詩留護壁紗。瑶池歌已遠，玉井語徒誇。若要顔長駐，除非伏火砂。

許立巖見過村居

茅齋無客到，門刺荷相投。水長萍浮岸，橋低石礙舟。六年驚易過，一飯挽難留。忍作怱怱別，蓴鱸已報秋。

喜雨集陶

重離照南陸，炎火屢焚如。夏雲多奇峯，近瞻百里餘。田家豈不苦，似爲饑所驅。白日淪西河，始雷發東隅。神淵瀉時雨，好風與之俱。良苗亦懷新，繞屋樹扶疏。農務各有歸，吾亦愛吾廬。悠悠待秋稼，且還讀我書。即事多所欣，慰情良勝無。

戊戌秋陶菴中丞由粤東巡澥入都道經吾里枉使見存山肴村釀追送于黄灣傳舍長律志别十六韻

道遠驅馳數，恩深出入勞。兩年開幕府，六月載星旄。溟展垂天翼，山移戴角鼇。先聲飛組練，小隊偃弓刀。當暑佳眠食，沿途戒驛騷。僕夫非況瘁，王事有游敖。重譯銷熢燧，單車沛雨膏。來觀滄海日，及賦曲江濤。中丞于中秋後一日渡錢塘。竊聽詩篇富，懸知氣象豪。前旌臨敝邑，枉訊到吾曹。衰賤才何有，先生誼獨高。昨容修刺謁，今許贈言叨。先生許爲余作詩序。後會殊難卜，餘歡又一遭。吟還催剪燭，節欲近題糕。野餉攜蔬蔌，村沽載濁醪。敢邀騶從辱，三徑滿蓬蒿。

閏八月望夕桂堂小飲芝田有詩次其韻

菊叢未吐桂叢幽，前度追驩發興猶。月轉黄昏成白晝，天回寒露作中秋。明日爲寒露節。安排格韻酬詩敵，牽率茶僧預飲流。謂得泉法師。三十八年同一夢，夢闌忽失少年遊。庚申閏中秋，余客黔南幕府，今三十八年矣。

寒露後六日偕東亭德尹曾三芝田諸弟集季方兄曉天書屋芝田以詩索和次原韻

不然已過登高會，霜露中分閏月天。家有弟兄如老友，身除疾病即頑仙。夜涼庭桂殘香候，秋澹籬花嫩蕊先。累爾轆轤頻下汲，近來吟思似枯泉。蘇子由詩云：「老人詩思如枯泉，轆轤不下甕盎乾。」年來每有宴會，芝田必首唱索和，故云。

重九雨中偕諸兄弟赴曾三之招

齒會寧嫌數，佳辰不憚勞。門前泥滑滑，堂外雨嘈嘈。軟美糕蒸栗，鮮肥蟹擘膏。海山青似染，縱目勝登高。

後六日德尹治具邀諸兄弟登龍山小憩西林庵再過妙果山房看菊二首

忽聞乾鵲報檐聲，昨夜猶防雨阻行。雲日放晴天有信，霜風吹鬢帽多情。同遊特許緇隨素，一醉頻煩弟勸兄。不負年年爲此會，鄉山洽恰占佳名。

五日爲期六日遲，流光如駛詎堪追。菊尋西社初開處，楓愛吴江半落時。興到儘拚雙屐往，力稀全靠一笻支。笑將閒事成忙事，已補登高又補詩。

立冬後二夕大雷雨

夏令冬行虐，陰陽變慘舒。蟲經坏户後，雷似發聲初。窗裂新糊紙，簷鳴暴漲渠。一燈愁不寐，細檢五行書。

長至前後經旬苦雨田租不入廚人告米罄適芝田弟詩至和以遣懷

薄田纔二頃，歲入給官私。小縣開倉早，秋糧例於十月朔開徵。荒村得米遲。連旬多凍雨，來日乏晨炊。誰道衡門下，洋洋可瘵饑。毛詩箋「樂饑」作「瘵饑」，義與療同。

閲邸抄知副相揆公奉特旨予謚文端感賦一律

易名事大敢輕論，忽聽綸褒下紫閽。兩字克當何媿色，九原可作詎孤恩。本師君不忘胡震，用李贊皇集中事。受業人終笑孔璠。却望寢門遥破涕，借將朝典慰吟魂。

小除日翁蘿軒見餉橙橘

鄉風稀餽歲，遠信自當湖。磊落承筐實，紅黄照座隅。偷嘗無婢妾，繞膝有孫雛。計口分甘徧，餘存逮老夫。

己亥元旦二首 時余年七十

早梅殘雪散氛氲，春色三分過半分。上日幾逢兼雨水，半月前立春，今日交雨水中氣。吉占且喜有風雲。史記天官書：「正月旦，欲終日有雨有雲，有風有日。」閒門掃軌眠方穩，絶塞傳烽耳怕聞。歲事推遷成舊物，屠蘇又是六回醺。余歸田已六年。

須鬢皤然齒豁然，杖鄉以後杖朝前。所慚客拜長遲答，若問吾車已早懸。兄事無人難諱老，一月前連喪榆村、季方兩兄。北史：「傅永常諱言老，自稱六十九。」養生有論笑希仙。當前任放兒童戲，記得身騎竹馬年。白香山年七十，有詩云：「大曆年中騎竹馬，幾人得見會昌春。」

元宵家宴

冰雪經旬臥，欣逢霽景澄。不辜滄海月，又點草堂燈。酒力春寒退，年光老態增。傳柑虛故事，回首望觚稜。

春分後五日雪

冬暖梅全落，春寒柳未柔。浹天雲浛浛，蔽野雪浮浮。漸補茅茨缺，微添石磵流。芒鞖閒挂壁，二月尚重裘。

留硤川五日歸來牡丹盛開

不知人世有繁華，春去渾如轣轆車。公道肯饒頭上髮？吾生且看眼前花。風翻雨打無欄護，日薄雲輕抵幕遮。贏得村鄰詫奇事，麻姑又到蔡經家。

風雨中自禾郡攜歸白紫二色芍藥芝田有詩索和次來韻

半月花情閲牡丹，將離與展後期寬。兩叢買取淺深色，一艇載將風雨寒。白髮衰翁羞獨對，紫衣年少笑相看。多緣我相生分別，可愛羊脂愛馬肝？

七十生日德尹以詩五章爲壽次韻酬之

影與形俱步步隨，兩情一味似兒時。未成學業年加長，有限精神日就衰。削草舊存師授易，余近輯玩辭集解，半出黎洲先生象數論。災梨新刻手編詩。薺甘荼苦從誰説，我外唯應爾得知。

文瀾筆陣一時平，勿問人間子墨卿。竹簟茅檐存晚計，玉堂金殿話前生。達如南郭原無偶，痛比西河未喪明。也與老萊同七十，只除顔色不如嬰。

早知老病合休官，不謂居貧爾許難。蟻穴隄防非一缺，燕巢泥補取粗完。時方修葺屋宇，故云。盤登苦苣傷蔬没，出少陵詩。園有柑蕉被竹彈。沈休文有修竹彈柑蕉文。萬事轉頭多失策，彊憑筋力與追驩。

家門樂事人言少，先後相尋賦遂初。藥樹陰交扶杖立，茶烟風遞隔牆居。回思壯日多歧路，容易頹年共敝廬。且喜手栽棃棗熟，斷無荆棘待芟鋤。

椿菌何分大小年，多生緣境在雲泉。慧輪靈運希成佛，詭託曼都號斥仙。求友孰踰兄弟好，貯書頗望子孫賢。繞身笑指叢殘架，個是先生二頃田。

老友王子穎移家沈蕩遠來爲余稱壽詩以謝之

太息同儕略喪亡，天留一老作靈光。己未夏集殉和堂者十人，今唯子穎及余兄弟在耳。豪情減後難忘友，宦業貧來易去鄉。共研分燈論往事，烹葵剪韭勸餘觴。我如蒲柳君松柏，七十還輸八十彊。壬年八十一矣。

端陽後四日盆荷花

老夫生日纔過二，又向花前引一杯。合被兒童傳好語，去年六月未曾開。

酬徐茶坪兼題其詩集次竹垞贈徐舊韻

余生值惡月，微類繆占雀。用唐書崔信明傳中事。侵尋感耄及，交舊久離索。方當鐵化魚，忽訝玉抵鵲。淩朝來信使，剥啄扣門闔。猥煩徐佐卿，遠致一隻鶴。是時夏苦旱，村舍甚熏灼。清風穆如至，九鎖爲啓鑰。好句滿緘封，俄倒囊傾橐。大雅世誰陳？斯人獨歌咢。擾龍作家畜，遇虎以手搏。豪健力所勝，仰擲俯奚怍。泝源杜韓氏，變化出榘矱。其質儼陶匏，其文匪粉雘。羹鯖飽千臠，湯茗快一瀹。幢高有精進，輪轉無退却。長鳴得子和。謂思肖。又肯縻好爵。足知造化爐，金火謝外爍。不争屈宋豔，詎笑齊梁弱。自我畦徑開，傍誰樊籬託。固宜與時背，方枘難入鑿。此就詩論詩，於焉得大略。吾尤服其品，拔俗高逴逴。早成名進士，宦海恥涉脚。問時年幾何，陸機初入洛。行藏斷諸内，韁鎖遽擺落。厭踏嚴城鼓，愛聽蕭寺鐸。掇第如摘髭，視官如棄鞟。述庚辰春夏間君登第後事。却歸研經史，心跡雙寂寞。到今二十年，嗜古勤逾恪。憶昔潛采翁，竹垞也。論文慎唯諾。從君賞才藻，昆友並淵博。一孔一針投，有若絲在籰。翁今宰木拱，君復傷棣萼。不有宿好敦，晨星孰聯絡。王楊數儕輩，非曰乏富駱。眼獨爲余青，書來饞刮膜。何時浮震澤，放棹下三箬。傳柝聞魯邾，計程殊閩貉。佇待暑暍蠲，微涼度疏箔。閒攜石麟子，過我履交錯。滌除騷士悲，披拂風人作。尚欲丐餘波，潤兹轍鮒涸。敢云奏刀手，薄技呈灑削。棗梨甫被災，落葉費掃掠。書來索余集，時剞劂初竣，方在校勘譌字，故云。亂堆方丈室，旁少一弓拓。然而不自鄙，顧哂子雲閣。荷君附同調，有味寄澹漠。君豈終山林，吾宜置丘壑。長虞歧出處，庶望互評泊。相期覿面論，雙觝當對酌。時以雙酒觝見貽。

苦旱行

祝融不卹爲農苦，晴過三旬竟無雨。桿槹上水遠灌田，日炙風吹變剛鹵。幾家結伴還插秧，秧針嫩緑旋旋黃。千畦百隴仰灌溉，河底行見輕塵揚。君不聞潮聲撼塘岌岌殆，外溢中乾兩相倍。眼前勿作雲漢憂，或恐桑田遂成海。

苦熱吟

水如沸兮山如焚，青天白日兮騰火雲。雨師潛蹤兮風伯避，爰有蠅蚋兮薨薨成羣。晨餐兮廢飭，夜無眠兮徹曙。半年傳舍兮三易官，煩暑不隨兮酷吏去。時吾邑署令將離任。吁嗟嘻若教暑退吏尚留兮，二者相較其誰尤兮，我吟苦熱熱猶可支兮，世無涼土去此安歸兮。

北史嚈噠國傳：「夏還涼土，冬逐暖處。」

抱膝圖贊 並敍

孔明抱膝隆中，其志殆未易測，史家謂其嘗自比管樂，世遂以英豪目之。觀其誡子書云：「静以修身，儉以養德。」又云：「學欲静也，才欲學也。」多是聖賢分上語，豈屑以霸佐自命者哉！許子純也，性静以儉，有才而篤學，命工寫照，以抱膝名圖。吾知其所取固在此不在彼也。因發其指而系以贊曰：

聖賢之道，與雜霸異。孟卑管功，孔小管器。史官失職，世降而季。屈王佐才，侔於功利。

彼臥者龍，孰窺涯涘。當其抱膝，闒如遯世。洎乎遇主，適會時至。于焉致遠，於焉明志。儒者之效，章章如是。我師古人，得其大意。緊惟神契，非曰形似。學崇厥基，才歷乎試。是庸作贊，拭目以竢。

中元後復有江右之役吴尺鳧浣輪兄弟招同翁蘿軒章豈績楊東崖柴陛升吴志尚成桂舟馬寒中家可亭飲繡谷軒席間多賦詩見送别後寄答一首

新知舊好極纏綿，唱觵歌驪惜此筵。漸老漸稀朋酒會，忽晴忽雨早涼天。身隨筆墨爲人役，時白中丞招修江西通志。影落江湖祇自憐。霜雪滿頭閒未得，五年三上富春船。

雨後發常山將抵玉山縣途中復遇大雨

一溉功無及，三秋喘未蘇。時浙東久旱，暑猶未退。官徵山縣賦，户減石田租。樂土今何處，衰年復此塗。油衣非瓦屋，寧免載霑濡。

舟發玉山遇順風止掛半帆楊東崖有詩戲次原韻二首

罟師今日奏奇功，快意多生美滿中。杜牧詩：「千帆美滿風。」此理乘除看爛熟，上灘連遇石尤風。數日前阻風貌頭。

碓牀夾岸湧盤渦，電掣雷奔瞥眼過。老怯風波吾已慣，被君翻作半帆歌。

過貴溪哭同年王辰幟

同年餘幾箇，小别死生分。老去常爲客，重來又哭君。前過嚴州哭詹廉夫，今又喪我辰幟。政條留邑乘，歸櫬阻秦雲。出拜多襁褓，兒啼詎忍聞？

水蛾嘆舟人云：「江湖間每八月，此蟲出，三日則止，天所以資魚食也。」

我聞宵蛾赴火死，今見飛飛晨赴水。成羣百萬蔽江來，江闊風高颺不起。嗟爾之生良已微，捐軀適救魚鼈饑。可憐水火均不免，兩翼原來是禍機。

中秋南昌書局對月限韻

又作殊方會，牽牛昏正中。客程千里外，鄉語一尊同。快讀新詩句，東崖疊韻詩，即席先成。閒思舊桂叢。愛眠辜好月，莫笑白頭翁。

白近薇中丞席上賦贈

衰遲重作豫章游，直爲徵書禮聘優。座上開尊傾北海，花間懸榻下南州。交情到我真青眼，事業如君尚黑頭。共識此邦文獻古，編摩須仗網羅求。

雨中藩長許孝超年伯招飲紫薇堂

早從才子識高陽，卌載通門綴末行。花底清談銷積暑，城頭片雨送新涼。圖書列屋開東壁，絲竹留賓到後堂。誰似先生風義古，下車下榻兩難忘。次君條侯，癸酉同舉京兆。

與祁鶴亭臬長話舊

重來仍款款，昔别悔匆匆。遇我非今雨，於君見古風。閒能空訟詬，雅喜接詩筒。慚媿相投句，猶蒙記憶中。

南昌李少峯明府見示詩刻題贈一首

作客逢仙吏，投詩見楚材。汗青千古事，浮白一編開。地遠蛟龍伏，秋空鸛鶴來。同年有難弟，未契託追陪。令兄眉山與余癸未同年。「眉山」一作「眉三」。

重陽前四日許藩長送菊

開徑無黄菊，敲門到白衣。瓦盆親位置，籬落有光輝。時寓庭新設竹籬。不礙看花晚，偏宜摘蕊稀。重陽思共賞，留取借書瓻。是日兼餉酒。

明日雨中祁臬長李南昌復送菊以詩索和

滿目皆秋色，何煩冒雨尋。自增幽谷趣，不起故園心。地主風流接，生涯節序侵。懸知簿書暇，亦未廢清吟。

次鶴亭臬長重陽菊未開韻

風雨開緘引興長，滿庭菊蕊尚含香。詩逢高調難酬和，人到中年易感傷。時鶴亭有悼亡之感。未免有情成結習，從來名種必遲芳。題糕頌酒渾閒事，添得連朝一段忙。

重九喜晴偕諸子遊東湖百花洲得高字

初聞簷雨響蕭騷，漸吐晴光散鬱陶。萬事古來難逆料，一年今日又登高。城隅宛轉黄沙岸，檻外參差白雪濤。講武亭空僧舍古，幽清直覺勝江皋。

再過憩雲菴訪心壁禪師得登字

川光雲影恣憑陵，掌握猶餘佛面藤。愛續清遊無外客，閒追往事問南僧。當筵落帽狂何有，踏屐尋詩老尚能。世出世間同此樂，太平時節報三登。白中丞曾禱雨於此，時雨公亭初成。

是日李少峯劉敬臣兩明府復邀遊列岫亭再限重陽二字

良辰賢主兩難逢，有約來聽郭外鐘。古寺出門風浩浩，晚山隔岸翠重重。南飛渚有隨陽鳥，北走江如掉尾龍。露白蒹蒼遥極目，知從何處采芙蓉。

此間名勝擅滕王，別有孤亭著北岡。題壁我留清氣味，快晴天假好風光。逕須酩酊酬高會，何必登臨定故鄉。借取一鳴詩作結，今朝第七十重陽。末句用司空表聖成語。

後一日白近薇中丞招遊百花洲

琉璃凝碧寫金天，擇勝攜觴此地偏。賞接賓朋連九日，恩加魚鳥及三年。蓬壺別境通花島，簫鼓中流少畫船。百度知君多舉廢，眼前豈獨一亭然。地爲講武亭故址。

題秋江返棹圖送心壁禪師歸廬山開先寺即次九日過訪韻

閣上留題記石淩，巖頭已長到天藤。師應勿拒重來客，我亦曾爲過去僧。小劫如風吹易過，勝游似夢續難能。撥開雲霧全身現，誰謂匡廬不可登？

雨公亭詩爲白近薇中丞賦次鶴亭觀察原韻

後樂先憂視此亭，誰施妙手繪丹青。爲霖預卜君臣契，被澤旋教婦子寧。大有兩書傳列郡，屢豐一頌徹彤庭。從今箕畢占長驗，不用山川更乞靈。

同諸子步至李紹津家看池上木芙蓉

不乘籃輿不扶筇，步屧相將喜過從。一片秋光開老眼，御書樓外看芙蓉。

曲欄渾似野人家，倒影盆池落綺霞。紅白淺深皆可意，最憐渠是後開花。

殘陽西墮月東升，霜氣初消露氣蒸。座客微酣花亦醉，不勝情態兩瞢騰。

臨別殷勤又一杯，半開時節勝全開。心知爛熳無多日，日日閒須日日來。

盆菊初開連朝苦雨移盆入室即事成詩

擔頭分得籬邊種，繁蕊争開四十窠。幸免後時霜凜冽，難禁連日雨滂沱。高人避世今餘幾，好友登堂儘愛多。珍重詩翁擡舉意，莫教一老便成莎。戴石屏詩：「菊花雖老不成莎。」

立冬日招李少峯偕寓中諸子賞菊限韻二首

自我來居此，真成野老家。編籬分井竈，啓户納烟霞。已涉初冬節，還看九日花。勿辭開口笑，白髮鬬霜華。

逡巡初有待，爛熳忽齊開。似戀羈人住，兼邀好客來。澹交論臭味，薄設忝尊罍。相勸陶彭澤，能無盡興回？

大雨枕上作

狂飈裂紙窗，徑入卧榻前。吹萬豈可息，我衰自無眠。寒燈澹孤光，月落庭西偏。却觀鼻端白，一寂謝衆喧。

殘菊

娟娟盆中花，黄白各自好。霜風一披拂，甘作科上槁。人情委牆角，枯菀孰相保。我欲餐其英，毋令儕庶草。

聞鶴亭觀察陪白中丞西山行圍却寄二首

蒭蕘雉兔與民同，纔了農功纘武功。見説山深無伏莽，滌場時節咏豳風。

急雪重裘九月寒，塞山三度記隨鑾。須防見獵初心在，矍鑠猶能起跨鞍。

白中丞以御賜鹿條分餉賦謝二章

山莊地是古興桓，別展圍場千里寬。白露節前行射鹿，丹楓林外想回鑾。榮光遠自雲端下，珍味原同席上看。奏使歸來傳異數，似聞天語勸加餐。

一味無私惠愛均，黄封重疊荷分珍。似憐白首羈棲客，曾作青雲扈從臣。尾割紫瓊親拜賜，元耶律楚材鹿尾詩：「微香馥馥紫瓊漿。」條烹紅玉又嘗新。詩成却笑西川杜，菜把園官是主人。杜工部園官詩云：「清晨送菜把，長荷地主恩。」蓋未嘗拜嚴中丞之貺也。

有感二首

齒豁頭童一禿翁，依然自課比蒙童。滄桑漸遠傳聞異，文獻無徵感歎同。論出一時雖衮衮，事關千古敢匆匆。轉慚虛下陳蕃榻，不作州民作寓公。

自别家來倏九旬，枯桑海水夢紛紜。心銜清宦虛分俸，頭責先生老賣文。雨雪欲衝千里返，江湖只被一山分。如何兄弟天南北，不及隨行雁有羣。久不得潤木中州信，頗以爲念。

瑞雪吟爲白中丞六十壽

歲己亥冬建丑月，臘尾春前十三日。中丞周甲際斯晨，萬里祥光飄玉屑。滿城霧淞呈奇卉，拔地霜松挺高節。孺子亭邊一片明，元嬰閣外千重白。中野頻來集澤鴻，豐年預卜連雲麥。家家飽暖挾狐貂，處處謳歌騰巷陌。天然圖畫入屏障，此景難憑粉繪設。瓊枝琪樹佳子弟，水鑑冰壺好顔色。眼前無物可容塵，世上何人堪比潔。肝腸如此天所鑒，公豈自誇人盡識。野夫今年年七十，來作南州老賓客。擬披鶴氅去登堂，快與先生吟瑞雪。

立春前三日南昌李明府送春牛至口占四絶句

滿城積雪尚堆堆，半月堅冰未肯開。忽漫雪消冰盡釋，門前簫鼓送春來。

青角烏牛白作唇，勾芒中立與鞭春。李涪刊誤云：「月令出土牛以示農耕之早晚。其年立春在十二月晦，則策牛人當中。立春在正月望，則策牛人在後。」硯田別有耕犂叟，已是年開八秩人。「年開第八秩」，香山七十一歲詩句也。

也擬看春出曳筇，怕人笑我太龍鍾。不知柳色東郊路，再得餘年幾度逢。

眼前物換又星移，爲報風流邑宰知。印鎖未開閒趁取，急傳箋遞送寒詩。

立春日楊東崖次前韻四首屬余再疊

敗筆叢書擁作堆，閒門除雪徑初開。村夫子舍了無事，大似殘冬放學來。

風光劍首劇吹唇，白髮平分一半春。三十五年真大夢，陳人猶自作勞人。甲子春余客此，今三十五年矣。

支扉不出廢支筇，隨分鄰沽呷兩鍾。細檢曆元重記日，立春甲子幾曾逢。

擊鉢聲中漏乍移，燈花未卜已先知。打乖近得堯夫訣，傳取羊何論卷詩。

人日喜辜孝廉會可至即次去年初入書局原韻

白須紅頰氣横秋，入座争輸第一籌。勝裏有花如送喜，眼前唯醉可銷愁。新年未爽尋梅約，好友何煩出谷求。廊廟山林俱分定，勸君莫作杞人憂。時聞西陲將出師，原作有「江湖時有廟堂憂」之句，故云。

七夕陪白近薇中丞滄浪亭燈宴

湖亭佳處郭東偏，元夕剛逢雨霽天。碧浪影翻空際月，紅雲光拔火中蓮。開成爛熳千枝豔，散作溟濛萬井烟。共識與民同樂意，滿城簫鼓卜豐年。

傷李氏外孫朝英

六歲初從傅，居然骨骼成。見人知禮數，憐汝太聰明。殤後嗟無服，悲來劇有情。可堪遲莫眼，灑淚爲彌甥。

屋漏詩戲次陳揺上楊東崖唱酬韻

昔漏恒在雨，今漏乃在雪。雪來絮飄揺，雪止汁淋瀝。居停同露宿，夢作載胥溺。寧煩中流壺，賴有中唐甓。家僮習承霤，仰面工伺敵。一瀉如懸河，餘聲猶點滴。

哭李壻暘谷二首

明珠乍失掌中珍，一慟寧知竟殞身。生怕迴腸唯弱女，死難瞑目爲重親。短長夢欠從前債，露電光銷過去因。盡賣琴書供薄殮，世家誰信本來貧。

頭白歸來所向窮，哭兒哭壻六年中。每因小别愁余病，豈料重來送汝終。事到傷心難自遣，天留望眼頓成空。分明識得泥洹路，何取人間作老翁。

傳經圖詩柴陛升屬賦

自從科詔興，六籍傍注脚。先生玉爲律，子弟珠在握。修畛接菑畬，連楹開講幄。主張三尺喙，出入四寸學。九牛羣附毛，五鹿罕折角。可憐遺經在，例取束高閣。前聖多微言，斯人孰先覺。柴生名父子，雅慕過庭樂。淵源想授受，俗筆恥輕搦。向來逐時趨，有力不如犖。回思巾笥業，至味餘香穱。髣髴圖畫中，梓材勤樸斲。人生不朽名，豈必一第擢。舉場雖云淹，世澤優且渥。傳家庶無忝，作計良已慤。我亦章句儒，詩成有餘怍。

白近薇中丞招遊廬山信宿秀峯寺得詩四首

開府香山後，匡廬洵有緣。官雖膺節鉞，性自愛雲泉。騶騎行長減，齋壇禮必虔。每逢三月節，來此祝堯年。

御扁名新換，山門向不移。法雲開麗刹，佛日獻晨曦。賓客蓮花幕，郎君瓊樹枝。不嫌衰賤跡，兼與野人期。

舊識金繩路，重參玉版禪。却從扶杖日，數到入山年。壬申八月，余游開先，心壁禪師亦於是歲十月來主法席，今二十九年矣。白社名相亞，靈峯會儼然。所慚根器鈍，得道讓兄先。心公長余一歲，禮當稱師兄。

玉峽挂雙龍，飛來自半空。風雲聲忽合，山澤氣常通。法乳流相續，僧庖給不窮。漱牙還洗眼，兩度記衰翁。

過萬杉寺有懷熙怡長老

我愛熙怡叟，對人雙耳聾。重來門徑改，久坐影堂空。雲氣微茫外，湖光隱見中。萬杉何處是，旻旻但松風。

重憩棲賢寺有懷角子禪師

再到棲賢寺，蒼涼憶角師。雨中煩設榻，燈下對論詩。存殁初難料，興衰各有時。袈裟來揖客，舊識小沙彌。

恭謁白鹿書院

五百僧房外，巋然一講堂。曾蒙君子教，湯惕菴前輩曾主教洞學。似到聖人鄉。六代詩書澤，千秋翰墨光。大成殿懸御書扁額對聯。老思歸宿地，端合掃門牆。

舟發南康不及過圓通寺聞老衲杲庵年八十餘精力尚如故以詩寄之

名僧多示寂，壬申秋住持東林曰宗雷，西林曰宗魯，大林曰同如，萬杉曰熙怡，棲賢曰角子，黄龍曰眉生，今皆下世。賸爾古須眉。夢想曾遊處，亭憐夜話時。圓通寺夜話亭，歐陽公與居訥故蹟也。此身俱向老，再見恐難期。石畔逢圓澤，三生未可知。

星子毛明府餉廬山新茶

山中摘得火前春，箬籠分嘗味取新。我苦校書君作吏，暫時相對作閒人。

答湯碩人見投三章次原韻

南豐湯仲子，投我好篇章。世講久彌篤，交情淡故長。探懷餘漫刺，入坐接清光。翻惜相逢晚，鬢眉各老蒼。

此地論文獻，君家一老泉。富留書萬卷，貧守屋三椽。宦業鄉人諱，儒風令子傳。滄桑多少事，援筆意茫然。

世味酸鹹外，才名出處中。追游憐雨散，持論戒雷同。冉冉年垂暮，栖栖道豈窮。數行相慰藉，別後見深衷。

題李次侯太守小照

白沙翠竹曾題句，十八年前爲司農公題白沙翠竹江村圖。當日將君比鳳雛。八十年來留望眼，重看老蚌出雙珠。圖中兩郎君，侍立左右。

題亡壻李暘谷小像

跅弛之才，馴良之德。何以馭之，勿盡其力。一解。人間逸足，一日千里。昻哉十駕，終期至止。二解。昂昂家駒，覬游泮涣。齒雖加長，塗未及半。三解。吁嗟殞矣，神理則那。式瞻遺挂，傷如之何！四解。

題朱茀園耡菜圖

食肉何當更食魚，算來無味比園蔬。勸君勤把金鴉觜，種後工夫尚費鋤。

南昌客舍贈别及門樓敬思赴廣州理瑶同知任

劉髯名諸生，才氣壓流輩。曾攜一尺管，出入三殿内。憶昨直武英，纂修端汝賴。囊錐看脱穎，萬里宰苗寨。初任粤西靈川縣。手掃烏白蠻，如鉏薅草艾。屬鞬偶然事，竟以功奏最。邂逅兩中丞，陳乾齋、楊天爵。薦剡趣入。召對。至尊記名姓，寮寀增盼睞。去日雪瀌浮，來時浪澎湃。南州重見面，歡喜出意外。告别乞贈言，行赴五羊倅。官非百夫長，顧領弓刀隊。公然專城居，唯諾視進退。傜兮亦民耳，在宥託覆載。牧之則牛羊，擾之則蜂蠆。皇天本好生，赤子彼何罪。使君來撫字，茲理諒不昧。男兒屬有才，官職大可耐。守身等藏器，况乃高堂在。三年詎久淹，典郡屈指待。子壯我衰頹，後期恐難再。殷勤效苦語，凡百幸自愛。

陸聚緱楊東崖自豫章歸應本省鄉試口占一律贈行

西陵來往渡，南浦別離筵。得路寧論晚，同舟况是仙。陸應慚顧後，楊肯讓盧前。倚賴秋風便，佳音望早傳。

周子象益竹垞先生外孫也將歸索句贈以二章

甌舫竹垞齋名。流風在，名家世孰如。魏舒真宅相，王粲且傳書。雅量能容衆，清言足起予。摶扶看直上，無分借吹噓。

學力君加富，年顔我就衰。江天星復散，人世首重回。會合知何日，殷勤盡此杯。應憐歸未得，一老尚風埃。

中伏日題瑞金楊季重秀才深隴梅花圖二首

我昨曾遊大庾嶺，梅花臘月已全開。君家想在畫邊住，那不叩門衝雪來。

矮屋疏籬曲曲通，何來一陣過溪風。人間炎熱無處避，好入先生詩句中。

七月二日大雨

昨日日蝕今日雨，陰陽氣候迥不同。九津怒漲北流水，一榻快受西來風。威挾雷霆尋丈外，氣蘇草木須臾中。牀頭有酒且獨酌，不覺連釂瓶爲空。

白中丞内擢少司農以述懷詩索和次原韻疊成四章兼以奉送

西江清望冠羣倫，帝眷寧容遽乞身。公時引疾，奏請辭職，奉特旨内陞。及見仁風翔率土，洵知直道在斯民。時方人闈，士子皆不肯赴試，意在攀轅也。分頒條教家家奉，入告封章字字真。漫説武陽遺愛古，何如今日滿江津？

善政年來次第陳，先憂後樂總關身。波濤脱險便商旅，雨露流膏徧士民。功被千秋心轉細，碑傳萬口語皆真。賸留一事逡巡在，未濬三湖及九津。公嘗欲開豫章溝以蓄洩東湖之水，故及之。

出膺旄節入垂紳，遠近同歸祇潔身。地重何妨卿是貳，風清尤喜部稱民。匡時有道持孤介，報國無慚任一真。貪把新詩再三讀，篇終餘味尚津津。

南來小住俄經歲，萬卷堆中寄此身。下榻久欣依地主，僑居直欲作州民。雲泥相望殊懸絶，筆札時傳恕率真。怪得臨分猶戀戀，白頭無望客中津。時志局告竣，余亦將歸矣。

讀易至噬嗑適德尹以黄芽菜見餉戲拈一首

噬肉何煩滅鼻爲，頤中有物好觀頤。齒牙落後剛難克，舌在差於軟美宜。

客江西踰年歸來庭花盡萎惟紅梅一樹無恙徘徊其下偶成一律

百卉全摇落，孤標省見稀。鬬節枝並瘦，刮目蕊添肥。去作經年别，來如度嶺歸。從渠開早暮，與驗發生機。

臘寒

澤國愁冬旱，茅齋閉積陰。臘前雷忽奮，歲杪雪方深。半月前雷電交作。苦竹叢相亞，疏梅冷不禁。負暄宜野老，人有向陽心。

敬業堂詩續集卷二

漫與集下 起辛丑正月，盡壬寅十二月。

辛丑元日用數目字口占八句

吾生七秩又加二，五老今爲最老夫。同宗五人之會，余年居長。兄弟四人三并宅，兒孫八輩半將雛。從歸田後九年矣，自反胸中一事無。幸戴堯天逢再閏，龍飛六十效嵩呼。

題女史陳書畫松

蒼顔白甲，之而拏攫。振五鬣兮三針，瀉長風兮一壑。人稱矯矯之龍，自比亭亭之鶴。噫！世無張璪與畢宏，乃令閨中女士，爲汝填丹青。

八日立春德尹招同諸弟小飲

纔過人日恰逢春，隔宿招邀及令辰。臘雪消檐呈獸瓦，凍醪吹琖起魚鱗。追驩夢忽踰三載，榆村、季方兩兄歿於戊戌之冬，此會久疏矣。鬬健天猶賸五人。一事能無嗤過分，華燈不稱在家貧。時潤木自洛中寄燈至。

驚蟄前二日偕寒中德尹西阡探梅

夜聞枕底殷殷雷，曉約酒伴尋春來。流雲欲釀社翁雨，驚蟄尚慳人日梅。南枝北枝渾未動，一朵兩朵俄先開。婆娑其下索共笑，頭白更何煩汝催。

後七日曾三弟招同諸弟再過西阡看梅歸飲其齋中續成一首

耀眼千頭與萬頭，十分可有一分留。但逢酒熟邀同醉，不遣花開悵獨游。老至幾曾辜節物，頻來直爲近松楸。杖端攜得苔枝去，趁取燈前爛熳酬。

雨中得川法師攜新詩見示兼謀及卓庵地因次東林講席韻贈之

吟興吾全減，煩師爲鼓宫。病堅持戒力，閒得念經功。有路宜防滑，無塵可礙空。一瓶兼一鉢，萬事付痴聾。

春寒

臘雪兼春雪，春寒甚臘寒。池冰開復結，野服裌如單。啓户憐羣蟄，移盆誤早蘭。静中諳物變，應得後時看。

□月十二日喜得曾孫長齡詩以志之二首

昔作京華客，曾傳孟浪言。數年前友人至京師，傳余已得曾孫。及接家信，乃曾孫女也。十年留望眼，今日慰衰門。所幸男非女，誰爲祖抱孫。同堂湯餅會，老淚暗添痕。傷大兒也。

鬢鬢何須鑷，孫枝又茁庭。渾忘吾短景，且祝汝長齡。仍世慚黄甲，他年免白丁。方岳石孫受命詩：「得免白丁奚啻足。」留傳窮事業，十葉有專經。予家自大理公而下，衣冠凡十世矣。

黄梅無雨嘆

舍南舍北單鳩鳴，入梅入時一月晴。藴隆蟲蟲地欲裂，日出杲杲天無情。人間只有爲農苦，天且不憐誰恤汝。踏車時節亟催科，敲朴聲中淚成雨。吴郡志：「吴人以芒種日謂之入梅，後十五日謂之入時。」

夏夜

星火乍明滅，螢光入檻流。近來渾少睡，夏夜長於秋。

久旱田禾多被蟲蝕鄰翁來告紀之以詩

氣羸滋百螣，毛詩箋：「螟螣之屬四蟲，盛陽氣羸則生。」月令：「百螣時起，是陽行而生，陽盛則蟲起也。」旱魃爾何驕。赤壤沙泉涸，青天野火燒。憑誰祈好雨，無力救良苗。亦有憂時意，徒歌漫作謡。

佛抱入泮名基德尹長子也

屬望無窮在，員纔弟子充。禮應加冠字，年甫及成童。弓冶名家後，門閭喜氣中。向憐生校晚，猶足慰而翁。

立秋 閏六月十六日

半年分節序，兩月度炎曦。天到涼生候，人如病起時。斬藤蘇老樹，引蔓上枯籬。稍悟栽培理，勞生未敢辭。

遣悶五首

蕪荒十畝田，活計聽兒輩。老翁無外事，灑掃此庭内。庭前手蒔花，旱久仰一溉。一溉力尚能，求多非所逮。

葵藿知傾陽，牽牛故自匿。秋來常早起，及此好顔色。引蔓爾許長，敷榮憐頃刻。人生亦朝露，乃復爲太息。

布幔設多年，與人拒炎威。狂風忽吹裂，屋角颺酒旗。迨兹暑將徂，補綴聊撑支。有情戀故物，何必遽改爲。

達道吾未能，課孫比課子。隔牆催上學，初日漏窗紙。雷霆夜來過，似鬭牀下螘。惟有讀書聲，琅然徧入耳。

涉世已七旬，勞形非一徑。當時快意處，衰退多成病。吾衰吾病宜，壯健時豈更。醫無奪胎法，勿藥粗安命。

禱雨辭

康熙歲辛丑，閏厄六月杪。五行火息水，金氣鑠原燎。號萬性不齊，可憐羣就燥。焚如到松竹，況乃灌溉草。（毛詩傳：「童粱非灌溉之草，得水則病。」）薪醮等摧殘，庖廚助煎爝。井枯池亦竭，是處開龜兆。瓢飲且維艱，腹枵詎易飽。苗田溥斯害，立作棲苴槁。民病思下泉，吏才貪上考。方徵晉陽絲，肯藉琅琊稻。吾寧忍聽睹，獨卧憂悄悄。巷北走里巫，門前來野老。紛然聚其族，愁嘆際昏曉。或云堯湯年，七旱九水潦。周官列荒政，六祝五曰禱。村中有神社，禋自唐宋肇。曷不往乞靈，庶登稼穡寶。杖藜隨伴出，趁此星月皎。敢辭衣涉露，翻覺沾溼好。古廟散羣鴉，荒庭無汛掃。片香倉卒炷，覬徹星象表。土偶了不聞，吁嗟向晴昊。天門詄蕩蕩，赤日仍杲杲。感應理豈無，祈年或宜早。況聞兵猶火，旱實兵所召。不見閩海疆，烽烟接窮島。出車當此際，虎旅正南討。兩邦封壤連，免幸輓輸擾。平情易地校，擇禍此猶小。歸各語兒孫，家貧善自保。世界苦人多，豐年古來少。結二句皆用唐人成語。

勘荒詞

稻根攣縮稻葉焦，宿田稂莠方驕驕。農夫告荒乞申愬，踏勘翻逢官長怒。催科之吏晨下鄉，田今如此何云荒。直須野無青草木黄落，始信天殃魃行虐。

七月杪雨二首

亢旱經三月，農占候畢箕。田間苗槁後，天上雨來時。偏溉雖無補，爲災未可知。左傳：

「自十月不雨至於五月，不曰旱，不爲災也。」昨聞邑令勘荒而不報災，故云。眼前瓢飲足，相勸忍朝飢。用盡耕耘力，云誰憫作勞。老夫憂灌灌，赤子訴嗷嗷。直怕禾無種，上。非關土不毛。但看稊與稗，得雨尚能高。

聞制府滿晃山同年恢復臺灣郡縣馳詩遥賀五十韻

甌粵梯航路，宗臣帶礪盟。十年開大府，萬里寄長城。地重綏猷遠，天高伏莽清。鯨鯢安有截，蛟鱷静無驚。近置臺灣郡，仍沿海上名。荷蘭初窟穴，日本繼兼并。古未通中國，今方列外瀛。漳泉資扞禦，羅鳳拓屯耕。畝税登諸社，郵籤紀十更。官從遷轉便，商視去來輕。守土非憑險，浮家慣逐嬴。盛朝當遠馭，小腆忽潛萌。側聽妖氛起，懸知羽檄横。厥初傳警急，其勢劇狰獰。劫庫俄焚署，搴旗遂斫營。羣呼烏易合，嵎負虎難攖。推赤虞懷毒，藏姦慮沸羹。黠雖同鼠竊，貪或甚狼争。即事歸經略，何顔敢抗衡。大都逋藪澤，不異聚山棚。幸可鞭箠及，寧容癬疥生。撤烽宵拜疏，傳箭曉提兵。詎待師中命，方專閫外征。廈門移玉帳，浪島接金鉦。風雨來馳驟，雲雷動滿盈。謀猷元老壯，紀律丈人貞。勦撫宜兼用，恩威在並行。蟲應周後甲，巽必戒先庚。銷鑠熇蒸氣，宣揚赫濯聲。熊羆供臂指，金石貫精誠。遣將符分竹，潛軍木渡罌。登厓持赤幟，映水載青旌。餘勇收番舶，前茅破啄評。竟褫闟白魄，那免夙沙烹。束縛駢頭至，枝梧一足躄。乞降殊慘澹，積困失趑趄。立見屍填壑，毋須觀築京。搗巢腥滌蕩，奏凱日晴明。鋒鏑兒童避，壺漿父老迎。別甄功罪吏，招復版圖氓。六月戎車飭，三秋賊壘平。踰旬除猰貐，尅日掃欃槍。師貴神而速，功惟斷乃成。東漸敷聖澤，南顧慰皇情。優詔便蕃錫，殊恩委任榮。墨縗煩視事，華兗重留卿。坐握中臺節，歸彰上相纓。雲臺星象列，麟閣畫圖呈。公自修文德，人皆賀武英。誰操燕許筆，好勒鼎鐘銘。

重過青芝山展座主徐公墓

再入青芝路，佳城四望開。伏龍延地脈，馴鹿護松栽。兩世恩加厚，公子大司空亦奉新綸予祭葬，故云。千秋首重迴。老餘門下士，知得幾回來。

題武進楊笠乘孝廉詩卷二首

少陵上下古今意，多在成都十一篇。杜集中戲爲六絶及解悶五首皆在成都時作，元裕之論詩三十章倣此。

愛爾論詩續元後，不曾餘瀋拾前賢。都序誰能重太沖，賞奇兼恐乏司空。還君行卷爲君嘆，可惜不逢潛采翁。謂竹垞也。時楊以詩乞序，故云。

題陳崑發九還圖

陳生示我九還圖，丹青妙絶神與俱。鏡中有花水有月，湛湛之體如太虛。三身一性塵無惹，離相方能超般若。畫中看畫孰爲真，形外寓形多是假。老夫好佛不希仙，著句殊非蠟脚禪。觀色觀空空即色，與生同證大羅天。

沈仁山送菊

閒居愛重九，斟酌吾誰與？一棹赴嘉招，對花兼命侶。重陽前一日荷招飲。昨爲芳圃客，今作柴籬主。也擬續前遊，臨觴愁獨舉。時沈方止酒。

食蟹有感

稗是荒田稻，民間敢告飢。無腸憐若輩，多足自能肥。抱朴子：「無腸公子，蟹也。」楊子「一蟹郭索」

注云：「多足貌。」

德尹梓樹橋新居落成詩四章

喜聞成室在斯朝，淡水塘東第二橋。咸淳臨安志：「鹽官縣有淡塘，即今水塘也。」義取去塵兼近市，易説卦疏：「爲白，取其風吹去塵。爲近市，取其木生蕃盛。」聲傳伐木似遷喬。粗營別墅三間足，只隔西阡百步遥。指點小時遊釣處，幾人白髮伴漁樵。

同居同爨原初志，莫問陶庵與邵庵。用虞伯生兄弟事。宅買一千鄰百萬，謂曾三、芝田。山環東北户西南。吹來隔岸畦風好，汲處通泉井味甘。我比斯干還善頌，不生女子但生男。

晨霏暮靄接氤氲，邾魯聲從擊柝聞。三里詎同千里遠，子瞻與子由詩，有「不見便同千里遠」之句。兩家初自一家分。子孫賢必師吾儉，童僕頑須策以勤。聽取王褒申後約，力將灑掃代耕耘。

梓材自昔宜丹雘，得地今堪里巷誇。三徑垂成先補樹，十年作計勝栽花。肯堂肯構情相屬，爲瑟爲琴事豈賒。從此老兄長蓄眼，莫教桐樹讓韓家。宋人稱韓子華兄弟爲桐樹韓家。

第七孫生戲作洗兒詩

家門爲祖難辭老，人世生男不厭多。祝汝長成無別法，小名端合喚僧哥，歐陽永叔家小兒有名僧哥者，一長老在坐，戲謂曰：「公不重佛，何取此名？」公笑曰：「人家小兒要易長育，往往借賤物爲小名，如狗羊犬馬之類是也。」聞者絶倒。

題雙松晚翠樓圖爲毘陵莊仿鶴封君八十雙壽

八十年前十八公，當時手植今成龍。畫師畫龍非畫松，墨光散作雲蓬蓬。仙山如雲凡幾重，雲開日出露兩峯。丈人卓立碩且豐，天姥娟秀排芙蓉。其下雙幹争相雄，蟠根厚地靈氣鍾。茯苓雪白琥珀紅，倒拔千尺摩蒼穹。樓居乃在翠蓋中，何來巢鶴鳴向風。此聲不與凡聲同，殷勤寄入瓊瑶宫。李義山畫松詩：「路入瓊瑶宫。」

徐茶坪題拙集見寄四絶書來索和戲次原韻

詅癡符比和凝集，王伯厚云：和凝有集百卷，自鏤板行世，此顔之推所謂詅癡符也。敢望人傳入藝林。士炭自慚殊少味，可堪分啗與知音？用柳子厚答崔黯書中意。

及記雲藍咏舊聯，近從吴體得新篇。玉溪才藻世無匹，降格如何擬下賢。

年少楊郎有舅風，句如彊敵體兼工。令甥楊笠乘亦有詩見寄。此心相醉不在酒，氣味清于象鼻筩。

一犂歸老傷時晚，四海論交笑眼空。輸爾得名三十載，頭今未白早稱翁。

吞金吟爲烈婦葛曹氏作

之死以自誓，義惟殉藁砧。如松無改節，匪石豈轉心。萬古有長暮，千秋方自今。誰編烈婦傳，采我吞金吟。

周柯雲以詩索酒戲答之

白墮成烏有，用章子厚送酒事。青蚨化子虚。杯乾重九後，甕卧七旬餘。以上四句僕自謂。無酒誰酤我，空函好報渠。乞漿須在酉，古語云：「太歲在酉，乞漿得酒。」今逢儉歲，似非其時。檢曆問何如？

以潯酒一罇貽柯雲聞其有和詩三章而不具寄意蓋嫌少也再作此調之

賣菜多求益，爲君酌損之。一罇供卯飲，半醉聽晨炊。得隴宜知足，將詩博解頤。木瓜期永好，投我勿遲遲。

懷姪紹

聞汝攜妻柩，辭親自北旋。荒涼傳旅食，時山左荒旱。迢遞趁租船。野燒千林斷，河冰十月堅。可無書一紙，安穩報殘年。

喜雪二首

雲氣低迷海氣昏，窮陰連日暗孤村。兒童起報夜來雪，九十九峯齊到門。

家家茅舍爨無烟，何法商量捄目前。鵶鵲啄泥蝗入地，好從來歲望豐年。

再過當湖喜晤翁蘿軒

無事能相憶，扁舟兩詣門。秋田經夏暵，冬日就春温。身健長如此，官貧且勿論。别中安慰意，各喜得曾孫。

蘿軒屬題仗節渡海圖

浮山來自東海東，合羅爲一羅羣峯。中有仙人五色蜨，奉使遠赴蓬萊宫。下視古珠崖，浩浩積水空。乘槎客星天上落，文光南射抒長虹。飛飛報海神，正直能感通。神之來兮蜨以告，百匝旋繞官艨艟。高桅枝亞榑桑紅，前驅蛟䲡逃魚龍。坎男平展一泓水，巽女順效三更風。須臾欻渡五百里，自我往矣歸來同。回頭却望九州外，際天一氣青濛濛。繪圖兼題詩，詩好畫亦工。爲君展畫指雙瞳，蘧蘧形開栩栩中。昔遊非夢怳如夢，此境試叩蒙莊翁。

賑飢謡

官倉徵去粒粒珠，兩斛米充一斛輸。官倉發來半粞穀，一石纔舂五斗粟。然稗雜秕責淖糜，役胥自飽民自飢。吁嗟乎！眼前豈無樂國與樂土，不如成羣去作倉中鼠！

兀坐吟效香山體

瞶者視惟明，盲者聽必聰。兩官互爲用，缺陷相彌縫。今我殊不然，眼暗耳復聾。無聞亦無見，兀坐成癡翁。逝將塞其兑，毋勦説雷同。作詩以自箴，庶免尚口窮。

兩月來連送荆州季方兩兄及聲山姪葬感賦

吾宗衰已甚，窀穸復連旬。賸得扶藜手，頻爲執紼人。暝知魂魄妥，儉諒子孫貧。幾點將乾淚，偏傷後死神。

潤木陞學士

初傳當換秩，京堂員缺，弟方列名引見。隻日忽宣麻。唐制，學士院於隻日宣麻。冷署官仍達，空囊俸稍加。一門岐出處，二老謂余與德尹。借光華。人指東西屋，多稱學士家。

七十三吟 壬寅元日作。

白髮高堂笑語參，滿巵春色進黄柑。雞聲驚起兒時夢，五十年前二十三。夜夢先父母在堂，兒孫羣奉觴上壽。醒而追憶五十年前先安人見背，余時年纔二十三，恰合詹義成語，遂借用之。

憶在武英春殿裏，五更冰雪趁朝參。而今日宴猶高枕，花甲周來又十三。余年六十奉旨領武英書局。

送春簫鼓到城南，詩被催成酒半酣。此景回頭如昨日，年開八秩已加三。己亥冬客南昌答李明府送春牛詩，有「硯田別有耕犁叟，已是年開八秩時」之句。

我笑山陰老學菴，閒中往往好高談。隔年甫乞宮祠禄，又嘆窮愁七十三。陸放翁年七十二，再乞領宫祠。其詩云：「七十人言自古稀，我今過二未全衰。」明年又作七十三吟，則云：「髪無可白方爲老，酒不能赊始是貧。」何前後自相戾也。

三杖篇 并序。

癸巳夏將出都，揆副相自塞外寄送赤藤，借山上人亦以桃枝贈别。乙未春，客遊三山，老友林同人復貽樱竹一條，先後有詩報謝。自爾家居無事，日常摩娑，間一出户，必攜以自隨，因成長短句一章。世出世間，同心無幾，感兹故物，久與周旋。遠銜故舊之情，近資將伯之助。老懷棖觸，不覺言之長也。

文端揆公謚。遠寄七尺藤，瘦筋入骨堅稜稜。林翁近貽一尋竹，肌理年深滑如玉。紅椒所贈材稍慳，稱意亦復輕而圜。初白庵中幽獨叟，叟一杖三成四友。平生遊好凡幾輩，及此衰遲誰耐久。自從得三杖，重結物外緣。導前行徐徐，顧影來翩翩。不傷世尊面，不倚洪崖肩。不化葛陂龍，不參八棒十三禪。入我左右手，不計於國於鄉年。有時問酒家，高挂阮修錢。有時步簷看牛斗，有時曳向柴荆前。有時課農桑，卓立古路邊。有時登臨試脚力，扶持直上青山顛。有時用其一，更番出入循環然。有時一不用，舍則藏耳非棄捐。人皆嫌我懶，爾乃周旋護其短。人皆嗤我迂，爾胡步步趨亦趨。杖兮杖兮，爾之三身兮本一身，釋典以法報應爲三身。自天作合兮非無因。吾方愛爾如弟昆兮，親爾如子孫。何有乎管鮑兮，何有乎雷陳。彼四海九州之人兮，又何勞履我即而過我門。同年皆四海九州之人，語本昌黎。

正月十日赴曾三之招偕諸弟西阡看梅

好是花期卜復更，前四日見邀，爲雨雪所阻。花光照雪眼尤明。禁當臘底連旬凍，報答春來兩日晴。人事過年多變態，天工於我豈無情。肩隨諸弟頭皆白，又作山前一隊行。

席間戲嘲德尹

合與寒梅作主人，花時往往亦稱賓。東家酒熟西家醉，卜宅方知爲卜鄰。德尹新居，西去曾三纔數十武，故云。

元夕招諸弟小飲二首

數數貪相見，寥寥歎索居。爲歡宜卜夜，隔宿費傳書。歲儉稀村鼓，園荒賸野蔬。勸餐殊少味，亥日也無魚。香山詩：「亥日沙頭始賣魚。」今從市中覓鮮鱗不可得，故云。

海國春長晦，山堂冷欲冰。一尊元夕酒，幾盞舊年燈。取樂非絲竹，披懷勝友朋。薄雲如作意，相送月微升。

驚蟄前一夕大雪壓折庭梅一椏

驚蟄庭梅發，方當爛熳期。横遭連夜雪，壓折近窗枝。枯菀原關數，猗儺詎有知。老翁爲早起，惆悵獨移時。

送沈麟洲之任文昌兼懷同年盧仲山及門孫洪九時盧宰臨高孫辛瓊山皆文昌鄰邑也二首

去國資裝儉，嚴程里數長。初爲乘傳客，舊是校書郎。碧海天無瘴，生黎峒有香。故知非俗吏，改邑領文昌。沈於武英書局議敍，初掣茂名，改授今邑。

交遊多遠宦，往往隔音塵。復此臨歧路，因之憶故人。京華送孫楚，江閣別盧綸。不附書相寄，爲言嬾是真。

次韻屠艾山中丞閱吾邑塘工紀事四首昔少陵和次山舂陵行而不寄元竊仿其意聊志築塘始末沐膏澤而詠勤苦草野之情自不能已也

重聞海底出桑田，拯溺心勞豈偶然。土本無情能剋水，人今有力可回天。行看潟鹵同剛鹵，時至前賢讓後賢。從使鹽塘堅似鐵，咸淳臨安志：「鹽官縣有鹽塘，即海塘也。」一城何止萬家全。

楗石頹林偏井閭，剥膚長恐化爲魚。但祈河伯薪相屬，或覬陽侯射可祛。前此有用築河隄法。課民間出蘆葦及遣術士射潮者。下策隄防多類此，頻年畚鍤最憐渠。賴君來砥中流柱，歲晚方休力役車。

雲夢寧論八九吞，閒憑里老慰驚魂。身隨汨出餘生幸，眼見塵揚有數存。萬竈騰烟迷黑白，二儀噓氣判清渾。蛟鼉遠徙鼂鼈樂，汎渚眠沙比在亹。

漁帆樵舶任西東，夕汐朝潮兩信通。龕赭鎖江收牡鑰，塌尖綿岸吐雄虹。幾人築室如謀道，他日爲輪效轉蓬。千古隨刊歸禹蹟，未聞海外奏神功。

德尹自新居乍歸復有吳行朝來偶過補屋辛夷方花口占一律招芝田弟小飲

主人昨日返先廬，冒雨連宵又入吳。乙鳥不巢書屋冷，辛夷自萼海棠枯。庭前舊有海棠一本，今萎矣。賸留寂寞娱詩老，那免顛狂憶酒徒。小摘畦蔬供薄醉，眼前有景肯教辜。

喜韓自爲過訪村居

吳興前輩盡，尊甫子蘧先生及座主徐蘋村先生。海角故交疏。豈意停歸櫂，猶煩訪敝廬。采詩千載後，自爲有近詩兼之選。話舊廿年餘。村野無供給，非君孰諒余。

雨中牡丹戲作吳體

錦帷錦幃貧家無，風雨故來侵汝膚。半黏半落袖上唾，一瀉一斛懷中珠。爲誰含笑忽成泣，向我低垂可要扶。安得南唐名畫手，調丹與寫没骨圖。

楊致軒命工寫補衲圖自題四絶句大抵皆寓言初白老人不欲一語道破贈以六言四偈拈華微笑正不必從大衆索解也

偪仄藕絲針孔，直從古古到今。還珠誰開左手，補衲自貯苦心。

情難校銖輕重，口戒言錐有無。待赴投鍼機會，耐加磨杵工夫。

隨身不挂寸絲，傳法纔留一縷。本來無縫天衣，忍説西穿東補。

去且打包行脚，歸當縛律坐禪。金粟影中頭面，木犀香裏因緣。

題沈房仲所藏湯少宰西厓畫卷二首

淋漓五株樹，墨氣互濆薄。試問輞川翁，何須着丘壑？

人人讀公詩，惜少見公畫。我今領其趣，妙豈在詩外。時公子良耜以少宰詩集屬校閱，故云。

罌粟花

投種記中秋，向榮及初夏。閱時嫌汝久，開眼迨我暇。穀雨初過旬，牡丹已前謝。繁葩相繼發，紅紫弄嬌奼。轉瞬三日中，流光激如射。紛紛豔質委，一一青房亞。感此花得名，象形出假借。罌儲能幾許，囊括乃無罅。亦名米囊。自從去年旱，穀貴吁可怕。野人方忍饑，望爾甚望稼。謀生遑遠慮，是物貪速化。少待粟粒成，石鉢付碾砑。煎熬比牛乳，何有乎燔炙。撐腸或無力，養胃庶有藉。以上六句煎罌粟湯法，見蘇子由藥苗詩中。此法勿輕傳，吾將高索價。

初夏連雨獨酌

夜倒荼蘼架，朝翻芍藥叢。只消三日雨，又過一番風。芳事眼看盡，芳樽誰與同。朱櫻青豆莢，問我忝鄰翁。

喜晴

麥壠風來煑繭香，桑疇雨過熟梅黄。好花辭蔕半成土，新筍放梢齊出牆。習嬾連朝忘盥櫛，爲鄰幾户返流亡。曝書曬藥吾生事，也逐田家四月忙。

閒中觀蜘蛛作窠惡其顯設禍機而憐飛蟲之不知避也感嘆成十四韻

長踦蠨蛸族，天生性不廉。醜形皤爾腹，毒網匝吾簷。一目初抽繭，千絲乍滿奩。團團行小磨，細細織疏簾。巧自星邊乞，身長屋角潛。女工偷緯經，去。軍法竊韜鈐。意阱方施設，心兵孰戒嚴。蠛蠓穿孔礙，蜂蝶被黐黏。竟少周防智，能無掩襲嫌。此難逃越喙，彼或遇羅鉗。有命胥愁觸，靡求不取兼。禍憐飛處召，貪問幾時厭。物類多相賊，生機豈盡殲。微吟聊託興，即事感旁覘。

次韻同年李眉三南昌署中見懷之作兼寄令弟少峯明府

瓊林一會散如烟，官職才名孰兩全。閒却種花裁錦手，眉三曾宰江都，今去官。好題濯錦浣花箋。戲用韓浦兄弟事。聞君唱和成新集，使我低徊憶往年。安得因風生羽翼，難兄難弟共盤旋。

得泉法師自徑山歸以茶筍見餉戲答一偈

茗柯實理能悟，玉版新參孰偕。何福消磨清供，爲師二十九齋。吴仁璧詩：「二十九齋餘日在，請君相伴醉如泥。」

小暑勸農辭

兩旬赤日過平。黄梅，稻針渴水田生埃。人情方憂去年魃，天意突回小暑雷。農占云：「小暑一聲雷，倒轉做黄梅。」謂多雨也。披蓑走勸耕耰侶，斗柄指丁宜藝黍。四方水旱吾不知，近與村鄰紀晴雨。淮南子：「夏至加十五日，斗指丁，則小暑。」

送楊致軒赴淮上並簡總河尚書陳滄洲

營生畎畝中，外事百不知。夜枕來好雨，晨興課耕菑。有客將出門，扁舟過我辭。云當謁父執，遥泝清江湄。似聞淮黄交，海道廢不治。上流漸填淤，漕粟行遲遲。去冬數萬艘，回空去。悉後期。河臣日坐嘯，公帑徒虚糜。九重南顧憂，宵旰允在兹。天下有鉅任，楚材起當之。矯矯湘潭公，望隆朝野眦。司空職水土，特簡非疇咨。下車甫三月，積弊端端釐。别開延攬途，奏入報可隨。顧惟需才際，遄往夫奚疑？憶昨陪南巡，開河議方滋。聖聰斥勿聽，仁被枯骸骴。使者免冠謝，跪聆切責詞。子時理北河，底績在下邳。桃花千里浪，故道復一支。上考記姓名，把麾旋量移。西涼極邊郡，忍使侍養違。棄官返子舍，色笑依庭幃。三年檀州城，形影肯暫離。父在代父勞，父殁扶櫬歸。銜哀舉大事，黽勉獨力搘。子性實至孝，子才故難羈。焉能盛壯年，鬱鬱長衡茨。大儒況當道，行矣得所㐆。音依，與歸義同。輕車就熟路，成此一段奇。我有肝膈語，殷勤效臨歧。子家門閥高，仍世澤未漓。願爲良馬逐，莫作覂駕馳。曹輩豈乏賢，心期古爲師。奢須示以儉，愛必視乎施。上爲國惜財，下亦量己資。謹身而節用，歷試何不宜。贈行意盡此，或勝酒一巵。

四時行樂圖爲張楚良題

春

眼前自饒春意，何必三十六宮。紅藥扶頭宿雨，緑楊踠地輕風。

夏

蕉陰似薄非薄，桐葉雖多不多。竹几桃笙瀟灑，樱䉤蒲扇挼搓。

秋

水北水南霜氣，船頭船尾衣香。離離人影花影，的的濃粧淡粧。

冬

童子開爐煑雪，幽人倚檻披氊。兩眉喜氣浮動，又得新詩幾聯。

題潘銘三孝廉相馬圖小照四首

房星偶然降，地上有騏驎。紛紛皁櫪下，孰是九方歅？

杏葉韉未施，桃花色堪愛。君其賞神駿，或在驪黄外。

骨有買千金，才誰展萬里？人間高築臺，請自郭隗始。

曹霸丹青手，逢人亦寫真。試看相馬者，此豈尋常人？

題沈紹衣遺像四首

人稱沈隱侯，自比林君復。竹外一梢梅，梅邊數間屋。

少壯記同遊，廣談讓虞筆。神理宛然存，呼之疑欲出。

拙閒吾好友，陳六謙。澹遠吾賢從。家聲山。兩三幅上句，五十年前夢。二人各有題辭，今亦下世。

久在人間世，孤懷語向誰？還將病風手，追和草堂詩。

哭馬寒中四首

含笑君過我，含悽我送君。悲歡朝夕變，來往死生分。性命脆如此，流傳駭所聞。從兹當食嘆，不獨感離羣。是日晨過余，午餐尚健飯，輟筯後忽云頭暈，亟遣輿丁舁之歸，中途氣絶矣。

一發真難救，從知病有根。禍深同室鬭，痛徹九原魂。豈少相關意，終慚未盡言。數行身後淚，無補是生存。

十里南塘路，歸兮認故居。一生豪氣盡，萬事蓋棺初。妾守牽蘿屋，兒收插架書。詒謀須善體，兄弟好相於。

太息歸田後，何人問草萊。嬾知吾少出，勤望爾頻來。造物忍相奪，孤蹤良自哀。徑荒門尚設，行復爲誰開？

長生木瓢歌 有序。

塞山千年松瘿，内侍采以爲瓢，覆如蝦蟆，仰如荷葉，中容一升許，體輕而材堅，叩之有聲。乙酉秋，隨駕避暑口外，蒙恩頒賜者。閩中林鹿原取少陵詩語，名之曰長生木瓢，八分書其旁。閒窗檢點舊物，以歌紀之。并邀德尹同作。

老蟾爬沙離月户，走上寒巖古松樹。化而爲瘿質漸堅，雪錮冰膠肌理附。夜叉欲割雷火燒，頤未及張其背焦。不知閲世經幾劫，大似箕山舊挂瓢。中官采同豫章樸，雨洗泉澆出新沐。豹胎拆骨僅留皮，鱉甲剞腸殊少肉。外睅兩目頭微頏，音何。仰擎無柄皤皤荷。旁敲儼聞聲閣閣，中翕能受形皤皤。當初曾浥官廚酒，拜賜居然落吾手。今來飲水每思源，甘與支離分相守。詩人好古命以名，杜章可斷標長生。瓢乎瓢乎！汝之真率吾所愛，毋猩狡獪伎倆復變蝦蟆精。

建蘭盛放戲成二絶

新芽續續茁陳根，可惜看花眼漸昏。天與此翁留鼻觀，秋來香到第三番。

名種何須九畹滋，閒階也長子孫枝。癡懷尚作明年計，手剪花蘸供佛瓷。

明窗吟

閉眼則見暗，開眼則見明。問窗窗不知，多緣吾眼生。紛紛黑白花，變幻靡定形。丈室修止觀，滿前水清泠。盡除昏暗鎖，勝閱光明經。

浄几吟

几浄豈有垢，塵來集無端。方其初集時，拂去良不難。既拂旋復集，我勞何時閒。有心斯有塵，應作無垢觀。毋爲一塵役，流轉心目間。

古杏山先奉政公祠下老桂四株每歲花時觀者雜沓余兄弟年踰七十曾未一寓自中秋前七日德尹治具攜紹姪及沈甥房仲椒園偕往小飲花下得詩二首

山從金粟近分支，中有吾家古桂祠。百尺烟霄扶老幹，兩朝雨露長孫枝。天教人健兼無事，僧報花開正及期。七十餘年輕擲過，只争一日勿嫌遲。先一日相約，爲微雨所阻。

小春天氣氣清和，邵堯夫詩，以八月爲小春天。恰喜招攜少長過。風出牆頭香馥郁，日翻屋角影婆娑。瓦盆瀉酒三升釃，芳樹攀條一曲歌。聊解鄰人嘲笑語，子孫來少客來多。

重九前三日庭桂復花適聞德尹自吴門返棹口占招之

倏過中秋已二旬，再開花似爲歸人。明朝便恐紛紛落，何暇招呼更及賓。謂東亭、曾三、芝田諸弟。

後二日德尹乃來花落矣

今年夏旱秋無菊，賴有深叢發晚香。昨日不來今日落，可憐明日又重陽。

九日不可無詩漫賦

古來此節非今始，天下何人似我閒。無酒無花省留客，不風不雨罷登山。秋高烏帽黄塵外，興寓疏籬落照間。獨把一篇酬九日，從他雲物笑慳頑。

吾邑海隄告成制府滿㒟山疏請立海神廟親來度地於小尖山麓

皇上御書協順靈川四大字錫之扁額用示褒崇壬寅仲冬藩臬

二長祇承臺檄涖止廟中虔恭將事愼行老病里居獲逢盛典敬

賦俚言以志不朽云

路轉山迴海接天，高甍巨桷鎭山前。神封不以公侯重，睿藻長如日月懸。雲散蜃樓呈象出，波平龍窟抱珠眠。堯民同此安耕鑿，來與君王祝萬年。

戲詠案頭哥窯唾壺盂

小器託名製，流傳自章一。咳唾承幾人，今來入我室。我非王處仲，汝口保無缺。

長齋繡佛圖爲楊笠乘節母賦二首

庭下一梧桐，初生鳳已孤。桐今高出屋，辛苦鳳將雛。

佛力隨人願，年深事果諧。孝烏能反哺，慈母愛長齋。

再爲笠乘題江天一笠圖次原韻二首

魚尾殘霞照水紅，健帆劈箭指遥空。渡江桃葉不用楫，自有少男少女風。

浪白青天曉日紅，飄蕭一笠好凌空。人生快意偶然爾，若是順流休使風。

十二月初四日恭聞大行皇帝於十一月十三日賓天而詔使未至小臣病廢家居不敢草草成服搶地呼天悲哀欲絶旋復收召魂魄賦輓歌四章祇自述銜恩負痛之私至於帝德皇猷充浹宇宙詳於記注千古爲昭固非草莽蕪詞所能形容萬一也

皇帝升遐率土知，北來哀詔尚遲遲。家居水遠山窮處，耳聽天崩地坼時。却望雲霄心似醉，未填溝壑命如絲。此身直是拖腸鼠，流落人間浪自悲。

功高參贊道彌綸，鴻澤靡涯造化均。乾健坤貞時久泰，日暄雨潤物長春。兒童今作耕稼叟，卿相誰非教養人。六十一年無改號，始終堯曆兩壬寅。

臣本無才拔擢優，旋憐衰病許歸休。篋藏宫硯蛟螭護，架奉宸章日月留。楹帖兩行珠十顆，堂顔一笏玉雙鈎。貧家何物非君賜，説與兒孫總淚流。

一昨曾充侍從班，如今視息愧投閒。起居路隔千官外，頂踵恩深廿載間。弓是烏號驚忽墮，髯隨龍去杳難攀。傷心枕上春明夢，髣髴猶疑覲聖顔。

敬業堂詩續集卷三

餘生集上 起癸卯正月，終乙巳五月。

雍正初元，再逢癸卯，余年七十有四矣。江海餘生，吟情未廢，正如病馬嘶櫪，枯葵泫霜。竊取東坡此意名此集，既以志感，亦以志痛也。

敬題康熙六十一年曆後

王春天上賜官書，花甲山中紀閏餘。早是孟冬頒朔後，重逢開歲改元初。青陽左个迴羲馭，斗柄東方轉帝車。節物不殊年號異，敢將新舊比乘除。

舊有餘波詞二卷原稿失去將四十年沈房仲楚望椒園兄弟忽以抄本來歸即用詞字爲韻口占二絶謝之

綺麗餘波入小詞，枉抛心力悔難追。依稀四十年前夢，重拾亡簪事亦奇。

故物來歸喜可知，木瓜原是我家私。相投敢謂瓊琚報，兩首詩償兩卷詞。

二月三日再過西阡看梅適遇沈椒園遂與偕行時德尹以腰痛不能出故章末戲及之

臘尾曾經冰雪催，旋經風雨又經雷。枝頭欲落未全落，眼底先開讓後開。天好一春逢幾日，身閒半月到三回。半月來與仁和符、趙二生及吴興沈厚餘、韓自爲輩兩過此，故云。腰輕腰瘦宜相傍，故與東陽結伴來。

題沈房仲閉户視書小照三首

俗物與書仇，紛來奪專嗜。愛此卷中人，胸無户外事。

人方用三冬，爾乃取九夏。梧竹滿清陰，翛然坐其下。

吾衰苦善忘，鑿壁仰鄰照。蘇老有成言，得君如再少。

去冬過當湖重宿化城精舍紅椒上人初自嶺外歸出遊草見示今有詩來索和以四絶酬之

化城菴外水如天，每到東湖愛泊船。禪老粗償行脚債，詩翁重續對牀緣。

消息流傳恐失真，親從六祖證前因。黑灰堆裹尋衣鉢，辛苦南華禮足人。

識取寒泉不二門，散花千偈似瀾翻。平生痛癢相關處，拍掌中看帶血痕。來詩有「吾道痛相關」之句。

水月洗開雲霧窟，廬山面目現當前。從今便結紅椒社，何必青松有白蓮。來書云將歸老廬山，相約續青松之社。

喜曾濟蒼學博見過次見貽原韻

菰蒲新漲拍村橋，鷗外相尋獨倚橈。歸路爾貪千里近，離羣我嘆十年遥。早時風格追思曼，末俗交情感孝標。酒間語及徐淮江後人。忍負眼前林底月，直須酩酊到深宵。

老友張漢瞻自畽城來有詩感舊次韻奉酬

京洛追隨不計春，推移俱是兩朝人。故交屈指年年減，邸報傳聞事事新。居近幾家滄海曲，謂唐考功東江、王給諫學菴。詩留一卷太湖濱。往有橘社唱和，漢瞻曾刻於吴門。明珠魚目休論價，草木終緣臭味親。時以新刊文集見貽，余亦以拙刻奉教。

題符天朗聽琴圖小照

絲布澀難縫，譜成惱儂曲。緑珠所作。餘音一以散，古調復誰續。不愛指頭纖，只怕指頭俗。老耳劇分明，寒泉韻秋玉。

又題竹里勘書圖

邊孝先腹十萬卷，庾蘭成賦三兩竿。置爾於雲窗霧閣，擬之以青瑶明玕。

哭東亭弟 六月十九日。

旬來聞伏枕，旦日走憑棺。吾哭得無慟，汝貧翻爲官。功衰凋喪盡，子姓荷承難。後死餘家督，腸枯感百端。

六月廿四夜枕上作

季夏之月魃行虐，三旬苦熱兼無風。暗雨卧聞來自北，明星起視生於東。民勞尚懸飢渴望，吏酷聊借驅除功。杜陵句似爲我設，未免憂國思年豐。

及門符幼魯將入太學來乞贈行之句

海隅夏大旱，處暑暑未徂。符子將北遊，肩輿叩吾廬。告别乞贈言，此意胡可虚。我持一盃酒，味薄分去聲。有餘。酌子不盡觴，行行勉相於。男兒屬有志，寧甘老鄉閭。京華聲利場，太學才所儲。天衢闢賢路，馳騁誰不如。筮易得同人，謹於出門初。豈惟交道爾，願以類推諸。

亢旱苦吟四章

居非永熟鄉，兩世且拙宦。歸田踰一紀，仰屋屢永歎。初來親故疏，近遣僮奴散。兒孫累十口，稚弱居過半。頗覺生理艱，頽齡乏長算。何當委時運，付以一笑粲。

荒政緩催科，明明新詔制。陋邦亦王土，徵發當此際。皇天久不雨，瞻仰星有暳。郡符夜到門，猛挾雷霆勢。貧家窘倉猝，慮不及卒歲。盡典禦冬衣，而充夏秋税。

年年秋八月，種菜及是時。自從亢旱來，風燥土不滋。荷耡破完塊，投種計已遲。甲拆稍萌牙，蟥去聲。口甘如飴。嗚呼菜色民，自古乃有之。今方愁歲饉，豈獨啼年飢。

此鄉本瘠壤，寥落窮甿居。樂歲尚歉歉，户鮮升斗儲。十年罹海患，疾痛況未舒。熬波久無鹽，竭澤兼無魚。何以置此輩，俾安作息餘。吾詩倘可風，聞者盍采諸。

重陽前四日沿海隄入邑城道中感賦

愁卧閲十旬，閉門何所之。今晨偶爾出，目觸中心悲。海霧一氣黄，秋陽敵炎曦。黍苗槁既盡，禍及菉與萯。有如經戰地，顛倒横僵屍。果然周餘民，慘慘靡孑遺。赴死聚百族，偷生無一機。曷不呼彼蒼，天高聽宜卑。傷哉莫以告，造物非不慈。田間老禿翁，罪歲微有辭。身謀良自拙，遑恤斯人飢。

十月九日重赴沈仁山賞菊之招席上戲拈二絶句

涉夏經秋旱太甚，問花那得此精神。一池水抵三時雨，辛苦朝朝抱甕人。

遲開猶及領晴光，日薄風輕未有霜。只算今年秋帶閏，重來恰好是重陽。

菊花中有名舊朝衣者戲詠之

借緋借紫儘無端，俗眼多從一例看。衣不如新人已舊，枉呼贊善作朝官。香山詩：「好似東都白贊善，被人猶喚作朝官。」

題勝予姪牧牛圖五章章四句

飯之則肥，飲之則瘦。綬爾商聲，聆予雅奏。一解。爰四其足，可菑可畬。亦兩其角，可以挂書。二解。爾牛來思，釋兹在兹。既辭輓軛，盍解厥縻。三解。黄金籠頭，飼于豢牢。與其爲甯，毋寧爲陶。四解。出關者青，露地者白。自我牧矣，各適其適。五解。

徐觀卿將北行有詩留别次韻奉酬

鉅若鼇戴山，微如螘冠粒。履幽則坦坦，用壯斯岌岌。君才眼罕儷，君語口恒澀。半月脱朝衫，窮年事緗笈。躬承馬班後，學富鯤鯨吸。勝國史未成，嗣賢合重葺。烹雞用牛鼎，少膾取多汁。嗜篤來衆嘖，衿開祛積習。東江老名宿，謂唐實君。惠好稱朋執。浥彼古井深，資予修綆汲。羅千網必萬，粺九糲或十。義以晰精觕，時乎視闢翕。寧非明堂材，盍奏清廟什。行藏勇内斷，聲譽恥虚襲。峩峩野史亭，燦燦傳家集。爲鱗雖久潛，在羽難終戢。新綸紹前局，初震發羣蟄。人皆推掌故，官甫踐末級。巾笥快提攜，直廬供采緝。歲增廩稍豐，月受隃麋給。同僚斂手避，先輩下牀揖。尺木階徐升，登瀛門再入。矯首有抗顔，和衷靡孑立。所期擊汰往，安事臨岐泣。贈處例當酬，蠅蝨附驥𪔰。山蔬忝饟薄，村酒勸飲溼。遠道懽莫追，餘波感猶及。志士覬業成，吉人貴辭輯。從教衣帶緩，肯作步吏急。功名況時至，庸可俯而拾。去去慰民望，吾方詠臺笠。

題徐子貞大司空遺像

我出師門，垂四十年。通家後進，獲奉周旋。公之視余，猶稚弟然。晚追前躅，同返林泉。幸不負夫初心，遽舍我而逝焉。官止于司空，壽躋乎老傳。式瞻畫像，儼睹生前。蓋逝者其耄，而不亡者其天。

徐青藤墨牡丹爲視遠上人題二首

濃墨點雙花，枯枝綴一椏。目中無尹白，放筆自成家。

不數洛陽春，不上天彭譜。愛此甘露瓶，紋如衲衣補。

題金匡秀户部南廬圖卷子

婁江之水清滄浪，幽居宛在天一方。展開八尺好横幅，令我興發神蒼茫。耕烟筆妙呼欲起，圖爲王石谷所畫。快比并刀能剪水。樹高竹密緑兩涯，日薄風微香十里。飛來紙上疑有聲，采蓮歌逐菱歌生。亭臺占斷清涼國，宜爾三人遺宦情。人間炎熱吁可怕，亦有扁舟思穩駕。題詩預作隔年期，來就圖中消九夏。

哭唐東江考功四首

獨上扁舟遡逆風，滿天冰雪到婁東。臏含溼面雙行淚，來哭平頭九秩翁。與我相忘形跡外，感人尤在朴誠中。矯時肯擬朱公叔，自此交情見始終。

華髮登朝僅兩年，賦歸樂事在林泉。招邀鄉社耆英友，成就師門繼起賢。君殁後數日，徐觀卿以輓章寄示，具述相成之誼。上瑞人方占壽國，少微星忽隕昊天。九原可作夫奚憾，自信千秋業必傳。

曾將尺素寄相思，亦有流傳肯見疑。無間可容纖芥入，此言唯許兩心知。粗償晚節行藏約，細檢生平贈答詩。最後一篇皇甫序，不教衆目笑詅癡。今年正月，君爲余敍詩集。

門館郊園次第開，昔遊幾度獲趨陪。十年齒序推兄長，半榻塵封望我來。同調云亡應共惜，輓歌相續有餘哀。海山兜率茫茫路，老向人間首獨回。此章追述京華舊事，兼傷揆文端公。時文端下世已七年，君集中哭揆詩有見示語，故及之。

甲辰正月重訪佟陶菴同年於江寧試院感舊有作二首

嶺南經判袂，海上繼啣杯。忽漫七年别，猶能十里來。短長踰隴夢，辛苦佐時才。君由西寧軍前奉旨起用，故云。萬事蒼茫外，重逢又一回。

跡忝朝廷舊，身叨禮數優。入時庸自棄，出谷偶相求。柳色回青眼，梅花笑白頭。感君期我厚，長恐負千秋。曩承分俸刊拙集，故及之。

上元前二日陶菴以詩約遊清涼山次韻奉答

令節長多雨，連朝偶得晴。陪遊原有約，索醉豈無名。香山詩：「獨醉似無名，借君作題目。」梲杖扶身健，芒鞵稱脚輕。老嫌簫鼓鬧，準擬入山行。

元夕偕陶菴中丞遊清涼山寺

山號清涼寺並稱，此山此寺冠金陵。展開碧落千重網，湧出紅蓮百萬燈。勝蹟肯隨殘劫廢，佛殿新被火。危欄知得幾回凭。宰官説法吾來聽，或恐身爲過去僧。

題秦淮丁氏河房二截句

一派淪漪漾小波，風光其奈早春何。亭臺夾岸參差影，老柳無多新柳多。

畫社詩壇半寂寥，百年塵劫屐綦銷。依稀記得虞山句，丁字簾前是六朝。

贈清涼中洲禪師

師在吾鄉住十年，風塵南北見無緣。眼前一片清涼界，二老相逢亦偶然。

經史紛綸入剪裁，黄山賦可壓天台。波流雲委三千字，一句何曾杜撰來。師有黄山賦，皆集古人成句爲之。

戲柬蔡鉉升

饑鳳軒前隕客星，杜濬。璞菴歿後少詩朋。王廷銓。能談五十年來事，一個隳官蔡鉉升。高唐賦：「長吏隳官，賢士失志。」

席上留别陶菴鉉升中洲禪師適至

高僧來入社，開府出登壇。韻鬬千巖險，吟求一字安。足增行子重，敢竭故交歡。江渚禽魚便，新篇寄不難。

自金陵至丹陽歸途即事口號六首

莫愁湖北莫雲横，淳化關南朝日生。不管羣情方望雨，出門一步但祈晴。

茅菴僧勸趙州茶，遥指坡陀去似蛇。爲説井枯池亦竭，前頭漸少賣漿家。

野無青草麥無芽，捲地風來撲面沙。遇著閒人還借問，前村何處有梅花？

應試諸生半跨驢，就中不少鄭昌圖。相看一笑休相避，西抹東塗是老夫。二月補行癸卯鄉試。

滿眼流移大可憐，憐渠所至遇凶年。絲毫何補飢寒色，忍爲看囊惜一錢。

古邑句容隻堠邊，僅通車騎不通船。詩翁來往無人識，獨結孤燈信宿緣。

送李邑侯罷官歸武功二首 名含英，甲子科乙榜，秦人。

思歸若箇便成歸，簿領抽身似爾稀。昨日罷官今日去，萬人海裏羨鳧飛。

武亭川外武功天，禁旅西征近十年。留取濟時心力在，讓他卜式去輸邊。

薄遊二十日歸時西園西阡梅花已零落而盆中三本開方爛熳戲成二絶

落盡江城笛裏花，主人索笑始還家。盆梅亦是移根接，不爲東風長妬芽。見黄伐檀集。

舊圃新阡本一家，天工人巧略爭差。遲開畢竟先桃杏，及作春頭替代花。

庭有柔木二月初吐小白花花皆五出因名之曰雪梅

紅梅已死十年前手植者。盆梅謝，五出輸他密綴條。比似雪花看更好，入春一月不曾消。

石芝出南海中，鄭北山集所云石花也。

海南有異産，瑤質波濤姿。靈苗豈根蔕，歲久成菌芝。土俗名以花，泥沙誰惜之。我來遊嶺表，瑞物始見奇。歸無千金槖，石肯萬里隨。刷以止濁膠，澤以無垢脂。藉以錦文石，承以縹色瓷。平堦水一泓，淼若千頃池。中央好位置，爲爾呈華滋。上有蔚藍天，倒涵星斗垂。旁有金鯽鯉，吹唇摇尾鬐。菖蒲須漸長，荇藻交紛披。芝兮得其所，永與山海辭。喚醒嗜睡翁，此品不療飢。吾姑悦吾目，君毋朶君頤。東坡有夢食石芝詩，故戲云。「喚醒濛濛嗜睡翁」，亦蘇詩語。

牡丹花下偶題

吾生去日多來日，春事今年減舊年。可惜風光太狼籍，彊扶衰病到花前。

潤木新居看玉蘭次德尹隔日雨阻原韻兼示上姪令録寄京師

唐昌玉蕊豈易得，木筆愛吐瓊瑶花。倉皇不費萬金買，先後特争一日差。遲開正爾及爛熳，治具公然出咄嗟。吾廬無此聊藉口，夜醉東舍晨西家。

德尹新居看牡丹二首

新堂既已成，名種移牡丹。鞓紅玫瑰紫，深色鬭兩般。迨兹風日晴，家會欣團圞。買栽洵得地，好與兒孫看。是日信菴自開化歸，諸姪諸孫俱在坐。

吾庭非無春，其花名玉樓。昨開值驟雨，爛熳八十頭。召客客不來，主人翻出遊。先一日，招諸弟于竾軒爲賞花之會，被雨阻。有情定遥妬，易地爲勸酬。

哭承兒四首

汝兒四十八，捨我而逝矣。汝没後十年，數亦止於此。兩哀併一慟，摧感胡能已。明知贅世翁，必無久存理。所傷門祚薄，壯殞先暮齒。生汝兄弟三，眼前惟一子。魂兮去如夢，未遠呼應起。

小年故多病，慮作短折童。亦既見成人，庶望送我終。天乎忍降割，奪去仍匆匆。葠價貴於金，積孱氣不充。有時或彊起，好語聊慰翁。誰知藥罔效，竟坐室屢空。

四女各未字，三男盡孩提。汝在稱慈父，汝亡累孀妻。一母將七雛，故巢且羣棲。饑寒雖僅免，晨夕同號啼。老耳實怕聞，聞之彌愴懷。吾今已耄及，嫁娶何時諧？

汝叔苦相勸，謂我勿過傷。人生百歲中，壽夭齊彭殤。六十且不毀，矧乃七十强。禮教有格言，嗟嗟吾豈忘。那堪垂老境，重此遘逆喪。委蜕視子孫，達觀媿蒙莊。收聲欲制淚，淚落復數行。

七夕邀諸弟作真率會先三日爲芝田七秩生辰兼補壽觴席上口占四絶

一家舊注長生籍，合算今年得幾何。四個老人三百歲，更加百歲肯辭多。「四個老人三百歲」，用香山成語。

不問賓筵與主筵，更番酌必我居先。此觴只算屠蘇酒，得歲還應讓少年。

人生七十古來稀，萬口流傳老杜詩。笑引南華爲轉語，行年七十似嬰兒。

斗牛光並老人星，銀漢中央界紫庭。但願年年仍此會，借君生日倒吾瓶。

七月十九日海災紀事五首

門前成巨浸，屋裏納奔湍。直怕連牆倒，寧容一榻安。卑憐蟲窟掩，仰羨燕巢乾。海闊天空際，誰知寸步難。

借穿殊少屐，欲濟況無舟。我怯行攜杖，兒扶勸上樓。雞豚混飛走，鵝鴨亂沉浮。小劫須臾過，茫茫織室憂。

不有匏瓜苦，渾忘稼穡甘。奇災悲目擊，往事聽農談。高岸翻爲谷，窪居直似潭。連山浮島嶼，幾點戶東南。

驚魂招晷刻，沉氣晦連晨。身似乘槎客，誰爲裹飯人。滔滔方滿地，袞袞總迷津。久在人間世，徒嗟閱歷頻。水無沉氣，出國語。

亭戶千家哭，沙田比歲荒。由來關氣數，復此覩流亡。痛定還思痛，傷時轉自傷。艱虞吾分在，無計出窮鄉。

武原故人陳少典下世垂五十年尚未克葬比聞棺木被海潮所漂感傷存殁作詩寄其子行中

一棺猶淺土，聞説被潮衝。痛矣兒無父，傷哉殯未封。居貧須量力，擇吉乃逢凶。行中精於堪輿家術，故云。骨朽難逃劫，吾將罪毒龍。

李氏外孫女歸寧其母於南昌詩以示之

汝母年四十，無男痛孤孀。我時在汝家，目睹心悽愴。回頭汝在側，肩差如母長。弱女良勝無，含哀解徊徨。亟歸爲擇壻，近出諸孫行。前春遣就婚，去秋聞弄璋。老人破涕笑，稍用慰所望。爲婦已三年，禮宜見姑嫜。却愁形與影，生長未離孃。女出孃孤單，依依誰侍旁？送汝至中道，此情良可傷。愛割乳上雛，隨親返南昌。分飛二千里，東下錢塘江。逮汝夫婦來，我復遭逆喪。匆匆暫相見，悲喜焉得雙。西風吹斷雲，診夢占不祥。俄來南浦信，又報無服殤。人間内外姻，歡聚恒充堂。天胡於此酷，觸境罹奇殃。歸寧亦可憐，母在雛則亡。相當重會面，斷續難爲腸。切勿念老人，老人行自量。世無消愁藥，可有長生方。

題仲弟查浦後甲辰圖小照十六韻

鄉黨吾廬會，高堂學圃圖。學圃圖先大夫甲寅春畫像也。余兄弟四人及大兒克建咸侍列圖中，今五十一年矣。承顔猶宿昔，過眼特須臾。賤日雙青鬢，歸休兩白鬚。得兒雖校晚，投老倍堪娱。弟生三子，皆在五十六十以後。漸愛隨肩侍，長聽隔壁呼。用南齊劉瓛兄弟事。推先讓梨栗，交替飲屠蘇。樹是三珠茁，庭非一鯉趨。自嗤牛舐犢，人羡鳳將雛。膝下添文度，去冬新得一孫，亦入畫。毫端識長儒。見北史文苑傳。閒依髹几坐，倢却瘦藤扶。喚出從花下，排行繞屋隅。起居方遞進，左右亦時須。偶作分巢燕，均爲反哺烏。行看孫丱角，勿忘去。父勤劬。笑問多男子，何如五丈夫。更煩名畫手，貌爾比商瞿。商瞿老年年五丈夫子，竊爲弟留眼望之。

送沈楚望赴汴梁幕兼寄楊次也徐象求

之子梁園去，詞華洵絶倫。幕僚稱得士，村巷感居人。夢豈江河隔，情兼臭味真。此中多舊好，毋惜附書頻。

海魚嘆 并序。

吾邑未罹海患以前，城西有巨魚隨潮至，約千餘觔。潮退閣沙附近，居民割而食之。不半月而來海潮之禍。客有傳其事者，作此以補前詩所未及云。

永明海燕移山來，南齊書：「永明九年鹽官縣石浦有魚乘潮來，水退不能去，黑色無鱗，土人呼爲海燕。」細鱗不數菜黄鮐。桓寬鹽鐵論：「菜黄之鮐，不可勝食。」居民分臠彼何罪，天遣先期行告災。浹旬以後洪流至，鬼泣神號無處避。怒聲似爲魚復仇，千萬生靈吞一氣。魚乎魚乎倘有知，孰噉汝肉剝汝皮。如何了不分恩怨，一任波臣恣虐爲？

中秋與佟陶菴中丞相遇於江陰舟次邀同月下小飲口占一首

清涼古寺上元遊，重展晴光爲我留。一笑可知無價買，萬緣何必有心求。主張風月推壇坫，舒卷波瀾入唱酬。絶勝虎山橋畔路，兩頭絃管作中秋。蘇人皆望先生於是夕至虎丘，故云。

吴船口號五首

潮痕初退岸猶淹，直過吴江水始甜。賴有具區三萬頃，不然瀉鹵盡生鹽。

東鄰禾爛相無春，西舍居然畝一鍾。肯信報施皆鹵莽，惰農方欲傲良農。

水厄初離大海濱，人天孰與指迷津。忽然石觸舟中裂，悟徹平生有漏因。過滸墅關，石觸舟壞，此中似有悟境。

往來屈指一旬中，南北東西總逆風。勿與此翁同此路，鄰船豈必盡無篷。

黑白何心角逐雄，黄羊枰付水流東。依稀十九條邊路，也算仙家小劫終。舟中與尊聞姪圍棋遣日，今棋局爲水所漂，故云。

吊秋花二首

貧到今年甚，栽花徑并荒。客疏閒步屧，庭失好秋光。枯槁翻因水，摧殘不待霜。感時覘物變，渾似閱滄桑。

爲少成陰樹，從添覆地花。頻頻滋灌溉，歷歷萎泥沙。涼蝶飛何處，秋蟲話別家。陳根如不死，春雨望萌芽。

題從孫東木說劍圖小影

擁書仗劍真名士，看舞徵歌亦雅儒。令祖聲山有仗劍擁書圖，尊甫恒弘有看舞圖，舊皆屬余題句。愛爾丰神如父祖，爲題詩到第三圖。

喜得三弟潤木請假省墓之信四首

忽忽京華別，回頭十二年。自嗟衰已久，重見恐無緣。喜極淚隨落，書來夢告先。前一夕夢與諸弟共飲梅花下。早梅消息近，猶及草堂前。

一紙平安字，中含慘痛辭。乞歸寧論暫，得請敢嫌遲。恩重身難退，天高聽故卑。自今方計日，倚杖候柴籬。

至性吾憐汝，頹齡似弱齡。銜哀思往事，燔告慰先靈。再世恩榮逮，千秋雨露零。岡阡松柏路，冬月倍青青。

海角承基業，秋潮冒石塘。三間僅無恙，十畝已全荒。身在貧何礙，詩成病亦忘。古來無此樂，四老話連牀。時四弟信庵方赴省試，計當同歸。

製地黄丸十韻

恒醫多試藥，久病守成方。客或餐雲母，吾唯服地黄。豈無他佐使，兼取理陰陽。味以甘爲正，材尤熟者良。飯蒸資穀氣，酒洗帶糟薌。幾遍親炮炙，移時謹弆藏。磨臍霏白雪，臼杵擣玄霜。夜和丸加蜜，朝飢嚥用湯。參苓從長價，藜藿等充腸。若問延年訣，君看髮短長。藥性論云：「熟地黄久服變白，延年。」

重陽前一日曾三弟招同德尹芝田登龍尾山歸飲齋中口占二截句

十年幾度記清遊，一壑能專又一丘。輸與主人筋力健，笑看三杖拄交頭。余與德尹、芝田俱杖而登山，曾三獨否。

髣髴前塵付夢遊，認將龍尾作旄丘。詩疏：「前高後下曰旄丘。」醵錢可是看囊物，爛醉歸仍挂杖頭。是日曾三獨爲主，仍以百錢見還，故云。

九日閒步横漲橋西過玉禾堂晤言思百原存叔季益諸姪憶五十年前曾偕荆州兄登宅南小丘感嘆之餘得一絶句

五十餘年指釣遊，憶同把蟹撇新篘。竹林便是西州路，賸對諸郎半白頭。言思年過周甲，百原亦五十七。

洪梅岑自珣溪過訪即次去年投贈首尾二章韻用酬繾綣之情

隔年曾讀七篇詩，同調如君更不疑。久缺寄書成嬾慢，重煩弭櫂訪衰遲。菊荒陶徑仍留客，楓落吴江已後時。慰我寂寥何以報，敢從鵁路指鴻逵。

俗談肯置齒牙間，一笑相逢飯顆山。知我者希應自愛，古人如作許誰攀。漸消實事休回首，竊忝虚聲祇汗顔。借取尊前秋好處，滿川風月送君還。

自海潮退後旱乾凡兩月餘立冬後三日風雨連晝夜身在畎畝憂樂之境與鄉鄰同率成一首

大潦之餘重苦旱，入冬一雨沛窮檐。村翁旋報麥芽茁，爨婦先知井味甜。天澤下施方是益，民情取足詎傷廉。瓶罌滿貯煎茶水，解渴充饑兩莫兼。

題徐學人茶坪書屋圖

易於水澤交，中爻有頤象。聖人喻諸味，義在五與上。苦雖不可貞，甘則往有尚。詩家釋荼薺，彼此互相妨。甘苦味絶殊，譬形非一狀。茶坪至性士，即事寓意匠。中有涕淚痕，么絃出哀唱。圖來屬繼和，畫好神悽愴。我欲釋其神，展圖笑相向。苦中適得甘，一物取兩況。祝君如諫果，甘至苦可忘。天方憐斯人，今亦蔗境償。上。吾詩非適俗，良用慰瞻望。

題沈勉之春江待渡圖

易曰有待行，詩云須我友。通乎需之義，利涉夫何有。韋弦矯後急，軒輊視前後。萬事靡不然，時來隻成偶。命圖寓深意，識者爲頷首。

四杖圖歌 并序。

雍正甲辰秋，潤木以省墓乞假，信菴南宮下第，仲冬望後相繼到家。時余年七十有五，德尹七十有三，潤木已開第七秩，信菴最少，亦平頭六十矣。白首兄弟，重聚一堂，此生此樂，何可多得。沈子松年爲繪四杖圖。圖成，余首唱一篇，屬諸弟共和。

兄年杖國兮弟杖鄉，昔之少壯兮，今皆老蒼。伯兮仲兮，偕叔與季。杖亦如人兮，一二三而四。語本皇極經世書。天教四杖兮配四翁，落我手中兮，入我圖中。斯圖閱世兮，知凡幾世。安得斯人兮，世世爲兄弟。

從孫東木贈我石徂徠集及舊墨二挺口占以報

手生慣使雪堂墨，眼暗愛看抄本書。勿笑老饕貪盡取，譬嘗熊掌得兼魚。

東木與楚望疊魚字凡七章連翩傳示再拈二首以答來意

才地評量總不如，連朝踏凍費傳書。兩賢健比雲端鶻，一老嬾於冰底魚。

插架徒然萬卷餘，只圖遮眼不繙書。詩成亦用白描法，免得人譏獺祭魚。來詩誇余藏書之富，故有此答。

東木前睍初從楚望轉致詩中未之及楚望有詩見督戲叠來韻兼示東木

清況原從君所於，報章草附一行書。衰顔忘事類如此，重爲蹄筌記兔魚。

椒園自杭歸用魚韻繼和四章見示再叠答之

臢馥殘膏吐棄餘，免冠自哂不中書。何來好句如香餌，十丈寒潭又出魚。用呂氏春秋語。

多生有味在三餘，不是還書即借書。童似蟄蟲愁啓户，主方溉釜喜烹魚。

垂白慈幃暮倚閭，平安兼望海南書。詩人至性吾能識，彈鋏歸來豈爲魚。來詩用馮驩事，故云。

霜雪侵陵日月除，一尊與爾且澆書。臢留五色離披羽，待配春盤潑刺魚。時餉我野雞，先以臘酒報貺，新年尚擬作主人也。

喜雪九疊前韻

冬旱旋經兩月餘，朝朝咄咄向空書。欣欣喜動眉間色，雪兆豐年夜夢魚。

烏程王懿誦明府以潯酒八壜見貽再疊前韻

都門醉別十年餘，念舊重煩咫尺書。與致青州八從事，不愁換酒少金魚。

雪後同德尹潤木於西阡栽翦松柏枝即事十二韻

五百新阡樹，參天待幾時。縱饒心欲速，夫豈力能爲。方法咨林叟，權宜問葬師。皆云扶直榦，切戒蘖橫枝。趁取冬餘臘，毋拘日反支。及朝行展視，有道在芟夷。斟酌供薪穫，商量用斧斯。攀條防損葉，近本怕傷皮。翦伐初何忍，栽培擬自兹。養成非易易，競長勿遲遲。鹿去寧教觸，烏來定引慈。好留君子澤，傳語後人思。

甲辰除夕與德尹潤木敬業堂守歲

十里東西宅，中央是舊廬。但教頻會合，何異昔同居。就我生春色，前十日已立春，故借用杜句。爲歡卜歲除。白頭三醉叟，相顧一軒渠。

乙巳元日偕潤木飲德尹梓樹堂

夜點霏微雪，晨開爛熳晴。吉占逢上歲，漢書天文志：「正月旦決八風，東北爲上歲。」殘醉續深更。門冷稀賓客，年衰有弟兄。欲知排日樂，童稚也歡迎。

三日偕德尹過潤木雙遂堂小飲

橋北生春水，橋南泊舫船。爾雅注：「舫，並兩船也。」堂開書插架，池動柳含烟。此會經三日，吾生又一年。未須論聚散，取樂及尊前。

信庵四弟自開化至貽我頭陀蘭一盆

海水如鹽變白沙，小庭羣卉少萌芽。未栽堂北宜男草，忽到山中侍女花。見采蘭雜志。捲幔移盆香馥郁，迴燈入畫影交加。東風吹過寒梅信，笑問蘭陔有幾家。

再詠頭陀蘭

有美猗猗蘭，山人蒔藝成。瓦盆移磵谷，滋護從孩嬰。歲久葉紛披，實同翡翠嬰。見歸田録。是宜有佛性，故以頭陀名。我本老比丘，宿世偕修行。對之莞爾笑，亦若弟見兄。適當春早時，抽穗百十莖。蕊者含其芳，秀者揚其英。深叢如自匿，高榦或自呈。方將入我室，豈獨列我庭。我庭窅而深，我室幽以清。中空無一有，百竅延虛明。微颸何處來，鼻觀先通靈。霍然蘇病骨，邈矣遠俗情。同氣何待求，同心何用盟。但看露地住，爾汝胥忘形。大品云：「須菩提説法者，受十二頭陀，其八爲露地住。」

元宵後一日德尹第二孫彌月再同諸弟作湯餅會

昨夜燒燈節，團圞正及時。今朝湯餅會，少長復於斯。却喜抱孫早，渾忘生子遲。回頭看乃祖，顏色尚嬰兒。戲用老萊子事。

送潤木假滿還朝四首

百日期俄滿，依依旦夕留。情應關棣萼，夢亦戀松楸。繞膝餘黃口，迴腸感白頭。稻粱恩漸重，何敢説長休。

屈指平生日，全家聚會難。當初殊未覺，此去若爲寬。盡撥形骸累，徐商出處安。古來朝市隱，直作故林看。

要津居不易，況乃近鸞扃。密勿絲綸閣，承明著作庭。昏歸恒掃軌，曉入必侵星。前輩如趨步，司徒尚典刑。謂張研齋尚書。

直伴多卿貳，歸休獨老翁。十年供奉後，一夢欠伸中。起廢恩長負，隨班命不同。定蒙相問訊，爲道耳全聾。

潤木北行後喜學庵弟到家二首

壇坫文章伯，儀曹主客郎。官曾居粉署，歸只守茅堂。鄉黨人皆敬，蒓鱸味正長。起予腰脚健，踏屐到南塘。

送迎連日有，出處一家中。且喜辭朝客，重添合醼翁。兩眉雖雪白，雙頰尚霏紅。偕隱年相亞，如何不約同。余及德尹先後歸田，年皆六十四，學庵亦然。

會城諸子寄示燈花唱和詩卷戲作二首補未盡言之有

短檠平。纔二尺，高燭或三條。黶蕊能含照，芳心怕被挑。開原資火力，落豈待風飄。老眼渾如霧，從看漸漸消。

到處傳鄉信，更番報客過。隔宵疑有讖，詰旦總成訛。螢尾光相似，蠅頭焰幾何？防他蜂蝶笑，輕命是飛蛾。

當湖過高文恪公墓下有感

天上巢痕掃，人間鶴夢回。新松陰漸合，宿草客誰來。廢瑟餘三嘆，題詩擬七哀。自傷遲暮眼，轉瞬閲興衰。

重晤借山和尚時將歸老匡廬故後半云

東湖吾所愛，訪友復尋春。可嘆論交地，唯存出世人。嚴西武於去年下世。烟波寬放艇，雲霧密藏身。二老心期在，隨方總比鄰。

以陳鳴遠舊製蓮蕊水盛梅根筆格爲借山七十壽口占二絶句

梅根已老發孤芳，蓮蕊中含滴水香。合作案頭清供具，不歸田舍歸禪房。

偶然小技亦成名，何物非從假合成。道是摶沙沙不散，與翻新句祝長生。

曉渡泖湖

扶桑初旭射波紅，人在波光浩淼中。一葉舟如千里馬，落潮時候挂帆風。

大司農華亭王公哀輓六首

逮事仁皇帝，初終五十年。官評崇歿後，物望繫生前。進退同僚式，詩文異域傳。龍髯攀莫及，銜痛遂終天。公薨於雍正癸卯中秋，距先帝升遐僅九月。

公豈當言路，時方競楚風。妄男談禍福，俗子走盲聾。不藉袪邪力，安知衛道功。問誰操白簡，衮衮笑諸公。此述辛酉秋公官讀學時劾朱方旦事。

昭代龍門重，先朝信史成。褒譏歸直道，好惡泯平情。事大關千古，心勞萃一生。後來加點竄，此任恐非輕。此述丁丑春公奉專勅纂修明史事。今史局重開，故結句云。

巾箱家世業，鄭孔有箋疏。兼綜紛紜説，重煩考證餘。荆榛芟藝苑，雲霧闢經畬。倚賴醇儒筆，流傳秘監書。此述公乙未春還朝，奉旨纂輯毛詩傳注事。

承家多令嗣，柄政有賢兄。星叶乘箕兆，旌題去國銘。宸衷餘震悼，朝典備哀榮。公已無遺憾，徒傷後死情。

門生門下士，時世溯淵源。别有酬恩淚，深蒙知己言。壬午以後，慎行入内廷，荷公奬許，逈出儕輩。佳城瞻望近，公賜域在平湖縣界内。畫像典刑存。酹酒陳詞意，還應徹九原。

陶庵中丞來撫吾浙寄示重到西湖詩兼索和傳語以十章爲率次韻如數報之

一篇乍展兩眉嚬，官紙投來寂寞濱。値得白家飛醆賀，江山管領屬詩人。白香山詩：「且喜詩人來管領，遥飛一盞賀江山。」

花應含笑柳舒顰，老葑重開淺渚濱。一色春波三百頃，可憐魚鳥總依人。時重濬西湖。

聖主當時愛笑顰，用淮南子。陪游十日此湖濱。閒鷗喚醒眠沙夢，可有鵷鸞隊裏人。來書語及丁亥春隨駕至湖上唱和事。

重傳魚素語含顰，與致珍羞到水濱。野老忍充藜莧腹，鄰家還有斷炊人。後十日承手書相招，兼貺珍味。

十室相看九額顰，連年水旱厄東濱。福星一點明吴越，多少人間望歲人。

烟雨先開西子顰，遥從海澨泝江濱。願推睠顧貧交意，次及鶉衣轂食人。

霜松雪柏青冥上，弱藻疏萍沼沚濱。地望雲泥心不隔，眼中誰似繡衣人。

兩回款洽長江畔，一度追隨南海濱。今作部民應自量，竭歡肯效埽門人。用漢書魏勃事。

已成嬾病兼衰病，合卧漳濱與潁濱。辜負先生懸榻待，愧非徐孺子其人。

十首吟成抵效矉，靈珠一握在淮濱。讓君頭地君應笑，我是車前避馬人。

春分前補種庭下草花

客土移根茁嫩芽，遠從僧舍近山家。衰年不作多年計，繞砌仍栽草木花。

德尹既和種花絶句復反前意作一首有惟應茂叔庭前草不費栽培也不除之句再次韻答之二首

隙地纔寬尋丈餘，被人比並浣花居。浣花溪上花饒笑，少陵成句。是草如何不剪除？少陵又有除草詩。

百卉全腓蔓有餘，鵲巢何異被鳩居。静中勘徹因材理，花要栽培草要除。

以拙集寄高大立蒙投七言古體長篇推許過分非所敢當輒成小詩八章報謝兼寄曾濟蒼

初聞檐溜響空庭，又聽東軒鵲喜靈。報道門前春漲起，雙魚來自菜花涇。木中地名，大立自署菜花涇老農。

纏綿真足慰相思，已得君書又得詩。不獨陽春難繼和，久將殘錦付丘遲。

自排小草未經芟，慚愧詩存尚致籤。用皮襲美句。老去敢云聲病少，特煩高手與鍼砭。

曾記京華把一篇，曩在都下，錢蔗山曾以君詩稾屬余評閱。當時唱和獨無緣。直從常侍論家學，五十工詩自可傳。來篇有「四十以外始學詩」之句，故用高達夫事以相證。

便從于野篚于郊，義在同人最上爻。說與後生曾見否，年將八十始論交。

門稀剥啄故人疏，比並耆英正不如。同學尚餘曾子固，謂濟蒼也。歐陽永叔有贈同學曾子固序。罷官依舊比鄰居。

無佛稱尊亦可憐，白頭兄在弟之前。謂家德尹。好邀張丈爲同社，許我誇張作少年。君年長余一歲，故戲取香山詩語以自況。

百里烟波悵兩鄉，停雲南北互相望。蓴羹未落秋風後，肯棹扁舟過一嘗。

曾濟蒼扁舟見過匆匆即去別後寄示五律三章次答原韻

自聞辭學舍，冰雪到家遲。不爽經年約，君癸卯見寄詩有「準擬明秋共晨夕」之句。還縈落月思。有情來弭棹，無夢到牽絲。轉悔匆匆別，煩君又寄詩。

各有烟霞癖，多忘草木形。跡同歸島鶴，情比在原鴒。家集光相射，清風座可銘。時以尊甫學憲公清風堂集刻本賜教。所慚無以報，歸去但空舲。

鄉社新農侶，名場舊飲徒。一生回白首，萬事失東隅。笑我方迷野，從人欲問途。延年如有術，相勸服菖蒲。來詩有「可許同晨夕，鈔書事截蒲」之句，故用抱朴子韓衆傳中事奉答。

德尹以階前大紅洋茶花二律來索和次原韻

特因來處遠，小本亦名葩。似剪珊瑚樹，旋開寶相花。雪中猜作火，地上擲成砂。寵極宜深貯，翻嫌出屋茶。「山茶出屋人未知」，唐人句也。

妙手誰能繪，施丹別有方。趙昌有山茶圖，東坡題云：「劍南樵叟爲施丹。」染根從赤土，耀眼奪紅桑。曹唐詩：「海畔紅桑花自開。」難減一分色，如聞三日香。遲開寧免妬，芍藥在偏房。

牡丹一叢手植窳軒階下已十餘年去秋亦被潮淹春來花頭頓減十之五感歎成吟

手植芳叢傍蘚階，曾經爛熳起樓臺。只圖春好花長好，不道吾衰爾亦衰。物性近憐多夭閼，天工敢信盡栽培。何煩翦却開松徑，知是花時少客來。貫休詩：「春來老病厭迎送，剪却牡丹栽野松。」

上巳前一日徐韓奕左田父子見過留飲花下

今年已分負芳時，連日敲門匪所思。鄰舍晚分紅曲酒，前一日家東木餽琥珀釀。故人晨赴牡丹期。禁當齲齒重開戒，旬來因齒痛止飲。撥觸吟脾又得詩。花若有知應見哂，合將宮體讓徐摛。

祝良仲兄弟邀同朱敬修及子姪輩葆光居賞牡丹感舊五首

遇酒逢花每自憐，當前光景記從前。分明一枕繁華夢，再到俄經十二年。甲午春赴賢昆弟之招，余有詩紀之。

檢點尊前少一人，賓季下世已四年。老夫制淚且開顰。郎君謂勉仁。好比階庭樹，世澤長培手澤新。

殞和堂與葆光居，兩姓相望十里餘。眼見祝家花若此，朱家庭院問何如？敬修所居殞和堂前亦有牡丹一叢，花時不到四十七年矣。

嘉辰省對亦前緣，日薄風微穀雨天。含笑入門扶醉返，愛花兼愛主人賢。

慚愧吾家淺淺叢，開時只好伴衰翁。翁衰事事粗知分，歸勸花神拜下風。

烏程令王懿誦同年樓村賢嗣也到官半年三枉信使惠好有加野人乏芹曝之獻二律報謝兼寓感懷

半年三問訊，一一到衡茅。美酒開君甕，新烟出我庖。情深車笠際，誼託紀羣交。十卷傳家集，流傳重手抄。時以尊公詩集屬余校閱。

故人凋喪盡，萬事轉頭空。不有鳴琴宰，誰憐採藥翁。溪山鄰壤隔，晨夕往時同。曩在武英書局與懿誦共事凡四年。出處何曾判，於今見古風。

喜晴戲示鄰叟

海角罹水旱，桑田歲無收。今春蠶麥好，到耳一解憂。何期立夏來，晝夜雨不休。蠶饑麥委浪，彌望成荒疇。鄰家有老翁，仰睇蒼蒼愁。呼天訴疾痛，淚亦滂沱流。天意驀然回，如人轉雙眸。風驅螮蝀翳，日出崑崙囚。災珥斯爲祥，即事非外求。緑葉既沃沃，良苗仍油油。我笑謂此翁，汝今已白頭。拭汝交頤淚，聆我擁鼻謳。西成所未知，春花鄉人以蠶麥爲春花。幸有秋。且須貰斗酒，偕我壠畔遊。踏泥行插秧，決水使瀉溝。此乃兒輩事，毋參老人謀。

三月二十九日枕上作

入夏六日半陰晴，月當小盡天將明。階前初開蚯蚓結，門外亂打蝦蟆更。殘花遞風凡幾信，新葉滴露時一聲。年年送春如送客，自我作主能無情。

四月朔德尹招同諸弟西阡看梓花曾三不至末章專及之八首

村北村南路不賒，西家攜杖過東家。此橋恰與花爲讖，梓樹橋邊梓樹花。

四株直榦兩行排，十八年前記手栽。老守墓田差自幸，直從拱把見花開。

玉蘭雪落海棠紅，讓爾稱王萬木中。二十四番都不問，遲開猶壓楝花風。陸佃埤雅云：「梓爲百木長，故呼爲木王。」

遮牆出屋勢亭亭，一色晴光耀眼明。不是詩人吟不到，被他楸樹竊花名。羅願爾雅翼云梓即楸。杜詩「楸樹高花媚遠天」，當是梓花也。

椅桐一例可爲琴，誰識年來長養心。傳語花神須善護，已成材後望成陰。

閒向山前把一尊，深慚令弟慰賢昆。王右丞詩：「平原思令弟，康樂謝賢昆。」五楸莫作三槐看，只要家風及子孫。雜五行占：「舍西種梓楸五，令子孫順孝。」少陵又有五楸詩。

骰盤索采酒盈升，邂逅爲歡取得朋。却喜居鄰連二仲，謂芝田、維人。何妨末座置吴興。謂沈椒園。

小雨催人入醉鄉，白頭狂得且須狂。用香山語。兩回輕負看花約，前二日龕軒賞罌粟花，曾三亦不至，故云。笑問一翁有底忙？東坡詩：「有底忙時不肯來？」

四月八日雨 釋氏以此日爲彌勒佛誕，雨則主夏旱。

佛日宜垂照，農占視秏登。望晴翻得雨，爲咎怕先徵。俗已凋傷極，吾尤感歎增。所憂非越分，生理自無憑。

知止吟效康節體

知止聊從止足徵，牀堪趺坐几堪凭。瓶花落後休迎客，禪杖閒來侍定僧。俯聽蛙池憐叫跳，仰看鷁路笑飛騰。呼兒試問春苔色，緑上庭階又幾層。

晨起聞繅車聲喜而得句

蠶桑原是吾家業，五十餘年廢不治。自先淑人卒後，久不聞此聲矣。朝夕飽餐奴婢嬾，詩書責效子孫癡。力難與國充耘耔，用昌黎語。意取如期佐繭絲。時方急催科。忽聽繅車聲動處，喜於雙耳未聾時。

寄祝文昌令沈麟洲六十生日

三千歲月從頭數，六十纔經第一回。野老今朝隨客賀，釋迦昨日抱孫來。先一日有得孫之慶。火山荔子長先熟，瓊海桃花或後開。火山荔枝，四月先熟，見東坡集。大林桃花，四月方開，見香山詩。傳語鶴書徵不遠，簿書寧復滯仙才。

馬素村北歸見過

進士幾時進，太白詩有「進士不得進」之句，素村於癸卯捷南宮，不預庶常之選，故云。歸舟暫海涯。未尋松菊徑，先過竹林家。甕拆銷愁酒，燈繁送喜花。別中何限事，歡喜問京華。

庭前香櫞一株自正月後脊令相繼來巢者凡三入夏復添第四巢見者詫爲奇事感成四章

似求同氣得專爻，京氏易傳同氣爲專爻注云：「兄弟爻也。」四月看成第四巢。好笑先生生計拙，一庵卝說文：「三十也。」載未編茅。禹鴻臚爲余繪初白庵圖，幾及三十年矣。

新緑陰交户牖鄉，連枝穩穩寄連房。直同譽樹韓宣子，來與貧家告吉祥。

破卵焚巢事出奇，依依擇木詎無知。只除風雨漂摇患，此外吾能力護持。

次第隨羣不亂羣，五家成保四成鄰。語出唐書食貨志。婆娑此樹還三嘆，知得幾年爲主人。

四月晦夕雨中夢遊西湖

孟夏提月月沉魄，晦日爲提月，見公羊傳。仰視重陰方霡霂。三更飛夢到西湖，直上孤山少簦屐。千年華表鶴羣散，百歲叢林僧履隻。諦暉禪師年九十九，於兩月前示寂，夢中了了如此。獨來遇雨可奈何，對此茫茫感今昔。水仙祠前行唤渡，櫂轉蘇堤春漲拍。忽磨明銀豁雙瞳，旋起清風扶兩腋。琉璃萬頃冰一片，倒寫天容落澄碧。船頭魚躍浪參差，船尾鷗輕烟滅没。漸深漸入漸蒙翳，半篙抵岸如投隙。遮頭蓮葉青出藍，掠面荷花紅壓白。中有高人沿岸住，遲去。我門開心莫逆。曲闌幽榭導使前，沆瀣漿濃分琥珀。爲言塵世苦拘局，紫蓋丹霞争掃席。曷不相從汗漫遊，浮名於汝終何益。余時含意笑未答，霹靂一聲檐瓦擲。覺來依舊雨淋浪，疑有湖光滿虚宅。

沿南塘至花山觸目感懷口占以當鄙諺四首

去秋海岸拆奔潮，閘口經年未有橋。老子不知生處樂，賸留枯眼閱蕭條。

災餘仍慮復爲災，魚鱉殘生大可哀。聖主何曾忘海角，潮神前月受封來。

向來畚鍤嘆徒勞，保障方期鐵石牢。昨日皇華馳驛過，已傳會計析秋毫。

不插青苗種木棉，忍饑數到授衣天。問渠微命絲難續，何法支吾度半年。

黄梅紀災

播種多黄萎，如遭旱魃焚。雨痕青没草，鹻氣白成雲。樂土今安適，奇荒古未聞。空煩春夏扈，應候趣耕耘。左傳賈逵注：「春扈趣耕，夏扈趣芸。」

次韻酬陳宋齋閲拙集見寄之作

與君降同庚，惡月獨在午。壯齡失前猛，餘照覬晚補。捫腹本空疏，報耕宜莽鹵。千秋著作堂，敢望坐廊廡。師門昔多士，存者今纔五。同邑受業黎洲先生之門者，凡十五人，今唯宋齋、廷益、梅溪、余及德尹在耳。相去復參商，雞鳴感風雨。如余走流汗，僅可籍湜伍。傳業君庶幾，後先期踵武。猥承獎許加，喻以莊蝶栩。三都覆酒甕，世尚譏傖父。矧收爨餘薪，而謂翹中楚。秦彊乃盟趙，齊大顧下莒。小技古所卑，詞章奚足數。君方勤纂述，萬卷恣搜聚。吾老未廢書，粗亦識甘苦。素心樂晨夕，竚跂共傾吐。

次韻答吴興沈寅馭見投四章

平生出門交，獲覯天下士。王楊既掉鞅，屈賈亦劘壘。吴興憶昔遊，山水東南美。風流及前輩，舭録互作使。一别三十年，好奇未知止。舊人眼中盡，回首脚頻跂。夢入鱸魚鄉，秋期猶準擬。詩來若相導，喜色浮杖几。

遥遥泝華胄，千載幾望族。獨有約後人，到今擅品目。一村無兩姓，門第不改卜。緬惟襄敏公，世緒待爾續。撫今萃羣俊，望古騁遐矚。才氣直靡前，虚懷恒抱獨。側聞鄴架富，足用三冬讀。爲善無近名，莊言視緣督。

至戚遠漸疏，時風薄尤最。投名肯顧我，欲下老龐拜。長揖就末行，尊稱加耄聵。腹枵轉内愧，覆發苦難蓋。好友昔見收，來詩追述與東江唱酬事。殆同拾腐芥。數篇唱和什，豈敢追彊對。何當跫然音，蓬藋假謦欬。置之勿復道，自嘆乃凡介。

大阮謂厚餘。諧古歡，宦遊阻魚素。近傳得長告，甘澤感氾濩。仕路退良難，人情怯鈎注。括機有巧發，入彀多詭遇。本根衒名實，枝蔓託毗附。豔奪眼界花，幻晞草頭露。子方志進取，勇要禺强護。珍重角弓詩，毋忘譽嘉樹。

敬業堂詩續集卷四

餘生集下 起乙巳六月，終丙午十月。

德尹札來云嬾見一客嬾舉一步嬾動一念前二語不過媮閒而已若云不動念似難以嬾字並提此境非十年面壁未易到也作詩勗之

法門修心地，攝念當用勤。大施精進幢，去妄還其真。妙湛歸總持，是名不動尊。嬾者勤之反，積習奚足云。雖然不見客，朋從交紛紜。即或不舉步，静坐愁緒煩。念豈因嬾息，較難一例論。我有秘密藏，力敵千魔軍。衆賓雜遝來，兩脚波濤奔。能於起處滅，旋於息後存。舊緣以漸斷，除蔓次及根。新緣免再結，去火先抽薪。此是止觀法，勿令緣有因。老兄不忍私，持以贈卯君。

窳軒燕乳六雛中有一白翎者喜賦八韻

紫燕家家有，雛生白者稀。自巢居士室，偷學野人衣。玉剪開時見，銀鈎挂處飛。入羣言語似，獨立羽毛非。高比鵝翎潔，輕嫌鶴骨肥。華堂輸氣象，蓬户借光輝。笑我偏留賞，憐渠肯見依。秋期行漸近，春社望重歸。

半研歌爲長洲王繩其賦

帝鴻形製遠莫詳，瓦則銅雀磚香姜。彼皆陶甄出入手，詎若純璞不散之爲良。爰從五代溯魏晉，嗜古獨取唐文皇。惜哉墨妙就埋没，蘭亭繭紙翻入昭陵藏。當時研石落何許，一千年後乃於牛女星野騰光芒。王廷評家流澤長，故第奕葉傳金閶。風流文采似續代不乏，天錫環寶近在靈芝坊。見范石湖吴郡志。有同茂先識劍氣，拾從礓礫移置几案旁。土花不蝕貞觀字，節角廉殺隨員方。直將此研珍重比玉德，分珪之半猶可名曰璋。一日三摩挲，既以自號復用顔其堂。不知物情何以貴完璧，秦城十五其價未易相低昂。適來徵我詩，寄語善自將。桓廚神物縱使不飛去，亦須防有人間攫石米襄陽。

寄題汪西京乘查圖小照

嘗笑蒙莊生，好作自恣言。一篇秋水喻，特以大小論。豈知聖人門，觀水必於瀾。海爲河所輸，去。河乃海之源。祭海禮先河，古訓垂簡編。汪侯儒林彦，學務探本根。寓形宇宙內，肯受夔蚿憐。乘查繪作圖，於義胡取焉。人謂汗漫遊，庶幾遇神仙。我云溯洄往，直可窮崑崙。命圖或以此，試問然不然。

素村寫山林一幅見貽戲題一絶

墨含烟雨筆生風，妙處居然奪化工。如此溪山留不住，又看君入簿書叢。時將赴銓選。

鼠嚙書舊作也偶於廢簏中得之字句多脱落補綴成篇録存十二韻

老去他靡蓄，攜歸賸有書。療飢同菽粟，誇富勝菑畬。獨嗜宜遭妬，羣邪那易除。取憎無若鼠，爲蠹豈維魚。巧伺吹燈後，機乘倦枕初。抱頭疑竄矣，銜尾突來如。旁午紛狼籍，零丁費補苴。無牙誰謂汝，利口劇愁余。曠廢貍奴職，潛逃酷吏屠。飲河非乏水，棄壤亦餘蔬。倉裏寧驚犬，田間可化鴽。如何天地大，苦苦攬蓬廬。

責猫二首

魚飧飽後似逃逋，長養成羣竊肉徒。孰是漢廷刀筆吏，盍將鼠罪坐狸奴。

老人長夜每醒然，兀坐昏昏抵晝眠。怪爾也來争此席，公然睡暖舊青氊。

讀易至蹇卦左足適病風作此自解

先聖設卦爻，蹇取往來義。示人以知險，兀者特異是。我今跛一足，往則以偏廢。山水處其窮，吴草廬以蹇初爻爲東山下之窮處，上爻爲北水外之窮處。四傍靡騁地。西南與東北，何有利不利。嗒焉斗室中，坐卧兩皆寄。時還用吾短，緩步向簷際。用北史李諧事。四肢具體微，萬象息踵跂。不爲平原客見史記。不作衛侯使。見穀梁傳。免被全人嗤，寧逢馬蚿避。用黄山谷詩中語。行年七十六，委運隨時至。但恐氣血衰，旋隳讀易志。胡敬齋云：「古人老而學愈進，是持守得定，不與氣血俱衰也。」

庭前牽牛卯開辰萎真可謂之頃刻花今早偶摘一朵平置盆池水面至日落鮮豔如初戲作三絶

日出相看到日斜，徑同日及槿花朝開夕殞，草木狀名日及花。鬬鮮華。老夫手握駐顔訣，憐取道人七七花。東坡詩：「安得道人殷七七，不論時節把花開。」周子充詩：「頃刻能開七七花。」

牆頭池面兩相猜，變相翻從泡影來。博得兒童傳好語，房房斂盡一房開。

曾從天啓讀宫詞，美酒澆來萎稍遲。不獨内家堪插鬢，而今纔信放翁詩。天啓朝宫人喜插此花，晨起用酒灌其根，開時稍耐久。陸劍南詩有「插髩熠熠牽牛花」之句。

中秋前擬招徐韓奕陳宋齋梅溪及德尹曾三芝田諸弟合并爲三日之遊先期相訂俱蒙見允作詩志喜二首

東西相望總離居，問訊頻傳得報書。愛惜風光三日裏，感懷存殁十年餘。自甲午以後，兩舉齒會。楊晚研先下世，聲延、季方兩兄繼之。座主許宗伯公又繼之。前年又喪東亭弟。前期直恐因跛廢，時余左足病風。末疾猶思借酒祛。賴是同心不遐棄，肯隨佳月到吾廬。

近偕諸弟遠朋儔，博取新歡續舊游。齒長人皆開八秩，眼明天許作去。中秋。芡盤菱角田家味，紫蟹黄雞野客羞。伐木三章歌一闋，清狂校勝竹林不？叶平。

客至解嘲

四體分勤惰，左之非所宜。上階先右足，義取主人爲。

中秋夕客散偶成末句用劍南成語

龍鍾曳杖憶歸田，癸巳中秋兩日前。便有鄰人憐我老，不圖又過十三年。

信庵四弟自開化爲我購得江山老杉可製棺具者七十六翁外是復何求耶

三年輸石槨，三寸勝桐棺。與馬衣薪異，將蠶作繭看。形骸終是累，魂魄但求安。生死分勞息，吾非慕達觀。

徐觀卿屬題竹間小照四首

池上千竿，渭濱千畝。君子之居，君子之有。一。

維其有之，是以好之。豈維好之，亦克似之。二。

外則直兮，中乃虛兮。于焉況德，淇澳之詩。三。

卷中之人，含毫邈然。我儀圖之，代以言宣。四。

仙馭弟七十初度以繭紙來乞壽言戲作小仙謡贈之二首

好片霞光軟玉箋，笑將潤筆抵長錢。一門兄弟皆丹籍，爾是茅家最小仙。時以醵分見還，故第二句云。

莫問三千與大千，五通亦是地行仙。黄眉碧眼如相遇，七十嬰兒正少年。

九日許鐵山楊泓浄連舫過草堂初擬載酒登山晚爲雨阻

畫船銜尾到柴桑，一笑陶家徑就荒。却喜吟編投好句，如開病眼領秋光。二子以秋日咏物唱和詩見示。杖扶野老蹣跚步，酒散騷人鬱結腸。不料清遊天也妬，滿村烟雨過重陽。

題楊泓浄負米圖卷

是母靡不慈，古今幾孝子。愛此負米圖，援經而證史。一解。負米不爲身，反用少陵語。仰事俯有育。詎忍聽啼饑，豐年一雙玉。二解。孝子前致辭，糠粃可療饑。勿將反哺粒，分減到含飴。三解。慈母亦有語，天心視施報。但願膝下孫，他年如爾孝。四解。

聞楊東崖旅櫬到家未能往哭詩以送哀

旅櫬南歸日，吾方伏枕辰。爲誰留望眼，與世惜斯人。未作青雲士，空悲白髮親。一哀辭不盡，餘淚溢衣巾。

病中曾濟蒼過存匆匆即別次疊舊韻

別中有約泛雙橈，重過南塘第五橋。短札長箋期冉冉，荻花楓葉夢遥遥。交能耐久常存舊，病恐滋深不在標。忍作扶牀來便去，未曾卜晝況連宵。

枕上呻吟二首

受病知何日，今爲覺痛時。不仁先手足，餘毒遞肝脾。臀疽連發，醫家皆云肝脾溼熱之症。自得安心藥，難尋速效醫。朽株空穴喻，三復樂天詩。

細數平生友，人間賸幾人。枯松形伴影，宿草鬼爲鄰。隔世轉頭乍，連宵來夢頻。遠慚兼近媿，一歎一傷神。連夕夢朱與三、祝彦方、王子潁、桐村兄弟。

秋盡日力輩致菊花數本列於階前强起排悶

重陽以後過旬災，好事童還致菊栽。我自無心攜酒賞，一年秋負此花開。

後十日德尹攜酒共嘗疊前韻

勿藥豈非无妄疾，有花莫問是誰栽。能消二老一夕醉，正爾不用争先開。

寄許純也徐階五兩編修時奉旨估計畿輔城工兼司賑濟

鴻飛方集澤，賑卹荷皇仁。豈乏循良吏，猶煩侍從臣。力難施版築，才可試經綸。損上斯爲益，端須惠及民。

病起窳軒前秋花已萎課童除徑

入冬百卉荒蕪盡，愛惜能無翦伐加。留取陳根分種類，掃開落葉待萌芽。牆陰緩步蒼苔出，屋角回頭白日斜。七十六翁窮未死，明年還擬看秋花。

徐觀卿年四十三方舉子書來索詩二首

已稱外祖方爲父，女壻來參賀客筵。余姪基爲徐長壻，前年已得子。若比堯夫差校早，生兒還在兩年前。邵堯夫舉子時，年四十五。

掌上争傳一顆珠，他時摩頂記曼殊。笑援杜老詩爲讖，待看徐卿第二雛。少陵有徐卿二子歌，「二雛」其詩中語。

偕德尹至梅里送竹垞表兄葬

平生載酒論文地，今日偕爲執紼行。萬卷書留良史宅，百花莊近相公塋。卜兆百花莊，距文恪公賜域五里。銘傳有道辭無媿，淚落天傭表未成。令孫稼翁乞余撰表墓碑文，尚未就。十七年來餘痛在，待看宿草慰哀情。

高聲伯詵仲兄弟年皆近八旬秋來先後除授教職入冬相繼云亡良可憫也

高家老兄弟，得秩不辭卑。白首同歸日，青氈未暖時。天寧留碩果，世漸少名師。野外誰傳訃，惟應哭所知。用檀弓語。

久旱乏煎茶水適得泉講師至口占四句

殘年最有相如渴，茶竈經旬付冷灰。正擬問龍還乞水，敲門一笑得泉來。

歲云莫矣一室蕭然殘書十架外几案間惟小物八種意有所觸隨筆賦之或莊或諧非贊非銘自遣一時之興爾

厚能鎮薄，尺寸青膚重山岳。

右竹鎮紙

一拳石從研得名，天與窾竅匪鑿成。草堂之靈英山英。

右英石研山

挹彼注兹，以言乎入也。前涓後滴，以言乎出也。如井收之勿幕，庶取用而恒給也。

右均窯硯滴

有生缺陷，造化補天，一凝冰，相予瞽。

右水精眼鏡

唾可加，出可唾。語其量，有茹有吐耶？充其義，不屑不潔耶？

右哥窰唾盂

孰使一瓶之中，而備四季之氣。爾滋爾長兮，于焉代匱。吾閲吾衰兮，以爲臭味，

右花瓶

貪爲墨，近之者黑。剥牀以辨，毋緇我白。

右白玉墨牀

鑑之昏矣，塵則集矣。心之蔽矣，垢斯積矣。惡乎除塵視拂拭，惡乎去垢在洗滌。

右古鏡

寒夜作

朔氣襲凝寒，重衾一老單。效收綿力薄，量減酒升寬。不寐夜偏永，無端歲又殘。奇方傳數上。息，餘暖在還丹。丹田也。

丙午立春前雪 立春在卯時，五更猶是臘雪也。

麥隴輕冰候，茅檐薄雪辰。五更初餞臘，三日復迎春。俗儉希霑澤，年衰敢怨貧。或云天示兆，活此一方民。

陳宋齋有新年試筆見寄詩即次去年中秋齒會二章韻再疊奉酬

已是田居又索居，得君詩勝得君書。揮毫力健增年後，嚼雪神清薄病餘。轉眼又看梅萼破，當頭猶記月魔袪。釋典以月望爲魔袪。巡檐索笑原初約，乘興還期過敝廬。

草木年隨草木儔，師門昨夢感同遊。齒雖似馬徒加長，學不如農豈有秋。自返田園甘養拙，向來林澗恐貽羞。授經傳業輸君在，鄰壁餘光肯借不？來詩有「書種有朋其室邇」之句，此章專以志愧。

廣四雖吟 并叙。

白香山四雖吟以年老命薄，眼病家貧，與同時四人相校，自謂已勝於彼，余意不然。命薄家貧夫何足道，眼病特年老之一端耳。爰捨其三而廣其一，義取達生，未免援儒入莊矣。

眼雖病，日出猶生明。耳雖聾，風來猶作聲。手雖戰，信筆書猶成。足雖廢，倚杖跛猶行。牙齒雖脱落，猶能茹菜羹。鼻雖若齆嚏，猶能遠穢邇椒馨。天既賦以形，又復勞其生。行年七十八，尚欲逃天刑。曾家貧與命薄，足以擾吾宇而攖吾寧？

題沈椒園南階初卉圖 取休文八咏詩中語。

歲丙午元旦，沈子造我廬。殷勤索贈言，袖出初卉圖，我笑問沈子，繪圖者誰歟？經營出意匠，頗與俗手殊。清池十畝光，蕩漾金碧居。旁添竹萬个，高蔭松一株。雜花繞城平，點綴紛紫朱。置子於其中，圖書間琴壺。神情既閒暇，氣韻兼蕭疏。顧兹初卉名，於義奚取乎？答云卉者草，爾雅曾分疏。八咏自家傳，寓形聊託諸。我有迂闊語，推類請及餘。大哉天地間，物靡不有初。日初視乎旭，照耀徧寰區。月初視乎緪，縱轡騁望舒。驥騄千里足，厥初乃名駒。鳳凰九苞羽，厥初亦名雛。人生曰初度，未幾稱丈夫。初學泝本根，六經實菑畬。初志勵晨夕，百年積辛劬。閑家交有功，初筮後莫渝。世途謹初涉，當路無歧趨。我老事事乖，失之在東隅。今雖悔弗逮，敢望收桑榆。願子及盛壯，鑒余爲前車。勿徒草木觀，毋被形質拘。有初克有終，先甲從畢辜。此意期不薄，此圖設非虚。

禽言九章

春風吹，春草發，春雪浮浮泥滑滑。一。

羣趨羣步，退飛有路，不如歸去。二。

宅不毛，田不苗。家家土銼無柴燒。直待夏麥黄，重看婆餅焦。三。

前年海水鹹殺粟，去年連塍旱種菽。今年雨足盍來重播穀。四。

鳩鳴椹熟，扈將啄粟，鵓鴣鵓鴣催蓋屋。五。

同功偕作，繭頭自薄。胡取蠶絲一百箔。六。

野有慈姑，其葉沃若。孝婦之口，忍云姑惡。七。

村南之酒村北酤，不許面生熟，但問錢有無。女當鑪，男提壺。八。

天未明，且偃卧。炊未成，且忍餓。老而未殉，得過且過。九。

題友人評硯圖三首

天質花青葉白，人工銅瓦陶泓。能分上中下品，勝看詩書畫評。

直可呼爲軟玉，磨而不磷匪堅。純綿何妨裹鐵，纖手搓來欲圓。

侍女浄揩棐几，羣兒綵戲芝庭。勿嗤兩手三硯，也似各傳一經。

二月二日晴效放翁體

一月陰寒慘不舒，風光也解轉庭除。門開霧野三竿日，冰躍盆池二寸魚。傾倒空箱旋曬藥，揩摩澀眼試看書。吟成聊用龜堂格，猶記年當十七初。放翁有「常憶年初十七時」之句，乃其七十七時所作。

送馬素村赴選入都四首

君居距余居，一塘三石橋。如連六十井，毛詩疏：「六十四井爲甸，甸方八里。」吾兩家道里相去，約如此數。共聽早晚潮。有書容借抄，有酒肯見招。造門或卜晝，下榻仍連宵。言念平生歡，能毋感寂寥。明知有歧路，老境不自聊。

自我反田里，君旋客京華。不見十餘年，去夏暫到家。今又別我出，行行向天涯。黄昏叩門入，驚起宿老鴉。貧者有贈言，貨財蔑以加。蒭蕘倘可采，跡遠心匪遐。

舉場名久噪，七上逢初元。得第世所榮，是科特名恩。謂當出頭地，槖筆侍紫闥。乃復儕其曹，貫魚伺銓門。平生著作手，詎耐簿領繁。縣令古難爲，吾聞前輩言。聖主方右文，泮宮芹藻美。他途不以雜，間用名進士。五十曰艾年，正當服官始。儒師去俗吏，奚啻相倍蓰。試問敷教寬，何如猛政理。宦成論巧拙，斟酌當及此。

驚蟄後二日雷雨大作

天地久閉藏，雲雷動盈滿。豈其震羣蟄，端用起我嬾。晨興拓窗望，雨脚垂箭簳。户户烟氣微，村村農事緩。園中菜罕茁，野外麥猶短。饑饉適洊臻，桑榆乏餘暖。婢依懸釜立，童負溼薪返。一老方坐慚，得餐寧論晚。

花朝偕韓奕家德尹赴陳宋齋看梅之招二首

滿灘春漲拍溪沙，萬里晴光照海涯。近社人隨新到燕，勒寒梅是未開花。攬須肯信風情減，時宋齋病初起。捨杖方看足力加。一笑前言猶在耳，直饒君作少年誇。余與宋齋同生順治庚寅，年十六出應童子試，始相識。余問君年，君漫應曰甲午生。追憶已是六十年前事矣。

交誼原從古處論，家風可使薄夫敦。早推友愛如昆弟，晚喜姻婣到子孫。身健會尋他夕約，酒香且泛上時尊。何妨小變從前例，花信爲期視此番。向來此會以三日爲率，故云。

春分前一日西園看梅四首

候到春分始見梅，人情大抵惜遲開。似留老子尋詩地，免使衝寒踏凍來。

日氣花光一片明，雨初晴似雪初晴。短笻落手不愁滑，路溼好尋乾處行。用放翁句。

主人久病園頭嬾，林下漸成榛棘叢。爾自不曾辜望眼，依然爲我報東風。

雌蝶雄蜂知不知，歸來小折横斜枝。膽瓶相對影亦好，坐到月上燈昏時。

憶庭前紅梅 前年海水淹吾庭，羣卉無恙，此樹獨萎。

小樹難逃曠劫灰，花時兩度憶紅梅。白頭豈復賞顏色，未免有情因手栽。

題陳子晉孝廉把卷圖

鄴侯牙籤三萬軸，插架新如手未觸。退之此語微含譏，謂是書多難盡讀。陳家雁行好弟兄，一門以内七業成。豈惟過庭學詩禮，已自拾芥聯科名。他年捉鼻知不免，歸侍晨昏猶把卷。會當讀盡乃翁書，爲爾披圖留望眼。

春分後十日偕德尹曾三芝田學庵諸弟西阡看梅二首

西麓看花歲有期，今春陰雨故遲遲。遲來已近禁烟候，猶及緗梅爛熳時。緗梅開最晚。

春酒還同社酒傾，不煩苦勸各飛觥。年年此會吾能預，只是慚稱白髮兄。明日是德尹誕辰，故借用東坡語。

僧哥殤 三月二日。

夢中先得識，膝上果殤雛。桂附殊難療，參苓或可扶。醫家皆云宜服人蔘，力不能給也。家貧心負愧，淚落眼從枯。何取人間世，摧頹作老夫。

清明日再同諸弟西阡看玉蘭戲作吴體

清明之候天氣回，林下水邊節物催。今日韶光異昨日，半開花意勝全開。木蓮木筆取形似，玉蕊玉蘭從客猜。贏得村童齊拍手，白頭五老又重來。

小飲曾三齋再疊前韻

此生此集凡幾回，春事向晚花信催。可無詩與蕭灑送，況有酒澆壘塊開。骰盤肯博破顔笑，字謎或比藏鬮猜。天於我輩分不薄，莫遣後期疏往來。

翁蘿軒札來約爲西湖之遊以詩作答

故人傳尺素，春事滿湖塘。柳外移歌席，花邊繫畫航。勝遊憐我孏，後會鬬誰彊。留待登高候，相尋醉鵪鶮。重陽後二日爲蘿軒八秩大慶。

早發嘉興

茫茫曉路出杉青，風色初回霧氣醒。夾岸黃雲三十里，片帆飛渡菜花涇。

立夏日飲同年李若華無錫學署

劇縣疆初割，青氊座尚温。絃歌二三子，時分置金匱縣，弟子員去其大半。詩禮一孤孫。若華與令兄寅谷皆喪子，兩家惟一孫。分託同年古，情緣舊雨敦。恰逢櫻筍會，款語到黄昏。

過青山莊與張天門前輩話舊

一别京塵十五年，歸休相對各華顛。主猶愛客寧辭病，我得如君便是仙。再世平泉深雨露，千章喬木長風烟。卜鄰未果青山約，回首令人意惘然。

毘陵訪徐茶坪流連信宿快讀新詩兼晤兩郎君喜而有贈

風雅今誰主，言追正始還。唱酬如不隔，衰病最相關。别裹頻馳札，重來各慰顔。欲知傾倒意，交在紀羣間。

茶坪出新意製料絲燈四面不用山水花鳥畫藁乃從拙集中采取七律一聯以真草隸篆四體書剔墨而成郡中燈市爲之一變今以兩挂見貽小詩報謝兼邀莊蓀服湯述度諸君同賦

製出徐家意匠工，黑間有白白間空。游絲變體雙鈎外，漢師宜官有游絲書。暖玉生烟四照中。

吾邑陳太常家有玉烟堂法帖。翠墨鏤成疑響榻，碧紗題處愧新籠。一燈從此傳千百，紈扇渾如畫放翁。

春夏之交返往吴中十餘日歸舟連遇逆風口占一首

經年心跡閟林丘，偶作東吴十日遊。春水迢迢縈浦溆，曉星落落數上。朋儔。黄魚好勸加餐住，紅藥如邀買笑留。不管石尤風力横，一篙容易轉船頭。

窳軒初夏觸景成吟八首

亞簷庭樹影初交，坐閲紅芳换緑梢。童稚不曾驚鳥雀，將雛時節復來巢。

插竹纏枝引幾竿，詩人遊戲出毫端。屈將木本作芍藥，擡舉草花稱牡丹。昌黎、東坡詩皆以牡丹爲木芍藥，今稱纏枝草本爲牡丹。

荼蘼架與薔薇楥，比擬同時得兩家。别向鄰園移月季，一般開作四時花。

金魚苗貯瓦盆間，世界江湖無此寬。一笑貧家供給薄，又因施去。食減盤餐。樂天詩：「我來施食爾垂鈎。」少陵詩：「盤餐老夫食，分減及溪魚。」

箬葉還同魚子看，箇中臭味品題難。閒來繙盡金漳譜，不愛珠蘭愛米蘭。箬葉亦名米蘭，魚子亦名珠蘭，皆庭中所有。金漳蘭譜一卷，宋趙彥著。

蜂尾穿花但釀甘，人言甘苦兩難兼。那知世有黃連蜜，可得中邊一味甜。東坡詩：「蜂鬧黃連采蜜花。」本草：「宣州有黃連蜜。」釋典：「如人食蜜，中邊皆甜。」

不待年時夏税期，家家續命望新絲。天移四月爲蠶月，邠風之蠶月，三月也。故遣繰盆浴繭遲。連月春寒，立夏後早蠶始出。

夢回明月照梨花，畫稿依稀句裏誇。辜負主人留望眼，去年白燕傍誰家？余去年白燕詩有「秋期行漸近，春社望重歸」之句，今竟不至，故用章孝標語以解嘲。

題烏程令王懿誦牧牛圖小照

出門便是草，已到使牛處。却笑臨濟師，逢人猶問路。一解。鼻孔何用牽，放閒付阿對。露地常在前，人牛各自在。二解。官今方牧民，寓意在調伏。可知母憶子，不異牛舐犢。三解。我有十幅圖，與牛作公案。除却牧牛歌，請君加判斷。四解。

偶繙乙酉隨駕日記中有恭和御製乏良醫五律一章刻集時失載今録存之

好生天地德，舉念感皇慈。已致民多壽，還憂國少醫。神農今再見，岐伯更誰師。無妄初無疾，須將勿藥治。

梅雨連旬村中無播穀者

夜夜雨連朝，村村路斷橋。沉波多宿麥，被壠少新苗。垤蟻緣階上，庭蛙闖户跳。眼前愁脈滿，災豈待風潮。脈滿見國語，土人以七八月爲風潮之候。

曾三弟銓授寧波郡學官引年辭職詩以美之

行藏能自斷，物望遂相懸。清濁泉因地，卷舒雲在天。閒搔雙雪鬢，笑擲片寒氈。寄語蘇司業，毋煩乞酒錢。少陵寄鄭廣文詩：「賴有蘇司業，時時乞酒錢。」

春杪過曾濟蒼一夕而別入夏蒙兩寄書先後以疊韻詩索和次韻

奉酬兼柬高大立二首

風光暗閱人，頭白喜如新。小別俄經夏，前遊尚及春。沉吟懷郟曲，寂寞慰漳濱。勿怪書遲答，詩癡易稿頻。用宋方岳成句。

相望兩故人，物候又驚新。屢送山中臘，猶儲若下春。烹鮮餘鱠縷，連舫待溪濱。地主清狂在，行呼老阿頻。來詩訊及舍弟近況，故及之。阿頻，弟小名也。

題徐韓奕小照二首

有手不放閒，提攜到笄笄。笑問八十翁，疇爲擷芳侶。

牡丹花中王，蘭亦稱國香。不逢采芝叟，其肯雜衆芳。

苦熱　六月廿九晨起作

天之告災古所聞，旱既太甚今復云。氣將噴海變塵霧，力欲拔山成火雲。鱗介難從釜偷活，羽毛兼恐林遭焚。人於其間何處避，蠅蚋蜩螗非爾羣。

雨窗得宋齋見寄詩期於中秋踐廷益湖莊之約次韻奉答　七月十九夜

雨榻勾勾鼻息勻，忽傳剥啄寄書人。過頭久結西湖夏，屈指爲期八月春。邵堯夫以八月爲小春。夢去多番懷好友，老來幾箇得閒身。輸他龍馬賢昆季，相距跰蹮隔兩塵。

瓜軒秋花今年特盛

高沿籬作障，低覆地成茵。草本無非藥，秋花不讓春。旱乾時適至，澆灌澤惟均。不負栽培意，終歸造物仁。

題沈房仲竹林小照二首

龍蛇蜕骨能活，虎豹看皮自文。筆底吟風嘯雨，眼前障日攙雲。

白鶴蹤留彳亍，青鸞尾散毰毸。七賢六逸何處，讓爾獨往獨來。

戲答周柯雲即以來詩中勤贏窮高四字爲韻

耄矣無新得，終焉失舊聞。業荒慚瓜惰，時過悔翹勤。自署知非子，人嗤折角君。時纂輯易注初成，故用朱雲傳中事。桑榆收太晚，餘照幸旁分。

去日多于髮，消閒事事宜。花寧煩助長，杖或借扶羸。興到三杯酒，吟成五字詩。偶然來熟客，亦復著饒棋。

黔婁爲妹壻，用香山語。晚境略相同。海角支離叟，人間潦倒翁。鼠饑辭米盎，蠹飽戀書叢。頗笑韓夫子，爲文欲送窮。

似譽亦如嘲，多承一字褒。稍知辭世易，敢作閉門高。廓落容吾輩，夸毗聽汝曹。枯松元早偃，不是傲蓬蒿。

驚聞紹姪天津之訃四首 八月十四日

急足三千里，俄來告汝終。適當風雨後，驚起夢魂中。掩面淚交迸，附書哀莫窮。西郵兼北訃，何以慰而翁。時潤木差江西典試，澐姪將渡江省覲。

弱冠充鄉貢，今經十四年。得名時最早，不壽世爭憐。京雒交游重，家門友愛傳。細思無殀理，我慘但呼天。

新婦爲嫠婦，猶遲廟見辰。粧奩資藥物，衰絰換綦巾。割股初拚命，迴腸爲奉親。古來稱節孝，嗟爾未亡人。姪贅于金甫兩月，病中新婦割股和藥，殁後屢欲自經。皆來僕口述事。

二月占初吉，依依話北征。仲春朔，姪將北上，從新居來告行。半年疏問訊，一别判幽明。家已丁衰運，天胡厄後生。眼枯垂白叟，未死得無情。自乙未至甲辰，十年中連喪建、承兩兒，今又哭姪。

重九日德尹邀同沈楚望房仲椒園及家尊聞東木於小尖山潮神廟作登高之會基姪治具座間得詩三首屬諸子共和

海闊天低處，登臨不在高。一年秋向晚，二老興仍豪。練練沙紋細，層層石脚牢。西風吹帽落，絶勝上金鼇。明張東海詩：「落帽風高客袂寒，金鼇閣上倚闌干。」

積雨當新霽，亭空望不迷。雲烟無朕跡，天地露端倪。水勢方趨下，潮頭忽轉西。近帆看漸遠，一一點凫鷖。

沙彌殊解事，指點語衰翁。春夏初暄候，東南積水中。樓臺入圖畫，人馬走虛空。海市依稀見，吾詩與識同。是日居僧述三四月間所見如此。余前題神廟詩，曾有「雲散蜃樓呈象出」之句。

牆角牽牛秋杪尚吐花

餐風吸露吐晨光，續續花隨引蔓長。賺我秋來頻早起，直先七夕後重陽。

答錢塘周少穆次來韻

種稻恒苦遲，藝稷恒望早。芝蘭失所植，孰辨一芳草。見後漢書酈炎傳。毛羽性或殊，鵠飛讓鴻矯。浮沉視水族，蘋也要非藻。眼前具物理，豈必事遐討。彼昏有不知，醉夢墮茫渺。周生湖山彦，譽擅東南寶。猥蒙謙謙懷，枉訊及羸老。我初壯失學，餘媿時滿抱。響應失宮商，鼓鐘虛擊考。竊聞立言義，作者務根道。與子古爲期，摩蒼還汎浩。

沈房仲匏研銘

其追其琢，寓匏於石。笙磬同音，吾以觀端瓊之德。

寄祝老友翁蘿軒八秩壽

杖朝一老重鄉評，耳尚含聰目竟明。獨樂湖山歸地主，同時卿相是門生。桐城相國、静海司寇皆先生庚辰分校禮闈所得士。烟霞愛赴神仙畫，絲竹閒陶觴咏情。我欲壽翁何以祝，祝翁還請借翁名。翁名嵩年。

偕德尹曾三芝田赴學菴之招

浹日招尋又一回，樂羣鷗鷺共沿洄。十日前曾三作主人。似聯等輩成吟社，可有門生致酒材。新種青蔬供小摘，就荒黄菊喜重開。依然三徑柴桑宅，不信曾官主客來。

題許鐵山楊泓淨秋日咏物唱和詩後二首

才人洵有不平鳴，老耳空堂蟋蟀驚。曾酌社翁春杜酒，鼓商商應識秋聲。

蛺蜨新時樣總非，争誇好手繡羅衣。報章不乞天孫巧，屈宋原來是錦機。

敬業堂詩續集卷五

詣獄集 起丙午十一月，盡丁未四月。

十一月十九日雪後舟發北關

冒寒連夜赴嚴程，行過塘西天始明。多事兒童摧早起，數峯晴雪指臨平。時率子姓輩少長九人，同赴詔獄。

泊虎丘

壯欲辭家老未能，得歸擬作此山僧。預愁脚軟腰無力，難躡浮圖最上層。

過常州不及入城留柬錢亮功徐學人

同年同學餘幾箇，出處難教一例同。錢不如徐猶勝我，爾方室處我銜風。

大霧渡江追憶丁亥春先帝南巡迎駕時過此

憶昨迎鑾旭日紅，今朝雲霧隔重重。天留未死孤臣耳，又聽金山寺裏鐘。

過寶應示章綺堂同年 章亦同赴詔獄。

射陽湖畔偶停船，却望前遊意惘然。憶王樓村同年。如此冰霜如此路，七旬以外兩同年。

連日東風黃河冰合而復釋清可鑒鬚眉亦一異也

地降天升水氣澄，人間何處辨休徵。全虧三日東風力，融盡黃河萬里冰。

是夕雨幸已渡河

馬爲薄蹄愁雨雪，狐防濡尾怯風波。二途處一知神貺，用昌黎語。竊幸朝來已渡河。

沂水縣南二十里道旁榜曰二疏故里感而賦此

西京盛事傳稀有，解組歸休我亦曾。今日經過疏傅里，檻車誰料有重徵。檻車上施欄檻，囚禁罪人。見劉熙釋名。

霧淞花古人罕咏者惟曾南豐有七律一首拈筆示綺堂

迷濛夜路轉平沙，開徧千林霧淞花。中有數株高出屋，蒙陰城北野人家。

輿丁僱短驢

隨車逐馬走踆踆，此路由來富役貧。看取探囊租小蹇，執鞭還有執鞭人。

題敖陽旅壁

高從泰岱躡天門，帛繹龜蒙一氣吞。好笑敖山拳石耳，欲於此處獨稱尊。

阜城除夕邑令送南酒一尊

邑宰非交舊，何來此一壺。投醪今夕意，明旦抵屠蘇。

趙北口堂冰牀

老涉驚波足可憐，平生履薄怕臨淵。阿誰與唱公無渡，三尺冰牀穩勝船。

旅店具魚羹有感而作

解凍風來二月初，水圍例賜擊鮮餘。釜鬵已溉餐何忍，謂是先皇縱壑魚。

丁未立春 正月十四日。

曆頭七十八回新，檢點猶餘現在身。氣自東來瞻淑氣，臣今老去作纍臣。平生内省能無疚，此禍相連亦有因。聊借樂天詩自慰，八寒陰獄變陽春。香山成句，前一日大雪，故用之。

去冬臘月朔渡江連遇風雪舟行至邵伯埭阻冰復回揚州起旱及十四日渡河則冰復開灪凌之後波平如鏡可鑒人影顧語同舟曰此非河清之瑞乎因口占絶句云云近抵京師入刑部獄十餘日聞各省奏報河清與余所見輒合再作七言長律紀之

喧傳喜氣動春城，河瑞曾於臘月呈。九曲竟成千里潤，萬年重爲一人清。風雲得路均沾澤，草木何心亦向榮。多少詞臣應獻頌，蟄蟲慚愧發先聲。

二月朔聞皇上親祭社稷壇遇雪恭紀

重展堯蓂又匝旬，每聞祀事必躬親。時逢豫大豐亨會，德感壇壝社稷神。三日致齋心皎潔，五花應候雪紛繽。麥秋好卜邦畿瑞，預慰皇情及早春。

和胡元方中丞次東坡入獄詩第一章韻

兩月冰霜忽入春，余自去年十一月初八日離家，今年正月初八日入獄。全家赴獄豈惟身。僮奴漸狎鈴梆卒，子姪初充灑掃人。窮可揶揄宜有鬼，交雖故舊亦如神。古以不識面者爲神交。與君只隔重圍住，得讀新詩是夙因。

謝元方送莞香

同氣類相求，蕙嘆因芝焚。豈若齅嚏者，薫蕕兩無分。故人起我頑，辟穢揚其芬。依然方丈室，四壁生煙雲。

元方以三絶句見投追憶武英書局舊事次韻以答

乞歸分作老農師，遥望觚稜記往時。同調祇今零落盡，忽從臺獄和蘇詩。

偕隱相期出帝都，白頭豈料復長途。鴒原急難由兄弟，不敢重誇四杖圖。康熙壬辰與仲弟德尹有歸休之約，曾屬同年蔣酉君寫二隱圖以寓意。書局諸君皆有詩見贈。雍正甲辰，三弟聞木省墓假歸，四弟信庵南宫下第，白頭兄弟，同聚一堂，沈子松年爲繪四杖圖。因來詩有「好在壺中二隱圖」之句，故併及之。

詞賦何當羡長卿，悔從俗學博浮名。此中舊是傳經地，幸檢巾箱偕老生。時從元方借讀周易。

元方又用東坡入獄第二首韻余亦次和

風人自古感淒淒，到此誰能氣不低。隙影一塵容野馬，甕天三尺覆醯雞。和詩賸有斜川子，問疾兼無法喜妻。花落鶯啼頻入夢，幾時歸路下塘西。余家去塘西僅百里，故用東坡樂府中語。

元方以上巳夢中作屬和兼以慰之

閏歲纔過一半春，前四日春分。風光旋報采蘭辰。招尋每歎虛高會，唱和差忻得近鄰。終望主恩全晚節，由來天意憫文人。有生所歷誰非夢，莫把須臾夢當真。

東坡有詠御史臺榆槐竹柏詩元方獄庭無竹柏以菊梅易之余幽囚之所并無榆槐止有老柳二樹其一已枯萎方供獄卒爨薪仍用來詩次韻之例賦孤柳四章

雙柳誰所栽，年年换新緑。想當綢繆時，寧料翕楚東。北株乃先萎，竟被金尅木。其一似含悽，欲唱渭城曲。我笑戲相語，保己良已足。幸敷尋丈陰，庇及瞻烏屋。

右次榆韻

春來影旋動，夏至涼可歇。垂垂弄風條，點點溜雨葉。云何讓榆槐，秋實獨少莢。入冬雖凋落，飛絮猶比雪。隨時閲寒暄，荏苒送日月。華堂或盈萬，嘆爾太孤絶。

右次槐韻

青草一寸無，何況柏與竹。爾以少見留，免教斤斧觸。閲人諒已多，大抵榮勝辱。榮者爲瓦全，辱莫如碎玉。豈無君復梅，亦有淵明菊。且留青眼看，毋使眩紅緑。

右次竹韻

向使生道旁，視之等一葦。柔條被攀折，秋後猶未已。何如在犴狴，作配癡老子。南枝復生華，惜已迫暮齒。縱逃入爨厄，行就凋槁矣。誰復見當年，風流張長史。

右次柏韻

元方以爨僮潘姓畫松詩索和戲次原韻

鵲依庭柳雞羣棲，飽食餘粒饑啄泥。晨來東鄉傳好語，片紙飛墮茨牆西。展開乃是畫松什，金篦刮去兩目重重翳。恍如突兀見此樹，蒼髯翠鬣可望不可梯。雲烟浮空遞出没，蘿蔦著壁相纏緊。頓疑圜土變山谷，旁有白石鑿鑿清澗流澌澌。玉川長鬚那得此好手，想與執爨老婢顔面同其黧。主人文雅僕不俗，行廚行笥隨提攜。老夫耄矣頗好事，欲乞尺幅笑比鄰家醯。倘能放筆爲我作直榦，識畫之眼略似分別青黄驪。惜無傑句追步浣花叟，使汝流傳名與畢宏韋偃齊。

固始令汪牧庭故人棣園學使賢嗣也亦以事在獄從元方中丞索余贈言偶憶閩中舊事以二絶句柬之

莫逆初從七字詩，楓亭荔子憶分貽。到今餘味津津在，三十年前贈答時。

再世論交復有詩，新篇如荷故人貽。時牧庭以和元方諸什見示。只愁咫尺成千里，三見東方月滿時。

哭三弟潤木二首 三月二十二日。

罪大誠當殺，全歸有數存。生難寬吏議，瞑亦沐君恩。鬼守辭鄉魄，棺封詔獄魂。幾時容反葬，薄殮勝王孫。

家難同時聚，多來送汝終。吞聲自兄弟，泣血到孩童。地出陰寒洞，天號慘澹風。莫嗟泉路遠，父子獲相逢。上姪先一日卒。

閏三月朔作二首

已過八十又三日，昨日纔逢穀雨辰。自是黄楊宜有厄，清和半月閏殘春。

年光何與衰翁事，也復時時喚奈何。爲百草憂春雨少，替千花惜曉風多。

春已盡矣孤柳尚未舒條閒步其下偶成

圍外新葉樹，出牆高亭亭。畫地乃爲牢，獨來伴拘囹。我衰何足道，日夜望汝榮。已經三月餘，衆眼終未青。將毋學病叟，亦作支離形。並生天地間，草木非無情。寄語後栽者，勿依問囚廳。

敗羣鵲

朝查查，暮嚄嚄。鵲聲喜，烏聲惡。兒童打烏不打鵲，道是紇干生處樂。維南兩鵲鷙不仁，占巢高樹旁無鄰。有如鷹化爲鳩眼未化，以猛濟貪四顧圖并吞。每當下食羣退避，六國何敢争彊秦。我欲驅使去，舉火兼巢焚。一回一嘆還逡巡，天生萬物何物無敗羣。吁嗟乎，天生萬物何物無敗羣！

余續賦孤柳一章謂其生意盡矣立夏後試以井泉澆之旬日而芽櫱稍萌再作一首索元方及德尹信庵兩弟和

徘徊古井湄，枯者長已矣。弔影憐其孤，梢頭尚含蕾。涉春旋入夏，謂汝亦隨萎。天旱雨不膏，地窪坎有水。轆轤轉百尺，灌溉自根始。近本稊忽生，漸看葉薿薿。敢誇人力勝，實荷栽培理。初如脱網魚，半生猶半死。終媿上林枝，三眠復三起。

涼棚吟

置身坎上爻，叢棘周團欒。幽囚擬編户，聊受屋一廛。舉家十數口，老者居三焉。正愁五六月，赤日流炎躔。胡以使病軀，免迫湯火煎。眷眷梁主事，情同地主賢。時於縲絏中，委婉相周旋。謂當設涼棚，僱值約五千。展開積穢土，料節日用錢。列木十數株，交加竹作椽。蘆簾與草蓯，補綴繩寸聯。轉盼結構成，軒豁開蟲天。淩晨常早起，當午續夜眠。清風有時來，好鳥鳴林端。緊惟三老喜，羣兒亦欣然。語罷笑啞啞，餐餘腹便便。或如蟻旋磨，或如魚躍淵。或持書一卷，或録詩數篇。雜坐肯齒序，徐行忽劖先。並荷清涼陰，渾忘在憂患。叶平。窮爲天所隮，厄乃世所憐。餘生知幾何，造次來自安。人笑比茶篷，似可結善緣。何如杜陵叟，廣廈千萬間。我方計逃暑，彼乃思庇寒。

病起吟

鬱火不上炎，下注成癰疽。彼蒼肯垂憫，負痛不敢呼。諒無性命憂，聊復忍斯須。沉綿五晝夜，寢廢食與俱。今晨忽潰決，僅免臀無膚。起來就涼棚，曳杖行徐徐。初日照我影，依然一老夫。老夫不自知，人謂形太臞。神清夢醒後，悟徹痛定餘。那將煩惱藤，縛此露電軀。從茲維摩室，四百四病無。

又五言絶句四十首

一裘四十年，鞟在毛全秃。狐貉不我温，隨身作囚服。

噬嗑利用獄，家人閑有道。滅耳悔已遲，其能免何校。潤木坐訕謗，九卿會訊，以家長失教爲余罪名。

弟兄隔别居，各以一牆限。向來對牀者，咫尺不相見。潤木在内監，我輩來彼初不知也。

土舍比巢居，嗷嗷引十雛。喙長毛羽短，愁殺白頭烏。念兒歲前到京，首先投獄，故云十雛。

亦復有何喜，朝朝雙鵲鳴。畏寒思曝背，爲報雪初晴。

投足全無地，多眠少起時。偶然扶杖立，形定影潛移。

漏點晨初絶，鈴聲晝不休。似聞驅疫鬼，賴有鎮監猴。獄卒循牆提鐵鈴以巡邏，日夜聲不絶，號「鎮監猴」，云以辟疫癘。

日分一升米，夜與飢鼠共。驅之善緣壁，聲觸鋃鐺動。

南所對北監，傳是錦衣獄。賸有圜外人，追思瑺禍酷。

流惡就卑溼，滇淤日幾回。一方無垢地，三寸不燃灰。

畫猫非真猫，虎斑而虎視。雖無食牛量，肯作啣蟬戲。題壁上畫猫。

飄瓦簷前地，覆盆頭上天。孽非由己作，何用祀庭堅。

樹根一口井，味苦臭不腥。差堪濯我足，幸勿羸其瓶。

折枯爲柴栅，插地畫兩界。吾餐乏腥羶，螻蟻穴其外。

烟煤昏四壁，黑業被埋藏。一面窗糊紙，連朝佛放光。

何處無芳草，陳根此獨稀。入春頻望雨，倘有發生機。

蘭以當門鋤，竹緣開徑洗。誰將移草心，徧告圜扉裏。牆根見青草數叢，移種新闢之地。

八十日離家，三千里路賒。怪來南信斷，昨夜卜燈花。正月廿七夜燈花椀大，明日信菴至。

門房十五人，兩世半析節。皇天遺悔禍，少長斯復聚。

不夢羊踏蔬，長叨官送菜。黄虀三百甕，於此了殘債。送菜謂梁主事。

樂府題曾記，今方識本收。凡入獄者例有禁卒一人看守，名曰本收。相看無好語，是曰畔牢愁。按畔牢愁，揚雄所作。

馬糞兼牛矢，麻藍及豆萁。最憐羊豕骨，亦可當薪炊。

牢户如蟲户，餘寒減復增。雪花時點地，二月未開冰。

西北圍牆古，無端半夜頹。耳聾驚坐起，謂是發春雷。余羈管處在外圍西北角，牆傾幾被壓。時過驚蟄二十餘日，尚未聞雷聲。

官醫多試方，庸者司性命。衰病不自憂，惟憂後生病。念兒、學姪俱患瘧，上姪帶危病自南所移來

經月不櫛沐，盈頭髮半脂。云何蝨其間，彼乃能變黑。「得毋蝨其間」，出昌黎詩。「蝨處頭而黑」，出嵇叔夜養生論。

夜到曝書亭，夢尋種蓮主。似與告歸期，花時天小暑。春分夜夢與朱竹垞池上種蓮。

同爲卵生類，天性人莫回。林鴉驅復集，巢燕招不來。

春服宜修禊，今朝四事違。東坡詩：「古來四事巧相違。」故人誰憶我，猶著禦冬衣。上巳日有懷武原去年花朝之會兼寄主人陳宋齋。

蟲以臭得名，横行罪難掩。均爲血肉害，蟣蝨當末滅。

百二春逢閏，春風日夜饕。忽驚春過半，已閲四提牢。提牢主事一月例更替，三月初來者以分校禮闈去，更易一人。

不道流光迅，翻傷見面遲。却將三月半，認作授衣時。三月十二日，德尹攜家中所寄春服至。

人間有桃杏，悵望春維暮。風捲飛花來，誰家庭下樹。清明前一日大風，杏花數片吹入牆内。

遇物到忘機，攝心入無想。烏可巢吾肩，鵲可食吾掌。

姪抱危疾來，沉綿知不起。弟病初未聞，胡爲遽至此。上姪殁於三月二十日，後一日得三弟凶問。

死伏冥誅矣，株連罪已微。慰懷傳一語，後至或先歸。潤木殁後，聞家西仲、錢我持、沈麟洲相繼至。

向晚輕雷發，人情望雨齊。曉看簷瓦上，點點是沙泥。穀雨前一日天雨土。

章子今云亡，孤此一條竹。上有斑斑痕，湘纍如代哭。去冬偕章綺堂北來，以斑竹杖見贈，今章已物故，睹物爲之心傷。

蘿軒八十叟，遠寄相思字。讀罷紙滴穿，報之數行淚。立夏接翁康貽手札。

數行寬大詔，遞減到盡室。家長尤欣然，生機在生日。五月初七早，聞此案概從寬典，是日爲余誕辰。

敬業堂詩續集卷六

生還集 起丁未五月，盡六月。

五月初十日出獄後感恩恭紀

來著寒衣去暑衣，半年囚服在圜扉。毁巢完卵初非望，漑釜烹魚敢憶歸。波累門房從古有，矜全父子似今稀。雷霆雨露皆天澤，感到難言淚暗揮。此案罪名半年乃定，生者俱邀寬典，減等發遣。信庵父子以出繼獲免。慎行及兒念，尤蒙格外殊恩，放歸田里。

德尹將赴謫籍留別二章

獄具闇難叫，恩深海莫量。尚憐遷謫地，難定是何鄉。或山東，或陝西，部議尚未定。席帽炎風熾，蕉衫暑雨涼。六雛隨一叟，差勝向窮荒。

全家同詔獄，何事不相關。淚盡存亡際，魂驚聚散間。吾衰虞死別，汝健必生還。或者詩成讖，他時一破顔。

信庵先出都余行期未定

出獄我最先，去住稍自由。汝從官發遣，刻限隨符郵。後出竟先歸，翻添小别愁。蹇驢汗其背，壓馱衝蘆溝。蘆溝新雨餘，巨石滑如油。念汝乏下走，跬步防須周。幸賴兩兒賢，謂克新、克寬兩姪。習勤子職修。扶爺上土炕，勸爺進晨羞。行李倘缺乏，世塗向誰謀？同在艱難中，愧無能分憂。節勞兼省費，川程或乘舟。僂指到家時，恰當逢立秋。我歸諒匪遠，無過半月留。暑退風漸涼，天高火已流。壞籬摘瓜豆，破屋看斗牛。濁醪賒南鄰，粗糲春西疇。萬事姑撥置，傷哉忍回頭。

留别許立巖館卿

破涕忽成笑，餘生是再生。艱虞當末路，窮老見真情。行色風加烈，歸囊葉校輕。叩門知緩急，誰似許清卿？

留別薄聿修柯櫄齡唐益功賡虞箴四同年

師門轉盻廿五年，同朝同榜唯四賢。再閲世途吾老矣，欲談舊事心茫然。名雖放歸歸豈易，官免限期期頻遷。稍欣不狥祖餞例，醉飽一路蒙哀憐。諸君不隨俗例，餞行或贈贐或饋食物，捆載滿車。

送沈麟洲重赴粵東

豈謂家門禍，餘波及海南。往還程計萬，會合日纔三。閲世誰貞友，隨翁有好男。時長君孟公仍隨侍南行，故用蘇家父子事。桑榆留晚景，竚立待歸驂。

次酬高薑田贈别第一章韻

一生失學老無傳，業富輸君經笥便。詩得派來流法乳，書成家後笑羊肩。交新高李游梁日，名噪機雲入雒年。何計商量延暮齒，相於暫别久周旋。

留别家爾周友龍兩弟及沈子椒園時三人同館高少司寇宅

鄉曲少吟伴，得歸翻自憐。南風吹五兩，長路又三千。春草池塘夢，秋燈邸舍緣。别中如見憶，頻望慰新篇。

爲紫幢主人留半日一晤即别别後以詩寄之 宗室，名文昭，字子晉。

爲君留半日，執手倍依依。可惜論交晚，重嗟省見稀。調同忘分誼，語重借光輝。十五年前路，仍如免病歸。

五月廿二日出都仍宿長新來時旅店

蘆溝向南去，沙石轉蒼灣。大道半淹水，初程重見山。已無三宿戀，祇有兩人還。逆旅曾吾識，垂頭亦慘顔。

大雨

雲勢隨風轉，雷聲掣電過。頓消炎酷烈，轉愛雨滂沱。步步牛迷轍，羣羣豕涉波。油衣那免漏，好去换漁蓑。

雨後新城道中

城南城北柳交加，雨潤泥新未起沙。嘉果鳥偷鑽核李，翠皮冰沁剖瓢瓜。獨吟自嘆成歸客，一飯何須問酒家。猶有皇恩忘不得，每回白首望京華。

即事二首

畿南處處好村莊，水利初興歲未穰。見説一春長渴雨，麥秋時節始犂荒。

白溝一線是通川，遥指帆檣古渡邊。預卜晝眠應有夢，夢歸先上阿孃船。

重過趙北口

記得冰牀冰面行，一堤兩淀喜重經。濃陰得氣涵晴露，殘月收光避曉星。橋俯碧流知馬渴，人歸近市覺魚腥。今來古往成何事，輸與眠鷗占此汀。

晨發任丘喜晴

未到先愁我，自此至河間，南北數十里，地勢窪下，遇三日雨輒成巨浸，舊稱「瀛海」，行者苦之。茲來頗快人。夜涼貪得雨，曉霽幸無塵。農户耰耡出，原田黍稷新。脱離泥淖苦，馬意亦踆踆。

自獻縣至景德二州久旱無雨官司方事祈禱流民載路率成二首

燕齊封壤接，極目際平蕪。舊井泥猶汲，新楊秭并枯。吁嗟勤致禱，潤澤冀均濡。爲問西京吏，隨軒雨有無？

去京六百里，依舊有流移。曩在都時，聞五坊驅逐流民出境。忍作逐貧賦，曾傳乞食詩。一錢施豈靳，百族計誰私。自揣還相謂，吾非拯爾時。

新蟬

何校誰憐聰不明，背春涉夏未聞鶯。道旁拾得醫聾法，高柳鳴蜩第一聲。

過德州城外不及訪前輩田綸霞及同年李文衆後人

此邦耆舊幾人存，田李風流在子孫。雙袖龍鍾數行淚，忍過西路灑州門。

午飯苦水舖

醬蒜羹葱薤，羣蠅遽集斯。忍饑爲廢箸，旁有勸餐兒。

自恩縣南至津期店萬柳夾道成陰過此即高唐州界故末句戲云

晨遮初旭暮斜陽，萬樹交陰午亦涼。過此令人忘六月，小車欹枕夢高唐。

烟墩行 高唐以南，營房一新。

舊墩久廢土裂岡，新墩改築高環牆。十里五里遥相望，戍旗標識從高唐。兵居煇煌盡丹雘，民舍苫茅半頹落。時清且喜罷傳烽，夜静寧煩勤擊柝。

行經茌平有感於前令吴寶崖去官之故并紀所聞於旅主人

吴生曾出宰，名被上官嗤。下考催科拙，中才槖筆宜。俗貧非一邑，民望失三時。旱潦憑誰訴，能無怨有司。

東阿縣北新開河一道問之土人初無名也

朝廷興永利，州縣博虚名。畚鍤紛紜集，河渠指顧成。久晴無水蓄，一雨便泥行。即目抒懷句，依稀太息聲。

穀城山下

十日星埃苦晝炎，晚來洗眼穀城南。雲頭雲起晴飛雨，山外山高青出藍。

聞濟寧以南各牐已通朝來從汶上改路東行小憩康莊驛

汶濟支流滙，漕渠一道通。買帆知校便，改轍遂從東。麥壠秋初刈，瓜田歲屢豐。槐陰茅店底，小住爲清風。

濟寧旅館夜聞雨聲

新夢續殘夢，重爲一宿留。癸巳秋南歸，亦從此地上船。載濡行可免。將伯助何求。前夜猶防雨，明朝好放舟。多情天井派，只管向南流。

雨泊天井閘書所見

河魚逆上多，衆網布牐口。誰知得魚者，戴笠垂綸叟。

下牐歌

上牐難，下牐易，尋丈中間千里勢。上牐安，下牐危，羣呼邪許無所施。雷聲奮地光飛電，浪挽彊弓船釋箭。人情冒險昧吉凶，取快祇争呼吸中。勸君姑緩勿用亟，需在泥沙方利涉。

雨後曉發

曙色晴如霧，舟行圖畫中。三竿初上日，一榻自來風。碧野寬河北，青山盡兗東。旅愁隨境豁，休道莫途窮。

南陽舟中食新蓮子

晨過南陽鎮，居民擾魚鮭。湖光蕩漾開，香溢岸兩涯。亭亭翠雲蓋，擎出扶桑霞。就船買蓮蓬，賤比菽與麻。擘之復剥之，愛此玉粒芽。中含涓滴味，甘露同清嘉。雪乳藴其漿，細泉流齒牙。至味少爲貴，充腸奚取耶。淳于一石酒，盧氏七椀茶。未免放厥辭，徒爲後世誇。我本愛蓮人，無端落泥沙。園荒沼亦廢，叫跳私蝦蟆。誓從今以往，移藕向鄰家。安得百頃池，别栽十丈花。用昌黎玉井蓮事。

連遇逆風舟行遲滯戲作吴體遣懷

雲峯突兀天溟濛，打窗猛雨三日同。滿槽渾渾西北水，劈岸浩浩東南風。得句偶然從意外，轉頭宛爾墮夢中。長年年長健可羨，弟作篙師兄柁工。船户張姓二人，兄長余一歲，弟小余二歲。

又絶句一首

淮南米價聞騰涌，每遇商船問若何。争及此間魚最賤，食魚人少捕魚多。

再疊前韻

連朝不飯空捫腹，奈此河魚腹疾何。笑擲何郎供一飽，看囊直覺萬錢多。

東坡詩云去得順風來者怨輒以所見廣之

得上仙舟總不凡，余所乘舟名飛仙。巧從名句破機緘。南來北去兩無礙，去得順流來挂帆。

野泊

濁浪三百里，黄河疑倒流。歸心雖汲汲，行役且悠悠。新月生漁浦，殘陽下柁樓。人家當不遠，鵝鴨滿灘頭。

脾疾戲拈三絶句

思慮出苦吟，傷脾或有之。我作多游戲，脾神應得知。

桃實大于拳，蓮實細于乳。吾寧舍其大，則以養脾故。

血枯六脈微，豈止脾脈弱。世罕老人醫，吾其肯試藥？

六月十一日過臺兒莊

南池距臺莊，三百六十里。七日行始達，水順風逆耳。厄運老未終，扁舟復落此。櫓聲晨到枕，舟子報風止。小兒前致問，厄非自今始。古人處逆中，必有安常理。教之識忍字，忍過事堪喜。

宿遷關吴體。

舊輸兩石今不然，舊例民船自山東來者，止令載巨石二，至此交納，以備河上工料。鱗跳羽萃愁滿川。重船納貨輕納料，醉客禁酒醒禁烟。嚴關正爾指淮岸，密網行且張河壖。空囊傾倒能幾許，大笑不容留一錢。

桃源舟中

路比仙源迴不同，恍於此地作漁翁。帆移柳岸雲浮白，日射蘆村霧吐紅。直與迴腸紓鬱結，放教雙眼破鴻濛。人間好境難多得，生怕明朝又逆風。

渡河口號八首

川后波臣兩效靈，居民指點翠華停。清河口對清江浦，黄瓦猶高萬壽亭。先帝自丁亥年閲視河工，後不復南巡矣。

蘆茭作楗夾河檳，採買從來不累貧。知是何年歸正帑，更無閒地養官薪。

六月河防未輟工，清流長被濁泥衝。縷隄土是遥隄土，蟻穴移來築蟻封。

船頭暗伏陷人灘，枕底旋成閣淺灣。平莫平於三草壩，險應險過百牢關。

海近天空地勢低，水分南北岸東西。板沙縫坼如刀截，嫩草頭平似剪齊。

長女占和少女同，無朝無暮往來通。舟人屈指六十日，只有東南一色風。自四月望至今兩月，無日非東南風，亦一異也。

小炷香分兩處焚，河神別過別淮神。不教名姓污祠壁，誰識風波有幸民。

老去艱辛閲歷多，眼前何處没風波。怕將口號傳人口，留與漁天作櫂歌。

淮口增築蓄清敵黄二壩上水甚難牐河無此險也

古來傳禹績，平土奏安瀾。自設東西堰，如分上下灘。遏防令高易，扼吭欲噴難。寄語河隄使，神功勿妄干。

淮岸夜泊紀所見三首

民將蘆編屋，官取蘆爲埽。蘆兮識可憐，生死遞相弔。

日没月未上，黑雲騰四面。葦岸吐孤燈，瀲波千尺練。

大星三五點，小星明復滅。俯仰一青天，玻璃渾不隔。

曉過清江浦二首

清濁判淮黄，有若渭與涇。近來淮稍濁，猶以清爲名。賴此緑陂草，映波如染成。

急流導鷁首，微風颭旗尾。船上白面郎，樓中紅袖女。盈盈隔河漢，相望正如許。

晚泊淮陽城西知半月前淮水暴漲丈餘今勢雖漸減而隄外田禾低者猶成巨浸感賦一律總督漕使張慕莘舊好也余爲放歸田里之人不欲以姓名投謁竊取少陵春陵行之例詩成亦不寄張

桐柏山南水，横流一丈高。孤城堅保障，十日減波濤。飢溺宜兼拯，經營念獨勞。久膺艱鉅任，何以沛陰膏。

入寶應高郵界幸水不爲災河工方修築隄岸昨詩誠過慮也再作一首以解嘲

高寶陂湖接，雙隄瀉衆流。天光白淼淼，野氣緑油油。坐閱新苗長，行看晚穗抽。腐儒不曉事，徒作杞人憂。

轉應曲效樂天體秦郵舟中即目六首

浮沈豈必緣輕重，此理難從物性求。沙鳥羽輕偏善没，水牛蹄重獨能浮。

後先豈必争遲速，此訣須從達者傳。欲速馬因失足後，開遲船爲得風先。

貪廉豈必由取舍，此段難從有意求。二寸白小多漏網，尺半紅鱗或上鈎。

災祥豈必因旱潦，此事終須人力饒。千金隄塞一蟻穴，百里水洩三虹橋。

死生豈不論長短，此事難從天道争。黄口小兒多夭折，白頭老子却長生。

富貧豈必關憂樂，此意須從處境謀。萬户富平侯不樂，一瓢貧巷士忘憂。

立秋夜泊召伯埭熱極竟夕不成寐

直從日落風生後，坐到星稀月淡時。蘆荻灘頭秋氣味，一年今夜最先知。

揚州换船吴孝廉次侯至舟次相晤口占志別

吴生知我停征棹，先枉高軒向水濱。差喜同年還有後，生爲豹文吏垣之子。劇傷舊好絶無人。謂史蕉飲、顧書宣、郭于宫輩。

渡江後舟中及初到家作八首

行經五月又六月，飽閲風狂及雨狂。淮北晚禾將换緑，江南早稻已垂黄。一月中南北所見，不同如此。須臾過目留新咏，容易歸途得故鄉。餓死先廬吾亦樂，況聞歲計未全荒。舟子吴江人，問知黄梅多雨，嘉興以南，田家無不播穀者。

舟人亦復有何急，晝夜來兼食宿程。過隙馬馳帆倒影，裂波魚出櫓雙聲。傾欹不少飛揚路，安穩終輸自在行。

但得到家寧計日，四如半載坐愁城。昨午從揚州解纜，今早已抵毘陵。賀我生還預有詩，詩家古義孰如兹。徐卿二子成名日，錢氏一翁歸老時。徐卿二子，見少陵集，謂徐茶坪及思肖兄弟。「且有一翁錢少陽」，太白句也，謂錢絅菴。款款故應憐久別，匆匆猶足慰相思。只慚筋力難爲禮，來往初非論報施。二君俱就舟次握别，余不及報也。

轉盡陂坨地掌平，低田初聽桔槔聲。風披翠羽芸芸長，岸束清流瀰瀰盈。繫壤豈真忘帝力，習勞翻似代牛耕。誰爲民牧應垂卹，敢望蠲租望緩征。常州以南，彌望皆水田。

碧空如水月將出，城外放船乘早涼。到耳雞聲無次序，刺肌蚊喙有鋒芒。嵐光澹澹開前路，天意濛濛引睡鄉。行過望亭渾不見，塔尖初日見山塘。三更發錫山，至望亭天始明。

金閶門外氣如薰，暴雨南來欲拯焚。乍喜跳珠湯止沸，俄看插漢火騰雲。可憐民困天知否，大抵耕深報薄云。慰爾眼前聊一快，十分愁暫減三分。吴門小泊喜雨。

漸近鄉關倍慘然，脊令原上鶺鴒天。累添行處尋常債，痂結平生未了緣。石火光中思拔宅，木魚聲裏學逃禪。不如且作黄山谷，收取詩名四十年。涪翁成句。

早信歸期在未占，隔年羊酒夢中擔。去冬將發杭州，夢中有人吟詩二句云：「鄰里幾家羊酒賀，賀他父子得同歸。」兒童識面尚八九，父老叩門時兩三。瘦盡形容皮骨在，新留霜雪鬢毛添。獄中不剃髮者百五十日，及出則兩髩垂頰二寸，視之故髯也。留以志厄運。白頭白盡非初白，別署頭陀忍辱菴。

六月廿六夜過鴛湖酬曾濟蒼別後見寄詩中舟字韻兼訂秋涼偕高大立見過之約

好片南湖水，重來洗病眸。堂前初秉燭，橋外暫維舟。肯踐三秋約，寧須一夕留。回頭經死地，長恐見無由。

住劫集 起丁未七月。

釋氏於賢劫一代分壞空成住四時，就此四時中，成劫已過，壞空未來，以現在者爲住劫。余今患難頽齡，猶餘口業，正不知住世凡幾日，更得幾首詩也。

七月十一日喜雨　吾里自甲辰七月海潮汎溢後，水土多成鹹味。今年黄梅積雨，土性復故，乃得插秧。

一村瀉鹵變良田，甘澤重滋白露天。歷盡河淮江北路，喜從海角卜豐年。

行研銘

從我於厄，食我墨兮。毋污爾潔，幸洗雪兮。

三年來村家不種稻而種木棉頗擅其利今年間有因襲舊例者入秋風雨太多畝收失望感歎成篇

木棉秋早實，經露復經霜。日給貧家口，年逋大户糧。差宜沙雨潤，最忌海風狂。鄰有西成望，嗟嗟爾獨荒。

脾泄足腫久未愈醫云服參則效戲答之

人葠金比價，盈兩十千錢。藥竈添新火，齋廚斷晚烟。萬緣能委運，一事敢祈天。老死尋常事，休教病苦纏。

枕上偶拈 七月廿四早。

撚須擁鼻出呻吟，淺語中含感慨深。燕散已無雛可戀，花開尚有蝶相尋。病餘稍悟浮休理，閒處微徵寂照心。因病得閒閒且病，也如夢閱去來今。

敬業堂詩集補遺

卷四十六　望歲集

正月十八日偕德尹西阡看梅兼邀曾三芝田東洲諸弟同飲花下

第四首。

寄語諸兄弟，間須日日來。商量枝上蕊，南北莫辭開。

庭桂

我愛庭前五株桂，兩邊陰合互交加。青葱無改四時葉，爛熳忽開三日花。長有好風來客座，徧分香氣與隣家。可憐月被蝦蟆蝕，賸與人間閱歲華。前二夕月蝕，故云。

重陽無菊友人有以畫扇屬題者戲占一絶

去年對菊苦無酒，貧到今年菊也無。天意不曾留缺陷，故教濃墨補成圖。

卷四十七　粤游集上

不見

不見楊生久，相逢苦告勞。憐他深自匿，去我欻如逃。與國充窯户，爲官列郡曹。勢交君莫怪，衡鑑析秋毫。

卷四十八　粤游集下

呈前輩鄭珠江先生

白首羈孤客，重游眼倍青。同門慚後進，余與公先後出德清徐夫子之門，相距十八年。古道荷忘形。假借通鄰並，盤餐及使令。藥籠如見取，亦願託參苓。時先生微恙而却人參之饋，故云。

中丞貽我英石筆架再次前韻在次韻中丞公夢羅浮作後

英石分貽願不違，袖中攜得一峯歸。只愁咫尺風雷起，化作孤雲出岫飛。

續集卷一　漫與集上

答許東垞即次消炎見寄原韻

萬里衝炎甫到家，一林高竹憶由衙。嶺南巨竹名由衙，可作梁柱，見竹譜。故人句挾清風至，熱客蹤如凍雨賒。塵短難驅蠅集案，汲深聊用井澆花。詅癡合有旁觀笑，慚悔和凝浪見夸。王伯厚云：「和凝爲文，以多爲富，有文集百卷，自鏤板行世。」此顏之推所謂「詅癡符」也。時余方刻拙集，而來篇過蒙推許，故借以自況。

端陽後四日盆荷作花喜成二絶句 第一首。

正是葵榴照眼時，天教浄質發盆池。問渠九品居何品，來占人間第一枝。

雨後發常山將抵玉山縣途中復遇大雨

出郭尚朝隮，初防霧雨迷。雲峯俄見日，沙路不成泥。商旅行相雜，圖書去每攜。草坪知漸近，一飯向江西。

白近薇中丞席上賦贈 第一首。

公望公才迥莫攀，欣從光霽識公顏。賞留滕閣徐亭外，道在鵝湖鹿洞間。客到龍門清似水，時瞻鼇背屹如山。十三州是雄繁地，尊俎丰神自燕閒。

與祁鶴亭臬長話舊 第一首。

我愛祁觀察，衙齋浄少塵。心忘官位重，誼取素交親。花木饒生意，琴書足養神。掣鈴容野老，披豁對天真。

雨公亭詩爲白近薇中丞賦次鶴亭觀察原韻 第一首。

一誠感動百神忙，風伯驅炎雨送涼。立見天心回頃刻，行知民樂慶方將。謳歌自爾騰仁壤，積貯何須發義倉。但是有祈無不應，千秋盛事紀非常。

喜遇張損持兼答來詩之貺

出入如相避，癸未夏，先生散館，余入館。初終莫漫猜。兩萍踪復合，一笑首重回。世少文章伯，天留著作才。有詩兼有筆，咄咄偪人來。

元夕奉陪白近薇中丞滄浪亭燈宴 第二首。

俊遊不上臨江閣，幽檻回欄似畫船。六曲屏風燈錯落，四圍花氣水澄鮮。詞人愛赴西園讌，野老來銜北海筵。借取米家詩一句，羣賢畢至愧居前。

屋漏詩戲次陳摇上楊東崖唱酬韻 第二首。

陰晴杳難占，巢鵲虚架搆。揲蓍得未濟，濡尾且濡首。欹眠起危坐，静聽徹宵晝。或疑繘羸瓶，將毋甕敝漏。移牀無避處，計拙等困獸。朗誦抑之篇，不愧庶不疚。

續集卷二　漫與集下

與平湖林明府鳳溪

一門託契凡三世，幾處追隨共唱酬。鄰邑喜來賢父母，京華恍接舊朋儔。庭閒鮚箭民無訟，户采風謡歲有秋。何物比君官況好，東湖九派是清流。

兩日前曾三弟見過面訂人日探梅之約忽爲雨雪所阻書來請卜後期以詩代柬

豈料看花約，翻成雨雪期。興非今日減，力較去年衰。晝夜何須卜，陰晴未可知。蟄蟲行啓户，聽取震來時。吴中以梅爲驚蟄花，後十二日交此節矣。

八月十五夜遲德尹不至

五樹桂團團，頭番花已殘。徑非因客掃，月正耐人看。世界流光速，吾生好會難。勸酬思老弟，獨酌强爲歡。

續集卷三　餘生集上

十月九日重赴沈仁山賞菊之招席上戲拈 第三首。

霜髯雪鬢漫相催，五日爲期到兩回。更約明年身幸健，還開笑口插花來。

甲辰正月重訪佟陶菴同年於江寧試院感舊有作 第二首。

細讀從軍什，深窺見道言。時出西征詩見示，于禪理有得。多生成佛性，再出爲君恩。已握文章枋，仍兼節鉞尊。鳳巢長在眼，不隔九重門。

自金陵至丹陽歸途即事口號 第七、八首。

幾條清淺有成河，故道年深堙塞多。誰與此邦興水利，鑿開沙埂納江波。

雲濃霧薄曉茫茫，穿過東南白兔岡。更轉幾灣山路盡，清渠十里近丹陽。

七月十九日海災紀事 第三首、第七首。

飄飲猶難必，空傳乳滴幽。用皮襲美詩中事。井泉華作浪，梅水淡成鹹。囊粟全遭浥，壺漿半被攙。

賸留書一架，慰解老夫饞。暴漲三尺餘，及書架而止。

斬鮫思壯士，驅鱷記雄文。孰是金隄守，時無强弩軍。滂沱兼淚雨，慘淡向愁雲。捐瘠民何罪，馳章幸上聞。第三句一作「孰砥中流柱」。

中秋與陶菴中丞相遇於江陰舟次邀同月下小飲口占 第一首

九里灣頭地名。萬里風，纖雲斂盡碧天空。舟移露白葭蒼候，客坐冰壺玉鑑中。仕路閒情如此少，人生快事偶然同。問君襟度寬何許，容得滄浪一釣翁。

題陳光庭小照戲次圖中原韻二絶

少年詞藻比王融，多少才人拜下風。憐取兩般顔色好，木蘭花白海棠紅。

紈扇風流又一時，自磨濃墨寫烏絲。桃根桃葉生何幸，並向圖中作侍兒。

題張楚良捫腹圖二首

風前消暑列犀簪，飯後攤書到竹林。若向畫中論相法，可知捫腹有三壬。用劉夢得、陸放翁詩中語意。

經笥紛綸擬大春，好詩千首發清新。披圖笑向張公子，此腹何曾肯負人？

送潤木假滿還朝　第二首。

才高偏善下，詩好豈容删。弟乞假後，手編横浦集屬余校删。獨立風塵表，誰爲伯仲間。應酬無俗韻，開闢得重關。但問泉清濁，何曾礙出山。

春分前補種庭下草花　一本春分前下有「課力輩」三字。　第二首。

薙草封泥聚作團，主人一笑但旁觀。閒來特地添忙事，似與頑童解素餐。

曾濟蒼扁舟見過匆匆即去別後寄示五律三　按三字疑誤。章次答原韻　第四首

有弟皆垂白，宜開佚老堂。未成魚在渚，重送燕辭梁。好友寬相憶，同時歧所望。北郵傳

早晚，高義與雲翔。家潤木北行時，君以不及祖餞爲歉。末章兼謝雅誼。

庭卉競吐口占邀諸弟共賞

雨餘猶賸幾叢豔，世上都輸老輩閒。莫待提壺苦相勸，盍來花底共開顔。

偶讀東坡戒殺詩題其後

魚蝦雖擾擾，鵝鴨自成羣。刀几操生殺，庖廚忍見聞？世多懷璧罪，客有愬螭文。見柳子厚集。轉愛毘耶室，清齋斷五葷。

續集卷四　餘生集下

答程汝偕

瓣香門下士，書信遠相貽。綀帨揩顔汗，青鞋養足胝。二物皆荷寄贈者。開函知古道，拭硯和新詩。此意相投報，毋忘永好爲。

寄滿制府

上缺。厚禄孰分霑。洲畔荒千絹，函中致百縑。拜嘉因念舊，揣分或傷廉。對客收籐笈，呼兒貯藥奩。行將端策筮，與決卜居占。初白償初願，茅庵計日苫。

重陽前五日喜樓敬思見過

旅懷經久别，王事迫嚴程。枉棹因余病，傾筐見汝情。「行者傾筐以顧念」，出晉書殷仲堪傳。時敬思將回廣州郡丞任，行李方缺乏，承分藥餌之資，故云。籬花遲菊信，鄉味及蒓羹。野餉雖微薄，相留意不輕。

連接盧仲山沈麟洲海南信一詩報謝

兩州同一島，萬里致雙魚。遠憶山中叟，頻煩海外書。是施均禄俸，匪報乏瓊琚。古義論辭受，居貧媿有餘。

歲云莫矣一室蕭然殘書十架外几案間惟小物八種意有所觸隨筆賦之或莊或謔匪贊匪銘自遣一時之興爾第一首、第八首。

紙亦竹所成，云何被竹壓。如以紙鎮紙，是名不二法。

右竹鎮紙

南山竹，毛氏族，中書受封此湯沐。用其穎兮棄其禿。口不言功兮，湘靈代哭。

右湘竹筆筒

入春冰雪正月杪盆梅初試一花邀諸弟小飲

連旬冰雪發孤芳，老瓦盆邊酒亦香。大抵人情矜少見，白袍一個破天荒。用東坡海外贈人語。

底用尋梅向水濱，草堂省對亦前因。就中孰是拈華者，笑口齊開四老人。

後三日復雪 在驚蟄後二日雷雨大作一首後。

雪霰忽復集，先期蟄已驚。人皆虞大旱，我且憫微生。燕出巢難覓，負暄録：「少年時伐薪，見蟄燕一毬，其大如斗。始信燕亦蟄，至驚蟄始出耳。」蟲墐户欲平。坐愁無好句，强半紀陰晴。

天慳霖霢三冬後，地奮雷霆一震中。誰料此時翻得雪，蟄蟲真是可憐蟲。

春分前一日西園看梅 第四首。

戰回冰雪得春妍，漸到清明穀雨天。桃李輿臺何足壓，後時猶占鼠姑前。

春分後十日偕德尹曾三芝田學菴諸弟西阡看梅 第二首

意外偕游得五人，時學菴甫從江陰歸。瓊枝别與報芳辰。多承載酒殷勤意，四日爲期未覺頻。祠中玉蘭將吐，曾三弟有約，上巳載酒來賞，相距不過四日矣。

早發嘉興 第二首。

一餅頭綱馬上茶，名園人指畫圖誇。而今花木知誰主，付與青旗賣酒家。

寄廣州太守樓敬思次章兼柬姚齊州同學

館閣儲材地，髯兮果軼倫。名高開望府，宦達得詩人。清節酬明主，慈顔奉老親。定知循吏蹟，不忝孟家鄰。

昔作羊城客，今稱在户農。十年回白首，萬事感微蹤。自述丁酉冬客粵東事。海闊沈魚素，天長少鴈封。舊交姚合在，爲我道衰慵。

窳軒初夏觸景成吟 第八首。

西舍東鄰燕子忙，舊痕掃盡只空梁。琴書正恐啣泥汙，迴避儂家六尺牀。少陵詩：「啣泥點污琴書内。」

感夢

古有高資户，今懷永熟鄉。開邊充召募，近輔活流亡。厚腊須防毒，無創幸勿傷。太平占氣象，只在勸耕桑。第六句用維摩經中語。

題毘陵湯述庭東菑饁耕圖卷二首

欲作勸農詩，逢年凡幾箇。知君圖寓意，聊以警游惰。

出閫無溢辭，其能家置喙。我展饁耕圖，知君有德配。

補録

七月十九日海災紀事

外障如無岸，前驅突有潮。村墟非昔宿，桑海視崇朝。魚鼈疇能化，黿鼉爾莫驕。似聞洪水割，咨儆廑唐堯。

死傍魚鹽利，生資户口稠。三年逃旱魃，一夕委陽侯。得免僵屍積，翻隨木偶流。剥膚行且迫，乃復替人愁。

故鬼逢新鬼，千人活幾人。棄骸家莫認，枯骨壑爲隣。荷鍤無乾土，焚林奈溼薪。烏鳶與螻蟻，狼藉問誰親。

乍報潮頭過，還聞海眼穿。大聲初轉石，餘怒尚吞天。西舍舂漂杵，東家爨少椽。竈沈魚在釜，三日斷炊烟。

黍稷方華日，苞蕭並浸時。端能流歲禍，胡可療吾飢。世苦需經濟，民窮敢怨咨。殘生無所著，終望長官慈。

禽言十章 第二首。

山則有□原缺，水則有波。歧險孔多，將伯若何？行不得哥哥。

送張葭士比部省覲南還

右曹清望著朝端，子舍難忘膝下歡。祖道回思六年事，謂尊甫先生也。鄉書又報一番安。也知世路歸由我，只是人情戀此官。好片溪山頻洗眼，爲君細展畫圖看。

馬素村北歸見過

進士幾時進，歸舟暫海涯。未尋松菊逕，先訪竹林家。甕坼經春酒，燈開送喜花。別中何限事，不敢問京華。

餘波詞

瀟瀟雨 去秋余自黔歸，與德尹相左朗州道中。頃來豫章，晤子敬兄于鄱陽舟次，知德尹嶺表歸裝，亦取道于此，距余至纔二十日耳。孤燈野岸，霜氣入船，因便附書，並作此詞以寄。手指攣屈，幾不能伸也。

蠻雲邊雪記綿綿，歧路亘星霜。甚同此江湖，來如相避，去也分行。方悔薄游草草，不待汝歸裝。十月庾梅早，一信曾將。　冷落年時姜被，喜風流人説，鬢影衣香。荔枝同社，海外變文章。二語用東坡事。料新篇、半應憶我，儘無聊、蓴菜託思鄉。馳書報、團圞猶及，歲酒茅堂。

鵲橋仙 兩年前，庭樹有脊令來巢，曾填詞志喜。今春再至，營於舊巢之旁，仍用舊調紀之。

宿雛已老，新雛復長，未掃巢痕猶在。王家子弟謝家兄，只三歲、看成三代。　自來自去，相親相近，野性天生友愛。人情似此古應稀，嘆毀室、鬩牆一輩。

前調 正月杪，庭樹有脊令來巢於舊巢之南，甫經旬，復有巢於新巢之北者。三疊前韻。

南枝纔構，北枝重架，腰鼓連環相似。便呼此樹作烏衣，也算得、舊家門第。 青楊何妥，白楊蕭眘，見南史。争比同根同氣。伯勞飛燕有東西，讓爾占、雙棲福地。

前調 寙軒雙燕復歸故巢，四疊前韻。

茅檐淺淺，蘆簾密密，幸免漂摇風雨。去年燕子喜重歸，似認得、白頭菴主。 桃花紅褪，菜花黄綻，又是泥融前度。眼前何物不懷新，笑戀舊、維予與汝。

前調 三月初第二巢之北復營第三巢，五疊前韻。

烏飛三匝，兔營三窟，幾見三巢同樹？用南史劉繪傳中事。孰居南北孰中央，也似學、三秋雁序。 三家村裏，三間老屋，三歲忍歌去汝。天教次第看雛成，又豈在、三朝三暮。

附録

原序

王士禛序

老友海昌陸先生辛齋，嘗攜其愛壻查夏重詞一卷見示，且曰：「此子名譽未成，冀先生少假借之，弁以數語。」其時余官曹署，宂俗碌碌，未及爲也。及余轉官司成，則夏重與其弟德尹後先入成均，余乃得以一日之長臨之。德尹旋與友人入粤，而夏重肄業橋門，離經鼓篋，魚魚雅雅，弱不勝衣，近是黄叔度一流；乃其詩若文，則又滂葩冡兀，奔發卓犖，蛟龍翔而虎鳳躍，今之詩人或未之能先也。然且深情獨寫，孤韻一往，令人諷咏徘徊乍不能已。蓋夏重既辛齋玉潤，且爲吾友勉齋黄門猶子，仍世通顯，胚胎濡染，昔人有云，半千孫固應爾。姚江黄晦木先生常題目其詩，比之劍南。余謂以近體論，劍南奇創之才，夏重或遜其雄，夏重綿至之思，劍南亦未之過，當與古人争勝毫釐。若五七言古體，劍南不甚留意，而夏重麗藻絡繹，宫商抗墜，往往有陳後山、元遺山風。後山淩厲峭直，力追絶險；遺山矜麗頓挫，雅極波瀾。吾未敢謂夏重所詣，便駕前賢，然使起放翁、後山、遺山諸公於今日，夏重操蝥弧以陪敦槃，亦未肯自安魯鄭之賦也。且夏重學有本根，斷斷自愛。子瞻曰：「一時文人，如魯直、補之、無己、文潛、少游，吾未嘗以師資自處，皆以朋友待之。」而吾乃以一日之長臨夏重乎？顧屈指同學，其才可到昔賢者，正復無幾。蘇門諸君子，與放翁、後山、遺山皆名節自持，凜凜有國士風，蓋有重於詩文者，而詩文益重。吾方處夏重於諸公之間，正以其詩而又不敢限之於詩也。去冬余奉使南海，夏重操長歌送行，且以詩集序見屬，歸而夏重慎旃二集已裒然成卷帙矣。余既已諾昨者之請，重憶辛齋疇昔之言，時已卧病請假，匆匆戒道，尪驢在側，僕夫俶裝，援筆以完宿約，蓋於夏重與夏重之詩，皆有不能自已於言者。夏重其益勉之！異日相見，其必有更進乎此者矣。濟南王士禛序。

楊雍建序

己未春，余奉命撫黔陽，而同邑查子夏重短衣挾策，自吴涉楚，追及之於荆江夢渚之間。其時疆埸未啓，豺虎塞塗，余提戈束馬，自銅仁間道崎嶇，谿谷崖箐，孤軍轉戰，一旅深入，帳下健兒能從者不過數十人。而夏重獨忼慨與俱，經年而後抵貴治。相與仰視飛鳶，俛蹈荆棘，烽火晝紅，簫笳夜咽，未嘗一日不同之也。軍府初開，書檄旁午，調遣徵發，將伯助余，倉卒肆應，又兩年始定。夏重則去余歸里，往謁其觀察世父於鄱江焉。夫以白面書生，年未及壯，弱不勝衣，骨稜稜出衣表，乃能骯髒自喜如此，則已齷齷豎儒異矣。顧復戎旅之頃，不廢吟嘯，握槊賦詩，磨盾草檄，軍中有傅修期，既隱若敵國，兼得陶寫歲月，瘴雲如墨，毒草摇風，以賦咏當悲歌。浣花工部，不履行間；淮蔡軍諮，羌無篇什。庶几小益之戎裝，競傳劍南之詩句，藻采横飛，綺思豔發，抑又多焉，何其壯也。今年夏重入游太學，而余適膺召命，歸佐夏官，因復留之邸舍。夏重乃哀其行旅之詩，梓之問世，其豫章之吟，别爲一集，題曰慎旃，蓋取詩人行役之義，且屬余爲弁語。夫詩人有言，維予與汝。往者貴竹之日，余與夏重真同蛩駏，回首蠻烟，驚心駭魄，歷歷如在目睫。序夏重之詩，非余又誰屬也？因爲纂述舊遊，書之卷首，若夫齊紈未貴，菱歌萬金，夏重業已狎主齊盟，又無俟余稱説矣。同里楊雍建序。

黄宗炎序

余賣藥海昌，查子夏重屢有詩醻和，尋其佳處，真有步武分司、追蹤劍南之堂奥者。夫今人卒業兔園，孰不以風流自命，左掞右摛，東綆西繘，都欲駁正李、杜之瑕璺，元、白之卑弱，爲漢爲魏，爲陶爲謝，目空千古。苟從旁細覈，正如揚灰萬斛，求半銖銅鐵且不可得，況於金乎？此所以深歎於才難也。夏重視彼，猶孤鳳獨鶴，翺翔於百鳥雞羣中，可謂横絶一時者矣。復能謙退以好善，微特不敢輕議古人，抑有味乎水樂樵歌，俱將引爲筆墨之助。此非取法淺陋也，惟其知作者苦心，一字一句，莫不有深意於其間。若屬目粗浮，矢口妄論，真耳食吠聲，徒作撼樹蚍蜉爾。夏重是編，自己未至壬戌，四年間水陸萬里，往來楚、黔之什，山川詭變，與江浙殊絶，苗蠻風俗，與鄉土迥判。加以亂離兵革之慘，饑荒焚掠之餘，天寶詩人所不及覩，投荒遷客所未曾歷者，聚歛筆端，供其驅使，寧樊籬鷃雀可望其項背哉！吾因是而更有慨焉。使夏重據龍山之田數頃，桑柘茂密，池有魚，園有果，牛宮豕柵，静謐於先人之舊廬，兄弟相爲師友，必沈酣經史，守先以傳後無疑也。乃歷鹿舟車，蹭蹬亭皐，即耳目之聰明，足發其誕幻，然於青燈四庫，不能無夢寐焉。雖然，麻姑年少，將見蓬萊揚塵，不難返海外之逸書，使歸學宫；搜龍宫之秘圖，傳諸人間。斯蠹粉陳言，又奚足云。剡中老友黄宗炎纂。

陸嘉淑序

夏重自黔歸，裒其三年往反道路之詩，自題曰慎旃集。吾友黄晦木先生喜而序之，爲奬許其所已至，而勉惜其所未至。晦木，夏重尊人逸遠畏友，倜然以古道自處，夏重既拜而登之集矣。今年余偶來燕臺，夏重方客燕未返。其同學友人欲梓其集燕中，乃過余而請曰：「小子不幸，早失怙恃，舍其先人之廬，奔走四方，冀以續食。晦木先生所云青燈四庫，杳然夢寐，斯集所留，與嶺猿瘴鳥相爲和答，勞者易歌，不自知其言之長也。然而山川登涉，動魄驚心，追思昨夢，讀之而怦怦心悸，不欲便付摧燒，姑應友人之請，丈人亦有以終進之乎？」余應之曰：「子之詩，自附於陟岵詩人之義，夫亦知詩人之根抵乎？夫陟岵之詩人，疲勞困頓，晨夕不遑，而於父母兄弟三致思焉。忠孝悱惻之懷，咏歎滛泆而不能自已，此固風雅之本原，而非流俗之咏唱也。今之稱詩者，挾持唐宋，頌酒争長，各爲門户，余竊以爲皆非也。夫詩何分唐宋，亦别其雅俗而已。古之詩人，其志潔，其行芳，自託於芝蘭芳草，而絶遠蕭艾。故雖至坎壈失職，郤曲於傾艀駭駟之途，而耿介特立，終不移於積俗。以此求之，陶彭澤、杜浣花之流，操持卓犖，磊砢傲兀，凜凜皆有國士風。故其爲詩，迥然自遠於俗。即白分司諷諭、閒適諸篇，言近指遠，一唱三嘆，真得風人之遺，與元亮、子美同其根抵，而不知者妄謂之俗。嗚呼！耳食拘墟之徒，又豈足與論六義之旨趣乎？夏重稟承庭訓，濡染家學，反覆四始之際既已有年，一旦遠涉江湖，崎嶇貴竹，發而爲詩，依然陟岵之思。晦木老友以爲上武分司而下追射的，一言爲智，知其不輕借游揚也。且晦木以父執登堂，門庭無恙，牛宫豕栅，橘圃魚陂，俛仰流連。乃更以青燈四庫，欲廣夏重之意。夫亦以先人手澤，存於縹緗卷帙間，冀使無忘其根抵爾。夏重勉之！歲月易遷，盛年不再，計夏重挾策遠遊之年，正與余抱痾焚研之歲等。雙丸轉轂，余已素髮被領，老大空悲，了無可紀。夏重詩已見許前輩，春華之藻，恃本根之不拔耳。根之盛者，其枝幹日益繁，慎旃之詩，夏重之本末存焉。無俟訪逸册而搜秘圖，益保其陟岵之思而已。輒以此勉夏重，且請更質諸晦木。冰叟陸嘉淑序。

鄭梁序

慎旃二集者，吾友查子夏重遊豫章之詩也。初查子自已未遊黔，至壬戌而歸，名其詩曰慎旃集。

今自癸亥遊豫章，至甲子而歸，復名其詩曰慎旃二集。蓋皆取孝子行役不忘其親之義也。嗟乎，查子乎！遊乎而欲慎旃乎！古昔盛時，民有恒産，士有常糈，負耒横經，温清定省，安所事遊？其偶有遊者，不過賢勞王事耳。故孝子行役而得以慎旃自勉。至春秋戰國之世，而士以遊名，朝秦暮楚，已有不遑言慎者矣。然孔子曰：「遊必有方。」孟子曰：「人知之亦囂囂，人不知亦囂囂。」則是遊亦未嘗不得慎也。天變人窮，最困者莫如四民之首。饑來驅我，急何能擇，其尚能有方乎？曳裾無門，投筆安往，其尚能囂囂乎？於此之時，而欲慎旃難矣。且夫查子之遊豫章也，鄱陽之險，不若洞庭之惡也。洪都之近，不若鬼方之遠也。六月之暫，不若數載之久也。舊遊詞客，往還唱和之樂，不若蠻僚寇賊戰争殺戮之慘也。較之遊黔之役，又似可以無慎，而查子慕親之誠，守身之孝，每念不忘，用名其集，余於是而歎陟岵詩人，何代蔑有，決不得以古今時地限也世衰學喪，風雅道淪，言宋言唐，言魏言漢，紛紛聚訟之徒，類皆飲瀋拾唾。正如家僮路乞，各張勢豪所，有以相矜詡，而不自知其妻孥安在。彼豈不聞虞廷言志之説哉？勢利薰溺，情性銷亡，隻句單詞，譁世取寵，自謂言志而其實無志之可言也。得查子慎旃之意而振之，登山臨水，感時咏物，吊往驚離，無往而非不忘其親之心所寓。楊用修謂詩須有爲而作，蓋自三百篇而降，屈大夫、陶彭澤、杜工部千古俱有同旨，寧謂風雅一道不可自此而復續乎？彼區區以韓、歐、蘇、陸之間儗之者，猶皮相矣。余病留京邸，因懷岵屺之望，不欲受人牢籠，間或自鳴其酸苦。遇塵堆糞壤之人，輒秘不使見，唯查子與一二故交至，始出與誦之。暑退秋來，襆被南返，查子過別，索序此編，長吟低諷，慨然喜其與余有合也。易曰：「同聲相應。」余其能無言哉！同學弟鄭梁題於燕京旅次。

唐孫華序

凡古今文章著作之事，其深造獨詣，名當時而傳後世者，類皆有驚才絶學，而又加以不已之好，好之至者且或有其癖焉。昔杜元凱有左傳癖，而少陵亦云「爲人性癖耽佳句」，好至於成癖，則顓固之極，通於神明，變化生而能事盡矣。吾友查夏重先生，天縱異才，深沉好古，於書無所不闚，而其生平所癖好者，惟於詩，於山水，於友朋，而於進取榮利之塗，泊如也。昔人論文，謂必得江山之助，以先生之才之學，而天又故遲其遇，俾其馳驅游覽，以盡吐其胸中之奇。嘗挾策從軍，至牂牁、夜郎之地，以及齊、魯、燕、趙、梁、宋之區，郵亭驛壁，題詠殆遍，往往傳誦人口。又嘗渡彭蠡，過洞庭，登匡廬之巔，探峴山、黄鶴之勝。所至必與賢豪長者相結，往復酬唱，詩益富而且益奇。癸未成進士，簡入翰林，即受天子特達之知。授職以後，比歲西巡扈蹕者再，常在屬車豹尾之間。涉大都之河，窮甌脱之境，荒遐幽岨，從來詩人之所未到，題詠之所不及，盪胸駭目，悉繪之於詩。凡有所作，皆呈御覽，未嘗不篇篇稱善也。人皆謂先生遭逢盛世，將駸駸嚮用。而先生常懷箕潁之志，亟欲告歸，當道鉅公競挽留之不可。年未及懸車，已決然竟賦遂初矣。既歸里門，於世事一無干預，而登臨詠歌之興未衰也。乃復南遊閩、粤，尋無諸之故墟，訪尉佗之遺蹟，而其詩益豪蕩感激超神入化矣。先生於詩文山水友朋之外，餘無所好，蓋先生不獨以詩傳，而其爲人高情逸韻，尤敻乎其不可及也。昔予在京師，與姜西溟、趙蒙泉、楊晚研、惠研谿、湯西厓、宫恕堂、吴西齋諸君及先生弟姪德尹、聲山爲文酒之會。每月必再會，每會必分韻賦詩。西溟在酒所嘗謂諸君：「我輩大約人人有集，然其詩或傳或不傳，今當牽連綴姓氏於集中，百年以後幸有傳者，則附載之姓氏亦不泯没於後世矣。」予時笑以爲迂。由今觀之，先生之集固已必傳無疑，且不忘舊好，予之姓氏既屢見於集中，而又屬予爲序，予固將滅没無聞，而得挂姓氏於先生集中，不特如少陵之於阮生、朱老，東坡之於杜伯升、楊耆老、符秀才而已也。則予其亦有厚幸也夫。婁東同學弟唐孫華撰。

許汝霖序

夏重之重于人，與人之重夏重者，豈獨以詩哉！其在家庭也，愉婉承歡，善繼其尊人逸遠先生之志，與諸弟一堂師友，砥行立名。至于義方垂訓，慈而彌嚴，長若幼皆能自樹立，倡隨之誼，食貧相莊，悼亡一賦，終其身不再娶，其飭躬于内也如此。其立朝也，著作承明，出入禁闥者十年，天子嘉其勤慎，卿尹服其恬雅。年甫六十四，遽移疾還家，其於進退之際又如此。則夏重之足重于人，與人之重夏重者，固自有在，不獨以詩也明矣。即論其詩，亦恢之以學問，深之以涵養，且歷覽宇内之名山巨川，以達其氣，裕其神而擴其耳目之聞見，即物寫懷，皆其忠孝友愛至性至情之所藴蓄而流露，初非規規焉争能于聲律字句間也。平生所作不下萬首，今手自删定，起己未迄戊戌，凡四十八卷。取隨駕山莊時御書賜額，名曰敬業堂集，乞余一言弁首藏諸家。余與夏重生同里，重以昏姻，晚又出余門下。自其少時，伏處海濱，迄三十歲以後，游學京師，歷仕歸田，數十年如一日，世之知夏重者孰余若？遂不辭而爲之序。佟陶菴先生，夏重舉京兆時同年友也。既而同直内廷，晨夕數年，塤篪唱和，儕輩皆一時之選，而其伏膺者惟夏重一人。丙申冬，出撫東粵，夏重走訪之，臨别捐俸，囑刻其詩以問世。是夏重之見重于陶菴，與陶菴之重夏重者，跡雖重其詩，實不獨以詩重也。世之讀夏重詩者，以衰朽或不足信，請試質之陶菴先生。康熙五十八年己亥秋七月朔，洛溪衰朽許汝霖序。

跋

許昂霄跋

查初白太史未刻詩集，原藁藏於其家，珍祕殊甚。適有谷陽蔣某給以厚值，購一副本，託余外弟查子蓉村爲之介紹。蓉村因別録二本，一藏篋中，一以貽余。余復手加校勘，合之向時所刻，是爲完書。惜無好事者爲補刊於集後耳。漫興、餘生二集原藁，據蓉村云，悉屬太史手書，惜余未一寓目也。余所見者僅住劫集數葉，亦係真蹟，至詣獄、生還二集，乃其子姪輩所録，間有塗改數處，則太史親筆也。故此本悉遵之。

竊疑詣獄以後三集，雖經改竄，未及删定。惟爲紫幢主人留半日五律一首，格上注一「删」字；然首尾不勾，未知何故。又七絕中「玉溝一綫是通川」一首，「連朝不飯空捫腹」一首，五絕中「波魚逆上多」一首，轉應曲末二首，俱補書於格上，另是一人之筆，故注一「增」字。一篇中或芟去數字，或删去數聯，或全首删去，悉係太史手定。凡全首删去者，上必注一「删」字，首尾各用一勾。

凡注一作某字者，皆係初稿。其後一改再改，乃用今本者也。或模糊難辨，介在疑似，故兩存之。

寄滿制府五排一首，詩題及前半首俱係元缺，止存後數聯耳。卷中圈點亦係太史自加，丁敬禮所謂文之佳惡，吾自得之者也。原本俱用墨筆，今用硃筆。惟餘生集下寱軒初夏觸景成吟中「屈將木本作芍藥」一聯，用硃筆，今用墨筆。太史晚歲吟詠，删逸甚多。即如甲辰海患紀事凡十首，余數年前曾於友人案頭見之。今集中止有六首，又删去其一，定爲五首。至「斬蛟思壯士」一首，已用别紙黏貼，蓉村揭而視之，并録於後。蓉村嘗見望歲、粵游二集原稿，較刊本多詩數首，想開雕時所芟去也。然不欲任其散佚，並録之，以附於卷末。

花溪後學許昂霄蒿廬氏漫識

張元濟跋

甲辰冬日，傅沅叔同年至自天津，同作天台、雁蕩之游，途中語余，都中舊家有藏書散出，中有評校敬業堂集，爲涉園舊藏，余聞之神往。及沅叔北還，乃託代購，謂雖重值不吝也。越兩月而書至，卷中鈐先六世叔祖思巖公印記數方，丹黄雜施，評校極精審，且補録續集及補遺一册，皆公手蹟。卷首附許君蒿廬識語數則。許君爲公受業師，此必迻録許君藏本。中有詩六十一首，詞五首，爲刊本所不載。

許君謂初白先生手自删削。在先生之意，固以此爲不必存，然傳至今日，則彌足珍貴。余方輯涵芬樓祕笈，因綜爲補遺，印入第四集。凡所圈點，悉仍原本之舊，固以饜好讀先生詩者之望，亦以承蒿廬先生及思巖公不敢任其廢佚之志也。乙巳春二月，海鹽張元濟識。

四庫全書總目提要

敬業堂集五十卷　浙江巡撫採進本

國朝查慎行撰。慎行有周易玩辭集解，已著録。是編裒其生平之詩，隨所游歷，各爲一集。凡慎旃集三卷，遄歸集、西江集共一卷，踰淮集一卷，假館集二卷，人海集、春帆集、獨吟集各一卷，竿木集、題壁集共一卷，橘社集、勸酬集、溢城集、雲霧窟集各一卷，客船集、並轡集共一卷，冗寄集一卷，白蘋集、秋鳴集共一卷，敝裘集、酒人集共一卷，游梁集、皖上集、中江集各一卷，得樹樓集、近游集共一卷，賓雲集一卷，炎天冰雪集、垂橐集共一卷，杖家集、過夏集各一卷，偷存集、繙經集共一卷，赴召集、隨輦集、直廬集、考牧集、甘雨集、西阡集、迎鑾集、還朝集、道院集各一卷，槐簃集二卷，橐東集、長告集、待放集、計日集、齒會集、步陳集、吾過集各一卷，夏課集、望歲集共一卷，粵游集二卷，附載餘波詞二卷。自古喜立集名，以楊萬里爲最多，慎行此集，隨筆立名，殆數倍之。其中有以二十四首爲一集者，殊傷煩碎，然亦徵其無時無地不以詩爲事矣。集首載王士禛原序，稱黄宗羲比其詩於陸游。士禛則謂「奇創之才，慎行遜游；綿至之思，游遜慎行」。又稱其五七言古體有陳師道、元好問之風。今觀慎行近體，實出劍南，但游善寫景，慎行善抒情，游善隸事，慎行善運意，故長短互形，士禛所評良允。至於後山古體，悉出苦思，而不以變化爲長；遺山古體，具有健氣，而不以靈敏見巧，與慎行殊不相似。核其淵源，大抵得諸蘇軾爲多。觀其積一生之力，補注蘇詩，其得力之處可見矣。明人喜稱唐詩，自國朝康熙初年窠臼漸深，往往厭而學宋，然粗直之病亦生焉。得宋人之長而不染其弊，數十年來，固當爲慎行屈一指也。

清史稿・文苑傳

查慎行，字悔餘，海寧人。少受學黃宗羲，於經邃於易，性喜作詩，游覽所至，輒有吟詠，名聞禁中。康熙三十二年舉鄉試。其後聖祖東巡，以大學士陳廷敬薦，詔詣行在賦詩；又詔隨入都，直南書房。尋賜進士出身，選庶吉士，授編修。時族子昇以諭德直內廷，宮監呼慎行爲「老查」以別之。帝幸南苑，捕魚賜近臣，命賦詩，慎行有句云：「笠簷簑袂平生夢，臣本烟波一釣徒。」俄宮監傳呼「烟波釣徒查翰林」，時以比「春城寒食」之韓翃云。充武英殿書局校勘，乞病還。坐弟嗣庭得罪，闔門就逮。世宗識其端謹，特許放歸田里，而弟嗣瑮遣關西，卒於戍所。嗣瑮字德尹，康熙三十九年進士，官至侍講。性警敏，數歲即解切韻諧聲，詩名與慎行相埒。慎行著敬業堂集、周易玩辭集解，又補注蘇詩行於世。嗣瑮著查浦詩鈔、音類通考。昇字仲韋，康熙二十七年進士，官少詹事，詩筆清麗，尤工書，似董其昌，有澹遠堂集。

清史列傳·文苑

查慎行，字初白，浙江海寧人。少受學黄宗羲，治經邃於易，尤工詩。方爲諸生，游覽牂牁、夜郎以及齊、魯、燕、趙、梁、宋，過洞庭，涉彭蠡，登匡廬峯，訪武夷九曲之勝，所得一託於吟咏，故篇什最富。康熙三十二年，舉順天鄉試。其未通籍時，即名聞禁中。四十一年聖祖東巡，以大學士陳廷敬、李光地、張玉書先後奏薦，驛召至行在賦詩。詔隨入都，直南書房。四十二年，特賜進士出身，改翰林院庶吉士，散館授編修。時慎行族子昇，以諭德侍直内廷且久，宫監輒呼慎行爲「老查」以别之。上幸海子，捕魚賜羣臣，命賦詩。慎行有云：「笠簷簑袂平生夢，臣本烟波一釣徒。」俄宫監傳「烟波釣徒查翰林」，時以比「春城寒食」韓翃，傳爲佳話。會比歲西巡，凡幽岨之區，甌脱之境，爲從古詩人所未歷，慎行悉以五七言發之。每奏一篇，上未嘗不動色稱善。又常隨駕木蘭，褏衣襜服行山谷間，上望而笑曰：「行者必慎行也。」其風度如此。尋充武英殿校勘官，在局二年竣事，仍入直。未幾假歸。遭弟嗣庭案株繫，闔門就逮，罪且不測。世宗識其端謹，且曰：「慎行詩每飯不忘君，杜甫流也。」特原之，放歸田里。雍正六年卒，年七十八。浙人稱詩者，首推朱彝尊，慎行、湯右曾繼之。所著敬業堂集五十卷，合生平所歷各爲一集，多至五十三種。黄宗羲比之陸游；王士禛則謂「奇創之才，慎行遜游，綿至之思，游遜慎行」，所評良允。五七言古體，尤近蘇軾。曾補注蘇詩五十二卷。其教人爲詩，謂「詩之厚在意不在詞，詩之雄在氣不在貌；詩之靈在空不在巧；詩之淡在脱不在易」。可謂通論。蓋自明人喜稱唐詩，至國朝初年，嫌其窠臼漸深，往往厭而學宋，粗直之病亦生焉。得宋人之長而不染其弊，固當於慎行屈一指云。他著又有周易玩辭集解十卷、陪獵筆記、黔中風土記、廬山游記各一卷。

國朝先正事略・文苑

李元度

先生初名嗣璉，字夏重，後更名愼行，字悔餘，晚號初白，浙江海寧人。性穎異，五歲能詩，十歲作武侯論，同里范驤稱爲曠世才。既長，游梨洲先生門，所學益進。深於經術，邃於易，於書無所不窺。而平生癖好，尤在於詩及山水朋友，其於進取榮利之途，泊如也。少受詩法於錢田間。爲諸生，從黔撫楊公雍建，出入牂牁、夜郎及齊、魯、燕、趙、梁、宋間，又嘗渡彭蠡，過洞庭，登匡廬五老峯，探武夷九曲，尋無諸、尉佗遺蹟，其詩益富而奇。康熙癸酉舉順天鄉試，以相國張公玉書、李公光地先後奏薦，壬午特召直南書房，癸未成進士，尋授編修。比歲西巡，賡歌載筆，凡幽阻之區，甌脫之境，爲從古詩人所未歷者，盪胸駭目，悉於五七言發之。每奏一篇，聖祖輒動容稱善。駕幸南海子捕魚，命羣臣賦詩，先生詩有云：「笠簷簑袂平生夢，臣本烟波一釣徒。」詞意稱旨。忽內侍宣召「烟波釣徒查翰林」，蓋同時有聲山學士，故以詩別之，與唐韓翃「春城無處不飛花」可同作玉堂佳話也。顧常懷引退志。供奉七年，即告歸。家居二十餘年，嘯歌自適。弟嗣庭，官侍郎，坐訕謗伏法，盡室赴詔獄。世廟知先生端謹無他，尋放歸。著敬業堂集五十卷，梨洲先生嘗以比陸放翁。卒年七十有八。所著別有周易玩辭集解十二卷及經史正譌、江南通志，皆行世。聲山學士名昇，字仲韋，康熙戊辰進士，官少詹事，書法得董文敏之神，入直南書房，聖祖屢稱賞之。時中貴人有氣燄者，昕夕銜命至，君接之無加禮，人服其品。著有澹遠堂集。嗣瑮字德尹，亦初白弟也。康熙庚辰進士，官侍講，著有查浦詩鈔。

翰林院編修查君墓誌銘

方苞

君諱嗣瑮，字夏重，後更名慎行，浙江海寧人也。余始入京師，查氏負才名者數人，而君尤獲重語。朋齒中以詩名者，皆若爲君屈。君少聞吾邑錢先生飲光深於詩，即泝江，繫舟樅陽，造田間講問，逾時而歸。錢先生數爲余道之。及與交久長，見其於時賢中微若自矜異，然猶以詩人目之。

及余脱刑部籍，聖祖仁皇帝召入南書房。中貴人氣焰赫然者朝夕至，必命事專及於余，乃敢應唯敬對，外此不交一言。又夙畏風欬，常著緇布小冠。諸内侍多竊笑，或曰：「往時查翰林慎行性質頗類此，而冠飾亦同。」嘻，異哉！余用是益有意於君之爲人，而君尋告歸。及篤老，以其弟嗣庭得罪，牽連被逮。同産弟姪並謫戍，而君獨見原。蓋先帝公聽並觀，君恬淡寡營，久信於士大夫，故在事者閔焉而以情達也。

君既殁，其子克念以狀請銘數年矣。乾隆元年十有二月，余卧病直廬，或告曰：「君之彌甥沈庶常廷芳屬爲通言，速君銘，且告克念之喪。」是夜，夢與君問勞如平生。晨起，命家人檢故狀不得，乃就所獨知於君者以誌焉。覽者即是以求之，其所狀事迹雖不具可也。其詩已行於世者，凡四千六百餘篇，各以時地次爲五十四集。君卒於雍正五年，年七十有八。父諱遺，字逸遠，爲浙西耆舊。母鍾氏。兄弟四人。皆成進士。妻陸氏。子三人：克建，丁丑進士，鳳翔知府；克承，國子生，俱先君卒。克念，甲辰舉人。以某年月日葬於某鄉某原。銘曰：

所嚮所祈，詎止於斯？而終已無施，惟以弸於詩。

查他山先生年譜

陳敬璋撰集

先生諱慎行，字悔餘，浙江海寧人。初名嗣璉，字夏重；後更今名，號他山，又號查田。晚築初白菴以居，學者稱初白先生。

世祖章皇帝順治七年庚寅五月七日酉時，先生生于海寧花谿龍尾山故里。

八年辛卯，先生年二歲。

九年壬辰，先生年三歲。春，二月二十九日午時，仲弟嗣瑮生。

十年癸巳，先生年四歲。

十一年甲午，先生年五歲。始入小學。

十二年乙未，先生年六歲。通聲韻，工屬對。

十三年丙申，先生年七歲。

十四年丁酉，先生年八歲。受學于家庭。

十五年戊戌，先生年九歲。

十六年己亥，先生年十歲。作武侯論。

十七年庚子，先生年十一。

十八年辛丑，先生年十二。

聖祖仁皇帝康熙元年壬寅，先生年十三。

二年癸卯，先生年十四。

三年甲辰，先生年十五。春正月二十一日子時叔弟嗣庭生。

四年乙巳，先生年十六。冬，季弟謹生。

五年丙午，先生年十七。

六年丁未，先生年十八。春正月，陸安人來歸。

七年戊申，先生年十九。讀書武林吴山，從慈谿葉伯寅先生學。夏四月二十二日，長子克建生。

八年己酉，先生年二十。

九年庚戌，先生年二十一。

十年辛亥，先生年二十二。應童子試。

十一年壬子，先生年二十三。春三月，丁太淑人憂。夏五月，奉逸遠公命，與仲弟析箸。

十二年癸丑，先生年二十四。

十三年甲寅，先生年二十五。夏六月，先生服闋。

十四年乙卯，先生年二十六。

十五年丙辰，先生年二十七。

十六年丁巳，先生年二十八。秋九月九日，次子克承生。

十七年戊午，先生年二十九。春三月一日，丁逸遠公憂。

十八年己未，先生年三十。夏，至荆州入以齋楊公幕。楊公名雍建，先生同邑人，以副憲出撫貴州。

十九年庚申，先生年三十一。春，客楚中。夏，自辰州至黔陽。六月，服闋。

二十年辛酉，先生年三十二。在黔陽。夏，謁王陽明書院。

二十一年壬戌，先生年三十三。秋，歸自黔陽。從姚江黄梨洲先生學。張子游遠爲作槐陰抱膝圖。

二十二年癸亥，先生年三十四。夏，游吴門。冬十月，赴西江入族父廉訪幕。廉訪公名培繼，字至望，由兵科給事中出巡江西饒九南道副使。

二十三年甲子，先生年三十五。春三月，歸自西江。夏四月，入都游太學。秋闈下第。

二十四年乙丑，先生年三十六。在都中。秋，夜集朱竹垞先生古藤書屋。

二十五年丙寅，先生年三十七。在都中。冬，館相國明公珠家。著人海記，凡四卷。

二十六年丁卯，先生年三十八。在都中，仍館相國明公家。秋闈復下第。

二十七年戊辰，先生年三十九。春二月，出都。夏，抵家。作蘆塘放鴨圖。

二十八年己巳，先生年四十。春二月，哭外舅陸辛齋先生。復入都。夏，集竹垞先生槐樹斜街寓。

二十九年庚午，先生年四十一。春二月，出都。秋，在橘社書局，社在洞庭東山之麓。冬，自書局歸。

三十年辛未，先生年四十二。家居。春，幼子克念生。二月，長孫恂生，克建出。

三十一年壬申，先生年四十三。春，客九江太守恒齋朱公儼幕。輯廬山志，凡八卷。又有廬山紀遊一卷。秋游匡廬。九月，歸自九江。

三十二年癸酉，先生年四十四。春，入都，復下榻自怡園。秋，舉順天鄉試。

三十三年甲戌，先生年四十五。春，出都。秋，遊越州。冬，復入都。

三十四年乙亥，先生年四十六。在都中。春二月，孫昌祈生，克建出。秋，游汴梁。冬，還家。

三十五年丙子，先生年四十七。春，客皖城。夏，自皖上至九江，復客太守朱公幕。冬，由九江入都。

三十六年丁丑，先生年四十八。春，出都。夏，築得樹樓，著雜鈔，積之得二十卷。

三十七年戊寅，先生年四十九。春，至禾中，復游苕上。夏，偕竹垞之閩中，及秋而還。

三十八年己卯，先生年五十。家居。冬十月二十五日，陸安人卒，年四十九。冬十一月，入都。

三十九年庚辰，先生年五十一。在都中。秋七月，出都。九月，次女歸于宋。冬，復入都。

四十年辛巳，先生年五十二。春，作初白菴圖，取東坡「身行萬里半天下，僧卧一菴初白頭」詩意也。夏四月，出都。

四十一年壬午，先生年五十三。春，游湖上。蘇詩補注成，凡五十卷。夏，赴保定。冬十月二十八日召試南書房，遂奉旨每月進南書房辦事。

四十二年癸未，先生年五十四。春，入直南書房。三月，捷南宮。夏四月，殿廷對策成進士，名在二甲第二，授翰林院庶吉士。六月，奉旨編輯歷代咏物詩。著陪獵筆記，凡三卷。
四十三年甲申，先生年五十五。春，入直内廷，奉旨分輯佩文韻府。冬十一月，奉旨特授編修。
四十四年乙酉，先生年五十六。夏五月，扈駕幸古北口。六月，御書敬業堂扁額及對聯。
四十五年丙戌，先生年五十七。五月，復扈駕至古北口。九月，乞假葬親。
四十六年丁亥，先生年五十八。春，渡江迎鑾，遂扈蹕而南，自淮揚抵江寧，達杭州。夏五月，至高郵送駕，復請展假而回。
四十七年戊子，先生年五十九。春，入都。三月，重直暢春園。冬十一月，奉旨暫停入直。
四十八年己丑，先生年六十。春二月，復直内廷。夏四月，奉旨赴武英書局分纂佩文韻府。
四十九年庚寅，先生年六十一。秋，寓棗東書屋。
五十年辛卯，先生年六十二。在武英書局。冬，得風疾。孫昌禧生，克承出。
五十一年壬辰，先生年六十三。春，因病乞假。奉旨在京調理，仍赴翰林院供職。秋九月六日，孫岐昌生，克念出。
五十二年癸巳，先生年六十四。在翰林院。秋七月，乞休歸里。
五十三年甲午，先生年六十五。居里中。春三月，宗伯許公招爲娱老會于硤石鎮，同會者楊宫贊晚研中訥、陳侍御楳谿勷與先生凡四人。秋，族兄季方瑊招爲五老會于西林菴，同會者族兄觀延嗣鑑，曾三人□、芝田壔兩弟與先生，凡五人。登秦駐山，游吴門。冬，續舉真率會，先生與同宗兄弟勸酬詠歌。

五十四年乙未，先生年六十六。春，游閩中。夏，自閩中還西江。四月九日，長子克建歿于都門官署，年四十八。秋，孫昌禴生，克承出。冬，宗伯許公復招爲五老會。

五十五年丙申，先生年六十七。居里中。

五十六年丁酉，先生年六十八。居里中。冬十月，赴粤東，應中丞佟陶菴法海之招也。

五十七年戊戌，先生年六十九。夏四月，由粤西旋里。

五十八年己亥，先生年七十。秋，赴西江入南昌書局，修江西通志。

五十九年庚子，先生年七十一。在南昌書局。春，游廬山。江西通志成，凡一百七十卷。又輯廬山志八卷。冬，歸自西江。

六十年辛丑，先生年七十二。居里中。曾孫奕麟生，孫恂出。

六十一年壬寅，先生年七十三。居里中。先生退休横谿之上，所居室曰竈軒，貯書萬卷。

世宗憲皇帝雍正元年癸卯，先生年七十四。居里中。

二年甲辰，先生年七十五。春三月，周易玩辭集解成，凡十卷。訪佟陶菴于江寧試院。秋，招諸弟爲真率會。

三年乙巳，先生年七十六。居里中。

四年丙午，先生年七十七。居里中。春三月作敬業堂銘。冬十月，曾孫奕曾生，昌祈出。十一月，因叔弟潤木坐訕謗罪削職逮問，先生以家長失教，被逮入都詣刑部獄。
五年丁未，先生年七十八。春，在獄。弟潤木有罪自殺。夏五月，奉赦出獄南還。先生自遭家難，鬱鬱不樂。秋八月三十日辰時卒。

漁洋精華録集釋	[清]王士禛著　李毓芙、牟通、李茂肅整理
聊齋志異會校會注會評本	[清]蒲松齡著　張友鶴輯校
敬業堂詩集	[清]查慎行著　周劭標點
納蘭詞箋注	[清]納蘭性德著　張草紉箋注
方苞集	[清]方苞著　劉季高校點
樊榭山房集	[清]厲鶚著　[清]董兆熊注　陳九思標校
劉大櫆集	[清]劉大櫆著　吴孟復標點
儒林外史彙校彙評	[清]吴敬梓著　李漢秋輯校
小倉山房詩文集	[清]袁枚著　周本淳標校
忠雅堂集校箋	[清]蔣士銓著　邵海清校　李夢生箋
甌北集	[清]趙翼著　李學穎、曹光甫校點
惜抱軒詩文集	[清]姚鼐著　劉季高標校
兩當軒集	[清]黄景仁著　李國章校點
惲敬集	[清]惲敬著　萬陸、謝珊珊、林振岳標校　林振岳集評
茗柯文編	[清]張惠言著　黄立新校點
瓶水齋詩集	[清]舒位著　曹光甫點校
龔自珍全集	[清]龔自珍著　王佩諍校點
龔自珍詩集編年校注	[清]龔自珍著　劉逸生、周錫韋复校注
水雲樓詩詞箋注	[清]蔣春霖著　劉勇剛箋注
人境廬詩草箋注	[清]黄遵憲著　錢仲聯箋注
嶺雲海日樓詩鈔	[清]丘逢甲著　丘鑄昌標點

湯顯祖戲曲集	[明]湯顯祖著　錢南揚校點
白蘇齋類集	[明]袁宗道著　錢伯城校點
袁宏道集箋校	[明]袁宏道著　錢伯城箋校
珂雪齋集	[明]袁中道著　錢伯城點校
隱秀軒集	[明]鍾惺著　李先耕、崔重慶標校
譚元春集	[明]譚元春著　陳杏珍標校
張岱詩文集(增訂本)	[明]張岱著　夏咸淳輯校
陳子龍詩集	[明]陳子龍著 施蟄存、馬祖熙標校
牧齋初學集	[清]錢謙益著　[清]錢曾箋注 錢仲聯標校
牧齋有學集	[清]錢謙益著　[清]錢曾箋注 錢仲聯標校
牧齋雜著	[清]錢謙益著　[清]錢曾箋注 錢仲聯標校
牧齋初學集詩注彙校	[清]錢謙益著　[清]錢曾箋注 卿朝暉輯校
李玉戲曲集	[清]李玉著 陳古虞、陳多、馬聖貴點校
吴梅村全集	[清]吴偉業著　李學穎集評標校
歸莊集	[清]歸莊著
顧亭林詩集彙注	[清]顧炎武著　王蘧常輯注 吴丕績標校
安雅堂全集	[清]宋琬著　馬祖熙標校
吴嘉紀詩箋校	[清]吴嘉紀著　楊積慶箋校
陳維崧集	[清]陳維崧著　陳振鵬標點 李學穎校補
秋笳集	[清]吴兆騫撰　麻守中校點

清真集箋注　　[宋]周邦彦著　羅忼烈箋注
石林詞箋注　　[宋]葉夢得著　蔣哲倫箋注
樵歌校注　　[宋]朱敦儒著　鄧子勉校注
李清照集箋注(修訂本)　　[宋]李清照著　徐培均箋注
陳與義集校箋　　[宋]陳與義著　白敦仁校箋
蘆川詞箋注　　[宋]張元幹著　曹濟平箋注
劍南詩稿校注　　[宋]陸游著　錢仲聯校注
放翁詞編年箋注(增訂本)　　[宋]陸游著　夏承燾、吴熊和箋注　陶然訂補
范石湖集　　[宋]范成大撰　富壽蓀標校
于湖居士文集　　[宋]張孝祥著　徐鵬校點
稼軒詞編年箋注(定本)　　[宋]辛棄疾撰　鄧廣銘箋注
姜白石詞編年箋校　　[宋]姜夔著　夏承燾箋校
後村詞箋注　　[宋]劉克莊著　錢仲聯箋注
雁門集　　[元]薩都拉著　殷孟倫、朱廣祁校點
揭傒斯全集　　[元]揭傒斯著　李夢生標校
高青丘集　　[明]高啓著　[清]金檀注　徐澄宇、沈北宗校點
唐寅集　　[明]唐寅著　周道振、張月尊輯校
文徵明集(增訂本)　　[明]文徵明著　周道振輯校
震川先生集　　[明]歸有光著　周本淳校點
海浮山堂詞稿　　[明]馮惟敏著　凌景埏、謝伯陽標校
滄溟先生集　　[明]李攀龍著　包敬第標校
梁辰魚集　　[明]梁辰魚著　吴書蔭编集校點
沈璟集　　[明]沈璟著　徐朔方輯校
湯顯祖詩文集　　[明]湯顯祖著　徐朔方箋校

樊南文集	[唐]李商隱著 [清]馮浩詳注 錢振倫、錢振常箋注
皮子文藪	[唐]皮日休著 蕭滌非、鄭慶篤整理
鄭谷詩集箋注	[唐]鄭谷著 嚴壽澂、黄明、趙昌平箋注
韋莊集箋注	[五代]韋莊著 聶安福箋注
李璟李煜詞校注	[南唐]李璟、李煜著 詹安泰校注
張先集編年校注	[宋]張先著 吴熊和、沈松勤校注
二晏詞箋注	[宋]晏殊、晏幾道著 張草紉箋注
梅堯臣集編年校注	[宋]梅堯臣著 朱東潤編年校注
歐陽修詩文集校箋	[宋]歐陽修著 洪本健校箋
歐陽修詞校注	[宋]歐陽修著 胡可先、徐邁校注
蘇舜欽集	[宋]蘇舜欽著 沈文倬校點
嘉祐集箋注	[宋]蘇洵著 曾棗莊、金成禮箋注
王荆文公詩箋注	[宋]王安石著 [宋]李壁箋注 高克勤點校
王令集	[宋]王令著 沈文倬校點
蘇軾詩集合注	[宋]蘇軾著 [清]馮應榴注 黄任軻、朱懷春校點
東坡樂府箋	[宋]蘇軾著 [清]朱孝臧編年 龍榆生校箋
欒城集	[宋]蘇轍著 曾棗莊、馬德富校點
山谷詩集注	[宋]黄庭堅著 [宋]任淵、史容、史季温注 黄寶華點校
山谷詩注續補	[宋]黄庭堅著 陳永正、何澤棠注
山谷詞校注	[宋]黄庭堅著 馬興榮、祝振玉校注
淮海集箋注	[宋]秦觀撰 徐培均箋注
淮海居士長短句箋注	[宋]秦觀著 徐培均箋注

孟浩然詩集箋注（增訂本）　[唐]孟浩然著　佟培基箋注
王右丞集箋注　[唐]王維著　[清]趙殿成箋注
李白集校注　[唐]李白著　瞿蜕園、朱金城校注
高適集校注（修訂本）　[唐]高適著　孫欽善校注
杜詩趙次公先後解輯校　[唐]杜甫著　[宋]趙次公注　林繼中輯校
杜詩鏡銓　[唐]杜甫著　[清]楊倫箋注
錢注杜詩　[唐]杜甫著　[清]錢謙益箋注
岑參集校注　[唐]岑參著　陳鐵民、侯忠義校注
戴叔倫詩集校注　[唐]戴叔倫著　蔣寅校注
韋應物集校注（增訂本）　[唐]韋應物著　陶敏、王友勝校注
權德輿詩文集　[唐]權德輿撰　郭廣偉校點
韓昌黎詩繫年集釋　[唐]韓愈著　錢仲聯集釋
韓昌黎文集校注　[唐]韓愈著　馬其昶校注　馬茂元整理
劉禹錫集箋證　[唐]劉禹錫著　瞿蜕園箋證
白居易集箋校　[唐]白居易著　朱金城箋校
柳宗元詩箋釋　[唐]柳宗元著　王國安箋釋
柳河東集　[唐]柳宗元著　[宋]廖瑩中輯注
元稹集校注　[唐]元稹著　周相録校注
長江集新校　[唐]賈島著　李嘉言新校
三家評注李長吉歌詩　[唐]李賀著　[清]王琦等評注
樊川文集　[唐]杜牧著　陳允吉校點
樊川詩集注　[唐]杜牧著　[清]馮集梧注
温飛卿詩集箋注　[唐]温庭筠著　[清]曾益等箋注
玉谿生詩集箋注　[唐]李商隱著　[清]馮浩箋注　蔣凡校點

《中國古典文學叢書》已出書目

詩經今注	高亨注
楚辭今注	湯炳正、李大明、李誠、熊良智注
司馬相如集校注	[漢]司馬相如著　金國永校注
揚雄集校注	[漢]揚雄著　張震澤校注
張衡詩文集校注	[漢]張衡著　張震澤校注
阮籍集	[魏]阮籍著　李志鈞等校點
陶淵明集校箋(修訂本)	[晉]陶潛著　龔斌校箋
世説新語箋疏(修訂本)	[南朝宋]劉義慶撰　余嘉錫箋疏　周祖謨等整理
世説新語校釋	[南朝宋]劉義慶撰　[南朝梁]劉孝標注　龔斌校釋
鮑參軍集注	[南朝宋]鮑照著　錢仲聯增補集説校
謝宣城集校注	[南朝齊]謝朓著　曹融南校注集説
文心雕龍義證	[南朝梁]劉勰著　詹鍈義證
詩品集注(增訂本)	[梁]鍾嶸著　曹旭集注
文選	[梁]蕭統編　[唐]李善注
玉臺新咏彙校	吴冠文　談蓓芳　章培恒彙校
王梵志詩集校注(增訂本)	[唐]王梵志著　項楚校注
盧照鄰集箋注	[唐]盧照鄰著　祝尚書箋注
駱臨海集箋注	[唐]駱賓王著　[清]陳熙晉箋注
王子安集注	[唐]王勃著　[清]蔣清翊注
陳子昂集(修訂本)	[唐]陳子昂撰　徐鵬校點